江苏新文学史

散文编 第1卷

HISTORY OF JIANGSU NEW LITERATURE

总主编 丁 帆

本编主编 姜 建
本卷主编 施 龙

江苏凤凰文艺出版社
Jiangsu Phoenix Literature and Art Publishing

图书在版编目(CIP)数据

江苏新文学史.散文编.第1卷 / 丁帆总主编；姜建主编；施龙本卷主编. —南京：江苏凤凰文艺出版社，2023.2

ISBN 978-7-5594-7155-0

Ⅰ.①江… Ⅱ.①丁… ②姜… ③施… Ⅲ.①地方文学史-文学史研究-江苏-当代②散文-文学史研究-江苏-当代 Ⅳ.①I209.953

中国版本图书馆CIP数据核字(2022)第164488号

江苏新文学史·散文编·第1卷

总 主 编　丁　帆
本编主编　姜　建
本卷主编　施　龙

出 版 人	张在健
出版统筹	赵　阳
责任编辑	傅一岑
责任印制	刘　巍
出版发行	江苏凤凰文艺出版社
	南京市中央路165号,邮编:210009
网　　址	http://www.jswenyi.com
印　　刷	苏州市越洋印刷有限公司
开　　本	718毫米×1000毫米　1/16
印　　张	20
字　　数	292千字
版　　次	2023年2月第1版
印　　次	2023年2月第1次印刷
标准书号	ISBN 978-7-5594-7155-0
定　　价	600.00元(全3卷)

江苏凤凰文艺版图书凡印刷、装订错误,可向出版社调换,联系电话025-83280257

《江苏新文学史》编委会

主 任

张爱军

副主任

徐 宁　韩松林　毕飞宇　汪兴国　丁 帆

委 员

朱晓进　王 尧　王彬彬　吴 俊
张王飞　丁 捷　贾梦玮　高 民

秘书长

张王飞

总主编

丁 帆

本编主编

姜　建

本卷主编

施　龙

审稿人

丁　帆　朱晓进　王　尧　张王飞　姜　建

序　言

如果以《新青年》在上海创刊作为新文化运动兴起的标志，那么江苏堪称新文化和新文学的发祥地之一。在中国新文学百年发展历程中，江苏名家辈出，作品卷帙浩繁，各种文学思潮、文学现象、文学期刊及文学社团层出不穷，为中国新文学的发展与繁荣做出了杰出贡献。

晚清以降，西学东渐，江苏得风气之先。及至"五四"，思想教育文化等诸多界别与北京遥相呼应，书写了新文化、新文学的江苏篇章。在区域文化现代转型的历史进程中，源远流长的江苏文脉，一方面承继传统文化根底，一方面融入现代文化主潮，在交流碰撞中产生独具地域特色的现代江苏文化。在现代民族国家的建构中，江苏是新四军根据地、淮海战役主战场，产生了包括文学在内的革命文化。新文化与革命文化在新中国建立后融入社会主义文化之中，文化江苏也发生了新变。作为文化中国一部分的文化江苏，是江苏新文学得以辉煌发展的文化空间。

江苏新文学已有一百多年历史。1892年2月由江苏松江人韩邦庆创办的《海上奇书》杂志在上海出刊，同年连载他创作的小说《海上花列传》。作为一个重要的文学事件，1892年被一些知名学者视为现代文学的起始年，《海上花列传》则被视为现代通俗小说的开山之作。在江苏新文学发展的历程中，从通俗文学，到以叶圣陶《倪焕之》为代表的现代新文学，从新四军根据地文学，到"探求者"，再到20世纪80年代崛起的"文学苏军"等等，各时期都闪耀着江苏新文学在中国新文学史上的时代辉煌。从体裁门类来看，江苏新文学，其小说、诗歌、散文等文体成就均很突出，戏剧影视、儿童文学、网络文学等占据重要地位；而文学期刊的数量和质量在全国也名列前茅，引领文学潮头，首发了许多的文学经典和国家级奖项之作。雅与俗的璧合、江苏与世界华文文学的融通、主旋律与多样化的并存等等，都呈现出江苏新文学丰富、广博、深厚的景观。除了丰饶的文学创作外，江苏文学批评也在各个历史时期引领潮头，一直是中国文学批评的重镇之一。

在中国新文学诞生100周年之际，组织编撰一部具有全面性、系统性、学术性、权威性的《江苏新文学史》，科学梳理江苏新文学百年来的发展脉络，系统回顾总结江苏新文学取得的辉煌成就和历史经验，为江苏百年新文学的研究留下一部具有宝贵学术价值、历史价值和应用价值的地域文学史，同时也为中国新文学史提供更为完整丰富的史料，彰显出江苏文学在中国新文学史上的重要地位和突出贡献，不仅具有重要的文学史意义，而且具有重要的文化史意义。

《江苏新文学史》坚持马克思主义的文艺观、历史观，在中国新文学史的大框架下，审视江苏文学。坚持论从史出，史论结合，既努力保证史料的翔实，又努力以史的眼光对思潮、现象、社团和作家作品在中国新文学史中的地位和贡献做出中肯的价值判断和学术评价，并充分阐述江苏文学的地域特色，力争全方位覆盖文学史的各个领域。

《江苏新文学史》作为江苏文化建设的一项重要工程，由中共江苏省委宣传部批准立项并直接指导，江苏省作家协会负责组织协调，江苏当代作家研究中心负责统筹编撰，江苏省内高校、研究机构等单位60多位在全国有影响的老中青专家学者参与。这是一项规模宏大、任务繁重，且富有开创性的重大文学工程。该工程于2018年组织策划论证和前期筹备，2019年9月正式启动，经过全体编撰人员三年多的努力，全书终于出版面世，这是一件值得欣喜的文化大事。

《江苏新文学史》上起1892年，下讫2019年。全书凡12编30卷900多万字，共涉及作家3419位、作品13107篇（部）。其中，文学思潮与批评编2卷，小说编6卷，通俗文学编2卷，诗歌编3卷，散文编3卷，报告文学编2卷，传记文学编2卷，戏剧影视编4卷，儿童文学编3卷，世界华文文学编1卷，网络文学编1卷，文学报刊编1卷。同时，还配套编辑了《江苏新文学史史料选》40卷1300多万字。

在《江苏新文学史》编撰出版过程中，许多作家及其家人无偿提供了大量珍贵资料，江苏凤凰文艺出版社为本书的出版付出了艰辛劳动。

这是一部工程浩大的文学史著作，由于我们水平有限，加上时间仓促，书中难免存在疏漏和不足，尚祈专家与读者批评指正。

《江苏新文学史》编委会

2022年11月4日

目 录

导 论 … 001

第一章　过渡时代的新型文人散文（1840—1916） … 015
　　第一节　概述 … 017
　　第二节　士人散文 … 022
　　第三节　通俗作家的随笔 … 035
　　第四节　其他作家的散文 … 048

第二章　多元共生的散文新时代（1917—1927） … 053
　　第一节　概述 … 055
　　第二节　从笔记到杂文 … 059
　　第三节　学术随笔 … 076
　　第四节　朱自清的《踪迹》《背影》 … 097
　　第五节　游记 … 108
　　第六节　其他作家的散文 … 118

第三章　散文文体成熟期（1928—1937） … 133
　　第一节　概述 … 135
　　第二节　朱自清的《你我》《欧游杂记》《伦敦杂记》 … 139
　　第三节　叶圣陶的《未厌居习作》等 … 152
　　第四节　游记 … 165
　　第五节　笔记与小品 … 177
　　第六节　随笔与杂文 … 204
　　第七节　其他作家的散文 … 215

第四章 散文文体的新变（1938—1949）   217

   第一节 概述   219

   第二节 朱自清的《标准与尺度》《论雅俗共赏》等   223

   第三节 钱锺书的《写在人生边上》等   231

   第四节 杂文和小品   242

   第五节 游记   270

   第六节 其他作家的散文   279

导　论

　　江苏位于近现代中国社会变革的核心地带，它的经济实力和文化活力在社会转型过程中发挥了举足轻重的作用，在南京国民政府成立之后，它又成为政治中心区域，这更使得江苏对中国现代化进程产生了至关重要的影响。就文化而言，从晚清到民国初年的几十年内，上海与北京是新文化的两个中心，广大的江苏腹地以上海为龙头，逐步与世界接轨；1927年以后，江苏文化虽然因为政治中心的缘故而受到较大的掣肘，但其与上海之间历史和地缘等方面的联系，却足以保证它的发展仍然能够遵循现代路径向纵深方向前进；其后，江苏及全国都受到全面抗战和解放战争的强力影响，文化又酝酿着新的动态，并开始了新的转型。在晚清到1949年的近百年中，江苏文学既有对历史文化传统的传承，也有因应时代时势的新变，古今新旧交互纵横，成为中国现代文学图谱中辨识度最高的色系之一。

　　江苏新文学在晚清民初如何生成，又怎样发展，它在江苏和中国的现代化进程中扮演了什么样的角色，并因此具有何种特色，这些问题是江苏新文学史的核心命题和主要内容。作为江苏新文学史的一个有机构成部分，江苏散文也是在回应上述历史命题的过程中发生、发展起来的。由此，江苏散文的文化资源、江苏散文的发展路径、江苏散文的总体特色及其在江苏和中国现代文学史上的地位等内容，无疑就成为导论所着力讨论的对象。

一、江苏散文的历史文化底蕴

　　现代散文是"与诗，小说，戏剧并举，而为新文学的一个独立部门的东西，或称白话散文，或称抒情文，或称小品文"[1]。朱自清的这段话，是从横向比较的角

---

[1] 朱自清：《什么是散文？》，《朱自清全集》第4卷，南京：江苏教育出版社，1996年，第363页。

度对现代散文进行界定。而在纵向的历史演进中，周作人则认为，它虽然"始于文学革命"[1]，但"现今的散文小品并非五四以后的新出产品，实在是'古已有之'，不过现今重新发达起来罢了"[2]。约半年后，他又作如是申说："我常这样想，现代的散文在新文学中受外国的影响最少，这与其说是文学革命的还不如说是文艺复兴的产物，虽然在文学发达的程途上复兴与革命是同一样的进展。"[3] 这就是说，相较于其他文学门类，散文虽然也受西方文学观念的影响，但在相当程度上乃是本土散文创作实践之内在理路在新形势下的赓续。应该承认，这一判断大体符合现代散文史的实际。

毋庸置疑，江苏散文也是受到西方文学的冲击而产生追求新变的冲动，进而在新文化运动、新文学运动的影响之下产生的。朱自清指出，在新文学诞生之前，中国文学内部已经存在着一条有别于"儒雅风流"的士大夫风情而以通俗自然为特征的"语体文学"发展路向，但在文学革命之后，这一路径所内生的"'人情物理'变了质成为'打倒礼教'就是'反封建'也就是'个人主义'这个标准，'通俗'和'自然'也让步给那'欧化'的新尺度；这'欧化'的尺度后来并且也成了标准"，故初期新文学之内涵，乃是"用欧化的语言表现个人主义，顺带着人道主义，是这时期知识阶级向着现代化的路"。[4] 简言之，是源于西方的文学规范改造了中国文学内部源生的诸种尺度乃至标准，并成为新文学的文坛正统，江苏自然不能例外。就江苏散文在现代时期的创作实践看，朱自清、叶绍钧、钱锺书等最重要的几位江苏散文家的创作都受到西方文明、文化、文学的深刻影响，自然佐证了朱自清的这一观点。

1　周作人：《〈中国新文学大系·散文一集〉导言》，《中国新文学大系·散文一集》，上海：上海文艺出版社，2003年影印本，第1页。

2　周作人：《与俞平伯君书三十五通》，《周作人书信》，止庵校订，石家庄：河北教育出版社，2002年，第86页。

3　周作人：《陶庵梦忆序》，《苦雨斋序跋文》，止庵校订，石家庄：河北教育出版社，2002年，第115页。

4　朱自清：《文学的标准与尺度》，《朱自清全集》第3卷，南京：江苏教育出版社，1996年，第136页。

然而，这种判断虽然总体而言并无问题，但无疑忽略了江苏文化的独特性。江苏自六朝时期即已进展到成熟阶段的文人文化，到宋明时期，又出现了"文人文化与市民文化相融汇，文学、艺术逐步走向市场化、商品化"的趋势[1]，可以观察到的事实是，与现代化、大众化较为契合的市民文化在既往的文学史中得到了较多肯定，而士大夫文化则作为前现代的遗留被描述为新文化、新文学的对立面，从而被放逐出去。不过，以今观之，江苏散文一个极为重要的组成，恰是由文人风情、士大夫风骨、士子精神所支撑起来的文人散文。从晚清民初柳亚子、叶楚伧等人的政论文章和姚鹓雏、李涵秋等人的游戏文章，到范烟桥、郑逸梅等人的笔记小品，再到钱锺书等人化合中西的讽刺和幽默，都可以视为这条线索串起的珠贝。这一现象本身就表明，江苏的新文学在裂变中有传承，在继承中有突破，而其基础，在于江苏文化深厚的历史底蕴。

江苏的地域文化，依据不同的标准，如方言、饮食、历史地理等，有多种划分方法[2]，大体说来，可以分为苏南地区的吴文化、苏中地区的维扬文化、苏北地区的楚汉文化和以南京为中心的金陵文化四大区块。除慷慨悲凉的楚汉文化去今为远，其余三者都是以儒雅风流为特色的文人文化，自宋以后就在中国文化史上占据着极为特殊的地位。进入现代时期，以上海为龙头的苏南地区，既是现代工商文明、文化发展相对成熟的地区之一，也是革命文化发生最早的地区之一，成为中国较早也最为平顺地融入世界体系的地区。而之所以如是，不得不承认由这些文化传统化合而成的近现代江苏文化及其所具有的"平均性""前卫性"[3]等内在属性在其中起到的重要作用。

新文化和文人文化是江苏新旧两个时期的大传统。就历史事实看，在新文化声势逼人的同时，文人文化却死而不僵，反而在民众中拥有广泛的基础，其缘由，在于前引所谓文人文化与市民文化的融合。虽然江苏的文教水平在全国处于前列，江

1　杨东涛：《江苏文化史论纲》，《东南文化》1996年第1期。
2　参见孟召宜等：《江苏省文化区的形成与划分研究》，《南京社会科学》2008年第12期。
3　沈义贞：《漫说江苏文化》，《民主》2011年第7期。

苏的现代市民文化也吸纳了很多新文化要素，但小传统相对保守的特性决定了它与旧时文人文化亲缘关系在现代的延续，鸳鸯蝴蝶派作品的长盛不衰就是显证。有意味的是，新文化对文人文化乃是一种否定、排斥的态度，但对融合了文人文化特点的市民文化则采取了一种既批判又意图改造的立场，也正是在这一交汇点上，三者之间建立起关联，并成为江苏散文的文化基础。

需要强调的是，新文化、文人文化和市民文化固然各有其源流，可以分别测绘出谱系，但当它们在同一时空之中遭逢时，就已经成为"一种合成的整体"了，而"这种文化的整合一点儿也不神秘。它与艺术风格的产生和存留是同一进程"[1]。在整个现代时期，江苏既有上海（上海成为特别市以后仍然可以起到这一作用）这个与世界接轨并在文化上保持同步的新文化排头兵，也有苏州、扬州、南京等文人文化与市民文化交相辉映的纵深腹地，还有历史邈远后劲绵长的楚汉民风作为颇具弹性的背板，三者之间虽然存在清晰的时间梯度，但人的流动性填补了空间罅隙，于是它们在差异中融合，也在融合中仍然保持一定的独立性，相辅相成且相反相成，共同构成了现代江苏文化。

江苏文化的现代性，一如全国其他地区，首先以趋新为特征，但悠久的文人文化对其有所牵制，所以它并不激进，而繁荣的市民文化对饮食男女的关注，又使得它不流于空洞。可以这样讲，新潮而不摩登、平和而不极端、实际而不空乏，都是江苏文化基于传统特质而表现出的现代特色。

二、江苏散文的现代演化

陶晶孙在论创造社的组织结构时，有"沫若为创造社之骨，仿吾为韧带，资平为肉，达夫为皮"[2]之语。盖人无骨不立，无肉则枯，无皮则为怪物，有此诸种，方为一气韵生动之人物。对于江苏散文这一有机体来说，同样如此。可以这样说，新

1　[美]露丝·本尼迪克特：《文化模式》，王炜等译，北京：生活·读书·新知三联书店，1988年，第49页。
2　陶晶孙：《记创造社》，《牛骨集》，上海：太平书局，1944年，第149页。

文化的现代骨骼、市民文化的丰满血肉、文人文化的清雅皮相，三者不可或缺，而亦不可或分，它们共同构成了江苏散文的文化样貌。不过，它们在不同时期成色不同，故江苏散文在现代时期的模样虽前后清晰可辨，但神态、言语、动作等变化万千，幻化出千姿百态的文学风情。

简言之，江苏散文在现代时期可以依据年代划分为四个发展阶段，即晚清民初、20世纪20年代、20世纪30年代和20世纪40年代（后二者之间的分期一般以抗战全面爆发为界）。这四个阶段自然各有特色，但就整体来说，发展的态势颇为明确和明显，那就是文人风情由浓转淡，现代特质逐渐强化，而市井风采则婉转起伏，在前二者的消长间隙悄然生灭。

在第一个阶段即晚清民初这一时期，江苏的知识群落表现出传统读书人风范与现代知识人意识杂糅而以前者为主的过渡时代特色，而文人阶层在遭到政治的排斥后自发地与日益壮大的市民阶层结盟，进入文化市场之中，此后则逐渐分化，一部分人进入新知识人阶层并重新与国族建立起新的联系，绝大多数人则如"辛亥以前的主要倾向是由俗入雅，辛亥后则为回雅向俗"[1]之小说创作潮流所表明的那样，在辛亥革命以后日益沉入民间，形成通俗作家群并成为内嵌于现代社会结构的一支重要的文化力量。

江苏此时最有代表性的文化团体南社，就显现出知识人转型的复杂性。作为一个资产阶级革命社团，其成员以江浙地区的读书人为主，大都是带有传统士大夫气质的文人，他们兼有革命姿态和文人风流，一方面以气节文字鼓吹革命，另一方面也较多亦庄亦谐的笔墨游戏。是故，他们的散文创作也就大体可以分作两类，其一是柳亚子、叶楚伧等人以意气见长的慷慨激昂的政论，另一则是姚鹓雏、范烟桥等人以才情取胜的典雅蕴藉的随笔。

南社散文是此时江苏散文的主流，其余散文作者，不是柳亚子一类，就是姚鹓

1　陈平原：《二十世纪中国小说史·第一卷（1897—1916）》，北京：北京大学出版社，1989年，第121页。

雏之流，故就整体而论，晚清民初的江苏散文实以士子的典雅文章和通俗作家的游戏笔墨两类为主，它们都具有一定的启蒙倾向而几无例外地沉溺于文采风流，所以具有典型的文人色彩。值得注意的动向是，进入民国之后，江苏作家逐渐突破古典文章的藩篱，开始较多借鉴源自民间的多种富有表现力的散文文体以隐射、讥弹社会现实，表现出一定程度的活力；然而，他们虽有讽世之心，但或玩世或媚俗的文人心态和积习造成了趣味的卑下，故至其末流就无甚可取了。

到第二个阶段即20世纪20年代前后，一个最为重大的改变是新知识人大规模登上历史舞台，他们以"某种和超越尘世的权力秩序相联结的神圣语言为中介"[1]即借助新文化所描绘的理想社会之蓝图这一全新的话语体系，从而形成一个"文化共同体"，逐渐成为舆论界的中心并进而成为知识界的主流。与此同时，文人群落则开始萎缩，活动范围日益收缩并向民间下沉，并在其后改换面目卷土重来。可以这样讲，新知识人在文化领域攻城略地，暂时尚未顾及民间世界，而旧文人在撤退到世俗之后强化了他们与民间自晚清以来的联系，并为自己后来的转型奠定了基础。

据此，可以将这一时期的江苏散文作家分作三个群落：其一是以朱自清、叶绍钧、徐祖正、徐蔚南等人为代表的现代散文作家群，他们的散文观源于新文学，所作也大致都可以归入"美文"；其二是吴稚晖、刘半农等较多文人积习的作者，他们出入于新旧之间，其作品也大都是布满西式点缀的中式剪裁；其三是叶灵凤、洪为法、周全平等新锐青年所组成的知识青年作者群，他们的散文文体颇为驳杂，充满失路者的悲鸣和对未来的呼号，几乎完全沦为情绪的宣泄，审美价值有限。需要说明的是，这是从知识人的文化属性角度做出的一种划分，但三者之间多有人员往来，故界限并不森严，而在既往的文学史著作中，不仅刘半农的"语丝文体"得到大力彰扬，而且第一、第三两个群落往往归为一类，然而就事实而言，他们其实颇有分别——刘半农后来之"落伍"和边缘知识青年之"前进"，足以证明这一点。

---

[1] [美]本尼迪克特·安德森：《想象的共同体》，吴叡人译，上海：上海人民出版社，2003年，第14页。

当然，三者之中的确以现代散文作家群的贡献为大。朱自清早期那些或清新或朴实的抒情散文，从具体层面看，无疑提升了早期白话文的叙述、描写的能力，而就更宏观的层面看，它们和同时期的其他优秀散文一道"彻底打破那'美文不能用白话'的迷信"[1]。在同时期的其余散文作家中，以徐祖正从禅境之中开拓出生命热力的"造境"之作和徐蔚南清新脱尘的"写境"之作为最高，他们同样在题材和主题方面为现代散文的展开进行了有益的探索。

另外一个值得注意的现象是江苏学术随笔的兴盛。顾颉刚、郭绍虞、魏建功等江苏青年学子在师长辈的影响下，陆续投入对中国民间文学、文化的研究，不仅参与到其时整理国故的学术运动之中，日后成长为颇有建树的学者，而且相关文章也成为风格独特的文学创作，丰富了江苏散文文坛。

在第三个阶段即20世纪30年代，处于南京国民政府统治的中心地带，江苏自然难免受到政治权力的掣肘，但就总体而言，伴随着国内民生事业的稳步发展和日趋繁荣，知识人的生存状态较之此前大为改善，江苏文学开始呈现出多元发展的良性态势。就散文创作来说，一方面是新文学作家多有更进一步的发展，另一方面，在时代转折冲击下蛰伏于民间的文人完成转型，以新式文人的面目再度现身，成为文化体系中的重要一极，双方在文化市场上既有竞争又有协作，共同绘就了参差多态的江苏散文图景。

据文学渊源关系的不同，此时的江苏散文文坛大抵分现代散文和小品文两大流脉，正与朱自清所说的30年代中期"散文的趋向""一是幽默，一是游记、自传、读书记"[2]的整体性状保持一致。"幽默"与"美文"一样源自西方，就二者之间的关系论，如果说后者预示着现代抒情散文的崛起，那么前者就是在其开拓的疆土之内进行深耕，它是糅合了传统文人小品的审美特点之后对美文传统的深化和改造。就江苏散文而言，此时虽然也表现出融会中西的总体趋势，但文人文化、文学传统在

---

[1] 胡适：《五十年来中国之文学》，《胡适全集》第2卷，合肥：安徽教育出版社，2003年，第343页。
[2] 朱自清：《什么是散文？》，《朱自清全集》第4卷，南京：江苏教育出版社，1990年，第364页。

市民社会条件下一定范围内的复活则成为一个显著现象，故较全国其他地域，江苏在中西融合的大背景中尤为明显地表现出古今融会的态势。

朱自清本以美文擅名，此时亦在"文学的国语"方面颇有探索，但更为显见的倾向，乃是回归本性本心，以真实具体的个人生活体验介入常识，以诉诸普泛人性的方式论理，有一种基于性情和儒者修养而有的平实。叶绍钧此时成为与朱自清齐名的散文名家，他的特别，在于不仅看到了思想和辞章在"五四"时代的断裂，而且意图从文教的角度加以弥合缝补。[1] 他在朱自清散文谈论常情常理基础上辅之以文章修辞的努力，不仅有效增强了新文学的影响，而且将新文学建立在一个更为普泛的基础之上，从而将之与古典文学之间的壁垒打破并因而建立起现代关联，可以认为是江苏文化对新文学的一个特殊的贡献。

江苏的小品文也注重修辞，但主要以文人趣味为特色，不过，这种文人趣味之所以值得重视，不全在或精致或村俗的私人情趣，也与江南士子的书生意气和精神文化品格密不可分。郑逸梅笔下那些文人雅士的风流往事，不仅是其个人生命情趣的自然生发，更是江南士风回荡在市民社会中的余响。在某种意义上讲，它是区别于审美现代性而又能够对社会现代性予以平衡的一种现代社会结构性要素，从这个角度看，江苏及浙江、皖南等文化发达既久的省份和地区在中国社会转型中都有特别的意义。

在第四个阶段即20世纪40年代，整个中国几乎处于不间断的战乱之中，知识人大都处于飘零状态，虽然服务抗战的战时舆论对作家的创作不无钳制，但大体说来，战争也给文学带来了更为自由和广博的书写空间。江苏在全面抗战时期大部分地区沦陷，众多作家流亡后方，生活状态的重大变迁促使他们的创作题材和主题也发生了巨变，主体从温柔敦厚的知识人风情转换为生气淋漓的现代人品格。

江苏散文作家此时形成了较为合理的梯队。从人员构成来看，它既有柳亚子、

---

[1] 参见朱自清：《〈文心〉序》，《朱自清全集》第1卷，南京：江苏教育出版社，1988年，第283—285页。

平襟亚、范烟桥等保留较多传统文人习性的旧派文人，也有朱自清、叶绍钧、缪崇群等成名已久且保持旺盛创作态势的新文学作家，还有钱锺书、汪曾祺等既有独特的文学渊源又以江苏文化为根基的新一代青年作家，老中青三代散文作者处于同一时空之中，既有区别又有联系，共同促成了江苏散文在战时环境下的持续繁荣。与前一时期相比，如果说30年代的江苏散文主要表现为中西汇合，那么此时则主要体现为深层次的中西融合，可称继20年代中西方文学理念物理碰撞之后的化学结合。

江苏散文此时颇为讲求理趣，追求把细微琐屑的生活常识翻成妙趣横生的道理乃至哲理。朱自清的文史小品已经开始具备学者散文的风采，而钱锺书中西学问俱佳，他的散文作品化合文人的尖刻和绅士的风趣、名士的雅谑和学者的睿智，往往表现为一种机智的风趣。这种文学风情，既有传统知识人的狂狷，又有西方绅士的雍容，在中国现代散文中可谓独具一格。

纵观江苏散文发展的四个阶段，如果以新文学的散文观念为观察角度，晚清民初乃是观念萌芽阶段，可置而不论，后三个时期基本表现为"正—反—正"的发展趋势：20世纪20年代，现代散文文体地位得到基本确立；20世纪30年代，传统散文文体在一定范围内复苏，隐隐有与现代散文在竞争中融合的态势；20世纪40年代，现代散文在吸纳传统散文特质之后，形成了更具表现力的文体形式。就整个现代时期的江苏散文创作看，现代精神是贯穿首尾的主线，而市民文化和文人文化犹如车之两轮，二者之间或因时势而有所偏至，但始终能够保持一种总体的平衡，故现代江苏散文一如历史上各个时代的文学状况那样，始终维持着文质彬彬的发展态势。

三、江苏散文的总体特色及其在中国现代文学史上的地位

江苏散文是中国现代散文中极为重要的地域分支之一，因为在发展过程中得到江苏悠久深厚的文化传统的滋养，故其演进较其他省份更为集中地体现了中西古今等多种要素之间的分合，而由于风气较早开通且应时较为积极，它又在变动不居的现实之中极富创造性地在技巧、题材、主题等方面，丰富和发展了现代散文。与其他省份和地区相比，文化发达的历史和社会活力充沛的现实，无疑造就了江苏散文

的独特性。

首先，江苏散文带有浓郁的文化底色。

楚汉、金陵、吴、维扬四种文化特别是后三者所构成的近现代江苏文化，是一种充分发达的传统文化的杂糅形态，它糅合言笑晏晏的士大夫雅文化和清新朴茂的民间俗文化两大传统，既与世俗社会保持着血肉相连的联系，又以知识人清幽细腻的审美不断加以改造，使之免于芜杂混沌，故总体上表现为儒雅风流。应该承认，这种文化或许难以应对突变的时势，但在另一方面，它无疑可以避免动荡并保证社会转型的平顺。在整个现代时期，除20年代知识青年散文作者较多质胜于文的"野"，江苏现代时期的诸多散文作者，大都偏于文胜于质的"史"，这是江苏地域赋予江苏散文的文化基因。不过，江苏散文并不因此显得柔弱。正如国民革命造就了知识青年散文作家的野气，江苏的地理位置和历史机缘都使得它无法回避时代风云，故其亦有因应时势的英雄气，因此就总体而言，江苏现代散文的内容和形式较为均衡，可谓文质彬彬。

其次，江苏散文是古典文学精神与现代文学品质的完美结合。

自明清以来，江苏（特别是苏南及周边的皖南、浙西所形成的文化区域共同体）的古典文明、文化发达至烂熟阶段，而这一地区又以上海为龙头受到外来文明、文化的冲击并将之内化为社会发展的动力，于是逐渐形成了一种融会中西的文明观念和文化理念。作为最直接反映时人文化观念的一种文学体裁，散文反映了这一融合过程。可以看到，顾颉刚以西式文化理念重新审视中国本土固有材料的随笔、郑逸梅再现传统读书人生活情趣的笔记和钱锺书化合中西而独具风采的小品，体现了现代审美与古典精神作为现代时期江苏散文的两翼在三十年间先后所表现出来的对抗、并行和融合等关系。当然，这里只是为了叙述的方便而将二者分开描述，就事实而论，古典和现代两种文学精神虽然在单一作家那里或有成色差异，但就整体而言，它们无疑相互影响、渗透、融合并逐渐调适而形成一种可以有效反映时人生存体验的文学观念体系。从这个角度看，本土的古典文学传统与外来的现代文学精神的融会贯通，就成为江苏散文在审美方面最显著的特色。

再次，江苏散文带有典雅蕴藉的文学风情。

江苏一地自魏晋时期开始逐渐成为中国的文化重心，文化底蕴深厚且文教传统绵长，虽然自"唐宋转型"后平民阶层中兴并影响到士子阶层，但文人风雅的大传统一直长盛不衰。"浙西学派偏于文"[1]的江南文风，特色在"飘逸"的"词华"，即"庄谐杂出，或清丽，或幽玄，或奔放，不必定含妙理而自觉可喜"的"名士清谈"风情[2]，这种文学风范在现代时期对江苏散文仍有重大的影响力乃至具有支配性，新文学散文作者浸润其中，自然少"摩罗诗力"而偏向儒雅风流一路。由此，江苏散文虽然不乏书生意气，但大抵以含蓄蕴藉的文人情怀为主流。不过，需要强调的是，这并不是说它主要承接的是传统文学精神，可以看到的是，即使在较多受到新文学影响的青年作者之中，如洪为法、缪崇群、汪曾祺等人，也多含而不露。这是江苏散文的基本风格。

据上述，大体可以这样讲，文质彬彬的文化属性、古典与现代融合的审美范式和典雅蕴藉的文采风流，虽然在中国现代化转型过程中各地都有所体现，而大抵以江苏一地最为典型。作为现代中国文学史上一个光辉的存在，江苏散文与其他省份的散文一道构成了中国现代散文史并成为全国各地域文学中的佼佼者，对中国现代散文的发展具有举足轻重的推动作用。

第一，江苏散文典型地体现了现代中国社会转型的文化观念之变。

江苏是传统文明与现代文明最早接触、碰撞、融合的地区之一，传统与现代各自的特点均表现得极为充分和鲜明，故江苏文化和文学尤能显现文明、文化观念之变的诸多特点。与其他文学体裁相比，散文无疑更能直接体现文化观念的变化，在江苏现代时期的一众散文作者中，那些在传统中浸润既久的文人如何蜕变成一定意义上的现代知识人，如南社和"鸳鸯蝴蝶派"的众多作家，他们的心态就极为典型。一个有意思的例子是，柳亚子在文学革命后以"新文学首难之胜广"评价胡

1　周作人：《鲁迅的文学修养》，《鲁迅的青年时代》，止庵校订，石家庄：河北教育出版社，2002年，第53页。
2　周作人：《地方与文艺》，《谈龙集》，止庵校订，石家庄：河北教育出版社，2002年，第11页。

适,但又对他"以《努力周报》取媚吴陈"表示"不满",所以在"语体文"和"文言文"之间踌躇[1],这种徘徊两间的言行,正是转型期所常见的一种文化姿态,其心态颇可玩味。江苏散文正以众多形态各异的具有代表性的个案,细腻阐释了中国文化观念转型的复杂生态。

第二,包括散文在内的江苏文学在中国审美现代性的建构过程中,地位和意义至关重要。

在文学革命前后,新文化联合民间文化与文人阶层主导的传统文化形成对垒之势,但江苏近代以来早已出现文人文化与民间文化相融合的趋势(例如晚近之鸳鸯蝴蝶派"旧瓶装新酒"的通俗小说),二者在江苏的冲突本不应激烈,但同样源于西方的"学衡派"关于现代文明发展的理念与新文化、新文学论者不同并下意识地联合文人阶层加以对抗,遂使得它们之间的纷争趋于表面化。以今观之,"新文化"和"学衡派"乃是西方文明观念中国化的不同路径,二者之间的区别未必全在新旧,更在中西[2],即它们分别吸纳了西方不同阶段的思潮施于国中而已。当时过境迁,虽然前者作为审美现代性在中国的表现形式得到较为一致的肯定,但也应该看到,它本身就存在自我否定的倾向[3],而更多对接传统故而略显保守的文化派别无疑可以矫正审美现代性的"偏至"。从这个角度看,带有较多文人特质的江苏散文无疑可以有效平衡或中和新文学审美,从而使新文学之现代特质包容更为多样的内涵而更具活力。

第三,江苏散文丰富了现代散文的文体谱系。

新文学的散文文体,其实大都属于周作人、鲁迅或理论倡导为主或创作引导为主所开创的美文、杂文两大谱系,却难以归入任何一方,大致居于二者的中间地带。现代江苏散文大都是以描写、记叙、抒情为主的美文,杂文并不发达——在杂

---

1 柳亚子:《答某君书》,《磨剑室文录》(上),上海:上海人民出版社,1993年,第760页。
2 高远东:《"现代"如何"拿来"——以中国文学现代性的确立途径为讨论中心》,《鲁迅研究月刊》2000年第7期。
3 [美]马泰·卡林内斯库:《现代性的五副面孔》,顾爱彬、李瑞华译,北京:商务印书馆,2002年,第16—17页。

文作者中，除瞿秋白自成一家，其余人等，如知识青年散文作者群，大都仅具备"杂文气"而已，文体其实不能自立。但在新文学源流之外，江苏散文另有文章传统。柳亚子的文人论政、通俗作家的游戏文章、吴稚晖的滑稽文章、范烟桥和郑逸梅的笔记、钱锺书融会中西的小品，足以构成现代时期江苏散文有别于新文学的另一条脉络。这一文章传统未必出于有心的建构，应是江苏地域文化传统和个体文学质素养成合力作用的结果，置于现代文学语境之中，它也是与新文学颇有互动但相对自足的一个谱系。如果说周作人的《中国新文学的源流》正视了中国本土文学传统并为之做出正名的努力是从理论的角度肯定了它的现代意义，那么江苏散文中不绝如缕的文章传统就从创作实践层面延续了本土文学的影响，它们都为中国现代散文的后续发展开辟了新道路。

综上可知，现代江苏散文作为新文学的一个地域分支，既有与新文学协同一致的方面，也有基于地域文化传统而独具特色的另一面，前者促进了现代散文的发展，而后者也丰富了其内涵，并为其未来奠定了坚实的基础。一代有一代之文学，一地亦有一地之文学，江苏散文的价值，正在于它与其他地域散文之间的和而不同。

第一章

过渡时代的新型文人散文
（1840—1916）

第一节　概述

江苏自南朝以来便是文采风流之地，到明清时期，更是人文荟萃，名家迭出。在晚清到民国成立之初，江苏特别是苏南地区积蓄了从唐宋以来的社会平民化趋势所储备的发展势能，更重要的是，此时又因沿海、沿江的地理位置而较早与外部世界发生联系从而获得了强劲的发展动能，所以文人与文学、文化也较早进入了异变状态。

中国传统时代的文人，或者据费孝通的说法称之为"学者—知识分子"，基本处境是"被排除于政局之外，但还拥有社会威望。因为他们没有政治权力，这样的人就不可能决定政治问题。但他可以发表自己的意见，制定其原则，发生实际的影响"[1]。在明清两代，江南地区参加科举考试的应试人数、成绩等第和录取比例均为各省之冠，可谓文教昌盛。这些官僚致仕后返乡定居，参与各种文化活动，无疑以其政治背景极大地推动了地方文化的发展。不过，这在中国传统社会是一种常态，总体不出正统范围，而江南地区人才鼎盛，故这一现象较为突出而已，因此，更为重要的是泰州学派等学术新思想的出现。泰州学派为心学后续发展的一支，在中国学术思想史上以平民意识和批判精神著称。黄宗羲在《明儒学案》中如是阐发泰州学派的历史意义：

> 阳明先生之学，有泰州、龙溪而风行天下，亦因泰州、龙溪而渐失其传。泰州、龙溪时时不满其师说，益启瞿昙之秘而归之师，盖跻阳明而为禅矣。然龙溪过后，力量无过于龙溪者，又得江右为之救正，故不至十分决裂。泰州之后，其人多能以赤手搏龙蛇，传至颜山农、何心隐一派，遂复非名教之所能羁络矣。[2]

1　费孝通：《中国绅士》，惠海鸣译，北京：中国社会科学出版社，2006年，第16页。
2　[清]黄宗羲：《明儒学案》，北京：中华书局，1985年，第703页。

泰州学派继承心学以"童心说"为核心的对主体价值的肯定,尊重人性从而提出"百姓日用即道"等主张并表现出明显的与正统对立乃至对抗的姿态,都表明它是中国传统思想的一次带有革命性质的裂变。这一在江南地区士大夫群体中颇有影响的学术思想虽然在清代的高压政治氛围中不得不有所收敛,但它潜藏在士子心中,并与晚清时期工商业日趋繁荣而造就的市民社会产生了良性互动。

在中国晚近历史阶段,江南地区因为经济持续高速发展,市民社会日趋活跃,市民文化也蓬勃发展。市民消闲娱乐需求的旺盛意味着江南文人在科举之途难以走通之际,在一定程度上可以另有选择,而究其实际,对于那些生当世变而建功立业又乏门径的底层读书人来说,毋宁说是主动介入。于是,他们自然将目光转移到著书立说一途,虽然其中多数为的是博取生存资源,也被当时的舆论认为是所谓落魄文人,但如果从文化史的角度看,他们事实上有力推进了文化的平民化发展势头。由此,我们看到以"三言二拍"为代表的小说创作,多数都是文人在民间说书人底本的基础上进行的润色、修订、改编或者再创作,而在《三国演义》《水浒传》《西游记》的成书过程中,在署名者之外,先后有多个文人介入到它们的创作过程之中。这些文人不同程度参与编纂和创作的作品,实则是民间社会中最富生命光彩的人性华章,个中隐藏着中华民族生生不息的文化符码。

不过,中华文化内部的渐变趋势因为中国逐步被纳入世界体系而不得不中断。鸦片战争后,先进的中国人慢慢走出"天下"观念的牢笼,开始逐渐接受"国家"及其相关理念,而因为"科举制被废除,道统与政统即两分"[1]的现实情形,传统士子逐渐转变为新型知识人,他们"徘徊在学术、艺术与政治、社会之间",但因为"不论是遗传下来的传统士人还是新型'知识分子'的责任感,都不允许他们置身事外",所以始终摆脱不了"内心的紧张"并"不能不持续做着'煞风景'的

---

[1] 罗志田:《权势转移:近代中国的思想与社会》,北京:北京师范大学出版社,2014年,第111页。

事"[1]。王韬在《弢园文录外编》的《自序》中说：

> 自中外通商以来，天下之事繁变极矣。见所未见，闻所未闻……四十余年中所以驾驭之者，窃谓未得其道也，草野小民独居深念，怒然忧之。时以所见达之于日报，事后每自幸其所言之辄验，未尝不咨嗟叹息而重为反复以言之，无奈言之者谆谆而听之者藐藐也。[2]

通过王韬的夫子自道，大概可以见出晚清一代知识人的心力所向。

需要注意的是，在从士大夫转型为新型知识人的过程中，"士"并非浑然一个整体。粗略言之，依其与政治权力的关系远近，可以分精英、平民即上层与下层两大群落。在西学尚不足以为用而中学逐渐解体乃至崩塌的条件下，文人士大夫从社会结构的中心地带被驱逐至边缘，于是不可避免地依其聚落发生了分化：上层士大夫虽然影响力日渐式微，但仍然可以留在政治周边，或者干脆进入沿海、沿江地区的新式职业；而中下层士子，除从事与笔墨相关的各种职业，绝大多数的人都委身教育，即在各种形式的私塾当中任教，而科举废除后，他们中的大多数陆续进入了新兴的新闻出版行业。应该承认，这一趋势不仅出于现实考量，也与知识人的整体抱负相关，对文教事业长期发达且据有上海这一现代工商业日趋昌盛的中心的江苏来说，情形更是如此。

阿英认为有三种原因促成了晚清小说的繁荣。他在《晚清小说史》中指出，在"印刷事业的发达"和"西洋文化影响"两段之外，第三种即为"清室屡挫于外敌，政治又极窳败，大家知道不足与有为，遂写作小说，以事抨击，并提倡维新与革命"[3]。其实在小说的文体地位得到大力提升之前，包括策论、政论、游记及日

---

[1] 罗志田：《自序》，《近代读书人的思想世界与治学取向》，北京：北京大学出版社，2009年，第18页。
[2] 王韬：《自序》，《弢园文录外编》，上海：上海书店出版社，2002年，第1页。
[3] 阿英：《晚晴小说的繁荣》，《晚清小说史》，北京：东方出版社，1996年，第1—2页。

记等在内的传统文章已多昌言维新与革命，它们都是蕴含着相当的现代意识的广义散文。

综上可知，中华文化滋生的思想裂变和江苏因特殊的地理条件经受的外部冲击造成的近现代江苏文人较早进入现代社会分工的趋势，造就了其文化、文学的区域特性。从文学角度看，晚清民初的江苏散文（当然在相当程度上也代表了这一时期文学、文化的某种整体特色）具有如下几个方面的共性：

第一，带有平民意识的启蒙倾向。中国自唐入宋，贵族建制渐趋瓦解而市民社会逐渐兴起，虽然明清两代的专制集权达到顶峰，但这一总体趋势并未改变，而以泰州学派为代表的中国晚近思想变迁无疑也是顺应这一趋势的深入发展。在这一背景下，传统士子固然并不具备现代意义上的平等精神，在出路方面也仍然受政治权力的左右，但因为民间经济和市民社会的进一步发展，较之于此前自然可以另有选择（虽然这一选择与主流观念相左且常常受到鄙夷）。到晚清，特别是士大夫阶层中的先进分子对西方社会的风俗人情有所了解之后，他们自我省察的意识开始萌生，由此开启了启蒙与自我启蒙的现代性旅程。

如果说前引王韬的言论表明江苏士大夫阶层高涨的思想启蒙意识，可以算是一种文化现代性的追求，那么浸淫在市民社会之中因而较多承续民间传统的底层士子，他们的创作实践则较多与社会现代性的一面相关。这一群人，因为较多从事通俗小说的写作，文学史惯常称之为"鸳鸯蝴蝶派"，他们的小说创作其实已经表现出相当强烈的启蒙色彩[1]，而他们的散文作品，则更有明确而显豁的表达。可以这样说，王韬等人思想的标高和鸳鸯蝴蝶派从市井当中走出来的烟火气，犹如江苏近现代社会转型的两翼，相辅相成，缺一不可。

需要强调的是，在某种意义上讲，有着市民社会基础的通俗作家的散文写作更

---

[1] 鲁迅论晚清时期的科学小说，认为它们实则是"经以科学，纬以人情"，而任一类型的通俗小说，其实都是在人情世故中不乏现代性内容，只是前者的过甚其辞在许多时候压倒后者的草蛇灰线，以至其隐而不彰。参见鲁迅：《〈月界旅行〉辨言》，《鲁迅全集》第10卷，北京：人民文学出版社，1981年，第151—152页。

为重要。王韬是中国先进知识人的代表之一,他的思想代表着现代中国觉醒的程度,其意义不局限于江苏一地。而江南文化土壤孕育出的鸳鸯蝴蝶派等通俗作家,其所思所想、所言所行,其实都带有鲜明的地域色彩,所以他们的创作真正构成了地方文化。从这个角度看,通俗作家实是江苏文化地域特质的集中代表,他们的散文作品表现为糅合世俗人情的社会启蒙倾向,值得特别关注。

第二,传统文人色彩与现代知识人意识的杂糅。在过渡时代,新旧两种意识的混杂自是不可避免,不管是上层的士大夫还是底层的士子,他们都处于这个历史的夹缝之中,自觉不自觉地流露出思想趋新而情趣依旧的文化审美惯性。江苏一地,文风鼎盛的另一面是市井繁华,故雅俗歧出并行的趋势尤为明显,而因为所处历史阶段的原因,总体上表现为传统士大夫的文采风流。

当然,这里的雅与俗,乃是就中国传统文化而言。不管是王韬、柳亚子、叶楚伧等知识名流还是通俗作者群中的无名小子,他们的教养、学殖、文章,都植根于传统文化,此其一;其二,他们零零散散、断断续续地接触西潮,在其时并无可能形成一个完整的体系。这一反一正两方面的情形决定了晚清民初的知识人整体上处于一种守旧而不甘、出新而又乏力的状态,故而在文学创作方面也多有流露。

其时社会风云激荡,"常"与"变"错综,是一个极具张力的时代,但在创作领域,仍然是前者得到较多表现而后者则表现乏力。可以看到的是,他们的散文要么充斥着扬清激浊的文人风骨,要么夹杂着革命口吻的才子意气,都还是从身边入手的创作路数,所以就整体而言,与传统时代在野的士子并无明显不同。例如《楚伧文存》所收文章,囊括了策论、纪、序、叙、祝词、墓志铭、祭文等多种已有定型的传统文章文体,新式文体则在政论之外,只有几则小品文字。这一情形当然可以理解,因为作者和读者分享的是同一种话语体系,不过,这也说明,传统文体在面对现实问题之时,愈来愈显得捉襟见肘甚至难以为继。因此,更值得重视的,无疑是这些作品当中所表现出来的"旧"的形式与"新"的内容之间的龃龉。

第三,文体革新意识。正如上文所表明的那样,旧形式已经无法完全容纳新内容,而且晚清民初的散文作家其实已经强烈感受到二者之间的紧张,开始探索能够满足新内容的新形式。然而，在文学革命和散文文体观念得到改造以前，这种源自创作冲动的探索虽然迫切且颇有实践，但对新形式的尝试往往是分散的，没有能够形成合力并造就一个较为一致的方向。在这种情况下，晚清民初的散文作者对文体革新的呼吁、追求和实践，只能是在传统散文的范畴内做出程度不一的调适。这主要表现在两个方面：一是对传统散文文体带嘲谑意味的戏仿，二是对民间文学的有限度改造借用。

应该承认，在晚清时期乃至民国成立之后相当长的一段时间内，传统散文的诸多文类和源自民间的各种散文文体，都是实用价值要超过审美价值，但二者之间的情形却颇有分别。传统散文文类的实用价值，非指可以准确反映社会人心的动态，而是指它们在相当程度上成为当时占据主流的上层知识人之间的交往方式，所以在当时被认为是雅的，美的；而民间散文文类虽可以准确、生动地表现人心流变，却因不登大雅之堂而被认为是俗的，不美。然而，报纸杂志等公共媒介的出现改变了二者各自为政的情形，文学期刊天然地具有糅合雅俗的功能，而读者趣味的形成本身就是自然趋于平均的过程，于是，传统和民间两种散文类型渐渐合流。

总体说来，晚清民初的江苏散文一如其他风气开通地区，都在内外两种因素的影响下发生变化。江苏特别是苏南地区，因为市井文化的繁荣，其实在这时已经开始了对士大夫文化进行渗透的进程，如果这一进程不被打断，大小两个传统之间的融合当会开创出非常可观的局面。不过，文学革命发生之后，文学格局被彻底重组，散文的观念也得到了根本改造，散文创作自然也是全新的面貌和气象了。

第二节　士人散文

晚清散文当然以桐城派为大宗。不过，据胡适的观点，"古文到了道光、咸丰的时代，空疏的方姚派，怪癖的龚自珍派，都出来了，曾国藩一班人居然能使桐城派的古文忽然得一支生力军，忽然做到中兴的地位……但曾国藩一死之后，古文的运命又渐渐衰微下去了。曾派的文人，郭嵩焘，薛福成，黎庶昌，俞樾，吴汝纶……

都不能继续这个中兴事业",而其意义,则在于"做到一个'通'字",故而可以"为后来二三十年勉强应用的预备"[1]。应该看到,当1899年梁启超提出"文界革命"的口号、提倡以新语句创立一种能够更方便地传播新观念的"新文体"之时,延续的也正是这一个"通"字。江苏近现代散文的开端,也正以此为前提条件。

在晚清民初诸种散文文体之中,政论尤为重要。作为与新兴的报刊业紧密结合的一种散文文体,政论从士子的策论逐渐演变为知识人的公共舆论,成为走向边缘的士大夫—知识人群体面对社会发声的一个重要方式。事实上,以王韬为起点,晚清民初的散文中的确存在着一条以政论为主线的创作流脉,而江苏近现代文化、文学的光荣发端,也可以当仁不让地归于王韬。王韬具有鲜明的时代意识,他的翻译活动、政论和游记写作以及报人生涯对同时代及后来的知识阶层具有重要的影响和垂范功能,使得江苏在现代散文转型过程中发挥了至关重要的作用。

一、王韬的《弢园文录外编》

王韬(1828—1897),江苏长洲甫里人,晚清思想家、政论家。原名利宾,字兰瀛;后改名瀚,字懒今;先后有号仲弢、天南遁叟、淞北一民、弢园老民、蘅华馆主等。自幼在父亲的指导下熟读儒家经典,曾中秀才,为承担家庭重担进入上海墨海书馆,工作十三年。其间协助麦都思、米怜重新翻译《圣经》,并协同其他传教士译有多种书刊,为中国引入西方新说贡献殊多。1860年因上书太平军被察而出逃,后至香港并赴欧洲游历。在港期间,兼任《华字日报》主笔,为进入新闻业之始。自欧洲返回香港后,于1874年创办《循环日报》,作有多篇政论,对其后的维新派影响甚巨。1884年返沪成为《申报》编辑,次年创立弢园书局,后主持格致书院。晚年致力于新闻、出版、教育三个领域。

王韬的著述,在编译和传统经学之外,涉及笔记、序跋、尺牍、政论、游记、

---

[1] 胡适:《五十年来中国之文学》,《胡适全集》第2卷,合肥:安徽教育出版社,2003年,第260页、第266页。

小说等多种文体。他晚年自号"弢园老民",谦称"老民于诗文无所师承,喜即为之下笔,辄不能自休,生平未尝属稿,恒挥毫对客,滂沛千言,忌者或訾其出之太易",而究其实,则因"身遭谗谤,目击乱离,怀古伤今,忧离吊逝,往往歌哭无端,悲愉易状,天下伤心人别有怀抱也"。[1] 此番夫子自道,当然也是今人理解王韬著述要义的关键。就其创作而论,政论与游记最值得关注,此处单及政论。

《弢园文录外编》是一个政论为主、论说为辅的文集,之所以是"外编",系相对于"内编"而言。据王韬自述,他曾著有多言性理学术的《弢园文录内编》,因避乱溺于水,片字无存,而"外编"大都为居港期间所作,"因其中多言洋务,不欲入于集中也"[2],故单独成书。从这里可以看出,王韬既保留了一定的儒家正统立场,也充分体现了一位"睁眼看世界"的先觉者的敏锐和宏放。不过,他不是所谓"讲性命之学者,不可无经济之才"[3]意义上的"中学为体,西学为用"论者,而是一个思想资源非尽源于传统的新式文人。例如王韬往往被视作康有为"大同"理想的先驱,不过,后者的思想"来自公羊学派对儒学信条的不太正统的解释",而前者的"主要灵感之源根本不是来自儒学,而是来自西方"[4]。

政论在晚清舆论中占据着一个非常重要的位置,在一定意义上甚至可以认为是它"吹倒大清王朝"[5]。王韬作为中国近现代报刊政论的开创者和奠基者,他的政论有着深远的影响。

首先,王韬是一位睁眼看世界的思想家。思想的开通宏放使得他的政论文章源头有活水,所到之处,自然泠泠作响,读之如饮甘泉。《变法上》提及"泰西人士尝阅中国史籍,以为五千年来未之或变也",王韬虽然引用史事加以辩驳,但在《原道》一篇中,他的确看到了"儒者本无所谓教,达而在上,穷而在下,需不能出此

1　王韬:《弢园老民自传》,《弢园文录外编》,上海:上海书店出版社,2002年,第273页。
2　王韬:《自序》,《弢园文录外编》,上海:上海书店出版社,2002年,第1页。
3　[清]王永彬:《围炉夜话》(第二十六则),张德建评注,北京:中华书局,2014年,第37页。
4　[美]柯文:《在传统与现代性之间——王韬与晚清革命》,雷颐、罗检秋译,南京:江苏人民出版社,1998年,第127页。
5　参见余衔玉、马亚丽:《吹倒大清王朝的政论文风》,《文史精华》2003年第10期。

范围"的成王败寇之历史事实，并对"以政统教"的传统表现出明显的批评，而与之形成对照的，则是"以教统政"的西方社会情形："泰西诸国皆以教统政，盖獉狉之气倦而思有所归，高识之士以义理服之，遂足以绥靖多方，而群类赖以生长，功德所及，势亦归焉。"能够对中西两种政治实践做出言简意赅的精确描述，得益于王韬往来于中西之间的观察和思考，这使得他的政论有别于国中诸多读书人的书生论政。正因为王韬能够持续保持与世界之间的对话关系，所以他的政论真正做到了言之有物，而不流于一种激越但空疏的文风。究其实际，王韬政论关注时务的时代性、独立的民间立场和宏放的世界性视角等特点[1]，皆源于此。

其次，王韬"辞达而已"的文风涤荡、净化了文坛风气。《弢园文录外编》卷二至卷七以及散入其他各卷的政论近百篇，都是观点鲜明而绝少枝蔓、态度严正而全无滥情的斩截文字。《达民情》一文开篇将治国与治病相类比，旗帜鲜明地亮出观点："善治国者，必先使上下之情不形扞格，呼吁必闻，忧戚与共，然后弊无不革，利无不兴。"王韬认为，中国其时"其君子多狃于因循，其小人则渐趋于浇薄"，其成因，在于"在上者，视民间之疾苦，忽不加减于心；斯在下者，视长上之作为，原非有利于己"的"上下之情，不能相通"的社会运转状况，所以水到渠成地提出对策："欲挽回而补救之，亦惟使上下之情，有以相通而已矣。"然后，文章以"泰西各国"与中国对比，前者"无论政治大小，悉经议院妥酌，然后举行，故内则无苛虐残酷之行为，外则有捍卫保持之谊，常则尽燮迁经营之力，变则竭急公赴义之忱"，而后者则"民之所欲，上未必知之而与之也；民之所恶，上未必察之而勿之施也"，寥寥几句，中西差别判然立现，文章观点自然得到有力的佐证。最后，作者展望道："能通上下之情，则能地有余利，民有余力，闾阎自饶，盖藏库帑无虞匮乏也。"王韬政论从不夸饰，真正做到了言之有物，从而自觉区别于国中的文士。

对于言之有物，王韬有言曰："自愧言之无物，行而不远，必为有识之士所齿冷，惟念宣尼有云'辞达而已'，知文章所贵在乎纪事述情，自抒胸臆，俾人人知

---

[1] 参见丁晓原：《论近代报章政论体之始——"王韬体"》，《广东社会科学》2000年第6期。

其命意之所在而一如我怀之所欲吐，斯即佳文。至其工拙，抑末也。"由此他乘便攻击桐城派："鄙人作文窃秉斯旨，往往下笔不能自休，若于古文辞之门径则茫然未有所知，敢谢不敏。"[1] 从文学史的角度，王韬对"佳文"标准的自我认定，特别是强调打破作者、读者之间的隔阂而能自如传递信息、传情达意的观点，后来的梁启超、胡适等人也有类似表述，反映出中国社会转型时期拆除交流壁障而再造一个共同体的努力。毫不夸张地说，王韬是晚清及"五四"启蒙者的先驱。

再次，王韬直截了当、剀切淋漓的个人言说，表现了弘正进取的士大夫精神。近代以来，因为中国国运的衰颓，士大夫非狂即狷，鲜少中华文化鼎盛时期的堂皇气概，而王韬却是一个例外。其实，王韬长期居停香港并曾长时间游历欧洲，自然深知中西异同优劣，然而，他的政论文章从无半点气馁之慨，更无见花落泪、闻鸟惊心的自伤自悼之情，不仅有关具体问题的《设领事》《练水师》《建铁路》等篇章如此，即使涉及传统士大夫据以为傲的《原道》《原学》《原人》等心性之学，立论也都不卑不亢，议论总是不疾不徐，气度不凡。就此而言，王韬不仅与稍后开一代风气的康有为、陈独秀等人在气质禀赋方面不相上下，而且立论更为中正，保持着淡定从容的智者形象。

概而言之，思想家底色、言之有物的文风和弘正的士大夫气质，是王韬政论文的三大特色，既显文化底蕴，又能突破桐城家法，适应时代发展。当然，王韬也不如他所言的绝对排斥古文，如果说他极力反对义理、考据、辞章等桐城家法，但对清通的古文其实颇为倾心而且极为擅长。且看《原士》篇，该文核心观点是废弃八股文，王韬先借朋友之口搬出一种说法："天下之治乱，系于士与农之多寡。农多则治，士多则乱。"然后立即表明赞同并分析原因且总结危害，继而开出药方："为今计者，当废时文而以实学。"三部分层层递进条理井然，交代了有名无实之士与八股文之间的关系；之后就是转语，驳斥几种时论对时文的维护；最后总结："故不废时文，天下不治。"这样的文章结构方法当然未必全然袭自古文，但流畅婉转的风

---

[1] 王韬：《自序》，《弢园文录外编》，上海：上海书店出版社，2002年，第1页。

格其实依稀可见其深厚的古文功底。

在政论文章而外，王韬还有《弢园尺牍》《弢园尺牍续钞》两本书信体小品集。"尺牍"作为一种文体，是寥寥数笔写出胸臆的性情文字，相较于其政论的严正，王韬在书信中自然有"状景物之悲愉，述境遇之甘苦，记湖山之阅历，穷风月之感怀"[1]的内容，但绝非名士流连山水的逍遥自得，而主要在于释愤抒忧："余性疏惰，类叔夜，乃赠答往来至如是之多，岂有所不得已哉？则以胸中所有悲愤郁积，必吐之而始快故，其气磅礴勃发，横决溢出，如激流迅湍，一泄而无余。"此外，王韬也对当时流行的文风重下攻击：

> 夫今世之所谓能文者，余知之矣。有家法、有师承、有门户、有蹊径，其措辞命意具有所专注蕴蓄以为高，隐括以为贵，纤徐以为妍。短简寂寥以为洁，宜又与余格格而不相入也。既不悦于俗目，又不赏于名流，宜余之所往而辄穷也夫。[2]

不同于流俗的文章趣味和追求，也在这里表现无遗了。

二、柳亚子的政论

南社诸人以诗名世，而亦有少量文章。柳亚子的作品"有旧诗几千首，文言文几百篇，语体文几十篇"[3]，在这一群体中大概较有代表性。柳亚子（1887—1958），江苏吴江黎里人，晚清民初著名诗人，民主人士。本名慰高，号安如；曾改名人权，号亚卢；再改名弃疾，号亚子；后以亚子之号行世。出身书香门第，幼读诗书，少年时期即能诗文，在赞成变法的父亲的影响下，思想开始倾向革命。

---

[1] 王韬：《重刻〈弢园尺牍〉自序》，《弢园文录外编》，上海：上海书店出版社，2002年，第218页。
[2] 王韬：《弢园尺牍续钞自序》，《弢园尺牍续钞》，北京：朝华出版社，2017年，第4页。
[3] 柳亚子：《自传》，柳无忌、柳无非编：《柳亚子文集：自传·年谱·日记》，上海：上海人民出版社，1986年，第5页。

1903年入上海爱国学社，两年后加入同盟会。1909年与陈去病、高天梅发起南社，旨在"以文学来鼓吹民族革命"，基本政治立场是其本人所谓之"狭隘的民族主义"[1]。民国成立以后在上海办报，其间参与新剧运动。1923年与邵力子、陈望道成立新南社并任社长，1924年重新加入改组后的国民党，并于1926年当选为中央监察委员，是国民党左派之一。综而言之，柳亚子在前半生的四十余年当中，人生领域分政治和文学两块，而这两点都汇聚于南社——一个文人昌言革命的社团。

南社的政治、文学活动，从中国历史传统角度看，毋宁近于广义的清流。"清流"的概念在晚清政治中出现，指的是朝中那些秉持儒家正统观念、严守华夷之辨、反对列强蚕食的官僚群体（有时也单指言官），但就事实而言，清流背后的支撑力量乃是全国饱读圣贤之书的读书人，而他们共同构成了广义的清流。在一定程度上，清流往往明于礼仪而陋于知人心，就他们的文章看，往往议论严缜、文辞华瞻、修辞工巧，传统的文章功夫的确高明，但若涉及具体对策和解决问题的能力，则惶然无措，空洞茫然。南社成员多少都接触过西方新说，深受维新、革命人士的影响，自然不能将之等同于传统的士大夫，然而，就他们的思想意识、知识背景而言，他们其实就是清流在新形势下的一个派生。因此，南社作为思想趋新而行事风格名士化的文人聚落，在政治上的作用，或如曹聚仁所言，是"前进的、革命的、富有民族意识的"，因而其"活泼淋漓，有少壮朝气"的诗文对青年人有所激励，而也正因为这样，曹聚仁对南社在文学上"不曾走出浪漫主义一步"和南社成员从文学走向政治的人生选择不无批评[2]。这里面的道理并不复杂：南社文人对理想社会的浪漫主义追求契合时代求新求变的氛围，故而可以影响舆论，而一旦走上政治舞台，需要的是纵横捭阖的实行能力，这无疑是带有强烈名士风范的南社诸人力所不能及的。柳亚子的政论文章，应该以此为背景和条件予以衡定，这是首先需要辨

1　柳亚子：《自传》，柳无忌、柳无非编：《柳亚子文集：自传·年谱·日记》，上海：上海人民出版社，1986年，第2—3页。
2　曹聚仁：《南社、新南社》，柳无忌编：《南社纪略》，上海：上海人民出版社，1983年，第248页。

明的。

　　从这个角度看，柳亚子从历史角度切入时政，就绝非偶然。从最早的《郑成功传》，到《中国灭亡小史》《台湾三百年史》，再到《中国革命家第一人陈涉传》《中国民族主义女军人梁红玉传》《中国女剑侠红线、聂隐娘传》等，民族主义思想固然是一条主线，但更重要的，还是传统史传体裁隐含的借古喻今的主旨。于是，他此后就转向现实问题，涉及女权、立宪、南北议和、临时政府与参议院、外交等诸多方面，而在成名之后，各种体式的酬酢文章逐渐增多，与政论形成互有交叉而又各有独立发展的写作格局。《磨剑室文录》初集、二集、三集收录了柳亚子从1902年到1926年的主要散文著述，愈到后来愈是表现出政论与文章混编而两者之间差异越发明显的趋势。不过需要强调的是，不论柳亚子如何看待这两类作品，可以观察到的现象是，只要形势允许且有发言机会，政论文章明显增多，反之则是交游文字占据上风。这表明柳亚子等南社成员一直保持着"对于外在世界有着强烈的关注和兴趣"[1]，从这个意义上讲，在柳亚子的全部文章中，政论的重要性要超过其他。

　　柳亚子的政论文章，大抵为书生论政。书生论政的弊病在于不合实用，多凌空蹈虚之语，但其优点却也正在于因此得以保存下来的较为纯粹的意气和性情。政论是就社会关切的大问题发表看法，虽然常预设立场，但通常需顾及广大人群的意见，而柳亚子的政论往往就是他本人对时事的见解，这种见解又并不忌讳文人、名士的"偏见"，所以读来酣畅淋漓。

　　《考察政治者还国矣》是柳亚子的早期政论，论清廷派员考察立宪事。该文首先摆出观点，认为端方等五人赴欧考察不过"为立宪愚汉之预备"，而"奴辈所欢欣鼓舞"的现实则使人心寒；其次则以烈士吴樾之无功而没与端方等人归来饱受赞誉对比，批评"其心死也久矣"之"俨然为汉族之民者"；最后，以坊间传闻将有"第二之吴樾"而官府惶惶之态为引，斥责"举国皆狂，遂以不狂者为狂"的荒诞现实，然后笔墨反转，表明"彼崇拜端方者，固亦无如此吴樾何，且又无如此继吴

---

[1] 张春田：《南社与转型时代的"文人性"》，《美育学刊》2014年第5期。

樾而起者之无量数吴樾何也"的愿景，并顺理成章地呼吁"第二之吴樾其兴也未"。该文条理井然，文气流畅，既有政论的严密逻辑，又有文章的辞采斐然，二者可谓相得益彰。

如果说《考察政治者还国矣》还有较多士大夫的文辞修养，那么《民权主义！民族主义！》在当时也算得走在时代前列了。这篇文章如此开头："讲起上古时候，一个部落里面，没有什么皇帝，没有什么官长，人人都是百姓，后来因为事体很多，或者内部的争执，或者外部劫掠，没有一个总机关，一定和乱丝一样，无从下手，所以从百姓中间公举几个有德行有才干的人出来，教他代全体办事。"文章模拟说书人口吻，通篇采用大白话，要言不烦，短短几句就把政治的起源问题讲得明明白白，这就不仅需要文章功夫，而且能够见出作者的现代思想涵养了。

通过以上两篇，大致可以看出柳亚子这一时期的政论具有如下特点：第一，以包括民族主义、民权主义思想在内的初步的现代政治观念为论纲，《民权主义！民族主义！》可为代表；第二，以坚决而无妥协余地的论点贯彻始终，论清廷优待条件的多篇社论能够见出锋芒；第三，以流畅而动之以情的论证说服读者，1923年劳动节的几篇社论足够典型；第四，不管是古文还是白话，文采修辞出色，文字功底深厚。正因为这些共同的特色，所以柳亚子等南社诸人数量相当多的"紧凑、明确、深入"的政论就明显"与传统的奏议、典诰等体式不同"，而"这些新功用虽然不自南社诸子始，然形成规模与大量写作"，因而就沿着王韬开创的政论写作路径，实际促成了"文章功用体式的新变"[1]。不过，却也不能因此说柳亚子等人已经完成了从士大夫到新型文人的转变，文学观念已经超越了传统。

柳亚子政论的风格其实仍带有较多的传统文人习气，而就他在这一时期所惯用的文体来说，更是传统文体在新形势下的有限改造和新变。在起初的史传之外，早期尤以1917—1922年间为甚，多是书、记、叙、序、跋、祭文、碑铭、墓志铭等，

---

[1] 曹辛华：《南社诸子文章学著作考论——南社文章学研究之一》，《河南师范大学学报》（哲学社会科学版）2004年第3期。

都是交游酬酢之文。当然，这有现实原因。在袁世凯复辟帝制运动及其之后的一段时间内武夫当国，本就混乱不堪的现实更是漆黑一片，完全看不到希望，所以柳亚子等南社成员陆续发起酒社、销寒社并组织迷楼雅集等活动，借诗酒浇愁。柳亚子在《〈酒社中秋唱和集〉叙》中曾开篇明义点明这一点："昔在洪宪僭号之前一年，逆谋昭著，海内靡然。"[1] 不过，这些行为其实极为接近旧时以狷狂标榜的读书人，狷本就是有所不为，狂实则是佯狂，所以并非进取，而是以张狂姿态示人淑世，实际是回避了斗争——那些内心深处无处倾泻的激情，则由旧文学特别是那些耗费心血的表面文章加以消磨。

这是颇为可惜的，但如果不跳出既定的圈子，则当然无法摆脱旧观念的约束。柳亚子1917年致信杨杏佛谈文学，攻击胡适提倡的文学革命为"非驴非马之恶剧"，然后简要谈论他所理解的文学：

> 弟谓文学革命，所革当在理想，不在形式。形式宜旧，理想宜新，两言尽之矣。又诗文本同源异流，白话文便于说理论事，殆不可少。弟亦宜简洁，毋伤支离。若白话诗则断断不能通。[2]

在有限度地承认白话文学的条件下，"形式宜旧，理想宜新"就成为柳亚子在文学革命前后的基本文学观。不过，柳亚子也像他所否定的梁启超、胡适等人一样，常常以今日之我非昨日之我，所以不几年之后，也开始站到"语体文"一边了。

三、叶楚伧的政论

同为南社中人和中坚，叶楚伧的诗名不及柳亚子，而文名则不下于柳亚子。更

---

[1] 柳亚子：《〈酒社中秋唱和集〉叙》，中国革命博物馆、上海人民出版社编：《磨剑室文录》（上），上海：上海人民出版社，1993年，第567页。
[2] 柳亚子：《与杨杏佛论文学书》，中国革命博物馆、上海人民出版社编：《磨剑室文录》（上），上海：上海人民出版社，1993年，第450—451页。

有意味的一个对比是，柳亚子经常把个人性情带入公共事务，而叶楚伧则对公私两个领域划分得较为清晰：他在小说诗词中风流蕴藉，而在政论中则义正词严。较之于柳亚子等其他南社中人，叶楚伧长期居于现代媒介运作体系之中，是真正的报人，所以散文自然明显区别于社中其他诸人。

叶楚伧（1887—1946），江苏吴县人，晚清民初著名诗人、时评家、政治活动家。原名宗源，字卓收，笔名有叶叶、小凤、萧引楼主等。生于书香门第，早年在家乡私塾就读，1902年入上海南洋公学，后转入南浔的浔溪中学，1904年考入苏州高等学堂，因故遭学堂开除后，南下汕头接替陈去病主持《中华新报》笔政，参与组织成立诗钟社。1909年加入同盟会，次年加入南社。民国成立之后，在上海先后创办《太平洋日报》《生活日报》，一度主持《民立报》副刊。1916年与邵力子共同创办《民国日报》，任总编辑。南京国民政府成立以后，担任过众多重要职务。

叶楚伧是著名诗人，民国前也以小说知名，大都是唐代传奇的文采与明清笔记小说的志异这二者的杂糅，如《云迥夫人》《疯十八妮》《男尼姑》《阿春》之类，大抵都带有苏曼殊式的艳情倾向。另有小品数则，大都是补白性质的插科打诨，风格类乎《笑林广记》，但这在晚清的文学报刊中是常见现象，众多作者都曾经多少作过类似文字，叶楚伧所作较之于徐卓呆等人其实并不出彩。然而，他的政论却质实朴素，了无旧时文人积习，从而大大区别于同时期的其他各色人等。叶楚伧生前由叶溯中编定的《楚伧文存》大部分是散文，次为小说，少量为政论、札记、小品，而实际上他主持报纸多年，作品最多的自然是政论。[1] 其中最重要的，当属《太平洋日报》《民立报》《民国日报》等报刊上鼓吹革新与建设的文字。

叶楚伧在民国成立之前较多参与实际的革命行动，是众多南社中人不曾拥有的经验。因此，他的政论真正围绕实际政治议题而展开，而且也极为严肃地对待政论

---

[1] 《楚伧文存》的编者之所以如是取舍，实际与国民党尊奉的意识形态相关。由于叶楚伧是"本党先进"而"道德文章"尤为世人崇敬，所以编者以"富于文艺价值且多有关本党文献"为标准编定，故舍弃了数量众多但"时效均已过去"的政论。参见叶溯中：《弁言》，《楚伧文存》，重庆：正中书局，1945年。

写作，这是叶楚伧政论的第一个特征。

民国建立不久，唐绍仪辞去内阁总理一职，坊间传闻甚多。叶楚伧愤然直言："吾人执笔任编辑事，夜深人静，一度斯心将以影响国事为前提乎？抑仅造作奇趋供茶余酒后噱谈之资而已乎？使为造作奇趋供噱谈之资而已也，则谓为躲避枪声可也，谓为雇人力车赴车站可也，谓为已至上海可也，谓为永不再至内阁亦可也。何则？是固可据以为奇闻骇讯，以起一般阅者之耳目者也。苟非然者，则唐即诚躲避枪声，诚雇人力车赴车站，诚至上海，诚永不再至内阁，必一权此事发现后，所生外界群视之猜疑，与夫今后内阁之信用，而深投鼠忌器之感者矣。"针对"某二报"关于唐绍仪辞职后可笑情状的渲染，叶楚伧明确表示反对，不仅暗中批评了报纸将自身降低为茶余酒后谈资的不良倾向，而且明确表明，应该从政治的角度严肃对待这一问题。

举凡叶楚伧涉及的政治话题，如俄罗斯在远东地区的扩张活动及日本新内阁政策对中国的影响、国内选举和"宪法"问题、武人当政问题、宋教仁案、"五四"运动、青年问题等，多为涉及国家根本战略，同时也和普通人息息相关的重大命题。当然，无须讳言，叶楚伧论及这些政治问题的时候往往带有党派成见，但更应该看到，贯穿这些政论始终的，是一位国民的忧患、一个知识人的道义和一个民族革命者的热忱。

叶楚伧政论的第二个特色，是议论的朴实畅达。如果说柳亚子政论带有诗人的激情，常以饱满的情绪激励读者，那么叶楚伧的文章则是知无不言言无不尽，思虑周详而表述则条分缕析且能够兼顾方方面面，常以充实的内容、详尽的辩驳以理服人。

《自卫》一文开宗明义，认为权力应受法律节制，以此引出当时权力不受限制的现实情状："法律以外无权力可言，而今之所谓权力者，皆由蹂躏法律而得。"然后指出其后果，在于一般人的"生命、财产、幸福、自由""悉由非法势力所破坏"。面对这一后果，既有"良心不死之人""冒危难以起，为全国争法"，亦有"不见无法之为害于千秋，仅见势力之可畏在咫尺"的"昧良心绝勇气，作临死喘息装"之人。作者在展示正反两方面的情形之后,立即转入正题,申明"人生而至拼一死,当无事堪不破矣",末端更是以"人"与"禽兽"之别作结:"以爪牙自卫者,禽兽也;以法律自卫者,人也。"该文短小精悍,观点鲜明,论证迅捷有力,读之颇有快感。

叶楚伧政论的第三个特色,是深厚的文章功夫。对叶楚伧这一代人来说,他们早年接受的是系统的传统经典教育,古文辞的功底颇为不俗,所以以之成文,也往往具有传统文章的风采,修辞是其中一绝。

上引《自卫》文中有"不见无法之为害于千秋,仅见势力之可畏在咫尺""昧良心绝勇气"等联语,以对偶论正反;《一片太平(?)景象》则采用排比,仅只摆出实情,讽刺曹锟到京之后的乱象:"伪阁问题,闹成一片,伪国会问题,又闹成一片,这些一片一片的,大概都是太平景象?"讽刺口吻如在耳畔。

政论是向普通人发表关于重大政治话题的意见,须观点明确、论证有力而且能够引起足够关注并深入人心,应该看到,以政治性内容、清通的辨析和实用的修辞见长的叶楚伧政论,是极为适应这一文体的。不过,叶楚伧也有另外一面,编入《楚伧文存》的散文堪称代表。

《楚伧文存》所指称的"散文",包括策论、札记、书函、序跋、祝词、寿序、祭文等诸多传统文章体式,以今观之,都可以认为是记叙、议论、抒情杂糅而骈散相间的随笔。

这些文章,文字和格调的雅是最显著的特色,《中萃宫传奇序》《落花梦传奇引》《青箱集序》《柳溪竹枝词序》等是其中佼佼者。《柳溪竹枝词序》中,"王渔洋清溪独往,有栖鸦流水之思;杨铁崖白版移居,深日下云间之叹",以王士祯、杨维桢的典故引入词作者"避世放怀,婆娑风月"的情境,又加入"红桑换劫白裕愁春"叠加时序转换的沧桑感,以"当士衡入洛之年,正本初横刀之日""回车穷巷,嗣宗痛歧路之多;掩袂长江,洗马觉愁来之甚""春来伯舆,登琅琊之山;老去杜陵,洒夔州之泪"等语切入穷愁主题,于是下文的文人遣怀的清辞丽句自然登场。画楼银烛,湘管乌丝;梨花满地,飞鸿在天;花间惜别,江上闻琴,自是文人雅趣；稻风作荫，牧笛成韵；豆棚瓜架，白酒瓦盆；跂脚自眠，岸巾独立，则又是一番名士做派。

叶楚伧的文辞风格，在晚清民初思想趋新的文人当中很有代表性。他们可以昌言革命，但其实审美情调与中国古典文学并没有拉开距离，正因为这样，他们的文辞功夫再高，也没有能力开辟出一片新的文学天地。与这批带有士大夫头巾气的中上层知识人相比，那些与世俗趣味更为贴近的底层知识人，却在时代的推动下，将外部变迁一一融入文章，因而也催生了不一样的审美风情，并在整个民国年间蔚为大观。

第三节 通俗作家的随笔

与昌言革新、革命因而偏重政论写作的上层士大夫相比，苏南地区的底层士子因为长期与市民社会的密切联系而注重从日常人情的角度切入，散文创作大都是带有鲜明的文人烙印而在趣味方面较为亲近市民阶层的各式随笔。这批作者包括李伯元、李涵秋、包天笑、陆士谔、王钝根、徐枕亚、范烟桥、周瘦鹃、平襟亚等文学史所谓黑幕小说或"鸳鸯蝴蝶派"的小说作者。他们中的许多人其实在"小说界革命"兴起之前已经开始创作，随笔较小说起步为早，而且持续时间很长，可以说是贯穿始终，这在中国现代文化、文学史上是一个非常显著的现象。

需要注意的是，从社会现代性角度看，通俗作家之中的若干人，其实不乏启蒙的文化自觉，但更多的，则是出于阅读市场和实际工作的需要而随手加以涂抹，不乏恶俗的文人滥调。这就是朱自清所强调的"小品散文的体制，旧来的散文学里也尽有；只精神面目，颇不相同罢了"，所以他认为旧散文并非"现代散文的源头所在"[1]。不过，将这些作品作为一个整体置于现代中国文化的谱系之中，却也不可低估。它们程度不同地择取、采纳西洋新说，无论各自之间的风格差异如何，都是为现代观

---

[1] 朱自清：《背影·序》，《朱自清全集》第1卷，南京：江苏教育出版社，1988年，第30页。

念张目,因而构成了中国现代转型的众声喧哗的乐章。单就文学而言,它们对传统文章和民间文体在新语境中不无创造性地改造、借用、戏仿,也成为文学史的重要一环,必将在适当的条件下催生积极效应。

此外要说明的是,许多通俗作家此一时期的随笔要到20年代乃至更迟的阶段才结集出版,而且他们后续的随笔作品数量也较为庞杂,所以前后期作品混编的情形较为普遍,不过,这些作品虽然写作时间跨度很大,但就文学趣味而言,实际较为连贯,故他们在20年代中前期的相关作品也置于此处加以评析。1927年南京国民政府成立以后,政治、经济、文化等方面发生了较大变化,通俗作家的散文写作也顺应时势做出调整,虽然仍有文人趣味在内,但才子恶俗渐渐趋于消散,这才算是真正融入现代中国文化、文学的发展洪流之中,成为多元文化、文学格局中的一维,因而也就需要置于当时的语境之中另外加以论述了。

就整体而言,在这一时期江苏的通俗作家之中,李伯元、李涵秋、姚鹓雏、范烟桥四人的随笔作品较多,质量也较高,故单独加以论析。至于其他通俗作家的随笔,不论是从现代意义还是就艺术价值来说都不如以上四人有特色,所以就附在后面择要概述。

一、李伯元的《南亭笔记》

李伯元(1867—1906),江苏武进人,晚清著名报人、小说家。字宝嘉,别号南亭亭长。曾先后创办和主编《指南报》《游戏报》《世界繁华报》,辟有基本属文人谐趣性质的市井新闻、野史、诗词、楹联、灯谜、酒令、谭丛等栏目。1903年应商务印书馆之邀主编《绣像小说》,其所刊之文,小说而外多有讽刺杂文。他在《官场现形记》《文明小史》等谴责、黑幕小说之外,有杂著多种,其中就有不少随笔或杂记,其中最知名的为《南亭笔记》。

李伯元是由传统士子蜕变而为新型文人的典型,因之而成为一个矛盾综合体:既有疏离于传统政治的快意,又有投身现代传媒的些许不甘;既有沉迷于文人谐趣的自我陶醉,又有适应世俗爱憎的机敏。吴趼人认为李伯元是"以痛哭流涕之笔,写喜笑怒骂之文"[1]，其实道出了他身当乱世的精神苦恼。缘于此，李伯元即使那些寄情于文字的游戏作品也不乏讽刺的机锋，而背后则是其喻世劝人的苦心。

《游戏报》一般被认为是近代中国第一份小报[2]，也是第一份文艺性质的刊物。《游戏报》上刊载的诸多游戏文章，当年引起不小的争议，所以李伯元在《论〈游戏报〉之本意》一文中如是陈述他的办报宗旨：

> 《游戏报》之命名仿自泰西，岂真好为游戏哉？盖有不得已之深意存焉者也。慨夫当今之世，国日贫矣，民日疲矣，士风日下，而商务日亟矣。有心世道者，方且汲汲顾景之不暇，尚何有恒舞酣歌，乐为故事，而不自觉乎？然使执途人而告之曰：朝政如是，国事如是，是犹聚喑聋跛躄之流，强之为经济文章之务，人必笑其迂而讥其背矣。故不得不假游戏之说，以隐寓劝惩，亦觉世之一道也。海上为通商巨埠，骄奢繁盛，甲于五洲，势利之区，逋逃之薮，天生人众，懵懵懂懂，在睡梦中，而无有从旁大声疾呼者……主人言论及此，窃窃以为隐忧，始有此《游戏报》之一举。[3]

李伯元从时代、地域等具体时空语境出发，强调自己并非玩世，而对形势有着清醒的认识，不过正经严肃地谈论国事、时势，不仅将被人讥讽为迂腐，而且不会产生积极效果，而讽喻却可以收见不肖而内自省之成效。正因为这样，不管是弹词、小说还是笔记，李伯元的基本笔法都是讽刺。

《南亭笔记》与《官场现形记》等小说一样，都是对晚清官场人情的讽刺，唯后

---

[1] 吴趼人：《李伯元传》，魏绍昌编：《李伯元研究资料》，上海：上海古籍出版社，1980年，第10页。

[2] 当然也有不同意见，如过来人包天笑就以为"小报的发行时期还要早一些，《游戏报》也不是上海第一种小报，好像先有什么《消闲报》等等"。不过，《消闲报》其实创刊于《游戏报》之后，但有没有其他早于《游戏报》的小报，现在已经很难考证了。参见包天笑：《钏影楼回忆录》，香港：香港大华出版社，1971年，第445页。

[3] 李伯元：《论〈游戏报〉之本意》，《游戏报》第63号，1897年8月25日。

者是热讽,具反讽格调,前者则多为冷嘲,有幽默之效。李伯元记叙轶事琐闻,仿佛一个讲笑话的人自己绷住不笑,只是客观冷静地细腻描摹具体情境,如此一来,则幽默的味道就出来了。且以两个例子为证。《南亭笔记》卷二载刚毅事数条。此人不学无术而又喜附庸风雅,遂闹出许多笑话,成为晚清官场上的笑柄。其中一条是:

> 刚毅初任山西巡抚,某太守上禀,条陈兴利除弊事宜。刚动笔加批,大为奖励。末句曰:"此可以为民公祖矣"。盖由民之父母脱胎而出也。

又记清朝某宗室事曰:

> 某宗室素喜鼻烟,壶盖或珊瑚,或翡翠,粲然大备。宗室摩挲爱惜,较胜诸珍。宗室生四子,长子曰奕鼻,其二曰奕烟,其三曰奕壶,其四曰奕盖。合之则鼻烟壶盖也。

李伯元在记叙此类事迹时,不避粗笨,不嫌啰唆,只是一板一眼地把事情原原本本地讲出来,平静超脱,一般在末尾稍稍加以点拨,可以当得冷幽默的评价。当然,李伯元许多时候并没有如此平静,所以火气经常迸作锋芒,故若隐若现的隐忧与不乏锋芒的愤懑共存,所以讽刺风格也往往是冷嘲与热讽的杂糅了。不过,相对于小说的文字枝蔓过甚和"太着痕迹"[1]的讽刺,他的随笔可以说是婉而多讽了。

在《南亭笔记》之外,《南亭四话》收庄谐诗话、庄谐联话、庄谐词话、庄谐丛话四类[2],是带有理论色彩的论文谈艺之作,而《奇书快睹》《尘海妙品》《艺苑丛

---

[1] 任访秋:《李伯元论》,《河南师大学报》1980年第5期。
[2] 有论者认为《南亭四话》非李伯元作品。参见邬国平:《诙谐诗话与〈庄谐诗话〉——兼论〈南亭四话〉非李伯元作品》,《江苏师范大学学报》(哲学社会科学版)2018年第6期。

话》《滑稽丛话》等几种杂著，也都是笔记性质，就整体而言，并没有超过《南亭笔记》，所以这里就一笔带过了。

二、李涵秋的《沁香阁游戏文章》

李涵秋（1873—1923），江苏扬州人，晚清民初著名小说家。名应漳，字涵秋，号韵花，别署沁香阁主。二十岁中秀才，中年在多地为家庭教师，曾在扬州江苏省立第五师范学校任国文教师。1921年赴上海主编《小时报》，并为《时报》《晶报》《小说月报》《快活林》等报刊撰写小说，次年秋返回扬州，未几病逝。著有长短篇小说多种，最知名者为《广陵潮》；另有诗集、杂著多种。

李涵秋的散文代表作为随笔集《沁香阁游戏文章》，系其弟李镜安在其亡故之后撮录而成，由寿州李警众校订出版。这些文字，包括散佚的其他随笔作品，大都是李涵秋在《大共和日报》《时报》《晶报》等报刊担任撰述时所作，主要分为对政府黑暗、官僚腐败、国民愚昧等的讽刺和对民生疾苦的同情、关心两类，要之不出传统士大夫的道德范畴，而就文体来说，则是"嬉笑怒骂，妙绪环生"的"以冷隽之笔墨"而制成的"讽刺之寓言"[1]。

寓言者，以物理隐喻人类社会之情状也。李涵秋的寓言故事，物理、事理皆浅近易懂，文字又通俗晓畅，在通俗作者的类似创作中也是第一流的作品。《病狮说》将中国喻为"性喜睡"且法螺"呜呜然吹于耳畔，彼亦不醒"的睡狮，以致为"向之畏彼者"所戏弄，"或履其尾，或捋其须，或摇其头，或牵其足"；《番菜致鱼翅书》叙述番菜（代指西洋新事物）和鱼翅（代指本土传统）在晚清和民国年间交替受到"大人先生"欢迎的荣辱升降，以"昔之趋奉足下者，转而趋奉于仆，虽顽固之徒，一复假托时髦，与仆接吻，以为发光，如石吸铁"之语讽刺唯新是从的时代风气。从上面的例子可以看出，李涵秋笑骂的口吻活灵活现，足以当得"冷隽"之"隽"即轻快伶俐，至于"冷"则稍有未逮。例如，《代小民送贪官去任序文》写

---

[1] 李警众：《沁香阁游戏文章序》，《沁香阁游戏文章》，上海：震亚图书局，1927年，第1页。

道:"吾县地皮素苦太厚,高底凸凹,随在皆是,土著之民,行走均觉不便,凡宰斯邑者,不过略徇民意,代为刮削一二……我公莅任以来,首命包打听千里眼辈,遇有地皮,竭力争刮,并嘱将所刮之土,纳于箱笼,不可堆积道旁,以病吾民,是以高低一致,凸凹悉平,吾邑之人,咸谓公之德政,此居第一。"整体说来,《沁香阁游戏文章》的讽刺寓言与柳宗元较为接近,而淘去了后者的愤懑,所以嬉笑怒骂有之,讽刺的锋芒却也便弱化了,而之所以如此,与作者本人的性格有关。依李镜安之言,李涵秋"性情恬淡,无意进取",曾经说过"以为一入政界,有如素质之衣,便染成皂色,虽再掬水洗濯,恐不能还我本来面目矣"这类的话[1],所以是一位带有名士风采的底层文士。

在《沁香阁游戏文章》中,《滑头传》《代全国穷鬼讨财神檄》《拟腐儒哭八股文》《拟织女寄牛郎书》《烟室铭》等篇,从篇名即可看出作者戏仿各种文章体裁的游戏心态和讽刺基调,而李涵秋借民间曲艺以讽世的另一种倾向,也值得关注。《选举之时各处忙》写道:

> 客寓忙,以选举时,各省初选人纷纷来省故;
> 刷印店忙,以选举时,各人欲印名片散人故;
> 纸店忙,以选举时,各人争买请帖故;
> 酒馆忙,以选举时,各人飞笺请人吃酒故;
> 戏馆忙,以选举时,各人请人看戏故;
> ……

此外尚有"马车""娼家""银行""火车""监督"等项,纷至沓来,恰与不变的"选举""忙"呈对照之势,主旨则无须多言,已由带有歌谣性质的文字尽然表达了。遗憾的是,《沁香阁游戏文章》除收录《舅舅理》《新诗经》等少数篇章,其他

---

[1] 李镜安:《先兄涵秋事略》,《半月》第2卷第20号,1923年6月。

都散佚了。

总之，不管怎么说，李涵秋的随笔"或化用古代文体，或活用俚曲小调"的创作，产生了"寓庄于谐"但又"谑而不虐"的文字风格[1]，乃是应该重视的现象。晚清民初通俗作家的游戏心态和游戏笔墨都很普遍，但其中的佼佼者往往都曾明确表明"改良社会，唤醒人民"[2]的文学启蒙主张，所以各体文章都不乏社会关怀，李伯元如此，李涵秋同样如此，不过，各人的具体路径选择可能存在差别。就这批通俗作家来说，他们出身平民阶层，所以自然对民间流行的各体通俗文艺并不陌生，许多人更是浸润其间，非常熟悉，而绝大多数人一般也都曾自小接受过较为正统的儒家思想熏陶和文章训练，当他们面对民众发声时，除报纸发行量等较为实际的考虑，为了实现唤醒人民的目标，往往将读者的文化程度纳入考量范围，因之比较注重化用、活用乃至改造习得的文章体裁和各式民间文艺形式。其实，这种创作倾向和特点是晚清民初通俗作家的共同趋向，李涵秋乃是其中一员，而《沁香阁游戏文章》的所谓"游戏"，也正是以游戏笔墨对既存文章规矩的破坏，实是可以归入晚清民初文体解放的整体潮流之中。

三、姚鹓雏的政论

姚鹓雏（1892—1954），江苏松江人，晚清民初著名文学家、学者。原名锡钧，字雄伯。幼时驽钝，少年时聪慧，好学博闻，得知府戚扬赏识并受其资助至京师大学堂学习。师事林纾，善诗词，与林庚白齐名。辛亥革命后南归，加入南社，先后任《太平洋报》《民国日报》《申报》等报纸及《江东》《春声》等杂志编辑，作有大量诗词、小说和随笔。后入政界，同时在高校兼职，主讲国文。随笔作品包括政论、笔记、序跋、书信、游戏文章及论文谈艺的学术著述等多种体式，有《榆眉室文存》五卷和《鹓雏杂著》《桐花萝月馆随笔》《檐曝余闻录》等，后世汇编为《姚

---

[1] 黄诚：《新发现的李涵秋时评杂感》，《新文学史料》2015年第3期。
[2] 李镜安：《先兄涵秋事略》，《半月》第2卷第20号，1923年6月。

鹓雏文集·杂著卷》。

姚鹓雏和包天笑、周瘦鹃等人是否应归于"鸳鸯蝴蝶派"其实颇有争论，即在通俗作家群中，就个性气质来说，他独与李涵秋较为接近，而与其他作者差距较大。姚、李二人正统儒家的色彩较为浓厚，虽然同样活跃于上海的小报界，大抵谑而不虐，所以思想境界无疑高于王钝根、平襟亚之流。不过，即使加入过表现出强烈的传统士大夫气节的南社，姚鹓雏又总与革命若即若离，而更多文人本色。总之，在相当程度上，姚鹓雏是士大夫精神与文人风流的杂糅，故他的"杂著"也实在当得上一个"杂"字。可以这样说，一方面，因为承接了士大夫的精神传统，他所以有许多政论；又因为才气纵横，兼善诸种传统文体，所以游戏文章也是题中应有之义。

姚鹓雏与叶楚伧同为南社中人，在报界多有交集，而二人同时期为《太平洋报》《国民日报》等撰写时论，故政论风格亦颇为相似，但不同的是，姚氏较叶氏而言更少党派色彩，基本以现代报人自命，而这一新的身份认同和定位决定了他与叶楚伧等文人论政不同的诸多特色。

姚鹓雏所论，也多是民国成立之初所亟待解决的大问题：东亚外交、参议院国会、"宪法"与政党等，视野之宏大不逊于叶楚伧。在这些政论中，他指斥武夫当国的混乱，批评政客的倒行逆施，批驳张勋、康有为等人的复辟帝制活动等占据了绝大比例。不同于叶楚伧的是，姚鹓雏在若干具体问题上尤其着力，从民国成立到20年代中期的十几年中，几乎政治活动的每一动态，他都有所评述，前后多达1600余篇。

姚鹓雏1928年在《当先解决一个小问题》中指出，"经国善群之术"的"大问题"固然很难解决，"柴米油盐之细"的"小问题"也同样并不容易。而不管是大问题还是小问题，他因为都能够就事论事而又能够洞悉其所以然，故表现出一个赞同共和、严守宪政底线的现代知识人品格。他1913年论《宪法之存废问题》，率先道出一个有目共睹的事实，"约法之在今日，视为弃髦也久矣"，然后从法理的角度批评国会"于袁世凯侵权违法之举动，未尝不辟其谬，而于约法之存废之一问题，则未尝稍注目焉"的失误,并采用归谬法追问,使之难逃事理的逻辑;然后退一步,在强调"约法之价值如何,兹可不置论。约法之有疵谬与否,兹亦不暇辨"之后,直陈"总统违法,是为总统不知责任;人民任总统之违法,而不加诘问,是为人民不知责任"的事实,由是,则对国会议员的问责过渡为对全体国民的责问;而在重申"共和国民之真精神,人人保守其法律若至宝,爱护其法律若婴儿,服从其法律若严父"的现代法治精神之后,顺势点出"我国民于兹有愧色矣"的现状,以理服人且发人深省,洵是佳作。《论宪法根据于人权》《为政府问题勉国会》《告国民——国之存亡在己》等篇,都可算是理与情水乳交融的名篇。

姚鹓雏的政论文在论理剀切之外,文风峻切,凛然立论,凌厉批驳,慨然作结,那种舍我其谁的气概,有现代知识人的学理支撑,又有传统士大夫以天下为己任的批判精神,所以读来气韵生动,有酣畅淋漓之感。《国民今尚不自救耶》评论国人不满"二十一条"而又行动不力,直斥"死力力争,空言也。日日言死力力争,等于不争也"的实际情形,而以一系列的反问凌厉逼问:

如曰无力也,辛亥之岁,汝有何力而倒满清?丙辰之岁,汝有何力而倒袁氏?如曰无力,美国之独立,非国民独立之耶?如曰无力,法国路易十六之革命,非国民革之耶?如曰无力,越勾践早已为吴国客死之鬼矣!如曰无力,夏后相早饮有过之刃矣!

中外古今,不择路倾泻而下,直抵本心:"中国虽弱,以视有虞一旅、会稽三千何如哉?而乃惴惴焉曰:吾无力焉。呜呼!苟如是者,四千年来列祖列宗珍重遗传之美德正气,至今日而尽矣。不亡待何!不亡待何!"两句极其沉重的呼号和叹息接住纵贯而下的气势,收束极为平稳而有力。

比较说来,姚鹓雏政论的文辞之美稍逊叶楚伧,而气势则过之,其中的缘由,在于他明了世界大势所趋而能够保持对中华文化的情感及信念。姚鹓雏认为,近世中国形成了"有窒涸聪明之学说,有销磨志业之文辞"的局面,而"积郁既久,肇为反端"之后果,是与"洋洋乎世界潮流"汇合而"进于合一之时代"[1]。当"新旧文学之争烈矣"之际,在"我国旧有之文学"中,"仿古的观念"为"演进之精神""卸却","学说的文学"因"分析之必要"而"舍却",唯余"美术的文学"则仍然是"改良国民美感"的根本,故据"物相成于相反,事推陈而出新"的自然之理,姚鹓雏呼吁"今之学者,勿轻言改变捷于反掌也"。[2]正因为对思想、学术、文化、文学变迁有个人独特的观察和省察,所以姚鹓雏也肯定传统文章的价值。

序跋、书信等较多传统文章色彩,功力自是不俗,不过更能够见出姚鹓雏本人特色和时代痕迹的文类,当属笔记和游戏文章。他的笔记,多是晚清朝野掌故、名人轶事之类,许多颇能见出人物精神。《光宣京尘杂缀》一条记林纾云:

> 林畏庐居京师大学讲席,能以至性感动学子。其讲人伦道德,庄谐间出,声泪俱下。某日讲至采烈时,前席某生失声叫好。畏庐微笑,徐曰:"某非伶角,此非剧场,子宜慎之。"终弗怒也。又讲历史,太学学士务半通书史,相率视讲义为陈编,无足观览。畏庐一日笑曰:"诸君姑舍此片晷,作大鼓书听之如何?"一时满堂嗢噱不自禁。

这种小品性质的笔记,常是以清丽之笔书写日常琐屑,收风流蕴藉之效。《京尘忆语》《宣南感旧录》《大丈夫事》《怀沧楼随笔》《嚼梅簃剧话》《江头秋拍》等辑均是此类文字。

至于游戏文章,可以算得通俗作家的本色当行,当然也是这一批作者所共有的文体特色。姚鹓雏熟悉诗文各类体式,将之稍加改造而为讽刺利器,指向现实政治,心到手到,读起来痛快淋漓。《本大总统说》《拟洪熙皇帝袁世凯遗诏》《五等爵

---

[1] 姚鹓雏:《中国五千年学术思想变迁之大势述》,《姚鹓雏文集·杂著卷》(下),上海:上海古籍出版社,2012年,第634页。
[2] 姚鹓雏:《文学进化论》,《姚鹓雏文集·杂著卷》(下),上海:上海古籍出版社,2012年,第645—648页。

留别民国书》《诸葛孔明颂烟片烟文》《代拟不党党宣言》《参众议院招牌演说辞》等对古之"说""书""呈文"和今之"宣言""演说辞"等各类文体的戏仿,《红墨水笔之研究》《胡须冤辞》《耳光赞》等的反讽格调,《新华宫门神辞职呈文》《拟纸笔致银元书》《南海龙王辞别水族文》《瓮鳖供词》等的寓言性质,端的是脍炙人口。这些篇章,是以冷静的文字写火辣的感情,而"冷"中之"热"常常溢于文字的缝隙,所以就形成了幽默与热讽混杂而以后者为突出的审美效果。这一点是化用传统文章的通俗作家所共有的随笔特征,但因为姚鹓雏正统观念较浓且信念更为坚定,所以表现最为鲜明,也最有代表性。

犹可注意的是,1916年下半年开始,姚鹓雏陆续作百多则报纸补白文字,既有《矛盾》《尾声》《杂书》《可以无有》《畏友之言》《反面》《避》等明白如话的短文,也有白话散文如《强为欢笑》《去年今日》《成见》《说诗》等多篇,立意和写法都与短文相同,而它们虽在形式上都是散文,其实感悟隽永悠长,不乏哲理诗的况味。

四、范烟桥的《烟丝集》与游记

范烟桥(1894—1967),江苏吴江同里人,现代著名作家、艺术家、学者。名镛,字味韶,号烟桥,有烟桥、鸱夷室主等笔名。出身书香门第,1907年就读于金松岑创立之同川公学,1911年考入苏州草桥学舍,与顾颉刚、叶绍钧、吴湖帆、郑逸梅等人为同学。1914年开始在教育界任教、任职,曾编写《吴江县乡土志》作为教材,同时开始向上海的报刊投稿。在包天笑的帮助下走上创作之路,后陆续结交周瘦鹃、毕倚虹等人,也逐渐进入创作鼎盛期。1922年与赵眠云发起"星社",发行三日刊《星报》。此后活跃在报界、教育界、学术界、电影界,有多种著述刊行。

范烟桥此时的随笔主要收录在《烟丝集》之中。《烟丝集》是杂俎性质,散文作品之外,有词(《题画》)、曲(《古歌诂》)、传奇(《新华梦传奇》)、小说(《疯死》)、话剧(《何足悖》《安静的房间》)及论学文字(《红楼梦小索隐》)等多种创作。这当然表明范烟桥学艺之广博,不过,这些乃传统所谓小道,故其弟略带苦笑地说:"近集趣文付铅,椠颜曰'烟丝',所以视雨丝风片,非大块文章耳。"[1]

《烟丝集》中的随笔大抵以记叙见长,而透过这些写实风格的记人叙事之作,颇能窥见时代风貌。《哑访客》中,精通粤语、法语、越南语的华侨在上海,去朋友家赴宴却找错了地方,于是就出现了上海话共英语和广东话共法语齐飞的有趣场景,描绘了五方杂处的现代城市一角;《价值》记裱画匠之语,方知老派名士不受润笔的规矩已经过时,现在是价格越高则销路越好,可见时代风气之变化;《围墙》所写之郑博文,提倡自然主义的教育,常说要推倒世俗成见的"围墙",却反被调皮的学生困在课堂脱身不得,也表明新观念在现实之中的"水土不服"。这些朴实无华的生活记录看似了无新意,却在不经意间展现时代变迁之一斑,读来趣味横生。当然,范烟桥也有稍显沉重的时候。《归来》记叙了一则贫贱夫妻的故事,妻子为了生活而到富人家当保姆,一去三年,归来面对已经长大而陌生的儿子无言泪下,几乎就是标准的"问题小说",显示出他的现实关怀;像《不要难为他》叙述遭儿子虐待槌打致死的母亲,临死前交代乡邻"不要难为他",这一慈母败儿的故事说明传统礼教的败坏,但也表明范烟桥有时可以越过表层现实,从而注意到文化当中那些有悖于人伦道德的成分。另外,《小蹂躏》记孩童虐待动物的残暴行为,无疑也表明他越过文化而深入到人性的努力。这些都反映出他受到新文化运动影响的印迹。

记叙为主的随笔风格,也表现在游记之中。他这一时期的游记,就地理范围而言,基本限于苏杭一带,南京系早年游历之地,济南、青岛则因1926—1927年间在鲁工作的缘故。此后二十年间他几乎每年都有游记,经年累积,总数约有30篇,颇为可观。不过《烟丝集》仅收入《冒失游记》《屐痕小识》《惠荫洞天记》三文,大部分篇章则未收集。

范烟桥游记最主要的特色,在记叙。《鸡鸣寺游记》《明故宫游记》《京口屐痕》《苏游小记》《白门小记》这些早年篇什几乎都是记游踪,它们移步换景,叙述流畅

---

[1] 佩萸:《序言》,范烟桥:《烟丝》,苏州秋社,1923年。按:此文为书前引言,标题为引者所加。

简洁,功力不凡。《明故宫游记》这样写道:"约六七里,过天津桥,是非洛阳杜宇之低徊而已,不胜河清人寿之感矣。入西华门,左右砖头石屑,历历伤心,一代巨制,尽付灰劫,宫墙范为菜圃,而三十六宫,春草青而秋叶黄矣,断垣残壁,蔓草斜阳,一片荒榛,尘沙乱眼,冷风劈面,泥沾征衣,诚苍凉已。"这里的江山古今、人事代谢之感,其实都是文人惯常的感叹,但文字颇有特色,"过天津桥""入西华门"以及后面陆续出现的"入西安门""午门既过""过桥数武""亭左数十弓"等语,承接转换,把游踪交代得清清楚楚。

与记叙风格相匹配的,则是议论为主、抒情为辅的笔法。且看《惠荫洞天记》。该篇记苏州城北惠荫园之游,交代缘由和记叙游踪之外,作者大发议论:"余谓吴中名园,就湖石布置论,狮林、汪庄以外,斯地合成鼎足,其他则邻以下矣……"这些议论一个粗放一个细腻,天然无间地糅入记游,使眼前场景和心中解读结合起来,建立起主体与客体之间的联系。当然,这种联系其实不够紧密,所以也说明范烟桥此时的游记大概都是文人随性遣心之作,因此更为亲近本土的游记传统。

不过,与那些频频嵌入自作诗词的古雅之作相比,那些不加修饰而能够写出个人真情实感的作品读来更为有趣,文学价值也更高。《海上游尘》记1916年上海之游,简直是一系列的错愕。比如记女子服饰,"出门,即见女子奇装束者二",其一如何如何,其二"则裤离踵三寸,衣离腕一尺,发挽钿螺髻两个,髻心五色,意谓国徽也,红袜白鞋,与弹词中所云白袜红鞋轻举步者适相反,是非服妖而何",尽露不解。其实,海上女子当然和从弹词中走出来的苏州女子不同,当作者习以为常的审美突然遭遇全然相异的风情冲击时,这种下意识的反感最真切,最具有戏剧性,因而是纯正的文学。范烟桥这类作品不多,但它表明,当范烟桥等通俗作者摆脱文人习性而以真实的一面示人的时候,真正的文学创作也就出现了。

李伯元、李涵秋、姚鹓雏、范烟桥四人,是这一时期传统士子兼新型文人中的佼佼者,他们都在作为"主业"的小说之外,多少都写点随笔以为"副业",而这是这一时期通俗作家普遍采取的创作策略。需要强调的是,通俗作家大都与文艺小报关系密切，故而多有随笔作品，但由于这些随笔大都是随意挥洒，具花边性质，起补白作用，所以多数没有成集，而就实际情形看，他们自己在许多时候也并没有严肃对待，但不论怎么说，如果说此前时代常常以诗文并举，那么这时就大致可以认为是小说与随笔双峰并峙。

将这些随笔作品汇聚起来，可以看到通俗作家的散文具有这样几个整体特征：第一，从思想背景看，作者大都处于从士大夫向新型文人的转换过程之中，所以既有兼济天下的士人理想主义，也有顺应文化市场的实用主义；第二，从创作主旨看，大都兼具启蒙性和娱乐性的双重旨趣，虽然具体作家之间差异可能较大，但总体不出这一范围；第三，从具体技巧和艺术风格看，较好的作品大都是对古文和民间文体一定程度的改造，所以风格较为驳杂；第四，就审美品格而言，较有价值的作品与晚清民初的时代整体趋向密切相关，是以讽刺为主的写实作风。总之，晚清民初的通俗作家散文以这些具有鲜明时代特征的文学风情而在中国文学史、散文史上据有一席之地。

第四节　其他作家的散文

江苏这一时期的随笔作者还有很多，与李涵秋、姚鹓雏等四人的气质较为接近，但在这一时期主要以翻译和创作小说知名，而散文创作要到后来才大放异彩的人物，是包天笑。包天笑（1876—1973），江苏吴县人，现代著名翻译家、报人、小说家。初名清柱，又名公毅，字朗孙。青年时期在家乡开始翻译活动的同时经营东来书庄，主营新书刊，印行严译名著多种，稍后创办的《苏州白话报》，于新闻之外尤重政论。1906年赴上海定居，应邀担任《时报》编辑，其主持的副刊《余兴》开报纸文艺副刊之先河。此后加入青社、星社，另外编辑多种小说期刊和副刊，也曾为电影公司撰写剧本。抗战胜利后移居香港。包天笑才情纵横，兴趣广博，加之创作时间长，故在多方面均成就斐然。

包天笑此时有游记集《考察日本新闻记略》。该书系包天笑等约10位上海报界同人1913年应日本新闻界之邀赴日考察，归来之后所作的笔记。他们游历了长崎、东京、京都、大阪等地，虽然主要与日本新闻界接触，但也对日本的风土人情颇有记述，也多有感喟。在作为重点参观对象的报社，包天笑注意到机器之先进、纸张之自给等，且时时联想到国中情形，不无自惭之色；在日常生活中，注意到宴会、艺伎之礼仪与居处之浴室、下女之风情，别有意趣；而火车、大百货公司、书店等场景，也时时刻刻提醒作者日本新旧杂糅而日日趋新的蓬勃朝气。这里，包天笑多直接陈述，风格介于精简的笔记和记叙、议论杂糅的随笔之间，读来多有意犹未尽之慨。有意思的是，正如范烟桥游记前后期并无明显不同一样，包天笑此后的随笔，基本风格也与此书差别不大——这是因为，通俗作家走上文坛之前已经受过系统的文字训练，此后只是适应情境而做出程度不一的调整，所以自然变化无多。这里可以顺便提及，包天笑晚年所作之《钏影楼回忆录》及其续编，不仅具有史料价值，其实也多有风格鲜明的文章，不过因为主要是他70年代初在香港所作，这里只有存而不论了。

需要注意的是，通俗作家内部差异很大，所以散文或曰随笔的风格差异也很大。与李伯元、李涵秋、姚鹓雏、范烟桥及包天笑相比，陆士谔、王钝根、平襟亚等人写作的视点更为下沉，所以趣味性蜕变为娱乐性，乃至有意迎合世俗谑趣，故文化品格也就下降为媚俗了。大量通俗作品之所以不能传世，实在于其审美格调的低下。

晚清民初媚俗之作的盛行当然是时代的产物。其时中国正当社会转型，旧道德已经不敷实用而新规范并未成形，所以欲望遂从虚文掩映之中走向前台。通俗作家之中，有定力者如李涵秋、姚鹓雏之辈尚能稍稍约束自身（其实亦不可避免沾染流风时韵），绝大多数不过趋时附会而已，等而下之的则是投机取巧，反过来又强化了转型时代人欲横流的社会风气。

这其中的典型人物首推平襟亚。平襟亚（1892—1978），江苏常熟人，现代著名评弹作者、小说家。名衡，字襟亚。出身寒微，少年时曾为学徒，后入常熟乙种师范讲习所，毕业后在家乡小学任教。1915年到上海并开始创作，以《中国恶讼师》获利并以此为股本发家。积极参与书店经营，同时活跃在小报界，被人称作"小报第一支笔"[1]。1927年发表长篇小说《人海潮》获得巨大成功。1941年创办《万象》月刊，成为汇聚抗战时期上海沦陷区文学力量最为重要的一个文学刊物。

平襟亚早年努力写作，小说、诗词之外，各种体式的随笔都曾涉及，零散发表在《时事新报》《沪江月》《新世界日报》《劝业场日报》《先施乐园日报》等报刊上。当他为求出路而与朱鸳雏、吴虞公组织"襟霞阁图书馆"并以此为名集体卖文时，基本风格差不多已经形成，这就是朱鸳雏在《〈情诗三百首〉序言》中谓三人均"能作媚世之文"[2]，即善于迎合读者、投合市场。应该说，通俗作家大都擅长此道，但平襟亚的特别，在于其媚世的背后并不像其他作者那样多少带有较为严肃的文化目的，而主要体现为一种商人本色。所以，只要发现机会，市民社会需要什么他就炮制什么，市面流行什么他也跟风写上一部。比如，市场上盛行尺牍文字，平襟亚也选拍一帧颇有特色的女子照片，以"苏州冯韵笙女士"为名征婚，待求婚函件积累到相当程度时，他与朱、吴二人从中汰选出富有文采且缠绵悱恻的101封，编成一部《求婚尺牍》，而居然大获成功，成为一部长销书。应该说，这些行为并不高尚，但无疑是正常的，也是正当的。平襟亚为了改变个人处境而处心积虑，其实只是顺应社会需要、适应市场需求的投机，只要不逾底线，并没有可以过多指责的地方。不过，此后他将这种方法作为依赖路径予以固化，常生出许多小聪明和小手段，这可能就是另外一回事了。

与平襟亚媚世风格外表相似、实则内涵有异的有两人，一是王钝根，一是陆士谔，前者不无名士的讽世风采，且有厌世倾向，后者则多少有玩世的态度在内。他们与平襟亚都可算是黑幕写实类长篇叙事散文作品的代表，不过，这些作品虽是搜罗报章杂志登载的奇闻异事撮录成书，但大都经过小说化、戏剧化处理，所以是散

---

[1] 曾俺、蒋晓光：《解放前上海小型报概况》，吴汉明主编：《20世纪上海文史资料文库》第6辑，上海：上海书店出版社，1999年，第48页。
[2] 郑逸梅编著：《南社社友事略·朱鸳雏》，《南社丛谈历史与人物》，北京：中华书局，2006年，第135页。

文还是小说存在争议，这里姑且提及，也不展开。

王钝根（1888—1951），江苏青浦人，晚清民初著名书法家、作家。原名晦，更名永甲，字耕培、芷净，号钝根。1911年任《申报》编辑，后任该报副刊《自由谈》主笔，又曾主编《游戏杂志》和《礼拜六》周刊等。代表作为《百弊放言》，与宣永光的《妄谈疯话》、李宗吾的《宗吾臆谈》在后世合称"民国三大奇书"。其实它们都是黑幕作品，均张大其事、过甚其词地书写末世乱象，由于切中了过渡时代纷纭凌乱的人心，所以引起不小的轰动。包括《百弊放言》在内的众多书写人性、人心、人情的作品，也成为"五四"启蒙运动区别于晚清启蒙活动的一个重要的事实论据。陆士谔（1878—1944），江苏青浦人，中医名家、小说家。名守先，字云翔，号士谔。青年时期从唐纯斋学医，1905年至上海行医，同时开始写作，先后作有小说百余部，以带有黑幕色彩的历史小说《血滴子》最为知名。后有散文《蕉窗夜雨》等二三种。

陆士谔、王钝根、平襟亚三人所表现出来的媚世、玩世和厌世、弃世等情绪，是社会转型时期两种相辅相成的心理。这一社会情态和写作倾向，直到接受新思想的青年一代进入社会才得到遏制，开始回归常态并注重书写世态人情，逐渐成为具有多方面价值的俗文学。

第二章

多元共生的散文新时代
（1917—1927）

第一节　概述

《新青年》"随感录"是第一种现代意义上的散文创作类型。就"随感录"作家群的成员而言，陈独秀是老革命党，钱玄同和周氏兄弟是留日学生，刘半农是上海滩的洋场才子，经历各各不同，但他们在思想趋新的一致性当中，还有另外一种一致性，那就是与旧文学程度颇深的联系。陈独秀中过秀才，曾应江南乡试，旧文章的功底不凡；钱玄同、周氏兄弟均出身书香门第，在东京时共同问学于章太炎，在魏晋文章方面的修养很高；刘半农能够在上海滩一众文辞修养上佳的通俗作者中脱颖而出，亦不可小视。从"旧"到"新"，以今观之或是一个凤凰涅槃的过程，但在当时说来，转变轨迹是历历在目，在"新"的样貌之下总有"旧"的痕迹留存。

总体而言，"五四"一代知识人"不再走学而优则仕的传统士大夫老路，在新的社会结构中已经有了自己的独立职业，比如教授、报人、编辑、作家等等，而且在知识结构上，虽然幼年也诵过四书五经，后来又大都放洋日本或欧美留学，对西方文化有比较完整的、直接的认知。这是开创现代中国新知识范型的一代人，但在文化心态、道德模式等方面依然保存着中国传统的不少特点"[1]。比如刘半农。他幼时聪慧，旧诗文的童子功不俗，民国初年到上海，任中华书局编译员期间，译、作俱佳，乃成为上海滩一文坛才子。1917年，在《新青年》发表《我之文学改良观》等文章宣告转变，但其实只有在其同年夏进入北大，从此与"新青年社"同人有了较多切磋砥砺之后，才真正完成文学观念的转型。即便如此，他身上的洋场才子气息仍时有流露，所以不时招致同人玩笑乃至嘲笑。鲁迅记刘半农初到北京时的情形就是这样："几乎有一年多，他没有消失掉从上海带来的才子必有'红袖添香夜读书'的艳福的思想，好容易才给我们骂掉了。"[2]

---

[1] 许纪霖：《20世纪中国六代知识分子》，《中国知识分子十论》，上海：复旦大学出版社，2004年，第83页。
[2] 鲁迅：《忆刘半农君》，《鲁迅全集》第6卷，北京：人民文学出版社，1981年，第72页。

苏南地区在晚清民初的文坛据有相当重要的地位，其中的大多数或如上章所论及的李伯元等人，活跃于各种小报上，待政治、经济、社会形成较为稳定的格局后，顺势进入市民趣味主导的文学阅读市场，而能够站到时代潮头协同文学新势力共同前行的人，则少之又少，刘半农殆为其中之一，此时若再苛求他们进一步摆脱旧文章趣味，也就缺乏历史的同情了。因此，20世纪20年代的江苏散文文坛，首先值得关注的对象，是刘半农等从旧文学阵营中奋力开出一条新道路的散文作者和他们那些新旧杂糅的随笔。

20世纪20年代延续了晚清以来的王纲解纽潮流，所以他们的随笔作品，虽然去古未远，但已经没有了晚清文士笔记、札记体的清雅，而大体是报刊游戏文章之谐谑和后来自成一体的杂文之锋利的综合。需要注意的是，游戏文章色彩说明他们的创作有意识地继承了前一时期对传统文学的无意识破坏，而趋向《新青年》"随感录"为代表的早期杂文，则表明这一时期的江苏散文作者开始将目光从历史的纵深收回，转而重视对现实的有意识审视。当然，吴稚晖、刘半农、胡山源乃至陈源，他们的散文作品在某些地方仍然带有较为浓厚的文章色彩，甚至与前一个时期的柳亚子们、李伯元们风格差距并不大。不过，时移势易，在新文学逐渐为年轻人所接纳而成为文坛主流的背景下，他们的随笔无疑是构成当时的江苏乃至全国散文多元格局的一支重要力量，提示新文学散文一路走来的轨迹，并暗示此后散文写作的某种可能路径——事实上也正是这样：刘半农等后来之所以与小品文再度接近，自然这一历史渊源也发挥了不小作用。

与上述由旧入新、新旧互融但新中不乏旧色的杂文创作路径相联系，学术随笔的兴盛是江苏这一时期散文创作的另一重要路向。究其实，两种路径的作者在人事方面的联系极为密切，而更重要的关联是，学术随笔与杂文共同分享新思想，区别在于，前者向专业精深方向发展，而后者则向一般读书界、市民社会做普及性蔓延。

学术随笔的兴起当然与中国从接触到接纳西方学说，进而到尝试运用西方新学分析中国问题相关，而因为胡适提倡"整理国故"的巨大影响，所以这一路径的随笔大都与中国传统文化相关，在起初阶段限于传统典籍的考证和解构性的历史研究，"古史辨"派可为代表；随着学术思想的演进扩展，这一路径的随笔也将民间文艺纳入其中，大小两个传统由是在学术研究中得到统一，而这正是胡适所认为的"整理国故"的主要内涵："国学的目的是要做成中国文化史。国学的系统的研究，要以此为归宿。"[1]

虽然学术文章需准确、严谨而与一般读书界乃至民众的阅读层次相差较大，但这一时期的学者兼散文作者身具内外几种条件，可以越过或者说化解了这一矛盾：其一，时当从文人到学者转型的过渡阶段，专业规范没有完全确立，但更重要的，是他们还保有士大夫兼济天下的志愿，以学术启蒙民众对他们来说是一种道德义务；其二，不管是书香门第出身还是后天努力习得，他们普遍文辞修养高，有足够的能力将学理阐释得深入浅出；其三，他们都与现代传媒关系密切，而为了实现更大范围传播以拓展影响计，报刊有意愿积极介入并施加影响，使他们的写作适应报刊文体的需要。基于以上诸种原因，学术随笔得以蔚然成风，并以思想性、知识性、艺术性成为散文创作中的一支生力军，而江苏作者群在其中扮演了重要角色。

杂文与学术随笔两种散文创作潮流，在一般的文学史著述中都是支流，主流则是"五四"时代提倡的"美文"。美文，按周作人的意见，是与"批评的""学术性的"相对的"记述的""艺术性的"所谓"论文"，"这里边可以分出叙述与抒情，但也很多两者夹杂的"，但周作人所举之例，国外的姑置不论，古典文学则有"序，记与说等，也可以说是美文的一类"[2]，其实往往超出叙述、抒情的范畴，而较多议论和说理。这表明，杂文、学术随笔未尝不可以如后来兴盛至今的抒情散文一样，成为现代意义上的美文。不过，历史事实是，其后抒情散文独大，几乎完全成为散文这一文学体裁的代名词，而这也正是江苏这一时期散文创作的第三条路径，即应和着新文学主流文学观的一种散文创作潮流。

---

[1] 胡适：《〈国学季刊〉发刊宣言》，《胡适全集》第2卷，合肥：安徽教育出版社，2003年，第13页。
[2] 周作人：《美文》，《谈虎集》，止庵校订，石家庄：河北教育出版社，2002年，第29页。

这一创作路径的代表作家是朱自清，其他较为知名的有徐祖正、徐蔚南、叶绍钧等人，另外则有风格在驳杂中见出一致的为数众多的青年作者。从具体创作的得失来看，即使是朱自清，在当时受到的质疑也并不少，而且，后世也陆续有人从不同的角度表达过批评意见，而从文学史的角度来说，以朱自清为代表的江苏散文作者在语言运用、修辞选择、结构设置、意境酝酿等诸多方面完善了其时正亟于证明自身文学价值的散文，无疑为其奠定文坛的正宗文体地位做出了不可或缺的贡献。这也正是胡适在《五十年来中国之文学》中所肯定的："这几年来，散文方面最可注意的发展乃是周作人等提倡的'小品散文'。这一类的小品，用平淡的谈话，包藏着深刻的意味；有时很像笨拙，其实却是滑稽。这一类的作品的成功，就可彻底打破那'美文不能用白话'的迷信了。"[1]

需要提及的是，在"上海特别市"成立之前，有众多外省籍作家在上海活动，其中既有如郁达夫这样极为重要的文学人物，也有如立达学园同人这样较为特别的力量。立达学园在存续期间（1925—1928），在叶绍钧等江苏籍教师之外，郑振铎、夏丏尊、刘大白、许杰、刘薰宇、方光焘等人先后在该校任教，他们的散文创作也汇入上述建构散文文体规范的努力之中，自然也成为此时已经开始大放异彩的江苏散文不可或缺的组成部分。

通过以上论述可知，20世纪20年代江苏散文的整体格局，是杂文、学术随笔和美文三足鼎立。江苏杂文创作的特别，在于它有内在理路，是传统文章与新式散文文体的化合，虽受后者的强力辐射，但较多接受了传统文学思想的灌溉；学术随笔和美文则与文学革命以来的新文学进程相应和，成为现代散文奠定基本文体规范之路上的重要节点。当然，不管是较多接受传统文学思想影响，还是与新文学思想共鸣谐振，它们都与江苏的地域特质无法分离。江苏的地理风情、区域文化和人文传统为中国现代散文在起始阶段的发展提供了坚实的保障并做出了独特贡献。

---

[1] 胡适：《五十年来中国之文学》，《胡适全集》第2卷，合肥：安徽教育出版社，2003年，第343页。

第二节　从笔记到杂文

中国的古典散文文体演变纷纭复杂，到清初，与学术领域的汉学、宋学两峰对峙相类，大体可分学人之文和文人之文，中叶之桐城派综合两者而成为文坛大宗，而在清代文字狱盛行的情况下，晚明独领风骚的小品文就不得不改换方向，从文人独抒性灵转为描摹世情世态，于是有笔记的盛行。作为一种文体，笔记源远流长，特色在于"杂"，往往是读书时随手记下的札记，涉及社会生活的方方面面，而它的写法并不固定，记叙、议论、抒情均可而以前二者为主，但在前二者之中又往往以记叙为主，这一叙述为主的文体特色造就了叙事文学的发达，带来了笔记小说的繁荣。到晚清，社会由简趋繁，反映社会的作品体量逐渐增大，而对社会问题发表见解的作品则因报刊连载等缘由大体保持原样，成为文人中颇为风行的一种写作方式。

李伯元、李涵秋、姚鹓雏等人的笔记作品或如前述，基本都是清人笔记的风格，即使融入新思想，也多以游戏文章的笔法写就，新思想与旧文体之间的界限清晰可辨。到章太炎、章士钊、吴稚晖等人那里，"文"与"学"之间分离的状况得到有效改善，他们都擅长用传统之文阐释现代之学，如吴稚晖之"支词""弋古学""鳞鳞爪爪"之类，只不过以今视之，仍是旧瓶装新酒而已。吴稚晖在江苏乃至中国散文从传统向现代的转型过程中是一个重要的过渡人物，虽然后来的诸多散文作者未必直接从此汲取营养，但从整个江苏的现代散文发展史的角度看，吴稚晖始终是一个绕不开的人物。

吴稚晖等人的重要性，就全国而言，在于推进国语运动间接辅助新文学的顺利转型，就江苏而论，在于使得江苏散文从笔记之知识的杂转换为思想的杂，使之与转型时代纷纭复杂的社会情势相应，因而推动杂文多方取资并成为一种更有表现力也更有活力的文体。

一、吴稚晖的随笔

吴稚晖（1865—1953），江苏武进人，近代著名思想家、政治家、教育家、书法家、作家。名敬恒。1890年入江阴南菁书院，书院山长黄以周书案上之"实事求是，莫做调人"对其影响很大，所以此后他对人对事均有主见，绝少庸言庸行。1894年中举，次年赴京会试未中，曾参与"公车上书"。后因与江阴知县冲突，转学苏州紫阳书院。1898年到上海南洋公学任教，后曾赴日留学，1902年与蔡元培等人发起成立爱国学社。"《苏报》案"发，转道香港赴英，与孙中山会面，逐步接受三民主义思想并加入同盟会。1906年与张静江、李石曾在巴黎组织"世界社"，创立《新世纪》周刊，鼓吹无政府主义。1911年年底回国，奔走提倡教育、科学，推动注音字母运动，曾与蔡元培共同创建北京世界语专门学校，又与李石曾发起留法勤工俭学会，创办里昂中法大学，推动知识青年出国留学。1924年起任国民党中央监察委员等职，是支持"清党"的国民党元老之一。之后处于半隐居状态，但仍对国民党政府某些事务具有相当影响。1949年赴台，几年后病逝。

吴稚晖一生颇有争议，对于其在现代思想、文化、学术等方面的作用和成就，后世的评价存在不小分歧甚至于截然相反。就他本人与新文学之间的关系来说，他的作用是延续了晚清以来对传统文体的破坏性而成为语言和文体解放的一面旗帜，而其文学语言观及其鼎力推动的国语运动，也对新文学在初期的发展具有建设性意义。

吴稚晖的文学观对新文化、新文学运动具有积极影响。1925年，针对《现代评论》发表的罗家伦来信提及他有"做文学家的材料"，吴稚晖回应说他早年作文，其实"一落笔喜欢撑着些架子。应该四个字的地方，偏用三个字；应该做两句说的，偏并成一句；应该怎样，偏要那样。诸如此类的矫揉造作，吊诡炫弄"，不过一件偶然发生的小事改变了他的观念：

> 可巧在小书摊上，翻看了一本极平常的书，却触悟一个"作文"的秘诀。这本书就叫做《岂有此理》（即《何典》）。我止读他开头两句，即不曾看下

去。然从此便打破了要做阳湖派古文家的迷梦，说话自由自在得多。不曾屈我做那野蛮文学家，乃我平生之幸。他那开头两句，便是"放屁放屁，真正岂有此理！"用这种精神，才能得言论的真自由，享言论的真幸福。

吴稚晖喜作、惯作惊人之语，这里是否夸张不得而知，但因为某种机缘而顿悟则是事实。他在这里提出的主张，即"假如有什么说的话，自然爱说便说，何必有什么做文章的名词，存在心头呢"[1]，谈的是文学语言，但涉及晚清时期文体解放的大问题，正与后来胡适等新文学运动倡导者的观点吻合[2]。正因为这样，刘半农翻印《何典》之举也就可以理解了。

与李伯元等书生相比，吴稚晖毕竟是革命者，而且是一个"怪人"，许多时候不乏江湖气和流氓气，所以他的滑稽文风是晚清游戏文章风格加入生活历练的变体。因此故，他与前述晚清游戏文章家的区别，在于后者多是改造传统文章体裁而只是有限度借鉴民间文体，即便引入民间文体也改造力度不够，而吴稚晖的过人之处，在于他否认并推翻既定的一切规范，从民间文体当中悟得为文真谛，真正做到了我手写我心。

与文体解放相关，吴稚晖的文学语言观及其作品的语言风格，也对新文学实现初期目标即"国语的文学"颇有助益。文学革命不管最终目标是什么，在其兴起之时，一般认为是"白话文学"，而白话怎样才能文学，在当时殊难解决，吴稚晖"爱说便说"的语言风格，虽然取径与新文学颇有差别，但对新文学来说可算"友军"，在一定意义上也是资源之一。早在文学革命提出之初，即有读者致信《新青年》盛赞吴稚晖的文章：

> 仆读吴君稚晖所著之论说，极为赞成，极其钦佩。以其能广引俗语笑话，

---

1 吴稚晖：《乱谈几句》，《吴稚晖全集》第14卷，北京：九州出版社，2013年，第478页。
2 参见文贵良：《"自成为一种白话"：吴稚晖与五四新文学》，《文艺争鸣》2014年第6期。

润之以滑稽之笔，参以精透之理，使观其文者有如仲尼之闻韶，三月不知肉味。而其文势又如天马之行空，鹰隼之搏击。昔东坡嬉笑怒骂皆为文章，吴君庶足当之……特欲从改良文学上设想，仍当推吴君为先着。[1]

不避俗字俗语是《文学改良刍议》中改良文学办法之一，当胡适提出之时，吴稚晖则早已有此实践，无怪乎读者将他认作文学革命的先导。

罗家伦当时即已敏锐观察到了吴稚晖的意义所在。他认为"所谓我们'怎样说就怎样写'，乃是指文学必须用活的言语为工具而言，不是说随便说出来的语言就可以成文章"，而其时《现代评论》上"几篇文章的 Style 很好"，包括吴稚晖在内，共同构成了"一种重要的趋势，就是有一种'射他耳'（Satire 音译，意译暂作'嘲讽'）的文体倾向"[2]，而吴稚晖"确有一种'射他耳家'的天才"，能够"铸造新词，凡是老生常谈、村妇嚼蛆的话，经他一用，便别有风趣"[3]，自成一格。现有的研究也表明，周作人将吴稚晖归为"文学革命以前"出现的"特别的说话法与作文法"，不过他认为"至今竟无传人"[4]的说法则未必全是事实，在某种意义上，《现代评论》和《语丝》的滑稽讽刺文风应是受到了吴稚晖的较多影响。[5]

综上可知，吴稚晖文学语言和创作实践对旧文学的破坏和对新文学的建设，分别在于滑稽文风和嘲讽文体。当然，联系到时代背景也可以发现，吴稚晖的文体选择和文风所向，都与"三千年未有之大变局"相关，所以他的着眼点并不全在文学，这也是他多次表示不愿做一个"文学家"的缘由，这不是谦虚，而是委实有一些不屑。他"婉告太戈尔"的正是"诗人不屑谈天下事，也是别有一种真正相对可

---

1 易明：《改良文学之第一步》，《新青年》第3卷第5号，1917年3月15日。
2 罗家伦：《批评与文学批评》，《现代评论》第1卷第19期，1925年4月18日。
3 罗家伦：《吴稚晖与王尔德》，《现代评论》第1卷第20期，1925年4月25日。
4 周作人：《〈中国新文学大系·散文一集〉导言》，上海：上海文艺出版社，2003年，第12页。
5 参见冯仰操：《吴稚晖对新文学家的影响》，《海南师范大学学报》（哲学社会科学版）2013年第3期。

第二章　多元共生的散文新时代（1917—1927）

允许的高尚"[1]。吴稚晖的追求，乃是在变动的世界格局中找到中国的位置，为中国下一步的发展进行谋划，所以他的很多有关党务和国是的大文章确有理论家气概，而蒋介石、蒋经国父子视如国师也说明这一点。因此，吴稚晖杂文的第一个特点，是思想性。

吴稚晖的思想虽然与原创及深刻或许相距较远，但他能够将其所接触、了解、理解的各种思想融为一体并建立体系，造就他个人独特的人生观，就此而言，他无疑具有思想家的特质和能力。1923—1924年间发表于《太平洋》杂志的《一个新信仰的宇宙观及人生观》是他的一篇长文，为"科玄论战"中的名篇，在当时及之后的一段时间内影响很大。

这篇文章在"小引"部分开宗明义地表示："我固然不配讲什么哲理，我老实也很谬妄的看不起那配式子，搬字眼，弄得自己也昏头昏脑的哲学。"[2]这半是谦虚，半是实情：一方面他本不擅长从学理角度立论，另一方面他的确对明于礼义而陋于知人心的学究素来看不上眼——往远一点说，就是黄以周书案上"实事求是"四个字对他潜移默化的影响。在三言两语辨明宗教、信仰的关系之后，吴稚晖申明他所谓的新信仰乃是普通人对世界和人生的看法，然后及于宇宙观，将其本源概括为"一个"，它幻化为"上帝""我""茅厕里的石头"等具体实在，它们之间是"状况的异同"而非"程度的高下"，是"差等"而非"同等"，因为所有"活物"都是这"一个"的一分子，并无高低贵贱之分，它们的共同目的就是真、美、善；再论人生观，东拉西扯一番之后，提出个人看法："（甲）清风明月的吃饭人生观，（乙）神工鬼斧的生小孩人生观，（丙）覆天载地的招呼朋友人生观。"这些上天下地、古今中西的闲话归结到一点，就是讲求实际，这体现出他早年受到的实学思想影响。因此，吴稚晖的思想极其朴素，只不过时人过于注重外在的文饰，反而忘却了其中的真意。可以这样说，他因为思想是成体系的，所以文章自然能够想说什么就说什

---

[1]　吴稚晖：《婉告太戈尔》，《吴稚晖全集》第14卷，北京：九州出版社，2013年，第471页。
[2]　吴稚晖：《一个新信仰的宇宙观及人生观》，《太平洋》1923年第4卷第1期。

么，又因为受过文章的训练，所以自然又能想怎么说就怎么说，纵横捭阖而法度不乱。

吴稚晖杂文的第二个特点，是生命力的强悍所带来的文气的充沛。强大的生命意志在人生过程中有重大的塑形功能，如果一个人的生命意志足够强悍，不管出于什么动机、因为什么缘由、经由何种路径，它所过之处，都在一段时间内足以影响人们的思想、情感、行为。吴稚晖精力旺盛，对政治、教育、文化、文学等诸多领域均有涉猎，而且都能够以个人独特的风格引领一时风气。这种生命意志造就了他杂文酣畅淋漓的文风。

以上所引《一个新信仰的宇宙观及人生观》已经颇能说明吴稚晖的为文风格，为清楚阐释这一问题，不妨多引几句。该文如是批判经院哲学："他的结局，止把那麻醉性的呓语，你骗我，我骗你，又加上好名词，叫他是超理智的玄谈；你敬我，我敬你，叫做什么佛理、什么老学、什么孔学、道学、什么希腊派、什么经院派、什么经验派、理性派、批判派等等，串多少把戏，掉多少枪花。他的起初，想也不过求个满意的信仰；跟着，变成了'学'。一变成了学，便必定容易忘了本旨；止在断烂朝报中，将自己的式子同别人的式子斗宝，将自己的字眼同别人的字眼炫博。学固然是学了，学者固然是学者了；问他为什么串那许多把戏，掉那许多枪花？也就不如靠在'柴积'上的'日黄'中，无责任的闲空白嚼了出来，倒干脆一点了。"其实，吴稚晖本人的杂文几乎都可以归为论说文之列，因为他有定见，故凡有所记叙，都以议论加以组织穿插，所以文气连贯，气势逼人。

有论者指出"吴稚晖的作文法就是由他的说话法而来"[1]，二者风格高度一致，像1930年的一篇演讲《我的人生观》居然比正经写出来的文章还要整饬（演讲稿当然也经过了整理）。吴稚晖从自己的"漆黑一团"的哲学观谈起，认为宇宙和人都是"造物"，而"造物"之"造"，就是"不怕麻烦"，亦是乡下人所说的"勤"。他举例发挥道：

---

[1] 余斌：《"白话邪宗"》，《当年文事》，南京：南京大学出版社，2009年，第58页。

再说我们的祖宗都是猴子，后来渐渐进化到现在的状况。其实它们载着金丝毛，何尝不舒服？睡在山洞里也很好。但他们却把这毛脱掉了，而那树叶来蔽身。这种努力的结果使后来的人连狐皮、马褂都可以穿了，这就是不惮烦……有人说：人之所以能异于禽兽，是因为他能爱己及人。我可不相信这句话。譬如牛羊不会打仗，不像人类常常自相残杀，要比人好得多。我以为人和禽兽分别之处就在这里：禽兽造得少而人造得多……所以上帝是大造物，人是二造物。

任意发挥，"野"得枝蔓有趣；汇流成溪，则又"邪"得深入专门。

吴稚晖的"野"与"邪"也造就了他的杂文的第三个特点，那就是带着滑稽、诙谐味道的嘲讽格调。前文提及，吴稚晖眼光极高且多有定见，本有睥睨一切的雄心和实力，但他即使极度不满，却总是能够控制住情感，将身段放到极低，把辩论置于普通人基本常识的水平上，而他的姿态越低，对手就显得越高，一经对比则构成一种反差，那么嘲讽的味道就出来了。至于附加的滑稽或诙谐，则是因为吴稚晖通常采用归谬法暴露对方的谬误，似正经好像又不太正经，加之烟幕弹打得多而能咬定目标不放松，若无力又似有力，以其均在两可之间，故而令人发噱。

吴稚晖惯常采用以退为进的策略，把论辩对手、批驳对象纳入自己的逻辑，一边"示弱"，一边反击，这种姿态本身就是可笑的，而他在文中刻意制造出来的表面的强弱与实际的强弱之间的反差情形，愈是鲜明就愈是可笑。加之他洞悉人情，也知道读者对此心知肚明，不免多处故意卖弄，所以也就赢得诙谐的名号了。需要强调的是，嘲讽是低度的讽刺，而吴稚晖对狭邪姿态的嘲讽其实多有控制，因而极有分寸，当然就不尽源于带有狂欢性质的民间讽喻。众所周知，专制时代的士大夫受政治权力约束，难以正面陈述观点，所以常常采取一种委婉曲折的方式加以传达，庙堂之上的美人之喻和江湖深处的俳优之口，似乎一雅致一村俗，其实并没有多少差别，都是非常态的表达方式。吴稚晖拒绝前者而亲近后者，在于他洞悉人性而待之以中正的态度,于是消解了士大夫传统的奴性从而将之改造为一种宣传的手段。

第四,不避村俗的语言风格。有论者将吴稚晖的写作语言概括为"万花筒式的语言形态"[1],其实何止于此,吴稚晖不仅杂入方言土语,而且各种不登大雅之堂的脏话都照用不误,如"茅厕里的石头"乃至"狗屁倒灶"之类,就很难用地域文化多加解释了。不过,如果不附加道德判断而纯从文章技巧的角度看,这些脏话不仅在事实上增加了文章气势,也的确强化了滑稽感。刘半农注意到,吴稚晖的语言风格与《何典》相当接近,"读完了将书中的笔墨与吴老丈的笔墨相比,是真一丝不差,驴头恰对马嘴",二者都有善用俚言土语、擅写三家村风物、"能将两个或多个色彩绝不相同的词,紧接在一起"的特点[2]。这种语言风格未必值得提倡,但仍须指出,它不是简单附着在吴稚晖杂文的思想、文体、审美之上的东西,而就是吴稚晖杂文的形式本身,如果将这种语言加以置换,吴稚晖的杂文的内涵也就变了。

有意思的是,吴稚晖因为语言风格的原因经常被拿来与新文学作者并提。他经常连用"吓吓吓",而郁达夫用"啊啊",郭沫若则用"呦",所以有人作打油诗嘲讽道:"各有新腔惊俗众,郁啊郭呦稚晖吓。"不过,吴稚晖的文学语言源于民间,这不同于新文学主要师法外国语文的取径,因此,他只是无意中进入"国语的文学",虽也参与制订注音字母、推进国语运动,为的是普及教育,却对造就"文学的国语"了无兴趣,因而在目的方面与新文学相距甚大,所以后来两者之间愈行愈远。

总体说来,吴稚晖在晚清民初乃至整个民国年间都是一个独特的存在。"怪"是表面,是有意的离经叛道,是故作惊人之语,底子里则是通达,是对人生的了悟和对世界大势的洞察。由此吴稚晖江湖习气深而能够不做调人,嬉笑怒骂皆成文章。他的杂文在当时得到很多人的推崇,但在后世并没有得到应有的评价。其实,

---

[1] 文贵良:《"自成为一种白话":吴稚晖与五四新文学》,《文艺争鸣》2014年第6期。
[2] 刘半农:《重印〈何典〉序》,《半农杂文》,石家庄:河北教育出版社,1994年,第260—261页。

就文章论文章，理论家的眼光和思想家的底子、强悍的生命力和充沛的文气、宁野不文的滑稽文风和村俗的语言，已经造就了吴稚晖杂文的独特性；而就近代以来的影响，也是非常重要的一环。鲁迅曾经说过："吴稚老的笔和舌，是尽过很大的任务的，清末的时候，五四的时候，北伐的时候，清党的时候，清党以后的还是闹不清白的时候。"[1]可以看出，鲁迅对吴稚晖在"清党"中的作用颇有微词，但若泛泛而论，这些话不是讽刺，而是实情。

二、刘半农杂文

刘半农（1891—1934），江苏江阴人，现代著名文学家、语言学家、教育家。原名寿彭，后名复，初字半侬，后改半农，晚号曲庵。出身读书人家庭，幼聪慧。1907年考入常州府中学堂，1911年回母校翰墨林小学任教，与吴研因等编辑《江阴杂志》，在辛亥革命中参加革命军，任文牍。1912年初与二弟天华赴上海谋生，先在开明剧社任编辑，次年春转入中华书局任编译员，开始翻译和写作。1917年夏受聘为北京大学预科教授，次年参与《新青年》编辑工作，成为新文化运动和文学革命的活跃分子和中坚力量之一。1920年春赴欧洲留学，1925年归来，任北大国文系教授，建语言乐律实验室，成为中国实验语言学奠基人。1934年赴绥远考察方言，不幸染上回归热逝世。在学术著作之外，主要有诗集《瓦釜集》《扬鞭集》，散文集《半农杂文》《半农杂文二集》，另有发表在《论语》等刊物上的多篇文白夹杂的小品文。

在《半农杂文》的序言中，刘半农如是描述该书："今称之为'杂文'者，谓其杂而不专，无所不有也：有论记，有小说，有戏曲；有做的，有翻译的；有庄语，有谐语；有骂人语，有还骂语；甚至于有牌示，有供状。称之为'杂'，可谓名实相符。"[2]因此，该书名曰"杂文"，其实不全是散文这一种文体，而其中的若干游

---

[1] 鲁迅：《新药》，《鲁迅全集》第5卷，北京：人民文学出版社，1981年，第124页。
[2] 刘复：《自序》，《半农杂文》，石家庄：河北教育出版社，1994年，第6页。

戏文章，带有小品属性，也很难算作现代散文意义上的杂文。

刘半农的游戏文章乃是才子积习，而厕身上海滩小报的谋生经历也激发了这种"才能"。如果说吴稚晖的游戏文章是逢场作戏，因为文章之"器"的背后有识见之"道"，器愈明而道愈显，所以无论怎么游戏都不会受到轻视，那么刘半农几乎不存在这种差别，因为他的游戏文章就是一种本来意义上的文人的文字游戏。他的格局没有吴稚晖那么大，江湖道行也浅，只是在文字的海洋中游来游去，泳姿比较漂亮而已。问题在于，刘半农不自知反而经常卖弄，《语丝》时期挑头引起与钱玄同、林语堂等你来我往的插科打诨文字，并无多少价值，《徐志摩先生的耳朵》等引起无谓纠葛的文字就在此列。

刘半农散文的风格，大体上可用浅近概括。他曾经的朋友鲁迅说：

> 但他的浅，却如一条清溪，澄澈见底，纵有多少沉渣和腐草，也不掩其大体的清。倘使装的是烂泥，一时就看不出它的深浅来了；如果是烂泥的深渊呢，那就更不如浅一点的好。[1]

鲁迅的意见，确可作为认识刘半农之"浅"及其他缺点的一种方法。

刘半农在《新青年》时期、"五四"时代的文章，即使不乏游戏笔墨，也多是应和着时代脉搏，促进新文化运动的启蒙事业不断前进的努力。《寄〈瓦釜集〉稿与周启明》提及，他以江阴方言、依民歌"四句头山歌"声调作诗，乃是"要试验一下，能不能尽我的力，把数千年来受尽侮辱与蔑视，打在地狱底里而没有呻吟的机会的瓦釜的声音，表现出一部分来"；《寄周启明》说及"外国火腿"充满愤激，"但就我原始基本的感觉说，只须问是不是火腿，更不必问什么。我用'原始基本'这四个字，乃是把我自己譬作一个狗，无论是中国人英国人俄国人，他若踏我一脚，我就还他一口"；《神州国光录》由对"小胡同里一簇一簇的小屎堆，大街上一

---

[1] 鲁迅：《忆刘半农君》，《鲁迅全集》第6卷，北京：人民文学出版社，1981年，第72页。

摆一摆的大犀车"的感叹,谈及对"粪土臣"一词的慷慨:"呜呼!生乎古之世,吾其为粪土臣乎?生乎今之世,吾其免于为粪土臣乎?或曰:你休想!你是什么东西!你既不是国丈,又不是刺史二千石,离粪土臣还有一万年!"应该说,他对新文化运动所提倡的诸多现代观念都赞同且积极维护,对现实当中若干非人的现象也都持批判立场,加之比较活跃,所以在推进新文化启蒙方面,贡献委实不小。

不过,刘半农毕竟是旧文人出身,学理方面存在短板,所以他就有意识地扬长避短,往往以旧文章笔法敷衍成文,寓庄于谐,以其人之道还治其人之身,在嬉笑怒骂之中加以阐释。《奉答王敬轩先生》一文是现代文学史上著名的公案,在与钱玄同的双簧戏中,刘半农对来信一一批驳,第一点便是从"名不正则言不顺"入手:"然而《新青年》杂志社,并非督抚衙门,先生把这项履历背了出来,还是在从前听鼓省垣,听候差遣时在手版上写惯了,流露于不知不觉呢?还是要拿出老前辈的官威来恐吓记者等呢?"刘半农暗示与《新青年》辩论须有相应资格,然后以归谬法直指对手的旧官僚习性和作风,实则强调对方根本没有对等看待《新青年》,而官威在现代世界中也起不了恐吓作用。短短一小段话,并没有高谈学理,却把什么是现代意义上的平等说得清楚明白,就是一种高明的文章功夫。

《"作揖主义"》可以视为刘半农最优秀的一篇杂文。该文从沈尹默"无论什么事,都听其自然"的"《红》《老》之学"入手,认为近于托尔斯泰的不抵抗主义,虽是赞成,但一直觉得"有些偏于消极,不敢实行","现在一想,这个见解实在是大谬"。为什么呢?作者做了一番简单解释,并且"用些游戏笔墨,造出一个'作揖主义'的新名词来",然后举例从反面加以论证,于是前清遗老、孔教会会长、京官老爷、北京和上海各一位评剧家、玄之又玄的鬼学家和王敬轩先生一一登场,轮番陈词。应对之策安在?道不同不相为谋,不过"东也一个揖,西也一个揖,把这一班老伯,大叔,仁兄大人之类送完了,我仍旧做我的我;要办事,还是办我的事;要有主张,还仍旧是我的主张"。如此一番戏剧场景过后,刘半农开始正经起来,解释自己何以如此态度。设若稍稍留心,这篇文章的结构与"赋"这一文体非常接近:沈尹默之语可为"序",中间部分的七位来客构成主客难对,最后的议论相当于"乱"或"讯"。刘半农未必有心这么写,但自来的文章训练使得他不经意间往往沿用,所以涉笔成趣,而就其自造新词"作揖主义"及其所阐释的内涵来说,也是历久弥新的现代思想,不无消极自由的意思。

"五四"一代知识人一般都接受过较为系统的文章训练,看似信口道来,但仔细考究都有来历。然而,需要警惕的是,以文字为议论,极容易滋生"文生情"的弊病,刘半农的杂文,恰与钱玄同某些文章一样,都具有"文生情"倾向,即本来对某一话题并无确实的意见,但在文章的推进过程中,陆续从文字当中获得灵感和情绪,并以后者支撑完篇。一旦此种写作方法成为习惯性的依赖路径,给人的感觉就是文字芜杂枝蔓,文风油滑,态度和情感不真诚。刘半农曾说"每有所写述,或由于意兴之所至,或由于出版人的逼索,或由于急着要卖几个钱,此外更没有什么目的"[1],固是自谦,在一定程度上也是实情。因此,刘半农有不少打油品质的杂文,甚至一篇之内也有不少油腔滑调的文字。《与疑古玄同抬杠》等文章,若说无趣,读来也有点文字趣味,若说有趣,那么这种趣味也太无聊了点。

当然,"五四"时代是新文学肇造的发轫期,刘半农等人都是创制规范之人,所以他们的写作具有相当的自由度。就当时的散文来说,古文、小品文在新文学的对立面,所谓美文并未成型,所以大都倾向于"随感录"式的随感,文风则宁野不文。这种创作情形,或如周作人如是看待自己的《小河》一诗,"或者算不得诗,也未可知;但这是没有什么关系"[2],是自谦,也是自负。刘半农在《也算发刊词》中也曾如是夫子自道:

> 我与几位同事先生,教书读书当然是正事,而没事时大家聚在一起乱谈天,也就几乎变成了正事一样。有时谈得不投机,大家抬起杠来,也就可以闹得像煞有价(介)事,而实际所争者,也不过是"天地间先有鸡或先有鸡

---

[1] 刘复:《自序》,《半农杂文》,石家庄:河北教育出版社,1994年,第1页。
[2] 周作人:《小河》,《新青年》第6卷第2号,1919年2月15日。

蛋？"一类的问题而已！因此，有人称我们那休息室为"群言堂"，取"群居终日，言不及义"之意。这大概是不错的。但我觉得便是这样，也总还比"饱食终日，无所用心"好一些。

总要"好一些"，就是吴稚晖所说的"造"。考虑到这样的时代背景，那么对刘半农的油滑或许可以多一点同情和理解。

前文提及，吴稚晖的游戏文章是做戏，刘半农却是假戏真做，就从油滑而来的嘲讽气息看，似乎也存在这种类似的差别。刘半农的嘲讽总是能够让人看出他是真的动了气。但"嘲"的意味比较含蓄，故而"讽"的强度不够，"刺"的力度则更弱。《她字问题》提及"《新青年》也有两期不曾收到，大约是为了'新'字的缘故，被什么人检查去了"，表明对书报检查的不满；《北旧》叙述"自从去年六月北伐完成，青天白日旗的光辉照耀到了此土以后，北京已变做了北平，'京'的资格已变做'旧京'了"，影射换汤不换药的现实。诸如此类，都是文人的腹诽而已。

刘半农讽刺无力当然算不得一个缺点，而带有文人气的嘲讽却足以成为他的杂文的特质。在"五四"时代，具有传统读书人气质的散文作者很多，一般都不擅长讽刺。比如具有名士气度的郁达夫，一旦讽刺起来似乎也只是逞才使气，只见轻狂不见锋芒。相较之下，刘半农的嘲讽起码具有讽刺的影子在，虽然文人的回旋较多，但其实不乏现代知识人的品格，自然也是难能可贵了。

总体说来，刘半农是"五四"新文学的一个吹鼓手和践行者，他的杂文充满时代气息，所以时代性可以算作第一个特色；其次，在从洋场才子转换为现代知识人的过程中，传统文章趣味和现代思想品格的杂糅，构成了他的杂文的混沌，但绝不是立场的摇摆；再次，带有传统文士风情的嘲讽格调为现代散文创作增添了别样的风情。

值得一提的是，刘半农到后来成为鲁迅所不满的"因为爬了上去，就不但不再为白话战斗，并且将它踏在脚下"的"有些战士"[1]之一，其《双凤凰砖斋小品文》

---

[1] 鲁迅：《"感旧"以后（下）》，《鲁迅全集》第5卷，北京：人民文学出版社，1981年，第334页。

变得不再油滑、不再嘲讽，也就与时代脱节，成了真正的文字自娱了。

三、陈源的《西滢闲话》

与刘半农散文风格的浅近相比，陈源的散文风格则是清浅，有时或可臻于流丽之境。陈源（1896—1970），江苏无锡人，现代著名文学评论家、翻译家、作家。字通伯，笔名陈西滢。书香世家出身，1908年入南洋公学，1912年赴英留学，先后在爱丁堡大学、伦敦大学攻读。1922年回国后任北京大学英国文学系教授。1924年与王世杰、周鲠生、陶孟和等人创办《现代评论》周刊，主撰"闲话"一栏，对思想、学术、文化、社会多有批评，在读者中产生重要影响，被视为"现代评论派"的代表作家。1929年秋起任武汉大学文学院院长，长达十年，提倡通才教育，造就不少人才。抗战全面爆发后任中华全国文艺界抗敌协会理事，1943年赴伦敦任中英文化协会会长，为中国的抗战争取国际同情。1945年任中国驻联合国教科文组织首任常驻代表，致力于国际文化交流工作。1966年退休，定居伦敦，1970年病逝。创作主要有杂文集《西滢闲话》，另有若干集外佚文。

陈源在中国大陆之所以知名，乃是因为与鲁迅、周作人为首的"语丝派"交恶。概而言之，双方之所以交恶，一是因为"女师大事件"的公事，一是因为鲁迅《中国小说史略》的私案。关于这两段公案，文学研究界多有阐发，总体态度是抑陈扬鲁，此处无法一一引证。相较而言，历史学界的观点可能更为客观一些：

> 新文化运动的核心主要是北京大学的一批学者，其内部大致可分两派，一是民初尤其是蔡元培掌校以来逐渐取代桐城派而兴的太炎门生，一是陈独秀、李大钊、胡适等新进。后来陈、李二人脱离北大，胡适无形中成为后一派的代表。双方对于学术和政治的看法互有异同，在面对校内外反对势力时还能一致对外，但在许多问题上不仅存在分歧，而且时有冲突，甚至各派内部（尤其是后者）意见也不统一。由此演变而来的北京大学内部的党派纠葛，如法日派与英美派、语丝派与现代评论派、浙籍与他省等，相互缠绕，异常复杂，令不少

学人将任教北大视为畏途。在籍在系的鲁迅,只是北大的讲师,严格说来,并非北大派的正牌。不过他与陈源的冲突,确实反映了北大派内部的进一步分裂。[1]

陈源与鲁迅、现代评论派与语丝派的论争,双方都有意气,而将之置于中国现代学术思想的脉络中观察,则是中国之学是"发现"还是"发明"的问题,从这一问题出发,遂有秩序与重构、保守与激进、改良与革命等延伸命题。不难发现,陈源基本都是站在前者的立场上,因为共同的留学英美的教育经历而自然在政治思想立场方面趋近,他之亲近现代评论派、新月派的"绅士",也正因为如此,他在相当长的一段时期内难以得到公平对待,相应地也就不会有关于他的持平之论。

《西滢闲话》"性质属于批评文学,时事较多,文学艺术亦曾涉及",基本特色在于"每篇文章都有坚实的学问做底子,评各种事理都有真知灼见"[2]。这里所谓真知灼见并不是说陈源杂文以思想性见长,而是指他总能够表现出一定的思辨性,有属于个人的独立见解。这一特点陈源一以贯之,而且在作品中有充分表现,所以算得陈源杂文的首要特质。

思辨在陈源杂文中触目皆是。《开铺子主义》以徐志摩和萧伯纳关于英国人有无主义的说法为正反两方层层推进,说明英国其实奉行的是"开铺子主义",即商人的实用主义,也因为如此,所以他们的庚款委员会人事有变迁,不过是为了维护英国的利益;《东西文化及其冲突》看题目似乎讨论的是大问题,其实就是工作和娱乐之间的关系,顺带批评中国人不懂休息而各趋两极的不良风气;《争点》以字句难易与文章内涵好不好懂的一般关系入手谈古文与白话,经过一番辨析,得出"白话文重自我的表现,文言文却重模仿"的结论。这些简单、简洁的辩驳,文字浅显、思路清晰、论述流畅,虽然并没有多少哲理的深度可言,却体现出相当的思

---

1 桑兵:《厦门大学国学院风波》,《近代史研究》2000年第5期。
2 苏雪林:《陈源教授逸事》,方仁念选编:《新月派评论资料选》,上海:华东师范大学出版社,1993年,第275页。

辨性。

　　这种文风，其实用于思想启蒙再好不过，因为它鼓励独立思考。一般而言，陈源是一个英式古典自由主义者，基本立场或如他在《中山先生大殡给我的感想》一文中所说，"也许我受了英国思想自由的毒，我总觉得一个信仰必须有理智做根基，才算得是彻底的信仰，要不然只好算迷信"。他在《新文学运动以来的十部著作》一文中特意标举鲁迅的《呐喊》，不无向世人昭示自己决不因私人恩怨而有所偏私之意，但却并不因此而放弃个人见解，只肯承认阿Q的文学价值而对《呐喊》中的其他小说不肯赞一词。当然，这里不是认为陈源的说法就是对的，而是强调，他基于个人的文学观做出的独立判断值得尊重。正如陈源在文中所说："我不能因为我不尊敬鲁迅先生的人格，就不说他的小说好，我也不能因为佩服他的小说，就称赞他其余的文章。我觉得他的杂感，除了《热风》中二三篇外，实在没有一读的价值。"今天看来，陈源关于鲁迅杂感的判断大谬不然，但他对于鲁迅的态度，无疑仍有可取之处，即始终保持一个现代知识人的独立理性。

　　陈源杂文的第二种特质，是讥诮。上引几篇杂文大概也可以看出他的这一风格：先通过讨论得出关于某事的一般性看法，然后以此为标准度量现实，再将现实往标尺上一靠，并不多言，则现实之悖谬不言自明。故此，徐志摩也认为陈源"妄想在不经心的闲话里主持事理的公道，人情的准则。他想用讥讽的冰屑刺灭时代的狂热"，可惜因为"武器的分量太小"而"火烧的力量太大"，所以是"不可能的"[1]，只不过徐志摩的所谓"讥讽"改作"讥诮"可能更为合适，因为"讽"是需要一定情感强度的，而讥诮是比嘲讽力量还要弱一些的讽刺，是情绪经过理性过滤的讽刺。

　　讥诮的特征是冷言冷语，且看《"有奶便是娘"与"无奶不是娘"》。该文以彭允彝任教育总长时北大脱离教育部之"有奶不是娘"的"光荣"出发，批评现在的北大欲与章士钊任总长的教育部脱离又担心经费不济而先与财政部暗中接洽的行

---

[1] 徐志摩：《"闲话"引出来的闲话》，《晨报副刊》第1423号，1926年1月13日。

为，指明其难逃"有奶便是娘"或"无奶不是娘"两种选择。陈源此文附带还有其他论题，姑置不论，但看这里不动声色地摆出几种情形，则讥诮之状溢于言表。这用通俗一点的话来讲，就是站在一旁说风凉话，恰是与独立思辨息息相关的一种文学风情。

这是陈源模仿、学习他所心仪的法郎士而形成的风格。徐志摩带着知己的口气评论道：

> 他学的是法郎士对人生的态度，在讥讽中有容忍，在容忍中有讥讽；学的是法郎士的"不下海主义"，任凭当前有多少引诱，多少压迫，多少威吓，他还是他的冷静，搅不浑的清澈，推不动的稳固，他唯一的标准是理性，唯一的动机是怜悯；学的是法郎士行文的姿态："法郎士的散文像水晶似的透明，像荷叶上露珠的皎洁"，西滢说着这话，我们想见他唾液都吊出来了！[1]

从理性生发出来的冷静、清澈、稳固以及因此而有的文风的干净、纯粹、清晰，也是陈源杂文的明显特征，这可算是第三种特质。

《文艺出版物》一文极为快捷爽朗。作者先转述英国某报统计，"该报认为这一季的有趣味的书"已有585种之多，然后举商务印书馆某一刊物所统计的数据，却是从新文学运动起到1923年年底为止，五六年中只出版约159种。简要对比之后，文章以这样一段话冷静收束："然而中国人还总是这样的自豪：'西洋人崇尚的是物质文明，中国人崇尚的是精神文明！'大约精神文明完全是文明在脑筋里，用不着看书的。"当然，陈源杂文中也有像《清宫》那样缠绕的作品，不过少之又少，即使文意稍有曲折，也多是三言两语带过，很快切入正题，所以就一般风格而论，都是《文艺出版物》这样畅达的文字，包括《西滢闲话》未收的集外稍长的文章，也是清清爽爽，俊秀可人。

---

[1] 徐志摩：《"闲话"引出来的闲话》，《晨报副刊》第1423号，1926年1月13日。

思辨的内容、讥诮的讽刺和清通的文风，是《西滢闲话》最显著的三个特征。相较于吴稚晖的"野"和刘半农的"杂"，陈源杂文如果用一个词概括，大概当得一个"清"字。他甚少采用修辞，但也不是平铺直叙，而是以思辨的曲折代替文字本身的起伏；他很少流露激烈的情感，但也不是无动于衷，而是用婉而多讽的隽永中和讽刺的火气。总之，陈源杂文清秀明朗，虽然没有法郎士意义上的怜悯，却也学得了俊逸，在杂文中可以说是自成一家了。另外需要强调的是，陈源的闲话风格固然较为西化，但那种意态从容、纵横随心的潇洒，却也与本土的文人清谈传统颇为相近。由此，陈源成为中国现代小品文发展过程中出现的融合中西风情的写作路径之一环——在相当意义上可以这样讲，他是梁实秋、钱锺书的先声。

江苏杂文在20年代的这三种具有典型意义的风格，当然与三人各各不同的人生经历有关，不过它们依时序演进而自然展开并表现出某种倾向性就与江苏的地域文化分不开了。江苏尤其是苏南地区因为文教事业的发达，就文化、文学趣味和追求来说，可能与毗邻的浙西地区更为相似。周作人认为："近来三百年的文艺界里可以看出有两种潮流，虽然别处也有，总是以浙江为最明显，我们姑且称作飘逸与深刻。第一种如名士清谈，庄谐杂出，或清丽，或幽玄，或奔放，不必定含妙理而自觉可喜。第二种如老吏断狱，下笔辛辣，其特色不在辞华，在其着眼的洞彻与措语的犀利。"[1] 从吴稚晖到刘半农再到陈源，固然时代变迁在江苏杂文的风格演变中起到了相当作用，但江苏地域文化的持续影响则使得它愈来愈呈现出典雅清隽的特质。这一倾向性在游记中表现得更为明显。

第三节　学术随笔

吴稚晖、刘半农、陈源等人的杂文，不管相互之间的风格差异有多大，都有一个共同点，那就是他们都有深厚的学理基础。吴稚晖杂文杂糅众家化为一个"我"

---

[1] 周作人：《地方与文艺》，《谈龙集》，止庵校订，石家庄：河北教育出版社，2002年，第11页。

的滑稽，刘半农杂文四处出击而不乏自我调侃的嘲讽，陈源杂文一以贯之的气定神闲，都与他们出身诗书之家的文化底蕴和学有所成的学术背景有着千丝万缕的联系。在20世纪20年代，民族革命的高潮已过，阶级革命的呼声正待兴起，新旧文人已然进入民国年间逐渐成型的社会分工之中，专业化的知识人于是浮出社会转型这一沧海的水面，学者随笔成为当时文坛令人瞩目的一种创作现象，在吴稚晖等人纸背之后的学理遂成为可资审美的文学对象。

学术随笔的出现，与"五四"高潮过后胡适提倡"研究问题，输入学理，整理国故，再造文明"的倡导及其影响下的整理国故运动密不可分。新文化运动在当时被许多人认为是中国的文艺复兴运动，所以"五四"运动只是一个插曲，而以科学的方法整理中国历代典籍，从中搜寻、发掘适应现代社会需要的精神资源，仍是当务之急。在整理国故运动中，大批中国传统典籍和文学作品受到重新审视并得到重新评价，不仅冲破了诸多传统学术观念的束缚，而且建立了若干学术研究的范式。在胡适的旧小说考证成为"破旧"与"立新"相得益彰的研究典范前后，大量青年学人在师长辈的影响下陆续投入对中国民间文学、文化的研究，顾颉刚、郭绍虞、魏建功等江苏青年学子堪称其中的佼佼者。他们采取全新的态度考察民间文化、文学，不仅参与到了其时在学术界影响巨大的整理国故的学术运动之中，日后成长为颇有建树的学者，而且相关文章也成为风格独特的文学创作，丰富了20年代的散文创作格局。

需要注意的是，学术随笔与述学文章非常接近，在很多情况下就是一回事。以白话述学的所谓"述学之文"，胡适首开风气，他说："述学是用正确的手段，科学的方法，精密的心思，从所有的史料里面，求出各位哲学家的一生行事、思想渊源沿革和学说的真面目。"[1] 其特点，朱自清曾作如是描述："胡先生的文字大都分项或分段；间架定了，自然不致大走样子。但各项各段得有机的联系着，逻辑的联系着，不然还是难免散漫支离的毛病。胡先生的文字一方面纲举目张，一方面又首尾

---

[1] 胡适：《中国古代哲学史》，《胡适全集》第5卷，合肥：安徽教育出版社，2003年，第204页。

连贯，确可以作长篇议论文的范本。"[1]因此，有人认为学问家的文章虽有文学价值，但也可能因"极宜着力修饰"的缘故而与新文学的创作理念存在矛盾乃至冲突，而应将之"留在学术史而非文学史来论述"[2]。应该承认，顾颉刚等人的确以学术立身，不过，他们自幼所受的文学熏陶、学习过程中习得的文学教养以及"五四"时代知识青年整体趋向白话文学的时代风气，都使得他们有意无意之间介入创作，职是之故，他们的述学文章自然、活泼而与"着力修饰"存在较远距离，因而足以登上文学殿堂。

另外需要强调的是，学术随笔与后来所谓学者散文虽然看似一致，而其实颇有分别。后者是今天公认的四大文学体裁之一的散文，只不过作者的身份是学者，所以带有学者这一职业整体的亚文化特色；而前者本身就是学术，但以清通、流畅的散文文字书写出来，具有相当的可读性和审美特色，因为这样的差异，后者只是散文中的一种类型，而前者可以成为散文文体之一种。整体而言，顾颉刚等人的学术随笔都是以学理支配文字，而因为他们眼光宏放、学识过人，所以总能以从容不迫的姿态操控文字，轻重缓急节奏分明，形成了独具一格的记叙风格。至于他们之间的差别，就与个人的成长背景、性情、审美偏好相关，需要细细辨析了。

一、顾颉刚的随笔

顾颉刚（1893—1980），江苏苏州人，现代著名历史学家。名诵坤，字铭坚，号颉刚。生于读书世家，幼年喜听家人讲民间故事和苏州本地的掌故旧闻，曾据"四书"之历史系统和开天辟地神话写成一篇《小史》。曾入私塾，中学期间开始读《国粹学报》，受到章太炎"国故"思想的影响。1913年入北京大学预科，1916年升入本科，入中国哲学门，听胡适讲中国哲学受到极大震动。1918年底，参与组织

---

[1] 朱自清：《〈胡适文选〉指导大概》，《朱自清全集》第2卷，南京：江苏教育出版社，1988年，第307页。

[2] 陈平原：《胡适的述学文体（下）》，《学术月刊》2002年第8期。

成立"新潮社"。1920年毕业留校任助教,为图书馆编目员。北大读书期间,受征集歌谣运动影响,开始有意识地搜集苏州本地的歌谣、谚语、故事等民间文学并在其后展开整理和研究工作,此后《吴歌甲集》在《歌谣》周刊连载,产生了广泛影响。1923年在《努力周报》发表《与钱玄同先生论古史书》,开始系统发表"古史辨"系列思考,1924年发表《孟姜女故事的转变》,均引起学界重大反响。1926年赴厦门大学任教,次年转赴中山大学,其间在民俗学方面亦有颇多成绩。1929年至抗战全面爆发在燕京大学任教,主要致力于古史研究。

谈到顾颉刚,应该看到的事实是,他学术生涯中的文学插曲当然是受时代、社会的大环境影响,也与伴随他成长的地方文化语境颇有渊源。顾颉刚曾在《古史辨》第一册的自序中如是陈述他如何介入民俗学研究:

> 民国六年(1917)先妻吴夫人得了肺病,我的心绪不好,也成了极度的神经衰弱,彻夜不眠。明年,我休学回家,不久她就死了。恰巧那时北京大学中搜集歌谣,由刘半农(复)先生主持其事,每天在《北大日刊》上发表一二首。《日刊》天天寄来,我看着很感受趣味,心想这种东西是我幼时很多听得的,但哪里想到可以形诸笔墨呢?因想,我现在既不能读书,何妨弄弄这些玩意儿,聊以遣日。[1]

可以这样说,江苏地域文化的深厚与丰富,为顾颉刚等人的学术研究和随笔写作提供了取之不竭的素材,而题材本身的特殊性无疑也反过来塑造了他们的学术和创作风格。顾颉刚早期的学术研究以民俗学起步,不断融入学术界及其本人关于历史的若干见解,逐渐形成了"古史辨"的主体思想,然后又以民俗学和历史学为领域,逐步发展完善,最终造就了现代历史学界乃至整个学术界的"疑古"思潮。在这一过程中,歌谣、民间故事等民间文艺在顾颉刚学术思想的形成过程中起到了关

---

[1] 顾颉刚:《自序》,钱小柏编:《顾颉刚民俗学论集》,上海:上海文艺出版社,1998年,第2页。

键作用，因为"这是对中国历来因袭的文学的一个反抗"[1]，而他对民间文艺的研究，不仅是学术研究的重要成果，也是现代散文不可多得的随笔作品之一。

顾颉刚早期的学术随笔集中发表于1924—1925年间，分民俗考证、孟姜女故事研究、宗教文化研究（包括《东岳庙游记》等）三个系列，与此同时或稍后展开的是《诗经》研究。以上四种，都是顾颉刚搜集、整理歌谣之后的研究工作，都与歌谣相关而具有类似的风格，不过《诗经》研究更为学术化一些，所以这里只将前三者纳入论述范围。

孟姜女故事是顾颉刚"一方面读《诗经》，一方面治故事"时偶然发生的研究兴趣，搜集了许多材料之后，发现"这件故事的变化有趣极了"：

> 一个知礼却君郊吊的妇人，如何变为善哭者，又如何变为哭倒了城，又如何变为哭倒了秦始皇的万里长城。那一个在齐、莒战争时战死的杞梁，又如何变成了筑长城而葬在城墙里的万喜良。故事像动物一样，是有生命的，它会传代，会走路，它只要传一传、走一走，马上会有增入的新材料，也必然会有削除的旧材料。[2]

这就是他研究孟姜女故事的用意。因为宋以后的材料过多而不及整理，所以当时只写出上篇《孟姜女故事的转变》交《歌谣》周刊发表，而下篇《孟姜女故事研究——古史辨自序中删去之一部分》则三年后发表于《现代评论》第二周年增刊，不过"只是一个极简略的结账"[3]，在各方面较上篇逊色不少，所以这里以上篇为主，分析顾颉刚学术随笔的基本特色。

---

[1] 梁实秋：《现代中国文学之浪漫的趋势》，《浪漫的与古典的》，上海：新月书店，1927年，第37页。

[2] 顾颉刚：《〈孟姜女故事材料目录〉说明》，钱小柏编：《顾颉刚民俗学论集》，上海：上海文艺出版社，1998年，第177页。

[3] 顾颉刚：《〈孟姜女故事研究集〉第一册自序》，钱小柏编：《顾颉刚民俗学论集》，上海：上海文艺出版社，1998年，第162页。

在上篇中，作者先从学界考订的孟姜之夫"范希郎"的名字保存"杞梁"二字的读音入手，在《左传》中找到故事的最早且可靠的起源，然后就开始叙述"从此以后，这事就成了一件故事"之后的故事。不过，作者并没有平铺直叙，而是抓住故事流转过程中几个重要的节点娓娓道来。

第一转是战国中期《檀弓》的记载，较之《左传》增加了"其妻迎其柩于路而哭之哀"，"但这一语是极可注意的"："《左传》上说的单是礼法，这书上就涂上感情的色彩了。这是很重要的一变，古今无数孟姜女的故事都是在这'哭之哀'的三个字上转出来的。"从此时开始到西汉中期，孟姜女的故事都围绕"哭之哀"展开。第二转是西汉后期刘向《说苑》和《烈女传》增加了"崩城"和"投水"的情节，虽然这是刘向"误听了'野人'的故事"的缘由，但"从此以后，大家一说到杞梁之妻，总是说她哭夫崩城，把'却郊吊'的一事竟忘了"，故此后四百年，崩城成为故事中心，在王充这个不解风情的人之外，出现了关于城的若干说法，杞都城、莒城是两例。第三转在唐朝，贯休《杞梁妻》一诗成为"这件故事的一个大关键"，不仅"总结'春秋时死于战事的杞梁'的种种传说"，而且"另开'秦时死于筑城的范郎'的种种传说"，自此，"长城与他们夫妇就结成了不解之缘了"。第四转在南宋，《通志》和《孟子疏》对此都有较为通达的叙述，在后者之中，杞梁妻也正式得名"孟姜"并为后世所接受，而这一姓名之来历，大概也经历了一个从私名到通名的发展过程，但更有意思的是，"孟姜成了杞梁之妻的姓名，于是通名又回复到私名了"。

孟姜女故事从"不受郊吊"到"悲歌哀哭"，再从"哭夫崩城"到"旷妇怀征夫"，这是从时代演变的角度进行的考察；下篇在补充了一些材料特别是南宋以后的资料后，主要从地域异同的角度加以分析。上下篇合观，起码可以见出顾颉刚学术随笔具有如下特色：其一，思想性、知识性和趣味性的融会。按说这几种质素是学术随笔理应共同具有的特点，而揆诸实际，大都只是落实在知识性上面，思想性和趣味性则受制于个人学术创新能力和个性，难以求全责备。顾颉刚其时正值学术爆发期，孟姜女故事的上篇不过三天工夫匆匆写成，差不多可以视作"层累地造成的中国古史"[1]观点的一个验证或例证,而论述则也吸纳了早期白话文创作的优长,畅达无碍,清新可喜。其二,朴素的叙述艺术。研究孟姜女故事在当时虽然不被理解乃至遭到"正统学者"的嘲笑,但作者"立志打倒这种学者的假史实,表彰民众的真传说"[2],所以从容不迫地娓娓道来,而自有风情。上篇依时序展开论述,间架结构清晰而平衡,在每一部分,都是要言不烦地征引材料,略加解释之后立即切入正题加以讨论,逻辑异常清晰;如需辩驳,则极为自然地向外延伸,绝无枝蔓的感觉。这种游刃有余地操控叙述节奏的能力,是相当高明的文章功夫,源于他的自我磨砺。顾颉刚学梁启超为文方面,郭绍虞曾提及,"他读梁氏文,替它另标小题目,先找出它的脉络条理,那就对于任何长篇都容易驾驭了,而自己写时也井然有序不假思索了"[3]。其三,朴实真挚而不乏波俏幽默的语言风格。古语云,言之无文,行之不远,所以述学之文宜用心修饰,顾颉刚在这一点上应该受到胡适的不少影响。不过,孟姜女故事特别是其中的上篇,不仅没有精雕细刻的感觉,反而因新文学的影响,对民间文艺有一种发自内心的尊敬,所以语言朴实无华而真挚动人。且看顾颉刚如何描述孟姜女的"曼声哀哭":

> 十年前,我曾见秦腔女伶小香水的戏,她擅长哭头,有一次演《烧骨记》,一个哭头竟延长至四五分钟,高亢处如潮涌,细沉处如泉滴,把怨愤之情不停地吐出,愈久愈紧练,愈紧练愈悲哀,不但歌者须善于运气,即听者的吸息亦随着她的歌声在胸膈间荡转而不得吐。现在用来想象那时的杞梁妻的歌曲,觉得甚是亲切。

另外,因为用心,所以对故事的历史变迁有一种同情的理解,行文每至会心之

1　顾颉刚:《与钱玄同先生论古史书》,《读书杂志》(《努力周报》增刊)第9期,1923年5月6日。
2　顾颉刚:《〈孟姜女故事研究集〉第一册自序》,钱小柏编:《顾颉刚民俗学论集》,上海:上海文艺出版社,1998年,第163页。
3　郭绍虞:《悼念颉刚》,《照隅室杂著》,上海:上海古籍出版社,2009年,第553页。

处，幽默感自然滋生，如前引"长城与他们夫妇就结成了不解之缘了"一句便是。不过，总体而言，幽默大概与顾颉刚的性情不太相应，所以更为常见的语言风格，是朴素的用词之中含有跳荡、调皮的语调。

当然，顾颉刚本人并没有文学上的野心，他在不同时期都说过类似的话："老实说，我对于歌谣的本身并没有多大的兴趣，我的研究歌谣是有所为而为的：我想借此窥见民歌和儿歌的真相，知道历史上所谓童谣的性质究竟是怎样的，《诗经》上所载的诗篇是否有一部分确为民间流行的徒歌。"[1] 正因为如此，他的学术随笔从一开始就多学术的理趣，只是愈到后来愈少文学的韵味了。

顾颉刚此前搜集家乡的歌谣，是受北大歌谣研究会的影响，虽然在郭绍虞担任《晨报》文艺撰述工作的时候代为发表了若干，也引起了诸多关注，他自己的兴趣始终在学术方面："我想要彻底的弄他清楚，必得切切实实做一番小学功夫拿古今的音变，异域的方言，都了然于心，然后再来比较考订，那么才可无憾。"[2] 不过，话虽如此，他亲近胡适、参与新潮社活动等经历，都使他对新文学颇有好感。孟姜女故事发表之前，顾颉刚有《两个出殡的导子帐》《一个"全金六礼"的总礼单》《一个光绪十五年的疺目》等有关民俗研判的随笔，而这几篇随笔的共同之处，就在于他本人过多情感的介入，使得文体较为接近杂文。

上述三篇文章的共同之处，就是顾颉刚本人裹挟着时代风云深入到地方习俗之中而随处可见的反思性。《两个出殡的导子帐》述三吴之地"尽力铺张"的丧礼，描述"尚文"的古制给普通人家带来的不必要负担及造成的攀比心理，批评"'大家如此，只能如此，不该不如此'的一句天经地义的话"使得"大家都很情愿地做了这句话的牺牲了"的传统习俗；《一个"全金六礼"的总礼单》叙述自己续娶事，对"大家看了，并没有起一点吓诧，只觉得嫁女之家应当索取这一笔卖价，娶媳之家应当委曲答应对方的需索而付出这一笔买价"的现实表达了不满；《一个光绪十五

---

[1] 顾颉刚：《自序》，钱小柏编：《顾颉刚民俗学论集》，上海：上海文艺出版社，1998年，第13页。
[2] 顾颉刚：《吴歈集录的序》，钱小柏编：《顾颉刚民俗学论集》，上海：上海文艺出版社，1998年，第308—309页。

年的奁目》记叙1889年的"嫁女排场",列出奁目之后"不禁失声叹道:哎哟,这原是苏州最起码的排场",讽刺溢于言表。这些,都是顾颉刚对旧礼教吃人的抨击,不过并不是所谓时代强音,而是带着幽怨神色的腹诽,而那种皮里阳秋的笔调,正是杂文的惯技。

不过,这几篇随笔都是顾颉刚利用家中现有的材料描摹苏州地方婚丧嫁娶习俗的文章,其中当然有学术的成分。三篇文章在分别详细罗列出账目、礼单和奁目之外,或涉及"导子帐"各种项目的来历,或挖掘婚礼的"礼意",如"开门钱""彩币羹果"等的来源,总之都有一探究竟的好奇,而其最终落脚点,也往往是给出一种分析性的意见。比如《一个光绪十五年的奁目》,在当时已经普及了"洋镜"、洋瓷面盆和铁床等之后,嫁妆里居然当仁不让地还保留着"团圆镜"、铜制面盆和"发禄带",顾颉刚因此"归纳出一条通例":"凡是社会上的一种仪式,都有很长久的经历,它每经过一个时期,即挟着这时期的质块随以俱流,经历愈久,糅杂的质块也愈多,虽是这些质块在应用上的价值已经丧失,但仪式上的资格是不废的。"不论怎么写,始终归于学术,可谓万变不离其宗,这是顾颉刚学术随笔最突出的特征。

宗教文化研究系列随笔更是如此。在《孟姜女故事的转变》之前,顾颉刚有《东岳庙的七十二司》《东岳庙游记》等研究道教文化的随笔,此后,又有《妙峰山的香会》等研究佛教文化的随笔。后者由于是北大风俗研究会主持的调查项目,还在孙伏园主持的《京报副刊》上发表调查报告和征文,形成了"妙峰山进香专号"并在后来以《妙峰山》之名出版。

《东岳庙的七十二司》开篇是游记,叙述和潘介泉同游朝阳门外东岳庙,很简略,不过记下了一个"奇怪"的情形:"到广嗣神殿去烧香的大都是贫苦的妇人,而阜财神殿则衣饰豪华的特多。"作者当然有所感慨,觉得"有钱的还要有钱,无钱的偏要多子,未免太苦了",但兴趣显然在神殿本身,所以归来后考索七十二司的具体名目。《东岳庙游记》大都是表述他关于神话、宗教的看法,所以号称"游记"而其实记游的成分很少,却是学术研究的田野考察,此外则零零星星随机插入一些感慨。这两篇随笔，学术、记游和杂感等多种成分杂糅，反映了其时不太注重文体界限乃至刻意打破这一界限从而创新文体的野心和努力，顾颉刚身处其中不免受到相当影响。

顾颉刚这一代人，新学气象逼人而旧学根基尚存，如果能够在旧文章和新学理两者间保持一种大体的平衡，只须稍稍引入新文学的若干理念，则作品自有可观之处。有关妙峰山的几篇，都是学术调查，而某些部分仍然保有随笔的从容，也看得出文章修养。"香会的来源"简单几句话，就把香会的起源和性质交代得清清爽爽："游览是人生的乐事，春游更是一种适合人性的要求，这类的情兴结合了宗教的信仰，就成了春天的进香，所以南方有'借佛游春'一句谚语。因为有了借佛游春的人的提倡，所以实心拜佛的人就随着去，成了许多地方的香市。"

《游妙峰山杂记》倒的确是一篇规规矩矩的游记。作者等几人乘人力车或雇轿子或步行，循序向山里前进，一路上颇不寂寞，小茶馆里的闲谈、沿路妇女席地而坐出售麦秆编制的物品、"不讨上山人，单讨下山人"的乞丐、金山顶的小买卖担子等，可见民风民俗一斑；在妙峰山顶，当地人谈及香会衰变，提到冯玉祥军队"要来抢掠"的传闻，作者于是幽它一默道，"可惜冯玉祥是奉基督教的，不然，何妨请他的太太们也来进香修庙，消释他们的疑虑呢"；另有几处风景描写，如庙儿洼西路的杏花和樱桃沟的泉水，都是不俗的写景文字。

顾颉刚的学术随笔在当时的江苏散文作者中较有代表性。与作为核心的学术性相关，思想的深邃是顾颉刚学术随笔的首要特征，不过，因为他对民俗考察较为深入，总能够理出一条历史的脉络，因而就在理解的基础上产生了同情，加之他本人也不是一个热衷于社会事务的人，所以他的批判和讽刺都很弱。思想性强而批判力弱，可能是所有学者写作的共同特征，因为他们本身的社会身份也是相对超然的，而顾颉刚毕竟吸纳了若干新文学的长处并在随笔中有较多表现，在初期的学者写作者当中也是佼佼者了。

二、李小峰、萧汉、周振鹤的民俗随笔

《歌谣》周刊自第65期起，每周开辟专栏专刊"传说"，吸引了大量投稿，其中自以顾颉刚搜集、整理、研究的"孟姜女故事"为代表。此外的江苏作者和研究者，如李小峰、萧汉、周振鹤等人，都在民间传说的搜集和整理方面用力甚勤，为江苏地域文化的保护、研究和发展事业做出了不俗贡献。需要注意的是，这几位作者大抵都限于搜集而较少研究，不过，他们尽量保持作品原貌的努力也使得这些传说故事得到了较为妥善的保护，为进一步的研究奠定了基础，所以仍然是带有学术意味的文化行为。因为不是创作，而且多有小说成分，这里就以概述为主，以能够说明当时江苏学术研究和随笔写作的基本风貌为度。

李小峰（1897—1971），江苏江阴人，现代著名翻译家。字荣弟，有林兰、易小峰等笔名。幼年失怙，由长兄抚养长大。1918年于无锡第三师范毕业后，考入北京大学。参加新潮社，参与《新潮》的出版工作，担任校对、发行等工作。1925年在同人、师友的支持下创办北新书局，负责《语丝》的出版、发行，另有"新潮社文艺丛书"等。1927年转赴上海开展业务，出版了众多新文学书刊，对推进新文学的发展和扩大新文学的影响至关重要。30年代初，书店两度遭到查封，元气大伤，此后惨淡经营，终与其他出版社合并，成为回荡在历史深处的遗响。

李小峰曾以"林兰"的名义在迁往上海后出版的首期《语丝》上发布广告，征求民间故事。他的征求标准主要如广告第二、三两条所列，一方面要求"已经记录者须注明出处，未经记录者须注明流传的地点，如有土言俗语，请加注释"，另一方面强调"记述故事，请用明白浅显的语言，如实写出，勿点染增益以失其真"[1]，二者分别关乎故事的来源和记叙的风格，看得出北大时期的歌谣运动对他的影响。他以这种方式搜集、出版的作品，先后有《徐文长故事》《朱元璋故事》《历代名人趣事》《历代文人故事》等多种，每一种均涉及民俗的方方面面，引起学界浓厚的研究兴趣，以此汇入"五四"时代的思想解放潮流，不仅具有文献价值，

---

[1] 林兰：《征求民间故事》，《语丝》第4卷第1期，1927年12月17日。

而且具有思想史意义。

如《徐文长故事》。周作人率先拈出这一话题，认为这些故事大抵各处都有，"或者篇篇分散，或者集合，属于一个有名的古人"，发表出来，"不但可供学者研究之用，就是给我们素人看了消遣，也是很可感谢的"[1]，而且特别强调，自己不过是"在'正经地'介绍老百姓的笑话。他们的粗俗不雅至少还是健壮的，与早熟或老衰的那种病的佻荡不同"，并解释原委："老百姓的思想还有好些和野蛮人相像，他们相信力即是理，无论用了体力智力或魔力，只要能得到胜利，即是英雄，对于愚笨孱弱的失败者没有什么同情，这只要检查中外的童话传说就可知道。"[2] 两天后，李小峰以"林兰女士"的笔名发表了同题故事，并在引言中特别描述了自小习闻徐文长故事的困惑：

> 徐文长的故事，在我们那里（江苏）也流传很广，我幼年时常听人讲的，大都称他恶讼师而不名，是恶之之意；但讲述者的语气，又往往左袒他，听者也称快于他的作弄人；表同情于被作弄者的很少。[3]

此后，大批徐文长故事在各类刊物中纷纷出现。李小峰将自己搜集到的徐文长故事结集为《徐文长故事》出版，并在"外集"部分加入了福建泉州的秦钟震、漳州的谢能舍、广东新会的陈梦吉、四川成都的张麻子、安徽徽州的王二疯子、山西垣曲的姚极、山东的王怪物、河南的赵南星等民间人物故事，汇聚成为"徐文长型的故事"。"五四"时代的民俗学者之所以对徐文长"集学问渊博与聪明无赖于一身"的民间文人感兴趣，不仅因为他们与徐文长"有很多思想上的共鸣"，如反儒学、反传统，更因为徐文长是"民众心目中的理想才子"，是"把民众和知识分子

1　朴念仁：《徐文长的故事》，《晨报副镌》第157号，1924年7月9日。
2　朴念仁：《徐文长的故事（续）》，《晨报副镌》第159号，1924年7月10日。
3　林兰女士：《徐文长的故事》，《晨报副镌》第160号，1924年7月12日。

联系在一起的人"[1]。李小峰编辑这些民间故事的意义,也正于此体现。

与李小峰风格比较接近但更限于记录的作者,是扬州的萧汉。萧汉编有《扬州的传说》一书,关于他自己,是"跋"中简单的一句话:"编者萧汉,今年二十三岁。有时规规矩矩,有时好说说笑笑开开心。"[2]"跋"作于1927年中,而书中采用了大量的扬州方言,据此推测作者应是生于1904年的扬州土著。《扬州的传说》是在国立中山大学历史语言研究所、中山大学民俗研究会主持出版的"民俗学会丛书"第十三种。该书记载了扬州所流传的徐文长的故事,扬州乡贤汪中、阮元、郑板桥、叶天士的轶事,地方名胜文峰塔、法海寺、石塔寺、天宁寺的传说,另有儿童故事、地方民歌等,是一本杂俎性质的小书。该书在扉页引用了一则扬州歌谣,充满地道而浓郁的地方风味:"小(去掉右边一点)小(去掉左边一点)一小舟,水(去掉右边两笔)水(去掉左边笔画)水上游,門(左右分成两个独立的汉字)一声响,彳亍上扬州。"如果整体都采用这种富有地方气息的方言土语加以叙述,那么整书颇为可观,可惜的是作者讲述轶事、传说、故事都取直白腔调,韵味就差多了。

周振鹤是苏州地方民俗的观察者和记录者,《苏州风俗》也是上述"民俗学会丛书"之第十四种。据顾颉刚在"序"中所说,作者的原稿题名《吴中山水风土记》,在民俗之外,还有风景之叙写,为求体例统一之故,"就把这书中的山水方面去掉而把风土方面付印,并换了一个单纯的名字,题为《苏州风俗》"。顾颉刚并指出,"这本书是一部从旧式的地方志变到新式的地方志的过渡的书",虽然"沿用旧式志书的体例和记载的很多,但此不足为周先生病"[3]。这就清楚说明了《苏州风俗》一书的价值。

---

[1] 参见[美]洪长泰:《到民间去:中国知识分子与民间文学,1918—1937》,董晓萍译,北京:中国人民大学出版社,2015年,第111—112页。
[2] 萧汉:《跋》,《扬州的传说》,叶春生主编:《典藏民俗学丛书》(上),哈尔滨:黑龙江人民出版社,2003年,第719页。
[3] 顾颉刚:《序》,周振鹤:《苏州风俗》,叶春生主编:《典藏民俗学丛书》(上),哈尔滨:黑龙江人民出版社,2003年,第725页。

《苏州风俗》依次记叙苏州一地的庙宇祠堂、婚丧礼俗、岁月物产及食馔、衣饰等,的确带有旧方志的特点。伍大夫庙、范文正公祠、忠烈祠、五贤祠等名人祠堂,大抵都是简略陈述方位、沿革等内容,并无特别,而开元寺、永定寺、能仁寺等庙宇引入传说,始有可观之处。且看"报恩寺"一条:

> 报恩寺在卧龙桥北。俗称北寺,吴赤乌中,孙权母吴夫人舍宅所建。通远寺基也。吴越钱氏移支硎山报恩寺额于此,重建之。角有小院五,久不存。旧建浮屠十一级,凡再建再毁。宋绍兴末,行者大圆募建。始去其二级,为九层。明隆庆中复毁,僧如金重建,推为一郡浮屠之冠。登塔展望,近则全城状况,远则西南诸峰,靡不历历在目焉。塔后门额,署曰三吴首刹。大殿之左,为观音殿。右圣母殿。后庭两旁,曰五观堂,曰迎宾室,中曰铜佛殿,有古铜佛二尊,配以沉香木佛一尊。再后曰梵香堂,额曰发海潮音。中悬光绪间住持昭三联:"梵宇旧高空,当年二像著灵,尘世别开清静境;净生都梦影,我愿一堂说法,香花共悟上乘禅。"并识云:"府志晋建兴二年,沪渎浮来二石佛,迎至北寺。回忆曩事,兹拟传记。"塔前大雄宝殿,民国辛酉开始重建。每年八月八日,善男信女,多进香于此,以求来世八字。

这段文字仍然以记叙沿革为主,不过沿革也成为线索,串起了历代关于报恩寺的描述,令人有思古之幽情。其余诸寺,也都是这种写法,记"寒山寺"尤其值得一读。

这种质实的叙述虽然也可以算得一种散文风格,但客观说来,撮录历代文献敷衍成文,委实无多趣味可言。当然,这也是受了叙述对象的限制,因为作者在书中其他地方涉及与人事相关的话题,如吉礼、凶礼之类,无疑就稍稍活泼一些。如吉礼之中,相亲、请媒人、拜堂、闹新房等今日多地仍然残留或有所简化的习俗,固然令人瞩目,即使请八字帖、送日子、寄名、抢亲等去今稍远的陋习,也令人不无一探究竟的兴趣。至于"岁月"部分所记地方风俗,更是引人入胜。"正月"条下有

"黄连头，叫鸡"一目：

> 献岁乡农沿门喊卖黄连头，叫鸡，络绎不绝。黄连草，村落俱有，其苗可食，别饶风味。乡农于四五月间摘取其嫩头，以甘草汁腌之，谓小孩食之，可解内热。吴榖人祭酒《新年杂咏·小序》云："吹鸡，揭竿缚草，以处鸡群，鸡亦以草制，衔其蒻管，巡街吹卖，其音哺哺，故又名哺鸡。"诗云："晓日一鸡唱，春风正满间；居然生羽翼，大要借吹嘘；功岂养成侯，声疑伏卵余；儿童能起舞，壮志定如何。"

其余如"二月"之撑腰糕、冻狗肉、春台戏，"三月"之插柳条、载柳球，"四月"之称人、浴佛、轧神仙，"五月"之蛇王符、端午节和黄梅天及天落水，"六月"之谢灶、雷斋、饿斋、打醮，"七月"之盂兰会、九思香，"八月"之灶君诞、走月亮，"九月"之重阳糕，"十月"之天平看枫和炸蟹，"十一月"之冬至团、东阳酒，"十二月"之送灶、跳乌龟、年夜饭、守岁烛等等，这么一路写下来，繁复固然繁复，正与后一部分的"物产"珠联璧合，写尽三吴之地的物华天宝和民风鼎盛。

地方风物描写，是《苏州风俗》题材方面的一大特色，与之相映成趣的则是食馔、衣饰等更多与民生较为贴近的内容。作者将炙鱼、水晶鲙、酱汁肉、荡藕、蕈油、白杨梅、白沙枇杷等一一详细写来，道尽生活滋味。"鸡头汤"一条如是叙述：

> 鸡头产南荡。初生如鸡头，剥开内有斑驳软肉，裹子累累如珠玑，壳内有仁，色白，状如鱼目。其仁以新剥出壳者为佳。煮法甚简：先以清水煮沸，即将其仁倾入，阖盖约一分钟，即加糖可食。温香满口，令人想开元宫中艳事。过时则老，预剥则失清香气味。但以剥剖周折，故非中人家以上者鲜得尝之。南货铺中有出售干之仁者，曰芡实，味气远逊新采者矣。鸡头夏日上市，故与绿豆汤，冰西瓜，清莲藕，皆为夏日解渴却暑妙品。

只有在这些切身相关之处，作者才流露出一二主观感情。

在该书最末的"琐记"中，作者从客观的记载中走出，对苏州一地的文采风流有较为显豁的讴歌。吴地之俗，"父兄以不使子弟读书，引为耻辱"，近代以来，则治田、纺织、零售，各行各业均繁荣昌盛。作者引以为傲的，是对"吴人多韵事""吴姬善哭""吴人善说古人陈事""吴人信鬼崇巫，好为迎神赛会""吴人貌多文弱而有礼""教育一端，素称发达"等优良传统润泽之功的揄扬，是对"吴中娱乐所有京剧院，新剧社"、消防队、总商会等现代建制的自豪，是对"民国以来，风气大开"之后女子入学、革除缠足等与时俱进潮流的肯定，是对传统与现代交融之中昆曲、板茶、船菜等流风余韵经久不衰的赞叹。作者严守传统家法而不故步自封，反映了苏南地区开放、开明的文化心态。

李小峰、萧汉、周振鹤等人的民俗作品，以资料性为要，趣味性则稍嫌不足。不过，作者一旦投入感情，许多篇章其实不乏小品文的俊俏。

三、郭绍虞的随笔

郭绍虞（1893—1984），江苏苏州人，现代著名学者、教育家、书法家。原名希汾。生于清寒的读书人家，童年在义塾读书，在老师的引领下接触历代文物。1910年入苏州工业中学，与同学合办文学刊物《婴鸣》。1913年到上海商务印书馆附设尚公小学任教，刻苦自学，后入进步书局任编辑。1919年在顾颉刚的推荐下，任北京《晨报》副刊特约撰稿人，同时在北大旁听，并加入新潮社。1921年，参与发起文学研究会。此后辗转在各校任教，1927年到燕京大学中文系任教，进入学术研究鼎盛期。太平洋战争爆发后南下上海，在各校任教并担任开明书店编辑。1949年后在复旦大学任教。主要有学术著作《中国文学批评史》《照隅室古典文学论集》等，编有《中国历代文论选》等，另有翻译和诗歌创作若干。

他的文学活动，集中于参与成立文学研究会前后的一段时间，不过新文学意义上的创作不多，长篇论文较多。这些论文大都论古典文学，多应和着新文学的文学观念和创作思潮，也多发表在《小说月报》等与文学研究会有关联的文学期刊上，对促进新文学的发展并扩大其影响具有积极意义,在当时也有相当影响。它们与后来陆续发表的论文多收入《照隅室古典文学论集》,少量收入《照隅室杂著》。

郭绍虞的学术随笔和文学研究会密不可分。在此之前,他尚未接触或者进入新文化、新文学阵营的核心地带,在此之后,则因为生计问题和个人兴趣,集中于中国古典文学,只有在顾颉刚介绍其来到北京并与新文学团体发生关系之后,他才成为新文学运动的一分子。不过,他在这一运动中的角色实乃鲁迅所谓敲边鼓,所做的工作,是就自己所长,从古典文学内部挖掘新文学合理性的历史依据。《谚语的研究》《试从文体的演变说明中国文学之演变趋势》《梨州文论》《所谓传统的文学观》等篇都是这一思路的具体呈现。

这些篇章,材料、论证、观点俱在,严格说来当然都是学术论文,不过正如前文曾经多次提及,晚清"五四"时期的知识人视野宏放且文章修养较高,所以即使严谨的学术文章也能够写得摇曳多姿。郭绍虞自认"比较拘谨,木讷寡言"[1],所以他的这些文章在学术的严谨中更多体现个人性情的严肃,而朴讷的笔调当中其实颇有文章风情,都是带有时代色彩和个人特色的广义随笔。

《谚语的研究》发表于1921年年底的《小说月报》,是郭绍虞受顾颉刚影响,也是响应其时声势颇为盛大的歌谣研究会活动的一种探究,而从根本上讲,研究谚语,当然更是顺应新文学发展要求的一种有意识的资源借鉴行为。郭绍虞先是引用各种典籍说明谚语的释义,然后引入其他语言文化加以对比,得出定义:"谚是人的实际经验之结果,而用美的言词以表现者,于日常谈话可以公然使用,而规定人的行为标准之言语。"又进而论及谚语与歌谣、格言、寓言等的差别,辨明其价值在于它是"国民情调的表现",而"谚语在民众艺术上所以有存留的余地,与其说由于它内容的幽玄、深邃,不如说由于它形式的奇峭、警拔、整齐而流丽",故就形式而论,句子简短、声调整齐、音韵谐和及修辞灵巧成为谚语最为突出的特点。不过,"这些条件都不过助成其'美'罢了",谚语的文学价值,离不开其"重

---

[1] 郭绍虞:《悼念颉刚》,《照隅室杂著》,上海:上海古籍出版社,2009年,第552页。

第二章　多元共生的散文新时代（1917—1927）

'真'重'善'"的内容，"真"分人事和自然而以前者为主，"善"也可以分作道德与宗教——这差不多就是周作人"以真为主，美即在其中"[1]的观点的具体展开了。从时代的角度看，郭绍虞接受文学进化论的观点，指出"有一时代的背景即成一时代的思想，而发为一时代的谚语"是常见现象，所以谚语可以辅助风俗史的研究，而从地域角度看，它反映了地方风情风俗乃至国民性的差异；综合两者也可以发现，谚语固然有"指导、督责、鼓舞、奖励、涵养、讽诫种种的功能"，但因时、地的不同而一味沿用也"足以引入迷途"。因此，对谚语，须"明白他的背景"，分析"他所由发生的原因"，然后才能断定其"时代价值"。

　　这篇随笔当然到处可以见出郭绍虞所接受的时代影响，胡适、周作人的观点在文中历历分明。其余如对蔑视女性的谚语，他注意到"这种真理式的格言有力地支配着一般人的思想"的情形，认为应该"减损其权威"；又如对涉及迷信的谚语，他也斥为"求真之累"，这些都是郭绍虞与时代之间紧密互动的具体体现。正因为这样，这篇文章稳健扎实，但绝不学究化。郭绍虞的文风，倒不像他自认的性情那般拘谨，而如"五四"时代其他知识人一样开明通达，且因为对人事都有确实的见解，所以字里行间弥漫着一股自信，文气绵长故牵连不断，表现出绵柔而韧性十足的生命意志。

　　与顾颉刚相比，郭绍虞学术随笔知识性虽则同样饱满，但思想性稍弱无疑是事实，不过，他沿着新文化运动领军人物所开辟的路径坚实地走下去，在他们所开辟的文化领地里做建设的工作，当然也是意义非凡。在《介绍〈歧路灯〉》一文中，郭绍虞认为"也是只记载一家的盛衰而其中波澜层叠，使人应接不暇，则固有《红楼梦》之长了，也是描写社会人情而能栩栩欲活，声色毕肖，则固兼有《儒林外史》之长了"，而思想的"练达事理"和文艺的"个性空灵"，兼之技巧颇有特色，所以《歧路灯》的价值理当重视。《红楼梦》《儒林外史》等传统白话小说之所以在

---

[1] 周作人：《平民的文学》，《艺术与生活》，止庵校订，石家庄：河北教育出版社，2002年，第5页。

新文化运动以来受到广泛重视，与胡适等人的整理、研究工作大有关系，郭绍虞当然推崇并推重，他选择做的工作，就是细化这些研究，并努力发掘同样值得重视的类似作品，以为新文学之助力。至于郭绍虞其他一些随笔，看来都是古典文学研究，但在具体行文中，其实都不乏与新文学之间的相互观照和相互发明。《梨州文论》对黄宗羲"文"与"学"合一观念的揄扬，《中国文学批评史上之"神""气"说》对晚期气韵说"近于文学上的一种意境的性质"的肯定，《赋在中国文学史上的位置》对"白话赋"或"是一部分的散文诗"或"是与古赋相类的小品文字"的文体设想，诸如此类，当然都是有所用心的思考。

总之，郭绍虞的学术随笔较为中正儒雅，趣味性少而独立真诚的思索多，这不仅是时代造成的影响，也是其本人人格的一种体现。所谓道德文章，在郭绍虞这里是天然一体的。

四、魏建功的随笔

魏建功（1901—1980），江苏如皋人，现代著名语言文字学家、教育家。字国光，又字益三，笔名有天行、山鬼等。生于读书人家，在家乡期间，先后在南通七中、如皋师范附小、预科及南通中学就读。1919年入北大预科，两年后升入本科，在研究所国学门得众多名家指点，打下了扎实的语言学功底。其间，参加搜集歌谣、整理明清档案、民俗调查、方音调查等活动。1925年毕业留校任助教，协助刘半农创办"语音乐律实验室"，为《国语周刊》撰稿。1928年参加"国语统一筹备委员会"，任常务委员，推行注音字母和国语罗马字方案。1929年重返北大任教，潜心学术，取得诸多重要研究成果。1940年在国立西南女子师范学院创办"国语专修科"，1941年参与编订的《中华新韵》颁行，1945至1948年间在台湾推行国语，为推广汉语统一运动做出了重大贡献。1950年应邀牵头组建新华辞书社并兼任社长，开始主持编撰《新华字典》。1952年成为中国文字改革研究会12名委员之一，参与汉字简化方案的制订工作，晚年曾参与《词源》的审定工作。他不仅在音韵学研究方面造诣高深，而且为中国的语言、文字的改革和教育做出了杰出贡献。

魏建功在"五四"运动过后不久进入北京大学就读，受到新文化运动的深刻影响，曾在《京报副刊》《语丝》等文学报刊上发表过很多随笔杂文，在当时的知识青年中间颇有影响。他的这些随笔，除少数杂感性质的短文，绝大部分都带有学术性质，涉及歌谣、民间文艺、文献、戏曲等当时文学界和学术界的诸多核心话题，而都围绕他本色当行的语言语音学展开。

在孟姜女故事讨论中，他曾以公开信的形式与顾颉刚探究"万喜良"的来历问题。在《杞梁姓名的递变与哭崩之城的递变》一文中，魏建功从"犯"与"杞"形近而与"范"音近的相似之处入手，大胆假设，指出语言学当中存在一个常见现象，即"故意在音近的方音里借用一个别字，而有使原有的声音变化的事实"，因而认为从"杞"到"范"，是发生了"由形讹而至于音讹"的转变，并且征引杞梁姓氏各地异文情况，从语音流变的角度加以严密分析。民间文艺的讨论，本如胡适所言，是"要替中国文学扩大范围，增添范本"[1]，魏建功当然也是赞同的，不过他在讨论的过程中，有过度学术化的倾向，反而失去了顾颉刚那般的雍容与自由。但不管怎么说，这的确是魏建功的特点。

值得关注的是，这种论学文字，在"五四"时代的报刊当中随处可见，一方面与专业期刊的匮乏有关，另一方面，也和知识人有意识地面向读者的启蒙姿态有关，那就是，他们不仅仅将这些问题的讨论视作一种纯粹的知识生产，而是把它们当成现代人应有的质素。所以，魏建功和顾颉刚、郭绍虞一样，都注重以朴素的逻辑、平实的语言和流畅的文风予以表达，这篇文章可以算作一个代表。有意思的是，这些讨论在某些时候不乏表演性质，刘半农与钱玄同之间如此，魏建功其实也不乏与顾颉刚同台竞技的心态。例如，他的《歌谣表现法之最要紧者——重奏复沓》一文对顾颉刚认为《诗经》里的歌谣失却歌谣本质的观点基本认同，而对其歌谣"只要唱完就算，无取乎往复重沓"的说法不以为然，从声音的改换和意义的深

---

[1] 魏建功：《歌谣采辑十五年的回顾》，《魏建功文集》第5卷，南京：江苏教育出版社，2001年，第520页。

浅之间的关系出发，提出歌谣"大都用一样的语调，随口改换字句唱出来的，儿童尤其是的"，所以"重奏复沓是歌谣的表现的最要紧的方法之一"。这样的文章因为表现出充分的在场性，所以就和风云激荡的时代有了联系，而且也表现出生命的精彩。

《琐碎的记载清故宫》曾在《京报副刊》连载，《侨韩琐记》曾在《语丝》连载，它们都是既带有杂文气而又明确体现出学术兴趣的随笔，反映了魏建功在时代和个人之间的某种平衡。在前文中，作者写清朝遗老拟想他们"见著鹿钟麟、李石曾，你说是拱手呢？请安呢？还是鞠躬呢"的情景，见面之后却是简单的鞠躬、握手，反映了时代风气之变；在后文中，作者叙述了在汉城（今首尔）被朝鲜人反复问及中国女人是否都是小脚和抽鸦片的中国人是不是很多而无言以对的情形，也真实地让人感觉到了作者的尴尬。当然，魏建功其实更为关心文物、民俗等学术话题，如故宫里寿康宫的火炉、隆宗门的遗镞和紫禁城的马，又如朝鲜人的"青云巫舞""雅乐"和"油纸扇青苔纸"，诸如此类，他都有详细的记载和富有个人特色的评论。

魏建功的个人情感如果较多流露，则文体自然倾向于杂感。《魏建功宣告解除婚约》发表的1925年前后，他有《打倒国语运动的拦路虎》《摘译文体雅洁的教育总长停办北京女子师范大学呈文》《复辟与贿选》《学术救国》《民众与武力》《"国骂"》等多篇杂文，不过大都气浮于心，讽刺的气势有了，但力道不够，所以往往就变成了虚张声势，反不如那些立足于本行的老老实实的文字。前述关于万喜良姓名和歌谣复沓问题的讨论是带有魏建功个人风格的文字，他对古诗、民间情感的看法也是极富情趣的。

《〈邶风·静女〉的讨论》仍然是与顾颉刚商榷。魏建功在讨论之前，先定出一个原则，即在面对古诗的理解差异时，不应偏重"训诂名物"而"把全文的意义和文学的艺术忘了"，这就是一个非常有见地的观点；由此出发，他自然反对顾颉刚等人对"贻我彤管"的"管"所做的较为曲折的解释，而认为"这个管是笙箫管笛的'管'"。《恋物的情歌》将《花狸狐》这一男子独白的情歌与陶渊明的《闲情赋》加以对比，认为前者是"民歌本色"而后者是"文人做作"，不过"他们有些拘束的地方都是一样的"："一个究竟不曾脱开'头巾气'，一个虽给'礼教'加了一些渲染，却终于未曾离开本色。"仍然好胜，但不时有真情流露，倒也本色。

总之，在魏建功的杂感文当中，随笔过于放荡，而学术随笔相对来说又要专业得多。与顾颉刚的自由自在和郭绍虞的从容典雅相比，魏氏的学术随笔"学术"的成分开始占据上风，而"随笔"的意态则收敛了许多。魏建功在文人化的杂文和学者气质的随笔之间一定程度的分离倾向，昭示了"五四"之后的文人向学者过渡的趋势。

就整体而言，20年代的江苏学术随笔带有新文学运动之初的"野"和"五四"时代所特有的朝气蓬勃的特点，到了后来特别是40年代，这些特征都消褪了，学院化的"文"成为主流，而因为时代所赋予的特色，时时露出锋芒，在许多时候也可以当得文质彬彬的评价。

第四节　朱自清的《踪迹》《背影》

文学革命以后，文学中的个性主义思潮兴起，表现个人情志的一面逐渐得到重视和强化，而现代散文的起点，乃是注重理趣的《新青年》"随感录"的杂文，所以与学术随笔引入新思想审视中国旧文物的写作路径相比，细腻地描摹个人情思的书写性灵的创作，虽然在创作实践中古今中西的自发借鉴所在多多，但在没有找到晚明小品这一本土理论资源之前，可谓无所依傍。在这种背景下，朱自清在"美文"创作道路上的探索显得意义重大。

朱自清（1898—1948），原籍浙江绍兴，生于江苏东海，后随父定居江苏扬州，现代著名散文家、诗人、学者。原名自华，号实秋，后改名自清，字佩弦。1912年入扬州两淮中学（今扬州中学）就读，1916年考入北大预科，次年跳级进入本科中国哲学门。"五四"运动后参加新潮社，在此前后开始诗歌创作，加入北大平民教育演讲团。1920年毕业，先后在杭州浙江省立第一师范、扬州江苏省立第八中学、台州浙江第六师范学校、温州浙江省立第十中学、上虞春晖中学等校任教，1925年进入清华大学任教。在此期间，加入文学研究会，参与发起新文学史上第一个新诗社团"中国新诗社"并创办《诗》月刊，发表近300行的抒情长诗《毁灭》，出版诗歌、散文合集《踪迹》。1928年出版散文集《背影》，奠定他在中国现代文学史上散文大家的地位。

据上可知，朱自清早期散文大体分两类，一是抒情散文，二是随笔。《踪迹》《背影》两个集子中这两类都有，而以抒情美文为多，其中的名篇如《匆匆》《背影》《荷塘月色》等，多次被选入各种散文选编并进入中小学和大学教科书，在当时及后世影响均极大。这两个集子之外，朱自清还有一些未收集作品，多是论文和杂文，虽成就与美文名篇不能相比，而也自有特色。

一、《踪迹》

《踪迹》是一本小册子，即使将冠以"温州的踪迹"总题的四篇散文单列出来，也不过9篇；从文体角度看，《匆匆》《歌声》和"温州的踪迹"中的前三篇是致力于描写的小品，《航船中的文明》和"温州的踪迹"之《生命的价格——七毛钱》是杂文，篇幅较长的《桨声灯影里的秦淮河》在立意、结构、叙述、描写、语言等技法层面均在早期散文中属于上乘，可以认为代表了当时散文创作的较高水准；就整体风格来说，也都是作者后来所谓的"朴实清新一路"[1]。不过，朴实与清新并不是一回事，毋宁说是两种风格。《踪迹》中的小品清新可人，杂文朴素平淡，《桨声灯影里的秦淮河》则过于朴实忠厚，有时不免给人以滞重之感。

最早的一篇《歌声》，已经初步展现出朱自清擅长调动各种感官传递微妙的情绪体验的描写功底。对令人神迷心醉的清歌，他从触觉、视觉、嗅觉三个方面予以描述，采用比拟的修辞技巧，分别将之比喻为暮春早晨的霏霏毛雨、微雨洗去尘垢的群花和夹带着泥草气息的清香，简洁而有效。《匆匆》起首启用了传统的比兴手

---

1 朱自清：《写作杂谈》，《朱自清全集》第2卷，南京：江苏教育出版社，1988年，第105页。

法，以燕子、杨柳、桃花起兴，引入对"我们的日子"的关注，然后大体取赋的铺陈技巧，一一描述时光悄然流逝的诸种场景，最后就是"乱"，发表对"逃去如飞的日子"的感慨。这两篇小品，其实在表面的轻盈之下都有用心的构思，比拟的修辞格和赋比兴的叙事法都隐约可见，但并不突兀，而能与叙述对象有机结合起来，所以清新的背后实是古雅，显示出朱自清的匠心。

《歌声》和《匆匆》的语言，直白浅近，偶尔带有欧化色彩，到"温州的踪迹"三篇小品之中，这一语言风格已经有所改进。《"月朦胧，鸟朦胧，帘卷海棠红"》记画，作者详细地描摹尺多宽的横幅上的物事，绿色的帘子、黄色的钩子、发出淡青色光亮的圆月、花叶扶疏的海棠和一对黑色的八哥一一进入笔下，但下面却笔锋一转，开始悬想所有这些物事背后的人——那位深藏不露的卷帘人，着墨不多，令人有无限遐想。《绿》记游，作者按照由远及近的空间顺序，从听觉、视觉两个方面叙写梅雨瀑，进得梅雨亭，见到瀑布与岩石相撞击而溅起水花，似梅似杨，然后自然切入主题，描写梅雨潭最吸引人的绿。这两篇的语言极为柔顺妥帖，不过，借用余光中的话来说，还有一点"南人北腔"的生硬之感。《白水漈》则全是描写，虽也不无"交代太清楚，分析太切实"之弊，但"仅以文字而言，可谓圆熟流利，句法自然，节奏爽口"。[1]

朱自清的小品、美文以描写细腻见长，虽也不无新文学早期常见的为浪漫而浪漫的抒情倾向，但忠厚稳重的性格使得他能够做到点到即止，一般不流于滥情。这一性情也形成了朱自清早期散文风格的另外一面——杂文的朴素。

《生命的价格——七毛钱》和《航船中的文明》两文相距一月写出，都叙述了朱自清对底层社会的观察，也都有一些知识人惯有的感叹。前者记叙房东家七毛钱买来的孩子，于是想到自己的孩子，想到"钱世界里的生命市场"，不寒而栗，但也只能是这样追问："您有孩子的人呀，想想看，这是谁之罪呢？这是谁之责呢？"后

---

[1] 余光中：《论朱自清的散文》，《余光中散文选集》第3辑，长春：时代文艺出版社，1997年，第143—144页。

者叙述自己一次乘坐夜航船的经历，对男女分坐的"精神文明"，一个泼辣的女人反抗无效，一个有点地位的女人反抗仍然无效，所以作者讥弹道："这不能不感谢船家和乘客诸公'卫道'之功；而论功行赏，船家尤当首屈一指。呜呼，可以风矣！"对人世间的种种不公，朱自清往往采用皮里阳秋的笔法，以反语的口吻表达一种介于冷嘲和热讽之间的情绪——显而易见，他对黑暗有所动容，但情感强度又不够，所以也只能是偏于理性的反讽了。

朱自清中正质朴的一面在《桨声灯影里的秦淮河》中表现得最为明显。该文记叙他和俞平伯两人乘船夜游秦淮河的情形，穿插了一段歌妓向他们兜揽生意未果的场景。两人欲拒还迎、欲迎又拒，尴尬异常，事后，两人就"开始自白了"，然后是一大段的自譬自解。朱氏承认"一面盼望，一面却感到了两重的禁制"，即不唯思想不道德，而且行为不正当；俞氏却没有道德律的限制，只因歌妓与自己的妻女一样同为女人，所以应该尊重。应该承认，上述几点是当时的新文化人中较为普遍的思想，朱自清诚心恪守，自是正人君子，不过，在写景抒情的美文里插入这种冗长且较为晦涩的文字，无疑也构成了对文章整体结构的破坏。

当然，还可以从另外一个角度加以观察。就整体而言，这篇散文的立意其实隐含着新旧对比。散文一开篇，就提示记叙的对象乃是"晃荡着蔷薇色的历史的秦淮河"，继而通过船上的灯彩溯及"明末的秦淮河的艳迹"，再以今之大中桥外的野趣与彼时"绿如茵陈酒的秦淮水"作比，且不论作者的态度如何，昔日世俗的繁华和今日心境的寥落之间毕竟构成了一种张力，暗示了古今之变。以此观之，则上面的议论或许不为突兀。

不过，这篇散文的优点当然仍是在描写。作者依游览的次序交代秦淮河的船、水、歌声、夜以及夜里的景致，和小品当中的急促感完全不一样，一一写来，从容不迫，又能够纡徐委婉，曲折有致。譬如他写秦淮河的船，先是交代船分大小两种，然后分叙大船如何小船怎样，自然切入"最能钩人的"灯彩，于是顺理成章地进入玄想之境：

夜幕垂垂地下来时，大小船上都点起灯火。从两重玻璃里映出那辐射着的黄黄的散光，反晕出一片朦胧的烟霭；透过这烟霭，在黯黯的水波里，又逗起缕缕的明漪。在这薄霭和微漪里，听着那悠然的间歇的桨声，谁能不被引入他的美梦去呢？只愁梦太多了，这些大小船儿如何载得起呀？我们这时模模糊糊的谈着明末的秦淮河的艳迹，如《桃花扇》及《板桥杂记》里所载的。我们仿佛亲见那时华灯映水，画舫凌波的光景了。于是我们的船便成了历史的重载了。

如同灯火融入黑夜或者在黑夜里闪现，这一由实而虚、虚实结合的笔法恰到好处地写出了作者等人也正在现实与历史交汇之处的恍然。

与虚实结合的意境相联系，朱自清也写出了热闹和寂寞并存的秦淮河。过了大中桥，"那时河里热闹极了"，处处都是歌声和琴声，灯光纷然，在"繁星般的黄的交错里，秦淮河仿佛笼罩上了一团光雾"，故而"什么都只剩了轮廓了；所以人面的详细的曲线，便消失于我们的眼底了"，此时就"显着是空，且显着是静了"。朱、俞二人在热闹繁杂里品味月儿、垂杨树、老树和天边的云这些"和河中的风味大异"的景象，心境寂然却又不甘寂寞，于是后面就上演了对歌女欲拒还迎的插曲。

该文所流露出来的情绪大概也是在两端之间，他们一方面对寻访秦淮艳迹充满期待，但另一方面所领略到的不过一派荒江野渡光景；他们不仅外在于苟延残喘的歌舞繁华，且"一旦面临实际的歌妓，却又手足无措；足见众多女性的意象，不是机械化的美感反应，便是压抑了的欲望之浮现"[1]。这种矛盾心态，就使得叙述和文字在优游自得和拘谨严肃之间扭来扭去，也就造成了情绪的左摇右摆。由此可见，朱自清力图透过现实中残留的历史影踪一瞥秦淮河的昔日繁华，却流露出对文

---

[1] 余光中：《论朱自清的散文》，《余光中散文选集》第3辑，长春：时代文艺出版社，1997年，第153—154页。

人风流的依恋和最终无法接近的怅惘、幻灭，显出了他的矛盾之处。

总体而言，立意在新与旧之间、意境在虚与实之间、格调在热闹与空静之间、情绪在依恋和幻灭之间，所有这些叠加在一起，构成了《桨声灯影里的秦淮河》一文。当然，这并不是说美文必须纯粹，事实上，朱自清的内在紧张及其外显，正是其散文具备可读性的条件。可以看到的事实是，当朱自清不管出于什么缘由表现出这一生命的张力时，他的散文就从清新转向朴实，而《背影》一集的基本格调正是朴实。

二、《背影》

《背影》收录篇目较《踪迹》为多，而就文体来说，也是抒情散文和杂文随感的混编，所以集中的散文也就编为两辑。这两类作品，在当时就有截然相反的看法。朱自清如是描述：

> 关于这两类文章，我的朋友们有相反的意见。郢看过《旅行杂记》，来信说，他不大喜欢我做这种文章，因为是在模仿着什么人；而模仿是要不得的。这其实有些冤枉，我实在没有一点意思要模仿什么人。他后来看了《飘零》，又来信说，这与《背影》是我的另一面，他是喜欢的。但火就不如此。他看完《踪迹》，说只喜欢《航船中的文明》一篇；那正是《旅行杂记》一类的东西。这是一个很有趣的对照。我自己是没有什么定见的，只当时觉着要怎样写，便怎样写了。我意在表现自己，尽了自己的力便行；仁智之见，是在读者。[1]

文中提及的两人，"郢"是叶绍钧，"火"是刘薰宇，他们分别肯定了美文和杂文，而朱自清本人则无所取舍——虽然他的说法不无倾向性。这一姿态其实反映了他此时的思想矛盾。

---

[1] 朱自清：《背影·序》，《朱自清全集》第1卷，南京：江苏教育出版社，1988年，第34页。

朱自清在1928年年初有一篇随笔《那里走——呈萍郢火栗四君》。朱自清将中国十年来的社会发展概括为自我解放、国家解放和阶级斗争或曰思想革命、政治革命和经济革命三个阶段，而他认为其时的中国现实正处在变革的前夜，自己既非天才又不想投机，既做不成革命者更做不成反革命，所以就在"国学里找着了一个题目"，将之认作"现在我走着的路"[1]。通读全文可知，虽然朱自清为自己拣定了一条路，但只是就性之所近而做出的一个选择，远非没有疑虑，其状态，正如收入《背影》一集的散文《一封信》所言："我想着我的渺小，有些战栗起来。"这一源自现实变迁而产生的思想的困惑，正是《背影》所收作品产生的一个背景和前提条件。

"甲辑"都是记人之作。从父亲到儿女，从朋友到只有一面之缘的相识，从相知极深的知己到了解无多的青年学子，老少十余人，都在朱自清平淡朴素的文字中建立起完整而丰满的人格形象，从而在文学的世界里不朽。

其中最经典的篇目自然是记叙父亲的《背影》。该文产生的缘由，朱自清在不同地方说过多次，1947年接受采访也还强调："我写《背影》，就因为文中所引的父亲的来信里那句话。当时读了父亲的信，真是泪如泉涌。我父亲待我的许多好处，特别是《背影》里所叙的那一回，想起来跟在眼前一般无二。我这篇文只是写实，似乎说不到意境上去。"[2] 一般认为文章主题是父子情深，不过，朱自清在某段时间与父亲关系并不融洽，文中也明白交代，"近几年来，父亲和我都是东奔西走，家中光景是一日不如一日……情郁于中，自然要发之于外；家庭琐屑便往往触他之怒。他待我渐渐不同往日"。然而，父亲来信言及老境不堪，遂使得朱自清情难自已，故发而为文，后悔自己"那时真是太聪明了"。因此，父子情深的另外一面，是朱自清对父亲的"负疚和不安"。[3]

---

[1] 朱自清：《那里走》，《朱自清全集》第1卷，南京：江苏教育出版社，1996年，第226—244页。按：该文收入全集时标题有误。参见龚明德：《朱自清〈那里走〉的副题》，《今晚报》2017年5月30日。

[2] 朱自清：《关于散文写作答〈文艺知识〉编者问》，《朱自清全集》第4卷，南京：江苏教育出版社，1996年，第483页。

[3] 王本朝：《歉疚与嗟悔：在父子情深的背后——背影的心理分析》，《名作欣赏》2012年第28期。

叶圣陶认为该文的"主脑"是"父亲爱惜儿子的一段深情"[1]，在文中具体表现为父亲执意穿过铁道为儿子买橘子。父亲是胖子，黑布马褂和深青棉袍使得他看起来愈发臃肿，以至于他蹒跚走去、努力攀爬的背影当时在儿子眼中显得十分可笑，但这在父亲却是极其自然的行为：

> 他和我走到车上，将橘子一股脑儿放在我的皮大衣上。于是扑扑衣上的泥土，心里很轻松似的，过一会说，"我走了；到那边来信！"我望着他走出去。他走了几步，回过头看见我，说，"进去吧，里边没人。"

因此才"我的眼泪又来了"。可以看到，父亲对儿子的爱是一种"平静状态"中的"无条件的爱"，而儿子对父亲的爱则是"在条件逐步作用之下才升腾起来"的"一种激动状态"，因此朱自清笔下亲子之爱的深刻之处，在于它是"错位的，爱与被爱是有隔膜的"[2]。这就使得亲子之情从人伦上升到人性，并引起人们长远的共鸣了。

《背影》一文在艺术上的造诣表现为纯用叙述而真情自见。在朱自清此前的写景抒情散文中，描写较多渲染的功夫，许多地方常常不免新文学初期的罗曼蒂克格调，清新固然清新，总有一丝不自然，给人以稚嫩之感，而这一篇则完全不同，他只是用明白如话的语言将一个生活中平凡得不能再平凡的场景如实写出，而将当时的和现在的各种情绪隐藏起来，却不期而然地传递出感人至深的复杂情愫。李广田认为《背影》的风格在于"老实"和"真情"并将之看作朱自清人格的自然体现[3]，可谓不易之论。应该可以这样说，从《背影》一文开始，朱自清告别了早期那种以饱满而略显夸张的情感、排比而不无繁复的句式、华瞻而稍感柔媚的语言的创作风

---

1 叶圣陶：《背影》，《文章例话》，北京：生活・读书・新知三联书店，1983年，第5页。
2 孙绍振：《〈背影〉的美学问题》，《语文建设》2010年第6期。
3 李广田：《最完整的人格——哀念朱自清先生》，《李广田文集》第3卷，济南：山东文艺出版社，1984年，第503页。

格，而以真挚的感情、朴素的表达、自然的记叙为主导风格的散文创作路径已经基本成型。

从这个角度看，在《背影》一文前后的《女人》《阿河》《飘零》三篇（《儿女》一篇亦可包括在内）都可以视为朱自清有意锤炼个人散文技艺的尝试。《女人》以第一人称自述的手法细腻委婉地刻画出一个热爱"艺术的女人"的现代知识人形象；《阿河》则是以第三者旁观视角，叙写一个颇有风情亦有心计的农村女子；《飘零》又换一种写法，却是以二人对谈的形式，交代了一位行为怪诞而其中自有真性情的朋友。这三篇散文的共同之处，在于都以纯熟流畅的白话、高低曲折的叙述、朴实而不乏风趣的情致取胜。

相较而言，《哀韦杰三君》《白采》《〈梅花〉后记》《怀魏握青君》四篇比较平实。韦杰三、李芳、魏握青和白采，或是学生，或为朋友，或是仅有一面之缘但相知甚深的知己，不论深浅远近，朱自清都是从容平淡地叙述自己与他们之间的交往点滴，不夸饰，不隐藏，既写出了朋友们的性情，也表现出自己的性格。因此，从中既可以看到韦杰三的真诚可爱、李芳的质朴腼腆、白采的落落寡合和魏握青在玩世当中的真心，也可以通过对友人的真情看出朱自清本人的厚道。

其实，朱自清在散文集中并没有把自己漏掉，《荷塘月色》与其说是写景，不如说是写他本人。《荷塘月色》历来为人称道的地方，在于写景的细腻，不过，"朱氏的田园意象大半是女性的，软性的，他的譬喻大半是明喻……这种程度的技巧，节奏能慢不能快，描写则静态多于动态。朱自清的写景文，常是一幅工笔画"[1]，也确是实情，而自余光中的批评意见在中国大陆公开发表之后，该文也受到学界的较多质疑，核心话题遂从与写景相关的语言、修辞等问题转向对朱自清本人心理、心态的讨论。

就一般意义而言，虽然叶圣陶对包括《荷塘月色》在内的朱自清早期散文"有

---

[1] 余光中：《论朱自清的散文》，《余光中散文选集》第3辑，长春：时代文艺出版社，1997年，第147页。

点儿做作,太过于注重修辞,见得不那么自然"[1]的批评是准确的,也是合理的,而以描写见长的《荷塘月色》仍然可以凭"漂亮和缜密"[2]的写法在文学史上占据一席之地,却是毫无疑问的。该文其实已经褪去了更早时期的夸饰倾向,文字和描写虽然略显繁复,但不失清新自然,故仍然能以"满贮着那一种诗意"[3]而广为传颂。不过,文章毕竟起首便是"这几天心里颇不宁静",这自然不应该忽视。

朱自清在创作《荷塘月色》前后因为什么问题而不宁静,现在是一个众说纷纭的话题。要而言之,有两派意见:一方认为主要源于时代,可兹为证的是差不多同时的两篇散文《一封信》和《那里走》[4];另一方认为朱自清文中所表现的苦闷"不是政治性的,而是伦理性的"[5]。两派观点,一个指向时代背景,一个关涉个人遭际,虽非绝对对立,不过也因与曾经较为政治化的阐释之远近关系的不同,而在事实上截然分立。其实,如果撇除当初过于附会政治的生硬阐释,朱自清的不宁静,既有时代隐喻,又有个人和家庭缘由,也非常容易理解。从抽象层面来说,每一个人都既关注切身事体,也会留心社会、时代变化。就朱自清具体处境来说,他其时正在清华"受气的国文系中作小媳妇"[6],而因为友朋大都在南方,自然倍感孤单,加之家中子女众多,即《儿女》所谓"成日的千军万马"的状况,这些都让他难以平静;但朱自清毕竟是一个知识人,他的眼界不止于眼前的世俗生活,自然也会关心时事,前文引用过的《那里走》的相关文字可以证明,故时代风云对他的心境有所影响,也是情理中事。

明乎此,则可以理解《荷塘月色》的清秀中不无平淡的整体风格。《荷塘月色》

---

[1] 叶圣陶:《朱佩弦先生》,《叶圣陶散文》,北京:北京联合出版公司,2015年,第152页。
[2] 鲁迅:《小品文的危机》,《鲁迅全集》第4卷,北京:人民文学出版社,1981年,第576页。
[3] 郁达夫:《〈中国新文学大系·散文二集〉导言》,《中国新文学大系·散文二集》,上海:上海文艺出版社,2003年,第18页。
[4] 参见商金林:《名作自有尊严——有关〈荷塘月色〉的若干史料与评析》,《中国现代文学研究丛刊》2018年第12期。
[5] 孙绍振:《在价值层面上审视〈荷塘月色〉》,《语文教学通讯》2013年第18期。
[6] 杨振声:《纪念朱自清先生》,《新路》第1卷第16期,1948年8月28日。

在《背影》一集中其实颇为特殊，因为其他各篇几乎均以叙述为主，而独有此篇延续了朱自清此前较为突出的描写功夫，只不过不似《桨声灯影里的秦淮河》等篇章那样过于着力。描写力道的弱化，也许和朱自清写作功力和审美层次的提升有关，但有一点不容忽视，那就是前文所谓朱自清一旦主体具有某种内在紧张性的时候，往往舍弃镂刻的精雕细琢而取用铺叙的简洁流畅。因为"赋"冲淡了"比"的浓度，所以过度渲染的倾向得到一定抑制，《荷塘月色》也就不像早期的写景抒情散文那样流于伤感了。

在"甲辑"中，如果说以上诸篇叙写不同的人物，也是刻画了不同的性格，那么《白种人——上帝的骄子！》虽然也是写人，却显得比较另类，而之所以另类，在于写法。该文其实与"乙辑"《说梦》之外的其他篇章都是杂文，不过，前者以议论为主，后者则都是叙述。

"乙辑"的记事杂文，《海行杂记》皮里阳秋的风格与《踪迹》中的《航船中的文明》尤为接近，而三篇合题为《旅行杂记》的夹叙夹议的记叙文叙述了作者赴南京参加中华教育改进社第三届年会的情形，其中，"殷勤的招待"讥两位接待员之无能，"'躬逢其盛'"述旁听大会的哑然失笑之感，"第三人称"讽讨论议题之无聊，都是带有反讽格调的短文。前文曾论及朱自清的讽刺，意谓朱自清的性格决定了他的讽刺没有讽刺应有的情感强度，所以一般只是反语，情绪再弱一些，就是文人的讥弹。《背影》一集中的杂文，大抵仍是如此。且以《旅行杂记》第二篇对督军齐燮元的描写为例：

> 他咬字眼儿真咬得清白；他的话是"字本位"，是一个字一个字吐出来的。字与字之间的时距，我不能指明，只觉比普通人说话延长罢了；最令我惊异而且焦躁的，是有几句说完之后。那时我总以为第二句应该开始了，岂知一等不来，二等不至，三等不到；他是在唱歌呢，这儿碰着全休止符了！

朱自清的讽刺就是这样，冷静、理性、文雅，而当他收拢住全部火气的时候，其实就是幽默了。至于另外一篇《说梦》,与《你我》一集中的《论无话可说》《谈抽烟》等篇相近,乃后世所谓的学者散文,且置于后面章节加以讨论。

就《踪迹》《背影》和其他一些未收集的散文作品而言,朱自清的长处在于描写和记叙——当然,从描写为主到记叙为主,事实上经历过一个不太明显的转化过程。不管是描写还是叙述,朱自清都以清新的工笔描绘和朴素的叙述风情为新文学增添了表现手段,为美文的发展奠定了坚实基础。

第五节　游记

游记不外乎记述所见所闻所感,所以在散文各种文体中,与杂感随笔一样,也是比较容易上手的文体。在江苏散文中,游记也是较早出现的文体之一,王韬的《淞隐漫录》《日本游记》自不必说,晚清民初的通俗作家也多有游记作品产出,不过,它们或者依附于猎奇志怪的见闻录,没有取得独立地位,或者淹没在文人怀古伤今的无谓感喟之中,所以也并不纯粹,故就文体而言,尚没有彰显出独特性之所在。

1924至1925年间,集叙事、写景、抒情为一体的游记开始集中出现。朱自清的《温州的踪迹》、俞平伯的《陶然亭的雪》《西湖的六月十八夜》以及两人的同题散文《桨声灯影里的秦淮河》等都是这一时期出现的名篇。白话能否作成美文,在当时是一个众说纷纭的话题,朱自清等人的抒情散文虽然用力过当而不无弊病,但无疑在相当程度上回应乃至回击了旧文学阵营的质疑。从此,以白话写美文,在新文学内部成为一股重要的创作潮流。就江苏来说,人数为优的通俗作家仍然陆续有游记作品出现,但就创新的文体而言,新文学作者实是不遑多让。

朱自清之外,徐祖正和徐蔚南是早期江苏游记和抒情散文在叙事和写景方面的杰出代表。

一、徐祖正的《山中杂记》

徐祖正(1895—1978),江苏昆山人,现代著名作家、翻译家。字耀辰,又字曜辰。出身寒微，1909年入商务印书馆做学徒，辛亥年在家乡参与组织农民社团起事，后遭官府通缉，溯江西上，参加武昌起义。后至日本留学，与郭沫若、郁达夫等人共同组织成立创造社。回国后在北京高等师范学校任教，1925年北大创立东方文学系，乃在周作人邀请下转任北大教授。在此前后，参与《语丝》周刊活动，为主要撰稿人之一，参与发起"骆驼社"，为中坚力量。他的代表作，一般认为是小说《兰生弟的日记》和独幕剧《生日的礼物》。事实上，他在《语丝》连载的十篇"山中杂记"更有特色，周作人编选《中国新文学大系·散文一集》曾选有五篇之多，可见其文学价值。

《山中杂记》所谓"山"，是常熟的虞山，山中的寺庙兴福寺，就是唐代诗人常建的名诗《题破山寺后禅院》所提及的寺庙。作者入山休养而不能自停阅读和翻译，所以就以探寻周边幽绝的风景为消遣，但即使同时借助宗教的力量，也仍然难以解除胸中苦闷，于是苦苦求索之后发生顿悟，昔日为囚笼的世界遂向其敞开，风景也因生命的介入而变得熠熠生辉。徐祖正的这一系列散文，从主题看，与古之寻仙诗颇有类似之处，而就结构论，也大致不差，抒情主人公经历觅、惑、悟、悔、观等多个阶段，最终实现了思想的解惑和心灵的平静。

由此出发，可以发现第六、七、八三篇是为转折的枢纽。第六、七两篇自陈因为"清静反而增添了焦躁"的缘故，即使"进了宗教的宫殿，也不能抛弃我心爱的诗苑"，所以"看了雨，凝望了绿叶，哀怜了花事"之余，就是作诗，以排遣心中抹之不去的烦恼；因作诗，于是想到雪莱和济慈，最终觉悟"能够放怀追求于理想美的人，才能获得现实界的爱；忠实于现实界的爱的人，也就能真正求得理想界的美"。由此之"悟"，继而催生了第八篇的"悔"："回读一下杂记贴上的文字，这不就是我的哭泣么？"而当作者重新打量世界，则世界以全新的面目铺陈在眼前，第九篇的格调遂完全改观：

> 口吟着这首悠古的诗句，发见我的心又已沉静而蕴润。我是坐在东面厢房长窗格下看着窗外院子里木棚上的一棵玫瑰花……花下平铺的庭石上真是锦绣

满堆样的落红缤纷了。小鸟在花枝间喙啄，把翠绿灼红的叶瓣上晶滢的珠滴毫不珍惜似的碎落下来。纤细的脚掌践伏了软嫩的花枝给了一个不意的反动后，它们就半带轻狂，更是重重的一践，蓬——的一飞。

从字里行间，可以读出作者获得新生之后的欢欣。也正因为如此描写的反衬，前五篇风景书写的意义得到了激发。

前文已述及有关白话能否作美文的问题，其实，提出这一问题的人大都是以中国古典文学名篇为标准的，言下之意是待白话文学产生了不输那些经典之作的作品才有可能或曰资格加以提倡。这一逻辑自然存在问题，不过倒也可以成为反击新文学的一个借口。当徐志摩们和朱自清们的诗和散文问世之后，老派人物不外乎直白、浅薄的评价，《山中杂记》的特别之处，就在于它以白话写出了一种苦涩的禅趣，而这在旧文学当中也是很高的境界了。

《山中杂记》的前五篇有很多这样的文字。第一篇叙述进山时"只有轿夫们着地的脚踵声斫破了山林中的静寂"，虽是从"蝉噪林逾静"化用而来，但以人事反观自然的用意则超越了静观的古典情境；第四篇中的"夜色苍茫的山路走尽时，一抬头去，前面高林尽处的夹道中黄墙上'兴福禅寺'那个巨大的匾额，已隐隐在望了"之语，既有一种"欲回天地入扁舟"的沧桑，也有"行至水穷处，坐看云起时"的自得；第五篇中记叙与天宁塔院里的白衣僧人对谈，"一不在意，我自己也现了锋芒与他发了议论了"，继之以一句"急切下山来又是落寞的黄昏时分了"，将山中景致推入缥缈之境。这种写景兼造境的语言功底和文学悟性，在当时可谓一时无两，难怪周作人对其颇为推重。第二篇有如下一段描写：

> 站住了脚步，看到昨夜以为是黄的山百合，今天看像是黄杜鹃花了。开得满山满谷！四顾寂然。黄花总给人以寂寞。

特别是末两句，简直神来之笔，可以称为诗禅之境。由此，石评梅论《兰生弟的日记》，也称赞作者"那枝幽远清淡的笔致，处处都如一股幽谷中流出的清泉一样，那样含蓄，那样幽怨，那样凄凉，那样素淡"[1]。不过，今天仍然以此来评定徐祖正游记的价值，无疑并不公正，他的作品的清冷禅意再精致，古典情趣再逼真，也不过是传统审美风格的延续，而他在此之外其实另有尝试。

徐祖正值得称道的一点，乃是从古朴的禅境之中力图生发出鲜活的生命热力。且看第六篇交代进城沿途所见，一句"走过了森密的山林看到山霭下稻田的色彩变了初夏时分的明亮"，便从晦暗转为明媚，使人心境豁然开朗；作者独处"古朴而精雅"的精舍而感到不自在，所以漫步中庭，不期而然地遇上老友，于是枯寂突然之间就被打断。类似的描写虽然不多，但无疑体现了作者力争以旧翻新的追求。这一点，正像他在第十篇当中所盛赞的岛崎藤村，不满意于"过于朴直少文"而"能从黑暗的自然主义里辟开新生路仍有深秋果熟样的圆熟"。不过，令人感到遗憾的是，此后徐祖正的创作日渐稀少，已经来不及展现这一努力的成果了。

有意思的是，如果说徐祖正的《山中杂记》以"推陈"著称，那么文字同样优美，虽不重造境，而擅长写境且以抒情见长的徐蔚南，以"出新"的一篇《山阴道上》赢得了文坛的广泛关注。

二、 徐蔚南的游记

徐蔚南（1900—1952），江苏吴县人，现代著名散文家、翻译家。原名毓麟，笔名有半梅、泽人等。与邵力子为世交。早年入上海震旦学院，赴日本留学，庆应大学毕业，归国后在绍兴浙江省立第五中学任教，1925年在复旦大学实验中学任教，后在复旦大学、大夏大学任教，1928年后任世界书局编辑，主编规模达152种的"ABC丛书"。抗战胜利后，主持《民国日报》副刊工作，并任大东书局编纂主任等职。曾在柳亚子推荐下加入新南社，亦曾加入文学研究会。此时有散文集《龙山梦痕》（与王世颖合著）和《春之花》。

---

[1] 评梅：《再读〈兰生弟的日记〉》，《语丝》第104期，1926年11月6日。

自东晋南迁以来，浙东山水名播天下，加之人才辈出，真正堪称人杰地灵，所以历代的文学书写亦络绎不绝。龙山，位于绍兴城区西南隅，这里当然指代绍兴。《龙山梦痕》共收散文20篇，两人各10篇，1926年的初版有刘大白和陈望道两人的序言、沈玄庐的题字、柳亚子的题词及署名"却但女士"的多幅插图，都是对包含"稽山镜水"这些"美妙的痕迹"[1]在内的绍兴游踪的精细描绘，其中流露的情感，很少涉及人事，而多是对自然风景的留恋。

　　在徐蔚南笔下，令人"应接不暇"的山阴道上，没有看云听水的儒雅，却是一派田园风光："一条修长的石路，右面尽是田亩，左面是条清澈的小河。隔河是个村庄，村庄底背景是一联青翠的山岗。"路上少人行，偶有经过，却是农夫自城中归来，所以路亭的两壁"常有人写着许多粗俗不通的文句"，令人哑然失笑。不过，面对人文凋零而自然万古如斯，作者并没有如一般腐儒那样发出江山代谢、人事古今的感慨，只是若有思若无思地俯瞰桥下的河水和远处的山岗，当此之际，朋友之间亦无须多言，自有一种默契。待到太阳落山，山也暗淡，云也暗淡，树也暗淡，而星火闪动之处，则是"城中电灯放光了"——"我们不得不匆匆回去"。《山阴道上》的特色，是写景的自然本色，作者只是采用朴素的文字将郊游的所见一一叙写出来，恬淡宁静，却将物我两忘的境界尽数表现，在早期散文不是幼稚就是造作的整体环境中的确不可多得。

　　莲花桥、兰亭、若耶溪、快阁、香炉峰等处，都是作者经常探访的地方。在这些篇章中，虽也夹杂有离情别绪、游客嬉春、神话传说、典籍掌故等人情，但更重自然风景的叙写。《兰亭春色》写道：

　　　　一路进门，就见秀竹千竿亭亭玉立；红山茶和碧桃花也正盛开，人说红的映着绿的不大雅致，然也自有一种美趣。最令人生厌的，倒是流觞亭前的"曲水"了。我们没有到过兰亭之前，不知"曲水"是怎样"曲"法，以为一定是很

---

[1]　刘大白：《龙山梦痕序》，《龙山梦痕》，上海：开明书店，1926年，第22页。

自然的，很幽雅的；谁知人工乱叠成的几行石子，灌着点水，便算"曲水"了。

重自然而轻人事，是徐、王二人对浙东风情较为一致的态度，而以徐蔚南尤甚。他脍炙人口的名篇《山阴道上》和《快阁底紫藤花》《香炉峰上鸟瞰》等多篇作品均是其中的代表，而像《我们快活》对儿童生活的描摹和赞美，其实也在此之列，因为从古至今的文学，"五四"时期更不例外，大概都将儿童作为自然的一种体现和形态。

不过，徐、王二人的态度虽与土生土长的绍兴人刘大白较为接近，而在程度上颇有分别。刘大白因为憎恶家乡的社会、城市的"臭腐乳化"而与故乡山水疏远、疏离，不过他也理解徐蔚南、王世颖二人的态度："自然，凡人对于客观的景物的印象，往往因为主观底不同而不同；而且异乡景物，又很能引起游客们探奇览胜的雅兴，不比'司空见惯'者有因熟而生厌的心情。他俩梦痕中的龙山，美妙如此，不外乎这两种因缘。"[1] 其实，在主观态度和异乡情调之外，还有一个文化立场的原因。在中国现代文学中，以现实主义为主流的各类创作其实都显隐不一地含有一种现代主义文化观，那就是对现代工业文明的质疑与否定，以及因此而得到强化的田园浪漫主义倾向。在西方资本主义发达国家，以审美现代性对抗社会现代性的异化是一种自觉的文化策略，而在中国，这种立场远未达到自觉的程度，在相当意义上只是一种自发的文化姿态。如果我们把刘大白的序言和徐蔚南在《山阴道上》的倾向合而观之，则这一情形自是十分明朗。将中国现代文学置于这样一条审美现代性的发展脉络中看，其成色无疑不足，不过，事情还可以从另外的角度加以观察。

审美现代性与社会现代性是相生相克、相反相成的一组矛盾，究其根本，乃在于社会现代性高度发达之后的物欲膨胀需要精神资源加以平衡，而中国本土的文化保守主义与文化田园主义虽则取径不同，但都是一种自发的文化努力，恰与日益蓬勃的社会现代性之间构成一种文化均势。从文学创作的角度看，文化保守主义与古

---

[1] 刘大白：《龙山梦痕序》，《龙山梦痕》，上海：开明书店，1926年，第22页。

典美学较多联系，如前文所论之徐祖正；而文化田园主义则常变常新，在每一个时代总能够变幻出不同的风貌，成为涵养人类精神的栖息之地。徐蔚南游记的价值，在于它不仅唤醒了人们近代以来因世事日非蒙尘已久的历史记忆，更以淳朴、自然、清新的笔触打开了一方空间，使之不仅成为安放劳顿的身体的家乡，而且也成为心灵休憩的故乡。

新文学游记作品的文化价值或如上述，而徐蔚南在一定程度上是有所自觉的，之所以如此立论，在于他的第二本散文集《春之花》所表现出来的唯美倾向和哲思主题。《春之花》收录散文12篇，大都是用精致的笔墨叙写人间风物，但重点在于以此为基础的细腻的抽象思辨，所以主观色彩鲜明的哲理就取代了此前含而不露的情感。不过也应该指出，徐蔚南的思考力度颇为有限，所谓哲理大都停留在泛泛而论的层面，这就使得他的文化自觉减色许多。

《春之花》一篇开首就是较为抽象的议论，阐释春与花之间的关系，然后及于"春色中的春色"的"江南的春天"，不厌其烦地交代从小寒到谷雨之间的二十四节气中的花信，接下去描写的，却是最为常见的两种——桃花和菜花：

> 这两种花真的美丽到极点了：一则是粉红的，一则是金黄的；一则像美女，一则像黄金。美人与黄金正是人世间的两大威权。

黄金的"威力""能造成艺术文化"，美人则具有"魅惑"的"魔力"，故而作者大发感慨，呼吁"江南的人民便应认识这种春花所象征的权威，努力去发挥这种威力，使用这种威力，来造成一个灿烂的江南"。这一作文结构，与传统时代游仙诗相仿佛，不过其具体写法，实是受蒙田、爱默生等人的影响。

其余诸篇，《足》《舞蹈》讨论足、舞蹈与审美的关系，《观音》述宗教与世俗生活的联系，《初恋》分析初恋之于人生的价值，也多是以常见物象书写人心、人性至理的简章。当然，徐蔚南本人并没有多么深入的哲理思考，所以他的议论多有浅薄之处，也因此，他工笔织就的人情世俗的锦绣就成为点缀世相表面的文饰，反而产生一种雾里看花的朦胧感了。

徐祖正和徐蔚南两人,都是早期新文学中精细文雅的记游作手,就审美风情而论,前者亲近古典的诗禅格调,后者则是不无放任而自有法度的文赋风情,而两者都意图在此基础上有所变化,可惜均力有不逮,转变之作都不能说是成功。不过,二人的追求,也确实反映出其时江苏和全国的散文创作在经过一段时间的繁荣之后,到20年代末所自然滋生的破局要求。

三、傅雷的法国通信

傅雷(1908—1966),江苏南汇人,著名翻译家、文艺评论家、作家。字怒安,号怒庵。幼年丧父,母亲因"长年悲愤"而对其"督教极严"[1],所以形成了倔强甚至固执的个性。七岁起居家读古籍,同时学习英文、算术等科目。1919年考入周浦镇高小二年级,一学期后考入上海南洋附小四年级,后辗转徐汇公学、大同大学附中等校,1926年考入持志大学。在中学期间,积极参加"五卅运动",同时开始写作。1927年自费赴法留学,入巴黎大学文学院,主修文艺理论,同时在卢佛美术史学校听课。在法期间交游广泛,与法国的教授、批评家、汉学家、音乐家、画家等多有往来,也陆续结识孙伏园、孙福熙兄弟和刘海粟、滕固、刘抗、陈人浩等艺术家。1931年入上海美专任办公室主任,兼任美术史和法语两门课程。1932年与表妹朱梅馥结婚。同年,参加"决澜社",与倪贻德合办《艺术旬刊》。1933年开始专心译述,陆续出版多种译作。抗战全面爆发后,在"大后方"辗转一番后仍回上海,闭门不出专事翻译。1945年与马叙伦等人组建"中国民主促进会",1949年后仍主要致力于翻译,为中西方文化交流做出了杰出贡献。

在国内读书时代,傅雷有《梦中》等小说和《介绍一本使你下泪的书》等散文及其他少量作品,在赴法国留学途中和安定之后,又有"法行通信"和"湖上通信"两种散文。两种散文虽云"通信",其实都是记录个人行踪、心境的散文,可

---

[1] 傅雷:《傅雷自述》,《傅雷文集·文学卷》,上海:上海远东出版社,2016年,第3页。

作游记观，前者记沿途风土人情，后者记法国乡间风情，都充满异国情调。它们虽未成集，但都曾在《贡献》先后发表——傅雷是《北新》的忠实读者，因投稿而与孙福熙结识，待孙福熙转移到《贡献》后，他也就顺势转移了。

"法行通信"每篇都有题名，像"天涯海角""云天怅望""离愁别梦"之类略显造作之语，颇能体现傅雷当时的少年心性。青年人乍离亲人和祖国，不免有许多感伤的和浪漫的情思，发而为文，就有许多言过其实的文辞，比如他在船上的这些感想：

> 我有时却也很自负，觉得此次乘长风破万里浪，到达彼岸，埋首数年，然后一棹归舟，重来故土，……壮志啊！雄心啊！然而那是酒性，那是酒性！一霎时，跟着浪花四溅而破碎了！所剩余的只有梦醒后的怅惘与悲哀！

这种忽激昂忽消沉的青年心性，极其真实，但渲染过度也容易流为滥调，就是作者自己所说的"'臭文人'习气"。好在作者很快适应了海上生活，于是新鲜的人、事、物纷至沓来，成为通信的主题。

在所有人中，令傅雷最感惊诧的，是一位来自哈尔滨而到德国学习"眼镜学"的俄罗斯青年。此君年不过十七八，但身材魁梧，办事老练，"竟像三十左右的人"。他家里开眼镜公司，但极为熟悉俄罗斯文学，大家名著一一道来如数家珍；随身携带一部小型柯达相机，声明并不难学，力劝傅雷也购置一台；又为人极为精明，买东西"一定要价钱巧，东西好，才肯掏腰包"，让作者不禁连声赞叹"老练的世故"。其余人中，新加坡码头以捞钱取悦游客借以谋生的过于苍老和极其稚嫩的一对父子，很傲慢而走路似乎也保持着尊严的"英国音乐家"，阅历丰富而和蔼可亲的橡皮商杭州人孔先生，庸俗放荡的两个法国妇人，不修边幅的西班牙人，其余如印度人、马来人，各有特色，均令人过目难忘。在汪洋大海之上，一艘船也就是一方戏台，不同民族的人汇聚在一起，确乎构成了一出展览人性的好戏。

风情自然是充满异国情调的。香港水汽弥漫，傅雷借用同行者的话，认为类乎"壮年妇人满面抹粉的一种俗气"；西贡（今胡志明市）满地黄沙，其中，"黄包车夫戴着蒲草（？）制的缨帽，嘴里牙边都弄得血红的像吃人的野兽一样"；新加坡的红树青山中，既"耸立着资本家的洋楼大公司的堆栈"，也有"大不列颠的炮台"；锡兰（今斯里兰卡）街道宽敞整洁，人群秩序井然，各种卖家"随时随地的献殷勤"；亚丁在红海口，无一草一木之绿，而教堂钟楼房屋鳞次栉比；苏伊士运河轻柔温静，但时常被狡猾喧腾的土耳其商人所打破。作者在快要抵达法国的时候，回顾了这次旅程：

> 从朔风怒号的上海经过了晚秋的香港，船到了酷暑的西贡，复南行至闷热的新加坡，横渡十余年来在脑海中隐现的印度洋，由歌仑坡亚丁而入红海而至其布的，渐渐的重复转到温和的苏彝士，更由暮春而急转直下，一天天加衣换裘中，又到西西里附近的积雪，数小时后更要上喧传大寒的欧罗巴……那些天时的变换，风土的映演，于我只加增我的惶惑，我实在模糊了。

时空、节候、风土的转换令人目不暇接，以至于作者不禁感叹："人间的广漠啊，广漠的人间啊！"

与徐祖正、徐蔚南一"旧"一"新"的散文气息相比，傅雷的特点在于本色。他细腻地记下一路走来的所见所闻所感，充满青年人渴望了解外部世界但又对之充满惶惑的心情，既有青年人所特有的感伤，也有基于强悍个性而独具的雄强，故文笔清新细腻而又不乏雄奇悲壮。傅雷游记人、景、情融为一体的笔法，在他在法国安定下来之后亦有所表现。

在巴黎略做盘旋，傅雷即赴巴黎西南的博济哀（今译波瓦第尔）学习法语，暑期曾到附近的维埃纳乡间休假，有两封长信详细描述了他在此期间的生活（后者即"湖上通信"）。在傅雷笔下，波瓦第尔是一个传统和现代无序杂出的小城，数量众多的教堂自然表明历史悠久，而仍是当地人主要交通工具的马车则说明此地并不如何现代，不过，房东太太签订租约时斤斤计较，但在日常相处中却满面春风，不仅表现出对中国的好奇，而且很能为房客作"精心费神的照顾"，让人深切体会到东西方的人情之异。当然，结群在街上游荡的中国留学生也很多，傅雷的观感与鲁迅之在东京并无二致。有此反衬，则法国的乡间更为优美宁静了。

傅雷在赴维埃纳途中，已经饱览了山地田园风光；在目的地，租住的旅馆房间对面是高耸的教堂，下面是维埃纳河与长满葱茏绿树的小洲，风景殊佳，晚风吹来晚祷的钟声，极富诗意，足以让人流连忘返。旅馆主人一家，正如中国传统时代的典型农人一样，男主人专注于捕鱼，女主人经营客店，一切井然有序，所谓良风善俗，正当如此。作者在邻近的一个小镇同样感到了类似的氛围：

> 这种淳朴敦厚的乡间，已收到了物质文明之惠，却还没有沾染到物质文明之弊；所以但见其熙熙然充满着一种安定和谐的景象。

可惜的是，作者曾提及游历布列塔尼之后会有通信而未果，不然读者更可以领略一番法国西北地区的风情了。

第六节 其他作家的散文

杂文、学术随笔和包括游记在内的抒情写景的美文，是江苏散文在20世纪20年代的两大创作路径，前者多理趣而后者多情感抒发，也构成了现代散文的基本格局。在这一时期，除上文提及的几位富有特色的江苏散文作家，另有一些作者的散文创作虽然起步较早，但到30年代方显出个人特色，如叶绍钧，还有为数更多的知识青年作者，如张闻天、洪为法、周全平等人，他们的散文作品既有杂文的以理立论，也有抒情散文的自由抒发，甚至有过于放纵而流于情感的无节制，而他们和其他地方的青年作者一道形成了整体特征极为明显的知识青年作者群，成为20年代中后期一个突出的文化现象，颇值得关注。另外，上海在成为特别市之前隶属于江苏，众多外省籍散文作者在当时颇为活跃，他们不仅是20年代江苏散文的重要建构力量，而且也影响到全国的散文创作潮流，理应得到特别关注。

一、叶绍钧的早期散文

叶绍钧（1894—1988），江苏苏州人，现代著名作家、出版家、教育家。字秉臣，后改字圣陶，并以此字行世。出身清贫之家，1899年入私塾读书，1906年入长元吴公立小学，次年入草桥中学，与顾颉刚、范烟桥等人同窗。1911年毕业后任小学教师，后遭排挤出校，此时开始写作文言小说。1915年秋，经郭绍虞介绍入上海商务印书馆尚公学校任教，并为商务印书馆编写小学国文课本。次年，应聘进入甪直吴县第五高等小学任教。1918年发表个人第一篇白话小说《春宴琐谭》，次年加入新潮社，陆续发表多篇小说、诗歌、评论等白话作品。1921年参与发起"文学研究会"，提倡"为人生"的现实主义文学。1921年起，陆续在中国公学中学部、浙江一师等校任教，1923年进入商务印书馆任编辑，曾于1927至1929年间代理《小说月报》主编，发掘了丁玲、戴望舒等文学新人。1930年任开明书店编辑，主持《中学生》杂志，出版《未厌居习作》等，在语文和文学教育方面多有建树。全面抗战期间，曾在重庆巴蜀学校、乐山武汉大学等校任教，主持开明书店成都办事处工作。其间，参与发起成立"文艺界抗敌后援会"，担任"中华全国文艺界抗敌协会"理事，积极参与抗日救亡的文化活动。1946年返回上海，仍在开明书店工作，参加争取出版自由的斗争。1949年，经香港抵达北平，参加"第一次文代会"，当选为"文联"全国委员。

在20年代，叶绍钧主要以小说知名。从较早发生重大影响的短篇小说《这也是一个人》（后改名为《一生》），到塑造了灰色的小市民知识分子人物形象的《潘先生在难中》，再到新文学史上较早的反映知识青年思想动态的长篇小说《倪焕之》，他的小说创作日益成熟。在这一时期，他的散文作品其实不少，不过有相当一部分收入了1931年出版的《脚步集》，这里单论他与俞平伯合著的《剑鞘》。

《剑鞘》收入叶绍钧散文12篇。其中，《没有秋虫的地方》和《藕与莼菜》是最为知名的两篇。这两篇散文表达的都是作者客居上海而产生的对故乡的思念之情，一从听觉入手，一从味觉着墨，异曲同工而各有风采。《没有秋虫的地方》从当时的居停之地起笔，因为发觉耳畔没有响起如期而至的秋虫鸣声，于是喟然记起家乡田野间的虫声，它们"各抒灵趣"而能"众妙毕集"，构成了一首"绝好的自然诗篇"，而虫声之所以值得怀恋，在于它是生活的味道。《藕与莼菜》一篇，仍然从日常生活入手，与朋友喝酒吃到雪藕，于是想起家乡藕与莼菜这两种极富地方风味的特产，不过作者写的是"物"，却花费较多笔墨在"人"上面。且看开篇不久的这一段文字：

> 若在故乡，每当新秋的早晨，门前经过许多的乡人：男的紫赤的臂膊和小腿肌肉突起，躯干高大且挺直，使人起健康的感觉；女的往往裹着白地青花的头巾，虽然赤脚，却穿着短的夏布裙，躯干固然不及男的这样高，但是别有一种健康的美的风致。

以下还有不少文字叙写洗藕和卖藕的情形，突出的都是人类活动。可以看到的是，与徐祖正、徐蔚南两人相比，叶绍钧散文的笔墨更显散淡，情趣更趋生活化，而因为人事的比重开始增加，所以自然也就变成了人化的自然，因此可以说，他是在包括前二者在内的散文创作寻求由旧入新转变路径的文化冲动的推动下，最终完成转变的新文学作者之一。

这一转变至关重要，而且它也是现代散文之所以现代的一个重要标志。郁达夫认为现代散文在表现个性和拓展题材之外的第三个特征，是"人性，社会性，与大自然的调和"："从前的散文，写自然就专写自然，写个人便专写个人，一议论到天下国家，就只说古今治乱，国计民生，散文里很少人性，及社会性与自然融合在一处的，最多也不过加上一句痛哭流涕长太息，以示作者的感愤而已；现代的散文就不同了，作者处处不忘自我，也处处不忘自然与社会。"[1]叶绍钧的早期散文表现出人事与自然的调谐，顺应了现代散文的发展趋势，其实与他较早经由同乡、同学等

---

[1] 郁达夫：《〈中国新文学大系·散文二集〉导言》，《中国新文学大系·散文二集》，上海：上海文艺出版社，2003年，第9页。

私人联系而进入新文化、新文学的中心地带大有关系。

因苏州同乡兼中学同学顾颉刚的介绍,叶绍钧加入新潮社,成为当时社中极少数的外地社员之一,入社不久,他就在《新潮》上发表短篇小说《这也是一个人》。小说虽然极为简单,只是大事记式的概述,但因为关涉妇女解放的时代问题,又因为"五四"运动的关系而使得《新潮》、新潮社在全国知识青年中间具有极为重要的影响,所以它就与同样发表在《新潮》上的反映恋爱问题的《两封回信》和反映青年出路问题的《不快之感》一起,成为早期问题小说的优秀篇什。应该承认,叶绍钧之所以能够将这些问题以文学的方式表达出来,乃是因为新思想的激励。不过,叶绍钧的行事特点,或如郁达夫所言,是"思想每把握得住现实"[1],所以他从不以思想的先锋、尖锐著称,而以中正稳健见长。叶绍钧在创作中总能够将思想与现实糅合并使之能够成为一个有机体,不失思想的启发性而能不极端,不乏现实针对意义而能不平庸,这种平衡的能力在新文学作家中间也是极为少见和难得的。

《读者的话》从一个读者的角度谈论作家如何写作,很能说明叶绍钧早期的创作观。文章如是描述作家的工作:"我要求你们的工作完全表现你们自己,不仅是一种意见一个主张要是你们自己的,便是细到像游丝的一缕情怀,低到像落叶的一声叹息,也要让我认得出是你们的而不是旁人的。这样,我与你们认识了,我认识你们的心了;我欣喜我的进入你们的世界,你们也欣喜你们的世界中多了一个我。"另外,《如其我是个作者》讲述如何写作书评,着眼点也在兼顾作者和读者两端,而不流于偏激。因为更有人性,所以更为体贴人情,而因为更近人情,所以更为理解人性,叶绍钧的散文正是沈从文所谓"更有人性,更近人情"[2]的创作典范之一。

因思想的开通而更近人性人情,这是叶绍钧所有创作的共同特色,就这一时期

---

[1] 郁达夫:《〈中国新文学大系·散文二集〉导言》,《中国新文学大系·散文二集》,上海:上海文艺出版社,2003年,第18页。
[2] 沈从文:《边城·题记》,《沈从文全集》第8卷,太原:北岳文艺出版社,2002年,第57页。

他的散文创作来说,思想的朴素、立意的坚实、结构的清晰、条理的畅达、文字的简明、修辞的扼要、抒情的节制等诸多带有他独特的个人风格的写作方法,都有所表现。此后,叶绍钧有意加以锤炼,而这些特点在后来的几个散文集中也表现得愈发鲜明。

二、知识青年散文

1923年左右,在经历过"问题与主义之争""科玄论战"之后,提倡新文化的知识人发生过一次分裂,象征着此前的共识已经破裂。鲁迅所谓"有的高升,有的退隐,有的前进"[1]或许意有所指,又或者只是表达他对知识界面临变局的混乱状态的一种体认,但不管怎么说,"五四"高潮已过,知识界彷徨辗转无枝可栖则无疑是事实。在这种状况下,知识青年更加无所适从,所以整体陷入孤独的处境,"青年人的热烈的情绪在这黑漆漆的混沌中感着莫大的苦闷"[2],积蓄了巨大的情绪势能,酝酿着新的变化;虽然稍后的五卅运动和国民革命为他们提供了发泄的渠道,但大革命的失败成为致命一击,于是他们中的激烈分子开始"左"倾,日益激进。

在这一时期,政治中心从北京转移到南京,广州也一度成为国中瞩目的政治重镇,但不变的另外一个中心,则是经济中心上海。上海在南京国民政府成立之后,于1927年7月7日成为直属中央的特别市,但就事实来说,在整个民国时期,上海都对全国各地具有高度的辐射功能,尤以江浙地区为甚。在文化和文学领域,上海及其周边的江浙地区因为出版、传媒业的发达,聚拢了为数众多的知识青年,其中相当一部分人就是江苏籍。

江苏籍知识青年,如张闻天、洪为法、周全平、潘汉年、叶灵凤等人,年龄相差不多,都在20世纪20年代中前期进入文学领域,或专事写作,或兼办刊物,或旁

---

[1] 鲁迅:《南腔北调集·〈自选集〉自序》,《鲁迅全集》第4卷,北京:人民文学出版社,1981年,第456页。
[2] 周全平:《洪水复活宣言》,《洪水》第1卷第1号,1925年9月16日。

涉其他社会活动，但多多少少都作有一定数量的随笔，这些随笔作品汇聚起来，一方面反映出当时知识青年群体的整体动态，另一方面也以其特殊的风格在文学史上具有一定的影响。

在这些人当中，张闻天曾加入文学研究会且与创造社保持较为友好的关系，其余人等大都是创造社的成员或拥趸，因此在写作风格上受到郭沫若、郁达夫等人的重要影响。以他们为骨干而形成的后期创造社的特别之处，在于把创造社几位元老在自叙传小说中渲染的亦真亦幻的穷愁气息迁入散文，因而将之扩散成为一种弥漫于知识青年整个群落的半理性半情绪的舆论氛围，极大地影响到他们对社会和人生的认知。

创造社前后期的这种分野，其实并不意外。郭沫若、郁达夫、成仿吾等人都曾涉及"行路难"这一话题，但他们对日暮途穷之感的叙写，本是孤独的异国体验的放大，而在他们取得文学上的轰动效应以后，这一写作倾向就成为一条依赖路径，郁达夫本人此后的创作可为证明，所以所谓穷愁乃是不无表演性质的夸张做派。但对后期创造社成员来说，他们的情形要严峻得多，是真实的"梦醒了无路可以走"[1]，正因为感受如此切身，所以他们极为自然地将个人的真实体会与此前半真实的文学书写嫁接起来，使两种混同起来并发酵成为一种舆论。就此而言，洪为法、周全平二人最为典型。

洪为法（1899—1970），江苏仪征人，世居扬州，曾用名炳炎，字式良、石梁。幼年家贫，以舅父资助入学。1914年入扬州江苏省立第五师范学校，得国文教师李涵秋重视，开始大量阅读中外小说并开始习作，1918年开始在上海《亚洲日报》发表作品。"五四"运动爆发后，在小学任教的同时，作有多篇新诗，发表于《时事新报·学灯》。1921年考入武昌高师中文系，因为与郭沫若通信的关系，开始在《创造》季刊发表作品并在稍后加入创造社。1925年大学毕业，与周全平等人在上海合编《洪水》半月刊。1927年年初，应郭沫若之邀到汉口工作，不久辗转多地任教或

---

[1] 鲁迅：《娜拉走后怎样》，《鲁迅全集》第1卷，北京：人民文学出版社，1981年，第159页。

担任报刊编辑，此后在国民党上海市党部、江苏省政务厅等处任职。1949年后在扬州中学任教，后入苏北师范专科学校（后改名为扬州师范学院，此后又并入扬州大学）任教。周全平（1902—1983），江苏宜兴人，原名周承澎。十七岁时迁居苏州，同时开始写作小说。1922年在上海结识郭沫若等人，加入创造社。1925年组织成立创造社出版部，主编《洪水》半月刊，同年编《幻洲》月刊。1929年创立西门书店。1930年参加"左联"成立大会，被选为候补常委，后因事遭除名，从此离开文艺界，在农林领域任事。1949年后一度在苏南地区文教部门任职。洪为法、周全平二人因为同是创造社成员的大背景，1925年又在上海成为《洪水》半月刊的同人，有过密切接触，比如前者有《漆黑一团》激烈抨击文坛而后者稍后就发表《漆黑一团的出版》相呼应，所以因相互影响而在散文创作方面存在较多共同之处。

洪、周二人的作品都有结集，前者有《做父亲去》（1928年出版），后者有《船》（1925年作，1931年出版）和《残兵》，在所有这些散文创作中，以《洪水》《幻洲》时期的作品影响为最。两人最擅长书写的题材和表达的情绪，都是创造社的专长，即对日暮途穷处境的凸显和幽怨愤激情绪的渲染。

洪为法在《再会了！》一文中的这段话，大概可以看作经历比较接近的知识青年共同的人生体会：

> 本来南北东西，那是我的去路？我是真立在了歧路上。向南？向北？向东？向西？四面原都有路，然而谁能保得定一举足之后，不会迷失道路呢？歧路之中又有歧路，啊啊！我是跬步为艰了；不过站在十字街头，又岂是久远之计？我彷徨的灵魂，才受不住秋风秋雨的侵凌，无论那一方，我想约略定神后，总得鼓起勇气的走去。

这种面临歧路、四顾茫然的姿态，大概可以成为这时的知识青年留给时代的一帧剪影。对此，周全平有一组总题名为"彷徨"的随笔五篇，他并且在序言中说："时地不同的五篇，显然地把我的彷徨告诉出来了。我是骆驼，彷徨于沙漠中不知究适何所？我想和平，我又愤怒；我想献身，但又怯懦。"[1] 这种情绪的极端，就是周全平第五篇所谓的"我要拒绝一切"。

周全平时隔一年提起《洪水》周刊，仍然难掩愤怒："我们的发刊《洪水》，一点组织也没有，一点准备也没有，纯由于青年的一腔愤火。"[2] 正因为这样，洪、周二人还有数量极为庞杂的杂文和随笔，多是肆无忌惮地情绪宣泄，痛快固然痛快，也引起不少青年的共鸣，但文章却因为变化不多，所以颇有雷同之感，文学价值不高，只可以当作了解当时知识青年心态的历史材料。张闻天、潘汉年等人夹叙夹议的文章差不多与此相类，故不妨等量齐观。

不过，后期创造社的青年作者都极为专注地抒发内心感受是一个突出现象，以至于形成了一种可以称之为独语体的唯美文风，这可以叶灵凤（以及倪贻德）为代表。叶灵凤（1905—1975），江苏南京人，原名叶蕴璞。毕业于上海美专，1925年加入创造社，参与《洪水》半月刊的编辑，与潘汉年1926年合办《幻洲》《戈壁》等刊物。1929年创造社出版部被封，一度被捕入狱。抗战全面爆发后，参加《救亡日报》工作。1938年广州失守后前往香港并定居。他这一时期在《洪水》半月刊上较多小说和插画，也有不少较为纯粹的散文，主要收入《白叶杂记》，其他带有随笔性质的文字则在后来收入《灵凤小品集》。

"白叶杂记"系列散文中，如果说《迁居》对曾经的亭子间生活的念恋与《惜别》《人去后》对友人的歉意都还是寻常情感，如果说《心灵的安慰》所谓"我自己就是我自己的偶像"的自怜与《芳邻》里那"一个娉婷的人影"及其所象征的纯美也和前期创造社的唯美相仿佛，那么《秋意》中古诗文难以描摹的"天上布满了灰白色的絮似的密云"与《雾》从中西比堪、月雾对比的角度描摹的"带有近代的色彩"的雾，则无疑都是叶灵凤散文所特有的现代主义隐喻。且看《偷生》所描绘的一个"画境"：

---

[1] 周全平：《彷徨小序》，《残兵》，上海：现代书局，1929年，第9页。
[2] 周全平：《我们同声叫喊》，《洪水》第1卷第2号，1925年10月1日。

深夜之荒漠的旷野中，天上沉黑，无星无月。在暗黑的天中，却现有一个银洁的白十字架。从十字架上散出的轮光，映着地面上有个披发的少年，黑衣长跪，在仰天暗泣，自己撕裂了自己的胸膛，将心脏捧上，用眼泪洗濯那永世洗不脱的斑纹。万物都埋在无底的黑暗中，只有十字架和架下跪着的少年。

这种宗教的神秘感，包括《归来》中带有原罪色彩的负罪感，直指人的存在的某些隐秘领域，在早期散文中可谓独领风骚。

叶灵凤在表现这些现代主义内容的时候，一直采取一种心灵独白的方式，不少篇章都有呓语性质，带梦幻色彩；同时，虽然叙述显得散淡随性，但其中的意象充满隐喻，所以又是高度凝练的思想结晶。可以这样说，文字之散和意象之聚两者之间的张力，造就了叶灵凤散文不同凡响的审美质感，使得其中的一些散文，如《春蚕》等篇，都不乏诗的况味。其他与此相类而较好的篇什，有洪为法的《劫灰》《鸦鸟与鸣蝉》、周全平的《七月四日》以及外省籍的许杰的《黑影》、穆木天的《道上的话》等。

20年代中期在文坛异军突起的后期创造社成员，文学史所谓"创造社小伙计"，中坚是周全平、洪为法、潘汉年、叶灵凤等江苏籍知识青年。他们大都集中心力于小说创作，不过因为办刊的缘故，也作有大量的随笔文字。这些随笔，不少涉及意气之争，气浮于心，很难说具有多少文学价值，还是那些仍然打上创造社的烙印、带有一种颓废的愤激的篇章值得认真对待，比如周全平和他署名"霆声"的诸多杂文。这批知识青年以高亢的语气和不容置疑的语调强化了前期创造社的诸多特点，使之从文学领域溢出而及于整个知识青年群落。其中较为特别的一个人，是叶灵凤。他此时的小说和散文风格比较接近，都具有一种带着颓废情调和唯美倾向的现代主义风情，为中国现代文学早期发生的现代派文学增添了独特的色彩。

三、外省籍作家散文

江苏的外省籍散文作家及其创作活动，主要集中于上海。上海在成为特别市之前属江苏，虽然其中的文学活动大都发生在租界内部，但租界内外人员流动频繁，其间的界限很难一一辨析，所以自然也是江苏文学的组成部分。这里论述的范围，乃是上海特别市成立之前于此活跃的散文作家作品。

需要强调的是，整个20世纪20年代的全国文坛存在北京、上海两个中心。北京在民国成立之后的十几年内是政治中心，加之北大等科研院所自新文化运动、文学革命以来陆续储备下来的人才，所以在20年代初中期仍然引领风气。不过，自北京政府在政治、军事领域发生分化以后，新文化阵营发生分裂，文人开始陆续南迁，自晚清以来在中国各领域影响都举足轻重的上海，地位更趋重要。由此，上海逐渐超过北京而成为人才的聚集地，几乎每一位现代作家大概多多少少都曾在上海逗留、居停或生活。

其时先后在上海活跃的散文作者，大概可以包括现今文学史上的所有名家。就当时两个最重要的文学社团——文学研究会和创造社——来说，前者虽然成立于北京，成员也分散在全国各地，但重要的依赖刊物都在上海，而创造社从一开始就以上海为基地，此后的影响才逐渐拓展开去。为简化论述起见，这里大致以这两个文学社团为线索，简要梳理这一时期外省籍作家在江苏及上海的创作情况。

首先需要提及的便是《三叶集》。《三叶集》系宗白华、郭沫若、田汉三人的通信集。此前，宗白华因在上海编辑《少年中国》和《时事新报·学灯》的缘故，分别结识了田汉、郭沫若，并促成后二者订交，创造社之成立，实肇因于此。田汉有感于三人之间的文学因缘，故将他们的通信编集交上海亚东图书馆出版。该集总体而言是一部论学书信的合集，以诗歌为中心而涉及社会、人生、宇宙等诸多问题，许多话题在当时都是极为重要的时代议题，但在另一方面，它又是三人之间私人交往的记录和见证，各人有各人的风格，而不同的风格往往反映不同的性情，所以又可以看作一部散文合集。

作为一种论学文体，论学书信源远流长，在现代，因为传媒的介入而更形发达。此前，已有《新青年》《读书杂志》(《努力周报》增刊)等将文学革命、"古史辨"等新观念从学术讨论推向一般读书界的先例，而郭沫若等三人关于新诗及其他

问题的观点,也得益于现代传媒的助力,而得到国内读书界和文学青年的关注。关于新诗,郭沫若认为:

> 我想我们的诗只要是我们心中的诗意诗境底纯真的表现,命泉中流出来的Stream,心琴上弹出来的Melody,生底颤动,灵底喊叫;那便是真诗,好诗,便是我们人类底欢乐底源泉,陶醉底美酿,慰安底天国。

正因为诗是如此性质,所以郭沫若旗帜鲜明地提出一个观念:"诗不是'做'出来的,只是'写'出来的。"[1]这一提法简洁明了,虽有争论乃至批评,但并不妨碍它深入人心,何况在某种意义上它也是正确的。也同样是在这封信里,郭沫若谈天才和泛神论,论诗歌与哲学的关系,都在现代文学领域产生广泛而深远的影响。其他如宗白华新诗应该"意简而曲,词少而工"[2]的观点,田汉关于"诗才"与"诗魂"的观念[3]和他对古今中外戏剧的观察,都是早期新诗、新文学中较有启发的观点。不过,集中少有专门讨论具体诗作的篇什,大都是散落在各处的只言片语,不过点到即止却别有风采,如《凤歌》之所以"雄丽",宗白华认为是"以哲理做骨子,所以意味浓深",确是的论。

三人之中,宗白华很少谈及个人问题,大都围绕歌德和哲学展开,表现出来的都是他较长时间内关注但许多疑问没有得到解决的困惑,而他对郭沫若的推崇,将其誉为"东方未来的诗人",一样朴素而真诚;郭沫若则表现得较有定见,往往直抒胸臆,侃侃而谈,痛快淋漓,另外他自述家世坦陈个人感情生活的篇章,既有卢梭式的自剖心迹的忏悔意识,也有私小说琐碎的抒情风格,带有创造社特有的自叙传抒情小说的风采;田汉的文章虽也涉及个人恋爱,但主要集中在诗歌和戏剧问题

---

[1] 宗白华、田寿昌、郭沫若:《郭沫若致宗白华函》,《三叶集》,上海:亚东图书馆,1927年,第6—7页。(此书信集中没有标题,标题为引者所加。下同。)
[2] 同上书,第27页。
[3] 同上书,第79页。

上面，能广大能深入，表现出锐意进取的青年意志。总之，宗白华之真诚、郭沫若之热烈、田汉之进取，三人的气质在往来书信中都展现得颇为充分。

《三叶集》是早期新文学的"谈艺录"。这一以真挚感情注入、以朴素文字表出、以斩截观点面世的风格，使之不仅成为现代学术中的一座里程碑，也成为江苏新文学史上一座外省籍人士用心建筑的文字丰碑，而不逊于《三叶集》的另一外省籍散文作品，是郁达夫此时在江苏进行文学活动时的散文创作。郁达夫于1922年在东京帝国大学毕业后回国，曾先后在安庆政法学校、北京大学、国立武昌师范大学、广州中山大学等校任教，五年之间，断断续续在上海居停或长住，由于编《创造》季刊的缘故，有不少随笔创作，也不乏《苏州烟雨记》《一个人在途上》这样的散文名篇，它们同样丰富了江苏散文，为其良性发展注入了新鲜血液。

郁达夫第一篇引起广泛关注和重大争议的随笔是《艺文私见》。该文发表于《创造》季刊创刊号，虽然文中所提出的"文艺是天才的创造物，不可以规矩来测量的"不过是创造社的一般观点，但因为以居高临下的口吻主要攻击了所谓"假批评家"，所以就引起了许多人的反感。平心而论，《艺文私见》只是随手写下的补白文字，自然不够严谨，当然这里面肯定也有郁达夫本人在创办刊物过程中所遭受的冷眼的刺激，或者意有所指，但并没有特别针对具体的人，只是当时的文坛颇有门户之见，意气之争也就难免。有意思的是，郁达夫本人此时倒有若干针对具体作品的随笔。《〈一个流浪人的新年〉跋》对成仿吾小说"离人的孤冷的情怀"的揄扬，《〈茫茫夜〉发表以后》对"艺术上的缺点"和"道德上的堕落"两种读者批评的回应，《〈女神〉之生日》对《女神》"完全脱离旧诗的羁绊"的历史意义的肯定，都是以随性的文字自如地发表见解，既有学术眼光，又有性情文字，庶几可以当得《艺文私见》所谓"真有识见的批评家"之名。稍后的《〈小说论〉及其他》《〈瓶〉附记》《历史小说论》也都与此相当。

在《创造周报》创刊前后，郁达夫也有一些论文，但未见精彩，不过其中的一篇《文艺鉴赏上之偏爱价值》却独有见地。作者由叔本华和利普斯关于艺术鉴赏一客观一主观的见解说到偏爱，然后重点说明偏爱的心理可分三种，即"病的心理的偏爱""趣味性格上的偏爱"和应年龄、性别、生活习性而造就的"一般的偏爱"。后二者较易理解，所以郁达夫的重点也在第一种：

> 第一种偏爱的发生，与神经衰弱症，世纪病，有同一的原因，大凡现代的青年总有些好异，反抗，易厌，情热，疯狂，及其他的种种特征。因这几种特征的结果，一般文艺爱好者，遂有一种反对一般趣味，走入偏僻无人的路里去的倾向，偏爱价值就于是乎出生了。

这里描述的，差不多就是现代的人生之一般状况以及因之而有的文艺的一般特征。郁达夫的理论文章，如果能掺入自家性情，一般都能够通俗晓畅，既能以理服人，又能以情动人。

郁达夫归国之后在上海也作有为数不多的散文。《归航》记叙辞别日本的情形，好处在于情景交融的场面描摹，例如登船时的情景：

> 船的前后铁索响的时候，铜锣报知将开船的时候，我的十年中积下来的对日本的愤恨与悲哀，不由得化作了数行冰冷的清泪，把海湾一带的风景，染成了模糊象梦里的江山。

离愁别绪，人所共有，郁达夫的特别，在于移情，以至于使人觉得江山模糊乃是因为游子的归去。不过，郁达夫的小说和散文从来不以纯粹为特色，这一篇同样如此。《归航》同样渲染"妓家""最美的春景"，同样抒发对女性的种种幻想，同样表达对与少女调笑的"下劣西洋人"的愤恨，而贯穿首尾的则是对日本既爱又恨的矛盾之情。

《还乡记》《还乡后记》差不多也是这一时候的创作，但因为多涉浙江风物，故略去。《苏州烟雨记》和它们风格较为一致，值得一说。该文以作者惯用的社会人事与自然风景的对立起笔，虽说是意图"上空旷的地方，去呼一口自由的空气"，而在车上就很注意几个"什么女学校的学生",但被她们"故意想出风头而用的英文的谈话"引发了腹诽:"但我们的这几位女同胞,不用《西厢》《牡丹亭》上的说白来表现她们的思想,不把《红楼梦》上言文一致的文字来代替她们的说话,偏偏要选了商人用的这一种有金钱臭味的英语来卖弄风情,是多么杀风景的事情啊!"初入苏州,印象并不佳,只见"萧条的道旁的杨柳,黄黄的马路,和在远处看得出来的一道长而且矮的土墙";坐在马车上,却只见"青色的草原,疏淡的树林,蜿蜒的城墙,浅浅的城河";进了葑门,所见仿佛十八世纪的古都,"街上的石块,和人家的建筑,处处的环桥河水和狭小的街衢,没有一件不在那里夸示过去的中国民族的悠悠的态度"——郁达夫将之称为"颓废美",以此在遂园,不禁感到"中国的将来和我自家的凋零的结果"。

郁达夫早期散文,结构如同小说一般不讲章法,心境只是随着游踪自然生发,所到之处就是思绪联翩之处,而他的思虑在中外古今的时空中穿梭,不停歇故无凝滞之感,不凝滞故无呆板之概,思绪和文字都像水流过铺着青石板的沟渠,清澈流畅,偶遇杂草浮叶,不过打个小旋儿,于主流并无妨碍。这种期期艾艾而又潇洒自得的文风,缘于郁达夫性情气质中的名士气度和时代青年情绪的杂糅,待到30年代褪去青春期的张狂而代之以中年人的清明,游记又是另一番风采了。

《一个人在途上》是郁达夫为爱子龙儿之殇而作。作者琐屑地记叙龙儿之死,意态萧然,却以诸种传神的细节道出了无尽的亲子之情。作者在最后写道:"现在去北京远了,去龙儿更远了,自家只一个人,只是骨零丁的一个人。在这里继续此生中大约是完不了的漂泊。"难以言明的意思是:龙儿也正是别了亲人,一个人在未知的旅途上继续漂泊。这种无言之痛和散淡的文字之间形成的情感张力,使得这篇文字足以成为千古至文。

总体来看,郁达夫早期的散文并不算多,就总体风格论,也与小说相差不大而存在一种同构关系,或者可以这样说,是小说风格向散文领域的迁移。到后来,当他愈来愈明确散文的文体意识的时候,郁达夫散文的审美魅力就已经超越大都只具有时代意义的小说,而成为汉语文学的经典了。

在创造社作家之外，其他外省籍散文作者以"立达学园"同人为最重要。立达学园的前身，是匡互生、陶载良、刘薰宇、丰子恺、朱光潜五人于1924年冬在上海筹划成立的立达中学。经多方协助，于1925年中迁到江湾自建校舍，始称立达学园，取《论语》"己欲立而立人，己欲达而达人"之意，惜因经费不支于1928年停办（此后尚有若干后续活动）。立达学园是匡互生等人不满春晖中学当局的教育方针而创立的，与春晖中学之间存在人事方面的牵连关系，许多之前在春晖任教的作家后来陆续进入立达任教，在夏丏尊、刘薰宇、丰子恺、朱光潜等人之外，还包括叶绍钧、郑振铎、陈望道、胡愈之、刘大白、夏衍、许杰、周予同、陶元庆、夏承焘、陈之佛、方光焘等多人，可以说是延续了春晖中学时期的辉煌。不过，因为种种条件的限制，学园本身并不稳定，所以大部分人在这里也就是过客，也就没有能够像春晖时期的"白马湖作家群"那样，因作家群聚而出现一个立达学园流派。

在立达的外省籍作家中，他们的生活与创作往往并不固定，如刘大白，经常往返于上海和浙东家乡，所以许多作品未必可以算作江苏散文，而丰子恺虽然此时常住上海，可惜精力集中在美术领域，鲜有散文发表，他的大量散文创作差不多都在1927年以后。至于其余各位，也多是上海的过客，相关作品如何界定比较模糊，这里不宜过多着墨。另外，郑振铎等文学研究会成员，在立达之外更有一番天地，此处也只有割爱。综而言之，不论如何都应该强调，在上海特别市成立之前，立达学园属江苏省，而这涵盖了学园实际存续的最主要时间段，故这一时期在校任教的外省籍作家，不管他们有无散文创作发表，这一时期的经历必然影响到他们后来的创作，这是无可置疑的。江苏时期的生活、交游、历练，从小的方面来说，催生了俞平伯的《桨声灯影里的秦淮河》等散文名篇，而从大的方面看，则为他们文学之路注入了文化活力和魅力，也为他们后续的散文写作增添了值得铭记的地域色彩。

第三章

散文文体成熟期
（1928—1937）

第一节　概述

自北伐战争结束后，中国完成形式上的全国统一，但南京国民政府成立之后，日本帝国主义的战争威胁一直有增无减，各地方割据势力以及中国共产党领导的红色根据地也对国民政府的权威持续提出挑战。在抗战全面爆发之前的十年中，南京国民政府曾采取措施恢复并促进国民经济，发展民生事业。不过，因为国民党的意识形态比较复杂，在成为执政党之后又将其中过于激进的部分排除出去，所以整体呈现为杂糅各种思想的明显保守的意识形态。

与北洋军阀统治时期的政策往往朝令夕改不同，南京国民政府的文化政策有其一贯性，并表现为伴随着中央政权控制力度的增强而逐步收紧的态势。就管理机构而言，国民政府建构了一个较为完整的文化管控体系：国民党中央执行委员会文化事业计划委员会是中枢机关，隶属于不同层级的党政机构的广播事业指导委员会、电影指导委员会、戏曲事业指导委员会等为下行部门和执行部门；就法律法规而言，国民政府形成了一个较为严密的文化罗网：《著作权法》和《著作权施行细则》(1928)、《出版条例原则》(1929)、《日报登记办法》(1929)、《出版法》(1930)等常规管理法律陆续颁行，《电影检查法》(1930)、《检查新闻办法大纲》(1934)等明显带有管制性质的法令也陆续出台。不过也应该看到，相关机构在执行法令的时候，也多有因时因地因人而异的情况，而租界的存在也使得执行力大打折扣。

江浙沪地区是南京国民政府统辖的核心地区，此时的江苏地位自然更趋重要。不过，自上海特别市成立之后，众多活跃于上海的外省籍作家虽然与江苏作家往来密切，甚至频繁进出江苏省境，但因为其间实在难以辨别，所以大都只能被江苏文学史舍却了。南京的文学出版事业显然很难与上海比肩，但政治中心的加持毕竟使之地位特殊，因而取得了其他城市所难以获取的诸多资源，因此，南京在这一时期的文学出版隐隐有紧追北京、天津等早期新文化活动较为活跃的城市的态势。当然，如前述，鉴于国民党的意识形态较为保守，南京的文学报刊虽也受到新文学影响，也曾因某种原因而主动靠拢新文学，如胡也频、沈从文曾共同编辑《中央日报》的副刊《红黑》，但就整体而言，文学趣味相对滞后。

从20世纪30年代的整体散文格局看，因为其时的中国处于一个相对稳定的时期，散文创作和阅读的风气自然较"五四"时代发生了显著的变迁。朱自清曾在《论现代中国的小品散文》一文中指出，20年代中后期的散文"确是绚烂极了：有种种的样式，种种的流派，表现着，批评着，解释着人生的各面，迁流曼衍，日新月异：有中国名士风，有外国绅士风，有隐士，有叛徒，在思想上也是如此。或描写，或讽刺，或委曲，或缜密，或劲健，或绮丽，或洗炼，或流动，或含蓄"[1]，这的确描绘出了散文蓬勃发展的多元格局。进入30年代，鲁迅对当时的散文文坛流行的幽默、闲适的小品文风气颇为不满，故在写于1933年的《小品文的危机》一文中，对"挣扎和战斗"的"五四"散文传统多有肯定，而比较严肃地批评了"特别提倡那和旧文章相合之点，雍容，漂亮，缜密，就是要它成为'小摆设'，供雅人的摩挲，并且想青年摩挲了这'小摆设'，由粗暴而变为风雅了"的"现在的趋势"[2]。平心而论，鲁迅自然有他的道理，但正如《文史通义·说林》所谓，"风会所趋，庸人亦能勉赴；风会所去，豪杰有所不能振也"[3]，时代变了，文学的审美趣味随之而变，个人往往很难改变整体局面。

就这一时期的江苏作家来说，他们遍及全国各地，也融入了现代散文的发展进程之中，同时也表现出鲜明的江苏特色。

第一，美文创作的兴盛。江苏这一时期在现代意义上的散文领域中出现了朱自清、叶圣陶双峰并峙的格局，二人合而观之，则表现出江苏一直引以为傲的文教事业传统在现代的延续和深入发展。朱自清在《踪迹》《背影》之后，陆续推出《你我》《欧游杂记》《伦敦杂记》三个集子，告别了抒情的青年时代而进入理智的中年时期，愈来愈表现出学者散文的理性和睿智。任职开明书店的叶圣陶，坚持书店以

1　朱自清：《论现代中国的小品散文》，《文学周报》第345期，1928年11月5日。
2　鲁迅：《小品文的危机》，《鲁迅全集》第4卷，北京：人民文学出版社，1981年，第576页。
3　[清]章学诚：《文史通义校注》，叶瑛校注，北京：中华书局，1985年，第353页。

接受（过）中等教育的青年为读者对象的定位，为满足他们的需求主持《中学生》杂志并编撰《开明国语课本》、《文心》（与夏丏尊合作），个人散文集《脚步集》《未厌居习作》，也于兼擅的记人、叙事、写景之中，以文学教育为重。朱、叶二人朴实的人格和朴素的文风，成为30年代散文文坛的重要一极，也成为文教基础深厚、文化传承有序的江苏文脉的代表。

第二，游记题材的拓展和表现技巧的提升，以及因此而有的游记审美意境的深广。郁达夫认为朱自清的散文之美，与游历不可或分："以江北人的坚忍的头脑，能写出江南风景似的秀丽的文章来者，大约是因为他在浙江各地住久了的缘故。"[1]《踪迹》中的许多作品本就是游记，这一时期又有《欧游杂记》和《伦敦杂记》，后二者的抒情从前者的相对直露到含而不露，或者说，完成了以叙事代抒情的转化，所以风格就从细腻的描摹转为冷静的观察和思考，面貌由是大为改观。另外，滕固、盛成等人长期居留海外，他们的所见、所想、所感也都从不同侧面丰富了这一时期的江苏游记。总之，随着行踪的拓展和眼界的开拓，江苏游记从抒发一己之感进展为在中西文化的碰撞中一窥中华文明、文化的性质和地位，就使得游记的审美意境进一步摆脱古典传统而深度嵌入现代世界文化的语境之中了。

第三，杂文及具有学理性的杂论和学术随笔的持续发展。江苏地处中国东部，不仅地理风貌与南北各省存在较大差异，就居民的文化性格而言，简言之，大概可以算是较为中和，不太容易走极端。由此，狭义的随笔在江苏散文中的地位要超过杂文，不过，瞿秋白杂文的出现极大地改变了这一状况。瞿秋白具有深厚的学养，而且早年在苏俄采访的工作经历和曾经一度从事实际政治活动的人生阅历也使得他具有洞悉世俗的敏锐，所以杂文创作的整体水准很高，这使得江苏散文在杂文领域取得了具有标志性的突破。当然，江苏因为文化、教育发达的缘故，一般而言，作者面对社会公众的时候，总是采取一种以理服人的写作姿态，所以具有学理性的杂

---

[1] 郁达夫：《〈中国新文学大系·散文二集〉导言》，《中国新文学大系·散文二集》，上海：上海文艺出版社，2003年，第18页。

论较多，陈衡哲是其中的代表。陈衡哲谈的是现实问题，但带有学术研究的性质，又以大众可以接受的方式予以表出，这就是杂论了。杂论如果稍稍严整一些，其实就是学术随笔，而江苏在这一时期延续了20年代的态势，不仅"五四"时代成名的学者陆续有学术随笔产出，年轻一代的学人也因为种种原因而介入随笔写作，于是造就了江苏学术随笔持续发展的态势。

第四，笔记和小品的兴盛。活跃于晚清民初的通俗作家的散文写作开始内化新文学的影响，找到传统文章与现代散文之间的接榫点，逐渐融入中国现代散文的主潮而不失江苏地域文化特色。从文化谱系来说，通俗作家一般都学习过较为系统的传统典籍并接受过较为扎实的文章训练，其实是传统时代的士大夫文化在现代的延续，但因自文学革命以来遭新文化舆论压制乃至排斥而活跃在各种小报，长期的历练又使得他们逐渐适应现代报刊面向市民读者的写作机制，故他们的散文作品往往是文辞之雅和趣味之俗的结合。在晚明小品文作为新文学理论资源逐渐得到相当一部分作者的承认之后，通俗作家以其惯常采用的笔记、札记、小品等文体切入散文创作，一方面公开展示传统的文人气质，并使之成为现代审美的内涵，另一方面用鲁迅所谓"雍容，漂亮，缜密"的文体表现烟火气十足的市民社会生活，于是，滑稽与庄重同在的游戏文章遂得以发扬光大，成为一种别具风情的讽刺文学。以今视之，这一传统与现代错综的散文写作路径，乃是江苏深厚的文化底蕴所造就的，它虽然至今依然存在如何适应现代化语境的问题，但毕竟可以为现代文学、文化的多元发展提供一条思路和可能的施行路径。

江苏散文在30年代的这四种创作潮流，美文、游记为一类，杂文、小品可归为另一类，而这两种散文创作路径虽然存在许多交叉地带，但基本可以辨认出来它们其实分别代表着向西方学习和借鉴本土资源这两大文化策略。当然，就具体创作实绩看，朱自清、叶圣陶为代表的现代散文创作路径和融入世界文明进程的文化策略无疑是主流，这也是众多文学史论述的重点，不过，考虑到中国本土悠久的人文传统，在今天也很有必要从历史延续性的角度重新审视传统文化积极的一面，挖掘并重新书写其之于新文学的正面影响。江苏人文荟萃，底蕴深厚，但在近代以来的历史变革中又涌现出众多的先驱人物，这一历史经验表明，传统与现代交相为用乃是江苏在中国社会转型期所形成的优良传统，所以古今中西熔为一炉也就成为江苏文化的基本特征。朱自清认为30年代中期"散文的趋向"，"一是幽默、一是游记、自传、读书记"[1]，其实指的正是这一特色。

总之，30年代江苏散文的基本风情，正是亦古亦今、亦中亦西，既能接纳新潮而保持勉力前行的态势，又能包容本土文化而与传统建立某种精神联系，这就形成了鲁迅所谓"外之既不后于世界之思潮，内之仍弗失固有之血脉"[2]的良性文化格局。

第二节　朱自清的《你我》《欧游杂记》《伦敦杂记》

自《背影》一集面世，朱自清散文就大体完成了从早期稍显过度的细腻描写转为朴素的记叙风格的过渡。在30年代，他先后出版了《欧游杂记》《你我》两部散文集，在叙述风情之外，更增添了论学论理的从容风致。他的散文创作风格的变化，既与性情和中年气质相关，也与实际工作有关，当然，也与他对于时代的感知和对自我的体认等因素不无关联。

需要强调的是，这两部散文集中的篇目，具体创作时间其实相差不多，如果严格按时序论列，可能《你我》还要先于《欧游杂记》，因为前者之中的序跋，不少都是20年代中期的作品；而出版于40年代的《伦敦杂记》，其实大部分篇目写于《欧游杂记》之后不久，只是因故迁延出版而已。因此，这里就大体依照出版时间顺序，也将后出的《伦敦杂记》加入，按照《你我》《欧游杂记》《伦敦杂记》的序列分别讨论。

1　朱自清：《什么是散文？》，《朱自清全集》第4卷，南京：江苏教育出版社，1996年，第364页。
2　鲁迅：《文化偏至论》，《鲁迅全集》第1卷，北京：人民文学出版社，1981年，第56页。

一、《你我》

叶圣陶曾说朱自清的散文"从口语中提取有效的表现方式，虽然有时候还带一点文言成分，但是念起来上口，有现代口语的韵味，叫人觉得那是现代人口里的话，不是不尴不尬的'白话文'"[1]，《你我》一集最大的特色，就是朱自清在散文语言和文体方面的探索和尝试，一定程度上反映出他从"国语的文学"到"文学的国语"的转变。

应该说，朱自清是同时期作者中较早确立个人风格的一位散文家，工笔写景虽然稍嫌繁复，直抒胸臆也略显做作，但它们毫无疑问造就了其个人独特的散文风情。不过，《桨声灯影里的秦淮河》《绿》《白水漈》等篇章，其实是朱自清有意识地向"纯文学"靠拢而"精心结撰"的产物，而因为与其本人性情存在较大距离的缘故，所以无论怎样写起来都"还是费力"，而且还"使人不容易懂"[2]。在收入《你我》的《论无话可说》一文中，朱自清曾提及他如何走上创作之路的情形，可以作为一种解释来看。该文有一段这样说：

> 十年前正是五四运动的时期，大伙儿蓬蓬勃勃的朝气，紧逼着我这个年轻的学生；于是乎跟着人家的脚印，也说说什么自然，什么人生。但这只是些范畴而已。我是个懒人，平心而论，又不曾遭过怎样了不得的逆境；既不深思力索，又未亲身体验，范畴终于只是范畴，此外也只是廉价的，新瓶装旧酒的感伤。[3]

不过，朱自清是一个具有深度自省意识的学者型作家，当他察觉到这一创作风格与个人性格气质在某种程度上难以调和之后，感到"既不能运用纯文学的那些规

1　叶圣陶：《朱佩弦先生》，《叶圣陶集》第13卷，南京：江苏教育出版社，1992年，第158页。
2　朱自清：《写作杂谈》，《朱自清全集》第2卷，南京：江苏教育出版社，1988年，第106页。
3　朱自清：《论无话可说》，《朱自清全集》第1卷，南京：江苏教育出版社，1988年，第160页。

律，而又不免有话要说，便只好随便一点说着"[1]，就从美文即狭义的抒情散文转入更为自由一些的散文文体之中，于是才有了《背影》集中的《旅行杂记》《海行杂记》等几篇作品。

前文曾引用《背影》序言所提及的叶圣陶、刘薰宇两人对《旅行杂记》的不同态度，其实，就朱自清的本心来说，他是倾向于刘薰宇对该文的肯定立场的。原因自然十分清楚：这种随便说说的淳朴风格契合他本人的性情，不刻意，本色。另外，可以补充的是，朱自清在《我所见的叶圣陶先生》一文中称赞叶圣陶的"和易出于天性，并非阅历世故，矫揉造作而成"，其实也正是他本人的性情写照。因此，可以毫不夸张地说，本色或者说力图回归本色是《你我》一集值得关注的第一个特点。

当然，朱自清回归本色性情并非直起直落，而是经过了一番摸索过程，所以无论从哪个角度来看，《你我》的整体特征都表现为"杂"。集中的散文文体，包括随笔、杂感、游记等在当时已经较为成熟的新文学文体，也包括序、跋、读书札记等看似古典的文体；既有海阔天空的漫谈，也有精心撰写的美文；既有规范整饬的书面白话，也有刻意采用的口语。因此，朱自清本人也说"这里所收的实在不能称为创作，只是些杂文罢了"，不过，他还交代以"你我"为集名，只不过"是因为这是今年来所写较长的一篇罢了"[2]，只恐隐去真意了。其实，即使不作过于比附的揣测，检点集中各篇的内容和写法，"你我"作为集名也完全名副其实。

"你我"意味着对等双方的对话关系，甚至还带有一丝亲切感。"乙辑"主要是序跋文，加上几篇书评，评论对象几乎都是朱自清老友的作品，所以都可以视为朱自清在和那些作者进行某种意义上的对话，而因为过于熟稔，所以评论时的腔调、语气往往都似乎是朋友对谈，有一种说不出的亲昵；"甲辑"中的各篇，《给亡妇》这一以"你"为对象的叙述口吻就是谈话，几篇游记处处流露出与读者进行对话的

---

[1] 朱自清：《背影·序》，《朱自清全集》第1卷，南京：江苏教育出版社，1988年，第32页。
[2] 朱自清：《你我·自序》，《朱自清全集》第1卷，南京：江苏教育出版社，1988年，第113页。

神色,而几篇与后之所谓学者散文风格接近的论理文,既是要说服读者,就更是一种对话了。当然,作者和读者的关系在许多时候未必对等,但写作本来就可以视为二者之间的精神交流,而朱自清在返归朴素之后又特别注重以真挚的感情融入叙述,无疑更为拉近了与读者之间的距离。

这里以《给亡妇》和《你我》两篇做简要论析。《给亡妇》是朱自清在第一任妻子武钟谦辞世三周年之际所作的一篇追悼文字,他特别采用满篇口语的方式予以表述,为的就是使得阴阳两隔的夫妇之间显得更近,以使感情抒发更为自然。应该说,朱自清的这一尝试无疑是成功的,该文在当时的确得到了较多关注,不过,"一位爱好所谓欧化语调的朋友"预言朱自清不能贯彻言文一致的主张,而他也的确感到"口语不够用",这是因为,"我们的生活在欧化(我愿意称为现代化),我们的语言文字适应着,也在现代化,其实是自然的趋势"[1]。因此,较之口语化的表面功夫,口语化背后的推动力量才是关键。"你"和"我"的口头称谓渐趋普及,正是因为现代化的宏力。《你我》专门评析"你我相称"这一社会文化现象,开宗明义,认为它"不是旧来的习惯而是外国语与翻译品的影响",然后从现实当中的各种亲疏贵贱关系出发,辨析你我相称的微妙内涵,妙义横生,不乏谐趣。例如说生人相见的称呼问题:

> 不称"你"而称"某先生",是将分明对面的你变成一个别人;于是乎对你说的话,都不过是关于"他"的。这么着,你我间就有了适当的距离,彼此好提防着;生人间说话提防着些,没有错儿。

这种半是严肃半是玩笑的口吻,在朱自清并不多见,不过,他的用意倒很明确,表明"外国的影响引我们抄近路",庶几可以铲去旧礼法所形成的那些不必要的界限。

---

[1] 朱自清:《写作杂谈》,《朱自清全集》第2卷,南京:江苏教育出版社,1988年,第107页。

朱自清的现代意识并不复杂,而是极为开通清明,当然也非常本色。他承认"现在的生活中心,是城市而非乡村"[1],在鼓吹个性解放而崇尚自然的时代就有些不够合群,但这一判断本身就表明他对社会现代性和审美现代性之间关系在中国语境中的清晰而准确的认知;他关心国学研究,认为应"以现代生活的材料,加入国学的研究,使它更为充足,完备"[2],着眼点倒不是泛泛而论的打通古今,而是强调"现在"才更是核心所在;他评叶圣陶的短篇小说,特别指出"自由的一面是解放,还有一面是尊重个性",也是极有见地的概括。朱自清以人为中心的文化追求和文学关切,远比那些缠绕的概念辨析有价值,"你我"集名的含义及其背后的现代意识,是散文集值得关注的第二个特色。

第三种需要认真对待的特色,则是朱自清的口语化散文写作实践和求新求变的散文文体意识,以及二者之间的关系。

先说后一个问题。就总体而言,朱自清一直关心语言的欧化问题,在后期,许多时候也径直将语言的"欧化"等同于"现代化"。他曾这样说过,"现代中国文学所用的语言百分之九十几是所谓欧化的语言;现代中国文学如果已经被公认,那种所谓欧化的语言似乎也该随同着被公认的",而且,"为'欧化'而'欧化',这些都是现代生活反映在语言里,都是不得不然。我们都知道,我们的国家在现代化,我们的军队在现代化,谁都觉得这是必要的,而且是不得不然的……所以语言的'欧化'实在该称为语言的现代化,那才名实相副呢"[3]。不过,如上述,他一度对"欧化"语言的食洋不化存有戒备之心,所以在写作中有意识地采用"口语",《给〈一个兵和他的老婆〉的作者——李健吾先生》《给亡妇》等作品皆是,而作者在此

---

[1] 朱自清:《春晖的一月》,《朱自清全集》第4卷,南京:江苏教育出版社,1996年,第123页。
[2] 朱自清:《现代生活的学术价值》,《朱自清全集》第4卷,南京:江苏教育出版社,1996年,第194页。
[3] 朱自清:《新语言》,《朱自清全集》第8卷,南京:江苏教育出版社,1993年,第292—294页。

后的日记中也曾明确表示对"欧化"风格的不满[1]。前文已有论述涉及朱自清从"国语的文学"逐渐向"文学的国语"演进的简要分析，不过，这一阶段为时不长，创作不多，而且朱自清很快就认识到此路不通，所以可以视为其散文创作进程中一次有限的探求，一次回归本色过程中的旁逸斜出。

再说前一个问题，较之此前创作，《你我》出现了新变。可以看到的是，"甲辑"中的作品，在有意识的口语入文尝试之外，一方面有不少篇章是以记叙为主而与《背影》风格较为接近的游记，《扬州的夏日》《看花》《潭柘寺戒坛寺》等均是，另外一方面，则是《论无话可说》《谈抽烟》之类的学者散文开始出现，虽然数量更为有限，但可以认为是朱自清散文后来主导文体的雏形，意义不容小觑。

学者散文最基本的形态，是依据学理，以专业知识和方法呈现世相、阐释世情、推演世理。就内容而言，专业和常识二者相辅相成，缺一不可：因为专业，学者本人的学养、性情、才气等带有个性特质的质素得以展现；因为常识，普通读者才能产生共鸣，且和作者之间形成情感、思想、精神的对流。就形式而言，学者散文最重要的特征是各篇内部基于学理的逻辑性。这就是说，学者散文以说理为主，虽然最终导向普泛的人性经验，但其具体路径却是超出普通人的日常经验的，而这也是其作为散文的一个亚种在一般读者眼中显得新颖独特的一个重要原因。朱自清此时的相关创作，应该说只带有学者散文的基本特征，专业性不足、逻辑性不够明晰、哲理意味也不够浓厚，但仍有其自身特色。

这些作品都带有朱自清人格的烙印，所以在内容和风格上都显得颇为质实。首先，以真实具体的个人生活体验介入常识，熔世相、世情、世理为一炉的内容特色。《论无话可说》摆出人到中年无话可说的窘境，然后以个人写作不过"是说些中外贤哲说过的和并世少年将说的话"，之后切入中年人"听别人的话渐渐多了，说

---

[1] 朱自清1934年9月4日的日记："叶给我看他写的一篇论文《从心理学观点看小说写作》。文章不错，但风格颇欧化，我不喜欢这种不自然的风格。"参阅《朱自清全集》第9卷，南京：江苏教育出版社，1997年，第315页。

了的他不说,说得好的他不说",而"沉默又是寻常的人所难堪的",所以尴尬,但如果强行"打着少年人的调子",总觉不相宜,所以"更无话可说了"。其次,以诉诸普泛人性的方式论理,化解专业壁垒的平易风格。《谈抽烟》以口香糖、槟榔和香烟的对比引出话题,然后直截了当点出观点,即"抽烟其实是个玩意儿",开始细腻地描绘抽烟的动作,不过在另一些人眼中,抽烟却"为的是有个伴儿",但不管哪种,"不择烟而抽的是大方之家"。应该承认,这些议论未必精彩,但都是朱自清基于个人生活经验的真实心声。

综合《踪迹》《背影》《你我》三个散文集来看,从抒情到记叙,再从记叙到议论,可以认为是朱自清散文创作演变的一条明显的线索。他的论说文,要到40年代他聚焦于专业领域之后才放出异彩,不过,从"五四"时期走来的朱自清,论理从来不是板着面孔说话,而有基于性情的平实和保有文化自信的从容,这是一以贯之的。

二、《欧游杂记》

朱自清自1925年任清华学校大学部国文教授,到1931年已有六年,超过满五年可获学校资助出国考察、游学的规定,所以循例有一年的国外休假。从1931年8月到次年7月大概十一个月之中,朱自清先赴英国,在大学进修约七个月,后在欧洲大陆五国游历,在回国的船上写下两个月之中的游踪,是为《欧游杂记》。

《欧游杂记》除致叶圣陶两封信札,记叙了法、意、德及瑞士、荷兰五国的风情,不过都是所谓"目游":"自己只能听英国话,一到大陆上,便不行了。在巴黎的时候,朋友来信开玩笑,说我'目游巴黎';其实这儿所记的五国都只算是'目游'罢了。"[1]另外需要注意的,游记写作参考了三种游记指南性质的书,"游览时离不了指南,记述时还是离不了;书中历史事迹以及尺寸道里都从指南钞出",好在只限于关于"美术风景古迹"的较为客观的介绍文字,我们只需关注朱自清的所

---

[1] 朱自清:《欧游杂记·序》,《朱自清全集》第1卷,南京:江苏教育出版社,1988年,第289页。

见就好。

游记当然重在记游。朱自清游览欧洲五国,当然涉足各地著名的景点。因此,威尼斯"庄严"和"华妙"两种风格兼有的"圣马克堂",佛罗伦萨美第奇家族的"家庙"及"十字堂""官方场""罗马市场"的遗迹,梵蒂冈宫和罗马"新教坟场"中雪莱和济慈的墓,艺术城巴黎右岸刚果方场及其周边的砖厂花园、凯旋门和左岸的卢森堡花园、沿河的旧书摊,更少不了埃菲尔铁塔、歌剧院、国葬院、圣母院、卢浮宫以及近郊的凡尔赛宫等,便一一浮现在笔下。当然,朱自清在详尽叙述的同时,也注意写出各地景致的特色。庞培古城的"酒色连文",荷兰的建筑和绘画,瑞士的山水,散发着"礼拜日的味道"、有"德国佛罗伦司之称"的德累斯顿,两岸"布满了旧时的堡垒"且其间"住过英雄,住过盗贼"、流传着罗蕾莱传说的"中莱茵",都是令人印象深刻的地方。

朱自清在序言中说自己"走马观花",其实不是谦虚而是实情,因此之故,这些游记大都记叙山水人文之美,而少有对各地风土人情的描摹。其实,朱自清已经竭力将人情引入风景了。他听威尼斯的夜曲,想到"当年的秦淮河的光景",看到教堂和钟楼的位置,也植入中国戏曲:

> 教堂右边是向运河去的路,是一个小方场,本来显得空阔些,钟楼恰好填了这个空子。好象我们戏里大将出场,后面一杆旗子总是偏着取势;这方场中的建筑,节奏其实是和谐不过的。

最有意思的是述巴黎人和咖啡,频频与众人和喝茶作比:"巴黎人喝咖啡几乎成了癖,就像我国南方人爱上茶馆";"一个人独自去坐'咖啡',偶尔一回,也许不是没有意思,常去却未免寂寞得慌;这也与我国南方人上茶馆一样";"坐'咖啡'之外还有站'咖啡',却有点像我国南方的喝柜台酒"。

不过,这不代表朱自清对各国、各地的风土人情没有自己的感受和判断。《滂卑古城》云,"从整齐划一中见伟大,正是古罗马人的长处";柏林建筑"雄伟庄严"，市民也"男男女女老老少少谁都带一点运动员风"；而艺术之都巴黎，他的感觉是"从前有人说'六朝'卖菜佣都有烟水气，巴黎人谁身上大概都长着一两根雅骨吧"。最有趣的一段文字，是《瑞士》一文对美国人的讥刺：

> 在一家铺子门前看见一个美国人在说，"你们这些东西都没有用处；我不喜欢玩意儿。"买点纪念品而还要考较用处。此君真是美国得可以了。

《欧游杂记》以叙述为主，其实也不乏描写，不过它们大都褪去了浓墨重彩，而以天然姿态示人。《瑞士》一篇如此书写湖水：

> 瑞士的湖水一例是淡蓝的，真正平得象镜子一样。太阳照着的时候，那水在微风里摇晃着，宛然是西方小姑娘的眼。若遇着阴天或者下小雨，湖上密密濛濛的，水天混在一块儿，人如在睡里梦里。也有风大的时候；那时水上便皱起粼粼的细纹，有点象蹙眉的西子。

这里的描写过于朴素，完全看不出早期的神采，而能够体现朱自清这一时期描写特色的，却是这样的文字：

> 一个在欧洲没住过夏天的中国人，在初夏的时候，上北国的荷兰去，他简直觉得是新秋的样子。淡淡的天色，寂寂的田野，火车走着，象没人理会一般。天尽头处偶尔看见一架半架风车，动也不动的，象向天揸开的铁手。

文字同样平淡，但看得出来作者是下功夫的，而且可以见出文字背后深藏的喜悦。这就需要提及朱自清此时的文字风格。

朱自清特别强调本集"记述时可也费了一些心在文字上"，可以见出他的文学追求："觉得'是'字句，'有'字句，'在'字句安排最难。显示景物间的关系，短不了这三样句法；可是老用这一套，谁耐烦！再说这三种句子都显示静态，也够沉闷的。于是想方法省略那三个讨厌的字，例如'楼上正中一间大会议厅'，可以说'楼上正中是——'，'楼上有——'，'——在楼的正中'，但我用第一句，盼望给读者整个的印象，或者说更具体的印象。再有，不从景物自身而从游人说，例如'天尽头处偶尔看见一架半架风车'。若能将静的变为动的，那当然更乐意，例如'他的左胳膊底下钻出一个孩子'（画中人物）。"[1]这些当然不是"雕虫小技"，而反映了他在"文学的国语"方面的一直追求。

胡适当年所谓"有了国语的文学，方才可有文学的国语。有了文学的国语，我们的国语才算得真正国语。国语没有文学，便没有生命，便没有价值，便不能成立，便不能发达"[2]，强调的是文学与语言之间密不可分的关系，而在文学革命之初，胡适等人为了反对文言，有意突出了口语的地位，这就造成了文学创作中"可说的"语言隐隐有取代"可读的"语言的趋势。朱自清在这一问题上的观点当然经历了一个变化过程，而其基本的判断则是"本来文字也不能全合于口语……文字不全合于口语，可以使文字有独立的地位，自己的尊严"[3]，因此"就白话文作品而论，读是主腔，说是辅腔；我们自当更着重在读上"[4]。上面所引《欧游杂记》序言中的一段话看得出明显的北京腔，娴熟流畅，就是朱自清有意识地将北京口语融入"国语的文学"的成功尝试，而这一尝试最终所欲造就的正是"文学的国语"。

整体说来，《欧游杂记》是一部以平实的景物记述为主的游记，即使有描写，也与早期的渲染风格大异其趣。杨振声曾将朱自清的散文风格概括为"风华从朴素出来，幽默从忠厚出来，腴厚从平淡出来"[5]，自有见地，而就事实看，朱自清也曾有在朴素和风华、忠厚和幽默、平淡和腴厚之间徘徊不定的时期，所以他之所以有

1　朱自清：《欧游杂记·序》，《朱自清全集》第1卷，南京：江苏教育出版社，1988年，第290页。
2　胡适：《建设的文学革命论》，《中国新文学大系·建设理论集》，上海：上海文艺出版社，2003年，第128页。
3　朱自清：《诗的形式》，《朱自清全集》第2卷，南京：江苏教育出版社，1988年，第400页。
4　朱自清：《论朗读》，《朱自清全集》第2卷，南京：江苏教育出版社，1988年，第61页。
5　杨振声：《朱自清先生与现代散文》，《文讯》1948年第9卷第3期。

如此转变，乃是在此前后经过了一番探索。这一求索的过程，就反映在散文集《你我》之中。

三、《伦敦杂记》

《伦敦杂记》的写法，照朱自清本人的说法，"还是抱着写《欧游杂记》的态度，就是避免'我'的出现。'身边琐事'还是没有，浪漫的异域感也还是没有"[1]。这当然见出朱自清力图摆脱早期感伤格调的努力，不过，与《欧游杂记》相比，明显见出亲切了许多。个中道理也很简单：游历欧陆五国是走马观花，在伦敦毕竟住了七个月，了解的程度不一样，感情自然也存在深浅之别。

《伦敦杂记》所涉及的伦敦，很少见到带有英伦特色的自然景物——虽然所谓自然也是人化的自然。《公园》中有少量摹写海德公园景色的文字，下面是比较纯粹的一小节：

> 灌木丛里各色各样野鸟，清脆的繁碎的语声，夏天绿草地上，洁白的绵羊的身影，教人象下了乡，忘记在世界大城里。那草地一片迷濛的绿，一片芊绵的绿，象水，象烟，象梦；难得的，冬天也这样。

其他富有特色的景物描写片段大都也在这一篇之内，如描述动物园情形和花木风景的文字。这些地方的文字都简洁而不乏柔情，见出描写、记叙中和之后的语言风采，正与他此时努力实践的散文叙述风格相表里。

不过，《伦敦杂记》最主要的内容还在人文，大概有一半的篇目和超过一半的文字介绍了伦敦的书店、博物院、公园、名人宅邸等名胜。朱自清写名胜，因是游记体和记叙法，所以叙述一丝不苟，面面俱到，看起来颇为单调，实际处处能够以

---

[1] 朱自清：《伦敦杂记·自序》，《朱自清全集》第1卷，南京：江苏教育出版社，1988年，第378—379页。

"人"为中心而各有重点,所以颇能写出特色。如在《三家书店》中,"福也尔书店"写的是店员,"在摊儿上翻书的时候,往往看不见店员的影子;等到选好了书四面找他,他却从不知那一个角落里钻出来了";"彭勃思书店"因为曾经一个店主与狄更斯、兰姆等人有旧,加之店址曾为法院,"这点古迹增加了人对于书店的趣味"——"法院的会议圆厅现在专作书籍展览会之用;守卫室陈列插图的书,看守所变成新书的货栈",写的是古意;"诗籍铺""米米小",但读诗会却几乎没有间断过,看到的是它在现实中的文化影响。朱自清写英国的人文传承,注重的是文化在具体的人身上的体现,即便写物也往往从这个角度着眼。例如《文人宅》记狄更斯故居,特别突出其中的画:"屋子里最热闹的是画,画着他小说中的人物,墙上大大小小,突梯滑稽,满是的。所以一屋子春气。他的人物虽只是类型,不免奇幻荒唐之处,可是有真味,有人味;因此这么让人欢喜赞叹。"

这些地方其实也都可见出伦敦和英国的文化特色。《文人宅》看到"西方人崇拜英雄可真当回事儿,名人故宅往往保存得好";《吃的》提及"伦敦头等饭店总是法国菜,二等的有意大利菜,法国菜,瑞士菜之分;旧城馆子和茶饭店等才是本国味道";《圣诞节》有"成千上万的贺卡",诸如此类。最有意思的是《乞丐》一篇描绘"外国也有乞丐"的景象。因为"警察禁止空手空口的乞丐,乞丐便都得变做卖艺人",所以画丐、乐丐最为常见,甚至有背诵狄更斯小说的乞丐;如若无艺可卖,"手里也得拿点东西,如火柴皮鞋带之类"——朱自清总结说:"其实卖艺,卖物,大半也是幌子;不过到底教人知道自尊些,不许不做事白讨钱。"其实就是以人为本的意思了。

《伦敦杂记》有时也以人为直接对象,不过基本都糅合在叙事之中,与文化观察和反思相关。如《吃的》提及英国人吃得少、吃得快的现象:"吃饭要快,为的忙,欧洲人不能象咱们那样慢条斯理儿的,大家知道。干吗要少呢?为的卫生,固然不错,还有别的:女的男的都怕胖。女的怕胖,胖了难看;男的也爱那股标劲儿,要像个运动家。"又如,《房东太太》记叙一位仿佛来自"维多利亚时代"的英国妇女那种不时冒出来的英国人的幽默。她曾经学过法文,但早已生疏了,所以有自嘲："她说街上如有法国人向她问话，她想起答话的时候，那人怕已经拐了弯儿了。"更绝的是，她一次早餐时提出一首诗可以作为她的墓志铭："这儿是一个可怜的女人，/她在世永没有住过嘴。/上帝说她会复活，/我们希望她永不会。"

较之欧陆，朱自清明显对伦敦的感情更深，故而较之《欧游杂记》，《伦敦杂记》的写法也明显不同。《欧游杂记》参考了三种旅行指南性质的书，所以较多平铺直叙的介绍，而《伦敦杂记》虽然也参考了一本《伦敦指南》，"但大部分还是凭自己的经验和记忆"[1]。简言之，如果说《欧游杂记》是对欧陆五国风景的记叙，那么《伦敦杂记》则将记叙的笔法由风景转向风情，而且常在共鸣中融入更多的情感。不过，因为朱自清的自我节制，文中没有了早期惯常的大段抒情，而代之以波俏的幽默。

朱自清的幽默，是以直率的笔调揭破浮华背后的空无一物，所以使得夸饰成为掩饰，从而令人哑然失笑。《文人宅》开篇引用杜甫《最能行》一诗："若道士无英俊才，何得山有屈原宅？"然而据《水经注》的记载，不过"累石为屋基"而已，朱自清顺口就说秭归的屈原古宅"只是一堆烂石头，杜甫不过说得嘴响罢了"；《公园》描绘演讲者，乃是这样的情形——"他站在桌子上，椅子上，或是别的什么上，反正在听众当中露出那张嘴脸就成"。朱自清以冷静的笔调呈现的场景，都与传说或想象中的堂皇构成较大的反差，就自然产生了幽默的味道。

有意思的是，朱自清偶尔也有讽刺，如《三家书店》之"诗籍铺"，因为位置冷僻颇难寻觅，但"那时候美国游客常去"，作者揣测说，"一个原因许是美国看不见那样老宅子"。不过，这样的文字极少，职是之故，朱自清就很少担任"游记在建构他者形象的时候总是扮演着新形象揭示者的重要角色"[2]，而只是一个冷静的旁观者。

《伦敦杂记》一集另外可以注意的一个地方，就是叙述语言较多地融入北京口语。这些篇章中的北京腔虽然还没有做到完全让读者浑然不觉，但与前期那种"南

---

[1] 朱自清：《伦敦杂记·自序》，《朱自清全集》第1卷，南京：江苏教育出版社，1988年，第377页。
[2] 孟华：《从艾儒略到朱自清：游记与"浪漫法兰西"形象的生成》，《中国比较文学》2006年第1期。

人北腔"的生硬明显不同,基本都是改造过后的妥帖运用,正是标准而优美的"文学的国语"。

整体看来,朱自清从20年代中后期就从抒情散文向记叙散文开始转变,这一痕迹在杂收两个年代作品的《你我》一集中表现得较为明显,而《欧游杂记》和《伦敦杂记》两个集子,前者稍稍显得枯槁一些,后者因为较多个人情愫的渗透,所以相对丰润一些,但两者的共同之处,在于叙述成为朱自清散文的基本写作手法。叙述可以有效排除滥情,但如果过于着力,就缺乏感染力,在某种意义上,朱自清散文创作在30年代取得重要进展的同时,也落入了这一夹缝之中。不过,几篇说理文的出现显示了朱自清克服这一矛盾的可能:以学理观照现实,高屋建瓴的议论可以生发妙趣横生的幽默,这预示朱自清后期的散文创作又将发生重要裂变。

第三节　叶圣陶的《未厌居习作》等

叶绍钧此时开始逐渐以"圣陶"的字号名世,其创作也从早期的以小说为中心转变为以散文为重心。此时,他主要将精力集中在文学编辑、出版和文学的社会教育方面,所以相关创作也较多从这些地方着眼,与开明书店同人一道,为普及新文学、提升整个社会的文学素养做出了重要贡献。他此时的散文作品,主要有《脚步集》《未厌居习作》两个集子,此外有若干篇章收入与他人合著的各类集子,如《三种船》《给战时少年》之类,主要是抗战全面爆发前后未及收集的作品。

叶圣陶的文风就是他的人格的具体体现,而其为人,思想朴素而开通、处事冷静谦让但有主见、追求低调但执着,这些早在青年时代就已经多有表现。顾颉刚对这位少年时代朋友的"不苟且"深有体会,对其"一切创作都能使精神饱满"的作风盛赞不已,认为他的小说创作都是其人格的自然产物:"圣陶做的小说,决不是敷衍文字,必定自己有了事实的感情,著作的兴味,方始动笔;既动笔则便直写,也不甚改窜。换句话说,他的小说完全出于情之所不能容已,丝毫假借不得。"[1]

---

[1]　顾颉刚:《隔膜序》,叶绍钧:《隔膜》,北京:商务印书馆,1923年,第14、13页。

顾颉刚的这番话固然是对叶圣陶早期小说创作的礼赞,但他对其为人为文风格的描摹,却反映出叶圣陶的性情与散文这一文学体裁更为接近。

叶圣陶朴素忠厚,坦诚直率,是谆谆君子,而且从其日常生活情形来看,又是亲近世俗、融入人情的典型的中国人,所以就整体而言,他算得一个现代时期仍然保有进取精神的儒者。在新文学早期以写实为主的问题小说创作潮中,青年人特有的与世界的对立情绪尚能推动他在小说创作方面紧跟时代脚步,作有许多揭露非人化现实的作品,抒情散文只是偶一为之。而在20年代中期,因为"五卅运动"的影响,叶圣陶的散文创作风格发生了明显变化,"更多的是针砭时政,评论人生和议论多种社会问题的作品"[1],进入了杂文创作阶段。不过,到30年代前后,当生活和工作日渐稳定,叶圣陶虽然仍与世俗之间存在对立乃至对抗,但与世界之间的结构性张力缓解了,故虚构一个圆满的艺术世界以观照现实世界的小说创作的冲动和热情消退了,于是便转入较之问题小说更为写实的散文创作领域。

总体而言,叶圣陶的散文大都是其个人性情的自然发散,带有"五四"时代成长起来的知识人独特的精神气质,既有现代知识人的宏放眼界和批判精神,同时又兼有传统读书人的关怀深远和情思遥寄,故虽是文风简朴,而以其情动于中的诗的品格影响后世。有论者说:"当代的读者和研究者,都推崇那时的散文,几成为一种时尚。我想,不是那时的散文比现时的散文好看,而是现时的散文不如那时的散文耐看。好看是一过性的,耐看是具有长久生命力的体现。"[2]叶圣陶的散文正属于这耐看一脉,散发着历久弥新的光泽。

一、《脚步集》

《脚步集》是"文十篇"和"小说二篇"的合集,散文大都是1925到1927年两三年间和1930年的作品,主要是论事说理风格的杂文,在出版之后,叶圣陶"总觉得

---

[1] 金梅:《对旧生活的批判和对新生活的歌颂——关于叶圣陶的散文创作》,《辽宁师范大学学报》(哲学社会科学版)1980年第5期。
[2] 李国文:《婉容的早餐——读俞平伯散文有感》,《中华散文》2004年第5期。

像个样子的文篇不多，淘汰还不见得干净"[1]，并不满意，且《读书》《两法师》《与佩弦》等多篇记人叙事之作亦在稍后收入《未厌居习作》，所以大体而言，它在叶氏的散文创作历程中是一个过渡性质的集子。

与《剑鞘集》淳朴的抒情风相比，《脚步集》仍然一如既往的朴素，不过抒情风致逐渐收敛，反讽的意味开始凸显，然而，因为这一写作方式与其性情实在不太相合，所以每篇都给人以"杂"的感觉。这里且举一例为证。《读书》一文由《京报副刊》征求青年必读十部书活动引发。针对"几种线装书"反复得到知名人物推荐的现象，作者先从"我们过的是现代的生活"这一基本事实出发明确表示反对，认为"先哲之教"所包含的旧道德于今并不切用；然后引顾颉刚观点做驳论，以为用翻译的方法使人了解其中的危害并不能充分说服线装书的拥趸；之后开始调侃，要在线装书的封面印上"内含毒质，读者当心"八个大字，旋又将之比作毒药瓶，以为只宜由药剂师化验，而不能随意让孩子们"各拿着一两瓶在手里玩的"。作者最后带着一丝愤激写道："先生们非特不肯救救孩子，书馆里不印，就自己提起大笔一一替他们题这八个大字；更因自己吸惯了鸦片，就生吞三钱还是个活烟鬼，便以为毒药是非吃不可的，于是一瓶瓶封着当施药送。"这里的反语当然清晰可见，作者的不满甚至可以说是愤怒溢于言表，不过因为情感强度不够，所以讽刺的锋芒也就不够锐利。

叶圣陶散文创作转变时期的情形与朱自清颇为相似，他们的创作之所以有如此一变，实是源于性格气质与地域文化之间的张力。叶、朱二人性情较为接近，都是沉默朴讷之人，但在和易的表面之下乃是某种坚韧和固执，所以虽然处于无话可说的中年情境，但在现实的刺激下往往不能自已，情动于中自然形于外；而在另外一面，他们都是江苏地域文化熏陶出来的踏实读书人，方正质朴，一般没有较为极端的情绪，所以即便感情有所流露，也总是有相当的保留。这两点汇聚在他们身上，就使得他们在过渡时期的思想显得有些纠结，文风也就不那么自然了。

1　叶绍钧：《自序》，《未厌居习作》，上海：开明书店，1947年第6版，第1页。

不过,这当然并不代表叶圣陶没有对人性人情的洞察,只不过他的表达方式仍是较为委婉罢了。《"双双的脚步"》涉及国民性批判,却从孩子买玩具一事谈起。孩子渴望玩具,但长辈们往往如是告诫,"只顾一刻工夫的快乐,忘了日后的,这是最没出息的孩子",所以买了之后往往比不买更为败兴,于是作者引申开来,指认一种中国所特有的社会现象:"世间的事情类乎孩子这样的遭遇的很多,而且往往自己就是父母祖母。"所举的例子,一是储蓄,一是学生,特别对后者中存在的"自初级小学校以至高等大学校里的这么一个个的生物只能算'学生'而不能算'人',他们只学了些'科目'而没有作'事'"的事实尤为不满。当然,叶圣陶将国人的欲望延迟满足现象的原因归结为思想的因循或有可商,但其重视当下的基本观点无疑是其朴实的人生观的具体展现:"将来的固然重要,因为有跨到那里的一天;但现在的至少与将来的一样地重要,因为已经踏在脚底下了。"这一结论卑之无甚高论,但叶圣陶的洞察力,不是故作惊人之论,而正表现为他理解人性、了解人情而尊重常识的那份定力。又如《"怎么能……"》一篇解剖人性,也是从日常生活中常常听到的一种句式入手,因为这一看似随口道来的句子里面隐藏着傲慢,而这种傲慢其实表明说话者自觉高人一等的心理,这种"自己必特别贵重"的心理又必定具有另外一面,即"遗弃别人",表现在外就是自私。在这里,叶圣陶其实就从国民性批判前进一步,涉及隐秘的人性内容了。

从以上两篇可以看到,叶圣陶杂文的内容通常是人所习见的社会现象,论证的方式大都诉诸人所共知的常情常理,最终得出的结论也多似没有多少高深的常识。值得注意的是,在自由议论的过程中,他也决不掩饰自己的是非判断和好恶倾向,不过,这是极其自然的发表,一点也没有要突出个人立场、态度的意思在内,所以极为本色。《国故研究者》评判曹聚仁和朱自清关于整理国故的不同立场,叶圣陶并不因为与朱自清是朋友而无条件认同,反而赞同曹聚仁的观点,认为"国故"和"现代生活"密不可分,而正是在能否古为今用一点上,"纯正的国故研究者"区别于"笃旧的国故虔奉者"。与本色的议论相类,叶圣陶在杂文中的情感抒发也极其本真,让心绪随文字起伏,甚至有意使之沉没在文字的渊薮之中,以文字之有限反衬情感之无限。《"心是分别不开的"》一文在开头用较长篇幅叙述他的儿子和好友吴宾若的儿子之间因为后者要返回苏州定居而发生的离别,从两个小朋友之间的依依不舍自然引入他与吴宾若之间的交往,详细记述后者不幸受伤致死时的情形和自己的心境,那种无力的麻木胜过千言万语。

总之,叶圣陶的杂文是他从早期的抒情散文向带有古典气质的文章写作过渡的阶段性产物,它受时代影响乃至刺激而产生,虽也带有他为人为文的惯有特色,但因与其气质差距较大而未能得到充分发展。对叶圣陶来说,这一时代所带来的人生阅历无法回避,所以也留下了许多痕迹。《脚步集》未收的同时期的杂感文,最著名的莫过于《五月卅一日急雨中》一文。该文以严峻、急切的语调叙述了"五卅事件"第二天的见闻和感想,控诉了帝国主义者及其帮凶的罪行,抨击了当局的软弱无能,也讴歌了人民群众的反抗精神。这篇杂感因为以上所述内容方面的特色,在一定时期内得到较多肯定,但其实主要是一种情绪宣泄而艺术特色不足,因而"不宜看成是他散文的代表作"[1]。与之风格比较接近的其他篇章,如《虞洽卿是"调人"》《援助罢工工人》《无耻的总商会》等杂感,大抵都是密切关联时事的时评,也都因时过境迁而丧失可读性,所以这里也就不展开了。

二、《未厌居习作》

《未厌居习作》汇聚了叶圣陶在整个现代时期不同阶段的代表作,既可以看出叶圣陶散文创作的发展历程,也可以见其散文的总体审美风范,所以一般认为是体现叶圣陶散文创作艺术特色的典范之作。

在具体分析《未厌居习作》的审美风格之前,有必要阐明它在中国现代文学、文化史上的重要意义。概而言之,新文学在褪去早期的青涩之后,在30年代渐趋成熟,小说、诗歌、戏剧陆续出现了代表作家作品,散文领域也真正形成了多元格

---

[1] 曹惠民:《时代·人品·风格——〈叶圣陶散文(甲集)〉读后志感》,《苏州教育学院学报》1984年第2期。

局：鲁迅的杂文、周作人的读书记、郁达夫的游记、林语堂和"论语派"小品文、何其芳等青年作者的抒情散文、"开明派"文人散文，不一而足。从散文创作谱系看，叶圣陶属于积极提倡和勉力实行文学教育的"开明派"。叶氏与春晖中学的"白马湖作家群"关系密切，也曾加入立达学会，而在开明书店成立以后，他们中的很多人都曾先后入职书店，所以就在30年代的文坛上形成了一个最为接近"五四"时代同人社团的文化团体或曰群落。这一知识人群落大都出身知识家庭，富于儒雅敦厚的文人气质，且都曾接受过中等及以上程度的教育，受新文化影响颇深而思想趋新，故不乏高远的文化理想，而在另外一面，他们因为大都较早开始独立谋生，对中国社会的具体情形比较了解，所以又能够做到不脱离中国的实际状况，这就使得他们的主张既有张扬理想的一面，也有脚踏实地的一面，而理想在相当程度上则是隐含在具体实践之中的。职是之故，他们的文学观也较为偏于实际，切于实用，这一特点，既可以看成是"五四"时代启蒙思潮的延续，也反映了新文学发展到一定阶段之后社会普及的内在要求。《未厌居习作》应和新文学的这一内在要求，从具有可操作性的写作技巧的角度拉近了新文学与读者的距离，使得新文学在"五四"时期对立于旧文化的先锋性转变为适应新文化并在与其互动之中达到一种动态平衡的普适性，因而成为审美现代性的一种表现方式，这是它的文化和文学史意义。

朱自清曾结合自身教授中学国文的体会，从读写关系的角度谈论国文教育的症结。在讨论读书作文法的各类新旧书刊中，他认为"那些旧的是饤饾琐屑，束缚性灵，这些新的又未免太无边际，大而化之了——这当然也难收实效的"，重要原因之一，在于如下所说的一端：

> 自己也在中学里教过五年国文，觉得有三种大困难……第二，读的方面，往往只注重思想的获得而忽略语汇的扩展，字句的修饰，篇章的组织，声调的变化等……只注重思想而忽略训练，所获得的思想必是浮光掠影。因为思想也就存在语汇，字句，篇章，声调里；中学生读书而只取其思想，那便是将书里

的话用他们自己原有的语汇等等重记下来，一定是相去很远的变形。这种变形必失去原来思想的精彩而只存其轮廓，没有甚么用处。[1]

思想与辞章的割裂，是朱自清从"五四"时代一路走来所看到的文学发展的偏枯情形，而他与叶圣陶等人的思路较为一致，那就是采取"切实易行"的方法加以补救。

以《未厌居习作》为代表的叶圣陶散文的价值，就是寓审美与实用为一体，既有人文性，又有实际针对性，从语汇、字句、篇章、声调等具体技巧角度入手，不仅切实可行，富有成效地解决了读写难题，而且示以门径，提升了整个社会的文学鉴赏水准。叶圣陶是较早注意到文学教育的新文学作家之一，又有从事实际教育教学的经验，所以曾就语文教育、文学写作和鉴赏等问题先后发表过多篇文章。新潮社活跃时期，他陆续发表《对小学作文教授之意见》（与王伯祥合作）和《今日中国的小学教育》《小学国文教授的诸问题》《教师问题》等文章，对改进小学国文教育提出了诸多建议，并编著了《作文论》一书（后收入"万有文库"第一辑）；在30年代，他主编《中学生》杂志，与夏丏尊共同发表多篇谈论中学国文教学的文章，语言平易、辨析细腻、叙述隽永，当时即获中学生和中学国文教师的一致好评，后收集编为《文心》一书，成为一部经典的语文和文学指导用书。叶圣陶曾如是谈论自己写作散文的缘由：

> 我常常想，有志绘画的人无论爱好甚么派头，或者预备开创甚么派头，他总得从木炭习作入手。有志文艺的人也一样，自由自在写他的经验和意想就是他的木炭习作。无奈我们从前的国文教师不很留心这一层，所出题目往往教我们向自己的经验和意想之外去寻话说，这使我们在技术修炼上吃了不小的亏。吃了亏只有想法补救，有甚么经验就写，有甚么意想就写，一方面可以给人家

1　朱自清：《文心序》，《朱自清全集》第1卷，南京：江苏教育出版社，1988年，第284页。

看看，一方面就好比学画的描画一个石膏人头。即使没有大的野心，不预备写甚么传世的大作，这样修炼也是有益的。能把自己的经验和意想畅畅快快地写出来，在日常生活上就有不少的便利。我是存着这种想头写这些散文的，所以给这一本集子取了个"习作"的名字。[1]

这番话朴实恳切，但更是切中文学和文学教育时弊的剀切之语，所以郁达夫之"一般的高中学生，要取作散文的模范，当以叶绍钧氏的作品最为适当"[2]的说法没有贬低的意思，而是在更为坚实的层面上的充分肯定。可以这样说，《未厌居习作》不仅是30年代文坛最重要的收获之一，也是中国现代文学史上最有特色的散文集之一。

《未厌居习作》的首要特色在于修辞，即讲求文章立意、注意组织结构和安排篇章、注重修饰词语和妥善安置声韵等语言本身的技巧。叶圣陶认为好的作品"在乎文章的精魂似的意境，在乎由诸般材料酝酿成功的气氛，在乎一丝不苟、精密又忠实的技工"（《毫不》）[3]，所以特重修辞。修辞是一种原始而古老的文艺表现手段，后世虽然多有发展和丰富，但直接诉诸人的感官的特质始终不变，因此就以追求结构的比例协调、声调的和谐动听等形式方面的特点而成为文学创作中经久不衰的取用技巧。叶圣陶有意识地采取最为普通但却能够准确表情达意的修辞手段，其实就是回归到语言和人本身，不仅没有减损表现力，而且因为与存在直接相连而更具文学的美感。

《牵牛花》就是这样一篇名文。该文极为短小，从花土写到花架，然后写到藤蔓和叶子并由此想到开花的情形，再悬想赏花的心境，一气呵成。整篇字句妥帖，结构清晰，文气顺畅，文意也水到渠成，都是一眼可见的优点，然而，如果只看到这

---

[1] 叶绍钧：《自序》，《未厌居习作》，上海：开明书店，1947年第6版，第1—2页。
[2] 郁达夫：《〈中国新文学大系·散文二集〉导言》，《中国新文学大系·散文二集》，上海：上海文艺出版社，2003年，第18页。
[3] 参见朱文华：《论叶圣陶建国前的散文创作》，《江苏社会科学》1992年第4期。

些，无疑忽略了作者的匠心。其实，作者采取了最朴素的一种写法，就是虚实相间：写花土，是"曾与铁路轨道旁边种地的那个北方人商量"之虚与"城隍庙的花店买了一包过燐酸骨粉"之实交错的情形；写花架，是"把瓦盆摆在三尺光景高的木架子上"的往年方法与"瓦盆排列在墙脚，从墙头垂下十条麻线，每两条距离七八寸，让牵牛的藤蔓缠绕上去"的今年计划对比，时空、虚实在这段文字当中其实很少缠绕——写藤蔓和叶子同样如此；写赏花，既有"早上才起，工毕回来"的实写，也有"认着墙上的斑驳痕"的拟想。正因为作者采取了以虚写实的笔法和以虚衬实的修辞，一直在虚与实之间穿梭往返，所以文章结尾升华到对"生之力"的平静赞美，就是自然不过的一次由实转虚，不突兀，所以也不显得刻意。更有意味的是，作者轻轻一句"渐渐地，浑忘意想，只呆对着这一墙绿叶"，更是把读者引入了物我两忘的情境。有论者评论："作者的文章写到这里，气韵升华了，已经由平实的叙述之中，由物升到灵；读者读到这里，灵魂会净化，暂时忘却世俗的烦嚣，去体味自然赐予的清新与流畅、生机与活力，从而激发起一种感情，生发出一种力量。"[1]

叶圣陶的散文，日常情境背后往往是超越此岸存在的人文情思。《看月》记不同的赏月情景，《天井里的种植》叙天井植树情形，《速写》写急雨，《昆曲》说昆曲，都突出表现了人在有限的此岸世俗世界里，精神不断寻求突破的灵魂深处的自由渴望。叶圣陶的平淡，恰恰反映了自由是人的本质属性，无须夸饰，只要如实道来即可。

另外也要看到，因为以"诚"为出发点和旨归，所以叶圣陶的创作"能不当'法度'的奴隶，不搭架子，该怎么说，就怎么写；该说则说，该止则止；心里是如何想，笔下就如何写；随物赋形，行止有节，而使文章不断变换法度，多姿多彩"[2]。因此，《未厌居习作》的第二个特色，是"修辞立其诚"的文风。叶圣陶在

---

1 张大明：《〈牵牛花〉的神韵》，《语文建设》1995年第8期。
2 范培松：《叶圣陶散文艺术论》，《苏州大学学报》（哲学社会科学版）1985年第4期。

第三章　散文文体成熟期（1928—1937）

《两法师》一文提到这样一个细节：

> 记得有一次给我看弘一法师的来信，中间有"叶居士"云云，我看了很觉惭愧，虽然"居士"不是什么特别的尊称。

叶圣陶之所以惭愧，在于他总谦卑地认为自己是俗世之人，而有幸获得世外有德之人的好评，总觉诚惶诚恐。

这种心理，就是虚心，而虚心源于面对生命和世界的态度。《与佩弦》是较早的散文，叶圣陶在文中剖解朱自清，其凯切之处，在在可见友人之间的诤言，当然亦不啻夫子自道。对朱自清《"海阔天空"与"古今中外"》一文，叶圣陶认为可以见出其"认真处世"的生活姿态：

> 玩世是以物待物，高兴玩这件就玩这件，不高兴则丢在一边，态度是冷酷的。而你的情形岂是这样呢！你并非玩世，是认真处世。认真处世是以有情待物，彼此接触，就交付以全生命，态度是热烈的。要讲到"生活的艺术"，我想只有认真处世的才配；"玩世不恭"，光棍而已，艺术家云乎哉！

以热烈的姿态努力将生命融入世界，意味着追求缩小个体与世界之间可能永远难以抹平的罅隙，是一种极为真实的生命态度，叶圣陶和朱自清二人之间可谓互为镜鉴。面对世界，唯有虚心，方有生命的真诚；同样，唯有真诚面对生命，才有面对世界的虚心。真实的生命态度和真诚的人格互为因果，叶圣陶为人如是，文风亦如是。

他的散文书写的多是日常生活中的寻常经验。《做了父亲》探讨父母与儿童教育的问题，认为现实中往往存在两种倾向，一是"尽许多不需要的心，结果是'非徒无益，而又害之'"，一是"本应在儿女的生活中充实些什么的，却并没有把该充实的充实进去"。过还是不及？叶圣陶以为，大多数父母都像他一样，"非意识地走着的是后面的一条",但其实无论哪一种都是杞人忧天,而应该重视环境:"所谓环境,包括他们所有遭值的事故人物,一饮一啄,一猫一狗,父母教师,街市田野,都在里头。"这是普通人都有的困惑和体会。

当然,这些寻常经验里渗透着对人性人情的通透了解和理解。《儿子的订婚》述叶圣陶、夏丏尊两家结亲的经过,絮絮叨叨的平实,而对小儿女的心态,则如是描述:"少年对于这个问题的羞惭心理,我们很能够了解,要他们像父母一般,若无其事地说一声'好的'或者'呒啥',那是万万不肯的。我们只须看他们的脸色,那种似乎不爱听而实际很关心的神气,那种故意抑制欢悦而把眼光低垂下来的姿态,便是无声的'好的'或者'呒啥'呀。"平淡之中不乏喜悦,质实里面带有诙谐,都是人性、人情之常。

这就说到《未厌居习作》的第三个特色,即常识性。这一特点,出诸叶圣陶的本性,但也可能与传统学术思潮有关。例如,他自己是个知识人,却以平常心看待读书,尝在《过去随谈》中说:"读书只是至平常的事而已,犹如吃饭睡觉,何必作为一种口号,惟恐不遑地到处宣传。况且所以要读书,自全凭观念的玄学以至真凭实据的动植矿,就广义说,无非要改进人间的生活。单只是'读'决非终极的目的。"[1]与此类似的意思,都表明他可能受到明清以来的实学思想的影响。

当然,叶圣陶肯定常识,更与新文化运动相关。他的意见大都是现代的切身常识,不过因为说得特别从容,所以婉转动听。《假如我有一个弟弟》涉及青年出路问题,但并不是以过来人的身份和训诫的口吻立论,而是采取假设的方式,以和亲人推心置腹交谈的形式,谈他对青年问题的看法。作者首先以浅显的表述说明青年之重要,然后摆出三条人所共知的可能,即"升学""任事"和"无力升学又没法任事",之后切入正题,以兄弟谈话的和蔼一一分析:对于升学,叶圣陶反对镀金,而认为"爱好学问"为的是"在人类的生活和文化上涂上这么几笔,把它们修润得更充实更完美";对于任事,他强调"任事也就是做学问;做学问的目的无非要成

---

[1] 叶圣陶:《过去随谈》,《中学生》1930年第11期。

就些事物",所以反对做"讲死书的教师"和作为"社会这大机器的齿轮"而存在的"电报局邮政局的职员"之类,而应去做"成就些什么生产些什么的事情";而对于第三种情况,他觉得"愤愤"是应该的,但宜对其后的社会病态问题"精细地剖析,扼要地解释",才有可能"给它开个对症的药方,为大群也为你自己"。整篇文章,娓娓而谈的亲切中浸润着同理心支配下的共情,充满了作者对"不比所有的人卑微也不比所有的人高贵"的普通人的发自肺腑的关切。需要强调的是,普及常识,其实正是新文化运动启蒙思潮的核心内容。叶圣陶的特别之处,或如前述,在于他将先锋思想改造为合人性、近人情的日常叙述,所以风格也就从"五四"时期的当头棒喝转为润物细无声了。这两种风格,由时代造就,无须同时也不能分高下,但叶圣陶的性情无疑亲近后者,所以他的散文遍布常情常理,更应该视为一种主动追求。

由此可以见到叶圣陶散文的第四种特色,是作者视读者为朋友的平等姿态。这既是叶圣陶本人的性格气质,也是新文学在30年代面对读者的普遍策略,更是将文学视为社会的一种建构性力量的现代姿态。

新文学在诞生之初是以文化先锋的面貌出现的,峻切的启蒙语调中虽然不乏悲悯情怀,但与一般社会的关切相去较远,所以受其影响的大都是青年学生。此时,移植而来的审美现代性因社会现代性尚不发达,而将目标对准总称为"旧"的传统社会及其审美形态。在南京国民政府成立之后,各种现代建制陆续推行,审美现代性与社会现代性之间开始出现罅隙,并表现为一定程度的对立,但由于中国的社会现代性始终处于发展之中,两者之间的对立并不激烈,只在新感觉派和现代诗派等有限的先锋文学流派之中有所表现。更重要的事实在于,此时社会的文化心态渐趋稳定,市民社会的文化消费需求开始膨胀,新文学自然也须积极面对,故俯视的启蒙视角逐渐切换成平视的对话姿态。

叶圣陶人到中年,却不喜"写点文字,总得含有教训意味"或"搭起架子来说话"(《中年人》),即使是苏州特有的关于祭祖的"过节",对孩子也特别宽容,"有时候说不高兴拜,也就让他们去"。在《薪工》中,他忆及自己第一次领到薪水的惶惑,乃至习以为常之后也常常反思:"一切的享受都货真价实,是大众给我的,而我给大众的也能货真价实,不同于肥皂泡儿吗?"对自己是正视,对亲人是平视,对大众则是对视,不管是哪一种方式,叶圣陶都有一种出诸本色的平等态度。

可以这样说,本诸真心,以平等姿态和寻常心理谈常识,是叶圣陶作为一个带有儒家方正气质的现代读书人的入世方式,而他用以淑世的,乃是从修辞角度切入文章,使得新文学切实融入社会之中。需要注意的是,修辞和常识都既是内容,也是形式。修辞和常识,前者偏于形式,后者偏于内容,但常识与常理相通,可以成为文章的结构和条理,所以也是形式,而修辞与表情达意的尺度相关,影响思想情感的收与放,所以也是内容。归结起来说,内容和形式密不可分遂成为叶圣陶散文的突出特征。

质胜文则野,文胜质则史,文质彬彬可为君子,叶圣陶的人格和文风浑然一体。他的《三种船》,既有野趣又有精湛的修辞,二者相得益彰,可以认为是这一时期的代表作。

《三种船》记叙苏州的三种船,快船、"当当船"和航船。快船整洁,菜又不错,所以供不应求,成为"姑奶奶回娘家哩,老太太看望消解哩"的首选;"当当船"之得名,在于船上挂有招徕顾客的小铜锣,特色在于村俗,旅途一点也不寂寞;航船的特点在于慢,而且慢得没有规矩,所以只剩下无聊了。文章另外涉及许多地方风情习俗,如回娘家、吃船菜、船夫的摇船技术和他们之间的相骂等情形,妙趣横生,有诸多让人忍俊不禁的地方。这里的妙趣,在于作者在《随便谈谈我的写小说》中所说的那种"某一事象我觉得他不对,就提起笔来讽他一下"[1]的态度,而这种"讽他一下"的笔法遍布全篇,就使得摹写地方风习的轻快之中带上一丝爽利的劲儿了。例如,作者写船夫相骂,顺势就带上一笔,"编辑人生地理教科书的学者只怕没有想到吧,苏州城里的河道养成了船家相骂的本领";写航船中的乘

---

[1] 叶圣陶:《随便谈谈我的写小说》,《未厌居习作》,石家庄:河北教育出版社,1995年,第124—125页。

客,"有些人并没有买什么,可是带了一张源源不绝的嘴,还没有坐定就乱攀谈,挑选相当的对手",惟妙惟肖。即如"当当船",也写出了生命的某种野性:

> 他们又喜欢与旁的船竞赛,看见前面有一条什么船,船家摇船似乎很努力,他们中间一个人发号令说"追过它",其余几个人立即同意,推呀挽呀分外用力,身子一会儿直冲出去,一会儿倒仰过来,好像忽然发了狂。不多时果然把前面的船追过了,他们才哈哈大笑,庆贺自己的胜利,同时回复到原先的速率。

仿佛孩童一般的游戏状态,正是生命力的自然张扬。当然,叶圣陶总体而言是温柔敦厚的,所以文风一直质朴、平实、含蓄,当他以抒情散文为体,以传统文章技法为用,而掺之以少许杂文笔法,就在一定程度上突破了基于性情的厚重,而带有轻盈活泼的意味了。

第四节 游记

游记最重要的内容是记游,所以自然以记叙为主,写景为辅,议论、抒情为助。在30年代,徐蔚南仍然延续了此前的写景抒情风格,但风格趋于散淡,而朱自清则特别剔除了早期散文稍显做作的抒情和较为泛化的议论,写景也有所节制,而专注于记叙,创作开始向知性方向靠拢。《欧游杂记》"各篇以记叙景物为主,极少说到自己的地方",虽然"又怕干枯板滞"[1],而仍然如实写来,代表了现代游记经历了一段时间的发展和成长之后,开始在创作中摸索游记文体的内在规定性问题。需要强调的是,以朱自清为代表的回归记游的游记写作路径未必即是正途,而且,客观说来,它也的确不无干枯之弊,但起码代表了一种可能。在江苏作家中,滕固

---

[1] 朱自清:《〈欧游杂记〉序》,《朱自清全集》第1卷,南京:江苏教育出版社,1988年,第290页。

的游记作品与朱自清游记较为接近,虽然后者是有心,前者是无意。

滕固游记的特点,是以学者(美术史学家)的眼光,从较为专业化(考古学和美学)的视角,对特殊对象(文物古迹)进行文化审视。因为这种特殊性,所以他的游记虽是记述国内风物,但异域风情颇为浓郁。与之相反的一位江苏作家,是盛成。盛成的特别之处,在于他在"五四"运动过后不久赴法勤工俭学,十年后归国,即使对中国国内这十年的新文学创作有所了解,但毕竟存在隔阂,所以他的游记还是带有鲜明的"五四"风格,记叙少而议论、抒情多,欧洲诸国的风情习俗描绘较少而个人的感喟较多,也就与国内散文渐趋知性的创作潮流不能合拍。

总体说来,30年代是中国文学各类体裁、文体获得充分发展的时期,游记作为散文的一个亚种,就其声势来说,当然不能与杂文和小品相提并论,而具体到江苏,则更是如此。如果从整体上对这一时期的江苏游记加以审视,可以如是概括:第一,异域风情取代佳山胜水成为最重要的游记题材;第二,游记风格开始具有知性特征;第三,游记开始与杂感、回忆录等文体有互融的趋势。这些特点显示出时代的影响和江苏新文学的发展。

一、徐蔚南的《乍浦游简》

徐蔚南此时有《乍浦游简》(又名《寄云的信》)。1933年秋,徐蔚南因病赴乍浦休养,得空便与朋友写信,过后筛选出一部分汇聚成本书。该书与《龙山梦痕》相比,如果说后者简约而清新,带着生命的丰润,那么前者则因为作者在病中,意兴阑珊,所以略显寡淡。不过,它的语调在松散中带着慵懒,叙述也有任意而谈的自如,情绪如云卷云舒,自有一份惬意,不无山中名士的风流自赏之态,又因为日记体的缘故,议论颇多,所以杂感成分的增强成为另一种特色。

作者每天流连在"那满是松林的山,那日日在变换色彩的海,尤其是那海边的沙丘"[1]之中,耳目之娱自是极为丰富。最末一篇《谢谢乍浦》以诗的形式写下他

---

1 徐蔚南:《小序》,《乍浦游简》,上海:开明书店,1936年,第1页。

在乍浦期间所接触到的风景，包括强烈的朝阳、光芒的云霞、清辉满山的月夜、葱茏的山岗、芬芳的松林、翱翔的苍鹰、苍茫的大海、激昂的潮声、出没的帆樯、金黄的沙滩、秋日的田野、猖狂的风暴。作者在记叙这些景物的时候，多结合心情、心境加以叙写，但更有意味的写景文字，是较为感官化的描绘。第十三篇《月夜》描绘白日熟悉的景致在月夜中的变形："东西的两座山在银光之下，仿佛是两只巨大的野兽距在地上一般。那山上的矮松树呢，便是野兽身上的毛了。"这里勾勒的景象，依稀让人记起鲁迅《社戏》之中一群孩子深夜航船时的两岸情景。第十六篇《雨天》则如是描绘雨中山景：

　　山，就在我寓所左旁的高拱山，顶上被压着一堆云雾，像是永不肯飘散的浓烟。山上的松林也看不分明了，只是一堆或是一行毛森森的浓绿罢了。其余左右的山也是一样的朦胧，糊涂，阴暗。幸亏那几个庙宇的黄墙壁，在糊涂里还显示一点分明。

正因为月夜、雨天等使得日常化的景物变得陌生起来，引起作者的诧异，所以文笔也从不假修饰的散淡转为较为精细的工笔，虽然仍是写意，但修辞明显加强，文采也较为突出。

作者对日常接触或感知的沙滩、早晚、阴天、雨天、潮水、风等物象，大概都是记叙，而对鸟、晚霞、彩虹、月夜等在古典文学中颇具审美特色的物象则较多描写，可能也是因为这两类物象也存在散文与诗的性质之异。因为是养病，作者即使提及口福之乐，如第十篇《丰富的生活》提及的野兔、螃蟹、鱼虾、羊奶、鸡蛋、番薯、花生之新鲜可口，都是淡淡的口吻。他的心境大抵波澜不兴，虽也带着兴致描摹乍浦的重九日节庆、房东一家饲养的家畜、孩子们的捕鱼以及西洋人在乡间的星期日娱乐活动，但都是远远观望或是悄立旁观的姿态，表现出一种距离感。

这种距离感在作者初抵乍浦的时候也有所表现，但还带有文人的豪迈。如第一篇《寓所》记述初抵乍浦的情形："早晚我在海边沙滩上散步。出去时，海潮澎湃地送着我去；回来时，海潮又澎湃地迎着我来。这时竟要使人自大起来的，觉得天地虽小，这里倒还足容我辈来徜徉呢。"这里的语气，似乎不是养病，而是游览。只是到了后来，山中海边的孤独时时袭来，作者的笔下也出现了冷清孤寂的古典意境。《月夜》结尾写道："我在月下走了一回，固然觉得有味，但也觉得只身在此山海之间，地方似乎太大了，有点孤单而凄清。"这里不无苏轼《前赤壁赋》所谓"寄蜉蝣于天地，渺沧海之一粟"的感喟，而同时也带有一丝现代派思绪，感到了"人"的渺小与软弱。

《乍浦游简》在极为散淡的文字中传递出文人的闲愁，工笔描绘的几幕风景也多是文人遣兴的信笔涂抹，但客观说来，这里的闲愁已经不够纯粹了。徐蔚南在书中有不少较为活泼的意绪和文字。他从海浪带回来的破船板悬想一则惊心动魄的海上故事，第十二篇《蒲山》嘲讽"乍浦海洋学院筹备处"始终处于筹备状态，第二十五篇《庙宇》记小普陀寺里的小和尚"只有乡下而没有和尚的神态"，这些细节是徐蔚南枯寂的养病生活中的点缀，不乏令人发噱的地方。此外，他对房东一家日出而作日入而息的乡间日常生活的描摹，对巡警敲竹杠具体经过的记录，对一群小朋友见了他就大呼"先生，拍照"的喧腾场景的描绘，都是日常生活渗入文人闲情的表现。

徐蔚南有时也涉及人性的难以索解之处。第二十二篇《拍照》记叙路遇打柴的张大嫂，她虽然说着"先生，拍照"，但坚持一定要改天换个装扮再拍。作者于是感慨：

> 我想，自己很自然的美点认为丑恶，而将他人的丑恶抄袭过来，反以为优美，这也许是人性的所好的一端，不是知识所能解决的吧，张大嫂要学城里女人打扮，如果不能算作一例，那么女子大学生的穿高跟鞋至少是一好例吧。

人性所好大概永无餍足之时、之境，所以这种千古之谜在不同时代表现各各不同，但作者以有限超越无限的彼岸之思也正不少。第八篇《长虹》描绘了"挂在大海边、山后面的长虹,不是挂在屋脊上烟囱后面的长虹哪"之后,引用了刘大白的两句诗:"欲借长虹作归路,要它如玦莫如环。"作者引申述说"长虹式的人生观":

> 真的,短促的人生,假如能像长虹一般,光彩地挂在天边海角,虽则只是一刹那间,也尽够不朽了,但是长虹式的人生观,却不是一般人所能易于了知的,因为沉浸在庸俗思想里的,他们所追求的只是富贵寿考子孙满堂等等,那里能欣赏长虹,那里能懂得人生应得像长虹?

"人生应得像长虹",这既是古典思绪,也是现代情感,要而言之,都是有限之人超越此岸世界的冲动和渴望。就这一点来说,徐蔚南是以古典意境写出了现代情愫。

总体说来,《乍浦游简》既平又散的整体风格是散文在度过草创期的热烈之后的真实表现,此非徐蔚南一人如是,滕固其实亦不遑多让。

二、 滕固的《征途访古述记》

滕固(1901—1941),江苏宝山人,现代著名美术理论家、美术史学者。字若渠。1919年毕业于上海图画美术学校后留学日本,与早期创造社成员郭沫若、郁达夫等人过从甚密,并在《创造》季刊发表多篇作品。曾加入文学研究会,参与发起成立民众戏剧社,编辑出版《戏剧月刊》。1924年获东洋大学文学士学位,归国后与方光焘等人组织狮吼社,编辑出版《狮吼》杂志。在20年代中后期,陆续出版有《壁画》《银杏之果》《睡莲》《迷宫》《平凡的死》等中短篇小说集多部,大都带有世纪末情绪,格调流于伤感、颓废,与前期创造社的唯美追求较为接近,同时,致力于中外美术的介绍研究,出版有《唯美派的文学》《中国美术小史》等专著。1928年弃文从政,任国民党江苏省党部执行委员,不久遭开除并被通缉。1930年赴德国留学,专攻艺术史,论著对西方汉学产生重要影响。1932年获柏林大学美术史博士学位，从此潜心于中国美术史、艺术理论和考古方面的研究工作。自1933年起，任中央古物保管委员会常务委员、中山文化教育馆美术部主任等职，撰有《唐宋绘画史》等著作。1937年参与发起成立中国艺术史学会，任常务理事。1938年出任国立艺专校长兼教务长，1940年辞去校长一职，专心研究。后死于脑膜炎及家庭变故。

滕固早年散文多是谈论文学艺术的学术随笔，学术含量较多，故不宜作为一般的散文对待，在30年代，随笔作品偏重考古学，《霍去病墓上石迹及汉代雕刻之试察》《六朝陵墓石迹述略》等均是。1934年、1935年两年间，他与黄文弼会同朱希祖、李济、梁思永等人对苏、豫、陕等地文物进行勘察，在专题论文之外，作有《视察豫陕古迹记》《访查云冈石窟略记》两篇长文，后结集为《征途访古述记》一书，是学术札记，也是一部专题性质的游记。

《征途访古述记》所记，大都是查访各地文物所见，事无巨细一一道来，洵为备忘之用，不过，作者依序展开而条目清爽，文字干净，叙述简明，文笔颇有萧瑟的诗美，既可见出中年的寥廓心境，也时有古典文章的朴素和东洋文学的韵味，在30年代的江苏乃至全国范围的游记作品中独具一格。

作者受命视察豫、陕两地的文物保护状况，一路按察，行踪几乎覆盖了两地最为重要的所有古迹。徐州的快哉亭、戏马台、范增墓、亚夫冢，开封祐国寺的铁塔、国相寺的繁塔及吹台（禹王台），安阳殷墟，洛阳的白马寺、李密城、龙门石窟，西安的碑林、大慈恩寺、渭水沿岸的古陵墓群，以及回程经过的华清池和秦始皇陵，都有详略不一的介绍。作者虽然较多从文物和文物保护的角度加以记叙，但若干片段颇能见出他早期的文学风采。

写物，如在陕西考古会所见之唐代佛像：

佛躯立像一座，失去头部足部两腕，身段苗条，其流畅之衣纹贴附肉体，肌肉凹凸隐显，表出分外之自然与妩媚；就此像所敷之色泽痕迹验之，肉体金色，披肩朱色，裙裾绿色，其妙丽于此，可以想见。

第三章 散文文体成熟期（1928—1937）

其余如写霍去病墓前石马，特重"一种倨傲之蛮风及汉民族一往无前之向外发展精神"，都能见出作者的文化关怀。

写景，如述徐州云龙山：

> 云龙山为徐州著名之胜地，山有九峰，俗称九节云龙。余等循石级蜿蜒而上，节孝牌坊，夹道遮路；时值冬令，木叶秃落，名山已呈苍凉之状。登高峰远览，城市尽在眼底，子房山遥峙于城东。黄河故道横贯于西，旧堤隐隐可辨。

沧海桑田之势宛在眼前，极有气势。又如安阳宝山之"小南海"：

> 复步行至小南海，泉水自石罅涌出，汇流成泽，往东北流者为洹水，故此地即为洹水之源。群山环峙，海水铺接山麓，临海突起一小丘，丘上建观音阁，古柏一株欹侧阁外，低矮之长桥，穿贯海心，望之如蜈蚣，幽致盎然。

又是另外一番清幽的景象。

滕固早年的文学风格接近早期创造社，西方文学中的现代主义色彩和日本文学的冷隽格调在他那里相反相成地糅合在一起，故清幽脱俗和热烈秾艳构成一种内在张力，所以其早期风格极为鲜明。《〈死人之叹息〉自记》云，"窗外红叶萧疏，显出秋娘的妩媚；她是讥笑我浪费青春，她是惹起我晚秋的伤感"，可见一斑。此时，他主要从事学术研究，文章风格从欧化变为古化，但在许多时候也可以看出早期的痕迹。《征途访古述记》的记叙极为清简，文字也是质朴典雅的浅近文言，有时却不乏一种诗的况味。例如抵达安阳的情形：

> 余等于霜天黑月之中，车声辘辘，穿越委曲而陈死之市街，良久始达冠带巷该团办事处。

这些地方带有日本俳句的清幽味道，也不乏现代派文学的唯美风情，显示出作者的诗人本色。

作者叙写景物的节制和抒发情感的含蓄，当然与该集的学术性质有关。就事实而言，滕固其实有许多简练而精当的评论，很见学识，体现出游记的知性美。《访查云冈石窟略记》叙石窟来源、概况及其艺术，对中西美术史学界所关心的话题多有涉及，并总结道："云冈窟像之雕镂，或谓有外国技工参加其间，然据吾人想像，此巨大之工程，成于中国人之手也无疑，观其容像之壮严，躯体之魁伟，衣纹之流利，装饰之美曼，非尽依赖外来气息而表现，实以中国北方之迈进精神为骨干，在郁勃之宗教热情中参酌外来情调而为瑰异之吐露，以故光色炳焕，成为一代典型也。"这种基于独立学术判断的文化自信，是真实心声的吐露，所以《视察豫陕古迹记》最末也有这样的感慨："然每至一处，观先民制作之伟大，造物变化之玄奇，未尝不低徊神往，鼓舞欢欣也。"

当然，滕固等二人之成行，本因"豫陕一带盗掘古物案件，层出不穷"，所以有不少记载反映了当时的社会现实。有些地方让人觉得颇为遗憾，如河南大学"惟大门朱漆雕镂，与简朴之全部机构，殊欠调和，此由于故意求显中国之体制而惹起之缺憾"，又如河洛图书馆"内陈列古代铜器、六朝造像、唐代经幢及明器甚多，然陈列不得法，器物杂乱，令人对之有破铜烂铁之感"；当然亦有令人叹息之处："对于此点余等之见解，以为苟所掘获之古物，其出售之代价全归人民，亦一佳事；奈今日之盗掘，古董商为灵魂，土劣为保护，人民为牺牲品。所售出之代价，徒饱古董商与土劣之腰袋，而人民所得微乎其微。"这些人情，似乎不是曾经的唯美主义者滕固所能体会的，而他却有洞幽烛微的体察，亦属难能可贵。

有趣的是，游记中还有令人发噱的片段：

此小屋之壁上有粉笔书写之标语云："只许州官放火，不许百姓点灯。"又"压迫平民生活之董（彦堂）梁（思永）誓与拼命。"盖为盗伙所书而恐吓发掘团主持人者。

不管是早期的唯美，还是后来的朴素，滕固从来不擅长讽刺。这里简单的记录，反而产生了一种反讽意味，也是他少见的文学风情了。

《征途访古述记》作为游记，写景抒情的成分很少，而以记叙为主，其特色，在于从一个较为专业的角度写出文物古迹，从而使得人人熟知的对象表现出不一般的情调，因而生成迥异于一般所谓文学的审美体验，这也是滕固的特殊贡献。当然，滕固并非有意识地采取这一写法，但因专业性的介入而使得游记具有知性的品格，却可以认为是妙手偶得的意外收获。

三、盛成的《意国留踪记》

盛成（1899—1996），江苏仪征人，现代著名作家、语言学家。生于没落的士大夫家庭，自幼聪颖好学，1910年就读南京汇文书院，与兄盛白沙秘密加入同盟会，后参加光复南京的革命行动，为"辛亥三童子"之一。孙中山曾对其勉慰有加："读书不忘革命，革命不忘读书。"在此前后，曾师从"革命和尚"黄宗仰，问学于佛学大师欧阳竟无。1914年入读震旦大学法语预科。1917年入京汉铁路车务见习所，在北京长辛店任职，"五四"运动中表现活跃，成为工人领袖。1919年年底赴法勤工俭学，入蒙彼利埃农业专科学校学习。在法期间，加入法国社会党，参与创建法国共产党。1928年应聘到巴黎中国学院讲授"中国科学"课程，同年出版自传体长篇小说《我的母亲》，轰动一时。1930年秋归国，在多所大学任教，全面抗战期间一度投笔从戎。1948年赴台湾大学任教，曾遭当局压制。其间，曾应联合国教科文组织之邀约，将《老残游记》译成法文出版，出版散文、论文集《巴黎忆语》等。1965年由美国转赴法国，有三本法文诗集出版。1978年回到中国大陆定居，在北京语言学院任教，为中国的法语语言文学教育和中法文化交流做出了重大贡献。

盛成留法期间与法国文坛的许多人物有密切来往，并一度参与法国的文艺运动。当他初抵巴黎时，先后结识查拉、杜桑、阿尔普等"达达主义运动"的鼻祖人物，与毕加索、阿保里奈尔、布雷东、海明威等人友善。据盛成回忆："这一年，1920年，是西欧文艺最动荡的一年，每天都是新人、新物、新思想，五花八门，千变万化,百花齐放,百鸟争鸣!"[1]他在其中自然受到多方影响。此后,《我的母亲》一书以法语写成之后无法出版,幸得保罗·瓦雷里提携而名重一时,不仅在此后与瓦雷里保持亦师亦友的关系,也因此结识了法国文坛诸多人物。大体可以这样说,他的法语文学创作曾得到诸多名家的肯定和揄扬,虽然不无恭维,但也在某种程度上说明他的写作功力,而他的母语写作也因为得到法语文学的滋润而自是不俗。

《海外工读十年纪实》和《意国留踪记》是盛成在30年代出版的两部关于欧洲生活的回忆,前者多涉人事,一般认为是研究海外中国学生运动的重要资料,后者则以描绘意大利风情习俗为要,虽然文体颇难归类,要而言之仍属游记。盛成在"卷头语"中如是描述该书:

> 这是一本很难分门别类的书。说它是游记,它也夹杂了许多随笔。说它是随笔,它又夹杂了许多诗歌。本想用书中的女主角,来命名这本书,叫它《露意莎》,这本书又不是小说,露意莎又不是全卷的主角。
> 作者的目的,是介绍意大利,介绍欧洲精神,唯最是介绍文艺复兴。不是从外面的介绍,而是从事于内心的介绍。
> 所以化合了《神曲》和《十日谈》的体裁,来写这一部意国留踪记。[2]

写作目的姑且不论,就文体而言,的确带有随感性质。作者在其中的个人议论、抒情颇多,且往往是极为随意的观点和情绪,所以不无凌乱之感,但归总起来,它们毕竟记叙了意大利的风土人情文化,视为游记自是合理之事。另外,盛成归国之后也写了一些游记性质的文章,风格与这部书相比略有变化而已,所以就在这里一并加以论述。

---

[1] 盛成:《〈海外工读十年纪实〉再版序言》,《盛成文集·纪实文学卷》,合肥:安徽文艺出版社,1998年,第151页。
[2] 盛成:《卷头语》,《盛成文集·散文随笔卷》,合肥:安徽文艺出版社,1998年,第3页。

有论者认为《意国留踪记》最值得重视的有三个方面，分别是"体裁的独特奇异；东西文化的珠联璧合；文笔的神奇瑰丽"，单就前者而言，则是学者游记和诗化游记的融合[1]。其实，这一判断不无夸大之嫌。盛成的《我的母亲》之所以名噪一时，当然部分因为东方作者而带有异域情调的原因，但更重要的因素乃是瓦雷里的序言[2]以及其时第一次世界大战过后欧洲对中国的友好态度，因此，这是东西方文化交流的成功案例，也是一个偶然造就的文化事件。究其实际，盛成归国之后的散文写作，不仅远离了让他一度获得成功的异域语境，而且因为疏离于国内的创作潮流而显得格格不入；更为重要的是，在落入东西文化的夹缝而无所依傍的同时，他的文风也停留在"五四"激情时代，虽保持着青年人的敏感和锐气，但缺乏思想的穿透力，不可避免地因过多浪漫情绪的抒发而显得空洞，带有一股"学生腔"。因此，他的游记既没有学者之"思"，也没有诗人之"情"，更谈不上两者的结合，而是较为汗漫的文化游记。这是盛成游记值得注意的首要特征。

当然，缺点在某种意义上也可以成为优点。读盛成游记，很难不注意到这样一个特色，那就是充沛的生命意志和情感充盈于叙述之中，使得一切都染上"我"之色彩，故整篇乃至整部作品都能保持一泻而下的恢宏气势，具有统一的格调。作者少年即成名，在法留学期间，也不过二十余岁的青年，敢想敢说敢干，有一股勇猛精进的气概。十年以后，这种气概不变，以之敷衍成文，遂使得文气犹如长江大河汹涌而下，令人难以招架。而集中每一篇作品的篇章结构都极为另类，差不多都是一段到头，但是否是与这一情绪相匹配，就有点难说了。

就阅读感受而言，《意国留踪记》较为引人瞩目的地方，是对意大利历史文化风情和日常生活习俗的描摹。比如，意大利的建筑，"全是巴黎王宫的型式。两边常是三层楼房，楼下门前是一条穹窿半面的穿廊。如果不看里面，好像一条无边的拱柱支持着的隧道"；再如，帕多瓦大学七百周年纪念，学生多穿古罗马贵族服装，

---

1 许宗元：《盛成教授与〈盛成文集〉》，《盛成文集·纪实文学卷》，合肥：安徽文艺出版社，1998年，第359页。
2 参见刘志侠：《盛成与罗曼·罗兰和瓦莱里的交往》，《书城》2020年第1期。

"他们在试验室中，如何的循规蹈矩，处处都是科学精神。今日在大街上，却着了这宗教式因袭相传的古装"；又如，在高地高罗的湖村，"到处皆是渔家，自成部落。这种社会组织，极富有初名时代的意味。各部有渔翁一人为酋长，经营一定的池塘，治理群体的生产"。作者笔下的异域风情，都浸润着主观情思，有些随意而动的意味，这就是说，风情因为作者的介入而活了起来。

1934年年底，盛成为调查"故宫盗宝案"重返欧洲，作有《丹麦的农村》《菜色的巴黎》《烟雾的伦敦》等五六篇游记，后冠以"欧游杂感"的标题在《新中华》连载。这些游记通篇仍然多是随机感想，内容与之前差别不大，不过细细辨析也可以发现，虽然主观色彩仍然极为浓厚，但文字不似以前那般黏着，所以风格稍稍显得开阔了一些。

差不多同一时期，盛成发表了若干篇国内游记。这些游记分两个系列：一是"故都回首"；一是"茅山的香会"。前者发表在《论语》上，因为幽默的缘故，所以用戏说历史的写法，不同篇目往往以假托与披发道人、香妃、光绪等晚清人物边游览边对谈的方式，诉说历史兴亡。不过，这些感慨其实仍嫌浮泛，例如《一棚大烟火》中"我"对跛脚道人说的"代代有崇祯，处处有清朝"所隐喻的历史循环，又如《第二十六史》所谓"中国不考古，中国有历史，中国考了古，民族无意识"所讽刺的疑古思想，诸如此类。后者依然是杂记性质，一路拉杂写来不太讲究篇章结构，而因为浸润颇深，所以较之于谈论历史兴亡的篇什要生动活泼得多。《到茅山去》回忆幼时乡人赴茅山进香的情形，《山村景色》写天王寺周边的杂乱情景，《道士跑灯》记叙"跑五方"表演，《香草丹蓝》介绍几种地方特产，都不乏精彩的描写。

总体说来，盛成的游记差不多都是杂感。它既有随笔任意而谈的随便，又有杂文议论抒情的便捷，对中外风土人情的描摹，不乏可取之处。然而，盛成的不足也很明显，就其散文创作而言，记叙欠缺章法，议论较为表面，抒情更是滥情，故文名不彰，而就其人来说，如果说青年一往无前的进取精神是值得记取的，那么应该补充：始终停留在青年状态而无发展，则是令人惋惜的。

第五节　笔记与小品

　　20世纪30年代的散文文坛几乎可以说是小品文独步天下的格局，而小品文之所以能够风行一时，既是相对平稳的国内社会环境造就的产物，也是文学思潮经过了"五四"时代的整体的西化、欧化转而向中国传统发掘理论资源的产物。对江苏作家来说，他们对中国古代的文章传统相当熟稔，通俗作家的游戏文章往往化用的正是传统文章，所以此时多有日记、笔记、札记性质的文人小品，同时，新文学作家自然也不能自外于这一潮流，又将现代经验引入记人、叙事、抒情的小品之中。由此，新旧两派作家就分别聚合成群，成为这一时期的江苏小品文创作的两大作者群。

　　总体而言，独抒性灵的立意、淡泊闲适的审美和典雅蕴藉的文采，差可视作古典小品的三大特征。由于小品是随心随性的零散文字，故而好的小品文字取决于作者能否处于一种相对自由、轻松的状态，而这在历史上并不多见。在多数时间内，"最是文人不自由"才是常态，于是他们不得不表现为某种闲情逸致，更甚者则是被挤向个人一己的小天地，只表现为一些私人趣味。不过，言之无文则行之不远，小品文其实特重修辞，颇为讲求文字修饰，追求所谓笔墨情趣和文采。这是一个体系自足的本土文学传统，然而，近世以来，知识界在西潮的强势压迫下逐渐感到"中学不能为体"，所以"回向传统看到的更多是问题和毛病"[1]，文人的立命之本遭瓦解，绵长的意绪被斩断，优雅的美学受冲击，根植于此的小品也逐渐萎缩，成为蜷局在笔记之中的文人趣味。

　　笔记和小品一样，体制短小、写法灵活，都属于广义的小品文，不过它们之间的差别也很明显，简而言之，前者富于知识性，且因为积极靠拢市民趣味的缘故，

1　罗志田：《权势转移：近代中国的思想与社会》，北京：北京师范大学出版社，2014年，第28页。

表现出某种谐趣，而后者的文体特质本是"以诗歌之内容而披以散文之形式"[1]，此时更因接受了西洋影响而带有幽默色彩，往往"用平易的语言，讲出高深的哲理"[2]，愈来愈表现出追求智性的特征。要而言之，小品是明清小品文在现代时期吸纳西方文学要素之后的新发展，而笔记与小品虽在文体上有亲缘关系，但近世发展有限，大都仍限于神鬼仙怪、历史掌故、考据辩证等内容，所以基本上还是传统文学趣味的延续，略有变化者，乃是文人雅趣开始向市民谐趣过渡。

一、范烟桥的《茶烟歇》

江苏此时有许多人都是笔记作品的高手，汪东等学者之外，通俗作家中的绝大多数人都擅长此道。包天笑、周瘦鹃、范烟桥、郑逸梅等活跃在《紫罗兰》等市民刊物之上的南社中人，此前都有笔记作品产出，不过其趣味实与晚清民初接近，多插科打诨性质的文人玩笑。到30年代前后，笔记作为小品的文体自觉意识开始苏醒，进而发展成为一种现代散文文体。其中，郑逸梅的笔记写作持续时间长且数量极为庞杂，可谓自成一家，其余诸人则以范烟桥带有文人风格的札记最为典型，精简枯槁中蕴含丰情胜义，不乏丰神摇曳的抒情风姿。

范烟桥在30年代的代表作品为笔记《茶烟歇》，另有发表于各类报纸副刊的小品，前者为浅近的文言，后者是晓畅的白话，而都带笔记性质，均以知识性和趣味性取胜。

《茶烟歇》收录笔记272条，汇聚了范烟桥30余年间的各类见闻，涉及历史风云、人物轶事、典籍故实、语言文化、地方风景风俗及饮食等多种内容，既有文人深趣，也不乏市井风味，是一部庄谐杂出而偏于文人雅致的小品集。其基本特色，正如范氏本人所欣赏的"最宏富而最翔雅"的《三借庐笔谈》：

---

[1] 任访秋：《中国小品文发展史》，《汉语言文学研究》2011年第2期。
[2] 王了一：《谈谈小品文》，《文艺研究》1982年第1期。

第三章　散文文体成熟期（1928—1937）

> 天南遯叟诸作，竭力模拟《聊斋》，往往文过于质，三借庐要言不烦，却无此病，吾侪好怀古谈往者，颇足资牙慧也。

据此可知，范烟桥所推崇的笔记作品，内容须"实"，笔法尚"简"，风格贵"质"，而其功能，在于休闲放松。另外，所谓"怀古谈往"意味着笔记的文史性质，内容、写法、风格等方面均受此影响。

先看第一点，内容之"实"。

范烟桥的笔记部分源自读书札记，如清刻本《残唐五代史》《吴门画舫录》所记乾嘉时女子之装束、"国"字写法、包公传说等，都是从历代典籍中梳理出来的掌故，以知识性见长。《女说书》介绍"女说书"由宋时之"陶真"变为清季"倡门之别派"的过程，从"说书"初为"筵间承应"故而"重艺不重色"，到改换为京调之后，每年会书之时"不能与及不能往者，皆不得称'先生'"，开"重色不重艺"之旁门而始有"校书"之称，所以其住所也就被狎客称为"书寓"，源流井然，清楚地道出"倡门犹称伎为'先生'"之由来。

读书札记在《茶烟歇》中占相当比例，读来自有风趣，但更有风情的篇章，乃是出诸作者亲身见闻、在知识之外富有情趣的传说故事。需要注意的是，在这些见闻中，如"况蕙风耄年置妾""白头夫妻""白莲教邪术""贪小便宜的近视眼"等条所载，格调并不高雅，叙述起来也未见恭敬，确是一种文人恶趣，但绝大多数篇章均清新可喜，读来韵味绵长。这尤以糅合地方人事、人情和习俗为一体的民间传说最堪代表。

作者所记叙的地方传说，包括平望城、第四桥、孙春阳南货铺、蓑衣真人殿、唐家河等具体地点的传说，也包括永福寺肉身传说、"三笑"故事、"严一贴"故事等民间人物故事，还包括地方物事如《船》所记江浙间各类船只、"舶趠风"、八卦轿的传说等。地方传说为野史，自然质胜于文，故范烟桥记述也颇有野趣。《张鸭荡》记家乡所留有关张士诚的痕迹，颇有趣："张士诚去今已六百年，而鳞爪片片，随处可忆。如七月晦日之地藏王生日，烧狗屎香，实则九思香也，九思为士诚小名,吴江之南有张鸭荡,为张王之讹,别有荡,犹称九思。"历史遭到民间的改写,正是一种别有意味的生活实情和文化现象。

再说笔法之"简"。

笔记大都是可资谈助的零散材料,可本色叙述,亦可略加发挥,而以要言不烦为基本记叙规范。《茶烟歇》涉及历史、官场、文化、文坛、民间以及南社等社会各个层面、方面的人物多达二三百人,作者都能够用简要、朴素的文字写出人物性情。比如同是官场人物,《张曜》载其任山东巡抚时与王韬会面情形,反映了张曜的老到:

> 后随左宗棠平回,授山东巡抚,天南遯叟王韬不得志于洪杨,曾投谒朗斋,言辞侃侃,闻者错愕,朗斋叹曰:"此狂士也,不可以共经济之谋!"赠金谢之。

王韬开风气之先而与俗世不相通,自然入不了官场人物法眼。世事奇妙,往往有反其道而行之者。《官样文章》记载这样一则故事:

> 相传有查案具覆者,按词云,"查无实据,事出有因",盖亦习惯语也,以为如此模棱,为案中人超脱不少矣。孰知上司扎下,令重查详覆。幕友大诧,问诸师。师曰:"若颠倒其词,乃有语病,宜作事出有因,查无实据,则不复有重查之烦矣。"

不知官场曲折,又是另一番风气了。

作者以清简笔墨书写的人物,最为出彩的当属民间人物。在这些人物之中,侯鸿鉴早年的清贫情状、沈仲廉的潇洒意态、陈范因"《苏报》案"一家流离而不改英雄人物风流本色等条,气韵生动,都令人过目不忘,而另外带有草莽气息的人物的传奇行径,如任味知的爱菊成癖、旦角贾碧云助凌大同摆脱官府追捕的侠义、自号"天南恨人"的奇女子捐资助学的壮举、每次须讨二文钱一以奉母一以自给的乞丐、查潘二人的斗富故事等,不论雅俗,都仿佛杂处市井之中的魏晋人物,生气凛然。

再次说风格之"质"。

作者文人积习颇深,曾组织或参与"云社"雅集、惠阴秋禊等雅事,《吴江会馆联》《电传诗文》《挽诗创格》等条,载有不少令人发噱的艺苑典故和文墨故事,别具文人风趣。《翁乌龟》记翁小海擅长画龟,润例一龟一金,"某馈以半金,翁画一巨石,于石左露龟之半,映掩别有异趣",以其人之道还治其人之身而又不着痕迹。又,《蝴蝶会》记:"朋好醵饮,嫌市脯恶浊,相约各出家厨,人各一品,称'蝴蝶会',意取'壶'酒'碟'菜同音耳。惠而不费,是可法也。余友胡寄尘谓此法行之颇广,所以取名蝴蝶,尚有一义,以一壶置中间,以两小碟两大碟分置左右,俨然一蝴蝶形也,其言甚趣。"两种说法,一文雅一拘泥,趣味如云泥之别。

范烟桥将耳闻目睹乃至耳濡目染的文史故实一一写来,很少夸饰的地方,但涉及家乡风物,却也看得出作者的柔情,而即便如此,下笔也颇为节制,绝不流于滥情。《茶烟歇》其实很少写到异域风情乃至其他地方的景致,异域只有日本的"便当"、爪哇的婚礼、瑞士独立纪念邮票、爪哇民风等寥寥几条,外地景观也不过南京瞻园的垂丝海棠、湖州潮音桥传说、莫干山日出、济南的泉水等,绝大多数条目都与苏州地方景致、风情、风俗有关。作者对擅写苏州风物的唐伯虎赞赏有加,为的是后者之诗"虽如妇孺絮语,而竹枝风韵,不失面目,五百年前风物,尤能与今日方弗,从知风俗之不易变矣"(《苏州风物》),而他本人写地方风习,往往有历史风云之气。《苏州头》有云:

> 苏州头,扬州脚,为以前女子所艳称。光复后,尚天足,扬州之脚,便成落伍,苏州之头,依然不减其声誉,虽曾有数度之变更,而光滑可鉴之致,犹未失其向具之美点。

莞尔一笑之中不无沧海桑田之慨。至于《吴俗》所提及的苏州地方新旧"三好",旧如"斗马吊,吃河豚鱼,敬五通神",新如"穷烹饪,狎优伶,谈古董",则满是旧日文人风情了。

因为历史感的融入即时间要素的介入,作者与家乡风习之间的亲密感在一定程度上得到了拉伸,产生了距离,所以能够专注于实际而情感埋藏极深。《送夏》介绍"送夏"习俗:"吴门风俗,新嫁娘第一度端五,须以折扇绢帕绣虎角黍枇杷青梅馈遗亲串,谓之送夏,仆婢亦例得一蒲葵扇,不知始于何时。"清清爽爽。其余如《大姨夫作小姨夫》提及的"姊夫接阿姨"即姐夫续娶小姨子,《卖花》所说的清晨卖花与夜间卖花之别,以及银鱼、鸭馄饨、素火腿、状元糕、水蜜桃、桂花栗子、鸡头肉、莼菜、碧螺春等地方风味,就更是淡淡写来而有深情自得之效了。

《茶烟歇》一集大都以朴素简练的笔墨书写苏州地方风物和风习,风格平实朴素而自有蕴藉之情,知识性内容之中能够见出作者处世的淡然气度和行事的洒脱胸襟,可以算笔记中的上乘之作。作者文史修养极好,许多看似简单的评骘,其实不乏真知灼见。

作者谈旧小说,一方面受时代风气和中国传统影响,着重从影射的角度辨析《花月痕》《儿女英雄传》、从索隐的角度追踪《彭公案》本事,有许多分析并给出自己的评价,也确有见地。作者拈出的《歧路灯》妙论尤为精彩:"《金瓶梅》那书,还了得么,开口热结冷遇,只是世态'炎凉'二字,后来在豪华门前放烟火,热就热到极处;春梅旧家池馆,冷也冷得到尽头。大开大合,俱是丘明的《左传》,司马迁的《史记》,脱化下来。"传统文人论文章,特重源流,范烟桥欣赏这种论调当然不是例外。《李涵秋》一条引程瞻庐言,谓"晚近小说界,有三枝好笔,琴南之高,天笑之美,涵秋之畅",并预言《广陵潮》"可以久传耳",则的确是知人知世之语。此外,他对早期新文学也有所观察。《白话剧》记录了早期话剧状况:

> 白话剧始于民国肇建之际春柳剧场假上海谋得利二楼公演,陈义高尚,难索解人。武进陆镜若实主之,顾浅人不愿一过,致衰败。有以此劝镜若稍稍谐

俗者，镜若曰："吾愿他日知有失败之春柳，不愿以变节之春柳，供人评骘也。"春柳销声，镜若亦憔悴终矣。自是中国新剧，万劫不复，永成恶札。

"万劫不复，永成恶札"云云自然武断，但文章论白话剧之"陈义高尚"，自是的当。

范烟桥《茶烟歇》之外的白话小品同样写文坛掌故和苏门习俗，而比前者的质实要舒展得多，其缘由，在于前者多是书斋生活的记录，而后者则是一种真实的生活情趣，对读者来说，一隔一不隔，故虽然读来同样趣味盎然，而存在隔膜与亲切之别。正因为这样，所以同样是写掌故，如"茶"与"留连"之来历；同样是写文人雅趣，如金鹤望寻访红豆；同样是写地方风物，如砀山梨与唐山梨；同样是文字游戏，如以《水浒》英雄名号比拟当时旧诗人、"不拜之交"指"不寄拜年片"，白话小品都比文言笔记要易于接近得多。至于作者在《东亚病夫死于穷》一文中对曾朴晚景凄凉的勾勒、对苏曼殊"骨子里未除哀怨，而表面上固已啼痕尽掩"的人生境界的由衷赞叹、对徐寄尘"红妆季布"豪爽而"自无儿女子气"气概的推重等篇目，确乎可以见出他跳出文史的圈套而与时代、社会发生较多关联的新倾向了。

二、郑逸梅的笔记

郑逸梅（1895—1992），江苏吴县人，南社成员、现代著名文史掌故作家。原籍安徽歙县，生于上海江湾。本姓鞠，父早殁而依苏州外祖父为生，改姓郑，名愿宗，字际云，号一湄。十岁入上海敦仁学堂，十四岁入苏州草桥中学，与顾颉刚、叶圣陶、吴湖帆、范烟桥等人同窗。在江南高等学堂毕业后入上海影戏公司，负责编撰字稿及说明书。历任《华光半月刊》《金刚钻报》和中孚书局编辑、上海国华中学副校长等职，1940年后，先后在上海音乐专修馆、徐汇中学、志心学院等处任职，1949年后任晋元中学副校长，为上海文史馆馆员。自1913年开始发表作品，先后为《民权素》《小说丛报》《时报》《申报·自由谈》《红杂志》《紫罗兰》《万象》等几十家报刊写稿，有大量文史掌故作品，"总计600多万字"[1]，人称"补白大王"。

郑氏在20年代有《梅瓣集》《慧心粲齿集》《游艺集》《茶熟香温录》等四部笔记集，在这一时期，又有《浣花嚼雪录》《逸梅小品》《逸梅小品续集》《花果小品》《逸梅丛谈》《小品大观》《瓶笙花影录》等近10部小品集陆续问世，到40年代，更有《人物品藻录》《尺牍丛话》《淞云闲话》《近代野乘》等多部作品，都是集"掌故性、资料性、知识性为一炉"[2]的笔记。笔记小品写作贯穿了郑逸梅一生，而这一散文文体之所以得到重视并在今天仍然富有生命力，固然与时代氛围与文学思潮演进密不可分，而也与郑氏孜孜不倦的写作实践不可或分。另外，从地域文化角度看，郑逸梅笔记小品的价值，在于借用现代传媒将江南文人士子的言行和品格化整为零地揉入现代社会，使之成为现代国人可资借鉴的精神资源之一。

不过，与范烟桥笔记题材偏重乡贤文化相比，郑逸梅笔记的题材范围无疑扩展了许多，比范氏要"杂"得多："'杂'者，广也，指作者写作领域的宽广与深厚，举凡金石字画、收藏鉴赏、版本目录、诗文辞翰、戏剧电影、美食烹饪、名胜古迹、花鸟虫鱼等，都可娓娓道来，讲得丝丝入扣。"[3]题材之杂可以看作郑逸梅笔记的首要特征。

郑氏20年代的笔记，《慧心粲齿集》早于《梅瓣集》结集，多为隽逸的古典情绪，如《民权素》"碎玉"栏登载的"慧心集"之一则云："羁客之乡心，寄之于月；诗人之愁肠，浇之以酒；侠士之豪气，挥之以剑；美人之情绪，付之于泪。"《梅瓣集》则为郑氏"生平记事杰作"[4]，趣味已经开始向市井谐趣发展，虽然稍后还有《茶熟香温录》偏重于清谈的作品，到30年代，也仍有"浣花嚼雪"的风雅，但以"丛谈"和"大观"命名的庞杂小品无疑占据了主流。且以《逸梅丛谈》为例。该书既涉及时序节庆（如《春》《夏》《浴佛节》《端午》），又有茶、酒等日常

1　芮和师：《知识性和趣味性的结合——郑逸梅及其作品》，《苏州大学学报》（哲学社会科学版）1994年第3期。
2　郑逸梅：《郑逸梅自传》，《晋阳学刊》1983年第6期。
3　管继平：《无白不郑补——郑逸梅早年报坛生涯》，《档案春秋》2018年第10期。
4　徐碧波：《序三》，郑逸梅：《梅瓣集》，上海：上海图书馆，1925年，第4页。

饮食（二者之外如《年糕》）；既有著名人物轶事（如《于右任往事》），也有民间人物传奇（如《酒丐轶事》）；既有蛙、荷等自然风物，又有折扇、书画等人工制品；既有较为严肃的文献考证（如《味之素之起源》），也有汗漫的地方风习谈（如《苏州居住谈》）；既有谈诗论文之作（《如食品诗话》），也有评论小说戏曲之作（如《小说界中之三弹词家》），亦有谈艺之作（如《画的动静》），诸如此类，几乎无所不包。

　　题材包罗万象，自然涉及方方面面的知识，郑逸梅的特色，在于他并不是为知识而知识，而是这些知识就是他个人生命的组成部分，所以述说起来极为本色自然，渗透出生命的欢愉之感。《夏》一文记"红蔷薇映碧芭蕉"的夏日，重在"夏之乐事"：晨起观荷上晓露，高卧北窗读稗史，看园丁抱瓮浇水，持银刀自剖绿西瓜，与伊人对谈竟夕，薄暮小步田陌仰望天空，归来喝紫菜汤，卧碧纱橱中与家人谈狐说鬼；此外更有工业化的花露水取代农业时代的茗茶带来凉意，出自民间的葵扇取代士大夫阶层流行的麈尾，还要往电影院观《北极探险记》。郑氏夏日之赏心乐事，都从寻常生活中来，也没有故作高雅，只是随口道来而自有潇洒风姿。至于夏日寻常物事，作者也能向历史中开掘，粗朴掩映风华，韵味绵长：簟、帘"为夏日之必需品"，文中引《清异录》称为"夏侯妓衣"；一般年龄的雅称是"春秋"，僧徒则曰"夏腊"。文风开始转为雅致，作者一边掉书袋，引入历朝历代书写夏日风物的诗人诗句，一边写到古人各种"销夏韵事"（瓜戏、避暑之饮等）而止于电风扇之用，感慨曰"于此不得不谈科学之万能"。作者于传统、现代之间并无偏私，所有能够增加生命光彩的要素统统可以统摄在一起，这是面对世界的一种开放而积极的心态。

　　与题材之杂相连的主题之散，可以算是郑逸梅笔记的第二个特征。笔记是读书阅世的记载和感兴，其有所记载，都是发散性既广且强的较为纯粹的知识性内容，但其中蕴含的刹那之间生发的情绪，都是作者的生命片段，而生命本身没有逻辑，只是如其所是地存在，集中紧凑的情绪成为诗，如一度流行的"小诗"，散漫而无定止的情绪就是本色的散文，故笔记其实可以视为一种拥有最大自由度的散文文体。郑逸梅兴趣广博,他的杂,不仅仅是适应现代报刊的需要,专为补白之用,而是他个人温润生命体验的结晶和自在人生观的产物。

《花果小品》记叙各种花卉蔬果,形、色、香、味一一娓娓道来,都是浸润着文人雅致和世俗生活乐趣的谈话风作品。《杏花》一则如是写道:

> 杏之花也,与梅绝相似。犹忆囊日寓居吴门西街,楼之东为邻家园圃,有巨杏一,浮晖满树,丽色迎人。予初认为晚梅,后乃始知不然。开窗赏树,落英缤纷,往往因风飘入,几案间尽是春痕。实熟,邻家摘而见饷。既饱眼福,又快朵颐。及徙居他处时,犹恋恋此杏不置也。

平淡写来,有感情而并不黏滞,正是生活的常态。郑逸梅与此相近的条目很多,如"紫罗兰"这一"最足发人绮思遥想"的"夷域之花":"考诸希腊神话,谓女神维纳斯Venus,有夫远行,把别时泪珠沾泥,来春忽萌蘖吐葩,遂有勿忘侬花之号。"这种若即若离而不失风流的文字,反映的是作者不以物喜不以己悲的处世态度。他的同乡友人对其如是评说:"逸梅性沉默,好读书,待人以诚,交友以信,且澹泊自喜,不慕荣利,固不特以文章惊人,而其道德尤不可及也。"[1]可谓知人之语。

因为与世界总是保持一定的距离,所以郑逸梅可以从容欣赏俗世之美,总能从人物、事件、物品之中品咂出真精神。如果说郑逸梅对晚清民初文坛诸人的记叙仍然带有名士的流风余韵,如《酒》所记叶楚伧少时典衣三百文换酒一斤的豪迈,又如《戴传贤访梅》所载戴季陶骑驴探梅而在野人家自斟自饮的闲情,那么他对寻常物事的书写则浸透着一种对生命的尊重和对生活的热爱,故显得异常醇厚。《虱》条有记:"虱为人害,然亦有因是而活命者。当太平天国时代,李寿晖为杨秀清所器重,时贡院收薙发人数万,秀清欲尽杀之。寿晖泣涕跪求,谓薙发者皆患疮虱,请

---

[1] 华吟水:《序二》,郑逸梅:《梅瓣集》,上海:上海图书馆,1925年,第3页。

审验而后刑。于是分别生疮生虱者免死，活人万余。"民间野史或未可全信，而以一至为微小之生物照见生灵涂炭之场面，恻隐之心在在可见。

一个热爱生活的人，当然不可能对现实中的非人情景无动于衷。郑逸梅既非生活在真空之中，所以笔记亦颇有讽刺。《电车》记载：

> 五卅案发，我国血气之士，有愤而抛石毁电车玻窗，以致伤及乘客头颅者。警局方面每车派武装警察数名以为保护，致乘坐之客有似被押解之囚犯然，为从来未有之怪现象。

其实，如果把最末一句删掉，可能讽刺的力度更大一些，但有了最后一句，却也充分表达了作者的错愕之感，讽刺之中带有怪诞色彩，也是较为独特的情感。其余如《小考证》所谓"食物中最称平民化者，莫若油条与大饼。马二将军曾一再提倡之，然王孙公子，久餍膏粱，总不屑与平民争此口味也"；《陈炯明轶事》谓陈炯明死后的时评，是"评者谓陈之一生，误于不识人不识时，徒具炯明之名"；《国庆》一条则不无腹诽："国无可庆，然不能不举行聊以点缀之国庆，报纸上又不能不登载一二篇稍撑场面之国庆稿，然而我侪文丐苦矣。"文人讽刺容易流于站在云端的挖苦，这在郑逸梅那里是极少见到的，他的风格，总是雅谑中带有市井趣味，世俗乐趣之中颇有情怀。以此故，郑逸梅笔记小品的第三个特征即为雅俗共赏的总体风格。

朱自清认为："单就玩艺儿而论，'雅俗共赏'虽然是以雅化的标准为主，'共赏'者却以俗人为主。固然，这在雅方得降低一些，在俗方也得提高一些，要'俗不伤雅'才成；雅方看来太俗，以至于'俗不可耐'的，是不能'共赏'的。但是在什么条件之下才会让俗人所'赏'的，雅人也能来'共赏'呢……似乎只限于一些具体的、常识的、现实的事物和趣味……说到文章，俗人所能'赏'的也只是常识的，现实的。"[1] 照此看来，雅俗共赏之所以能够在文学中实现，在于其题材为常

---

[1] 朱自清：《论雅俗共赏》，《朱自清全集》第3卷，南京：江苏教育出版社，1988年，第224页。

情常理，诉诸的也是普泛的人性。

　　郑逸梅许多篇章其实都颇为雅致，不过，许多都是限于开篇，如《端午》开篇"蒲风淡荡，花气絪缊，又是端午时节矣"之句不无诗意，但他很少有将这种诗意保持至终篇的，往往在穿插几则典故之后，整篇文章的格调就发生了变化，开始向市井谐趣方向发展。如《悼吴双热》一文，本是深情忆往，虽然郑逸梅拈出吴双热擅长文人诙谐之性情加以书写也不过是正当文章笔法，但在他颇有兴致地讲述了一些轶事之后，读者缅怀其人的幽思就被冲淡了。特别是文中有如此记载："同事某薙须摄影，居然翩翩年少。索君题诗，君乃援笔题之云：'有须那及无须好，有须形老无须俏。快快回乡讨老婆，广东不要外江佬。'见者无不嗢噱。"此等笔墨，当然对打破传统文体的僵化格式不无裨益，事实上晚清民初的通俗作家笔墨极雅而格调极俗，也不无此种用意，但此时郑逸梅采用这一写法很难说是一种具有自觉意义的文学行为，而至多只是一种文学趣味在市民社会相对发达之后的延续和发展。

　　但趣味绝不能小觑。新文学自诞生以来，"表现的深切"一直压倒"格式的特别"，常是以思想新锐取胜，而思想乃是制度的基础，故"引入学理"在社会转型期特别重要。到30年代，当社会相当程度地进入常态化运行之后，思想的重要性开始减弱，它在文学结构中的支配性地位也受到冲击，趣味等与日常生活中的人性人情相关的要素成为文学表现的重点之一。对通俗作家来说，摹写世俗人情本是他们所擅长的，加之笔墨功夫极高，所以用笔墨之趣反映生活之趣就成为一种潮流。如果说晚清民初的通俗作家以文雅之笔写村俗之趣是自觉的破坏，那么郑逸梅如此写作，就是一种不自觉的建设——这里所谓不自觉，指的是他无须特别针对某一对象而特别提倡，只要如其所是地写来就好。

　　郑逸梅笔记中容易引起共鸣的篇章自然是与世俗生活息息相关的文字。《灯》记吴地风俗云："吴俗以正月十三为上灯日，十八为落灯日。且十三例饮粉圆，十八则啖糖年糕，因有上灯圆子落灯糕之谚语。"《立夏》则记："立夏日又多应时食品。青梅朱樱，豆香笋嫩，固为盘餐佳物，他如海蛳也咸卵也酒酿也，亦足以快朵颐。"都有传统文人笔记的风采。不过，郑氏之所以能够取得较大范围读者的喜

第三章 散文文体成熟期（1928—1937）

爱，还在于他对笔记的文学趣味有所发展，而与时代和社会有所关联。《烟包》记叙钱化佛收集香烟盒包，而且能够"匠心独运，汇集有方"：

> 如将世界牌与和平牌，合为世界和平；中央牌与委员牌，合为中央委员；又合孙中山、紫金山、万寿山、马占山、万宝山五牌，为五岳图，亦见巧思。又白凤牌盒面为一鸡，狗牌为一狗，询之则曰：此鸡鸣狗盗也。又一也黏日本所出之某烟盒，下则强盗牌与长城牌，曰：此亦稍有寓意。

将最为世俗的烟盒化作收藏品，固是雅事，而其巧妙运思加以搭配，更可见童心。化腐朽为神奇，又或者神奇植根于腐朽，不仅是钱化佛之所为，亦是郑逸梅之写作风情。

题材杂、主题散、趣味驳杂而呈现出回雅向俗的倾向，是郑逸梅笔记作品的三大特征。应该承认，这些特点都不是郑逸梅的独创，但他的长期创作无疑使得小品融入市民社会的文化生活之中，甚至使得雅俗共赏成为小品的审美特色之一。这是郑逸梅笔记小品应予肯定的文学和文化价值。最后需要补充一点，那就是笔记文体、江南文化和现代市民社会三种因素在郑逸梅那里融会贯通，并在其一生的写作中似乎没有枯竭之时而时呈井喷之势，反映了郑逸梅文学生命之绵长和滋养了他的江苏文化之深厚。

三、叶灵凤的《灵凤小品集》

前文已论及叶灵凤的《白叶杂记》。该书为"幻洲丛书"之一，由光华书局1927年出版，全部内容均收入这时期出版的《灵凤小品集》，而前者的主要内容"白叶杂记""红灯小撷"加上《病榻呓言》《桃色的恐怖》构成后者的第四辑，另有散入其他几辑的少量文章。《灵凤小品集》共分五辑，大都是曾经发表在各类刊物上的系列散文，如《双凤楼随笔》《她们》《白叶杂记》《红灯小撷》《太阳夜记》等，汇集了叶灵凤前期最重要的散文作品，以其带有现代性意味的抒情风格而成为江苏散文一个重要的收获。

一个有意思的现象是,《灵凤小品集》收录的主要是叶灵凤20年代的抒情小品,而1946年由上海杂志公司出版的《读书随笔》收录的又多是上一个十年的文人小品,这在作家本人那里是极其自然的事,但这一错位却导致了后人眼中的叶灵凤似乎总是"落后"于文学思潮的行进速度,只是躲进一己唯美世界的纯粹艺术家。其实殊为不然。就现代散文来说,所谓小品主要包括两类,即上文提及的抒情小品和文人小品,而事实上叶灵凤在20年代有为数众多的抒情小品,在这一时期也有许多读书札记、书话性质的小品,可谓兼擅两类小品文。考虑到上述错位问题,后一类小品这里暂且存而不论,但也应该承认,如此论述叶灵凤的确是一种不得已的安排。

叶灵凤将《灵凤小品集》中的散文看作是个人"生活的里程碑,许多用了全部年少的热情和梦想去追寻的境地,都在这里留下了它们的残迹"[1],其实分明地表露出这些篇章的个人性乃至私人性,所以带有独语体散文的特征,如《她们》一辑所录下的小儿女心性,既是对新女性的群体素描,也是他个人浪漫感情的唯美表达;而在另一方面,正如他所提及的《幻洲》半月刊"上部象牙之塔里的浪漫的文字,下部十字街头的泼辣的骂人文章"的特色[2],这两种情绪,用较为学术的话语表述,其实就是审美现代性与社会现代性之间的矛盾。《北游漫笔》坦言并不喜爱"既非写实又非象征的京戏",直言"我爱红灯影下男女杂沓酒精香烟的疯狂混乱,我也爱一人黄昏中独坐在就圮的城墙上默看万古苍凉的落日烟景,然而我终不爱那市场中或茶棚下噪杂的闲谈和羼走",现代体验和古典诗意交错而拒绝市民的世俗,正是中国彼时审美现代性的具体表现。

叶灵凤在文学史上一般被认为是早期海派或海派的代表人物之一,也是早期现代派作家之一,"早年在上海虽然也写小品随笔,但是却以小说知名于文坛,和刘

---

[1] 叶灵凤:《自题》,《灵凤小品集》,上海:现代书局,1933年,第1—2页。
[2] 叶灵凤:《回忆〈幻洲〉及其他》,《读书随笔》(一集),北京:生活·读书·新知三联书店,1988年,第126页。

呐鸥、穆时英等同是'新感觉派'的小说家"[1]。以今观之，其实在《读书随笔》之前，叶灵凤的散文和小说差不多是同质关系，风格也是统一的，只是后者叙述较多，而前者乃是带有独语风格的抒情而已。就其散文内容看，叶灵凤礼赞所有纯粹的物事，圣洁、爱情、青春、酒、白日梦、呓语甚至自杀、鲜血等在他的散文中都是常见题材和主题，如《他》所谓"没有灵魂的肉体才是真实的肉体"，《天书》所谓"青春似乎在室中到处向人微笑。在这样的情形下，谁也不相信除了酒之外，世间没有旁的东西能使人沉醉"，《北游漫笔》所谓"好像巡圣者在黑夜遥瞻那远方山上尼庵中的圣火一般"的心境，诸如此类，是现代派文学的惯常内容，此外如《病榻呓言》描绘的神经衰弱造就的病态或者《手套》《谎》所表达的嫉妒之情，也都是较为浓烈的现代情绪。

叶灵凤自认为是"从学习写抒情小品文"[2]开始创作的，故《灵凤小品集》中不乏较为细腻的艺术描写，《牵牛》提及"有几家在门前种了一排牵牛花，藤蔓一直牵到凉台上，绿阴阴的组成了一张绝妙的天幕"之类，都是富有诗意的句子，但在现代意识融入之后，这些地方事实上就已经超越了传统的描写技巧，而走向了布满现代感觉的造境。《新秋随笔》所描绘的"一棵街树"，那种"眼镜一除下，黑森森的满眼又都变成蠕动的怪物"的陌生而奇怪的感觉，不啻在日常世界之中打开了一扇通往奇异世界的窗。这种独特的感官体验，时而阴沉，时而绮靡，要而言之，都是体验至深的现代经验。《雾》一文有关"雾"的观感，直接而明确地宣示了叶灵凤现代品格超过古典意象的审美追求：

> 雾的趣味与月光一样，是在使清晰的化成模糊，使人有玩味的余地，不至一览无余。然而月光与雾比起来，月是清幽，雾是沉滞，月光使人潇洒，雾却使人烦恼；不过至终，月光只宜于高人雅士，雾却带有世纪末的趣味。

---

[1] 柳苏：《凤兮凤兮叶灵凤》，《读书》1988年第6期。
[2] 叶灵凤：《读少作》，《读书随笔》(三集)，北京：生活·读书·新知三联书店，1988年，第10页。

世纪末以及颓废、病态等情绪，仍然带有早期创造社的烙印，而不管它们源出何处并以何为中介，叶灵凤都完成了对传统审美风格的超越。

"秋"可为一例。中国古典传统有所谓悲秋情结，因为秋既让人感到物华摇落的寂寥，又反使人提振精神对抗落寞，所以是凄凉、慷慨两种情绪体验的结合体，而在《灵凤小品集》的第三辑的《新秋随笔》《憔悴的弦声》《秋意》《雾》及其他各辑的类似篇章中，秋被改造为散发出诱惑气息的渊薮。《新秋随笔》中，那在繁密的树叶中看到的"偶然驰过的魔头车尾的红灯"，"荧荧的似乎在向你送着无限的眷恋，使你不自止的要伸身也去向它追随"，所以作者禁不住产生冲动，"我相信，灯光若能在隐约中永诱着不使我绝念，我或者不自知的翻身去作堕楼人也未可知"，这一诱惑与死亡相连；《憔悴的弦声》描述"在新秋傍晚动人乡思的凉意中"，"三弦的哀音便像晚来无巢可归的鸟儿一般，在黄昏沉寂的空气里徘徊着"，隐喻了传统末路低回的情形；《秋意》所描绘的情境，是"我仰首望天，晨曦还没有升起，天上布满了灰白色的絮似的密云，寂然不动"，一片死寂气息。当秋与人生苦短相连的时候，它是古典情绪，而在它与人对自身渺小存在情形的叹息建立联系之后，就成为典型的现代情绪。

不过，叶灵凤虽然有较为直露的现代感觉，现代情绪却并不强烈，一般只表现为淡淡的感喟。《画》所拟想的"灰白色厚密的天空"笼罩下的"风景画题材"，《霉的素描》所提及的"像睡在鼓里听着鼓声一样，使人分外感到沉滞"，《北游漫笔》所谓"囚在笼中的孤鸟"，都使人产生一种压抑感。《煤烟》对"在现在的江南，尤其在上海，随着太平洋的高潮冲进来的近代物质文明，天边矗起了黑寂寂的怪物"之现象的讶异之感，《闲居》中以"孩子，你太不识时务，你的哭声阻碍了我窗口空气的流通"一句所突出的那种对逼仄氛围让人喘不过气来的不满，都是较为委婉的抗议，而《霉的素描》所说的"池塘的面积是一日一日的给人类侵占作垃圾场了，青蛙的鸣声里似乎也含着一种哀怨"，虽然较为直白，却也远非控诉，而更多只是一种不满。

叶灵凤当然在不满的基础上有所讽刺，如《煤烟》所谓"我觉得二十世纪的上帝名号应该奉诸煤烟，他才真是无所不在，无所不有"之类，但更典型的情绪反应则是逃离的冲动：

> 立在海上这银灯万盏的层楼下，摩托声中，我每会想起那前门的杂沓，北海的清幽，和在虎虎的秋风中听纸窗外那枣树上簌簌落叶的滋味。有人说，北国的严冬，荒凉干肃的可味，较之江南的秋春还甚，这句话或许过癖，然而至少是有一部分的理由。尤其是在这软尘十丈的上海住久了的人，谁不渴望去一见那沉睡中的故都？

需要说明的是，第五辑"太阳夜记"也很难说是针对包括物质欲望过度泛滥的社会现代性的反抗，因为在相关文字当中，可以分明见到包括后期创造社在内的革命文学思潮的影响，而这一主题其实仍是社会现代性内部一种路向的文学表达而已。

叶灵凤笔下的现代景观不如"新感觉派"诸人强悍，现代情绪也不及后者充沛，这是显而易见的事实，故而，他在审美现代性方面的追求也就达不到饱满的鲜明感。不过，他在独语体散文文体形式方面的追求，却可以认作是审美现代性在现代中国的一种表现形式。独语就是自言自语，故独语体散文指的就是以散文体裁对个体情思进行自由表达的一种艺术形式，而因为带有诗的品格，一般认为是散文各种文体形式中最为纯粹的一种。朱光潜说过："我常常觉得文章只有三种：最上乘的是自言自语，其次是向一个人说话，再其次是向许多人说话。第一种包含诗和大部分纯文学，它自然也有听众，但是作者的用意第一是要发泄自己心中所不能不发泄的，这就是劳伦司所说的'为我自己而艺术'。这一类的文章永远是真诚朴素的。"[1]作为一种散文文体，独语体的鼻祖一般认为是鲁迅的《野草》。虽然《野草》当中的文体形式极为多样，有《我的失恋》的打油体、《过客》的诗剧体、《狗

---

[1] 朱光潜：《一封公开信——给〈天地人〉编辑者徐先生》，《天地人》创刊号，1936年3月1日。

的驳诘》和《聪明人和傻子和奴才》的寓言体等，但这些表现形式都是鲁迅丰富精神世界外显的不同形式而已，因此从整体上看，《野草》正是鲁迅的内心独白。与此同时或稍后，高长虹等一批受尼采《查拉图斯特拉如是说》影响的文学青年，开始独立或受鲁迅影响而创作"拟尼采样的彼此都不能解的格言式的文章"[1]。这一条线索上的独语体散文作者，脱胎于19世纪末的现代派而又超越他们，带有存在主义倾向，所以他们的作品不仅表现为对社会现代性的对抗，更有许多对人的存在的怀疑色彩。从叶灵凤的个人经历看，他不在这一流脉之中，而与中国早期的象征主义作家颇有渊源。

叶灵凤在上海美专读书期间，李金发正于此任教，而王独清、穆木天、冯乃超等其他较为重要的早期象征派作家大都与早期创造社存在深浅不一的联系，叶灵凤作为"小伙计"之一，自然与这些人都有交集，故可以肯定，他受到他们的相当影响。需要注意的是，中国早期象征派的源泉是法国象征主义，而后者之"为艺术而艺术"乃是"审美现代性反抗市侩现代性的头一个产儿"[2]，正是典型意义上的现代主义文学，所以叶灵凤的独语体散文，较少存在主义色彩而多与现代工业文明、物质欲望对立的意味。就具体写法看，他的古典情绪和现代感觉杂糅、抒情的具象与思辨的抽象相融会的写法也的确建构起这种张力。《北游漫笔》写建设中的燕京大学："我支枕倚在床上，可以看见木架参差的倒影，工人的邪许和锤声自上历乱的飞下，仿佛来自云端。入夜后那塔顶上的一盏电灯，更给了我不少启示。"声音来自云端，很具体也颇有诗意，而电灯给人以启示，则较为抽象。该文又写道："几幅赝造的古画，都完全洗清了我南方的旧眼。"《秋意》且有"间有一两只乌鸦翩然略过，也听不出翼响，只有树叶在萧萧细语"等句，就都完全是现代派诗歌的质地了。

---

1 鲁迅：《〈中国新文学大系〉小说二集序》，《鲁迅全集》第6卷，北京：人民文学出版社，1981年，第251页。
2 [美]马泰·卡林内斯库：《现代性的五副面孔》，顾爱彬、李瑞华译，北京：商务印书馆，2002年，第52页。

在《我的小品作家》("文艺随笔之二")中,叶灵凤提及他所推许的小品是这样的写法:"小品文是应该无中生有的,以一点点小引为中心,由这上面忽远忽近的放射出去,最后仍然能收到自己的笔上,那样才是上品。"他本人大都从零星的意绪写起,在古典与现代交织形成的结构性张力中展开,感觉爬升到什么地方,文字就蔓延到什么地方,颇为率性,而他的收束方式亦颇有卒章显志的意味,简洁凝练中不乏余音袅袅的况味。

《灵凤小品集》第三辑"文艺随笔"中的系列文章大都写于1930年,已经初具《读书随笔》的风采。《文学与生活》泛论二者之间的关系,《我的小品作家》随意点评厨川白村、吉辛、周氏兄弟,《几篇短篇小说》谈论他对契诃夫、巴尔扎克、普希金、都德、莫泊桑各自代表作的意见,都与结集为《读书随笔》的作品风格极为相近。[1]

四、洪为法的《为法小品集》

洪为法此时有《为法小品集》。此集收入作者在30年代初中期的主要作品,内容驳杂不一,就文体而言,大体均为杂感,不乏早期汗漫为文的草率,而其中较为精彩的篇目,却也颇有杂文神采;另外,集中又有不少带有文人意绪的小品文,可谓启"扬州续梦"系列小品之端绪。就总体而言,《为法小品集》既有当时文坛风气的影响痕迹,又有早年青春激情的残留,还可见出此后风格转变的要素,故具有相当的过渡性。

《曲阜漫话》是集中的第一篇长文,是作者居停曲阜一年间的见闻记录,涉及风物、风景、风俗人情、语言文化等诸多方面,是接近游记的记叙文。大概是人到中年的缘故,较之青年时代的芜杂偏激,该篇文字干净了不少,感慨也收敛了许多,既有传统文人的敦厚,也不乏现代知识人的幽默,淳朴质实而又诙谐风趣,颇

---

[1] 叶灵凤于全面抗战年间前往香港并定居,他在此后创作的《忘忧草》《读书随笔》等散文集,将在本丛书的《世界华文文学卷》中做具体评述,本卷不再展开。

为可读。例如，曲阜当地有依附于圣公府且专门为其服务的各种行当，其中就有"哭户"，因为一无所长，只能发挥与生俱来的本能讨生活了；山东省立第二师范在"《子见南子》演出风波"之前，学生不满校内保守风气，居然有"派代表上课"的风气之公然流行；第十四节"大哥，二哥和三哥"谈及地方称呼问题颇为有趣："武大郎是个著名的王八，又是老大……因此在山东便不能称人大哥，称人大哥，就是称人武大郎。换一句话说，也就是称人王八，——谁又愿意做王八呢？"有意思的是，"二哥"在山东的许多地方也不能随便叫，原因也与历史或地方传说有关，比如孔子行二，所以曲阜一地忌讳称呼二哥，而泰安一地则将狼称作"二哥"，所以也不能随便叫了。这些文人谐趣，既是随机的生发，也与当时幽默文风的流行不无关系。

不过，洪为法始终是"五四"时代成长起来的青年，所以他对曲阜一地新旧杂糅而"旧"始终占据主导的风气大多不以为然。在《曲阜漫话》中，作者对"衍圣公"孔德成十多岁却被教导成为少年老成的样子颇有腹诽，一次游览途中偶遇，"大家争着看小圣人，把小圣人几乎看杀了。可怜他坐在车子上局促得像做刺猬"，虽是不满，但语意并不尖锐，反带有一种同情。洪为法青年时代的锐气虽然此时难免消退，但也不是全无踪迹。一组题为"绿杨小记"显系作者居乡期间临摹的人生百态图，其中，有假意求死故而跳水之前脱下衣服放在岸上的女人，有终日将"素鸡""素火腿""素鱼"等"写在纸上，看在眼里，说在嘴里，听在耳里"因而"不免有些生硬和捏凑"的素食者，有"做事叫混事，吃饭叫混饭，挣钱叫混钱"的"每事'混'、每时'混'、每处'混'"的"混的哲学"信奉者，一片灰色。作者几处都写到一位大学时期专心研习英文的同学，难免感慨系之："当时有不少的人笑他是'痴人说梦'，我自然也是不少的人之中的一个。直到现在想想，他'说梦'有之，'痴人'则未必；因为他如不'说梦'，'未来'便被生生的埋葬了，他还有什么生趣呢？"然而，正如第二则"诗与小说"所谓"从前大家都是写诗，现在却都在做着小说"，入世既深，从"诗"走到"小说"正不可避免。

洪为法在"小说"世界里自然不免牢骚，所以《为法小品集》大抵都是文人感慨性质的杂感,不过,也有一些篇章属于今之所谓杂文。总体而言,创造社作家几乎都不擅长杂文,因为他们的情感几乎都是旋生旋灭的随机感慨,既不集中也不连贯,在小说和抒情散文里或是优点,在杂文里恰是缺点,因为它们难以形成杂文所必需的力量或强度。洪为法早期散文自然也是这样,在30年代,就其本人的个性气质而言,仍然如此,但其时小品文的流行,为他提供了有别于新文学的另外一种思想文化资源,即本土的文人风情和文章传统。他借助文章传统构建了一种严正的形式,而其书写对象却烂俗恶俗,与这形式极不相称,因而就产生了一种内在的结构张力,于是构成讽刺。

《尾人颂赞》一文是嬉笑然而并不怒骂的杂文。"尾人"系作者仿造"伟人"一词生造出来的,二者之间是一种共生的关系,正所谓"伟人需要尾人捧场,尾人又需要伟人提携",而其本身,则具有这样的特征:

> 闲尝思之,尾人有三点值得我们颂赞者:一是头尖。头不尖,便不利于钻。东钻西钻,那一个伟人可以提携他,他便向那一方面钻。愈钻得紧,愈钻得深,得的好处愈多。二是手长。手不长,便不能东扯西扯。做着甲方的尾人,顺便勾着乙方,准备将来有机会又转到乙方去做尾人。三是脚滑。脚不滑,便不善于跑。东倒吃羊头,西倒吃狗肉,这原是尾人的金科玉律。要脚滑者,就在于见到风头不顺,快些带舵转弯,转到别处去。

句式和章法都极为整饬,可谓形式堂皇,而其内容却是人性和人生当中泛滥成灾的低劣乃至卑劣,两者之间的反差恰好酝酿了一种情感的势能,弥补了感情浓度不足的缺陷,因之生成了情感的动能,构成微弱的反讽。

洪为法面向现实的讽刺之作均可称为杂文。《面子立国》所论之面子与破落户的关系;《论打架的方式》所述之"等我去找我的九哥来打你"的拉大旗作虎皮的姿态;《橡皮人的泄气问题》以橡皮人的弹性讥刺"无抵抗主义";《乞丐的开心》所嘲讽的阿Q心态,都是婉而多讽的短文。作者或从新闻报道入手延及时事,或从笔记记载的寓言故事进入民族性的分析，既有对现实社会的讥弹，也有对国人隐秘心理的揭露，兼有社会批评和文明批判两种特色，要言不烦，畅达清通，颇为可读。

《为法小品集》中的总题为"每日谈话""小言""杂感"的几组短文，当然也是杂文，若干篇章不无辛辣之感。"杂感"第四则《学生救国的轨迹》如是描摹学生救国运动：

> 历来学生救国的轨迹，我发现到一个公式，便是——
> （1）罢课，（2）发表宣言和通电，（3）游行和示威，（4）宣传，（5）组织纠察队和法庭，防止同学逃脱，（6）反对学校，（7）驱逐校长并宣布其十大罪状，（8）学校通告提早放假，（9）学生逐渐回家，（10）救国之心逐渐灰冷，浪漫之行逐渐显著，（11）于是"救国"至此，寿终正寝。

这些杂文，大抵是面向现实的反讽，而如果从现实问题宕开来，向历史和人性深处挖掘，往往都颇为深邃，具有穿透力。《水烟袋和悠闲生活》剖析国人吸纸烟的心理，不似外国人为的是"嘴里吃烟，手上做事，两不妨碍"的便利，而是一种时髦，例如上海滩的小瘪三就是这样："试看那些小瘪三，斜戴着一顶鸭舌帽，嘴里含的一枝烟也斜在旁边，并且一颠一颠的，不就表示他吸着纸烟是时髦吗？假如有人在电车上，火车上以及汽车上，捧着水烟袋在抽水烟，不说别人，就连小瘪三看见了，也要骂他一声阿木林。"进而言之，则是古人为防止"闲居为不善"，特意创设水烟之类，"使其分割去多余的时间"。清人所谓"不为无益之事，何以遣有涯之生"，这种生活态度决定了水烟曾经的大行其道。

需要注意的是，洪为法杂文此时已经颇有小品情调了。上引之小瘪三抽纸烟可作例证，另外如《从好吃到做人》记叙众人总结的吃饭、赌博、做人的口诀，特别是如何在中国做人，殊是绝妙小品：

> 有人说做人也有四字诀，即"哼狠恨黑"，这四字正是平上去入。"哼"是

说态度很阘茸，似乎一切都模模糊糊，不与人计较长短，但是骨子里面却"狠"。既然骨子里面狠，有时不能随心所欲，对人便"恨"，恨别人的一切不走上他的心路，等到恨够了，遇到机会可以捉着一笔钱等等，便目无余子，一口吞下这就是"黑"。

在这里，对国人生存法则的揭示固然透辟，而对世相的描绘亦不相上下。当然，这些笔墨其实在晚清民初的通俗作家如平襟亚之流笔下称得上所在皆是，但对于洪为法这样的新文学作家而言，能够回归现实从而描摹世态，不能不说是创作心态的一个重要转变。

《为法小品集》中有不少庄谐杂出的小品，都表明洪为法生活和创作的转向。此时，洪为法的一个重要特色，就是多引传统文人事迹入文。《文人的架子》中皇甫湜的骄傲，《在秋风里》中黄仲则的落魄和柳三变的"光荣"，《饮酒和做梦》中李白的放达，《名子颂赞》中欧阳修的诙谐，虽然都是借以说明现实问题，但作者一反早期的嘲弄、讽刺的态度，基本都持肯定乃至欣赏的立场。对传统文人态度的转变，乃至在相当程度上有所共鸣，自然是洪为法深味世事有所得的表现，而他此时写作的另外一种动向，即多引野史笔记入文，则表明其文学趣味在一定程度上亦开始回归传统。

不可否认，洪为法引用的笔记许多时候乃是为了剖析现实。《面子立国》提到一则笔记云：

> 记得笔记书上谈到清朝某使臣在外国和人家比赛名片大小，人家来一大的，他便特别写一个更大的送去，以为不可为人家所欺侮，丢了面子，失了国体。

这当然是为了批评国人专在无关紧要处做文章的习性，但在另一方面，作者却也在其中体验到一种久违的乐趣。"扬州续梦"实是此种兴趣的复苏。

五、缪崇群散文

缪崇群（1907—1945），江苏六合人，现代著名散文家。笔名终一。生于知识分子家庭，在北京读完小学、初中，1923年转入南开中学高中，与靳以、韩侍桁交好。1925年赴日，在东京庆应义塾大学部就读。1928年回国后开始创作，在《北新》《语丝》等刊物上发表系列作品，多为回忆少年情形和日本留学经历的散文。1930年加入中国文艺社，曾担任《文艺月刊》《文学周刊》编辑，此时与宗白华、孙望、常任侠、程千帆等人交往，并结识巴金成为挚友。1935年移居上海专事写作。全面抗战初期流徙西南地区，先后做过编辑、小学教员、书店校对员等工作。1945年因病在重庆逝世。在这一时期，出版有《晞露集》《寄健康人》《废墟集》三部散文集，另有翻译文集《现代日本小品文》。

在中国新文学史上，缪崇群是为数不多的致力于散文创作的作家之一。在他亡故后，韩侍桁遵从其遗志，从历年出版的各个散文集中分别抽取若干篇章，编为《晞露新收》一集，故该集虽含有他者的眼光，而实可视为缪崇群小品的精品汇编。韩侍桁在序言中一方面肯定缪崇群的文学价值，是"在五四后新文学界的散文园地里，他的作品是占有某一面的高峰"，在另一方面，也分析了"他的所以落寞"的缘由，即在"他的孤独的性格"之外，更是因为"他的作品是属于精细而平淡的一型，而我们的时代是粗线条的，对于他的作品觉得不够刺激，摩擦不出热力来"。[1]由此可知，在他的同时代人心中，缪崇群的散文创作是疏离于时代的较为纯粹的美文。概而言之，"四一二"反革命政变使得轰轰烈烈的国民革命骤然陷入困顿，时代青年遂又回复"五四"落潮之后的孤独、苦闷、迷惘、彷徨的处境之中。不过，社会毕竟较之20年代初中期有相当的发展，可以部分容纳另外的人生追求，象牙之塔就成为十字街头之外的一种选择，所以就出现了何其芳、丽尼、李广田等致力于艺术追求而风格各异的青年散文作者群，缪崇群则毫无愧色地成为其中一员。

1　韩侍桁：《编者序》，缪崇群：《晞露新收》，上海：国际文化服务社，1946年，第1页。

缪崇群散文较少纯粹的写景抒情，也较少相对客观的记叙描写，而较多基于一己经历的感慨，其缘由，在于没落的家境、不和谐的家庭环境、辗转辛苦的生活和多愁多病的身心。《守岁烛》这样描述他自己的性情："自己因为早熟一点的原故，不经意地便养成了一种易感的性格。每当人家喜欢的时刻，自己偏偏感到哀愁；每当人家热闹的时刻，自己却又感到一种莫名的孤独。"[1]就此而言，缪崇群与创造社自命为零余者的哀叹不无相似之处，而就创作看，他的确有许多篇章也流露出"五四"落潮之后知识青年所共有的心境的寂寞、孤独以及"梦醒了无路可以走"的愤懑和决绝，不过同样是愤世嫉俗，缪崇群虽然并不趋向极端，但自我收缩的倾向格外分明。

就题材和主题而论，缪崇群当然对当时的社会现实有诸多反映和折射。《晞露集》所收，大都为叙述底层女性处境的记人之作，如《红菊》中善良却一生短暂的下女红菊、《芸姊》中与亲友阻隔的芸姊、《楸之寮》中劳苦的良子等。当然，更重要的女性人物是母亲，《守岁烛》中的含辛茹苦，《鸡鸣时刻》在半夜时分悄然逝去的黯然，以及《苦别》中母子相依为命的凄凉，早已刻蚀进作者的骨子里。这种人生体验，使得作者即使带有温情地去写人，如《野村君》中与异国学子同病相怜的日本同学，抑或《韩学监》中爱护幼小学生的学监，因为都笼罩在充满恶意的环境之中，读来也极为压抑。

在《寄健康人》一集中，这种情绪不减反增。《寄健康人（一）》以个人身心的"病态"和"健康"为引子，描述社会中健康和病态的对峙情形：官与民的不同待遇、头等舱与三等舱的不同世界，和《雪鸿泪史》《啼笑因缘》所建构的温柔乡与种满罂粟的北方大地的"美丽"二者对现实的不同赋形。与穆时英所谓"上海，造在地狱上的天堂"一语所勾勒的当时社会现实中的两极分化情形不一样的是，缪崇群的现代感并不强烈，在许多时候，他对"伪恶丑"的社会现象的描绘，带有类乎传统文人的泛泛感慨，《南行杂记》之一《雪》所谓"繁华罪恶的上海"，之四《旅馆

---

[1] 缪崇群：《随笔：守岁烛（晞露之一）》，《现代文学》第1卷第2期，1930年8月16日。

的楼上》所谓醉生梦死的官场宴饮，都是这样的例子。不过，他将创造社开启的零余者主题在散文中进一步外化，即不再过度书写一己苦闷，而较多突出社会中的可怜人物，则显属题材的拓展。《南行杂记》之二《沦落人》所谓"沦落人对沦落人的殷勤"，之三《到了西伯利亚》乘坐敞篷货车的"连畜生都不如"的旅行体验，这些场面，都是对个人所经历、接触、感受到的社会情形的摹写。就普通人来说，如《旅途随笔》之一《新兵》所看到的三十七个"忧郁的，驯顺的"新兵，是一群自此以后在人间消失的人：

> 浑浊的流水，黯淡的暮云，栈桥上的人声，各处莹莹的灯光，一切都和他们没有关系；就是这偌大都市里的无数的人，虽然同是人，也和他们没有一点的关系。

在这些篇章中，都充斥着一种厌倦，而《南行杂记》的其余两篇，如《夜车》中"队长"陷害"老徐"而自身也不得好死的报应，《摇机的》中印刷局年轻工人因为与家里赌气而流落他乡的生活，则是少见的较为明朗的情绪。

缪崇群为其本人所作的自画像，是过客，又或如《寄健康人（一）》中的自拟，是一条傲然的"丧了家的狗"。《生之寂寞》所谓"一个长途的过客"，《家》所谓"一个永远漂泊的过客"，其历程正仿佛《从这个驿站到那个驿站》所暗示的那样，在"黄昏的雨"中踽踽独行，或如《别》所说的那样"随着西风飘忽无止"，是"一个人在途上"而永远处于漂泊状态的孤独者。这一人生状态，或如《旅途随笔》之三《江船上》所暗示的那样，人生于世，许多时候都是由"'不得不'的人生"决定了"人生的节奏"，所以他对人生的观感，带有命定论色彩，而也如《南行杂记》之五《赭山》所言，"人生渴想的美梦，实现罢，那是增加了追忆时的惆怅；不实现罢，在心上又多了一条创痕"，都是极为悲观的调子。或许因为退无可退，所以他的散文在若干地方的思绪与鲁迅《野草》颇为接近，带有思考存在的哲思色彩。

第三章 散文文体成熟期（1928—1937）

在带着不可捉摸的神秘色彩的生命面前战栗，是缪崇群诸多篇章共同的主题，就此来说，他与罗黑芷的作品颇为相似，而其中的若干作品表现出来的对生命的怀疑，则渗透着作者对存在的感悟，带有浓郁的现代派色彩，譬如《徒然记》系列。

《徒然记》之一《蛛丝——代序》中的蜘蛛，在作者写完第一行冥思苦想的空当，就在手腕和笔端之间织网。这张网，既是"他的生命的网"，同时也是"他个生命的死之线"，不过，待作者起笔写第二行的时候，"他的宇宙，他的一切，从此涅槃了"，所有努力和挣扎在不可知的外力之前都徒然无功。作者说"再去怎样轮回，我是不得而知的"，悲观主义叠加不可知论，是一般所谓病态的人生观，但若将之置于广袤的时空和绵延不绝的生命之河中，孰是孰非其实并无一定。第二篇《古玩》涉及存在的意义问题。一件古玩，形式和材质不清，"但我茫然，我茫然地爱他"；年代和用途不明，"但我茫然，我茫然地赞美他"；至于它因为什么而被打碎，"但我茫然，我茫然地惋惜他"。生命只是如其所是地存在而已，无须意义的肯定和追认，正因为这样，第三篇《血》对名誉、金钱、爱情背后的血腥"闷躁得无可奈何"，第六篇《娼妇》更进一步，表明"当我感到一无所有的那种空洞似的寂寞，生命已如幻梦醒觉后的那样茫然的时刻，我仿佛觉得已经不是人之一员，而是浑浑噩噩地和物化作一起了"的决绝思绪。

作者偶有反抗，如第四篇《利器》所表明的那样，他对刀、针、剪这些带着"一些白皑皑的光芒"的物件的喜爱，为的是喜爱光本身，即使刃上有血，"但那是我自己的血——为梦魇，为情欲，为一切我所嫉恶的心情而战的所牺牲的血"，但总体倾向，都是被悲愤支配的决绝。不过，缪崇群的这种决绝在许多时候并不彻底，而是如"五四"时代的零余者一样，在很大程度上是爱而不得的自我放弃。《无题》第一则写道：

> 没有不晞的朝露，没有不渝的爱情，在人生这条荒漠的路上，只有不尽的疲惫，劳苦与哀愁……他们也有时尽的，当你已经走进了坟墓。

这里当然不是歌颂死的纯粹,而将死视为终结苦难的最后解脱方式。这组"无题"小品,都是带有呓语风格、格言品质的文字,其中若干条不乏诗的况味,但更多的还是愤世嫉俗的零星情绪,如第六条云:"同我一样的弱者求乞救的时候,我愿意把人家给我的东西再布施给他,一声狞笑,他得救了。"若现代,若传统,也显示出缪崇群散文的基本品格。

他的散文在艺术上最有意味的地方,是独特的意象。《寄健康人(二)》中的燕子"在空中飞翔的时候,高高的,飘飘的,正像从什么火场的地方升腾起来的一片灰烬",而鸽子"总像咕噜着诅咒生活";《春雨》中的炊烟"像一条黑龙,悠悠地在空中游泳";《蛙》将蛙声拟作"清脆而单调地震动宇宙的寥寂的弦";《江户帖》所记风铃声是"大气的私语",是"过路的幽灵的跫音"——这些都是缪崇群的诗意独创。

总体说来,缪崇群是沿着零余者铺设的情绪路径前进而又与现代情绪发生一定联系的散文作家。他在《寄健康人(二)》中所谓"能享受的都是幸福的,然而我同时怜悯这句话的单薄"所传递出来的对世俗的鄙夷之心,而同样也正是在这篇文章中,也坦陈"健康人的糟粕,在我未必不是米粮",却也表明他尚未对现实丧失最后的信心:"我的生活尽管像猪底,但我的运命毕竟还是一条蚕。"《菜花》发出了"想要抚着春天,嗅到春天,或看见春天"的呼喊,但最后还是落空,他也在抗战全面爆发之后逐渐走向创作生命的终点。

第六节　随笔与杂文

江苏自是以苏南地区文化最为发达,而苏南文化的特色在文质彬彬,因为这个原因,江苏散文较多温柔敦厚的文人气,所以笔记、小品、游记这些带有传统文化印痕的散文文体是主流。对于术业有专攻的学者来说,因为长期从事学术研究,他们的写作一般都带有专业属性,同时,因为写作的动机是对社会(热点)问题的(长期)关注和关心,且发表的地方又是面向大众读者的报刊,势必又不能过于专业，所以他们的散文就有一种知识性与可读性之间的内在张力。就整体而言，这一时期的江苏学人较为注重从知识性的角度立论，而其间旁逸斜出的笔墨则为之增色不少。

较为特殊的是杂文。杂文杂糅记叙、议论、抒情等各种笔法为一体，本是一种自由书写的散文文体，但鉴于"《新青年》随感录作家群""语丝派"特别是鲁迅的巨大影响，事实上已成为讽刺文学的一种重要表现方式，而江苏作家大都因出身、修养、传承等等方面的原因与之存在不小的距离，所以较为知名的杂文作者较少，例外的是瞿秋白等少数几个人。瞿秋白的特别，在于他与中国的共产革命这一最具现代性意蕴的社会运动紧密缠绕在一起，从而超脱于江苏作家整体的典雅传统，成为现代中国最具特色的杂文作者之一。

一、学术随笔

江苏学术随笔的辉煌期是20年代中前期，顾颉刚等人在民俗学等领域的开创性研究，既是"五四"时代学术范式转型的重要研究成果之一，也是随笔的重要收获之一。到30年代，学术开始愈来愈趋专业化而学者则生活在具体社会之中，他们如何面对大众发声，就成为一个问题。就江苏作家来说，陈衡哲多以公共知识分子的姿态面对公众发言，浦江清、魏建功等人较多谈论专业问题，后二者所不同之处，在于浦江清多向学术纵深处探寻，而魏建功则较多向外延展，屡屡涉及社会话题。

陈衡哲（1890—1976），江苏武进人，现代著名女学者。笔名莎菲（Sophia H. Z. Chen），祖籍湖南衡山。1911年入上海爱国女校，1914年通过考试获得清华学校留美学额，先后在瓦萨学院、芝加哥大学学习西洋史，对西方文化有深入理解。1917年曾在《留美学生季报》发表白话小说《一日》，是中国新文学史上的第一篇白话小说，后又在《新青年》发表《小雨点》等作品，均引起重要关注和不俗反响。1920年归国，先后在北京大学、东南大学、四川大学任教，亦曾任商务印书馆编辑，有学术著作《西洋史》《文艺复兴史》等。

陈衡哲是一位思想敏锐的学者，也是一位风格鲜明的作家。她的随笔，一般以鲜明的问题意识、严密的逻辑和朴实的文风见长，貌似平易而其实颇为讲究学理，是典型的学术随笔。

首先，她的随笔具有鲜明的问题意识。陈衡哲身当危世，对家国民族极为关心：从宏观视野说，她对中国近世以来的耻辱历史、中国的历史走向以及人们身处其中可以做些什么，都发表过基于独立思考的意见；从较为切近的角度看，她对妇女参政、职业、教育和青年教育等诸多问题，也多有坦诚的讨论和剀切的建议。当然，更值得重视的是她在谈论这些问题时所展现出来的远见卓识。《重游北美的几点感想——在燕京大学演讲》提到"汽车作霸的情形"在美国产生了两个后果，"一是火车的被打败，一是郊外家庭的加赠"，时至今日仍然如此，可见敏锐；《清华大学与国耻——清华大学二十二周年纪念日演说词》在分析了愚、弱、穷等"中华民族的三个大溃疮"之后，提出了加强人格修养这一看似不切实用的应对办法，但她却认为是"最为根本的"，以今观之，不无道理。因此，陈衡哲随笔问题意识的背后是思想的穿透性。

其次，她的随笔往往以严密的逻辑取胜，没有咄咄逼人的压迫感。《关于"父母之命"的一段谈话——张伯苓先生的一个声明》记叙了她和张伯苓偶遇之后关于"父母之命与自由结婚"的对谈。张伯苓首先以自己两个儿子都是自由结婚为例，说明自己并不提倡"父母之命"，陈衡哲对以德高望重之人"很容易被一般守旧的人断章取义"；张伯苓其次强调旧式、新式婚姻各有优劣，陈衡哲以为张氏所考虑者是"已结婚的夫妇"而不够重视"不曾结婚的青年们"；张伯苓表示同情于陈衡哲当年反抗包办婚姻，陈衡哲则顺水推舟请求他帮帮当时青年的忙，以免"他们的家长借口于张先生的主张而再加压迫于他们"。三个回合下来，张伯苓未必被全然说服，但还是主动表示请陈衡哲写文章澄清他的态度，而陈衡哲"对张先生鞠了一躬"之后还要确认："我可以说是张先生要我那样写的吗？"这篇杂记条理清晰地展现了两人之间对这一话题层层深入的辨析过程，故文章结尾提出自己的观点也就水到渠成了："我也知道，婚姻不是人生的唯一大事，但正因其如此，故我不愿意看见青年们再为这种事来奋斗，再为这种事来吃苦。"归根结底说来，逻辑的清楚和严实，不仅出于思维缜密，更源于思想有根柢，而这与陈衡哲研习西洋史的学术经验不可或分。

再次，她的随笔笔调流畅，文风朴实，是优秀的白话说理文。陈衡哲随笔以问题为对象的题材特点，以逻辑为结构的论述方法，或如胡适论章太炎文章"有学问做底子，有论理做骨骼"[1]的特色，但她不尚修饰，而以清楚畅达为要，则是接受白话文学观影响的结果。作为胡适的北美留学同期同学，陈衡哲较早接受了胡适的白话文学主张，更最早亲身实践了这一文学观。在归国以后，无论是随笔还是学术，她均采用清楚朴素的白话，这自然是践行自己所奉行的文学、文化理念，并有意加以磨砺，以为文明传播的利器。

陈衡哲散文缺乏文采固然是事实，但客观地说，这是她的文章质胜于文的必然结果。因为内容充沛、叙述有力、结果明晰，故无暇修饰，就此而言，她无疑仍有"五四"时代的遗风。进一步说，她的思想境界其实远不止此。陈衡哲在《答一位少年女朋友》中劝说一位青年不要逞"血气之勇"，在举例剖解"大凡在国家多难的时候，最难的是仍旧专心一志的做一个人原来所做的工作。我们总以为那是没有价值的，总须换做一件事，方能得到良心上的安慰"等道理之先，说了这样一句话：

> 我很不愿意给你浇这一盆冷水，但我的良心却不容许我对你说敷衍的话。

这一番话出于陈衡哲的良知，而从文中所举的几个例子来看，也是她从历史的教训中所收获的智慧。陈衡哲这一时期的随笔大都发表在《独立评论》上，《独立评论》的作者群大都是留学英美的具有自由主义色彩的知识分子，他们的共同之处，在于都是个人主义者，即一方面具有鲜明的独立意识，另一方面也具有公共知识分子的社会责任感和介入意识。

---

[1] 胡适：《五十年来中国之文学》，《胡适全集》第2卷，合肥：安徽教育出版社，2003年，第300页。

与陈衡哲公共知识分子的姿态不同，浦江清是一位踏实的学院派文人，文风也十分严谨。浦江清（1904—1957），江苏松江人，现代著名古典文学研究专家。1926年毕业于东南大学，经吴宓推荐，到清华国学研究院担任陈寅恪助教，1929年转入中文系任教。长期协助吴宓编辑《大公报·文学副刊》，曾代理主编一年。1933年赴欧洲游历一年。抗战期间在西南联大任教，与朱自清等创办《国文月刊》。1940年送母返乡，滞留上海，在暨南大学任教，1942年历经曲折重返联大。1948年在朱自清逝世后担任清华中文系主任。他与朱自清合称"清华双清"，二人在为人与为文两方面也的确较为接近：就为人看，都是朴素踏实、严谨自守的君子；就为文看，简明、清通、素雅是主要的文章风情。

据季镇淮观察，浦江清的学术生涯可"以1936年为界"而"由中外古今文化历史的评论家，转而为中国文学史的考据与研究的学者"[1]，这自然与浦江清学术工作重心的转移相关，而从文献角度看，《浦江清文录》收录了他1936至1957年间的学术文章11篇，1936年之前的学术文章和随笔经搜集、整理汇编为《浦江清文史杂文集》，大都刊发于《大公报·文学副刊》。《大公报·文学副刊》初以刊载旧体诗词为主，一年之后难以为继，遂在赵万里、浦江清、张荫麟等人的建议下引入朱自清加入编辑部，并开始刊发新文学作品，不过在其存续期间，观浦江清《清华园日记》可知，浦江清曾对吴宓的固执颇有抱怨，所以在代理主编期间，编辑方针更趋松动。他1929年2月19日日记曰："荫麟以《所谓中国女作家》一文来，有二千字。此文乃嘲讽《真善美》杂志'女作家专号'者，对于冰心嘲讽尤甚。文并不佳，但此种文章较有生气，适宜于副刊。倘吴先生在，则此文定不能登载，以挖苦人太甚也。"[2] 浦江清有新旧观念但并无分别心，所论又是"古今中外文化历史"，且发表平台是报纸副刊，所以随笔作品也多于这一时期产生。

作为一个严谨的学者，浦江清的学术随笔远远算不上庞杂，毋宁说是题材范围

---

[1] 季镇淮：《〈浦江清文史杂文集〉跋》，浦江清：《浦江清文史杂文集》，北京：清华大学出版社，1993年，第249页。

[2] 浦江清：《清华园日记·西行日记》，北京：生活·读书·新知三联书店，1999年，第33页。

狭窄,几乎全部集中在语言、文学、文化领域,不过,几乎论及任何一个问题,都是眼光宏放、思虑深远。《小小十年》针对鲁迅为之作小引所云"自然是小说"之语而发,论及小说与传记之别,颇为切中肯綮:

> 小说为人生写影,但必须有结构,有照应。整个之人生,由历史哲学之评点观察,或具有完美之结构。但吾人一生所历,仅为整个人生之一极小之部分,往往极繁碎散漫之至,无有结构,无有照应,但有无谓之重复,及不可掩之矛盾耳。此繁碎散漫重复矛盾,当然不能全部写入小说,而必须经过选择去舍之烹炼工夫。盖传记者,或须忠实于此极小之一部分之人生,而小说则有表现整个人生之规律之较大职旨在,不必尽忠实于此特殊之小人生也。

而且,他对新文学从短篇小说转向长篇小说的发展趋势的判断,对"奋斗旁皇,旁皇奋斗"的"现代的青年"状态之评析,都极为准确。

浦江清的学术随笔往往都围绕重要的学术话题展开而不无真知灼见。《卢冀野五种曲》涉及新文学韵文问题的讨论,《民俗学之曙光》对当时几种民俗学书刊的点评及学术建议,《千夜一夜》对《天方夜谭》对"世界古文学"之"短篇故事书"往往"有一传统的结构"的点评,以及他在《大公报·文学副刊》上的"书讯"文章,都是慎思明辨的精彩论析。这些篇章如果从技术角度看,都似乎过于平实,语句殊少修饰,叙述过于平缓,结构太过简单,然而就整体来看就很不一样了。正如止庵《散文家浦江清》一文所言,这是"一种整体的、匀称的好",考虑到"准确,精炼,一字一句都恰到好处,没有哪一笔是最突出的,但少了哪一笔都不行"的文风是最基本的文字功夫,"而最基本的就是最难的",所以即使"说这就是'具有文学色彩的'未免会叫人不大服气",但"细细体会,他的字里行间总有一种润泽"[1]。这就是知人之论。

---

[1] 止庵:《散文家浦江清》,《如面谈》,北京:东方出版社,1997年,第76页。

浦江清的学术随笔，题材专而识见精，固是学人本色，而整体的匀称之美中不乏笔墨情趣和文人心性。《评〈小说月报〉第十八卷》有云，"十年以前，题小说之名惟恐其不雅，至于今日，则小说题名惟恐其不俗"，为浦江清之观察和判断，而他说"《小说月报》多创作文字，亦不讨论学术，故无谬之可正"，可见其百无聊赖之态，令人哑然失笑；《左芬墓志铭》提及日本原田教授著《乐浪》可以使得后人明白中国古代的器物及生活情形，而"洛中垒垒古墓里的死主人翁，比五官橼阔的不知有多少"，但"国人却全不理会，一任流氓地痞天天在那里刨坟掘土"，以至"只留一两块墓志铭，供好古者的鉴赏，题跋"，悲愤之情溢于言表，是他偶尔的峥嵘了。

不管题材和主题是什么，学术随笔都以学问为根柢，不过，这其间也存在较多与专业牵连还是较多与社会相关的分别。如果说浦江清较为侧重专业，那么魏建功无疑更为关心社会——这与他语言文字的本行专业有关。魏建功研究方言，而他在北京大学学习期间，正是歌谣的搜集、整理的高潮时期，所以自然从语言学角度切入歌谣运动，并与民间文学产生联系，也就此保持着对社会问题的关注。

魏建功学术随笔的核心话题是语言学，而往往在学术、文学、社会等领域中来往穿梭，涉及较多的现实问题。《谈文翻白》从北大招生国文试题将杜甫的《茅屋为秋风所破歌》译为白话散文谈起，涉及文言翻译为白话的标准、语法、语汇等专业而也亟待解决的语用问题，提出"直译宜国语，神译宜方言"的解决办法；《中国纯文学的形态与中国语言文学》以语言特别是语音演变为线索讨论中国文学演变和若干文体之特点，落脚点则在"创造新的中国文学"这一宏大目标；《民间文艺讲话》是他30年代中在北大授课的讲稿，在他逐一分析民间文艺与雅乐、音乐、伎艺等传统艺术形式之间关系的过程中，往往建构起某一历史时代社会生活的图景。此外，他的《〈范翁自传歌〉注录》曾在1929年作为"未名丛刊"之一种发行，该书是如皋鼓词，他为之做出详细注解，这些注解合并起来也就构成了他对家乡日常情状的一种描绘。

做学术研究而不忘社会，大概是亲历"五四"运动的北大学子极为自然的行事风格。魏建功受"五四"时代风气影响自不待言,所以他在以上较为偏重学术而兼及社会的文章之外,还有多篇师友杂记性质的随笔。《胡适之寿酒米粮库》一文以说书的口吻述胡适一生行迹,抑扬顿挫,游戏文章,颇为可观;《十年来半农先生的学术生活》则毕恭毕敬,整齐严肃地介绍刘半农的学术成就,平实中自有深情;而《林成章先生遗著编后记》以愤激的口气讲述林成章全家惨遭匪徒残害之事;《呜呼!傻!——纪念亡友白涤洲先生》则以沉痛的口吻记叙白涤洲"理智建筑在情感上"的为人热心、做事不计得失的品性,都是可见性情的文字。

总体而言,这一时期江苏学术随笔的专业化特征较为明显而文学性不足,虽然中国传统士大夫精神和现代知识分子的身份认同都推动他们从专业领域向社会拓展,他们也表现出一定的社会责任意识,但内忧外患不断的国内外形势也使得他们没有自如舒展个性、灵魂的条件。这对江苏和中国来说都极为不幸。

二、瞿秋白的杂文

杂文是一种综合性的散文文体,其名称虽然古已有之,但直到现代,特别是到鲁迅那里才成为一个成熟的文体。概而言之,杂文以剖明事理为主干,这一点与学者散文接近,但后者一般指向普泛的人性,而前者则以揭破现实为主,故此,它又常常或显或隐地具有论辩性质,也就是在一个时期内经常提及的战斗性。不过,杂文虽杂,落脚点实在于一个"文"字,故短小精悍的体制、富有文采的语言和讽刺的底色逐渐成为这一文体的内在规定性。在江苏散文作者中,擅长杂文的作家不多,瞿秋白是其中的例外。他不仅个人的杂文创作富有特色,在相当意义上也参与了杂文规范的建立,是中国杂文史上一个绕不开的人物。

瞿秋白(1899—1935),江苏常州人,中国共产党早期领导人之一,无产阶级文艺理论家、作家。本名双,后改爽、霜,字秋白。1904年入私塾,次年转入冠英小学。1909年入常州府中学堂,1915年因家贫辍学,在杨氏小学教书。1917年春到北京,考入俄文专修馆。参与"五四"运动,加入李大钊等人发起的马克思主义研究会。1920年8月,被北京《晨报》、上海《时事新报》聘为特派记者到莫斯科采访，并参与东方大学工作。1922年春加入中国共产党，年底回国，次年夏开始在上海大学任职任教，兼任《新青年》季刊主编等事。此后深度参加国共合作运动，一度担任中国共产党最高领导。1928年重返莫斯科，担任中共驻共产国际代表。1930年回国，次年被解除党内领导职务，在上海进行翻译和创作工作。1934年奉命进入中央苏区，红军决定长征后被留在瑞金，次年在寻觅途径回上海治病的路途上，遭叛徒出卖被捕，6月英勇就义。

瞿秋白自1923年回国，就有不少介绍苏联文艺和马克思主义文艺思想的译作，也有少量杂文。他以"巨缘"的笔名发表在《前锋》月刊"寸铁"专栏的短论，1927年编进《瞿秋白论文集》（未出版）时汇总为"鞘声"一辑，是早期杂文的代表作。在这一时期，瞿秋白杂文主要采用归谬法直接展示批驳对象的荒谬之处，而因为篇幅短小，故反语口吻可以一贯到底，义愤溢于言表，讽刺锋芒隐约可见。

1933年年底，瞿秋白在离开上海前往苏区之际，曾将《乱弹》稿本两份分别交谢澹如和鲁迅保管。谢澹如保存的稿本为瞿秋白1932年年末或1933年年初交存，他后来增选若干篇，在1938年以霞社名义出版，题名为《乱弹及其他》，而鲁迅保存的稿本为瞿秋白1933年年末交存，与谢本相比，作者在文字上做了不少删改，不过这里的讨论仍然以曾经公开发表的谢本为据。另外，在前述《瞿秋白论文集》所收杂文之外，瞿秋白十多年间特别是在30年代初有不少杂文，其中有12篇或与鲁迅交换意见而作，或经后者做文字修订和润色，所以被鲁迅分别收入《伪自由书》《南腔北调集》《准风月谈》，得到广泛关注。

瞿秋白的理论功底很深，看问题多是高屋建瓴的俯视，所以常常根据现实之人与事的外在表现，为之造出一个非常脸谱化因而带有喜剧效果的名称或概念，这就是鲁迅所惯常采用的"贬锢弊常取类型"[1]的讽刺方法。这是瞿秋白在这一时期颇为倚重的一种文学技巧，其具体表现，则是善于创造新词，并能够将之整合成为一个自有特色的独立体系。瞿秋白创造的新词，有的有所凭借，根据文意顺势拈出，

1　鲁迅：《伪自由书·前记》，《鲁迅全集》第5卷，北京：人民文学出版社，1981年，第4页。

如《哑巴文学》以新文学"只看不听,只看不读"之故,将之称作"哑巴文学",而他属意的可以读、可以听的文学,则以茶馆中的通俗作品为主流,所以信手称为"茶馆文学";有的空无依傍,属一时兴到笔到的意气,如《英雄的言语》所谓"时文的文言""革命骡子"、《真假董吉诃德》所谓"杀猪经费"之类;有的是旧词翻出新意或属生造,与"五四"时代郭沫若的《匪徒颂》立意比较接近的《"匪徒"》属前者,"流氓尼德"之类属后者。不管是哪一种情况,都反映了瞿秋白高超的理论概括能力——一种穿透表象直抵本心的命名能力。

当然,他也有强烈的鲁迅式的"刺他一下"的冲动,像《"不可多得之将才"》对日本新闻将蔡廷锴、马占山称为"不可多得之将才",作者随即将那些闻风而逃的人物称为"大可多得之将才",就是这样的例子。在他借用或改造的语汇之中,有的属于简单借用,如《乱弹》讽刺皮簧"重新走上所谓'雅化'的道路"之后,"樊樊山制军,袁寒云世子,王晓籁先生,某某老板等等,都来'爱美'一下,说句直译的俗话,就是客串一下"之中对"爱美"一词的运用,也是顺带的讽刺;有的则是在借用的基础上有所发挥,如《小诸葛》一文所概括的"小诸葛的特色",一方面在于那个"小"字,"这是'小'资产阶级的'小',也就是'小'老婆的'小'",但在另一方面,也"还要到'诸葛'两个字里去找一找",于是找到了那些"他什么也不是,可又什么都是"的读书人,一种"吊儿郎当的浮萍式的高等无业师爷",一种"多余的人"。这些地方与创造新词的做派较为接近,区别在于,它们不是居于理论高度的一种提炼,所以较少片面化、绝对化的弊病,而是沿着文脉自然生成的叙述,多日常生活情趣,大都具有浓厚的反语色彩。

瞿秋白此前的杂文通常是社会批评,此时则因为鲁迅的缘故,杂文题材开始侧重文明批评,风格也开始有所变化,渐趋成熟。可以看到的是,他的杂文记叙开始曲折起来,议论也变得婉转起来,虽然讽刺的刚度有所弱化,但讽刺的锋芒并未因此减少而韵味则更形绵长——简言之,强化的反讽色彩使得瞿秋白的洞察力得到了清晰展示。

在被鲁迅收入自己文集的12篇杂文中,《王道诗话》《最艺术的国家》《透底》

《关于女人》《真假董吉诃德》《大观园的人才》等篇，都兼有社会批评和文明批评两方面的特色。

《真假董吉诃德》一文糅合现象和结论，论断斩截高明而论理曲折细腻，可以反映瞿秋白杂文在成熟期的基本特色。作者从西洋武士道的衰落自然引入堂吉诃德这一"老实的书呆子"人物，虽则"傻相可掬"，也的确让人觉得"可怜可笑"，"然而这是真吉诃德"，以此为对照，引入中国本土现象："中国的江湖派和流氓种子，却会愚弄吉诃德式的老实人，而自己又假装着吉诃德的姿态。"在以《儒林外史》做例证之后，直接端出结论："真吉诃德的做傻相是由于自己的愚蠢，而假吉诃德是故意做些傻相给别人看，想要剥削别人的愚蠢。"然后一一列举："特制钢刀九十九柄赠送前敌将士"的噱头，成为武器不精良故而节节败退的口实，且是"搜刮一些杀猪经费"的借口；提倡国货运动并不是为了振兴民族工业，而是使得"小百姓做了牛马猪狗仍旧要负'救国'责任"的"大义"；高喊民族精神自然于事无补，而是要"小百姓埋头治心，多读修身教科书"而已。这种融"学"与"识"即现象与判断为一体的文章，好处在于二者可以收互相发明之效，只要在行文中故意留下蛛丝马迹，读者自会挖掘出背后的命意，从而产生一种发现的、会心的阅读乐趣。

作为一个革命者，瞿秋白始终没有舍弃理论立场，故杂文始终具有政治内涵。如果从文气的充沛和艺术的节制相结合的角度看，瞿秋白最有代表性的一种技巧，是戏仿；如果就内容着眼，则在于政论与杂文的结合。

先看前者。在晚清民初，游戏文章在通俗作家群中间蔚然成风，其缘故，在于他们面对纷纭复杂的社会情态却又难以自如发声时，情急之中选择自幼熟悉的旧文体并略加改造，用以表现世相。有意思的是，这一迫不得已的举措恰恰更为强烈地突出了新内容和旧形式之间的张力，因之也生成或曰制造出一种以别扭、反差为特征的滑稽风情。从通俗作家的原意看，他们自然意在讽刺，而这些游戏文章的特色也的确在于调侃、嘲讽，但因为不够克制，意图过于明确和明显，所以韵味不足，又因为缺乏穿透力，所以讽刺多流于表面，故而，这些游戏文章足以构成一种文学风情而难以成为一种文学风格。瞿秋白在活用传统文章方面则无疑是行家里手，《曲的解放》对"词的解放"的戏仿，《迎头经》对经传文体的现代解构，都是现成的例子。较之通俗作家群，瞿秋白不仅技巧的韧性过之，而且在思想的穿透力方面更是胜出多多，可以说是形成了一种"旧瓶装新酒"的文学风格。

再看后者。瞿秋白杂文往往洋溢着一股理论家的诗情，所以语言风格直如大珠小珠落玉盘，摧枯拉朽，带有相当的狂欢属性。《画狗罢》结尾如是写道："本来，中国自然也在六分之五的地球之内。而中国有的只是走狗和牛马。可是《鬼土日记》里面只见人的鬼，而没有见狗的鬼，没有见牛马的鬼；即使有牛马的鬼，也只是影子。"单音节词构成的短句高频次重复，回环往复所造就的声响，的确走向了他本人所讽刺的"哑巴文学"的反面，而成为"朗诵之中能够听得懂"的文学。而《一种云》《暴风雨之前》《青年的九月》等篇，则充满了政治意象，像《一种云》中月亮的"惨淡的眼光"、黄河长江的"冷酷的面孔"、"吃田地的土蜘蛛"和"肚里装着铁心肝铁肚肠的怪物"工厂，《暴风雨之前》中青天白日旗"鬼脸似的靛青的颜色"和"恶鬼似的雪白的十几根牙齿"交错的颜色等能指，有机构成了瞿秋白政论性杂文的符号世界，有力表达了他的革命诉求和意志。

当然，正如瞿秋白谈鲁迅杂文所论，杂文是一种"社会论文"，它不缺艺术性但"不能够代替创作，然而它的特点是更直接的更迅速的反应社会上的日常事变"[1]，他之所以介入杂文写作，还是出于革命家的政治立场。

第七节　其他作家的散文

自上海脱离江苏后，因为历史渊源和地理邻近的缘故，两地之间的文化、文学交流仍然密切，不过，江苏所受到的影响也是显而易见的：一方面，江苏文风鼎盛

---

[1]　瞿秋白：《〈鲁迅杂感选集〉序言》，《瞿秋白文集》第3卷，北京：人民文学出版社，1998年，第96页。

的文脉虽然未断，但南京国民政府偏于保守的意识形态，存在一种下意识的针对新文学的反动趋势，这强化了江苏散文的文人趣味；另一方面，作为国民政府控制的核心区域，江苏文坛颇有建制化倾向，也存在与时代风云脱节之势，从而难以吸纳新的文学潮流的有益要素。当然，这一时期江苏文坛稍欠活力固然是事实，但江苏籍作家居于上海和其他城市者不乏其人，他们与进入成熟期的新文学水乳交融，推进了江苏散文的日益发达。

第四章

散文文体的新变
(1938—1949)

第一节　概述

1937年"七七事变"爆发之后，中国进入全面抗战时期。为期八年的全面抗战不仅是中华民族反抗异族侵略、争取独立的民族战争，而且是世界反法西斯战争的重要组成部分，虽然中国在付出了极为沉重的代价之后取得了胜利，但它无疑极大地阻碍甚至是打断了中国现代化的自主进程。此后发生的解放战争，也在很大程度上可以看作是中国在被迫按下发展的暂停键之后，民族内部所爆发的究竟选择哪一条现代化道路的政治斗争的延续。在这十余年中，因为战争的强力影响，中国及江苏的新文学和散文创作发生了深刻裂变。

如果说30年代新文学不无压力、干扰而仍然能够大体保有一个相对自由的发展空间，那么抗战全面爆发之后则无法不被卷入战争机器之中。战争爆发之初，众多的文学界人士怀抱高亢的民族热忱，同仇敌忾，组成了"中华全国文艺界抗敌协会"及其他各种抗战文艺团体，创作了大量作品以鼓舞士气、提振民心，应该承认这些努力都发挥了重要作用，但就创作而言，其中的许多篇章都是短平快的宣传品和缺乏深度的通讯，以今观之殊少文学价值。在全面抗战进入相持阶段后，人们在保持抗战到底的决心的同时，也适应了战时的常态，慢慢恢复日常秩序，开始关心日常生活，也就回复了正常的文学创作。

40年代的文坛格局，文学史惯常将之划分为中国共产党领导下的抗日根据地、国统区和沦陷区三大板块（另有太平洋战争爆发之前的上海租界）。就江苏的实际情形看，它大体也可以分作三大板块：其一，抗战全面爆发之后，在江苏工作和生活的众多文化人陆续内迁，江苏籍作家也多在大后方飘零，在艰难困苦中坚持创作；其二，部分江苏籍作家在上海租界展开活动，在太平洋战争爆发前后，其中一些人辗转奔赴大后方，另一些人因为种种原因留在沦陷后的上海等地，由于生活处境的不同，他们在散文创作方面与大后方的作家存在一定差别；其三，在苏北新四军根据地逐渐形成了以通讯、报道等纪实性散文为主的创作倾向，虽然整体水平不够高，但它无疑构成了战时江苏散文不可分割的一部分，并成为1949年后江苏散文不可忽略的文学遗产。在这三大板块中，新四军根据地散文在主题、题材、风格、技巧方面趋同，具有高度的同质性，可以视为一个整体，而国统区和沦陷区的散文创作则在经历了战略防御阶段一致对外的激烈之后归于平静，作家个人的气质、性情、兴趣、修养和身处的环境等因素愈来愈在创作中发挥作用，所以虽然仍是受到战争的压抑，但却表现出较为多样的风貌。

需要强调的是，战争固然造成了破坏和干扰，而且中国的抗争无论从哪一方面来讲都是正义之战，但在另一方面，就其客观效应而言，它无疑在一定程度上减轻了此前政治加于文学的压力，而环境的宽松对于文学艺术的发展至关重要。周作人曾经指出中国文学史上存在这样一种规律，那就是"在朝廷强盛，政教统一的时代，载道主义一定占势力，文学大盛，统是平伯所谓'大的高的正的'，可是又就'差不多总是一堆垃圾，读之昏昏欲睡'的东西"，而在王纲解纽的"颓废时代，皇帝祖师等等要人没有多大力量了，处士横议，百家争鸣，正统家大叹其人心不古，可是我们觉得有许多新思想好文章都在这个时代发生"[1]。正因为这样，恰如全面抗战时期的中国教育创造了奇迹一样，新文学也在环境的刺激下焕发了勃勃生机。江苏散文作为战时新文学的重要组成，此时也涌现出为数甚多的优秀作家。

总体说来，江苏散文在这一时期有一虚一实两种写作路径，相应地表现为两种文学风情。所谓"虚"，指的是在战争条件下，作家因行动遭到限制而无法与外面的世界自由接触，所以写作题材自然向抽象问题转移，笔法以议论为主，表现为一种闪烁着智慧火花的理趣，朱自清、钱锺书、陶晶孙等人的作品都是前引王了一所谓现代小品文；所谓"实"，指的是因为种种原因而较多与社会接触，题材较多社会实感，笔法则以记叙为主，所以风格多朴素晓畅。后一类创作大体又可分两类，

---

[1] 周作人：《冰雪小品选序》，《看云集》，止庵校订，石家庄：河北教育出版社，2002年，第105页。

第四章 散文文体的新变（1938—1949）

一是洪为法、吴祖光、陈白尘、罗洪等人基于一己人生体验而作的随笔，一是新四军根据地及其他根据地基于生活体验的散文创作，前者较为活泼，后者则都是记叙生活实感而带有应用文体的性质。下面对它们分别予以概述。

第一大流派是现代小品文。前文多次提及江苏文化渊源绵长、基础深厚，江苏作家大都具有极佳的古典文学素养，更重要的是因为重视文教，所以更为年轻的一代通常又接受了系统的现代教育，中外古今互融，造就了江苏散文在这一时期的小品文作家群。早早成名的朱自清，此时有《新诗杂谈》《标准与尺度》《论雅俗共赏》等多部文集，都既是严肃的学术文章，也是优美的小品。在年青一代作者中，钱锺书无疑风格最为独特，鲜明地体现出古典与现代交融的特色：一方面，他雄厚的古典文化素养和精细的外国语文知识为其散文的纵横驰骋提供了语言利器，另一方面，对中西古今哲人的深入研判又为他穿透现实准备了思想武器。更关键的地方，在于钱锺书融会贯通，形成了自身独特的睿智而幽默的文风，与梁实秋、王了一等人一起为学者散文这一散文亚类建立了文体规范，就此，钱锺书散文不仅是江苏散文的重要出产，也是新文学散文创作上的重要收获。同时期的其他青年作者，如辛笛和无名氏，也都各有特色。

第二大流派可以总称为随笔。新文学诞生以后，在相当长的时间内，随感因为缺乏艺术的节制，不是陷于滥情就是失之过于随意的议论，待到以讽刺风格为主的杂文文体成形，不能归入杂文的随感文字大体分两类，一是对外的记人、叙事之作，一是对内的较为个人化、私人化的文字，前者一般可以具体化为记人散文、叙事散文，后者则因为题材庞杂凌乱无以名之，往往统称随笔。这一时期的江苏随笔，既有书写各地风习的小品，如洪为法的《扬州续梦》、吴天的《怀祖国》，又有记叙战争中辗转各地经历的叙事，如罗洪的《流浪的一年》，还有个人生活的信手记录，如吴祖光的《后台人物》、陈白尘的《习剧随笔》。这几类随笔作品，在题材、主题、风格等方面并不统一，但在全面抗战的背景中，它们都是带有一己真情实感的性情文字，字里行间流淌着"五四"以来的血脉，可以看作是新文学精神的日常传承。

第三大流派是新四军根据地散文。新四军在经过一段时间的巩固之后，形成了以盐城为中心的根据地并开始建制化，文化工作由此得到重视。"鲁迅艺术学院华中分院"（"华中鲁艺"）等文化机构逐渐创立，同时，左翼作家阿英等著名文化人陆续加入，这些都拉动了根据地文学创作的展开。就实际情形看，"华中鲁艺"和《盐阜大众报》是根据地最为重要的两大文化机构，围绕它们也分别形成了稍有区别的两大作者群，在它们的共同涵养下，艾煊、菡子等青年作者逐渐形成自己的风格，并在1949年后的中国文坛和中国散文史上占据一席之地。当然也需要说明，由于新四军根据地条件极为艰苦，很难获取外界信息，所以他们的散文创作是在一个较为封闭的语境中展开的，这就决定了相关创作不可能具有艺术先锋性，甚至很难谈得上有多高的艺术价值，其意义，更在于锻炼、磨砺了为数甚多的文学爱好者，为日后的共和国文学、文化事业储备了力量。这一点，是论述新四军根据地散文需要明确强调的。

对小品文、随笔和新四军根据地散文，标准划分并不统一，它们的文学价值和文学史意义也不尽相同，而无论从哪个方面衡量，小品文都因其独特的文体特色而成为这一时期江苏散文最重要的收获，不仅在新文学史上占有重要地位，而且在整个中国从古至今的文学史上也是不可或缺的组成。

在这三大流派或曰创作板块之外，尚需一提的是江苏散文在这一时期承前启后局面的形成。柳亚子、平襟亚等人仍然活跃，郑逸梅陆续有为数甚多的笔记刊载并结集出版，缪崇群也有《夏虫集》《石屏随笔》《眷眷草》等新作，汪曾祺等文学新秀浮出水面并开始崭露头角，这些作家与前述三大板块的老、中、青三代散文作家共同构成了江苏散文有继承、有发展、有后劲的多元格局，虽然在中华人民共和国建立之后文化语境发生了很大变化，散文创作风气也势必发生很大变迁，但这一散文作家群为江苏储备了充足的人才并形成了合理的梯队，保证了江苏散文在新时代的持续繁荣。

第二节　朱自清的《标准与尺度》《论雅俗共赏》等

朱自清自抗战全面爆发直至逝世为止，致力于语文教育和文学研究，也有不少学术随笔，陆续出版的著作有与叶圣陶合作的《精读指导举隅》《略读指导举隅》《国文教学》三种，独著有《经典常谈》《诗言志辨》《新诗杂话》《语文零拾》《标准与尺度》《论雅俗共赏》，《语文影及其他》由作者亲手编定而在生前未及出版。其中，《新诗杂话》《标准与尺度》《论雅俗共赏》《语文影及其他》以及集外的若干篇章，都可以归为叙述畅达、论理通达的学者散文。

中国是一个具有悠久文史传统的国度，治学名家往往也是文章高手，不过，由于文学历来被视为雕虫小技，所以作为经国大业、不朽盛事的文章和"闲情偶寄"性质的文学往往处于对立状态，按周作人的说法，就是载道和言志的分离。近代以来，随着社会形态的变迁和文学观念的改变，学者与政教之间经过相当程度的剥离之后，他们更多地以具备精深的专门知识的个人面目行世，因而纪事、抒情、论理、述学的相关文章才成为所谓学者散文。学者散文在新文学诞生后就已出现。文学革命前后，聚拢在《新青年》周围的一批北大教授，胡适、陈独秀、李大钊、刘半农、钱玄同等人，就写有很多带有文学意味的读书论学的或幽默或滑稽的文字。此后，徐志摩、叶公超、梁遇春等人的散文沿着这一路径继续发展，到40年代前后，学者散文蔚为大观，与80年代思想解放背景下出现的学者散文潮互相呼应，成为新文学史上一个独具特色的创作路径。

学者散文的写作方法是以专业谈常识，而在读者眼中却是在常识中见情理，往往产生"言浅义深，言近旨远"的阅读感受："言浅，因为讲的往往是日常生活琐事，人人看得懂；意深，因为其中包含着哲理，只有聪明人看了才会发出会心的微笑。言近，因为讲的往往是眼前的事物；旨远，因为往往从这一件小事可以推类引申出许多大道理来。"[1]就形式而言，学者散文最重要的特征是各篇内部基于学理

---

[1]　王力：《小品文》，《文艺研究》1982年第1期。

的逻辑性。这就是说，学者散文以说理为主，虽然最终导向普泛的人性经验，但其具体路径却超出普通人的日常经验，而这也是其作为散文的一个亚种在一般读者眼中显得新颖独特的一个重要原因。

应该说，抗战之前的朱自清基本上是一位不断寻求个人写作突破的新文学作家，他在散文语言、文体、风格等方面的探索，都对完善以美文为目标的现代散文产生了重要的推动作用。可以看到的是，如果说《踪迹》《背影》《你我》所折射出的朱自清形象仍然是一位感伤的"五四"之子，那么《欧游杂记》《伦敦杂记》中的朱自清已经进入中年，开始努力摆脱早年的那种不无滥情的作风，开始寻求一种简约但不失风情的写作路径。他在《什么是散文？》当中论及散文文体，认为它是"与诗，小说，戏剧并举"的"新文学的一个独立部门的东西"，"或称白话散文，或称抒情散文，或称小品文"，从而对"小品文"概念有所界定："小品文对大品而言，只是短小之文；但现在却兼包'身边琐事'或'家常体'等意味，所以有'小摆设'之目。"他并且指出："这种散文的趋向，据我看，一是幽默，一是游记、自传、读书记。若只走向幽默去，散文的路确乎更狭更小，未免单调；幸而有第二条路，就比只写身边琐事的时期已展开了一两步。"[1]需要强调的是，将小品文等同于"五四"以来的散文固然算不得错，但应该看到，前者受晚明小品等中国本土散文传统影响而兴起，与后者之深具西方文学背景其实颇有不同。事实上，朱自清提及周作人为《杂拌儿》作序（其实是《杂拌儿跋》）时所提出的晚明小品与新文学极为相近的观点，曾有极为清楚明确的一个判别："明朝那些名士派的文章，在旧来的散文学里，确是最与现代散文相近的。但我们得知道，现代散文所受的直接的影响，还是外国的影响；这一层周先生不曾明说。"[2]但不管怎么说，朱自清对小品文的界定不失准确，而且也正沿着他所谓的"第二条路"前行，虽然《欧游杂记》和《伦敦杂记》较为枯窘，远没有达到小品文言简义丰的境界。

1　朱自清：《什么是散文？》，《朱自清全集》第4卷，南京：江苏教育出版社，1996年，第363—364页。
2　朱自清：《背影·序》，《朱自清全集》第1卷，南京：江苏教育出版社，1988年，第31页。

第四章 散文文体的新变（1938—1949）

全面抗战时期，朱自清意欲写出《语文影》和《人生一角》两部书，前者讨论语文问题，后者描摹世相片段，"的确很用心在节省字句上"[1]，照他自己的看法，这些文章都"夹带着玩世的气氛"[2]即幽默味道，其实都是不错的小品，可惜在作者生前没有出版。得以出版的两部，《标准与尺度》和《论雅俗共赏》，文章大都作于抗战胜利以后，而且文体很杂，但亦不乏清新俊朗的小品文。他此时的小品文，许多带论文性质，大都围绕语言、文学之中的小问题展开，但娓娓道来，颇有趣味，无以名状，姑且称之为"文史小品"，史者，谓其带有学者考辨之意，近于所谓学者散文。

且看收入《语文影》的小品《说话》。该文脉络极为清晰：先从现象入手，表明哑巴也有说话的欲望；其次交代说话并不容易，并延及其与文章难易的比较；再次分别说话的种类，即公开场合的正式谈话和私密环境之中的闲谈两类；然后向历史溯源，寻出《左传》《国策》《世说》"三部说话的经典"，将之归结为三种风格；最后总结说话的态度，涉及传统的文言之辨，而最末以一句大白话作结："我们所能希望的只是：说得少，说得好。"文章论述周详，是论文的路数，不过，这种夹叙夹议的文章虽然也说理，但所谓理者，往往不过生活中的一点感悟、体会、心得，当不得如此大张旗鼓的招摇，而只宜说与会心人听。

稍后于《说话》的《沉默》，如是说"说话"：

> 谁都知道口是用来吃饭的，有人却说是用来接吻的。我说满没有错儿；但是若统计起来，口的最多的（也许不是最大的）用处，还应该是说话，我相信。按照时下流行的议论，说话大约也算是一种"宣传"，自我的宣传。所以说话彻头彻尾是为自己的事。若有人一口咬定是为别人，凭了种种神圣的名

---

[1] 朱自清：《标准与尺度·自序》，《朱自清全集》第3卷，南京：江苏教育出版社，1996年，第113页。
[2] 朱自清：《语文影及其他·序》，《朱自清全集》第3卷，南京：江苏教育出版社，1996年，第334页。

字；我却也愿意让步，请许我这样说：说话有时的确只是间接地为自己，而直接的算是为别人！

用一本正经的口吻和貌似中正的调子，兜兜转转，最后说出了一个人所共知的意思，但细细品味，这没有什么意思的意思里面似乎又多出了一点什么东西。这就是作者在这种看似随意的氛围中议论风生所自然分泌出的一种理趣。

能够把琐屑细微的人生体验讲述得妙趣横生，这是"五四"时代的"美文"即朱自清所谓抒情散文并不具备的审美特性，而是小品文的天然风情。当然，这样的小品文又可以分出两条路径，其一是根植于本土传统的带有文人意趣，其二是借鉴英美散文风格的带有现代知识人的情趣，前者可以俞平伯、废名等人为代表，后者可以梁遇春等人为代表，能够化合两者且不留痕迹者，乃是钱锺书、梁实秋、王了一等所谓学者散文作者。朱自清在小品文的这两种流脉之中，颇有依违两可的心态：一方面，他被目为美文作手，历来的写作经验也偏于作为四大新文学体裁之一的散文，无论观念还是实践，都难以完全倒向以晚明小品为主要表现形式的本土审美；另一方面，他又是一个拘谨的人，加之教育背景的局限，所以也很难全身心地拥抱西洋文学，遂对其精妙之处体会无多，自然也就无从加以吸纳熔铸。就朱自清抗战时期的相关创作来说，它们既带有早期抒情散文的影子，同时或与作者人到中年和长期从事教学相关，强化了此前"朴实清新"中的"朴实"一路，而又寻求变化，追求理趣，开始表现出"论语派"小品文向学者散文过渡的态势。

《论废话》一文作于抗战中，不仅是谈论一个语言现象，也涉及一些思辨性质的问题，如言与意、无用之用等。朱自清先从这一词语的写法入手，指出"废话"和"费话"的细微差别："旧小说里似乎多用'费话'，现代才多用'废话'。前者着重在罗唆，罗唆所以无用；后者着重在无用，无用就是罗唆。"然而，不管道教、佛家如何说法，"可是人活着得说些废话，到头来废话还是不可废的"，因为"得有点废话，我们才活得有意思"。作者写道：

这些废话最见出所谓无用之用；那些有意义的，其实也都以无用为用。有人曾称一些学者为"有用的废物"，我们也不妨如法炮制，称这些有意义的和无意义的废话为"有用的废话"。废是无用，到头来不可废，就又是有用了。

已经可以看到曲折的风情了。原拟编为"人生一角"的几篇文章，在此基础上更进一步，居然不无议论纵横的味道，颇为令人惊喜。《论自己》开头有云：

翻开辞典，"自"字下排列着数目可观的成语，这些"自"字多指自己而言。这中间包括着一大堆哲学，一大堆道德，一大堆诗文和废话，一大堆人，一大堆我，一大堆悲喜剧。

这种迹近放肆的文风，出现在朱自清的作品当中，不无耳目一新的感觉。同样是这篇文章，述及个人渺小，亦颇为痛快：

大丈夫也罢，小丈夫也罢，自己其实是渺乎其小的，整个儿人类只是一个小圆球上一些碳水化合物，像现代一位哲学家说的，别提一个人的自己了。庄子所谓马体一毛，其实还是放大了看的。应该有一家报纸登过一幅漫画，画着一个人，仿佛在一间铺子里，周遭陈列着从他身体里分析出来的各种元素，每种标明分量和价目，总数是五先令——那时合七元钱。现在物价涨了，怕要合国币一千元了罢？

这种诙谐的讽刺，就更为难得了。在这之外，朱自清也有一些较为透辟的文字，像对人情世故的议论，指出"从前通行请教'尊姓'，'台甫'，'贵处'，甚至'贵庚'等等，一半是认真——知道了人家的姓字，当时才好称呼谈话，虽然随后大概是忘掉的多——，另一半也只是哼哼罢了"（《撩天儿》）之类，因为深入一些，所以理趣就更为悠长一点。

客观说来，朱自清乃是所谓望之俨然即之也温的儒者，木讷倒不至于，但性灵的枯窘实是常态，所以即使一些好笑的典故，到他笔下也往往趣味索然。《如面谈》提及"刘半农先生曾主张将'密斯'改称'姑娘'，却只成为一时的谈柄"，下面却没有一点借势的发挥，就颇为令人失望。总之，作为朱自清生前编定的一个文集，《语文影及其他》其实隐含了新的文学追求虽然无疑义，但不能将之看作是一种成熟的风格。杨振声曾将朱自清的散文风格概括为"风华从朴素出来，幽默从忠厚出来，腴厚从平淡出来"[1]，但或如余光中所论，"朱文的风格，论腴厚也许有七八分，论风华不见得怎么突出，至于幽默，则更非他的特色"。[2]就事实看，朱自清的确也曾有在朴素和风华、忠厚和幽默、平淡和腴厚之间徘徊不定的时期，他抗战以后的散文也表现出某种新的动向，不过平心而论，他的这些追求理趣的小品文，许多时候都是中规中矩的陈述，虽然不乏曲折婉转之处，大概都较少摇曳生姿的风韵。例如，《人话》一文谈论北京人惯用的这一个口头语词，认为背后是他们"讲究规矩"，于是就有了一段关于规矩的议论：

> 规矩是调节天真的，也就是"礼"，四维之首的"礼"。礼须要调节，得有点儿做作是真的，可不能说是假。调节和做作是为了求中和，求平衡，求自然——这儿是所谓"习惯成自然"。规矩也罢，礼也罢，无非教给人做人的道理。我们现在到过许多大城市，回想北平，似乎讲究规矩并不坏，至少我们少碰了许多硬钉子。讲究规矩是客气，也是人气，北平人爱说的那套话都是题名所谓"人话"。

朱自清采用了不少北京口语，也看得出活泼起来的努力，但还是见不到波俏，所以不无差之毫厘失之千里之感。朱自清的优点，还是李广田所指出的《背影》的

---

[1] 杨振声：《朱自清先生与现代散文》，《文讯》1948年第9卷第3期。
[2] 余光中：《论朱自清的散文》，《余光中散文选集》第3辑，长春：时代文艺出版社，1997年，第140—141页。

第四章　散文文体的新变（1938—1949）

风格在于"老实"和"真情"，并将之看作朱自清人格的自然体现[1]。李广田之语，可谓评论朱自清为人、为文的不易之论。

如果上面所论不虚，那么《标准与尺度》和《论雅俗共赏》两个集子当中那些写于战后的文章，不少篇目就都可以视为具有朱自清个人特色的小品。《论吃饭》受国内反饥饿运动的影响而写，古今纵横，不过讲了一个"吃饭第一的道理"，非常平实，但许多地方都可以见出他本人的性情：

> 士人对于吃饭却还有另一种实际的看法。北宋的宋郊、宋祁兄弟俩都做了大官，住宅挨着。宋祁那边常常宴会歌舞，宋郊听不下去，教人和他弟弟说，问他还记得当年在和尚庙里咬菜根否？宋祁却答得妙：请问当年咬菜根是为什么来着！这正是所谓"吃得苦中苦，方为人上人"。做了"人上人"，吃得好，穿得好，玩儿得好；"兼善天下"于是成了个幌子。照这个看法，忍饥挨饿或者吃粗饭、喝冷水，只是为了有朝一日可以大吃大喝，痛快的玩儿。吃饭第一原是人情，大多数士人恐怕正是这么在想。

可以看到的是，当朱自清摆脱抗战中那种有意改换写作风格的心态而老老实实按照自己的一贯风格来写的时候，语言畅达了，理路清晰了，风格也明朗了——而此时的风格也自然区别于他的早期作品。

这里不妨再度提起"朴素清新"这个说法：如果说朱自清早期是自发地走上清新的路子，那么经过抗战时期的摸索，他此时已经自觉地走上了朴素之路，此其一；第二，所谓朴素，不是朴实平淡的文风，而是世事阅尽后的通达，而以此作为根柢，则凡有叙述无不从容不迫，凡有描写无不恰到好处，凡有议论无不清通畅快，凡有抒情无不得乎其中。反过来，也可以这样说：这不仅关乎写作本身，更是

---

[1] 李广田：《最完整的人格——哀念朱自清先生》，《李广田文集》第3卷，济南：山东文艺出版社，1984年，第503页。

作者心性修为的一种境界。

朱自清战后所写的文章，许多都涉及抽象命题，如"严肃""气节""书生的酸气""低级趣味""雅俗共赏""百读不厌""常识"等，其写法，都是从个人经验——这可以是专业知识，也可以是普通的日常体会——出发，娓娓道来，虽然并没有什么过人的见解，但都是凭着本心、良知和学识、阅历而做出的公允之论，所以往往不乏精彩。《论书生的酸气》考究"寒酸"用以形容书生的历史，认为既有魏晋时期门阀制度的原因，也有读书人说话、读书迹近无病呻吟的缘由，一路下来，清清爽爽，而作者的态度则尤为宽容和超越：

> 向来说"寒酸""穷酸"，似乎酸气老聚在失意的书生身上。得意之后，见多识广，加上"一行作吏，此事便废"，那时就会不再执着在书上，至少不至于过分的执着在书上，那"酸气味"是可以多多少少"洗"掉的。而失意的书生也并非都有酸气。他们可以看得开些，所谓达观，但是达观也不易，往往只是伪装。他们可以看得远大些，"梗概而多气"是雄风豪气，不是酸气。

这些看法，不仅仅针对的是一种现象，也涉及人格修养了。

朱自清谈文论艺，大都融入历史的因素，而交融现实与历史的背后，则与人性密不可分。《论雅俗共赏》议论雅与俗及其关系问题，既是当时文坛所关切乃至有所争论的一个核心话题，也是文学史上聚讼不休的一个关键命题，更是人性深处高尚和卑俗两种矛盾趋向的表征。该文仍然从历史角度切入，指出唐中叶前后的社会变动打破了等级界限，不过"雅人多少得理会到甚至迁就俗人的样子"，大概是"在宋朝或者更后"，而其中最有意味的一点，在于雅俗共赏"虽然是以雅化的标准为主，'共赏'者却以俗人为主"，最后且指出：

> 十九世纪二十世纪之交是个新时代，新时代给我们带来了新文化，产生了我们的知识阶级。这知识阶级跟从前的读书人不大一样，包括了更多的从民间

来的分子，他们渐渐跟统治者拆伙而走向民间。于是乎有了白话正宗的新文学，词曲和小说戏剧都有了正经的地位。还有种种欧化的新艺术。这种文学和艺术却并不能让小市民来"共赏"，不用说农工大众。于是乎有人指出这是新绅士也就是新雅人的欧化，不管一般人能够欣赏与否。他们提倡"大众语"运动。但是时机还没有成熟，结果不显著。抗战以来又有"通俗化"运动，这个运动并已经在开始转向大众化。"通俗化"还分别雅俗，还是"雅俗共赏"的路，大众化却更进一步要达到那没有雅俗之分，只有"共赏"的局面。这大概也会是所谓由量变到质变罢。

这些基于人性而对文学和社会发展做出的判断可谓不同凡响。另外值得注意的是，在理性的清明之外，朱自清此时的文学语言也终于彻底摆脱了"五四"时代的滥情伤感气息，变得质朴、简约、干净而又可以见出基于性情、修养的趣味。他在《禅家的语言》一文中提及："正像道家以及后来的清谈家一样，他们都否定语言，可是都能识得语言的弹性，把握着，运用着，达成他们的活泼无碍的说教。"[1]这里面自然有朱自清的个人体悟，所以他的文学语言在一定程度上或可当得似癯实腴之评罢。

总体而言，朱自清小品多具文史性质，即采取历史的分析方法谈论文艺问题或命题，这自然是学问家作风，亦即后之所谓学者散文。抗战时期，在朱自清左右，其实不乏个中高手，曾短期任教于西南联大的钱锺书即为其中最受人瞩目的一位。

第三节　钱锺书的《写在人生边上》等

钱锺书（1910—1998），江苏无锡人，现代著名作家、学者。原名仰先，字哲良，后改名锺书，字默存，号槐聚，曾用笔名中书君。文史学者钱基博之子，四岁

---

[1] 朱自清：《禅家的语言》，《朱自清全集》第3卷，南京：江苏教育出版社，1996年，第302页。

时过继给伯父，童年颇受溺爱。十一岁入东林小学，三年后考入桃坞中学，开始用功读书，后入美国圣公会无锡市辅仁高级中学。1929年考入清华大学外文系，毕业后在上海光华大学任教两年，1935年取得英国庚款留学资格，赴牛津大学埃克塞特学院英文系就读。1937年毕业，之后赴法国巴黎大学进行研究工作。1938年回国，被西南联大破格聘为教授，次年转国立蓝田师范学院任教，担任英文系主任，同时开始写作《谈艺录》。1941年赴上海探亲，因太平洋战争爆发滞留上海，在上海震旦女子文理学院任教，同时展开学术研究，出版有散文集《写在人生边上》。抗战胜利后，在暨南大学外文系任教，先后出版中篇小说集《人·兽·鬼》、长篇小说《围城》和学术专著《谈艺录》。1949年回清华任教，1952年院系调整后转入中国科学院（后为中国社科院）文学研究所工作。从文化身份看，钱锺书兼具文人、作家、学者三种身份。他在1949年前的散文作品分三类，一是他大学期间就开始写作的总数20多篇的书报批评和读书札记；二是学术文章，包括随笔、讲座和专门的研究著述；三是散文，包括《写在人生边上》和其他未收集的几篇零散小品，都与这几种文化身份密不可分。在这些作品中，除极为专业化的少量篇章，大部分篇目都可以视为学者散文。

就其个人创作历程看，钱锺书在清华大学读书及光华大学任教期间就发表过一定数量的书评。他所论及的书刊，本国有当时在学界和文坛流行的周作人著《中国新文学的源流》、沈启无编《近代散文钞》、郭绍虞著《中国文学批评史》和钱仲联著《韩昌黎诗系年集释》等少量几种，而大都是国外的文史哲新著，如《衣服的心理》《一种哲学的纲要》《大卫·休谟》《现代论衡》《马克思传》《落日颂》等，当然，也有横跨中西的作品，如温源宁的《不够知己》(*Imperfect Understanding*)。这些书评，自然都是偏于学术的评论，但一点都不玄奥，而是用流畅自如的白话娓娓道来，大都观点新颖鲜明、论述机智风趣、语言幽默诙谐，带有明显的英式随笔风格，也不乏传统文人风情，表现出极高的才华和潇洒才情，都是独具一格的美文。

钱锺书大学毕业前后，适值《中国新文学的源流》《近代散文钞》两书先后出版。他对这两本书的评论方法，都是曾国藩式的扎硬寨、打呆仗，针锋相对地辩驳两书最为根本的基础观念。对后者，他以为小品文的特色并不专是"说自己的话"，而在于"家常体"（familiar style）的格调或形式，其产生远早于晚明，而在魏晋之世："在魏晋六朝，骈体已成正统文字，却又横生出一种文体来，不骈不散，亦骈亦散，不文不白，亦文亦白，不为声律对偶所拘，亦不有意求摆脱声律对偶，一种最自在，最萧闲的文体，即我所谓家常体。"对前者，他认为周作人根据"文以载道""诗以言志"来划分文学是用今天的观念宰割中国古典文学，且对该书过于推崇晚明小品不无嘲讽之意：

>　　不幸，韩柳的革命是成功了，而只能产生遵命的文学；欧梅的革命也成功了，也只能产生遵命的文学；公安、竟陵的革命，不幸中之大幸，竟没有成功（照我所知，两派的声势，远不如"七子"的浩大），所以才留下无穷去后之思，使富有思古之幽情如周先生也者，旷世相感起来。这里，似乎不无成败论人的"抗不来格事"（complex）；当然，普通成败论人的标准，在周先生是反过来了。

在这一段中，钱锺书使用的其实都是最为常见的修辞技巧，如排比、对偶、双关、反语等，但经他道来则有机融为一体，辞约旨深，辨析愈是细腻而议论愈是通透，文字功夫甚是了得。

一般论及钱锺书，往往忽略他论《近代散文钞》一文中的一句话："向来闹着的魏晋六朝'文笔'之别，据我看，'笔'就是这种自由自在的家常体，介乎骈散雅（bookish）俗（vernacular）之间的一种文体，绝非唐以来不拘声韵的'古文'。"这是对中国文学深有体会之语。不过，钱锺书的审美当然不都是传统的温柔敦厚，作为一个高明的学者，他最为倾心的文学风情，乃是较为西化的讽刺文学。他论温源宁作《不够知己》，对该书脱胎于夏士烈德（Hazlitt）《时代精神》一书的"同样地从侧面来写人物，同样地若嘲若讽，同样地在讥讽中不失公平"大为赞赏：

顶有趣的是：温先生往往在论人之中，隐寓论文，一言不着，涵意无穷。例如徐志摩先生既死，没有常识的人捧他是雪莱，引起没有幽默的人骂他不是歌德；温先生此地只淡淡地说，志摩先生的恋爱极像雪莱。又如梁遇春先生的小品文，我们看来，老觉得他在掉书袋，够不上空灵的书卷气；温先生此地只说他人像兰姆。

可以这样说，绅士风度是钱锺书的另一面，所以谑而不虐也就成为他的一贯风格。

文人的尖刻和绅士的风趣，名士的雅谑和学者的睿智，在钱锺书那里都有极为鲜明的表现，而在多数情况下，他也能将古今中外的几种要素糅合得极为妥帖，使之成为一篇之内风格统一的整体。《论俗气》《谈交友》两篇，和他后来结集为《写在人生边上》的十来篇文字较长的篇什，以及抗战胜利后若干较为学术化的随笔，都是这样的作品。

以《写在人生边上》为代表的钱锺书散文作为典型的学者散文，其基本特征，是以专业知识导向常情常理。比如《窗》，作者先引陶渊明《归去来辞》快速呈上"结论"："门许我们追求，表示欲望，窗子许我们占领，表示享受。"然后举极为日常而充满谐趣的例子略加"证明"："一个外来者，打门请进，有所要求，有所询问，他至多是个客人，一切要等主人来决定。反过来，一个钻窗子进来的人，不管是偷东西还是偷情，早已决心来替你做个暂时的主人，顾不到你的欢迎和拒绝了。"再进一层，作者又从常识开始"推理"，从屋子全有门而可以不必有窗的事实，指出"门是住屋子者的需要，窗多少是一种奢侈"，进而强调"门是需要，需要是不由人做得主的"，而"窗子算得奢侈品"，所以可以由人"看情形斟酌增减"。文末则宕开一笔，就窗子之于房屋和眼睛之于人做了极其有趣的类比性发挥。从《窗》的文脉中可以看到，钱锺书散文有明显的论据、证明和结论，在相当程度上和论文非常接近，但一本正经地说玩笑话，比如《释文盲》所谓苍蝇识字且

第四章 散文文体的新变（1938—1949）

据此加以推理，却也正是英式幽默的基本手法。

钱锺书散文的基本风格是幽默。不过，准确说来，其实是林语堂所谓"机警犀利之讽刺"的"郁剔"（wit）。"wit"的内涵，多指才思敏捷说话诙谐的机智，文雅一点的翻译是"风趣"，通俗的译法是"俏皮话"，机警固是当然之意，犀利则在某种意义上应视情形而定。在林语堂看来，幽默与所谓郁剔至为不同：

> 幽默只是一位冷静超远的旁观者，常于笑中带泪，泪中带笑。其文清淡自然，不似滑稽之炫奇斗胜，亦不似郁剔之出于机警巧辩。幽默的文章在婉约豪放之间得其自然，不加矫饰，使你于一段之中，指不出那一句使你发笑，只是读下去心灵启悟，胸怀舒适而已。其缘由乃因幽默是出于自然，机警是出于人工。幽默是客观的，机警是主观的。幽默是冲淡的，郁剔是尖利的。世事看穿，心有所喜悦，用轻快笔调写出，无所挂碍，不作滥调，不怩忸作道学丑态，不求士大夫之喜誉，不博庸人之欢心，自然幽默。[1]

郁剔，或曰机智风趣，出于主体聪明才智，多有拨开云雾见青天之感，所以在相当程度上也是犀利的。

幽默是把现实当成理想来写，所以愈是能够冷静地描摹出现实并将之当作人类的理想，则自然产生幽默的意味，从这个角度观察可以发现，其基本手法是逻辑和类比。早期的《谈交友》开篇如是写道："假使恋爱是人生的需要，那末，友谊只能算是一种奢侈；所以，上帝垂怜阿大（Adam）的孤寂，只为他造了夏娃，并未另造个阿二。"从恋爱与友谊在比较中一必需一奢侈的结论出发，作者先驳"急需或困乏时的朋友才是真正的朋友"这一西方的势利友谊观，后斥孔子直谅多闻所谓"漂白的功利主义"友谊观，之后得出结论："真正的友谊，是比精神或物质的援助更深微的关系。"以一种似是而非、似非而是的逻辑贯穿全文，谈到兴起时若有意若无

---

[1] 林语堂：《论幽默》，《我的话·行素集》，上海：上海时代书局，1948年，第11页。

意地在中西古今之间捭扯,这种诡辩式、谈话风文体,就是钱锺书本人所谓家常体,不过,有意思是,经过引经据典的类比和发挥,这种家常情境往往被刻意导向一个极为庸俗的语境,而这一庸俗语境因为极其浅显,所以很容易联想到其反面的理想情境,两相一对照,遂产生内心隐秘心理被戳中的惭愧感。《读〈伊索寓言〉》如是谈论"年轻人":

> 比我们年轻的人,大概可以分作两类。第一种是和我们年龄相差得极多的小辈,我们能够容忍这种人,并且会喜欢而给以保护;我们可以对他们卖老,我们的年长只增添了我们的尊严。还有一种是比我们年轻得不多的后生,这种人只会惹我们的厌恨以至于嫉忌,他们已失掉尊敬长者的观念,而我们的年龄又不够引起他们对于老弱者的怜悯;我们非但不能卖老,还要赶着他们学少,我们的年长反使我们吃亏……一切人事上的关系,只要涉及到年辈资格先后的,全证明了这个分析的正确。

然而,这是人人经验中所共有的体会,一经品味,立刻察觉到这一人性的缺陷非一己独有,遂产生人生无价值的东西被撕破的轻松感[1],从羞愧转向愉悦。

另外需要强调的是,加强幽默效果需要"以无动于衷的冷酷态度去记下这个弊端的特点",而在操作层面,则特别偏好"具体的词汇、技术性的细节、明确的事实"[2],钱锺书并不例外。他聪敏过人且博闻强识,所以时时处处触类旁通,能以古今中外各种鲜活的具体事例特别是文学细节予以佐证,故幽默的味道尤其浓厚。他早期的《论俗气》从酸气、土气的类比入手说"俗气",引赫胥黎论诗所谓"好比戴满了钻戒的手,俗气迎人"之语,结合"浓抹了胭脂的脸,向上翻的厚嘴唇,

---

[1] 鲁迅指出,"悲剧将人生的有价值的东西毁灭给人看,喜剧将那无价值的撕破给人看。"参见鲁迅:《再论雷峰塔的倒掉》,《鲁迅全集》第1卷,北京:人民文学出版社,1981年,第192—193页。

[2] [法]柏格森:《笑》,徐继曾译,北京:北京十月文艺出版社,2005年,第86页。

福尔斯大夫（Falstaff）的大肚子，西哈诺（Cyhano）的大鼻子，涕泗交流的感伤主义（sentimentality），柔软到挤得出水的男人，鸳鸯蝴蝶派的才情，苏东坡体的墨猪似的书法，乞斯透顿（Chesterton）的翻筋斗似的诡论（paradox），大块的四喜肉"，古今中外、荤素咸甜，一通乱搅，最后得出一个判断——俗气的基本特点是"量的过度"。《释文盲》开篇从哈德门《伦理学》所谓价值盲"欠缺美感"一点介入，提出不能欣赏文艺作品的人其实是"文盲"，故此，语言文字学家见木不见林的言论自是文盲的表征，而在文学界的表现，则是"印象主义的又唤作自我表现或创造的文学批评"，作者冷嘲热讽之余，径直将"创造的"改为"捏造的"，而将"印象的"呼作"摸象的"，至于痛恨文学的人，也直截了当地赠送他们一句话："眼中有钉，安得不盲。"

也因此，钱锺书幽默则幽默，讽刺的矛头更多地对准了现实。比如，《说笑》中的笑"本来是幽默丰富的流露，慢慢地变成了幽默贫乏的掩盖"，《谈教训》中的"假道学比真道学更为难能可贵。自己有了道德而来教训他人，那有什么稀奇；没有道德而能以道德教人，这才见得本领"之类。《读〈伊索寓言〉》以动物情状类比所谓文明时代的"人"的种种悖谬言行，充满反讽意味，而在其他作品中，钱锺书有对某种生存智慧的嘲讽，如"我会对科学家谈发明，对历史家谈考古，对政治家谈国际情势，展览会上讲艺术鉴赏，酒席上讲烹调。不但这样，我有时偏要对科学家讲政治，对考古家论文艺，因为反正他们不懂甚么，乐得让他们拾点牙慧；对牛弹的琴根本就不用挑甚么好曲子"（《魔鬼夜访钱锺书先生》）；有对某种文学现象的讥刺，如"自从幽默文学提倡以来，卖笑变成了文人的职业"（《说笑》）；有对某种社会现实的讥弹，如"最巧妙的政治家知道怎样来敷衍民众，把自己的野心装点成民众的意志和福利"（《吃饭》），等等。这些插科打诨式的嘲讽，或如《魔鬼夜访钱锺书先生》末尾这一突然的插入，"内地的电灯实在是太糟了！你房里竟黑洞洞跟鄙处地狱一样！不过还比我那儿冷；我那儿一天到晚生着硫磺火，你这里当然做不到——听说碳价又涨了"，显示钱锺书并非一味高蹈，而自有其现实关怀的方式。

钱锺书对世相的表现以及带有嘲讽意味的描述，一方面表明他对人性人情有着浓厚的兴趣并多有体会，另一方面，也表明他对它们并不满意。就前者来说，结合其一生为人和至今流传的关于他的一些轶事来看，钱锺书并不是一个擅长虚与委蛇的八面玲珑之人，所以他对人情的细腻体察并不出自个人生活，而源于站在"人生边上"乃至"人生边上的边上"的观摩，部分来自阅读中外小说的经验；就后者而言，他对"五毛两足动物的基本根性"[1]不满，但似乎并不相信存在一种圆满的人性，更不相信有一种尽善尽美的人情。合而观之，可以这样讲，钱锺书是一位自发的社会人情观察者和书写者，文笔的老到和见识的高明，都带有传统知识人的狂狷色彩，故高屋建瓴也好，袖手旁观也罢，都不过是后来人基于各自立场的评介而已。

钱锺书对社会人生的描摹，不脱学者本色。且看他写于大学毕业前夕的《论俗气》。"俗气"是与朱自清《论书生的酸气》之"酸气"一样的"比任何气体更稀淡、更微茫，超出于五官感觉之上的一种气体"，作者此句之后一转，说"只有在文艺里或社交里才能碰见"，算是完成了"引言"部分。亚尔特斯·赫胥黎在《文学中之俗气》一书认为"俗气的标准是跟了社会阶级而变换的"，但作者引用之后，迅速根据这一说法追加了一句，"若说根据银行存款的多少来判定阶级，赫胥黎先生断不至于那样势利的"，而且以学者的严谨评说道："赫胥黎先生的说法只让我们知道俗气产生的渊源（origin），没有说出俗气形成的性质（nature），只告诉我们怎样有俗气，并没有讲清什么是俗气。"然而，不同阶级的人所指为俗的内容尽管不同，但彼时彼刻的"心理反应或感想一定是相同的"，为什么呢？作者又引赫胥黎关于爱伦·坡的诗的一句比喻，"说它好比戴满了钻戒的手，俗气迎人"，然后就是一番古今中外的例子（引用见前）。作者列举了这些现象，然后作恍然大悟状曰："这形形色色的事物间有一个公共的成分——量的过度。"因此推论道，"俗气不是负面的缺陷（default），是正面的过失（fault）"，且有说明云，"骨瘦如柴的福

---

[1] 钱锺书：《序》，《围城》，上海：晨光出版公司，1947年，第1页。

尔摩斯是不会被评为俗的,肥头胖耳的福尔斯大夫便难说了"。如果这样的例子太文艺,那么下面的类比则是人人皆有的体会了:

> 简单朴实的文笔,你至多觉得枯燥,不会嫌俗的,但是填砌着美丽词藻的嵌宝文章便有俗的可能。沉默冷静,不会应酬的人,你至多厌他呆板,偏是有说有笑,拍肩拉手的社交家顶容易变俗。

不仅乎此,作者更从"通俗"这一个日常语汇"悟到俗气的第二特点:俗的东西就是可以感动'大多数人'的东西",而且细分为两面:一是数量,"是卡莱尔(Carlyle)所谓'不要崇拜大多数(don't worship the majority)'的'大多数'";一是质量,"是易卜生(Ibsen)所谓'大多数永远是错误'(a majority is always wrong)的'大多数'"。接着,作者将这两点关于俗气的观点与赫胥黎和山潭野衲(Santayana,今多译桑塔亚纳)作比,进一步辨明并严密化了相关界定,然后推开去,谈起古今中西那些"求美而得丑"或"求雅而得俗"的文艺现象,而归之于《儒林外史》第二十九回杜慎卿所谓"雅的这样俗"之语的反面,即"俗的这样雅":

> 天下不愁没有雅人和俗人,只没有俗得有勇气的人,甘心呼吸着市井气,甘心在伊壁鸠鲁(Epicurus)的猪圈里打滚,有胆量抬出俗气来跟风雅抵抗,仿佛魔鬼的反对上帝。有这个人么?我们应当像敬礼撒旦(Satan)一般的敬礼他。

"雅的这样俗"和"俗的这样雅",在许多时候颇难予以截然判别。钱锺书的语言总是那么的雅,又是这样的俗,多有观者自得之效。《吃饭》描写富有情调的吃喝,有云:

>　……吃饭时要有音乐，还不够，就有"佳人""丽人"之类来劝酒；文雅点就开什么销寒会、销夏会，在席上传观法书名画；甚至赏花游山，把自然名胜来下饭。吃的菜不用说尽量讲究。有这样优裕的物质环境，舌头像身体一般，本来是极随便的，此时也会有贞操和气节了；许多从前惯吃的东西，现在吃了仿佛玷污清白，决不肯再进口。

这一段文字中有不少典雅的词语，但整体表现为一种文人的诙谐，这是俗。《一个偏见》有一个片段如是写道：

>　寂静并非是声响全无。声响全无是死，不是静；所以但丁说，在地狱里，连太阳都是静悄悄的（dove il sole tace）。寂静可以说是听觉方面的透明状态，正好像空明可以说是视觉方面的静穆。寂静能使人听见平常所听不到的生息，使道德家听见了良心的微语（still small voice），使诗人们听见了暮色移动的潜息或青草萌芽的幽响。

又是极典雅之能事了。需要说明的是，以上两例不过为了说明而强作分别，其实不足为训，钱锺书的文学语言，一如他的说话，乃辛笛所谓"汪洋恣肆，趣味盎然"[1]，这一点可以得到多家印证。

钱锺书是语言文字方面的高手，所以许多习焉不察的语词及其相关现象一经他指出，人们会有恍然大悟的会心之感。《魔鬼夜访钱锺书先生》中"你老人家半夜暗临，蓬荜生黑"对光临、蓬荜生辉这两个语词的迁就具体语境的改写，《论快乐》中认为"永远快乐""不但渺茫得不能实现，并且荒谬得不能成立"，《谈教训》对"洁身自好"的解释，都是极佳的例子。当然，文字还是小道，辞章的较高层次是

---

[1] 王辛笛：《〈槐聚诗存〉读后》，罗思编：《写在钱锺书边上》，上海：文汇出版社，1996年，第134页。

修辞，而钱锺书最擅长的恰恰就是修辞，其中，最常见的是大范围类比基础上提炼出来的比喻。

比喻的作用，正是化抽象为具体。钱锺书讽刺人到中年变得道学起来，说"譬如中年女人，姿色减退，化装不好，自然减少交际，甘心做正经家庭妇女，并且觉得少年女子的打扮妖形怪状，看不上眼"（《谈教训》）；嘲讽假正经，说那像"造屋只有客厅，没有卧室，又好比在浴室里照镜子还得做出摄影机头前的姿态"（《一个偏见》）；形容"在非文学书中找到有文章意味的妙句"，说"正像整理旧衣服，忽然在夹袋里发现了用剩的钞票和角子；虽然是分内的东西，确有一种意外的喜悦"（《释文盲》）。这些比喻（包括通感）将某种感受、情绪、道理、哲理纤毫毕现地呈现出来，当然就强化了幽默的效果。

钱锺书的特别之处在于他能同时糅合义理、考据及辞章三方，所以产生了许多格言式的警句，如"自传就是别传"（《魔鬼夜访钱锺书先生》）、"矛盾是智慧的代价。这是人生对于人生观开的玩笑"（《论快乐》）、"提倡幽默作一个口号，一种标准，正是缺乏幽默的举动"（《说笑》）、"纯正的目的不妨有复杂的动机""道德教训的产生也许正是文学创作的死亡"（《谈教训》），简直数不胜数。这些警句庄谐杂出，既是在讲道理，也是在开玩笑。当然，必须强调，钱锺书散文很多似是而非、似非而是的议论以及让人忍俊不禁的调侃都建立在对人性的洞察之上。《魔鬼夜访钱锺书先生》中的"有种人神气活见，你对他恭维，他不推却地接受，好像你还他的债，他只恨你没有附缴利钱。另外一种假作谦虚，人家赞美，他满口说惭愧不敢当，好像上司纳贿，嫌数量太少，原璧奉还，好等下属加倍再送"；《吃饭》中"吃饭有时很像结婚，名义上最主要的东西，其实往往是附属品。吃讲究的饭，事实上只是吃菜，正如讨阔佬的小姐，宗旨倒并不在女人"等，都是对现实中的人性做精细考察之后得出的"结论"。

抗战胜利之后，钱锺书创作热情有所退却，开始致力于学术研究，公开发表的几篇作品不是书报短评、演讲稿就是论文。其中，《白朗：咬文嚼字》《英国人民》《游历者的眼睛》都是不错的篇目，虽是借题发挥，但论析同样精细和精彩。当然，这些文章的风格是一贯的，涉笔成趣的地方所在多多，处处都可见到幽默的语言、风趣的叙述和睿智的机锋，但因为牵涉学术较多，这里也就不展开了。

第四节　杂文和小品

　　杂文和小品都是短小文章，但这只是外在，若论内里，则殊为不同。鲁迅指出："讲小道理，或没道理，而又不是长篇的，才可谓之小品。至于有骨力的文章，恐不如谓之'短文'，短当然不及长，寥寥几句，也说不尽森罗万象，然而它并不'小'。"[1]从旨趣到情意、从立意到选材、从结构到表达，关涉严肃问题的乃是"短文"，与之不甚相关的则是小品，二者在鲁迅那里存在这样的分野。不过，"短文"这一说法虽然有充足的学理性，但并不是一个严密的概念，这里姑且代之以杂文，从杂文与小品二者的关系角度简单谈论一下江苏这一时期的短文。

　　就总体而言，江苏的杂文远远不及小品兴盛。在"五四"时代，吴稚晖和刘半农都有杂文气但都未必算得杂文家，前者是革命家的底色，野老村俗中蕴藏着大块文章，后者不脱上海滩才子风情，坐而论道也带插科打诨的谐趣。在1930年左右，左翼文学青年的情绪宣泄可不论，但瞿秋白可谓自成一家，不过其底蕴不在江苏的地域文化，而在共产主义革命理论，所以他的杂文多带政论色彩。然而，小品文则完全是一派繁荣景象。通俗作家如李伯元、李涵秋、姚鹓雏、范烟桥等人的文章和郑逸梅的笔记就是地道的文人小品，而顾颉刚等人的学术随笔、徐蔚南等人的游记、叶绍钧的《未厌居习作》，其实都具有小品格调。

　　在这一时期，以朱自清、钱锺书为代表的学人散文也具小品风味，不过，其趣味，已由闲情转为理趣，从一己小天地走向了人生大舞台，不过，眼界虽然宽了，而兴味却大抵仍是"小"的。

---

[1]　鲁迅：《杂谈小品文》，《鲁迅全集》第6卷，北京：人民文学出版社，1981年，第417页。

一、周木斋的杂文

周木斋（1910—1941），江苏武进人，现代著名作家。名朴，号树瑜，有笔名辨微等。自幼受作为塾师的父亲的影响，爱好文史。初中未卒业即进无锡国学专修馆攻读，后到上海，任大东书局编辑。其间，为曹聚仁主编之《涛声》周刊等刊物写稿，并成为《申报·自由谈》重要撰述人之一。1934年，任上海《大晚报》编辑，稍后兼任该报文艺副刊《火炬》编辑。其间，写有历史人物传记《郑成功》。1935年加入中国文艺家协会，抗战全面爆发后加入上海文化界救亡协会，在《大美晨报》《导报》等处工作，负责过《早茶》《晨钟》等副刊。参与上海"孤岛"时期"鲁迅风"杂文问题论争，在《鲁迅风》问世后，成为重要撰稿人之一。主要创作有杂文集《消长集》及与王任叔、柯灵、唐弢等人的杂文合集《边鼓集》《横眉集》，另有少量集外篇章。

周木斋杂文不是社会批评，也不是文明批评，虽然多少都带有一点二者的痕迹，总体说来，还是以时事为主。《边鼓集》所收20余篇杂文，多涉及中日战事及与之相关的各种荒谬言论，《讳败》批评当局讳言失败、《妾命薄》讽刺汉奸社团、《活傀儡的嘴脸》讥嘲投降言论，是其中的佼佼者；《横眉集》中的19篇杂文大抵同样如此，而眼光有所放大，经常涉及对世界范围内法西斯主义者的揭露和批判，不过，也有少数篇目因为身在此中的缘故而不无偏颇，如《栽刀》之论日本对苏联的造谣和污蔑，今日看来，虽然结论算不得太错，而实是立场决定态度。以上40余篇杂文，大约一半刊发于《文汇报》副刊《世纪风》，都是带有政论性质的杂文。总体说来，这些杂文的立意与传统的文人论政颇为相似，似乎可以见出江南士风的影响，不过，二者之间的风格颇为不同：周木斋杂文论时事立场较为严正，风格趋近现代的政论，不是传统文人辞采斐然的书生意气。

这些带有政论意味的杂文，文意曲折，读来颇有周折之感，而这正是周木斋的杂文特色。在他看来，杂文艺术性的一个重要标志，乃是"迂回"所造就的艺术性。《游击战的杂感》联系鲁迅杂文谈论他的选择："此时此地，倘说环境不同，或者可以不顾环境，所以不需要迂回的杂感，只需要明快的杂感，首先，是以为环境已经好转了，那是如鱼饮水，冷暖自知，不能强人所同的；或者，便是急躁，正如对于抗战的抹杀游击战而主张只要阵地战一样。其次，是只看到鲁迅先生的杂感的明快，没有看到迂回，没有看到迂回也迅速的，也明快的；只看到单纯的明快，取了明快的一点，没有看到迅速的迂回，明快的迂回；是抽刀断流的看法，不是波浪形或潮汐形的发展的看法；是机械的看法，不是联系的看法；因此，便无视了杂感的特殊性，无视了杂感的比较富于艺术性，其势非使杂感也成为论文不可。"[1] 可以想见的是，周木斋有感于当时之标语口号式的抗战八股文章遍地皆是，所以才特别拈出一个"迂回"加以肯定和强调。

且看《吴佩孚的"三不主义"》。吴佩孚拒绝日本侵略者的利用，提出"一不出洋，二不入租界，三不坐外国轮船"的"三不主义"，堂正的民族气节受到舆论好评，一时传为美谈，周木斋则指出："其实由此可见其顽，是他的惟一的长处，也是他的最大的短处。"长处显而易见，所以作者一笔带过，而着重分析其"盲目的排外"的短处：

> 他不想到本身存在着一个根本的矛盾：过去他的军队所用的枪炮是外来的，他也有国际的背景，他也是帝国主义的爪牙，但他的思想是盲目的排外的。这正是一脉相传的士大夫的"中学为体，西学为用"的矛盾，决定了幻灭的命运。
>
> 到自己的"西学为用"不行，"中学为体"不成，失败的时候，"中学为体"便更趋极端了，连"西学为用"也索兴不要了，于是有所谓"三不主义"。

文风朴素而观点深邃，虽然很难说是曲尽其妙，倒的确有几分鲁迅风采，但作者在文末却特别表明希望吴佩孚贯彻他的"三不主义"以收"以毒攻毒"之效，则是一个明确的"迂回"。

---

[1] 周木斋：《游击战的杂感》，《消长新集》，福州：海峡文艺出版社，1985年，第89页。

这一点，按他本人的说法，是所谓"辩证癖"，"有时为了工文，结果转又刻义"即此之谓[1]。再看一篇收入《消长集》的《"民逼官反"》。周作人《苦茶随笔》中的《岳飞与秦桧》一文征引几种文献，得出"现今崇拜岳飞、唾骂秦桧的风气，我想还是受了《精忠岳传》的影响"的结论，作者认为这是其时"要求抗战，反对屈辱"的反面，将之概括为"反风气"，已经隐含对周作人的不满，于是又联想到他的《谈关公》一文，把不解于士大夫像民间一样尊崇关公的意思也归为"反风气"："反什么风气呢？现成地说是反民间罢，倒真不愧乎士大夫的本色。俗说'官逼民反'，这倒是'民逼官反'，可惜不知道周作人是不是'官'。"作者接下来就转折，进入正题：

> 话又说回来了，反"崇拜岳飞、唾骂秦桧的风气"和反崇拜关羽的风气，虽然在表面上是不同的，但其实却有关，正如抗战之与民主一样，而世以关岳连称，也得到了其间关系的新义。

而作者还有转折：

> 又要话又说回来了，周作人要反风气，就径直地反好了，为什么要翻案地反，殃及古人呢？显得并非载道，亦避讳之意也。但其如"言志"何？

两个转折就有两层递进的意思，最后归于对周作人隐秘内心的揭破。这种文风，或如唐弢所描述的那样，周木斋"却只是冷眼旁观，以深刻的观察和严密的逻辑，对准要害，猛地一击，然后左一个理由，右一个理由，逐点分析，使对方腾挪不得"[2]。

1　周木斋：《消长集·前记》，《消长新集》，福州：海峡文艺出版社，1985年，第99页。
2　唐弢：《〈消长新集〉序》，周木斋：《消长新集》，福州：海峡文艺出版社，1985年，第4—5页。

在"辩证癖"之外，周木斋还有"戆脾气"，所以他"在写作的时候，总是想只要把因有所感而把理说出来，便算于愿已足，重质，而不计文，实在有点野气……但倾向于说理，由感而来，却非纯粹的感，这点，在我也自觉的"[1]。其实，在朋友眼中，他是一个沉默、温和、拘谨的人，但"有些旧知识分子意义，有点洁癖，一生远避着势利和虚骄"[2]，故"戆脾气"云者，一方面是"戆"，上述之"迂回"也就颇有不见真章不罢休的意味，另外一方面，则要有脾气，而这个脾气，就是周木斋本人的精神洁癖所造就的"野气"。他的杂文以说理为特色，前后期其实差别不大，如果强作一个区分，大致可以这样说：在稍早的时候，因为较为直接面对时事，杂文战斗性的一面较多得到重视，周木斋多是短制，且"戆脾气"之"戆"较为明显，所以不无操切之感；到稍后一点的《消长集》，因为较多面对现实，剀切的分析有了相对从容的空间，所以篇幅加长，在"戆"之外，"脾气"即文人的精神洁癖以及一定程度的现代知识分子的批判意识开始凸显，所以如《吴佩孚的"三不主义"》《"民逼官反"》这样的糅合社会批评与文明批判的杂文有所增加。

周木斋诚如柯灵所言，乃是一个拘谨的人，反映在他的杂文之中，就是辨析义理算得丝丝入扣，但少有波俏，更无江南文人惯常的谐谑，偶一为之，大概也是顺着语势自然流出来的，而这种文生情的作风实是他理应多加注意的。《关于滥用名词》批驳坊间"不循名责实"的望文生义风气，如此写道：

>"子曰""诗云"换了"西哲""西儒"，隶事砌典换了名词术语，于是人们谑之曰："洋八股"。蔓而延之，过去谈主义有"党八股"，近事崇实之文有"抗战八股"。"八股"声声，亦应该有"八股八股"。

---

[1] 周木斋：《消长集·前记》，《消长新集》，福州：海峡文艺出版社，1985年，第99页。
[2] 柯灵：《伟大的寂寞——悼周木斋》，周木斋：《消长新集》，福州：海峡文艺出版社，1985年，第226页。

这里的"八股八股",和《男盗女娼》中的"寄饮食于男女"之语以及从"不足为训"引申到"足为训",都是顺势的借用,而均有文章风情。

总之,周木斋杂文以说理的朴素、剀切为特色,缺憾在于语言过于朴素而缺乏风情、语意过于充分而缺乏韵味。另外需要注意的是,囿于语境限制,周木斋也有一些今天看来不太妥当的观点,虽然可以理解,但毕竟是错了,所以仍应郑重指出。《乡原和董·吉诃德》一文意在为苏联"二战"中侵占波兰辩护,作者先引孔子语,指出乡愿的特征是"似而非",是伪善,然后指出董·吉诃德在卢那卡尔斯基《解放了的董·吉诃德》之中成为一个反抗包括"用一种新的正义的名目来压迫"在内的所有压迫的反抗者,在似是而非这一层面上,二者之间颇有相通之处:

> 乡原和董·吉诃德,显然是相反的两个典型:乡原是"阉然媚于世"的,是坏人;董·吉诃德是莽然忤于世的,是好人。然而就在这相反的两个典型的中间,却有其共通点,就是似而非:乡原的行为是似而非的,以似而非去阉然媚于世,去作恶;董·吉诃德的认识和行为也是似而非的,因似而非,便莽然忤于世,便徒善。但也就在这里,又有不同之点,就是乡原是使别人上当,而董·吉诃德却是上别人的当。

这一段文章颇为漂亮,分析也堪称精辟,但作者接下来就以二者同是"只看现象,不察本质"的说法为苏联辩护,肯定其"原是对德的"的宣传,就轻信失察了。这当然不是苛责周木斋,而是强调一点,当他涉及苏联问题时一概无条件肯定,其实就已经丧失了独立的知识人立场了。

二、陶晶孙的《牛骨集》

陶晶孙(1897—1952),江苏无锡人,现代著名作家。名炽,字炽孙,笔名有晶明馆主、晶孙等。幼年在家读私塾,1906年随父赴日,接受完整的日式教育。在九州帝国大学学医期间,参加管弦乐队并担任大提琴手,参与发起成立创造社。后入仙台的东北帝大研究医学，课余担任校管弦乐队指挥并学习钢琴、骑马，三年后毕业，曾在东京帝大慈善医院外科实习。1927年回国，一度主编《大众文艺》；提倡"木人戏"，为现代木偶剧的重要倡导者和奠基人之一。1929年初，任上海东南医学院教授，并于次年在家乡创立厚生医院。1930年3月，出席"左联"成立大会，为发起人之一。此后，兴趣和重心转向医学，在寄生虫研究方面卓有建树，为中国现代预防医学的奠基人之一。抗战全面爆发后出任伪职，因此在较长一段时间内被视为"汉奸文人"，后经夏衍等人证实，陶晶孙实际是受潘汉年的安排，隐蔽在日伪内部，为抗日工作。日本战败后，负责接手台北帝大，后出任台大医学院教授并担任热带病研究所所长。1950年到日本，在东京大学担任中国文学专业讲师。1952年因病去世。

陶晶孙的创作，以《木樨》《音乐会小曲》两部短篇小说集最为知名，其实，他还有一定数量的剧作和翻译，另外就是"杂文"。这里所谓杂文，不是作为一种文体的杂文，而是各种零碎文字的汇编，《牛骨集》就是如此："十年以来，我全不写文字了，近来有某友来问我要过稿子，从前同人某君也为他的文艺杂志来要过稿子，我就写过几段小东西。从此以后，这边写一段，那边写一段，本来不预备写什么的我，结果有多少杂文了。最近书肆问我要一本小册子，把所有的杂文都扫出来交给他，只怕他印好之后给他蚀本。"[1]该集汇录了陶晶孙十几年间约30篇各种性质和体裁的文章，除《圣诞前后》和《万华镜》两篇小说，就内容和篇幅而言，可分杂论、记人、记事三类，都是短文，另有《日本文学之什》《中国文学病理学》两篇相对完整的带有论文性质的长文及补白性质的27条札记"烹斋杂记"，杂固然杂，但很多都是带有东方风味的小品。陶晶孙在日本多年，日本文学风情已经成为他的内在风格，所以他的各类作品都带有一股浓郁的日本风情，既有清婉可人的精致美，也有飘逸洒脱的文人风情，更有幽邈深远的涩感。

杂论基本都是陶晶孙回国之后与左翼文化团体发生交集时特别是主编《大众文

---

[1] 陶晶孙：《牛骨集》，《牛骨集》，上海：太平书局，1944年，第1页。

第四章 散文文体的新变（1938—1949）

艺》时的短论，不过他不像左翼作家和理论家那么严苛，而对文艺持一种较为宽容的立场，且不乏洞见。《文化和文艺》区别这两个概念，在指出"凡一社会都以文艺家的思想为先锋"之后，批判中国其时文艺界的状况乃是历史的遗留："原来我国科举时代，文艺还是同做官同一的意义。这使得我国古来文艺人怯懦，他们爱祖述先人思想，不先把自己批评，不把一切文化先消化后作文艺。"[1] 他分析消遣文学、通俗文学、鸳鸯蝴蝶派文学等几个概念，也是言简意赅，独特而准确：

> 如把社会上事象，用浅近的文字报告，给读者一快乐，或者把他排列很多，放在他们手头，给他们翻开来看看也好不看也好，这种东西可叫消遣文学，消遣文学如有人生，心理，理想描写在内，那么就变成通俗文学。如果他阿谀大众，罗列那些卑俗文字，所谓的徒然迎合，那就成鸳鸯文学。

其余如《鸳鸯蝴蝶派文学》《文言与白话》《畸形和文人》等十余篇，也都是清通而不乏洞见的小文章。

陶晶孙的记人之作自以创造社同人为主，三言两语之中见出观察之准和研判之精。他在谈及创造社时说，"沫若为创造社之骨，仿吾为韧带，资平为肉，达夫为皮"，精当异常，本人也颇为自得，认为自己与何畏两人一"有社会科学的观察"，一有"自然科学的观察"，所以"对于社会，文学，同人的观察很犀利"[2]。也就在这篇文章当中，他对郁达夫如是描述定位：

> 希腊人说人之美，在乎人体，因此他们乃除去人的衣服，作许多不朽之美术作品，创造社中，文学之最美者，要算郁达夫了，他精通欧美德法文学作品，这是切不可以忘去记录的，他是真正的罗曼主义者，不过他的皮，只有美

---

[1] 陶晶孙：《文化和文艺》，《牛骨集》，上海：太平书局，1944年，第60页。
[2] 陶晶孙：《记创造社》，《牛骨集》，上海：太平书局，1944年，第149页、第151页。

好于青春时代，青春过得太快，一下子谁都不理他的老年之皮了，不成创造社的装饰了。

这些评判几乎都可以视为不易之论。

这些记人之作，往往有小品的隽永味道，很能写出人物性情。《创造三年》一文提及郁达夫，仍是寥寥几笔：

有一次沫若召集开会，劝他不要上北京去，问他说你去了以后《创造》杂志怎样，他说"停办好了"，这句话给沫若长叹，这可表示他的性格。

从文意来看，陶晶孙不太赞同郁达夫的不羁行为而对其态度则颇为欣赏，他的态度也正可玩味。而对鲁迅，他也有一种复杂的情感。《鲁迅的伟大》一文如此描绘与鲁迅的偶遇：

秋天高，空气透明，木犀花香偶然闻着，卖菊花者挑担在马路上，令我们觉得又一个秋天来了，在这时期住在一条马路上，怎么不能碰到鲁迅先生。

一部破汽车停了，出来一老人，一见乃知是鲁迅，我溜过去了，因为鲁迅周围有很多青年，我怕青年，虽说见鲁迅面色不好，仍不敢去拜访一次。不料三四天后他死了。

笔墨之间似乎不太恭敬，但这是他独特的"亲眷话"，显然没有唐突的意思，而是从这个地方切入话题而已。

记事之作有《枫林桥日记》《宝石居日记》《小粉桥日记》《随园坊日记》等，分记上海、南京两地的日常点滴，其实并没有什么"事"。有意思的是，它们虽命名为"日记"，但并不是日记的写法，而是带有传统文人落拓不羁色彩的小品。作者穿行在上海街头，有怡然自得的自在；漫步小粉桥畔，看到的都是兴亡更替的遗

第四章 散文文体的新变（1938—1949）

迹；在随园坊，感受到的是所谓"烦恼之都"的纷纭凌乱。陶晶孙以略带生涩的汉语记叙日常生活，给读者带来的是一种陌生感，更值得注意的是，在《枫林桥日记》等篇章中，各种意象纷至沓来，颇有"才子的感觉"[1]而带新感觉派色彩。不管是小说还是散文，注重写出"感觉"乃是陶晶孙的一种自觉追求。他曾就自己的作品和中国现代文学说过这样的话："我的小说，除某一本外，销路很不好。'考'他的原因，很明了地可以知道他无小说应有的纷纠，又无表面的道义之故，我国文学原从作文腔而发生的，所以一面发达到文雅道义美文，一面落到纷纠小说之中，如果写一个感觉写一个美和爱，就不中用。"[2]从这个角度看，记录刹那间兴会体验的"烹斋杂记"颇可注意。

"烹斋杂记"27则，大部分都是一两百字的零散感想，从内容上看，与"五四"之后兴起的"小诗"较为接近，只不过采取散文的形式而已。第五条论"年老"之后的失意情状、第六条谈"大少爷"受家庭限制而不肯冒险、第九条借表妹外出工作但薪水上交和为"我"服务之接受礼物而得到实惠这两种情形论女子独立问题，都是源于日常生活的观察。这些随意生灭的感触带有思考的意味，不免凝滞沉重，其实，陶晶孙的风格偏向空灵，所以有一些条目带有诗的风采。如第24条有一节这样写道：

> 侄女要同我跳舞，因为那是冬天，侄女轻飞如天马，她理解音乐，唯美的节奏像流瀑。我的胡子梳她的发。

这种唯美的格调对陶晶孙来说是本色当行，而"我的胡子梳她的发"更是神来之笔，且不无幽默的味道。陶晶孙的幽默从文字中来，像第三条所谓"写作文学须要有很高的素养，描写人性要普遍，虚心少写，勿使铅字劳于奔命"，是比较明显

---

[1] 陶晶孙：《日本文学之什（二）》，《牛骨集》，上海：太平书局，1944年，第105页。
[2] 陶晶孙：《精神改组》，《读书杂志》1945年第1卷第2期。

的调侃，而他更擅长的，乃是潜伏着涩味的洒脱。第4条正是这样：

> 某日接到某杂志要我写"近时杂感"，我写了，一看已经过了征稿的限期，因此搁起来没有寄出去，现在，把他寄到别个报，表示一个对不起。

这种毫不黏滞的随心随性，大有魏晋士人的风采。

三、辛笛的《夜读书记》

辛笛（1912—2004），原籍江苏淮安，生于天津，现代著名诗人。原名王馨迪。1931年考入清华大学外国语文系，毕业后曾在北京艺文中学、贝满女子中学任教。1935年与弟辛谷出版诗歌合集《珠贝集》，收入成名作《航》等诗，系早期诗作的一次小结。次年赴英国留学，在爱丁堡大学研究英国文学，其间作有20余首总题为"异域篇"的诗歌，诗歌风格开始成熟。1939年归国，在上海暨南大学、光华大学任教。担任《中国新诗》《美国文学丛书》编委，1947年出版诗集《手掌集》，1948年出版散文集《夜读书记》。曾加入"中国民主同盟"，参与民主运动，参加"第一次文代会"。晚年有《辛笛诗稿》和散文集《琅嬛偶拾》等。

《夜读书记》收录了辛笛自大学毕业以后12年内所作的书籍评介文章，并不多，大都是对英文期刊的介绍，兴趣也主要集中在科学常识方面，所以除近于文学批评的两三篇之外，大部分都是对以文学笔法写成的科普读物即科学小品的介绍。因为是书刊评论专辑的缘故，辛笛大学毕业前所作的一些散文并未收入，相较而言，他早期的散文比较讲求文字之美，格调也是青年人惯有的为赋新词强说愁的感伤，在《夜读书记》中，因为受到介绍对象的影响，他以说明和阐释为主要表达方式，从语言到行文都极为朴素、平实，风格变化较大。

《医药的故事》，顾名思义是介绍几种医药的通俗故事书，但作者落笔，却从国人惯有的文章"不朽"观念出发，大发议论："'不朽'只有广大的人民能当得起，因为已经活过这许多年代，至今20世纪还是要坚强地进步地活下去，人类稍加思索，立即会想到历来最受益的却还是'通俗'的知识书籍。"小处着眼而大处落笔，这是辛笛常用的笔法，正如他在《父与子》一文中的现身说法："我今以此为题，有些友人一定要说短短一篇文字为什么总要扯上些困恼着多少人的重大的问题。其实我在这里，卑之无甚高论，不过打算介绍一本通俗的小书而已。"于是接下去就转入对《肠道旅游记》《老鼠、虱子和历史》《奎宁故事》等书的介绍，都突出了它们以文学笔法讲述科学故事的长处，简单朴素，甚至不无单调的感觉。不过，辛笛也偶有逸兴遄飞的时候，例如关于《肠道旅游记》，他补充了这样一则轶事：

> 从前江绍原著《须发爪》一书，是从民俗的见地来看，此书则在将生理分析予以游记化。他谈到昔日哈佛、耶鲁两大学学生曾为神父留须是否就寝时置于被外一题大起辩论。在维多利亚中叶，各式胡须盛极一时，算起来其时中国也是差不多的情形。于今式微了，虽然同等年纪的朋辈偶有蓄长须的，不过大家见面，总是笑着劝他夫人趁睡熟时给他剪去。[1]

这种调皮的口吻，颇有一点小品的谐趣，不过辛笛志不在此。他之关注"合乎通俗趣味的医药知识书籍"，用意极正，在于为大众普及相关常识，所以在文末不免痛斥"从前中国内地民间影响很大的医药书"《达生编》："历史贫困的城乡曾有多少产妇受过这小小一本书的好处以及它的害处？"

毫无疑问，辛笛是一位具有爱国情怀的进步知识人。《中国已非华夏》记叙欧美有关中国的作品，提及当年自己是如何厌恶西方人戴着有色眼镜看中国："十五六年前，我几乎不能想象今天会拣了这一类书籍来写一点鳞爪，虽然这题目在我的'心目' My mind's eye 中，由来已久。英国诗人吉卜龄为帝国主义者所歌咏的《白种人的负担》The White Man's Burden 一词令我无法忘却。其实，每在图书馆书库

---

[1] 按：文中提及江绍原著作，应为《发须爪》。

中走过'中国'专目下，看见芸编满架，情感上辄油然而生一种强烈的憎恶。"这固然是辛笛青年时代的愤激之想，但它在后来却成为引领他参与民主运动的导因，也正因为这样，他盛赞何其芳《夜歌》的风格转变：

> 其芳先生在这些诗篇里所运用的文字是一洗他昔日所矜持的繁丽的严妆，然而在朴素平直里仍旧有他独特的风华。调子尽管爽朗激越，却仍旧有透明体似的柔和。文字为了要具体地表现朴素的思想和情感，所以相从地朴素。但这思想，这情感自有它内涵的美。文字与内涵由主从的关系而进于合一，于是这光辉的实体所呈现的朴素有无可比拟的美在。

这一评论固然是辛笛个人的审美趣味的表现，也自然不过地包含了他的政治态度。需要强调的是，从一个更为宏阔的角度看，这种爱国情怀、进步意识也不妨视为一种进取的精神意志。《杂志与新精神》对杂志在近代以来所起到的作用予以高度评价，其中提到的"小杂志"，近于"五四"时代的同人杂志："'小'之一义乃指一部分优秀知识分子的编者和读者，他们不大关心杂志之赚钱与否，而专心一注地忠实于他们自己认为对的理想。"这是辛笛的读书人本色和作为现代知识人的底色。

或如上述，辛笛的文章喜从大处着笔，《医药的故事》《中国已非华夏》《杂志与新精神》等文都可见出这一特色，所以《夜读书记》虽是相当忠实地介绍他认为有趣或有意义的书刊，却经常牵涉到时代背景及其个人体悟，往往见缝插针地发表一些诚恳的意见。职是之故，《夜读书记》在一般性的知识介绍之外，最大的特色在于其时代气息。

《父与子》一文也是从父子冲突这"一个永恒的题目"入手谈一本小书。该文从一段"温厚明朗而又带着一种向往的笔触"联想到屠格涅夫，于是说到《父与子》，进而发表了一通关于父子两代人对于世事认知差异的看法，接下来一转进入正题，乃是介绍克莱恩斯·戴（Clarence Day）的《侍父生涯》（*Life With*

Father）。作者并没有琐碎地介绍这本畅销书的内容，即父子矛盾，而是突出其"完全美国风而处处流露着人性"的喜剧特色，辨明其"笔头柔和生动，讽刺与同情兼而有之"的风格，然后又以一篇书评《无父生涯》(*Life Without Father*) 含蓄地表明倾向性，即两代人之间的冲突终究不可避免。辛笛颇为欣赏这种健朗诙谐的笔调，所以在文末特别带上一笔：

> 世间如果有健康的幽默一语，因为你读了只觉得自然可笑而并不是一味有闲的格调，此书应是这一类代表作之一，与幽默大师所主张的究竟不同也。

对辛笛来说，评论何种书刊虽然出自兴趣和学养，但在许多时候其实并不重要，其中的关键在于借机写出自己有关现实的意见。当然，读书人有关世事的见解并不一定高明，平心而论，辛笛关于时事的议论多则多矣，但多是泛泛而论，大都不见精彩。与之差堪比拟的，是他介绍英美报刊时所随机生发的关于民族性的评论，如《中国已非华夏》一文中提到"英人论述中国之书"的长处为"富于 good sense（聪明晓事的看法）一点"，且将之归结为"英国民族性特长之一"，但并无进一步阐释，所以文意不免干枯。

然而，辛笛毕竟是出色的诗人，日记或札记中的随意涂抹，往往能够见出精彩。《春日草叶》是他大学毕业后在中学任教生活的记录，大都记载的是与友人往还情形和读书内容，有许多地方不乏诗的况味。3月11日记载的一封信的内容，是"说我城居的日子过得很好；说我毕竟不忍离去北平，它是这样静好的地方，处处都有着深深的庭院；说住处有花有木，窗下的是一株丁香，春天若果已来时，当不至感及颜色的寂寞；说地点也很适中，去市场去学校都不过隔两条街，而繁嚣的市声却只隐隐地传来，觉得辽远，时有啼鸟，给这院落的平静添一点韵响"，一连四个"说"字，芜蔓的青春闲愁尽显。又，3月15日这样记述他一天的生活：

> 上午看了福楼拜 *Trois Contes*（《三故事》）的中译本。下午，期待的人没

来。天气晴和,一人去公园,不到十分钟走出来。看着白昼过去。

"看着白昼过去"更是神来之笔了。其他,如3月6日所云"多风的夜,近圆的月是一盏明暗的大灯",又如3月9日所谓经冬的蝴蝶"静取日光的暖,然后才能展翅飞去",这些都可见出他的诗人本色。

总体说来,《夜读书记》一集中辛笛所评阅的多种英文书刊,大抵是平实的介绍,从文章角度看并不出色,即有所发挥,也多汗漫的议论,少细腻的剖析,从这个意义上讲,他并不擅长为文。关于这一点,他本人也清楚:"这里的文字就写作时间说,前后有十二年。这不能算是很短的光阴,我个人在气质上变化很大,由青春性的易感走入了中年的朴直,因而我今日的文字也许是摆脱了不少自伤幽独的调子,可是不免于苦涩单调之感。"[1]可以这样讲,诗才是辛笛的文学领地,《夜读书记》只是他无意中踏入了随笔园地的一次留影罢了。

四、洪为法的《扬州续梦》

在《为法小品集》的跋中,洪为法曾感叹自己写作锐减,不免"辜负了生长在扬州"的出身[2],不过,在他从展示地方风习之"常"的李涵秋那里走向表现时代之"变"的郭沫若之后,浮沉经年,最终又以系列小品文《扬州续梦》回归到了上演着饮食男女的悲欢故事而又生生不息的李涵秋意义上的扬州,算是弥补了他对故乡曾有的这一份情感亏欠。

《扬州续梦》于1946年9月18日至1948年4月21日在《申报·春秋》连载,共28篇,都是介绍民国初年扬州一地风土人情的小品。据洪为法本人的说法,他"自幼也只在诗中接近扬州,所以扬州的美丽,对于我就和甜蜜的梦境一样,值得悠久的

---

[1] 王辛笛:《夜读书记·后记》,《夜读书记》,西安:陕西师范大学出版社,1998年,第106页。
[2] 洪为法:《我与文学(代跋)》,《为法小品集》,上海:北新书局,1936年,第238页。按:该集跋文原题为《从李涵秋到郭沫若》。

第四章　散文文体的新变（1938—1949）

回味着"。[1]这自然是谦辞，因为他在1921年赴武昌求学之前一直生活在扬州，有关扬州的印象不可谓不深刻，即在以后的人生中，虽然数度漂流在外讨生活，但青少年时代所形成的故乡记忆很难磨灭。事实或如《翠园》一文所云，"幼年嬉游之地，到了伤于哀乐的中年，总会时时在念。偶或还乡复经其地，见到景物全非，更易于发生沧桑之感"，当他在"知天命"之际在一江之隔的镇江回望故乡扬州，这种体会只会更为深刻。这可以算得洪为法写作《扬州续梦》的一个大概缘起。

洪为法带着思古之幽情，富有人情味地书写了扬州的各种风习，涉及人物、饮食、建筑、景胜、民俗、人情等诸多方面，既有雅人深致，亦不乏升斗小民的市井乐趣，直是铺开了一卷民国初年生意盎然的扬州日常生活图册。需要注意的是，《扬州续梦》中的"梦"，乃是《扬州画舫录》等记载的全盛时期的扬州生活及其所蕴含的文化精神，洪为法的续梦，当然出诸个人的经验和体会，但其中包含着对扬州往昔荣光的缅怀自不待言，而它在连载过程中就受到较多关注并多有好评[2]，则与作者的这一文化追求密不可分。可以这样说，《扬州续梦》乃是作者在下意识作用之下建构的一个扬州形象，从这个角度看，洪为法笔下的扬州，其最大特点在于传奇色彩。

该系列的第一篇《惜余春》就是一篇以"奇"称绝的小品。第一是"人奇"。惜余春茶社主人高乃超，"人都称高驼子"而处之泰然，打理日常事务之中不忘看报、吟诗、着棋，不仅是忙中偷闲的凑趣，而真正乐在其中，有待出的诗稿，其中不乏"光阴似墨磨俱短，时事如棋劫更多"这样"尖新"的句子。第二是"事奇"。高家原先开一爿很大的面馆，名"可可居"，因善待文墨之士而倒闭，那般受了恩惠的文士居然凑钱给主人，开了这家"惜余春"茶社，你有情我有义，不愧惺惺相惜。第三是"韵奇"。昔之"可可居"的馆名取自韩愈《送李愿归盘谷序》已可约略窥见主人堂奥，而今之茶社提供简餐，"如是顾客们有什么特殊的烹调方法，也

---

[1] 洪为法：《我与文学（代跋）》，《为法小品集》，上海：北新书局，1936年，第238页。
[2] 参见张鸣春：《关于洪为法》，《申报·春秋》，1947年6月4日。

可以亲入庖厨，十足的表示他自己不是唯利是图的人，直似混迹朝市的大隐"，更见其豁达；至于顾客平日的诗词唱和及征诗征联征诗钟，固属风流蕴藉，而茶社包办"冶春后社"的聚会大放光彩，更是称颂一时的韵事。人奇、事奇、韵奇，足以当得传奇小说来看了。

当然，传奇性大概是书写地方风土人情所共有的特点，洪为法笔下的扬州自不例外，但扬州的历史文化底蕴极为深厚，器物背后有历史，人物背后有传统，言行背后有底蕴，所以作者任意挥洒而皆成文章。不过，这并不是说作者躲避在回忆中有意"虚构"，事实上，洪为法从不回避现实之"变"，只不过他在写到他们的时候多了一份温情，也不掩饰自己的惋惜和感伤。可以看到的是，在高驼子之外，洪为法笔下的扬州奇人还包括因一家为肺结核彻底打倒、从当年的充满希望到丧失生活希望而苟延残喘的陈小四（《陈家烧饼》），在大虹桥畔吟诗乞讨的"白发苍然的老人"（《桥畔诗人》），在绿杨村弹琴卖唱的红颜已逝的老妪（《弹琴老妪》），都是穿越历史的风尘而在现实中成为逝去岁月表征的活化石。作者回忆起他们，情感正如《弹琴老妪》一文所言，乃是"像回复到少年时代，又温理着青春之梦了"，其格调，又如《富春茶社》一文所述，"总不免有沧桑之感"了。

自大运河航道衰落，扬州繁荣不再，人物凋零自是意料中事，但寻常巷陌之中仍不乏奇人奇事。《惜余春三记》记述惜余春座上客之中"特有风趣者"数位，依稀可见当年盛况。其中，醉后打着京剧腔调说着"皇帝万万岁，小的天天醉"的"薛万岁"，雅善唱戏但长衫只是搭在左臂从不穿起的"汪大头"，好用假典故欺人而遭逼问则曰"何必认真"的"短张"，任性率性，都仿佛从《世说新语》中走来，暂时居停在民国初年的扬州，使之不显过分寂寞。此外，如爱在他人下棋时插嘴的"蒋门神"，爱淌口水的"念四桥头客""郭呆子"，时常同坐一桌而不交一语的"南斗北斗"，这些人物亦各有神采。他们汇聚一处，仿佛镌刻在风沙剥蚀殆尽的画壁上的一组面目模糊然而气韵生动的浮雕，昭显出扬州隐没在岁月深处的魅力。

扬州的传奇性，体现在诗歌所营建的诗美之中，更体现在市井烟火所铺陈的琐屑之中。《扬州续梦》的第二种特色，就在于扬州人从各类传奇中生长出来的诗情画意及在诗情画意映照下那种从容不迫的生活态度。

且看《桥畔诗人》对一位乞讨老人的描绘：

> 这位诗人手持着一根很长的竹竿，竿头还缀着一只小布袋。譬如说，有了游湖的小船经过他面前时，他一面吟诵着诗歌，一面将小竹竿向小船前递去，小船上的人就会投几个铜子到那竿头的小布袋里去。原来他以吟诵诗歌，代替了"老爷""太太"的呼号。许多游客对于他都很乐于解囊。因为置身在这样的景色里，能添上一位老人在吟诵诗歌，怎不使人发生许多诗意，又增加许多游兴吗[1]。

这大虹桥畔"雅致而又饶有别趣的"的一幕，几乎成为瘦西湖一景。可以这样说，景造就了人的别致，人也为景增色不少。

扬州之景为扬州人的日常生活提供了背景，但造就他们的生活方式的，乃是历史。《闲人》记叙了两个特别的人物，一是在各种机构挂名领干薪而居然生活颇有余裕之某甲，一是巧妙结识书画名家并用心周旋故而得以网罗诸多佳作用以出售之某乙，一个"闲得别致"，一个"闲得典雅"，不失风流。洪为法未必全盘肯定他们的谋生手段，但对他们的生活方式则不无欣赏。在他看来，扬州"过去的繁华，配合着旧时享乐方式，征歌选色，弄月吟风，迄今所能遗留给扬州人的却只剩了一派悠闲之态"，故此，扬州人"在伙食方面，但求稍能舒适，而在事业方面，却不必定图进取"。

洪为法对扬州人悠闲生活方式相当程度上的肯定，当然与人到中年的心态和战后百废待兴的现实相关，但毫无疑问，他和朱自清等新文学作家对扬州的观感大相径庭。其实，朱自清等人十余年前对扬州和扬州人的描述，都带有强烈的现代价值判断，而洪为法散文虽然并不缺乏省思，但大都被怀旧氛围笼罩，自然难以彰显，

---

[1] 按：末尾"吗"字疑为排版错误，据文意和文气似应为"呢"字。

此其一；其二，洪为法主要不是从思想而是从情感和趣味的角度展开描绘，情感和趣味虽则因人而异，但眷恋故乡并在其中发掘出一种有趣而别致的生活方式，则是他独特的文学经验。

再看《观音香市》如何描述扬州昔日这一民间节庆的盛况：

> 进香的人们薄暮出城，一舟荡漾，慢慢的向观音山进发，进香以后，欲归便归，不归便留在舟中，向瘦西湖驶去，看看月夜的湖山。清歌一曲也好，赋诗几首也好，更或谑浪笑傲也好，到了翌晨，才在晓风残月中又复进城。此外亦有惨绿少年或斗方名士，趁此良宵，携带歌妓，群聚在观音山一带画舫中，檀板金尊，猜拳行令，尽情欢乐一夜的。画舫之中，燃着汽油灯，遥遥看去，像是一颗颗晶亮的行星，倒映在水里，闪闪烁烁，更像是一朵朵怒放的鲜花。

这一充满烟火气息的市井生活画卷，仿佛是晚明清初文人雅士闲情逸致的复刻，悠闲自在，古色古香，殊少现代情趣。不过，洪为法当然知晓世事变迁，所以作为对比，特别描绘出另外一幕：青年学生"在山脚下作露天讲演，竭力宣传破除迷信"，可是观音山的寺庙"香火还是很盛旺"，于是和尚们"也就本着我佛慈悲的精神，宽大为怀"，对学生们的言行不以为意了。

作者在这里的态度就很复杂，一方面，他在理性上认同青年学生，另一方面，他又对市民日常生活中所表现出来的恒常人性，持一种理解、宽容乃至赞赏的态度。差不多可以这样说，当洪为法不从既定的价值立场审视扬州人的生活，而带着一种过来人的温情回味其中的趣味，他就不能不对扬州的今昔变迁表现出惋惜之情，就此而言，作者字里行间不乏风流自赏的文人色彩。

洪为法是现代知识人，也是一位文人，故《扬州续梦》的第三种特色，是带有日常生活乐趣的浓郁文人情趣和沧桑历史感怀。

作者在《五亭桥下》中说，"后来偶然弄笔，看似雅好文艺，实均浅尝即止，却因此染习到不少文人习气"，正是实情。洪为法青年时代已经开始接受新式教育，但以幼年受家庭影响及扬州历史文化氛围感染之故,传统文史修养颇佳,也保有一些传统文人习性。20年代中期他在镇江中学任教,与同是扬州人的任中敏友善,课余消遣,乃自制诗牌,"或留镇江在铁瓮城头,或返扬州在平山堂畔",往往是一局诗牌消遣半日(《诗牌》)。正因为有这样的背景,所以他欣赏的茶客,都是"既无行市可言,更无交易可讲,只是谈谈风月,论论国是,又或评评诗文"的老派名士(《茶客》);他所热衷谈论的,乃是带有文化底蕴而也可以反映时代变迁的物事,更对隐在物事背后的生活方式有一种衷心的喜爱,如《春联》在记述几副传诵一时的春联之后,描摹了一帮文士沿街行走高声品鉴春联的热闹场面:

> 在过去的扬州,一年一度的总有若干可传的春联出现。因此,许多文人雅士每当元旦日,常会邀同三五知交,一面到各家去拜年,一面即鉴赏各家的春联。彼此吟诵着,品评着,乃至哗笑舞蹈着,充分表现出头巾的风度,也充分表现出风雅的情怀。

这样一种在世事更替的现实中发现趣味的生活,无疑是作者内心认同的一种"合理有情"的生活方式。它既世俗,更文雅。

洪为法的小品,开头都是简单却有韵味的斩截语。《惜余春》之"十几年前的事了",《桥畔诗人》之"扬州的瘦西湖,似乎不能和'浓妆淡抹总相宜'的杭州西湖相比,却也不必相比",短短一句话,就可以将人引入一种沧桑的历史氛围之中。这种文字趣味,其实在《为法小品集》中已有所表现,但彼时略嫌寡淡松懈,此时则更为精炼传神。《广陵花社》记叙扬州昙花一现的"广陵花社","名为花社,实系茶社,可是比现在的一般茶社,却显然有雅俗之不同"。其中,最为人所称道的有三人,都是当时的风流人物:

> 一是唱昆曲的谢春江,二是吹笛子的王朗,三是弹古琴的广霞。广霞是华大王庙的和尚,王朗是赞化宫的道士,至于谢春江,则是捐过候补盐大使,总

算"读圣贤书"的人，真是儒释道合为一家了。

这里的口吻，与其说是调侃，毋宁说是欣赏。三个人物各有神采，尤以广霞最为著名：

> 广霞虽是和尚，却不茹素，因此养的肠肥脑满。可是弹得一手好古琴，在扬州就更无人能及他。他那冷冷的琴声，如是你闭目凝听，真会令人消遣世虑，仿佛置身于另一个高洁的宇宙里，再也不会想到眼前弹琴的却是一个酒肉头陀。

广陵花社开设不足四年便已闭歇，此三位"便也风流云散，先后藏身于黄土垅中"，作者难免感慨系之。其实，洪为法对扬州多处景胜都有感情，体会也颇深，所以对它们的败落不免有沧桑之感。《湖上游人》记叙二三十年间瘦西湖上游人群体的变迁，委婉地写出了时代之变。在作者幼年时，游湖之人以中年男性为主，斗棋、弄笛、吟诗、作画，是风雅情调；青年时，青年人成为主角，少女尤为惹眼，而风雅人士则"都被挤到一个角落里去"了；中年时，青年男女结伴游湖更是常态，文人骚客则踪影难觅了。瘦西湖的湖水没有变化，但湖上的游人"类别固属逐渐不同，其情调也显然先后有别"，作者因而想到"浪淘尽，千古风流人物"，遂有感慨曰："想来不仅长江的浪涛如此，瘦西湖的涟漪也会如此的。"

从青春时代的感伤愤激转为此时的朴素记叙和淡雅抒情，洪为法用去了20年。这20年间家国社会激变，作为大时代中的一位文化人，洪为法在乡土文化中找到了生命的鲜活、沉淀与新变。在他笔下，历史既是融入市井生活的传奇，也是源自文人笔端的雅致，而所有这一切，都是不可或缺的生命要素和养分。《富春茶社》描述富春茶社的"茶"，乃是"龙井、珠兰、魁针三种茶叶揉合起来的，龙井取其色，珠兰取其香，魁针取其味"，色香味俱全，这是扬州日常生活的写照，在相当意义上，也可以视为洪为法"扬州续梦"系列小品的特质。它的市井驳杂之色、文人雅

第四章　散文文体的新变（1938—1949）

致之香和岁月绵长之味，都使之成为江苏散文史乃至中国散文史上的杰作。

五、吴祖光的《后台朋友》

吴祖光（1917—2003），祖籍江苏武进，生于北京，现代著名戏剧家、学者、书法家。祖吴稚英曾入张之洞幕府，父吴瀛精于诗文书画，是文物鉴赏大家。在北京孔德学校的12年学习期间，醉心京剧，为此后的创作奠定了基础。后入中法大学文学系，仅一年即应余上沅之邀赴南京国立戏剧专科学校担任校长室秘书，后也负责国文、中国戏剧史等课程的讲授。抗战全面爆发后，随校内迁，辗转长沙、重庆、江安等地；在剧专任教而外，担任重庆中央青年剧社、中华剧艺社编导，《新民报》副刊编辑。自1937年完成抗日话剧《凤凰城》之后的十余年间，陆续发表《正气歌》《风雪夜归人》《林冲夜奔》《捉鬼传》等剧作，成为全面抗战时期重庆剧坛及战后国内剧坛的重要人物之一。1946年，在上海创办《新民报》副刊《夜光杯》、《清明》杂志，因抨击现实遭到迫害而出走香港，任香港大中华影片公司编导、香港永华影业公司导演，1949年返京。

吴祖光是一位世家子弟，才气纵横，虽以话剧名世，但成就颇为多样。青年时期的文章《广和楼的捧角家》已可见出他的观察之精细和笔力之通透。作者记叙了在广和楼富连成社捧角的几种人物，分学生、小报记者、遗老和女学生四类：学生捧角，特点在排他，所以往往以约架而分胜负；记者吹捧也好，造谣也好，重在谋利，但也不无风险，因为"激怒了学生大爷而惨遭饱打"者并不少；遗老有钱，花钱消遣是乐事，"他们是实力派，既不用如学生之出生入死，又不用如记者之费尽心机，孔方兄飞去，目的物擒来，决无拖泥带水之弊"；女学生比男学生文明，若论捧角，则以容貌取舍，可谓不入流。对这几类人物，吴祖光不仅在言行描述方面极为生动，而且对他们内心的揣摩也颇为传神。另外，这篇文章亦有颇为诙谐的地方，例如写到广和楼的外部环境，寥寥几笔就烘托出一种热气腾腾的北方民间社会氛围：

戏园外面的小院子里列满了卖零食的小贩，馄饨、烧饼、羊爆肚、豆腐脑、牛奶酪……最妙的是紧挨着这些卖吃的旁边就是一个长可丈余，广可三尺的尿池，臭气蒸腾，尿者不断，使得这些食物益发有不可言传之味。

这些地方都可以见出吴祖光擅长刻画人物和烘托氛围的文学才华，他此后走上戏剧道路，可谓良有以也，而即使就这篇文章本身来说，亦可称现代散文中的妙品和上品。可惜的是，他过早进入戏剧领域，专心话剧创作而心无旁骛，无疑辜负了他的散文才能。

当然，他此后也断断续续写了一些短文，要么是他个人剧作的序跋，要么是他对当时社会文化氛围的观感，要么是一些零散的感悟，后结集为《后台朋友》。《后台朋友》是吴祖光的第一个散文集，共收1937年以来十年间所作各类文章24篇。

对于吴祖光的散文，首先有必要强调一句，那就是它的成就，当然不能和他的话剧相提并论。他晚年曾如是评论自己的散文："我的文章实际是杂乱无章，这和我的兴趣太广，幼稚好奇，而且爱管闲事有关。"[1]这是自谦，更是自知。现代作家在开始写作的时候，其中不少人表现出很高的文学才华，但长期专攻一体，委实也造成了他们在其他文体方面修养的欠缺，后世之所以看重他们的这些作品，乃是因为他们在专攻领域的成就和超出专业的社会影响力。吴祖光散文当作如是观。

《后台朋友》之"台"，指的是戏剧表演的舞台，当然也可以将之虚化，泛指个人才性得以展示的平台。吴祖光发现，在一般观众看来，舞台是一个万众瞩目的光辉的中心，但在他看来，那些光辉的背后，乃是不可言说的辛苦。《记〈风雪夜归人〉》有句云："在大红大紫的背后，是世人所看不见的贫苦；在轻颦浅笑的底面，是世人体会不出的辛酸。"《后台朋友》就是这样一部记叙"幕后"故事的专书，不过，并不是小报记者那般抖露花边故事，而是通过戏剧这个小舞台透视人生大舞台。从这个角度看，该文集的第一个特点，乃是"专"与"通"的互融："专"指的

---

[1] 吴祖光：《吴祖光选集·序》，《吴祖光选集》第1卷，石家庄：河北人民出版社，1995年，第5页。

第四章 散文文体的新变（1938—1949）

是题材大都是作者的本色行当——戏剧，"通"指的是主题往往超出题材的限制，表现为更广大、更为深沉的人生关怀。

与文集同名的散文《后台朋友》写作者对戏剧的感情，但这感情不抽象空洞，而与具体的人生紧密相连。扮成傻子的"老大哥"，"诚然他脸上早堆上了皱纹，但那皱纹只显示他一生经过的风波与艰险，却不含着一点半点的颓唐"，所以"半百的人了，但是顽皮如孩子"；一个与己不甚相得的演员，对待演出尽职尽心，故而"从心底我早已伸出了一只兄弟之谊的手去紧握他那两只流着汗的温暖的手了"；饰演小姐的女演员，接到家信才知父亲已死去多日，一边痛哭一边聆听舞台，然后很从容地拭去眼泪走向舞台——"她在台底下哭，可是得在台上笑"。其余人，一天之中排两场戏而半个多月不能好好休息的沙发上的女孩子，在他背上偷偷打上一拳的"小臭虫"，一边换衣服一边把一块糖塞到"我"嘴里的"小丘"，都是为他人演戏而在人生舞台不是演出的演出中收获同情和愉快的普通人。吴祖光写的是幕后故事，反映的是产生光辉的朴素人性。

作者记人记事之作有《鼠祟》《哀江村》《一个亲人死去了——哀孟斧》《永不相忘》《唱合诗——送卢前教授》等，而《自疚》《小城春色——记一个逝去的春天》《饭馆生气论》等，都是战时后方生活的零碎记录，其中，尤以最末者为最精彩，颇得杂文神韵。吴祖光描绘了那些"专门在饭馆子里拍桌子打板凳面红耳赤气焰万丈的仁兄们"：

> 这些仁兄很有意思，尽管在家里在街上，在别处恂恂雅雅平平常常。语不惊人，貌不出众。可是一脚踏入饭馆便平添出八面威风，一脸杀气；好像饭馆里上自老板下至跑堂都是他的冤家奴才一般，那一股无明业火，也就来得个容易。他可以为茶房答话稍迟而发怒，菜上得略慢而发怒，为上错了一个菜而发怒，为"味道欠佳"而发怒，为泡茶的开水溅在衣服上而发怒，甚至于为牙签太软而发怒，发怒的过程，便是始而骂，继而咆哮，再而挥拳，也有不经过前两个阶段便直接诉诸武力的。

作者饱含愤怒地描述这些"仁兄们"的丑态，讽刺之心宛然可见，最后一笔更以极其冷静的叙述抹去愤怒造成的风格的急转直下，字里行间于是渗出幽默。更有意味的是，吴祖光观察到"爱在饭馆里发脾气的人"大半选择有同伴在场的时候发作，于是顺势指出"这脾气发得并不单纯，多少有点出风头性质"，就从对世相世态的揭破和讽刺，走向了对人性人情的展示和分析。

　　《睡与梦》《寒夜思家》都既有世相的描摹也有一己情思的省察，大概可以算得《后台朋友》中最为接近所谓现代散文的两篇文章。前者描摹车厢中人在深夜沉沉睡去的各种姿态，使人颇为解颐，而对梦上下古今的剖析，依稀可见学者散文的风采；后者用何其芳式的笔调渲染除夕之夜的独处情形，颇有唯美情调。其实，章句之美在吴祖光的散文中往往可见，《记〈风雪夜归人〉》提及早年的朋友刘盛莲，因为家贫学戏而招人耻笑，作者于旁目睹，但"我没有力量打开那比那黄昏还要沉重的忧郁"，后在战时得其死讯，觉其"轻盈流走的影像""正像长夜的天空坠下的一朵流星"，都是极为优美的句子。

　　不过，吴祖光从不徒然以章句为胜，可以肯定地说，他的关心超越了文字而在人生之中。在《后台朋友》之后，吴祖光因为编辑副刊的原因，文笔显然生动活泼了许多，不过大体仍沿着文艺谈、杂评、随感这三条路径展开继续书写人生，数量也与《后台朋友》约略相当。这其中，以回忆青少年时代生活的几篇较为本色，也颇为出色。

　　《跳电车》《偷钱》《我的自行车》《溜冰的故事》是吴祖光对北京古都生活的青春记忆。青年时代，羡慕在电车上跳上跳下的人们，不免模仿，久而久之熟能生巧，十几年后回想仍然不无得色；偷拿家里零钱被发现，父母知晓后居然在不动声色中满足了自己的愿望，想到就难免愧怍；爱骑车，买来以后爱护有加，离开北平之际以贱价卖出，有一种得其所哉的愉悦；沉浸在溜冰的快乐之中，皮鞋被穷孩子所偷却并不追究，反而有"窃钩者诛"的悲哀。应该说，这几篇文章从文字到结构到主题都与副刊风格相合，极其清浅而适合大众阅读，但透过如烟似雾的前尘往事，看得到作者一颗纯粹的心。

总体说来，吴祖光的散文大抵以记人记事之作最为出彩，从早期的《广和楼的捧角家》到《后台朋友》集中的《记〈风雪夜归人〉》《后台朋友》《永不相忘》等篇，再到后期的《我不能忘记的一个演员》，都能用诙谐生动的语言写出人物个性之中最精彩的地方。他的这一长处，当然与青少年时期即沉迷于戏剧的阅历相关，但其实也是一位散文作家的天赋素养。吴祖光出身毕竟优渥，所以能够保持一种通脱、公允、平和的姿态，既不偏激愤世，也不自怨自艾，而总是不疾不徐地娓娓道来，故而形成了一种平静洒脱的文风，论人是通透之余有宽容，对事则是公正之外有立场，他的散文，正可以用"风格即人"加以概括。

六、陈白尘的《习剧随笔》

与吴祖光同样身为戏剧家而有散文作品的江苏作家，另有陈白尘。

陈白尘（1908—1994），江苏淮阴人，现代著名作家，尤以话剧创作知名。原名陈增鸿，又名征鸿、陈斐，生于商人之家。幼读私塾，1923年考入成志初级中学，接触新文学并开始写作诗和小说。后到上海求学，曾组织文学社团"萍社"，也曾参与国民革命。离开南国艺术学院后卖文为生，后在镇江任国民党江苏省党部干事，其间作有多篇小说。1929年，发表根据元曲改编的戏剧处女作《墙头马上》。1930年参加左翼戏剧家联盟，参与南国社、摩登社的戏剧活动。1932年前后在家乡附近从事革命活动而被捕入狱，在狱中作有小说、独幕剧多种。1935年出狱后在上海从事文学创作。抗战全面爆发后转入大后方，曾参加上海影人剧团、上海业余剧人协会、中华剧艺社等团体的诸多活动，为重庆、成都等地的抗战戏剧运动贡献了重要力量。其间，作有《乱世男女》《结婚进行曲》《岁寒图》《升官图》等多种名重一时的剧本。1946年返沪，从事民主运动。

陈白尘整个民国时期的文学活动，诗歌、小说、戏剧、散文均有涉及，大体而言，他的创作可以出狱前后为界分前后两期，早期以小说为主，诗歌为辅，后期以戏剧为主，散文为辅。他的散文与吴祖光有一定的相似性，戏剧作品的序跋主要涉及文艺理论思考，随笔杂感有关现实，另有少量记人记事的散文。《习剧随笔》1944

年出版，主要汇聚了他的第一类作品，带文艺随笔性质，而非一般意义上的散文，所以这里并不突出这部文集，而只依时间顺序将其全部散文作品进行一个大致的梳理。

陈白尘较早的散文以1935—1936年间描述家乡人事的几篇文章为佳。《还乡杂记》记叙作者被关押在苏州反省院两年半之后返乡的所见所闻所感，还是一个左倾知识青年惯有的思想、情感和口吻，愤激而感伤、峻急而空洞。《四姨奶奶——家乡人物追记之一》则是一篇出色的记人散文。四姨奶奶青年时代即孀居，靠"放利债"过活，但无儿无女，所以不定期在"我"家长住。她和天下所有老太太一样，既有温情的一面，比如拉着儿时的作者"乖乖肉！心肝呐"地乱叫，也在家里需要帮忙的时候做帮手，但也有自私狭隘的一面，打牌作弊还是小事，居然放高利贷给家里还偷东西。所以，这是一个既让人同情又让人愤恨的角色。《乡居散记》描绘了家乡小城一个投机主义者邱某假公济私所造成的社会乱象。淮阴这座苏北小城当然有必要逐步适应现代文明规范，但主持其事的邱某只是为了利用手中权柄大敲竹杠，以至于闹出了许多笑话，不仅人心惶惶，而且儿童也颇受影响，居然也学会如何利用一点点权力去压迫他人。这三篇记人记事之作，语言朴素流畅，叙事清楚通达，既可以见出左翼知识青年的立场，也可以见到苏北地区的民风民俗，颇为可读。

《战士的葬仪》记叙鲁迅葬仪，场面描写亦有可观之处。例如，这样的文字颇能表明当时知识青年的态度：

……花圈队已经静静地从他面前通过，挽联也开始移动，但还有几副挽联东倒西歪地倒在短树丛里。

"诸位！这儿还有几副挽联啦！……"

马上来了几个人，但翻开下款看看，就——

"鲁迅先生要汉奸来哀挽么？……呸！"

丢了挽联跑开了。

挽联的行列长蛇一样地出了门。草地的一角上，风飘着那几副无人理睬的挽联。

场面很生动，有身临其境的感觉，很能体现出一个剧作家的描写手腕。

相较而言，《习剧随笔》反而过于朴实了。该集共收入8篇文章，《人物是怎样来到你的笔下的——习剧随笔之一》和《论大后方戏剧运动的危机》分别从理论与现实角度谈论戏剧创作及其现实困境问题，其余6篇文章，均与抗战时期大后方的社会现实相关，从内容上看，都是个人剧作写作缘由、用意及演出之后的反思等，在这个角度上，陈白尘乃是一个乐于解释自己的作家。例如，当他的剧作《秋收》演出之后产生了争议，他并不直接表明自己的倾向性，而是在马彦祥、颜再生二人之外，"颇愿意略道一点从写作甘苦中得来的微末的意见"[1]，这是陈白尘《习剧随笔》所共有的特色。

陈白尘抗战时期的剧作大都是暴露、讽刺，所以他的许多笔墨都花在解释自己缘何如此方面，《乱世男女》《秋收》《大地回春》等剧本的序言都是如此。这些文章因为过于拘泥语境和阐释自己，文采往往不足，不能说是有特色的散文，反而是《人物是怎样来到你的笔下的——习剧随笔之一》这样与现实关联度不高的絮语，具有诗语的味道。

陈白尘的散文还是以记人之作为最优。鲁迅、四姨奶奶、邱某已如上述，《哭硕甫》《哭江村》《写在晓邦舞蹈会之前》《寄向不可知的世界——给贺孟斧之灵》体现了作者的忠厚诚挚，而《茅盾先生印象记》则拈出与茅盾交往的一个场面，写出了他的一个"并不恰当"但其实非常妥帖的观感：

那是一个盛夏，他着的是浅灰的绸长衫，白色的中国长裤和浅黄皮鞋，并

---

[1] 陈白尘：《"需要"与"接受"——关于"大地黄金在重庆"》，《习剧随笔》，重庆：当今出版社，1944年，第43页。

没有一点特异之处。但是和他那一副中国知识分子的身材及面容，尤其是那一副知识分子的眼镜相配合，更把过去对他的所有印象综合起来，我忽然想到一个并不恰当的形容词："一尘不染"。

陈白尘另外还有一些杂文，文风与随笔一样，自然、朴素，不过因为过于平实，也就精彩不多了，此处略过不提。

第五节　游记

全面抗战时期，江苏作家和东部其他省份作家一样，少量漂流海外，大部分人都选择了内迁。在四方飘零和艰难跋涉之中，他们虽不能对异域、异地风情全无所见，但感想与优游卒岁的游览自然不同。在背井离乡的背景下，无论面对多么优美的风景或浓郁的地方特色，虽然安定的时候也不乏闲情，但怀念家乡与痛斥侵略者始终是游记的基本主题和旋律。由此，包括江苏在内的游记作品，此时在内容和主题方面都是较为雷同的，但与此前的游记颇为不同的是，后者大都是个人的和私人的见闻，而在这一时期，游记的见闻逐渐从个人的抒情走向集体的共情，而共情的对象，不仅包括内地民众，也包括其他国家、地区的底层民众。

就整体而言，这一转变的结果，乃是"从民间的立场上对芸芸众生、黎民百姓的高度的同情心与责任感，对于时代生活与历史变迁中的人的处境激烈的或是冷静的思索，对于平凡生活中所蕴涵的人生之'美'与'诗情'的发现，对于人生、生命的意义及其与文学的关系的深入探究……"，所有这一切，可以说"都秉承、丰富和深化了'为人生'的新文学的内涵"[1]。江苏作家的游记总体也在这一流脉之中。不过，需要注意的是，中国的沿海和内地毕竟存在发展上的差距，抗战时期尤其明显，所以内迁的作家往往会感觉到内地的落后、民众的麻木和民风的闭塞，形

---

[1]　范智红：《世变缘常——四十年代小说论》，北京：人民文学出版社，2002年，第199页。

第四章 散文文体的新变（1938—1949）

之于笔墨，就构成了某种批判性。

对同样的内地民众，感动和不满宛如硬币的两面不可分，在小说或可以春秋笔法徐徐出之，但在游记散文之中则无可隐晦。这种相反形成的张力，造就了抗战时期作家们的情感结构，罗洪、许幸之、吴天等江苏作家，也都是这样的矛盾体。

一、罗洪的《流浪的一年》

罗洪（1910—2017），江苏松江人，现代著名女作家。原名姚自珍，以笔名行世。小学时读书驳杂，在苏州女子师范学校读书期间广泛接触中外名著，毕业后在家乡任教，稍后开始写作。1930年发表处女作随笔《在无聊的时候》，继而发表了两篇小说。1931年，与朱雯合作出版书信集《从文学到恋爱》，次年二人成婚。婚后致力于小说创作，1935年出版第一个短篇集《腐鼠集》，两年后出版另一部短篇集《儿童节》。抗战全面爆发后全家撤往大后方，漂流在长沙、桂林等地，一年半后返回上海地区，后因环境凶险，迁至皖南屯溪。抗战胜利后加入中华全国文艺协会，1949年后在上海作协工作至退休。

《流浪的一年》收入约30篇散文，其中8篇是1937年以前的作品，其余则都是在大后方颠沛流离的一年之见闻录。需要强调的是，罗洪当然不是有心记游，但因为家国之难而在不得不然的漂流之中有所见有所闻有所感，却在无意之中拓展了游记的边界。

把集中抗战以后依次所写的文章排列起来，就可以勾勒出罗洪一家在抗战中的心态变化和迁徙路程的图谱。《期待着第一响枪声》写松江的人心惶惶，《灯光下》记与施蛰存、赵家璧等朋友的商量无果，《离开这个小小的县城》述全家躲往乡下小镇的彷徨……在松江及上海周边地区，看无可看，只有紧张的心情，待到真正进入内地，苦难接踵而至，小女儿因为肺炎夭折（《愤恨和悲哀》），返乡时与猪同行的奇特经验（《风尘》），都让她对"流浪的一年"产生一种颇为复杂的体验。

罗洪在大后方流浪的整体感受，可以用《祖国的怀抱》中的一小段话加以概括："虽然每次走上流亡的路都饱受了风霜雨露，但我对着那无边的原野，起伏的山岗，澄清的河流，总感到极度的兴奋和亲切。我觉得每一件生长在祖国土地上的东西都是可爱的。"然而，房东太太对北方来的"侉子们"的戒备心态（《侉子们》），罗城县城买不到挂蚊帐的钩子的不便（《在时代圈外》），站在窗外用长竹竿粘东西行窃的少年抵死不承认的无赖（《表》），也的确都让作者感到内地社会与现代文明之间的距离。

罗洪很少有哀其不幸或怒其不争的强烈情绪，在大多数情况下，她都是如实描述，并忠实朴素地道出自己心中所感，而对她本人的日常生活，也多是淡淡写来，别有深情。在她抗战之中重返家乡，最难忘怀的地方是桂林。《四季桂》对桂林城一年四季风景的追忆和《夏在良丰》对在良丰期间战时闲静生活的铺叙，都是较为出色的抒情散文。且看前者描述桂林夏天的一段文字：

> 在夏天，那一池荷花盛开，每天清晨看它们承着露水含苞欲放的姿态，一股素洁的芳香和素洁的姿容也常常占去我好些时间的。每天清晨在这山麓对着这一池荷花，呼吸着夏天清晨所特有的清鲜空气，也实在是一种难得的清福！在这园子里消磨整个的夏天是愉快的。天气比旁的地方清凉。有时候我们到那大岩洞里去读书或是写作，里面光线也不坏，看外面是一片绿的山林和原野，偶然也有一二头蝙蝠在洞的阴暗处飞翔，更鼓起了一股凉气。

这段文字当然不够雅驯，但记述难得的闲暇时所流露出来的从容和欢欣则一览无余。真，故能感人。

相较而言，《流浪的一年》中更为可读的文字乃是带着乡土文学气息的篇章。罗洪对湖南、广西两地的记述，与20年代以鲁迅为代表的国民性批判乡土小说流派的格调较为接近，但也只是接近而已，因为她并没有以主体世界观加以熔铸之后的艺术化加工，而仅只以一种猝不及防的姿态将之展示出来，所以尽显一种意外之感。《古城印象》记述之"不落夫家"，令她印象深刻，实是边地颇为古老的一种习俗：

> 此外还有一种很奇怪的结婚风俗,叫做"不落夫家"。男女结婚那天,成了婚礼,新娘即刻回去,三五年以后才回到夫家。那时候带一个私生子来,公婆丈夫都非常喜欢,那妇人也自以为异常光荣。不过那些不落夫家的女子,在农忙的时候,丈夫可以去邀她来工作,但那女子早上来工作,傍晚不吃夜饭就走了,无论怎样都拉不住她的。她这样的走了,不一定会回家,有时候就跟她的情人住在岩洞里。

罗洪对异乡的风土人情充满了错愕之感,其实并不足怪。一般说来,因为多是"到此一游"的旁观心态,游记的作者对于风土人情的描述(当然更包括读者的阅读和接受)其实是有距离的,但人心又是相通的,故而不乏美感。罗洪深入边陲蛮荒之地,倍感生活不便,本已对地方风土难以从容欣赏,更为重要的是,她感受到的是当地人对外来者的戒备和防范,因之双方之间不无隔阂,故而,这些篇章带给读者的感受,实少审美的愉悦。

《荒凉的城》记两粤地区的一座山城,既有古老的习俗,也有现代文明侵入之后的变化:

> 大概在牧童带了牛群归去后,四郊便有许多年轻人在一起歌舞笑乐,互相追逐嬉戏,于是那些原始式的恋爱故事就在这时候酝酿而成。近来因官厅禁止,城厢附近已很少见到,但乡村里还是盛行着的。这类事情,也许近乎苗人的"跳月"习俗,有时候却也觉得它们还保持着人类所缺少的天真呢。

从人情到人心都是隔膜的,但不妨碍在更高的人性层面共鸣,这大概是罗洪描述边地民俗的基本特色。

二、许幸之的《归来》

许幸之（1904—1991），原籍安徽歙县，生于江苏扬州，现代著名画家、美术评论家、导演、作家。原名许达。自幼爱好绘画，少年时代拜吕凤子为师，后进入上海美专等校学习。1924年赴日学习绘画，与郭沫若等创造社诸人来往密切。1927年回国参加国民革命，在"四一二"反革命政变之后被捕，出狱后重返日本学习，同时参与地下革命活动。1929年回国在中华艺术大学任教，次年与沈叶沉、王一榴等人组织成立左翼美术团体"时代美术社"，并先后参加"左联""剧联""美联"等革命团体。抗战全面爆发后，往来于盐城、上海两地，参与筹建鲁迅艺术学院华中分院，并在美术系和戏剧系任教。1949年后在中央美院任教。

作为一位艺术家，许幸之很早就开始写作，早年的小说《天光》《落霞》等曾获郭沫若、成仿吾等人的好评，后来主要在美术、戏剧领域活动，相关评论文字不少，但文学创作减少，只有少量散文和通讯、报告之类的作品。《归来》是一本薄薄的散文集，内收散文五篇。其中最能代表作者风格的，当属回忆奈良号称"鹿的父亲"的日本老人的两篇及记述苏州渔村一位孤苦老人真实遭际的一篇，它们都是唯美、感伤的记人之作；其余两篇，一是与散文集同名的作品《归来》，从文体上看，实是小说，一是记述个人心境的《圣诞树下》，相较而言，更能反映出作者的立场和心态。

需要注意的是，《归来》集虽然出版于抗战全面爆发之后，《归来》和《圣诞树下》也分别表明反战的主题和参与革命的决心，但前三篇作品，其实都是带有前期创造社浪漫抒情小说风情的唯美散文。众所周知，前期创造社的散文和小说之间的界限并不分明，小说多有移步换景的游记化背景设置，例如郁达夫早期的《采石矶》和后期的《迟桂花》，都可以当成优美的游记，而他们的散文就更多游记色彩。许幸之与创造社诸人关系密切，文风受到影响乃是情理中事，从这个角度看，他的散文的首要特质，乃是浓郁的浪漫风情。

《鹿的父亲》摹画了一位放鹿老人，虽然作者的左翼立场推动他刻意突出优美的山林与清贫的日本老人之间的反差，但通读全篇，印象最深的乃是奈良一地清幽

第四章 散文文体的新变（1938—1949）

的山水。散文最后一节对奈良乡间傍晚风景的描绘，直是古典田园风格的诗境：

> 我和老人一路谈话一路前进，老人拖出他用鹿角做成的烟斗，从白发间喷出一阵阵的青烟。无数的昏鸦在树头上飞旋，夕阳向西方的山谷间沉落了，只有对面的山顶上还残留着一些红色的阳光。暮霭弥漫了山野，归途中已经看不见鹿的影子，只有森林，山谷，和两个异乡人的谈话，那就是我陪伴着"鹿的父亲"。

意境之美，可谓与隐逸诗人的山林咏叹不相上下。

不过，许幸之毕竟是一个现代知识青年，而且思想左倾，这些在散文中也有所表现。《鹿的父亲》的主题，其实是突出"鹿的父亲"受欺侮受损害的一生：他的儿子在日俄战争中战死，而他为日本皇室养鹿，所得极为微薄，这是何等的不公。《奈良之夜》承接此篇，由"鹿的父亲"转述了一个故事：奈良乡间少女以出售鹿角制品为业，一位日本姑娘尽其所能地诱惑一位来此地游览的青年学生，待到得知他是中国人之后，立刻带着嘲笑离去，这又是多么沉重的伤害。国族和阶级问题，在前期创造社作家笔下乃是惯常题材和主题，许幸之剔除了感伤，只用干净的笔墨徐徐道来，较之于《沉沦》结尾的呐喊，似乎更为动人，更有入人也深之效。

不夸张地说，以自然之优美反衬现实世界之丑陋，足以称为许幸之记人散文的一个叙述模式。《渔村》记述在苏州乡下渔村游览的见闻，在感叹村人世外桃源般的静谧美好生活之余，也注意到了一位老人独居村外水塘边上的凄凉。老人的居所相当简陋，那是一所长着深草、开满野花的茅屋，这一田园诗人惯常歌咏的对象，深藏着一个悲哀的故事：老人年轻时在人家帮佣，告发主人滥杀无辜却遭诬陷，被判入狱，逃脱后隐藏在此，孤家寡人，穷苦一生。作者并不滥发感慨，只是轻轻带过，却给人留下了难以磨灭的印象。

许幸之是艺术家，擅长摹画生活场景，这些生活剪影往往具有绘画的质感或舞台的造型之美。《奈良之夜》中，"鹿的父亲"讲故事之前，作者作了这样一幅速写：

> 在他的背后，半弦月用忧郁的眼睛静视着，小河的流水在潺湲地静听着，森林也像汹涌的海潮在夜啸。山寺里送出一阵阵地钟声，时时在震荡着夜的寂寞，有时也会使小河的流水荡起波纹，青烟和钟声同样在空中四散的时候，老人便展开了他的话匣了。

这里的文字兼有渲染氛围和摹画人物两种目的，而且都具有高完成度，显示出作者不俗的艺术造境功力。

如前述，许幸之谱写的田园牧歌中潜伏着悲惨的人生故事，他的造境愈是宁静甜蜜，现实的野蛮狰狞愈是突出。反过来也可以这样说，他愈是要写出人生之惨淡，则愈是不惜笔墨烘托氛围之恬静，因此，地方风习的描写成为这几篇散文的肌理和血肉。《鹿的父亲》中，当地居民在秋冬之际寻取鹿毛和鹿角，然后做成酒杯、茶瓶、烟斗、角筷及其他各式各样的玩具出售，这是奈良人的生活形式。《渔村》中，北庄基离苏州并不远，但这里的人们保持着一种朴素的生活方式，打鱼卖鱼、做零工、泡茶馆，从来与世无争，是一个类似于世外桃源的所在，且看他如何描绘苏州郊外的农村闲暇光景：

> 在村里，我们还看到农父们坐在茶馆里饮茶，谈心，有的架着眼镜在看城里的报纸：据说，这简陋的茶馆，也就是全村村民的俱乐部。村妇们有些抱着孩子们倚在门前，有些坐在树荫下刺绣或纺纱，常常听到她们在闲谈别村的趣事。当然，我们穿过村巷的时候，鸡鸭和鹅群往往从脚边绕过，村犬并不咬人，耕牛伏在稻场上打盹。

江南水乡淳朴的民情民风，竟似亘古未变。

《鹿的父亲》《奈良之夜》《渔村》隐含着传统与现代的对比，且是以前者反衬后者，而结构也就根据立意展开，传统的古典之美得到大力渲染，现代的人生之痛则点到即止，不过，一点也没有头重脚轻之感——应该说，这是作者的胸襟怀抱将它们通体熔铸到了一起。总体而言,这三篇散文既是别开生面的游记,也是清新脱俗的美文。语言虽然偶有一点学生腔或者说新文学腔,但异常清澈透明,字句仿佛流淌在山间的溪水迢迢不断、连绵不绝,叙述则如小溪般随形婉转、纡徐有致,在全面抗战期间的散文创作中算得一个别致的存在,也显示出江苏散文内蕴的深厚绵长。

三、吴天的《怀祖国》

吴天(1912—1989),江苏扬州人,现代著名电影编剧、导演。原名洪为济,别名一舟,另有笔名多种。自小贫苦,1927年考入上海美术专科学校,在校期间积极参加抗日救亡运动,后遭学校开除并被捕入狱。获释后,在南京从事左翼戏剧运动。1935年赴日留学,参加"左联"东京支部的文学活动,曾组织"中华戏剧座谈会",排演话剧多种。不久返国,又于1936年被迫前往东南亚。其间,编有几种独幕剧,曾任马来亚华侨各界抗敌后援会理事并加入马来亚共产党。1938年回到上海,在上海剧艺社担任编导,同时编辑《前线日报》副刊,作有散文集《怀祖国》等。1946年任上海戏剧专科学校教务主任,编写有《剧场艺术讲话》一书,创作和导演电影多部。1949年后在多家电影厂工作,为中国的电影事业做出了重要贡献。

《怀祖国》是吴天两年左右马来亚生活的记录,整部散文集的风格,正如马来亚的热带天气一样,在烦躁之中显示出热烈。

在"太平洋战争"爆发之前,南洋已经弥漫着紧张的空气了,作者观察到当地的人们在慵懒的日常之中蕴藏着反抗的力量。不知道中国在哪里但觉醒之后一心宣传抗战的华人青年GAGA,有过犹豫但最后毅然奔赴祖国大陆的"台湾的女儿"叶冬,为救亡运动而热切卖花募捐的姑娘阿秀,《擦皮鞋的小孩》中为日本人服务以期搜集情报的小孩子,都是马来亚华人中的普通人,但他们都有一颗爱国心。不过,作者并不回避当地华人社会的阴暗面,比如《那件事》中资敌(今天看来或容可商)的商人和《说服》中压榨工人的黑社会,都是真实存在的恶,如何与他们展开斗争也是重要的内容。

对于同样生活在这片土地上的马来人、印度人等，作者也写出了他们中的一部分人对中国的抗战表示同情以至采取实际行动加以支持的一面，但对他们自身的处境体会不多。其实，南洋不仅是一个有浓烈热带风情的异域，而且也是政治文化意义上的他者。《在殖民地》一文起首就点明这一背景："曾被欧美人用在电影画面上令人神往的'永远的绿'，在我们面前展开了。浓郁的橡林依着山麓爬上峰岭，与青色的海似的天空，连接了起来。"对吴天这样的奔赴南洋发动华人社会支持中国抗战的革命青年来说，他可以直观感受到外部风物的变化，但因为主要在华人社群中工作，其实对后一方面，即当地人最直接的压迫者乃是殖民当局而非日本法西斯，其实了解不多。这反过来也提示读者，为了宣传抗日救亡，GAGA、叶冬、阿秀等人都是一个革命者基于革命立场而刻意加以突出的典型。正因为这个缘故，集中作品所描绘的马来亚风物也就都可以认为是作者心境投射于外部环境的一种映像了。

在"从早到晚是如火的太阳"（《热之国》）造就的"单调的热的长夏"（《怀祖国》）中，吴天耳目所及，都是橡胶林、椰子树、荷兰树、阿达树、芭蕉这些热带植被，他对当地社会的印象，带有热带地区惯常示人的拥挤、嘈杂、湿漉漉的感觉。《卖"沙爹"的马来人》这样描摹雨天的街道：

> 热带的人是从来不穿套鞋或是雨衣的，遇到下雨，都躲在街路旁的走廊上暂避一会，那屋前的楼面所遮盖了的长廊，一到落雨便挤满了各式各样的小贩和过路的行人。

从风物到风情，都是典型的热带景观，而对最直观的风景，作者也多泛泛描述，表现为对无尽的绿色的惊讶，但偶尔细腻起来，倒也可以算是不俗的美文。《热之国》如是描摹马来亚的夜空：

> "热之国"里的人是不爱太阳的，他们为它那烧灼的烤炙的光耀所苦，如

果说是光辉，毋宁爱透明的，蓝色的夜，碧玉似的穹窿像清澈的海；星星闪动璀璨的眼睛，确是显光的宝石；没有微云，如果有，那便是镶着蓝衫的白纺，一股泉水那样地涌现在蓝色的海上。

或如前述，作者并不是一位搜奇猎艳的游历者，所以关涉马来亚一地风习、风俗的内容甚少，偶有涉及，也能够反映出当地不同族群之间的差异。在《热之国》中，孟加里人（即孟加拉人）、马来人和中国人，他们在闲暇的时候各有消遣。当地的华人大都来自中国南方，所以夜间纳凉的时候，往往是尖圆的胡琴伴奏的广东调、福建调、海南调，其他人群则与华裔显然有别：

音乐起来了，在椰子树或是低而婆娑的吉里树下，孟加里人坐在那棕绳穿成的网形床上，一面敲着像鼓一样的乐器，唱起向上天企求的宗教祷文来。

马来人却用着斑鸠（Banjo）或是吉他（Guitar）唱着悲凉的情歌，有时只用一面鼓。那些青年人是绝少想到明天的，他们对于今天已经是非常满足了。

孟加拉人的宗教祷告仪式和马来土著带有原始风情的歌舞，二者之间也颇有分别。

总体说来，《怀祖国》是作者在南洋期间斗争生活的印象记，吴天对个人心境的描述要超过对当地风土人情的描绘。这一点当然不难理解，而在他顺带涉及马来亚风景、风情、风俗的时候，虽然较少涉笔成趣的内容和兴致，但毕竟也在一定程度上反映出具有相当特色的南洋风情，也算难能可贵了。

第六节 其他作家的散文

从抗战全面爆发开始，中国文坛发生了翻天覆地的变化。江苏特别是苏南地区在民国时期乃是中国的核心地带，而正因为如此，所以也就成为日本侵略军重点进攻的对象，沦入敌人之手也较早。在这样的背景下，江苏作家所面临的困局也就更为严峻。就实际选择来说，老辈如柳亚子、中年如叶圣陶、青年如路翎，他们都选择内迁，并在内地为江苏文学谱写出新的篇章，而另外一些作家如平襟亚、郑逸梅、傅雷等人，则留在"孤岛"并在"太平洋战争"爆发之后留居上海，以各种方式写作，虽然曲折，无疑也维护、延续了江苏散文传统。

与内迁和留守的两类作家不同，新四军根据地的散文作者群开辟了新的文学道路。当然，新四军根据地作者和其他两类作者之间存在人员流动，例如许幸之就曾往返于盐城与上海之间，然而，他们虽然在一定程度上继承了新文学精神，而且也多少受到西方文学的影响，但客观说来，他们的创作乃是革命斗争的需要和革命文化的产物。聚集在"华中鲁艺"文学系和《盐阜大众报》周围的散文作者，他们的散文大抵以通讯、报告为主，故现实意义大于文学意义。以今观之，新四军根据地散文作者群的文学史意义，在于他们此时处于涵养、修炼并慢慢提升的阶段，虽然距离他们1949年后登上文学舞台并逐渐成为主角并不遥远。

就实际创作情形看，除本章前面提及的作者，江苏的其他散文作家也都保持着强劲的创作力，而且更为可观的是，涌现出了一批在当时及后来有更大发展的文学新人。本节为叙述便利起见，将这一时期江苏散文作家大体依年龄层次分作几个群落，然后再根据他们的创作成就和影响进行简略但重点突出的评述，而对此时崭露头角的青年作家则着墨稍多，并与他们的后续创作稍作勾连，以勾勒出文学创作思潮的流变。

一、资深作家

晚清民初活跃的江苏散文作家此时已凋零大半，而吴稚晖、柳亚子、叶楚伧等人，此时要么身居要位，要么成为社会名流，写作已不是释愤抒忧的明心见性之举，在很多情况下乃是优游卒岁之乐、交游酬酢之事，即使偶有佳作，也大都归于平淡。在他们当中，柳亚子的杂著、平襟亚的笔记和郑逸梅的掌故仍属这一代文人散文作品中的佼佼者。

第四章 散文文体的新变（1938—1949）

柳亚子是南社老人，此时为一社会名流，新知旧雨，交往驳杂，故作品亦颇为庞杂，有传记、自传（及年谱）、日记、书信、序跋、碑铭等杂著多种。这些文体不一的散文，依主题，大体可分记往述怀、记事感言、记人感怀等几类。他的记往述怀之作，主要有《五十七年》《羿楼日札》《八年回忆》三种，前二者是对个人一生经历的追记和体会的追摹，后者是对全面抗战时期个人生活的回忆，都是平实的叙述，而因为主人交往广泛，与许多重要人物之间颇有互动，所以对理解现代中国变迁具参考价值，有一定的史料意义。例如，他在《五十七年》中谈到梁启超，当然有所褒贬，但对其创作之评介也可算得独具只眼了：

> 他又创办了《新小说》月刊，内容极丰富。《新中国未来记》是虽然徘徊于保皇、革命之间，思想不免反动。但拜伦的几首"哀希腊"，由他首先用骚体和曲调来翻译成功的，讲时间，真是马君武和苏曼殊的先驱者了。《东欧女豪杰》，描写"虚无党"动态，哀艳雄奇，兼而有之，尤足使人感动。

他的第二类作品记事感言和第三类作品记人感怀，感情不能说不真挚，但往往多书生意气和文人滥调。至于其余碑铭、序跋之类，更多套话，几无可观。

平襟亚以小说《人海潮》知名，此时主持中央书局并办有《万象》杂志，为沪上文坛重镇之一。他的作品极为庞杂，《秋斋笔谈》（包含《待旦集》和《扫晴集》）收入1943—1948年所作的百余篇短文，就文体看，大抵是笔记、小品及杂文等几种文体的糅合，内容大都是对社会现实的委婉批评，所以风格以冷嘲为主。

《秋斋笔谈》以夹叙夹议的方式，评述从全面抗战中期开始到解放战争趋于顶峰这一时期上海一地的社会现象。书以抗战胜利为界分两辑，故"待旦"和"扫晴"看似文雅风流，其实隐含政治寓意：前者是期盼全面抗战的胜利，后者则是期待国中乱象一扫而空。平襟亚笔下的上海，是"一处在拼命捞钱，一处在忍痛挣命"（《两种场合的观感》）的两极，正是穆时英所谓的地狱天堂。在"米是奢侈品"的年代，物价飞涨，万业凋敝，民不聊生，人们过着"吃不饱，穿不暖"的

"半死的生活",以至于唐太宗"纵囚"之事就以另外一种形式出现了:政府释放囚犯,是因为实在养不起他们,而囚犯为了肚皮则非回狱不可,两厢争执得不可开交。不过,世事变幻无常,而人性亘古如斯,上海固然深受战争影响,但其社会风气之变与不变乃有内在逻辑。《要钱的例子》所提到的上海服务业那种能不能解决问题另说但"钱还只是要"的作风,就是不变的例子;而在《欣赏照片》一文中,作者有鉴于"观洛阳牡丹,能知国运盛衰"之语,因而想到上海照相馆门口张贴的大幅照片的变迁。民国初年,照相馆大都悬挂其时党政军要人的相片;随后,梅兰芳等戏曲明星顶替了"伟人"的位置;到40年代,则舞女等人成为主角,这又是变的例子。

平襟亚偶有涉及国民性的篇章,往往不乏真知灼见。《装修门面》所谓"别人的冷台尽拆无妨;自己的门面非装点不可"的自私自利,《人品》所谓"'贫而无品'仅仅流于'滥'"而"'富而无品'为更可怕"的为富不仁,《中国茶花女》所谓"凡欧西之风物,一至亚东大陆,恒易其素质"的无是非心,都是其中颇为可读也极有启发性的篇目。《弄》的描述更有意味:

> 中国人好弄:孩子们弄蝉,弄蟋蟀。有闲的公子哥儿,弄鸟,弄狗马。壮夫掌中弄铁丸。老人手里弄两枚核桃。有了钱的富翁弄姨太太,乞丐手里每天弄一条小青蛇。

其余如《市声》以市场叫卖声窥探南北民风的差异,也显示出作者善于体会人心民情的特点。

《秋斋笔谈》大都是几百字的短文,如何在如此局促的篇幅中说清道理,并不容易。平襟亚往往从身边小事或历史掌故出发娓娓而谈,基本都是以常情常理导向一种常识。作为曾经名噪一时的通俗小说作家,他特别擅长以故事说理。《科斗的尾巴》借蝌蚪曾有尾巴而担心天公追责的民间故事讥弹那些助纣为虐的人,《底下人座谈会》以端午节某家下人之间的闲谈展示永无餍足的人性,《帝后的风趣》以武则天不怪大臣无礼而能将私事与国事分开的睿智反衬现实之悖谬，都是极为通俗故而极易理解的道理。因为面对市民读者，他很少《切梦刀》所谓黎明切梦的隐喻，而大都付诸直白的讽刺。

平襟亚的讽刺大都是反讽，乃是一种看得出嘲讽但情感参与较少的冷嘲，用他自己的话来说，就是"绵里针似的"[1]讽刺。《放生事业》对海上名流成立同善社"采购动物，当众放生"的行为颇不以为然，于是以调侃的口吻指出，"人，毕竟是动物中最大的一种，放生应该先从人放起"，继而不无反讽地说：

> 恕我不是海上名流，没有一万块钱放人以外的其他小动物。我只好自己购买自己一条蚁命，自己放生自己——疏散到故里山村水乡去终其天年。不愿意等待别人来放我的生。这却未必不是先见之明吧？

平襟亚的反讽大都较为委婉，如《古人的雅度》《红票》等篇的借古讽今均是，但有时也难免情绪过盛，像《黑漆漆的上海》那样直斥社会黑暗，这就是热讽了。"官累""白鼻子""曾国藩书信班""赤脚财神"等当时上海流行的语汇，他拈出加以阐释，不无鲁迅式的"贬痼弊常取类型"的意思。不过，即使是热讽，情绪也较为舒缓。《水的宝贵》提到上海限制用水，作者从李白的诗句"客到但知留一醉，盘中惟有水晶盐"想到后人自嘲的改作"客到但知留，盘中惟有水"，难免不发出"客到留何益？盘中水也无"的感慨，而且更进一步，想到司各特的小说巨著《艾凡赫》中的名言："假如不需要人民工作，连空气也在管制之列。"

平心而论，平襟亚的讽刺毕竟只是一种文字技巧、文章技法而已。《值得纪念的讽刺》记他本人做过的两篇讽刺文章，其中之一，是以"狗编人报"对"人编狗报"，作者自言"讽刺文章，洵属天成，得来全不费力。但必须有好题材，才写得出好文章来"。这话似乎不错，但将世间幽默化作笔墨情趣，实是一种深入骨髓的

---

[1] 秋翁：《小序》，《秋斋笔谈》，上海：万象图书馆，1948年。

文人趣味。

就事实来说，平襟亚在《秋斋笔谈》中屡次言及的"讽刺"，格调正与林语堂提倡之"幽默"同。他说自己"绵里针似的三言两语，左不过使人感到像给蚊虫叮了一口，不痛，不痒，无伤大雅。即间有道着是处，也像替人搔背，使被搔者其词若憾；其心实喜"，所以他的写作"不为人而为己，自己感到兴趣便是"[1]。换句话说，还是通俗小说作家所擅长的文人谐趣。《王云五的咳嗽》记门房老张描述王云五声震屋宇致使众人鸦雀无声的一连三声"合罕"之咳，绘声绘色，感觉"好像鉴赏了一幅吴道子绘的'老子骑青牛图'"，他的反应则是这样：

> 我临走时，回答他说："你们的王老板，只因做官太辛苦了，咳嗽早就咳不出响声来，除非美国人行方便，送给他一片润喉良药。否则一任财长下来，就有成为哑巴的可能。"老张似懂不懂的，对我扮了个鬼脸。

这里有讽刺，但并不冒犯，所以归于一种玩笑，乃是文人诙谐。《书坛放噱》一文有云："说书放噱，贵乎雅驯自然，而有含蓄。"佻达而能雅致，正是他们的惯技。《底下人座谈会》《人体展览会》《床笫之苦?》《大汗小汗》等篇，多市井俗趣，《曝书随感》《曝书又笔》《曝书三笔》等篇则有读书人自得其乐的雅致，但像《之》这样以文雅之笔写鄙俗之事的风格，才是平襟亚之能事。

总体说来，笔记小说格调、文人小品风格和现代知识人批判色彩倾向在《秋斋笔谈》当中是不分彼此地融合在一起的。作为一位现代文人，平襟亚既不能忘怀现实又不能割舍个人乃至私人趣味，于是成为颇有张力的存在。相较而言，郑逸梅较为纯粹，差不多保持了一贯的风格。

郑逸梅此时亦有为数甚多的笔记作品，包括《人物品藻录》《尺牍丛话》《淞云闲话》《小阳秋》《近代野乘》《三国闲话》《味灯漫笔》等多部。当然，同样是笔

---

[1] 秋翁：《小序》，《秋斋笔谈》，上海：万象图书馆，1948年。

记，虽然都汇聚了作者本人的兴会体验于其中，而其间也存在分别：如果说郑氏30年代的笔记融合了众多新知旧雨的日常体验在内，不无生命的光泽，那么此时则因历尽丧乱而归于平淡，作者的态度也更为隐匿了。这种区别，如果用传统术语加以概括，大体可以这样说，前者是"文"，后者是"学"。《文心雕龙》"杂文第十四"有言曰，"智术之子，博雅之人，藻溢于辞，辞盈乎气"[1]，藻绘、文辞、气韵依次递减，可见增事踵华乃"文"之能事，言过其实实不可免。郑逸梅笔记作品大都是"纂类摘比之书，标识评点之册"，这在传统文章体系内本为"末务"，但在另一方面则是"征实存乎学"[2]，见闻广博无疑也能窥见时代变迁。郑氏前后期都以博览著称，但前期不免发挥，后期则限于记述，这乃是一种字面意义上的"述"而不"作"。

当然，不发挥并不代表作者没有倾向性或判断。《味灯漫笔》有条目曰《蔡元培癖好园艺》，如是描述蔡元培之晚年生活：

> 亭宇间列盆栽数事，抱瓮灌溉，晨必躬亲为之，不假手于僮奴。风日晴和，则驱车真如，于黄氏园寄其闲踪。园主黄岳渊，早岁从陈英士奔走革命，而雅好园艺，与蔡固沆瀣一气者也。

蔡元培谦谦君子，执掌北大多有担当，遂在一般人心中成为文化英雄，而其实和平中正，作者赞誉之心宛然可见。又有条目曰《刘半农反对奴性称谓》，内云：

> 某年，刘任北大教授，师生组织文学研究会，有茶话会之举行。席间，有人以佉卢文"密斯脱"为称谓者，刘即斥为奴隶劣根性，谓我国本有先生及君之称，甚为文雅，即称女子为"姑娘""女士"，亦为得体，何必称谓"密

---

[1] 刘勰：《文心雕龙》，周振甫注，北京：人民文学出版社，1981年，第147页。
[2] ［清］章学诚：《文史通义校注》，叶瑛校注，北京：中华书局，1985年，第288页、第351页。

斯",以为得体？今后凡我文学研究会中，一律须革除奴性，此种称谓，概行废除。闻者莫不为之首肯而表同情。

欣赏之意溢于言表。

郑逸梅微言大义的写作风格，正如《味灯漫笔》秦伯未题诗所云，乃所谓"贤奸不肖寄微辞，亦若斧钺严春秋"，继承的乃是中国的史传传统。《文史通义·史释》曰："君子苟有志于学，则必求当代典章，以切于人伦日用；必求官司掌故，而通于经术精微；则学为实事，而文非空言，所谓有体必有用也。"[1] 郑逸梅在掌故之中历数前贤往事，看似琐屑零碎，但命意之处，其实多在"人伦"与"经术"，既顺应人性又不乏道德之善的追求，所以仍然是现代文章。

柳亚子、平襟亚、郑逸梅三人年龄差距不大，但根据他们在文坛出现和活跃的先后顺序，恰好组成一个江苏旧派文人的序列。他们的相同之处，在于同是苏南人士，同受传统教育，故文人气都极浓郁，区别在于，柳亚子有英雄气，虽然不无虚骄；平襟亚能适应社会，虽然不无市侩；郑逸梅自得其乐，虽然不无琐碎。他们在这一时期的创作当然受到时代的深刻影响，但就风格而言，其实与早年并无多少不同。他们此时都在相当范围内受到欢迎的事实不仅表明江苏文化深厚的底蕴，也说明传统与现代对接之后的生命活力。

二、中年作家

抗战全面爆发后，在江苏的中年一代散文作家中，朱自清、叶圣陶等较早成名的一批人大都开始将精力转向其他领域，如朱自清之尽心于教学与叶圣陶之尽力于出版，虽然仍有作品，但社会活动增多，所以他们的社会形象日渐多元，已不限于新文学作家了。此时，江苏文坛最具有代表性的散文家是缪崇群。

缪崇群此时年龄并不大，但已经是一位成熟的散文作家。自抗战全面爆发，他

1　[清]章学诚：《文史通义校注》，叶瑛校注，北京：中华书局，1985年，第231页。

先后出版了《废墟集》《夏虫集》《眷眷草》《石屏随笔》四部散文集，在因病去世后，巴金又为他辑录、出版了散文集《碑下随笔》。这些散文创作，与他30年代《晞露集》《寄健康人》等集子里的作品一样质实、朴素，而因为时代的缘故，更增添了沉痛与真挚，遂从寥落春愁变作沧桑秋意。

《废墟集》所收散文大都是作者战前所作，《从旅到旅》《站》《北南西东》等篇充满人生飘零之感，与《晞露集》格调相近，《跣足的人》《春天的消逝》《这里的家》等篇则与《寄健康人》风格近似，不无感伤惆怅。集中其他作品，大致可以分作两类，一类是较为个人化的作品，如《谈狐》《谈蝙蝠》《谈鼠》三篇，主题与《夏虫集》中的"夏虫之什"类似，虽然写法不尽相同，但大抵都是借物喻人，足以代表缪崇群的散文技艺；另外一类则与社会现实密切相关，《凤子进城》《宝贝》等篇记叙底层人民的苦难，而《婴》《废墟上》则更进一步，表现出敌人的野蛮和战争的残酷，共同之处，在于作者的情绪都从一己愤懑转为深沉的同情，彰显出时代之于作者的影响。

借物喻人是中国文学一个源远流长的传统，在现代文学中亦不鲜见。缪崇群笔下的狐狸、蝙蝠是或一侧面的国民性的典型，而老鼠却是国内怪现状的一种表征。神仙是国人所渴慕的，狐狸在中国传说中近于神仙，而其本领，乃是所谓中国式聪明：

> 记得《伊索寓言》上有一段狐狸偷不着葡萄吃说葡萄酸的故事，这要是中国的狐狸，他一定说那葡萄不但是酸，而且臊，因为他在偷不着葡萄的当儿，早已从远处暗暗地撒上了一泡尿了。

《谈狐》之立意，正在于揭示一种得不到就诋毁、破坏的心理。这种心理，应该说也是人性，但尤以国人表现为甚，这无疑反映了国民性弱点乃至劣根性。较之《谈狐》的清爽，《谈蝙蝠》《谈鼠》两文稍稍有点绕。在前文中，作者拈出蝙蝠看似悖谬而实则相成的两种特征，以为国人之讽喻：蝙蝠在中国民间传说中代表福气,但在西方文化中,它又是骑墙派的代表,合而观之,则骑墙者有福气,正是一种隐晦的讽刺;在后文中,猫成为一种肉食而不用于捕鼠,故老鼠泛滥成灾,而老鼠愈多则人们愈是要买猫,所以猫价不菲,于是乎老鼠泛滥和猫价之高成为一种正相关关系,这自然也指向当时中国的现实,故也是一种隐喻。

如果说以上三篇散文带有较多的社会含义,那么《夏虫集》中的"夏虫之什"则是典型的借物喻人。顾名思义,"夏虫之什"是以夏日小动物为主题的10篇散文,具体内容指向两个方向,一是国民性批判,二是影射现实,概言之,都是寓言性质的讽喻。缪崇群以平实内敛的语言依次书写了苍蝇、蛇、萤火虫、蜈蚣、蝉、壁虎、臭虫、蝎子、蚊子等九种在夏天最为常见的生物,或细描外形,或勾勒习性,或概述民间有关的传说,而最终都将之归结为中国传统和现实的表征,并以此为据加以引申,启发人们的思考。作者故弄玄虚地说,每篇文章文末都附上所写动物的名称,"庶免有人牵强附会当作谜猜,或怪作者影射是非云尔"[1],其实有效牵引了读者的注意。

这里且以第二则为例加以阐释。该则主题是"蝇",且看作者如何描摹苍蝇外形并本诸其习性加以引申:

> 红头大眼,披着金光闪灿的斗篷,里面衬着一件苍点或浓绿的贴身袄,装束得颇有些类似武侠好汉,但是细细看他的模样,却多少带着些乡村姑婆气。

外形貌似不凡而气质伧俗鄙陋,此其一;其二,习性张扬,虽然是"一种证实的集团的动物",但"呼声"委实"高调"。作者综合这两方面的特点,联系到人类的境况,慨然叹曰:

> 趋炎走势,视膻臭若家常便饭的本领,我们人类在他们之前将有愧色。向

---

[1] 缪崇群:《夏虫之什·楔子》,《夏虫之什》,上海:文化生活出版社,1948年,第3页。

着光明的地方百折不回,硬碰头颅而无任何顾虑的这种精神,我们固然不及;至如一唱百和,飘然而来,飘然而去的态度,我们也将瞠乎其后的。

这自然是用反讽的笔调讽刺现实中具有此种品性的人,然后推开去,以幽默的口吻涉及另外一类人:

> 兢兢业业地,我从来不会看见他们阖过一次眼,无时无刻不在摩拳擦掌地想励精图治的样子,偶尔虽以两臂绕颈,作出闲散的姿式,但谁可以否认那不是埋头苦干挖空心机的意思。

至于此后论出身与命运的关系,也颇为出色,但不及以上精彩,故略而不提。

稍作观察即可发现,以上所引述的几段文字有一个共同点,即一方面作者紧贴苍蝇的外形特别是习性展开绘形,另一方面又抑制不住地在字里行间留下草蛇灰线以引导读者的理解。从所写对象(物)的基本特征出发书写人生,如果不及其余,是小品;不言社会人生而只有隐喻,是寓言;以物喻人,就掺杂有杂文笔法了。从文学的角度看,缪崇群的借物喻人并不纯粹。事实上,作者的主观立场多有介入,这就使得"夏虫之什"不复是古人的寓言,而是今人的杂感。

缪崇群对附加在这些小动物身上的各种传说表现出明显的排斥,显现出一种反传统姿态。写蛇,顺便讽刺"象征着中国历代帝王的那种动物,也不过比他多生了几根胡须,多长了几条腿和爪子罢了";写萤火虫,就对囊萤夜读表示不满,"苦读虽好,企图这一点光亮,从这个小虫子身上打算进到富贵功名的路途,却也未免抹煞风景了";写壁虎,则是调侃了民间关于"守宫砂"的传说。当然,这里所谓反传统,只涉及传统之中那些荒诞不经的内容,从这个角度看,作者当然不缺乏现代思想。比如写蝉,作者就在它的身上寄寓了某种希冀或理想:"他们并不贪求饵食,连孩子们都知道很难养活他们,因为他们不能受着束缚与囚笼里的日子,他们所需要的惟有空气与露水与自由。"

"夏虫之什"虽然不过短短10篇,但它们汇聚了寓言、小品、杂感等几种文体的特色,应该说是缪崇群所有散文中最为佻达生动的作品。虽然其成因乃是受30年代中前期小品文风气的影响,但作者能够自成一格,无疑也体现了他的创作才华。《夏虫集》在"夏虫之什"一辑外,还有"初访及其他""轰炸见闻"两辑,它们和《废墟集》一起,组成了缪崇群散文创作的过渡阶段,作者的个人形象,此前或如《从旅到旅》所述之"低着头,我将如瓦尔加河上的船夫们,以那种沉着有力的唷喝的声调,来谱唱我从旅到旅的曲子",而在此时,他的眼界拓展、扩大了许多,表现出从个人抒情走向集体共情的趋势,这在《夏虫集》中得到落实,故直面现实之作就占据了主流。

　　全面抗战初期,作者形单影只,布谷的叫声也就成了"何乃太孤"(《布谷》),但最为震撼他的,乃是充满了"火"和"血印"的大后方实况:偶然因事拜访一人,其堂兄的灵柩差点就被日本飞机炸毁(《初访》);卖艺人的家伙全部被烧,从此以后没有了吃饭的凭借(《卖艺人》);人们为躲避轰炸而四处逃散,"城像一个章鱼,它的几条肉足无限的伸展着"(《即景》)。所有这些惨象,使得作者胸中充满了"天样的仇恨",这些浸透着愤懑的文字,不仅是当时大后方社会的忠实实录,更是作者愤懑之情的朴素表达。在度过了最初的惊惶之后,缪崇群开始沉静下来,遂有《眷眷草》一集中的许多文字。

　　《眷眷草》是缪崇群适应战时生活之后的出产品。文集共分五辑,第一辑是对战时后方日常生活的粗线条勾勒,第二辑记人与物,都与《废墟集》《夏虫集》中的类似篇章风格比较接近;第三辑写心境,第四辑记人情,第五辑大体叙事,反映了作者彼时的见闻和心情。

　　作者自言这是大时代中"不是匕首,也不配摆设"的"散漫的短文"[1],的确,集中散文并无抗争也不是消遣,大都是其个人所见所闻所感的真实记录和流露,压抑中带着忧伤,处处显现出时代与个性的共振。也因此,该集仍然少不了战时生活

---

[1] 缪崇群:《序》,《眷眷草》,上海:文化生活出版社,1942年,第1页。

第四章　散文文体的新变（1938—1949）

的留痕。《洞里景光》中，每当高处的"信号杆子"挂起红球的时候，大家要么"到'仓库'巡礼"，要么"到福地造诣"（"仓库"和"福地"指的都是防空洞），过上了"有球（求）必应"的日子，但尽有举重若轻之人——《一觉》中，那位在警报响起之后仍然淡定地"立在帖示栏下端视着隔了一日的报纸"的老人，在作者眼中，就似乎表示着"空袭于我如浮云"的意思。在没有警报的日子里，遭警察驱逐的唱凤阳花鼓的女子（《歌女》）、一派天真的卖西瓜的少年（《父子》）、表演口技之后累到说不出话的卖艺人（《江湖人》）是街头常见人物，而田野间虔诚播种的老妪（《播种者》）、沙滩上"像螳螂像黑谷虫"一般的船夫，和他们一起组成了战时后方的人物群像，共同表明民族命运之坚韧。

其余三辑，以第三辑中的四篇散文为最优。《撩絮》《挥汗》《拾叶》《取火》四篇是以条目的形式记下的刹那心境，其中一些完全可以称为散文诗。无须特别注意即可发现，四篇散文的题名也隐含了四季变迁，而作者尤为擅长书写秋天。例如，一则是关于云的思绪：

云比天高，云在天上仿佛写着心想的句子：
永恒的沉默，不是希望，也不是忧郁。

又如另外一则是对于荒芜的小路的感觉：

不久以前还走过的一条小路，草长得更深了——这个深度只是量出了我的一种荒芜感。

缪崇群是本色的散文家，偶有感性，却也有诗的韵味。

与《眷眷草》同年出版的《石屏随笔》，是缪崇群后期的代表作，记录了他在云南石屏中学任教时期的生活。他曾经说过："这本小书，在过去的五六册的散文集中，自然已非一个独子，但是我看待这本小书却有若我的一位嫡子，这或者就是我的一种偏爱了。"[1]之所以如是，一方面是石屏期间"在蓝天底下梦着我的梦"（《雨日》）的安宁生活令人留恋，另一方面，自然在于集中作品的纯粹和优美。

作者笔下的石屏城，正如此地"一种像水仙似的花，不见茎，不见叶，只有一朵朵的小花漂在水面上"的"海菜花"，"宁静，纯真与美丽"（《小花》）。小城风景独特，到处都是当地称为"冬不老"的红树，街头就有闪耀的"珠泉"，阴晴风雨，弥漫着浓郁的南国气息；此地历史悠久，方石街道牌坊巍峨，家家门头上的匾额似乎在谛视着那些生生不息的人民；这里民风淳朴，人们遵循着自然界的规律作息，平凡而又伟大。缪崇群身处其中，虽然也听闻边地少数民族悲惨的奇闻异事，不免心有戚戚，但立刻又被他们是其所是的生活方式所感动，慨叹之余也就只有赞美了。

在战时，能够居于这样一个世外桃源般的小城，暂时歇息一下腿脚，无疑是幸福的。缪崇群独自一人客居他乡，除了旋生旋灭的感伤，总是充满了发现生活的喜悦：在"春荫"下，他看见廊下阶前一对无言对立的青年男女，惊叹这是"一个终古以还的最平凡的，却又是最新鲜最生动的场面"；在"花轿"上，他看见新嫁娘大大方方地看着路边看热闹的人群，立即领悟到这里的日常生活"自然，合乎人情"的古朴；在"红树"下，他遇见一个宁愿将萝卜馈赠陌生人而不愿收钱的健秀的小姑娘，走远之后回望，恍然觉得"红树曾是她的花冠了"；每逢"街子"，穿行在集市之中，耳闻目睹，都是那些本分、勤劳、大方的乡民……作者于其中感受到了生活的蓬勃活力。

当然，边城人民中的绝大多数毕竟不是所谓化外之人，他们的质朴也难免有瑕疵。《做客》一文就详细记述了作者因为各种事体被邀做客而疲于应付的经历。从进门之初怎样招呼到饭桌如何上菜再到散席后宾主如何道别，作者以过来人现身说法的方式一一道来，不过，其用意显然不在表现边地风情民俗，而是细细剖明这种习气不过是"虚荣"的产物。此外还有"旧礼教"的流弊，《鹦鹉》一文指出一种父

---

[1] 缪崇群：《渝版题记》，《石屏随笔》，上海：文化生活出版社，1942年，第1页。

权社会特有的现象:"在石屏,像这样能干的女人很多,不过天足大脚的却很少——她们认为裹着小脚的是汉人,小脚的那才是汉人的'正统'的标记。"小脚居然成为当地汉人区别于其他民族的"传统",这在"下江人"缪崇群眼中,的确匪夷所思。

其实,石屏当地风物尽有可以传颂的地方。《风物》是一篇速写,六节分叙六种人和物,作者饱含感情描绘的帽盒山石塔、异龙湖小岛、黑龙庙深潭、彻夜赶做碑碣的石匠、照亮暗路的"筏烛"以及当作围墙的棘藜,与收入集中的其他独立成篇的散文相比毫不逊色,都是具体而微的优美小品。作者曾在《珠泉》一文中坦陈:"对于景物的描写,我是一个最没有办法的低手。"如果说景物描写指的是朱自清早期散文那般的繁复,这就不是自谦,而是实情,但如果不斤斤于细腻的摹画,而是能够烘托出某一场景的氛围和情调,那么缪崇群仍然可以算得作手。例如,他写"筏烛",就不限于对一种日用工具之功能的说明,而能够传达出带有个性色彩的情思:

> 暗路夜行的人们,他们没有电筒或灯笼或火炬,仅仅拿着几片薄薄的木板条,燃起来便可以照亮了前路赶行。火花边走边落着,给路上留下一点一点的红的虚线,仿佛也度量出黑夜的深沉与寂寥。

这段文字与前引《拾叶》片段颇为相似,深沉的寂寞和寥廓的旷达两种情绪兼而有之,可以照见作者的文学技巧。

缪崇群最为擅长的还是写人,他对石屏一地风景、风情、风俗的描绘,都与人不可分。《叶笛》提及当地人"把一片绿绿的树叶子夹在手缝和唇间"的吹奏方式,照《云南通志》的说法,是"声韵之中,皆寄情言,用相呼召",它本是情人约会的信号,而此地婚恋风俗是"嫁娶之夕,私夫悉来相送;既嫁有犯,男子格杀勿论",所以"牧歌也是饱含着悲剧底成分的",但时日既久,叶笛蜕化成为日常生活中"充满了田野气"的演奏形式,人的悲剧也就湮灭无闻了。在《珠泉》中,作者对街头的泉水充满感情，但整篇散文几乎全引学生作文，一方面固然是作者自谦技拙，借学生之笔写泉水之美；另一方面，也能够从这些引文中看得出作者育人有所成就的骄傲。在作者看来，无疑是人成就了风景、风情、风俗。

可以这样讲，对人本身的关切一直是整部《石屏随笔》的基调。作者在石屏是一个外来者和旁观者，当然带有他者的眼光，不过，与游记的有距离的审视态度不同，缪崇群以对人的同情之心弥合了他与当地人之间的罅隙，所以他的记叙显得极为熨帖。《倮儸》记叙了石屏当地一个特殊的人群，即古人贬称作"猓猡"的少数民族，他们最明显的标志，是以"凹"字形的木枷架在颈肩之上负重，以至于这些部位都长出了大肉瘤；《畸人》中，被称为"石屏的一个阿Q"的单身汉，其实是有类于第欧根尼作风的超脱之人，只是后者知行合一，而他并不明白所以然的缘由，只是顺从本性如其所是地生活而已。

缪崇群为了表明作意，字里行间已经颇有提点，但在篇末也多有或议论或抒情的点题文字。《归牧》描述一个田间小路上牵牛的淳朴小姑娘，结尾感慨道："她们不是比热带地方的朝廷，坐在象背的锦鞍上，华丽的伞盖底下的王孙公主们更高贵些，更令人羡慕吗？"《沙河》描绘枯水之河，最后归结到自己身上："我的生命也不过是一条沉淀的，寂寂的沙流罢了。"《过客》的最后也这样升华："我不该叫他们是过客，惟有他们才配称为长征的战士。"这些卒章显志之语，当然是作者用心写下的，但必要性其实在两可之间。另外，《石屏随笔》的题名都是双音节词，工整而无呆板之感，也可见作者精雕细琢的功夫。

总体看来，《石屏随笔》中的散文大都是时时穿插以抒情、议论、描写的记叙文，思想、情感稳定沉着，文风质朴冷静，文笔生动流畅，几乎每一篇都是一个具有高完成度的艺术品。因此，可以肯定地说，它此后将会得到愈来愈广泛的关注，在江苏乃至中国散文史上的地位也必将大幅提升。至于他身后由巴金编辑出版的《碑下随笔》，其实是包含了多种文体散文的一个杂集，虽然不无可观之处，如与散文集同名的散文就表现出作者一贯的水准，但因为主要是纪念性质，这里就存而不论了。

三、青年作家

在这一时期,江苏文坛涌现出了诸多文学新人,其中,以傅雷、路翎、汪曾祺三人成绩最好。

傅雷在青年时代曾有散文作品,不过他以翻译知名,就此说来,实是一位语言艺术家。《怀以仁》记叙他得知王以仁死讯的感想,杂有对自己个性的反省,诸如"个性的孤傲,狂热的同情,易感的乡愁,顽皮的稚气"之类都是艺术家气质,事实上,傅雷的人格与其作品(翻译和创作)的确密不可分。就创作来说,他的批评、散文和杂文许多时候就是其疾恶如仇个性的体现,而文风凌厉的另外一面是见解的深邃,故本诸真心的剀切遂成为傅雷创作特别是批评的最为典型的特征。另外也需注意,因为受过美术批评的训练和长期讲授美学史的缘故,他的行文其实与具有艺术家气质的作家之夸诞全然不同,用词优雅、语意准确、条理畅达、观点透彻等,都是明显的优点——这自然也是受到了法国文学的深刻影响。

风格即人格,傅雷的文艺批评从来都是他的人格和个性才情的淋漓展现。他的批评,以独立性即不盲从为首要特色。在他还不满二十岁的时候,评论许钦文的《故乡》,针对鲁迅所说的"在描写乡村生活上,作者不如我,在青年心理上,我写不过作者"之语,表达了明确的不赞同:"但我觉得这一次鲁迅先生的话,确使我失望了!就是序中称道的第一篇《这一次的离故乡》,我也觉得'不过尔尔'!"[1] 傅雷个性强悍,这一批评姿态可谓贯穿一生。第二,他的批评充满批判性。《读剧随感》是全面抗战时期谈论戏剧的一篇批评,上来就批驳所谓"专家"的"全面的"剧评主张,旗帜鲜明地提出评剧"决定一切的"条件,"首先是对于作为文艺一部门之戏剧须有深切的认识";接下来,他批评话剧创作和表演中的噱头化倾向等"几种谬论",主张要能够写出"作家对现实之认识",但又不能浮于表面地"表现上海"或是其他社会现象,可谓通篇都表达了他的不满。第三,他的批评论析精湛,极富说服力。傅雷爱憎分明,批评往往充满斩钉截铁的判断。例如,关于张恨水,

---

[1] 傅雷:《许钦文的〈故乡〉》,《傅雷文集·文学卷》,上海:上海远东出版社,2016年,第42页。

他一方面承认张"已经跳出了鸳鸯蝴蝶派传统的圈子,进而深入到对人物性格的刻画",甚至于"觉得还不是有些新文艺作家所能企及于万一的",另一方面也对张恨水作品的"小市民性"毫不容情,认为他仍然没有做到"跳出他所描写的人物圈子,站在作为作家的立场上去看一看人"。应该承认,这一判断是极为准确且精彩的。

事实上,他的文艺批评的最大特色,正以识见之精见长。《泰纳〈艺术论〉译者弁言》解释自己之所以翻译《艺术论》,在于该书具有"我们现代的中国最需要的治学方法",但事实上他在前面用了更多的篇幅阐明这部书已经因为"科学万能之梦的打破"而"早已成为过去的艺术批评";《关于乔治·萧伯纳的戏剧》对萧伯纳喜剧手法的阐释也极为精确:"萧氏最通常的一种方法,是对于普通认可的价值的重提。这好像是对于旧事物的新估价,但实际上又常是对于选定的某个局部的坚持,使其余部分,在比较上成为无意义。在这无聊的反照中便产生了滑稽可笑。"在见解公允之外,傅雷的文风也极为传神。《塞尚》论塞尚的意义时如是写道:

> 所谓浮浅者,就是缺乏内心。缺乏内心,故无沉着之精神,故无永久之生命。塞尚看透这一点,所以用"主观地忠实自然"的眼光,把自己的强毅浑厚的人格全部灌注在画面上,于是近代艺术就于萎靡的印象派中超拔出来了。

观点的明确与表达的清晰相得益彰。

从广义上讲,傅雷的文艺批评也可以算作学者散文,但他与朱自清、钱锺书等人的区别,在于后者是自觉地从事散文写作,而他只是自如地写出个人见解,却不期而然地造就了一种散文风情。《现代法国文艺思潮》一文所提及法国某刊物做过一个"为什么你要写文章"的调查,傅雷分析调查结果之后得出结论:"把所有的答案归纳起来,大致可分为下列两种:一,'因为我不能不作为';二,'因为要表现我的思想(或情操)'。可从没有一个答案说是'因为要创造一件作品,创造美'。"[1] 因为

---

[1] 傅雷:《现代法国文艺思潮》,《傅雷文集·文学卷》,上海:上海远东出版社,2016年,第160页。

第四章 散文文体的新变（1938—1949）

无心，故而自然从容。

《论张爱玲的小说》是傅雷文艺批评中在文学界最广为人知的一篇文章，而也是周作人意义上的美文。傅雷开篇即表明自己的批评姿态，"是非好恶，不妨直说。说错了看错了，自有人指正。——无所谓尊严问题"，所以本文也保持了他一贯的峻切文风。他历述张爱玲《金锁记》《倾城之恋》《连环套》等作品的得失，一方面明确肯定《金锁记》是其"截至目前为止的最完满之作"，也"该列为完满文坛最美的收获之一"，另一方面也态度分明地表现出对《倾城之恋》的"华彩胜过了主干"、《琉璃瓦》的"轻薄味"及《连环套》的"内容的贫乏"等弊病的不满。这篇批评文章宛如一道飞流直下的急瀑，远观见其气势如虹，近看则审其细节处神采飞扬，不仅是中国现代文学批评史中的杰作，也是现代江苏散文的一个重要收获。

傅雷对张爱玲的批评，既有学理性，也有文学性。他总能够用极为生动形象的语言讲清楚一个重要的文学命题，不仅阐明某种道理，而且也给人带来审美愉悦。例如，他认为过度的技巧、特定的传统、随心展现的机智有可能妨害张爱玲取得更大的成就。关于机智一项，他如是写道：

> 聪明机智成了习气，也是一块绊脚石。王尔德派的人生观，和东方式的"人生朝露"的腔调混合起来，是没有前程的。它只能使心灵从洒脱而空虚而枯涸，使作者离开艺术，离开人生，埋葬在沙龙里。

精确、简练、传神，一直是傅雷文艺批评语言的优点，他的译文序跋也同样如此。《菲列伯·苏卜〈夏洛外传〉译者序》所谓"大家都知卓别麟令我们笑，不知卓别麟更使我们哭"，《罗素〈幸福之路〉译者弁言》所谓"人尽皆知戏剧是综合的艺术；但人生之为综合的艺术，似乎还没有被人充分认识，且其综合意义的更完满更广大，尤其不曾获得深刻的体验"，都是诗语和哲思的融会贯通。《莫罗阿〈恋爱与牺牲〉译者序》以札记的形式写下他的零碎感想，几乎都是这样的文字，如"彻底牺牲现实的结果是艺术，把幻想和现实融合得恰到好处亦是艺术；惟有彻底牺牲幻想的结果是一片空虚"之类。傅雷的精神气质原本近于诗人,他在翻译的过程中,往往产生了和作者类似的情感体验,所以他的译文序跋都充满共鸣的激情。《罗曼·罗兰〈约翰·克利斯朵夫〉译者弁言》有这样一段燃烧着他个人情志的激情澎湃的文字：

> 尼采的查拉图斯特拉现在已经具体成形,在人间降生了。他带来了鲜血淋漓的现实。托尔斯泰的福音主义的使徒只成为一个时代的幻影,烟雾似的消失了,比"超人"更富于人间性、世界性、永久性的新英雄克利斯朵夫,应当是人类以更大的苦难、更深的磨炼去追求的典型。

傅雷在归国之后陆续作有杂论,在1945年参与发起成立"中国民主促进会"时颇有一些时评。这些文章当然可以照见作者本人的性情,但因为以表明观点、立场为主而并不追求文章之美,这里也就不将之纳入论述范围了。

路翎(1923—1994),原籍安徽无为,生于江苏苏州,现代著名作家。原名徐嗣兴。幼年亡父,随母寄居舅家并迁至南京。抗战全面爆发后逃往大后方,接触外国文学作品,开始尝试创作。十七岁时发表《"要塞"退出之后——一个青年经纪人底遭遇》,受胡风赏识而在文坛崭露头角。1940年在天府煤矿矿冶研究所会计室做办事员,有《何绍德被捕了》《卸煤台下》等以此为背景的小说,两年后,更有名噪一时的《饥饿的郭素娥》。1943年到北碚经济部燃料管委会工作,1945年出版长篇小说《财主底儿女们》。1946年从重庆返回南京,后任中央大学文学系讲师。1948年,被《大众文艺丛刊》所展开的对胡风文艺理论的批判所波及。1949年4月,出任南京军管会文艺处创作组组长,次年调往北京。

路翎早期曾向《时事新报》副刊《青光》投稿,约有散文20多篇,可惜大都散佚。《一片血痕与泪迹》记述了在南京陷落之后,作者听闻抗战消息的感想,表达了民族抗战必胜的信念,文风沉痛、峻切,是一个青年人爱国热情的自然流露。此后在大后方,他主要致力于小说创作,在抗战胜利后有一定数量的散文作品。这些散文大体可分两类,一是记叙观感,如《乡镇散记》《从重庆到南京》《危楼日记》等;二是文艺评论,后者又可分两种,其一是对国外经典作家作品的评鉴,其二是对当时文学现象和作家作品的批评。

记叙观感之作以日记《从重庆到南京》为代表。该文详细记录了作者和友人从重庆返回南京途中的见闻,夹叙夹议,带有路翎一贯的愤激,既是当时社会现实的真切反映,也是作者个性的忠实体现。

在复员返乡的路上,颇有一些可以记取的人事。那群不停地唱着"蓬擦蓬擦"舞曲的大学生,宝鸡小饭馆里"小费在外"的嚷叫的跑堂,潼关火车上抽着烟显得忧心忡忡的低级军官,洛阳车上跳脚大骂乡下人没良心的"戴眼镜,穿西装的文弱的家伙",开封火车站站台上抽着烟傲然地打量过客的日本军官,都给作者留下了极坏的印象。路翎处身于这群人中间,反躬自省,发现自己也并不比他们高明到什么地方。例如,五月十七日的日记开篇就写道:"一路不停地诅咒司机、汽车,诅咒交通,但每一到达,立刻就又沾沾自喜,赞美起司机、汽车、交通来。我想,我们大约很容易变成奴才。"虽然行程中大多是令人厌弃之人,但也有一些情景让作者产生了真实的感动。在陕县城外,作者观察到北方人民的坚忍:

> 看见三匹马的铁轮货车在涧河桥下涉水而过。两三天来在路上就不断地见到这种车子,每匹马的眉头上挂着红丝,埋着头在崎岖的路上慢慢地吃力地走着,铁轮就发出一种奇怪的、尖锐而拖长的吱吱声来,在单调的黄土地,这是一种令人心醉的音乐。赶车的都是忧郁、健壮、褴褛的汉子,也有白眉白须,但仍然健旺的老人,在山边慢慢地走着,他们的路似乎是无穷的,但他们显得是异常的安静。

这一幕,似乎是艾青《北方》中的中国北方人民剪影的再现,足以触发浩茫的无言感动。

相较而言,文艺评论文章更能见出路翎的文学才华。他在抗战胜利前后有评论普希金、莱蒙托夫、车尔尼雪夫斯基、托尔斯泰、罗曼·罗兰、纪德诸人经典作品的四篇文章，同时有论析碧野、姚雪垠、沙汀创作的三篇文章，都是充满真知灼见的文学批评，也是带有作者独特个性色彩的别具一格的美文。此后，除《敌与友》这篇隐晦的论战文章，《王贵与李香香》《两个诗人》《评茅盾〈腐蚀〉底兼论其创作道路》三篇，也是不可多得的批评和美文。

路翎的文艺评论，首先以见解透辟见长。不论是对欧洲文学名著，还是国内当时引起重大反响的创作，他都能够做到鞭辟入里，一针见血，以不可辩驳的雄辩姿态阐明其得失。对车尔尼雪夫斯基的《怎么办》，他一语点出其问题所在，"以单纯的理论为每日的食粮，避免向人生深处搏斗，总不能产生好的艺术的"；关于罗曼·罗兰，他认为其所信仰的"人民底力量"乃是"被英雄们所象征化了的"；对纪德，他直接下了一个斩截的判断，"他，纪德，终他底一生，只能做一个苦闷的智识阶级的代言人"。应该承认，这些观点未必是路翎本人的独得之秘，但他以一种"六经注我"的雄辩方式揭示其优劣，颇有说服力。对于国内作家作品，路翎也毫不容情。碧野的《肥沃的土地》是从社会理论出发对《静静的顿河》的模仿，为展现"格黎高里似的人民底泼辣"而几乎每一章都有"色情的引诱"，所以是"色情加上政治的和文学的公式主义"；姚雪垠《差半车麦秸》《牛全德与红萝卜》等名噪一时的小说，在路翎看来，不过是"技巧的罗列"，且斥其"看市场制造货色，并且打着旗号骗老实人"的底色是"机会主义"和"市侩主义"；沙汀是"被理论刺激着去看见人民的"一位作家，在《淘金记》中，"作者底不甘灭亡的主观，就变成淡漠的嘲弄了"，于是，小说也就蜕化成"机智的卖弄兴趣主义"。路翎的这些判断，或有基于个人文学信念而不可避免产生的过当，但反过来看，他的这些评说也正因为强悍的主观认知的介入而具有真知灼见。可以这样说，路翎对中外作家的坦诚和剀切保证了相关评论的生命力。

其次，路翎从不惮于表明主观见解，而且议论纵横，充满激情。《〈何为〉和〈克罗采长曲〉》一文评价车尔尼雪夫斯基和托尔斯泰，路翎并不斤斤于这两篇小说细节的成败，而从宏观层面论述理想、现实和文学之间的关系。他的结论是：

第四章 散文文体的新变（1938—1949）

> 从远古以迄现在，人生总有缺陷，艺术自难免有缺陷；特定的个人更有特定的缺陷，因为，就小说而言，到现在为止，总只能是特定的个人的创作。但这特定的个人，如陷于孤独，像托尔斯太底晚年，或抽象化于对未来之理想中，如写作《何为》的乞尔尼雪夫斯基，则难于产生完美的艺术。这对我们今天的教训是：必需坚持现实主义。

从高屋建瓴的议论中引出斩钉截铁的论点，这是路翎文艺评论的具体写作方式，但应该看到，结论其实早已是路翎本人深埋于心底的文学信念，恰与他所批评的那些作家作品相仿佛。这在《评茅盾〈腐蚀〉底兼论其创作道路》一文中表现得尤为明显。

客观说来，路翎文艺评论的风格往往会导致两种截然相反的评价：一是批评，他们认为路翎写任何批评文章都似乎是在表明个人的文学立场；一是欣赏，他们赞同这种以我为主而能以主观熔铸外在现象的"主观战斗精神"。然而，如果具体到路翎的文章，则可以发现这为路翎的议论提供了极大便利。《认识罗曼·罗兰》在分析罗曼·罗兰之前，对其之前的法国文学整体情形有一个简略而周到的描绘。在路翎看来，这个时期"代表着勇壮的革命的激情"的雨果和"描绘了新兴的自由的市民底创造力"的巴尔扎克成为过去，福楼拜"带着几乎绝望的心情收拾了市民社会的丑恶而阴暗的碎片"，莫泊桑也"显露了他底自私的阴冷"，在他们的基础上，左拉"建筑了他底自然主义"，即展开了对"纯然丑恶"的"小市民们"的书写，故他们都"漂浮""在市民社会底庸俗上面"，"负荷历史的真正的人物和战斗没有被感觉到"。从这些形象的描述中可以看出来，路翎以"我"为中心的席卷一切的笔法是何等遒劲，不过，这并不意味着他的批评就没有细腻的赏析，所以最后有必要谈谈路翎的审美鉴赏力。

其实，路翎的文艺评论中充满了主体与对象共鸣而产生的诗语。且看路翎对读俄、法两位经典作家之后的描述：他读《叶甫盖尼·奥涅金》，发现了普希金也曾"温柔地凝视了未来"，而《当代英雄》所追求的"自由"则表现出"原始的山林的性质";罗曼·罗兰"虽然从往昔找到了英雄,却并不栈恋往昔",而纪德的"自然","一条流水和一朵芳香的花,只是精致的摆设,苦闷的内心底在文化意味上的安慰"。这些描述,既是剖明观点,也是路翎本人潜读作品之后的情绪流淌,既有说服力,又有感染力,都是很优美的文字。

路翎与傅雷一样,一方面都擅长从大处着眼,多有高屋建瓴的纵横议论,另一方面也细腻入微地鉴赏作品。他读碧野《肥沃的土地》、姚雪垠的《春暖花开的时候》、沙汀的《淘金记》及茅盾的《腐蚀》,都曾详细征引小说细节加以详尽阐释。这些地方提醒我们,路翎从来不是一位理论家,而是一位本色且出色的小说家。

汪曾祺(1920—1997),江苏高邮人,当代著名作家。早年在家乡接受教育,1935年考入江阴南菁中学高中,后因抗战全面爆发,曾在淮安中学、扬州中学、盐城临时中学借读。1939年辗转赴昆明,考入西南联大中文系。在读期间受沈从文极深影响,曾与同学合办《文聚》杂志,并有作品发表。1944年到昆明中国建设中学任教,有一定数量的小说创作。1946年赴上海,在致远中学任教。1948年年初到北平,后在北京历史博物馆工作。1949年出版第一部小说集《邂逅集》。此后,历经风云而创作不辍,在新时期文坛上大放光彩,并对后来者产生了深远影响。

汪曾祺兼擅小说和散文。从大学读书期间开始,他就有相当的诗歌、小说、散文创作,尤以后二者的水准为高。在1949年前,他大约有30余篇散文作品,大抵都是身边所见所感,但触觉极其细腻,所以往往能够由具体进到幽微之境,正所谓"一花一世界,一树一菩提",而其风格,或如其晚年所云,"大学时期受阿左林及弗金尼·沃尔芙的影响,文字飘逸"[1],再加上思虑玄妙和意境空明,乃是现代情思为主脑而又不乏古典风韵的现代文人风情。

汪曾祺此时的散文题材,大都是昆明和家乡两处的花草树木及其他零碎,涉及昆明的篇目多现代意蕴,有关家乡的文字则具小品格调。前者如《小贝编》《烧花

---

[1] 汪曾祺:《小传附著作年表》,《汪曾祺全集》第11卷,北京:人民文学出版社,2019年,第260页。

集》《灌园日记》等，都是具体意象与抽象思索的融会，既真实可感，又虚空玄奥。《灌园日记》之"蒲公英和蜜蜂"一条写道："蒲公英的纤絮扬起，它飞，混和忧愁与快乐，一首歌，一个沉默。从自然领得我所需，我应有的，以我所有的给愿意接受的，于是我把自己又归还自然，于是没有不瞑目的死。"后者如《花园——茱萸小集二》所提及的家乡童年物事，花草有菖蒲、巴根草、芝麻、虎耳草、紫苏、绣球花、含羞草、荷花、龙爪槐等多种，动物有天牛、蟋蟀、蝉、蜻蜓、土蜂、螳螂以及各种各样的鸟，纤细琐屑，但并不柔弱，中间又穿插亲友言行，颇类归有光《项脊轩志》[1]，然而并不感伤，只见深情。

此后，汪曾祺仍然不断书写草木，如《昆明风景》《飞的》《蝴蝶：日记抄》之类，但"我"及"人"的活动较之以前增多，并作有《街上的孩子》《风景》《昆明的叫卖缘起》《礼拜天的早晨》等较为纯粹的观摩世相之作，故大体而言，他的散文题材和主题存在着从全面抗战时期的"物"向抗战胜利后的"人"转换的轨迹。汪曾祺从"由物观人"到"以人观人"的转变，或者说他笔下的"风景"由物变为人，无疑表明他在一定程度上放弃了"知其所以然"的"格致"冲动，而回归到"知其然"的本真。

其实，汪曾祺在感觉的渊薮和文字所织就的表象世界二者之间穿梭，既发现感官世界之真实，如《小贝编》所谓"我们不能穿在句子里像穿在衣服里"，又曾因为诸如"波斯菊"之类的"名佳"而"唤起""眼睛里的浪漫情趣"（《干荔枝》），从而发觉"充满符箓性质的文字催眠"委实难以摆脱，以至于发出"消灭这些字眼，或比消灭字眼所代表的事实更重要些"的感慨（《论"世故"》），不过，像"许多以过程为完成的探险家一样"（《家书》），他无疑醉心于更为丰富细腻的感觉。《烧花集》开篇有云，"一叶落而天下知秋。秋与知是否邈不相关？二而一？管它！落下一片叶子是真的"，而在提到芥龙被"头脑的爱"所激恼之后，作者特别

---

[1] 汪曾祺曾提及归有光对他的影响，在于"用清淡的文笔写平常的人情"。参见汪曾祺：《回到现实主义，回到民族传统》，《汪曾祺全集》第9卷，北京：人民文学出版社，2019年，第246页。

勾勒了两幅极为细腻的画面,"一枝西番莲以绿象牙的嫩枝自陶缸中吮收水分。一只载满花粉的蜜蜂触动花瓣,垂着细足飞出窗外",于是恍然悟道:

  幸福可见如十指。

  需要强调的是,汪曾祺的这一选择,是抛弃由概念谱写的观念体系并否定了经由这一路径思考人生的方式,而选择浸入其中的方法绘形写神,虽然也有态度,但姿态降低到与文中其他人等同的位置,故形成一种对话关系,由此重现了真实的现实图景。《风景》中,那位对世界丧失兴趣以致连讨厌都没有的昆明堂倌,浑身上下透出"一种深沉的疲倦",让人不寒而栗并"充满一种莫名其妙的痛苦";那位无论工作、吃饭、休息都"保持那种深思的神色"的香港手艺人,"平静而和穆",令人产生无言的感动;那些"革新"之后日益"摩登"的理发师,使得人们非到万不得已的时候不愿光顾,对这些人,人们可以喜爱或者厌恶,但不可否认,他们都是这个世界的成员。这种态度,正是汪曾祺在《昆明草木·序》中所谓"地方是普通地方,生活是平凡生活"但离开之后又不无思念的矛盾心理的表现。

  这种矛盾心理,其实是任何一个人面对现实之中真假、善恶、美丑对立情形都有的自然情绪反应,关键在于如何认知和表现。汪曾祺此时恰从学校出来进入社会,对现实之丑陋多有不满,然而他的成长背景较许多同龄人来说至为温馨,这就使得他的情绪并不流入极端,故其在文中表现出来的热爱或是厌恶,真实固然真实,但强度都很有限。《室外写实》提及他在昆明时去西山的心境,可堪代表:

  我在昆明住了好几年。在昆明,差不多每年都要上西山去次把。多多少少,并没有一定,去也多半是偶然去的,从来没有觉得非去不可;但或春或秋,得少闲逸,周围便有许多上西山去的可能漂浮起落,很容易就实现了一两次。也许有几年是根本没有去,记不清了。但这没有关系,这种事情上很可以用到"平均"的办法。

不过，汪曾祺并不是一个遗世独立的人，恰恰相反，他对俗世生活充满兴趣且乐在其中，沉迷于感官体验及感觉世界。可以这样讲，环境使得他与现实颇有距离，但天性则使他永远对生活保持浓厚的兴致，于是，他的散文也就淡到极致而又浓到极致，一如他笔下的蔡德惠那般，"但有一种隐隐的热烈"。

汪曾祺善于捕捉和摹画外在的变幻以及它们所逗起的心绪、心境，但在赋形之外，又能够使得形象世界独具一种韵味。《家书》回忆童年时期在家乡的情形，最难忘却的是一片宁静所凸显的花园中的红花和绿叶，而天井里终年充斥的肥皂气味也在记忆中挥之不去。具有文人的涩味，但日常生活情趣始终充盈的人间乐趣无疑将之中和乃至冲淡了，所以他的散文情境简淡而不枯槁，飘逸而不轻佻，雅致而不纤巧。这种以形传神的白描功夫，背后是以简写繁的文学理念和以静驭动的人生态度。这就是东方的智慧了。

汪曾祺浸润着日常风情的古典气质和风格经过漫长的发酵在日后催生了《受戒》等名篇，但这并不意味着他如某些人所云，是中国"最后一位士大夫"，恰恰相反，东方的、古典的、士大夫化的情趣其实是他的外衣，是他展现世界之可能性的一种方式而已。实际上，汪曾祺的那些日常书写不是对一种静止生活情状的摹写，而都隐含着对现实的再规划和对世界的再想象，在这个意义上讲，他与现实毋宁说是处于一种紧张关系。《家信》第一则以孩子蹒跚学步为喻，指出青年在成长的过程中尽有"门槛、台阶"等"这些世界的边界来接近他，引诱他"，已经透露出了冲破现实限制的意思；《飞的》记述猎人在密林中打猎，在"红色的绑腿到很远很远还可以看得见"的描述之后，紧跟一句"秋天真是辽阔"的感慨，也传递出某种意图超越现世的冲动；而《私生活》之"蛊"所描述的回廊上一只蛾子飞过头顶的感觉，乃是"我觉得头上有一个影子的重量"，这种压迫感使得他自然而然地在《灌园日记·蝴蝶》中产生了"春天真好，我的花在我的园里作我的画室的城"的畅想。这些篇章所摹画出来的文学图景，均在现实与想象之间，而后者才是真正的主角。

在1948年，汪曾祺有许多沉思和想象，《礼拜天早晨》《蜘蛛和苍蝇》《道具树》

三篇明显表现出伍尔夫的影响。它们都是他"暂时稍微与世界隔离"[1]的产物,所以在相当程度上可以视作小说。从礼拜天早晨洗浴时候的漫想,到在蜘蛛之小中联想到万千世界,再到从一个固定的视角打量生活的五光十色,汪曾祺力图展示的,是一个充满新鲜感觉和体验的新的世界。然而此后时移势易,他的这种尝试不得不中断,散文也因题材和写法的原因,散发出一股思古之幽情了。然而,正如上述,旧风物与新意象的驳杂在汪曾祺的散文中其实一以贯之,但如何从旧风物中开拓出新意象则难免受到时代的掣肘而变得曲折了。

汪曾祺的早期散文与小说之间的界限并不分明。他晚年谈论"小说的散文化"这个题目,认为这些小说"所关注的往往是小事,生活的一角落,一片段",究其实质,在于作者的禀赋:

> 这一类小说的作者大都是性情温和的人,他们不想对这个世界做陀思妥耶夫斯基式的拷问和卡夫卡式的阴冷的怀疑。许多严酷的现实,经过散文化的处理,就会失去原有的硬度。[2]

这番夫子自道,无疑表明汪曾祺本人的气质近于"散文",而与"诗"的激烈颇有距离。从这个意义上看,汪曾祺乃是一位本色的散文家,小说家不过是前者派生的一种身份罢了。

四、苏北抗日根据地散文作者群

本时期江苏散文文坛一个独特的组成部分,是中共中央中原局("皖南事变"后改组为华中分局)领导下开辟、建立的以淮(阴)海(州)、盐(城)阜(宁)为中心的苏北抗日根据地的散文作者群。

---

[1] 汪曾祺:《短篇小说的本质——在解鞋带和刷牙的时候之四》,《汪曾祺全集》第9卷,北京:人民文学出版社,2019年,第5页。

[2] 汪曾祺:《小说的散文化》,《汪曾祺全集》第9卷,北京:人民文学出版社,2019年,第389页。

第四章　散文文体的新变（1938—1949）

在1942年年底淮海、盐阜两区合并成立"中共苏北区委"并设立"苏北行政公署"前后，新四军敌后根据地的文化、文学教育事业开始朝建制化方向发展，一度造就了苏北根据地的文化繁荣。不过，需要注意的是，这一繁荣局面较为短暂，也颇有局限。"华中鲁艺"1941年2月在盐城兜率寺成立，7月即在转移中遭受重大损失（建湖县北秦庄遇袭），此后转入军中活动，不久解散，存续时间很短；而《盐阜大众报》1943年4月创刊，乃是一份面向农民的半文半图、以宣传为主的通俗读物，容量又极为有限，所以它们的意义，在于通过持续的努力为此后的文化建设储备了人才——事实也表明，1949年后一段时期内江苏文坛上较为活跃的散文作者，许多人具有新四军或苏北根据地背景。另外，由于根据地并不十分稳固，一般很难有创作的余裕，多速写，而因为对形势问题最为关切，又多通讯，故就文体而言，大体都属于报告文学。基于这些原因，这里只对苏北根据地散文创作情形做一个总体概括，以求勾勒出大致风貌，而对阿英的《敌后日记》，因其代表了最高水准，则稍稍加以描述。

"华中鲁艺"直属新四军军部，刘少奇兼任院长，彭康兼任副院长，丘东平任教导主任。学院设立文学、音乐、美术、戏剧四系，教师有陈岛、戴平万、蒋天佐、戈茅、许晴、许幸之、孟波、贺绿汀、莫朴、戴英浪、庄五洲等人。在这些人物当中，就文学系的几个人而言，彭康、戴平万、许幸之等人，都曾与（后期）创造社或太阳社有关联，他们或以宣传革命文学理念引人注意，或以小说创作小有名气。而其中的核心人物丘东平，也很早就开始写作，《通讯员》曾被鲁迅和茅盾收入为美国伊罗生所选编的短篇小说集《草鞋脚》，抗战全面爆发初期，《一个连长的战斗遭遇》《第七连》等小说和通讯特写发表于胡风主编的《七月》，引起重大关注并起到了激励全国军民奋起抗战的决心和勇气。不过，除许幸之而外，他们都少有散文作品。

在"华中鲁艺"遭遇敌伪扫荡前后进入根据地的文化人中，阿英是颇为耀眼的一位。阿英（1900—1977），安徽芜湖人，现代著名作家、批评家。原名钱德富，又名钱杏邨。笔名有多种，以"阿英"最广为人知，遂以行世。1912年与李克农共同进入安徽省立第一商业中学读书，一学期后转入美国来复会主办之萃文中学。中学毕业后，结识高语罕、蒋光慈等人并加入"安社"。1918年入上海中华工业专门学校土木工程系，在"五四"运动爆发后积极投身社会运动。1920年后，先后在六安省立第三甲种农业学校、芜湖求是中学等校任教。1926年加入中国共产党。1928年与蒋光慈等人成立"太阳社"，挑起了对"五四"一代作家的批判。1930年参与组织成立"左联"，深度参与各种文艺运动。抗战全面爆发后在"孤岛"坚持斗争，以"风雨书屋"的名义发行刊物《文献》并作有系列历史剧。"太平洋战争"爆发后进入新四军根据地，曾兼任《盐阜大众报》副刊《新地》主编。阿英在苏北根据地期间，曾根据实际工作的需要，先后作有《盐阜民族英雄传》等通俗故事和《重庆见闻录》等纪实作品，也曾联合钱俊瑞、黄源、范长江等人将根据地原有的《大众知识》改为专谈文化的《新知识》，不过所载大都是新闻报道。此时，他最重要的作品是《敌后日记》。

《敌后日记》主要指的是阿英于1942年5月至1944年5月间所记之12卷日记与1946年9月至1947年6月间所记之7卷日记，1982年分上下编汇聚出版，同时又加入1949年4月至9月间所作之半年左右的"平津日记"，共80余万字。这部日记时间跨度颇长，大体反映出自太平洋战争爆发到平津战役前后七年间的敌后生活，既生动描绘出新四军将领们的英雄气概，也忠实记述了根据地干部、士兵、民众的精神面貌，不仅具有相当的史料价值，而且具有较高的文学价值。

阿英抗战期间的日记分"庙湾纪程""停翅小撷""东坎游踪""曹庄续札""海淀初编"等多卷，记叙了作者从上海进入苏北根据地的历程和心境，记载了根据地内部的战时生活情形，前者如进入苏区时在敌我双方的分界地带游走，"狗躁不止，似为分界敌伪所闻，电光四射，在麦田上不断游走"，紧张的心理历历可见，后者如根据地工厂所出品的商品，"香烟尚佳，洋烛因系纯牛油制，无蜡，光甚暗，且易炀"，材料之限制和制作之简陋亦不难想见。对作者来说，艰苦的物质条件和险恶的斗争环境无疑是一种考验和挑战，如作者一家1942年6月从泰州赶赴新四军军部，陆路不通，只能绕道海上，16日大雨，"淋入舱，急起盖板，不仅暗黑，抑且令人窒息欲死，较之狱中生活，尤不能耐"[1]之类的记述，令人感同身受。

战时生活动荡艰难，整部日记多有反映，不过，作者在"战士"这一身份之外，另兼有诗人和专家两种身份，职是之故，日记一方面不乏个人专业阅读的记载，另一方面也颇多对根据地自然风光和风土人情的描述。1942年6月8日记赶路途中所见风景：

> 六时出发，路在玉蜀黍地中，长达十里，旋渡一小河，东向又十里，达海滨。远望碧蓝一片，寥阔无际，海风习习，有沙鸥掠空回旋，心境为之一变。
> ……沿途大路，两旁遍植三五寸至近尺小树，色彩极鲜艳，宛如"小人国"丛林，诸儿为之欢呼不尽……风暴陡起，乌云满天；仅西面一角，日光下射，如数光柱，照一狭小区之丛木字屋；其上则竟为黑幕，美丽至极，宛如意想《牛郎织女传》之上天堂一幕之最理想布景。

处境的逼仄和风景的寥廓、心情的舒张相反相成。又如7月7日亦有记忙中得闲之野趣的文字：

> 园中南瓜已能采食，葵花亦成长，面日而开，色彩殊绚烂。

同样是紧张中不乏舒展的心态。

阿英在适应了根据地的斗争生活之后，也开始记录这片土地上的闲暇情形。1944年春节期间，他在处理工作事务的同时，也涉及许多个人日常琐事。就私人生活来说，买烟、买糖等零碎事情在此时的日记中固然颇多记录，而作为一位新文化人和革命者，阿英却不排斥民间传统，而充满了乐在其中的生活情趣。比如，在孩

---

[1] 张中良：《华中敌后战场风云与作家战时姿态——阿英〈庙湾纪程〉解读》，《贵州师范大学学报》2017年第4期。

子们制作"打鬼子"的走马灯的时候，阿英布置居室，就充满了世俗欢愉：

> 午后乃以之粘壁上，以"福禄寿财喜"中帖，旁为联，上为横额，四周配以花框、红星、"一九四四"提额，合成以方壁画。并以"钢版"四十元购《狸猫换太子》四幅，亦粘壁。合前所制两壁画，一室花花绿绿，土气十足，煞是好看，真可谓十足喜洋洋也。

另外，值得玩味的是，商家也"供猪头三牲，烧香拜年"，可见根据地的春节在革命氛围之中，仍存续有较多的民间色彩。可以这样说，这种点缀以革命化物件的土味节日气氛，充满了世俗内容，体现了革命与人性的融合，是江苏散文中别有特色的一个重要组成。

总体而言，《敌后日记》不仅是阿英个人生活的记录，也是根据地斗争情形的实录，更是身处其中的人们日常精神面貌的写照。阿英以日记体所写下的苏北根据地见闻，文字简约，情感内敛，可谓纸短情长，而外在表现形式则随着心境的变迁任意变换，体现出较高的文学水准，在日记类和游记类的江苏散文创作中无疑占有相当的地位，其价值也应做进一步挖掘。

江苏新文学史

散文编 第2卷

总主编 丁 帆

本编主编 姜 建

本卷主编 周红莉 包中华

HISTORY OF JIANGSU NEW LITERATURE

国家出版基金项目
NATIONAL PUBLICATION FOUNDATION

江苏凤凰文艺出版社
JIANGSU PHOENIX LITERATURE AND ART PUBLISHING

图书在版编目（CIP）数据

江苏新文学史. 散文编. 第2卷 / 丁帆总主编；姜建主编；周红莉，包中华本卷主编. —南京：江苏凤凰文艺出版社，2023.2
 ISBN 978－7－5594－7155－0

Ⅰ.①江… Ⅱ.①丁… ②姜… ③周… ④包… Ⅲ.①地方文学史－文学史研究－江苏－当代②散文－文学史研究－江苏－当代 Ⅳ.①I209.953

中国版本图书馆CIP数据核字(2022)第164486号

江苏新文学史·散文编·第2卷

总 主 编　丁　帆
本编主编　姜　建
本卷主编　周红莉　包中华
本卷副主编　王　阳

出 版 人	张在健
出版统筹	赵　阳
责任编辑	傅一岑
责任印制	刘　巍
出版发行	江苏凤凰文艺出版社
	南京市中央路165号，邮编：210009
网　　址	http://www.jswenyi.com
印　　刷	苏州市越洋印刷有限公司
开　　本	718毫米×1000毫米　1/16
印　　张	20.5
字　　数	300千字
版　　次	2023年2月第1版
印　　次	2023年2月第1次印刷
标准书号	ISBN 978－7－5594－7155－0
定　　价	600.00元（全3卷）

江苏凤凰文艺版图书凡印刷、装订错误，可向出版社调换，联系电话 025－83280257

《江苏新文学史》编委会

主　任

张爱军

副主任

徐　宁　韩松林　毕飞宇　汪兴国　丁　帆

委　员

朱晓进　王　尧　王彬彬　吴　俊

张王飞　丁　捷　贾梦玮　高　民

秘书长

张王飞

总主编

丁　帆

本编主编

姜　建

本卷主编

周红莉　包中华

本卷副主编

王　阳

审稿人

丁　帆　朱晓进　王　尧　张王飞　姜　建

目 录

导　论　　　　　　　　　　　　　　　　　　　　　　　　　　001

第一章　散文群体创作的时代颂歌（1950—1979）　　　　　　013
　　第一节　概述　　　　　　　　　　　　　　　　　　　　　015
　　第二节　叶圣陶的《小记十篇》　　　　　　　　　　　　　022
　　第三节　周瘦鹃的《花前琐记》《花花草草》等　　　　　　029
　　第四节　吴祖光的《艺术的花朵》　　　　　　　　　　　　039
　　第五节　韩北屏的《史诗时代》《非洲夜会》　　　　　　　045
　　第六节　袁鹰的《第十个春天》《风帆》　　　　　　　　　051
　　第七节　菡子的《初晴集》《素花集》等　　　　　　　　　059
　　第八节　艾煊的《碧螺春汛》　　　　　　　　　　　　　　066
　　第九节　凤章的《山坞的早晨》　　　　　　　　　　　　　073
　　第十节　其他作家的散文　　　　　　　　　　　　　　　　077

第二章　历史的反思和生活的哲思（1980—1989）　　　　　　091
　　第一节　概述　　　　　　　　　　　　　　　　　　　　　093
　　第二节　杨绛的《干校六记》《将饮茶》　　　　　　　　　100
　　第三节　陈白尘的《云梦断忆》　　　　　　　　　　　　　106
　　第四节　袁鹰的《秋水》　　　　　　　　　　　　　　　　112
　　第五节　秦文玉的《绿雪》　　　　　　　　　　　　　　　118
　　第六节　薛尔康的《留恋果》　　　　　　　　　　　　　　125

第七节	高晓声的《生活的交流》	131
第八节	忆明珠的《荷上珠小集》	138
第九节	汪曾祺的《蒲桥集》	144
第十节	章品镇的《花木丛中人常在》	154
第十一节	其他作家的散文	160

第三章　文体的变化与大散文的诞生（1990—1999）　181

第一节	概述	183
第二节	汪曾祺的《逝水》《草花集》《塔上随笔》	193
第三节	艾煊的《烟水江南绿》《祖先的慧光》	202
第四节	夏坚勇的《湮没的辉煌》	208
第五节	斯好的《两种生活》《我因为什么而孤独》	214
第六节	朱增泉的《秦皇驰道》《边地散记》	219
第七节	女作家散文	226
第八节	学者散文	248
第九节	小说家散文	276
第十节	其他作家的散文	302

导　论

一时代有一时代之文学，一地域有一地域之文学。时代与地域，从纵横两个维度制约了文学的进程和面貌。时代，从总体使命的立场提出文学发展的方向和目标，并形成文学发展的具体要求；地域，从生活环境、文化氛围的角度去落实这些要求，也在某种调适中显示地域特色。如果时代的要求呈现出非常态的强大而坚定，地域的作用便会趋于微弱，因此，文学的地域元素始终受到时代元素的左右。这样一种文化现象，便充分体现在1949年以后江苏散文的发展中。中华人民共和国成立后，随着国家层面政治、经济、文化的调整和中心迁移，江苏文学的环境和边界也被重塑和界定。在前三十年，受制于文学发展的"一体化"趋势和要求，江苏散文消泯了众多特色，并未表现出特别的光芒。虽然优秀作家们不会全为"一体化"进程所囿，还能保持个人的某些风格特征，并在作品中展现地域文学的魅力，但是江苏散文在总体上没有跳出既有规范模式的制约，即使有超越，在精神指向的深处，仍然能看出时代政治话语的影响。进入新时期后，随着国家政治、经济、文化发展重心的调整，文学的时代元素回归常态，而地域元素也越来越鲜明地体现出自己的存在价值。在这样的大时代背景中，江苏散文迎来了新的发展时期并焕发出璀璨的光彩。

本卷的任务，是梳理20世纪50年代至90年代的江苏散文发展。在这半个世纪的时间中，江苏散文发展的阶段性特征十分明显。有学者认为，江苏散文的发展，以1976年10月为界，大体可分为前后两个阶段。

前一个阶段即1949年10月至1976年10月。

由于文学艺术贯彻执行为无产阶级政治服务的方针、路线、政策，因此在很长时期内散文创作成为"文艺的轻骑兵"……应该肯定，这个时期江苏的散文充满了热烈的时代精神，迅速及时地反映社会主义革命与社会主义建设时期火热的斗争和社会生活的侧影，表现着江苏人民艰苦创业的思想与情操、忘我劳动的热忱与献身精神。但是，当豪言壮语的共性取代说真话、抒真情的个性之后，江苏散文作家与全国散文作家一样，不能不在自己的作品中留下太重的时代烙印而很难有所作为，自然很难取得令人满意的成绩。[1]

后一个阶段即1976年10月至今。

当江苏进入历史的新时期，江苏的当代文学于是翻开了历史的一页。散文创作在遭到重创之后，在新与旧、正与反、破与立的交错与交织中蝉蜕脱颖，又一次走向振兴与繁荣；而且无论从哪一方面去评估，江苏的散文创作在全国具有极其重要的地位，具有自己显著的特色，对整个新时期与90年代的散文创作无疑做出了自己突出的贡献。[2]

当然，江苏散文这五十年的发展，仅从时间上划分显然不够，时间只标记出江苏散文发展的长度，而其发展的内涵和深度往往取决于这五十年政治、经济、文化的发展，偶有超越时代的作家作品，也成为潜在的、朝下一阶段迈进的先导。

本卷将20世纪50—90年代的江苏散文发展划为三个时间段：20世纪50—70年代、20世纪80年代和20世纪90年代。

一

20世纪50—70年代的江苏散文，因为时代政治因素的强力制约，作家作品的数量相比后二十年较为缺乏，散文集数量也较少，有些散文集严格来看也不纯粹，如

---

[1] 吴周文：《论江苏50年散文创作》，《扬州大学学报（人文社会科学版）》2001年第3期。
[2] 出处同上。

散文小说合集、散文特写合集、散文诗集等。有一些作家作品具有江苏地域色彩，如周瘦鹃的散文、艾煊《碧螺春汛》、凤章《山坞的早晨》等，描绘了具有江南文化色彩的地域风貌；而大部分作家作品是时代文学潮流中的一朵浪花，未凸显特别之处。源于时代政治对文学的要求，"在50年代至70年代，'散文'这一文类概念的边界，比起三四十年代来有很大扩展，甚至有点漫无边际"[1]。抒情性散文、通讯、报告（报告文学、特写）、杂文、杂感、回忆录、人物传记等都被看作散文的类别，使这段时期的散文呈现出独特的面貌和内容。

当然，这是就一般情况而言，具体到五六十年代，还是可以看出许多细微的变化。"在个体的经验、情感的表达受到抑制的时代里，通讯报告的提倡、发展，必然削弱、挤压了散文小品（或抒情散文）的地位。不过，也一直存在着散文'复兴'的要求。"[2]所谓"复兴"，是对一般文学层面上散文概念的回归期待，特别是在散文题材、写作风格、个体抒情等方面，在既有的框架模式内寻找散文写作的突破口。因此，"50年代中期实行'百花齐放，百家争鸣'方针的时间里，文学写作题材、风格的限制有所减弱，有利于作家个体精神和创造力的施展。因而，在1956年和次年的一段时间，散文出现了最初的'复兴'现象"[3]。然而，随着1958年社会运动的风起云涌，散文写作又面临着巨大的挑战，甚至相比最初的"复兴"之前，在形式、内容和个人话语等方面有倒退现象，尤其是当时被收入一些散文集中的特写几乎乏善可陈，与中华人民共和国成立初期反映社会主义新人新事和抗美援朝战争的特写相比逊色不少。

当社会运动退潮后，散文创作再次得到喘息的机会。"散文'复兴'的另一次要求，发生在60年代初期。当时文学界进行的'调整'，其中心点是调整文学与政治的关系，在题材、风格上提倡有限度的多样化。作为更直接展现作家的性情和文体

1　洪子诚：《中国当代文学史》，北京：北京大学出版社，2007年，第134页。
2　同上书，第136页。
3　同上书，第136页。

意识的散文，在这一时期受到重视。"[1]被散文"轻骑兵"功能所挤压的个人话语的空间，在一定程度上获得释放。"在这两年左右的时间里，散文的成绩首先表现为，'散文作家'成为实体性的概念。散文写作不是一些作家偶涉的样式，而形成了以此为'专业'的作家群。""一批有影响的散文集也在此时出版，这个时期的散文写作，取材有了拓展。"[2]袁鹰、菡子可以被视为当时的江苏"散文作家"，袁鹰的《风帆》、菡子的《初晴集》出版于1961年至1963年间，他们在散文的个人话语和时代政治话语之间相对达成一种平衡，书写个人经历和情感体验，创作出具有鲜明个人风格的散文。

袁鹰的散文从古典诗词意境中寻求写作的切入口，散文形式和内容紧连古典诗词的风格特征，结合对社会政治现实的感受和表现，使其散文既有古典诗词的意境氛围，内容上又表现了新时代的发展风貌。但是，"散文家对'古典'，对'传统'的理解，这个时间大致集中于'情景交融'、'意境'营造，以及谋篇布局上的曲折有致，语言在传神达意的锤炼等方面。这既显示了他们的实绩，也表明了时代的局限。尽管作家开放个人经历和体验的可能性有了增加，但是情感、观念仍难以有超越意识形态规范的可能。固定格式的写作倾向的蔓延，便是必然的后果。散文在这一时期普遍的'诗化'追求，和在技巧上的经营、雕琢，虽说是基于提升艺术质量的目标，但也是以'精致化'来掩盖精神创造上苍白的缺陷"[3]。如袁鹰的一些散文借重于古典诗歌，主要是为对比古今时空中某些地域的沧桑变化，诗歌本身具有苍茫的历史意味，使其散文也具有了沉郁厚重的风格。因此，"情景交融"和"意境营造"对于此时期江苏散文创作的影响，取决于散文作者所关注的"古典"对象和内容，"精致化"只是这种影响下散文写作的一种表现。当然，也有个别不同凡响的例外。周瘦鹃散文由于通常发表于境外，所以能够疏离于时代的政治要求，突出体

1　洪子诚：《中国当代文学史》，北京：北京大学出版社，2007年，第136—137页。
2　同上书，第137页。
3　同上书，第138页。

现其个人性。他的散文喜爱引用描绘花草果木、民俗文化的明清诗词，并与其散文的小品笔法形成深度契合，由此传递出江南文化的风貌神韵，是此时期江苏散文中的独特存在。

此外，还有一些江苏作家的散文集包含了少量的特写、通讯类作品，尤其是书写抗美援朝战争、中外交往和社会主义建设的篇章。如菡子《前线的颂歌》、吴祖光《艺术的花朵》中的部分篇章等，其中一些纪实性强、记录时代的作品，在散文史的叙述中是否保留，有待商榷。

此时期，江苏散文创作的重要作家有叶圣陶、周瘦鹃、菡子、袁鹰、吴祖光、韩北屏、艾煊、凤章、李华岚、海笑等人。散文创作则主要有以下几类：

一是以游踪为线索描绘地方风物、民俗和文化的游记散文。主要作品有：叶圣陶的散文集《小记十篇》，周瘦鹃的散文集《花前琐记》《花花草草》《花前续记》《花前新记》《行云集》，韩北屏的散文集《非洲夜会》中的一些散文，还有程小青的《芦沟桥漫步》《雁荡纪胜》，以及杨苡、刘振华等人的游记散文等。这些作品的艺术性、趣味性和审美特质相对而言较为显著。但是，有些作品总是在文中插入古今对比的叙述，使得原本具有较高审美艺术特征的篇章显得较为生硬，在处理个人性和集体性或公共性的关系中，是否达成自然生动的抒写成为作品成就高低的重要标尺，叶圣陶的《小记十篇》总体来说在上述关系上处理得较好。

二是写人叙事类的散文。主要作品有：菡子1958年出版的散文集《幼雏集》，描绘新鲜事物和新人品质，歌颂朝鲜战场上志愿军战士的英勇事迹；菡子在60年代的散文集《初晴集》《素花集》等，主要纪念和描绘国家领导人、著名记者、作家、艺术家，以及普通人；吴祖光的散文集《艺术的花朵》，专注于梅兰芳、程砚秋、常香玉、新凤霞等戏曲表演家；韩北屏的散文集《史诗时代》，描述了中外友好关系中的国际友人，等等。

三是钟情于山水景物描写的散文。主要作品有：袁鹰、韩北屏写西北景致的篇章，有西北豪放粗犷的风格，也有西北民歌的深情；周瘦鹃的山水景物描写也别具一格，偶有对时代的赞美和歌颂；最为突出的是艾煊的散文集《碧螺春汛》，体现了江苏散文钟情山水的传统，至今在江苏散文发展史中仍然闪耀着光芒；凤章的散文集《山坞的早晨》，文笔细致优美，江南文化的风貌尽显笔端。

此外，一些小说家、画家、学者等也广泛参与到散文写作中。一些单篇作品也体现了江苏散文发展的实绩，如夏阳的《南京，换了人间》、海笑的《马山红花》、魏毓庆的《雨花台抒情》、范烟桥的随笔小品和写人记事类文章，以及赵沛、张慧剑等人的单篇散文等。

20世纪70年代后期，在新时期江苏散文发展的初始阶段，散文写作在艰难和犹疑中前行，一些作品在艺术审美的表现上仍然受到时代政治话语的影响。进入80年代，江苏散文涌现出更多的新作家新作品，由此迎来江苏散文发展的真正转变。

二

20世纪70年代末至80年代初，一些专门发表散文、随笔的刊物创刊，如广州的《随笔》、天津的《散文》，还有《中华散文》《美文》《散文选刊》《散文百家》等。一些报纸也开设散文专栏，这些都表明新时期对散文创作的呼吁与重视，可以看作新时期散文"复兴"的征兆。

但是相比80年代小说、诗歌、戏剧的兴盛，散文略显平淡，并未形成如前者那样令全社会瞩目的冲击波。"新时期开始以来，江苏散文经历了二三年的复苏期之后，较早地脱去了灰暗的旧制服，开始进行多方位的探索。"[1]但江苏散文和全国散文相似，更为强调回归"个人性"的情感体验，一些复出的老作家对时代的回望情绪，使新时期的江苏散文平和稳步地向前迈进。

当然，迈向新时期的江苏散文仍然希冀紧随时代的步伐，在多种类型中进行探索，"对现实生活直接做出反应的感时之作、记游览胜之作，在新时期江苏散文中

1　陈辽主编：《江苏新文学史》，南京：南京出版社，1990年，第335页。

数量并不太少，但平泛之作较多，以致在一定程度上掩盖了它们的重要进展和巨大潜能"[1]。江苏散文一直有追求审美艺术表现的传统，在新时期开始蓬勃发展，只是一时之间优秀之作尚不多见，时代的心理惯性还在影响着散文创作。但无论如何，托物言志、借景抒情的散文创作模式和观念正在逐渐转变，反映日常生活、书写个人生活情绪开始成为散文表现的主要内容。"因而，在80年代散文的变革的起点，表现为对上述创作模式的束缚的挣脱。'回到'个人体验，回到日常事态和心绪，在这种情境下，显然是一种有效的'解毒剂'，并在一些作家的创作中得到初步体现。"[2]

新时期的江苏散文作者，既有较之50—70年代更加壮大的专门散文作家，也有新加入散文写作中的不同身份的作者，如汪曾祺、高晓声、陈白尘、杨绛、章品镇、叶至诚等。他们共同发力，在80年代谱写了江苏散文的重要篇章。

首先是回忆类散文。这以老年作者为主，主要回忆往昔与亲朋好友，饱含个人情愫。如杨绛的散文集《干校六记》、长篇散文《丙午丁未年纪事》，尤其是《干校六记》在描述20世纪六七十年代记忆的同类散文中比较突出；同样回忆干校经历的还有陈白尘的散文集《云梦断忆》等。除回忆那段特殊历史时期的惨痛经历和记忆外，还有一些作品以作者自己青少年、童年时期的生活为主要内容，如陈白尘的长篇散文《寂寞的童年》《少年行》《漂泊年年》，艾煊的长篇散文《醒时的梦》，叶至诚的散文《倒霉的橄榄核》《猩红热和省三的裤子》，以及汪曾祺的散文《翠湖心影》《昆明的雨》《昆明的果品》《昆明食菌》等。新时期的回忆类散文，逐渐摒弃了前三十年散文中新旧对比、今胜于昔的模式，重在个人情感体验的表达，是对已逝往昔的追忆和纪念。

回忆类散文中，还有比较特殊的"悲悼散文"。其实70年代末，江苏散文就已经出现了"悲悼散文"，如菡子、艾煊等作家的散文。新时期的"悲悼散文"有惠

---

[1] 陈辽主编：《江苏新文学史》，南京：南京出版社，1990年，第339页。
[2] 洪子诚：《中国当代文学史》，北京：北京大学出版社，2007年，第316页。

浴宇的回忆录《写心集》，袁鹰的散文集《悲欢》，章品镇《循规蹈矩受到了嘲弄——记钱静人》，高晓声《正邪冰炭二十年——纪念先辈吴天石》《痛悼方之》，陈白尘《哭翔鹤》《见到鸭群我想起了你——纪念侯金镜同志》，章品镇《花木丛中人常在》，袁鹰《秋水》"秋水情思"辑，杨苡《梦萧珊》等；还有高晓声《与朋友交》《往事不堪细说》，章品镇《陆文夫进出文坛记》《陆文夫与他那"锁着的箱子"》《关于高晓声》，叶至诚《陆文夫的苦》等；以及一些回忆亲人、追忆师长的散文，如杨绛《回忆我的父亲》《回忆我的姑母》《记钱锺书与〈围城〉》，汪曾祺《我的老师沈从文》《沈从文先生在西南联大》《星斗其文，赤子其人——怀念沈从文老师》《老舍先生》等。

其次是游记散文。汪曾祺、高晓声、秦文玉、薛尔康、袁鹰等写了多篇游记类散文，如汪曾祺《天山行色》写新疆，高晓声《我们都上来了》《天公在此先作模》等写黄山、广东肇庆的星湖，袁鹰《秋水》写青州古城，秦文玉《绿雪》集中的《布达拉宫之晨》《在古寺的溶溶月色里》《达玛节》《十万佛塔记》《罗布林卡的节日》《古堡上的水晶石》等描绘西藏特异的自然风光，薛尔康《留恋果》集中的《留恋果》《撒尼村寨酒香浓》《竹楼风情》《版纳竹青青》《美哉，筒裙》等描绘西双版纳的自然风光与风俗民情，还有艾煊《火山口之夏》《云端夏城》《穿越小兴安岭》等。

再次是写日常生活和人生感悟。如叶至诚《戒烟》《又说戒烟》《再说戒烟》《公交车站上的遐想》，忆明珠《唱给豆腐的颂歌》《鱼的闲话》，薛尔康散文集《花街》《留恋果》中的作品，海笑《坚贞的冰郎花》，艾煊《雨花棋》等。一些女作家如苏叶、吕锦华、王安忆、赵翼如等，也善于描绘细微的日常生活，情感细腻。

不同身份的作者的加入，不仅壮大了散文队伍，也给散文带来了新的表现手法，一定程度上丰富了散文文体。"小说家和诗人在八九十年代，许多人对散文也有程度不同的倾注。这自然也是'新文学'的'传统'。在理解上，有的基于'文类'的等级观念，将散文看作是一种'业余'写作，或文学创作的'基本功'。其实散文也可以承载他们在诗、小说中受到限制的经验的表达。"[1]如陈白尘《云梦断忆》的喜剧特色,艾煊《醒时的梦》《湖上的梦》的小说写法,忆明珠《荷上珠小集》的诗的意境,有的散文甚至蕴含着杂感的犀利。

20世纪80年代,文学奖项的设立为散文的发展起到重要的助推作用。《雨花》举办了第一届与第二届文学奖。其中,艾煊的《兰之恋》、忆明珠的《破罐·泪泉·鲜花》、李鸿声的《水乡风情小记》均获散文奖。除了江苏的散文奖项,还有国家级散文奖项。1989年,中国作家协会举办新时期全国优秀散文(集)杂文(集)奖评奖活动,陈白尘《云梦断忆》等7部作品荣获新时期全国优秀散文(集)杂文(集)荣誉奖,杨绛《干校六记》、袁鹰《秋水》、秦文玉《绿雪》、薛尔康《留恋果》、忆明珠《荷上珠小集》、惠浴宇《写心集》等24部作品荣获新时期全国优秀散文(集)奖。这些获奖作品充分体现了江苏散文在全国散文发展进程中的成就和地位。

三

20世纪90年代,江苏散文进入了发展新时期。"90年代的中国社会,文学渐趋于边缘。文学的边缘化,改善了文学与现实政治之间曾经有过的紧张关系,使作家的创作自由成为一种可能与现实。散文是一种自由言说的文体。90年代相对宽宏的社会政治文化环境,使散文作家自由言说的主体性得以激活,写作散文成为他们自我实现的一种重要的精神方式。"[2]因此,90年代被称为散文的时代,各种散文类型的诞生以及规模化生成,与80年代末至90年代的社会转型、90年代文化界关于"终极价值"与"人文精神"大讨论以及知识分子社会身份密切相关。江苏作家以各自的方式进入散文写作领域,形成"江苏大散文"的独特气质。

20世纪90年代江苏散文的主要类型有以下几类:

1　洪子诚:《中国当代文学史》,北京:北京大学出版社,2007年,第322页。
2　丁晓原:《精神的表情——现代散文论》,广州:广东人民出版社,2017年,第134页。

一是大散文。"那些从个人经验出发，引入关于文化和人生哲理的思考的作品，在这个时期被称为'文化散文'或'大散文'。"[1] "'大散文'疏离的是散文狭隘的私人化写作倾向，不以表现作者个人的生活、私念、情愫为务，不以描摹自然与社会的小景观、小风情为求，表达方式上不单纯运用叙事、描写和抒情；作者基于普遍的人类精神，胸中揣有崇高的人文情怀，在一个具有高度的基点上，以散文的方式观照、体悟、思考现实社会、历史演化以及人类生命存在的图式。"[2] "江苏大散文"则是基于江苏散文的生成机理及其格局气象，既包括体现江苏文化基因的散文，也包括江苏籍作家与"新江苏人"书写的并非囿于地域元素的散文。汪曾祺是"江苏大散文"的标杆人物，先后出版《逝水》《旅食集》《汪曾祺小品》《榆树村杂记》《草花集》《塔上随笔》《汪曾祺散文随笔选集》《汪曾祺作品自选集》等散文集或散文选集。此外，历史散文在"江苏大散文"中更多地与江南或是中国文化相连接，其代表如艾煊的《烟水江南绿》，获第一届鲁迅文学奖全国优秀散文杂文荣誉奖；还有夏坚勇的《湮没的辉煌》，和余秋雨的《文化苦旅》被学术界誉为"双璧"，等等。

二是女作家散文。"这个时期的女作家的散文，也表现了独特的一面，并出现了'女性散文'的概念，善于从日常生活的细微中发现诗意，并在对自我心理、情绪的敏感捕捉中，营造一种细腻的感性情调。"[3] 有学者称其为"小女人散文"，"'小女人散文'当然与具有某种宏大叙事意味的'大散文'相异其趣。它一般缺少丰富的现实社会生活内容和深刻的历史文化内涵，但部分地体现出了散文文体某种体性，即通过叙写日常的生活景象和人的心绪情愫，表现特定时代人性的色彩"[4]。女作家散文是90年代中国文坛的靓丽风景线，江苏女作家则走在前列。斯妤的散文集《两种生活》是陈骏涛主编的"红辣椒女性文丛"之一，曾获第一届鲁

---

[1] 洪子诚：《中国当代文学史》，北京：北京大学出版社，2007年，第318页。
[2] 丁晓原：《精神的表情——现代散文论》，广州：广东人民出版社，2017年，第136页。
[3] 洪子诚：《中国当代文学史》，北京：北京大学出版社，2007年，第322页。
[4] 丁晓原：《精神的表情——现代散文论》，广州：广东人民出版社，2017年，第137页。

迅文学奖散文奖；吕锦华的第一本散文集《何时入梦》主要是关于思乡怀人、游记随笔、童年趣事、下乡记忆等，曾获江苏省首届紫金山文学奖；苏叶的第一本散文选集《总是难忘》具有女性美；范小青的散文集《花开花落的季节》《走不远的昨天》抒写世俗百态与人情种种；王安忆的散文集《重建象牙塔》《接近世纪初》反思时代、思考人性、思考文学；梁晴的散文集《烛影摇红》文质兼美，充分体现了女性散文的感性与温暖。

三是学者散文。"八九十年代散文的另一重要现象是，一些从事人文学科或社会科学研究的学者，在专业研究之外，创作了融会学者的感性体验和理性思考的文章，而出现了被称为'学者散文'或'文化散文'的散文形态。这一现象的出现，与学者关注现实问题，参与文化交流的新趋向有关。"[1] "概而言之，主体的学者身份，文本主题的知识分子价值尺度和作品表现出的学理趣味、文学美感，是构成学者散文系统性关联的要素。学者散文在写作的价值取向上，体现着知识分子写作的一种普遍的基调。"[2] 学者散文是江苏散文的一大亮点。90年代的学者散文，基本以学者角色、人文立场、文学性、问题意识为考量指标，形成了一批具有思想深度和情感烈度的作品，如丁帆的《江南悲歌》，王尧的《把吴钩看了》，王彬彬的《死在路上》《独白与驳诘》《在功利与唯美之间》等散文随笔集；以及费振钟《悬壶外谈》，林非《离别》《世事微言》，蔡翔《自由注解》《神圣回忆》，王干《静夜思》等。

四是小说家散文。小说家散文的叙述路径总体比较类似：内容基本是小说题材的"边角料"；故事性较强，偏于虚构或情节演绎；对文学技巧的征用比较多，像独白、对话、戏剧性、典型化、细节描写、心理分析、蒙太奇、想象、联想、伏笔等；散文文体的传统意义上的"真实性"被"个人化真实"所替代，更追求"现场"感的体验，用提炼式的经验写作取代非虚构的亲历写作。如陆文夫的《壶中日

---

[1] 洪子诚：《中国当代文学史》，北京：北京大学出版社，2007年，第323页。
[2] 丁晓原：《精神的表情——现代散文论》，广州：广东人民出版社，2017年，第138页。

月》,高晓声的《寻觅清白》《高晓声散文自选集》,李国文的《骂人的艺术》《淡之美》,叶兆言的《流浪之夜》《南京人》,苏童的《寻找灯绳》,朱苏进的《天圆地方》等。

当然,除了小说家散文,在江苏的散文队伍中,还有诗人散文,如庞培《低语》《乡村肖像》《五种回忆》,车前子《手艺的黄昏》《明月前身》,忆明珠《小天地庐漫笔》《白下晴窗闲笔》;剧作家散文,如沙叶新《沙叶新谐趣美文》《沙叶新的鼻子——人生与艺术》《精神家园》《自由的笑声》;艺术家散文,如范曾《范曾序跋集》;报人散文,如卞毓方《岁月游虹》《雪冠——卞毓方散文选》;官员散文,如俞明《姑苏烟水集》《尚书第旧梦》等。

江苏散文在20世纪90年代的兴盛,也与各种研讨会、奖励机制有密切关联。1994年,中国作家协会创联部和《散文选刊》杂志社在苏州联合举办了"99中国当代散文创作研讨会",此外还有"范培松散文论著研讨会""吕锦华散文作品研讨会"等,它们从理论研讨的角度启发、引领着散文作家的目光。散文评奖则从激励的角度助推着散文的发展。在这一方面,江苏散文也成绩斐然,如魏毓庆《扬州月》获1991年《人民日报》金陵明月散文征文奖;汪曾祺《故乡的野菜》、苏叶《一点不能忘记的记忆》、丹晨《狗猫鼠》、邓小文《那座城》、梅汝恺《故乡的野菜》、苏子龙《吃瓜子》、吴泰昌《我的戒烟》、何立伟《一点不能忘记的记忆》获"泥池杯"同题散文奖;苏子龙散文三章《雾失楼台》《月上心头》《醉游兰亭》获1992年《雨花》文学奖,散文《吃瓜子》获1992年《钟山》文学奖;赵翼如散文《倾斜的风景》选入《百年文学经典——散文卷》,等等。可以说,90年代的江苏散文蔚为大观,是江苏散文发展的一个重要历史时期。

本卷散文编,包中华撰写导论和第一章20世纪50—70年代部分,王阳撰写第二章20世纪80年代部分,周红莉撰写第三章20世纪90年代部分。

第一章

散文群体创作的时代颂歌
（1950—1979）

第一节　概述

　　1949年后，随着解放区文学的观念和标准在全国范围内的推行，构建社会主义文学思想并将其用于指导文学创作成为主要趋势。时代环境急剧变化，散文作为中国现代文学的重要文类，它的内涵、外延和概念特征等也随之不断丰富和被重新界定。1949年后散文的发展，在外部环境和内部新变因素的影响下，在个人、民族和国家关系上，在独立自由、集体意识和文学主流的选择上，以及作家对艺术、现实和政治之间关系的考量中，呈现出异常复杂的面貌。"在（20世纪）50至70年代，'散文'这一文类概念的边界，比起三四十年代来有很大扩展，甚至有点漫无边际。因此，作家和批评家在讨论相关问题的时候，有时会做出'广义'和'狭义'的区分。"[1]这种有意或无意的区分使得诸如抒情性散文、通讯、报告（报告文学、特写）、杂文、杂感、回忆录、人物传记等都可以进入散文的范畴。

　　"在50年代，对现实生活'反映'的广阔和迅速，是这个时期文学写作的'方向性'要求；而包含'个人性'经历和体验的取材，以及与此相关的语言方式，其价值则受到怀疑。"[2]因此，无论对全国散文还是江苏散文的发展而言，这种蕴含"个人性"经历和体验情感的散文，在反观历史时反而成为值得关注的创作；尤其是在实行"双百"方针的时间里，"这些作品，表现了作家回到个人性情、个人生活体验上的努力，并增强了个性化的语言和表达方式"[3]。如叶圣陶的《游了三个湖》、周瘦鹃的散文等，散文出现了最初的"复兴"现象。"散文'复兴'的另一次要求，发生在60年代初期。当时文学界进行的'调整'，其中心点是调整文学与政治的关系，在题材、风格上提倡有限度的多样化。作为更直接展现作家的性情和文体意识

---

[1]　洪子诚：《中国当代文学史》，北京：北京大学出版社，2007年，第134页。
[2]　同上书，第135页。
[3]　同上书，第136页。

的散文，在这一时期受到重视。"[1]如袁鹰散文呈现出的沉郁厚重的风格，在作家性情和文体意识开放等表现上是此时期江苏散文较为显著的实绩。

此时期，江苏散文的创作及发展与全国散文的发展趋势有许多相似之处，也创作了一些江苏散文的代表作品。虽然整体来说没有产生当时具有全国影响的作品，但是在历经时代陶冶之后，对于20世纪50—70年代一些江苏散文作家作品的审美理解和判断理应得到重新审视。同时，江苏散文的创作实绩所表现出来的时代特征与全国散文的发展状况类似，不可避免地存有一些遗憾。"散文家对'古典'，对'传统'的理解，这个时间大致集中于'情景交融'，'意境'营造，以及谋篇布局上的曲折有致，语言在传神达意的锤炼等方面。这既显示了他们的实绩，也表明了时代的局限。尽管作家开放个人经历和体验的可能性有了增加，但是情感、观念仍难以有超越意识形态规范的可能。"[2]意识形态规范的束缚与影响，是此时期散文创作中情感和观念表达的或隐或显的内容，即使有某种程度的逾越并提升作品的艺术性，也会湮没于时代发展的洪流中。

20世纪50年代，反映社会现实生活和发展的内容在散文中的比重很大，国家的社会生活中出现了许多重大事件和新生事物，涌现出的社会主义新人和新事受到散文作家的关注，在时代召唤下，他们也展现出极大的创作热情。散文文体本身决定了它能迅速地反映时代，表现个人性情，为民族国家的发展成就抒发情怀等，相比其他文体更有优势，但是这种状况也带来了对散文艺术审美方面的挑战。散文作家在面临艺术或现实倾向的选择时，总体上都会以适应时代发展潮流为主，他们意识到文学创作是社会主义建设的重要组成部分，必须接受社会主义国家主流文学的创作思想、标准的指导。散文和其他所有文学体裁一样，在社会主义文学发展的主导趋势中探索适应时代、为人民所需的创作形式和内容。

中国文学发展有"言志"和"载道"的区分，在新时代也被赋予了新内涵。此

---

[1] 洪子诚：《中国当代文学史》，北京：北京大学出版社，2007年，第136—137页。
[2] 同上书，第138页。

时期的散文作家更趋向于在"言志"中探索新的表达形式和内容,在个人"言志"和为民族国家抒怀之间努力寻求一种平衡,而如何处理好二者关系,往往决定了散文作品的艺术性、现实性乃至水准差异。"'言志'散文或者说是个性散文,其意义在于为个体生命的所见所闻所感所悟所思所想的表达提供了朴素而自适的精神载体。正因为散文的个人诉求耦合了部分散文作家或散文研究者生命个性化的需求,所以尽管20世纪30年代至70年代间,由于政治文化的制导,文学的个人性言说或逐渐淡出或成为一种禁忌,但是在一些散文家和散文研究者那里,依然情有独钟,挥之不去。"[1] "言志"散文虽然能体现作家的个人性,但更多聚焦于个人对民族、国家的情感表现,个人情感与集体情感往往融合一处,从而使此时期的"言志"散文在个人情感表达方面有很多趋同内容。

另外一个较为显著的现象是,随着散文外延上的不断拓展,不少江苏作家的散文集包含了诸如特写、通讯等类作品,这种不加区分的收录,对于散文概念的界定和自身发展并非有利,对报告文学的独立性而言也是弊大于利。"散文的范围不断扩大,将抒情小品、杂文、通讯报告等都囊括在内。其演化趋势,是从显示个人性情,记叙日常生活情景,向着议论现实,'报告'政治、社会公共生活事态的方向发展。在50年代,对现实生活'反映'的广阔和迅速,是这个时期文学写作的'方向性'要求;而包含'个人性'经历和体验的取材,以及与此相关的语言方式,其价值则受到怀疑。在这种情况下,以'报告'为主要特征的叙事倾向的写作,便构成了散文的主体。在五六十年代,'散文特写'通常并举连用。"[2] 如江苏作家菡子、吴祖光等写抗美援朝战争的作品,其中一些篇章在散文、特写和通讯之间模糊难辨,同时,"50、60年代是一个差不多只有祖国、集体和群众等集合性话语的年代,文学的个人性并无土壤"[3]。个人性土壤的缺乏,使一些作家作品在创作主题和内容上趋同,"集合性话语"造成此时期一些散文阅读和审美的雷同感甚至阻碍。

1　丁晓原:《精神的表情——现代散文论》,广州:广东人民出版社,2017年,第127页。
2　洪子诚:《中国当代文学史》,北京:北京大学出版社,2007年,第134—135页。
3　丁晓原:《精神的表情——现代散文论》,广州:广东人民出版社,2017年,第127—128页。

20世纪50年代江苏散文创作的重要作家有叶圣陶、周瘦鹃、菡子、吴祖光、韩北屏等人。此时期江苏散文的一个重要贡献就是形制短小的风物谈和游记散文,如叶圣陶的《小记十篇》,通过描绘地方风物、民俗、建筑等,融入了作者对新中国社会和人的面貌变化的较为深刻的体验,说明、叙事、抒情和议论等多种表达方式交汇运用,体现出作者细致的观察力和对历史现实的洞察力,具有丰富的历史文化之思。周瘦鹃在1949年后的散文创作是江苏散文的一大收获,他在20世纪五六十年代出版了《花前琐记》《花花草草》《花前续记》《花前新记》等多种散文集,在全国范围来看,这些作品的艺术性、趣味性和审美特质也较为显著。周瘦鹃的散文创作既有时代推动的一面,也有自身努力追随时代的自觉要求,与同时代作家相比较少受到时代观念的束缚,有文人雅趣、闲情逸致,与时代主流的文学创作仍然有一定的距离。虽然周瘦鹃的散文不忘对时代的讴歌和赞美,但是个人趣味的书写也超过了对世情和现实的关怀,个人性相较集体性或公共性而言更为突出,这是他的长处,也表现出某些不足,"即公共性的取材,作者当基于自立自由的精神,并以具有个人风格的语言加以表现,而对个人性题材的叙写,其中也应蕴含世道人情的公共关怀"[1]。菡子1958年出版的散文集《幼雏集》,其中散文短小精悍,如同作品中所描绘的孩子们纯洁幼小的心灵一般,具有成长的特征,也乐于描绘新鲜事物和新人品质,还有对朝鲜战场上志愿军战士光辉事迹的歌颂篇章,有些人物特写可归入报告文学创作,其中《我从上甘岭来》《和黄继光班相处的日子》是20世纪50年代报告文学创作的名篇。戏剧家吴祖光散文集《艺术的花朵》的出版,是他在散文创作领域的尝试。这本散文集因作家本身的文学地位而显得较为重要,尤其是那些描述梅兰芳、程砚秋、常香玉、新凤霞等戏曲表演家的散文,叙事、写人和抒情相结合,间杂对中国戏剧的欣赏与批评,紧密联系时代声音,写自己的现实体会和感悟。韩北屏的散文集《史诗时代》与菡子一样既有散文也有特写,用形制短小的文章写大时代,赞美作者心目中的英雄时代和史诗时代。

---

[1] 丁晓原:《精神的表情——现代散文论》,广州:广东人民出版社,2017年,第132页。

20世纪50年代，江苏散文结集出版的较少，有些所谓的散文集也有待界定，不少作家、学者等通过散文这种文体努力参与到反映和表现社会主义建设的潮流中，有些单篇作品也多少能表现出作家的写作风格。如翻译家高植的《千字文》是一部杂文集，侦探小说家程小青的《芦沟桥漫步》《雁荡纪胜》是写景和抒情相结合的风物记，以及杨苡、刘振华的游记散文等；还有如丁芒的抒情写景散文等，也能表现出20世纪50年代江苏散文发展的个体参与面貌。在文学创作"一体化"的发展趋势下，散文作品艺术水准的高低，与个体性情抒发的程度并不成正比例关系，而是在表达时代情感方面，如何把握好个人情感丈量时代画面时的尺度，"散文在50年代初既是对解放区散文文体意识的放大，又是对五四散文文体精神的进一步偏离。这种放大和偏离表现在个体性情的抒发让位于时代共性或者时代精神的谱写，政治标准优先于艺术标准，批判性为歌颂性取代等诸方面"[1]。因此，无论是散文集还是单篇作品，既要迎合时代，也要避免被湮没。

时代影响的制约，使20世纪50年代的江苏散文面临艰难发展的局面。"一方面使一些抒写个人情怀或描写山川景物的散文销声匿迹，另一方面，又造成了一批浮华不实、空喊口号的作品。与此同时，在特定环境中涌现出一批回忆革命传统、进行新旧对比、缅怀革命先辈的散文，倒是具有一定的认识、教育和审美价值。"[2]如菌子写时代英雄、伟人的散文作品，能将个性化的诗意抒发与对伟人、英雄的歌颂和赞美结合起来，使她的作品呈现出较为鲜明的个人特征，而且她的视野中还融入了个人的历史记忆，有较深的历史沉痛意味。

进入60年代，散文创作形式、情感表达和思想观念等延续了50年代意识形态主导下主流文学发展的趋势。但是，60年代初的江苏散文出现了新变化，一些作者在历史、现实、人生和社会发展关系的思考及表达上，在创作形式、内容和风格上，能凸显个人特征，融入自己对人生、社会现实的深层体验与思考；在文学艺术性和

---

1 董健、丁帆、王彬彬主编：《中国当代文学史新稿》，北京：北京师范大学出版社，2011年，第109—110页。
2 陈辽主编：《江苏新文学史》，南京：南京出版社，1990年，第275—276页。

现实性的关系上、个人抒情性和政治主导性的处理上，相比50年代的散文创作在形式上有所创新，内容上更加丰富，甚至走向个人散文创作的高峰，创作了中国现代散文发展史上的重要作品，如周瘦鹃的《姑苏书简》、艾煊的《碧螺春汛》等。

"60年代初，是全国散文创作的空前丰收期，也是江苏散文创作的空前丰收期，涌现了艾煊、周瘦鹃、凤章、海笑等一批散文作家，写出了他们各自的华彩佳篇。"[1] 值得关注的是袁鹰的散文，他的散文集《第十个春天》《风帆》出版于60年代，两本散文集的作品后来有不少收入1979年出版的散文集《风帆》中。袁鹰的散文中虽然仍不免有古今人物和时代的对比，但在历史叙述中蕴含深度的思想探索，他不是简单直接地描绘古今时空的对比，而是浸润了个人较为深刻的历史感受，以及对传统文化与时代发展关系的思考。艾煊的散文集《碧螺春汛》是此时期散文创作的重要作品，至今仍然在江苏散文发展史上闪耀着光芒；《碧螺春汛》体现了江苏散文中钟情山水的传统，较少受到时代政治的影响，有浓郁的江南人文气息。60年代，菡子创作了更多的散文作品，如《初晴集》《素花集》等；相比50年代，菡子的散文更加沉稳大气、感情细腻，内容上更为丰富广泛，并尝试创新文体形式，无论是作品数量还是质量都是20世纪五六十年代江苏散文的重要收获。凤章的《山坞的早晨》是他在60年代中期前所写散文的选集，他的文笔细致优美，与江南风貌融合无间，借此书写江南城乡、工农业战线的人与事。著名小说作家吴强的散文集《心潮集》是散文和报告文学的合集，既歌颂国际友谊，也有报告特写，其中较为重要的是回忆战争年代的作品，也是他亲身经历的描绘与情感抒发。李华岚的散文集《深深的致意》表达了作者对政治领袖、革命先烈和现代文学先驱的敬意，情感上直抒胸臆。

一些单篇作品也体现了江苏散文发展的重要实绩。"夏阳的《南京，换了人间》是为新中国成立十周年而作的，此文曾刊于《人民日报》1959年12月22日和《雨花》半月刊1960年第1期，既写了南京悠久的历史，也写了在南京城展开的各种斗

1 　陈辽主编：《江苏新文学史》，南京：南京出版社，1990年，第276页。

争,尤其着重写了革命先烈们在雨花台慷慨就义的悲壮情景。"[1] "海笑的《马山红花》(《少年文艺》1964年第3期),虽然是写给少年儿童看的散文,但也属于反映革命传统之作。它的副题是'太湖散记',其实并不散,而是围绕着宋家三代的革命事迹而写成的。魏毓庆的《雨花台抒情》,则将现实和历史交相融合,时而现实美景,时而历史血泪,都交融在作者的抒情之中。"[2] 魏毓庆的写景散文,在景色描写、修辞运用和时代表达上也独具个人风格。范烟桥的散文随笔是现代通俗作家在新中国成立后的又一创作实绩,他与周瘦鹃都善写苏州的地方风物,但在形式、内容和思想上有明显差异,如《苏州的碑刻》《浏河渔港一瞥》《落梅忆语》等,他的一些随笔、读书札记等在当时也显具独立品格;此外,赵沛、张慧剑等人的单篇散文也是通过情景交融的方式表达时代的主流观念。

从1964年开始,江苏散文在长达十余年的时间内几乎处于停滞状态。周瘦鹃发表于香港地区的散文作品成为极少数的例外,但也很快被扼杀。直到70年代末,一些作家的散文作品在新时期文学发展中产生重要影响,并开始被新的文学奖励制度所认可,如获《雨花》散文报告文学奖的艾煊《兰之恋》和忆明珠《破罐·泪泉·鲜花》;同时,一些后来在江苏散文发展进程中留下浓重笔墨的作家也开始崭露头角,如高晓声、庞瑞垠等。在他们的努力下,江苏散文创作开始复苏。当然,以今天的眼光看,艾煊和忆明珠的获奖作品虽然有自身散文写作经验的积淀和底蕴,相比同时代作品而言,在内容层次上表现得较为丰富,但在艺术审美方面还未完全摆脱时代话语与规范模式的影响,一定程度上也具有新时期"伤痕"文学的表现特征。

随着新时期江苏散文的日渐深入发展,大批新作家、新作品不断涌现,江苏散文创作迎来真正的转变。

---

[1] 陈辽主编:《江苏新文学史》,南京:南京出版社,1990年,第276页。
[2] 同上书,第277页。

第二节　叶圣陶的《小记十篇》

1949年后，叶圣陶先后出任教育部副部长、人民教育出版社社长和总编、中华全国文学艺术界联合委员会委员、中国作家协会顾问、中央文史研究馆馆长、中华人民共和国全国政协副主席、全国人民代表大会常务委员会委员、民进中央主席。1983年当选为第六届全国政协副主席。1988年2月16日，叶圣陶在北京逝世，享年九十四岁。

《小记十篇》是新中国成立后叶圣陶所写的第一本散文集。具体10篇为：《登雁塔》《游临潼》《在西安看的戏》《从西安到兰州》《坐羊皮筏到雁滩》《游了三个湖》《黄山三天》《记金华的两个岩洞》《荣宝斋的彩色木刻画》《景泰蓝的制作》。这些散文具体生动地反映了他于1953—1959年间目睹的中国社会主义革命和建设欣欣向荣的景象。

《小记十篇》中，前5篇写西北见闻，中间3篇为江南游踪，最后2篇则是对中国工艺技术及产品的描绘。叶圣陶以赞赏的目光描绘新中国在社会主义建设中社会、物质、文化、精神等方面的新变化和新特点，满怀热诚地描绘、抒情和赞叹。"在这些篇章中，作者充分发挥了游记散文轻便灵活、开阖自如的特点，把写景、叙事、抒情和议论熔于一炉，多方面地描绘了新中国的社会面貌和人的思想精神面貌的深刻变化。文章随作者足之所至、目之所及、意兴之跃动，时而纪实，时而联想、抒情，引古论今，议论风生。用精细的笔墨、丰富的历史知识和生活经验、欣喜欢快的情绪，备述了作者游览访问中的感兴。""信笔所至，谈古论今，始终贯串着同一个主旨——今昔对比，今胜于昔，洋溢着同一种情调——欣喜欢快，踌躇满志。看似说东道西，却并非断线珍珠。"[1]

---

[1] 金梅：《对旧生活的批判和对新生活的歌颂——关于叶圣陶的散文创作》，《辽宁师院学报》1980年第5期。

从内容上看,首先,作者自觉地站在人民和主人翁的立场观察社会、自然和人文景观及时代转变,抒发了对新中国社会面貌转变的赞叹之情。在20世纪50年代的散文创作中,立足于新旧社会对比的描绘和抒情是当时文学创作中较为普遍的内容,作家们以主人翁的姿态歌颂新中国的建设和成就,同时也批判旧社会的丑恶与黑暗。叶圣陶有时会用直抒胸臆的笔触去描绘自己对新中国建设的由衷喜悦和拥护,情感真诚毫无夸张,如《登雁塔》中对国家基本建设的肯定:"在以往历史上,有没有一个时期像今天这样在全国范围内搞基本建设的?且不说工矿方面的基本建设,单说机关、学校、公共场所的兴修,修成之后将在那里办理人民的公务,培养少年、青年乃至成人,使他们具有堪以献身的精神体魄,像今天这样的情形在以往历史上有过没有?我不曾下功夫查考,可是我敢于断定不会有。我这个断定从以往社会的性质而来。"[1]《从西安到兰州》描绘天兰铁路在不到两年半的时间内就建成通车,不仅作为国庆献礼,还改善了宝天铁路原本陷于瘫痪的状态,而这些都是中国人民解放军7万军工的功劳,因此在赞赏新中国建设的同时也饱含着对军人、工人的热爱。《游了三个湖》记述作者在南京玄武湖、无锡太湖、杭州西湖的游踪和所见所感,它不仅是一篇游记,作者在文中还常常以专家审视的眼光,在作新旧对比的同时,认为在新中国移风易俗之际,要呼吁"爱护公共财物"。看似简单的呼吁,实则体现了他对自我作为人民一员行使当家作主权利的认知:"顾到居民的利益,在从前,哪儿有这回事?只有现在的政权,人民自己的政权,才当做头等重要的事儿,在不妨碍国家社会主义工业化的前提之下,非尽可能来办不可。"[2]

其次,作者用细致、生动和准确的笔墨描绘中国的文明遗迹和源远流长的文化瑰宝。《登雁塔》写慈恩寺的殿宇亭台、布局等,能将慈恩寺的面貌清晰地呈现于读者眼前,展现了作者观察细致、准确描绘的功力,有鲜明、丰富和细致的空间感。作者知识广博,通过与其他类似的寺庙进行对比,描绘慈恩寺具有园林布局的特

---

[1] 叶圣陶:《小记十篇》,天津:百花文艺出版社,1958年,第2页。
[2] 同上书,第69页。

点,再介绍灵隐寺一派的风格,由此给读者以知识涵养并产生清晰深刻的印象。《游了三个湖》将西湖与玄武湖的景观进行对照,尤其是谈到西湖城墙特点时,表现出作者对城市景观布局既有深入思考也有文化底蕴,其中不乏对新中国建设提出有深度的意见,避免盲目地赞颂,始终坚持自己的文化判断和审美眼光,这在当时环境下也是极为难得的。作者既不随波逐流地高赞时代变化,也不空洞无力地反对时代,而是融入了作者对描写对象在中国历史发展进程和同时代类似风物比较中的价值判断与思考,因此不免流露出对于文明遗迹发生改变后的遗憾之情。

> 我忽然想起四十多年前头一次游西湖,那时候杭州靠西湖的城墙还没拆,在西湖里朝东看,正像在玄武湖里朝西看一样,一带城墙分开湖和天。当初筑城墙当然为的防御,可是就靠城的湖来说,城墙好比园林里的回廊,起掩蔽的作用。回廊那一边的种种好景致,亭台楼馆,花坞假山,游人全看过了,从回廊的月洞门走出来,瞧见前面别有一番境界,禁不住喊一声"妙",游兴益发旺盛起来。再就回廊这一边说,把这一边、那一边的景致合在一起儿看也许太繁复了,有一道回廊隔着,让一部分景致留在想象之中,才见得繁简适当,可以从容应接。这是园林里修回廊的妙用。湖边的城墙几乎跟回廊完全相仿。所以西湖边的城墙要是不拆,游人无论从湖上看东岸或是从城里出来看湖上,就会感觉另外一种味道,跟现在感觉的大不相同。[1]

作者这段对西湖城墙功能、审美等方面的细致表述,独具慧眼、平和有力地表达了自己的见解,表现了对新中国建设的热诚。还有如《荣宝斋的彩色木刻画》讲述中国16世纪以来就有的彩色木刻画,叙述其发展历史和功用,篇章精致富有美感。《景泰蓝的制作》写景泰蓝的制作、工艺和名称的由来,能充分调动读者的审美意绪和思想,沟通古今,让人对中国的工艺技术产生具有想象空间的崇敬之情。

---

[1] 叶圣陶:《小记十篇》,天津:百花文艺出版社,1958年,第72—73页。

第一章　散文群体创作的时代颂歌（1950—1979）

再次，作者在散文中表现出对地方文化、民俗和物产的浓厚兴趣，细致深入的考察与描绘为散文增添了知识性、趣味性。《在西安看的戏》写秦腔演员孟遏云的声音有天分并时常训练，达到了极为纯熟的境界，她从心所欲，随时随地恰当地表现剧中人的感情，唱出自己的风格，听起来自然也与众不同，给人以绕梁不绝之感。"听她一句一句唱下去，你心中再不起旁的杂念，光受她的唱的支配。她的风格含着种种味道，领略那味道是一种愉快、一种享受，你惟恐错过了一丝半毫的愉快和享受，哪还有工夫想旁的？她的声音那么一转，一转之后又像游丝一样袅上去，你就默默点头，认为非那么一转袅上去不可。"[1]《坐羊皮筏到雁滩》写黄河上一种具有地方传统特色的运输工具羊皮筏，详细描绘它的构造、特征和优点，语言准确平实又不乏生动；作品还介绍了雁滩的四种苹果——"大元帅""印度""青香蕉""玉霞"，从色泽、形状、口感等方面进行比较，将地方物产鲜明呈现出来，既有深入描摹，也有知识蕴涵，使得散文如风物志一般，呈现出叶圣陶散文的知识性特征。作者对各地物产的了解十分丰富和细致，加上生动准确的描绘，并通过各地同类物产的对比，让读者感到琳琅满目，也为祖国物产的丰饶油然生出自豪的情感，与作者一道对祖国的未来发展充满向往。《荣宝斋的彩色木刻画》写工人刻板工作时表现出作者专家般的深入眼光："工人刻板子的时候，右手握着刀柄，左手的拇指和食指帮着推动刀尖，那么细磨细琢地刻划着。原画放在旁边随时参考。所谓参考主要在体会原画的笔意，只有传出原画的笔意才能刻得真，不走样。……所以刻板子的人也得明白画理，他要辨得出笔触的意趣，能够领会什么是柔和和刚劲，还得得心应手，实践跟认识一致，才能把板子刻得像样儿。"[2]

最后，作者对中国传统文化在传承发展时出现的不传女子倾向做出批评，由于作者对中国传统文化的熟稔，能提出有价值的建设性意见。《在西安看的戏》中认为某一剧种的某些本色保留还是改掉，保留多少，在戏剧工作里是值得讨究的。作

---

[1] 叶圣陶：《小记十篇》，天津：百花文艺出版社，1958年，第34页。
[2] 同上书，第103—104页。

者拿秦腔和河南梆子进行对比，认为欣赏戏剧包括戏剧内容鉴赏并评价其音乐表现，戏剧只有音乐性还不够，内容上要能让一般观众接受；作者对皮影戏特点的理解也有独到看法："看皮影戏可不然。我们虽然坐在白布前面，实际上等于坐在舞台侧边，只能看个侧面。无所谓远近，侧形的皮人全在一个平面上活动——一个平面就是那垂直张挂的白布。"[1]《游了三个湖》谈及玄武湖边城墙的被拆，坦诚直率地表达自己的意见："然而玄武湖边的城墙，要是有人主张把它拆了，我就不赞成。不知道为什么，我总觉得那城墙的线条，那城墙的色泽，跟玄武湖的湖光、紫金山覆舟山的山色配合在一起，非常调和，看来挺舒服，换个样儿就不够味儿了。"[2]他对城市景观的设计具有美术家的赏鉴眼光，他认为要满足人民文化生活的要求，美术家不但要在画幅上用功，还得对生活环境的布置安排费心思，甚至具体到对城市大道两旁大树的修剪。这些意见对于当代中国的现代化建设、城市规划和发展而言同样具有重要价值和意义，可见叶圣陶对传统文化保护和社会主义建设之间的矛盾和问题有自己的深刻理解。作者有时候在文中也会直接批评一些毁坏文化遗迹的现象，如《登雁塔》批评后代的题壁人"强占豪夺的风雅，未免风雅过分了"。作者的批评建议和他对祖国建设及未来发展的赤诚之心是分不开的。

从思想情感上看，《小记十篇》融入了作者在思想文化、社会建设等方面的深入思考，体现了作者对历史现实的洞察力。作者在介绍、描绘传统文化、地方风俗和时代建设内容时，大多是用较为平和的语气表达自己的爱憎情感，将自己对国家、民族和文化深层丰富的理解融入到自我细腻理性的情感中，从而实现个人与传统文化、社会建设的思想文化沟通，从历史反观现实，再由现实观照历史，抒发自己对祖国的文化传统、文化传承和发展、文明建设的诚挚感情，蕴含着丰富的历史文化之思。如《登雁塔》中对玄奘法师艰苦卓绝地西行求法，认真从事翻译工作表达赞美之情，情感坚定而深沉，作者说玄奘法师"永远是中国人的骄傲，永远是中国人的一种典范，谁信佛法谁不信佛法并没关系"[3]。当然，散文集也必然留有时

---

1 叶圣陶：《小记十篇》，天津：百花文艺出版社，1958年，第41页。
2 同上书，第73—74页。
3 同上书，第3—4页。

代的印迹，作者的历史文化之思始终紧跟时代潮流，即使有批评和建议，总体方向上仍然坚守对新中国各方面建设的认同。如《游临潼》中对灞河灞桥的古意、文化底蕴的书写只是作为历史的背景，主要还是为了描绘新的建设场面和现代化追求。《从西安到兰州》中作者立足于中国历史发展的长河，瞭望中国人五千年的进步道路：''这五千年的进步多大啊！''''我们如今看见的那些平田以及山上一鳞一鳞的梯田，哪一处不留着历代农民改造自然的'手泽'？仔细想来，实在是伟大的事业。''[1]文中流露的这些思想情感，都是作者描绘、叙述对象后的自然生发，并非空洞的抒情。

从散文创作特征上看，首先，作者创作这些散文时积累了丰富的知识经验，做到成竹于胸，用朴素洗练的笔墨去描绘山川景物、民俗特产、文化艺术等，平实中不失雅致。''从总体上看，叶老的散文语言有这样两个鲜明的特色：一是富有生动的语感；二是平和、朴实、自然、纯真，犹如和你面对面拉家常。这种语言，就是朱自清所竭力推崇的'谈话风'。''[2]

其次，作者能准确地抓住风物最鲜明的特征，绘声绘色地加以细笔勾勒，使读者产生身历其境、如见其景之感。《游了三个湖》描绘玄武湖、太湖、西湖三个江南名湖的秀美景色，无论是写环境、花草树木还是个人观感，都能对不同湖景进行细致品评。《黄山三天》描述峻峭的天都峰和莲花峰时都能准确抓住它们不同的特点，如写"云海"让人产生遨游之思："我们就在前边说的几处地方看'云海'。望出去全是云，大体上可以说铺平，可是分别开来看，这边荡漾着又细又缓的波纹，那边却涌起汹涌澎湃的浪头，千姿万态，尽够你作种种想象。所有的山全没在云底下，只有几座高峰露顶，作暗绿色，暗到几乎黑，那自然可以想象作海上的小岛。"[3]在叙述神奇的"温泉"时，能让读者感受到黄山温泉的澄清、温热和舒畅。还有如《记金华的两个岩洞》描写了三处景色——罗甸、山景、溪流，都能抓住金华的风物特点，突出景物之美；写双龙洞则强调所用之船的小和通过时的艰险，突

---

1 叶圣陶：《小记十篇》，天津：百花文艺出版社，1958年，第54页。
2 范培松：《叶圣陶散文艺术论》，《苏州大学学报（哲学社会科学版）》，1985年第4期。
3 叶圣陶：《小记十篇》，天津：百花文艺出版社，1958年，第85页。

出双龙洞情境；作者在文中还引用和介绍了郁达夫、徐霞客的游记，表明洞的历史悠久，等等，修辞手法运用新鲜、贴切。

再次，作者对空间的把握准确、清晰，能文笔简约地将所见描述出来，他对游记写作有自己的心得体会："写游记最难叫读者弄清楚位置和方向，前啊，后啊，左啊，右啊，说上一大堆，读者还是捉摸不定。我想把它说清楚，恐怕未必真能办到。"[1]其实，作者对空间方位的把握和描绘是精简准确的。如《记金华的两个岩洞》中写北山洞有三个，围绕"洞中泉流跟冰壶、双龙上下相贯通"的特点，按照游览顺序描写。进山前，在罗甸看到了"双龙泉水"，再写入山顺着溪流到达双龙洞口，然后走进双龙洞的外洞，再乘小船进入内洞，再到冰壶洞，沿着石级向下走，再往下走"就看见一挂瀑布从石隙吐出来"，最后与首段相照应。作者叙述时脉络清晰、结构严谨，展现了他描绘景致空间和方位的深厚底蕴。

最后，叶圣陶的散文行文谨严，语言平淡却意味深长。作者在文中引经据典时，优美的古文和现代的美景交融一体，读起来也是恰到好处，没有艰涩的感觉："现在把徐霞客记冰壶洞的文句抄在这里，以供参证。'洞门仰如张吻。先投杖垂炬而下，滚滚不见其底。乃攀隙倚空入。忽闻水声轰轰，秉炬从之，则洞之中央，一瀑从空下坠，冰花玉屑，从黑暗处耀成洁彩。水穴石中，莫稔所去。乃依炬四穷，其深陷逾朝真，而屈曲少逊。'"[2]作者的语言运用十分纯熟，无论写景还是写自我感受都能深切描写对象的特点，与他的细致观察和描摹一样，极具功力。如《坐羊皮筏到雁滩》中："雁滩横在前面，林木繁茂，金黄色的斜阳照着，一派气爽秋高的景象。对岸的山耸列在雁滩背后，沉默之中透着庄严。朝左望上游，朝右望下游，虽然秋季水落，还是有浩荡渺茫的气势。身下的羊皮筏太藐小了，不妨看作没有这个羊皮筏，于是我们觉得我们跟大自然更亲密了，我们浮在水面上，我们的呼吸跟黄河的流动、连山的沉默、青天的明朗息息相通。"[3]这段描写堪称50年代散文描写的典范，有山水画的观感，有简约苍茫之美，平淡中涵蕴意境，表达了作者关于人

---

[1] 叶圣陶：《小记十篇》，天津：百花文艺出版社，1958年，第82页。
[2] 同上书，第96页。
[3] 同上书，第61页。

生、自然和宇宙间关系的思绪。

第三节　周瘦鹃的《花前琐记》《花花草草》等

中华人民共和国成立后,周瘦鹃曾任第三、四届全国政协委员,江苏省人大代表,苏州博物馆名誉副馆长。此时他主要在家从事园艺工作,从"紫兰小筑"到"周家花园",名扬海外。党和国家领导人也曾前往参观。1968年8月,周瘦鹃去世,"周家花园"也遭到摧残。

20世纪50年代初,周瘦鹃自述"那时的心情非常萧索,是充满着黄昏思想的",所以打算就此退出文坛,专心园艺。后经苏南行署领导和时任上海市市长陈毅的鼓励,1954年恰逢香港《大公报》向其约稿,于是他重新提笔开始创作散文。"在忙花忙草忙盆景的同时,他的作品也越写越多,大部分都是和花草树木有关的小品散文,这方面的文章,也是他一生创作的重要部分。1955年6月,他在通俗文艺出版社出版了一本《花前琐记》,首印10000册,共收以种花植树盆栽为主的小品随笔37篇。1956年9月,在上海文化出版社出版了《花花草草》,收文35篇,首印20000册。1956年12月,又在江苏人民出版社出版了《花前续记》,收文38篇。1958年1月,在江苏人民出版社出版了《花前新记》,收文40篇,附录1篇,首印6000册。1962年11月,在江苏人民出版社出版了《行云集》,收文19篇,附录1篇,1985年1月第二次印刷时又加印4000册。1964年3月,香港上海书局出版了《花弄影集》,1977年7月再版。1995年5月,是周瘦鹃诞辰一百周年,新华出版社出版了周瘦鹃的小女儿周全整理的《姑苏书简》,收文59篇,首印3000册。该书收录周瘦鹃1962年至1966年在香港《文汇报》开辟的《姑苏书简》专栏发表的文章,书名由著名民主人士雷洁琼题写,邓伟志、贾植芳分别作了序言,周全女士的文章《我的父亲》一文附在书末。"[1]除上述《关于周瘦鹃自编精品集》中所言集子,周瘦鹃散文的再版、重新编选出版直至《周瘦鹃文集》(目前有范伯群主编和陈武主编两种,陈

---

[1] 陈武:《关于〈周瘦鹃自编精品集〉》,《花前琐记》,扬州:广陵书社,2019年,第185—186页。

武另外主编了《周瘦鹃自编精品集》）的出版，表明周瘦鹃深受读者喜爱和欢迎。"从1954年冬天到1966年……周瘦鹃创作发表散文小品三四百篇，先后结集出版《花前琐记》《花花草草》《花前续记》《花前新记》以及《行云集》等五种散文小品集。1962年，作者还以前四种为主，旁涉未入集篇章，自选150篇加以修改与润色后合编为《拈花集》，送交上海文艺出版社出版，后因世事变迁未果，延至1983年6月才得以面世。另外，金陵书画社后来曾集周瘦鹃旧作150余篇，分别以《苏州游踪》《花木丛中》为题，于1981年4月出版其选集两种。上述诸集所收篇目互有重合（特别是后三种），但同一作品在不同集中文字又略有不同。其中最能体现周瘦鹃这一时期散文小品创作风貌的，当属作者生前亲自编定的《拈花集》。"[1]《拈花集》是周瘦鹃50年代四种散文集大部分篇章的自选集，不包括60年代出版的《行云集》《花弄影集》，以及写作于60年代却出版于90年代的《姑苏书简》。作为现代通俗文学作家，周瘦鹃如此丰富的散文创作，也进一步奠定了他在中国现代作家中的地位。

其实，周瘦鹃重新提笔创作，也经历过思想斗争，他说："东涂西抹，忽忽三十年，自己觉得不祥文字，无补邦国，很为惭愧！因此起了投笔焚砚之念，打算退藏于密，消磨岁月于千花百草之间，以老圃终老了。"[2]"如今重行执笔，重理故业，真有手生荆棘之感。幸而日常起居于万花如海中，案头有花枝照眼，姹嫣欲笑，边看花，边动笔，文思也就源源而来了。""《花前琐记》之作，除了漫谈我所喜欢的花木事而外，也谈及文学艺术名胜风俗等，简直是无所不谈。一方面歌颂我们祖国的伟大，一方面表示我们生活的美满。要不是如此，我也写不出这些文字来的。"[3]此时周瘦鹃的散文创作，有些是对以前创作的改写，如名篇《一生低首紫罗兰》就是对《园居杂记》首篇片段的改写。这种改写，由文言改白话，同时深藏赏花吟诗及隐逸之志的情趣，努力表达新时代的气息。因此，周瘦鹃的散文创作有时代的推

---

[1] 辜也平：《当代散文园地中的艺术奇葩——论周瘦鹃的散文小品》，《福建师范大学学报（哲学社会科学版）》1998年第3期。
[2] 周瘦鹃：《花前琐记·前言》，扬州：广陵书社，2019年，第1页。
[3] 同上书，第3页。

动，也有他跟随时代步伐的意愿，加上其中很多篇章发表于香港等地，使他相比同时代作家较少受到时代观念的束缚，在写作上相对能任情适意，让这些"花花草草"以一种健康向上、明畅雅致的笔调存留下来。

周瘦鹃20世纪五六十年代的散文创作中，艺术性尤其突出，这与他散文的描写对象有重要关系，花草情趣、诗词唱和、民俗风韵等在他的笔端自然流出，其中有些作品的内容及风格是他1949年前写作的延续。但是，他在1949年后的书写中，"旧瓶装新酒"，既保留了文人雅趣、闲情逸致的一面，也融入新的时代观念和内容，其中不乏他对自己隐逸思想的舍弃。周瘦鹃散文在艺术性表达突出的同时，相对而言对中国社会、政治的现实较为忽略，尤其是50年代的散文创作，在艺术与现实二者间的选择上，周瘦鹃显然对艺术追求更为偏重。"他的特别之处正在于他既响应时代，又突出自我，既融于主流，又别于主流，他以其对花木草本的专注与挚爱，对古城底蕴的发掘与升华，对融诗词为一体、颇具知性与感性的艺术传达方式的执着与圆通，显示个性，立足文坛。"[1]因此，他的散文创作与时代的主流文学创作有一定的距离，即使他在散文中书写和赞美时代，但是始终坚持书写具有艺术趣味的内容，而在思想性和现实政治需要方面稍逊于其他作家。

《花前琐记》《花花草草》是1949年后周瘦鹃最早的两部散文集，基本以写花草果木、风俗物产、传说逸闻为主，文章在淡笔细描对象的同时还时常有自己对古人有关诗词的唱和。他的散文因此增添了不少文人气息，具有明清小品的流韵，清丽、淡雅、闲适、从容，在时代潮流中绘出一幅幅具有鲜明个人风格的文人画。这表现在以下几个方面：

一是对花草果木的热爱。这源于周瘦鹃多年来对花草果木的精心培育和热爱。文章常围绕某种花草果木联系古今，侃侃而谈，表现出他对这方面知识的专研。"周瘦鹃散文最富特色的即是他描述花草盆景的那些文字。这些'花木散文'浸透着广博而严谨的知性，散发着清新雅致闲适的感性，在圆满地表现'识'与'趣'

---

[1] 王晖：《周瘦鹃散文简论》，《苏州大学学报（哲学社会科学版）》2003年第1期。

的过程中，又淋漓尽致地昭示出作者的文化人格与鲜明个性。"[1]他对花草果木的爱好并非无缘无故，总有缘由，如《好女儿花》中对凤仙的偏爱，"我因亡妻胡氏名凤君，所以也偏爱凤仙。她去世后，为了纪念她的缘故，尽力搜罗了各色种子，种满在凤来仪室外，每年秋季，陆陆续续地开放起来，足有三个月之久"[2]。《岁寒二友》写喜爱蜡梅源于它的耐寒耐久之故，具有人格象征的意味。《花光一片紫云堆》中，"我"对紫藤花"有一种特殊的爱好"，因为它既美也能食用："紫光照眼，缨络缤纷，还闻到一阵阵的清香，真觉得可爱煞人！"[3]"紫藤花有清香，倘蘸了面粉的糊，和以白糖，入油锅炸熟，甘香可口。"[4]使人读之不禁心生向往，垂涎欲滴。《花木之癖》直陈自己热爱花木乃成一种癖好，"我热爱花木，竟成了痼癖，人家数十年的鸦片烟癖，尚能戒除，而我这花木之癖，深入骨髓，始终戒除不掉"[5]。《记义士梅》是一篇记叙历史故事和描摹梅花相结合的散文，表达了作者对正义之士的赞颂，由此寄托自己的情怀："我记了明代为反对魏忠贤的暴政而壮烈牺牲的颜马沈杨周五位义士，就不由得使我想起当年十分宝爱的那株义士梅来。因为这株梅花是长在五人墓畔的，所以特地给它上了个尊号，称之为义士梅。我和义士梅的一段因缘，前后达十年之久，是不可以无记。"[6]

周瘦鹃爱紫罗兰众所周知，然而他对梅花的喜爱更甚于紫罗兰，其主要原因在于他认为梅花是国花，而紫罗兰是外来品种。他1949年前的连载小品《园居杂记》中，大多数篇幅都是写他探梅、寻梅和爱梅，他1949年后的散文依然延续了这一主题，有些也是对1949年前所写散文的复写和改写。《问梅花消息》写"周家花园"的梅屋、梅丘及各种梅花；《邓蔚梅花锦作堆》写苏州著名的"香雪海"；《梅花时节》高赞梅花的品格，"梅开在百花之先，所以在花谱中总是居第一位，而它的品

---

[1] 王晖：《周瘦鹃散文简论》，《苏州大学学报（哲学社会科学版）》2003年第1期。
[2] 周瘦鹃：《花前琐记》，扬州：广陵书社，2019年，第7页。
[3] 同上书，第64页。
[4] 同上书，第66页。
[5] 同上书，第105页。
[6] 同上书，第120页。

格，在百花中也确有居第一位的可能"[1]。写梅花寄寓着周瘦鹃的爱国情感。

此外，还有写山茶花的《山茶花开春未归》，写牡丹的《国色天香说牡丹》，写凌霄花的《凌霄百尺英》。他对凌霄花的言论与众不同，他说："古人诗赋中，对于凌霄花的依赖性都有微词，有人更讥之为势客，就是说它仗势而向上爬。可是清代李笠翁却偏偏相反，……他对于依附不以为意，反以其高高在上为可敬，真的是别有见地。"[2]周瘦鹃还因为姓氏原因，对莲花别有一种情感，《谈谈莲花》中说："我生平淡泊自甘，从不作攀龙附凤之想，而对于花木事，却乐于攀附。只因生来姓的是周，而世世相传的堂名，恰好又是'爱莲'二字，因此对这君子之花却要攀附一下，称之为'吾家花'。"[3]周瘦鹃喜爱花草，常常以花喻人，从花品见人品，映照古今人物，借此表达自己的情感倾向。如《蓼花和木芙蓉》："芙蓉于霜降时节开花，傲气足以拒霜，因有拒霜花之称。""古人对于芙蓉有很高的评价，说它清姿雅质，独殿众芳，秋江寂寞，不怨东风，可称俟命的君子。"[4]这些自然体现出周瘦鹃的爱花、养花和写花，与他所追求的文人气度、品格不无关联，如果抛去闲情逸致的一面，也表现了周瘦鹃独立、高洁的文人风尚，但在一定程度上有脱离现实之嫌。周瘦鹃除写花草，还写果木，《橘的天下》写橘的优点，并与时代发展相关联，期望不吃橘子向国外换回钢材，尽显他天真烂漫的品性，并吟诗道："建国还须建国防，取材海外有良方。何妨不食千头橘，尽换铮铮百炼钢。"他爱苏州，对苏州的果实甚是喜爱，如写苏州盛产枇杷的《枇杷树树香》等。

二是对古典江南的挚爱。周瘦鹃笔下的江南风景风物、亭台楼阁、小桥流水、山水古木等，无不体现出他对江南的挚爱情感，深具历史的余韵，较少现代的声响。文章的江南韵味有古典的静谧和诗意，灵秀精巧有余，苍劲厚重不足。"周瘦鹃的散文小品大多具有苏州园林式的艺术结构。作者往往在一两千字的篇幅中写入丰

---

[1] 周瘦鹃：《花花草草》，扬州：广陵书社，2019年，第4页。
[2] 同上书，第42页。
[3] 同上书，第47页。
[4] 同上书，第79页。

富的内容，但信笔所至却又井然有序，粗看似漫不经心，实则苦心经营，大多体现出格局紧凑而又曲折有致的精巧美。"[1]如《石湖》写"串月"的来历，"所谓串月，据说是十八夜月光初现的时候，映入行春桥桥洞中，其影如串；又有一说：十八夜从上方塔的铁链中间，可以看到此夜月的分度，恰当铁链的中央，联成一串，所以名为串月"[2]。字里行间让人仿佛穿越到古时的诗词意境中，消泯了时代的宏大声响，从现代生活中映现出文人雅士的思绪与情感，"饱餐了一顿之后，船已停泊中流，大家坐在船头看月，那一轮满月，像明镜般挂在中天，照映着万顷清波，似乎特别的明朗……"[3]

周瘦鹃还有些篇章着眼于地方风物的细致描绘，留恋于古老的遗迹，对新现象和事物颇有微词。如《苏州的宝树》写光福司徒庙中的几株古柏；《闻木犀香》写怡园、留园桂树的"木犀香"；《新西湖》中的西湖在作者眼里虽然是一个"新西湖"，但是隐约可见作者的批评和无奈，"环湖所有亭台楼阁，都是红红绿绿的焕然一新，虽觉这种鲜艳的色彩有些儿刺眼，然而非此似乎也不足以见其新啊"[4]。《无锡印象》是一篇现代气象较为突出的散文，写作者游历阔别四年的无锡，见它在新时代建设中"突飞猛进，市容焕然一新"。但是，和"新西湖"一样，"新无锡"也有着不协调的地方："从大门起以达最高处的云起楼，都已穿上了鲜艳的新装，简直认不出它的旧面目来。只有听松石依然故我，傲然地躺在那里，而它身上的那座听松亭却打扮得红红绿绿，分外富丽，相形之下，未免不称。"[5]周瘦鹃一方面传承了中国传统文人雅士的审美和逸趣，也努力尝试在新时代中，为他所喜爱的花草果木和江南风物赋予新内容；但是他也会对新时代的审美观念表示出不赞同，体现出他思想深处较为独立的意识。

---

1 韦也平：《当代散文园地中的艺术奇葩——论周瘦鹃的散文小品》，《福建师范大学学报（哲学社会科学版）》1998年第3期。
2 周瘦鹃：《花前琐记》，扬州：广陵书社，2019年，第46页。
3 同上书，第47页。
4 周瘦鹃：《花花草草》，扬州：广陵书社，2019年，第83页。
5 同上书，第94页。

三是对地方风物的喜爱。周瘦鹃在苏州生活多年，对于江南文化风俗了如指掌，描摹地方风俗习惯和民俗等是他散文中的重要内容，这对记录和传承地方文化风俗的历史衍变无疑有重要的价值和意义。"他的散文中浓缩着厚重的苏州情结。他的多部散文集涉及苏州地域文化，作家并不是以一个旁观者的身份，对此作纯客观的介绍或评判，而是将自己'血浓于水'的情感倾注于此。"[1] 在时代潮流影响下，在传统风俗习惯面临转变之际，传统文化风俗的延续和保留面临危机，这也是周瘦鹃散文做出正面响应的重要原因，他虽然没有在文中直接表现出对于某种文化风俗渐趋消失的担忧，但是对于现代读者而言，能深切感受到这些传统文化风俗离现代生活愈来愈远甚至会消亡，具有不言而喻的意味。这是周瘦鹃散文给予当代的启示意义，而由此进行观照可以进一步发现这些散文的文化价值。如《上元灯话》谈到苏沪的灯节延续至今已有千年，"近年来苏沪风俗，都以十三夜至十八夜为灯节，倒还是依照着南宋旧俗呢"[2]。《再话上元灯》对"上元灯"作了更为详细的梳理，读之深感趣味，也深具民俗知识："古时重视上元，夜必张灯，以唐代开元年间为最盛。""所谓灯市，宋代初期，也称极盛，《石湖乐府序》中曾记苏州灯市盛况，据说元夕前后，各采松枝竹叶，结棚于通衢，昼则悬彩，杂引流苏；夜则燃灯，辉煌火树，朱门宴赏，衍鱼虎，列烛膏，金鼓达旦，名曰灯市。凡阊门以内，大街通路，灯彩遍张，不见天日。""明初，灯市又极热闹，南都搭了彩楼，招徕天下富商，放灯十天。北都灯市在东华门，东亘二里，自初八起，到十三就盛起来，到十七才止。白天各处的珍异骨董，以及服用之物，都来参加，好像开展览会一样，入夜便张灯放烟火，还有鼓吹杂耍弦乐，通宵达旦。""清初，灯市也盛极一时，上元不可无灯，已成了牢不可破的风俗。"[3] 散文语言文白间杂，历数时代变迁过程中的"上元灯"风俗，于知识、趣味中窥见中国传统文化风俗的沧桑变化。

传统节日是文化风俗的重要内容，周瘦鹃对中国的传统节日尤其挚爱。如《岁

---

[1] 王晖：《周瘦鹃散文简论》，《苏州大学学报（哲学社会科学版）》2003年第1期。
[2] 周瘦鹃：《花前琐记》，扬州：广陵书社，2019年，第13页。
[3] 同上书，第13—16页。

朝清供》写"我"以花木盆景或丹青墨妙在春节期间作为点缀,"行之已久",表现了作者对重大传统节日的尊重和雅趣。《闹岁人家别样春》写除夕之夜的"守岁",老幼团坐闲谈,小儿女嬉戏歌唱,通宵不睡,点"守岁烛"盼望有吉祥寓意的"生花",写来画面感顿生,有温馨的情趣。《千家笑语漏迟迟》继续谈除夕之夜,侃侃而谈苏州"旧社会旧风俗"中的繁文缛节,如辞年、守岁、接灶、封井、祀床、供年饭、画米囤、吃年夜饭诸俗等,认为"实在是够麻烦的"。作者表面上似乎并不赞许,实际上又说道:"新社会不废旧风俗,人们辛苦劳动了一年,当此一年总结之期,作欢度春节的准备,祭祭祖先,吃吃年夜饭,是无伤大雅的。"[1] 表达了他身处新社会仍然希望保留传统风俗的态度。

有些节日在民间恐怕已被遗忘,周瘦鹃却记忆犹新。《百花生日》谈及民间的"花朝"即百花生日,"苏州风俗,一向以农历二月十二日为花朝。女郎们剪了五色彩缯粘花枝上,称为赏红;现在可简化了,不用彩缯而用红纸,又做了三角形的小红旗插在花盆里,为花祝寿"[2]。《清明时节》谈论清明前二日或三日的"寒食节",洛阳人装万花舆、煮桃花粥,苏州则用稻麦苴蓿捣汁,和糯米作青粉团,以赤豆沙为馅,清香可口,而如今"寒食节"也许少有人知。《端午景》描绘端午节的"端午景","苏州、上海一带旧俗,人家门前都得挂菖蒲、艾蓬,妇女头上都得戴艾叶、榴花,孩子们身穿画着老虎的黄布衫,更将雄黄酒在他们额上写一王字,并佩戴绸制健人、雄黄荷包、袅绒铜钱、独瓣网蒜等一串。这一切都称为端午景"[3]。周瘦鹃笔下的传统节日,有些盛大而延续至今,有些则渐趋消失,作者写此或有作文化记录的心迹,表现出作者对古风余韵的兴趣和喜爱,以及作者在时代发展中对这些文化风俗审美叙述时的隐忧和遗憾。

四是对民间野史的喜爱。在周瘦鹃笔下,民间野史中的传说逸闻与民间的文化风俗相映照,增添了散文的故事性和阅读趣味,其中有他的褒贬和价值取向,折射

---

[1] 周瘦鹃:《花前琐记》,扬州:广陵书社,2019年,第31—32页。

[2] 周瘦鹃:《花花草草》,扬州:广陵书社,2019年,第12页。

[3] 同上书,第115页。

出他对古今文化、人物的认知和品评。"它们的篇幅大多较小,一般只有千把字,又包含着密集的知识容量,接近于知识小品。但作者却能以其特有的人生经验、美学素养以及情趣横生的妙笔,为读者构筑出一个个清新淡雅的艺术世界,让读者在轻松的浏览中增进知识,陶冶性情,感受在那一时期文学作品中难得感受到的闲情与安适。"[1]如《为唐伯虎诉冤》是为民间传说唐伯虎点秋香的故事辩驳;《江南第一风流才子》写唐伯虎即唐寅的"风流"品格,读来颇有趣味;《问梅花消息》中谈及古时为了梅花开放"羯鼓催花"的故事及雅趣;《桃花琐话》写苏州的桃花坞和唐伯虎的"桃花庵";《绰约婪尾春》写苏东坡到扬州任职时关心民间疾苦,废除劳民伤财的"万花会";《蕊珠如火一时开》讲述关于石榴的神话;《夏果摘杨梅》写杨梅别号"君家果"的来历,等等。周瘦鹃散文中的民间传说和逸闻读来盎然有趣、独具风味,甚至让人产生"不知魏晋,无论有汉"之感,一方面与时代主流相距甚远,另一方面又有跨越时代的文化趣味和意义。

五是对古典诗词的热爱。作为描绘文化风俗、物产、花草以及由此而衍生情感的点缀或者佐证,周瘦鹃经常会引用古典诗词,兴致起时,还会将自己的唱和诗词录入其中,与古人对话,咏自我思绪与情感。"周瘦鹃散文小品的理趣色彩与过分强调政治教育意义的文学时尚相去甚远,作者在作品中极少板起面孔发大段的议论,更没进行一本正经的周密论证,他主要通过娓娓的叙说传播知识,让读者在愉快轻松的欣赏之中不知不觉地接受作者所阐明的事理。有时,周瘦鹃只不过借古人诗赋表明自我对人生的认识。"[2]但是,古典诗词的大量引用会使文章显得古涩,风雅有余却失去自然灵动,从阅读感受而言,在散文的明白晓畅和阅读趣味上造成一定程度的阻塞,这种具有文人理趣的写作方式和内容,对其文章的接受和传播反而起到阻碍作用。周瘦鹃散文对古今诗词吟咏的引用与书写,与他1949年前的散文小品有相承之处。但是,1949年后周瘦鹃的思想处于转变过程中,即使与主流有所偏

---

[1] 辜也平:《当代散文园地中的艺术奇葩——论周瘦鹃的散文小品》,《福建师范大学学报(哲学社会科学版)》1998年第3期。
[2] 出处同上。

离,也显现出他在自我思想转变上所做出的努力。他在散文中虽时有流露对古人雅趣的欣赏与赞叹,但又不全信古人,不时用新眼光甚至新思想质疑和批评古人的言行。如《插花》《再谈插花》认为袁宏道《瓶史》中的一些内容不切合实际,展现出他的专业眼光,同时联系新社会的变化对古人的某些趣味进行批判:"同是一枝花,偏要给它们分出谁主谁婢,实在是一种封建思想在作怪,不知道他是用甚么看法分出来的?那些被派为婢子的花,如果是有知觉的话,也许要对他提出抗议来吧?"[1]

周瘦鹃散文中还有一些以叙事为主的作品,尤其是20世纪60年代出版的散文集《行云集》中的一些篇章,在写作于60年代的《姑苏书简》中所占比重也较大。在叙事散文中,周瘦鹃表达了自己对人事、时代和社会现实的情感和态度,也更深地融入时代发展中,使作品增强了现实感受,表现出向主流趋近的倾向。他在文中借叙事状物、描绘风物来表达自己对新中国新社会的思想和态度,由衷赞美新社会的变化。"在这些随感中,周瘦鹃对新社会新生活的热爱之情,对党和国家领导人的感激之情溢于言表,读者从中不难了解到一个旧的知识分子在新旧交替历史时期的人生历程,感受到他进入新社会而又受知遇之恩的喜悦与兴奋。"[2]如《送寒衣》中写新社会中人际关系的变化:"如今新社会中新人新事,往往不可以常情测度,虽在工作岗位上,也好似在骨肉至亲的家庭中一样。"[3]《反闲篇》是对追求闲适生活态度的反对,也是对自我精神和生活态度的洗礼,并结合时代的劳动观念自我反省,确立新的思想认知,甚至具有辩证思维的特征:"在当时政治黑暗的时代,自以为退闲下来,不去同流合污,是无可厚非的,然而置身事外,仿佛国家不是我的国家,先就犯了莫大的错误。又自以为我所追求的闲,并不是手闲身闲而是心闲脑闲,心闲得,脑闲得,而手和身闲不得,手一闲,身一闲,饱食终日,无所事事,

---

1 周瘦鹃:《花前琐记》,扬州:广陵书社,2019年,第73页。
2 辜也平:《当代散文园地中的艺术奇葩——论周瘦鹃的散文小品》,《福建师范大学学报(哲学社会科学版)》1998年第3期。
3 周瘦鹃:《花前琐记》,扬州:广陵书社,2019年,第11页。

那就是游手好闲之徒了。其实仔细想来，追求心闲脑闲，也是错误的。因为行动与思想是一致的，心和脑与手和身绝对不能划分，心和脑闲了，手和身如何会不闲？心和脑先劳动起来，然后能指挥手和身同时劳动，然后能创造，然后能生产，然后能使生活丰富多彩。"[1] 还有如《劳者自歌》是对自己隐士思想的反叛："解放以后，我国家获得了新生，我个人也平添了活力。我这陶渊明、林和靖式的现代隐士，突然走出了栗里，跑下了孤山，大踏步赶到十字街头，面向广大的群众了。"[2]

周瘦鹃的散文既体现出他的知识涵养，也能将怡情悦性与新社会发展需要相结合。如《养金鱼》中认为："现在新社会中，大家忙于工作，不再是为名为利，大都是为国为民。然而忙得过度，未免影响健康，总得忙里偷闲，想个调剂精神的方法，享受一些悠闲的情趣，我以为玩一些花鸟虫鱼，倒是怪有意思的。"[3]《展览会》中认为展览会为一种群众性的活动，可供欣赏而资观摩，让人民达到见多识广的境界。《一年无事为花忙》谈到自己的盆景创作是供大众欣赏，态度真诚恳切。这些无不表明周瘦鹃在1949年后舍弃隐士思想的努力，努力关注国家社会发展，关心人民群众的生活，进而逐渐确立自己的平民思想与观念，尽力与文学创作主流保持一致。

第四节　吴祖光的《艺术的花朵》

1949年后，吴祖光曾任中央电影局、北京电影制片厂导演，中国戏曲学校、中国戏曲研究院、北京京剧院编剧，还曾任中国文联委员和中国戏剧家协会常务理事、副主席等。出版了戏剧集《风雪集》、散文集《艺术的花朵》，同时还执导了多部艺术影片，如他导演了以梅兰芳、程砚秋两位京剧艺术大师为中心的电影《梅兰芳舞台艺术》《洛神》《荒山泪》。1957年下放北大荒（黑龙江垦区）劳动。1960年回

---

[1]　周瘦鹃：《花前琐记》，扬州：广陵书社，2019年，第20页。
[2]　同上书，第109页。
[3]　同上书，第83—84页。

京，在中央戏曲学校实验京剧团和北京京剧团任编剧，曾任第五至第八届全国政协委员，1979年调文化部艺术局从事专业创作。2003年4月9日，于北京逝世，享年八十六岁。吴祖光具有强烈的爱国精神，1951年吴祖光与评剧演员新凤霞喜结良缘，婚后吴祖光劝说新凤霞将100多件戏衣全部捐赠给了国家。"1955年，为支持国家的文博事业，我爸爸动员久病在床的爷爷吴瀛，把我家一大批古代字画文物捐给了国家，其中包括唐伯虎、文徵明、董其昌、郑板桥的字画，那批东西价值连城，总共有241件。"[1]

1955年，吴祖光的散文集《艺术的花朵》出版，其中收集了他写的10多篇描述梅兰芳、程砚秋、常香玉、新凤霞等戏曲表演家的散文，每一篇都附有一幅很精美的插图，大都出自名画家手笔，如张光宇、丁聪、郁风等。吴祖光在《艺术的花朵》前言中说："这十八篇短文，可以分成两部分：第一部分是关于艺术方面的文章，除去一篇是写画家白石老人之外，都是谈演员和一些戏剧演出的；第二部分是我下工厂，下部队，去朝鲜的生活感受性的文章。由于第一部分的文章内容，用'艺术的花朵'来做了这本集子的名字。"[2] 其实，对散文集还可以进一步细分，前6篇主要写中国的艺术家，如萧长华、盖叫天、新凤霞、常香玉、齐白石、梅兰芳等，包括对人物事迹及其从事艺术的讲述和品评；中间7篇是对中国戏剧的欣赏与批评，包括傀儡戏、皮影戏、京剧、话剧等，是为戏剧评论；最后5篇紧密联系时代潮流，是作者在亲历"五反"、下工厂、下军队以及抗美援朝等过程中的体会和感悟。

吴祖光在散文中品评艺术家的同时，也对艺术家所从事的艺术门类进行赏析论断，结合新旧社会的对比，表现艺术家们在新时代获得新生和取得的成就，从而达到了歌颂新社会新时代的目的。开篇《祝颂萧长华》特别描绘中国古典戏剧里的"小丑"演员萧长华，文中对这一角色和演员的重视和尊敬，展现出吴祖光的平等眼光，以及对戏剧表演艺术的真正热爱。他说："做一个演员，酷爱戏剧、酷爱舞

---

[1] 吴欢口述，武云溥采访：《吴欢回忆家史　父亲吴祖光：生正逢时，不了了之》，《国家人文历史》2013年第8期。

[2] 吴祖光：《艺术的花朵·前言》，上海：新文艺出版社，1955年。

台、酷爱观众；坚持自己的岗位，坚持进步，永远不使观众失望。"[1]道出他从事戏剧艺术的心声。《青年盖叫天》写京剧艺术家盖叫天，通过他的遭遇写出老艺术家们在新社会的地位转变："我们的祖国由于人民自己的力量解放了。艺人们带着他们几百年来的惨淡屈辱一齐翻了身；在1950年的全国戏改大会上，盖五爷也定会遏止不住衷心的喜悦狂呼欢笑吧？"[2]他认为年龄在五十岁以上的老艺术家们都是中国的国宝和人民的财富，同时提出政府应该考虑如何大力设法妥善地保留下他们的声音和颜色的问题，并作为一项急迫的工作给予重视，表现出他保护传统戏剧艺术的观念。

《新凤霞与新评剧》认为新评剧已经成为具有一定程度的思想性和艺术性的人民戏剧，甚至能与京剧分庭抗礼。他认为评剧之所以受到人民喜爱，主要在于"评剧的明白晓畅的形式，和它抒情感人的歌唱使它——这只有三十多年历史的年青的艺术——在短短的时期中便获取了大量的观众，奠定了今天坚实的基础"[3]。文章也讲述了评剧演员新凤霞在过去悲惨岁月中所受的侮辱与迫害，如今获得了解放和新生。作者还对评剧特征进行了充分评述，给予肯定和赞誉，"评剧的特征在于它的通俗易解。由于它的口语化、大众化和地方色彩浓厚，由于它本是人民大众的天才创造，由于它较少受到宫廷艺术的影响，所以它的形式乃是一种相当自由的形式。它能自然地又是提炼地反映当前现实，表演真人真事。在演出的形式上又能新旧交融不受什么拘束"[4]。《爱国艺人常香玉》讲述了常香玉率领的由82人组成的香玉剧社，从1951年8月9日到1952年2月5日的五个多月时间里，在开封、郑州、新乡、武汉、长沙、广州等6个城市举行巡回义演，共演出了171场戏，收入15亿1000余万元（旧币值），完成了为抗美援朝捐献一架战斗机的任务。而新时代的常香玉因为政治上得到解放，她的表演艺术也达到了新的高峰。作者在文中还提出戏剧改

---

[1] 吴祖光：《艺术的花朵》，上海：新文艺出版社，1955年，第2页。
[2] 同上书，第5页。
[3] 同上书，第11页。
[4] 同上书，第13页。

革和艺人思想改造等问题，他引述常香玉的观点表达自己的想法："我觉得，戏剧改革不是一件轻而易举的事。除了有好剧本以外，重要的还是艺人们自己的思想改造。在旧社会，有许多艺人不知不觉染上了坏习气，生活散漫，甚至自甘堕落。有些有点成就的人，也自以为有大'名气'，背上了'名角'包袱，妨碍了自己的进步。"[1]此外，《中国人民杰出的艺术家——齐白石老人》是唯一一篇写画家的散文，叙述了齐白石老人学画的艰苦经历和高度成就。《卓越的表演艺术家——梅兰芳》同样认为梅兰芳在新时代达到了艺术的高峰，通过他在上海演出时的观众百分之六十由工人构成的事实，表明"他的作为演员的荣誉正达到了前所未有的高峰"，并且真正做到和祖国的劳动人民建立起密切的关系。文中还高度评价了梅兰芳的表演艺术："梅先生是全材的'昆乱不挡'的演员，青衣、花旦、刀马旦三工都达到最高的成就。中国戏曲都是歌、舞、剧三者并重的，梅先生在这三方面也都达到了最高的成就。"[2]而这些都要归功于"我们的天才的劳动人民"，是他们创造了中国历史上那些光辉的英雄形象。

吴祖光在散文集中对一些地方剧种、演出和剧本的评论，能深切地表现出他作为戏剧家的眼光和见识，使得文章具有专业性、知识性和趣味性，与当时的社会发展紧密联系，确立了吴祖光的人民戏剧观，体现了他主张的戏剧表现人生、为人民服务的时代观念及其个人的观感与喜好。《北京的傀儡戏——耍苟利子》介绍了一种少为人知的傀儡戏，作者的平民思想深浸其文，他对底层人民有真诚的同情："在北京生长的人当回忆他还是儿童的时光，他大概常常会想起来那时看过的'耍苟利子'——一种傀儡戏的名字——为什么叫这样一个奇怪的名字呢？一位傀儡戏艺人告诉我，原来这种戏叫'苦力戏'，日子长了，人们叫走了音。在过去黑暗的年代里，'苦力'是生活在社会最下层的体力劳动者的代名词，'苦力戏'这一名称是包含着无限辛酸的。"[3]《最可爱的人和最可爱的孩子们》讲述中国第三批赴朝慰问团

---

1 吴祖光：《艺术的花朵》，上海：新文艺出版社，1955年，第23页。
2 同上书，第37页。
3 同上书，第45页。

的故事,其中的儿童剧团是40个剧团里面唯一的孩子们的组织。《可爱的观众 可爱的演员 可爱的剧场——记志愿军司令部的慰问演出晚会》描述了为志愿军表演的戏剧演出,在演出中,观众、演员和剧场高度融合,让人终生难忘。《感谢〈钢铁运输兵〉的演出》是一篇演出评论,评论对象是四幕话剧《钢铁运输兵》,该话剧描写了朝鲜战场上中国人民志愿军运输兵的英雄故事,作者认为它是"空谷的足音",填塞了三年来话剧舞台上空白的一角,难能可贵。他也反驳了关于《钢铁运输兵》的批评声音,并对戏剧"概念化"提出了自己的看法:"什么是'概念化'呢?照我的理解:人为的情节,矫饰的人物,苍白而空虚的内容,公式而贫乏的语言,这些就是概念化的作品的一般的特征。这样的作品即是所谓'一览无余,淡而无味'的作品,它只有使人望而生厌,不可能感动人。但是这里上演的《钢铁运输兵》感动了观众,感动了我,因此就有理由说:《钢铁运输兵》不是'概念化'的作品。"[1] 作者借评论话剧《钢铁运输兵》,阐释了戏剧"概念化"的本质。但是,作者秉持戏剧家的真诚,也指出了这部话剧的缺点,他反对在戏剧中对敌人表达口号式的和讥刺的话,认为如此会降低戏剧效果,体现出吴祖光对艺术真实和本质的忠诚。《〈法西斯细菌〉的现实意义》谈论夏衍的名剧《法西斯细菌》,借此表达他对战争的看法:"在夏衍同志的名作《法西斯细菌》里,远在十几年以前,祖国的抗日战争正在全面展开的时候,这个曾经轰动了广大的观众和读者的剧本指出了:'战争'作为一种最大的疾病,是由于一种细菌的作祟,这细菌就是'法西斯细菌'。"[2]《和孩子们在一起看戏——记〈做一个好队员〉和〈大灰狼〉》描述了孩子们在观看戏剧时的热情和欢乐,对中国少年儿童剧团专门为孩子们演出的两个戏《做一个好队员》和《大灰狼》作出评价,认为是对孩子们很有教育意义的好演出。《试论〈玉堂春〉》是一篇深入的戏剧评论,尤其是对《玉堂春》中《三堂会审》剧本的编排、艺术的设计、音乐的创造等进行了深入细致的评论,认为戏剧

---

[1] 吴祖光:《艺术的花朵》,上海:新文艺出版社,1955年,第66页。
[2] 同上书,第74页。

中的心理刻画、矛盾情绪、语言等,"都堪称戏剧艺术中的典范,值得我们好好学习"。

散文集的最后几篇紧密联系时代现实和发展环境,相比前述篇章,艺术性较为缺乏,主要表达作者的时代体会和感受,与散文集的题目和前述散文的内容大相径庭。这些散文是作者对"五反"、下工厂、下军队以及抗美援朝的体会和感悟,虽然表达了作者真实的思想和认识,但是并不能体现出散文创作的本质和艺术审美,作为时代的记录,甚至在表达时代观念时有宣传口号般的抒情和反省,而这些正是他在戏剧评论时所指出的缺点。

这些散文直接描绘时代现实,鲜明表达了作者的思想态度,语言直白,阶级话语分明,论述语气增强,而叙事抒情成分减少。如《工厂生活》中对自身小资产阶级的缺点开展批评,是当时知识分子进行自我思想改造时的典型话语:"一个小资产阶级知识分子可能犯的毛病,在我身上几乎一样都不缺少。因此,三年以来,我没有做好我分内的工作;相反犯了不少错误,走了不少弯路。了解到这些错误发生的原因,对于我已经是太迟了。我必须加紧追赶上前,改造自己的思想感情。在大多数的同志们已经走了很远的路上,我却刚刚只是开始,我是带着焦灼的心情下厂的。"[1] 散文中也有相对较为细腻深情的描摹,如《罗盛教的光辉》通过借景抒情歌颂英雄人物罗盛教的光辉,"夕阳照在罗盛教的纪念碑上。照在山坡上翠绿的松枝和鲜红的枫叶上。照在闪闪生光的河水上。白云下的雀鸟自由飞翔。像被罗盛教的英灵庇荫着的山坡下的整个罗盛教村,处处飘扬着彩旗和欢迎的标语"[2]。还有如《送别南浦》表达中朝人民永恒不灭的友谊;《解放军热爱着我们》抒发了人民解放军与人民的深厚感情。但是,这些情景交融的具有典型时代特征的描绘,因为缺少生动具体的事例去自然地表现,所以显得较为空泛,很难达到真正感人的目的,明显不及叙述艺术家的苦难生活及其获得新生后的改变所带给读者的体会来得生动、

---

[1] 吴祖光:《艺术的花朵》,上海:新文艺出版社,1955年,第104页。
[2] 同上书,第113页。

充实和自然。

"吴祖光是一个自由的文人，热诚平等地对待所有的人，没有丝毫世俗的等级观念。在大人物面前，他从不认为自己是小人物，在小人物面前，他也从不以大人物自居。"[1]吴祖光"热诚平等"的品格与他对人民、艺术的深挚情感，在他的散文中有突出表现，无论是平等地对待戏剧剧种，还是对戏剧角色一视同仁，或是对戏剧演出、剧本的中肯分析、建议和批评，都能体现吴祖光的艺术平等观念和为人民服务的戏剧观。

第五节　韩北屏的《史诗时代》《非洲夜会》

韩北屏（1914—1970），生于扬州，青少年时期在扬州、镇江度过。他在梅英中学（扬州中学）读初中时，因家庭困难无力继续升学，父亲送他到镇江怡大参药行学生意。由于喜爱文学，他在镇江的一些报刊上发表诗文，还参加了文学青年创办的朝霞社。1931年开始发表作品，曾任《江都日报》编辑，还曾在上海主编《菜花》《诗志》杂志。1937年底扬州沦陷，韩北屏随抗日宣传队辗转大别山、武汉、桂林，后任广西日报社编辑，结识夏衍、田汉、杜宣等人。1949年后，韩北屏勤奋写作，1954年加入中国作家协会。"韩北屏是一位只有初中文化水平的人，却写下如此多的鸿篇巨制，令人敬佩。中央有关部门认为他在文学及新闻单位工作多年，具有一定的工作能力和经验，是一位不可多得的人才。一纸调令，将他调入中国作家协会，担任对外联络委员会副主任、代主任，后又兼任亚非作家会议中国联络委员会副秘书长，经常出访亚非等国家，成为中国与亚非国家作家之间的和平使者。"[2]韩北屏著有诗集《江南草》《人民之歌》《和平的长城》，小说集《高山大岈》《荆棘的门槛》《没有演完的悲剧》，散文集《史诗时代》《非洲夜会》，报告文学集《桂林

1　杜高口述，密斯赵整理：《我与吴祖光的患难之交》，《中国摄影家》2016年第3期。
2　丁邦元：《蜚声文坛的韩北屏》，《钟山风雨》2018年第1期。

的撤退》等。

韩北屏在散文集《史诗时代》的《后记》中说:"这本薄薄的小书,竟用了一个壮美的书名,说来也许有点僭妄。本集中有一篇题为'史诗时代'的文章,那是最短的一篇文章,然而,它恰好说出了我自己的心情:'我们生活在这个英雄时代,史诗时代,毛泽东时代,的确值得自豪!历史上固然没有任何一个时代可以和它相比,就是在未来的时代里,人们要是回想起这个时代,也会充满尊敬的感情。'我爱这个时代,我爱我们同时代的人。这里收集的十八篇散文特写,取材不同,写作时间也有先后,但总的精神是在讴歌这个时代。因而,我不怕僭妄,用了这个书名。"[1] 从中可以看出,这本散文集着力于对时代、人民和国家领导人的歌颂。

一是散文集的一些篇章直接通过题目表达自己的心绪,具有赞歌的鲜明特征。如《赞美党,赞美共和国》直接点题:"党是明灯,社会主义是彼岸。"作者用速览的笔触描绘一幅幅中国土地上的画面,从而为散文标题和文章中心指向提供强有力的支撑和依据,具有叙议结合的风格。作者在文中对农村集体化的肯定、对渔民未来生活期待的描绘、对年轻人自发赶赴边疆的钦敬、对兰新公路的赞叹等,为社会主义事业勾勒出具有浪漫主义色彩的图景,并由此在文章标题上做了较为集中的展示,也契合了散文集名称"史诗时代"的浪漫主义气质。"我们的人民似乎一下子都成了浪漫主义者了。为什么呢?因为我们看见了未来,对未来有信心。"[2]《史诗时代》是与散文集同名的篇章,作者在《后记》中对散文集名称的含义做过阐释,从散文集的内容蕴涵而言,称之为"史诗时代"虽然显得宏大,但是表达了作者书写时代的强烈渴望。这不仅是这篇散文的中心,也是整部散文集的中心,使读者可以直接领悟散文集的主题思想和表现内容。文章还通过写番禺农村农民诗人的横溢才华和豪情,从具体而微的场景表现宏大的时代。《丽日南天》叙述了新中国成立十年来的深刻变化和成就:"十年,就永恒的时间而言,它只是短促的一瞬间;就祖国

---

[1] 韩北屏:《史诗时代》,北京:作家出版社,1959年,第137页。
[2] 同上书,第4页。

的悠久历史而言,也不过是较长的一瞬间而已。我们亲爱的共和国,却在这十年中,创造了多少奇迹,成就了多少辉煌的功业!"[1]作者用今昔对照的画面速写般描绘了新中国,尤其是北京丽日普照下的南方,点明文章主题,具有象征意味——北京"丽日"就是党的伟大领导和组织,"南天"则是南方的壮丽景色,有珠江之滨的广州,有深蓝色海水的湛江港、开采出石油的茂名,以及盛产矿砂、热带植物和咖啡的海南岛等,还有更加迷人的南方农村的景色,而这些惊人的变化和成就来自党的领导,因此构成"丽日南天"的壮美图画。

二是散文集的一些篇章通过中西对比,表达了对社会主义事业的坚定信念,具有较为抽象的哲理思辨特征。《时间·速度》对比西方和中国对"时间"的理解,西方的时间是利润和压榨,中国的时间则充满了欢愉,以此赞叹社会主义建设事业:"因此,在我们这里,时间有新的意义。在我们这里,时间有时变长了,有时也变短了。怎么会变长了呢?二十年才等于一天。怎么会变短了呢?五年计划四年完成。"[2]文章还以晋人陶侃的典故举例,说明如今的中国人民是真正"爱惜光阴"的。《谈理想》具有思想性随笔的特征,结合自己的时代感受对一个较为抽象的名词概念"理想"进行哲理化的思索与描述,明显受到阶级斗争话语的影响,诚挚地为中国人民的理想唱赞歌:"中国人民的理想是集体主义的,可是并不排斥每一个人的理想的个性,相反地,倒使它有了实现理想的可靠的保证。资产阶级提倡的个人主义,自由竞争,才像一群饿狗似的咬来咬去,用别人的尸体喂肥了自己,然后自己又作了另外一些人的食料。"[3]文中对个人主义的批评也是时代话语的具体体现,作者认为个人主义是个可怕的东西,它能使我们变得短视,看不到美好的将来,使我们背离集体,变成毫不足道的渺小的人物。

三是作者在散文中体现出对世界革命的信心和社会主义阵营的立场。《"给世界以和平!"》讲述"我"第三次阅读共产党和工人党代表会议公报及和平宣言的

---

[1] 韩北屏:《史诗时代》,北京:作家出版社,1959年,第32页。
[2] 同上书,第11—12页。
[3] 同上书,第17页。

感受，作者站在世界和平发展的角度歌颂共产党和社会主义国家，较少具体生动的故事例证，而是直接抒发感情。《望非洲，寄刚果》是为非洲兄弟反殖民主义和争取独立自由的斗争表达精神上的支持和赞许，表现作者自视为一名国际主义战士的情感。《仰空遐想》是对苏联巨型宇宙火箭升空的赞美，并将科学成就和政治土壤联系起来，认为什么样的土壤取得什么样的成就，这种政治主导的意识，是冷战时代世界政治的表现，由此证明社会主义制度的无比优越和社会主义阵营的无比强大。

四是散文集中写西北边疆的篇章更为生动具体，相比情感的直接抒发，着重描绘了祖国大地上的建设场景，讲述其中的人物和故事，更能表现出新中国壮阔瑰丽的时代特征。《我爱他们》用高尔基的名言开篇，表达作者对祖国壮丽山河尤其是辽阔、富饶的西北文化遗迹以及这片土地上英雄人民的热爱。描写对象的具象化和作者的深情描摹被内心的赞叹情绪笼罩，文章写兰新公路的壮伟、戈壁滩上大工业基地的建设、在阿尔泰山巅开采稀有金属的工人，还有辽阔的农场，工人、农民、青年、知识分子都怀有强大的信心，付出顽强的劳动，让我们预见未来的繁荣。《幸福的开拓者》歌颂新疆玛纳斯河某军垦农场的开拓者，他们热爱边疆，具有忘我精神，这种精神不是轻易产生的，而是经过激烈的斗争，更重要的是经过劳动。正是在这种斗争和劳动中，这些开拓者感受到了幸福。作者对"什么是幸福"给出自己的答案："对幸福的解释，可能有千百种不同的说法。我以为，最了解幸福的涵义的人，是那些创业者。为了幸福，克服种种困难；克服种种困难，得到了幸福；因而，这种幸福才是最足珍贵的。"[1] 幸福属于真正的英雄，"在最艰苦的岗位上，人们不是追求苦，而是创造甜。真正的英雄最谦虚，具有忘我精神的人最幸福。他们看得远，体会得深，把自己融合在祖国、人民之中，他们才得到巨大的幸福"[2]。一样具有思辨特征和哲理思索内容的《伊犁河畔》描绘了高山上的赛里木湖、水向西流的壮阔的伊犁河、伊犁河畔的明珠伊宁市，以及伊宁城的布局和物产。文中对

---

[1] 韩北屏：《史诗时代》，北京：作家出版社，1959年，第56页。
[2] 同上书，第57页。

自然景观和城市布局描述得生动自然、细致具体，能真正体现作者的散文风格和笔致，同时融入作者的时代感悟，"我们不只是对果园发生兴趣，而且因为果园的芳香中，有着社会主义的芳香、和平的芳香，我们才更加爱它"[1]。《话说敦煌千佛洞》是对祖国艺术宝库敦煌千佛洞的历史、壁画、雕塑和故事的描绘，尤其刻画了为千佛洞文物艺术开展保护工作的艺术家们的艰辛努力。《桑科草原上的钟声》是一幅诗意的画卷，作者充分展现出散文创作中的描绘笔力以及对情感抒发的控制，写得诗意盎然："在这天高地广的草原上，忽然传来一阵钟声。钟声轻轻地荡漾开去，不但没有打破草原的宁静，反倒增加了草原的空廓和辽阔之感，听上去又亲切又使我们惊异。"[2] 桑科草原上的钟声，是抒情的、美妙的、欢乐的音符，"它和全国各地的乐声应和着，合奏出祖国的社会主义进行曲"。《拉卜楞——"僧侣的宫殿"》以甘南藏族自治州上的拉卜楞寺为主要描写对象，它建筑在大夏河的岸边，是一个完整的建筑体系，是佛殿、经堂和僧房的集合体，作者详细介绍了寺庙的结构布局、人员构成和悠久的历史。

散文集还有些篇章记述了作者对中印和平交往的印象与人物交游等。《作家和医生》刻画了印度的一名作家和一名医生。《友谊》写总理访问印度期间所形成的友好氛围，作者阐述了自己对友谊的理解，人与人之间的友谊和国家间的友谊具有同样的性质："友谊，有时从人们相识的那天开始，一直保持到最后；有时相识很久方才结成友谊；有时人们还没有见过面却存在着友谊，它在偶遇中绽开花朵，在长期孕育中积蓄了力量。友谊不是柳絮，不可能随风飘扬，遇到什么就粘着什么；友谊是有共同的土壤的。"[3]《和印度诗人在一起》写自己对印度诗人泼拉塔夫人的访问，表现了中印人民对于诗歌的共同热爱，抒发了对印度诗人的赞美："她的缠绵柔语的诗篇中，出现了人生的痛苦；美妙而形象的语言，不光是用来抒发空虚寂

1　韩北屏:《史诗时代》，北京：作家出版社，1959年，第65页。
2　同上书，第84页。
3　同上书，第110页。

窭，也用来责难那不公平的社会……"[1]《忆梅尔夏克尔同志》回忆"我"在印度新德里期间与苏联名诗人梅尔夏克尔同志初次见面时的情景。

20世纪60年代，韩北屏的散文代表作是散文集《非洲夜会》，由百花文艺出版社于1964年出版。这本散文集是作者在访问非洲后所写，"按我们访问的先后排列。我们从阿联走向黑非洲，又从黑非洲到了摩洛哥。换句话说，从撒哈拉大沙漠东边南下，又从它的西边北上到地中海南岸，在非洲画了一个马蹄形。这些文章就是马蹄形旅行的见证。"[2]其中有个别篇章严格来说不能称之为散文，作者说《不朽的巧遇》一篇是当小说来写的；而附录《略谈西非黑人口头文学》作为一篇具有资料性质的文章，可以看作知识性随笔，对西非的黑人口头文学作了概括介绍。散文集共收录文章14篇，这些散文留下了非洲之晨的剪影，如写苏伊士运河、英雄城市塞得港的《河东便是亚洲》，预言破晓的非洲将取得完全的胜利；写尼罗河两岸将创造新埃及的《古城·废墟·帝王坟》；"我"在几内亚迎接"非洲的黎明"的《非洲夜会》；还有反映非洲人民和中国人民、全世界人民深情厚谊的《举杯痛饮》《橘林茶香》等。

散文集通过书写非洲人民反帝革命斗争的一鳞片爪，让读者感受到非洲人民强大的生命力，非洲这片"黑暗大陆"正在冲破漫漫长夜，迎来破晓的曙光。作者曾两次去过非洲，有五个多月的非洲生活经历，接触到非洲大陆的一些生活场景。作者谈到自己看见非洲的风物、人情乃至地理、山川时，新鲜却不陌生："当我们置身于勤劳勇敢的非洲人民之中，目击他们的斗争和生活，受到他们热情的接待，简直像回到家里一样，当然不会有陌生之感了。"[3]谈及为什么要写在非洲的所见所闻时，他说："每当我注视挂在我房间的非洲地图，翻阅访问非洲的日记，那些亲切的颜面，那些血洗过的村庄，那些为新的生活而忙碌的景象，甚至那些森林河流，全

---

[1] 韩北屏：《史诗时代》，北京：作家出版社，1959年，第117页。
[2] 韩北屏：《非洲夜会》，天津：百花文艺出版社，1964年，第242—243页。
[3] 同上书，第137页。

都默默地望着我,他们的眼神,变成了督促的力量,要求我把我的见闻写出来。""我要用我的笔来反映非洲人民要求解放、要求独立的豪迈气魄;反映非洲人民敢于藐视一切敌人、敢于同一切新老压迫者进行斗争的精神。"[1]然而,作者并不满意自己的创作,认为它们从艺术质量上来说"真够拙劣","可是,我也想过,如果读者能从中多少了解非洲的某些情况,分享一点我自己也没有写得充分的感情,也许不无好处"[2]。

第六节 袁鹰的《第十个春天》《风帆》

袁鹰(1924—),原名田钟洛,江苏淮安人。1947年毕业于之江大学。曾于上海《世界晨报》工作,任上海《联合晚报》副刊主编,《解放日报》记者、编辑、总编室秘书、文教组组长,《人民文学》编委,《人民日报》文艺部编辑、副主任、主任,《散文世界》主编等。中国作协第三届理事、书记处书记及第四、五届全委会主席团委员,第六、七届名誉委员,中国文联第五届全委会委员。1940年开始发表作品,1955年加入中国作家协会。著有散文集《风帆》《海滨故人》《袁鹰散文六十篇》《一方净土》《灯下白头人》《抚简怀人》,儿童散文集《春雨》《袁鹰儿童诗选》,报告文学《玉碎》,传记文学《长夜行人——于伶传》等。曾获全国优秀儿童读物二等奖,1980年全国少年儿童文学一等奖,中国新时期优秀散文、杂文奖、纪实文学奖。

"袁鹰是从40年代开始他的散文创作的。他属于在光明与黑暗搏斗、新中国即将取代旧中国之际登上文坛的青年革命作家。他敏而好学,才情勃发,一边投身于中国共产党领导的革命斗争,一边奋笔从事抒情写意、释理明志的散文创作。"[3]袁鹰的散文题材广泛,作品主要反映身处时代的人情风貌,吟唱时代的声音。他的散

---

[1] 韩北屏:《非洲夜会》,天津:百花文艺出版社,1964年,第138页。
[2] 出处同上。
[3] 李泱:《论袁鹰散文的成就和艺术特色》,《首都师范大学学报(社会科学版)》1995年第2期。

文具有诗的联想、意境和语言，一些散文作品如《青山翠竹》《筏子》等曾入选中小学语文课本。他还主编过《华夏二十世纪散文精编》和《新文学大系（1949—1976年）散文卷》等选集。"到五六十年代，尤其是结集出版《风帆》的时候，袁鹰的散文风格初步形成，表现出内容丰富，篇幅短小、精致简练，颇有诗意的特点。那时的散文，好似案头的一盆竹石兰花，格局虽小，却能以小见大，好像公园的一池清水，面积不大，却能反映出满天云霞。但其中也有一些失之粗疏的信手写出的随便文章，似乎还不足以体现他的散文风格。"[1]

散文集《第十个春天》出版于1960年，其中大部分写于1958年和1959年，不少篇章也收入1979年出版的散文集《风帆》中。作者说道："这样的伟大的年代，这样的伟大的事业，诗人要用最动人的诗篇去歌颂它，画家要用最鲜艳的色彩去描绘它，作曲家要用最宏伟的乐章去讴歌它。""我愿竭诚地把这些短文呈献于同志们之前，为的就是在这有历史意义的大进军中，尽自己一分微小的力量，在六亿五千万人民的建设社会主义的大合唱中加入自己的一点声音。至于写散文和小品文（杂文），我还只是一个小学生，还在试步和摸索的阶段。"[2]如作者所言，这本散文集的一些篇章在后来出版的《风帆》中没有收入，其中有出版社选择倾向，也有部分散文本身具有浓厚时代印迹的原因，有些篇章并不能表现作者的散文创作水平和艺术。"60年代以前，他的散文中小品、叙事散文、报告文学、速写、随笔占了相当大的比重。60年代以其名作集《风帆》问世为标志，他开始在散文的抒情化、哲理化、诗意化上狠下功夫、多方求索。"[3]

散文集《风帆》于1963年由作家出版社出版，1979年由人民文学出版社再版，做了较大增减，增加30余篇，减去12篇，文字上也作了一定修改。1979年版共分为5辑："山川人物""京华手札""江南随笔""风帆小集""心潮浪沫"。

第一辑"山川人物"，融古今人物、历史叙述和思想探索于文中，既有古今社

---

[1] 叶公觉：《风正一帆悬——读袁鹰的散文》，《当代文坛》1985年第10期。
[2] 袁鹰：《第十个春天》，北京：北京出版社，1960年，第141—142页。
[3] 李泱：《论袁鹰散文的成就和艺术特色》，《首都师范大学学报（社会科学版）》1995年第2期。

第一章　散文群体创作的时代颂歌（1950—1979）

会发展的对比，也有作者对社会文化、建设发展的个人思考，虽然受到时代话语的影响，但是总体而言，这一辑的散文内容厚重丰富，气韵深沉，篇幅较长，给人以沧海桑田之感。其中的一些篇章有数节内容，如《井冈山记》包括"茨坪灯火""红军路""青山翠竹""风雨狮子岩"4节。"1960年，正值三年暂时困难时期，作者有幸访问了中国革命摇篮井冈山，可写的东西真是比比皆是，应接不暇。在《井冈山记》里，他挑了又挑，选了又选，像诗歌那样高度集中地概括生活。在这篇脍炙人口的散文名篇里，他仅写了四样富有典型意义的东西'茨坪灯火''红军路''青山翠竹''风雨狮子岩'。"[1]文中的"茨坪灯火"，在作者眼里，那里的每一盏灯光，是井冈山人一颗跳动的、炽热的心；"红军路"中的老谢和他的许多伙伴沿着红军革命的道路，开拓出一条新的社会主义建设的"红军路"；"青山翠竹"因为见证了革命，所以是"革命的竹子"，它不仅曾经为革命建立功勋，而且会为社会主义、共产主义大厦献出一切，它历经风吹雨打而不改色，任凭刀砍火烧也永不低头，这种翠竹精神也是英雄的井冈山人和中国人民的革命气节和精神；"风雨狮子岩"中的阿毛姐在中国共产党的关怀、培养和教育下，成为光荣的共产党员和井冈山著名的先进生产者。这些内容不仅是革命的回顾和书写，也饱含了对新时代建设的赞美和激情。

《夔州秋兴》是一篇具有丰富的思想内容蕴涵的散文，融入了作者对历史、人物、杜甫诗歌的深入理解，结合新时代的建设和发展面貌，对杜甫《秋兴八首》的内容和精神指向做了新时代的回应和阐述，思接千载，纵论古今。"早年严格的私塾教育，使袁鹰有着笃厚的旧学功底。翻开袁鹰的散文，一个非常引人注目的现象，就是对古典诗词、名句的广征博引，它与通篇内容协调和谐，使文思生发，艺术增辉，无疑增添了散文的内在诗意。"[2]散文以小序开篇，正文对应着《秋兴八首》中的诗句，分为8个部分："白帝城高""夔府斜阳""千家山郭""神龙初起"

---

[1] 李泱：《论袁鹰散文的成就和艺术特色》，《首都师范大学学报（社会科学版）》1995年第2期。
[2] 冒炘、庄汉新：《情·理·诗的熔炼与升华——袁鹰散文论》，《当代文坛》1992年第2期。

"深夜红光""瞿塘峡口""山区通道"和"江城诗话"。作者委婉批评了杜甫诗歌中的沉郁思想,体现出他身处时代发展潮流中有超越古人的追求:"诗人在这八首诗里,用他的穷愁潦倒的心情,沉郁苍茫的笔触,描绘了夔州的山川风貌,抒写了自己的家国之思和落寞情怀。千余年来,它们被人低回吟诵。它们同夔州的名字连在一起,并且自然而然地给这个古城披上了一层迷惘、凄清、黯淡的纱幕。"[1]作者认为新时代的古城应该被赋予时代的壮丽色彩,在社会主义建设大潮中,夔州只是其中一朵小小的浪花,"因此,我依着杜甫的诗情,涂下了一些我的见闻,我的喜悦。我也知道,这样来写社会主义时代的新夔州,至多不过是从滔滔大江里舀起一小勺水而已"[2]。作者在"白帝城高"中坦言,"我的歌"不只是为这山川形胜而唱,也是为白帝城下今天的豪杰和白帝城的英雄儿女们而唱,不免留下当时社会运动的痕迹。作者以古论今,对照古今,从历史的伤痕中映现今日的壮丽山河,为今天高唱赞歌:"古代的诗人,从斜阳引起韶华似水、身世飘零的唏嘘;今天的歌手,却从落日引起更多的干劲,引起制伏日月星辰的壮丽的幻想。这个对照多么强烈,却又多么富有时代的特色!"[3]"江城诗话"仍然沿着诗人杜甫的经历和孤寂悲切的心情去描绘夔州的山川景色、风土人情,再与现实对比,认为杜甫诗歌中的一句一行并不都符合真实,"但是,不管是杜甫也好,是唐宋元明的许多诗人也好;也不管他们对夔州的吟咏,是出自悲天悯人的心怀,还是对个人遭遇的惆怅,不管他们描绘了或多或少的真情实景,这些诗的气派,比起今天奉节县的民歌,都会黯然失色"[4],表现出对所谓"厚古薄今"思想的批评和反省。作者重新审视诗歌经典,虽然受到时代话语影响,但是并未全盘否定过去,也没有空洞地呐喊和高举批判的大旗,而是用审美的眼光考察古今对照下中国社会的沧桑变化,使得散文蕴含深邃的思考,体现出作者植根于人民群众及其赖以生存的土地进行创作的情感。

---

1 袁鹰:《风帆》,北京:人民文学出版社,1979年,第37页。
2 同上书,第38页。
3 同上书,第42—43页。
4 同上书,第56页。

第一章　散文群体创作的时代颂歌（1950—1979）

作者和同时代的散文作者一样，对时代、人民的歌颂与赞美始终是散文创作的主导内容，他着眼于具体的人民生活状态和社会的变化，以及人民在历史中的丰功伟绩和新时代的创造，抒发可信可亲的情感。如"千家山郭"中写勤劳而勇敢的奉节人民，他们长年累月地同大自然搏斗，在荒滩和乱石里建立自己的家园。奉节的人民群众有才能和干劲，直等到中华人民共和国建立后，才融入波澜壮阔的社会主义建设浪潮中。"神龙初起"写人民公社化运动后更加奋勇前进的英雄的人民，像"一条矫健的游龙正在长空翱翔"。其他一些篇章也是类似的风格和内容，如《捎口信给毛主席》中大娘家的"幸福花园"不种菜了，栽满了美人蕉、凤仙、晚香玉、蝴蝶花，变成五彩的花园，这都是毛主席给的幸福；《都江堰散歌》为都江堰两千多年的丰功伟绩高歌，归功于普通劳动人民的智慧和力量；《最美的声音》歌颂了劳动人民用自己的双手创造了具有国际领先水平的长江牌手风琴。但是，反观历史时这些作品也会有如今看来并不和谐的画面。

第一辑中还有一些篇章写作者亲历大西北的所见所闻，充满了粗犷而富有诗意的豪情，他笔下的西北边陲景致与人民和自然斗争的画面相结合，抒发了对人民身处幸福时代的赞美。"这些近似于游记的散文，并没有去繁杂冗长地细写景物，而往往对景物略作点染，制造一种氛围，然后织入作家此时此地的情思，而融合成一个整体。"[1]如《戈壁水长流》写火焰山下的葡萄："那一串串宝石似的葡萄，甜汁都快溢出来了。村子里，渠道里的清水淙淙地在流，像一位无忧无虑的乐师在拨动着诱人的琴弦。"[2]面对吐鲁番的维吾尔族、回族和汉族弟兄们赖以生存的坎儿井，作者的敬佩之情油然而生。作者在这些篇章中抒发情感时尽量与描绘对象在审美意境上取得一致，有时会融入西北民歌的风格，唱出少数民族的心声和韵味："然而，璀璨夺目的明珠宝玉，在秽浊的泥污里是黯淡的；动人心弦的弹甫尔琴，在遇到知音以前是嘶哑的。"[3]语言也富有诗歌的韵律和节奏，高亢、清丽，若从中节选出

1　叶公觉：《风正一帆悬——读袁鹰的散文》，《当代文坛》1985年第10期。
2　袁鹰：《风帆》，北京：人民文学出版社，1979年，第64页。
3　同上书，第67页。

来，是可以独立成章的散文诗，如："清水从博格达峰飞泻而下，滚滚地流下天山。在天山脚下，大渠像一支箭似的直射向火洲的大地。水，欢畅地穿过干旱的沙土地，穿过浓密的树林，奔腾澎湃，激起无数白色的花朵。这么多的水！一路翻滚着，吆喝着，喧嚣着。"[1] 写新疆石河子的《莫索湾夜话》讲述了人民群众的"三大敌人"："头一号敌人，就是干旱"，"第二号敌人是狂风"，"第三号敌人是洞穴"。人民群众靠着"自己动手，丰衣足食"这句被视作"宝贝"的信念，"从南泥湾到莫索湾"，成为崎岖悠长、艰苦战斗道路上的开路人和铺路人。《天山路》写大西北的开辟新路，行文依然融入古典诗词的意境和气象，使散文具有了古诗的意境美："行路难，行路难啊！横笛呜咽地吹奏着，笛声凄凄切切地在戈壁滩上飘浮，飘进一座座营帐，飘落一行行泪水。关山月，关山月冷冷清清地照着空旷的大漠，望不见家乡，望不见来时的路……"[2] 然而，这种古诗意境只是新时代赞歌的铺垫，其重心仍是表现社会主义建设的突出成就，文中的天山路成为祖国心脏通向边疆的大道，也是边疆民族人民走向北京的大道，是在党的旗帜下给人们以豁达想象和壮阔襟怀的路。写于伊犁的《城在白杨深处》，让人想起茅盾的《白杨礼赞》，这是又一篇对白杨的赞歌，茅盾着眼于西北黄土高原的白杨，而袁鹰笔下的白杨移入西北边陲的重镇。还有通过抒发怀古幽情而歌颂时代新变化的《西安二题》，写历史名城中的"灞桥杨柳"和"虾蟆陵"；《淮安六记》则通过"运河""故乡水""灾年小景""城头看绿""大街""故乡人"6个方面写淮安的崭新面貌。

第二辑"京华手札"中的散文篇幅短小，通过叙事状物抒发自己身处新社会的感受和情感。这些散文以北京的景致、物产和人民生活为中心，仿佛是一幅幅素描，描绘了北京城市及北京人民生活现实的方方面面。如《天安门拍照》表达人民对天安门的敬仰和革命情感；《长安柳色》写长安街上的青青柳色，虽历经严寒风雪，却成为"接连了祖国万里河山的无边的灿烂春光"；《荆条蜜》以看似不起眼的

---

[1] 袁鹰：《风帆》，北京：人民文学出版社，1979年，第70页。
[2] 同上书，第91页。

"荆条蜜"为情感寄托,歌颂不为人所关注的辛苦的养蜂人,视角独特;《一品红》赞美"一品红"的赤胆红心,以花喻人,象征着勇猛的战士、无畏的革命者,用自己的生命保卫着"红"的纯洁。还有《清晨》《车站钟声》《新树》《儿童车》等,写北京人民的日常生活,速写般描绘了北京人民的精神风貌,如《选民榜》写选民榜、选民证给人们带来的幸福和自豪感,表现新时代的人民民主精神。

第三辑"江南随笔"主要写杭州、苏州、镇江、舟山等江南城市的美景、物产、风俗和新人新貌。《西湖寻梦》中西湖的如画湖山拥有浓郁的春光,有欣欣向荣的生命气息;《初访景瓷》渲染时代主流思想对人民的创造起引领作用;《七里山塘》歌颂了白居易冒着风雨亲自督工开浚山塘河的事迹,作者还赞美了山塘河上往来如梭的人民公社和工厂的运输船,满载对工农兄弟的情意;《虎丘人》写两位虎丘的讲解世家——施水根和陶银根;《姑苏台》是对历史人物的批判和反思;《青春路》则是对人生、青春的哲理抒发;《北固亭》的书写充满了豪迈之情:"纵横三百里,俯仰二千年,真如层云在胸,盘旋不已,使人忘却正置身于北固亭上。猛听得一声浑厚的汽笛,从下游来的一艘江轮,正逆风破浪地驶过焦山。"[1]"他的这类散文,妙就妙在似游记而不全是游记,心思远在山水之外,触景生情,情景交融,寓人生真理于山光水色之中,寓哲学韵味于诗意氛围之内,情思隽永含意悠远。"[2]

第四辑"风帆小集"中的散文篇幅也较为短小精致,通过具体事物的诗意描摹抒发情感。如《筏子》《白杨》,作者再次书写了西北的白杨,使得白杨的象征意蕴更为丰富和具体;具有抒情诗风格的《江水》《归帆》,呈现哲理思索的内涵:"生活,也一如波涛汹涌的大海,有汐也有潮。在驶向共产主义彼岸的长长的航程里,在每一天送走夕阳的时候,你有没有想过自己这条船上的归帆,是属于哪一种的呢?你又打算怎样迎接明天的旭日呢?"[3]作者喜欢在文中用一些反问句表达一种坚定的信念和选择。《聚散》则写出人生旅途上的岁月匆匆之感,但是作者的目的

---

[1] 袁鹰:《风帆》,北京:人民文学出版社,1979年,第203页。
[2] 叶公觉:《风正一帆悬——读袁鹰的散文》,《当代文坛》1985年第10期。
[3] 袁鹰:《风帆》,北京:人民文学出版社,1979年,第220页。

并非表达伤感情怀，而是认为岁月流逝对坚强的革命者而言不会带来任何惆怅和颓丧，只会带来新的力量；《香雪》表达了对带"香雪"酒去北大荒的开拓者的敬意，"香雪"酒质醇厚，酒味芬芳，使人闻到江南的水稻香，给人以精神力量。这些短小篇章都以具体物象为中心，以小见大，抒发作者对祖国山川万物的热爱，并最终上升到具有浓郁诗意的爱国情感。

第五辑"心潮浪沫"与上述迥异，表现作者较为抽象的情思。如《知音》陈述自己对"什么是真正的知音"的理解，作者认为只有当建设美好人间的时候，才会遇到真正的知音；《江南一枝春》写一个又一个春天的喜讯像一朵又一朵灿烂的春花；还有对小说《青春之歌》进行解读并表达自己思想观念的《青春寄语》，对影片《我们村里的年轻人》进行评论抒情的《壮志凌云》，纪念方志敏的《囚室内外》以及写鲁迅的《墙外桃花墙里血》等。有些篇章的思绪相对较为抽象，相比借物抒情反而缺少了诗意，显得较为空泛。

袁鹰的散文总是与古典诗词有着不可分割的关联，无论是在古今对照中赋予古典诗词新的时代内涵，还是将古典诗词的意象、境界融入散文的语言、意境中。"综览袁鹰半个世纪的散文创作，思想性、知识性和趣味性三者结合得好，作品丰腴、新颖，引人入胜，显示了作者高度的文化修养。读了他的作品，往往能够开阔视野，增长学识。把散文写得像诗一样优美动人，用散文来传播情趣丛生的文化知识，这本是我国民族散文古已形成的优良传统。袁鹰继承了这个传统，并在新的时代条件下予以丰富、发展。比如，他的古典诗词造诣甚深，他的不少耐人寻味的散文佳作，就是在借用有关古典名诗词的基础上立意、谋篇、布局，收到了古今交融推陈出新的良好艺术效果。"[1] 此外，"袁鹰在追求散文思想内容的深刻警策的同时，也在注意提高散文艺术形式的精湛丰富，因而自60年代中期以来，形成并发展了自己独特的清新爽丽、敏捷严峻的艺术风格"[2]。

---

[1] 李泱：《论袁鹰散文的成就和艺术特色》，《首都师范大学学报（社会科学版）》，1995年第2期。
[2] 出处同上。

袁鹰在散文集《风帆》的《写在新版后面》中说道："这十年里,由于在报纸工作的岗位上,我有机会在祖国的壮丽山河中作些'走马看花'式的访问,谛听了神州大地上的千里骏马在社会主义金光大道上奔驰的蹄声;我也有机会向战斗在三大革命第一线的无产阶级英雄人物学习,从他们那里得到思想上的教益。"[1]他的这种"走马看花"似的访问,潜藏了他对古今时代变迁、人物思想变化、人民精神风貌改变的深入了解和阐述,虽然有个别篇章有作时代记录的印痕,但是更多地体现出作者在散文创作上的精心构思和深刻思索。作者曾直称将这些散文当作一种武器,对"污蔑者"进行回击:"这一册粗浅的散文,既非精品,也不是什么高级的武器,但它也许多少从一角记录了一些历史进程的姿影,因而可能供给战士们当作一颗手榴弹,向那些凶残险毒的污蔑者作一点回击。"[2]事实上,其中不少散文或者篇章的局部时时闪现着作者散文创作艺术的精髓和才华,作者所说的"武器"仍不失情感的热诚丰富和文艺的光芒。

此外,袁鹰与闻捷合著的散文集《非洲的火炬》于1964年由百花文艺出版社出版。两位作者带着中国人民的友好情谊,在1963年7月至8月,访问了英雄的阿尔及利亚,记下了阿尔及利亚为争取民族独立而英勇战斗的英雄和英雄事迹,记下了他们那不可遏止的感情,为那些勇敢的战士们尽情欢唱。

进入新时期,袁鹰还书写了自己访问朝鲜的经历和感受,如《在共同流过血的土地上——访问朝鲜随笔》《青春城——访朝随笔》等。

第七节 菡子的《初晴集》《素花集》等

菡子(1921—2003),江苏溧阳人。原名罗涵之,又名方晓,著名女作家、散文家,新四军老战士,长期在部队从事文艺宣传工作。曾就读于溧阳第一女子小学,

---

[1] 袁鹰:《风帆》,北京:人民文学出版社,1979年,第293页。
[2] 同上书,第294页。

1934年进入苏州女子师范学校，培养了扎实的古典文学基础。善诗善书画，也会刺绣。曾在无锡竞志女子中学参加中国共产党领导的读书会和无锡学社。1937年11月，赴南昌新四军办事处加入江西省青年服务团。1938年8月入伍赴皖南新四军军部，10月加入中国共产党。历任《前线报》《抗敌报》《淮南日报》编辑、记者，《淮南大众》社长兼总编辑，1945年后任淮南妇联、山东妇联宣传队长；中华人民共和国成立后曾在上海工厂军管会工作，任华东妇联宣传部副部长；1956年夏担任中国作协创委会副主任。曾当选中国作协第三届、第四届理事，上海市作协副主席，上海文艺出版总社编审。2003年6月5日病逝于上海华东医院。

菌子热爱文学，又有良好的文学修养，从20世纪40年代开始文学创作，著有小说集《纠纷》《前方》，报告文学《综丝事件》，散文集《和平博物馆》《前线的颂歌》《幼雏集》《初晴集》《乡村集》《素花集》《玉树临风》《记忆之珠》《重逢日记》等。菌子的文学创作与她的经历分不开，"她在新四军军部抗敌丛书编委会时，有幸在老战士、大诗人、散文大家聂绀弩的身教言传下，写出了第一篇作品，并影响了她一生的创作生涯。以后又有幸得到冯雪峰多次亲切的引导和鼓励。"[1]"菌子散文的特色在于其深厚的情感、俊逸的文笔和浓郁的诗意。""她完全融化在群众中，群众也真正溶进她的灵魂中。她通过自身的行为使党和群众合成了一体。同时她也从内心里领略了劳动之美和劳动者之美，并使这一切都流淌在她优美的散文中。"[2]

1958年出版的散文集《幼雏集》，共收集29篇散文，短小精悍，描述了各种各样新鲜的事物和新人物崇高的品质，刻画了社会主义中国孩子们纯洁的心灵，歌颂了朝鲜战场上志愿军战士的光辉事迹。其中不少人物特写可归入报告文学创作，如《阿角姐》《走向智慧的大门》，尤其是《我从上甘岭来》《和黄继光班相处的日子》，被视为50年代报告文学创作的重要篇章。《幼雏集》中的一些散文记述了自我幼小心灵的成长，与散文集题目相呼应，在稍显稚嫩的笔触中，以孩子的口吻讲述

---

[1] 丁景唐：《〈菌子文集·第一卷〉序》，《菌子文集》，南京：江苏文艺出版社，2004，第5—6页。
[2] 魏巍：《我们的女兵菌子——〈菌子文集〉读后》，《文艺理论与批评》2004年第6期。

对母亲的思念，纯真诚挚的表达让人动容。如《妈妈的故事》中"我"的妈妈被反动派活埋，而"我"则成为"党的小闺女"；《五颗小小的心》讲述了5个孩子的故事，他们如幼雏一般在呵护中成长。《幼雏集》中有关孩子的散文，一方面是有意为之的单纯内容和仿肖孩子的稚气语言，另一方面作为菡子较早的创作，确如标题一般，是作者在散文写作上的早期尝试。作者自认为"幼雏"，她在《编后记》中说："这是一本名副其实的小书，取其幼稚之意，叫做《幼雏集》。""我也试着在探索孩子们的生活——纯洁的优美的心灵，正是我们社会主义美好的祖国教养出来的。"[1]而散文集写朝鲜战场和志愿军战士的篇章，反而表现出菡子写作成熟的一面，也产生了重要的时代影响。

20世纪50年代，菡子创作的反映朝鲜战场的散文集还有《前线的颂歌》，是从菡子十年间所写的文章中选编而成的一本散文集，出版于1959年。其中一些篇章与《幼雏集》重复，有些篇章介于散文与特写之间，未做出特别的区分。菡子说："这个集子中留下的绝大部分就是对和平的保卫者和建设者的颂歌——前线的颂歌。"[2]虽然是描写朝鲜战场生活的，和《我从上甘岭来》《和黄继光班相处的日子》两篇著名的特写不同，"这里搜集的有几篇不像散文，也不是真人真事，可我愿意永远作我的主人翁实际存在的见证人"[3]。那些"不是真人真事"的作品是可以当作散文来读的。此外，集子中有两篇写人民领袖毛主席，还有篇章歌颂战斗英雄的母亲和妻子，她们中有三门峡人、梅山水库建设者、公社社员、彝族姑娘、"保尔"式的英雄们。"多么想为建设我们祖国的每一个坚强的战士留下一幅肖像，这里只摄取了这个英勇的集体中的个别场面和稀少的几个人的素描。"[4]作者也表达了自己对散文的看法，她说："我对散文有时有一种偏爱，优美的散文常常是我们时代最亲切感人的声音；也是对战士和劳动者的最真挚的颂歌。散文的基础是洋溢在我们新的

1　菡子：《幼雏集》，北京：中国青年出版社，1958年，第286—287页。
2　菡子：《前线的颂歌》，北京：人民文学出版社，1959年，第187页。
3　出处同上。
4　同上书，第188页。

生活中的'诗意',哪怕只有一点儿。"[1]这反映了菡子五六十年代散文创作的思想和主题。

20世纪60年代,菡子出版的散文集有《初晴集》《素花集》等。相比50年代,菡子此时散文所体现出来的沉稳大气、感情细腻、刻画生动、形式丰富、内容广泛等特点则愈加鲜明,她在写人、写事、写景等方面创作了更多的优秀作品。

《初晴集》所收散文大多创作于50年代末,于1963年由上海文艺出版社出版。共收入8篇文章,《激渡》《羊奶奶》《探矿》《往来工地的信件》等4篇刻画了劳动和战斗中的人们所拥有的崇高精神品质。《激渡》是1959年"七一"前夕为"激渡"七周年而作,文中的小于是"激流中唯一的骄子",他到了水里"比鱼儿灵活",在朝鲜战场的金刚川战斗中,为空中架桥的工兵保持两岸的联系,他勇敢无畏、机智灵敏,"天知道他有多么出色的眼睛和耳朵还有他的清醒理智"。当他在激流中劈波斩浪时,在"我"眼中成为最高大的人,成为"我"一生中每每想起金刚川夜渡都难以忘怀的英雄形象:"他始终是走在我前面的一个人,双手擂着红色的战鼓。"《羊奶奶》讲述了两个养羊女人的故事,王大娘为了养羊,即使老母亲生病,也没有返乡,却在下定决心返乡的路上结识了另一个养羊的女人乔大妈。文章的巧妙之处在于,王大娘为小羊喂奶的故事是从乔大妈口中当着王大娘的面说出来的,文章几乎通过人物对话来完成,语言生动,这在当时的散文创作中并不多见。《探矿》写一○五勘探队的三个小伙子接受妇抗"老主任"的革命传统教育,又反过来动员"老主任"不再当五保户参加劳动的故事,文章故事性较强,也有优美的景色描写,人物语言自然真诚。《往来工地的信件》是一篇较为独特的散文,表现出菡子在散文创作方面的创新。文章由6封信组成,信件内容围绕雨生与两位女性的交往展开。雨生到梅山水库工地工作,写了3封信给他的女朋友蒨萍,向她表达自己的思念和对两人爱情的期待,并介绍自己工作的情况,然而他始终等不到女友的回信。原来他的女朋友出身于一个"富贵"的家庭,在雨生写信之际,已经在上海举行了婚礼。

---

[1] 菡子:《前线的颂歌》,北京:人民文学出版社,1959年,第188页。

而雨生在前女友家里曾经偶遇的任明霞,给雨生写了3封信,在通信中二人成为朋友。这些信件篇幅较短,一些前因后果被作者有意省略,给人以遐想的空间,其中也表现出作者对当时男女恋爱的态度,颇有小说意味,但是有些地方的描绘较为生硬,人物语言也有不自然之处。

《小醉翁》《冬有春色》是两篇描写地方景物的文章。《小醉翁》讲述和平年代军人转业到地方后,承担了建立欧阳修纪念馆的任务,叙述军人们融入社会主义建设的具体事迹,尤其是在部队当过通讯员后又调到县委工作的小牟,他认真钻研、努力学习文化和专业知识,遍访欧阳修古迹、搜集资料等,在此过程中得到成长,为欧阳修纪念馆"展出一篇新的《醉翁亭记》"。不过,文中小牟写的长信文采斐然、知识丰富,稍显不真实。《冬有春色》写太湖上吴县的东、西山,风景优美,物产丰富,还有勤劳的人民、甜美的果实、富足的生活,主要表现新时代中国人民的幸福生活。其中的景色描写凸显了菡子作为一名女作家的深情细腻:"落霞在水面上荡漾,小舟扬起了金色的帆。湖面蓝澄相间,光暗异处,一片片,一串串,背阳的远处雾霭迷漫,与光亮的一边相衬,使山水渔船各具不同的景色,一边是水晶的世界,一边却是莫测的幻境了。"[1]文章篇幅虽然不长,但作为一篇即兴之作也展现了作者在散文创作中擅于捕捉重点、观察细致、描写深入等特点。

在《乡村小曲》《劳动手册上的一百个小时》中,作者以饱满的感情赞美农村的劳动人民,情真意切。其中,《劳动手册上的一百个小时》是一篇特写。《乡村小曲》以下放干部来友大姑为中心人物,通过一个个小故事、小场景,讲述她下放到南马庄后,和劳动人民在劳动中建立深厚情感的故事。她加入了一个新的家庭,人与人之间充满了无私而朴实的爱;她和新家庭中的大爷学锄地,文中写大爷锄地时有优美而灵活的锄步,"而且那毫不弯躬曲背,悠悠滔滔,神情自若的样子,把简单的劳动美化了"。[2]作者还将锄地与拿笔进行比较:"有时像排一出戏,出将入相,

---

[1] 菡子:《初晴集》,上海:上海文艺出版社,1962年,第58页。
[2] 同上书,第65页。

正得其时；有时也像一个天才的美术编辑，正文小品，各有其位；出现在他苦心经营的版面上的每一个人物每一块文章，又都是他的经验、劳动和理想所创造的。"[1]作者赋予看似简单的劳动艺术的美感。文章还讲述了来友大姑如何真正拥有了自己的扁担，学会收肥，并且靠她有限的"医学常识"为乡亲们看病，甚至新开一科"写信"，成为农村"内外科"的一把好手。来友大姑在劳动中热心奉献、帮助人民，因而获得了乡亲们的信任和喜爱，她的付出也得到了众多回报，最终她在乡亲们的依依不舍中告别，去开展新的整社工作。整篇文章内容丰富，将一个女性下放干部的吃苦耐劳、纯洁清雅的品质呈现出来，通过一个个具体的事物和故事场景，表现人物的美好心灵和社会主义社会的新型人际关系。

关于这本散文集的命名，作者曾说道："在乡村生活中我最喜欢甘霖降后初晴的天气，阳光处处，大自然透出经过洗涤的爽目的光彩，泥土的气息也格外的清香，我们和它预约的事情很多，总想把积蓄而且生长着的精力，全部呈现出来。除劳动而外，也想写点什么，作为一个劳动日的副产品。因为我也把欣喜的心情，给了这本主要描写劳动的小书，名之曰：《初晴集》。"[2]作者主要想通过这本散文集表现农村劳动的美："劳动中享受最多的是'美'，或者说是认识'美'的过程。""种子、肥料是美的，庄稼是美的，劳动的姿态更是美的，克服一切困难的英雄气概则具有无上的美。追求美并排斥与它相反的东西，成了生活的一种战斗的目的。""在劳动中有关这些观念的改变，逐渐形成了我的思想感情和欣赏趣味的倾向性：喜欢豪迈、利索、坚韧、朴实的东西，而这一切又都离不开行动，别人的和自己的言行；大自然也由于与人们的劳动有关，而显得格外生动起来。"[3]

在这本散文集的语言运用上，菡子强调了日常语言和生活语言的重要性，她在《后记》中谦逊地说道："要是我能始终醉心吸取这些最朴素而恳切的语言，像在清新的乡村中呼吸空气那样，我的文字也就不难带有泥土的气息了。""没有群众语言

---

[1] 菡子：《初晴集》，上海：上海文艺出版社，1962年，第66页。
[2] 同上书，第109页。
[3] 同上书，第110页。

丰富的素养，没有与他们在劳动和斗争中一起领会过这些准确而生动的农村语言，就无法在文章中体现并加强这些语言的魅力。"[1]这是菡子从散文内容和语言上对《初晴集》特点的概括。

《素花集》出版于1979年，其中绝大多数篇章写于1976年以后，是上海文艺出版社散文丛书系列中的一本。这套丛书收录了众多名家散文，题材广泛，风格多样，包括刘白羽、柯灵、师陀、吴伯箫、凤章、碧野等。散文集中，菡子回忆并描绘了毛主席、周总理和陈毅元帅等领导人，记录了参加新四军的美国友人史沫特莱和张茜、严凤英等女战士的事迹，对那些为中国革命和祖国建设献身的英雄烈士们抒发了作者的哀思。

菡子回忆领导人的篇章，如《大江行》《皖南三月》《长江横渡》《梅岭诗意》《山中》等，通过现实的寻访，使文章的情感抒发真实有据，她的亲身经历和体验增强了文章的现实感，又能着眼于具体而微的事物、故事和人物，从而真诚可信。《她安息在中国的大地上》《一卷编成传千秋》《山花烂漫时》《永恒的纪念》则分别是对史沫特莱、张茜、冯雪峰和严凤英的回忆和敬悼。作者与他们都有过交往，有切身的感受，文章以人物的生平和具体事迹为主，平实地表达了作者对他们的感情与纪念。《她安息在中国的大地上》赞颂史沫特莱一直为中国的独立和解放而斗争，晚年贫病交加客死异乡，遗愿就是死后葬在中国，成为我们祖国大地上的英雄女儿。《一卷编成传千秋》讲述了陈毅夫人张茜同志历经艰辛，在遭受迫害身患绝症的情况下，仍然努力编选《陈毅诗词选集》，并从事多项有意义的文艺活动。《山花烂漫时》回忆了冯雪峰同志对"我"的帮助和忠告。《永恒的纪念》是写给著名戏剧演员严凤英的十年祭文。作者与她相约创作《两姐妹》，其中有作者对她的信赖，赞美她纯真聪慧、疾恶如仇、富有正义感和同情心。然而未能等到出演《两姐妹》，严凤英就过世了，作者在文中表达了茫然若失的痛楚和对她的深切怀念。

菡子的散文对普通人和无名人物一样进行了礼赞。如《无名礼赞》中所说："常

---

[1] 菡子：《初晴集》，上海：上海文艺出版社，1962年，第111页。

常看见各种颜色的小花，生长在山沟路旁，四时开放，滑洁可爱。在辽阔的原野上，不因其小，就无视它茂盛地存在。"[1]《无名礼赞》记述了抗日战争中在茅山地区棠荫村为国殉难的24位新四军烈士。《写于深夜里的遗言》中的张荣初是"我终生难忘的老师"，身患绝症，却以一名共产党员的顽强精神面对"死神"。还有一些篇章描绘了普通人物的精神品质，如《南塘埂赞》中的老英雄骆腾云、《老船长》中的周维强、《赠予》中皮定钧军长的警卫满子、《前方》中在淮海战役中牺牲的蓝阿嫩团长的妻子小陶等。作者在写这些普通人物时，叙述从容深情，笔致舒缓节制，描绘了这些普通人的崇高品质和他们平凡而又让人难忘的人生片段。作者曾说，"我细心地记着，仿佛采集花本似的，用这些记忆编结了我心中的花环，作为这本《素花集》的主要内容"[2]，以此纪念那些为革命献身的人们。

此外，菡子的散文小说合集《万妞》出版于1978年12月，其中散文大多是从散文集《幼雏集》《初晴集》《前线的颂歌》中选出，另外还包括6篇短篇小说。

第八节　艾煊的《碧螺春汛》

艾煊（1922—2001），原名光道，安徽舒城人。1939年春，在国统区救亡团体中工作，1940年参加新四军。曾任抗日军政大学八分校队长、教员、指导员，新四军《抗敌报》《先锋报》记者、编辑，华东野战军前线新华社分社编辑主任等；曾在涟水、鲁南、莱芜、孟良崮、淮海、渡江、上海等战役中采访报道；还曾担任《新华日报》编委、特派记者、副刊主编，新华社随军记者，江苏省委宣传部文艺处处长，江苏省文联副主席，江苏省作家协会主席、党组书记。1943年开始发表作品，著有中长篇小说《秋收以后》《大江风雷》《战斗在长江三角洲》等，散文集《碧螺春汛》《雨花棋》《太湖漫游》《艾煊散文选》等，还著有散文套书《烟水江南绿》、

---

[1] 菡子：《素花集》，上海：上海文艺出版社，1979年，第71页。
[2] 同上书，第123页。

电影文学剧本《风雨下钟山》等。

1954年6月，艾煊的散文集《朝鲜五十天》由江苏人民出版社出版，主要表现中朝人民浴血奋战的英勇气概和两国人民之间真诚的友谊，反映抗美援朝的时代画面，共有10篇文章。艾煊曾自述道："1957年那场12级'台风'，把我吹到了太湖当中的一个小岛上。'台风'过后，心境也平静了，于是认真练体力劳动，虚心学农业技术。我过去曾长期生活在农村，农民淳朴，是容易以心换心，真诚相处的。我这时是下了决心，打算长期在农村生活的。但对文学的兴趣，却又早已渗入骨髓，成为不可缺少的生活意识了。尽管想斩断与文学的尘缘，但在劳动之余，或夕或晨，又趁兴之所至，在笔记本上涂涂抹抹，尝尝文学的荤腥，就像一个不能了却尘缘的偷嘴和尚。"[1]在巨大的精神打击和压力下，他一边劳动一边写作。"他从不喊冤叫屈，也不诿过于人，即使二三年后有人为他甄别平反，他也不为所动，依然沉潜隐身在西山的茶树橘林里，就像古代文人隐士一般。待到他平反复出之后，他便出版了令他荣获江苏散文第一人称呼的散文集《碧螺春汛》。"[2]"散文集《碧螺春汛》是最早为艾煊在散文世界里赢得声誉的作品，其实它写的是极平常的人、极平常的事，但就在这平常的人和事中，艾煊却发现了生活中的美。"[3]

《碧螺春汛》共有10篇作品。写这些作品时，"江南农村、山水成了艾煊的灵魂避难所。他显意识中的政治文化性格受到威胁，潜意识中的个性品格和江南人文山水却得到了很好的契合，江南文化品格逐渐苏醒。江南的山水是最容易粘住文人的情感和思绪的，《碧螺春汛》中的景物描写延续着江南之文钟情山水的传统。与杨朔们不同，艾煊笔下的山水是文人眼中的山水，没有政治光晕笼罩着。坐拥湖光山色的艾煊显然陶然其中，其描写散发着浓浓的江南气息"[4]。作者并非单纯沉浸于江南山水中，而是以饱满的激情歌颂劳动者创造性的劳动和智慧，以及太湖地区的

---

1 艾煊：《生活·创作·感受——在艾煊作品学术讨论会上的发言》，《苏州大学学报（哲学社会科学版）》1987年第2期。
2 徐兆淮：《我心中的艾煊先生——写于艾煊逝世八周年纪念之际》，《太湖》2010年第2期。
3 徐采石：《论艾煊的创作个性》，《扬州师院学报（社会科学版）》1990年第2期。
4 萧玉华：《试论艾煊散文的江南文化特征》，《江苏社会科学》2006年第4期。

景色。如描写碧螺春汛期到来时的盛景的《碧螺春汛》，记述姑苏刺绣的《绣娘》，颂扬农村人民幸福生活的《乡行》《鸟》《捕银鱼的人》和《指点湖山》，以及写陶都和山区竹林的《紫砂陶》《竹海新篁》等。这些作品具有地方风味，文笔秀丽，状物抒情都很细腻。艾煊散文中的抒情往往不是直抒胸臆，而是通过景色描写，描绘一种明亮的色彩，让自我情感隐藏其中，含蓄蕴藉，呈现出一幅健康向上、给人以力量的美妙图景。如《碧螺春汛》中写道："淡蓝色的晓雾，从草丛和茶树墩下升起来了。枸橼花的清香、梅和松花的清香，混和在晨雾当中，整个山坞都是又温暖又清凉的香气；就连蓝雾，也像是酿制香精时蒸发出来的雾汽。"[1] 嗅觉、视觉和触觉的描摹熨帖融合，抒发作者对自然生命温馨而又浪漫的深情，带给读者关于生命的深刻体验，从中感受生命，热爱生活和自然。《竹海新篁》描写江南竹林掀起的竹浪，气势宏阔、气象万千："竹坞里，几十座山头，从山脚、山腰，直到峰顶，遮山漫野的楠竹。分不清竹干竹枝竹叶，一阵风过，只见竹浪一浪催赶一浪，一浪高过一浪。竹浪，有时跌入深涧险谷，有时又掀起浪头，翻过高山的峰顶，那气势，简直就是天上的行云游龙。"[2] 艾煊不仅擅于描绘景物，在描写动态场景时，也能真实生动地将其呈现出来，准确捕捉动态场景的要点，让人身临其境，感受身处其中的紧张与压力，如《捕银鱼的人》的一段描写："舢板的白帆，绷得鼓鼓的，倾斜着，像湖鸥似的，向湖中的马迹山飞驶。舢板，揿着船头钻进浪谷里去了，只看到半截白帆飞飘在水面上；一瞬间，它又从浪谷里爬上来，整个船身都飞行于小山似的浪顶上。"[3] 诗意的描绘写出湖面的广阔和舢板的渺小，使读者体会出人与自然进行搏斗时的激烈与紧张，表现"捕银鱼的人"的勇敢精神和高超技艺。

艾煊写苏南地区风貌的散文还常常使用一些吴侬软语，将一些方言的词汇、谚语、俗语等作为散文语言的重要组成，具有鲜明的地方文化风俗特征。但是，他在使用时较为节制，并不过多地运用，以免造成阅读障碍。他一方面考虑到散文语言

---

[1] 艾煊：《碧螺春汛》，南京：江苏人民出版社，1978年，第2页。

[2] 同上书，第33页。

[3] 同上书，第29页。

的简明晓畅，另一方面也恰当地凸显具有地方文化风俗色彩的语言和内容，使读者既能明白清晰地接受他的散文，也能从中体味苏南文化的氛围与趣味。

散文集还表现了作者对地方民俗文化的充分了解。在20世纪50年代的散文创作中，除了周瘦鹃，艾煊毫无疑问是另外一个热衷于写江南文化风俗的作家。《碧螺春汛》写名闻天下的碧螺春的炒茶技术："炒茶顶要紧的关键就是掌握火候。灶火要有时炀、有时文；团要有时松、有时紧；揉要有时重、有时轻。"[1] 如此细致的描述若没有亲身观察和体验是很难写出的。《指点湖山》中说："街灯刚刚熄灭，黎明快要到来，马路两边的店铺，都还在甜睡。只有卖汤团、年糕和油条、馄饨的小店，下了排门，亮出了灯光。沿河的石驳岸边，摆开的一排豆腐脑、桂花酒酿的小吃担上，煤油风灯也在愉快地眨眼。电灯光、煤油灯光，和热腾腾的雾汽糅和在一起，弥漫在河边的码头上，变成雾蒙蒙的曙色；码头上的天，倒先亮了。"[2] 这段描摹将街景和地方小吃融汇，营造出典型的江南民间气息，充溢着温馨甜蜜的生活感受。

散文是表现时代发展内容的重要文学体裁，艾煊散文对时代的赞美并不是一般性的抒情与议论，而是通过具体的、生动真实的人民生活来表现，自然贴切，让人感同身受。如《指点湖山》中写公社里一条营业性的客船，具有家庭气息，使人身处其中时感受到亲切和温暖。作者还通过景色描写来点题，同时也为时代描画瑰丽的丰姿，《指点湖山》写湖山上的红枫，色彩层次分明，极富画面感："他把湖中的一座小山指给孩子看。那湖岛上，满是红枫。背景上衬的是蓝天、绿湖；再加上太阳光从正面一照，那满岛的丹枫，更显得鲜红艳丽。就是离得远远地望去，也还感到有些烧眼。"[3] 既自然点题，也没有生硬的象征意味，而且生动凸显了文章的主题，抒发自我对祖国壮丽山河的热爱。再如《乡行》通过书写姑娘出阁陪嫁妆的生动变化，将赞美新时代的情感隐藏其中。

---

[1] 艾煊：《碧螺春汛》，南京：江苏人民出版社，1978年，第7页。
[2] 同上书，第11页。
[3] 同上书，第17页。

艾煊散文的抒情含蓄委婉，悠扬深情，仿佛一首诗或者美妙的乐曲，让人沉醉，如"全船人都静静地躺在舱面上和舱洞里，凝神谛听这月夜抑扬的琴声。在这沉静的初夏夜湖上，在这广阔无声的世界里，这一声声琴音，该拨动了多少人心弦的和鸣啊"[1]，写出了作者对江南山水的真诚热爱；又如《乡行》中"我每次乘船出去或者回来，望着群山出神时，总感到湖里的山是活的，好像是有生命的凡间仙人"[2]，丝毫看不出作者身处时代旋涡中的苦痛。

艾煊散文在细腻刻画和描写人物、事物时，能从外貌、性格和言行上表现人物的精神风貌。散文中的景与人交融一体，通过绘景写人、写情和表意，人情与乡情融洽互映。如《碧螺春汛》中"头一个用双手采茶"的兰娣，能够"炒出好茶"的阿元叔和"会烧火"的桔英；《指点湖山》中马山公社的大队书记老郑，在船舱里见了叔叔都叫"阿爸"、见了阿姨都叫"唔妈"的周岁男孩；《捕银鱼的人》写李长风与他的妻子菊妹，以及他们的"头顶上扎了一条尖辣椒形辫子的"女儿小鳗；《竹海新篁》中"从狼口里救下了一个小男孩"的护林员云志；《乡行》中歌喉好、嫁接果树技术更高的"小茂新娘子"等。这些人物特点分明、情感自然，表现出艾煊擅于写人的重要特色。"他把他小说家的特质带进了他的散文写作。这可能与他散文中较多写人有关。""不仅那些以写人为主的篇目，即使在艾煊'真正的'散文里，只要出现了人，他都能抓住其特征性行为和细节，寥寥几笔就使人物神情毕肖，活灵活现。""擅写人物，还给作者提供了一条串连他在生活中捡拾到的散金碎玉的绳带。《碧螺春汛》集中除《善卷游》一文外，都是由人物串联全篇的，或一个，或数个，或群体。显然这种结构样式作者是运用得得心应手的。艾煊在《散议散文》一文中讲了散文的特点：'散文，介于小说、诗之间，但又独立于小说和诗之外，是独树一帜的文学样式。诗擅抒情，小说擅叙事。散文兼擅叙事、抒情。'这实际上也

1　艾煊：《碧螺春汛》，南京：江苏人民出版社，1978年，第32页。
2　同上书，第43页。

是在讲述他自己散文写作的特点。读他的散文,我便常常感觉一种飘逸明旷又绵密深厚的诗的韵味、诗的氛围和诗的意境。"[1]

"对于艾煊的散文,人们一致认为取得了比较满意的成功。其成功之处在于:把小说中写人的一些技巧,大胆地引进到散文中来。"[2]艾煊写人总是正面地刻画和赞赏,如《捕银鱼的人》写李长风的勇敢和技艺的娴熟,以及《鸟》写云生的灵巧:"云生也真有这一手,两条细长细长的小腿,在那些杂乱的桠梢上一搭两搭、七搭八搭,一眨眼工夫,就攀到只有鸟才好立得牢的高树桠顶上了。"[3]《绣娘》对苏州绣娘手中的绣品赞不绝口,描绘生动:"这绣品上,湖水里的倒影,天上的云霞,色彩那么丰富,变化那么多端,神采那么生动;云在行走,日光在飞射,湖水在闪动,这该多像湖中日出前的真景,但又比真景更美、更真。"[4]《七姑》写一名叫"七姑"的护士,深受大家欢迎和喜爱,主要源于她的行为力量和精神品质,她是"一个穿白鸽羽毛似的护士服的人",一举一动都表现出细心和真诚,她的动作轻盈、柔和,像白荷花一样慢慢开放。而最让人难忘的就是她给人带来的力量:"她就是那么安安静静,随随便便,淡然,朴素;但有一种力量,这力量就是一种特殊的亲切感。这种对人亲切的感情,使人觉得竟是那么样的纯洁、真诚。"[5]作者准确地写出了一名优秀护士的特点和品质,将她的精神力量和可爱之处生动贴切地呈现出来。"艾煊散文中的人物以及文章的整体氛围是以江南文化为表征的,不过,政治文化的影响同时又使得艾煊表现出了对人以及人的观念的社会性的关注。《碧螺春汛》表现出了那个时代所特有的爱情观念,也就是把爱情和劳动结合在一起。《绣娘》中的爱情故事,《乡行》中几个姑娘到了出阁年龄却不肯出阁的原因等,都富有60年代的时代特色。这自然是长期的主流文化、政治文化对艾煊影响的结果……在

---

1 李振鹏:《艾煊散文中小说和诗的因素》,《苏州大学学报》1986年第1期。
2 栾梅健:《艾煊作品学术讨论会记略》,《苏州大学学报》1986年第1期。
3 艾煊:《碧螺春汛》,南京:江苏人民出版社,1978年,第65页。
4 同上书,第96页。
5 同上书,第111页。

艾煊眼中，人是社会意义上的人，工农兵是劳动者和建设者，是创造历史和创造价值的人。"[1]

艾煊散文有鲜明的主题，《碧螺春汛》通过名茶碧螺春，展示了中国的茶文化，表达了作者对碧螺春的喜爱和对劳动人民的赞美。他在散文中对茶农的颂扬、对渔民"幸福生活"的主旋律歌颂，虽然历经时代变迁后稍显历史话语的痕迹，但是文中那些描述湖光山色，尤其是记述乡土民情和文化风俗的文字，在时代发展进程中成为一种文化积淀，让读者感受到作者对江南民间生活的真诚热爱。陈辽在《江苏新文学史》中评论艾煊时认为，《碧螺春汛》是最能代表艾煊"挖掘潜藏在生活中的美"的作品，"与他的第一本散文集《朝鲜五十天》相比较，《碧螺春汛》更有诗意，更执着于对生活、对生活中创造了美的人作美学的思考"。因为《碧螺春汛》等作品，艾煊还有"艾江南"的雅称。"《碧螺春汛》是当代散文乃至于整个当代文学最早表现出江南地域风情和江南文化品格的作品。"[2] "江南散文的文化背景是江南文化。但是，这里的江南文化又有它的特指性，实质是以吴文化为主。从五六十年代开始，江南散文已不断有佳作面世，如周瘦鹃的花木散文、艾煊的《碧螺春汛》，都是这种实践的代表作。"[3] 他在特殊时期，保持思想独立和精神自律，使《碧螺春汛》拥有持久的审美价值，"写于'工农兵'代言人时代的《碧螺春汛》，却没有任何时代痕迹，几乎是'不知有汉，无论魏晋'，放到任何一个时代，似乎都可以"[4]。随着时间推移，《碧螺春汛》也成为一部能经受时间检验的散文集，总会受到不同时代读者和研究者的关注和喜爱。

---

[1] 萧玉华：《试论艾煊散文的江南文化特征》，《江苏社会科学》2006年第4期。
[2] 出处同上。
[3] 范培松：《论江南散文》，《南京师范大学文学院学报》，2007年第1期。
[4] 出处同上。

第九节　凤章的《山坞的早晨》

　　凤章（1930—2019），原名滕凤章，1930年出生于江苏江都小纪镇（今属泰州），十八岁毕业于泰州扬子江中学。1949年初，赴苏北盐城华中大学学习，参加两淮纵队文工团，同年4月随人民解放军渡江南下，进入苏州。历任《新苏州报》副刊编辑、主编、报社编委等，曾任苏州市文联秘书长。1958年被选为中国作家协会江苏分会筹备委员会委员。1960年当选第三次全国文学艺术工作者代表大会代表，同年又成为江苏省文联专业作家。曾任江苏省文联第三届委员会委员，江苏省作家协会第二、第三、第四届理事会理事，第五、第六届理事会名誉理事。1996年12月当选中国作家协会第五次全国代表大会代表，被评为一级专业作家。50年代初，爱好文学的滕凤章和范烟桥、程小青、周瘦鹃、陆文夫组成了一个"自娱自乐"的作家小组。自此直到80年代，是凤章文学创作的高峰时期，多部作品陆续出版。有小说集《彩霞万里》《换脑人》《传达》《铁水长流》《不会忘却的山歌》，散文集《山坞的早晨》《蔷薇河风情》，报告文学集《风流岛国》《彩色时代札记》，长篇报告文学《张家港人》，还有《凤章文集》4卷。

　　《山坞的早晨》是凤章60年代所写散文的选集。"凤章是个热爱生活，对生活充满热情的人。他那以苏州城乡人民生活为题材的散文，像精心勾勒出来的时代的风俗画与风情画。它不仅有强烈的时代感，而且还有一股浓郁的乡土气息。"[1]当时中国正发生翻天覆地的变化，"作者以生动、优美、细致的笔触，描绘了江南城乡、工农业战线涌现的新人新事新风尚，反映了山坞果林、水乡茶馆、古城织锦、花丛绣春、桥顶观烟、近海捕捞、荒滩围垦、绿水深情、双洞探奇、虎丘种花……等多方面的沸腾生活"[2]。

1　秦祥：《时代的风俗画与风情画——评凤章散文集〈山坞的早晨〉》，《江苏师院学报》1980年第2期。
2　凤章：《内容提要》，《山坞的早晨》，上海：上海文艺出版社，1979年。

凤章在散文集的《后记》中说："我喜爱散文。在学习写些短篇小说的同时，我也常常学习写些散文。在各种文学体裁中，散文可算是最轻便的武器。运用起来，自由、轻巧、灵活，而且它本身就具有绚丽多彩、千姿百态的多种形式。正因为这样，它能够快速地、及时地、多方面地反映我们伟大时代雄伟壮丽的风貌，记录着人民阔步前进的脚步声。这也许是我喜爱散文的一个原因。""我们年轻的共和国，在伟大的党领导下，出现了翻天覆地的变化。新人物、新思想、新事情，像晶莹闪亮的繁星一样涌现。这本书里记下的，仅是这个伟大时代中的一些小侧面，沸腾生活里的点点滴滴。"[1]

凤章散文较为显著的特色是景色描写细腻又深情，与同时代作家一样始终围绕时代中心，将看似平凡、微小的景致描绘放置于宏大的时代背景中。如《山坞的早晨》中写道："这是多美呀！天空，是淡蓝的，明净得像晶莹的玻璃一样；在它东边的边缘上，横着一条窄长的绚烂的金色带子。这条带子慢慢地向上扩展，扩展，一刹那间，就形成一块巨大瑰丽的红霞，半个天空都映红了。"[2]通过色彩、修辞的搭配使用，动静结合的传神描摹，使文章语言瑰丽多姿、婉转抒情。《水港桥畔》写苏州的小巷，笔触灵秀生动，极力捕捉语言与景致的联结点，与江南风物和景致十分契合："苏州城里，有不少这样别致的小街小巷：长长的，瘦瘦的，曲曲又弯弯；石子路面，经夜露洒过，阵雨洗过，光滑、闪亮。在它的旁边，往往躺着一条小河，同样是长长的，瘦瘦的，曲曲又弯弯。水面活溜溜的，风一吹，荡漾着轻柔的涟漪，就像有啥人在悄悄地抖动碧绿的绸子。每隔二三十步，就有一座小桥。"[3]短小且有韵律的词语、句子形成舒缓的节奏，生动呈现出小桥流水的韵致。《小麦扬花时节》描绘傍晚的田野，诗意的画面既蕴含生机希望，也潜藏着浅淡的忧郁："日将落，田野上弥漫了一层玫瑰色的薄雾。晚风微吹，壮实的麦穗，相互撞击，发出瑟

---

[1] 凤章：《山坞的早晨》，上海：上海文艺出版社，1979年，第159—160页。
[2] 同上书，第1—2页。
[3] 同上书，第10页。

瑟的声息。"¹《双洞探奇记》描绘善卷洞里的天地如外在的大千世界一般,洞中有山水、天空白云、栩栩如生的动物等,美妙而又奇特;张公洞又是另一番景象,它的特点是洞顶如奔腾的海涛,仿佛和岩石猛撞而激起的卷天的巨浪。写出两个美丽的别有洞天后,作者并未沉浸其中,而是走出历史的遗迹,用时代的眼光审视它们,表达自己游玩观赏后的思绪和情感:"善卷、张公虽奇,终不及洞外这光辉的世界。我想,如果善卷先生和张果老还在,恐怕早搬到这洞外的真正的洞天福地来了。"²文章最后简要点明主题,达到赞美时代的目的。还有如《虎丘花农散记》写虎丘花农养育的白兰花、玳玳花,和苏州秀丽的山、古老的塔,共同构成伟大时代一朵盛开的茶花,具有象征意味。

凤章散文在人物描写上也颇为用力。对江南民间的艺术家,他描写时能契合人物的身份和所处环境,与人物所处的自然、生活状态一起构造一幅幅画卷,将人物特征、氛围营造、文章主题统一于细致描摹的笔触中。如《水港桥畔》写苏州绸厂的花桂五老师傅,他总是坐在靠着小河边的临河座位上喝早茶,而他设计的、受到国内外消费者欢迎的鸳鸯绸,就是他受河上朝霞的美丽景致触发而创作的。凤章写船上的农家女子也神韵自然:"船头坐着一个农村女子,穿一件淡蓝的夹袄,一条略为短一点的青布裤子,露出套着粉红袜子的一双小腿膀。头上扎着红白条子花边的蓝布包头,扎得俊俏极了,包头上绣着红如意的两只角,正好扎在盘在后脑的发髻的两边,像一对蝴蝶。"³"作者的笔这样细,而又写得这样的活。作者写她坐在船头,写她的穿着、头饰,具有浓郁的地方色彩并由此产生了俊俏感,衬托出了安闲、恬静的心地,再以柳影朝阳相衬,更见其温柔明静。"⁴这些在花桂五老师傅眼里成为美丽的构图,并由此设计出一种叫翠纹锦的新品,被评为全国绸缎新品种评

---

1 凤章:《山坞的早晨》,上海:上海文艺出版社,1979年,第64页。
2 同上书,第100页。
3 同上书,第13页。
4 秦祥:《时代的风俗画与风情画——评凤章散文集〈山坞的早晨〉》,《江苏师院学报》1980年第2期。

选会一类品种。这里,作者的景致勾勒、人物刻画与生活现实达到了和谐完美的境地。《飞雪迎春》也写苏州的丝绸工艺,老纹工骆兆福设计的八宝金玉缎美丽至极:"这个品种的花纹图案,真是美极了。线条明朗清晰,花纹层次分明,它是用八种不同颜色的丝交织的,中间还嵌着光闪闪的金银线。看起来,那么绚丽、丰满、光彩,有如开屏的孔雀那样迷人。"[1]

作者总是由衷地赞美和歌颂勤劳智慧的工人、农民,他们在工作中兢兢业业、刻苦好学、平凡朴实,是社会主义新人形象的生动诠释,这也是凤章散文中常有的主题。"《山坞的早晨》的作者跟踪着生活,追逐着时代,努力捕捉那激动人心的生活情景,去探究和描绘人们心灵的奥秘。在揭示这个奥秘时,又别开蹊径,把时代精神寓于浓郁的地方色彩之中,并使之交融一起,在富有地方特色的生活情景中表现时代气息。"[2]《飞雪迎春》写那些绚丽的绸品所表现的"最浓郁的春色",是织绸工人内心世界和精神品质的表现;《烟》中的司炉工,能从烟的形状、颜色看出炉子的性能好不好;《绣春图》写绣娘的刺绣因为解放才获得新生,盛开出美丽的花朵。散文集中有些篇章可以看作一个系列,如《百花手上开》仍然是写绣娘,她们粗黑的手,和所有农村妇女普通的手一样,留下过去苦难生活的烙印,而在新时代绽放生命的花朵;《威力》是对人民公社以及人民公社社员的"威力"的歌颂,不过在大雨倾盆、面临洪涝灾害时,描摹他们仍然镇定看戏,虽然表现了他们的胆识和气魄,但是不免让人感觉牵强,这种看来对立的场景构成的画卷,是为了展现壮丽、豪放的时代,但并非作者所说的"融洽";《虎丘花农散记》写采花姑娘,作者用排比的句式赞美她们的勤劳、美丽和幸福,形象跃然纸上。然而,作者在讲述人物故事时,也有明显不符人物身份和环境的语言,将本应由作者完成的景色描写通过人物对话来描绘,显然不切实际,如《绿水深情》中"太阳慢慢地升高,阳光透

---

[1] 凤章:《山坞的早晨》,上海:上海文艺出版社,1979年,第23页。
[2] 秦祥:《时代的风俗画与风情画——评凤章散文集〈山坞的早晨〉》,《江苏师院学报》1980年第2期。

过竹林,从窗棂里射下来,在地上画了个漂亮的图案。窗沿上还放着那碗龙须面"[1],这段描写出自人物之口,混淆了叙述语言与人物语言的差异,反而使人物表现得不够真实。

散文集中还有凤章对自身成长经历的叙述,如《海边随笔》回忆自己生养在海边的经历。散文集的最后3篇《金滩的诞生》《传经》《春天是这样开始的》严格说来是特写,作为反映时代潮流的热门体裁,其中的艺术表现内容相对而言较少。

第十节 其他作家的散文

一、其他散文集

总体而言,20世纪50—70年代江苏散文在创作数量上,尤其散文集的出版并不多,散文集通常篇幅较少,有些散文集时代痕迹突出,对散文、特写等还未做出明确的区分,散文主题思想也有相似之处。除前述散文集,此时期还有吴强的《心潮集》、李华岚的散文集《深深的致意》,以及高植的杂文集《千字文》等。

吴强(1910—1990),原名汪大同,江苏涟水人。少年时就喜欢读四大名著等书籍。1933年加入左翼作家联盟,抗战全面爆发后投笔从戎,1938年参加新四军,1939年加入中国共产党。解放战争时参加莱芜、淮海等战役。1949年后,任华东军区政治部文化部副部长。1952年后在上海工作,任上海市文联副主席、作协上海分会副主席等职。1935年,在《太白》杂志上发表短篇小说处女作《电报杆》,短篇小说《苦脸》获上海《大晚报》征文奖。著有长篇小说《红日》《堡垒》(上部),散文集《心潮集》等。

《心潮集》出版于1965年,是散文和报告文学等的结集。按内容分为3辑:第一辑是访问阿尔巴尼亚的散记,如《春雨之夜》《阿尔巴尼亚散记》《访古城堡》等,作者以满腔热情歌颂了中阿两国人民之间的战斗友谊。第二辑是报告特写,如《陈

---

1 凤章:《山坞的早晨》,上海:上海文艺出版社,1979年,第74页。

永康在常熟》颂扬了陈永康的事迹,《江心洲夏景》描写了江心洲人民公社1963年夏季丰收的景象,歌颂了中国共产党的领导和社会主义建设的伟大胜利。第三辑是作者对抗日战争及解放战争时期战斗生活的回忆,如纪念抗战胜利二十周年的《首战》、纪念淮海战役十周年的《大捷迎春》、纪念渡江战役十周年的《渡江第一船》等,生动反映了当时的战斗场面,以及解放军指战员不怕牺牲、英勇顽强的精神,抒发了作者对革命事业的激情,文字朴素无华,感情真挚深沉。

李华岚(1938—1978),原名李岚,1963年毕业于扬州师范学院中文系。他在中学语文教学之余,从事散文创作。江苏人民出版社、上海少年儿童出版社、上海文艺出版社先后出版了他《迟交的作文》《闪光的道路》《雨花石》《深深的致意》《赶海集》等散文集、散文诗集。正当李华岚的散文创作日趋成熟的时候,病魔夺去了他年轻的生命。

《深深的致意》1978年由江苏人民出版社出版,其中作品有悼念和缅怀领袖、伟人的,有纪念革命先烈的,有瞻仰革命圣地的。作者说:"尽管写得稚拙,但都是怀着无比激动和崇敬的心情写下的。今天,当我重新校阅这些文字时,正是阳光明媚、百花怒放的春天。我的心里翻卷着更为强烈的感情的波澜,我的心里反复回响着一句话:向我们最敬爱的领袖,向我们最英勇的先烈,向为了赢得这大好春光而呕心沥血和壮烈牺牲的前辈们,致以深深的敬意。于是,我就取了现在这个书名。"[1]如《人民英雄纪念碑》直接抒发情感:"我爱碑。我爱洋溢着生命光辉和战斗风采的碑。"《茨坪漫记》对毛主席在井冈山革命的地方作了诗情洋溢的描绘,还有写鲁迅故乡的《绍兴印象》《在三味书屋结识的孩子》等。李华岚的这些散文创作于20世纪70年代末,既是对先辈们先进事迹的纪念和抒情,也饱含了对新时期来临的期待。

高植(1911—1960),著名作家、翻译家。十三岁时就读于芜湖萃文中学,后转入南京金陵大学附中。1932年毕业于中央大学。曾在凤阳中学任教,后担任中山

---

[1] 李华岚:《深深的致意》,南京:江苏人民出版社,1978年,第67页。

文化馆编译。抗日战争爆发后，在重庆中央政治学校任教。1946年至1954年，在南京中央大学、金陵大学任副教授、教授，在山东师范学院任中文系主任。1958年调北京时代出版社，从事专业文艺创作及外国文学的研究和翻译。高植在从事外国文学研究的同时，还写了大量歌颂社会主义优越性的文章，大部分刊登于《人民日报》。1958年上海新文艺出版社出版了他的杂文集《千字文》。

按照作者的说法，《千字文》是一部尝试之作。他在《五百字序》中说："我曾想尝试一下，用一千字上下的篇幅，把描写、叙述、抒情、议论、记载、抄录、报告等，仿佛小拼盘似的，多样性地搭配在一起。在反映人民生活和社会主义建设上，我也想尝试一下，假若我写得出，就纵的写几句，也横的写几句，推想地写几句，归结地写几句。这些尝试的结果，也显然都失败了。但是我还要学习，还要尝试。""我用千字文作书名，因为我既写不出合格的小品文或杂文，也写不出像样的游记或访问记，便以数量代替质量了。至于实际数字，没有一篇是整整一千字的。"[1]

二、游记类散文

游记类散文是此时期散文的重要类别，可以借此抒发个人情感、时代感受和爱国情怀。作者大多以自己的游踪为叙述线索，描绘祖国的壮丽河山，以及自己的所见所闻所感，通过借物或借景抒情，表达他们的爱国情怀以及今胜于昔的赞美之情。

程小青（1893—1976），原名程青心，又名程辉斋，是中国现代侦探小说"第一人"，被誉为"东方的柯南·道尔"。程小青创作的畅销作品有《险婚姻》《血手印》《断指团》等中短篇小说，是中国现代侦探小说的杰出作品。1949年后，程小青与周瘦鹃等居住苏州的通俗作家一样，提笔创作了一些散文作品。"程小青还有一

---

[1] 高植：《五百字序》，《千字文》，上海：新文艺出版社，1958年。

些游记型的风物记,如《雁荡纪胜》《芦沟桥漫步》等,写得也很有韵味。"[1]

《芦沟桥漫步》将景物描写与今昔对比相结合,表达了作者对卢沟桥历经七百七十年仍屹然不动、稳如磐石的崇敬情感,"从宽博、稳重,耐得住风风雨雨这个角度看",可以将这座桥看作我们古老民族新生的一个象征。文章从抗日旧事和"卢沟晓月"的陈迹两个方面,叙述卢沟桥所经历的从旧到新的转变。《雁荡纪胜》从雁荡山风景的特点入手,从大龙湫的飞瀑流泉写到雁荡山的奇峰、怪石、岩洞和古木,再写雁荡山里的三大寺——灵峰、灵岩和罗汉寺,最后落笔时描绘新时代发展进程中所展现的新景致,赞美社会主义新建设的发展面貌和其中的新人新事。

杨苡(1919—2023),江苏盱眙人,翻译家。先后就读于西南联大外文系、重庆国立中央大学外文系。主要译著有《呼啸山庄》《永远不会落的太阳》《俄罗斯性格》《伟大的时刻》《天真与经验之歌》等。1936年开始发表作品,著有儿童文学《自己的事情自己做》等。

杨苡的游记散文有《布拉格散记》《秋行散记》等。《布拉格散记》以作者在捷克布拉格的所见所闻所感为中心,选取了几个具体的意象如桥、海鸥、玻璃烟盘、大街等作为描绘对象。"桥"表现的是布拉格人民的欢乐;"海鸥"表达了海外游子对祖国的思念;"玻璃烟盘"写的是捷克在世界驰名的玻璃器,穿插讲述了一个购买玻璃烟盘的小故事,表现捷克人民与中国人民的友谊;"大街上"写捷克大街商店的琳琅满目和捷克人民的善良。作为一篇海外游记,《布拉格散记》较少受到时代影响,虽然没有直接赞美祖国的社会主义新面貌,描述重心是布拉格的风物、特色和普通人,但其中隐含了作者对祖国的思念,以及对祖国未来发展的期待,抒写了作者内心的真实感受。

傅抱石(1904—1965),原名长生、瑞麟,号抱石斋主人,祖籍江西新余,生于南昌,现代"新山水画"代表画家。曾留学日本,回国后于中央大学任教。1949年

---

[1] 陈辽主编:《江苏新文学史》,南京:南京出版社,1990年,第279页。

后任南京师范学院教授、江苏国画院院长等职。著有《中国古代绘画之研究》《中国绘画变迁史纲》等。

傅抱石的散文《在毛主席的故乡》，副标题是"韶山作画小记"。文章以作者一行人瞻仰毛主席的家乡"韶山冲"为叙述线索，从对韶山的整体印象写起，先后记叙了参观韶山学校、毛泽东故居，描绘了韶山景致，其中以韶山八景为描绘重点，间或有对绘画艺术的思考，通过一次艺术的旅行表现作者身处新时代与伟人故居亲近时的自豪和光荣。

刘振华（1931—　），江苏丰县人。1945年毕业于山东鱼台师范。1949年参加革命工作，历任丰县区委工作队员、团委秘书、文化科员、报社编辑，江苏省文联专业作家、《雨花》文学小说组长，中共徐州地委宣传部文化科副科长、剧目工作室主任，徐州市文联副主席、《大风》杂志主编，江苏省文联委员、省作家协会理事及名誉理事等，文学创作一级。1956年发表作品。1980年加入中国作家协会。代表作有长篇小说《女儿悲》《女儿怨》以及《悠悠天地人》（上、中、下），中短篇小说集《郭》《新嫁娘夜话》《刘振华小说选》等。

《沙滩上的果园》是刘振华参观丰县沙河果园的游记。丰县沙河果园从百年来"赤地千里、荒无人烟"的黄河沙滩变成如今物产丰饶、风景优美的地方，使人不禁产生幸福和豪迈之情。文章对沙河果园作了概览性的描绘，介绍了它的特点、布局和特产，在今昔对比中展现新时代对环境的改变和对人民生活的关心，贯穿始终的是赞美和歌颂时代的情感。

魏毓庆（1933—1999），笔名云霞、布衣，江苏扬州人。1948年肄业于镇江女子职业中学高级蚕桑科。1949年参加革命工作，历任中共镇江地委政策研究室干事，江苏省委宣传部文艺处、江苏省文联干事，江苏省文保处副处长，中国作协江苏分会秘书、书记、创联部主任，江苏省作协第二、第三届常务理事及第四届理事。1947年发表作品。1980年加入中国作家协会。

魏毓庆此时期的散文作品有《滁州纪游》《秋夜》《煤城短简》等。在《滁州纪游》中，5月淮南的原野充满无限生机，还有山中的翡翠长廊和诱人的、看不见的山泉，以及清朗的月光。文章以作者登山的线路为描绘顺序，景色描写细腻，语言清丽精致，与作者深沉的人文感触相结合，流露出一种悠长邈远、历史与现实交融的情绪，偶有时代的声音，是一篇较为纯粹的游记散文。《秋夜》写太湖的夜，同样表现了作者写景细致蕴藉的功力，情感始终能蕴藏于景色描写中，让人感受到深沉的触动，虽然是为凸显"换了人间"的主题，却有历史的沧桑感，而不是情感的直白表达和宣示，充分运用了象征、隐喻的修辞手法。《煤城短简》不是游记，而是一篇书信形式的散文。作品回忆"我"在夏桥煤矿工作、生活的情形，讲述"我"在新时代中所见所闻的新人新事，认为"在我们这个不平凡的时代里，任何一个有事业心的人，都要有一种自我牺牲的精神"。作者对未来生气蓬勃的生活充满信心，展现出散文写作的另一种风格。

戴石明（1926— ），江苏扬州人。1945年毕业于扬州中学。1946年参军，先后任职于新四军二部、渤海军区、野战军后方留守处等。1955年后历任江苏省文联创作辅导员、江苏省少儿文学创作研究室副主任和江苏省文联第三、四届委员。1950年开始发表作品。著有长篇小说《小草青青》《小妮儿》《石娃北撤记》《牛是农家宝》等，诗词集《波痕浪影集》等。1988年加入中国作家协会。

《春游偶记》记叙作者游览中山陵的所见所思。作品以春天景色为描写对象，融入自己在中国抗战历程中的艰辛体验和历经磨难后的内心感受，产生今非昔比之感，赞叹中华民族重新站起来了，也有正视日本人民历史遭遇的强烈感触："樱花，这掀起无边红浪的樱花，我为什么非把她和'夺朱非正色'，和日本帝国主义者联系不可呢？她难道不可以是日本人民的象征吗？日本帝国主义被打倒了，虽然它现在在美帝国主义的扶植下，又有死灰复燃的趋势，但不论如何，帝国主义的寿命是长不了的，连同美帝国主义在内，都将从世界上消灭，而樱花却将永远开放。"文章融情于景，在风景描写中穿插历史回忆和家国情感。

张慧剑（1906—1970），安徽石埭（今石台县）人。原名嘉谷，笔名辰子，著名报人、作家、评论家。他与张友鸾、张恨水，被称为"三个徽骆驼"，因他们都姓张，是安徽人，又是新闻记者和小说家，"骆驼"含任重道远之意。1925年起张慧剑在北京、南京、重庆等地报纸副刊任编辑，曾任上海《新民报》编辑、主笔、编委。著有杂文集《慧剑杂文》《辰子说林》《马斯河的哀怨》，历史小说《屈原》等。中华人民共和国成立后曾在上海工作，1952年加入中国作家协会，1958年居于南京。60年代当选中国作家协会江苏省分会副主席，后病逝于南京。

《太湖东西二山》以作者的行踪为记叙线索，先写有许多果园的东山，再写西山的风景名胜，并对两山的特点、风貌等进行对比，穿插历史与现实比较的叙述："'果满山，地无粮'的历史陈编是已经结束了，现在代之而兴的新的歌唱，是'麦子到处栽，东山笑脸开了'。"作者对两山的描绘丰富翔实，细致呈现了它们的风貌、特点。

三、写景抒情类散文

此时期的写景抒情散文，很少单纯描摹风景，大多以某一处具体景致为描绘对象，运用多种修辞手法表现优美景致，结合历史、传说等，进行古今对比，赞美新中国的壮丽景象。与游记类散文相似，文章的主题始终围绕赞美与歌颂，较少个体情绪表现，总体呈现出乐观面向未来的集体情感。

丁芒（1925—   ），出生于江苏南通。当代作家、文艺评论家。定居南京。1946年参加新四军，肄业于华中建设大学。曾任中国人民解放军前线记者、编辑，海军政治部《人民海军报》《海军战士》编辑组长，总政治部《解放军战士》编辑等。1955年任革命回忆录《星火燎原》编辑。新时期转入交通部澄西船厂任宣传科长，后调入江苏人民出版社工作。1942年开始发表作品。中国作家协会会员，曾任中国散文诗学会副主席、中华诗学研究会名誉会长等。著有散文集《酿熟了的怀念》《丁芒散文选》，散文诗集《情人谷》《依然戈壁》《扫云集》等。

《阳光·午夜》是一篇较为纯粹的写景抒情散文，主要描写西南边陲瑞丽江的阳光和午夜。文章分为两个小部分："阳光"描绘了瑞丽江的温和、美丽，它和被祖国光芒照射的其他地方一起，环抱着祖国；"午夜"的瑞丽江像慈祥的祖母温暖地关爱着哨兵们。文章短小精致，通过写景抒发对祖国山河的热爱。《故乡》由数则短章构成，包括"思故乡""织布""回望扬子江""不败的花朵""倭子坟"等，体现了作者浓郁的抒情风格，具有诗歌的韵律和情感表现特征；每部分文章从抒情开始，以赞美新时代作结，结构特征较为显著，文中融入历史记忆，表现南通故乡这片土地走出历史的阴霾获得新生。

海笑（1927—2018），原名杨中，江苏南通人。1942年参加革命工作，历任江海报社电台译电员，中共台北县委秘书，泰州市军管会秘书，无锡市委主任秘书、区委书记，国棉二厂书记、厂长，《无锡日报》总编，无锡市委宣传部副部长，江苏省委宣传部文艺处处长，江苏省石油第六物理勘探大队党委书记，江苏省出版局副局长、省作家协会副主席，文学创作一级。曾任江苏省文联第三届副主席，江苏省第五届政协常委、第七届人大常委，江苏省农民画研究会副会长等。1953年开始发表作品，1965年毕业于中共中央高级党校文学评论系研究生班，1979年加入中国作家协会。著有长篇小说《织女和书记》《青山恋情》，散文《坚贞的冰郎花》《在迷人的国度》《天南海北集》和《海笑文集》四卷本等。

《五里湖》以五里湖为描写对象，结合传说、历史故事，讲述它经历的沧桑巨变。文章通过将描绘对象拟人化的方式，赞美如今五里湖的平静、温柔、洁净和香甜："五里湖啊五里湖，你这样勤勤恳恳不声不响地为人们服务着，人们是不会忘记你的功绩的，你听，在你们的四周响起的戽水机声和劳动的号子声，这就是人们给你唱的最美的颂歌！"《太湖短歌》分为"鼋头渚下的巨石""光明亭下远眺""晚归的渔船""二泉桥上"四个抒情短章，以隐喻的方式书写光明与黑暗、过去与未来等，在新旧对比中直抒胸臆，使新时代建设的美丽画面和自然风光相契合。

上述作品之外，还有一些江苏作家创作的写景抒情散文，如江广玉的《山村红枫》、金曾豪的《渡口抒情》等。

四、写人叙事类散文

这类散文包括写人与写事。写人通过介绍人物的生平和事迹，表达对人物的怀念或哀悼之情；写事则是以讲述历史事迹为中心，表现时代变迁带来的变化，通过今昔对比歌颂新时代。

赵沛（1925—　），江苏江阴人。1941年肄业于原道中学。1947年参加革命工作，历任沙洲青声学术研究会编辑，江阴晨阳中学教师、宣传部理论辅导员，江苏省作家协会专业作家，江阴市创作办公室主任、文联副主席，江苏省作家协会理事等。1958年开始发表作品。1980年加入中国作家协会。著有长篇小说《血洒江阴》，儿童文学集《黑龙湖的秘密》《哑铃铛的故事》《老棉鸭上天》，长篇传记文学《刘天华》《山灵——钱松嵒》《徐霞客传》《风流道士——阿炳传》，长篇报告文学《田头偶语》等。

《橹声里》兼有叙事与写景，写景细致入微，叙事则生动自然，人物对话的运用是这篇散文的重要特色，借此描绘了售货员"小灵通"的形象、性格和事迹。文章有短篇小说的风格特征，在作者平淡朴实的笔触下，具备了人物、情节和环境等要素。

唐圭璋（1901—1990），字季特，江苏南京人。中国当代词学家、文史学家、教育家。1928年毕业于国立东南大学中文系，1934年开始发表作品。曾于南京第一女中、钟英中学、安徽中学任教，中央大学、金陵大学中文系教授。1949年后，历任南京大学中文系、东北师范大学中文系、南京师范大学中文系教授，国务院古籍整理出版规划小组顾问，中国韵文学会会长，《词学》主编，中华诗词学会名誉会长等，是南京市人大代表、江苏省政协委员。

《回忆吴瞿安先生》是一篇写人的回忆散文。吴瞿安先生即近代戏曲研究的著名学者吴梅，文章介绍了他的创作、收藏、教学和研究等，尤其概括了吴梅唱曲谨严、不同流俗、慷慨好义、疾恶如仇以及"贫贱不能移"的书生本色。

范烟桥（1894—1967），字味韶，号烟桥，别署鸥夷室主、万年桥、愁城侠客等，苏州吴江人。出生于同里的书香门第，后移居苏州。范烟桥多才多艺，一生著述颇丰，有《烟丝》《中国小说史》《唐伯虎的故事》《鸥夷室杂缀》《范烟桥小说集》《吴江县乡土志》《林氏之杰》《离鸾记》《苏州景物事辑》等。中华人民共和国成立后，任苏州各界人民代表会议代表、苏州市文联副主席、苏州高级中学教师、苏南行政公署文化教育委员会委员、苏州市文物保管委员会副主任等。

范烟桥的散文有抒情、写人叙事类和随笔小品等。"范烟桥的随笔小品在总体上与周瘦鹃的散文小品属于同一大类,但从细处看,还是有所不同的。范烟桥的随笔小品与周瘦鹃的散文小品相同相近的主要点是都写苏州的地方风物,都喜欢引用历史记载、历史故事。所不同的是,在范烟桥随笔中随时插入个人感想,而周瘦鹃以客观叙写为主;范烟桥随笔中所引以历史记载的散文体文字为主,而周瘦鹃所引以古诗为主;范烟桥随笔记叙详实,文笔朴实,而周瘦鹃的记叙简略,文笔清丽。"[1]如《苏州的碑刻》《浏河渔港一瞥》《铲板船之颂》等。

写人叙事的散文如《落梅忆语》《陈去病的〈五石脂〉》《记词曲家吴梅》《柳敬亭与苏扬评话》《辛亥革命前的吴江三诗人》等。《落梅忆语》是在梅兰芳去世一年后对他的感念;《陈去病的〈五石脂〉》是一篇知识性随笔,介绍了吴江陈去病所写笔记《五石脂》的内容和特点,尤其在"征文考献"方面颇见功夫;《记词曲家吴梅》讲述了苏州词曲家吴梅的治学之道和学术成就;《柳敬亭与苏扬评话》是一篇读书札记,描述明末清初评话家柳敬亭的评话艺术,以及评话发展的特点,其中包含了作者对评话艺术的理解和观点;《辛亥革命前的吴江三诗人》介绍了辛亥革命前的吴江三诗人金天翮、陈去病和柳亚子,简要叙述了三人的生平、创作、思想等,他们以文字鼓吹革命,在当时的静止的水里投下巨石,激起波澜。范烟桥这些写人叙事的随笔具有强烈的知识性,熔历史、知识、人物于一炉,间或有自己的评论和观点,看似与时代潮流脱节,却成为当时较为难得的散文创作。有些篇章过于强调专业知识,阅读时稍显艰涩,缺少一些生动自然。

李进(1922—2002),原名李硕诚,笔名夏阳,江苏泰州人。1940年后历任如泰工委宣传部部长、区委书记,靖江县委宣传部部长、组织部部长,紫石县组织部部长,扬州、泰州地委宣传部副部长、部长,苏北文联副主任,苏北区文化局副局长,江苏省文化局副局长,中国人民赴朝文工团团长,江苏省教育厅副厅长、省文化局局长、省文联副主席,《雨花》主编,省文研所所长。1935年开始发表作品。著

---

[1] 陈辽主编:《江苏新文学史》,南京:南京出版社,1990年,第278页。

有论文集《社会主义现实主义讲话》，长篇小说《在斗争的路上》，电影文学剧本《红色的种子》，锡剧剧本《红色的种子》（合作）等。

《南京，换了人间》是他此时期的散文代表作，是一篇融叙事、抒情和议论于一体的散文。文章首先讲述了南京的沧桑历史及其遭受的战争摧残和悲剧，当中国人民解放军渡江胜利后，南京的历史就由人民来书写。南京是一个有光荣革命传统的城市，它见证了新中国的成立，成为新中国人民的工业城市，生产发展，经济繁荣，文化昌盛，通过各行各业人们的学习、工作和劳动，使这座城市变得更美好、更佳丽。文章在历史和现实的对比中，以一座城市为中心高唱祖国的赞歌。

程乐坤（1940—　），笔名了了村童，江苏徐州沛县人。1960年毕业于徐州师范学校，1961年参加工作。历任沛县剧团编剧、沛县文化馆创作员、徐州地区文化局干部，徐州市文联《大风》杂志副主任，文学创作二级。1958年开始发表作品。2009年加入中国作家协会。著有诗集《春神的诉辞》《秋赠》《红指甲·黑胡须》，与人合著长篇小说《蓝鼎元》《历代奇案》，长篇传记《名人之死》等。

《报信鸟》写"我"访马山时听到了鸟语，遇见了一位小姑娘，她是山林技术员也是"义务撵鸟员"，为国家守护山林橘子，她向"我"讲述了抗日战争期间太湖游击队英勇抗敌的传奇故事，其中有一名英雄少年因拒不透露游击队行踪而牺牲，化为洁白的报信鸟。听完故事后，"我愈来愈体察到马山人民精神境界的崇高和伟大。是的，他们没有保留当年的弹洞和堡垒，也没有保留当年的消息树和烽火台，他们却保留了当年的一股革命精神"。

此外，还有王啸平的《作家与战士——回忆郁达夫先生》等。

五、走向新时期的获奖作品

20世纪70年代末，江苏散文创作迎来了新的发展契机。新时期的江苏散文创作面临着时代转变之际的犹豫和艰难，个人性的话语表达受时代政治话语的影响，二者关系依然若即若离。在新时期文学发展中取得文学创作实绩的一些江苏作家，在70年代末开始了散文创作，如庞瑞垠的《下关风云录》《宣化店——历史的丰碑》，金曾豪的《渡口抒情》等。

新时期文学创作奖励制度的推出，既是为了促进文学创作环境的新变，也是希冀沉寂多年的作家们创作出优秀作品。80年代初，《雨花》也开始尝试通过奖励机制促进优秀作品的产生。1982年6月，首届《雨花》文学奖揭晓，江苏两位作家创作于70年代末的散文获奖。艾煊的《兰之恋》刊载于《雨花》1979年第5期，忆明珠的《破罐·泪泉·鲜花》刊载于《雨花》1979年第8—11期，获散文奖。

《兰之恋》是艾煊在新时期文学发展开端中的重要作品，讲述了园艺师柳漫楚与朱老总相识交往的故事。朱老总有一次到柳漫楚的园子里来，鉴赏他几十年来培育的良种名兰，他们畅谈各自的艺兰经验，畅谈植物栽培中的新技艺。"英雄互赠宝剑，园艺师互赠名花。"朱老总在赠花之外，还送了3本国内外珍本兰谱给柳漫楚。在特殊年代，这构成柳漫楚所谓的问题，给他的心灵造成巨大的折磨，他因而患病。直到"我"去看望时，他仍处在迷惘的病态中，仍然念叨着朱老总的兰花。文章通过一个园艺师的遭遇，斥责了特殊年代给普通人带来的巨大伤害，曾经的"兰之恋"成为园艺师内心深处无法忘却的纪念。文章具有"伤痕"文学的特征，重在表现"兰之恋"的深情，虽有控诉，却较为节制，使文章情感显得沉郁厚重。

忆明珠（1927— ），原名赵镇瑞，后名赵俊瑞，籍贯山东莱阳。曾用笔名有杭雨、绿芜、杭育、赵迈、石翁、白门姜等。1937年至1944年，分别就读于张家灌小学、莱阳初级中学、山东省立第十一联合中学高中部。1946年参加中国人民解放军，1950年参加志愿军。1953年转业到江苏省公安厅劳改部门工作。1958年下放仪征，一年后调仪征县文化馆任副馆长。1979年调至江苏省哲学社会科学研究所，而后调至江苏省作家协会从事专业创作。50年代写作诗歌，70年代末写作散文。著有诗集《春风啊，带去我的问候吧》《沉吟集》《天落水》等，散文集《墨色花小集》《荷上珠小集》等。忆明珠的《破罐·泪泉·鲜花》，标题较为独特，三个具体的描绘对象隐喻了作者所感受的时代变化。作者落户仪征时曾收集过当地民歌，民间的爱唱昔胜于今，作者意在表达古老的胥浦农歌具有传统民主精神，在社会主义建设新时期，应该将其传承下去，才能更好地谱新声填新词。再如"借句纪略"一节讲到，1958年"我"在月塘农中当语文教师时，曾向学生提倡过民歌创作，但在20世纪六七十年代被中断。走向新时期后，"我"曾经教导过的学生登门拜访，回忆起当年的民歌创作，如今看来仍然不同凡响，深情而有气魄。

第二章

历史的反思和生活的哲思
（1980—1989）

第一节　概述

　　1978年12月召开的十一届三中全会,废除了"以阶级斗争为纲"的政治路线,将工作的着重点转移到社会主义现代化建设上来。1979年10月,中国文学艺术工作者第四次代表大会召开。随后,中共中央进一步确定了文艺"为人民服务""为社会主义服务"的"二为方针"。伴随"拨乱反正"与"解放思想",文学走向复苏。

　　20世纪70年代末至80年代初,除了原有的发表散文的报刊,一些专门发表散文、随笔的刊物创刊。比如1979年6月创办于广州的《随笔》和1980年1月创办于天津的《散文》。其后,还有创办于北京的《中华散文》,创办于西安的《美文》,创办于郑州的《散文选刊》,创办于邢台的《散文百家》。[1]此外,还有《文艺报》等报刊开设散文专栏。散文专刊的创办与散文专栏的开设,不仅为散文写作提供了发表的空间,还为散文研究提供了讨论的对象。

　　这一时期,散文逐渐摆脱60年代所形成的"以表现'时代精神'为目标的'以小见大''托物言志'的主题和结构趋向"与"刻意追求散文的'诗化'和对'意境'的营造"的写作模式,逐渐"'回到'个人体验,回到日常事态和心绪"。尽管大多数作家仍注重社会性主题,但散文作家普遍追求"个人生活、情绪、心境的书写,语言的个性特征"。于是,"窄化"成为散文概念的发展新趋势,报告文学、杂文"从散文中剥离,或加以适当区分"。这是"对'当代'散文范围'无边'"和"叙事性成为散文中心因素的情况"的"反拨","也与80年代文学强调'回归文学自身'的潮流有关"。[2]这是就全国散文而言的,同样也适用于江苏散文。林非在其主编的《中国散文大辞典》一书中,曾从"流派"角度介绍1978年至1989年间的散文创作,其中专设"江苏散文"这一词条。书中写道:"1978年以来,江苏产生了一

1　洪子诚:《中国当代文学史》,北京:北京大学出版社,2007年,第317页。
2　同上书,第316页、第212页。

个实力雄厚的散文作家群,包括艾煊、海笑、叶至诚、忆明珠、薛尔康、苏叶、赵翼如、吕锦华,正在形成一个具有地方特色的散文流派。"[1]事实上,这一时期江苏除了专门从事散文写作或以散文名世的作家之外,还有许多不同身份的作者加入散文写作的队列之中。比如,以小说名世的汪曾祺、高晓声,以剧作名世的陈白尘,以翻译名世的杨绛,以编辑名世的章品镇、叶至诚,以散文研究名世的林非;此外,还有多面手袁鹰、艾煊以及苏叶、吕锦华、王安忆、赵翼如等女作家。相较前一时期,80年代的江苏散文的题材有所拓展,思想性与批判性有所恢复,历史韵味与文化韵味有所增强,艺术追求更多元化,逐步实现散文文体的自觉。

　　80年代,"老年作者在散文领域的活跃"是"一个醒目现象"[2]。回忆性散文是老年作者散文创作的重要方面,可以杨绛、陈白尘为代表。杨绛的长篇散文《丙午丁未年纪事》记述了她在1966—1967年间的经历,散文集《干校六记》记述了她在1969—1972年间的经历,尤其是在河南息县干校的经历。虽然作品所记的"都不过是这个大背景的小点缀,大故事的小穿插"[3],却能够"以小见大","即通过自己以及与自己相关的一群人的遭际反映整个国家、民族的命运"。不同于直接揭示"伤痕"的作品,《干校六记》"在个人所遭逢的某种反常的生存环境中努力营造出一种正常的氛围,或将一切反常的遭际努力理解成正常的命运"。这样一种"以'正常'出'反常'"的艺术性,使《干校六记》成为"本时期……同类散文中艺术性极为显著的作品之一"。同样回忆干校经历的还有陈白尘的散文集《云梦断忆》。《云梦断忆》主要记述了陈白尘于1969—1973年间在湖北咸宁干校的生活,以嬉笑怒骂的方式讽刺、批判了荒谬年代中荒谬的人与荒谬的事,以饱含情感的笔调称赞了象征勇敢向前、坚持真理精神的鸭群。除了回忆"伤痕"经历,回忆童年、青少年生涯在回忆个人生涯的散文中也占据重要地位。80年代,有陈白尘的长篇散

1　林非主编:《中国散文大辞典》,郑州:中州古籍出版社,1997年,第658页。
2　董健、丁帆、王彬彬主编:《中国当代文学史新稿》,北京:北京师范大学出版社,2017年,第348页。
3　钱锺书:《小引》,杨绛:《干校六记》,北京:生活·读书·新知三联书店,1981年,第1页。

文《寂寞的童年》《少年行》《漂泊年年》，艾煊的长篇散文《醒时的梦》，叶至诚的散文《倒霉的橄榄核》《猩红热和省三的裤子》，等等。这些作品虽然大多讲述的是童年、青少年生涯，却带着当事人此后数十年的生活印记，有着淡淡的寂寞与忧伤的色彩。此外，汪曾祺发表了多篇回忆20世纪三四十年代昆明时光的散文，或描绘昆明的自然风光、风俗民情，或记述西南联大的读书生活，如《翠湖心影》《昆明的雨》《昆明的果品》《昆明食菌》《跑警报》《泡茶馆》，文字简洁而绘声绘色，趣味盎然。

忆人散文，也是80年代回忆性散文的重要方面。其中，又以"悲悼散文"为"一个特殊的文学现象"。"悲悼散文"所"悲悼"的对象，主要包括在六七十年代及之后离开的"老一辈无产阶级革命家"和"文艺界人士及科学家"[1]。比如，惠浴宇回忆录《写心集》、袁鹰散文集《悲欢》、章品镇散文《循规蹈矩受到了嘲弄——记钱静人》、高晓声散文《正邪冰炭二十年——纪念先辈吴天石》等悲悼了无产阶级革命家；陈白尘散文《哭翔老》《见到鸭群我想起了你——纪念侯金镜同志》、章品镇散文《花木丛中人常在》、袁鹰散文《秋水》"秋水情思"辑、杨苡散文《梦萧珊》、高晓声散文《痛悼方之》以及叶至诚散文《忆方之》《方之的死》等悲悼了文艺界人士。这些"悲悼散文"以及上述回忆个人同时代经历的散文，因其所回忆的对象而涉及对"伤痕"的揭示、反思与对历史的控诉、批判。此外，还有高晓声《与朋友交》《往事不堪细说》，章品镇《陆文夫进出文坛记》《陆文夫与他那"锁着的箱子"》《关于高晓声》，叶至诚《陆文夫的苦》《迟开的蔷薇》，等等。因作者与所忆对象之间有着长达数十年的交往，有着深厚的情谊，有着相似的或感同身受的遭遇，这些忆人散文多有朴挚中见真情的特点。此外，80年代还有一些非常出色的回忆亲人、追忆师长的散文。杨绛《回忆我的父亲》《回忆我的姑母》《记钱锺书与〈围城〉》，虽是从亲人的视角入笔，却在叙述之中保持了一种适当的距

---

[1] 董健、丁帆、王彬彬主编：《中国当代文学史新稿》，北京：北京师范大学出版社，2017年，第343—344页。

离，使读者能更全面地看待并理解大时代背景下的个人命运。这一时期，汪曾祺也写下多篇追忆师长的散文，如《我的老师沈从文》《沈从文先生在西南联大》《一个爱国的作家》《星斗其文，赤子其人——怀念沈从文老师》《老舍先生》《金岳霖先生》等，都以简洁、朴实的文字刻画出了人物的性情。

　　游记，同样是80年代江苏散文的重要方面。汪曾祺、高晓声、秦文玉、薛尔康、袁鹰等都写下多篇描绘自然景观、人文景观的游记类散文。比如，汪曾祺《天山行色》描摹了乌鲁木齐附近的南山塔松与天池、赛里木湖、果子沟、唐巴拉牧场、伊犁河北岸的惠远城与南岸的察布查尔，从乌鲁木齐到伊犁这一路连绵不断的天山，吐鲁番的苏公塔、大戈壁、火焰山、葡萄沟等地的自然风光；高晓声《我们都上来了》《天公在此先作模》等捕捉黄山山势之奇美、广东肇庆星湖的山俊水清；袁鹰《秋水》"青州旅怀"系列多记述青州古城的人文景观，如驼山石窟佛像、范公亭、林园、万柳堂等，赞美了古往今来创造了民族文明的劳动人民，以及一切有功于民族与人民的风流人物；秦文玉《布达拉宫之晨》《在古寺的溶溶月色里》《达玛节》《十万佛塔记》《罗布林卡的节日》《古堡上的水晶石》等，既刻画了西藏特异的自然风光，描绘了清晨雾海消散中的布达拉宫、月色溶溶中的大昭寺，又讲述了西藏的各种风俗；薛尔康《留恋果》《撒尼村寨酒香浓》《竹楼风情》《版纳竹青青》《美哉，筒裙》等描绘了西双版纳的自然风光与风俗民情；艾煊《火山口之夏》《云端夏城》《穿越小兴安岭》分别描绘了天池之水、庐山的云和小兴安岭的原始森林。汪曾祺认为，介绍各地风土人情、山川景色、瓜果吃食的散文，可使读者"获得一点知识，增加一分对吾土吾民的理解和感情，更爱我们这个国"。他在游记类散文中常常将人文景观与自然景观结合起来。比如《滇游新记》，既介绍傣族的吃食、草木等物产，又记述傣族的泼水节等风俗民情。王彬彬《论高晓声散文创作的艺术性》指出，一些游记类散文佳作在描绘自然景物时，"不但写其然，还写其所以然"，且并"不单纯记录山川面貌、风俗人情，更引申出种种关于历史、社会、人生的思考"。高晓声《旅途拾零》描绘并解释了为何江心水面比江岸浅滩水面低，由比较还公文包的司机与让出茶杯的宣传科长引出关于道德伦理的见解。这既是对古代散文"格物"传统的继承,又是对古代散文"说理"传统的继承。[1]

此外,还有一些散文常常从个人生活的琐碎出发,或引发抽象的感想,或借物、借古以抒块垒。比如,叶至诚《戒烟》《又说戒烟》《再说戒烟》《公交车站上的遐想》等作品,由他自身的生活点滴写起,却表达了并不局限于戒烟、等待公交车等具体事件的具有普遍意义的思考;忆明珠《唱给豆腐的颂歌》《鱼的闲话》将具体事物在不同年代的变迁与历史、与传说、与风俗、与自身的生活阅历相结合去思考,具有一定的反思性与批判性。再如,薛尔康散文集《花街》《留恋果》中的多篇作品借植物赞美强者,海笑《坚贞的冰郎花》借生命力顽强的冰郎花赞美不畏艰难困苦、热爱地质事业的地质工作者,艾煊《雨花棋》以书桌上的一盆雨花石为线索交汇现实与历史。这一时期,女作家如苏叶、吕锦华、王安忆、赵翼如等"从日常生活的细微中发现诗意,并在对自我心理、情绪的敏感捕捉中,营造一种细腻的感性情调"[2]。

20世纪80年代的江苏散文,有着多元化的艺术追求,具有很高的艺术性。其中,一些作家极其重视作品的语言。比如,汪曾祺在《自报家门》中表示:"我很重视语言,也许过分重视了。我以为语言具有内容性。语言是小说的本体,不是外部的,不只是形式、是技巧。探索一个作者气质、他的思想(他的生活态度,不是理念),必须由语言入手,并始终浸在作者的语言里。语言具有文化性。作品的语言映照出作者的全部文化修养。语言的美不在一个一个句子,而在句与句之间的关系。包世臣论王羲之字,看来参差不齐,但如老翁携带幼孙,顾盼有情,痛痒相关。好的语言正当如此。语言像树,枝干内部液汁流转,一枝摇,百枝摇。语言像水,是不能切割的。一篇作品的语言,是一个有机的整体。"[3]汪曾祺既强调了语言的内容性、文化性,还指出了语言的文气之美。高晓声在《生活、目的和技巧》一文中也谈到文章的语言文字问题:"我觉得写文章,最基本的功力是运用语言文

---

[1] 王彬彬:《论高晓声散文创作的艺术性》,《文学评论》2019年第1期。
[2] 洪子诚:《中国当代文学史》,北京:北京大学出版社,2007年,第322页。
[3] 汪曾祺:《自报家门》,《作家》1988年第7期。

字。思想也好，形象也好，气氛也好，靠语言文字来表达。如果语言文字都不行，哪来思想功力？语言，应当坚定地使用自己国家民族的语言。现在汉语既要发展，也要继承古汉语的好传统，两种语言的语法结构各有长处，合理地糅合在一起，语言就很耐咀嚼，很有味道。读读鲁迅的文章会有启发。语言要有气势，这是中国特有的。"[1]高晓声既指出语言文字之于表达思想、形象、气氛的重要性，也指出语法结构、气势的重要性。对语言的重视，也体现在江苏作家的散文写作之中。比如，杨绛的语言简约平淡，陈白尘的语言亦庄亦谐，汪曾祺的语言简洁灵动、具有口语美，高晓声的语言具有声音美、十分耐嚼，章品镇的语言平实流畅，叶至诚的语言清通，等等。

20世纪80年代，不同身份的作者构成了江苏散文的写作主体，而这些不同身份的作者将不同体裁的写法引入散文写作之中，在一定程度上丰富了散文的文体。比如，陈白尘的《云梦断忆》继承了喜剧特色，增添了自嘲色彩；艾煊的《醒时的梦》《湖上的梦》引入小说的写法，较多地考虑到人物与情节；忆明珠的《荷上珠小集》既"以诗的笔调写散文，使散文富有诗的意境美"，又"把杂感的构思方式、结构形态和笔墨情趣带给了抒情叙事散文"，"建构了一种介于杂感和抒情叙事散文之间的新体格"[2]。正如汪曾祺《认识到的和没有认识的自己》所言，"文体的形成和一个作家的文化修养是有关系的。文学和其他文化现象是相通的"。就他个人而言，除了"行文的内在气韵"受行书影响，思维语言与文体受翻译作品影响，他的散文还受古文的影响。汪曾祺认为，"写小说式散文"会在写法上自觉或不自觉地受古文影响，而《天山行色》一文可以说是龚定庵体。[3]此外，高晓声"十分重视散文语言音调的和谐、节奏的舒适"，"十分重视散文的声音美"，在散文中或"从某种具体的生活现象出发，然后表达一种见解和道理"，或写出事物本身的"物

1 　高晓声：《生活、目的和技巧》，《星火》1980年第10期。
2 　陈辽主编：《江苏新文学史》，南京：南京出版社，1990年，第335页、第341页。
3 　汪曾祺：《认识到的和没有认识的自己》，《北京文学》1989年第1期。

理",也是继承了古代散文的传统。[1]

散文创作的繁荣,促进了散文研究的发展;散文研究的发展,又给予散文创作以理论的指导。这一时期,江苏学者陈辽、范伯群、叶公觉、黄毓璜、费振钟等曾发表有一定影响力的评论文章,一些从事散文写作的作家也参与进散文的理论建设之中。这种参与,一方面体现为对其他散文作家作品进行评论。比如,袁鹰在散文集《秋水》第五辑"赏花随笔"中就对韩少华、姜德明的散文集进行了评论,《艾煊作品研究》一书也收入了海笑、陆文夫、高晓声、姜滇评论艾煊散文的文章《"艾"江南"》《煎熬中的起飞》《往事不堪细说》《风俗画与独特性》。另一方面,这种参与也体现为对某些散文现象发表看法,也对自身散文写作进行审视。比如汪曾祺曾对散文中的伤感主义有所批评,袁鹰、秦文玉、薛尔康、忆明珠等写下多篇关于散文的创作谈。一些散文作家所提出的真知灼见,在80年代的散文理论方面具有重要意义。例如,汪曾祺在《蒲桥集·自序》中写道:"二三十年来的散文的一个特点,是过分重视抒情。似乎散文可以分为两大类:抒情散文和非抒情散文。即便是非抒情散文中,也多少要有点抒情成分,似乎非如此即不足以称散文。散文的天地本来很广阔,因为强调抒情,反而把散文的范围弄得狭窄了。过度抒情,不知节制,容易流于伤感主义。我觉得伤感主义是散文(也是一切文学)的大敌。"[2]《蒲桥集》正是汪曾祺对其散文观的实践。实际上,这正是对五六十年代"把散文的抒情功能发挥到极致"的质疑。"对滥情的摈弃",正是80年代散文"走向新生的关键一步"。[3]

20世纪80年代,文学奖项的设立也对散文作家的创作起到了激励作用,在这方面,江苏作协与中国作协同时发力。江苏省作家协会主办的文学期刊《雨花》举办了第一届与第二届文学奖。其中,艾煊的《兰之恋》、忆明珠的《破罐·泪泉·鲜

---

[1] 王彬彬:《论高晓声散文创作的艺术性》,《文学评论》2019年第1期。
[2] 汪曾祺:《自序》,《蒲桥集》,北京:作家出版社,1989年,第3页。
[3] 董健、丁帆、王彬彬主编:《中国当代文学史新稿》,北京:北京师范大学出版社,2017年,第348—349页。

花》、李鸿声的《水乡风情小记》均获散文奖。1989年，中国作家协会举办新时期全国优秀散文（集）杂文（集）奖评奖活动，陈白尘《云梦断忆》等7部作品荣获新时期全国优秀散文（集）杂文（集）荣誉奖，杨绛《干校六记》、袁鹰《秋水》、秦文玉《绿雪》、薛尔康《留恋果》、忆明珠《荷上珠小集》、惠浴宇《写心集》等24部作品荣获新时期全国优秀散文（集）奖。江苏多位作家斩获新时期全国优秀散文（集）杂文（集）奖，充分证明了80年代江苏散文的成就，也充分说明了80年代江苏散文在中国散文史上的地位。

此外，散文学会的成立以及以散文为主题的节庆设立和学术展开，也对散文创作的繁荣有所助益。1987年6月，南京散文学会成立[1]；1987年10月，盐城市政府、江苏省作协与《文艺报》联合举办"丹顶鹤散文节"，与会散文家们就散文创作问题展开了热烈讨论[2]。

第二节　杨绛的《干校六记》《将饮茶》

杨绛（1911—2016），本名杨季康，籍贯江苏无锡，出生于北京。1920年前往上海启明上学，1923年考入苏州振华女中。1928年报考清华大学外文系失败，转投苏州东吴大学。1932年从东吴大学政治学系毕业并获得金钥匙奖，随后考入清华大学研究院攻读外国文学。1933年与钱锺书订婚。1934年获得清华优秀生奖。1935年与钱锺书结婚并一同前往英国牛津大学求学，随后在法国巴黎大学进修。1938年回国，任苏州振华女中（上海分校）校长兼高三英语教师，直至1941年学校因珍珠港事件停办。1942年，任工部局半日小学代课教员，业余时间写作剧本，并启用笔名"杨绛"。1949年全家由上海迁居北京，任清华大学西语系教授。1953年调至文学研究所（初属北京大学，后属中国科学院哲学社会科学学部，现属中国社会科

---

[1] 南京市地方志编纂委员会编：《南京年鉴》，南京：南京出版社，1988年，第409页。
[2] 林非主编：《中国散文大辞典》，郑州：中州古籍出版社，1997年，第659页。

院）外国文学组（后单独成立外国文学研究所）任研究员。1958年遭到错误批判。1972年与钱锺书一同回北京。1986年10月，获"智慧国王阿方索十世十字勋章"。[1]

杨绛于20世纪30年代中期开始发表作品，40年代创作多种剧本。著有散文集《干校六记》《将饮茶》《杂忆与杂写》，随笔集《走到人生边上——自问自答》，长篇小说《洗澡》《洗澡之后》，短篇小说集《倒影集》，剧本《称心如意》（四幕喜剧）、《弄真成假》（五幕喜剧）、《游戏人间》、《风絮》（四幕悲剧）、《喜剧二种》（《称心如意》《弄真成假》），回忆录《我们仨》，人物传记《杨绛自述：我的这一生》，学术文集《春泥集》，文学评论集《关于小说》。译有《一九三九年以来英国散文作品》《吉尔·布拉斯》《小癞子》《堂吉诃德》《斐多：柏拉图对话录之一》等，整理《老圃遗文辑》《杨荫杭集》。1991年至1994年，译林出版社出版三卷本《杨绛译文集》。2004年，人民文学出版社出版八卷本《杨绛文集》。2009年，人民文学出版社出版九卷本《杨绛文集》。2014年，人民文学出版社出版九卷本《杨绛全集》。其中，《干校六记》获新时期全国优秀散文（集）奖。

20世纪80年代，杨绛的散文主要见于散文集《干校六记》《回忆两篇》《将饮茶》。《干校六记》包括《下放记别》《凿井记劳》《学圃记闲》《"小趋"记情》《冒险记幸》《误传记妄》6篇，主要记述杨绛在1969—1972年间的经历。杨绛《干校六记》所记之事，"都不过是这个大背景的小点缀，大故事的小穿插"[2]。也就是说，"别""劳""闲""情""幸""妄"等，不过是大背景的"小点缀"、大故事的"小穿插"。《下放记别》写了两次离别。第一次是杨绛偕女儿女婿与钱锺书离别，第二次是杨绛与女儿离别。第二次离别与第一次只相隔八个月不到，但人事无常，送行者只剩女儿一人，女婿已经去世了。杨绛没有声嘶力竭地控诉，只是平淡地叙述了女婿的困境，但内在的哀痛溢于言表。杨绛原本以为她对前来送行的女儿是放

---

[1] 田蕙兰、马光裕、陈珂玉编：《杨绛年表》，《钱锺书 杨绛研究资料》，北京：知识产权出版社，2010年，第519页；张王飞、吴俊主编：《江苏当代文学编年（1949—2012）》，南京：江苏凤凰文艺出版社，2021年，第234页。
[2] 钱锺书：《小引》，杨绛：《干校六记》，北京：生活·读书·新知三联书店，1981年，第1页。

心的,"可是看着她踽踽独归的背影,心上凄楚,忙闭上眼睛;闭上了眼睛,越发能看到她在我们那破残凌乱的家里,独自收拾整理,忙又睁开眼。车窗外已不见了她的背影。我又合上眼,让眼泪流进鼻子,流入肚里"[1]。女儿孤零零的背影使"我"心中凄凉悲痛,但这种凄凉悲痛并不因"我"闭上眼睛而消失,却因不为现实中的离别场景所限制而蔓延。杨绛对女儿的牵挂可见一斑。到了干校以后,杨绛见到钱锺书"又黑又瘦,简直换了个样儿",但是她一见就认识。与杨绛形成对比的是,作品中一位原本认识钱锺书的黄大夫却认不出钱锺书,并怒斥居然有人敢冒充钱锺书。杨绛事后向黄大夫提起此事,黄大夫忍不住大笑。杨绛这是"以貌似轻松的语调写悲哀之事,反而让人感到加倍的悲哀"[2]。

《干校六记》没有过多地描写人与环境的不协调,而是浓墨重彩地描绘"这一群知识分子特别是作者本人与其丈夫钱锺书在这一环境下的无可奈何,以及在'习惯'之后渐趋'正常'的日常生活画面"[3]。《凿井记劳》记述了菜园班挖井之事。虽然杨绛只是帮忙做些简单的活儿,但也"渐渐产生一种'集体感'或'合群感'","也可说是一种'我们感'"[4]。这种"我们感",因长期处在特殊环境又看不到其他出路而逐渐增强。杨绛、钱锺书等知识分子在不协调的环境中的无可奈何以及"在'习惯'之后渐趋'正常'的日常生活画面",是《干校六记》所描绘的重点。杨绛逐渐增强的"集体感""合群感""我们感",也是对这种环境的"习惯"。同时,杨绛不仅对"我们"和"他们"做了区分,还对"他们"做了辨析。然而,在贫下中农的眼中,"我们不是他们的'我们',却是'穿得破,吃得好,一人一块大手表'的'他们'"[5]。这其中的区别以及背后的含义,是很耐人寻味的。

在《误传记妄》中,杨绛记述了离开干校返回北京的风波。先是杨绛发现房东家的猫将一只开膛破肚的死鼠留在她的床上,而钱锺书通过拆字法安慰她这是

---

[1] 杨绛:《干校六记》,北京:生活·读书·新知三联书店,1981年,第12页。
[2] 董健、丁帆、王彬彬主编:《中国当代文学史新稿》,北京:北京师范大学出版社,2017年,第351页。
[3] 同上书,第350页。
[4] 杨绛:《干校六记》,北京:生活·读书·新知三联书店,1981年,第21页。
[5] 同上书,第22页。

"离""处"的吉兆;后是邮电所将包括钱锺书在内的"老弱病残"即将被遣送回京的消息告诉钱锺书,但最终公布的名单里没有钱锺书,这让原本喜出望外的杨绛"心直往下沉","没有误传,不会妄生希冀,就没有失望,也没有苦恼"。这种由亲身经历的事件而发出的人生感悟,既富真情实感,又具有普遍性,因而让人感同身受。对于钱锺书未入回京名单之事,杨绛先是有些耿耿于怀,后是承认自己的无聊与妄想。《误传记妄》便是记这妄想,而这妄想又引发了杨绛的愧疚。尤其是送行人的一句"咱们",更是引发了杨绛对夫妇二人在1949年所做的人生选择的思考:"尽管亿万'咱们'或'我们'中人素不相识,终归同属一体,痛痒相关,息息相连,都是甩不开的自己的一部分","只希望默存回京和阿圆相聚,且求独善我家,不问其他。解放以来,经过九蒸九焙的改造,我只怕自己反不如当初了。"[1] 思前想后,杨绛"也就死心塌地,不再生妄想"。1972年3月,杨绛与钱锺书等被遣回北京。杨绛自是"私心窃喜",但当看到不在这批名单上的"老弱病残"时又很愧疚,"但不论多么愧汗感激,都不能压减私心的忻喜",这使杨绛明白"改造十多年,再加干校两年"她连私心也没有减少些,"还是依然故我"。[2] 盼望亲人相聚,本是人之常情。但在特殊年代,这却是一种妄想、一种"私心"。杨绛的愧疚,既是对先前误听传闻而产生妄想的愧疚,又是对经历了十多年的"改造"还仍存"私心"的愧疚。对妄想的惭愧、对"私心"的惭愧,正是从效果上否定了这十多年的"改造",而这又未尝不是一种反抗。不该惭愧之人却惭愧再三,该惭愧之人却拒不惭愧,甚至选择遗忘,这也算是一种"颠倒过来"。

《学圃记闲》记"闲"中之愧。作品开头即表示,"我"因自己力气小、干活儿轻却拿钱多而"自觉受之有愧","可是谁也不认真理会我的歉意",于是就在干校学种菜。作品记述了杨绛建造厕所、挖坑沤肥、留守菜园、种植蔬菜、与钱锺书相见等事,颇有苦中作乐的意味。杨绛虽然自称"记闲",但对于年近花甲的老人而

---

[1] 杨绛:《干校六记》,北京:生活·读书·新知三联书店,1981年,第64页。
[2] 同上书,第67页。

言,未必真"闲"。何况,杨绛所记之"闲"只是"大背景"中的"小点缀"、"大故事"中的"小穿插"。以菜园为中心进行日常活动的杨绛,好比向四周吐丝结网的蜘蛛,"网里常会留住些琐细的见闻、飘忽的随感"。那些"琐细的见闻、飘忽的随感",记录了那个年代农村人真实的生存状态,比如拔菜园青菜的女人们,挖野菜、拾柴草的老人、孩子们,拔树苗的小伙子们,等待捡菜帮子、捡疙瘩菜的老大娘、小姑娘们。对于这些人,作者没有讽刺挖苦,反而有时会因未将无用之物送给需要之人而感到抱歉。除了那些忙着生的人,杨绛还目睹了几乎没有人注意到的死人被埋葬的全部过程:"冬天日短,他们拉着空车回去的时候,已经暮色苍茫。荒凉的连片菜地里阒无一人。我慢慢儿跑到埋人的地方,只看见添了一个扁扁的土馒头。谁也不会注意到溪岸上多了这么一个新坟。"[1] 在那个人们忙着生忙着死的特殊年代、特殊环境里,偏偏杨绛"闲得惭愧,也闲得无可奈何"。杨绛的"闲",在本质上更接近一种孤寂的生命状态。次年,干校迁走。旧菜园"可拔的拔了,可拆的拆了","只见窝棚没了,井台没了,灌水区没了,菜畦没了,连那个扁扁的土馒头也不知去向,只剩下满布坷垃的一片白地"。那块土地上的人与事,就像从未存在过那样。这样的场景,使人顿生苍凉之感。

杨绛的散文集《将饮茶》,除《孟婆茶(胡思乱想,代序)》《隐身衣(废话,代后记)》,还收入《回忆我的父亲》《回忆我的姑母》《记钱锺书与〈围城〉》《丙午丁未年纪事(乌云与金边)》4篇。在《孟婆茶(胡思乱想,代序)》中,杨绛讲述了一个关于死后往西方世界去的梦。要去往西方世界,就要喝孟婆茶过关。按照"孟婆店"管事员的说法,倘若"身上、头里、心里、肚里"夹带私货,便"过不了关"。散文集《将饮茶》,即杨绛对自身所夹带的"私货"的一种清理。其实所谓"私货",都是杨绛珍贵的个人记忆。

《回忆我的父亲》《回忆我的姑母》两篇,曾以《回忆两篇》为名由湖南人民出版社出版。杨绛的父亲杨荫杭是"江苏省最早从事反清革命活动的人物之一",在

---

[1] 杨绛:《干校六记》,北京:生活·读书·新知三联书店,1981年,第33页。

中国近现代历史上有重要地位。《回忆我的父亲》是杨绛根据《革命逸史》《中华民国史》《北洋军阀统治时期史话》并依据个人的记忆而写的。尽管对于一些问题，杨绛"不敢乱说，没有解答"，但所提供的个人体会，对于了解杨荫杭的生平，对于解答杨荫杭的相关历史问题具有一定的价值。杨绛的姑母杨荫榆"在日寇陷苏州时骂敌遇害"，"但许多研究者只知道她在女师大事件中的作为"[1]。《回忆我的姑母》介绍了杨荫榆不为人知的一些事，而这有助于理解她的悲哀与不幸，理解她所具有的时代局限性。《记钱锺书与〈围城〉》包括"钱锺书与《围城》""写《围城》的钱锺书"两部分。第一部分简单介绍了钱锺书的经历、家庭背景以及撰写《围城》时的处境、写作方法，第二部分则详细讲述了钱锺书种种逸闻趣事，着重刻画了有着旺盛"痴气"的钱锺书。正是这旺盛的"痴气"，再加上创造、联想、夸张等手法，使钱锺书写出了《围城》。

这3篇散文，无论是回忆父亲杨荫杭和姑母杨荫榆，还是回忆丈夫钱锺书，都蕴含着深深的历史沧桑和作者对他们的深深思念。而散文集最核心的部分，则是杨绛写自己在60年代经历的长篇散文《丙午丁未年纪事（乌云与金边）》。这篇散文包括"风狂雨骤""颠倒过来""一位骑士和四个妖精""精彩的表演""帘子和炉子""披着狼皮的羊""乌云的金边"7节。杨绛说，"丙午丁未年的大事是'史无前例的'"，而她的经历只是其中"小小一个侧面"。在"乌云的金边"一节中，杨绛说："按西方成语：'每一朵乌云都有一道银边'。丙午丁未年同遭大劫的人，如果经过不同程度的摧残和折磨，彼此间加深了一点了解，孳生了一点同情和友情，就该算是那一片乌云的银边或竟是金边吧？——因为乌云愈是厚密，银色会变为金色。常言'彩云易散'，乌云也何尝能永远占领天空。乌云蔽天的岁月是不堪回首的，可是停留在我记忆里不易磨灭的，倒是那一道含蕴着光和热的金边。"[2] 在《丙午丁未年纪事》中，杨绛主要记述了她作为一个陪同者在1966—1967

---

[1] 杨绛：《我的姑母》，《将饮茶》，北京：生活·读书·新知三联书店，1987年，第74页。
[2] 杨绛：《丙午丁未年纪事》，《将饮茶》，北京：生活·读书·新知三联书店，1987年，第181—182页。

年间所经历的"乌云"与"乌云的金边"。

《丙午丁未年纪事》在具体记述个人经历的同时，也为读者留下了对这一经历的想象空间。将"小点缀"置于"大背景"之下，将"小穿插"引入"大故事"之中，才能更准确地理解"小点缀""小穿插"的意义，由此，作品对杨绛个人所见所闻所感的记录，也就具有了"以小见大"的效果。当然，就整体而言，与《干校六记》相比，《丙午丁未年纪事》在记述丙午丁未年间事时缺少了一些从容的风致。

第三节　陈白尘的《云梦断忆》

中华人民共和国成立之后，陈白尘曾任上海市文化局艺术处处长、上海市文联常务理事兼秘书长、上海电影制片艺术委员会主任。1952年调任文化部剧本创作室主任，后历任中国文学工作者协会秘书长、中国作家协会秘书长兼理事、中国作家协会书记处书记，《人民文学》副主编、主编。1962年曾赴日本、罗马尼亚、保加利亚、苏联四国考察戏剧事业。1966年春调至江苏省文联。1966年9月回到北京，与此同时开始写日记。1973年因心脏病发作回南京医治。1978年任南京大学中文系主任。1980年11月任南京大学戏剧研究室主任，"重建了南大的戏剧学科，培养了优秀人才"[1]。1979年后，先后当选为中国文联委员、中国作家协会理事、中国戏剧家协会副主席，江苏省文联名誉主席、江苏省作家协会名誉主席，全国政协委员等[2]。从50年代到80年代，著有电影剧本《宋景诗》《大风歌》《阿Q正传》及《鲁迅传》（合著）等，话剧《纸老虎现形记》《结婚进行曲》《大风歌》等，剧本集《岁寒集：陈白尘戏剧选集》《陈白尘剧作选》，散文集《五十年集》《云梦断忆》《牛棚日记》，长篇散文《寂寞的童年》《少年行》《漂泊年年》，撰述历史调查《宋景诗历史调查记》，主编学术著作《中国现代戏剧史稿》。有四川文艺出版社出版五卷本

---

[1] 董健：《我的老师陈白尘》，《炎黄春秋》2009年第3期。
[2] 胡星亮、胡文谦编：《陈白尘简介》，《陈白尘研究资料》，北京：人民文学出版社，2016年，第1页。

《陈白尘选集》和江苏文艺出版社出版八卷本《陈白尘文集》。其中，散文集《云梦断忆》获新时期全国优秀散文（集）杂文（集）荣誉奖。

20世纪80年代，陈白尘出版的散文集有《五十年集》《云梦断忆》，长篇散文有《寂寞的童年》《少年行》《漂泊年年》。此外，陈白尘还有一部分怀人的散文，如《哭翔老》《中国作家的导师——敬悼茅盾同志》《见到鸭群我想起了你——纪念侯金镜同志》《忆丁易》《田老轶事三则——纪念田汉同志八十五诞辰》等。这一时期，陈白尘的散文主要是回忆性散文。这些回忆性散文又主要分为三个部分：一是回忆干校时期的经历，如《云梦断忆》；二是回忆自己的童年青少年生涯，如《寂寞的童年》《少年行》《漂泊年年》；三是怀念已故朋友，如《哭翔老》《见到鸭群我想起了你——纪念侯金镜同志》等。《云梦断忆》最初发表于1983年第3期《收获》，单行本由香港三联书店于1983年12月、北京三联书店于1984年1月出版。除《忆云梦泽》《忆房东》《忆茅舍》《忆"甲骨文"》《忆眸子》《忆鸭群（上）》《忆鸭群（下）》《忆探亲》等8篇，《云梦断忆》还将《忆金镜》一文作为附录收在集中。在《后记》中，陈白尘讲述了这本散文集的写作缘起及命名缘由。有感于当时的回忆性史料存在"死无对证""无从查对"等弊病，陈白尘写下上述8篇作品。由于"这段经历印象较深，感受较切，而且不写全貌，只写几段难忘的人与事"，陈白尘将其命名为"断忆"。[1]

《云梦断忆》以嬉笑怒骂的方式讽刺、批判了荒谬年代中荒谬的人与荒谬的事。其中，既有企图从"我"口中索取"子弹"以便"射击""我"的老朋友，又有昔日求教于"我"而如今成为对"我"怒目的牧"牛"人。本是灵魂窗户的眼睛，在特殊年代有着"表政治之态"这一更重要的作用。在《忆眸子》中，陈白尘描绘了"在史无前例的岁月中"所遇到的"特别丰富"的眸子：有冷眼，有怒目，有蔑视，有侧目，有直目，有邪目，等等。这些"特别丰富"的眸子揭示了那段岁月中"特别丰富"的人的灵魂，揭示了当时"特别丰富"的人与人之间的关系。比如，

---

[1] 陈白尘：《云梦断忆》，北京：生活·读书·新知三联书店，1984年，第121页。

那个曾向"我"投以含爱目光的小女孩儿,她"乌亮的眸子里透出的不再是无邪的光辉,而是愤然的怒火"。陈白尘说:"但我还喋喋不休地写上这么一大篇专忆眸子的文章,其意并不在于揭某些人阴私,而是想到他们也都是有儿有女的人,不知他们又何以教育后代?"[1]这是陈白尘所发出的"救救孩子"的呼喊。《忆"甲骨文"》通过记述"甲骨文"这一人物在20世纪六七十年代的遭际,揭露并批判了特殊年代里荒谬绝伦的"升官"法。陈白尘还善于以喜剧的方式消解苦难。比如,在猛烈的批判大会上,"我"用树枝剔除皮鞋底上沾的泥土。对此,陈白尘自嘲道,这"可说是玩世不恭,也可说是利用光阴嘛"。正如陈虹所说,《云梦断忆》是"于嬉笑之中痛斥丑恶,于诙谐之下鞭挞罪孽"[2]。

在《忆茅舍》一篇中,陈白尘说:"受过苦难的人,谁都诅咒那荒谬的年代。我也诅咒。但在荒谬之中毕竟还有值得怀念的人与事。"比如,《忆茅舍》中的牧"牛"人老X,《忆房东》中的贾家父子,《忆"甲骨文"》中陪同"我"到北京的"大个子",《忆眸子》中的胖男孩。在三年多的干校生活中,陈白尘有两年左右的时间是当"鸭倌"。《云梦断忆》中有两篇是专门回忆鸭子的。陈白尘多次表示,干校时期,与他相处最久而感情最深的便是鸭子。在《忆鸭群(上)》中,陈白尘说:"在兽性大发作的年代里,有些'人',是远不及我的鸭群和平温良,而且颇富于'人'情的——它们没骂过我。"这样的叙述自然是幽默的,但这幽默却让人感到心酸,让人感慨万千。在《忆鸭群(上)》中,陈白尘怀着深情称赞了鸭子勇敢向前、坚持真理的精神。在与云雀的对比中,在与公鸡的对比中,陈白尘看到了常人所未看到的鸭群的美。与习惯于唱赞歌的云雀不同,鸭群的歌唱有一种"朴素之美","有啥唱啥,亦即说啥",没有矫揉造作之态;与只不过有一撮高高翘起尾羽的雄鸡不同,鸭群千姿百态,且各有其美。唯有对鸭群充满热爱的人,唯有长期仔细观察鸭群的人,才能将鸭群的歌唱与姿态描绘得如此精彩。鸭子之间会撩拨、会

---

[1] 陈白尘:《云梦断忆》,北京:生活·读书·新知三联书店,1984年,第74页。
[2] 陈虹:《父亲的故事(代序)》,《对人世的告别》,北京:生活·读书·新知三联书店,1997年,第14页。

挨擦、会互相扭颈以示亲热，"当然，有时发生什么争执，也会'武斗'的，但不过互相以前胸相牴，并不动手动脚，谁力弱，便退让示败而去，胜者并不穷追，更不用说什么'踏上一只脚'的动作了"。这种将特殊年代中的政治性词语与鸭群相联系的叙述，产生了一种滑稽的效果。在《忆鸭群（下）》中，陈白尘不仅描摹了冬季鸭群匍匐于雪地之状，也倾向于从科学知识的角度解释鸭群为何作此状："它们在雪上只走了三尺远，便似听从口令一般，全都匍匐在地，一动不动；约莫过了一分钟，又全都起身，向前走上三五尺，然后又来个匍匐姿态。如此返复多次，动作整齐，比我们人类做工间操的强多了！我于惊奇之余，慢慢悟出个道理来：鸭子全身羽毛覆盖，是足以御寒的。但它全身无羽之处有二：一是长喙，所以它每以羽翼保护之。第二便是它那有蹼的一双脚，亦即食客们称之为鸭掌的部分了。可惜它的腿短，这部分无法插进羽翼，唯一可行之法，只有屈尊其身躯作匍匐状以保护之了。"[1]这似乎说明，陈白尘有一双善于发现的眼睛，也有一颗寻求真理的心。

《忆鸭群（下）》以鸭群与鸭倌之间的关系变化为线索展开叙述，由鸭群最终的命运引出作者的反思。陈白尘不仅是在写鸭群，更是在通过鸭群来写人本身。鸭群逐渐对鸭倌放松警惕，解除戒备，逐渐与鸭倌亲密起来。然而，"鸭群对于鸭倌虽然友爱，但它们不像媚态的猫和奴性的哈巴狗那样，爱和人们相倚偎，在亲近之中总保持一定的距离，这可能是对于嗜鸭者人类持有警惕性之故"[2]。在赞美鸭子之时，作品嘲讽了"媚态的猫""奴性的哈巴狗"和残忍的人类。有研究者指出，陈白尘"晚年散文一方面承袭了早年创作中的喜剧特色，另一方面亦有所改变。由于散文这种文体很大程度上反映的是与自我生命形态相关的内容，因而作者的喜剧锋芒在刺向现实中的丑类的同时，亦常常扫向自己，从而增添了许多自嘲的成分"[3]。当上级下令所有人都要给下锅后的鸭子拔剔茸毛时，"我"的心情难以描绘：

---

[1] 陈白尘：《云梦断忆》，北京：生活·读书·新知三联书店，1984年，第98页。
[2] 同上书，第99页。
[3] 董健、丁帆、王彬彬主编：《中国当代文学史新稿》，北京：北京师范大学出版社，2017年版，第352页。

......只能自我谴责：为什么我只能服从领导命令，而不敢挺身而出，为这群小动物请命呢？我是懦夫！

当此时也，一个像我这样处境的人，不能不联想到自己的命运的。那些声称把我打倒在地并且还要踏上一只脚的人，那些对我横眉竖目，跟着高喊口号的人，那些对我昂首而过，不屑一顾的人，……更不用说那恶声相骂，其实是在卫护我的人，他们之中除了极少数是真心一饱"口腹"之欲的以外，难道真个都想吃掉我的么？是否也像我一样，是在领导的命令之下，不得不来拔剔我的茸毛呢？……

于是我便觉心平气和起来。但我也明白这种想法不过是所谓的恕道。而所谓"恕道"不过是弱者的武器！我是弱者么？……[1]

作者嘲讽了那些施加命令者，也嘲讽了"我"的懦弱。然而，由不得不拔剔鸭毛，"我"又转而想到那些与"我"有着相同处境的人。在那些实际上迫害"我"的人，以及那些在形式上迫害"我"而实际上卫护"我"的人中，或许只有极少数才是真的想满足自身的欲望，而大多数正如"我"一样处于"不得不"的处境之中。在这样一种转换下，"我"由施加行为者转为被迫接受者，"我"也由嘲讽自我转为理解他人，而理解他人未尝不是一种理解自我的方式。理解他人的处境，让"我"觉得心平气和。然而，作者的叙述并没有结束。作者指出，使"我"心平气和的这种想法在本质上不过是所谓的"恕道"，而所谓的"恕道"正是"弱者的武器"。从最初自嘲"懦弱"到最后承认是"弱者"，虽然看似没有发生变化，但实际上已经历了在转折中的推进、在推进中的转折。在这一波三折之中，蕴含着作者的理性思考与批判精神。

1972年，陈白尘获准回南京探亲。在《忆探亲》中，面对楼上某局长的目不斜

---

[1] 陈白尘：《云梦断忆》，北京：生活·读书·新知三联书店，1984年，第102—103页。

视,面对隔壁邻居的"变脸",面对客堂邻居的视而不见,面对这上下左右的"天罗地网",陈白尘感叹:"我这个鸭倌,在此时此地,却颇有宁愿与我的鸭群为伍以终天年的想头。因为我那鸭群实在比这儿的那些'人'更富有人性。"[1]对陈白尘而言,鸭群,象征了真理与和平,象征了美好的人性。对于像鸭子那样坚持真理、温良和平、有着美好人性的人,陈白尘是十分想念的。散文《见到鸭群我想起了你——纪念侯金镜同志》最初发表于1981年第11期《散文》,后以《忆金镜》为题收入散文集《云梦断忆》。

20世纪80年代,陈白尘还发表了《寂寞的童年》《少年行》《漂泊年年》等长篇回忆性散文。《寂寞的童年》最初连载于1984年第6—11期《雨花》,单行本由北京三联书店于1985年11月出版;《少年行》最初连载于1986年第2—5期《人间世》,单行本由北京三联书店于1988年3月出版;《漂泊年年》最初连载于1988年第1—3期《钟山》。这3部长篇散文,是陈白尘对自己童年、青少年生涯的回忆。其中,《寂寞的童年》共15章,分别为"我的故乡""十里长街""元宵忆亲""我的三位老师""风筝之恋""话说毽子""金铃子""岸束穿流怒""升官发财过新年""龙舟竞渡话端阳""迎神""赛会""我的'戏剧发展史'及其'外史'""我的'文学修养'和家训"和"街头流浪记"。在《寂寞的童年》中,陈白尘记述了故乡淮阴的许多风俗民情。比如,"龙舟竞渡话端阳"一节描写端午节的风俗。在陈白尘的故乡,常将端午节叫作五月节。陈白尘喜爱端午的风俗,如悬挂蒲、艾,挂判官像,喝雄黄酒,吃粽子,穿老虎鞋,胸前挂"端午索",用雄黄酒在男孩儿额头写"王"字以避五毒等。城隍会也给陈白尘带来很大的快乐,留下深刻的印象。陈白尘尤其喜欢"赛会"。"赛会"一节对赛会时的各种民间文娱活动有着精彩的描述,如"悠球""抬阁""花篮担""十番"以及压轴戏"样轿"等。当然,即便是回忆"寂寞的童年"的趣事,陈白尘也表现出批判精神。掷瘟船是城隍出巡典礼中的高潮。"迎神"一节记述了父亲当时的言行:"但这时发现我父亲抄着手在微笑,大有置身事外、唯我独醒之势……他似乎听而未闻,只笑了笑说:'今年城隍庙的和尚不愁吃喝、零用

---

[1] 陈白尘:《云梦断忆》,北京:生活·读书·新知三联书店,1984年,第111页。

了！'这句话，到几年以后我才悟过来：这就是城隍爷出巡'收灾降福'的主要成果了。而远到近七十年以后的今天才悟过来的，则是那位瘟神——即以权谋私、受贿纳贿的瘟神，并非泥型的，在你我身旁还是随时可见！"[1]在"迎神"一节中，陈白尘对"阎王好见，小鬼难缠"这句谚语做出如下解释："其实阎王谁也未见过，我们应该说'城隍好见'才是。城隍不仅好见而且好看，小鬼不仅难缠而且丑恶。这是矛盾的。但再大一些，便觉并不矛盾了：小鬼难缠，才显得城隍之宽厚；小鬼之所以难缠，焉知不是城隍之纵容包庇？而宽厚与难缠，正是所谓恩威并用，合乎治世之道的。哲人曰：一切鬼神都是人造的。则鬼神治阴世之道，又何尝不是人为的？明乎此，则知县老爷之大力提倡城隍出巡，自是有益世道人心的了。"[2]陈白尘之所以能对谚语做出新的解释，自然与他此后数十年的人生经历有关。陈白尘认为，风俗反映了一个民族的历史和文化。那么，从他对风俗的喜爱与反思之中，可以看到民族历史与文化中的精华与糟粕。

第四节　袁鹰的《秋水》

20世纪80年代，袁鹰出版的作品有散文集《悲欢》《留春集》《天涯》《袁鹰散文选》《远行》《秋水》《中国现当代著名作家文库·袁鹰代表作》《海滨故人》等，长篇散文《漱玉篇》（合著），小品文集《京华小品》，作品集《袁鹰代表作》，儿童文学《我也要戴红领巾》《袁鹰作品选》《小红军长征记》《袁鹰作品集》，诗歌集《袁鹰儿童诗选》《寸心草》《野芹集》。此外，他主编了《中国新文学大系·1976—1982散文集》，参与主编短篇小说集《海天·岁月·人生》。其中，散文集《秋水》获新时期全国优秀散文（集）奖。

在《散文求索小记》中，袁鹰强调了郁达夫现代散文观对他的影响。郁达夫在《〈中国新文学大系·散文二集〉导言》中写道："现代散文的第三个特征，是人

---

[1]　陈白尘：《寂寞的童年》，北京：生活·读书·新知三联书店，1985年，第106—107页。
[2]　同上书，第109页。

性，社会性，与大自然的调和。"不同于从前的散文，现代散文的"作者处处不忘自我，也处处不忘自然与社会。就是最纯粹的诗人的抒情散文里，写到了风花雪月，也总要点出人与人的关系，或人与社会的关系来，以抒怀抱；一粒沙里见世界，半瓣花上说人情，就是现代的散文的特征之一"[1]。因此，在最初写作散文时，袁鹰就希望"能描下动乱人世的一角姿影，能写出一点一滴人民的苦难和欢愉、忧伤和愤懑、沉沦和反抗"[2]。在中华人民共和国成立之后，尤其是在到过许多地方、见过许多人物之后，袁鹰更希望能以散文、随笔的形式将自己的所见所闻所感表现出来。"处处不忘社会""一沙里见世界"的现代散文观，指导着袁鹰的散文写作，也体现在袁鹰的散文写作之中。

悲悼散文，是20世纪80年代散文的重要组成部分，也在袁鹰这一时期的散文写作中占据重要地位。1980年9月，百花文艺出版社出版了袁鹰的散文集《悲欢》。《悲欢》集中收录了袁鹰70年代中后期写作、发表的15篇散文。随着"拨乱反正"的开展，一系列冤假错案得到纠正与平反。在难以名状的心情中，袁鹰写下这10多篇"同时浸着悲痛和欢悦的泪滴"的散文。其中，就有多篇缅怀无产阶级革命家、怀念已故之人的作品，如《十月长安街》《横眉》《飞》《不灭的诗魂》《哭李季》《送赵丹远行》等。1983年10月，浙江文艺出版社出版了袁鹰的散文集《远行》。《远行》集收录了袁鹰80年代写作的30多篇散文。袁鹰在《〈远行〉编余絮语》中写道，所谓的"远行"，有三层意思，第一层意思是"有一组送人远行的悼念之作"。比如，在《蓦然回首》《歌手·园丁·斗士——怀念陈笑雨同志》《哭李季》《送赵丹远行》《光明行——纪念林淡秋同志》《两位常州老师》等作品中，袁鹰以真挚的情感悼念了已故数位文艺家。不同于在《悲欢》的《后记》中表示要"向前看"，袁鹰此时认为，忆人忆旧这种文章"是不能停止、也停止不了的"。

袁鹰在《悲欢以后——〈悲欢〉后记》中写道："悲欢以后，多么需要冷静的思考和严肃的探索，用实践这个唯一的是非标准来认真地检验我们走过来的道路和路

---

[1] 郁达夫：《导言》，《中国新文学大系·散文二集》，良友图书印刷公司，1935年，第9页。
[2] 袁鹰：《散文求索小记——写在自选集前面》，《收获》1982年第6期。

上遇到的一切，从沉重的精神枷锁中解脱出来，轻装前进，奔向四化！"[1]1982年2月，花城出版社出版的散文集《留春集》体现了这种思考与探索。《留春集》收录了袁鹰二十多年来的80多篇作品。《留春集》共3辑，第一辑是"对社会生活的探索"，第二辑是"对电影、戏剧、小说、杂文、诗歌等多种文艺作品的品评"，第三辑是"对国际现象的种种观感"。在袁鹰看来，散文是"时代的产物"，"必然会带着它所产生的时代的声色光影，无论是正确的或是谬误的"[2]。过去的经验与教训是要总结的，但更重要的是要通过记住过去来创造未来，是向前看。"留春的锣鼓声虽然微弱而且凌乱，也许还可以从中多少听到一点我们的国家三十年来走过的脚步声。无论是欢乐的还是痛楚的，无论是健康的还是病态的，无论是结实的还是蹒跚的，全是我们自己一步一步走过来的。""留春的锣鼓，还得继续下去。一二十年前的那些锣鼓，敲得对的，敲得不对的，或是不完全对的，都已随着岁月消逝。失误应该吸取教训，但无须后悔。如果还比较对路的，就该继续当个锣鼓手，努力为人民，为革命事业敲得好些。"[3]

中华人民共和国成立之后，袁鹰曾访问过一些国家，曾接触、结识一些外国友人。比如，50年代越北山区的农民，河内、海防的青年工人；60年代阿尔及利亚、喀麦隆、安哥拉的游击战士，日本的作家、妇女，尼泊尔的诗人；70年代平壤的少年儿童、开城的人民军军官；80年代澳大利亚的报纸主编、日本的作家、联邦德国的青年知识分子等。有感于"尽管国际政局风云变幻，时过境迁，人事代谢，但人民之间的友情是最可贵的，也是长青的"，袁鹰写下多篇散文以作纪念。有感于"我们居住的这个星球之上，莽莽五大洲三大洋，何处不是天涯呢"，袁鹰将这些国际题材的散文结集并将书名定为《天涯》。[4] 1982年7月，上海文艺出版社出版

1　袁鹰：《悲欢以后——〈悲欢〉后记》，李泱编：《袁鹰研究专题》，杭州：浙江文艺出版社，1992年，第46页。
2　袁鹰：《散文求索小记——写在自选集前面》，《收获》1982年第6期。
3　袁鹰：《〈留春集〉后记》，李泱编：《袁鹰研究专题》，杭州：浙江文艺出版社，1992年，第75页。
4　袁鹰：《〈天涯〉后记》，李泱编：《袁鹰研究专题》，杭州：浙江文艺出版社，1992年，第76—77页。

《天涯》，为中国人民与世界其他各国人民之间诚挚的友谊谱写了一曲赞歌。

1984年12月，袁鹰的散文集《秋水》由百花文艺出版社出版。这是袁鹰在80年代最重要的一部散文集。袁鹰在回复青年关于散文写作问题的来信中写道："散文最要紧的是一个字：真。"这"真""自然不是说所写的每件事、每个人都必须分毫不差，像照相似的不许有一丝走样"，而是说"散文抒发的必须是发自心田的真情实感，说的必须是真话，感情表达得可能不够深沉，不够浓烈，但重要的是真挚，而不是矫饰，更不是虚情假意。话也许说得不够深刻，不够准确，甚至经过实践检验而发现谬误，但应该是真心话，而不是自欺欺人的谰言"。袁鹰非常喜欢杜甫"秋水为神玉为骨"这句诗。他认为，这对人品来说是相当高的标准，而其精髓就在于"真"。"秋水"两字"透着清澈、淳静，而又浩渺充盈，悠悠然使人神往"，可作为"对自己为人为文的一种激励"。[1]这也是袁鹰将该散文集命名为《秋水》的缘由。

《秋水》集分"秋水情思""东风手札""青州旅怀""江南梦忆""赏花随笔"5辑，共40余篇。第一辑"秋水情思"包括8篇作品。其中，既有以诚挚的感情怀念刘少奇、周恩来等无产阶级革命家的《凝望着纪念邮票》《思南路上的梧桐树》，又有以真切的感情追忆李季、魏克明等老友的《春日怀李季》《云雾茶》《昨夜西风凋碧树》，还有怀念寂寂无名的"牛福兄"的《牛福兄，你在哪里？》，以及审视过往历史的《想起了"七十六号"？》等。其中，《春日怀李季》《云雾茶》两篇是怀念老友李季的。《春日怀李季》开头即引出鲁迅《空谈》中"死者倘不埋在活人的心中，那就真真死掉了"一句，以表明虽然李季已经去世三年，但他还活在人们心中之意。作品以简洁、准确的语言刻画了李季坦率、爽朗的性格："赞成就是赞成，反对就是反对；是非分明，绝不模棱两可；干净利落，也不拖泥带水。"此外，作品还注意突出李季工作的忙碌及其所做出的成果："所有的后来人都会记得先驱者付出的心血，而且总会以感激的心情忆念他们的音容笑貌的。"《云雾茶》以"云雾茶"为线索引发"我"对李季的回忆，塑造了李季疾恶如仇的形象，赞美了李季的革命精

---

[1] 袁鹰：《小跋》，《秋水》，天津：百花文艺出版社，1984年，第257—259页。

神。作品开头以桌上的一盒云雾茶引发"我"的思绪。因"我"患牙痛,邻居给"我"送来一包南海云雾茶。这茶减轻了"我"的牙痛,"我"也因此常常将这茶分给患牙痛的亲友,李季正是其中之一。20世纪70年代末,李季的工作非常繁忙,见他忍痛还要主持各种会议,"我"将云雾茶分给李季,希望这茶叶能为他减轻痛苦。在发言中,李季一面捂着牙根,一面慷慨陈词。作者由此认识到,"义愤填膺,动了真情,牙痛自然就不在话下了,未必全是云雾茶的功劳"。当六七十年代的"笔杆子"又重获青睐时,李季说道:"就跟这坏牙一样,留着总是隐患,只能下决心拔掉。靠止痛药是不行的,你那个云雾茶也不管用。""云雾茶"只能解一时之痛,最关键的还是要根除隐患。

第二辑"东风手札"包括《大地发春华》《叮咚声里》《书城一角》《新桃换旧符》《那间小屋》《六盏宫灯》《盛世如花》《感谢育花人》《燕台何处》《枫叶如丹》10篇作品。这些作品批判了长期存在的"左"的思想,迫切地呼唤解放思想、实事求是,热情地赞美了在中国大地上创造物质文明与精神文明的人们。《叮咚声里》通过描写一位退而不休的普普通通的幼教工作者陶奶奶,赞美了"默默地为奔腾不息的时代潮流注入一股清泉,一滴甜水"的人们。《书城一角》《新桃换旧符》《盛世如花》《感谢育花人》《燕台何处》等作品,借由书城一角、旧符与新桃、芳草、育花人、燕台等表达了对知识的重视,对有胆有识的改革者的重视,以及对人才的重视。《那间小屋》由秦威的水彩画引发回忆,从雷雨交加之中有暖色的小屋中,作者发出相信"涸辙之鲋"是不会轻易地"相忘于江湖"的感叹。

第三辑"青州旅怀"包括《石刻前的沉思》《悠悠千载故人心》《归来堂遐想》《杨柳依依》《千古风流》5篇作品。这些作品或赞美古往今来创造了民族文明的劳动人民,如《石刻前的沉思》;或赞美古往今来一切有功于民族、有益于人民的风流人物,如《悠悠千载故人心》《归来堂遐想》《杨柳依依》;或赞美抗击侵略、保家卫国的英雄豪杰,如《千古风流》。《悠悠千载故人心》讴歌了勤政爱民、励精图治,"先天下之忧而忧,后天下之乐而乐"的范仲淹;《杨柳依依》讴歌了爱才若命、有骨气的冯溥。袁鹰表示:"对历史人物的臧否,人心从来有一杆极其公平的秤，丝毫不爽。"青州城，就是最好的证明。这一辑散文的旁征博引，体现了袁鹰散文所具有的知识性特点。

第四辑"江南梦忆"包括《秦淮河》《踏雪寻煤》《鲁迅下过的矿井》《竹海访古》《过苏州南园》《拙政园里想忠王》《常熟城里》《白茆歌会》《附篇：读常熟来鸿》《在北塘酒楼上》《五湖烟水洗恩仇》11篇作品。20世纪六七十年代，袁鹰曾数次回到江南。旧地重游本应欢喜，实际上却大多怅然。"但是，在混乱中也能遇到一角宁静，在冷漠中也能寻得一丝慰藉。"[1]"江南梦忆"这辑为数次见到的江南一角做了一点记录，如《踏雪寻煤》批判了假大空的作风，赞美了脚踏实地的青年。

第五辑"赏花随笔"包括《空谷足音》《生活之窗常绿》《珊瑚：大海深处美的结晶》《辣椒·仙人掌·讽刺诗》《从"卧游"想起的》《一份珍贵的散文遗产》《历史，谁都不应忘怀》《天留一老伴湖山》8篇作品。这些文章多是袁鹰对他人作品的评论，而对他人作品的评论也在一定程度上反映了袁鹰的文学观。《空谷足音》是袁鹰为《韩少华散文选》作的序。在这篇文章中，袁鹰肯定道："他的散文，善于以精当细致的笔触，蕴满来自肺腑深处的缕缕真情，在山川风貌、花木园林、人间百态之中，挥洒自如，执着地追求优美的意境。"[2]《生活之窗常绿》是袁鹰为姜德明散文集《绿窗集》作的序。由书名"绿窗"，袁鹰指出："生活在绿窗中的人，心灵必定也会同窗前的明月一样，宁静而皎洁。那充满希望与生命活力的绿色，自会像淙淙的春水，一刻不停地沁入到人的心田里，连笔墨也会染得碧绿碧绿的了。"[3]《珊瑚：大海深处美的结晶》是袁鹰为赵丽宏的诗集《珊瑚》作的序。袁鹰在文中肯定了赵丽宏对生活的观察力："从平凡的、人们最熟悉的生活中，去寻求美，去积聚美，去组织美，去表现美，最终，让读者从美感中获得心灵的悸动和启迪。"[4]袁鹰对韩少华散文集、姜德明散文集、赵丽宏诗集的评论，反映了他自身对真情的重视、对生活的重视、对美的重视。生活中不仅有美丽的事物，还有丑陋的事物；生

---

[1] 袁鹰：《秋水》，天津：百花文艺出版社，1984年，第133页。
[2] 同上书，第193页。
[3] 同上书，第196—197页。
[4] 同上书，第204页。

活中不仅有新生的事物，还有腐朽的事物。对于那些丑陋的、腐朽的事物，则需要讽刺，需要暴露，需要清除。《辣椒·仙人掌·讽刺诗》是袁鹰为易元和的讽刺诗集《热嘲集》作的序。袁鹰指出，"只要我们生活中还有需要清除的旧东西，只要我们的心中、脸上还有灰尘，讽刺诗就有生命力"，"生活创造了讽刺诗，讽刺诗又丰富了生活，在某种意义上也干预了生活，促进了生活的进程"[1]。

李泱在为《袁鹰散文选集》作的《序言》中指出："近些年来，袁鹰在开拓散文题材、增加散文美感、锤炼散文技巧、编纂散文专集、探讨散文理论等几个方面，都取得了有目共睹的实绩。"此外，袁鹰的散文也存在一些弱点及局限。"他的几百篇散文作品并非都是精品，有少数作品缺乏深度，缺少新意；有个别篇章尚未做到淳朴自然，多少有点雕琢堆砌；有个别作品书卷气息似乎太浓了点，多少会妨碍向大众普及。"[2]

第五节　秦文玉的《绿雪》

秦文玉（1948—1994），笔名边烽，江苏泰兴人。1968年毕业于江苏省泰兴中学。1976年于南京师范学院中文系毕业后，被分配到西藏工作。曾任《西藏文艺》（后改名《西藏文学》）编辑部编辑、小说组长、副主编，西藏作家协会副主席。1989年调入中国作家协会任机关党委副书记，1990年调入作家出版社任副总编辑。曾是中国作家协会文学讲习所、鲁迅文学院、北京大学中文系、北京语言学院学员，中国作家协会会员、中国散文学会理事。1992年获国务院特殊津贴。1994年因车祸不幸去世。秦文玉于20世纪70年代开始发表作品，著有长篇小说《女活佛》，散文集《绿雪》，报告文学集《神歌》《寻觅太阳城》。其中，报告文学集《神歌》、长篇小说《女活佛》获西藏自治区优秀作品奖；散文集《绿雪》获新时期全国优秀散文（集）奖；散文《云鸟西飞》获西藏自治区优秀作品一等奖；散文《十万佛塔

---

[1]　袁鹰：《秋水》，天津：百花文艺出版社，1984年，第214页、第208页。
[2]　李泱：《序言》，《袁鹰散文选集》，天津：百花文艺出版社，1996年，第17页。

记》获《散文》月刊优秀作品二等奖；散文《亲戚越走越亲》获《人民日报》优秀作品二等奖。[1]

  大学毕业后，秦文玉翻越唐古拉山脉来到拉萨，像种子一样被撒向"荒远、干寒、贫瘠而又日光充裕、雪水盈盈、美丽肥沃"[2]的高原的土地。在报告文学集《寻觅太阳城》的《后记》中，秦文玉表示："要认识一座城，有时必须走出这座城；要理解这座城，首先必须理解城下的这一片土地。"[3]于是，在刚到西藏的前半年，他的身影就出现在尼洋河畔、九龙沟的原始森林、色奇拉山麓、念青唐古拉山麓的羊八井盆地等地。在西藏的这些年，他"北访羌塘草原，南游喜马拉雅，东去波密森林和波斗藏布江"。西藏特异的自然风景、古老的历史文化、热情的藏族人民等，也就成为秦文玉作品的主要描写对象。比如，长篇小说《女活佛》以十二世女活佛江央玉珍为主人公，报告文学《神歌》讲述了藏族史诗《格萨尔》的发现与整理。为了使内地的家人、老师、同学、朋友等一切关心自己的人放心，秦文玉"写了一些散文，发表出来权当'平安家书'"。1986年3月，秦文玉的散文集《绿雪》由百花文艺出版社出版。徐迟在为《绿雪》作的《序》中写道，在读完《绿雪》后，他"喜欢得禁不住战栗"。"之所以用战栗这两个字，并不因为他描写了什么太恐怖的情节。他没有恐怖的情节，只有鸣禽的沥沥，彩羽的闪闪，说明作者对多种禽鸟是非常熟悉的。以及云霞的彩色，景色的描绘等等，说明作者对于大自然更有着无限的默契。""西藏是迷人的，关于它的这部书是迷人的。作者的散文风格是迷人的，主要是因为他写的是最迷人的西藏高原，读了它令人无限喜悦，读了它令人喜悦得至于战栗，使人心向往之。"[4]

  散文集《绿雪》包括《布达拉宫之晨》《在古寺的溶溶月色里》《达玛节》《十万佛塔记》《罗布林卡的节日》《古堡上的水晶石》《绿雪》《秋夜，青稞在飘香》《请听

---

[1] 张王飞、吴俊主编：《江苏当代文学编年（1949—2012）》，南京：江苏凤凰文艺出版社，2021年，第482页；曾绍义编：《中国散文百家谭》，成都：四川人民出版社，1993年，第1214页。
[2] 秦文玉：《永恒的诱惑（代后记）》，《神歌》，拉萨：西藏人民出版社，1988年，第343页。
[3] 秦文玉：《寻觅太阳城》，北京：解放军出版社，1993年，第321页。
[4] 秦文玉：《绿雪》，天津：百花文艺出版社，1986年，第2页、第4页。

拉萨河不息的涛声——遥寄陈涛》等近20篇散文。其中，既呈现了清晨浓雾消散中的布达拉宫，又描绘了月色溶溶下的大昭寺；既刻画了西藏的自然风光，又讲述了西藏的各种风俗；既赞美了新一代藏族人民以及援藏人员用科学知识建设西藏，又怀念了为西藏建设付出生命的故人。在西藏工作的十三年中，秦文玉有七八年的时间是在布达拉宫所在的红山北麓。在《我站在历史的清晨——〈布达拉宫之晨〉谈片》中，秦文玉表示，从第一眼瞥见布达拉宫这座古老雄伟的宫殿起，他心中就暗暗升腾起"用笔为它造像立碑"这个愿望[1]。布达拉宫被誉为世界屋脊上的"金字塔"，被誉为"太阳神殿"。这篇作品以"晨"为视角，勾勒了清晨雾海消散之中的布达拉宫，并将其与布达拉宫的历史相结合，在展现布达拉宫的地理环境、建筑结构、景观的同时，还讲述了布达拉宫长达一千多年的历史。作品一开头就描绘了布达拉宫这座水晶宫渐渐从雾海中崛起、上升、耸立于海天之间的场景。伴随着悠扬的钟声的流动，作品讲述了松赞干布建造布达拉宫的雏形——"森康呷布"（意为"白宫"）的历史、布达拉宫在八九世纪遭遇火灾与战争的历史。随着"晨雾已经变成缕缕丝绸，在布达拉宫的翘角飞檐上缭绕。拉萨城里开始响起清晨的喧哗声"，作品又讲述了五世达赖在17世纪重修布达拉宫的历史。晨雾散尽，庄严静穆的布达拉宫映入眼帘。作品将目光转移到宫殿本身，介绍了象征日月星辰的外围宫堡、用花岗石砌筑的内外宫墙等，尤其是宫殿里成千上万的壁画与精妙的佛像。无数的稀世珍宝被供奉给宫殿之中的"灵塔"。塔身的金皮耗费大量黄金，塔上面镶嵌着红玛瑙、蓝宝石、祖母绿等灿若繁星的宝石。十三世达赖灵塔殿内有一座几乎价值连城的由金丝编织的珍珠塔，灵塔塔顶有光彩耀目的"金顶"。但作者并没有止于描绘灵塔的无比华贵，而是透过幽暗的光线与缥缈的烟气看到："兀立在眼前的哪里是什么灵塔，这分明是一个历史的幻影，一块古怪的化石。它是千年的财富和血晶，千年的文明和愚昧，千年的智慧和蒙昧……"悠扬的钟声再次响起，"震散

---

[1] 秦文玉：《我站在历史的清晨——〈布达拉宫之晨〉谈片》，曾绍义编：《中国散文百家谭》，成都：四川人民出版社，1993年，第1215页。

第二章　历史的反思和生活的哲思（1980—1989）

了笼罩着古城的最后一点薄雾"。[1]布达拉宫下涌过的人群，正涌向沸腾的生活。

对于布达拉宫，秦文玉没有"用一般导游介绍式的平板叙述和说明"，而是"独具匠心地选取了'晨'这个特定的角度，把晨景与宫景交融起来写，既抓住了西藏高原的自然特色，又抓住了布达拉宫的建筑特色，两者交融起来写，奇上加奇，妙上加妙。笔锋左绕右旋，时而写自然美景，时而绘古宫神貌，左右逢源，挥洒自如。而且从开头写晨雾中的宫景到结尾呼应'浓雾渐消的拉萨的清晨'使整篇散文显得完整统一"[2]。这种将景色与建筑相交融的写法，也出现在《在古寺的溶溶月色里》这篇作品中。《在古寺的溶溶月色里》在描写"金钩一样的新月"升起的过程中，描绘了在哈萝花吐芬的春夜里的大昭寺。当新月上升到大昭寺主殿飞檐上独角神龙的嘴边时，作者发出"金钩一样的新月呀，你想从静湖一般的古寺里钓起一些什么呢"的疑问，继而介绍大昭寺的由来；当新月将青光洒向主殿殿顶时，作者发问"金钩一样的新月呀，你是想钓起主殿内觉阿佛前长明灯的灯花么"，继而描绘主殿觉阿佛与27只银碗、12盏金灯爆出的灯花；当新月越过金顶将月光洒向石板上时，作者由时髦青年的跪拜发出"金钩一样的新月呀，你难道想钓起这个像碑石一样沉重、像海虾一样弯曲的梦——一个古老而又时髦的悲哀"的疑问。突然，"那弯金钩似的新月，悄悄地躲进云彩里去了"。"金钩一样的新月"，在这篇作品中具有结构性的作用，它的反复出现，推动了作品对大昭寺历史的叙述。最后，"弯弯的新月从云彩里钻出来了，它哪里是一弯金钩呢，它变成了一只波光闪闪的眼睛，它窥破了千年古寺的缕缕青烟"。可以说，无论是布达拉宫的"晨"，还是大昭寺的"月"，都像是一只眼睛，一只见证了布达拉宫、大昭寺历史的眼睛。借助"晨""月"的视角，作品实现了历史与现实的交叉叙述。

《十万佛塔记》，最初以"边烽"为笔名发表于1980年第3期《散文》。所谓"十万佛塔"，指的是位于江孜白居寺内的佛塔。15世纪，江孜法王贡桑饶丹帕在白居寺内建造了这座佛塔。这座被誉为"巴廓典典"（意为"卷浪之塔"）的佛塔由底

---

[1] 秦文玉：《绿雪》，天津：百花文艺出版社，1986年，第12页。
[2] 叶公觉：《迷人的西藏画卷——读秦文玉的散文集〈绿玉〉》，《文艺报》1991年第1期。

层、六层圆塔楼以及塔顶组成,其底层是七级梯田河岸似的塔楼,其塔顶是一朵紫铜十三瓣莲花。据说,由于塔楼里的壁画、卷轴画上的佛像以及泥塑、铜铸、金银菩萨加起来有十万尊,这座塔被记载为"古布木曲典",意思是"十万佛塔"。与对布达拉宫、大昭寺的介绍相同,十万佛塔也"很容易写成导游说明书","或描摹一番佛塔的形状,或引出一段有关传说,至多再说说它的来历,今天又如何修葺一新云云"。而秦文玉在这篇作品中"不仅没有陷入俗套,而且紧紧地把握住佛塔与人、历史、时代的总体关系,通过眼前的所见所闻和所想,纵横交错地写出了这一古迹后面那为一般人所看不见的历史意义"[1]。与《布达拉宫之晨》《在古寺的溶溶月色里》相同,作者在赞叹的同时仍有一种批判的意识。"塔内的这十万尊佛像,每一尊都是藏族人民的血汗和智慧所凝成。十万尊血汗与智慧的结晶,五百多年来一直闪闪发光。这座佛塔不愧与布达拉宫和萨迦寺并成为西藏的三大艺术宝库",但是,"虔诚的农奴们有谁摆脱了蚂蚁和小虫一样的命运呢"?那富丽堂皇的佛塔下的监狱里,关押着的都是支不起差、还不起债的农奴。然而不同于过去的旧世纪,"新世纪的旭日,终于以其辉煌的火焰照临到江孜谷地。这座古老的十万佛塔,已成为人民政府的重点保护文物"。[2]古老的建筑搭建起从历史走向现实的桥梁,展现了旧时代的一去不复返与新时代的到来。这种新旧对比的方式,同样出现在《布达拉宫之晨》中。在红山的第三道山门前,悬挂着两面有棕绿色鼓背、灰白色鼓面且有隐隐裂纹的巨大骡皮鼓。"多少世纪以来,每当暮色苍茫,关闭山门之时,都要擂动这两面的法鼓。"但在作者写作之时,那两面骡皮鼓已经有二十年没有声息。"新时代的晨钟,终于敲哑了旧世纪的暮鼓。"对此,作者表示:"晨钟与暮鼓——如文明与野蛮、智慧与蒙昧,可以构成反差强烈的音响色调和节奏。我何不让它悠悠地回响于小文的始终呢?"[3]

---

[1] 曾绍义:《散文的历史感——秦文玉散文论》,《散文论谭》,成都:四川大学出版社,1989年,第211页。

[2] 秦文玉:《绿雪》,天津:百花文艺出版社,1986年,第36—38页。

[3] 秦文玉:《我站在历史的清晨——〈布达拉宫之晨〉谈片》,曾绍义编:《中国散文百家谭》,成都:四川人民出版社,1993年,第1217—1218页。

第二章　历史的反思和生活的哲思（1980—1989）

秦文玉的历史意识，还体现在描绘西藏种种风俗的散文作品中，如《达玛节》《罗布林卡节日》《启明星又升起了》等。秦文玉善于在作品开头以细腻的语言描绘自然风光，《达玛节》开头便描写了雨后水草丰茂的高原景色："一夜喜雨浇熄黄焰，莽莽苍苍的年楚河谷，织出了碧绿水灵的江孜地毯。东南风用流利的笔触，从烟雨中勾出宗山古堡和十万佛塔的廓影，在蓝晶晶的天幕上，绘出了清新雄奇的壁画。"紧接着，作品讲述了有着五百多年历史的江孜达玛节的由来，刻画了达玛节热闹的场景。其中，既有十岁左右的藏族少年骑着头上插着羽毛、背上垫着彩色垫子的骏马奔向终点线，又有壮年汉子、老人骑着头戴秀珠花、四条腿虽短但敏捷有力的牦牛进行比赛。按照风俗，这些获得名次的骑手，还要在乡亲们的簇拥下绕场游行。骑马射箭，是达玛节最精彩的节目。骑手们身背火枪、腰挂箭壶，比赛异常激烈。此外，作品还重点描写了一位骑着浑身雪白的海螺马、身穿紧身绿袄、头戴蓝格子头帕、眼睛像闪闪发光的星星的女射手。"她一手控牛角弓，一手取鹰翎箭，那箭约二尺五寸长短。她拈着箭羽，箭镞朝上，举过细长的柳叶眉。"这是作者对力与美的赞美。《罗布林卡节日》开头介绍了罗布林卡在过去最有名的节日——巧秀节、雪顿节。巧秀节就是"沐浴节"，节日期间，藏族人民要到大河小湖里洗澡，而达官贵人则能在罗布林卡的宴席上享用山珍海味；雪顿节就是"吃酸奶节"，藏族人民只有在雪顿节期间才能进入罗布林卡看戏、游玩。与此形成对比的是，今天的罗布林卡已改名为"人民公园"，它的大门向人民敞开。每到节日，人们就拥向罗布林卡，有头发花白的波拉、姆拉，有推着胖娃娃的中年人，有结伴而行的姑娘们，有性急的小伙子们。如今罗布林卡节日的盛况，是往昔的巧秀节、雪顿节无法比拟的。《启明星又升起了》开头讲述了藏历新年背头道水"曲沛"的风俗。藏历大年初一，当"陀让嘎钦"这颗"启明星"升起的时候，藏族人民便会到水井、山泉、河流、湖泊去抢背这象征着吉祥如意的头道水。借由背"曲沛"这一风俗，作品引出蹲在河边的妇女郑大姐，在讲述郑大姐在过往年代的悲惨遭遇之后，赞美了郑大姐对支援边疆建设的付出。郑大姐那双"结了薄冰的眼睛，现在是这样热情，这样明亮，这样波光闪闪"，这让"我想起了启明星升起的时候"。此外，《古堡上的水晶石》《西海情》,分别讲述了关于宗山古堡与西海的传说。

秦文玉的历史意识,也体现在那些赞美为西藏建设发展做出贡献的人的散文之中。《绿雪》之所谓"绿雪",指的是用雪山流水浇灌出来的茶叶。作品讲述藏族饮茶的历史以及藏族第一代种茶专家顿珠"请茶姑娘到高原安家"所经过的"九十九道磨难",赞美了坚持不懈试种茶树、最终发现耐酷寒且抗疾风的茶树的顿珠。《谁家新客来碧湖》则讲述了喜马拉雅黄鸭由过去的"神鸟"变为如今驻守部队养殖的水鸟的故事。在作者看来,黄鸭欢叫的"嘎嘎!嘎嘎"意思就是:"安家!安家!"借由黄鸭的欢叫,作品赞美在西藏"安家"、支援西藏建设的人们。1986年春,秦文玉在《永恒的诱惑》一文中写道:"当年从柳园进藏的同学,而今在高原上已经所剩不多。离开的,对高原恋恋不舍;留下的,仍然在坚韧地耕作。还有一些同学,已经永远留在这片棕色的土壤里。他们的名字,有的刻在拉萨西郊烈士陵园的碑石上,更多的名字,溶入洁白的雪山,暗绿的草原和幽蓝色的江水里。"[1]陈涛,就是永远留在这片土壤里的一位。《请听拉萨河不息的涛声——遥寄陈涛》一文,纪念了在西藏牺牲的南京大学物理系磁学专业的学生陈涛,表达了作者对陈涛深深的思念。来到西藏之后,陈涛不愿留在拉萨,主动申请到西藏最艰苦的黑河地区。在一个风雨交加的夜晚,陈涛在拉萨河谷不幸遇难。伴随着拉萨河边的一次又一次的涛声,作者在拉萨河边寻觅着陈涛的脚印,展开了对陈涛的回忆。有论者指出,作者"如果能具体地写出河谷的险恶与主人公牺牲两者之间的必然联系,或许更催人泪下",且作者虽然在散文历史感这方面有好的开端,"但亦嫌不够,特别是有的作品的开掘尚未达到应有的深度",《请听拉萨河不息的涛声》"就还需从陈涛的'这一个'深入地思考一下'这一代'所具备的共同特征"[2]。

秦文玉在《散文断想》中写道:"我们需要悠美的轻音乐,需要注满诗意的山水画和纪游篇,需要花鸟鱼虫,需要笼罩朦胧美的雾、梦和倩影。离开这些,散文将

---

[1] 秦文玉:《永恒的诱惑(代后记)》,《神歌》,拉萨:西藏人民出版社,1988年,第346页。
[2] 曾绍义:《散文的历史感——秦文玉散文论》,《散文论谭》,成都:四川大学出版社,1989年,第219—220页。

会乏味。我们的散文似乎需要更多地走向农村和工厂，矿山和边寨，大漠和海防……"[1]于是，酷爱历史的他"幻想乘着文学的牛皮船，在藏族历史的长河中上溯三千年"，将看到的"一些异样的人物，异样的风景"告诉相识或不相识的年轻的朋友[2]。以西藏为主要描写对象的散文集《绿雪》，即是证明。

第六节　薛尔康的《留恋果》

薛尔康（1948—　），原名薛源源，江苏无锡人。自1954年起，先后就读于无锡崇安寺小学、无锡师范附小、无锡市第七中学、无锡市第二中学。20世纪六七十年代，先在盐城响水县插队务农，后在响水县委报道组、响水县贾汪煤矿、响水县印刷厂等单位工作。1976年调至无锡胶片厂工作。1986年在北京大学作家班学习。曾任中国作家协会江苏分会散文创作委员会副主任、无锡市文联常委、无锡市文协副主席，为中国作家协会江苏分会会员、中国作家协会会员、中国散文学会会员。[3]70年代开始发表作品，著有长篇小说《失落的上帝》、《太平军上校呤唎》（合著）等，散文集《留恋果》《花街》《初雾》《绿色座右铭》《你的脸我的脸》《母亲不会死》等，报告文学《开门吧，太阳》《企业之星》，传记文学《挑战大上海——中华实业家荣氏兄弟传》《巨子的诞生：荣氏实业王国的缔造》等。其中，散文集《留恋果》获新时期全国优秀散文（集）奖。

20世纪80年代，薛尔康开始写作散文。1986年可谓薛尔康的散文丰收年：3月，散文集《留恋果》由上海文艺出版社出版；6月，散文集《花街》由中国文联出版社出版；11月，散文集《初雾》由工人出版社出版。薛尔康在《〈花街〉自序》中写道，由于散文是通过作者的所见所闻来反映整个世界的，而作者的个性、经历、文化素质、思想等是不同的，且作者所接触的世界也是不同的，作者创作的散文就具有众多风格。他将散文作家比作筑路者，他们"以各自独特的路和路线，将人们引

---

[1] 秦文玉：《散文断想》，《绿雪》，天津：百花文艺出版社，1986年，第194页。
[2] 秦文玉：《永恒的诱惑（代后记）》，《神歌》，拉萨：西藏人民出版社，1988年，第346页。
[3] 阎纯德主编：《中国文学家辞典·现代第五分册》，成都：四川文艺出版社，1992年，第846—847页。

到现实世界的深处去"。这一比喻使他联想起花街:"花街是造园工人创造的一门朴实而又精湛的铺地艺术,是用乱石、卵石、碎砖、碎瓦、碎瓷片、碎缸片等废料镶嵌成的路面。"花街因碎而能"镶出变化无穷的图纹和丰富的色彩","或素雅,或绚丽,或简练,或繁复,变化万端,各呈姿态,是无愧于微妙世界的微妙的路"。蜿蜒于亭台楼阁、山水风光之中的花街,"与园林景色达成和谐","沿路而去,那充满奥妙的江南园林的空间建筑艺术便一一在目了"。[1]作为散文作家,薛尔康引导读者走在"散文的花街"上,观看、感悟这沿途的景致。

《初雾》虽然出版的时间最晚,但实则是薛尔康写的第一本散文集,完成于1980年至1982年。集中的近40篇作品,有写山水的《运河从我窗下流过》《山在平湖缥缈间》《银湖》等,也有写植物的《枇杷赋》《海桐花开》《长生草》《槲叶情》《含羞草》《蒜叶青青》《太阳花之歌》《啊,昙花》《丹橘尽染洞庭秋》等,还有写人物的《祖母》《母子》《美、感受与文字——记文井同志一席谈》《骆驼与鹰——访作家孙犁》等,绝大多数作品是在探索生命现象,寄寓作者"对人生哲学、价值和观念的思索"。由于经历了许多坎坷,承受了许多痛苦,战胜了许多窘迫,薛尔康执意"表达自己对生命的认识",并希望自己的表达有助于"年轻朋友认识生命的价值和潜在力量,进而认识真实的世界,取得强者的地位"[2]。对于评论家指出他"着力于强者文学"这一点,薛尔康是认同的,并继续践行着。《初雾》最初发表于1982年第18期《文学报》。忽然一个清晨,"山岩上不再有霜,溪壑间不再有冰","大地开始了深呼吸,雾缕是温馨的气息"。如果说雪莱的《西风颂》告诉我们"如果冬天来了,春天还会远吗",那么薛尔康的《初雾》则告诉我们,"雾,敏感的雾,昨天还是霜,此刻,最先捎来了春的气息"。对于"寒潮难道就这般轻易地去了么?雾会使急匆匆的早行者迷失道路么"的疑问,作者坚信:"雾后必有好天气"。薛尔康在《〈初雾〉集后记》中写道,他最初写散文的时候"几乎不考虑表现风格、结构方式、语言技巧之类","只抱着冲动投入写作,以热情去拥抱和融化一切"。"我

---

[1] 薛尔康:《〈花街〉自序》,《花街》,北京:中国文联出版公司,1986年,第2、7页。
[2] 薛尔康:《〈初雾〉集后记》,《初雾》,北京:工人出版社,1986年,第156—157页。

素来厌恶假大空的文字,于是便借助象征和隐喻的手法,寓理于物,又努力化物为情,力图沟通人与人、人与自然、人与社会之间的联系。"[1]《初雾》是以"初雾"宣告了春的到来,宣告了对生命力的向往与赞美。

1990年,薛尔康将80年代创作的写植物的散文结集为《绿色座右铭》出版。在为这本散文集作的《后记》中,薛尔康表示,他最开始只是借写植物表达对人生的体验,但之后是"无语言的树木向我叙说着人的价值和生活的意义"。他写绿色的主旨,是呼唤强者,呼唤像强者一样去探索、去追求。在他看来,"植物世界与人类世界之间有着一种发人深思的对应关系,前者有助你理解世俗人间所发生的一些事情,认识你周围的真实。这使我在讴歌生命之美,对生活抱着积极进取态度的同时,又以清醒的头脑、冷峻的目光,洞察现实生活的底蕴。我进而在较大的参照系统上进行这类题材的写作,借助象征和隐喻的手法,寓理于草木,又努力化草木为情,针砭时弊,讽谏人性,勾画世态,反思历史。我希望沟通人、社会、自然之间的联系,以求更清楚地认识我们置身其间的世界"。[2] 集中的《丹橘尽染洞庭秋》,被林非主编的《中国散文大辞典》列入"散文名篇"。作品开头就描写了车进洞庭山之后见到的橘园景色:"满山遍野碧如琉璃的橘林中,有千簇火苗闪动,万颗玛瑙垂缀,几乎叫人疑是满天不夜的繁星。"对于甘美的洞庭橘,"我"是如此迫不及待、激动、骄傲、赞叹不已,而负责接待的果园技术员老杨却是"淡淡的""情绪压抑的"。原来,日本从中国引进的母本中培育出了龟精、宫川这两个品种。这两个品种,不仅比洞庭红的成熟期早,而且比洞庭红的口味好,竟把洞庭红淘汰了。作者以洞庭红的命运比喻了我国古老的文明:"世界哪怕再美好的事物,若不改革,不更新,也将遭到无情的遗弃。"[3] 幸好科研所已栽培出色香味俱全的新品种——洞庭蜜橘,只待大批栽植后投入国际市场。《中国散文大辞典》对这篇作品作如下点评:"作品采用欲抑先扬的艺术手法,真实地描写了洞庭红被淘汰的惨痛事实,深

---

[1] 薛尔康:《〈初雾〉集后记》,《初雾》,北京:工人出版社,1986年,第157—158页。
[2] 薛尔康:《绿色座右铭》,上海:上海人民出版社,1990年,第191—193页。
[3] 同上书,第129—134页。

刻揭示出有着夜郎自大余绪的民族灵魂在现代社会的悲剧,只有以现代自强与竞争意识武装我们的头脑,才能自立于世界民族之林。"[1]作品末尾对那棵从1931年的寒冷中死而复生的老橘树的赞美,无疑正是对老橘树作为强者的生命力的赞美。

　　散文集《留恋果》共收《烛》《雪之魂》《刚香小记》《琅琊榆》《留恋果》《西双版纳的奇草异木》等30多篇作品。其中所描绘的,既有江南水乡的美景美食,如《两棵古银杏》《鸳鸯岛》《大湖船菜醉客心》;又有西双版纳的自然风光、风俗民情,如《留恋果》《撒尼村寨酒香浓》《竹楼风情》《版纳竹青青》《美哉,筒裙》;还有北国风光,如《从八达岭到老龙头》《秋夜的枣树》《北京植物园览奇》。这些作品"透露着作者对生活和自然的纤细而晶莹的美的感受和热爱"[2]。散文《留恋果》通过依罕娜、比朗、岩复等人物形象刻画,赞美了傣族人民善良、真挚、友爱的心灵。作品一开头就设置了一个悬念:友人叮嘱"我"从西双版纳带回"留恋果",而"我"对于这种奇特的果实是否存在却持怀疑态度。随后,作品通过"我"与依罕娜、比朗、岩复等傣族同胞的交往,展现了傣族人民待人接物的态度。对于"我"不理解为何依罕娜的水果价钱低廉,依罕娜文静地回答:"水果担子摆满街子,客人单单相中我的竹篓,这是咱家竹楼的骄傲。香蕉产在自家院子里,夸赞却藏在客人的目光里,这是钱买不到的哩!"对于"我"不肯领受比朗的馈赠,比朗笑吟吟地说:"在街子上,要讨一分钱都不卖;走在一条路上,你的难处就是我的难处;傣家人待人就像赕佛一样的诚恳。"对于"我"不安于岩复用水果种子作招待,岩复毫不在意地呵呵笑道:"傣家人的心属于朋友,没有朋友的人,没有人尊敬,就像鱼搁在浅滩,麂子掉进深箐,连他家竹楼的柱脚也准定是弯的……"[3]"我"虽然没有吃到"留恋果",但傣族同胞对朋友的肯定、对朋友的诚恳、对朋友的重视,却使"我"对西双版纳留恋不已。那枚从傣族人民善良、真挚、友爱的心灵上结出的美妙的"留恋果",已被"我"品尝并永久怀念。

---

[1] 林非主编:《中国散文大辞典》,郑州:中州古籍出版社,1997年,第625页。
[2] 薛尔康:《留恋果》,上海:上海文艺出版社,1986年,内容提要页。
[3] 同上书,第129—134页。

散文集《留恋果》《花街》也收录了一些以植物为对象的散文,如《剐香小记》《琅琊榆》《两棵古银杏》《版纳竹青青》《秘密的橡胶林》《根》《爱竹赋》《昙花之限》《卖苦草》等。薛尔康认为:"大自然遵循以强汰弱、适者生存的原理,不断再造世界。凡是存在至今的植物,即便是最衰弱的花卉也是挺立在大地上的强者。"[1]《琅琊榆》《根》等作品正是对这些强者的赞歌。《琅琊榆》赞美了在琅琊石中扎根、生长的琅琊榆。在作者眼中,黄山松为了生存在挣扎,而琅琊榆在抗争之中却很泰然,琅琊榆是"强者之中的强者"。《根》则赞美了具有超乎寻常生命力的古银杏。作品讲述了古银杏在被砍伐之后又奇迹般复苏,描绘了古银杏令人吃惊的传授花粉的能力。其中,尤其描述了古银杏极富趣味的根:"有一道树根远远地伸入一家农户的灶屋内,隆出地面,当了几代人的烧火凳。这其中蕴含的一点诗意将我深深地打动了。"这"隆出地面"的"根",使人联想到世事的沉浮和沧桑,"去寻究一个伟大生命的奥秘"。这段描写,体现了作者"为读者'留出空白'之所长"[2]。《剐香小记》开头以"我"从西双版纳带回的两片树叶,引出家乡院中的一棵"野树"。起初,与院中令人愉悦的含笑树形成对比的是,无人关心这棵"野树"。在得知这棵"野树"原是入得了药、做得了菜的肉桂后,院中"家家户户竞相动刀剐皮"。至此,也就明白所谓"剐香小记"所记的正是肉桂树的被剐皮,"肉桂天生是让人取皮的,取尽自有再生的本事"。肉桂的干皮已经结得很厚,肉桂自然愿意让人们索取。从最初的剐皮到后来的采摘肉桂树叶,再到用刀剁肉桂树干,肉桂树终于被摧残。与备受摧残的肉桂形成对比的是,含笑树得到加倍的珍爱,也笑得更轻松自在。作品结尾写道:"开春,肉桂的树桩上竟奇迹般地窜出一根嫩枝,孱弱的绿,却又是倔强的绿,恍若故树的精魂。日后,它将有怎样的遭遇?院子里的居民会变得聪明些了么?"其中,不仅有作者对肉桂树这一强者的赞美,更有对人性的批判。此外,在薛尔康看来,生命意义的体现并不一定在于存在的长度,而是在于

---

[1] 薛尔康:《后记》,《绿色座右铭》,上海:上海人民出版社,1990年,第192页。
[2] 范培松、王尧:《"花街"上的"留恋果"——读薛尔康的散文》,《文艺报》1987年第4期。

完成自身的价值。他在《昙花之限》中描绘了昙花从盛开到凋萎的过程，并表示："昙花虽只一现，但它孕育得多么长久，长久的孕育同样在昭示生命的美质！"

严文井在为《初雾》集写的序《我喜欢这样一种散文》中评价道，薛尔康"懂得常理，而致力于发现'反常'之理，他见过那些已被承认的常见之美，而注意和突出那些未被承认的变易之美"[1]。薛尔康能从一朵小花、一棵小草、一片叶子、一只小鸟上，甚至是从一滴泉水中看到不常被看到的美。在《一滴泉》中，由于"山以泉胜"，作者慕名前往仙人洞一滴泉。穿过了盘山小道，终于来到这吕洞宾修炼成仙的洞穴。作者描绘了仙人洞的一滴泉从积聚到滴落的过程，再写到游人对仙人洞一滴泉的惊叹。不同于其他游客的激动不已，薛尔康对此感到纳闷。他注意到仙人洞外无数的一滴泉："沿着佛手岩耸峙的峭壁而行，一路飞崖悬石上时见水滴坠落，承水石上滴出了臼穴，可见滴水的勇毅，那一声'叮咚'也显得清脆响亮。有的水滴落在草丛中，倏忽不见了踪影；还有的石壁上凝不成水珠，潮润润一线直漫岩底，都是名副其实的一滴泉。"这些挂在石壁上的水滴自有其存在价值，"一路翻崖落石，归入江河，汇成洪涛，去催发征帆，灌浇大地；去推波助澜，际会风云，'奔流到海不复回'"。从这些不为人所注意的一滴泉中，作者看到了它们的不甘寂寞，看到了它们的崇高追求。有研究者注意到，不同于以往散文打出"'景——情——理'的拳法"，薛尔康往往不多"对时空的切割和组合""对视点的流动和变化"，也"不用自己的主观意志加以颠倒和打乱"，"而是采用顺其自然的随物赋形方法，腾出手来全力以赴把重点放在情绪、心理以及体验的蕴蓄、变化和把握上，尽量使抒写的情绪能在原始状态中得到展示，能在变化中求得丰厚一些"[2]。《一滴泉》便是在"顺其自然的随物赋形"中，自自然然地表达个人体验，抒发个人情感。这一切，可谓水到渠成。

薛尔康的散文，也存在一定不足之处。有研究者指出，薛尔康"总体上的创作

1　严文井：《我喜欢这样一种散文（序）》，薛尔康：《初雾》，北京：工人出版社，1986年，第3页。
2　范培松、王尧：《"花街"上的"留恋果"——读薛尔康的散文》，《文艺报》1987年第4期。

的潜在心理定式是想天然地保持创作冲动感，使作品自始至终都尽可能以感情与生活的原始形式出现。但有时也免不了总想急于显示自己的领悟和感叹，这样久而久之就有些生硬和人为的痕迹"。此外，除了"甜"味，还需要在散文中增加一些酸味与苦涩。如此，才能在散文的"花街"上结出更多的"留恋果"。[1]

第七节　高晓声的《生活的交流》

高晓声（1928—1999），江苏武进人。幼时在父亲开办的私塾中学习古代诗文，几乎靠《聊斋志异》"学通了文言文"[2]。1934年至1940年，先后就读于武进郑陆桥小学、常州织机坊小学。由于没有考上县中，1941年随父到江阴澄西中学，1945年毕业。随后到武进龙虎塘鉴明中学插班读高一下学期，于1947年毕业。1948年考入上海法学院经济系，后退学，次年入无锡惠山苏南新闻专科学校，1950年毕业。先后任职于苏南文协筹委会，苏南文化局文化科、江苏省文化局、《新华日报》文艺副刊。1957年5月，在江苏省文联创作组从事专业文学创作。1962年被派往武进县三河口中学任高中语文教师。1972年被借调到公社细菌肥料厂当技术员。1979年3月重新回到文坛，任江苏省作家协会创作组组长，以短篇小说《李顺大造屋》《陈奂生上城》等引发"高晓声热"[3]。1980年加入中国作家协会，1985年当选为中国作家协会理事，1986年担任中国作家协会江苏分会副主席、常务理事。

高晓声于20世纪50年代开始发表作品。1950年发表第一篇短篇小说《收田财》，1953年与叶至诚合作撰写现代锡剧《走上新路》。该剧在华东区戏曲观摩会演出中获得剧本一等奖、优秀演出奖、导演奖、舞台美术奖等。著有短篇小说集《李顺大造屋》《七九小说集》《高晓声一九八〇年小说集》《陈奂生上城》《水东流》《高晓声一九八一年小说集》《陈奂生》《高晓声1982年小说集》《高晓声小说选》《高晓

---

[1] 范培松、王尧：《"花街"上的"留恋果"——读薛尔康的散文》，《文艺报》1987年第4期。
[2] 高晓声：《曲折的路》，《四川文学》1980年第9期。
[3] 王彬彬：《用算盘写作的作家》，《小说评论》2011年第3期。

声1983年小说集》《高晓声1984年小说集》《高晓声代表作》《觅》《新娘没有来》《高晓声幽默作品自选集》等，长篇小说《青天在上》《陈奂生上城出国记》，散文集《生活的交流》《寻觅清白》《钱往哪里跑》《高晓声散文自选集》，文论集《创作谈》《生活·思考·创作》，诗歌集《王善人》，现代锡剧《走上新路》（与叶至诚合作）。2001年，作家出版社出版四卷本《高晓声文集》。其中，《李顺大造屋》获1979年全国优秀短篇小说奖，《陈奂生上城》获1980年全国优秀短篇小说奖。

1987年4月，中国文联出版公司出版高晓声的散文集《生活的交流》。散文集收录《摆渡（代前言）》《船艄梦（代前言）》《我们都上去了》《也给豆腐唱颂歌》《秦蜀行随拾》《旅途拾零》《想起儿时家中书》等30多篇作品。在代前言《摆渡》中，高晓声讲述了一个关于有钱的人、大力士、有权的人、作家四人乘船过渡口的故事，借自动去做摆渡人的作家的口，道出作家最宝贵之物，道出创作目的："作家摆渡，不受惑于财富，不屈从于权力；他以真情实意享渡客，并愿渡客以真情实意报之。过了一阵之后，作家又觉得自己并未改行，原来创作同摆渡一样，目的都是把人渡到前面的彼岸去。"[1]在另一篇代前言《船艄梦》中，高晓声继续讲述关于"摆渡"的故事：

> 且说摆渡这个行当，有忙有闲，有苦有甜；亦易亦难，亦稳亦险；撑船摇橹，也不是一朝一夕就能拿得住的。那位自愿改行去摆渡的作家，确实也经过了一番磨炼之后，才把渡船使得听话的。你看那两岸码头，隔江相对，渡船从这边航到那边，要看准风浪大小，流速缓急，潮汐涨落，选择不同路线，才能不偏不倚，停落在对岸码头上。稍不小心，船就顺流漂落，再要逆流摇到码头上去靠岸，那就费劲得很了。有些知识里手，总以为渡船应从这个码头朝对岸的码头一直线航去；一旦发现曲折，便大惊小怪，认定是弄错了，视为异端。好像天下从此就不太平。唉，好在这摆渡的当过作家，这类事也碰得多了，所

---

[1] 高晓声：《生活的交流》，北京：中国文联出版公司，1987年，第2页。

以见怪不怪,只是好心地笑笑而已。[1]

有学者指出,"高晓声是古代散文传统的继承者"。关于"摆渡"这一行当的叙述,"在长句与短句的搭配上,在整饬与凌乱的布局上,在声音之高低同异的经营上,很见匠心"。关于"摆渡"这一行当的叙述,还说明了因受风浪、流速、潮汐等因素的影响而要选择不同的摆渡航线这一道理。"道路的选择必须依据每一次出发时的各种具体因素而定。从摆渡这具体生活现象中引申出的分支性的道理",与《船舫梦》总体上要表达的"'向前看'的道理","是自然地联系着的,又有一定的独立性"。此外,《我们都上去了》中对"棍子"的议论,《旅途拾零》中关于道德伦理的见解,《乌龟及其硬甲》中对乌龟行为方式的嘲讽,都体现了高晓声对"古代散文重于说理的传统"的继承[2]。

散文《旅程路漫漫》由朋友翟博胜的突然离世,引发了高晓声对生与死的思考。1983年1月2日,"我"收到江阴县文教局的工作人员翟博胜的来信。他在信中告诉"我"已将加入江苏省作协的申请表寄出,并在介绍人栏上签了"我"的名字。由于翟博胜要求加入省作协已经有几年了,"我""很为他高兴了一阵"。然而,1月4日这天,"我"却得知正是在收到翟信那天,翟在拍摄时因跌下舞台而不幸去世。"我为他很难过了一阵"。伴随着长时间无法排遣的情绪,"我"想到:"一个活人在跨越生死的界限时,多少总有点'受不了'吧(可惜我还没有实践过)!"只有突来死亡,才可免去这"受不了"。"于是我竟认为翟博胜是幸福的了。因为他在不知不觉中间跨过了生与死的界限,在他死前的最短一刹那,都没有想到死。他一生所想的都是活的事。他的神经细胞里一点没有死的信息。它给了我启发和教育,我明白了一个人活着的时候去想到死是很无聊的。于是我能够坦然坐飞机,也能够坦然做

---

[1] 高晓声:《生活的交流》,北京:中国文联出版公司,1987年,第3—4页。
[2] 王彬彬:《论高晓声散文创作的艺术性》,《文学评论》2019年第1期。

我认为应该做的一切事情了。"[1]《峨眉山下历险记》则对"我们"在路人的指点下走上一段险路一事进行反思:"其实,省也罢,不省也罢,究竟走多少路,我们反正是第一次走,根本不晓得。省了不晓得,不省也不晓得;而且一般来说不会再走第二趟了。所以,实在想不出那句话何以会有引诱力。"其实,人生的旅途,又何尝不是如此!对于只有一次的人生来说,也会有人指出省力的路。虽然不知是否真能省力,可也总会有人去尝试。这未尝不是对如何选择人生之路的一种警醒。

20世纪80年代,高晓声有过多次旅行经历,也因此写下多篇游记,如《我们都上去了》《访美杂谈》《秦蜀行随拾》《错觉》《古人和今人》《旅程路漫漫》《大佛小佛小小佛》《天南地北走马看》《三江都安我心宽》《补游天堂一只角》《龙母和乌龟》《旅途拾零》《天公在此先作模》《第一次来》等。前文提及的《我们都上去了》《旅途拾零》《乌龟及其硬甲》《旅程路漫漫》《峨眉山下历险记》等无疑继承了中国古代游记的传统,它们并"不单纯记录山川面貌、风俗人情,更引申出种种关于历史、社会、人生的思考"[2]。高晓声在《我们都上去了》一文中写道:

> 须知文章写也不易,游记特别使我为难。几十年来,我在生活中形成的美学观念,着重于如何有饭吃,如何有衣穿,如何有屋住……至于山河的秀丽,若要我来形容,是调动不着词句的。然而我热爱的程度,决不低于醉心于此的人。有关文章、图片,也常常惹我动情,但究竟不曾有福气去领略过它们的神采风韵。此无他,柴、米、油、盐外加一顶帽子长期绊了我的脚也!我的故乡在苏南中部,那儿也有几座馒头山,也有几条弯弯水,骚人墨客,一声声唱山明水秀;可是在这凡夫俗子的心眼里,想到的却是:这水里未知可有鱼虾捉;那山上长了些啥树木。[3]

1　高晓声:《生活的交流》,北京:中国文联出版公司,1987年,第118页。
2　王彬彬:《论高晓声散文创作的艺术性》,《文学评论》2019年第1期。
3　高晓声:《生活的交流》,北京:中国文联出版公司,1987年,第7—8页。

在旅行途中不醉心于山河而着重于衣食住的美学观念，高晓声曾在多篇散文中有所表达。1982年秋，高晓声应邀到四川乐山参加由四川人民出版社与《收获》编辑部联合主持的文学创作与出版座谈会。随后，又应邀到重庆参加座谈会。高晓声到重庆去，既不是为了开会，也不是为了旅游，而是为了在归途中顺便看一下三峡。当高晓声知晓所停留之地就是贫瘠的大巴山地区时，他本就有的许多想法立即被点着："我这个人，在底层生活了大半辈子，原是极庸俗的。有时也想学得高雅一点，无奈本性难改。见了山、竹、花、木……便会想到它们能出产些什么，加工成什么，总要考虑它的实用价值。甚至云幕雾帘，风信寒暖，也都引着我联想到影响作物成长的利弊，这同我仰慕的骚墨情致大相径庭，实在不可救药。"[1]高晓声对吃饭、穿衣、住房的重视，正是对农民生活的重视。在他看来，"好山好水好风光，要同人民的好吃好穿好住房统一起来，才算真好，才算全好"[2]。经过三峡时，高晓声有这种感想，后来到了被光秃秃的石灰岩环抱的广西时，高晓声仍有这种感想。

1981年，高晓声"参加中国翻译家、作家代表团赴美访问"，回国之后写下系列散文《访美杂谈》。《访美杂谈》包括"常州人、常州话和美国话""一天等于十五小时""纽约的灯光""美国的建筑""汽车的方便和烦恼"等20小节。其中，高晓声描写到美国之后给他提供帮助的人，比如让"我"大为感动的罗郁正教授夫妇、天真的葛艾儒先生、敏感的同乡孙筑瑾、亲切可爱的潘原和沈弘光夫妇等。此外，高晓声很关注美国人的生活，这源于他对中国人生活的重视。在"美国的建筑""汽车的方便和烦恼""农村妇女"等节中，高晓声有一种比较的视野，同时也有一种取长补短的意识。比如，对于纽约那一个个方块状的建筑，高晓声"希望中国的建筑学家吸取美国这一教训，在现有条件下尽量避免以一律化、方块化"；对于在宽广、平整的公路上奔驰着的汽车，高晓声联想到自己的家乡常州，进而提出"城建工作者一定要充分考虑到公路的宽度和足够的停车场"；对于美国农民不生产粮

---

[1] 高晓声：《旅途拾零》，《生活的交流》，北京：中国文联出版公司，1987年，第168页。
[2] 高晓声：《天南地北走马看》，《生活的交流》，北京：中国文联出版公司，1987年，第128页。

食，高晓声"奇怪我过去为什么没有想到这一点，也许只有到了农民家里才会有这种敏感"。在"假如二年、三年上不去"中，对于莱伊尔教授的女儿为能在放学后送报纸很自豪一事，高晓声深为认同，"这说得太好了，一个人的自尊心，应该靠自己的劳动培养起来，应该说，不劳动或怕劳动的人不该有自尊"。从那些"把努力掌握科学知识看作是毕生的事情"的美国人身上，高晓声希望我国人民也能够上进，以毕生的精力去掌握科学知识。如此，才能够"更快更好地振兴中华"。从《访美杂谈》中，可以感受到高晓声对祖国的深情。

虽然高晓声自称"至于山河的秀丽，若要我来形容，是调动不着词句的"，但这并不意味着他不在游记中描绘自然景物。在登上黄山之后，高晓声敏锐地捕捉到黄山的奇美："黄山之奇之美不在其大，不在其高，不在其势如游龙的松林，不在其曲折隐现的山道，而在于整个山势构造之异特。以天海到北海一线为界，北向是一片巍峨大山，郁郁苍苍，气魄宏伟。南向一片，就像天工用巨斧把整个大山劈成许多片，一条条狭窄的峻岭，一个个矗立的山峰，一重重笔直的峭壁（简直好像看得出斧痕），一道道深涧的流水。"[1] 这段对黄山山势构造的叙述，不仅给人以听觉美，还给人以视觉美。在听觉美与视觉美的结合下，黄山异特的山势构造如在眼前。在《我的家乡金三角》中，高晓声谈到自己的一个习惯——"从来不想从别人那儿找现成的答案（否则要脑袋干什么？），即使是真理，也只有经过自己实践和思考（常识除外）才相信……"[2] 这种习惯，也体现在对自然景物的描写之中，如对黄山异特山势的发现。此外，有研究者指出，高晓声在散文中"描写自然景物时，往往拔树寻根、穷原竟委，不但写其然，还写其所以然"。比如，《秦蜀行随拾》发现是黄土令关中平原在视觉效果上比苏南土地辽阔、天空高远，从四季变化解释了江南的水秀；《旅途拾零》解释了为何江心水面比江岸浅滩水面低。这些散文继承了古代散文"格物"的传统，而高晓声90年代写家乡的鱼的散文也典型地继

1　高晓声：《我们都上去了》，《生活的交流》，北京：中国文联出版公司，1987年，第15页。
2　高晓声：《我的家乡金三角》，《生活的交流》，北京：中国文联出版公司，1987年，第146页。

承了这种传统[1]。

20世纪80年代，高晓声发表了几篇记人散文，比如《痛悼方之》《往事不堪细说》《正邪冰炭二十年——纪念先辈吴天石》《与朋友交》。其中，《痛悼方之》《正邪冰炭二十年》是悼念友人方之、前辈吴天石的，《往事不堪细说》写"老革命"艾煊，《与朋友交》记与陆文夫之间的友谊。在《与朋友交》中，高晓声回忆了他与陆文夫自50年代以来的交往，尤其谈到两人在70年代末之后的交往。在《我们都上去了》一文中，高晓声曾记录陆文夫在登黄山的过程中对自己的悉心照顾："一路上，陆文夫常伴在我身边，尽义务照顾我。他和我同年，体质却比我强多了。近年来我一再相约，将来请他料理我的后事，他也慨然允诺了。这次爬山，对我的照顾，无微不至，大概是不愿意过早地履行他承担的最后义务吧。"[2] 对于此事，《与朋友交》中有着更详细的叙述。此外，作为小说家的高晓声对陆文夫小说的认识，也体现了一种敏锐的、历史的眼光。方之在去世前不久曾对他本人、陆文夫、高晓声的作品进行过区别，他分别称三人的作品是"辛辣的现实主义""糖醋的现实主义"和"苦涩的现实主义"。高晓声认为，依据当时的情形，方之的评语是中肯的。同时，高晓声也敏锐地看到陆文夫创作风格的变化。陆文夫在1980年发表的小说《特别法庭》中将"辛辣的讽刺埋得那么深，深得你吃进去的时候并不曾觉得，要在胃里经过消化之后，吐出气来时，才吃惊于喉痛呢"，高晓声以形象化的比喻道出了这篇在当时未引起重视的作品的讽刺之深。相较于《小贩世家》，高晓声认为《美食家》"找到了更有特征性的细节去表现人物"。对于作家有影响力的作品有时并非作家所看重的作品这一现象，高晓声发出一番议论："一些作家认为自己重要的作品往往没有得到应有的位置，而占据那个位置的却又是作家自己认为不该上去的，因此而常常觉得尴尬和寂寞。"[3] 这种读者对作家的误读现象，又何尝没有发生在

---

[1] 王彬彬：《论高晓声散文创作的艺术性》，《文学评论》2019年第1期。
[2] 高晓声：《生活的交流》，北京：中国文联出版公司，1987年，第12页。
[3] 同上书，第103页。

高晓声本人身上。《李顺大造屋》《陈奂生上城》常被认为分别代表了高晓声"为农民代言""揭示农民在'极左思潮泛滥时期'所受苦难"的一面,以及"揭示农民精神局限""继承鲁迅传统,对农民'哀其不幸、怒其不争'"的一面。对此,有研究者指出,高晓声更多作品的主要内涵其实是在这两者之外的,比如《钱包》《鱼钓》《飞磨》"这类时代背景淡化、表现了人类的'普遍处境'的所谓'哲理小说'",又比如有许多取材于20世纪六七十年代或以"新时期初期"为背景的小说的主要内涵,"也并不能以为农民'叹苦经'或揭示农民精神局限来概括"。[1] 其实,"反右"以前,高晓声与陆文夫之间的交往并不多,反倒是二十多年的阔别"沟通了两人的心灵",反倒是二十多年的经历使两人"产生了更多的谅解"。因此,两人"好像更能理解彼此的毛病,本人应该负的责任是不多的"。1979年以后,两人"有更多的机会在一起,有时有很多话谈,有时则很少。有就谈,没有就不谈。很自然,谁也不用敷衍谁。往往默默坐着,各想各的。半响才说一句话。发现时间迟了,说一声睡吧,就睡了。我们从不做无聊的事,从不觉得需要找些玩意来消磨时间。我们从不说无聊的话,懂得自尊和互尊。我们也谈到一些人,也谈到一些我们认为不大好的人。但不是算计他。而是发愁,忧虑自己会不会再吃冤枉苦头。实在是心有余悸呀!"[2] 在《与朋友交》中,高晓声"写出了真正情同手足的两个人相处时的典型情境","真正的好友,是不需要用无聊的话来打破沉默的,因为真正好友间的沉默,并不意味着尴尬、难堪","真正的好友,是可以默默相对而各人想各人的心思的"[3]。

第八节　忆明珠的《荷上珠小集》

《破罐·泪泉·鲜花》是忆明珠最初的散文作品。在《"破罐"——我的散文

---

[1] 王彬彬:《高晓声与高晓声研究》,《扬子江评论》2015年第2期。
[2] 高晓声:《与朋友交》,《生活的交流》,北京:中国文联出版公司,1987年,第104页。
[3] 王彬彬:《论高晓声散文创作的艺术性》,《文学评论》2019年第1期。

观》中，忆明珠分别将"玉壶""破罐"对应了他"所理解的诗和散文的不同境界"。忆明珠之所以重视"破罐"，是因为他期望自己的散文"作为一种文体，能够自己解放自己"。在他看来，"破罐"具有两大优点。第一，"破罐"可装下包括"废铜烂铁、荆棘蒺藜、假语村言、嬉笑怒骂以至种种胡说八道"等任何东西。第二，"破罐"是个"被打破了的壳子，被打破了的轮廓，被打破了的框子"，而这一"被否定了的形式的形式"正是散文的特征。"散文的活力在'散'。求'散'须求'破'，不'破'则不'散'。"[1] 20世纪80年代，忆明珠在散文的"破罐"中开出了"墨色花"，长出了"荷上珠"。

20世纪80年代，忆明珠出版的散文集有《墨色花小集》《荷上珠小集》。其中，散文集《荷上珠小集》获全国首届散文优秀作品奖[2]。

《墨色花小集》由人民文学出版社于1986年2月出版，收录《春联琐记》《我也夸夸家乡好——麻雀、河豚，等等》《爱虎说》《唱给豆腐的颂歌》《鱼的闲话》等30篇散文。忆明珠将生活了二十年左右的仪征视为第二故乡，《墨色花小集》正是对这第二故乡的纪念。这些作品中的大多数取材自忆明珠在仪征的生活阅历，有的作品甚至可以说是实录。《墨色花小集》既有对山、水、花、草、石、贝等的描写，如《青山青青青如许》《青青河畔草》《荷》《唱给杏花的恋歌》《雨花石臆名》《雨花石志异》《题贝壳》等；也有对麻雀、鱼、虾、糖、豆腐等的描写，如《我也夸夸家乡好——麻雀、河豚，等等》《河豚余事一则》《鱼的闲话》《糖的品味》《唱给豆腐的颂歌》；又有对风俗民情的刻画，如《春联琐记》《胥浦农歌》；还有对友人作品的评论，如《文章不是无情物》。其中，不乏忆明珠所谱写的赞歌。《唱给豆腐的颂歌》是一曲关于豆腐的颂歌。在作者看来，豆腐在中国极其重要，却并未得到应有的重视。豆腐，带来了有着众多成员的豆腐家族，形成了庞大的豆腐势力。豆腐还造就了"豆腐西施"样的美女，造就了如戏本《双推磨》中那样的豆腐姻缘，造就

---

[1] 忆明珠：《"破罐"——我的散文观》，《作家》1988年第1期。
[2] 张王飞、吴俊主编：《江苏当代文学编年（1949—2012）》（上卷），南京：江苏凤凰文艺出版社，2021年，第74页。

了许多豆腐语汇如"雷公打豆腐""关公卖豆腐""马尾提豆腐""小葱拌豆腐"等。对农民而言,"做豆腐"是与"杀猪""蒸糕"一样重要的事情。"少了豆腐,过不成快活年",即便是在生活琐碎之中,亦可见豆腐的重要性。借豆腐,主人可以对客人说出亲切的话,如对比较熟悉的客人说"至亲好友,豆腐老酒",甚至可以含糊地说"豆腐青菜保平安",主人可以在冬天说"吃块热豆腐汤汤",可以在春天说"清香白玉板,红嘴绿鹦哥"。豆腐,既在物质层面上充实口腹,又在文化层面上丰富人心,更重要的是,如此重要的豆腐却有着更大的美德——"不摆架子"。通过比较的方式,作品突出并赞美了豆腐的这一美德。人们听说过"官架子""老爷架子""太太架子"等,却从未听说过"豆腐架子"。"论起来,豆腐是最有资格摆架子的。它在副食品中的地位,虽处于肉类之下却居于蔬类之上;既可以上而为肉类的辅佐,又可以下而为蔬类的强援。""有些人只能上,不能下,豆腐若学人们的榜样,完全可以因它可能成为显赫的肉类的辅佐,而向居于篱落田圃间的蔬类大摆其'豆腐架子'了。"作品以幽默的笔调,讽刺了大摆架子的"有些人",颂扬了不摆架子的豆腐。那么,如果没有豆腐会怎样呢?作者表示,"我能够预见的第一后果是生活中必将失去豆腐渣",而这豆腐渣"可是大宋开国皇帝赵匡胤跟民间保持最后一点联结的圣物"。为了保有豆腐渣这碗忆苦饭,不能不做豆腐;为了做豆腐,首先要手中有豆,其次要有磨制的本领,最后还要点卤。所谓"豆腐点卤,各管一行",作者由此呼吁"掌握着智慧之卤的点化师们"要当仁不让。

忆明珠在散文中常由一具体事物而生发联想,尤其是将这一具体事物在不同年代的变迁与历史、与传说、与风俗、与自身的生活阅历相结合去思考,如《鱼的闲话》。《鱼的闲话》从"鱼"与"余"谐音的角度分析了人们普遍对鱼抱有好感的心理原因。对于旧社会的大多数人而言,辛辛苦苦一年能"余"下来一些吃穿用品已是不易。"古人为了不让希望的灵苗枯萎,便想出了个将希望寄寓于物象的主意。""物象是看得见、摸得着的,希望寄寓在物象身上,便给人一种似乎可以把握得住的实感了。"通常情况下,人们常取谐音的物象来寄寓希望。与象征"余"的"鱼"相似的,还有象征福气的"蝙蝠"、象征福寿的"佛手"。尚无所余的人们想要"余",已有所余的人们想要"余"得更多一些,对"余"的渴求,使得"鱼"出现在生活的许多方面。且不说许多人家年夜饭桌上的一条完整的鱼,就连家中的桌椅条凳、坛坛罐罐、枕头帐沿上,或雕着鱼,或绘着鱼,或绣着鱼,连苏三所戴的枷锁也在舞台上被美化成鱼的形象。对于鱼,人们最喜爱的是鲤鱼。作品以关于鲤鱼的诗歌、传说为例以作证明,紧接着由红鲤引出一幅《年年有余》的传统年画。通过讲述这幅年画在六七十年代乃至80年代的境遇,作者对特殊年代有所批判,对当时的社会现象有所反思。

忆明珠在《"破罐"——我的散文观》一文中写道,散文"应是一种流动的文体,变通的文体,开放的文体,并具有不断摆脱其自身凝固和模式化的能力"。他从来"不认为在散文与杂文之间会横着一道不可跨越的鸿沟。怎么不可以'雌雄难辨'呢?除非给它规定下某些硬性的障碍"[1]。《爱虎说》具有非常明显的批判色彩。作品首先叙述了李白、杜甫、陆游、辛弃疾等在诗词中对"虎"的描写,"勿论李白的不怕被虎吃,杜甫的随人看射虎,陆放翁的以'打虎将'自认,概系假猛虎以壮诗人的声色"。其次,作者表示,"我"的爱虎并不是因为要以猛虎衬托"我",而是因为"虎虽吃人,似比人却更像人"。在历史的长河中,被虎吃掉的人比被人吃掉的人少得多。"我决不在人中寻配偶,而宁愿以猛虎为情侣。其原因很简单,即:人,可能吃人;而虎,不吃虎。"对于那些所谓的万物之灵的披着人皮的"虎",对于那些没有虎的德行的披着人皮的"虎",作者是持批判态度的。

散文集《荷上珠小集》由上海文艺出版社于1987年6月出版。忆明珠表示,《墨色花小集》是《荷上珠小集》的"上集",而《荷上珠小集》是《墨色花小集》的"续编"。在他看来,《墨色花小集》与《荷上珠小集》这两者"合起来,恰如一竿竹子,根的部分干粗些,节密些,梢的部分枝多些,叶密些,终归还是一竿竹子"。他的写作,是"藉此笔端,流露些许一个普通人对于人生的'徒唤奈何'的怅怅而已"。"既生而为人,便要作为一个人拥有这人生,创造这人生,从而享受

---

[1] 忆明珠:《"破罐"——我的散文观》,《作家》1988年第1期。

之,欣赏之,品味之,陶醉之。"[1]《荷上珠小集》共5辑26篇。其中,既有以扬州园林、美食为对象的作品,如《"小盘谷"一墙》《个园话竹》《"小萝卜头"》等;又有以湖光山色的庐山为对象的作品,如"山中寄语"一辑;还有以"我"的生活小事、以"我"的家人为对象的作品,如《阿俑》《"囲"字的召唤》《小娟娟》《表姑》《姐姐》等。

对于散文的语言,忆明珠亦有其看法。在《语言的笔墨化》一文中,他将有笔墨感的散文语言称为"语言的笔墨化"。"笔墨化了的语言,是有弹性的、有质感的、有力度的。它不像平涂在纸上而像立体的、流动的、活生生的。""这样的语言超越了一般表述功能而产生韵致、格调",这样的语言具有"笔墨化了的艺术效果"。[2]《荷上珠》的语言正如此。作品描绘了"我"眼中的荷、"我"眼中的荷上珠。"平铺池面者,如碧玉的盘;出水临风者,如翡翠的盖。或倾,或侧,或向,或背,或仰,或抑,无不绰约生姿。"作者由满塘的荷叶联想到古人在诗画中对荷叶的喜爱,又由民间小调"绣荷包"、旧时女子佩戴的荷包、女红中的"荷叶边"联想到女性对荷叶的喜爱。这联想为作品增添了文化意蕴。"我"爱荷的花,爱荷的叶,更爱"荷上珠"。作者细致地描绘了骤雨之后的荷上珠:"那擎在荷叶面上的,如仙露生成,但有透明的轮廓而体弱清空;那躲在叶心的,盈盈如多情的从暗处窥人的眼波。当荷塘风来,摇动荷叶,那清空体,那盈盈的眼波,由聚而散,由动而变,颗颗滚动,粒粒圆转,如珠如泪,如丸如串,美丽极了!然而抛撒零乱,益发不可收拾!人世间,每一美妙事物出现,往往伴随着令人徒唤奈何的遗憾;这自然界的荷上之珠又何尝不然,经不住几阵清风摇动,尽倾入塘水中了!"[3]由荷上珠的聚散,作者感叹这世间美妙事物的消逝;由荷与珠、与风的关系来看,作者在"苦"中发现了生趣、意趣。《荷上珠》以笔墨化的语言表达了哲思,带来了诗意。

---

[1] 忆明珠:《自序》,《荷上珠小集》,上海:上海文艺出版社,1987年,第1—2页。
[2] 忆明珠:《语言的笔墨化》,《作家》1988年第2期。
[3] 忆明珠:《荷上珠小集》,上海:上海文艺出版社,1987年,第132—134页。

80年代，忆明珠发表了数篇描写扬州园林的作品。其中，既有刻画秋季园林凄凉美的《小院正清秋》，又有描绘园中一道优美隔墙的《"小盘谷"一墙》，还有描写个园竹石的《个园话竹》《个园话石》等。《个园话竹》，最初发表于1985年第1期《钟山》。刘凤诰在《个园记》中说："主人性爱竹，盖以竹本固，君子见其本，则思树德之先沃其根；竹心虚，君子观其心，则思应用之务宏其量；至夫体直而节贞，则立身砥行之攸系者实大且远；岂独冬青夏彩，玉润碧鲜，著斯州筱荡之美云尔哉？主人爱称曰：'个园'。"[1] 所谓"个园"之"个"，取的便是"竹"之一半。可见，竹实乃个园的精魂。作者认为，竹，不似美丽的女子凭借音容笑貌被人"一顾""再顾"。竹之美，不仅在其形，更在其影。竹影入画，是以墨写竹的开端。作为"扬州八怪"之一的郑板桥，更是擅长画墨竹。因此，作者感叹，拥有个园的扬州，可谓一座"墨竹的城"。但如今又到扬州，住进个园，作者感觉"似乎少了点什么"，"是的，少了竹影，空有月色满窗，惜无半枝竹影"。《个园话石》，最初发表于1989年第1期《人民文学》。在作者的引导下，读者观赏了个园之中代表四季的春山、夏山、秋山、冬山。叠石家在四季山景的引导下"赋予景观以多样化，并使之和谐统一地共处于一个园林整体环境中"，触动了作者对中国传统的艺术处理方法的思考："对整体的和谐统一往往强调得过分，以致和谐变成调和，统一变成一统。"在作者看来，"个园叠石的成功，或许恰在于它能够在整体的和谐统一中，大胆地保持着各系列叠石面貌的大不相同，互不干扰而各领风骚"。[2]

《荷上珠小集》还收入《"囬"字的召唤》《表姑》《姐姐》等记人散文。《"囬"字的召唤》以妻子的一封来信展开叙述："暮春三月/阶缝里的苔痕/都写出许多个嫩绿的'囬'字了/怎不见你归来啊！""囬"，是"回"的异体字。一个"囬"字，透露了妻子对"我"的思念。在"我"对日常生活琐事的叙述中，勤劳、宽容、富有牺牲精神的妻子的形象跃然纸上。下大雨时，"我"家门前常泥泞不

---

[1] 刘凤诰：《个园记》，鲁晨海编注：《中国历代园林图文精选》第5辑，上海：同济大学出版社，2006年，第177页。

[2] 忆明珠：《个园话石》，《人民文学》1989年第1期。

堪，妻子凭一己之力铺出一道既稳定又美观的砖台阶。"那台阶中间横向排列，两侧纵向排列的砖块与砖块之间的缝隙，看上去恰恰构成了一方方的'囧'字格。而性喜阴湿平时躲在砖缝里的青苔，在暮春三月，经过春雨春雾的滋润，呈现出鲜嫩的绿色，使得那一个'囧'字，更加醒目。"一个"囧"字，透露了妻子对"我"的思念，也透露了妻子的用心。这是只有她能看得出、想得出的。《表姑》回忆了舅祖母的干女儿"表姑"给"我"治冻疮之事。虽然这件事情发生在寒冷的冬天，却一直温暖着"我"，使"我"不能忘怀。《姐姐》讲述了长姐对父母的关心、对手足的操劳，"姐姐不是没有苦闷的"，"她只不愿让苦闷摧残自己、惊扰别人，努力控制着不让它轻易流露罢了"。这些记人散文虽然主要描写的是平淡生活中的琐事，但在这点滴之中却蕴含着真挚的情感。

1990年，明天出版社出版了忆明珠的散文集《小天地庐漫笔》。其中，主要收录了忆明珠于1985—1989年间写作的散文。忆明珠在《后记》中写道："我不需要那么广阔的空间，就像万顷春潮我只取一勺饮，我的天地仅限于吾庐中之几十平方足矣。小是小了点，然惟其有此小天地于庐中，我始得以'我行我素'；此亦吾之所以不可不'吾爱吾庐'也！"[1] 显然，80年代的《墨色花小集》《荷上珠小集》亦如此。

第九节　汪曾祺的《蒲桥集》

中华人民共和国成立后，汪曾祺从武汉回到北京，在北京市文联工作，任《说说唱唱》《北京文艺》编辑。1955年调中国民间文艺研究会，任《民间文学》编辑。1958年下放到张家口沙岭子农业科学研究所。1961年底调任北京京剧团编剧。此后，参与改编多种京剧。1964年根据沪剧《芦荡火种》执笔改编同名京剧。1970年因参与京剧《沙家浜》修改工作，被邀请登上天安门城楼。1979年后，进入创作旺

---

[1] 忆明珠：《后记》，《小天地庐漫笔》，济南：明天出版社，1990年，第329页。

盛期。出版小说集《羊舍一夕》《汪曾祺短篇小说选》《菰蒲深处》《异秉》《矮纸集》等，作品集《汪曾祺自选集》《汪曾祺作品自选集》《去年属马》等，文论集《晚翠文谈》，散文集《蒲桥集》《老学闲抄》《逝水》《旅食》《汪曾祺散文随笔选集》《草花集》《汪曾祺散文选集》《旅食与文化》《夏天的昆虫》《汪曾祺小品》《榆树村杂记》《塔上随笔》《中国当代名人随笔·汪曾祺卷》《独坐小品》等，写作或参与执笔京剧剧本《范进中举》《凌烟阁》《小翠》《芦荡火种》《沙家浜》等。主编散文集《知味集》，地域文化散文集丛书"国风文丛"。1993年，江苏文艺出版社出版由陆建华主编的四卷本《汪曾祺文集》，获江苏省人民政府颁发的第三届文学艺术奖。1998年，北京师范大学出版八卷本《汪曾祺全集》。2019年，人民文学出版社出版十二卷本《汪曾祺全集》。其中，京剧剧本《范进中举》于1956年获北京市戏剧汇演剧本一等奖；短篇小说《受戒》获1980年《北京文学》优秀作品奖；短篇小说《大淖记事》获1981年全国优秀短篇小说奖、1981年《北京文学》优秀作品奖；散文《天山行色》获1983年《北京文学》优秀作品奖。[1]

汪曾祺非常重视散文。他认为"写任何形式的文学，都得首先把散文写好"，"如果一个国家的散文不兴旺，很难说这个国家的文学有了真正的兴旺。散文如同布帛麦菽，是不可须臾离开的"[2]。80年代，汪曾祺写作、发表了许多散文。其中60余篇作品，收入作家出版社于1989年3月出版的散文集《蒲桥集》之中。正如《蒲桥集》封面文字所言，集中所收录的作品，"记人事、写风景、谈文化、述掌故，兼及草木虫鱼、瓜果食物"[3]。这也大抵是汪曾祺80年代所发表的散文的题材。

80年代，汪曾祺发表了《天山行色》《湘行二记》《滇游新记》《旅途杂记》《严子陵钓台》等游记散文，其中《天山行色》记录了他与林斤澜、邓友梅等人的新疆之行。《天山行色》包括"南山塔松""天池雪水""天山""伊犁闻鸠""伊犁河"

---

[1] 徐强：《汪曾祺文学年谱（中）》，《东吴学术》2015年第5期；张王飞、吴俊主编：《江苏当代文学编年（1949—2012）》（上卷），南京：江苏凤凰文艺出版社，2021年，第185页。
[2] 汪曾祺：《自序》，《蒲桥集》，北京：作家出版社，1989年，第1—2页。
[3] 汪曾祺：《蒲桥集》，北京：作家出版社，1989年。

"尼勒克""唐巴拉牧场""赛里木河·果子沟""苏公塔""大戈壁·火焰山·葡萄沟"十题，描摹了乌鲁木齐附近的南山塔松与天池、赛里木湖、果子沟、唐巴拉牧场、伊犁河北岸的惠远城与南岸的察布查尔，从乌鲁木齐到伊犁一路上连绵不断的天山，吐鲁番的苏公塔、大戈壁、火焰山、葡萄沟等地的自然风光。在《自序》一文中，汪曾祺在梳理中国散文的历史时，肯定了《世说新语》《水经注》《容斋随笔》的成就与唐宋八大家、归有光、张岱、桐城派、龚定庵、鲁迅、周作人、朱自清等的散文。他指出："龚定庵造语奇崛，影响颇大。"《天山行色》开头第一句"所谓南山者，是一片塔松林"，便是受了龚定庵的影响。对此，汪曾祺在《认识到的和没有认识的自己》一文中曾有过说明。汪曾祺认为，在作文或写小说式散文时会自觉或不自觉地在写法上受古人影响，如老舍正是有"若干篇古文烂熟胸中"才能在《火车》中把"火车着火后的火势""写得那样铺张"。而《天山行色》中"所谓南山者，是一片塔松林"这样的突兀的句法正是受龚定庵《说居庸关》的影响。"《说居庸关》的第一句是：居庸关者，古之谈守者之言也。这样的开头，就决定这篇长达一万七千字的散文，处处有点龚定庵的影子，这篇散文可以说是龚定庵体。"[1]《天山行色》在写自然景物之时，既摹其状貌，又释其成因。在"大戈壁·火焰山·葡萄沟"一节中，汪曾祺描绘了一座不同于前人记载的火焰山："火焰山，前人记载，都说它颜色赤红如火。不止此也。整个山像一场正在延烧的大火。凡火之颜色、形态无不具。有些地方如火方炽，火苗高蹿，颜色正红。有些地方已经烧成白热，火头旋拧如波涛。有一处火头得了风，火借风势，呼啸而起，横扯成了一条很长的火带，颜色微黄。有几处，下面的小火为上面的大火所逼，带着烟沫气流，倒溢而出。有几个小山岔，褶缝间黑黑的，分明是残火将熄的烟炱……"经汪曾祺描述，一座热闹的火焰山跃然纸上。此外，汪曾祺还从自然科学方面为火焰山为何会有如此形态、如此颜色做出解释："火焰山大概是风造成的，山的石质本是红的，表面风化，成为细细的红沙。风于是在这些疏松的沙土上雕镂搜剔，刻出了

---

[1] 汪曾祺：《认识到的和没有认识的自己》，《北京文学》1989年第1期。

一场热热烘烘、刮刮杂杂的大火。风是个大手笔。"结尾短句"风是个大手笔"别具趣味，别具意味。

1996年，汪曾祺在为其主编的"国风文丛"作的《总序》中说，介绍各地风土人情、山川景色、瓜果吃食的散文，可使读者"获得一点知识，增加一分对吾土吾民的理解和感情，更爱我们这个国"。"写散文，写地域性的散文既可以使读者受到诗的感染，美的浸润，有益于人，对自己也是一种精神的享受。"在汪曾祺看来，"写这样的散文是最大的快乐"。[1]在《天山行色》《湘行二记》《滇游新记》《旅途杂记》《严子陵钓台》等游记散文中，汪曾祺常常将人文景观与自然景观结合起来。《滇游新记》共包括"泼水节印象""大等喊""滇南草木状"三题，既记述了傣族的泼水节等风俗民情，又介绍了傣族的物产，尤其是吃食与草木。在"泼水节印象"中，汪曾祺先谈到了泼水节由来的传说、泼水节的仪式，后具体地描述了泼水节的具体活动。汪曾祺在《谈谈风俗画》一文中说，他自初中时期看了《岭表录异》《岭外代答》等，就嗜好读地理方面的书籍。其中，"最有兴趣的是讲风俗民情的部分，其次是物产，尤其吃食"[2]。在汪曾祺看来，"风俗是一个民族集体创作的生活的抒情诗"[3]。"不论是自然形成，还是包含一定的人为的成分（如自上而下的推行），都反映了一个民族对生活的挚爱，对'活着'所感到的欢悦。他们把生活中的诗情用一定的外部的形式固定下来，并且相互交流，溶为一体。风俗中保留一个民族的常绿的童心，并对这种童心加以圣化。风俗使一个民族永不衰老。风俗是民族感情的重要的组成部分。……民族感情是抽象的，看不见摸不着，但它确实存在着。民族感情常常体现在风俗中。风俗，是具体的。一种风俗对维系民族感情的作用是不可估量的，如那达慕、刁羊、麦西来甫、三月街……"[4]傣族泼水节，并不是往身上泼整桶的水，而是一面用蘸了水的花枝在肩膀上掸两下，一面用傣语说

1　汪曾祺：《总序》，《卢沟晓月》，北京：中国对外翻译出版公司，1996年，第1页、第5页。
2　汪曾祺：《谈谈风俗画》，《钟山》1984年第3期。
3　汪曾祺：《〈大淖记事〉是怎样写出来的》，《读书》1982年第8期。
4　汪曾祺：《谈谈风俗画》，《钟山》1984年第3期。

"好吃好在"。在铓锣象脚鼓的"蓬蓬咚咚"的响声中,傣族少女们还会在台上台下跳"嘎漾"。"泼水节是少女的节,是她们炫耀青春、比赛娇美的节日",正是有了这些少女,泼水节才华丽缤纷、充满活力。"大等喊"则在描写傣族寨子里办的丧事时,叙述了傣族人超脱的生死观。寨子里的旅馆"醉仙楼"地道的傣族饭,如芭蕉叶蒸豆腐、牛肉丸子、苦肠丸子、酸笋煮鸡等,在很大程度上使汪曾祺对"大等喊"印象极好。汪曾祺不仅写这些饭食的形、色、味,还写这些饭食的制作方法。这是在写傣族饭食,也是在写傣族人民。"滇南草木状"则记叙了尤加利树、叶子花、马缨花、令箭、一品红、兰花、大青树、紫薇等草木。对于这些草木,汪曾祺或记其状貌气味,或记其特殊用途,或记其得名的由来,使读者增长了知识。汪曾祺语言平易却不乏趣味。对于叶子花好像一年到头都在开,作品中写道:"大概它自己觉得不过是叶子,就随便开开吧。"对于用手指搔紫薇树的树干而紫薇树却无反应,作品中写道:"它已经那么老了,不再怕痒痒了。"叶子花、紫薇树在汪曾祺的笔下充满了灵性,而这实则源于汪曾祺本人的天真、可爱,源于汪曾祺本人对生活的热爱。

除了在游记散文中介绍所到之地的草木,汪曾祺还写过多篇专记草木的散文。在为《草花集》作的《自序》中,汪曾祺对"草花"作了如下解释:"'草花'就是'草花',不是'花草'的误写。北京人把不值钱的、容易种的花叫'草花'","'草花'是和牡丹、芍药、月季这些名贵的花相对而言的。草花也大都是草本。种这种花的都是寻常百姓家,不是高门大户。种花的盆也不讲究"[1]。事实上,不止草花如此,草木也多如此。比如,《人间草木》一文所记的就是山丹丹、枸杞、槐花等不值钱的、寻常可见的草木。1981年第12期《安徽文学》发表了汪曾祺的散文《关于葡萄》。《关于葡萄》包括"葡萄和爬山虎""葡萄的来历""葡萄月令"三题,其中"葡萄月令"一题颇负盛名。"葡萄月令"以"月令"这一文体写葡萄的十二个月:从一月还埋在窖里到二月出窖,再到三月上架、施肥,四月浇水,五月浇水、

---

[1] 汪曾祺:《自序》,《草花集》,成都:成都出版社,1993年,第1—2页。

喷药、打梢、掐须，六月浇水、喷药、打条、掐须，七月掐须、打条、喷药，八月"着色"、下葡萄，九月喷波尔多液，十月任其生长，十一月下架、剪葡萄条，十二月入窖。汪曾祺以简洁朴实的语言将葡萄的月令叙述得干净利落，以平易自然的语言将葡萄的月令叙述得饶有趣味。有研究者指出："《葡萄月令》用笔简约，但意蕴丰深，饶有情趣。汪曾祺把自己的性情与葡萄的'性情'融会于文章之中，充溢着田园之美与劳动之美。没有和涵的性情，没有对自然的亲切与融入，是写不出这如歌如吟的'月令'的。"[1] 汪曾祺是一位非常重视语言的作家。他在《自报家门》中写道："我很重视语言，也许过分重视了。我以为语言具有内容性。语言是小说的本体，不是外部的，不只是形式、技巧。探索一个作者气质、他的思想（他的生活态度，不是理念），必须由语言入手，并始终浸润在作者的语言里。语言具有文化性。作品的语言映照出作者的全部文化素养。语言的美不在一个一个句子，而在句与句之间的关系。包世臣论王羲之字，看来参差不齐，但如老翁携带幼孙，顾盼有情，痛痒相关。好的语言正当如此。语言像树，枝干内部液汁流转，一枝摇，百枝摇。语言像水，是不能切割的。一篇作品的语言，是一个有机的整体。"汪曾祺对语言的重视，不仅体现在小说之中，还体现在散文之中。"葡萄月令"中的短句极多。比如，描写三月的葡萄的文字共有五段。"三月，葡萄上架"一句直接就是一个自然段，"先得备料""先刨坑，竖柱""然后，请葡萄上架""上了架，就施肥"分别是第二段至第五段的开头一句。有研究者指出，"以一个特短单句自成一段，作为开头，这在汪曾祺的小说和散文中是很多见的"；此外，汪曾祺还有些作品"虽不是一个特短单句自成一段，作为开头，但是第一句话也是以句号结束的特短句子"。对句号的这种运用，反映了汪曾祺对简洁、对干净的追求。这种追求还体现在词语排列之中。比如，"五月，浇水，喷药，打梢，掐须""六月，浇水、喷药、打条、掐须"，作品将种植葡萄的行为一一排列出来，既一目了然，又十分利落。

---

[1] 王尧：《"最后一个中国古典抒情诗人"——再论汪曾祺散文》，《苏州大学学报（哲学社会科学版）》1998年第1期。

此外，汪曾祺善于向大众语言学习。比如，在描写八月的葡萄时，汪曾祺使用了"着色"一词。"你别以为我这里是把画家的术语借用来了。不是的。这是果农的语言，他们就叫'着色'。"葡萄"着色"以后，得赶紧喷波尔多液，然后就是下葡萄。"新下的果子，不怕压，它很结实，压不坏。倒怕是装不紧，逛里逛当的。那，来回一晃悠，全得烂！"下过葡萄之后，"我们还给葡萄喷一次波尔多液。哦，下了果子，就不管了？人，总不能这样无情无义吧"。等到十月，"我们"还有其他农活，"葡萄，你愿意怎么长，就怎么长着吧"。这样的语言非常具有口语美，灵动、俏皮、幽默。在层层推进之中，在一问一答之中，在与葡萄的对话之中，语言在顺畅地流动。这也让我们看到了一个有情有义的汪曾祺。

在《〈草花集〉自序》中，汪曾祺说："散文是'家常'的文体，可以写得随便一些。但是散文毕竟是散文。我并不赞成什么内容都可以写进散文里去，什么文章都可以叫做散文，正如草花还是花，不是狗尾巴草。"[1]在《谈谈风俗画》一文中，他又表示，对于地理方面的书籍，"最有兴趣的是讲风俗民情的部分，其次是物产，尤其是吃食"。汪曾祺不仅自初中起就爱看关于吃食的书籍，还于80年代写了许多关于吃食的散文，如《昆明的果品》《昆明食菌》《故乡的食物》《吃食和文学》《口蘑》《手把羊肉》《散文四篇》等。汪曾祺所写的吃食，大多是具有地域特色的吃食。即便这吃食不是某地所独有，他也多能写出这吃食对他而言的独特性。比如，《昆明食菌》写昆明常见的牛肝菌、青头菌、鸡枞、干巴菌、鸡油菌，《昆明的果品》写昆明的宝珠梨、石榴、火炭梅、核桃糖。木瓜虽非昆明特有，但昆明有独特的吃木瓜的方法，而这方法既具有地域特色，又具有历史传承。地瓜、胡萝卜等虽非昆明特有，却带给汪曾祺在西南联大读书时的记忆。汪曾祺写吃食，如写草木一般，写的往往不是山珍海味，而是老百姓寻常可见的食物。比如，《故乡的食物》写了高邮的炒米和焦屑、鸭蛋、咸菜茨菇汤、塘鳢鱼、昂刺鱼、砗螯、螺蛳、蚬子等水产，野鸭、鹌鹑、斑鸠等野味，以及蒌蒿、枸杞、荠菜、马齿苋等野菜。通过这

---

[1]　汪曾祺：《自序》，《草花集》，成都：成都出版社，1993年，第2页。

些在历史上或长或短地陪伴家乡人的食物，汪曾祺写出了家乡的风俗民情。而汪曾祺对那些"曾经在漫长的、充满苦难的历史进程中给贫苦的人民带来温暖、喜悦，陪伴着中国老百姓度过了许多饥荒"的食物的衷情，"实际上隐含了历经离乱的中国下层贫民内心深处那种沉重的危机感与忧患意识"，这也是为什么能常常从汪曾祺的散文里读到"我们这个民族骨子里的那份悲怆与苍凉"[1]。此外，汪曾祺有时谈的是吃食，可其中的道理却与他的文学观相通，与他的生活观念相通。《吃食和文学》分别由咸菜、酱菜谈到文化，由口味、耳音谈到对生活的兴趣，由苦瓜谈到关于文学创作的问题。比如，在"咸菜和文化"一题中，他认为，正如可以考察咸菜、酱菜的起源，但并不是非寻出来由不可，小说虽然要"在民族文化里腌一腌、酱一酱"，但不一定"非得追寻到一种苍苍莽莽的古文化不可"。在"口味·耳音·兴趣"一题中，他说："一个文艺工作者、一个作家、一个演员的口味最好杂一点，从北京的豆汁到广东的龙虱都尝尝（有些吃的我也招架不了，比如贵州的鱼腥草）；耳音要好一些，能多听懂几种方言，四川话、苏州话、扬州话（有些话我也一句不懂，比如温州话）。否则，是个损失。口味单调一点、耳音差一点，也还不要紧，最要紧的是对生活的兴趣要广一点。"在"苦瓜是瓜吗？"中，他希望"评论家、作家——特别是老作家，口味要杂一点，不要偏食，不要对自己没有看惯的作品轻易地否定、排斥"，"对于一个作品，也可以见仁见智"。[2]

1939年，汪曾祺离开上海，到昆明之后考入西南联大。离开大学之后，在昆明郊区一所中学教了两年书。1946年离开昆明到上海。80年代，汪曾祺在多篇散文中回忆起三四十年代在昆明的那段时光，如《自报家门》《翠湖心影》《昆明的雨》《跑警报》《观音寺》《昆明的果品》《泡茶馆》《昆明食菌》等。《翠湖心影》描绘了一个不同于杭州西湖、济南大明湖、扬州瘦西湖的昆明翠湖。汪曾祺以白描的手法勾勒了一幅翠湖之"翠"图："湖水、柳树、粉紫色的水浮莲、红鱼，共同组成一个印

---

[1] 董健、丁帆、王彬彬主编：《中国当代文学史新稿》，北京：北京师范大学出版社，2017年，第357页。
[2] 汪曾祺：《吃食和文学》，《蒲桥集》，北京：作家出版社，1989年，第210、213、215、216页。

象：翠。"《昆明的雨》写出了汪曾祺对昆明雨季的深情。这种深情，既与雨季中的菌子、果子有关，还与雨季中的草木有关，更与雨季中那些让"我"的心软软的人有关。昆明的雨季，是如此让人动情。在那些回忆昆明时光的散文中，汪曾祺尤其回忆了在西南联大的生活，比如《跑警报》《泡茶馆》。首先，从标题之中，就能感受到汪曾祺对语言的重视。所谓"跑警报"，就是当日军空袭警报响了以后，跑到郊外躲避。"跑"与"警报"构成一个词语是有些奇特的，"因为所跑的并不是警报，这不像'跑马''跑生意'那样通顺"。相较而言，"逃警报"的"逃"显得太狼狈，"躲警报"的"躲"显得太消极，这两种说法都没有"跑警报"准确。"唯有这个'跑'字于紧张中透出从容，最有风度，也最能表达丰富生动的内容。"[1] "泡茶馆"是西南联大学生特有的语汇。如果勉强解释北京话"泡"的话，"只能说是持续长久地沉浸其中，像泡泡菜似的泡在里面"。西南联大的学生将北京话里的"泡"与现实生活相结合，创造了这一说法。所谓"泡茶馆"，就是"长时间地在茶馆里坐着"，这比本地的"坐茶馆"时间更长，长到是"泡"在茶馆里。在对动词"跑"与"逃""躲"的比较中，在对动词"泡"与"坐"的比较中，汪曾祺显示了好的语感。其次，"跑警报""泡茶馆"虽然是在写对警报的"跑"、在茶馆的"泡"一类具体的事情，但更是在写"跑警报""泡茶馆"的主体——西南联大的学生。因此，前文提到的汪曾祺对"跑警报""泡茶馆"的解释，对于理解西南联大学生的性情、心态是非常必要的。即便是最危险的紧急警报，西南联大的学生也从不仓皇失措。有人跑，有人不跑。在跑的人中，有人谈恋爱，有人送雨伞，有人捡金子，有人看情书；在不跑的人中，有人烧热水洗头，有人甚至在爆炸声中煮莲子。"跑"或"不跑"，以及如何"跑"或如何"不跑"，刻画了西南联大学生的从容、风度，反映了中国人"不在乎"的精神。《泡茶馆》写联大新校舍附近凤翥街、文林街上各有特色的茶馆与给"我"留下深刻印象的人，具有非常浓厚的生活气息。此外，作品更指出"泡茶馆"对西南联大学生的影响：一是"养其浩然之气"，二是"出人才"，三

---

[1] 汪曾祺：《跑警报》，《蒲桥集》，北京：作家出版社，1989年，第153页。

是"接触社会"。即便是身处污浊、混乱的时代,即便是穷困得近乎潦倒,西南联大学生中仍大有奋发图强之士,在"泡茶馆"中努力学习、热爱生活。

　　在回忆西南联大时光的散文中,汪曾祺还写到他在西南联大的学习生活,而写在西南联大的学习生活,就不得不写到西南联大的老师们。《西南联大中文系》中写到刘文典、罗庸、闻一多、沈从文、唐立庵、陈梦家、罗常培、朱自清、杨振声等教授。西南联大的教授们重视学生有无独创性见解,都很爱才。正是有这些先生们的教导,正是有中文系民主、自由、开放的学风,汪曾祺才有可能成为作家。汪曾祺能够成为作家,或者说能够成为像后来那样的作家,与沈从文有很大的关系。80年代,汪曾祺曾写下多篇与沈从文有关的文章,或评论沈从文的作品,或回忆沈从文在西南联大执教的经历,或纪念沈从文,如《沈从文和他的〈边城〉》《沈从文的寂寞——浅谈他的散文》《我的老师沈从文》《沈从文先生在西南联大》《淡泊的消逝》《一个爱国的作家》《星斗其文,赤子其人——怀念沈从文老师》等,从多个方面呈现了他眼中的沈从文。《沈从文先生在西南联大》主要记述了沈从文在西南联大是如何教创作的。"各体文习作""创作实习""中国小说史",是沈从文在西南联大所开设的课程。其中,有两门课程都与创作有关。对于"创作能不能教"这个世界性的争论问题,汪曾祺根据沈从文的教学方法发表了自己的观点。沈从文教创作,"主要是让学生自己'写'",然后讲学生的得失。"他常常在学生的作业后面写很长的读后感,有时会比原作还长。这些读后感有时评析本文得失,有时从这篇习作说开去,谈及有关创作的问题,见解精到,文笔讲究。"除读后感,沈从文还会介绍学生看一些与作品写法相近似的名家作品。"学生看看别人是怎样写的,自己是怎样写的,对比借鉴,是会有长进的。"除了这些行之有效的方法,沈从文还鼓励学生,自付邮费将学生写得较好的作品寄到相熟的报刊发表。沈从文的细心耐烦还体现在一些小事之中,如为了让学生省事,自己抄写资料分发给学生。此外,沈从文关于"对话""要贴着人物来写"的观点,对汪曾祺也有着深远的影响。通过这些具体工作与生活细节,作品写出了沈从文的谦抑自制、诚恳天真、细心耐烦、爱惜人才。在西南联大时期,沈从文有时还会请朋友参加学生的小沙龙,比如老舍曾谈"小说和戏剧",金岳霖曾讲"小说和哲学"。《蒲桥集》中的《老舍先生》《金岳霖先生》分别是专写老舍、金岳霖的散文,其中《老舍先生》在《北京文学》举办的1984年优秀作品评选中列散文类第一,获北京市庆祝建国三十五周年文艺作品征集评奖散文二等奖[1]。《老舍先生》以平实自然的语言刻画了老舍真诚、热情的性情与细心、尊重他人的美好品质。《金岳霖先生》则绘声绘色地讲述了金岳霖对学问热爱到痴迷的程度,对生活充满孩童般的兴趣,金岳霖治学精深、天真烂漫的形象,犹在眼前。

20世纪90年代,《蒲桥集》再次出版。汪曾祺认为,《蒲桥集》能够再版,有着非常深刻复杂的社会原因与文学原因。读者之所以对散文感兴趣,"生活不安定是一个原因","生活使大家的心情变得很浮躁,很疲劳,活得很累",大家需要休息,需要安慰,需要一点清凉与宁静,需要"滋润"。大家需要找可言人,而阅读就是在与作者交谈。"也许这说明读者对人,对生活,对风景,对习俗节令,对饮食,乃至对草木虫鱼的兴趣提高了,对语言,对文体的兴趣提高了,总之是文化素养提高了。"[2]《蒲桥集》中诸篇"皆有情致","娓娓而谈,态度亲切,不矜持作态。文求雅洁,少雕饰,如行云流水。春初新韭,秋末晚菘,滋味近似"。作为"感情的生产者",汪曾祺拿出了"自己对生活的看法",拿出了"自己的思想、感情"[3],做到了"有益于世道人心"[4]。

第十节 章品镇的《花木丛中人常在》

章品镇(1921—2013),原名张怀智,江苏南通人。1935—1940年,先后在通州师范、上海外国语专门学校、无锡国学专门学校学习。1940—1945年,在中共地下

---

[1] 徐强:《汪曾祺文学年谱》(中),《东吴学术》2015年第5期。
[2] 汪曾祺:《〈蒲桥集〉再版后记》,《随笔》1991年第2期。
[3] 汪曾祺:《〈汪曾祺自选集〉自序》,《汪曾祺全集》第9卷,北京:人民文学出版社,第397页。
[4] 汪曾祺:《要有益于世道人心》,《人民文学》1982年第5期。

组织的领导下从事文化工作。1940年,在南通主持青年抗日协会,同时从事文艺工作,是南通"青年艺术剧社"小团体的主要成员。1942年,任《廖角丛刊》编辑。1945年8月,在苏中九分区参加革命。1948年加入中国共产党。中华人民共和国成立之后,主要从事报刊文学编辑工作,历任苏南文联研究部副部长、《江苏文艺》主编、《雨花》副主编、江苏省文联秘书长、江苏省作家协会秘书长。著有散文集《花木丛中人常在》、随笔集《自己的嫁衣》、回忆录《书缘未了》,"曾编发高晓声、陆文夫等人作品,以及辛笛等著诗集《九叶集》、王少堂的评话《宋江》、周瘦鹃散文集《花木丛中》、张友鸾长篇小说《秦淮粉墨图》、傅抱石《傅抱石美术论文集》、高原永《民族器乐概论》等"。1985年获首届"瞿秋白奖"文学奖组织工作奖,1987年获江苏省文学奖"伯乐奖"。[1]

80年代,章品镇发表多篇忆人散文,如《关于高晓声》《花木丛中人常在》《循规蹈矩受到了嘲弄——记钱静人》《陆文夫进出文坛记》《陆文夫与他那"锁着的箱子"》《陈方恪先生的前半生和后半生》《马得——努力让绘画与戏剧结合》等,其中一些篇目收入散文集《花木丛中人常在》。在此书的《后记》中,章品镇写道:"80年代初,高晓声同志一时誉满全国。老友陈允豪同志到江苏约稿。跟踪相逼,逼得这'一池春水'岂但'吹绉';而激起我感情波澜的又岂仅高晓声一人。纷如雨点的声音敲打着我的记忆。我的记忆里有着我所尊敬的人、深具诚挚的同志之爱的人、同得欢欣和同历苦难的人的姓名。因为他们,我仰望高山从而坚定了对真理的真诚、也以情爱回报患难知己,也曾经在人前吞声、在人后饮泣。如今,其中有人竟呼号着要破我心防奔涌而出了。大概也是人之常情,首先是那些伴随着悲伤与怅惘的姓名。"[2]这让我们知道了章品镇写下多篇忆人散文的原因,也让我们知道了章品镇在80年代写的第一篇忆人散文是关于高晓声的。《关于高晓声》最初发表于

---

[1] 张王飞、吴俊主编:《江苏当代文学编年(1949—2012)》(上卷),南京:江苏凤凰文艺出版社,2021年,第216页。
[2] 章品镇:《后记》,《花木丛中人常在》,北京:生活·读书·新知三联书店,1997年,第378—379页。

1981年第1期《人物杂志》，并以《二十年后，高晓声回来了！——记高晓声》为题收入散文集《花木丛中人常在》。范伯群在文章《章品镇其人其文》中将散文集《花木丛中人常在》的描写对象主要分为三类：一是"从旧社会过来的老一代知识分子"，二是"一批老一辈革命家"，三是"一批解放后才成长或成名的文艺工作者"。[1] 高晓声显然属于最后一类。

《二十年后，高晓声回来了！》由70年代初一则关于"高晓声死了"的谣言引出"我"与高晓声的交往。章品镇以形象化的语言描述了对高晓声的最初印象，并将此与其作品风格相联系。"对于人生，他似乎总是有所觉察，有所领悟，颇使人高深莫测。一口慢吞吞的常州土白，说起来有板有眼、有滋有味，叫人有种吃糯米蒸团的感觉。总之，即从说话看，我也觉得他沉着得很。"对于被骂作"阴世里秀才"，高晓声仍是笑而不答。在"热心的静观"中，高晓声孕育出《解约》《不幸》这两篇短篇小说。"他的文学语言则顺溜溜流淌出来却又黏又糯，很有咬嚼，吸引着读者非看完不可。认真想想他的创作是有点功夫，文如其人，是'阴世里秀才'的'阴柔美'的风格。"章品镇将1957年作为一个节点："1957年以前，我对高晓声的认识，极为皮相，虽然见到的并不是假象。到1957年，才稍稍地看到，他的性格里有勇往直前、追求真理的特点和任性的弱点。"为了说明高晓声性格的这些特点，章品镇联系到高晓声在40年代的两件事情。一是在"苏南新专"时期，高晓声曾到无锡乡下搞民主反霸并建立乡政权。在选举阶段，高晓声不同意领导的方法，主张放手发动群众。二是作为闹学潮的领头人，高晓声带头在父亲教的历史课上交白卷以示不满。从这些具体的事件中，章品镇指出更深层的意义："年轻的知识分子，虽然对问题常不免作了简单的理解；但是追求真理、要求正义，在这些同志思想、感情的深处，是颇为根深蒂固的。"这股子"叛逆精神"的形成，"有着深刻的社会、历史的原因，不大掺杂个人的目的，决不是水面上的油花，一阵风就可以吹掉的"。此外，章品镇还讲述了高晓声这种倔强、任性的性格与家庭环境之间的关系。这既

---

[1] 范伯群：《章品镇其人其文》，《钟山》1998年第1期。

体现为家庭环境对高晓声性格的影响,又体现为这种性格对高晓声家庭环境的影响。章品镇指出,高晓声父亲的身份使高晓声"最初是在这种高贵与卑微的矛盾中成长的",母亲去世之后那段凄凉的生活又给他打上深深的烙印,这种经历使得高晓声在50年代与章品镇相处时已成"阴世里秀才"。"可是遇事不说清道理,叫他做'驯服的工具',还是不行的。"倔强的性格,使得高晓声选择再婚。倔强的性格,使得高晓声挨过了生活的困境。他能做许多农活,还有各种手艺,他能下水捉鱼,还学会培植木耳、灵芝,以及养猪。"高晓声是个强者,'善于处穷'的人,他有力量同命运作韧性的抗衡。"为了能养活一家七口,他"在这个'前所未有'的环境的许可范围以内,动各种无可指摘的脑筋弄饭吃"。

陆文夫也属于"解放后才成长或成名的文艺工作者"这一类。20世纪80年代,章品镇写下两篇回忆陆文夫的散文《陆文夫进出文坛记——记陆文夫》《陆文夫与他那"锁着的箱子"——再记陆文夫》。《陆文夫进出文坛记》讲述了50—70年代陆文夫在文坛上的几次进出。比如,50年代,陆文夫因《小巷深处》等作品初进文坛,又"带着真诚的悔恨"离开文坛;1960年,陆文夫再次进入文坛并写出广受好评的《葛师傅》等作品,却于60年代中期被迫第二次离开文坛;1967年,陆文夫第三次离开"文坛",直至70年代后期因《献身》《小贩世家》等再次回到文坛。在讲述这几进几出文坛的过程中,作者还常常指出陆文夫不同时期的写作特点。比如,在第一次进入文坛的那四年,"他歌颂,因为他也热爱这新生活。有些作品还不耐咀嚼,但单纯、清新之气扑面,形式上是不落套的。可是一着下错,全盘皆输。他自己也认为不该那么跳一下,使唱针走岔了道";在第二次进入文坛之后,"经过摔了一跤,看着许多人也摔了一跤以后的思考,使他有所发现","我感到很显著他跨上了一级高台阶。摄取了可以体现一个历史阶段的工人阶级先进分子的精神世界","他的唱针清清楚楚是在唱片的纹路上走着的。没有跳档,没有豁丝,循规蹈矩、小心翼翼"。对于陆文夫离开文坛之于创作的意义,章品镇做出如下解释:"若是注意一下他每篇作品的写作时间,就会发现:他写一段时间就要搁笔一段时间。本来,经过一番实践则思考就能发现,发现就能创造,可说是个规律。"陆文夫虽然离开文坛，但并未停止对文学的思考。作品着意刻画了陆文夫的机敏。《陆文夫进出文坛记》第一句便是"陆文夫是个机灵人，学一行精一行"。但陆文夫被下放到苏纶纱厂时磨剪刀的那份功夫，"当然不是单凭的机灵"，"不管做什么事，他总是仔细观察、专心钻研、反复实践"。机灵虽说可以在一定条件下转化为豁达，可陆文夫往往做不到。"这是他的短处，这短处使他对某些人某些事不能以淡漠待之。这不能说不是他屡吃大小不等的苦头的因素之一。"在第二次离开文坛时，陆文夫"表现出他有时颇为显著的自制力，仍能保持着那一份潇洒，且努力面作微笑状"，但章品镇仍"依稀感到其中的苦涩，实在是深沉的悲苦的泄露"。章品镇对陆文夫的这番认识，与叶至诚《陆文夫的苦》形成呼应。在一些人看来，陆文夫是"锁着的箱子"，即沉默寡言。《陆文夫与他那"锁着的箱子"》一文从陆文夫关于如何造就作家的一番话展开叙述："造就一个作家的条件：生活、读书以外，还得让他有个思考问题的环境。即使处在动乱之中，也要能动中取静。总之要将许多人聚成一堆给他看，也要单独将一个人放在他的面前毫无干扰地让他仔细端详，还得由他像牛一样静静缓缓地反刍，所以说要有一个有时甚至是孤独的环境。"《陆文夫与他那"锁着的箱子"》一方面记述了造就陆文夫成为作家的条件，另一方面在与陆文夫的谈话中展现了"锁着的箱子"里那些无形的收藏。作为被告、原告与法官，陆文夫在历史的法庭中既审判他人又审判自己，而"审判的目的就是使人明白个人行为在整个历史中的地位"。

  章品镇对这些故人的认识，并不是一蹴而就的，而是经历了一个过程，有时甚至是长达数十年的漫长的过程。这或许是因为他一开始对人物的认识并不准确，并不深入，而在往后的岁月中逐渐深入，逐渐纠正对人物的认识；又或许是因为其笔下的人物在经历了种种变故、事件之后发生了变化，他也只有在与人物漫长的交往中才能认识到。章品镇对钱静人的了解、对钱静人的感情，就经历了"一个曲折的亲、疏、亲的过程"。《悼念钱静人同志》收入文化艺术出版社1983年6月出版的散文集《绿》中，此后以《循规蹈矩受到了嘲弄——记钱静人》为题收入散文集《花木丛中人常在》。钱静人是章品镇的老领导，属于"老一辈革命家"这一类。作品由对钱静人生命晚期的回忆而引发作者的感慨:"我回忆这些事,并不想发'风云不测''人生朝露'之类的感慨。这十多年来,我有一个想法不时冒上心头:人的生命能再延长一倍的时间就好了。就一个人说,对人类社会的认识,三四十年是很难弄得很清楚的;很多时候倒是稍稍有些眉目,而大限已至、小鬼临门了。能有几人得到机会留下他们最后的彻悟呢?何况有些人还只愿将经验传之后世,而把教训包包扎扎带走了呢?于是又要后人再付出摸索之劳、碰壁之苦。"伴随这"痴人说梦",作品历时性地呈现了"我"对钱静人的态度。最初,"我"对钱静人到任文联是充满热烈的期望的,但渐渐我对他"总有点近而不亲了"。直到十年以后钱静人同意立即办理那位同志的问题,"我"的这种态度才有所改变。钱静人的态度,让"我"意识到:"可见梗塞在他和几个同志的感情之间的这个疙瘩,他是全未淡忘,而是遇有机会就想全力补救的,所以一反他惯常的犹豫不决。"正是由于钱静人并非有城府之人,"我"对曾经在他极困难的时候对他做过不留情的指责,使他感到极大的委屈而非常后悔。章品镇不仅是在记述故人,也是在时不时地解剖自我。

  章品镇对自我的反思与批评,还体现在《花木丛中人常在——记周瘦鹃》一文中。周瘦鹃属于"从旧社会过来的老一代知识分子"这一类。作品着力刻画了周瘦鹃热情、真率、随和的性格。1956年秋,章品镇为筹办《雨花》到苏州。周瘦鹃非常热情地为此事张罗,不仅开茶话会,还约请嘉宾,甚至是出题目,谈刊物封面、装帧等。"我由宁而扬而镇而常而锡一路走来,不论在作者、干部中,热心人遇到不少,但都有个非当事者说话的分寸,却没有虽热心而表现为如此形态的。"作为编辑,"我"深感周瘦鹃是极好说话的。比如,这位文坛老将常投来二三十首旧体诗词,采用的比例却只有十分之一二。1962年,周瘦鹃投来一篇详述他得到毛主席接见的情况的文章。"此稿非同寻常","我"也大为踌躇,最终由编辑部复信以作敷衍。"这个应该说是滑头的金蝉脱壳之计,成为长期卡在我心脏褶缝里的一粒砂子。常要碰到它,一碰到就感到是无可弥补的缺憾。"对故人感到抱歉、感到后悔,实则反映了章品镇的自我反思。章品镇常将描写对象的性格与其作品的风格相联系，通过联系描写对象的生平，探析作品的成因、作品形成的风格。在他看来，周瘦鹃文如其人，为文晓畅，"又有些特定读者对象有兴趣的知识和可接受的趣味；虽有套语，但面孔还没有板到使人却步的程度，有所论列也还合乎情理"。对于拥有大量读者的周瘦鹃，是应该正视、应该尊重的。

《花木丛中人常在》所收录的章品镇散文，多以平实流畅的语言，将许多文坛、画界名人的逸闻、趣事娓娓道来。此外，章品镇对高晓声、周瘦鹃、陆文夫等人的回忆为关于这些作家的研究提供了宝贵的材料。比如，《二十年后，高晓声回来了！》一文指出，尽管高晓声的生活很艰难，尽管特殊年代曾不容许高晓声那样的人写作，可"笔是一条龙，它是不会甘心沉潜于深渊之中的"。灵感的火花，决不会在高晓声的脑海里死灭。"虽然一时他自己也没有显著感到它的存在。由于深爱文学，过去又曾发奋致力于此，因此虽已到了为了生活的最低需求却要付出最大的精力的地步，也还在不自觉地以一个作家的习惯，观察、分析所接触到的一切，也还以近乎一个作家的'职业的本能'在摄取形象。"这也就回答了高晓声为何能在再次进入文坛之后就写出一系列优秀的作品。此外，《马得——努力让绘画与戏剧结合》《陈方恪先生的前半生和后半生》等作品，也显现出章品镇学识的博杂。其中，一些对人物及其作品的分析与评论，反映了章品镇眼光的锐利、点评的精准。一些讽刺不乏幽默色彩，一些自嘲又令人感到心酸与悲哀。

第十一节 其他作家的散文

20世纪80年代，江苏散文的写作主体由不同身份的作者构成。其中，既有以小说名世的汪曾祺、高晓声等，也有以诗歌名世的忆明珠，还有以剧作名世的陈白尘。此外，苏叶、王安忆、吕锦华、赵翼如等女作家也崭露头角。除了作家，也有其他身份的作者加入散文创作的队伍，如翻译家杨绛、杨苡，编辑章品镇、叶至诚，学者林非、范培松、费振钟、王干，革命家惠浴宇，等等。不同身份的作者，使得这一时期的江苏散文在题材上有所拓展，在思想性与批判性上有所恢复，在历史韵味与文化韵味上有所增强，在艺术追求上更多元化，在文体上逐渐实现自觉。

20世纪80年代，"老年作者在散文领域的活跃"是"一个醒目现象"[1]。而"悲悼散文"又是"老年作者"散文创作的重要方面。1987年5月，翻译家杨苡编的《雪泥集·巴金书简》由北京生活·读书·新知三联书店出版。《雪泥集》收录1939—1985年间巴金写给杨苡的60封信，"记载了一个伟大的作家同一个微不足道的读者之间的友谊"[2]。代跋《梦萧珊》由梦引发对萧珊的追忆，并以数张照片为线索，勾勒了萧珊从中学时代到去世前不同人生阶段的经历。作品采用第二人称"你"的叙述直接与萧珊对话，使读者更真切地体会到作者对萧珊的怀念。萧珊于1972年病逝，过世之前还曾遭受肉体的折磨与精神的摧残，作品在追忆萧珊的同时，也对特定年代进行了控诉与批判。巴金在萧珊逝世六周年之际写下了长篇散文《怀念萧珊》，杨苡则以《梦萧珊》一文祭悼萧珊逝世十三周年。这一时期，老年作家叶圣陶也写下短文《纪念雁冰兄》，主要回忆了茅盾的笃志好学与严谨的创作态度。

20世纪80年代，女作家大批出现。这一引人注目的现象，"被认为是继'五四'之后第二次女作家涌现的'高潮'"[3]。其中，就有写出散文佳作的江苏女作家，如苏叶、吕锦华、赵翼如、王安忆等，她们"从日常生活的细微中发现诗意，并在对自我心理、情绪的敏感捕捉中，营造一种细腻的感性情调"[4]。这一时期，苏叶发表了《告别老屋》《总是难忘》《能不忆江南》等散文。《告别老屋》诉说了"我"在搬至市区交通便利、宽敞的新居之后，对位于郊外的老屋的深深思念。"我"对老屋

---

[1] 董健、丁帆、王彬彬主编：《中国当代文学史新稿》，北京：北京师范大学出版社，2017年，第348页。
[2] 杨苡：《前记》，《雪泥集·巴金书简》，北京：生活·读书·新知三联书店，1987年，第1页。
[3] 洪子诚：《中国当代文学史》，北京：北京大学出版社，2007年，第195页。
[4] 同上书，第322页。

的思念远远超出此前的预想。因为对老屋感情深厚,"我"甚至害怕目睹在搬离后老屋的萧条、狼藉:"我躲在新居自以为很欢喜地忙碌了几天,自以为从此安然,但是那些在老屋里消逝了的日日夜夜,竟好像复苏了的亲人,在我毫不提防的时候,忽然回转了身,接二连三地扑到我的眼前!"刚刚搬进新居,会很忙碌,也会有新鲜感,但对老屋的思念并没有消失,只待闲暇时便会涌向心头。作品以饱含情感的语言表达了作者的心理变化过程,感染力强。"我"对老屋的感情之所以如此深厚、如此强烈,是因为老屋承载了"我"生命里的一段时光。但作者并没有沉湎于此,而是从告别老屋的具体过程中有所感悟,从而更清晰明白地行走在人生旅途中。

1989年3月,中国文联出版公司出版了吕锦华的散文集《小巷女子》。《小巷女子》共4辑50余篇文章,其中既有一些游记随感,如《天目山寻秋》《草湖果园》《刻在海宁石塘的情思》等;又有一些记人散文,如《小巷女子》《小镇一奇人》《邻居》等。由于曾经下乡插队务农,吕锦华见过许多底层人物,比如《五味糖》写了一位善良但具悲剧色彩的老人,《新绿》写了一个成为花木师傅的刑释人员。吕锦华"也喜欢写一些清新抒情的散文和凝练隽永的散文",但"更希望能用自己那颗鲜蹦活跳的心去观察社会各阶层人们的生活"[1]。散文《小巷女子》,塑造了新时代的"小巷女子"。"小巷女子",是江南水乡的一个话题。但是,不同于陈年黄历里"红颜薄命"的小巷女子,也不同于戴望舒《雨巷》里冷漠、凄清、惆怅的小巷女子,吕锦华在《小巷女子》中叙述了一位作为强者的小巷女子。面对诽谤,小巷女子非但没有屈服,反而更加勇敢,并且做出一番事业。面对昔日的诽谤者,小巷女子没有选择报复,而是将真善美送给了天真无邪的下一代——诽谤者的女儿。独立、自信、坦然、善良的小巷女子,是真正的强者,是小巷的骄傲。作品没有跌宕起伏的情节,而是随着作者的一片真情自然而然地展开叙述。在散文集《小巷女子》中,吕锦华在一些普通人身上发现了闪光点,并借由普通人的遭遇提出了具有现实意义

---

[1] 吕锦华:《我以我血写散文(代后记)》,《小巷女子》,北京:中国文联出版公司,1989年,第254页。

的问题。赵翼如（1955—　），江苏无锡人。1970年曾在常州东风印染厂做工。1982年毕业于南京师范大学中文系。同年调《新华日报》，先后做过记者、编辑。曾任江苏省作协创作研究室副主任，是中国散文协会理事、中国作家协会会员。著有散文集《倾斜的风景》。散文《家乡的阁楼》借"阁楼"的消亡，呼吁舍弃民族历史中的陈腐旧物，呼唤改革的到来。作者在外出两年以后回到家乡发现，宽直的马路替代了十八条巷，一排六层楼房取代了小阁楼。虽然小阁楼在百十年间浸润着故乡人的心、故乡人的情感，但作者仍跳出了留恋之情，呼吁新的事物取代旧的、陈腐的事物。从对"阁楼"情感的变化中，可见作者描写之细腻。王安忆的第一本散文集《蒲公英》由上海文艺出版社于1988年8月出版。《蒲公英》集包括《"我在少体校"》《"我是一颗蒲公英的种子"》《心的渴求》等20多篇散文。其中，既有记人之作，如写好朋友、同学、老师、女青年小朱、花匠、父亲王啸平等人的散文；也有写生活琐事之作，如关于搬家、做家务、烧鸭子等事的散文；还有谈创作的作品，如《思路》《小说和生活》《路上人匆匆——把笔渗进人的心灵》等。王安忆是以真诚的态度在写作，散文集《蒲公英》多将人物刻画得栩栩如生，将琐事讲述得绘声绘色。在王安忆看来，"真诚是比一切都更为重要的"。至今，她仍认为，"散文，真可称得上是情感的试金石，情感的虚实多寡，都瞒不过散文"[1]。

江南水乡，是江苏散文作家的特色题材。除了写高邮的汪曾祺、写常州武进的高晓声、写无锡太湖的艾煊、写苏州的姜滇等，还有写无锡新安的李鸿声。李鸿声，无锡市作家协会副主席。散文《水乡风情小记》曾获《雨花》文学奖。这篇散文描摹江南水乡的人事物景，尤其是刻画了兴宝这一"不尽农民本分"的人物形象，并津津有味地讲述鱼钓之事。有研究者指出，相较凤章散文集《蔷薇河风情》中的主要篇章是"把乡土传统之美和新生活之美统一起来加以表现"，《水乡风情小记》一类作品则"以捕捉自然地理、文化地理中的美点为鹄的"，其题旨较单纯的

---

[1] 王安忆：《情感的生命——我看散文》，《小说界》1995年第4期。

特点也导致了简单、单薄的缺点[1]。这一时期，江苏散文作者还描绘了除江南水乡之外的自然景观与人文景观，如汪曾祺写新疆、云南，高晓声写川渝，袁鹰写青州古城，秦文玉写西藏，等等。1982年5月，海笑的散文集《坚贞的冰郎花》由黑龙江人民出版社出版。该散文集获国家地质部1983年度第一届文学评奖活动荣誉奖，收录《小城过客》《大海放歌》《坚贞的冰郎花》《"地质城"的怀念》等10余篇作品。由于海笑曾在江苏省石油第六物理勘探大队工作，所以散文集《坚贞的冰郎花》中不乏地质相关题材的作品，如散文《坚贞的冰郎花》。冰郎花，又叫冰凌花、顶冰花，是盛开于大小兴安岭的一种黄色小花。作品借傲视风雪、不畏严寒、生命力顽强的冰郎花，赞美了千千万万不畏艰难困苦、热爱地质事业的地质工作者们。

80年代，江苏学者林非、范培松、费振钟、王干等也加入散文创作的队伍。这一时期，林非出版了散文集《访美归来》《绝对不是描写爱情的随笔及其他》。1983年5月，百花文艺出版社出版林非的散文集《访美归来》。集中收录的20多篇作品，记述了林非在美国期间以及回国之后访问新疆、广西、海南等地的所见所闻所感。尽管林非自称这些作品大抵记述了对所到之地山川景物、社会人生的浮光掠影的印象，但仍可见其作为学者所有的"清晰深邃的文思，细腻描绘的文笔，直抒胸臆的文风"[2]。

此外，80年代崇尚"有我"观念的名编辑叶至诚，将小说写法引入散文的多面手艾煊，善于发现"美"、表现"美"的诗人姜滇，也留下了一些散文佳作。

一、叶至诚《未必佳集》

叶至诚（1926—1992），籍贯江苏苏州，出生于上海，叶圣陶次子。先后在上海、苏州、重庆、乐山等地读小学，在乐山县中、成都光华大学附属中学读初中，

1　陈辽主编：《江苏新文学史》，南京：南京出版社，1990年，第339页。
2　林非：《内容提要》，《访美归来》，天津：百花文艺出版社，1983年。

在成都华西协和高中读高中。1944年辍学到开明书店工作。1947年秋考入上海戏剧专科学校并随团渡江到松江地委。1948年底到苏北解放区，参加文工团，担任导演，排过秧歌剧《兄妹开荒》《买卖公平》，大型歌剧《白毛女》《刘胡兰》。1950年配合苏南土地改革，用苏南方言改编了歌词《啥人养活仔啥人》。1951年底脱离文工团，在文艺处、文化局、文联历任干事、剧目工作室秘书、文学创作委员会副主任等职。1952年先后在江苏省委宣传部文艺处、江苏省文化局戏曲编审室、江苏省文联文学创作委员会任干事、秘书、副主任等职。1957年春成为江苏省第一批专业作家。1959年被南京市文化局调回南京担任越剧团编剧，1962年调江苏省戏剧团任编剧。1979年调回江苏省文联，先后在《雨花》杂志社任副主编、主编，并重新写作散文。著有散文集《倒霉的橄榄核》，散文随笔集《至诚六种》，散文小说集《花萼》(合著)、《三叶》(合著)、《花萼与三叶》(合著)、《未必佳集》(合著)、《四叶集》(合著)，小说、散文、童话集《没有玩的赛跑》，群众歌曲《啥人养活仔啥人》(叶至诚词，林业曲，陈平配伴奏)，与叶至善、叶至美合编《叶圣陶集》。其中，群众歌曲《啥人养活仔啥人》1952年在全国群众歌曲第一次评奖中获二等奖；与高晓声合作编写的锡剧现代戏《走上新路》于1954年在华东地区首届观摩演出大会上获剧本一等奖；与陈椿年合作编写的话剧《浪潮》于1955年获全国第一届话剧会演剧本三等奖；散文《假如我是一个作家》被冰心女士在《文汇月刊》上推荐为"我最喜爱的散文"；散文《公交车站上的遐想》获第三届双沟散文奖一等奖；1988年获中国作家协会文学期刊编辑荣誉奖。

叶至诚十五岁的时候，与哥哥叶至善、姐姐叶至美一同跟父亲学习写作散文，20世纪40年代陆续在《国文杂志》《新中华》《中学生》《开明少年》等刊物上发表作品。1943年，文光书店出版了三人的散文小说集《花萼》。宋云彬在《序》中写道，"这里面二十多篇作品，除杂感、回忆之外，大都是写抗战大后方及学校中的形形色色，包含着各种不同的体裁，每个人又都具有自己的特殊的作风"，"至于作风怎样不同，却很难具体地写出来"，"但是他们有一个共同的优点，应该在这里指出的，就是：头脑冷静，观察深刻。而结构的谨严，文字的通顺与简繁得当，竟有为老作家或名作家所不及的"[1]。1949年，文光书店出版三人的散文小说集《三叶》。朱自清在《序》中表示，"写实的态度是他们写作的根本态度"，"他们的写实并不是无情的，尽有忧愤蕴藏在那平淡里"。此外，朱自清还分别谈到三人的写作特点。他指出，"至诚虽是个小弟弟，又是个'书朋友'，他的观察力和记忆力却骎骎乎与大哥异曲同工"，"他对于人生的体会也有深到处"[2]。

70年代末，叶至诚与哥哥、姐姐"互相鼓励，重新练习写作"。1983年9月，北京生活·读书·新知三联书店将三人在40年代出版的散文小说集《花萼》《三叶》合在一起以《花萼与三叶》为名出版。1984年8月，北京三联书店将三人70年代末以来写作、发表的散文与小说结集出版为《未必佳集》。叶至善在《自序》中表示，"用'未必佳'作为这本集子的名称可以提醒我们三个永远不要自满，而且不限于在写作这一个方面"[3]。《未必佳集》包括"至善之页""至美之页""至诚之页"三个部分。其中，"至诚之页"包括《假如我是一个作家》《迟开的蔷薇》《忆方之》《方之的死》《跟父亲学写》《倒霉的橄榄核》等15篇作品。

在《假如我是一个作家》中，叶至诚反思、批评了过去十年文坛所出现的"一批看不见作者自己的小说、诗歌、散文、剧本"的这种情形，宣告了"有我"的文学观。朱自清在为《三叶》作的《序》中写道，对于还带着几分孩子气的叶至诚来说，拟索洛延的小说《看戏》自然容易像些，"可是难在有'我'，这里有他的父亲和母亲，有中国这个时代，有他自己的健康的顽皮和机智，便不是亦步亦趋的拟作了"[4]。这表明叶至诚40年代的作品就已体现出"有我"，而数十年的经历无疑使他更加意识到"有我"的重要性，使他不得不旗帜鲜明地表明态度。《假如我是一个作

1　宋云彬：《序》，叶至善、叶至美、叶至诚：《花萼与三叶》，成都：四川文艺出版社，2019年，第4页。

2　朱自清：《序》，叶至善、叶至美、叶至诚：《花萼与三叶》，成都：四川文艺出版社，2019年，第103页。

3　叶至善：《自序》，叶至善、叶至美、叶至诚：《未必佳集》，北京：生活·读书·新知三联书店，1984年，第2页。

4　朱自清：《序》，叶至善、叶至美、叶至诚：《花萼与三叶》，成都：四川文艺出版社，2019年，第104页。

家》第一句便表明:"假如我是一个作家,我要努力于做一件在今天并不很容易做到的事。那就是:在作品里要有自己。"[1]因为"有我",读者既可以看到、了解、熟悉"我"的作品中的各种各样的人物,还可以看到、了解、熟悉"我"。因为"有我",即使作品不署名,读者也能辨出是"我"的作品。倘若不勇于"有我"便是怯懦,倘若有意隐瞒"我"便是欺骗,而怯懦的、欺骗的作品必定是脆弱的,是不能被读者喜爱的。因此,叶至诚明确表示:"我必须披肝沥胆地去爱,去恨,去歌唱,去诅咒,去创造,去荡涤……把自己的所见、所闻、所感、所思,真实地,一无保留地交给读者;把我的灵魂赤裸裸地呈献给读者。"[2]"有我"并不是一件轻而易举就能做到的事情。"有我",既要勇敢地暴露自己的灵魂,还要找到自己的外貌如方法、样式、风格、语言等,也必须找到并不是很容易找到的"我"。要注意的是,"有我"是对"我"自身而言的,并不意味着"我"是文坛的唯一。在《回声谷》中,当"我"在回声谷中喊了一声"啊"之后,无数的声音如千军万马般向"我"扑来,当"我再喊一声,又得到同样的反响"。对此,我非常欢喜,非常陶醉。"然而,一旦我停止了呼喊,回声也终于消失,四周就归于死一般的寂静。我浅薄的道行无法再消受这样的陶醉,一股难言的寂寞之感从我心底油然升起。我迫切希望有一个并不发自我的声音。"[3]只有"我的作品以我的灵魂我的外貌出现在读者面前,你的作品以你的灵魂你的外貌出现在读者面前,他的作品以他的灵魂他的外貌出现在读者面前……然后,就真正地有了百花"[4]。对此,冰心感叹"只有'人到无求'才能这样地勇敢,如今说假话、空话、大话的作家也还不是没有。至诚同志这篇散文得到心弦上最震响的共鸣",因此她毅然向《文汇月刊》"我喜爱的散文"栏目推荐《假如我是一个作家》这篇作品。[5]

叶至诚不仅提出"有我"的文学观念,而且以自身的写作实践了"有我"的文

---

1 叶至诚:《假如我是一个作家》,《雨花》1979年第7期。
2 出处同上。
3 叶至诚:《回声谷》,《雨花》1982年第3期。
4 叶至诚:《假如我是一个作家》,《雨花》1979年第7期。
5 冰心:《介绍一篇好散文——读叶至诚的〈假如我是一个作家〉》,《文汇月刊》1985年第1期。

学观念。《戒烟》《又说戒烟》《再说戒烟》《公共车站上的遐想》等作品虽然是从他自身的生活点滴写起，却表达了并不局限于戒烟、等待公交车等具体事件的具有普遍意义的思考。叶至诚不止戒过一次烟。《戒烟》讲述了叶至诚第一次戒烟的失败经历。这次戒烟，既不是为了健康，也不是为了省钱，而是出于一种信念——既然各方面都能改造，那么他也有信心把这个"恶习"给改造了。在第一次戒烟的过程中，开头几天挺过来，带给他喜悦与信心。他也逐渐厌恶烟，觉得烟味"有点儿骚臭"，而好的睡眠质量、变得结实的身体、清爽的喉咙，使他"简直觉得已经在脱胎换骨了"。在得知要执笔一项写作任务时，叶至诚将其当作自己文字生涯的新起点。然而，写作在一开始就困难重重，似乎已经预示了这次戒烟的失败。《又说戒烟》《再说戒烟》则讲述了成功戒烟的经历，分享了成功戒烟的经验。1984年，叶至诚的左肾被切除。当时仍在住院的父亲叶圣陶在信中转告叶至诚，吕叔湘特意打电话叮嘱不可再抽烟之事。于是，叶至诚再次开始戒烟，他试过准备糖果类替代品，可是即便把食品吃完还是照抽不误，他试过建起舆论网络，可是即便被朋友撞见还是照抽不误。那么，怎样才能成功戒烟呢？继《又说戒烟》提出不抽"必须有精神支柱"之后，他在《再说戒烟》中又指出，仅有精神支柱是不够的，还要有"绝不再抽第一支"的坚定不移的方针。也就是说，要"牢守第一支这道防线"。《再说戒烟》末尾写道："也有人在各色名烟面前，还能守住第一支这道防线，却受不了痛苦、苦闷、忧虑、烦恼、焦急、无聊……种种情绪的折磨。其实，这些都是更为强烈的诱惑，肚子里饿狠了的烟瘾虫往往乘着这种种情绪，一声声向你召唤，诱发你可怜自己，促使你前功尽弃呢。"这段文字虽说的是戒烟之事，但生活之中又何尝只有戒烟才是如此？获第三届双沟散文奖一等奖的《公共车站上的遐想》，由"我"出门碰巧看到三辆要乘的公交车，却因躲避抢道的自行车而没乘上这三辆车，引出"我"在公交车站的等待和随之而来的"遐想"。"我"不免想到自己的生命中有许多时间是在等待中度过，虽然有时"无非在被动中尽可能争取主动"，如在等公交车等得不耐烦的时候往前走，但"能争得主动的等待为数颇少，众多的是那些所谓'气力大不出'的事情"。紧接着，由先来的公交车在开到站前突然明显加速，后来的公交车也对人群视若无睹，"我"又想到一生之中错过的失之交臂的好事。对于那些"海"了的可遗憾之事，作者进行了自我剖析。他并不是对那些叫人眼红心热的事情完全无动于衷，"只是就像等公共车子一样，明知道自己挨挤不上，就省得费许多气力"；但又不像在等车子，"因为并不存最后把我也载了去的希望"，"倒像在大街上看橱窗"，"凡是我是无力购买或不想购买的，都跟我没啥关系"。在等待中，"我"又由乘公交车的比乘小轿车的人数多，想到了多数与少数，想到了被忘记与被记住。对于将很快被忘却一事，"我"不禁怀疑自己所从事的事业的意义，但又由历史的长河与小小的河流之关系而肯定了事业的意义。层层推进的思考，使得作者由最初的困惑变得逐渐清晰。当又一辆车子开走了的时候，当等了将近一个小时的时候，"我"不由得表现出一种"老年人的急性"："我已经不当回事儿似的浪费了那许多时间，难道还得由它半小时、一小时……积少成多地浪费下去，丝毫不觉得心痛？别看我时常乐呵呵的，就像没啥火气，没啥心事的样子，难道经历了近半个世纪来一次次的大兴奋、大惶惑、大喜悦、大痛苦……就没有在我心底留下一点儿波澜？难道我的心上就没有积着若干未了的心愿，就没有像巴金他老人家那样压着一些未偿还的欠债？……"[1]终于，漫长的等待、数次的无法赶上，使得这位平时看起来乐呵呵的老人焦躁了起来。在叶至诚的一生中，类似这种等公交车的经历又何止一回？他在勇敢地暴露着自己的灵魂，他想要完成尚未完成的心愿。这朴实温润的文字中透出让人落泪的人性力量，这位"好好先生"的背后是"泣血的魂灵"[2]。《公共车站上的遐想》虽然是关于"我"在公交车站上的遐想，但更多地关涉对生命的思考，对等待中的主动与被动的思考，对事业的被忘记与被记得的思考等。

　　中国社会科学院文学研究所当代文学研究室编的《新时期文学六年》一书曾描述70年代末至80年代初的散文面貌："散文这支回春之曲，最初也是由泪水孕育而

---

[1] 叶至诚：《公交车站上的遐想》，《钟山》1987年第6期。
[2] 丁帆：《先生素描（十二）——记叶至诚先生》，《雨花》2018年第12期。

成的。后人在研究这一历史转折时期的散文时，可能会惊异于这样一个特殊的文学现象：挽悼散文大盛于当时的中国。数以百计的长歌短哭文章寄托着对饮恨而逝的志士仁人的哀思与悲怀，短短几年里涌现那么多怀忆祭悼的篇章，在我国文学史上实属罕见。"[1]1979年10月22日，方之去世。为纪念方之，叶至诚先后写下《忆方之》《方之的死》《方之和他的语言》几篇散文。在《忆方之》中，叶至诚主要回忆了方之在遭受了种种苦难之后仍旧不断地探求。作为方之多年的老友，叶至诚向不熟悉方之的人解释道："……后期见到方之，大多会把他看成是个倔老头：脾气大，肝火旺，遇到不入耳不顺眼的事情会骂人，张牙咧嘴瞪眼睛，样子又难看。其实，这只是方之的一面，这一面经历了千难百劫，见多了奸邪丑恶以后，突出了起来。而他天真深情的一面，富于同情心的一面，像《在泉边》那样热那样美的一面，却始终保持着。"经过了二十多年，方之由50年代的青年变得像个老人。在方之死后，叶至诚常常想到："为什么我如此不幸，竟亲眼看到了许多没有开足便已谢了的花朵，甚至是尚未开放便已谢了的花朵。"[2]相较高晓声这朵"迟开的蔷薇"[3]，方之还未来得及开足便谢了。1983年，陆文夫的短篇小说《围墙》、中篇小说《美食家》分别获全国优秀短篇小说奖、优秀中篇小说奖。此外，他还当选全国作协副主席，被选为1984年江苏十大新闻人物之一。但叶至诚不仅没有看出陆文夫的春风得意，反而刻画了陆文夫内心的"苦"。如果说方之、高晓声、陆文夫是"迟开的蔷薇"，那么倘若留给叶至诚的时间足够多，不知他这一朵文艺园中的花会开得如何？叶至诚是在写方之、写高晓声、写陆文夫，也是在写自己。他未尝没有他们的经历，他在写自己眼中的他们时，未尝不会想到他自己，未尝没有审视自己。"有我"的意识贯穿其中。

80年代，叶至诚还写了一些回忆儿时的散文，如《倒霉的橄榄核》《伤寒》《体

---

[1] 中国社会科学院文学研究所当代文学研究室编：《新时期文学六年》，北京：中国社会科学出版社，1985年，第304页。
[2] 叶至善、叶至美、叶至诚：《未必佳集》，北京：生活·读书·新知三联书店，1984年，第191、192、195页。
[3] 叶至诚：《喜读〈李顺大造屋〉》，《雨花》1979年第7期。

育老师》《最后一列难民车——一九三七年深秋浙赣路上》《猩红热和省三的裤子》等。叶至诚在其第一本个人散文集《倒霉的橄榄核》的《序》中写道："选编容易题名难，我采取偷懒的办法，把其中一篇的题目作为书名，我和我的孩子都以为这一篇写得还有点意味，如此而已，别无其他。"[1]《倒霉的橄榄核》回忆了"我"在刚转校之后遭受的一次惩罚。同学们玩儿的飞镖引起了"我"强烈的兴趣。这飞镖是由一颗橄榄核以及头上的一枚针、尾上的鸡毛组成的。为了做一只飞镖，"我"不得不忍住苦涩第一次吃完一颗橄榄。不同于大人们所说的"回味再思量"，对我而言，"这甜味不在橄榄本身，而在做成了飞镖以后的乐趣"。可是，突然发生的飞镖伤人这个意外，却使得"我"与其他同学在训教处的命令下被示众。本期待飞镖做成以后的"乐趣"，谁料想还未做成就已终止，就被惩罚。当"我"在"蹲牛棚那阵子"想起这次受罚的经历时，并没有感觉"回忆总是甜蜜的"，"却觉得又苦又涩，没有一丝儿甜味"。有研究者指出，这"显然不是童年时代就已经有了的疑问，而是回复到童年情境以后的思索。他在童年的世界里，找到了他从现实中的精神困惑解脱的缺口；他的精神欲求试图向着完善自己、走向彻悟的方向发展"，"完善自己、达到彻悟"虽是不可能实现的，"但作为精神过程的展示"已足够。"尽管不再是童年，但进入了童年的情境，他就不能不尊重童年的纯情至性，他不能欺骗童年，不能伪饰童年，不能改变童年的颜色。童年是他情感世界里最真实的存在，是一个'真我'的圣地。"[2]

在散文《跟父亲学写》中，叶至诚回忆了少年时期跟父亲学习写作的经历。自那时，"我渐渐知道写文章的最起码的要求就是要说自己的话，别人用过的描写和比喻，即使你佩服得五体投地，也不能照搬照抄；又渐渐知道，平时没有精到的观察，没有丰富的联想，没有周密的思考，笔底下就不可能有生动的描写，不可能有

---

[1] 叶至诚：《〈倒霉的橄榄核〉序》，《倒霉的橄榄核》，天津：百花文艺出版社，1992年，第2页。
[2] 费振钟：《迟开的蔷薇——评叶至诚散文的"有我"品格》，《读书》1988年第5期。

贴切的比喻，不可能有精彩的议论"[1]。正是有了早年扎实的基本功，叶至诚的作品才避免了空泛的议论和抽象的描写，做到了以朴实的语言表达真切的感受，做到了以清通的文字表达较深刻的思考。同时还可见，"有我"的意识早就萌生于叶至诚的心中。

二、艾煊《雨花棋》《醒时的梦》

20世纪80年代，除了儿童文学《太湖漫游》、长篇小说《乡关何处》之外，艾煊出版的散文集有《雨花棋》《艾煊散文选》。《雨花棋》收录了艾煊70年代末80年代初发表的近20篇作品，如《兰之恋》《这双手》《雨花棋》《海潮晚来急》《火山口之夏》《太湖秋》等。它与60年代出版的散文集《碧螺春汛》分别代表了艾煊散文创作的两个阶段。一方面，这两个阶段的散文创作存在共同之处，比如都具有"从生活中采撷诗情画意，以浓郁的地方色彩和沉稳蕴藉的情致抒写风物世态，以牧歌的恬适和短笛的清新讴歌生活美质和美的创造"的风格；另一方面，无论从选题上，还是以对生活的认识上、表现上，对生活的观测点上、审美效应上看，这两个阶段的散文创作也存在不同之处，比如第二个阶段在选题上更加广泛，在对生活的认识上更加沉实、浑厚，在表现上"更多地溶渗进对生活漩流的热情褒扬和善意针砭"，在生活的观测点上"更多地取宏观俯角，于放眼历史的动态中捕捉人生的真谛"，在审美效应上"更加增添了发人思、启人智、令人彻悟和促人奋进的因素"[2]。

散文《雨花棋》以书桌上的一盆雨花石为线索，引发"我"对那些与美丽的雨花石相关的美好的回忆。1942年秋，"我"第一次遇到雨花石，并挑拣许多扁圆形的黑色、白色雨花石作围棋子。"玉米棋、粘土棋、瓦片棋，都是随下随丢，行军时也

---

[1] 叶至诚：《跟父亲学写》，叶至善、叶至美、叶至诚：《未必佳集》，北京：生活·读书·新知三联书店，1984年，第204—205页。
[2] 黄毓璜、刘静生：《史的情韵 美的旋律——论艾煊的长篇小说和散文创作》，徐采石编：《艾煊作品研究》，北京：中国文联出版公司，1987年，第41页。

不带着它的",可"我"有很长一段时间都把这副雨花石棋子带在身上。终于有一次,在战况非常紧张的情况下,"我"将雨花棋丢下了。在穿插了其他有关围棋的回忆之后,作品最终回到当下:"当然,今天谁也没有必要用玉米子、粘土块、碎瓦片和雨花石来着棋了。今天人们珍爱雨花石,往往是单纯地欣赏雨花石本身的美,而不是借石作棋,把它当作一种文化活动的工具了。"[1]这断断续续的回忆,散发着淡淡的失落与忧愁。散文集《雨花棋》中不乏"对描写对象作历史的观照"的作品,比如《壮哉中华门》《走向文明》《淮上老区行》等。但艾煊"从不在自己的散文中铺陈历史事件,更不喜欢用'吊书袋'的考据风物演变借以炫博",而是"以'浮想联翩'的形式来捕捉历史事件中瞬间的'点',着力于'点化'"[2]。作者在散文《雨花棋》中曾表示,正如每颗雨花石都具有不同的个性,每个人也因各自经历的不同而产生关于雨花石的不同联想。比如,"年纪大些的可能会联想到梅园新村的客厅,年纪轻的可能会联想到团日活动中的庄严雨花台",等等。散文《殉难者的圣地》就记述了"我"第一次到雨花台的感受:"默立在雨花台下烈士就义的地方,在我们的面前活灵活现地出现的……却是我在别的地方,在许多不同战场上牺牲的那些熟悉的战友。仿佛觉得那些同志全都是在这雨花台下就义似的。"在这"浮想联翩"中,艾煊捕捉到了历史事件中的点,实现了现实与历史的交汇。

除了江南水乡的湖光山色,散文集《雨花棋》中的多篇作品以细腻的语言刻画了许多其他地方绚丽的自然风光。比如《火山口之夏》描写了长白山的火山喷口湖——天池:"天池的水,那么纯净、透明、柔媚;池周的山,又那么阴森、猛恶、神秘。格调不同的矛盾景象,组成了一个湖山共同体。"[3]《云端夏城》描绘了庐山美丽的自然风光,尤其是"云起"一节对庐山云的刻画:庐山的云"有时来自山外的湖上,有时起自半山的石缝中、杉林下";从在万米高空的飞机上看云,"茫茫云

---

[1] 艾煊:《雨花棋》,南京:江苏人民出版社,1983年,第46—48页。
[2] 黄毓璜、刘静生:《史的情韵 美的旋律——论艾煊的长篇小和散文创作》,徐采石编:《艾煊作品研究》,北京:中国文联出版公司,1987年,第28—29页。
[3] 艾煊:《雨花棋》,南京:江苏人民出版社,1983年,第122页。

海是静止的,凝固的","如冰山一样庄严肃立";从五老峰上看云,云"是流动的","显得轻巧活泼"[1]。《穿越小兴安岭》描写小兴安岭的原始森林:"顶天立地的红松,层枝如塔的鱼鳞松,树干如雪的白桦,树冠平矮的油松,还有那乔木林下的灌木,枝桠上缀满了色彩鲜妍的花和果实。"[2]

除了自然美,艾煊还善于发现"社会美、劳动美、心灵美"。他"散文中的美,比生活中的美表现得更集中、更典型,因而更美"[3]。艾煊表示:"人总是从切身经验中感知世界的。在我那个闭塞的小镇上,幼时,最令我钦佩的,是手工艺匠人:漆匠、篾匠、雕花木匠。我曾想进入手工艺人的神奇世界。"[4] 在《醒时的梦》中,艾煊就回忆了他童年所钦佩的那些手工艺匠人。《醒时的梦》后以《桃溪的梦——〈醒时的梦〉第一部》为题,收入中国文联出版公司出版的散文集《艾煊散文选》。《醒时的梦》包括《乡音·土词》《卧室里捉鱼》《绑票和撕票》《陈叔》《桂嫂和雕花木匠》《戴脚镣的汤老三》《栀子妹》《狮子舞和跳兰花》《腮穿银针的香客》《回乡》《苍天若有知》《染匠》《翟老师》《师姐水芹》《学绩簿》15小节,刻画了许多手工艺匠人,如雕花木匠、砻匠、扎匠、染匠、漆匠、篾匠、伞匠、银匠、糕点师傅等。"那些匠人的手艺神奇得很,站在边上看,是永远看不够的。"其中,最吸引"我"的是雕花木匠桂哥。"我"经常看桂哥在一块极普通的模板上雕出一双观音的手。"那观音手,很像桂嫂的手,手背圆滚滚的,细腻、丰满。微翘的指头,好像要动起来似的。一块呆板的木片上,会雕出一个活灵活现的人物来,那是很令孩子神往的。"有时,桂哥会使用自己制造的钢丝锯来雕刻图像。这"看起来很容易,把钢丝用竹弓绷绷紧,再拿凿子、锒头,轻轻地在钢丝上敲出锯齿来。……手工艺的制作,就是要那么细心耐性,就是要有那么一双巧手"。桂哥"敲出来的锯条,从头到尾,锯齿总归是同样深浅。光是敲锯条的简单手艺,恐怕也要练好几

---

[1] 艾煊:《雨花棋》,南京:江苏人民出版社,1983年,第86页。
[2] 同上书,第98页。
[3] 陈辽:《谈艾煊的散文美》,徐采石编:《艾煊作品研究》,北京:中国文联出版公司,1987年,第162页。
[4] 艾煊:《洞穴岩画——代序》,《艾煊散文选》,北京:中国文联出版公司,1986年,第2页。

年，才能练出来"。[1]除了雕花木匠，还有砻匠。"砻匠的活是很苦的。用木砻把稻谷轧碎，再用手摇的风车，把稻和糠分离开来。""两人站在石碓的两边，拎起几十斤重的石锤，举过头顶，一递一锤舂。一舂米，要舂一百多锤。一边舂，一边用唱歌般的音调数数。"在沉重、单调的劳动中，砻匠们在数数时加入的一些花腔，"像音乐家那样，把几个有限的、枯燥的数码，变成了音符，变成了乐曲"。[2]《苍天若有知》一节写到扎匠："他们从事的是一种既为活人服务，又为死人效劳的行业。春节扎花灯，平日扎楳。"《染匠》一节则写到"我"的父亲。制作靛青染布，既烦琐，又辛苦。为了使白布均匀着色，父亲每隔几小时就要搅动染缸里的靛青水。为了使所染的蓝色不退落，一匹白布至少要在染缸中浸好几天。"父亲的手和臂，整天浸在碱重的染缸里，破皮处，也印上了难以退落的蓝色疤痕。"染过色的布需要晒干，而晒干的布还需要用元宝石碾压。"父亲是踩元宝石的高手，他双脚站在如鸟翼般张开、翘起的元宝石两只角上，运用腿力，运用巧劲，使千斤顽石向左右两边来回滚动。这动作，有点像杂技中的晃板。"长期做这种既很沉重又很有技巧的劳动，使得父亲的双腿变成罗圈腿，"像久骑战马的老骑兵的腿"。[3]从这些手工艺匠人身上，艾煊看到了他们的吃苦耐劳，看到了他们的精湛的技术。这就是手工艺匠人的"劳动美"。

《醒时的梦》在整体上并不是欢乐的，而是带着忧伤怅惘，夹杂着悲凉。在第一节《乡音·土词》中，有一段关于童年色彩的文字叙述："我的童年，那色彩，就像我父亲染缸里浑淘淘的靛汁，是介于蓝色、黑色和灰色之间的暗蓝色。没有光泽，显得有些苍老。暗蓝色中，有时偶尔也会溅出一粒光点，不是金色，是黄铜色的光点。儿童生活中，搀入了成人生活中悲凉的成分。"[4]这种"悲凉的成分"也蕴含在对手工艺匠人的回忆之中。雕花木匠桂哥虽然雕刻技术高超，身体却不大好，害肺

---

1 艾煊：《桂嫂和雕花木匠》，《艾煊散文选》，北京：中国文联出版公司，1986年，第369—371页。
2 艾煊：《戴脚镣的汤老三》，《艾煊散文选》，北京：中国文联出版公司，1986年，第377页。
3 艾煊：《艾煊散文选》，北京：中国文联出版公司，1986年，第431—432页。
4 同上书，第345页。

病病，咳过血。桂哥的绰号叫"水烟袋"，但"我不清楚这个绰号的来由，为什么这么叫他？也许是因为他胸腔里老是像水烟袋呼噜噜地响，也许是因为他微驼的背，有点像水烟袋上那根微弯的铜吸管"。在"我"的眼中，桂嫂性格好、人缘好，对桂哥也好，却被人说有私情。有一天，"我"在放学的路上看到戴着木枷、双手被反绑在背后、赤裸着上半身的桂嫂。面对温柔的桂嫂被如此残暴地摧残，"我"飞奔到桂哥家寻求帮助，可当看到桂哥趴在台子上的背影时"我"却产生了嫌恶、仇恨的情绪，而当看到桂哥咳嗽得厉害、身体不停地颤动后，"我"又产生了可怜的情绪。对于桂嫂为何被这般摧残，童年的"我"自是无法理解。在回忆这段往事的《桂嫂与雕花木匠》一节中，成年的"我"也并没有直接写出桂嫂被侮辱、被虐待的原因。无论是桂嫂，还是雕花木匠，都是可悲可哀的。《醒时的梦》刻画了许多有着"心灵美"的人物，比如擅长"唱歌"的陈叔、跳兰花的冬表哥、师姐水芹等。然而，这些人的生活、命运却是非常不幸的。陈叔在被冤成土匪之后疯了，冬表哥在被害得身体残疾之后离开了心爱的姑娘，水芹不知是跳江自杀还是上九华山剃度了。艾煊在《醒时的梦》中常回忆起童年的"我"无法理解的种种事情。比如，在《陈叔》一节发出"我弄不懂，怎么官兵也要被捉的人家拿钱来赎人？这不跟土匪绑票、赎票的做法一样么"的疑问，在《腮穿银针的香客》一节中谈到无法理解香客将银针穿过两腮这种愚傻的行为。这些对童年往事的追忆，浸染着"悲凉的成分"。

有研究者指出："在艾煊散文创作道路上有重大突破的是《醒时的梦》。它打破了散文以事件或人物为线索，或状物、或抒情、或写景的传统手法，而是以十四个并不完全关联的生活片段组成一篇社会生活画面异常广阔的作品。"《醒时的梦》是"艾煊创作道路上第一次出现的'全景性'结构的散文"。艾煊"借用了较多的小说创作手法，来拓展散文艺术的天地"[1]。除《桃溪的梦》，《艾煊散文选》还收录了《醒时的梦》第二部《湖上的梦》。《湖上的梦》包括《渡湖石埠头》《摇橹根生》《云秀》《土郎中阿法》《莼菜·桔树·茶馆》《清淡的菱角花》6小节。这篇散文在体

---

[1] 徐采石：《艾煊论》，《艾煊作品研究》，北京：中国文联出版公司，1987年，第84页。

裁与风格上与《桃溪的梦》颇为相似，主要回忆了"我"在20世纪50年代被下放到太湖西山当农民的那段生活。其中，《摇橹根生》一节以较长的篇幅非常细致地刻画了根生的"心灵美"。《醒时的梦》最初发表时是放在"中篇小说"栏目，之所以如此，与艾煊将小说笔法引入散文写作有关。有研究者认为："艾煊把散文当小说一样写，也使他的散文出现了某种缺陷。由于较多地考虑人物的描写、情节的安排，有些散文写得局促而拘泥，人工斧凿的痕迹比较深，同时也势必要影响情感的抒发。"[1]

三、姜滇《美在斯》

姜滇（1943— ），原名江广玉。籍贯江苏南京，生于昆明。1946年跟随父母回到南京。先后就读于南京栖霞小学、苏州铁路中学。1978年秋考入南京艺术学院研究生班。1981年在南京电视台工作。曾任南京市文联文学创作组组长、南京市文联副主席、南京市作家协会主席、江苏省作家协会影视文学工作委员会主任、南京市政协委员等职。20世纪60年代开始发表作品，著有散文集《美在斯》，长篇小说《市长夫人》《带露水的蔷薇》《伊人伊水》《摄生草》，中篇小说《清水湾，淡水湾》，中篇小说集《花湿红泥村》《姜滇中篇小说选》《拥抱生活》《雪之舞，雪之恋》，短篇小说集《阿鸽与船》，长篇报告文学《世纪之举》。其中，短篇小说《阿鸽与船》于1984年获首届全国青年文学创作奖；中篇小说《清水湾，淡水湾》获《十月》文学奖；短篇小说《东牌楼纪事》于2005年获第二届江苏省紫金山文学奖。20世纪90年代姜滇开始涉猎影视文学，其编剧的电视剧《岁月长长，路长长》获第七届中宣部"五个一工程"奖、第十八届中国电视剧飞天奖[2]。

20世纪70年代后期，姜滇开始发表散文。他认为，写作散文"不仅使语言纯

---

[1] 范培松、马中红：《艾煊散文艺术论》，徐采石编：《艾煊作品研究》，北京：中国文联出版公司，1987年，第186页。
[2] 张王飞、吴俊主编：《江苏当代文学编年（1949—2012）》（上卷），南京：江苏凤凰文艺出版社，2021年，第231页。

化，而且有助于凝练思想境界和艺术修养"[1]。1986年11月，散文集《美在斯》由上海文艺出版社出版，收录《桃云》《西湖漫兴》《绍兴一夜》《舟山行》《湖山小札》《天府书简》《到九寨沟去——天府书简之二》《黄龙探胜——天府书简之三》《清潭》《晚点的快车》《草兰与茉莉》《让生活充满绿色》《花匠》《梅花鹿与泥人街》《窗前有棵石榴树》《美在斯》《自画像——一个跋涉者》17篇作品。1983年3月，姜滇以南京艺术学院院长刘海粟为对象写下散文《美在斯》，着力刻画了一个叛逆者的形象。作为封建家庭的叛逆之子，刘海粟为反抗包办婚姻离开常州，来到上海。到了上海之后，为了启蒙民众，刘海粟决定兴办美术教育，创办了上海国画美术院。作为"拓路的先驱者，画坛的播种人"，他实行男女同校，提倡废除考试、计分法。他对美育有着自己的认识："美术是表现情感，抒发个性的法宝。应注重学生本能的发展。人类本能不能一致，发展方面也不能一致……研究美术，第一要研究人，不容引起不纯的观念，要不求一时名利，不求后世之名，终身以立，才能成功。从学生修养感情，极力高洁纯挚上提挈，不以己蔽人，不以人蔽己，养成学生满怀优美的自然的感情，直接用美术把自然的奥秘，霎时过去的情感表现出来，这才不辱艺术的价值。"刘海粟非常喜爱勤学的学生，"凡是对发现和培养艺术人才有益的事情，他都不顾一切地去做"。为此，他资助家境贫寒的程世清，不拘一格培养此后成为画坛奇女的张玉良。为了更好地教育学生，他引入人体模特教学法，也为此与当时社会上的封建主义、保守主义展开长期的斗争。作品详细地介绍了围绕人体模特所发生的三次风波。第一次发生在1914年，城东女校长杨白民在观看展览会后写下《丧心病狂败坏风化之展览会》并上书省教育厅下令禁止；第二次发生在1924年，市议员姜怀素呈请当局严禁模特，上海总商会会长兼正俗社董事长朱葆三来信威胁刘海粟；第三次发生在1926年，新上任的上海县长危道丰下令严禁美专裸体画，而危道丰背后还有孙传芳的支持。面对一次比一次大的压力，面对社会顽固势力的威胁、逼迫以及长期存在的封建陋习，刘海粟不畏惧也不妥协，据理

---

[1] 姜滇：《我愿是一个开拓者——〈姜滇中篇小说选〉自跋》，《青春》1983年第9期。

第二章　历史的反思和生活的哲思（1980—1989）

力争，最终化解危机。当刘海粟与美专师生、新闻记者等迈出法庭，走上外白渡桥时："在这苏州河及黄浦江的汇合处，江风掀起了更高的浪潮。一群群江鸥振翅搏击，忽儿飞近眼前，忽儿又远游江边。大家都意识到，新生事物的巨浪是不可抵挡的。然而，中国这块灾难深重的土地，积垢太深，要彻底地冲刷干净，需要更大的推动力。狂澜呵，来得更勇猛，更加壮阔一些吧！"作品称赞了刘海粟在20世纪一二十年代对中国美术教育事业的建设所做出的贡献，并以此为例说明"新生事物的巨浪"冲刷"积垢太深"的土地的现实意义。

散文集《美在斯》既包含"建立在史实基础之上的报告文学式的散文"[1]，又包含《绍兴一夜》《湖山小札》这样的游记散文，还包含《花匠》这样的记人散文等。这些"作品尽管体式不一，却全然具备了散文特有的事真、情真、文美、意美的本质特征，从而构成了多样化与一体性的和谐。这样一种多体兼备而又异中有同的创作取向和如此取向所暗含的开放而又不落泛化的散文意识，无疑值得肯定"[2]。此外，姜滇散文还表达了一种对"新"的呼唤与渴望，尤其是对"新"的人物的称赞，《美在斯》如此，《桃云》也如此。作品由友人一下火车便提出要去看南京郊外桃云而引出十几年前的一次出行。"那是四月的一天，汽车出太平门，过紫金山，跌进一片绿海"，"青螺似的翠岗，一叠接着一叠，远远近近的绯红，一片连着一片，大自然故意在人们面前乱真，使这花似云，云似锦的意境充满了诗的韵味。"前一句的动词"跌"、后一句的量词"叠"的使用，无疑体现了姜滇具有一定的勾绘自然景色的能力。紧接着，作品表示："然而美的东西之所以陶冶人的心灵，主要是美的创造者的贡献。"由此，也就引出了当时盛情招待"我们"的创造桃云之美的珍嫂。面对友人的提议，"我"不得不将果树被砍伐的传闻相告知。在去东郊的路上，"那远远近近的绯红，仿佛早化作了仙女的羽翎，飞回天际去了。山坡，变矮了，那一层层开凿出来的条田，好像是瘦老头胸壁上蜡黄的肋骨"。作品这两次

---

[1] 古耜：《多味人生的从容咀嚼——姜滇散文漫论》，《当代文坛》1993年第6期。

[2] 出处同上。

对自然景色的描绘,浸染了作者的主观情感。一喜一悲,形成鲜明对比。面对突然发生的变化,珍嫂坚信桃树不会断根绝种,趁着乡里重新规划之机为发展果园而忙碌着。有了像珍嫂这样的人,就有了更富色彩的希望,就有了更美的果园景致。

姜滇在文章《写出水乡味来》中写道:"我是在江南水乡长大的,这里有我写不尽的人物和故事。我愿自己的作品,写出更浓的水乡风味,江南人情。"[1]散文《绍兴一夜》《花匠》就赞美了以江南水乡为背景的"新"人物。《花匠》通过讲述昔日同学欧娟妮一家几代卖花人的经历,赞美了在新时代成为"花匠"的欧娟妮。《绍兴一夜》由"我"没来得及参观鲁迅纪念馆而引出一系列"新"人物,如在稽山饭店庆祝的雕刻厂的工人、绍兴鲁迅故居附近的招待员、街道食品厂的青年工人、鲁迅纪念馆的管理人员等。这些新时代的"新人物",热情、诚恳、辛勤地工作,"把平凡的工作做得格外惊喜"。在作者看来,"怀着不怕露水沾脚湿的精神,从点点滴滴做起,踏踏实实地赶上前去,是并不觉得迟的"。从这里,可以看出作者对这些"新"人物的美好祝福。这类散文无疑带有鲜明的时代色彩。

此外,还需要指出的是,姜滇散文还存在一些不足之处。比如,《美在斯》一开始就描写十七岁的刘海粟到达上海打算兴办美术教育,但并没有交代刘海粟的美术创作能力与美术教育观念是如何形成的;《桃云》《花匠》《绍兴一夜》等对人物的刻画也尚不深入。还有论者指出,"姜滇有的作品一般化的叙述和议论多了一点,失之直露芜杂,缺乏更深且浓的意味;有的篇章过于随心所欲,在内容取舍上提炼不够,给人以空泛和一般化的感觉;特别是就整体散文风格的个性化程度而言,姜滇似乎还需要一番沉思与试验的功夫"[2]。

1 　姜滇:《写出水乡味来》,《钟山》1984年第3期。
2 　古耜:《多味人生的从容咀嚼——姜滇散文漫论》,《当代文坛》1993年第6期。

第三章

文体的变化与大散文的诞生
（1990—1999）

第一节　概述

一

20世纪90年代被称为散文的时代,也是散文命名大于实绩的时代。诸如大散文、文化散文、学者散文、思想随笔、艺术散文、新散文、新媒体散文、女性散文、小女人散文、乡村散文、都市散文等散文流派竞相登台,各具风姿。它们的规模化生成,首先与20世纪80年代末至90年代的社会转型有关。陶东风在主编"新思潮文档"丛书时指出,在这个社会转型与世俗化、商业化阶段,知识与社会、知识与政治权力、知识的内部结构以及知识分子的精英结构(中心/边缘关系)发生了深远的变化。[1]其次,与90年代文化界关于"终极价值"和"人文精神"的大讨论有关。知识分子思想价值的多重选择带来价值多元,不同的价值观念选择不同的道路,并"在不断的自我否定中更新自己与既往时代的关系并形成自我意识"。[2]再次,与知识分子社会身份有关。米歇尔·福柯将知识分子分为普遍的和特殊的两种类型,作家一般被认为是"普遍的"知识分子,以"公众的良知"身份出现,代表真理和正义而发言,以学者、教授等为主流。第四,与当代文化体制的内分化有关。其中,有关注文化人格、思考"立人"还是"立国"的问题,有关注金钱价值以及把金钱作为核心价值的人生观念与性格结构,有关注社会权力包括贫富差距、阶层分裂等。当然,还有其他更为丰富的影响。价值多元必然带来散文价值的多样分流,社会文化和精神取向的多样性也为散文写作的大开放创造了条件。在这样宏大的时代背景下,江苏作家以各自的方式进入了散文写作的各个视阈,并形成了"江苏大散文"的独特气质。

1　陶东风主编:《新思潮文档·知识分子与社会转型》,开封:河南大学出版社,2004年,第273页。
2　高远东:《未完成的现代性(上)——论启蒙的当代意义并纪念"五四"》,《鲁迅研究月刊》1995年第6期。

一时代有一时代的精神向度，一阶段有一阶段的文体特征，一地域有一地域的文化气脉。从精神意义上看，20世纪90年代轰轰烈烈的"人文精神大讨论"，江苏学者也起到了重要的推手作用。江苏作家王干在1994年《作家》杂志第1期主持"平面的歧途"栏目，刊登了3篇江苏学者讨论人文精神问题的文章，即王干的《"平面人"与精神侏儒》、王彬彬的《一种粗鄙的时代思潮》和丁帆的《文化堕落的标帜》。《读书》杂志在1994年第6期发表吴炫、王干、费振钟、王彬彬的《人文精神寻思录之三——我们需要怎样的人文精神》。吴炫说："《读书》这几期，上海的朋友相继提出了人文精神的失落和遮蔽等问题。今天，我们江苏几个学人聚谈，看看能否将其中一些问题深化一下。"王干认为，"人文精神在当代，主要体现为知识分子的一种生存和思维状态。人文精神的危机说到底还是知识分子的生存危机"。费振钟认为，"中国知识分子一直太重现实功利，太重集体原则，太容易媾和认同，缺乏形而上的批判与否定精神"。王彬彬认为，"统治阶级需要儒家经世致用的一面来维系社会，却不需要凌驾于统治阶级之上的，能检验合理与否、正义与否的'道'，或者对这个'道'进行符合自己统治目的的解释，这种阉割和被解释的东西，可能便是人文精神"。王干认为，上述论述中的人文精神"与我们所渴望的人文精神，不是完全等值的"，认为"人文精神"确实有过非常积极的一面，但是它最大的问题就是始终具有"代言""依附""工具"的身份，认为"我们应着眼于当代来谈新的人文精神状态的建立"，"今天谈人文精神的建立，不大可能再会是一个普遍性原则，不可能成为人人信服的宗教，也不太可能成为社会新的经世致用的哲学与价值体系"。费振钟认为，重建人文精神在今天的"可能性"更主要的是指"实践"的"可能性"，并说明与《读书》第3期王晓明他们所说的"个人的实践性"还不完全一样。[1] 王彬彬是江苏学者中介入"人文精神大讨论"比较深的作家，他在《北方文学》1994年第1期发表书话《尊严像破败的旗》，在《文艺争鸣》

---

[1] 张王飞、吴俊主编：《江苏当代文学编年1949—2012》，南京：江苏凤凰文艺出版社，2021年，第470—471页。

1994年第6期发表《过于聪明的中国作家》并引起巨大论争。对此，王蒙1995年1月17日在《新民晚报》发表《黑马与黑驹》，在《上海文学》1995年第1期发表《沪上思絮录》，萧乾在《文艺争鸣》1995年第1期发表《聪明人写的聪明文章》等文章予以反驳。1995年，王彬彬继续在《文艺争鸣》发表《再谈过于聪明的中国作家及其他》文章进行反批评。此后，"二王"之争如火如荼，作家、批评家、学者纷纷参与其间，演化为20世纪90年代"人文精神大讨论"的重大文化事件之一。

从文体角度出发，90年代的散文是一种包容性很大、富有弹性的文体，"江苏大散文"也在蓬勃生长。我们这里指称的"江苏大散文"，自然不是对贾平凹"大散文"观的简单呼应，而是基于江苏散文生成机理及其格局气象的观察。"江苏大散文"是一种有根的文学创造，它的"大"成，文化根系上与江苏文化构成的丰富性有关。"江苏文化"是总体性区域文化概念，由吴文化、金陵文化（宁镇文化）、徐淮文化（楚汉文化）、淮扬文化和苏东海洋文化等构成，这些交融互补的"文化个体"，影响着作家的个人经验、写作心态、文化态度等，促生了"江苏大散文"的多样多质。在创作主体上，与作家身份的变动不居有关。江苏散文作家中，兼具多重身份者居多。我们说的学者散文、评论家散文、小说家散文、诗人散文、官员散文、报人散文等，基本是作者职业身份与散文的叠加或是化学反应，不同身份带来价值诉求、内化体验、情绪载体、审美形态的多样化。如学者散文偏智识性，评论家散文偏批判，小说家散文偏虚构叙述，诗人散文偏内倾诗性，报人散文多取事新闻，官员散文和军人散文偏于弘扬主流意识价值等。在文体观念上，这与有"大体"无"定体"的美学趋向有关。"江苏大散文"跨文体写作特征突出，它与非虚构、纪实文学相联结，与小说、诗歌、戏剧等体裁越界合流，与文学批评、学术研究融为一体。江苏散文越界走向开阔，漫溢成江河丛林，"散文苏军"也由此成"军"。

二

无疑，"江苏大散文"的"大"与写作对象及写作内涵的拓殖程度有关。从更广泛的主题题材上说，"江苏大散文"固然包括体现江苏文化基因的散文，还包括江苏籍作家与"新江苏人"书写的并非囿于地域元素的散文。这些散文不是"地方幻觉"的祭品，更多地与中国散文文化有关。从先秦诸子至明清散文，中国散文基本沿着两条文化路径在走：一条是"文以载道"，这是中国古典散文的主流，确认了社会功用在中国散文中的精神价值；另一条是追求个性言志的"抒情传统"，指向散文内在的审美感知。在"江苏大散文"的写作生产中，立意为宗、忧患意识、家国情怀等构成了"文以载道"的文化要义，个人言志的多向度促生了散文"抒情"风格的多形态。前者主张散文理性价值，以学者散文、历史散文为主要样本；后者倾向散文的情感性，以女作家、小说家、诗人、艺术家等个人化散文为主导。

汪曾祺是90年代"江苏大散文"的标杆人物，90年代也是他个人创作和公开发表的高峰期。古稀之年的汪曾祺，先后出版《逝水》《旅食集》《汪曾祺小品》《榆树村杂记》《草花集》《塔上随笔》《汪曾祺散文随笔选集》《汪曾祺作品自选集》等散文集或散文选集，内容基本围绕旧人旧事、旅行见闻、风土民俗、花鸟虫鱼、四方食事展开。散文风格诚如他在1989年出版的《蒲桥集》自序中所言，"大概继承了一点明清散文和"五四"散文的传统，有些篇可以看出张岱和龚定庵的痕迹"。所谓"张岱和龚定庵的痕迹"，是指散文兼具抒情闲适与载道功用两种文风状态。"五四"散文的传统既有周作人散文冲淡平和的"隐士"闲话，也有浮躁凌厉的"叛徒"批判；既有鲁迅《野草》的"独语体"，也有《朝花夕拾》的"闲话风"，更有杂文的"载道论"。在理论上，汪曾祺说的"大概继承"是承继了闲话风、独语体、载道论三种散文范式；但在散文创作的实践现场，我们更多读到的是士大夫文人抒情传统的闲适，而这种士大夫文人的闲适风也成为"里下河散文"创作的主流形态与艺术范式。

历史散文在"江苏大散文"中更多地与江南文化或中国文化相联结。艾煊的《烟水江南绿》获第一届鲁迅文学奖全国优秀散文杂文荣誉奖。范培松在《论江南散文》中指出："七八十年代的江南散文作家所处的环境是：严峻的主流文化体制和变幻莫测的政治风云，把他们折磨得手足无措。在现实中，他们有些茫然，但他们天生有情感。遗憾的是他们又不敢充当民间代言人，用抗争独立于世间，于是，

第三章　文体的变化与大散文的诞生（1990—1999）

只能以细腻的情感，表明他们生活在真实中。为了使散文能细腻地展示自己的情感，他们采取较少'追逐事功'的抒情策略，把他们情感的色彩、倾向和目的淡化到近乎脱离尘世的地步。"[1] 艾煊的"江南"有别于一般意义的江南文学，艾煊虽然受政治文化熏陶较多，但他的大多数散文却非主旋律的"颂歌"，而时常奏出"不甚和谐的音符"，呈现出"江南文化品格的异质性"。《祖先的慧光》是关于中国传统文化和历史的散文集，获江苏省第一届紫金山文学奖散文奖。冯林山在《编后》中评价："《祖先的慧光》，却为读者提供了一个全新的文本，那是他对绵长而又浑厚的中国历史所提出的一种文化的思考。在他的这些散文中，体现了文化、历史以及散文语言的亲和力，体现着一种大文化的穿透。"[2]

夏坚勇的《湮没的辉煌》和余秋雨的《文化苦旅》被学界誉为"双璧"。有学者称夏坚勇创作的是"历史大散文"，其"大"并不是指篇幅之长，而是指历史的恢宏感和沧桑感，指不矫揉造作的恢宏大气，指俯仰天地之间的大智慧和大感悟。夏坚勇在《自序》中说："我写得很沉重，因为我从具象化的断壁残垣中，看到的往往是一个历史大时代，特别是这一历史大时代中文化精神的涌动和流变，这不仅需要一种大感情的投入，而且需要足够的学识、才情和哲理品格。当我跋涉在残阳废垒、西风古道之间，与一页页风干的历史对话时，我同时也承载着一个巨大的心灵情结：抚摸着古老民族胴体上的伤痕，我常常战栗不已，对文明的惋叹，对生命的珍爱，对自然山水中理性精神的探求，汇聚成一种冷冽的忧患意识，这大概就是所谓的历史感悟吧。"[3]《湮没的辉煌》获第一届鲁迅文学奖全国优秀散文奖、江苏省第一届紫金山文学奖散文奖、江苏省"五个一工程"奖等。

斯妤的散文集《两种生活》是陈骏涛主编的"红辣椒女性文丛"之一，曾获第一届鲁迅文学奖优秀散文奖。陈骏涛在《总序》中说："在我看来，收入这套丛书中

---

[1] 范培松：《论江南散文》，《南京师范大学文学院学报》，2007年第1期。
[2] 冯林山：《历史与文化神奇的透视——艾煊散文〈祖先的慧光〉编后》，《人民论坛》1998年第4期。
[3] 夏坚勇：《湮没的辉煌》，上海：东方出版中心，1996年，第3页。

的女作家及其作品,未必符合西方女性主义(女权主义)文学的标准,但它们确确实实是女性的文学,即由女作家创作的、描写女性生活、抒发女性情感,并具有独特的女性风采的文学。在这些文学作品中,无一例外地包含着女性文学的'两个世界'——内在世界和外在世界。"[1]《两种生活》就包含了陈骏涛所说的内在和外在两个世界。斯妤笔下的"两种生活",外在生活指向家庭的平常琐碎和简朴的日常世界,内在生活则指向她持续不断地"质疑人性"的精神世界。吴义勤说,这些带有终极意味的形而上追问,一定程度上改写了散文"轻文体"的形象,提升了当代散文的品格。刘锡庆主编的《中国散文通史》中也有概括:"关于形而上命题的思索、关于时间与空间、关于宗教与救赎的追问与关于亲朋好友、家庭伦理的叙述互相反衬,构成了斯妤独有的话语资源与文本逻辑。"[2]

朱增泉是军旅作家,曾获第二届鲁迅文学奖、首届郭沫若散文随笔奖等。历史和战事是朱增泉写作的恒定题材,他书写人类历史的苦难本质,反思战争的灾难,歌颂军人壮美的生命,并忧心现实和未来世界。《秦皇驰道》和《边地散记》既有古代战争的宏大叙述,也有品悟生活的微小表达;既有对历史沉重的思考,也有对日常生活的热爱;既有对纵横驰骋的先辈英雄的崇拜,也有对现实和未来的忧虑。他穿行于古战场与现实人生之间,从辽阔的文明遗存中汲取民族精神和阳刚大美,并投射到现在与未来。他在创作杂谈中说:"所谓民族精神,我想我每次走进西部强烈感受到的,就是一种实实在在的民族精神,它有一种阳刚大美。我全身心去感受这种民族精神,是以我的生命为载体,使这种民族精神在我身上得以延续。我通过我的散文将它传达给别人,也是企求这种民族精神在更多华夏子孙身上得以延续,得到弘扬。"[3] 周政保评价道:"就整体而言,朱增泉的散文是大气而富有见地的,且在那种细致有序的抒写中,时常弥漫起一种让人心领神会的意蕴,一种富有历史

---

1 陈骏涛:《总序》,斯妤:《两种生活》,成都:四川人民出版社,1995年,第4页。
2 刘锡庆、张明、张国龙:《中国散文通史 当代卷 下》,合肥:安徽教育出版社,2013年,第325页。
3 朱增泉:《朱增泉创作杂谈》,北京:人民文学出版社,2017年,第143—144页。

文化品位及进取精神的思情气息。"[1]

女作家散文是20世纪90年代中国文坛的靓丽风景线。1995年秋季在北京召开的联合国第四次世界妇女大会，更是为女性写作带来了一股春风。"女性写、写女性"成为时代新时尚，有关女性文学和女性文化的丛书应运而生。在这支浩瀚的写作队伍中，江苏女作家以量与质的优化状态走在前列。吕锦华第一本散文集《何时入梦》主要写思乡怀人、游记随笔、童年趣事、知青记忆、江南遗梦、生活趣味以及"一件小事"引发的哲思等，其中还包括女性文学思潮影响下的作品，充分展现了吕锦华的"真情、纯情、痴情"，也因此获江苏省首届紫金山文学奖。苏叶第一本散文选集《总是难忘》是一本带有女性美的文集，或展现人性美好，或记录时代创伤，或沉浸山水景物，或陷入心灵沉思，吴周文评她的散文为"赤裸的生命与忧伤的清芬"。范小青《花开花落的季节》《走不远的昨天》等散文集"在返璞归真中呈现生活的实相"[2]，主要从她的亲身经历出发，抒写世俗百态与人情种种，诉说对苏州、对人生的情感记忆和深切关怀。王安忆《重建象牙塔》《接近世纪初》等散文集是她反思时代、思考人性和人格、思考散文及文学的园地，傅金艳概括其散文观为"重大性"。梁晴的散文集《烛影摇红》是她面向世间的温暖方式，从中可以窥见历史的痕迹、人生的哲理，以及南京作家群思想的延续。

学者散文是"江苏大散文"的一大亮点。王兆胜对学者散文有过条件设置，一是学者角色，二是文本的学者立场，三是文学性。[3]洪子诚在编选《冷漠的证词》时，提出90年代学者散文的"问题意识"。[4]90年代选入的学者散文，基本以学者角色、人文立场、文学性、问题意识为考量指标，以丁帆、王尧、王彬彬、费振钟、王干、蔡翔、林非等为代表，以求真审慎、自由意志、独立精神为散文风骨。具体

---

[1] 朱增泉：《秦皇驰道》，北京：解放军出版社，1996年，第8页。
[2] 王干：《意义丧失之后——范小青近作拆析》，《文学评论》1990年第4期。
[3] 王兆胜、陈剑晖：《散文文体的张力与魅力》，广州：广东高等教育出版社，2019年，第156页。
[4] 洪子诚：《导言 九十年代：在责任和焦虑之间》，《冷漠的证词》，社会科学文献出版社，1998年，第3页。

地说，丁帆认为，价值取向的定位是散文的灵魂与最核心的问题，人性的聚焦是散文的最终追求，他在散文集《江南悲歌》中追寻、拷问历史上的知识分子，以及他们的命运沉浮和人格品性。王尧认为，"散文是知识分子精神和情感最为自由与朴素的存在方式"[1]。他在《把吴钩看了》中"倾听"日常生活的浪漫、江南的潮湿、故乡的温情、文学的生长，更"倾听"一个知识分子对纷扰社会的忧思，以及一代知识分子的灵魂呼气。王彬彬在《死在路上》《独白与驳诘》《在功利与唯美之间》等散文随笔集中，用"过客精神"为当代知识分子"刮骨疗伤"，用"直面历史"的方式解读精神立场的分化，并深入"人文精神大讨论"。费振钟在《悬壶外谈》中以一己文人价值去肩负个人家学及中国传统文化的继承与发展。林非在《离别》和《世事微言》中经历着"社会人生深沉的感受和体验"，并"透过历史文献与古典文学深入思考封建专制的本质与历史发展的成本等重大问题"。蔡翔"在思想之路中坎坷前行"，写下《自由注解》和《神圣回忆》等蕴含人生思考的批判文章。王干在《静夜思》中写下"带着生命体征和温度的文字"，追求着"讲求思想的自由，性灵的无羁无绊，无阻无拦"[2]的"散在骨里"的散文。

小说家散文各有各的风致，但叙述路径总体比较类似。一是基本作为小说题材的"边角料"，有点叶兆言说的"玩票"气质；二是故事性较强，偏于虚构或情节演绎；三是对文学技巧的征用比较多，像独白、对话、戏剧性、典型化、细节描写、心理分析、蒙太奇、想象、联想、伏笔等，无一不被其采纳；四是散文文体的"真实性"被"个人化真实"替代，更追求"现场"感的体验，用提炼式的经验写作取代非虚构的亲历写作。主要举隅的作家作品，有"糖醋现实主义"的陆文夫与《壶中日月》，有"寻觅清白"的高晓声与《寻觅清白》《高晓声散文自选集》，有辛辣老练的李国文与《骂人的艺术》《淡之美》，有既是高产作家也痴迷于散文写作的叶兆言与《流浪之夜》《南京人》，有"纯真"气质的苏童与《寻找灯绳》，有身

1　王尧：《自序》，《询问美文：二十世纪中国散文经典书话》，济南：山东画报出版社，1997年，第1页。
2　王干：《散文是什么》，《另一种心情》，天津：百花文艺出版社，1999年，第233页。

具军旅作家大气魄的朱苏进与《天圆地方》等。

其他作家作品中,有诗人散文,如庞培《低语》《五种回忆》《乡村肖像》,车前子《明月前身》《手艺的黄昏》,忆明珠《小天地庐漫笔》《白下晴窗闲笔》;有剧作家散文,如沙叶新《沙叶新谐趣美文》《沙叶新的鼻子——人生与艺术》《精神家园》《自由的笑声》;有艺术家散文,如范曾《范曾序跋集》;有报人散文,如卞毓方《岁月游虹》《雪冠——卞毓方散文选》;有官员散文,如俞明《姑苏烟水集》《尚书第旧梦》等,这些都是江苏散文中鲜活而饱满的存在。

三

诚如评论家雷达所言,"90年代散文最大的突破,乃在于打破了桎梏自身的壁垒,形成了开放的格局。中华民族历史上的三次大规模异族入侵,都打破了旧的平衡,不得不开始革新局面,结果是推动了前进。拿这个道理比之散文的发展,也只能是不断打破旧秩序,思变革,求发展,形成新的平衡,然后再打破,再平衡,一波一波地前进"[1]。江苏散文作家对写作对象和写作方式的多棱选取,某种程度上,就是知识分子对生命意义和生存方式的一种突破与选择。

这种"突破与选择",首先体现在更为丰富的作家作品中。如军人散文集有刘晶林《光荣与记忆》《咱当兵的人》,陈靖《重走长征路》;女作家散文集有黄蓓佳《窗口风景》,魏毓庆《宫花寂寞红》,方范《丁香花 孤独的回忆》,庄亦正《情感谐诚》,赵翼如《倾斜的风景》,周洁如《天使有了欲望》,戴来《我们都是有病的人》《将日子折腾到底》等;小说家散文集有张国擎《凤凰对歌》《苍陌尽凝春》,王明皓《漫步话西塘》,凌鼎年《春色遮不住》《采撷集》,严苏《落叶飘飘》,储福金《禅院小憩》,徐卓人《卓人随笔》,赵本夫《赵本夫文集·隐士》等;报人散文集有陆华《名人·风情·掌故》,朱凤鸣《过年》,叶庆瑞《山水二重奏》,孙柔刚《三义塔》《雄鸡唱山河》,蒋靖《雪域高原行》等;官员散文集有王

---

[1] 中国作家协会创研部主编:《1999中国散文精选》,武汉:长江文艺出版社,2000年版,第594页。

慧骐《潇潇洒洒二十年》《爱的笔记》,浦学坤《心灵的虹桥》,苏子龙《荧河泛舟》《荧帆集》《半世情》《两京诗话》《难忘乡情》,朱兆龙《信仰与信任》等;此外,还有艺术家韦明铧的散文集《扬州瘦马》《扬州文化谈片》,学者陈学勇的散文集《老萌夜读》,诗人子川的散文集《把你凿在石壁上》,等等。其他散文集还有陆建华《不老的歌》《家乡雪》《文坛絮语》,陈肃《春云秋品》,卞毓方《啊,少年中国》《岁月游虹》,魏桂粤《拾草集》,许墨林《雨花女》,陈益《欲望漫思录》,赵绍龙《艺林纪事》,丁一《丁一散文随笔选》,陆永兴《悠悠仙鹤情》,蒋琏《品绿》,周国忠《笨拙境界》,李萌《香港纪行》,费孝通《爱我家乡》,林家治《祖国知道我》,张国志《我的太阳》,张继鹏《红草莓》,谭亚新《星窗独语》,章左声《春涨》,李亮《穿越时空》,陈广德《爱的涟漪》《心静的门户》,冯亦同《镶边的风景》,韩玉喜《走向阳光》《雪落无声》等广泛的存在。

其次,这种"突破与选择"体现在作家选编或主编的散文集中。如汪曾祺、邵燕祥编的《美国的月亮》,宗璞、李国文主编的《雾里看伦敦》,汪曾祺等著、彭国梁选编的《悠闲生活艺术》,林非、丁亚平编的《中外永恒主题散文精品》,林非编的《沈从文名作欣赏》《20世纪中国名家散文200篇》,张品兴编选、林非主编、陈华昌任副主编的《中国二十世纪散文精品·叶圣陶卷》,周政保选编的《梦中天地——陆文夫、张中行、宗璞散文佳作集汇》,林非、吴鸿主编的《珍贵的尘土》,王尧、武在平编的《生命的激流》,林非主编、中国散文学会游记专业委员会编的《中国风景线》,季羡林主编、林非任副主编的《中华人民共和国五十年文学名作文库:散文杂文卷(1949—1999)》,冰心、斯妤主编的《你也是不纯洁的——絮语篇》《给梦一把梯子——梦幻篇》《狐媚子与小人鱼——荒诞篇》《碎了水晶 圆了月亮—— 爱恨篇》《送你一匹马—— 书简篇》《用想象守候你——美丑篇》《幺妹如歌——风情篇》《笑笑男人——幽默篇》《初为人妻——人生篇》,以及陕西师范大学出版社1998年出版的王稼句《栎下居书话》、薛冰《止水轩书影》、徐雁《雁斋书灯录》等书话随笔集,等等。

再次,这种"突破与选择"体现在各种研讨会、评奖及选本中。如1999年4月,中国作家协会创联部和《散文选刊》杂志社在苏州联合举办"99中国当代散文创作研讨会",会议对20世纪中国散文创作进行了回顾,同时对即将来临的新世纪散文的走向与趋势进行了研讨;1994年,散文研讨会分设"范培松散文论著研讨会""吕锦华散文作品研讨会"等。这一时期散文的主要获奖作品有:魏毓庆《扬州月》获1991年《人民日报》金陵明月散文征文奖;汪曾祺《故乡的野菜》、苏叶《一点不能忘记的记忆》、吴泰昌《我的戒烟》、邓小文《那座城》、苏子龙《吃瓜子》、丹晨《狗猫鼠》、何立伟《一点不能忘记的记忆》、梅汝恺《故乡的野菜》获"泥池杯"同题散文奖;苏子龙的"散文三章"《雾失楼台》《月上心头》《醉游兰亭》获1992年《雨花》文学奖,散文《吃瓜子》获1992年《钟山》文学奖;赵翼如的散文《倾斜的风景》选入《百年文学经典——散文卷》,等等。

当然,这一时期的散文创作还有一些巨量的单篇存在,如吴强《旅美通信》发表在《收获》1990年第4期,袁鹰《那个城》发表在《钟山》1992年第5期,荆歌《青藤书屋记》发表在《散文》1994年第7期,黄毓璜《风景二题》发表在《中国作家》1995年第3期,韩东《爱情中的交谈》发表在《天涯》1997年第3期、《爱与恨》发表在《作家》1997年第7期,曹文轩《板门神》发表在《人民文学》1997年第8期,汪政《悲悯与怜爱》发表在《人民文学》1998年第10期等。凡此种种,成就了20世纪90年代江苏散文的辉煌。

第二节　汪曾祺的《逝水》《草花集》《塔上随笔》

20世纪90年代,汪曾祺进入古稀之年,也进入他创作和出版的高峰期。他在《作家》《收获》《十月》《钟山》《光明日报》《文汇报》等报纸杂志发表大量散文随笔,后收入《逝水》《旅食集》《汪曾祺小品》《榆树村杂记》《草花集》《塔上随笔》《汪曾祺散文随笔选集》《汪曾祺作品自选集》等散文集或散文选集。单篇散文《多年父子成兄弟》获1991年全国散文征文二等奖,《故乡的野菜》获江苏省第二届报刊优秀文学作品"蝶美奖"散文一等奖。1996年12月,汪曾祺当选为中国作协顾问。1997年5月16日,汪曾祺猝然离世。

范培松曾概括汪曾祺的散文风格,他说,汪曾祺的散文与沈从文一样具有"水性",一是在取材上如水般自由,"具有'漫'性和'野'性";二是在书写情感方面亦如水般自然而随机,"如行云流水,随物赋形,该行则行,该止则止"。"从散文创作的角度看,对汪曾祺可以用一连串的'不是'来形容:他不是以写散文起家并以写散文为主的职业散文家,他也不是早就闻名文坛的资深散文家,他更不是有多少本煌煌散文巨著的辉煌散文家……用他自己的话说,'我写散文,是搂草打兔子,捎带脚'。"[1] 就是这么随性、散漫的"捎带脚","带"出了汪曾祺在散文领域的浓墨重彩,也"带"出了江苏"里下河文学"的广阔天地。

1991年6月,散文集《逝水》作为"学生知识文库"之一种由中国青年出版社出版。1996年3月,龙冬选编《逝水》收入"我的世界丛书",仍由中国青年出版社出版。《逝水》共收录8篇自传体系列散文和20篇关于生活琐事、旅行游记、随想随感的文章。8篇自传体系列散文最初刊登于《作家》杂志,以1991年第10期《我的家乡——自传体系列散文〈逝水〉之一》为肇始,陆续刊发《我的家》《我的祖父祖母》《我的父亲》《我的母亲》《大莲姐姐》《我的小学》《我的初中》,都是对往事、故人的回忆性记叙。汪曾祺在《自序·我的世界》中解释道,这8篇系列散文记录的是自己从出生到初中在家乡的生活,其余篇目是对于"我在这个世界走来走去"的记录。[2] 龙冬在《编者的话》中也写道:"这些篇章,既是真实的故事与情感,也是纯粹的文学作品;它们虽然不排除对某些误解的辨明或对某些事实的澄清,却一律避免记叙个人的恩怨;它们不拘体裁形式,却一律重视人性同时代生活的表现。"[3]

书名"逝水",固然包含着范培松概括的"水性"散文风格,还与汪曾祺的"水"的经验有关。汪曾祺在《我的家乡》中说:"我的家乡是一个水乡,我是在水

---

[1] 范培松:《序言》,范培松、徐卓人编:《汪曾祺散文选集》,天津:百花文艺出版社,1996年,第1—3页。
[2] 汪曾祺:《自序·我的世界》,《逝水》,北京:中国青年出版社,1996年,第9页。
[3] 龙冬:《编者的话》,汪曾祺:《逝水》,北京:中国青年出版社,1996年,第1页。

边长大的，耳目之所接，无非是水。水影响了我的性格，也影响了我的作品的风格。"在《菰蒲深处》自序中，汪曾祺说"记忆中的人和事多带有些泱泱的水汽。人的性格亦多平静如水，流动如水，明澈如水"。他在《逝水》集中纪念那些逝去的如水般的人或事，对童年、故乡、故人及一些封存记忆作回望与挖掘。《我的家乡》《我的家》以风景画般的描摹手法回忆并综述了汪曾祺家乡高邮的相关情况与景致传统，将童年记忆中的家、人、事记叙下来，通过事物还原人情。《我的祖父祖母》《我的父亲》《我的母亲》《大莲姐姐》详尽记录了汪曾祺亲人们的生平经历和每个人身上的特质，汪氏家族成员在他笔下鲜活而丰满；《我的小学》《我的初中》记叙了汪曾祺的幼稚园、小学和中学包括地理位置、建筑外观和历史文化在内的相关情况，特写了美育启蒙王文英老师、奠定他毛笔字基础的周席儒老师等人。其实，汪曾祺之前的散文对早年生活也有述及，但《逝水》中的系列文章写得更集中、更系统，也更为用心。某种程度上，这8篇散文可以看作汪曾祺有意识撰写的"自传"，收入此集的其他20篇作品也是汪曾祺晚年感喟人生的短文，算是对实际未完成的系列自传的补充。

从叙述角度看，《逝水》系列散文延续了汪曾祺以往散文的写作风格，兼具文化厚度与日常感性。《我的家乡》中，汪曾祺引沈括《梦溪笔谈》关于高邮湖"甓射珠光"景致的描写，对故乡高邮富有地标性特色的高邮湖进行了全方位多角度的描摹，不仅展现了高邮外在景致的魅力，更对其人文历史做了深入诠释。在选取材料时，汪曾祺注重日常细节的摄入，将记忆深处最隐秘、最细化、也最为深刻的部分作轻描淡写的叙述，形成"汪氏散文"独有的闲适与诗意。《我的父亲》以传记式手法结合传统抒情散文的"诗言志"，在叙述父亲性格、爱好、人生轨迹的同时，融入富有主观体验的细节描写，使整篇文章既"事无巨细"，又极具情感共鸣与个性化色彩。与一般的怀人散文不同，《逝水》中的情感比较收敛自制，语言朴实自然又独具韵味。汪曾祺写人，把人放在生活细节与事件经历乃至历史文化的空间中娓娓叙述；他写学校，把学校放在人的学校、时代的学校中徐徐道来，融以文化性与情感性，并进行长线式记叙。《我的小学》中，他首先叙述了小学外观建筑及其相关文化背景,后从幼稚园开始,依次回忆各年级的老师和一些"典型"故事,也引入了许多给他留下深刻印象的教学课文或诗歌,并在回忆之余感慨当下教育现状,发出培养儿童想象力的呼吁。汪曾祺在文末表达的情感,不仅是为故人故事的逝去而忧伤,更是为一种时代、一种情怀而感伤。

1992年4月,《旅食集》由广东旅游出版社出版。此集共收录37篇散文,其中26篇记录各地游览时所见的风景人情,11篇记录生活中回忆里的饮食文化。《旅食集》是汪曾祺自编文集,收录的篇目与1989年3月作家出版社出版的散文集《蒲桥集》多有重复,只是《旅食集》刨去了更多情感性强的篇目,更侧重于"旅食"主题,是一个特色鲜明的选本。汪曾祺在1991年9月15日写的《自序》不足百字,交代了"旅食"的来由及意思:

> "旅食"是他乡寄食的意思,见于杜甫诗。杜甫《奉赠韦左丞丈二十二韵》:
> ……
> 骑驴十三载,
> 旅食京华春。
> 朝扣富儿门,
> 暮随肥马尘。
> 残杯与冷炙,
> 到处潜悲辛。
> ……
> 本集取名"旅食",并无杜甫的悲辛之感,只是说明这里的文章都是记旅游与吃食的而已。是为序。[1]

五年后,《旅食集》增选了7篇文章,改名为《旅食与文化》。这次《题记》写得

---

[1] 汪曾祺:《自序》,《旅食集》,广州:广东旅游出版社,1992年,第1页。

较长，文末有感叹："活着多好呀。我写这些文章的目的也就是使人觉得：活着多好呀！"落款时间为"1997年2月20日"。两个多月后即5月16日，汪曾祺去世。1997年9月，《旅食与文化》由广东旅游出版社出版。梁由之后来主编《旅食集》时有简介："《旅食集》收录的都是关于旅游与吃食的文章。'旅食'二字虽出自杜甫《奉赠韦左丞丈二十二韵》的'骑驴十三载，旅食京华春。朝扣富儿门，暮随肥马尘。残杯与冷炙，到处潜悲辛'，却并不包含其中的悲辛之意。汪曾祺所作游记尤重风景的人文意义，其文兼具文化性与文学性；汪曾祺谈吃的文章，也多文化意蕴，并非老饕炫技或者标榜见多识广，故有余味。"

1992年10月，《汪曾祺小品》由中国人民大学出版社结集出版。此集共收录《用韵文想》《吃食与文学》《小说的散文化》《七十书怀》等65篇小品文，是汪曾祺首部、也是唯一一部专收小品文且以之命名的小册子。至于"小品文"的概念，汪曾祺认为很难界定。集中所录文章的话题很是宽泛，涉及游记、吃食、考据、方言曲词、戏剧创作、文学观点、创作观念等。随意翻开，可得到一些"带文化气息的，健康的休息"，可以"增长一点知识，虽然未必有用。至于其中所讲的'道理'，当然是可听可不听的"。对待小品文，汪曾祺说："学无不暇，贤于博弈。"[1]他对中国文学态势的思考，对社会现状的反思，对文学创作及文体特质的分析等，基本纳入这些小品文中了。

1993年6月，《汪曾祺散文随笔选集》由沈阳出版社出版，归入"当代散文大系"丛书，是汪曾祺应沈阳出版社邀约编选而成，也是第一本以"散文随笔选集"命名的汪曾祺自编文集。共收有散文40篇，分为6辑，分别为"赤子其人""觅我游踪五十年""七十书怀""五味""城南客话""逝水"，基本以忆友、记游、书怀、论吃、谈俗、思亲为序归入。汪曾祺在撰写《自序》时也交代得清楚："第一辑是怀念师友的。第二辑是游记。第三辑是对人生的一点省悟。第四辑是谈吃食的。第五辑《城南客话》是应《中国文化》之约所开栏目的总题目，是一些读书笔记。第六辑

---

[1] 汪曾祺：《自序》，《汪曾祺小品》，北京：中国人民大学出版社，1992年，第3页。

是应《作家》杂志之约所写的带自传、回忆性质的系列散文。"这些文章,是汪曾祺用轻笔淡墨写的人和事,属于大开大合时代里的静水深流。

同年9月,《榆树村杂记》由中国华侨出版社出版,为"金蔷薇随笔文丛"之一。《榆树村杂记》和《蒲桥集》都是汪曾祺在北京城南蒲黄榆路9号楼写成,也是他仅有的两部以住地蒲黄榆命名的自编文集,可视同姊妹篇。《榆树林杂记》共收录35篇散文,内容涵盖旧人旧事、旅行见闻、风土民俗、花鸟虫鱼、四方食事等各方面,基本写于1983—1996年间。李峥嵘在《"蒲黄榆路9号楼"里的"老头儿"汪曾祺》中说,汪曾祺一生中的大部分作品、他"衰年变法"期最好的文章,多出自蒲黄榆路9号楼里的一个格子间"书房"内。他在这里生活、写作,被家人、朋友、街坊亲切地称为"老头儿"。他自己也自称是用"平平常常"表现"世间小儿女"。也是因为这些"平平常常",形成了汪氏散文简单素朴、如话家常的闲适气质。

同月,《草花集》由成都出版社出版,为"听雨楼文丛"第一辑,是"中国当代名家散文·随笔精品自选集"。汪曾祺在1993年6月21日写的《自序》中传递了两个信息:

一是何为"草花",或者说为什么叫《草花集》。他说:

> "草花"需要做一点解释。"草花"就是"草花",不是"花草"的误写。北京人把不值钱的,容易种的花叫"草花",如"死不了"、野茉莉、瓜叶菊、二月蓝、西番莲、金丝荷叶……"草花"是和牡丹、芍药、月季这些名贵的花相对而言的。草花也大都是草本。种这种花的都是寻常百姓家,不是高门大户。种花的盆也不讲究。有的种在盆里,有的竟是一个裂了缝的旧砂锅,甚至是旧木箱、破抽屉,能盛一点土就得。辛苦了一天,找个阴凉地方,端一个马扎或是折脚的藤椅,沏一壶茶,坐一坐,看看这些草花,闻闻带有青草气的草花的淡淡的香味,也是一种乐趣。我的散文多轻贱平常。因为出版社要求文章短小,一些篇幅较长、有点分量的散文都未选。于是这个集子就更加琐碎了。这真像北京人所说的"草花",因名之为《草花集》。[1]

---

[1] 汪曾祺:《自序》,《草花集》,成都:成都出版社,1993年,第1—2页。

二是散文怎么写。在1989年出版的《蒲桥集》自序中，汪曾祺就明确提到："我的散文大概继承了明清散文和"五四"散文的传统，有些篇可以看出张岱和龚定庵的痕迹。"汪曾祺散文所继承的"传统"，从时间上指向明清，对象上锁定了张岱和龚定庵，而张岱和龚定庵又分别代表了两种文风状态和人格品质。陈平原在著作《从文人之文到学者之文》中分析张岱的为人与为文，以为"闲适"不只是士大夫文人的生活方式，更是一种审美抒情的意绪。张岱散文承接晚明"公安派"的"独抒性灵，不拘格套"，有着以"闲适风"为特征的士大夫人格。而龚定庵作为中国改良主义的先驱，深刻介入与批判清王朝现实，从政治功利性方面完成了"文以载道"的传统表达。后来梁启超在《清代学术概论》中定论，"晚清思想之解放，自珍确与有功焉"，可以看作龚定庵散文"载道论"的精神确认。换句话说，理论上，汪曾祺散文所继承的"传统"高度吻合了中国散文传统的抒情闲适与载道功用。而在中国现代文学中，因为个体"人"的发现和"人"的本体矛盾，"五四"散文彰显了多元复杂的审美形态。如周作人散文既有冲淡平和的"隐士"闲话，也有浮躁凌厉的"叛徒"批判；鲁迅散文既有《野草》的"独语体"，也有《朝花夕拾》的"闲话风"，更有杂文的"载道论"。汪曾祺说大概继承了"五四"散文的传统，我们可以理解为，他在理论上大概承继了闲话风、独语体、载道论这三种散文范式，但在散文创作的实践现场，我们更多读到的是士大夫文人抒情传统的闲适。

《草花集》属于比较典型的"闲适风"。汪曾祺说，散文是"家常的"文体，可以写得随便一些。"但是散文毕竟是散文。我并不赞成什么内容都可以写进散文里去，什么文章都可以叫作散文，正如草花还是花，不是狗尾巴草。我这一集里的文章可能有一些连草花也够不上，只是一把狗尾巴草。那，就请择掉。"[1] 因为这样的散文观念，所以《草花集》中收录的作品，基本是作者随性之感的短小文字，包括花鸟鱼虫、人间草木，有寻常茶话，也有幽默小品，记掌故，述游踪，细碎而有理，平实而有趣。也有《晚年》《大妈们》《老董》《闹事闲民》等平凡人事，都是些

---

[1] 汪曾祺：《自序》，《草花集》，成都：成都出版社，1993年，第2页。

不打紧的家长里短与简朴生活。

同年11月,《塔上随笔》由群众出版社出版,为"当代名家随笔丛书"之一,被认为是汪曾祺的一本散文随笔小品集。汪曾祺曾交代书名的由来:

> 北京人把高层的居民楼叫"塔楼"。我住的塔楼共十五层,我的小三居室宿舍在十二层,可谓高高在上。
>
> ……
>
> 我这些文章都是在塔楼上写的,因名之为《塔上随笔》,别无深意。
>
> ……
>
> 我实在分不清散文、随笔、小品的区别。[1]

虽然汪曾祺宣称他分不清散文、随笔、小品文的区别,但他还是笼统地作了一些注解:"散文是一大类,凡是非小说的,用散文形式写的文章,都可说是'散文'。什么是'随笔'? 我隐隐约约地觉得游记、带点学术性的论文,像我写过的《天山行色》《"花儿"的格律》,不能说是随笔。因此这一类的文章,本集都没有选。随笔大都有点感触,有点议论,'夹叙夹议'。但是有些事是不好议论的,有的议论也只能用曲笔。'随笔'的特点恐怕还在一个'随'字,随意、随便。想到就写,意尽就收,轻轻松松,坦坦荡荡。至于'随笔''小品',就更难区别了。我编过自己的两本小品,说是随笔,也无不可。"[2]他在《塔上随笔》里收录了58篇90年代写的故乡杂记、植物花草、吃食文化、读书写作等感悟,体系比较散乱,随意、随便的气息比较浓,但文章都是些日常的所在,也都是些常识的思想。

1993年9月,江苏文艺出版社出版陆建华主编的五卷本《汪曾祺文集》;同年12月,陕西人民出版社出版《中国当代名人随笔·汪曾祺卷》。1996年8月,漓江出版

---

[1] 汪曾祺:《序》,《塔上随笔》,北京:群众出版社,1993年,第1页。
[2] 同上书,第2页。

社出版"作家自选集系列"之《汪曾祺作品自选集》;同年12月,百花文艺出版社出版由范培松、徐卓人编的"百花散文书系"之《汪曾祺散文选集》,江苏教育出版社出版汪曾祺撰文的《世界历史名人画传·释迦牟尼》。1997年1月,华夏出版社出版"名家谈生活艺术丛书",由汪曾祺选编《知味集》;同年8月,北京燕山出版社出版"京味文学丛书"之汪曾祺的《去年属马》,是小说、散文、剧本合集,其中收录散文18篇;同年9月,汪曾祺《旅食与文化》由广东旅游出版社出版,等等。这些丰富的作品集,固然反映了汪曾祺作品在20世纪90年代的风靡,但也不可避免地导致重复的篇什过多了。

1997年4月2日,汪曾祺夜梦沈从文,3日晨起即撰写《梦见沈从文先生》,去世后该文刊登于《文汇报》。汪曾祺写道,在梦中,已去世的沈从文对他提出了文艺上的观点:"……文字,还是得贴紧生活。用写评论的语言写小说,不成","小说是小说,论文是论文",等等。汪曾祺自谈很少做这样有条理的梦,可见沈从文对他影响之深远。汪曾祺说,梦中的沈从文还是那样"神情温和而执着",对他而言,沈从文是他生命里始终眷恋和敬仰的老师,沈从文的文学观念和温和的执着也影响了他一生。他后来将自己定位为"中国式的抒情的人道主义者"[1],又被誉为"二十世纪最后一位纯粹的文人""二十世纪最后一位士大夫",贾平凹称其"是一文狐,修炼成老精"[2],这都与他穿过时代的险滩与激流时始终保持着平静旷达的心态,并且创造了日常生活的诗性美学有关。

汪曾祺曾给《中国作家》画了一幅画,画时题了一首诗:

我有一好处,
平生不整人。

---

[1] 汪曾祺在参加爱荷华写作计划的一次演讲中提到:"我是一个中国式的,抒情的人道主义者。"参见汪曾祺:《我是一个中国人——我的创作生涯》,《汪曾祺全集·谈艺卷》,北京:人民文学出版社,2019年,第428页。

[2] 史飞翔:《贾平凹评价汪曾祺:一只文狐修炼成老精》,《重庆日报》2013年7月31日。

写作颇勤快，

人间送小温。

或时有佳兴，

伸纸画暮春。

草花随目见，

鱼鸟略似真。

只可自怡悦，

不堪持赠君。

如是，可作汪曾祺这"老头儿"人生与文生的结语。

第三节　艾煊的《烟水江南绿》《祖先的慧光》

1996年6月，《烟水江南绿》由珠海出版社出版。全书共6册，包括《海之潮》《绿醉天涯》《人之初》《醒时的梦》《海内存知己》《茶之余》。1998年2月，《烟水江南绿》获第一届鲁迅文学奖全国优秀散文杂文荣誉奖。

在艾煊看来："散文，乃'我'之胸怀，'我'之通体，而非仅只'我'之发肤须爪。"[1] "散文是自由的文体。它是人的心声的符号，是人的精神精灵的外化，是人的个性的释放。"[2] 散文作为一种文体，它呈现的是"作家的一种人格""一种生活方式"。在面对作家和作品的关系时，艾煊将这种关系概括为两种现象，一是"文如其人"，二是"文异其人"。在易于隐匿自己的小说作品背后，作家和作品的关系常常呈现出一种"文异其人"的现象；但在散文中，艾煊强调"散文这种文体，着重表现作家的主观感受。在散文创作中，作家即使是很冷静地写客观的社会

---

[1] 艾煊：《片言碎语话语言》，《烟水江南绿·人之初》，珠海：珠海出版社，1996年，第35页。

[2] 艾煊：《浪花·泡沫》，《烟水江南绿·人之初》，珠海：珠海出版社，1996年，第40页。

生活，但作家自己个人的生活经历，生活习惯，爱好，情感，人格，也必然会掺和进去。更经常的表现方式，是赤裸裸地显露自己"。散文是"文如其人"的，因而，艾煊认为"散文的第一要义，应是真实，真诚"。[1]这一要义，在《人之初》一册有很明显的体现。《谁主繁琐》和《这双手》分别回忆了母亲和奶奶两代人对家庭琐屑繁细的家务的操劳，"母亲的一生，概括起来就是两个字：服务。从不嫌累，从不叫苦，从不指望回报"。奶奶的一生也同样致力于此："奶奶的一生是在灶台边，洗衣盆边，和河边度过的，对洗衣机的工作能力，服务态度，她比全家任何人都更关切。"母亲和奶奶的心血，"融进了儿孙辈的心血当中，无痕无迹，只有心的量杯，才能分辨出它的刻度，看清它的价值"。[2]艾煊在这样的真实文字间，流淌着对亲人真诚的爱与怀念。

"语言美"是艾煊散文最重要的表现手段。他说，"散文最重要的表现手段，就是语言文字本身"[3]。"散文之美，首在语言。语言文字的音乐性，绘画性，雕塑性，须借散文以张扬。散文，是语言美的本质的体现。"[4]他的散文趋向于叙事，语言质朴自然，笔下对江南山川秀色的描写总是清新秀丽，尤其是对太湖之美的描写。艾煊认为太湖的美，"美在色彩瞬间万变，美在线条柔曲多姿，美在韵律动静有序"[5]。在《太湖何所美》中，他写道："绿是太湖的基本色调。水绿，山绿，村庄也绿。绿，但又并非色彩单一。常年青翠的绿山上，又镶嵌纯白，妃红，靛紫，娇黄的多色多彩，联成一块块，一片片。这些画在绿的底色上的图案，并非如画幅般凝固不动，湖山上的色条色块，随着季节的推移时时变幻。早春的环湖红梅，仲春的嫩黄菜花，晚春的雪白梨云。甚至三九严冬的满湖绿色中，还缀满了白的茶花，黄的枇杷花。这一些插绣在绿色湖绿色山之间，时时变幻的色彩，不是星星点点，

---

1 艾煊：《浪花·泡沫》，《烟水江南绿·人之初》，珠海：珠海出版社，1996年，第42页。
2 艾煊：《谁主繁琐》，《烟水江南绿·人之初》，珠海：珠海出版社，1996年，第62—64页。
3 艾煊：《浪花·泡沫》，《烟水江南绿·人之初》，珠海：珠海出版社，1996年，第41页。
4 艾煊：《片言碎语话语言》，《烟水江南绿·人之初》，珠海：珠海出版社，1996年，第34页。
5 艾煊：《太湖何所美》，《烟水江南绿·茶之余》，珠海：珠海出版社，1996年，第2页。

常常是满岭满坡，十里联片，也只有如此，方能显出太湖色调的豪放气派。"[1]

当然，艾煊的"语言美"不只是呈现出"风景美"，也有"人情美"。在《碧螺春汛》中，艾煊以恬淡清新的笔触描绘了春分时节，"春天和茶汛，结伴敲开农户的家门"。在这期间，涌现出一大批收获季节的好手，有采茶的"快手"兰娣："兰娣的双手，在这些参差不齐的桠枝嫩芽尖上，飞快地跳动，十分准确地采下一旗一枪来。小姐妹们形容她的双手，'就搭鸡啄米一样'。她的手那么忙碌，但她的心境神态，仍跟平常一样，眼波左右流盼，悠悠闲闲地和友伴们讲讲笑笑。"有炒茶的"巧手"阿元叔，"阿元叔年纪大，眼睛不大灵光，时时从镰子里抓一把正在变形变味的嫩青叶子，平摊在掌心里，就着煤油灯，眯缝着眼细看，赛过刺绣姑娘那样细心耐性"。更有一个人能烧六眼茶灶的"神手"橘英，"橘英精瘦小巧的身材，十分灵活地从这个灶膛口，跳到那个灶膛口，来来往往，忙得像舞龙灯"。[2]艾煊通过对采茶和炒茶的细腻描写，在体现散文语言美的同时展现了劳动人民的美，也展现了他散文创作技巧的"小说化"，即"大胆采用了人物形象的动作雕刻和细部描绘的技法，从而使人物形象活灵活现"。

对散文，艾煊还有一些开放的理解。他认为："散文，既是有边有界的星系，又是无边无际的宇宙。散文是凝聚成型的文体，又是可塑性变动性极大的文体。它不是一个有固定质量的星球，它是一团模糊的星云。散文是一种文体，但散文无体。有雅与俗，品高与品低之分，无大散文与小散文之别，也无轻重之别。刚柔随意，多姿多态。"[3]因而，他说："变体，方是散文的本体。"他的散文中体现出另一种"流动自由"、不容忍于型、不容忍于模式的特性。

关于散文主题的基调，艾煊作品有别于一般意义的"江南散文"。范培松在《论江南散文》中指出："七八十年代的江南散文作家所处的环境是：严峻的主流文

---

[1] 艾煊：《太湖何所美》，《烟水江南绿·茶之余》，珠海：珠海出版社，1996年，第3页。
[2] 艾煊：《碧螺春汛》，《烟水江南绿·绿醉江南》，珠海：珠海出版社，1996年，第11—16页。
[3] 艾煊：《浪花·泡沫》，《烟水江南绿·人之初》，珠海：珠海出版社，1996年，第42页。

化体制和变幻莫测的政治风云,把他们折磨得手足无措。在现实中,他们有些茫然,但他们天生有情感。遗憾的是他们又不敢充当民间代言人,用抗争独立于世间,于是,只能以细腻的情感,表明他们生活在真实中。为了使散文能细腻地展示自己的情感,他们采取较少'追逐事功'的抒情策略,把他们情感的色彩、倾向和目的淡化到近乎脱离尘世的地步。"[1]艾煊虽然受政治文化熏陶较多,早期创作模式与杨朔式散文模式比较类似,但他的大多数散文却非主旋律的"颂歌",而呈现出"江南文化品格的异质性"。《醒时的梦》是艾煊以"忆语体"写就的一册回忆录,写法迥异于一般彰显江南文化的散文。关于《醒时的梦》的题名由来,萧玉华认为是来自鲁迅笔下"五四"一代知识分子"梦醒了却无路可走"的悲剧形象的启发,是艾煊"在动荡的、不稳定的政治文化和相对宁静稳定的江南文化之间寻找平衡点"。面对无休无止的批判,艾煊在农村反而有了更为宁静的心境,"在狂风暴雨过后,我的心已经静下来了。俗尘纷争置之身外,我只是在一心追求美"[2]。散文融会理性思考和个人感性表达,透出文化与历史的深邃。就像他反复书写的"茶",除了写茶的实用价值,更写茶作为中国日常文化的载体与符号:"茶,不仅具有解渴的生理效能,不仅是一种传统的饮料。茶,更是一种生活方式。从生理的需求,进而渗透到人们的心理上,情感上,转化为一种文化活动,一种生活情趣。这就是茶所具有的,深层潜沉的力量。"[3]

  对于艾煊的散文,学界的评述较多,基本指向江南文化、中国传统文化和历史。关于江南文化,萧玉华在《试论艾煊散文的江南文化特征》中指出:"艾煊创作散文虽非自《碧螺春汛》始,《碧螺春汛》却奠定了艾煊的散文家地位。今天看来,《碧螺春汛》的价值不仅仅在于如艾煊自己所说的为时代'敲敲边鼓',更重要的是,《碧螺春汛》是当代散文乃至于整个当代文学最早表现出江南地域风情和江南文化品格的作品。1961—2001年,整整四十年的岁月,3部较为经典性的散文文本:

---

[1] 范培松:《论江南散文》,《南京师范大学文学院学报》2007年第1期。
[2] 艾煊:《和谐的美》,《烟水江南绿·醒时的梦》,珠海:珠海出版社,1996年,第272页。
[3] 艾煊:《漫话茶》,《烟水江南绿·茶之余》,珠海:珠海出版社,1996年,第127页。

《碧螺春汛》(1963)、《醒时的梦》(1984)和《湖上的梦》(1986),记载着艾煊筚路蓝缕找寻和回归江南文化品格的足迹。"[1]无论是有意还是无意,江南地域风情和文化品格已经潜移默化地融进了艾煊的散文,《烟水江南绿》中有着明显体现。

关于中国传统文化和历史,散文集《祖先的慧光》有更多的展现。《祖先的慧光》1998年12月由人民日报出版社出版,包含《始祖祭》《灵洞》《莽原岩画》《逐鹿之野》《文化之源》《智者》《汉字之祖》《祖先的慧光》《仰观星斗》等105篇散文,2000年获江苏省第一届紫金山文学奖散文奖。冯林山在《历史与文化神奇的透视——艾煊散文〈祖先的慧光〉编后》中评价:"艾煊先生的散文总是给人以灵秀、空蒙、飘逸而又浑朴的感觉,在辽阔的国土上,拥有广大的读者群体。而这一部《祖先的慧光》,却为读者提供了一个全新的文本,那是他对绵长而又浑厚的中国历史所提出的一种文化的思考。在他的这些散文中,体现了文化、历史以及散文语言的亲和力,体现着一种大文化的穿透。"[2]艾煊在《自序》中说:"树有根,水有源。人立于天地间,求知趋向,常喜仰观八极,俯察纤微,且穷根追源。但何者为人自身之根之源? 此不妨也作一探究。"[3]冯林山也点评道:"诚如艾煊先生谈他的散文创作时所言:我写散文没太注意地域因素,更多注重的是中国的传统文化。上古文化虽无文字记载,现已被考古发掘所证明,不仅发现了古代文化,同时也发现了古代的哲学思想,中国文化的根在秦汉,在黄河中游,这是我们所能够接触到、看到的。我们有责任对历史作出回答,我写的散文因此不是游山玩水之作。"[4]一定意义上,《祖先的慧光》是对"人自身之根之源"的思考和探究,是艾煊对历史的回响与责任。

《祖先的慧光》浸润着"史家笔墨","与历史对话","在散文美学中注入深邃

---

[1] 萧玉华:《试论艾煊散文的江南文化特征》,《江苏社会科学》2006年第4期。
[2] 冯林山:《历史与文化神奇的透视——艾煊散文〈祖先的慧光〉编后》,《人民论坛》1998年第4期。
[3] 艾煊:《自序》,《祖先的慧光》,北京:人民日报出版社,1998年,第1页。
[4] 冯林山:《历史与文化神奇的透视——艾煊散文〈祖先的慧光〉编后》,《人民论坛》1998年第4期。

的历史精神",展现着独特的"穿越时空的活力"[1]。在《逐鹿之野》中,艾煊写道:"我踏着这几十位古史勘探队员的脚印,在逐鹿之野的山水间,对先祖们,做了一次超越时间的访问。"[2]文章以上古时期神农、轩辕、蚩尤为首的三大部落联盟之间爆发的旷日持久的争战为主要叙述对象,尽管"逐鹿之野的喧嚣,争战,早已默默沉静。五千年的远古,已淡烟似的飘落于模糊的远方",但艾煊站在这片"逐鹿之野"上,用笔尖给"还在不倦地苦苦追踪寻觅祖先们的脚印"的"历史癖极深的中国人"带来仿佛触手可及的战场原景。艾煊"笔墨"的独特,在于小切口深发掘。他对历史的追寻基本由每个小我的家族祖先族谱为切入口,不断地追问:"家族祖先之外,谁是人类共同的祖先?""犹太教,基督教说,人类的祖先是亚当,夏娃。这两位祖先是从哪里来的?""中国人头顶上没有上帝,那么伏羲女娲是从哪里来的?""天地,日月,阴晴,山泽,日夜,黑白,自然界的一切,都是一分为二的。怎么样分?"……通过一系列的追问,指出"周易所表述的天人合一,均衡,中庸,平和,是我们中国人最古老的思维模式,原初的哲理思考"[3]。我们祖先的智慧之光,就此也展现在了我们眼前。

除了对先祖们遗留下来的遗址、痕迹进行追寻,艾煊更是"挖掘出了'历史即人'这一骇俗的大历史观"[4]。历史由人创造,读历史也是读人心。艾煊笔下的历史,对"人"本身也有探求。《傻泰伯》中的"傻泰伯",将皇位视为蔽履,"宁愿丢弃匆匆的权力,丢弃过眼的奢华,获得的是永久纯真的人性美的魅力",正是这样一个"傻子",开创了句吴国的初始。艾煊写这一类以历史人物为主体的散文时,

---

1　冯林山:《历史与文化神奇的透视——艾煊散文〈祖先的慧光〉编后》,《人民论坛》1998年第4期。
2　艾煊:《逐鹿之野》,《祖先的慧光》,北京:人民日报出版社,1998年,第15页。
3　艾煊:《祖先的慧光》,《祖先的慧光》,北京:人民日报出版社,1998年,第27—30页。
4　冯林山:《历史与文化神奇的透视——艾煊散文〈祖先的慧光〉编后》,《人民论坛》1998年第4期。

"臧否人物，指点江山，自是别一种豪情"[1]。一定程度上，这种豪情是艾煊基于历史人物，通过散文来倾吐他的文化感悟。《追踪西楚王》中，对项羽败于刘邦这一历史事件，艾煊直言是"善败于恶"，在他看来，项羽是"一颗年轻的明亮耀眼的彗星"，刘邦则是一个善施"阴谋诡计"的狠毒皇帝，两相对比，一位拥有着单纯、天真、稚气和重情重义等美好人性的失败英雄形象跃然纸上，给人以真实感。人的个体生命、历史的本真和文化的灿烂交融在一起，给读者以更为深切的感受。

范伯群评价艾煊是"一个'死'抱住文学不放的人"。面对文学，他是一个"肯将生命也'搭'进去的人"；面对"下放"，他是一个豁达的"大有'解放'的意味"的人——他正要去继续他的写作。艾煊"文如其人"，其散文也如"一条文化与历史的松石宝串"一般，闪烁着温润、坚定的光芒。[2]

第四节 夏坚勇的《湮没的辉煌》

夏坚勇（1950— ），江苏海安人。1968年完成高中学业后回乡务农，曾任代课教师、广播站通讯员和农村基层干部。1973年进入江苏师范学院（现苏州大学）中文系学习，修业三年。毕业后辗转于乡村中学和县文化馆，1979年调入江阴文化局剧目工作室从事专业创作。1985年加入中国作家协会。1989年毕业于南京大学作家班。1989年获庄重文文学奖。1996年系列文化散文《湮没的辉煌》出版，后获第一届鲁迅文学奖全国优秀散文奖、江苏省第一届紫金山文学奖散文奖、江苏省"五个一工程"奖等。

夏坚勇从小就偏向历史阅读。他说："从小就喜欢读书，上学路上经常一边走路一边读书，晚上就在煤油灯下看，眼睛都搞近视了。我搜集了当时农村所有能看

---

[1] 冯林山：《历史与文化神奇的透视——艾煊散文〈祖先的慧光〉编后》，《人民论坛》1998年第4期。
[2] 范伯群：《一个"死"抱住文学不放的人——我所了解的艾煊》，《时代文学》1997年第3期。

第三章　文体的变化与大散文的诞生（1990—1999）

到的书，像东周列国、三国、水浒、说唐、杨家将、说岳全传、封神演义，还有征东征西扫北平南，等等。不过现在反思，自己当时的阅读是有些畸形的，一边倒地偏向历史演义小说。"这样一边倒的历史阅读，使他对"中国古典文学里所体现的典雅富丽的美学追求"很是神往，也促成了他散文写作的历史面向。[1]

1993年10月，梁晴在《雨花》杂志推出夏坚勇系列散文时，写了一段比较豪迈的话：

> 散文溪水四溢，跌宕之姿、漫涌之态，令人目不暇接，然少有黄钟大吕之响与惊涛裂岸之势。
>
> 散文的本体是强大和恣肆的，它力求新的观念和审美取向，既要感悟人生、富于智慧，同时也可以而且应该具有生命的批判意识，对历史和现实有合乎今人的审视品位。
>
> 有感于此，我们特别推出"大散文"这个栏目，在于选发有历史穿透力、敏于思考、有助于再铸民族精神和人文批判精神的散文佳作。[2]

1996年9月，东方出版中心出版的《湮没的辉煌》，收录了这些"大散文"或"系列文化散文"。此书除了《自序》，包括《寂寞的小石湾》《驿站》《湮没的宫城》《东林悲风》《小城故事》《走进后院》《百年孤独》《瓜洲寻梦》《童谣》《文章太守》《遥祭赵家城》《石头记》《洛阳记》《母亲三章》等15篇。

夏坚勇为人低调，勤于笔耕。他接受《扬子晚报》采访时表示："好东西是聪明人下笨功夫做出来的。"[3] 但他的散文并不"低调"，格局宏大，文辞畅美。除了《母亲三章》，基本是地理与历史、历史与人性的缠绕，作者以另只眼重读历史，触摸苍茫历史中鲜活而丰富的人性，了解个体创造历史的偶然性与必然性，还有历

1　夏坚勇：《我的野心是拓展散文的疆域》，《新华日报》2018年12月20日。
2　夏坚勇：《湮没的辉煌》，上海：东方出版中心，1996年，第1页。
3　蔡震：《夏坚勇：一切历史都是当代史》，扬子晚报2015年6月2日。

史的无奈与命运的无常。徐兆淮说:"无论是评述文化现象,钩沉历史隐秘(《东林悲风》《湮没的宫城》),还是记叙小城故事,描绘人文环境(《寂寞的小石湾》《驿站》《小城故事》),无不置于广阔的历史、文化背景中,而显示出作者的识见与魅力,才华与笔力,显示出对中国古代散文传统(如《史记》文人游记及咏史怀古诗文)的继承与融汇意向。"[1]

大散文的"大",并不是指篇幅的冗长,而是指历史的恢宏感和沧桑感,指不矫揉造作的恢宏大气,指俯仰天地之间的大智慧和大感悟。夏坚勇在《寂寞的小石湾》中深思死后哀荣的差距:同是与城为殉的南明英烈,史可法死后封忠烈公,而阎应元的"光芒却要黯淡得多"[2]。在《驿站》中由"驿站"出发,从杜牧、唐羌其事依次联想开去,辗转于历史的风尘。在《洛阳记》中由绿珠跳楼自毁思考历史上四大美人的知名度:"也正是由于她们悲剧性的生命历程。在一个男性中心的社会里,天生丽质和红颜薄命总是如影相随的,两者的反差越大,悲剧美也愈是具有长久的震撼力。"[3]在《东林悲风》中由东林党人的骨气思考:"历史评价总是有时限的,而道德评价却有着相当久远的超越性。一座小小的东林书院算什么呢?它是那么脆弱,战乱和权谋可以让它凋零,皇上一个阴冷的眼色可以使它片瓦无存。"[4]夏坚勇说,他当然不是"思想者",但不是"思想者"也会有自己的"思想",而孤独与"思想"总是如影随形的。他的"思想",与生命感悟、知识谱系、人格精神、时代风貌等形成合力的作用,并投射于题材与主题。

就题材而言,《湮没的辉煌》总体展现了历史与历史、历史与现实的空间感和幻灭感。《湮没的宫城》写六百多年历史的明故宫,见证了历史间的"起高楼"与"楼塌了",而它"静静地躲在京师一隅,没有悲哀也没有迷惘"。世事难料,转来转去都转不出历史的圈子。最后结尾,回到现代,"已没有什么可看的了,只有一座

---

[1] 徐兆淮:《徐兆淮文集(上)》,南京:江苏凤凰文艺出版社,2019年,第256页。
[2] 夏坚勇:《湮没的辉煌》,上海:东方出版中心,1996年,第11页。
[3] 同上书,第295页。
[4] 同上书,第82页。

午朝门,当年杀人的地方"。[1] 历史沉重的哀伤漫溢开来。《小城故事》由水绘园写冒辟疆与董小宛的爱情故事,中间穿插着现代生活中 A 君的失恋自杀,由历史的爱情故事观照现代人的爱情故事,兜兜转转,历史的幻灭感顿生其中。

就主题而言,夏坚勇着重雕刻文人风骨。《湮没的宫城》中写明代大才子解缙为了生存恭维朱元璋作七绝,后两句的马屁诗比起他的其他诗作简直是"蹩脚透顶",在这种"悖论的夹缝中构建自己的文化人格"的解缙,其人格是残损的,即便如此巴结,他最后也难逃牢狱之灾并被秘密处死。一个让文人战战兢兢、如履薄冰的年代,文人只能变成小说家、戏剧家、学者,有时也会是唱戏的伶人。《东林悲风》中写顾宪成的使命感:"风声雨声读书声声声入耳,家事国事天下事事事关心。"铁血男儿的抱负在一字一句中展现得淋漓尽致。也有铁骨铮铮的东林党人被皇帝逼入绝境,文人风骨让他们步调一致地选择了死亡。夏坚勇在文章中悲怆道:"他们是道德理想主义的献身者,又是在改革社会的实践上建树碌碌的失败者;他们是壮怀激烈的奇男子,又是愚忠循礼的士大夫;他们是饮誉天下的饱学之士,又是疏于权谋的政治稚童。在他们身上,呈现出一种相当复杂的历史和道德评判的二重奏,17世纪的社会环境使他们走到了封建时代所能达到的最高点,他们却终于未能再跨越半步,只能以惨烈的冤狱和毁家身亡的悲剧震撼人心,激励后辈越出藩篱,迎来新世纪的曙光。"[2]《走进后院》写的是高邮人王念孙、王引之父子的故事,作为训诂学大家,他们对"乾嘉学派"的形成有着非常深远的影响。《洛阳记》由"孔子入周问礼碑"写思想者老子桀骜与孤独的底色:"这位来自东方的老人踯躅于荒原之中,孑然四顾,苍茫无及。这是一幅西风古道的自然画面,更是一幅极富于象征意义的生命图像。没有对话者,这是思想者最大的孤独,这种孤独的摧毁力,肯定比政治迫害和生活困窘之类的总和还要大。孤独是一座祭坛,几乎所有的伟人和思想者都要走上这座祭坛。从某种意义上说,他们的生命造型就是一群力图

---

[1] 夏坚勇:《湮没的辉煌》,上海:东方出版中心,1996年,第60页。
[2] 同上书,第78页。

走出孤独的羁旅者。"[1]

江南是夏坚勇投以深情的地方。江南的古迹，有明故宫、东林书院、水明楼等；江南的文人，有顾宪成、柳如是、冒辟疆等。江南的"小桥流水、粉墙黛瓦、吴侬软语等表现特别的'江南的意象'。……诗情画意中便也托起了一个'精灵之气，氤氲积聚'的文化江南。当代江南散文家夏坚勇在指出了江南之于文人的意义的同时，也说出了江南地理与文化的特质"[2]。《寂寞的小石湾》写江阴抗清八十一天历史，"忠义"的精神激励着每一代江南人；《文章太守》中有欧阳修在扬州的平山堂，也有苏东坡在杭州的太守生涯，"水光潋滟晴方好，山色空蒙雨亦奇。若把西湖比西子，淡妆浓抹总相宜"。白居易在洛阳写的《忆江南》，江南好江南忆，诗人的抱负、情怀与江南的地理、性格相连，使得江南的风情和文人的魅力得到了最好的展示，江南成就了文人，文人也成就了江南。

就艺术手法而言，《湮没的辉煌》是多种文体和笔法的融合。夏坚勇原来从事小说、戏剧写作，转向散文写作后，文字中不可避免地带有小说和戏剧的元素。如生活的画面感、人物塑造的形象感和戏剧冲突的激烈性，当然还有关于"孤独"主题的造境艺术与思想性论说。夏坚勇自始至终都未曾追求故事和人物的完整性，而是从文化批判的角度灵活运用史料进行历史的渲染与文化的感受，文史哲的综合运用也让他笔下的历史人物乃至历史中的建筑都透着生命的沉重。如《洛阳记》中写道："这本该是一次诗的行旅，沿着古驿道逶迤东去，一路上会想到很多气势悲慨的名篇佳句。'西望瑶池降王母，东来紫气满函关'，杜甫当年也在这条路上颠簸过吧，他是高车驷马，追随着銮舆凤辇，还是跟跄于散兵乱民之中流离奔命？岁月的风尘早已掩没了悠悠古道上的辙印，连那座与诸多历史大事件维系在一起的汉函谷关，也只剩下一座并不雄伟的关门，砖石塌落，荒草萋萋，哪里还能体味诗中的盛大气象？出潼关、穿崤谷，遥望北邙山下的十朝故都，一股沉雄苍凉的情感溢满胸

---

[1] 夏坚勇：《湮没的辉煌》，上海：东方出版中心，1996年，第292页。
[2] 周红莉：《江南意象的记忆与阐释——论90年代后江南散文》，《文艺争鸣》2006年第6期。

襟，真想如陈子昂那样登高一呼：前不见古人，后不见来者……"[1]徐兆淮曾点评："贯穿着全书的已不只是一般文人的怀古凭吊，也不是一般诗人的长慨短叹，而是作者以鲜明的当代意识对历史的重新评述，对文化的重新反思。且在这种评述与反思中，分明渗入了冷静审视穿越古今的成分……因而显示了作者自己的创见卓识，拓宽了思想与艺术的空间。"[2]

陈九在《想起夏坚勇》中说："我怀念夏坚勇作品的真挚与人文精神。他用对历史的反刍回答今天的世界，用诗歌般的长泣亮出自己颤抖的灵魂和忧患意识。那是一个真人在与你交谈，不是一架机器发出怪异的响动。读这样文字我获得的是对文字，对文学的感动，是一种高尚与升华，是一种坚信，相信文学的价值和力量。"[3]将真诚和智慧倾注在文字上，才情如河水一样肆意流淌，是夏坚勇所追求的。他望向历史的天空，"不是为了猎奇和怀旧，而是蕴含着一种真诚的崇敬，我们都从那种天籁之音中走来，而在心灵的历程上，我们又生生不息地追求那个融洽谐美的自由天地——这就是童谣"。"每座城市都自诩为文化古城，都有几处古董、准古董或伪古董。翻开地方志，言之凿凿的文明史都可以追溯得相当久远。我徜徉在城市的陋巷和郊外的石级小道上，身边是荒寺古木，塔影斜阳，石碑已漫漶难辨，粉墙洇蚀，有如老妇脸上的寿斑。我知道，在这些残碑、古塔和地方志之间，应该隐潜着几个青衫飘然的身影，寻找他们，是为了寻找一种远古的浪漫，一个关于飘泊、诗情和文化个性的话题。"[4]这里的每一个字，都似乎带着生命的灵气，将人引入那些古老的历史，寻找其中的诗情画意。

值得一提的还有《湮没的辉煌》最后一篇《母亲三章》，此篇是回忆类散文。《母亲三章》分为"云烟旧事""艰难时势"和"白发坟草"，简单记述了母亲的后半生，中年照拂生病的大儿子为家庭操劳，老年忍受疾病和孤独的痛苦。夏坚勇没

---

[1] 夏坚勇：《湮没的辉煌》，上海：东方出版中心，1996年，第287页。
[2] 徐兆淮：《徐兆淮文集（上）》，南京：江苏凤凰文艺出版社，2019年，第257页。
[3] 陈九：《想起夏坚勇》，《中华读书报》2015年3月11日。
[4] 夏坚勇：《湮没的辉煌》，上海：东方出版中心，1996年，第197—198页。

有提到历史宫城,没有提到文人风骨,也没有"黄钟大吕之响与惊涛裂岸之势"[1]。他用细腻的笔触真实地描摹出从前的甘苦和坚强的母亲。"母亲是36岁上生我的,可是在我的记忆中,母亲从来便是个老人。她那样瘦小,脸上那么多的皱纹,眼睛一经风便流泪,那是生我的时候,月子里经历了太多的悲伤。她总是忙,晚上也总是很晚才回来。每天,我站在村头的大路边等她,暮色里走来的每一个身影都会撩起我温馨的希冀,可归来的身影又一个个从我面前过去了,他们都不是母亲。在这种百无聊赖的等待中,有时,我便会倚着什么睡去。醒来的时候,往往是母亲正抱着我,用心细细地替我洗脚。灶门口的火光一闪一闪的,映着她那张疲惫的脸。炊烟在茅檐下缭绕,弥漫着玉米粥清甜的气息。"[2]母亲这个隐于市的平凡女子是作者记忆中没有湮没的雕像,是离他最近的历史。将《母亲三章》放在《湮没的辉煌》的最后,大有一点祭奠母亲或者是慰藉母亲在天之灵的意思。

总体来说,夏坚勇散文赋予历史以全新的生命底色,他着眼于历史又超越了历史。他的散文宣言诚如他对"大散文"的理解:"大散文千呼万唤的大境界,它既有纵横捭阖的宏观把握,又有情致深婉的微观体悟;它流溢着历史诗情的沉郁柔丽,又张扬着现代意识的飞天啸吟;它不动声色却拥有内里乾坤,波涛澎湃却不失持重娇矜;它天马行空般翱翔于无限的时空,回眸一顾却尽显生命的沉重。它既是散文,又超越了散文。"[3]这是夏坚勇拓展散文疆域的野心。

第五节　斯妤的《两种生活》《我因为什么而孤独》

斯妤(1954—),原名詹少娟,籍贯福建厦门。1973年到厦门郊区插队务农。1979年开始发表作品。1990年加入中国作家协会。历任《青年文学》编辑、编

1　夏坚勇:《湮没的辉煌》,上海:东方出版中心,1996年,第1页。
2　同上书,第313页。
3　同上书,第5页。

委，江苏省作家协会专业作家等。代表作有《流放者》《给梦一把梯子》《爱情是风》《两种生活》《某年某月》《寻访乔里亚》《我因为什么而孤独》《斑驳人生》《风妖》等。其中，散文集《两种生活》获第一届鲁迅文学奖散文奖。1993年获第六届庄重文文学奖，两次获中国女性文学奖等。

首先，斯妤的散文写作极具个性。她在散文中持续不断地"质疑人性"。吴义勤曾指出，斯妤这些带有终极意味的形而上追问，改写了散文"轻文体"的形象，提升了当代散文的品格。这种特质的形成，与斯妤亲历的特定时代有关。她说："留在我头脑中、心灵里的，是对人的无数疑问。人到底是一种甚么东西呢？"[1] 这种"质疑人性"的种子幻化为黑夜、梦境等意象，并常常出现在她的散文中。

其次，斯妤散文中有沉迷于思想的深刻研究，有对人类处境和生活状况的捕捉，女性意识也越发浓郁。1988年，斯妤转为专业写作，并进行了大量的哲学和美学研究。也正是这些研究，让斯妤在思想的追进中走入了"失语症"时期。她受米兰·昆德拉的影响较多，并在《文字内外》中指出她期望的是在形式、内涵上都能够有"独到且深入的资质"，即"对陷阱中人类生活的探究"。1990年，斯妤的"失语症"小愈，写下《蓦然回首》《并非梦幻》《正午》等作品。她在《蓦然回首》中这样记录："我任头发脱落任皱纹纵横任褐斑肆虐任手足粗劣——因为我如今只渴望自由，我要头戴破帽流浪去。"这是斯妤与从前告别的宣言，也是对"失语症"的告别。

再次，斯妤散文中充溢着矛盾的张力，特别是在她的儿子出生之后。斯妤坦言，她的最爱是儿子，其次才是书。她沉浸在做母亲的喜悦中，俗世的日常生活替代了心灵生活并成为她散文的主要写作对象。但是，"作为一个始终停留在自我内心战争中的作家，斯妤并没有完全放弃她的形而上追问，于是我们也感到了两种声音、两种形式之间的交错和矛盾——那是在沉溺于温情脉脉的世俗生活与寻找理想

1　斯妤：《我因为什么而孤独》，昆明：云南人民出版社，1995年，第175页。

超越的写作体验之间的矛盾"[1]。斯妤是矛盾的，一方面是对现实的温暖和关爱的渴求，另一方面是对在思想旷野上驰骋的希冀，以及对思想深度和理性的追求，因而有时会呈现出温情脉脉和冷峻峭拔两种不同的散文风格。这在她1995年出版的两部散文集《两种生活》和《我因为什么而孤独》中体现得较为明显。

散文集《两种生活》于1995年6月由四川人民出版社出版，全书分3辑，共收入63篇散文。第一辑包含《读书的历史》《两种生活》《真实的魅力》《无法藏匿的自我》等19篇，内容主要是读书所生发出来的一些感想，一些小事或词语引发的畅想，也有与朋友交往的故事；第二辑包含《敲门》《风去风来》《梦》《幻想三题》等24篇，有关于童年的人或事的回忆，对生与死的思考等；第三辑包含《风景》《雨》《北风》《窗外·圆歌》等20篇，写作内容基本不是温情脉脉的世俗生活，更多地趋向于寻找理想超越的写作体验，希望触及人性深远的地方，且常以荒诞展现文字背后的深层含义。

《两种生活》是陈骏涛主编的"红辣椒女性文丛"之一。对于这套丛书的编撰，斯妤积极响应，热情配合，因而诞生了《两种生活》这部散文集。具体而言，"两种生活"的外在生活，指家庭中的平常、琐碎、简朴的日常生活。书中对于这种生活的叙述，笔触趋向于简单朴实，主要以纪实为主，叙事风格也比较趋向于温情脉脉，真实、哀婉、动人。在《除夕》中，"我"陷入对童年时佝偻着的老外婆在腊月二十九这个日子的忙碌和操劳的回忆，又被儿子尖尖的嗓音唤回，"只好将自己的童年暂时丢一边去，照料起儿子的童年来"[2]。既包含着对儿子的关心和爱护，又包含着对闽南老家及外婆深深的怀念和追忆。在《生命·神启·爱》中，"我"本决定不生孩子，不是因为不爱孩子，而是太爱孩子，担心他们受伤，心里涌出恐惧，是那种无力处处照拂孩子的为人父母者的悲悯，而当"从我知道腹中有一个生命的

---

[1] 刘锡庆、张明、张国龙：《中国散文通史·当代卷（下）》，合肥：安徽教育出版社，2013年，第324页。
[2] 斯妤：《两种生活》，成都：四川人民出版社，1995年，第79页。

那一刻起,我变得无比虔诚"。字里行间表达了"我"对未出生的孩子的深切的爱。

内在生活指向精神世界的饱满。《两种生活》的封面上,赫然印着一段文字:"我对生活充满了感激之情!我感谢有这样一份独立、自我的生活,有这样一份驰骋想象,驰骋智慧的生活。"透过封面,我们可以感受到斯妤对另一种独立自我、驰骋想象、驰骋智慧的心灵生活的珍重,这种内在的心灵生活与她的写作密不可分,写作在她的生活中占据了很重要的一部分。斯妤说:"我不知道我要写什么,但我必须写,每天我都准时坐到书桌前来。写作已经成了我的生命方式、存在方式。它是一种不可遏止的惯性运动。一种类似迷幻剂、稳定剂的东西。很多时候我不知道要写什么,但我一定得坐下来写点什么,否则我就会像一个涨满了奶却不得不停止哺乳的母亲,心烦意乱,焦灼不安。有时候我想人大概就是这样。当他有所迷恋,有所依附时,事情就变得简单了。他只需照着他的愿望去做就行了。"[1]在写作时,斯妤将"思想"这一抽象的感觉具象为一匹"野马","当我们静下来,把绳索对准思想的脖颈扔过去的时候,思想这匹野马才会稍稍服帖一些,稍稍听从我们的驾驭。它会对我们点首,对我们微笑,听从我们的指令向前疾走,但有时它也会突然震怒起来,吼叫咆哮,撒腿狂奔,仿佛一个从蛮荒时代窜出来的野人"。然而,"更多的时候,思想是像温泉,像溪流一样汩汩涌出,或潺潺流淌的。只要安静下来,我们就可以听见它的喘息,听见它的耳语,甚至听见它在梦乡里的温情呢喃。感觉则像末梢神经,它布满一地,等待你去踩它,等待你去遭遇那种心领神会,无可名状"。[2]"野马"与"温泉",前者豪放不羁,激情澎湃,而斯妤的"思想"就像后者一般涓涓慢流。

《我因为什么而孤独》1995年8月由云南人民出版社出版,是"她们文学丛书"的散文卷之一。文集共包含36篇散文,从《灰色正午》开始至《在〈自传〉的题目

---

[1] 斯妤:《两种生活》,成都:四川人民出版社,1995年,第57页。
[2] 同上书,第59页。

下》结束。其中，标题直指时间的有《夜晚》《除夕》《某年某月》《马年夏季》《那年夏天》《冥想黄昏》《空间时钟》；包含"梦"的有《真实梦境》《梦》《并非梦幻》《梦魇》；包含自然的有《倾听蝉鸣》《雨》《北风》《窗外·圆歌》《碧水长流》《风去风来》《不同的只是风》《白漩涡》；情绪表达的有《我因为什么而孤独》《心的形式》《心灵速写》《某种渴望》《幻觉》；还有表现生活真实的，如《还乡》《追忆尴尬青春》《回想外婆弥留之际》《敲门》《人在北京》《祖父》等。萌萌在《时间·梦·真实（代序）》中将残雪和斯妤进行了对比，作为同样"对时间有尖锐感受"的两位女作家，"残雪是用厌恶的方式体现时间空的重复，或空的时间的无聊的重复，它的荒诞感有一种太冷血的抽象形式，甚至可以说，冷漠不关心的强度更在冷面的阿波罗精神之上，使人呼吸到女性主义第二梯级的寒潮"，而斯妤"有温暖得多的形式"，相比之下，她的思想诚如"温泉"般呢喃絮语[1]。

在写作技法上，斯妤比较注重写作技术的开拓和创新。她在1996年一次访谈时说："在写作上我不喜欢很写实的，希望在形式上有些变化，有新的文体。因为现在人跟以前人不一样，内心更复杂、更丰富，很多原来的像五四的散文非常的好，但老是那套，不能表现我们当代人的一些感受，应该有变化。"[2] 她的技术"变化"擅用象征性的语言和各种意象，常常以离奇的梦或是幻觉为载体，通过破碎的即兴式的表达方式，"集荒诞、象喻、执迷于一体"[3]，表达对人性和人生更透彻的理解。如《并非梦幻》中描述失语症时期的状态："常常觉得不耐烦，不耐烦常将在手的东西狠狠揉成团，然后扔掉"，"庆幸刚才的一切不过只是一场梦……"以一场"惊悚"的梦，描写了梦中如豺狼虎豹般可怕的"兄弟们"的威逼，展现出绝望、惊恐的情绪，这是斯妤对家庭关系的切身体验，也是自己身为女性与家庭中男性矛盾爆发后不可避免的处境。《梦魇》中写，"偏偏在这神清气爽的季节繁衍出无数阴鸷险

1　斯妤：《我因为什么而孤独》，昆明：云南人民出版社，1995年，第3页。
2　斯妤、李霞：《斯妤访谈录》，《牡丹》，1996年第4期。
3　刘锡庆、张明、张国龙：《中国散文通史·当代卷（下）》，合肥：安徽教育出版社，2013年，第323页。

恶的梦"[1]，梦中的"我"化身为一只名为"凯特"的猫，只有死亡才能够恢复人形，但是似乎也只有死亡才能拯救人的本质，文末她写道："假如噩梦重现，我要在第一次变形时便将血管割开，让躯体死亡，让灵魂升腾。"[2]

刘锡庆主编的《中国散文通史》中对斯妤创作有过概括："关于形而上命题的思索、关于时间与空间、关于宗教与救赎的追问与关于亲朋好友、家庭伦理的叙述互相反衬，构成了斯妤独有的话语资源与文本逻辑。"[3]这种独有的话语资源与文本逻辑在《风妖》《爱情是风》等散文集中也有所表现。

第六节　朱增泉的《秦皇驰道》《边地散记》

朱增泉（1939—　），籍贯江苏无锡。1959年1月加入中国共产党并参加中国人民解放军，历任战士、班长、排长、连副指导员、干事、营教导员、科长、处长、军政治部副主任、集团军政治部主任、集团军政治委员、国防科工委政治部主任、总装备部副政治委员等。1987年开始创作诗歌，先后出版诗集《奇想》《国风》《黑色的辉煌》《世纪玫瑰》等。曾获河北省第二届文艺振兴奖（诗歌）、两次"八一"文艺奖（诗歌）、中国诗歌学会中国诗人奖、第二届鲁迅文学奖诗歌奖等。出版散文集《秦皇驰道》《边地散记》。

作为军旅作家，历史和战事是朱增泉写作的恒定题材。他书写人类历史的苦难本质，反思战争的灾难，歌颂军人壮美的生命，并忧心现实和未来世界。在写作风格和体裁选择上，朱增泉有过转变。1995年，他的诗歌从气势磅礴、深沉凝重的长诗向精美凝练、质朴隽永的中短篇诗歌转变，体裁逐渐由诗歌转向散文，但他不是放弃诗歌，只是写的数量少了。他在《朱增泉创作杂谈》中交代了自己转向散文创

---

[1] 斯妤：《我因为什么而孤独》，昆明：云南人民出版社，1995年，第125页。
[2] 同上书，第130页。
[3] 刘锡庆、张明、张国龙：《中国散文通史·当代卷（下）》，合肥：安徽教育出版社，2013年，第325页。

作的原因："我从诗歌转向散文，其中有一个因素，是由于我的诗歌中有时铺叙的句子多了一点。我写作时往往受不了'拘束'，一任感情奔涌流泻，总想酣畅淋漓地表达出我想要表达的情绪。而'叙述'笔法是与诗歌要求相冲突的，我由此想到自己可能更适合写散文。另外，有时手头有了创作素材，也会遇到用哪一种方式表达更合适的问题。这些因素，促使我从诗歌转向了散文。"[1]"我过去在石家庄驻军工作，石家庄西去不远有座古城井陉，那里有韩信背水之战的古战场。井陉还有秦始皇东巡经过的驰道遗址，石板路上磨下去一尺多深的车辙印儿，我第一次看到时心灵为之震动。河北省南部的邯郸是赵国的国都，赵武灵王的胡服骑射，曾是古代一场重要的军事革命。我在工作之余一处处寻访了这些古迹，写出了《凭吊一处古战场》《秦皇驰道》和《寻访赵王城》等一组散文，发表后立刻产生了一些反响。从此，我对散文产生了浓厚的兴趣。"他把自己的散文创作分为两个阶段："第一段，以写古战场为主要标志（1994年至1997年）……第二段，以写西部为主要标志（1998年到现在）。"[2]《秦皇驰道》和《边地散记》是他第一个阶段的代表作品。

1996年12月，散文集《秦皇驰道》由解放军出版社出版，共包括《凭吊一处古战场》《寻访赵王城》《秦皇驰道》《从范蠡说到吕不韦》《边地散记》《剪削人生》等31篇散文。周政保作《序》写道："朱增泉的不少作品往往以古迹遗址为对象，而真正涉及的，无一例外是历史上的人与事。如《凭吊一处古战场》《寻访赵王城》《秦皇驰道》《边地散记》《洛阳印象》《访张钫先生故园》《西域之旅》《大漠诗魂》《约特干》《观碑小记》等。也有一些是直接写人的，如《从范蠡说到吕不韦》《王熙凤之死》等。从作品的标题也可感觉到，这些构成'历史'的人与事，虽离今日有远有近，但读后大都可以获得一种相对统一的印象，即述古是为了'寻理'，叙事是为了'见意'，古人往事仅仅是一种契机，目的全在于思情或见解的提供——含蓄的或鲜明的。"[3]具体地说，《秦皇驰道》主要内容包含寻访古迹、古战场的抒怀写

1　朱增泉：《朱增泉创作杂谈》，北京：人民文学出版社，2017年，第145页。
2　同上书，第141页。
3　朱增泉：《秦皇驰道》，北京：解放军出版社，1996年，第2页。

意，品读历史后洞若观火的举一反三，拜访前人故园后对其生平探索的好奇及感怀，如《凭吊一处古战场》《寻访赵王城》《秦皇驰道》《边地散记》《洛阳印象》《访张钫先生故园》《大漠诗魂》《约特干》《观碑小记》《从范蠡说到吕不韦》《王熙凤之死》等；包含生活中因小事或词汇或阅读引发的深思，如《剪削人生》《小院杂记》《美容的起源》《仰望星空》《关注海》《仰视苍生》《读怀素草书帖》《超越绝望》等；也有写人散文，如《第五"名旦"》写邋遢又内秀的尧山壁，《一位烈士和他的妻子》写收到了朱厚良烈士妻子寄来的"为了和平的太阳不落"的信件后对往事故人的追忆等。朱增泉聚焦历史事件和历史人物，或鲜明或含蓄地表达他理性和感性交织的见解和思考；同时也关注当下生活，处处留心，彰显着丰厚的生活积累和真情实感。周政保说："就整体而言，朱增泉的散文是大气而富有见地的，且在那种细致有序的抒写中，时常弥漫起一种让人心领神会的意蕴，一种富有历史文化品位及进取精神的思情气息。"[1]但《秦皇驰道》作为朱增泉的第一部散文集，部分选篇略呈随意和松弛，朱增泉自己也表述过："那时，我从未想到如何'经略'自己的作品，一直是遇到什么写什么，走到哪里写哪里。有时还结合我所从事的实际工作需要，赶写一些实用文。例如，航天员杨利伟首飞时，我赶写了一批宣传航天员和他们的妻子的文章，不计工拙，应时发表。这种无序写作状态，可能是业余作者的通病。"[2]

《边地散记》1999年1月由文化艺术出版社出版，收录34篇散文，所选篇目大体与散文集《秦皇驰道》相同，减去《秦皇驰道》中的《军旅杂谈》和《战地谈诗》，新增《观沧海》《同庆毋忘告林翁》《振长策而御宇内》《长平之战》等5篇散文，总体仍保留其散文创作的叙事特色，获第九届中国人民解放军文艺奖。朱增泉交代过《边地散记》出版的缘由："这部书稿，原是解放军文艺出版社组织的一套军旅散文丛书'看剑文丛'中的一本，入选作家中有周涛、朱苏进等人。在军内，这个阵容

---

[1] 朱增泉：《秦皇驰道》，北京：解放军出版社，1996年，第8页。
[2] 朱增泉：《朱增泉创作杂谈》，北京：人民文学出版社，2017年，第178页。

是不错的。恰在我准备交稿的时候，文化艺术出版社的老编辑陈寓中先生找到我，他是我多年的一位老朋友，他说他快要退休了，退休前无论如何要给我出一本书，斩钉截铁，不由分说。我是重友情的人，虽然解放军文艺出版社的程步涛社长也是我的老朋友，而且约稿在先，一再催稿，但我想程步涛正值盛年，我与他的友情来日方长，所以还是把书稿交给了陈寓中。"关于"边地散记"的书名，朱增泉说："最简单的回答，是因为集子中有一篇文章的题目就叫《边地散记》，顺手拿来作了书名，未作多想，无甚深意……可能是由于军人以戍边为业、以戍边为荣的缘故吧，我对这个题目情有独钟，一眼相中……另外，我是一名真正的业余作者，写作在我的生活中也处在边缘的位置；我的文章也只能在文坛边缘地带出没，到不了'核心'地带。如此这般，从各个角度看，当时都觉得取《边地散记》作书名是合适的。"[1]在《边地散记》一文的引文部分，朱增泉歌咏道：

> 边关，是一首永不凋零的诗。千古以来，将它反复吟诵得魂牵梦绕的，是军人和诗人。军人之于边关，常吟不衰的主题是国家社稷、民族民生的崇高，是马革裹尸、血沃青山的悲壮。边关之于诗人，则抒发不尽慷慨悲凉的烽火狼烟、冰河铁马、荒草白骨，咏叹不尽母亲妻妾们"断肠人在天涯"的生离死别，长夜思念。至于帝王元首，边关永远是他们心中一个重大的悬念……
>
> 边关，又是一道不朽的历史学命题。当我以军人兼诗人的双重情怀巡礼于南疆和北疆边关，我看到和想到的，是这片辽阔疆域的过去和现在，繁衍生息在这片土地上的部落与部落，民族与民族，人群与人群，他们如何在经历了几千年相互杀伐征战、交融认同之后，最终用他们累世积代的无尽血泪恩怨，共同浇铸成了这片幅员辽阔的版图，以及版图上那个不可亵渎的神圣字眼：祖国。然后，共同认定这条边，共同把守住这些关，祖祖辈辈、生生死死，在这片疆域上扎下他们紧相盘绕的根系命脉。

---

[1] 朱增泉：《朱增泉创作杂谈》，北京：人民文学出版社，2017年，第132页。

祖国，实在是个意蕴无比深厚的字眼。假如你不到边关去走上一遭，也许，你对祖国这个字眼的理解和感悟，爱之也浅，恨之也薄，永远缺乏一种浑成厚重的沧桑感。[1]

这些字里行间，充溢着军人的深情与诗人浑茫的诗性。虽然散文集《边地散记》与《秦皇驰道》重复颇多，相较之下，《边地散记》删去了原先关于读书随笔感悟的篇章，更倾向于战事，这是职业军人更加敏感的观照对象，也是一种本能式的反映。有读者在读后心得中这样写道："《边地散记》中的绝大部分作品都与历史或战争相关，与沧桑变迁的社会文化沿革相关，而我更喜欢的篇章，也就是那些品读历史的心得，那些访古中的充满怀念的思考，那些凭吊文化遗址或古战场的悠悠感叹，以及那些对历史人物的功过得失的独特褒贬……所谓前事不忘、后事之师，其中或多或少有着以史为鉴的意味。虽则历史已如烟云般成为遥远的往事，但它永远不会消逝；我们从历史中一步步地走到今天，可今天抒写的同样是一种历史。我们需要历史的不断提醒。在《边地散记》中，那些谈论历史的作品，其实都与战争相关，如《观沧海》《同庆毋忘告林翁》《振长策而御宇内》《长平之战》《寻访赵王城》《秦皇驰道》《从范蠡说到吕不韦》……"简括地说，这是历史之书、军人之书，也是社会变迁之书。

对于散文写作，朱增泉有自己的基本原则，即"素材必须为表达主题服务"。他在漫谈散文创作时说过："我写《中国西部》的时候，就是想回答一个问题：为什么要搞西部大开发？答案只有一个：西部对于中国太重要了。找到了这篇文章的'魂'，我就用已知的历史知识作为素材，从几个不同侧面来议论开发西部对于中国的重要性。这样夹叙夹议，顺着思路一口气就下来了，写出来一看还比较自然、比较大气。"[2] 这种写作方式在《秦皇驰道》和《边地散记》中较为凸显。

---

[1] 朱增泉：《边地散记》，北京：文化艺术出版社，1999年，第142—143页。
[2] 朱增泉：《朱增泉创作杂谈》，北京：人民文学出版社，2017年，第118—119页。

具体来说,一是聚焦历史事件和历史人物,散文叙事"力求史为今用,以古鉴今,化传奇事为家常语"[1]。在《长平之战》中,一场距今两千两百多年的大战役,太史公仅以"四十余万尽杀之"一笔带过其惨烈程度,这勾起朱增泉的好奇和兴趣。于是他亲访山西省高平市西北山区的长平之战古战场遗址,目睹赵卒尸骨坑内的森森白骨,写"古来白骨无人收"的惊心动魄场景;并探访当地官员、百姓,由一道"白吃"豆腐的命名缘由——"'白吃'与'白起'音近,是'吃'白起的意思",了解到当地百姓对赵军的同情,对杀人如麻的白起的痛恨。以古思今,思及如今人民解放军不杀战俘,尊重人权,军纪严肃,自然大得人心。"被杀的40余万赵国战俘是值得同情的,但赵国的惨败却不值得同情。秦统一中国,硬碰硬是靠真刀真枪打出来的一统天下。当其时也,舍此何为上?从春秋到战国,中国社会已经过了五百多年诸侯纷争的战乱局面。秦国发动的统一战争,顺应了由'分久'到'必合'的历史潮流,这才是问题的本质,它在统一战争中'杀俘'只是令人遗憾的一个枝节。我们是不可以用枝节去否定本质的,是不可以仅仅拿秦国'杀俘'这一点,去否定它进行的统一战争在当时历史条件下的进步性质的。……秦国兼并六国于战国时代,当时的时代主题就是战争,不像现在,和平与发展是当今世界的两大主题。然而,古今时代主题虽有不同,有些根本道理却是相通的。治国之道,顺应时代潮流为上。"[2]他"与历史对话,与现实切磋,在一派议论风发夹叙夹议中建构起自己的精神维度,形成特有的散文气场"[3]。

二是追求"大节不诬,小节不拘"的叙事特色。在历史大事件上,朱增泉保持着客观严谨的态度。他说:"能把文章写得大开大合,也要以细密功夫为功底。凡是想用来做文章的东西,都要尽量细抠、抠细,不肯下这个功夫不行。粗枝大叶往往搞错,这是我的一条深切体会。文章拿到手里一看,作者的'底气'如何,是能看得出来的。我们的业余作者,运用每一个材料,往纸上写每一句话,都不能太草

---

[1] 张宗刚:《朱增泉散文论》,《艺术广角》2010年第6期。
[2] 朱增泉:《边地散记》,北京:文化艺术出版社,1999年,第75—76页。
[3] 张宗刚:《朱增泉散文论》,《艺术广角》2010年第6期。

率。要把每一句话都表述得清楚完整,引用每一条材料都要非常准确,不能含糊其词写到纸上去。先把每一句话写完整,再把每一段意思写清楚,这样逐段组织起来,写出一篇好文章。"[1]如《凭吊一处古战场》一文,他对韩信和刘邦两个历史人物的评说都基于历史史料,对以刘邦为代表的政治家的封建权术有较为清醒的批判,对韩信这类只懂军事不懂政治的军事家表以遗憾,葆有太史公"不隐恶,不虚美"的客观性。在具体的细节刻画上,朱增泉"善于以活生生的语言营造具体可感的意象,以及富于创意和趣味的戏剧化、小说化场景"[2],把握历史细节的想象空间,进行合理且大胆的虚构创作,绘声绘色。如《从范蠡说到吕不韦》一文,太子讨要有孕在身的舞女时,"吕不韦一听火了,但他那股情火只倏忽一闪,便酸溜溜地往心底压将下去"[3]。作家对吕不韦的心理活动进行了虚构想象,更加立体地把人物性格、心理展现出来。《长平之战》一文中,作者亲临当年秦赵古战场遗址考察:"我从树根缝隙中抽出一根赵卒的胫骨,拿在手里细看。我不知道他姓甚名谁,但我知道他死的时候非常年轻,知道他这根骨头来源于他父母的血肉和情感。我不知道他被坑杀的时候是否有过叫喊,但我知道他作为战士走向战场时心中曾有过神圣,战斗激烈时他曾有过热血奔涌。他冲锋时嗓子里曾发出过喊杀声声。他的最后时刻经历过绝望的煎熬……"[4]在现场的还原中感受人性的沉郁。

三是流溢着"万物静观皆自得,四时佳兴与人同"的"静观气质与沉思情怀"[5]。在《剪削人生》中,朱增泉以自己理发时静观镜中自我,思考"剃刀和剪子这两种锋利的小铁器,对于被剪削之生命的进化,有着怎样深刻而伟大的意义",且衔接到对人生的思考:理发,在"被剪削者"处,是"刀下留人,劫后余生,旧貌已换新颜";在"执剪者"处,"则是又一条生命被他剪削一过,重新放归欲海尘世,好生闯荡去吧"。而不消多日,"被剪削者""又将蓬头垢面,重又前来,心甘

---

[1] 朱增泉:《朱增泉创作杂谈》,北京:人民文学出版社,2017年,第117—118页。
[2] 张宗刚:《朱增泉散文论》,《艺术广角》2010年第6期。
[3] 朱增泉:《秦皇驰道》,北京:解放军出版社,1996年,第55页。
[4] 朱增泉:《边地散记》,北京:文化艺术出版社,1999年,第69页。
[5] 张宗刚:《朱增泉散文论》,《艺术广角》2010年第6期。

情愿，请他再次将你收拾。循回往复，延续终生"。[1]文章将理发与人生的休憩整顿结合起来，颇有趣味。在《小院杂记》中，通过静观"小院"，生发出对俗世真谛和生存哲理的思考。从小院为了安全和清静，于门前砌了一道墙，又将各家隔开，围成了独立小院，思及"围墙"在中国人精神生活中的地位和分量，静观"围墙"，由心底发问："世上真正坦荡的无遮无拦的，有吗？是谁？"并给出思考的答案，是"土地"。静观引发思维的一步步发散，展现出朱增泉沉思的智慧。再如《鹊巢》一篇，以路途中经常经过一处闹中取静的小树林里的喜鹊筑巢为观察对象，联想到人与自然、人与城市的关系，最后以"城里的人们，是否想到要为来自山野的喜鹊们留下一些生存空间？以及，是否都能切记千万不要去伤害这些弱小的可爱生命"来呼吁人与自然的生态关系。

作为朱增泉前期的两部代表性作品，《秦皇驰道》和《边地散记》既有古代战争的宏大叙述，也有品悟生活的微小描写；既有对历史沉重的思考，也有对日常生活的热爱；既有对纵横驰骋的先辈英雄的崇拜，也有对现实和未来的忧虑。朱增泉穿行在古战场与现实人生间，从辽阔的文明遗存中汲取民族精神和阳刚大美，并投射到现在与未来。如他所言："所谓民族精神，我想我每次走进西部强烈感受到的，就是一种实实在在的民族精神，它有一种阳刚大美。我全身心去感受这种民族精神，是以我的生命为载体，使这种民族精神在我身上得以延续。我通过我的散文将它传达给别人，也是企求这种民族精神在更多华夏子孙身上得以延续，得到弘扬。"[2]这是一条宽广而深远的路。

第七节　女作家散文

20世纪90年代，特别是1995年秋季在北京召开的联合国第四次世界妇女大会，

1　朱增泉：《秦皇驰道》，北京：解放军出版社，1996年，第153页。
2　朱增泉：《朱增泉创作杂谈》，北京：人民文学出版社，2017年，第143—144页。

给中国女性写作带来了一股春风。女性写、写女性成为时代新时尚，有关女性文学和女性文化的丛书应运而生，例如河北教育出版社1995年4月起出版的"红罂粟丛书"、8月起出版的"蓝袜子丛书"、1996年4月起出版的"金蜘蛛丛书"，作家出版社1995年8月起出版的"莱曼女性文化书系"，云南人民出版社1995年8月起出版的"她们文学丛书"，华艺出版社1996年10月起出版的"风华正健才女书"，以及东方出版中心的"女性词典"丛书、文汇出版社的"她时代丛书"、云南人民出版社"上海女作家散文精选丛书"等，纷纷蓬勃而出。

在宏大的时代潮流中，女性散文也蔚然可观，并以各种方式拼接成各种命名，如时尚女性文学、都市女性散文、情绪散文、小女人散文等。在这支浩瀚的创作队伍中，江苏女作家以量与质的优化状态，走在中国当代散文的前列。斯妤散文集《给梦一把梯子》作为"九十年代女性散文11家"之一由中原农民出版社1994年4月出版，《斑驳人生》作为"当代著名女作家散文精品"之一由四川文艺出版社1994年7月出版，《爱情是风》作为"女作家爱心系列"之一由珠海出版社1994年9月出版，《两种生活》作为"红辣椒女性文丛"之一由四川人民出版社1995年6月出版，《我因为什么而孤独》作为"她们文学丛书"之一由云南人民出版社1995年8月出版，《风妖》作为"女性独白最新系列随笔精华"之一由北京华艺出版社1998年5月出版；中国青年出版社1995年6月出版斯妤、李虹主编的"当代女性散文随笔精粹"散文卷《倾心相告》，收有江苏女作家苏叶、斯妤等人的散文作品；范小青散文集《怎么做女人》作为"当代名家随笔丛书"之一由群众出版社1996年1月出版，《又是雨季》作为"红辣椒女性文丛"之一由四川人民出版社1996年12月出版；江苏人民出版社1998年9月出版的"野蔷薇文丛"包括范小青散文集《平常日子》、梁晴散文集《烛影摇红》、黄蓓佳散文集《窗口风景》等。这些散文，都以女性意识的自我张扬和对现实世界的多维指向，丰富或者影响了20世纪90年代后的散文书写。

一、吕锦华《何时入梦》

吕锦华（1951—2014），籍贯江苏吴江。1968年赴农村插队务农，后历任工厂绘图员、文书，县委秘书，吴江县文联主席，苏州市文联副主席等职。1979年开始发表作品。1986年毕业于南京师范大学汉语言文学专业，1991年加入中国作家协会。著有散文集《小巷女子》《总想为你唱支歌》《寻找那一片星光》《人生风景线》《金色的年轮》《何时入梦》《金秋》等，报告文学集《森林女神》《他从西部归来》等。散文集《何时入梦》获江苏省首届紫金山文学奖，散文集《空谷佛音》获首届冰心散文奖。部分作品被译成英、法文介绍到国外。2014年8月3日在加拿大去世。

吕锦华从事以散文为主的文学创作，兼写一些清新隽永的散文诗。1989年在中国文联出版公司出版第一部散文集《小巷女子》。1991年5月在百花文艺出版社出版第二本散文集《总想为你唱支歌》，收入53篇散文，分"华夏情""江南梦""思绪录"和"朋友篇"4辑，其中单篇散文《总想为你唱支歌》获中国作协、中央电视台、全国青联等联办的"我看中国"国际青年征文大赛一等奖。同年9月，江苏少年儿童出版社出版吕锦华精短抒情散文选《寻找那一片星光》；11月，成都四川文艺出版社出版散文集《人生风景线》等。这些作品基本围绕家乡、人生、亲友展开叙事或抒情，有赞美，有思索，有怀念。

《何时入梦》是吕锦华第一本散文选集，1994年1月由人民文学出版社出版，2000年获江苏省首届紫金山文学奖。这本散文集系从吕锦华1992年前发表的散文中筛选编辑而成，共5辑77篇，内容大致分为思乡怀人、游记随笔、童年趣事、下乡记忆、江南遗梦、生活趣味以及"一件小事"引发的哲思等，其中还涉及女性文学思潮影响下的作品，内容丰富，题材广泛，又文情并茂，充分展现了吕锦华的"真情、纯情、痴情"。吕锦华在《自序》中写道：

> 这是我的第一本散文选集。这些年来，承蒙朋友老师鼎力相助，也算有几本小书得以问世。中国文联出版公司为我出了《小巷女子》，天津百花文艺出版社为我出了《总想为你唱支歌》，江苏少儿出版社推出了我的精短抒情散文集《寻找那一片星光》，还有四川文艺出版社帮我出了《人生风景线》，南京出版社出了我的纪实散文集《金色的年轮》。另外还有几本纪实文学的书得到出

版。现在，人民文学出版社又将我这些年来发表的散文进行筛选，编选了这本散文选集，这于我，是一份莫大的鼓舞和鞭策。

有时，我常想，文学的体裁还有多种，为什么我却选择了散文？而且，还是这样的一往情深情真意笃？散文，为什么会对我产生如此大的吸引力呢？现在细想起来，还是我的性格决定了我文学创作的路。[1]

吕锦华说的"我的性格"是指她喜欢安静的性格。她认为，"文学创作是一项十分寂寞的脑力劳动，而散文在文学门类中又是一种更加需要淡泊宁静心境、更加需要冷静反刍生活才能进行创作的文体，它需要你用百分之百的真情实感去锤炼这颗美丽纤细的珠子，而这颗珠子所能击起的震荡，却常常一闪而过而被人忽视。因为它实在太小太轻太微不足道了呀！"[2] 在《何时入梦》的代后记《关于〈苦旅〉的随想》中，吕锦华说："文学创作于我，是一种误会。"[3] 这个误会就是一种冲突，是自身写起文章来的"不轻松"与一股耐得住寂寞的"狠"劲儿之间的冲突。吕锦华曾说她无意于小说，虽然小说的身价更高，时值更高。而对于散文，她是"一往情深情真意笃"，她天生喜静，别人喜欢与朋友聚在一起谈话，而她更喜欢独自一人在书房琢磨文章。她也知道散文不像小说或报告文学那样容易出成果，有轰动效应，但就是这种更需要淡泊恬静心境的文体与她的性格相得益彰。也正因为如此，吕锦华散文更多的是真情流露，她在默默地耕耘这块寂寞的园地，而少了追名逐利的浮躁。

对于散文创作，吕锦华有自己的观点和想法。她在散文集《小巷女子》的后记《我以我血写散文》中写道："希望我的散文能感动一些人，把默默无闻的人、平平淡淡的事写出来，又能留下一些简单又深刻的道理。"她认为散文要关注这片大地上实实在在存在着的人，不应该被外力干扰，还要能从一般中提炼出普遍性的规

---

[1] 吕锦华：《何时入梦》，北京：人民文学出版社，1994年，第1—2页。
[2] 同上书，第2页。
[3] 同上书，第308页。

律,给读者带来思考,不重叙事重抒情,便是散文。而题名"以血写散文"中的血是血型的意思,是说读她的散文能读出她的血型来,这也显示出吕锦华对散文讲究"真",讲究真情流露的坚持。所以才会"不付诸笔端写出来"就会"睡不好觉"。

散文集《何时入梦》的开篇散文《五味糖》1988年发表于《雨花》第2期,颇有散文寻根的味道。一包喜糖让远离家乡的作者想起陪她长大的那位药材铺故人——华公公。华公公为人老实忠厚、任劳任怨,哪份摊子少人就替上,中午值班人少就顶上,平时就好喝酒和听收音机。这样的一个人,勤劳可能不被外人所知,风流事却被小镇人津津乐道,这包喜糖就是华公公和渔船上的女人好上之后送来的。五味糖明明是咸的,可作者却尝出了喜味、苦味、愁味,为的是老人几十年的夙愿终于达成,还为的是"他会不会是让人糊弄了"?《五味糖》对普通农村老人性格和小镇生存风气进行挖掘,有浓浓的思乡之情,但更多的是对快速变化的时代中一个老人的苦闷、无人理解而产生的淡淡忧虑。此类思乡、怀人、寻根的文章在《何时入梦》中还有《苏南女子爱跳橡皮筋》《多雨的南方》《小街》《银杏树沙沙响》等。通过这类文章,可以看出吕锦华始终没有忘记自己的家乡苏州,文字间流露出浓浓的苏州味,正像她的散文《行走的岁月》,不管行走了多少岁月都走不出苏州的这一方水土。

女性问题也是吕锦华一直关注的社会话题。《小巷女子》讲旧时代的小巷女子只能把自己的一生寄托在丈夫身上,一旦遇人不淑,就只能落得"被打骂""自尽"的下场,而新时代的女子依旧摆脱不了因为美貌而被污蔑的下场。吕锦华说:"生活对于女人,尤其是美貌的女人,总是那么苛刻和残酷呐!看来,人活在世上,尤其是女人,是要有勇气的,最好还有一点'辣'气。"[1]吕锦华将女性在社会中遭遇到的不公诉诸笔端,对女性的自主意识大加赞扬,她写小巷女子、写母亲、写山里姑娘,这类女性形象在《何时入梦》中集中体现在《母亲的岁月》《挑包姑娘》《苏南女子》等文章中。

《何时入梦》中还收录了一些游记散文,如《总想为你唱支歌》《拱北海关前的

---

1 吕锦华:《小巷女子》,《雨花》1986年第10期。

遐想》《嘉峪关的回忆》《悲壮的滇西》《苍凉的歌谣》等。袁鹰在散文集《总想为你唱支歌》的《序》中说："锦华也许会从古代吴江才女的作品中吸取艺术营养，但她并不依靠乡土前辈的余荫遗泽，而是闯出自己的天地。"[1] 这句话应该是吕锦华的真实写照。她到过江南江北、大漠戈壁、滇西、拱北、漓江……单枪匹马，游历河山，并在游记散文中蕴含哲思。如《总想为你唱支歌》，开篇就指出中西部发展极不平衡，西北几百里荒无人烟，黄沙扑打枯树，这里是贫困、愚昧、冷落、肃杀的代名词；转笔即写道，这里有左公柳、苏武山、勤劳勇敢民勤人，还有胡杨林和千佛洞，这样的西北一点也不荒凉，反而处处是生机。《拱北海关前的遐想》一方面描绘澳门的富裕发达，"摩天大楼参差栉比，大街上五颜六色的人飘来飘去"，夜晚的澳门就像海面上"镶满珍珠玛瑙的大山"，令人惊叹又望而却步；另一方面又联想到自己秀丽恬静的江南水乡，江南的魅力不在于漂亮华丽，而在于一条条河流、一座座园林带来的"温柔、安详与持重"，这些是金钱带不来的。物质与精神的对比，激发了作者强烈的归属感。正因为吕锦华走遍千山万水，所以她的散文透露出包容，其中的真情也更加动人。

吕锦华的许多朋友都评价她"长不大，成熟不起来，有一股孩子气"。艾煊在散文集《小巷女子》的《序》中有过很妥帖的评价："她从苏南水乡幽深的小巷走向广阔的世界，睁着一双几分天真稚气、几分成熟通达的善良的眼，看世态，看人生，事事有浓兴，处处有感叹。"[2] 这份真诚真情与温暖的忧伤，足以感动人世间。

二、苏叶《总是难忘》

苏叶（1949— ），原名苏必显，祖籍湖南，生于江苏南京。1970年毕业于江苏戏剧学校话剧班，后在江苏省歌舞团工作。1972年调南京电影制片厂任文学编辑、编剧等，参与创办江苏省作协中学生文学报《春笋报》。1989年毕业于南京大

1　袁鹰：《序》，吕锦华：《总想为你唱支歌》，天津：百花文艺出版社，1991年，第2页。
2　艾煊：《小巷女子·序》，《散文世界》1989年第7期。

学中文系作家班。曾任《三月风》杂志社江苏记者站站长、南京艺术学院影视艺术系教师、南京散文学会副会长。1979年开始发表作品。1981年加入中国作家协会。著有散文集《总是难忘》《苏叶散文自选集》等。

《总是难忘》是苏叶的散文选集,1990年1月由百花文艺出版社出版。共收录26篇回忆性散文,包括获《青春》文学一等奖的处女作《能不忆江南》,以及在各类评奖中获得金杯奖和一等奖的《纸雁儿》《惊蛰》《夜色清凉》《总是难忘》等。图书的内容提要写着一句话:这是一本带有女性美的散文集。苏叶在代序《画饼斋闲话》中戏谑,《总是难忘》是"画饼娘苏叶第一本散文集"。她说:"是的,在我执笔为文的时候,我常常觉得自己是个画饼娘。我在纸上画着的那些文字,有很多是为自己解饥解渴的,写它们是我本身的需要。唯其如此,我在制作时才不敢掺假,不敢图虚荣,不敢同流合污。"[1] 吴周文评苏叶的散文为"赤裸的生命与忧伤的清芬","她是一位用生命写作的散文家,是新时期与巴金、孙犁等作家一道,重新认同'意在表现自己'散文美学原则的又一位先觉者"[2]。高红十写《我看苏叶散文》时有些动情:这些散文视野并不宽,却善得让人喉咙哽咽,欲哭无泪,让人不忍离去,不忍玷污,又不忍小觑。她的写法使她的散文多呈过去完成时态。有时传达的信息是有强度的,但经过传达其效果是一份水到中游的平心静气和不温不火。[3] 总体来说,《总是难忘》被认为是苏叶最负盛名的一部散文集。1995年5月,百花文艺出版社出版《苏叶散文自选集》,收录散文54篇,其中20篇选自散文集《总是难忘》[4]。

对于写作特别是散文写作,苏叶有自己的观点。在《总是难忘》代序中,她将写作看成是"本身的需要"。在《写在稿纸的背面》中她直接表示,"我真心崇拜用生命形成文字的人……而文学的最大特质便是生命!活着的生命"。在《苏叶散文

---

[1] 苏叶:《画饼斋闲话(代序)》,《总是难忘》,天津:百花文艺出版社,1990年,第1—2页。
[2] 吴周文:《赤裸的生命与忧伤的清芬——论苏叶的散文》,《当代文坛》1993年第6期。
[3] 高红十:《我看苏叶散文》,《大时代文学》1992年第7期。
[4] 散文集《总是难忘》中,除了《也谈穿衣》《认石记》《吃的悲哀》《雨亦迷离风亦长》《海南岛的回忆》《女人的天地》6篇散文,其余皆收录于《苏叶散文自选集》。

自选集》自序中，她说得较为具体："我写散文很难。写着写着，常以为是一个正视社会、正视人生的过程，是一个思考和梳理的过程。是一个以稿纸为纱布，以笔为刀，在书桌这张手术台上检视自己内心的过程。""散文是需要真性情来结晶的。当然散文还是思想，是学问，是器识，是气度，是禀赋，是修养……可是在这之上如果没有独到的感悟体味，那文章也是死的！""活，多么难。因为锤磨生命不易。然而只要奉行真、善、美、智，即使在人生和写作途中抛下些稚拙的泪汗和脚印却又何妨啊？只要不欺妄，不庸俗！"[1]而散文的叙述风格，可以"守如处子，动如脱兔。固若金汤，柔若水。可以力拔山兮气盖世，亦可以满地藻衍，庭前月色空明"[2]。

应该说，苏叶的散文写作很好地践行了她的散文观。她的散文作品中，记人叙事占比较重，或展现人性美好，或记录时代创伤；写山水景物与她的游历有关，一般为借景抒情或是缘情生景；议论性小短文主要源于心灵的沉思，思想性较强。具体来说，记人叙事以亲情、友情为主。苏叶在《惊蛰》中写母亲疑似失聪后，她祈祷："这是一时的误会，母亲的耳朵也许像早上的雾，遮三隔四，但是过一会儿就要天晴气朗起来的吧？"听见母亲由于幻听一次次跑去开门，于是"我的心像猫一样随着她的一举一动牵上绊下，一刻不能安宁。我和她一起经受着生活加重了的分量和感情上的颠簸"。在《纸雁儿》中写父亲失明之后对女儿的牵挂，甚至夜深时还坐等女儿的归来，甚至在被褥下面折着一扎扎纸雁儿、鸟儿、猴儿等飞禽走兽……在父亲去世十年后，她写下："我没有父亲了，我这一辈子已无法补赎我对他的歉疚了。"此外，她在《木鸡腿记》中叙说姐弟之情："把苦也当成甜的培养剂，把难也认作美的必修题。"在《岳丁和艾扎》中叙写自己与两个少数民族青年的交往，没有小女子的半分矫揉。在《总是难忘》中叙写中学时代与女伴们天真烂漫的生活等。这些叙述，没有世故的虚情假意，也没有文人的故弄玄虚。她用"真性情"记

---

[1] 苏叶：《苏叶散文自选集》，天津：百花文艺出版社，1995年，第1—2页。
[2] 同上书，第1页。

录人生的过程与过程中的感悟体味,并坚守着真、善、美、智。

记录时代创伤,更多的是记录特定时代的苦难,这是苏叶心灵上的"黑色的帷幕"。如《豆蔻年华》《月照西窗》《总是难忘》,苏叶直面最颠倒和最冷酷的时代现实,并用坚硬的"冲"的文字去击退那些非美非人性的存在。《江苏青年作家论》中对苏叶有较高的评价,认为她的散文"冲",在于"她不趋炎附势,而是'荷戟独彷徨',只要她的视野触及到,不管是真的,还是假的;是善的,还是恶的;是美的,还是丑的,她都立刻作出反应,而且这种反应极有个性化,可称为'苏叶式'的反应"[1]。

山水景物是苏叶面对大自然时的"纯美"感悟,也是她抱慰生命"回避痛"的一种方式。她在《太湖烟雨》中写水:"只见满眼光波鳞跃,一天斜阳醉红,浩渺的湖面,横着竖着几只细长的小船。一个打鱼人立在船头,向长天碧水抛去一张好大的黑网。它万孔千耳,薄如蝉翼,烟一样没入淼淼水中……一时,我只觉得魂魄飞荡,痴呆中,满身裹的都是风,满手攥的都是夕阳的残红了……"在《天子山之幻》中写山:"而又峭然突兀,拔地崛起,剐却了血肉,聚一身蕨骨耸向天际! ……想必是,每一寸骨骼都是尖利的吧? 想必是,每一声呼吸都是粗硬的吧? 想必是,每一个眼神,每一囊牙臼,都是讥锋冷硬的吧?"这些自然,是苏叶的有我之境与无我之境,是苏叶"归真"情结有意味的形式,也是她回归生命本体的实践方式。

苏叶的议论性小短文有着"精神界之战士"的使命。她在《能不忆江南》中由自己"欺人"进而批判乡村古镇善男信女的"自欺";在《吃的悲哀》中由中国人春节期间"吃"的社会相以及由"吃"所渗透的结婚、祝寿、生子、祭祀等文化心态,批评"吃"文化(美其名曰"美食文化");在《秦淮何处媚香楼》中悲愤于刚烈忠勇精神的软化等。此外,这类作品也有以内心观念和本真个性为散文载体的独特性。她在《无眸的蓝眼睛》中借评论画家莫迪利阿尼的绘画,表达散文艺术观念;在《我的短歌在滩涂》中更有些奇崛的表述:"我羡慕人们流连的深情在眼睛与

---

[1] 潘震宙、陆建华、黄毓璜:《江苏青年作家论》,南京:江苏文艺出版社,1991年,第242页。

眼睛之间缠绕,我恐惧人们冷冷的刀剑在睫毛与睫毛中弹跳,我更惊惶有些活着的瞳仁过早地贴上了'死'的封条……"这些文字,既有精神的补给,又有艺术的个性飞扬。

吴周文把苏叶散文看作"一汪人性的潭"。他在《赤裸的生命与忧伤的清芬——论苏叶的散文》中给予了结论性描述:"苏叶是一位历史转型期崛起的散文作家,她的散文因而明显地带有转型期的特点和风貌。她告别杨朔时代既往的思维模式与散文观念,而以革新嬗变后的个性美学风格走向广大读者。唯其没有巴金经受炼狱的那般大痛苦,没有达到孙犁的怡然超脱而具有清静无为的审美心态,所以以生命写作的苏叶,虽然赤裸着生命的痛苦、忧伤,却不可能创造巴金悲壮崇高的风格与孙犁那种宁静冲淡的风格。"[1]而对苏叶来说,散文是"画饼充饥",是"精神"的生产。[2]

三、 范小青《花开花落的季节》《走不远的昨天》

范小青(1955—　),祖籍江苏南通,出生于上海松江。1958年随父母迁往苏州。1969年随父母下放到苏州吴江县农村。1974年到吴江县湖滨公社红旗大队插队务农。1978年春进入江苏师范学院(现为苏州大学)中文系,毕业后留校任教。1985年调入江苏省作家协会从事专业创作,同年加入中国作家协会。1997年当选为江苏省作家协会副主席。范小青以小说创作为主,被认为是"新苏味小说"代表作家,也出版了一些"在返璞归真中呈现生活的实相"[3]的散文随笔集,如《花开花落的季节》《贪看无边月》《怎么做女人》《又是雨季》《平常日子》《走不远的昨天》等。

范小青在古城苏州长大。苏州文化和民俗风情,丰富了她的生活体验,也融入了她的创作题材。她说:"地域性的艺术视角也是来源于生活的影响和对生活的感

1　吴周文:《赤裸的生命与忧伤的清芬——论苏叶的散文》,《当代文坛》1993年第6期。
2　苏叶:《画饼娘闲话》,《钟山》1989年第6期。
3　王干:《意义丧失之后——范小青近作拆析》,《文学评论》1990年第4期。

悟，我在苏州写作的最大感受，就是我是一个苏州人，我与苏州是融为一体的。"[1]作为"一个小说专业户"[2]，她把生活用艺术的形式展现出来，小说常常在细微处葆有一种"'冲淡'的力量"[3]，于波澜不惊处隐匿着深厚情感。她说："有好些评论家觉得我写小说感情几乎是'零度介入'，其实真正的零度介入是不可能的，只不过我愿意把自己的感情埋得深一点，处理得淡一点，我的小说大概就是这样一种状态。"[4]而这些"冲淡"的力量，"源自她对于社会生活中人情事理的洞察和体悟，其中包含了作者对于这个世界深切的关怀"[5]。范小青的散文，固然也是对社会生活中人情事理的洞察和体悟，但情感的流露相对洒脱些，"冲淡"的力量忽明忽暗。

《花开花落的季节》是范小青第一部随笔散文集，1994年12月由上海知识出版社出版。这本散文集是"当代中国作家随笔"丛书之一，也是对王国伟关于约写一部长篇随笔的应约。范小青说，第一部随笔散文集来得稍微有些"匆忙"："我没有很正规地写过散文，我甚至不知道该怎么写随笔，我想也不必有什么规范有什么套路，我只是把自己的生活和自己对生活的一些想法写出来罢，没有什么准备，也没有更多的考虑，匆匆忙忙我就上路了。"但是这部随笔集又来得"真是时候"，因为"我不能永远把自己的感情埋得深深而又表现得淡淡"。[6]在这部散文集中，正是因为"匆忙"，在较多的篇幅中洋溢着一种得心应手而来的恣意纵横，快活或是忧虑的感情也能够从容地表现得"深深"。

《花开花落的季节》基本反映了作者过去几十年的生活风貌，分为"家长里短""人在旅途""边走边写"三部分。"家长里短"包括《肚兜的遐想》《镜花水月》《穿小鞋》《头头是道》《简单派与饮食文化》《以肥为美》《酒酣胸胆尚开张》《醉酒的感

1　晓华：《范小青研究资料》，北京：人民文学出版社，2016年，第347页。
2　范小青：《作者自白》，《花开花落的季节——范小青随笔》，上海：知识出版社，1994年，第1页。
3　吴辰：《于无声处听惊雷——论范小青小说中"冲淡"的力量》，《当代文坛》2018年第6期。
4　范小青：《作者自白》，《花开花落的季节——范小青随笔》，上海：知识出版社，1994年，第2页。
5　吴辰：《于无声处听惊雷——论范小青小说中"冲淡"的力量》，《当代文坛》2018年第6期。
6　范小青：《作者自白》，《花开花落的季节——范小青随笔》，上海：知识出版社，1994年，第2页。

受》《茶余饭后》《小巷人家》《行之有效》《不会跳舞》《我与体育》《棋牌乐与胜负心》《鸟语花香》《家务事》《说说家具》《来客》《病中吟》19篇随笔;"人在旅途"包括《远山近水》《人在旅途》《坐火车》《住外国旅馆》《住中国旅馆》《世外桃源》《铁姑娘》《乡间野趣》《穷奔沙滩富奔城》9篇随笔;"边走边写"包括《边走边写》《感觉之于文学》《花开花落》《角度》《山谷之音》《我与武侠》《设置障碍与跨越障碍》《敬若神明》《习惯和态度》《清唱》10篇随笔。这三个部分,范小青的自我评价是,除了"未写出来的部分","家长里短"写得最好,其次是"人在旅途",再次是"边走边写"。"家长里短"以她和家人们日常生活中的小事、小物件为创作内容,写服饰、头发、饮食、住房、出行、娱乐、动植物、家庭琐事、健康等,从头到脚,从吃到穿,涵盖了衣食住行乃至花鸟虫鱼的各个方面,恣意且随性,是范小青"想写什么就写什么"的坦率真挚,文字洋溢着快乐与从容,又不失理趣,文尾常常会有人生的感悟。"人在旅途"是关于旅途的叙述和感慨,但"旅途"的叙述不仅仅包含旅行和游历,更有关于人生"旅途"的回忆和喟叹。"边走边写"得名于范小青很喜欢的一部电影《边走边唱》,主要讲她边走边写的写作生涯和一些创作感悟。总体来说,《花开花落的季节》的叙事风格透着"无为"的"顺其自然"。范小青说:"花开花落,来也然,去也然,好自在,好轻松,好潇洒,但是人生却不能没有目的,无论是达到还是达不到,人生应该有自己的目的,那么,向着你的目标走吧,这也是一种顺其自然。"[1]

范小青在《花开花落的季节》中"自白":"最好的一部分我还没有写出来,在原来的写作计划中是有的,第四部分《自然之子》,这一部分写我和人人,从我的从未见过面的但是却始终笼罩在我生活中的外公写起,写我的外婆,写父亲母亲,写兄长,写丈夫,儿子,保姆,写亲朋好友,男友,女友,写熟悉的人和不熟悉的人,写最亲近的人和陌生的人,我觉得这才是我的最好的一部分,由于种种原因在这本书里我决定不写,但是这些内容一定会出现在另一本书里,或者出现在别的什

---

[1] 范小青:《花开花落的季节——范小青随笔》,上海:知识出版社,1994年,第219页。

么地方。"[1] 范小青所说的"这才是我的最好的一部分",终于在《走不远的昨天》中出现了。

《走不远的昨天》是"老三届著名作家回忆录"丛书之一,1998年由吉林人民出版社出版。范小青用真诚的笔调记载了她的亲人、朋友以及身边的"人人"和她自己的往事。"老三届"指的是20世纪六七十年代还在校的1966、1967、1968三届初高中学生,这一批学生很多都参与了"上山下乡"。范小青不属于"老三届",但是她有着和"老三届"共同的生活回忆。对于这些"不算长的历史"[2],范小青很愿意也渴望写好,因而在接到包兰英编辑约稿时,虽然很犹豫,担心没办法及时交稿,但在再三考虑、寄回合同时内心又十分难过,这种犹豫和挣扎最终在包兰英的坚持不懈下由"心动"而替代,于是便"匆匆地将手里的其他活儿打发了",专心于《走不远的昨天》的创作。

《走不远的昨天》包括6个部分,即"从前以来""另一种学生时代""独自远行""后来的故事""亲情篇章""生活与写作状态"。"从前以来"包括《1966年夏天或冬天》《母亲与人生》《搬迁》《外公和外婆》《母亲与外公》《父亲与外婆》《五七干校》《小学同学》8篇散文;"另一种学生时代"包括《远行》《二十五年没去乌镇》《文满》《医生》《水荣》《敲麦泥》《世间桃源》《王老师》《考高中》《永不忘记》10篇散文;"独自远行"包括《无人作证》《高中阶段及插队的开始》《插队》《进步》《铁姑娘》《在乡下演戏》《路线斗争》《病》《梅埝》《金钥匙》10篇散文;"后来的故事"包括《夜归》《第一笔稿费》《衣服》《镜子》《浓妆淡抹总相宜》《外婆离开我们》《恋爱季节》《体验》《五姨》《表亲》10篇散文;"亲情篇章"包括《家务事》《烟属》《我家保姆》《牵手》《旧藤椅》《旧家具》6篇散文;"生活与写作状态"包括《不像作家》《下辈子做什么》《速不求工》《写信》《坐在山脚下看风景》《人生》《清唱》《我生活和写作的地方》8篇散文。之所以把散文标题一一列出,是因标题即

---

[1] 范小青:《作者自白》,《花开花落的季节——范小青随笔》,上海:知识出版社,1994年,第3—4页。
[2] 范小青:《自序》,《走不远的昨天》,长春:吉林人民出版社,1998年,第3页。

内容，显见范小青的题材选择。范小青说："时间能够冲淡许多事情，但有些事情时间却无法冲淡。"[1]范小青自述为一个没有记忆天赋的人，但在她的灵魂深处一直留下了一段无法确定的内容。据何平在《范小青文学年谱》中记载："一九六六年十一岁。范小青全家搬迁到干将坊一百零三号。这是苏州城里一个比较典型的大居民院，前后好几进，前有天井，后有小楼。一九六六年，是范小青记忆中梦魇般的年份，有太多的惊惧不安伴随着她。"《走不远的昨天》开头第一篇散文即《1966年夏天或冬天》，她目睹父亲在地委食堂被批斗。1969年底，范小青随父母下放到苏州吴江县农村，走进了"另一种学生时代"。

《走不远的昨天》的"走不远"，指参加过或被卷入那场运动的人们的肉体或心灵上难以磨灭的记号。有《铁姑娘》中的"铁姑娘"战斗队："后来都一个又一个地倒下了，有的患坐骨神经痛，疼得坐卧不安，昼夜不眠；有的得了严重胃病，面黄肌瘦，风采不再；有的关节炎缠身，从此难展笑容。我也一样，拼命地干活儿，后来终于倒下了，伤了腰，再也'铁'不起来了。"[2]这是肉体的受伤。文中也写范小青母亲的敏感："我回家告诉了母亲，母亲大惊失色，整日坐卧不宁，惶惶不安。许多年下来，母亲的敏感，母亲怕人知道她抽烟的与生俱来的惊恐，随着时间的流逝，一点一滴地刻进了我的内心深处，使我永远也不会淡忘。"[3]母亲的敏感、谨慎一定程度上也影响了范小青，当时上大学的她对男同学邀约她去家里看电视是极其矛盾的，一方面心里想去，一方面却在心中挣扎："谨慎，还是放开自己？年轻人应该是放开自己，可是不行。我不行，我的言行不属于我自己，我必须谨慎，必须谨小慎微。我讨厌这样，我喜欢大方一些、开朗一些，按我的性格行事，但是，我又不能这样。我违心地、也违背自己性格地生活着，并不十分愉快。但是，我必须这样做，否则，也许会出些什么问题，至少，结果会不太好。因为，环境造成的是无

---

[1] 范小青：《走不远的昨天》，长春：吉林人民出版社，1998年，第3页。
[2] 同上书，第147页。
[3] 同上书，第17—18页。

法改变的。用理智控制自己。"[1]这是心灵上留下的痕迹。正如姜大明在"老三届著名作家回忆录"丛书总序中所说,他们这一代人对于历史,是不能够忘却的,他们是背负历史,如同背负苍天一般。范小青也如此。她以亲历过的国家民族的那段生活为生命底色,通过叙述和辨析,展示人生的经验和生活的实相,帮助后辈更深刻地去解读历史,体会人生。

范小青还有几本散文随笔集,与"小女人散文"热潮较为切合,主要记录了女性生活、女性生存及女性观。如《贪看无边月》,1995年8月由江苏文艺出版社出版,是"鸡鸣文库"丛书之一。图书封底强调:"本书收录了著名女作家范小青的散文随笔五十篇。作者是小说名家,但她的随笔作品却更为普通读者所称道和喜爱。本书所收作品谈的都是作者身边琐事,但是作者却以其女性特有的敏感和细腻谈出了新意和深意。"《怎么做女人》1996年1月由群众出版社出版,是"当代名家散文随笔丛书"之一,主要讲女人生活、女人工作等内容。范小青在《怎么做女人》中阐释自己的女人观:"从做女人这件事情上来说,无所谓成功也无所谓失败,从一而终的女人是女人,离婚的女人也是女人;幸福的女人是女人,痛苦的女人也是女人。何况,更多的时候,我们本不知道什么是成功什么是失败,我们也不知道什么叫痛苦什么叫幸福,我们只是按照自己的心愿做女人。"同年12月,《又是雨季》由四川人民出版社出版,是"红辣椒女性文丛"之一。1998年9月,《平常日子》由江苏文艺出版社出版,是"野蔷薇文丛"之一,还收有女作家铁凝、张抗抗、毕淑敏、黄蓓佳、梁晴、艾云的散文随笔集。这一年,范小青获得了全国当代女性文学创作奖。

纵观范小青的散文随笔集,基本是遵循着"在返璞归真中呈现生活的实相"的原则,以亲身经历为根本,抒写世俗百态与人情种种,诉说着对苏州、对人生的情感记忆和深切关怀。这样的笔墨,平实而温暖,诚如范培松为《又是雨季》写的跋,《散文——小青的家》。

---

1 范小青:《走不远的昨天》,长春:吉林人民出版社,1988年,第193页。

四、 王安忆《重建象牙塔》《接近世纪初》

王安忆（1954— ），祖籍福建同安，出生于江苏南京，1955年跟随母亲茹志鹃迁居上海。中国作家协会副主席、小说委员会主任，上海市作家协会主席。著有散文集《蒲公英》《旅德的故事》《乘火车旅行》《重建象牙塔》《独语》《接近世纪初》等。

王安忆是中国当代著名小说家，但她最早的文学作品是散文。1975年的散文《大理石》，收入上海文艺出版社编辑的散文集《飞吧，时代的鲲鹏》，该合集于1977年停止发行。[1] 1976年发表散文处女作《向前进》，刊登于《江苏文艺》第11期。1988年8月，上海文艺出版社出版王安忆第一本散文集《蒲公英》，共收作品29篇，基本写同学、朋友、老师、父母等普通人，也有搬家、烧鸭子、学校等生活的感悟与思考，都是掬着一颗心写成的朴素篇章。1995年，王安忆在《小说界》第4期发表评论文章《情感的生命——我看散文》，指认散文是"文学创作中最接近天然的"文体。文章从文字、语言、形式、情节等因素入手，列举诗词、戏剧、小说所具有的特长并反观散文的与众不同：其一，散文是以"日常说话的形式"写成的；其二，它无法像诗词一样钻"语言的空子"做"文字游戏"，因而"在语言上没有虚构的权利，它必须实话实说"；其三，它表面上不拘形式毫无限制，实际上"失去了形式就失去了手段"，因此反而无所从无从抓；其四，散文在情节上不能像小说一样虚构，必须有什么说什么的，它是你的真实所感与真实所想，你只有一个表达的责任。文章最后，王安忆说，"散文，真可称得上是情感的试金石，情感的虚实多寡，都瞒不过散文"，真正散文的天地，"是有些夹缝中求生存的"。[2] 她20世纪90年代的散文集《旅德的故事》《乘火车旅行》《重建象牙塔》《独语》《接近世纪初》基本践行了上述散文观。

《旅德的故事》和《乘火车旅行》都是旅行的杂感。《旅德的故事》1990年9月由

---

[1] 王安忆：《我为什么写作》，《独语》，长沙：湖南文艺出版社，1998年，第168页。
[2] 王安忆：《情感的生命——我看散文》，《小说界》1995年第4期。

江苏文艺出版社出版，是"八月丛书"之一，共收录《海德堡》《音乐会》《吕贝克》《波罗的海和特拉沃明德木偶博物馆》《柏林的空宅年轻人》《巴伐利亚》《斯特拉伦的日记鲜花和墓地》《月亮，月亮》《中国餐馆》《旅德散记》等13篇域外游记，被认为是"王安忆的文风转变过程中意义重大"的作品。《乘火车旅行》1995年9月由中国华侨出版社出版。书名为"乘火车旅行"，是因为"这里只是些旅行的杂感"，"纪念着一些日常的生活与工作"，给人一种不拘泥于形式的随想随写感觉[1]。《乘火车旅行》共收录《我们在做什么》《〈泥日〉的彼岸》《阅读的要素》《我们所说的小说是什么》《近日创作谈》《〈神圣祭坛〉自序》《几点解释》《重大的心灵情节》《英雄的故事》《二月里来好风光》《黄土的儿子》《美丽的孩子》《看海的日子》《乘火车旅行》等39篇作品，其中包含对一些作家作品的杂谈，对自己作品某些概念的解释说明，以及关于旅行时所见所感的游记散文。"乘火车旅行"的"旅行"，既是现实意义的旅行，也包括创作之"旅"和欣赏艺术之"旅"。王安忆说："我想，人的经验有两种，一是身体的，一是心理的，而经验的丰富绝对是文学的必要条件"，"无论是外在的经验，还是内在的经验，都必须是真实的，这几乎是比丰富更重要的定义"[2]。这部作品集中，有对新时期文学几位重要作家小说创作的评价和分类（《我们在做什么——中国当代小说透视》），有因欣赏意大利餐厅的雕塑艺术引申到书法而产生对人类文明和艺术虚实相连的思索（《书法和雕塑》），有追忆英年早逝的朋友路遥而写下的记忆深处的陕北片段（《黄土的儿子》）等，都是来自文学、艺术和生活的真实经验，内外合璧，自然天然。

1997年9月，散文集《重建象牙塔》作为"火凤凰文库"之一由上海远东出版社出版。扉页上，王安忆照片下面印有一行字，像极了王安忆的人生宣言：我这个人常常改变，但写作是我一生的决定，我不会改，因为对我再没有更合适的了。《重建象牙塔》共分二辑，第一辑收录17篇散文，有讨论文学文本的如《无韵的韵事——

1　王安忆：《自序》，《乘火车旅行》，北京：中国华侨出版社，1995年，第1—2页。
2　王安忆：《于自然中发展》，《乘火车旅行》，北京：中国华侨出版社，1995年，第98页。

关于爱情的小说文本》《我看短篇小说》《我们以谁的名义？》，有讨论虚构与真实的如"我竭尽虚构所能也无法超越它的真实面目"的《寻找苏青》，"需要以'真实存在'来说服人们相信和承认它的奇特性质"的《陈凯歌与〈风月〉》，"更像和朋友聊天"的"边角料产品"《男子汉成人》《墨尔本行散记》，有思想性人物的《重建象牙塔》等。第二辑收录7篇对话，包括与陈思和对话，与台湾作家李昂对话妇女问题，自己十年小说创作访谈录，与台湾作家张灼祥对话，与复旦大学中文系九一级学生对话，答齐红、林舟问，以及关于近期长篇小说创作的对话。王安忆说，"对话"是含有危险性的。"它也是从虚构的幕后走到前台，并且直接地叙述虚构的事实。它吐露你的隐衷，有些真相大白的意思。由于虚构过程不是全然的理性，有无意识的加入，所以，你的隐衷其实不那么真实，多少含有误解。再加上对话的那一方的观点难免还会牵着你鼻子走，有时候为了应付眼前，会顾此失彼，前后就出现不一致的情况。这种对话往往会成为人们向你置责的材料，下场就是搬起石头砸自己的脚。不过，这些都不要紧，像我这样一个珍惜自己思想的人，为要不使它们流逝，是甘愿承担一切风险的。"王安忆在《纪实笔记（代序）》中，说她很少写散文，因为她向来以为散文是必须以纪实为前提的。因此，在这一散文集中，她用了几种散文写作模式：其一，竭尽虚构所能试图超越所获材料文本；其二，无法以虚构代替的材料，则以纪实为要；其三，选用生活的"边角料"，激情地表达冲动；其四，表达对于某些作品的看法，带有争论的激情；其五，描写思想性的人物。第二种是王安忆自认为散文写作的最佳情形，这也契合了她认为散文创作要言语真诚、情节内容真实的散文观。而收录于其中的对话录，则是王安忆自我"隐衷的吐露"，也是她珍惜自我思想，不愿令其流逝的表现。

1998年4月，散文集《独语》由湖南文艺出版社出版，是"小说家散文丛书"之一，共分3辑。第一辑是关于日常生活琐事和小人小事的记录。王安忆自述，这一部分仿佛是"自己的履历"，是"凡人俗事"，收录《我在少体校》《我的老师们》《花匠》《烧鸭子》等32篇散文。第二辑是关于"写作"，包括了一些自序与后记，以及创作谈，记录了王安忆"逝去的情景"与创作时对待文字的心境，收录《独语》《去了再来》《一岁一本》《面对自己》《经验的检讨》《不要的原则》《本命年述》《艺术的道路》《纵深掘进》《叙述的登场》《我为什么写作》等36篇散文。第三辑是关于读书，记录了一些"未成文成章"的读书杂感以及少数戏剧与电影的杂感，收录《阅读的要素》《上海的故事》《见性》《重大的心灵情节》《琼瑶给了我们什么》《关于"死"的文章》等25篇作品。这些散文，依旧是王安忆"天然"散文观的实化。王安忆在《后记》中说："总之，这是对我十几年来生活的一种记录，读书，写作，思考与日常起居密不可分，这就是我的生活方式。"[1]

1998年5月，散文集《接近世纪初》作为"当代作家散文新作"丛书之一由浙江文艺出版社出版。书中收录了《回忆》《那年我们十二岁》《房子》《我的业余生活》《我的第一本书》《我的音乐生涯》《我的"书斋"生活》《户内与户外》《李章给我照相》《看一场恐怖电影》《记一次服装表演》《我的同学董小苹》《接近世纪初》等52篇文章，大多写作于80年代中后期，有四分之一写于1997年左右。从这部散文集中，可以明显地看到王安忆叙事的冷静和朴素，以及融理性思考和感性表达于一体的叙事策略。王安忆说，用《接近世纪初》作书名，是为了以此题来激励自己，"好去看见结束之后的开始，破坏之后的建设"[2]。悲观主义终会走到尽头，快乐应运而起之时，就当是世纪初了。"悲观主义的中年"在于"思想和心情也都不再是纯洁的，十多年的劳作积累起的经验是繁复的，使眼光怀疑，对事物缺乏了信任，反而徘徊了。谁说青年是彷徨的，中年才是痛苦的彷徨。甚至以为过去的劳动价值，不一定那么靠得住了"[3]。这部散文集的收集与整理，是王安忆对自我思想阶段及情感阶段的构建，对人生虚无的思索和把握，也是对心灵世界的挖掘和展现，在对一些"大事件"进行思考和追问的同时具有深厚的人文情怀。如《我的同学董小苹》，不再像之前的《我在少体校》《我的好朋友》《我的同学们》那样总体倾向于轻松愉快，而是将友谊放到了20世纪六七十年代的社会背景下，"我"的朋友董小

---

[1] 王安忆：《后记》，《独语》，长沙：湖南文艺出版社，1998年，第338页。
[2] 王安忆：《接近世纪初——王安忆散文新作》，杭州：浙江文艺出版社，1998年，第247页。
[3] 同上书，第2页。

苹从人见人爱的"好娃娃"成了受人嘲弄的"狗崽子",面对这一现实,董小苹唯一能做的就是声嘶力竭地强调着"出身不能选择,前途可以选择",她的命运因一场"大事件"而被打上了时代的烙印,即便在遭受折磨的日子里,董小平依然保持着她幼时就有的品质和人格——"锋利而不饶人的言辞,敏捷的反应,极度的自尊心,以及认真的求学态度"[1]。王安忆以此展现人生哀痛,从中反思时代,思考人性和人格的力量,印证了傅金艳概括其散文观的"重大性"。

五、梁晴《烛影摇红》

梁晴(1952—),祖籍广东中山,出生于江苏南京。1968—1980年在苏北农村插队务农。1972年开始发表文学作品。1980年返城从事文学编辑工作,历任《青春》杂志编辑、《雨花》编辑部副主任。1987—1989年在武汉大学中文系作家班就读。1990年加入中国作家协会。出版小说《冷月无声》《清闲尘梦》《红颜易老》《过了雨季》《红尘一笑——梁晴中短篇小说自选集》等。短篇小说《忍冬》获第一届金陵文学奖、1987年《十月》荣誉奖,《红尘一笑》获1992—1993年《中国作家》优秀短篇小说奖,报告文学《她们》获公安部首届金盾文学奖、江苏省第二届报刊优秀作品奖等。

《烛影摇红》是梁晴唯一一部散文选集,共收录71篇散文,大多为回忆性文章,能读到时代的印记与过去的追忆。丁帆认为梁晴的小说在风暴袭击时"不动声色地依然故我",这种冷叙述方式也体现在梁晴的散文创作中。经历过20世纪六七十年代运动的人,基本对那段历史存在抗拒心理,但梁晴能"悠然看来路",认为"来路皆有桃花源"。她笔下有关插队的回忆几乎都是甜美的,有秋收后的田野、冬日的烤山芋、春天的麦仁和夏天的西瓜,也有属于十七岁少女的悸动,仿佛没有经历过那段时间的苦痛,就连后来做的有关死刑的噩梦结局都是"弄错了,你回去吧"。其实,文学中写那段历史及其苦难记忆的大有人在,从卢新华以"上山下

---

[1] 王安忆:《接近世纪初——王安忆散文新作》,杭州:浙江文艺出版社,1998年,第80页。

乡"生活为题材的短篇小说《伤痕》开始,有人由痛苦生发出源源不断的灵感,有人困于痛苦而沉沦或堕落,梁晴则直接选择与痛苦和解,她有意过滤掉岁月里的阴霾并拥抱快乐。她说:"真喜欢记忆是一张筛子,筛去岁月的苦涩和惨痛,留下尽可能多的怡然和自得……但是那些焦虑不安和痛不欲生的时刻终会成为过眼烟云,最后留给我们品味的东西依然是最符合我们的理想。"[1]丁帆读梁晴小说时写过《双重视角:文本与女性》一文,提出"任何一代人都不能摆脱其青春期躁动时的情感体验,它在人的一生中往往成为一种隐形的心理情结和价值尺度"[2]。梁晴的独特在于,苦难与清贫不能消磨她积极的心态,根植于她内心深处的是从深渊里自我生长的隐形乐观,她也能从沉重的生活经历中汲取向上生长的灵感。

书名《烛影摇红》选自集中同名散文。在散文《烛影摇红》中,梁晴说:"我喜欢烛影摇红中那一种从容的气息。坐在烛光下,人总能变得很安静,感情的进退也很自如。柔和的烛光象征的仿佛是人间很纯的一种善意和爱意。"[3]这是梁晴面向世间的温暖方式,也是散文集《烛影摇红》的精神旨归。作为一个在小说领域成就更高的作家,梁晴的散文数量不多,散文风格像是生活日志,记录了很多日常的所见所闻所感。她用"分袂"形容夫妻之间的分道扬镳,没有愤恨,没有绝情,有的只是"一别两宽,各自欢喜";她劝慰在唐山地震中痛失至亲的小唐,帮助他走出黑暗,重回正轨;她把赏月称为"邀月",将其作为荡涤心灵的一种方式……她身上颇有一些文人气质,细腻敏感而不失洒脱,对世界常抱赤诚之爱。

《烛影摇红》不仅是梁晴散文创作的代表,也是20世纪90年代女性散文的代表作之一。这些散文,不再热衷于以往的宏大题材或者知识的旁征博引,而是转向身边的琐事与自我的本真感情。如同样写美食,梁实秋在《雅舍谈吃》中追根溯源,而梁晴在《螃蟹》《食河豚》等篇目中更多的是对情感的描摹与食客的表现。孙高顺在论文《略论新时期以来中国女性散文特质及其溯源》中对此有过较为详细的比

---

[1] 梁晴:《来路亦悠然》,《烛影摇红》,南京:江苏人民出版社,1998年,第20页。
[2] 丁帆:《双重视角:文本与女性——梁晴小说阅读札记》,《江苏社会科学》1994年第2期。
[3] 梁晴:《烛影摇红》,《烛影摇红》,南京:江苏人民出版社,1998年,第193页。

对，认为"男性作家们更多地从构架、骨骼、肌肉上去书写，女性作家们则更多地从皮肤、呼吸、心跳等一些细微处体现真实而有质地的东西。男性作家们多是从广度、深度上去作文，而女性作家们则是从密度上去作文，她们的文章甚至可以听到血液流动的声音"[1]。由此可见，梁晴的散文，包括一众女性作家的创作，往往充满情调且更加鲜活真实，她们擅长将外物与内心交融，将内心所感化为文字，更易引起读者的共鸣。当然，文字的表现力也很重要，梁晴在《岁岁年年》中写道："岁岁年年，一度又一度地更替……无论是掀开的虔诚恭敬还是合上的漫不经心……岁月不由人，那是指它的昔日不重来；岁月也由人，那是指人对旦夕祸福的荣辱不惊。"[2] 短短几句，就将岁月流年的抽象与自己感悟的灵动呈现在读者面前，表意清晰而不失美感。

梁晴散文的本真状态，与她生活的地域及年代有着较大关联。作为江苏乃至全国文学创作高地的南京，自1949年以来，有无数的作家生活于此创作于此，逐渐形成了"南京作家群"。杨洪承在研究文学社群的文化形态时说："现代中国文学社群属于文化空间的产物。它是一种有独立目的的特定地域的文化体构成的文学群体现象，它表现出自身聚散和相互间的对立与融合，在文化空间形态的相对异同和多维视角的观照之下，既提供了文学社群整体性把握的可能，又促使了对其本体和相互之间关系的深入透视。"[3] 换句话说，"南京作家群"称得上是南京"地域文化空间熏陶之下的文化产物"[4]。在人文气息浓厚的六朝古都，作家们耳濡目染，浸润其中。20世纪50年代，有作家提出"打破教条束缚，大胆干预生活"，充分体现了他们对文学回归本位的诉求以及知识分子求真的坚韧；80年代的"断裂事件"，他们提出转变文学创作的性质，不再依附于当时的文学秩序，其内在体现的是对文学回归本位的又一次切近。从以往到当下，活跃于南京的作家们，其思想内核上基本一

1　孙高顺：《略论新时期以来中国女性散文特质及其溯源》，《淮阴工学院学报》2015年第6期。
2　梁晴：《岁岁年年》，《烛影摇红》，南京：江苏人民出版社，1998年，第196页。
3　杨洪承：《文学社群文化形态论》，合肥：安徽文艺出版社，1998年，第16—17页。
4　李徽昭：《当代"南京作家群"：命名及意义》，《淮阴师范学院学报》（哲学社会科学版）2008年第3期。

脉相承，都在追求文学的本真。作为活跃于南京的作家中的一员，梁晴的创作也沿袭了这样的观点。

概括来说，《烛影摇红》是一部文质兼美的散文集。虽然也被人指摘为不够宏阔、缺乏深度，但它充分展现了女性散文的感性与温暖，我们从中可以窥见历史的痕迹、人生的哲理，以及"南京作家群"思想的延续。它犹如一汪清泉，能荡涤过往，亦能抚慰人心。

第八节　学者散文

学者散文成为重要的文化和文学现象，并非从20世纪90年代开始，但是直到90年代，学者散文才形成了巨大声势并产生了很大影响。吴俊说过，"学者散文之形成一代文学气象，那是中国文学进入90年代以后的话题了"[1]。

一个阶段有一个阶段的文学现象，也有一个阶段的出版热潮。90年代涌现了许多学者或文化类的散文丛书，比较有名的是北岳文艺出版社1996年推出的"当代作家学者散文丛书"，收录燕治国的《人生小路》、王富仁的《蝉之声》、韩少功的《佛魔一念间》、钟敬文的《进入九十年代》和王小波的《思维的乐趣》；中国友谊出版公司1999年推出"学者艺术家散文随笔丛书"，收录陈从周、吴冠中、顾骧、冯其庸、于是之等人的散文随笔集；东方出版中心自1992年3月至1999年7月陆续出版的"文化大散文系列"丛书，收录余秋雨的《文化苦旅》、夏坚勇的《湮没的辉煌》、巴荒的《阳光与荒原的诱惑》、蔡翔的《神圣回忆》和王充闾的《沧桑无语》；海天出版社1998年推出的"人海诗韵·艺术文化散文丛书"，收录尹鸿的《镜像阅读　九十年代影视文化随想》、冷成金的《古道酣歌》、周宁的《光来自东方　中世纪晚期欧洲的中国影响》和金元浦的《大美无言》等。这些散文，自有一种杂博阔大和历史的沧桑古朴。

---

[1] 吴俊：《斯人尚在　文统未绝——关于九十年代的学者散文》，《当代作家评论》1998年第2期。

关于学者散文的崛起，王兆胜做过较为系统的研究和思考，收在他和陈剑晖合著的《散文文体的张力与魅力》第五章"20世纪90年代中国学者散文"中。王兆胜指出："对学者散文不能过于笼统而无限定，也不能附加更多无关紧要的内容。在我看来，学者散文主要有三个基本条件：一是学者角色，即他必须是某一领域学有所成的专家学者，那些以文学创作或以教书为生的知识分子都不能简单地归入学者之列。这样郁达夫、冰心、朱自清、丰子恺、孙伏熙、沈从文、废名、倪贻德和余光中等人就不能简单地列进学者之列，他们或是作家或是艺术家。二是文本的学者立场，有的学者写的东西纯属学术读书札记，没有文化使命和人文关怀，那也不能成为学者散文。三是文学性，这是至为重要的，没有以文学美感打动读者这一点，再伟大的学者写出的再有学者立场的文章，那也不是散文。"[1]这里，王兆胜提出学者散文三要素，即学者角色、学者立场和文学性。洪子诚在1998年编选《冷漠的证词》时，对90年代学者散文也做了总结："选入本书中的散文，有一个明显的特点，这就是对于时代的重要现象和话题的态度。……他们的写作，在总体上表现了一种'问题意识'，表现了对我们身处的社会生活问题的敏感。"[2]

概言之，学者散文，主要是由某一领域学有所成的专家学者书写的，有文化使命、人文关怀、问题意识的文学性散文。本节选入的江苏学者散文，基本以这几个要素为考量指标。

一、丁帆《江南悲歌》

丁帆（1952—　），笔名风舟、马风，出生于江苏苏州。1977年毕业于扬州师范学院中文系。1994年被聘为南京大学文学院博士生导师。出版专著《中国乡土小说史论》《文学的玄览1979—1997》，散文随笔《江南悲歌》等。

1　王兆胜、陈剑晖：《散文文体的张力与魅力》，广州：广东高等教育出版社，2019年，第156页。
2　洪子诚：《导言　九十年代：在责任和焦虑之间》，《冷漠的证词》，社会科学文献出版社，1998年，第3页。

《江南悲歌》1999年4月由长沙岳麓书社出版,为"长河随笔丛书"之一。书中文章分为三组——江南士子悲歌录、秦淮风月、金陵古意寻踪,是丁帆借明清和现当代具体的人物、事件拷问"国家天下"。主编李元洛和周实在《总序》中说:"'长河',是一个生机勃勃而气象万千的名词与意象。一提到它,我们便会想到涛似连山,浪花滚雪,江声浩荡,源远流长,也不由会联想到中华民族的悠久历史和五千年的盛衰兴亡。……中国人讲究命名,即赋予人和事物以名称。命名的意义有大有小,有褒有贬,大则关乎国家天下,小则及于一物之身。现在,岳麓书社将策划中的文化随笔丛书名之曰'长河'真可谓锡以嘉名。"[1]《江南悲歌》所含散文大多是历史这一条永不干涸的"长河"中的"国家天下"与"一物之身",意在"让逝去的古人为当今的知识分子推开一扇节操的大门"[2]。

"招魂"和"启蒙"是《江南悲歌》的精神指向。丁帆以江南士人为论说对象,"敲打"南明到民国的30余位文人(还有些"秦淮的风月",借"秦淮八艳"反观文人行状),在对历史事件的评说、对古代遗迹的考证与对人文景观的描摹中,将江南文人和知识分子的人格命运一一拉将出来做"人性的聚焦"。董健在《序》中说:"他学着鲁迅'救救孩子'的呼喊,喊出了两个声音:一曰为士子招魂,二曰为全民启蒙。他痛切地看到与感到在'文化转型期'里物欲横流、斯文扫地、精神萎缩、士子无魂的可悲事实……于是他来呼唤'招魂'与'启蒙'。"[3]这些"'招魂'与'启蒙'"主要通过讴歌刚正不阿的美德和鞭挞堕落变节的灵魂来传达。仅是目录,就可见丁帆的激切之情:他写了一群独立精神者,如《方正之学的死谏者——方孝孺》《"匹夫有重于社稷"的精神碑文——张溥》《"高子止水"的畅想——高攀龙》《"悲歌击筑动哀音"的不仕者——归庄》《把握命运喉舌的不屈

---

[1] 李元洛、周实:《"百幅锦帆风力满"——〈长河随笔丛书〉总序》,丁帆:《江南悲歌》,长沙:岳麓书社,1999年,第1页。
[2] 丁帆:《序》,《江南悲歌》,合肥:安徽教育出版社,2015年,第1页。
[3] 董健:《序》,丁帆:《江南悲歌》,长沙:岳麓书社,1999年,第3页。

第三章　文体的变化与大散文的诞生（1990—1999）

者——杨涟》《东林悲风背后的精神支撑者——顾炎武》《"英雄生死路，却似壮游时"的少年——夏完淳》《"死将为厉鬼，生且做顽民"的孤独者——阎尔梅》《占断石城秋的扫叶者——龚贤》《"为末世之一救"的寻药者——孔尚任》《"一笑看凌云"的未仕者——吴敬梓》《先辈的精神　后生的楷范——章太炎》《误了先人清德"的学术巨子——刘师培》《自问良知的狂郁者——陈布雷》《中山陵上的不死英魂——续范亭》《悲剧的理性　理性的悲剧——鲁迅》等；写了一群精神游移者，如《桃花扇底的卑微者——侯朝宗》《红颜护佑下的彷徨者——冒辟疆》《河桥灯火中的终悔者——吴梅村》《在真理与谬误间行走的彷徨者——王国维》《"头颅早悔平生贱"的进退诗人——柳亚子》《殉情的浪漫　浪漫的殉情——郭沫若》《人格的矛盾　矛盾的人格——茅盾》等，寥寥几笔，人物的精神气质、命运走向跃然纸上。在具体文章中，丁帆赞美着不屈的面影，告诫文化人应具备的道德操守，即"那种为民众分享艰难而舍生取义的知识分子的博大胸怀"，由此批判那些太讲究生存技巧太容易被奴化的"缺钙的软骨症"[1]，批判现如今文人的病症。他对游移者既有哀叹之音，也有个体的新解读，如对翁同龢被开缺回籍仍然心系皇室的"愚忠"，认为这种愚忠也是对自我节操的坚守。吴周文在《学者散文与"中国问题"言说的先锋姿态》中，指出丁帆的"可贵在于，以他的思维，颠覆了简单的'二分法'与旧有的方法论，而对人格异化的复杂现象进行'症结式'思辨，从而把握人格表现的真善美与假恶丑的界限以及个体性之间的差异，最终归结为人格之于国家、民族的高度之上的'底线'"[2]。

　　董健也指出，此书"剖析社会激变中的士子心态是它的核心"[3]。在社会激变下，丁帆痛感当下人们"因金钱为轴心的价值观的嬗变，而普遍出现了人格异化、

1　丁帆：《江南悲歌》，长沙：岳麓书社，1999年，第8—9页。
2　吴周文：《学者散文与"中国问题"言说的先锋姿态——以丁帆、王尧为讨论中心》，《当代文坛》2021年第1期。
3　董健：《序》，丁帆：《江南悲歌》，长沙：岳麓书社，1999年，第3页。

矮化、犬儒化、世俗化现象"[1]，在《红楼梦影觅曹府》中觉察自然形态的游历已不复存在，对商业行为进行讽刺，"大门口一道道售票亭，完全破坏了游客的兴致，举着人民币游览，一掷千金的派头，俨然是当下大商贾的作派"，发出"秦淮河水变清了，可是人心变浑了"[2]的悲叹；在《豁蒙楼上话豁蒙》中疾呼："谁能救治现代都市文明给人文心灵带来的长久创痛呢？谁来做豁蒙者呢？"[3]用张王飞的话说，"他写历史人物、写往事回忆、写日常见闻、写即兴的文化文学随笔，其实是写自我襟怀的表现和自我身份的认知。表现忧伤，仅是他文学书写表现的情感形态；其实忧伤表达的背后，抒写的却正是他自己的品格操行的坚守和道德责任的担当。"[4]

十多年后，丁帆在《江南悲歌》重版《序》中说过一段话，可作《江南悲歌》的主题曲或是"守夜人"丁帆的精神旨归：

> 所以，当有人提出重版此书时，我就想用此旧文来影射当下之时弊，让逝去的古人为当今的知识分子推开一扇节操的大门，亦为后世的读书人留下一些弥足珍贵的遗产。殊不知，读书人之所以能为社会做出一点贡献，实乃守持的一点锋芒而已，少了这一点批判的精神，他也就没有存在的价值和意义了。作为一个阶层的知识分子虽历来都被御用，但只要具备了独立的思想和自由的意志，亦就可抵抗一切诱惑与压力。向生而死，向死而生，是我心屈服于生活，还是生活屈服于我心，乃当今知识分子的哈姆雷特式生死选择，似乎已无它项之选择矣，哀哉悲哉，全在自身心中也。[5]

---

[1] 吴周文：《学者散文与"中国问题"言说的先锋姿态——以丁帆、王尧为讨论中心》，《当代文坛》2021年第1期。
[2] 丁帆：《江南悲歌》，长沙：岳麓书社，1999年，第240页。
[3] 同上书，第247页。
[4] 张王飞、林道立、吴周文：《人格审美、忧伤情怀与悖论式思维——丁帆随笔审美意义的探寻》，《南方文坛》2011年第2期。
[5] 丁帆：《序》，《江南悲歌》，合肥：安徽教育出版社，2015年，第1—2页。

二、王尧《把吴钩看了》

王尧（1960—　），原名王厚平，籍贯江苏东台。1985年毕业于苏州大学中文系。1998年加入中国作家协会。任苏州大学文学院教授、博士生导师，台湾东吴大学客座教授，主要从事中国当代文学与思想文化、中国现当代散文研究。出版专著《多维视野中的文学景观》《中国当代散文史》《乡关何处——20世纪中散文的文化精神》《询问美文：二十世纪中国散文经典书话》，散文集《把吴钩看了》《茶话连篇》等。

范培松形容过王尧与散文或散文研究的关系，他说："他坚持写散文，欣赏散文，真个是爱散文、迷散文，把他的激情、理性和艺术感悟力都倾注到散文研究中。"[1] 王尧在《询问美文·自序》中也谈到他做20世纪中国散文研究的重要原因："我这样做，不仅因为我的'散文化'气质，也不仅因为我试图改变在一般写作学层次上研究散文的格局，重要的原因是在我看来，散文是知识分子精神和情感最为自由与朴素的存在方式。"[2] 几年后，他在《散文写作为何离散文远去》中继续强调："与虚构的文学样式相比，散文更直截地表达了知识分子的'世界观'和'审美观'，用语言的形式反映或表现了知识分子的存在方式。"[3] 也就是说，散文于王尧而言，不只是文学的一种体式，也不只是个体生命的呼吸记录，而是作为精神系统工程的存在方式。它以"知识分子精神"为底色，以人文精神为旗帜，"侧重文学的审美性，重视文学语言，强调文学的人道主义立场与对于普遍人性的表现；在文学与现实的关系上，不能被简单地归于'纯文学'，并不反对文学对于现实的介入，但对现实主义在历史上的文学教训抱有疑虑，强调知识分子的主体性与对于现实的

---

[1] 王尧：《中国当代散文史》，贵阳：贵州人民出版社，1994年，第1页。
[2] 王尧：《自序》，《询问美文：二十世纪中国散文经典书话》，济南：山东画报出版社，1997年，第1页。
[3] 王尧：《散文写作为何离散文远去》，《南方文坛》2007年第5期。

批判精神"[1]。王尧提出的"散文是知识分子精神和情感最为自由和朴素的存在方式",成为中国当代散文史上的重要命题。

因为长期浸淫于散文,王尧认为现代学人应该寻找自己的表达方式。他在做了《乡关何处》这样的"宏观"研究、《中国当代散文史》这样的"中观"研究之后,体味到了《询问美文》这样的"微观"研究的自由。这种自由,来源于"从一部具体的作品进入一个心灵的世界是那样的直接和亲切"[2]。基于此,王尧表示:"《询问美文》在我的问学道路中是表达方式有所自觉的开始,我试图让论文接近文章传统。这时候,我又开始写作散文,出版了散文随笔集《把吴钩看了》。"[3]《把吴钩看了》共分3辑,第一辑"此岸彼岸",第二辑"乡村修辞",第三辑"砚边点滴"。在《自序》中,王尧说:"这本集子中的散文……是我生命过渡状态时灵魂的起承转合。"[4]该书书名出自南宋辛弃疾的"把吴钩看了,栏杆拍遍,无人会、登临意"(《水龙吟·登建康赏心亭》),是江南游子王尧、职业读书人写书人王尧站在1997年苏州大学寓所的"献愁供恨"。王尧由苏州大学钟楼想到"百年回响""世纪回眸"等措辞,钟声既是对一个世纪的总结,也是对一个世纪的召唤,指引着王尧回眸审视这样"一个有着自己身影有着自己呼吸的世纪"。王尧解释过他为什么会选择散文:

> 面对这样一个有着自己身影有着自己呼吸的世纪,我常常产生出不知所以然的困惑、惶恐与不安、焦虑,言志也好载道也罢,一个人要说清楚自己与历史及自己与时代,几乎是不可能的,而又常常想尽可能说清楚。"可能性"对人

---

[1] 黄平:《"90年代学人":以王尧为对象》,《当代作家论》2019年第4期。黄平说,中国当代文学研究领域在90年代登上文学舞台的这一学术群体:出生在1960年代,在1980年代考上大学,在1990年代完成研究生教育,成为当代文学领域最早的一批拥有博士学位的研究者,也由此成为最早的一批学院派当代文学研究者。

[2] 王尧:《自序》,《询问美文》,济南:山东画报出版社,1997年,第1—2页。

[3] 王尧:《我只想做一个写作者》,《小说评论》2022年第3期。

[4] 王尧:《把吴钩看了》,北京:东方出版社,1998年,第2页。

第三章 文体的变化与大散文的诞生(1990—1999)

似乎总是一种诱惑,我以此来解释自己选择文学与学术时的坚定。说不清楚的原因也说不清楚。我们干扰着世界,世界干扰着我们。眼睛的浑浊是心灵的浮云,熟悉的与陌生的、清晰的与模糊的、喜欢的与讨厌的、被动的与主动的,遮蔽我们眼睛、心灵和身体的东西愈来愈多。人们终于意识到了心灵环保的重要与紧迫。

当我偷闲坐在草坪上,或者在大街上蓦然回首时,我觉得了世界的嘈杂和喧闹,我感到了倾听自己心灵的必要。于是我选择了散文,便在这一过程中有了倾听的机会。[1]

于王尧而言,选择散文其实是选择了一种"倾听"的机会。作为世纪的送行人,在世纪末的情境中,他"倾听"历史的回响:"20世纪的中国散文存活了百年沧桑。当我们在这个世纪的夕阳下,追逐作为知识分子的散文家在世纪之初涌动的心潮时,精神的沧桑感不禁油然而生","对市场经济条件下的文化转型保持着积极的姿态,袭来的是骚动与喧哗,但心境中仍存淡泊与宁静"[2]。《乡关何处》前言页上赫然印着泰戈尔的一句话:"我抛弃了所有的忧伤与疑虑,去追逐那无家的潮水,因为那永恒的异乡人在召唤我,他正沿着这条路走来。"这是王尧在人文精神危机的20世纪90年代对淡泊宁静心态的期待,他想以生命的个体形式和独特的话语方式重新倾听自己的心灵,在散文中展现"一种可以熨平、抚慰、滋润、照亮甚至点燃生命的诗意的灵光"[3]。

"倾听",是《把吴钩看了》的核心关键词。他"倾听"着日常生活的浪漫气息。在《班主任言》中调侃学生:"我要提醒他们千千万万别将空酒瓶子扔到楼下去,那样会给我这个班主任惹麻烦的。若是懒得去废品收购站,我就在楼下叫一

---

[1] 王尧:《自序》,《把吴钩看了》,北京:东方出版社,1998年,第1—2页。
[2] 王尧:《引言》,《乡关何处——20世纪中国散文的文化精神》,北京:东方出版社,1996年,第1—2页。
[3] 王兆胜:《天道与人道:中国新文学创作与研究反思》,开封:河南大学出版社,2018年,第191页。

声：酒干倘卖无！"[1]在《再出发》中写家的温馨："那温馨是炉中的火，是田里茁壮的苗；是村前大河里永远清澈的水，是向日葵上的阳光；是全家人在煤油灯前的闲话，是烈日之后的暴雨。"[2]他"倾听"着江南的潮湿与故乡的温情。在《跋》中，王尧写道："江南的写作是潮湿中的写作，江南的文体是浸着潮湿的文体"[3]，而江南写作的温情一半又分给了故乡。"乡村修辞"一辑中，个体与故乡记忆的关联被重新指认："也许，不管我愿意不愿意，故乡的小巷命定地成了我身上的血管。"[4]《草鞋·蒲鞋·毛窝》回忆从前的岁月，《乡俗考（三题）》提及敲醒麻雀、蒸馒头、摊饼、呵气的习俗，《脸谱（七题）》写7位乡村的脸谱人物……这些都是湿漉漉又活泼泼的乡俗人情。他"倾听"着一个知识分子对社会的忧思。在《门前的徘徊》中，他思考："回家就意味着幸福吗？我爱我家。但，这不妨碍提出问题。"[5]在《贺卡，文化》中，他怀疑贺卡将人的感情程序化，预言："我们是否有一天会厌烦贺卡？"[6]他对现代或后现代社会生存的人类病症表示担忧，如《遭遇宠物》中提出："人对宠物的依赖正是人性残缺的一种表现。……是否有这么一天，狗或其他宠物会说：你千万别把我当人。"[7]《寻找季节》中是人与季节的日渐模糊的关系："人的衣着差不多淡化了季节特征。……我们或者我们的后人会记住有春夏秋冬四季吗？"[8]对于自己在城市中的定位，王尧也有着清晰的书写："融入而又疏离，将使我们获得关于城市的新的理性和情怀，从而使我们的思想或文学成果不至于沦为作为城市消费的流行歌曲。我愿意在这样的思路中，来理解我所在的这座城市。"[9]

1 　王尧：《班主任言》，《把吴钩看了》，北京：东方出版社，1998年，第193页。
2 　王尧：《再出发》，《把吴钩看了》，北京：东方出版社，1998年，第94页。
3 　王尧：《跋》，《把吴钩看了》，北京：东方出版社，1998年，第195页。
4 　王尧：《再出发》，《把吴钩看了》，北京：东方出版社，1998年，第92页。
5 　王尧：《门前的徘徊》，《把吴钩看了》，北京：东方出版社，1998年，第41页。
6 　王尧：《贺卡，文化》，《把吴钩看了》，北京：东方出版社，1998年，第48页。
7 　王尧：《遭遇宠物》，《把吴钩看了》，北京：东方出版社，1998年，第30页。
8 　王尧：《寻找季节》，《把吴钩看了》，北京：东方出版社，1998年，第8页。
9 　王尧：《把吴钩看了》，《把吴钩看了》，北京：东方出版社，1998年，第10页。

作为高校学者，他"倾听"文学生长的声音。第三辑"砚边点滴"，基本收录了王尧对文学发展的反思和阅读写作的体悟。他在《夕阳下的思索》中写对文学的坚守和对沦落的抗争："文学需要自救……重复失落感的老调是脆弱的。真正的失落不是文学的孤寂，而是文学信念、操守、品格的异化和泯灭。坚持文学的操守、信念和品格就是对沦落的抗争，在抗争中作家将始终面临着自我精神嬗变、社会角色分裂与文化格局分化的痛苦和痛苦中的选择。"[1]他在《黄昏里的诗性》中把散文看成一种生命的存在，慨叹"散文，把我留住"[2]。这一份极致，又何尝不是散文在说"把我留住"？

王尧谈李辉散文时，用了"以灵魂读灵魂"[3]的表述。李辉"在心灵中遭遇历史"，王尧在心灵中倾听生活，倾听自己，倾听时代，倾听一代知识分子的灵魂。这是王尧依据自己的思路建立起来的散文写作、散文研究的新范式。

三、王彬彬《死在路上》

王彬彬（1962—　），籍贯安徽望江。1978年考入中国人民解放军洛阳外国语学院日语专业。1986年考入复旦大学中文系，攻读中国现当代文学专业硕士学位。1992年获复旦大学文学博士学位后回南京军区政治部文艺创作室任职。1999年到南京大学中文系任教，现为南京大学文学院教授、博士生导师。主要著作有《在功利与唯美之间》《死在路上》《独白与驳诘》《给每日以生命》《鲁迅：晚年情怀》等。

《死在路上》分为"尊严像破败的旗""为'批判'正名""一份备忘录""作为宾词的理想与作为主词的理想"4个部分，内容"颇为杂乱"，有的直指当代文学文化中的现象或事件如《过于聪明的中国作家》《再谈过于聪明的中国作家及其他》《冷眼看"张热"》《如此借古讽今》等，有的直面社会的现场或现象如《西方也有又怎样》《"媚雅"与"林国达君垂直于黑板"》《名号的繁荣——文坛"新现象"或

---

[1] 王尧：《夕阳下的思索》，《把吴钩看了》，北京：东方出版社，1998年，第135—136页。
[2] 王尧：《黄昏里的诗性》，《把吴钩看了》，北京：东方出版社，1998年，第133页。
[3] 王尧：《在心灵中遭遇历史》，《博览群书》1996年第10期。

"后败象"》等,也有阅读之后的体悟如《渴望跪下》《求人与被求》等,都是些较为"散漫""随意"的批评文章。关于题名的由来,王彬彬在《自序》中交代过:

> 而要为这本"内容"杂乱的集子取一个合适的名字,很不容易。"死在路上"取自鲁迅先生《野草》集中《过客》的文意。《过客》是先生文章中我最喜爱者之一。那样一种绝望的抗战的勇气,那样一份知其不可为而为的苍凉,总能深深地打动我。每读《过客》,我脑中都蹦出这样一句话:"死在路上"。"过客精神"就是一种即使前路迷茫、终点模糊也决不愿回返和驻足,而仍坚定地向前走的精神;"过客精神"就是一种怀着"死在路上"的决心勇猛地向前跋涉的精神;"过客精神"甚至就是以"死在路上"为追求为幸福的精神。"死在路上",意味着深感到了绝望却又决不甘被绝望淹没,而仍奋力地要浮出绝望的水面,热切地寻找希望;"死在路上",意味着冷峻地正视着虚无却又不愿向虚无投降,而仍无畏地向虚无扔出挑战的白手套……在反复体味过鲁迅先生在《过客》中表现出的那种心境、那份情怀后,我写过一篇读后感式的短文,这就是收在这本集子中的《死在路上》。而这篇短文的题目,也就成了这本集子的名字。[1]

我们可以把王彬彬这段关于"过客精神"的话看作是知识分子王彬彬的精神操守。作为批评家,他的笔墨较为切实与锋利,有时甚至刻薄;情绪节奏相对激烈,血液中的"狼奶"饱和度高,颇有为当代知识分子刮骨疗伤的态势。如《为"批判"正名》中,他肯定了"批判"的存在,并将批判比作手术刀:"手术刀是极易变成杀人的凶器的。手术刀一旦用于杀人,便构成对自身本性的背叛。然而,我们不能因为手术刀曾被用于杀人,从此便抛弃一切手术刀,从此便视手术刀为凶器",并指认"真正意义上的批判,源于批判者个人的真诚的信念,源于批

---

[1] 王彬彬:《自序》,《死在路上》,上海:上海人民出版社,1996年,第1页。

判者自身的文化良知，源于批判者发自内心的对历史、对文化、对民族、对人类的使命感、责任感"[1]。在《冷眼看"张热"》中，他用另只眼撕开"张爱玲热"的帷幔，以傅雷的批评为基础，进一步辩了辩："张爱玲到底有多高的艺术成就？其作品到底有多大的艺术魅力？傅雷到底对张爱玲有怎样的评价？当前文坛到底应从张爱玲那里得到怎样的启示？……"[2]一个批评家"过人的胆识"和"清澈的思想"[3]，以及"一个流浪的过客走在飘满尘土的道路上，常常停顿下来直抒一番见解"的"执着人文理想，从事社会和文化批判的有良心有勇气的知识分子"[4]精神形象站立在散文间。

"直面历史"是王彬彬散文的另一特质。这些散文，部分收录在《独白与驳诘》中。《独白与驳诘》分为"尊严像破败的旗""鉴赏生命""精神立场的分化""谁缚汝？"4个部分。在《序》中，王彬彬将这本小书的特点概括为"杂"——"形式"很"杂"，"内容"更"杂"。书取名为"独白与驳诘"，"是因为其中的一部分文字是自言自语式的，并不曾想要与谁争辩什么；而有一部分文字，则是论争性的，是对某种观点的驳斥和诘难"[5]。对王彬彬来说，独白与驳诘是两种方式，更是两种心境。

另有几本文集，凸显了王彬彬在文艺批评研究中的人文精神。1996年1月，《在功利与唯美之间》由学林出版社出版，是"'火凤凰'新批评文丛"之一，也是王彬彬出版的第一本书。徐俊西在这套丛书的《总序》中交代了陈思和等人编辑这套丛书的宗旨："据云，他们编辑《"火凤凰"新批评文丛》的宗旨有二：一曰在'滔滔的商海之上'，建立一片文学批评的'绿洲'；一曰在'文坛空气普遍沉闷的状况下'，弘扬当代知识分子的'人文精神'。这无论从哪一点来说，他和他的朋友们的

1　王彬彬：《死在路上》，上海：上海人民出版社，1996年，第58页。
2　同上书，第155页。
3　杨光祖：《王彬彬的文学评论》，《南方文坛》2020年第2期。
4　李槟：《故乡寻族的过客画像——读王彬彬的〈死在路上〉》，《文艺评论》1997年第5期。
5　王彬彬：《序》，《独白与驳诘》，天津：百花文艺出版社，1999年，第1页。

这种真诚和抱负，都是值得尊重和赞赏的。"[1]《在功利与唯美之间》分为5辑，包括研究文化人与当下社会的关系问题、当代知识者在当下社会中的精神状态问题、知识分子在当下社会中怎样安身立命的问题等，如《当代中国知识者的主体定位》《"中产阶级气质"批判——关于当代中国知识者精神状态的一份札记》《当代中国的道德理想主义》；重勘文学艺术的功利和唯美之间看似矛盾却存在互通的关系，如《在功利与唯美之间》《为艺术而艺术：艺术的自卑与自恋》；重写文学史，如《良知的限度——作为一种文化现象的何其芳文学道路批判》《论作为"人学"的〈李自成〉》《名作与价值》；文学批评的批评，如《80年代文学批评的"方法热"与"观念热"》《回顾与前瞻——关于中国当代文学批评》《人物论：作为一种批评方法的荣辱兴衰》……对这一系列问题的看法，兼具人文精神和理性判断，构成王彬彬对文学艺术的一种基本理解。

《给每日以生命》1999年8月由中原农民出版社出版，作为"猎豹文丛"之一。"给每日以生命"是王彬彬肯定的批评方式，与"职业的批评"不同，"每日的批评"更加"关注每日的作家作品，对当下最新鲜最具体的现象投注热情，对对象不持一种挑选的态度，有一种'捡到篮里便是菜'的特色"。王彬彬也指出："需要有这样一种'每日的批判'伴随着文化每日的生命，或者说，需要有这样一种批判，给文化的每日以生命。"[2] 书中包含《当不得真的辜鸿铭》《高长虹与苏雪林》《朋党和公论》《影视中的农民形象》等文章，基本是从常识和常理的角度做出的提醒和批判。《鲁迅：晚年情怀》1999年5月由上海教育出版社出版，是"20世纪文化名人与上海"丛书之一，2015年上海人民出版社重新出版，在修订版的《修订说明》中，王彬彬指出了当年思想、学识上存在的不足，并对此进行了自我的反省和批评。

什么才是真正的"批评"？王彬彬说，真正意义上的批评，源于批评者个人的真诚信念、文化良知和发自内心的对历史对文化对民族对人类的使命感责任感。无疑，王彬彬的批评散文是知识分子精神写作的重要形式。他自始至终不曾站在某类

---

[1] 徐俊西：《总序》，王彬彬：《在功利与唯美之间》，上海：学林出版社，1996年，第1页。
[2] 王彬彬：《"给每日以生命"——关于文化批判的方式》，《东方艺术》1997年第5期。

人或某类现象一边，而是坚守着知识分子精神与人格操守。我们可以把这种精神气质的王彬彬视为知识分子精神的典范。王元化将这样的知识分子精神概括为：始终如一地探索真理；独立思考；对既定观念与体制提出质疑。

四、费振钟《悬壶外谈》

费振钟（1958— ），籍贯江苏兴化。1986年毕业于扬州师范学院中文系。做过乡村民办教师、高邮师范学校语文老师，后任《雨花》杂志社理论编辑、江苏省作家协会创作研究室副主任等。1990年加入中国作家协会。著有散文随笔集《悬壶外谈》《堕落时代》《古典的阳光》《黑白江南》《为什么需要狐狸》《中国人的身体与疾病》《光芒与河流》《读通中医》《兴化八镇：记录：乡镇社会的解体与重建》等，出版理论专著《江南士风与江苏文学》及文学评论多种。其中，《江南士风与江苏文学》获第一届紫金山文学奖文学评论奖，《黑白江南》获第二届紫金山文学奖散文奖。

《悬壶外谈》副标题为"医学与身体的历史表达"，收录41篇文章，附有金陵画家汤国制作插图12幅，是费振钟深入考察中医及中医学说后创作的系列文化散文结集。在《小序》中，费振钟介绍书名时说：

> 书名《悬壶外谈》，动笔之前就已经确定。"悬壶"是中国古代医人的职业标志，而"悬壶济世"之下的中国传统医人形象，是很容易让人感动，生出敬意的；我取"悬壶"两个字，自己却不敢冒充医人，只是谈一些与中国古典医药、医人、医学有关的话题。外道人，说几句外道话，别人自然不会太计较，也不会太责备，所以，名之"外谈"可也，谈得随随便便偶尔放肆一点亦可也。所谈既无体系，亦无规矩，有的想到了就谈下来，有的想到了却谈到别处去了，而留下来不及谈的话题，似乎比已谈的话题还要多。书成以后，我想，再谈它的兴趣和机会也许不多，留着就留着吧。[1]

---

[1] 费振钟：《小序》，《悬壶外谈》，杭州：浙江摄影出版社，1998年，第1页。

简单地说,《悬壶外谈》是以医者的视角向读者讲述了中医学的相关医理知识,从一些基本的病症讲到身体的养生,从古代的中医古籍讲到现代的医学经验,在医学中渗透文学的趣味与深度,成为具有医学与文学双重价值的艺术作品。

费振钟的"医者"身份受家庭环境的影响。他说:"我的祖父和父亲都是乡村里的中医,我从三岁起就跟着祖父生活在一座小镇的诊所里,每天看到祖父为许多人诊病,终年闻着药房里的药气,感同身受,耳濡目染。"[1] 因为医学表达的科学性,《悬壶外谈》在图书分类中被列为"医药""卫生"类,但主题词却又集合了"医学"与"随笔"两大要素。此分类选择,一方面固然表明《悬壶外谈》作为散文作品本身所具有的内容属性,即与医学相关的散文;另一方面,费振钟毕竟是文人而非职业医者,其医学类作品仍然带有非专业的局限性,其文本的本质是以传统中医学知识传授为外壳,以阐发国人精神世界为内核的文学类作品。譬如这些表述:"据小说家金庸说,有种毒人,因为慢慢受毒,最后能抗御一切毒害,生活在现代'毒'境之中的人类,是否也要逼迫自己成为毒人?果真如此,那人也就不是人了。"[2] "文人的养生,虽然也合于人之常情,但究竟其中有了那样多的不轻松的地方。有时候,看上去也恬淡,也放逸,也疏闲,也自足,也满不在乎,真的飘飘然有些出世之概,实在心底里却隐含着若干痛楚。他们把这痛楚,化之于逍遥虚无,此即文人的养生么?"[3] 此外,他在《话说宋朝的粥》写"常常见到明、清两代的《粥谱》一类的专著,其粥方无论怎样品类繁多、花样翻新,但立方的标准和食用价值大抵不出《寿亲养老新书》之右,而其生命旨趣则更是一脉相承。呜呼,宋朝的粥,一直到今天我们都在吃,仿佛还很新鲜呢"[4];在《论养生》中写"他们与自然同在,有清风明月相伴,生命由躁动不安而归于清澈和宁静,于是他们的孤独和寂寞也变得格外珍重了。唯风唯月,是谓文人"[5]。这些文章,基本是医学外壳下

---

[1] 费振钟:《悬壶外谈》,杭州:浙江摄影出版社,1998年,第1页。
[2] 同上书,第8页。
[3] 同上书,第234页。
[4] 同上书,第53页。
[5] 同上书,第251页。

第三章　文体的变化与大散文的诞生（1990—1999）

的文人感喟与发问、想象与描绘，并由此推演到中国文人的精神与趣味。

　　书中还有一些以文人视角反观变革洪流中的社会现实，也有以文人敏锐目光反思当代大众生活方式及个体价值选择的功利与易位。如借古之圣贤对某些社会现状提出质疑："庄子屡屡提醒陷在欲望之中不能保全自己的人类：'执道者，德全；德全者，形全；形全者，圣人之道也。'但是人类在保持朴素生活方面却越来越无能为力，欲望从它出现的那一天开始，就产生了无法约束的力量。在欲望的驱使之下，人类早已不在乎做什么圣人了。人变了，时代自然也变了。将后世医学建立在道德复古上，黄帝的疑虑恐怕永远也不能消除。"[1] 借中医处方文字探寻中医精神与气韵层面的精神价值："前些时候与一个朋友谈老处方，他说过去医人的处方，字让人看得舒服，而最叫人佩服的，是那处方上不过区区十数味药，简直如同一篇文章做法，起承转合、虚实疏密、种种构思，都在其中了；又如行兵布阵，何者多何者少，何者重何者轻，何者攻何者守，真正的费尽心机、老谋深算。所以他又说，老中医面对一笺手掌大小的处方纸，往往沉吟再三，手中那支笔总是踌躇难下，尤其到最后一两味药，更是斟酌掂量，因为它可能是文章之点睛、用兵之主将，成败全系于此。我相信这样说中医的处方，一点没有夸张的意思。中医看起来多是一些性格平和的人，但他们也藏着一种力度，这种力度，在他们执笔书写处方时就会从心里充分流露出来。"[2] 这里的费振钟，已经脱离现实功用的层面，开始交织和变换在医者与文人之间。

　　《悬壶外谈》可以看作费振钟对20世纪80年代文学评论的一次转身。他转到家族的医学传统中，转到中国传统文化的悠远中，也转到散文创作的"随谈"与以一己文人价值去肩负个人家学及中国传统文化的继承与发展中，这是费振钟作为当代作家的文人担当。在《小序》结尾，费振钟引用了《诗经·小雅·隰桑》的诗文："心乎爱矣，遐不谓矣。中心藏之，何日忘之。"心中是多么地爱慕啊，何不讲出来

---

[1]　费振钟：《悬壶外谈》，杭州：浙江摄影出版社，1998年，第111页。
[2]　同上书，第226—227页。

呢？这个爱慕对象，对费振钟来说，是他与中医少年时代的那点旧因缘。

五、林非《离别》《世事微言》

林非（1931— ），原名濮良沛，籍贯江苏海门。1955年毕业于复旦大学中文系。1962年开始发表作品。1982年加入中国作家协会。历任中国社会科学院研究生院教授、文学系主任、博士生导师、中国鲁迅研究会会长、中国散文学会会长、中国散文家协会名誉会长。出版学术论著《鲁迅前期思想发展史略》《鲁迅小说论稿》《现代六十家散文札记》《中国现代散文史稿》《治学沉思录》《文学研究入门》《散文论》《散文的使命》《中国现代小说史上的鲁迅》等；散文创作有《访美归来》《绝对不是描写爱情的随笔及其它》《西游记和东游记》《林非散文选》《林非游记选》《令人神往》《云游随笔》《中外文化名人印象记》《离别》《当代散文名家精品文库·林非卷》等；主编《中国散文大词典》《中外永恒主题散文精品》《中国当代散文大系》等。其学术论著及散文创作均追求独特个性与文化内蕴，海内外学者对其评论颇多，有些论著和作品已在海外翻译出版或发表。[1]

林非幼时便与文学结缘。童年时期，他的母亲会经常提着油灯来检查他的功课，并夸他做得好，还教他背诵唐诗。在母亲的引导下，林非觉得"读书写字，给我打开了一个新奇和神秘的世界，我觉得陶醉在这艺术的天地中间，比看着周围势利与冰凉的人生，竟是两种迥然不同的境界，它是多么地美丽，多么地令人向往。于是我兴致勃勃地读起各种各样的书来，虽然有些写得不好的书，也曾使我产生过失望与反感，但是我所读过的绝大部分书籍，确实都曾给了自己不少的益处"[2]。因为家庭日益败落，使他过早看到了世间的凉薄之态，他"藏匿在偶然找到的书籍里，打开了一扇通向美的和神奇幻境的大门，暂时忘记了平庸与卑琐的现实人生"[3]。读书给林非带来的并不止一时的快乐，"通过读书和思考，多少懂得了一些

---

[1] 林非：《前言》，《世事微言》，北京：中国世界语出版社，1999年，第1页。
[2] 林非：《读书心态录》，北京：中国言实出版社，2002年，第218—219页。
[3] 林非：《散文的使命》，桂林：漓江出版社，1992年，第264页。

宇宙和人世的奥秘，这样就能够达到明察和高旷的精神境界"，也多少懂得了"一个人总不能糊糊涂涂地活在世上，像这样的话，就是锦衣玉食，仆从成群，又有多大的意思呢？人活着，总应该懂得这世界运转的轨迹，懂得什么才算是美好和有意义的生活，并且尽可能为推动它的前进稍作贡献。我真想这样走完自己的一生"[1]。

作为学者，林非的学术研究是紧张而严肃的，而散文写作似乎是他疗愈、放松和沉思的"世外桃源"。在《散文的使命》一书中，林非直言："对于鲁迅研究来说，这也许可以称为我的告别演说，限于自己的精力，今后不想再在这方面撰写专著了，深愿多思考一些广泛的文化问题，多撰写一些散文与随笔。"[2] 就此，林非的散文创作正式开启。

其实，林非对散文的情感并不是经历过世事后的中晚年时期才形成，他与散文早已结下不解之缘：

> 从年轻的时候开始，我就阅读过古今中外的不少散文名篇，在那里有多少迷人的诗意、情趣与境界，鼓舞和催促着我为这个世界献出一些什么来。正像司马迁所说的那样，"《诗》有之：'高山仰止，景行行止。'虽不能至，然心向往之"（《史记·孔子世家》），读了这些迷人的篇章之后，我也幻想着要写出一些类似散文那样的东西来，表达自己内心中对于整个世界的体验。[3]

正如林非所言，在散文创作中，他始终奉行"散文创作是一种侧重于表达内心体验和抒发内心情感的文学样式，它对于客观的社会生活或自然图景的再现，也往往反射或融合于对主观感情的表现中间，它主要是以从内心深处迸发出来的真情实

1　林非：《散文的使命》，桂林：漓江出版社，1992年，第267页。
2　同上书，第266页。
3　同上书，第209页。

感打动读者"[1]的理念。

林非的散文创作及相关理论著作数量颇丰,且题材涉猎广泛,粗略可归为以下几类:出访、游历所见之景与人和事,以及自述沉思、解读历史,如《访美归来》《西游记和东游记》《令人神往》《岳阳楼远眺》《世事微言》《离别》等;散文研究论述与经历,如《绝对不是描写爱情的随笔及其它》《现代六十家散文札记》《散文论》《散文的使命》等;回忆中外名人,如《中外文化名人印象记》;今昔人事与读书治学,以及读书种种感悟,如《人海沉思录》《读书心态录》等。其中,第一类散文尤能展现秦弓在《论林非散文的个性特征》中所概括的特征:"林非散文的思绪大多随着行走的步履、情境的变换、故事的演进、人物的遭际与命运自然展开,但有时也直接切入人生与社会的某些话题。"[2]

《访美归来》和《西游记和东游记》主要是作者"意外地有了几次连续出游的机会,先是应邀去美国参加'鲁迅及其遗产'学术讨论会,顺便游览了加州的几个地方,后来又去兰州、银川、福州、海口、桂林、烟台等地讲学或开会,也游览了附近的几处名胜古迹"[3]。之后,他将自己在这期间的所见所感以散文的方式记录下来。《访美归来》的内容提要写着:"本书是作者近年来去美国访问及从美国回来后访问我国西北等地所写的散记。从中可见清晰深邃的文思,细腻描绘的文笔,直抒胸臆的文风。"集中共包含《旧金山印象》《蒙德雷去来》《"十七里"游记》《看画》《废品艺术》《卖艺者的乐园》《在伯奇教授家里作客》《记陈若曦和她的丈夫》《一个在美国采访的台湾记者》《一个从事写作的商人》《在美国开的鲁迅讨论会》《记许芥昱》《斯坦福一日游》《千佛洞掠影》《大漠行》《游了三个关》《在人生的旅途上》《文字凝成的情意》《天涯海角》《海市蜃楼》《龙山之晨》《漓江游》《去天地》和一篇《后记》。从目录可见,散文集主要分两个部分,第一部分写赴美国所

---

1 林非:《散文创作的点滴感受》,《写作》1997年第6期。
2 秦弓:《论林非散文的个性特征》,《北京大学学报(哲学社会科学版)》2007年第6期。
3 林非:《访美归来》,天津:百花文艺出版社,1983年,第196页。

见和所经历的事情,第二部分写归国后在西北地区及海南的所见所感。不论是描写风景还是叙述经历,林非的文笔或"狂放"或细腻,给人清丽给人美感。《西游记和东游记》相当于《访美归来》的再版,只是在"第三辑中收录了4篇悼念和回忆江南的散文,以纪念永存于心里的友情"[1]。散文集《云游随笔》也是游记,包含了散文集《访美归来》《西游记和东游记》中的篇目。

王兆胜在《纯真与博大——林非散文的情感世界》一文中评价,林非散文的核心"是以'真纯与博大'这一坐标作为参照",具有"纯粹与包容""炽热与平淡""粗犷与细腻"[2]的特点,这些看似矛盾的存在构成了林非散文的丰富性。《离别》是林非的第11本散文集,也是"当代散文名家精品"丛书之一。林非在《后记》中写道:"我历来都认为散文创作在抒发浓郁的情感,表现对社会人生深沉的感受和体验时,始终是坦诚地敞开着自己的胸怀,亲切地跟读者对话,把自己这颗灼热和诚挚的心交给读者。"[3]这部散文集诚如王兆胜说的"真纯与博大",既有对散文家吴伯箫的悼念、对方令孺老师的怀念、对赵树理等的回忆、对冰心的拜访、对文学史家刘大杰憾事的叙写等,也有对童年琐事、儿子生日、汽车梦、游历中外景区欣赏独特自然风光等经历的"社会人生深沉的感受和体验"。散文《离别》,是林非和妻子望着出国留学的儿子身影,回忆起母亲送别自己的场景。两代人的遥遥相望,通过特定场景剪影式描写,亲情的挂念和羁绊随着热泪一起"淌"了出来。林非曾言,朱自清的《背影》对他产生了影响。《背影》是儿子望着父亲的身影,《离别》是林非送别儿子与少年时林非母亲送别林非的双重背影。这些由儿子离别引起的回忆,静静流淌着"可怜天下父母心"的传统美德。林非写道,母亲即将送他去上海念书,明明十分舍不得,可当儿子提出要留下来多陪她几年时,她却"摇摇头,悲怆地笑了,强装欢颜地鼓励我说:'大丈夫志在四方,怎么能畏畏缩缩,做一个没有

---

[1] 林非:《西游记和东游记》,重庆:重庆出版社,1991年,第177页。
[2] 王兆胜:《纯真与博大——林非散文的情感世界》,《当代文坛》2013年第4期。
[3] 林非:《后记》,《离别》,北京:文化艺术出版社,1997年,第304页。

出息的人？你陪着我委委屈屈地过活，被人家怜悯和讥笑，这样活着有什么意思呢？'"[1] 简括地说，林非不论是写景还是写人叙事，始终都在"坦诚地敞开着自己的胸怀，亲切地跟读者对话，把自己这颗灼热和诚挚的心交给读者"。

历史书写也是林非散文的重要存在。《世事微言》是"中国文学名家散文随笔保留作品集"丛书之一，共包含世事、人物、历史、游记、沉思、自述六个部分。作者在《后记》中写着同样的话："我历来都认为散文创作在抒发浓郁的情感，表现对社会人生和整个世界深沉的感受与体验时，始终应该坦诚地敞开自己的胸怀，亲切地跟读者对话，把自己这颗灼热和诚挚的心交付给读者。"[2] 本书是林非第13本散文集，其散文创作的核心依然是"纯真与博大"。

书中收录的记人叙事及游记等与散文集《离别》重复颇多，但多了"历史"部分，如对司马迁、秦桧、阿基米德等中外历史人物的评述和相关历史事件的思考。在《秦桧的铁像与文征明的词》一文中，"作者当然对秦桧极尽批判、讽刺之能事，从中可见其蔑视与厌恶之情。不过，与众不同的是，他没有将责任一骨脑儿推到秦桧身上，而是从文徵明的词中看到了帝王的'主谋'作用，即赵构担心岳飞战胜后，'徽钦既还，此身何属'，而丢了皇权。这样，作者对于赵构的厌恶和鞭挞情感也淡化了，转而向封建特权这个罪恶渊薮开火"[3]。《询问司马迁》中，"作者通过司马迁坎坷人生的追述以及对他的询问，表达了对封建专制的愤恨和对司马迁的仰慕、痛悼之情，以及对今天与明天思想者的厚望"。作者既"深入历史，对历史人物、事件有准确的了解与把握"，又"跳出历史，高扬主体意识，让自己渗透到对象领域，有所发现和新解"，而且"不是对历史场景的再现，而是真正的历史对话，即从过去的追忆、阐释中解释它对现实的影响和历史的内在意义"，还"具有理性的光辉和跃动的真情，历史就是人生，人生必有思索，必有感悟，必有情

---

[1] 林非：《离别》，北京：文化艺术出版社，1997年，第302页。
[2] 林非：《后记》，《世事微言》，北京：中国世界语出版社，1999年，第378页。
[3] 王兆胜：《纯真与博大——林非散文的情感世界》，《当代文坛》2013年第4期。

动"。总之,《询问司马迁》"集叙述、议论、探询、思考于一体,既有对司马迁惨痛遭遇的同情,更有对司马迁悲剧原因的剖析,也有对司马迁性格中的二重性的探究,从而把批判的矛头直指封建专制和人治的社会。全文语言清新,平易自然,行文委婉,具有絮谈之风。感情凝重,愤激深寓其中,针砭不时而出,给人以深深的思索"[1]。秦弓说:"他不是像传统士人那样发思古之幽情,也不是像一些当代文人那样到古代题材中去猎奇或戏说,更不是像有些人那样不知出于何种动机去为帝王歌功颂德,而是透过历史文献与古典文学深入思考封建专制的本质与历史发展的成本等重大问题。"[2]

此外,林非还写了一些关于散文研究理论以及与散文有"渊源"的文章或散文集,如《绝对不是描写爱情的随笔及其它》《现代六十家散文札记》《散文论》《散文的使命》等,它们既充实了林非散文研究,也成为他散文写作的理论支撑。丁亚平说:"林非的散文研究与理论批评,敏锐邃密,新颖独到,谨严科学,贯之以鲜明的现代观念和时代价值取向,曾被散文界称之为'林非现象'。在具体的批评文字中,他总是思考并剖析散文现代化问题,着意于散文现代化进程的反顾和前瞻,从而透露出自觉的散文批评意识。"[3]而其散文,诚如秦弓在《论林非散文的个性特征》中所述:"无论是云游天下,还是追溯历史,抑或观照现实,总是表现出知识分子的良知与覃思。"[4]如此理性又如此感性,如此深邃又如此轻盈,造就了林非的"矛盾与和谐"。

六、蔡翔《自由注解》《神圣回忆》

蔡翔(1953—),籍贯江苏泰县,生于上海。1970年赴安徽固镇县杨庙公社插队务农,曾在上海当过工人、教师,后为《上海文学》杂志社编辑、副主编等。

1　傅德岷、韦济木:《中国散文百年精华鉴赏》,武汉:长江出版社,2008年,第247页。
2　秦弓:《论林非散文的个性特征》,《北京大学学报(哲学社会科学版)》2007年第6期。
3　林非:《绝对不是描写爱情的随笔及其它》,太原:北岳文艺出版社,1989年,第271页。
4　秦弓:《论林非散文的个性特征》,《北京大学学报(哲学社会科学版)》2007年第6期。

1980年毕业于上海师范大学中文系。1982年开始发表作品。1986年加入中国作家协会。主要从事文学批评及散文随笔写作，著有学术著作《一个理想主义者的精神漫游》《躁动与喧哗》《侠与义：武侠小说与中国文化》《此情谁诉：中国知识分子的历史性格》《日常生活的诗情消解》，随笔散文集《自由注解》《写在边缘》《语词别解》，散文集《神圣回忆》等。论文《高加林和刘巧珍——〈人生〉人物谈》获首届《上海文学》优秀作品奖，论文集《一个理想主义者的精神漫游》、专著《日常生活的诗情消解》获第二、第五届全国当代文学研究奖等。

《自由注解》是"学术小品"丛书之一，1991年9月由浙江文艺出版社出版，共收录《夸父逐日》《刘伶纵酒》《九九归一》《西西弗斯》《雪夜访戴》《生与死》《浑沌》等20篇散文。《自由注解》前言页有《"学术小品"丛书编辑旨趣》，指出丛书"旨在扬励学术，改善文风，同时兼有普及与提高两方面的愿望。普及与提高的统一，落实在文章里是趣味性与学术性的结合"[1]。《自由注解》属于学术小品类的文艺散文，内容自由，风格洒脱，具有趣味性和学术性结合的特点。文集命名为"自由注解"，"无非是借古人的一点遗训而'自由'开去，海阔天空，东拉西扯，打的是'注解'的幌子，卖的却是蔡记狗肉"[2]。这些"蔡记狗肉"中零零碎碎的言论、感触、想法，在风趣幽默的同时又体现出智慧和哲理。例如《刘伶纵酒》一文，蔡翔以刘伶纵酒放达、脱衣裸形在室中，遇人讥笑则以"我以天地为栋宇，屋室为裈衣，诸君何为入我裈中？"反责别人钻进他的裤子这一逸事为缘起，由刘伶"对抗现实反叛现实"的极端行止，思考人类本性中的动物性一面，询问"但是将来呢？文明机能究竟应该如何体现"，企盼"少一点动物的粗鄙性，多一点人的精神性"[3]。在具有艺术趣味的同时，可见蔡翔作为批评家的深邃思想。

在散文集《写在边缘》的《后记》中，蔡翔分析过文学批评者写随笔的益处，他说："我想，对于一个文学批评者，在研究之余，适量地写些随笔，还是颇有益处

1　蔡翔：《自由注解》，杭州：浙江文艺出版社，1991年，第1页。
2　蔡翔：《后记》，《自由注解》，杭州：浙江文艺出版社，1991年，第144页。
3　蔡翔：《刘伶纵酒》，《自由注解》，杭州：浙江文艺出版社，1991年，第13—14页。

的。一方面能活跃思维，而另一方面，也能使过于枯燥的语言活泼起来。"[1]《写在边缘》是"当代著名批评家随笔"之一，全书共分为"自由注解""咬文嚼字""杂思漫说""灯下闲笔"四辑，是蔡翔"在思想之路中坎坷前行"以外回望"那个熟悉而又陌生的世界，熙熙攘攘，喧嚣着欲望和热情的生命所在"，从而生发出一些"暂时偏离文学"的即兴文字，虽"渐无那种犀利的生命之气"，但也是蔡翔生命的栖息地之一。这部文集中，除了蔡翔贯有的文艺随笔，也有关于社会文化的杂文，如《广告乌托邦》中对广告与城市文化、社会生活和人之间的关系进行了细致的剖析，探寻广告这一纷繁的社会现象背后，以及广告对明日生活的"许诺的使命"，行文针砭现实，鞭辟入里。但对社会和人的关系洞察得更为真切与深刻的，是他的散文集《神圣回忆》。

《神圣回忆》是"文化大散文系列"丛书之一。其"内容提要"介绍得很为全面：

> 本书是文艺批评家蔡翔关于城市与城市人命运的系列文化散文集。
>
> 全书以一个生命的生存经历为线索，通过对一些历史事件、人物命运、社会现象予以审视和回顾，引申出对历史、社会、人们的生存环境及至整个文化形态的理性思考。其中，《底层》是从文化人类学的角度，对都市民众的生存结构和心理进行了鞭辟入里的论述；《神圣回忆》则是从一个成年人记忆中，挖掘出既荒诞而又合乎逻辑的热血少年曾有过的梦想。此外如《古代感觉》《难忘老歌》等，都镌刻着一代人深深的生命痕迹和理想追索。
>
> 全书注重思想性，弘扬人文精神和提倡世俗情怀，呼唤社会良知的回归和社会发展的平衡，对即将进入21世纪的人们，都将有一种警示作用。

在《自序》中，蔡翔写道："年轻的呼唤可能还会留下一点痕迹，但是人到中

---

[1] 蔡翔：《后记》，《写在边缘》，成都：四川人民出版社，1997年，第296页。

年，更多的还是对世事人情的一种忧患情怀。但是激情仍在，尽管在的只是一些余烬，用手摸去，仍觉滚烫，暗火在灰烬中奋力一燃。"[1] 全书收录《神圣回忆》《古代感觉》《底层》《色彩意义》《纯洁时代》《难忘老歌》《下乡记事》等25篇散文，大概是蔡翔"在灰烬中奋力一燃"的"暗火"，也是蔡翔基于城市与城市人命运诉说着对世事人情的"忧患情怀"。

什么是"神圣"？在散文《神圣回忆》中，蔡翔阐释了他的理解，并对从尘封已久记忆里走出的热血少年的理想进行了追问：

> 神圣，我想那是一种彼岸的荣耀，我们经此召唤踏上家园的归途。是的，我现在只在我个人的意义上使用这个词，我不会再把这个词强加给你们，我所爱的或不爱的人，作为一种要求，一种绝对的指令。请相信我，我不会再像那个13岁的少年，把这个世界看成一个病的世界罪的世界，有待于我们正义的清扫。每一个人都有他存在的权利，有他的尊严，有他神圣不可剥夺的自由。我可以不喜欢这个世界，但是我不能侵犯这个世界，侵犯这个世界中的每一个人。我在17岁的那个冬日的黄昏，读懂了那双美丽眼睛的全部涵义。我从此恪守着彼岸和此岸的界限，理想和现实的界限，个体和类的界限。我在我的心里默默地守护着我的神圣我的家园，但是我却必须在人间终生维持"自由"这个伟大的字眼。在那双眼睛的美丽凝望中，我必须为我的13岁承担起责任。[2]

正是基于对"神圣"的理解，蔡翔明确了自己的责任："我必须终生为自由而战"[3]，因而他笔下流淌着呼唤社会良知、回归人文精神的篇章，挖掘着、批判着、也希望着时代在改革和转向中不以牺牲高雅文化作代价，不以因日益商业化的

---

1 蔡翔：《自序》，《神圣回忆》，上海：东方出版社，1998年，第2页。
2 同上书，第8页。
3 同上书，第7页。

社会风气而使优秀的传统文化逐渐淡忘，不以青年与未来更年轻的一代成为无根的浮萍。

除了对当今社会一些现象、事件的解读，蔡翔也以较为轻松自如、随意活泼的方式解构着传统。《语词别解》是"文化散步"丛书之一，包含《什么是"三不朽"》《居不必无恶邻》《羊角哀和左伯桃》《侠和刺客》《俞伯牙摔琴的故事》《嫌贫爱富与爱情神话》等53篇散文。散文集中有对古人所谓"三不朽"之说的追问，有因读太史公书中关于游侠和刺客的内容而引发的思考，有对俞伯牙摔琴的故事产生感慨从而思及知识分子的话语权力的传统等。关于这套丛书，金丹元在《语词别解》的《前言》中说："我们拟定撰写和出版这一套丛书，目的无非是为了抛砖引玉，既切盼能藉此契机引起各界人士对文化研究的再度关注，更希望广大读者，特别是青年读者，对我们的文化传统多一些了解和体认，不致因日益商业化的社会风气，而使得传统文化在我们这一代或下几代人中逐渐淡忘，使之成了一种无根的浮萍，漫无边际地四处漂游。我们希望更年轻的一代，用他们那丰富的青春和跃动的心灵去惊动秦时的明月，去叩击汉时的关。"对于《语词别解》和蔡翔，金丹元评价道："《语词别解》则是一部博采广取、轻松活泼，而又处处闪烁着作者睿智的文集。它一边讲述着许多历史掌故、俚言俗语，一边又贴近当代人的种种世相。作者在一家文艺杂志任理论编辑，见多识广，行文流畅，或调侃，或感叹，或诙谐，或庄重，富有哲理情趣，蕴含人生思考。"[1] 广泛地说，不仅仅是《语词别解》，蔡翔的其他散文均处处闪烁着他的睿智，以及他的"或调侃，或感叹，或诙谐，或庄重，富有哲理情趣，蕴含人生思考"的批判精神。

七、王干《静夜思》

王干（1960— ），笔名大野、月斧，籍贯江苏扬州。1985年毕业于扬州师院中文系。历任《文艺报》编辑、《钟山》编辑、江苏作协创作室副主任、《东方文化

---

[1] 金丹元：《前言》，蔡翔：《语词别解》，上海：上海文艺出版社，1998年，第2—5页。

周刊》主编、人民文学出版社编审、《中华文学选刊》主编、《小说选刊》副主编等。1979年在《雨花》开始发表作品。1990年加入中国作家协会。著有《王蒙王干对话录》《世纪末的突围——文学的误区》《南方的文体》《静夜思》《另一种心情》等文学评论集、散文集。丁帆评价王干的文学评论是"带着生命体征和温度的文字",是"用比狗的嗅觉还要灵敏的那种特有的感悟或顿悟,去感受作家作品,也就是与作家一起走进生活的现场,去触摸和体悟那充满着毛茸茸质感的现实"[1]。"灵敏"是王干对文学世界的感悟,也是王干对生活中人、事、物、景的静思与另一种心情。

《静夜思》是"当代名家散文随笔系列"丛书之一,分为"闲话南京""自言自语""说东道西""谈艺叙人"4个部分。"闲话南京"包含了《南京的桥》《南京的树》《南京的菜》《南京的话》《南京的春》《南京的夏》《南京的秋》《南京的冬》《南京的四季》等15篇与南京相关的散文,是王干对南京这座城市敏锐细致、近乎全方位的观察;"自言自语"基本是王干对自己成长、生活的回忆和记录,他写《怀念祖母》《怀想大野》《夏师娘》,写《猫·狗·鼠》《小学时代的旧课本》《第一次拿稿费》《初醉》《我喜爱的三首歌》《偷月饼》,写《寻找一种南方文体》《在夜晚写作》《用电脑写作》《远方来信》等文章,都是一个人的"言自、语自",有独语气质又不失闲话风;"说东道西"从麻将、围棋说到足球竞赛再到游历山水等,诚挚而不失批判,敏锐又鲜活;"谈艺叙人"是对文学艺术及一些作家的品读和散记,写了苏童、叶兆言、余华、刘恒、顾城、老梅、梁晴等人。

客观地说,抒写南京景、情、事、物的文章其实很多,抒写身边琐事、人生经历、周围世界,以及作家作品和文学现象的文章也很多,王干的独特在于,写南京时,他以"一种审美的介入方式,一种观察风景的角度"[2]敏锐地体察南京这座城市的一草一木。在《如何进入南京》一文中,王干说:"一个城市就像一个人一样,

---

[1] 丁帆:《带着生命体征和温度的文字》,《文艺争鸣》2017年第9期。
[2] 王干:《如何进入南京》,《静夜思》,南京:江苏文艺出版社,1998年,第1页。

观察它的视点角度不一样，判断也会相异。进入南京的方式我们是可以进行选择加以改变，但对一个人、对人生、对生活的观察和了解，我们往往会限于一种视角之中，不能自拔。"[1]他写其他存在时，能敏锐捕捉到那些习焉不察的微小，并跳出或是打破固有的观察视角与框架体系，提出新观点展陈新思想。赵娜说："王干先生的文章，与大千世界对话，随处可见'独见'。"[2]这种"独见"特质，与王干的敏锐文学气质有关，与王干思维的多动及对同一事物截然不同的态度有关，也与他不断推陈出新的探索精神有关，也是基于这种"独见"意识，他倡导和推进过"新写实""新状态"等文学思潮，策划过《大家》等文学刊物。

《另一种心情》是"文人闲话丛书"之一，分为"另一种心情""随笔与人""看客手记""延伸的风景"4个部分，选入篇目与《静夜思》有部分重合。"另一种心情"既是另一种观点，也是另一种人生思考的路径，所含内容大多是用当下心情回望过去的墓志铭、陋室铭、座右铭，以及写作、听摇滚、听古琴、用电脑写作等一系列与他生活、创作有关的事或人；"随笔与人"包含写作、情感和关于城市发展的喟叹和思索；"看客手记"则将自己冠以鲁迅的"看客"之名，写"看客"观围棋、麻将和足球的所观所想；"延伸的风景"回到批评家的"本职"，阐发了对20世纪90年代文化心理的批判及对作家作品的剖析和理解。在《随笔即人》中，王干思考风格与作家的关系，说"风格与作家的关系是复杂而有趣的。一个人在写随笔时由于没有那么多的束缚，则往往呈现出赤裸裸的真性情，兴之所至，趣之所使，行于所当行，止于不可不止，随意而来，随便而去，虽不必天马行空，但肯定有一份闲云野鹤的兴致"[3]。在《电脑与手迹》中，他对电脑的态度是"憎恨"的，"它撕破了披蒙在文人身上的最后一层面纱，消解了笼罩在写作之上的种种神秘的光晕，而让写作几乎还原到机械性的操作与劳动"[4]。但到了《用电脑写作》中，他又以"另

1　王干：《如何进入南京》，《静夜思》，南京：江苏文艺出版社，1998年，第3页。
2　赵娜：《"有独见之明"——读王干的"文学屏"》，《当代作家评论》2020年第5期。
3　王干：《随笔即人》，《另一种心情》，天津：百花文艺出版社，1999年，第58页。
4　王干：《电脑与手迹》，《另一种心情》，天津：百花文艺出版社，1999年，第18页。

一种心情"从另一个角度道出了"用电脑写作有一种说不出的乐趣"[1]。这些似乎自我矛盾的矛盾之笔，他借《散文是什么》从侧面解释过：散文要"散在骨里"，"也就是要讲求思想的自由，性灵的无羁无绊，无阻无拦"[2]。

评论家写散文随笔容易写出匠气，但王干的散文随笔属于他自己所说的"流出来的"文字，有着"嬉笑怒骂皆成文章"的真性情。他的散文随笔，诚如他在《随笔即人》中所述，"这些不经意的文字往往浓缩了他人生的经验、感慨、忧伤和懊恼，凝结着他的学识、见解、灵智和悟性，散发着他的才情风貌、他的地域特征、他的文化气息"[3]。

第九节　小说家散文

在现代文学领域，右手写小说、左手写散文的优秀作家大有其人，鲁迅、郁达夫、沈从文、冰心、茅盾等既是小说大家，又是散文名家。当代文学中，小说家写散文成为普泛现象，代表作家有"散文化小说"汪曾祺、"诗体小说"孙犁、"糖醋现实主义"陆文夫、"陈奂生系列"高晓声、"二十世纪中国文学的良心"巴金、"鬼才"贾平凹、"伤痕文学"刘心武、"短篇圣手"林斤澜、"知青文学"梁晓声、"乡土文学"陈忠实、"改革文学"蒋子龙、"新海派"王安忆、"最了解女人、最擅写女性的男作家"苏童、"写女性心理最好的男作家"毕飞宇、"从民间的角度来重写民国史"叶兆言，以及在军旅小说中享有盛名的李存葆、莫言、朱苏进、韩静霆、周大新、阎连科等。湖南文艺出版社策划的"小说家散文丛书"，先后出版了刘心武《你哼的什么歌》、林斤澜《散花记散》、李国文《说三道四》、叶楠《海祭》、梁晓声《丢失的香柚》、韩石山《纸窗》、陈忠实《告别白鸽》、蒋子龙《珍爱心

---

[1]　王干：《用电脑写作》，《另一种心情》，天津：百花文艺出版社，1999年，第19页。
[2]　王干：《散文是什么》，《另一种心情》，天津：百花文艺出版社，1999年，第233页。
[3]　王干：《随笔即人》，《另一种心情》，天津：百花文艺出版社，1999年，第58页。

灵》、王安忆《独语》、叶兆言《录音电话》、海男《心灵挽诗》和肖复兴《照不出自己的影子》，江苏作家李国文、王安忆、叶兆言位列其间。

总体来说，小说家散文各有各的风致，但叙述路径总体比较类似：一是基本作为小说题材的"边角料"，有点叶兆言说的"玩票"性质；二是故事性较强，偏于虚构或情节演绎；三是对文学技巧的征用比较多，像独白、对话、戏剧性、典型化、细节描写、心理分析、蒙太奇、想象、联想、伏笔等，无一不被其采纳；四是散文文体的"真实性"被"个人化真实"替代，更追求"现场"感的体验，用提炼式的经验写作取代非虚构的亲历写作。

一、陆文夫《壶中日月》

陆文夫（1928—2005），籍贯江苏泰兴，后迁居苏州。1948年毕业于苏州高级中学。1949年后任新华社苏州支社采访员、《新苏州报》记者。1955年开始发表短篇小说。1956年加入中国作家协会。1957年调江苏省文联从事专业创作，以苏州市井生活为题材开创"小巷文学"，短篇小说《小巷深处》风靡一时。1957年后命运多舛，1978年返回苏州从事专业创作。曾任中国作家协会副主席，江苏省作家协会副主席，苏州市文联名誉主席，《苏州杂志》社长、主编等。著有小说《荣誉》《二遇周泰》《小巷深处》《有人敲门》《献身》《美食家》《围墙》《小贩世家》《清高》《人之窝》等，出版散文集《壶中日月》《秋钓江南》等。

关于陆文夫小说的评论很多，散文的相对较少。王尧说："我觉得当我们注意到作为散文家的陆文夫时，关于陆文夫的研究才比较完整。……陆文夫的气质、性情和文字以及文体特征，在很大程度上都是'散文'的。……陆文夫对小巷和江南人文景观的敏感，对世俗生活的经验，以及他的文人趣味、情怀、智慧等，没有被他的小说遮蔽或滥用，而是独立成章为散文。"[1] 王尧所说的"陆文夫对小巷和江南人文景观的敏感，对世俗生活的经验，以及他的文人趣味、情怀、智慧等"特质，

---

[1] 王尧：《重读陆文夫兼论80年代文学相关问题》，《南方文坛》2017年第4期。

都漫溢在春风文艺出版社出版的散文集《壶中日月》中了。

《壶中日月》包含《梦中的天地》《林间路》《微弱的光》《壶中日月》《得壶记趣》《寒山一得》《秋钓江南》《门前的茶馆》《屋后的酒店》《深巷里的琵琶声》《姑苏菜艺》《江南厨王》《青菜与鸡》《要有点文采》《人过中年话提高》《写社会》等68篇散文。范培松曾如此概括陆文夫小说的苏州情结："当你翻开陆文夫的小说，满眼看到的是苏州，苏州的天、苏州的地、苏州的水、苏州的人和苏州的风俗，苏州成了他的全部作品的关键词。"[1]在这位并非土著"却比苏州人还要土著"[2]的小说家的散文创作中，"苏州"依旧占据着重要位置。在《壶中日月》收录的第一篇散文《梦中的天地》中，陆文夫开门见山道："我也曾到过许多地方，可那梦中的天地却往往是苏州的小巷，我在这些小巷中走过千百遍，度过了漫长的时光；青春似乎是从这些小巷中流走的，它在脑子里冲刷出一条深深的沟，留下了极其难忘的印象。"[3]《梦中的天地》写尽了苏州小巷的黑瓦、朱栏、白墙、廊檐、拱桥、石柱，写活了茶客、小贩、主妇、卖艺者、裁缝，陆文夫以婉约且细腻的笔触将苏州独特的风土人情、小巷生活一一舒展在文字间。这些悠长小巷的背后，是陆文夫"慢慢地"不断追寻的文学天地，"面对着大路你想驰骋，面对着高山你想攀登，面对着大海你想远航。面对着这些深邃的小巷呢？你慢慢地向前走啊，沿着高高的围墙往前走，踏着细碎的石子往前走，扶着牌坊的石柱往前走，去寻找艺术的世界，去踏勘生活的矿藏，去倾听历史的回响……"[4]这是陆文夫又一个"梦中的天地"。

对幼时的陆文夫而言，文学似乎有些遥远。在《微弱的光》中，陆文夫说："我年轻的时候曾经有过许多美好的梦，却没有一个梦是想要当作家的。"搞文学的"作家"在陆文夫眼中，是"太了不起"的存在，是如孔夫子般"连我的老师都要对着他的牌位叩头"的"圣人"，"不幸"的是，小时候的陆文夫极爱幻想，"而幻

---

[1] 范培松：《苏州文学三十年》，《扬子江评论》2008年第6期。
[2] 出处同上。
[3] 陆文夫：《壶中日月》，沈阳：春风文艺出版社，1995年，第1页。
[4] 同上书，第8页。

想总是和文学有缘的,只有文学可以为一个孩子提供那么简便而又无穷的想象的天地"。[1]五岁时陆文夫一家移居长江边,面对浩浩荡荡的长江,他产生了"这世界到底是什么样子的"的遐想,遐想无所依附时,"文学进入到我的生活中来了,它使我的想象有了依附,有了发展"[2]。就此,陆文夫与文学结缘。

虽说"幻想"使得陆文夫与文学结缘,但他确实是一个十足清醒的现实主义者,他曾风趣地将自己的叙事风格定义为"糖醋现实主义","有点甜,还有点酸溜溜的",因为他"盯着生活的底层和深处搞现实主义的"。王尧将陆文夫式"糖醋"的"甜"与"酸"理解为"陆文夫的创作在反思历史、直面现实时处理好了紧张与妥协的关系"[3]。陆文夫的创作与"潮流"无关,他更多地从他自己的具体情况出发,不受制于条条框框,也不会因为"固执、偏激、偏爱"而导致"僵化和半僵化"[4],有时可以通过"重新检查生活的储存"来获取新的、更深一层的发现。《人过中年话提高》把如何创作以及如何进一步提高创作讲得很通透:"在考虑如何把我们的创作提高一步的时候,就必须从我们的具体情况出发。不要丧失信心,也不要想入非非;不要犹豫不决,裹足不前,时不待人了!但也不要动辄来个三部曲,企图概括一个时代什么的。最好是花那么一点时间,把我们的仓库打开,把我们的积存——检点,重新认识它的意义。把过去的生活用现在的目光打量,把现在的生活用历史的目光检验。看准了,看清了,然后采取'老鼠吃馄饨'的办法,'挑那有馅儿的地方啃'。不要放着馅儿不啃,老是吃馄饨皮,也不要放着馄饨不吃,企图再去找碗红烧肉什么的。不要过分地爱惜自己的羽毛,写不出伟大的作品来也不要紧,只要求能从某个方面提供点东西,哪怕是一点素材、一本笔记也可以,让后来者去加以凝集。我们这一代的人要甘愿作人梯。"[5]《得壶记趣》则把人生的幽默与

---

[1] 陆文夫:《壶中日月》,沈阳:春风文艺出版社,1995年,第14页。
[2] 同上书,第15页。
[3] 王尧:《陆文夫研究资料》,北京:人民文学出版社,2016年,第7页。
[4] 陆文夫:《壶中日月》,沈阳:春风文艺出版社,1995年,第175页。
[5] 同上书,第175—176页。

智慧，附着在"我"用八毛钱就得的一把清代制壶名家俞国良所制的"鱼化龙紫砂茶壶"趣事上。起先此壶因过于"平平无奇"，"收藏紫砂壶的行家见到我那什景架上的茶壶，都有点不屑一顾"，"我"一直只将其当作"忠实的侍者"，后来这把壶在史俊棠、许秀棠、冯祖东等几位紫砂工艺家的"法眼"下现了真面目，成了"传世真品"，于是"忠实的侍者突然成了碰拿不得的千金贵体"。文末写道："世间事总是有得有失，玩物虽然不一定丧志，可是你想玩它，它也要玩你；物是人的奴仆，人也是物的奴隶。"[1] 这些被陆文夫誉为的"糖醋现实主义"，融入了日常化、趣味化、哲思化，易懂又不失深邃。

"糖醋现实主义"的"糖醋"，也与美食家陆文夫对"美食"内涵的拓展式理解有关。"美食"是陆文夫散文的重要题材，一方面，他把"美食"细化在日常生活中，如《青菜与鸡》写青菜在苏州人生活中的重要性，"阿要买青菜"几乎是每一个苏州人都听到过的话，从前青菜量多，因而有"咬得菜根，做得大事"的成语；而今生活条件转好，他以"咬得鸡腿，做得大事"来戏说鸡肉和青菜的身价反转现象，这是站在生活根基上的幽默风趣。另一方面，他把"美食"幻化在苏州菜的"精细"与对"精细"慢生活的期待中，如《姑苏菜艺》中将烹饪视为一种艺术，认为"艺术切忌粗制滥造"，要"热衷于原料的高贵和形式主义"。但随着旅游行业的发展，食客渐多，陆文夫说"人多没好食"，菜馆对他的"小小的要求"都办不到，即"要求那菜一只只地下去，一只只地上来"，不要"使得小锅菜成了大锅菜"，实是令人有些叹息。

散文集《秋钓江南》基本都是"美食"散文，所收散文虽然与散文集《壶中日月》多有重复，但都是陆文夫之所爱，所以他在《秋钓江南》的代序《永不凋零的艺术——吃》中，专心致志地叙述了饮食文化的过去与未来、继承与发展。陆文夫的"美食"也包括美酒。他爱饮酒，润化到作品中可见浓厚的酒文化。在散文《壶中日月》中，陆文夫说："我小时候便能饮酒，所谓小时候大约是十二三岁，这事恐

---

[1] 陆文夫：《壶中日月》，沈阳：春风文艺出版社，1995年，第33页。

怕也是环境造成的。"陆文夫的故乡泰兴县，1949年前算得上是酒乡。泰兴盛产猪，酒糟是上好发酵饲料，所以养猪。陆文夫因而笑说，"故乡的农民酿酒，意不在酒而在猪"。酒，是陆文夫对故乡的独特记忆。到了而立之年，陆文夫躬逢"反右"，"惶惶不可终日"，"我不知道与世长辞是个什么味道，却深深体会世界离我而去是个什么滋味"，如古代许多文人一般，陆文夫"借酒浇愁愁更愁"，饮酒就此"一发不可收拾"[1]。酒在陆文夫后来的人生中，慢慢从因幼时好奇而饮，到青年时的以酒浇愁，再到中晚年时因热爱而不可放弃。晚年的陆文夫面对健康和酒这"鱼和熊掌不可兼得"的二者，洒脱风趣地以"中庸之道"来回应医生所言的"你要命还是要酒"："酒，少喝点；命，少要点。如果能活八十岁的话，七十五就行了，那五年反正也写不了小说，不如拿来换酒喝。"[2] 对陆文夫来说，"酒"诚可谓壶中"日月"，有人生的成长，有岁月的伤痕，更有对生命意义的探寻。

除了酒还有茶。"茶"或"茶馆"在陆文夫散文中出现得也很频繁。在《梦中的天地》中，他具体描述茶馆中有"一个劲地把那些深褐色的水灌进肚皮里"的"皮包水"的人，有叫卖声清脆响亮的兜售瓜子、糖果、香烟的女子，有戴着墨镜、拉着二胡的瞎子……市井生活的风土人情跃然纸上。在《门前的茶馆》中，他写山塘街对面一家小茶馆里的"大世界"，随着社会经济发展，茶馆无利可图，也渐渐落寞，对"茶馆"这个苏州一大特色的消失，陆文夫有些可惜、无奈。但"茶馆"也并非完全消失，"茶馆"的传统由老茶客们自发地以"俱乐部"性质重建起来，包含着陆文夫所说的"无可奈何花落去，似曾相识燕归来"的欣慰。

此外，陆文夫还写了一些怀人散文。在《老叶，你慢慢地走啊！》一文中，陆文夫认为叶至诚"不负天下人"，认为自己负了叶至诚，若非自己闯入叶至诚的家，后来的噩梦或许可以幸免；世界也有负于叶至诚，如此纯粹且乐观好脾气的老叶，却终年六十六，并没有很长寿。对于叶至诚的离去，陆文夫字里行间流露出的

1　陆文夫：《壶中日月》，沈阳：春风文艺出版社，1995年，第22—23页。
2　同上书，第28页。

真情和痛心感人肺腑。在《哭方之》一文中，陆文夫情感同样真挚且猛烈："一团火，一把剑，一个天真的孩子，这就是我所熟悉的方之。如今，火灭了，剑入鞘，天真的孩子回到了大地母亲的怀抱，方之死了！他不该死，不能死，也不应当死；即使每个人都免不了死，他也死得太早。他才四十九岁啊！"[1] 陆文夫表达对老友和故人的怀人散文还有许多，诸如《心香一瓣》《送鲍昌归去》《王愿坚的愿望》等，均以诚挚的话语、深厚的情感，诉说着对故人离去的痛心和怀念。

王尧说："文学和苏州都是陆文夫'梦中的天地'，但陆文夫'梦中的天地'也许更为辽阔。"[2] 陆文夫以"糖醋现实主义"深入生活本相，或幽默或哲理，或哀痛或从容，将"苏州小巷"留在了文学里，将"小巷文学"留在了史册里。

二、高晓声《寻觅清白》《高晓声散文自选集》

1996年1月，海南国际新闻出版中心出版高晓声散文集《寻觅清白》。图书封面是一朵快要残败凋零的莲花，封底的荷花花瓣已经凋谢，独留光秃秃的莲蓬。三年后的1999年7月，高晓声在无锡病逝，享年七十一岁。

《寻觅清白》是高晓声自选散文集，入选作品大多流传甚广。高晓声寻觅的"清白"，是真善美。他说："《寻觅清白》书名就可能有刺激性，戳眼睛，所以我在序言里扯开去，有意搞一点模糊，突出自然环境问题。其实我讲'一路挥霍'，子孙后代还余什么？没有绿色，没有鸟鸣，没有花香，没有清水，没有新鲜空气，剩下了机器和机器人。"[3] 关于"清白"的置放，高晓声说："清白只存在在我的散文里，只能读我的散文为满足。"[4] 他将童年的清白之境和长大后的家园之思留存在散文集中。这些散文，有对童年往事的回忆，如《走向世界第一步》《从小捉鱼放牛始》《家贫读书难》等；有写家乡的水产风物，如《喧闹的沟梢》《黑鱼篇》《甲鱼

1　陆文夫：《壶中日月》，沈阳：春风文艺出版社，1995年，第297页。
2　王尧编：《陆文夫研究资料》，北京：人民文学出版社，2016年，第3页。
3　转引自冯士彦：《高晓声的肺腑之言》，《翠苑》2012年第3期，第54—57页。
4　高晓声：《寻觅清白》，海口：海南国际新闻出版中心，1996年，第1—2页。

精》《黄鳝命》等；有对现代生活的思考，如《吃苦不是教育》《放肆的怪物》《钱往哪儿跑》等；也有一些游记之类，如《寻找美国农民》《远方的亮点儿》《觅五台》等。

作为江南人，高晓声对水、鱼很是熟悉。《寻觅清白》中的追忆童年，鱼类占了绝大篇幅，青鱼、草鱼、鲫鱼、鲤鱼等水产，从抓到吃——道来，为我们铺展了活泼泼的江南民间细节。高晓声说："每一个人对自己的故乡都应该很熟悉，故乡的每一样东西，每一种风情，都曾千百次见过。"[1]但是，随着现代化进程的突飞猛进，人们征服、改造和掠夺自然的欲望无限膨胀，江南的生态环境遭到了猛烈的冲击。一方面，梁晓声沉浸在江南人文和江南童年的回忆中，"从那以后，我不知做过多少个在芦苇塘里拾野鸭蛋的梦。那个时代真不该过去，过去了也应该再回来啊！"[2]另一方面，作为有良知的知识分子，梁晓声在散文中表达了他的忧患意识和担当情怀。他在《一路挥霍》中写"草塘浜洋洋洒洒的河面虽没有变小，但看上去却像条瘦瘦的曲鳝，而且是一条发黑发臭的死曲鳝，不屑一顾。鱼虾蚌螺虽然还有，但都像医院里出来的病人，一身药水味，有的变得畸形怪状，十分难看"[3]。他发现大自然的种种好像离孩子们越来越远，伴随更多的是没有生命的模拟物，由此发出沉重的叹息："有一位外国诗人曾在我面前朗诵过一首短诗。记得其中的两句是：'孩子们，泥土在哪里？在你们的脚下，水泥覆盖着。'难道他们只得这样告诉下一代吗！"[4]他在《茫茫飞》中记述楼房赶跑了燕子，"竟使主人也只想往外飞了"，"这还像农民吗？"[5]痛定思痛，于是，对自然的重建和保护，对人与自然的和谐共生，成为高晓声散文的重要主题。黄毓璜说，高晓声一方面"以痛悼的心绪进入'大自然'的审视，以惆怅的思情进入岁月的回味，以探究的姿态进入现实的拷问……呈现属于一个时代的思考，昭示一个需要思考的时代"；另一方面又"运

1　高晓声：《寻觅清白》，海口：海南国际新闻出版中心，1996年，第25页。
2　同上书，第67页。
3　高晓声：《高晓声散文自选集》，北京：作家出版社，1999年，第105页。
4　同上书，第106页。
5　高晓声：《寻觅清白》，海口：海南国际新闻出版中心，1996年，第61—62页。

动他充盈天真并天趣的语言,写气图貌而属采附声,综述性灵而敷写器象,驾轻就熟地完成着对于情感情绪情致乃至知性理性悟性独到的发见和独特的传达"[1]。

1999年5月,作家出版社出版《高晓声散文自选集》,收61篇散文。这些散文,基本写童年往事、家乡水产风物,也有关于环境保护问题的篇目如《再说面对垃圾》《莫爱污染》《关于重新安排山河》等,还有一些人生感悟如《朋友种种》《烟囱世界》《壶边天下》等,部分散文与《寻觅清白》重复。《代序》和中国文联出版公司1987年出版的《生活的交流》的代序一样,都用了寓言式的文章《摆渡》。《摆渡》讲了一个故事:四个人要渡河,分别是有钱的、大力士、有权的和作家。摆渡人要他们分一点最宝贵的东西给他,不然就不摆。除了作家,其他三人都利用了他们的优势顺利地上船了。作家最宝贵的就是写作,可是一时半会儿写不出来,当他心酸仰天叹道:"我平生没有做过孽,为什么就没有路走了呢?"摆渡人一听,把船靠了岸,说:"你把你最宝贵的东西——真情实意分给了我。请上船吧!"如果摆渡人仅仅渡了有钱的、有权的和大力士,说明他也只是金钱和强权的奴隶,但是摆渡人能够感受到作家的真情实意,这就显示了江南人的智慧和灵气,这种灵气和智慧也有足够的理由让作家留在渡船上,自动去做摆渡人。过了一阵之后,作家又觉得自己并未改行,"原来创作同摆渡一样,目的都是把人渡到前面的彼岸去"。"作家摆渡,不受惑于财富,不屈从于权力;他以真情实意享渡客,并愿渡客以真情实意报之。"[2]这是创作和摆渡的智慧,也是高晓声公开表达的写作宣言。

诚然,优秀的散文需要内心的至真至纯,同时也需要思想的质感。生于江南长于江南、在水边出生水边长大的高晓声充满了智者的灵气与自省。他在《活泼》中写鱼的活泼和鱼池的故事,突出鱼生存的灵性,同时思考这种"灵性会不会退化消失,聪明会不会转化为愚蠢"[3]。他在《寂寞》中怀念亡妻,表示"我需要爱人,需

1　黄毓璜:《〈寻觅清白〉书后》,《当代作家评论》1997年第1期。
2　高晓声:《生活的交流》,北京:中国文联出版公司,1987年,第2页。
3　高晓声:《活泼》,《青春》1992年第8期。

要人爱。荒诞的是我竟不敢在人间寻觅，而只寄希望于鬼蜮"[1]。他在《火火火》中，由麦收季节的刘麦、火烧麦秆，回忆二十年前烧麦秆会被人打杀，觉得好像"我们吃那个苦头不值得，那么贱，一把火就轻易把它烧了"[2]等。对此，黄毓璜有过中肯评价："高晓声是一个坚执于自我感受方式的、主观抒情性很强的作家。对于在客观实然性上封杀自我的作家来说，他是'张扬'的；对于倾泻激情的作家来说，他又是'节制'的。他就是在这张扬与节制中协调出了自身。其作品算不得黄钟大吕，其所以能赢得读众，不只是因了艺术的独特性，更因其思想、情绪的独步、独到，启迪并接通了最为广泛的普通人共同的思索和共在的心声。"[3]这是高晓声的独到之处。

三、李国文《骂人的艺术》《淡之美》

李国文（1930—），籍贯江苏盐城，生于上海。1957年在《人民文学》发表处女作《改选》，后下放铁路工地劳动。1976年10月后重新写作。1980年3月在《人民文学》上发表《月食》，获全国优秀短篇小说奖。1981年出版长篇小说《冬天里的春天》，获第一届茅盾文学奖。1984年发表长篇小说《花园街五号》，《危楼纪事》获1984年全国优秀短篇小说奖。1986年调中国作家协会，担任《小说选刊》主编，至1989年底该刊停刊。现为中国作家协会专业作家。著有散文随笔集《骂人的艺术》《寻找快乐》《苦瓜苦瓜》《淡之美》《说三道四》《十字路口》《红楼非梦》《闲话三国》《雪泥鸿爪》《历史这面镜子》等。

文学熏陶是李国文创作灵感的来源之一。他在采访中说过："我写散文，大约从20世纪90年代开始，在《人民文学》《当代》《随笔》《文学自由谈》等刊物开过专栏，大多谈一些生活中的见闻和感受。我从年轻时就读过《红楼梦》《水浒传》《三

---

[1] 高晓声：《高晓声散文自选集》，北京：作家出版社，1999年，第155页。
[2] 高晓声：《火火火》，《钟山》1997年第1期。
[3] 黄毓璜：《作家高晓声》，《文学教育》2010年第9期，第10—11页。

国演义》和二十四史，在读的过程中不免产生很多想法，这些想法不仅没有随着时光的流逝而消逝，反而更深刻、更多。"[1]《骂人的艺术》就是凝聚"这些想法"的散文随笔集。书中有对《红楼梦》的品析，如《宝钗这个人》《贾政的"生的门客"》《小奴才茗烟》《了不得的王夫人》等；有对生活现象的反思，如《龙多不治水》《观鱼》等；也有些历史散文，如《匹夫董卓》《点鬼簿》等。书名为"骂人的艺术"，其实书中大多数的内容与骂人没有太直接的关系，倒是有篇《挨骂的艺术》，所谓"挨骂的艺术"，实际上包含着"骂人"和"挨骂"的两重艺术："骂人是艺术，骂得淋漓尽致，骂得入骨三分，不容易，是一门功夫。同样，挨骂也是艺术，挨骂得脸如城墙，心如古井，酒饭不误，照当丧家之犬，抽不冷子还能反咬一嘴者，也是一门功夫。"篇中列举《红楼梦》中骂的语言，"有真骂，有假骂，有狠骂，有毒骂，有得骂的骂，没得骂的也骂"，尤其是焦大借酒撒疯时的一通骂，通过各种"骂"，最终总结出"骂人"与"挨骂"的艺术，称赞《红楼梦》书中这种最典型地表现出中国人文化心态的骂和挨骂，即使世界文学名著，恐怕也是望尘莫及的"。[2]

《红楼梦》带给李国文的当然不只有"骂和挨骂"的思考，它在李国文阅读生涯中占据着极为重要的地位。在《不朽红楼》一篇中，他直言《红楼梦》是"一部永远读不完的书"，是"绝顶之作"[3]。散文集中很大部分内容都在分析《红楼梦》中的人物或事件，例如嘲讽贾政"年轻人的作品他不喜欢，他自己又写不出来"[4]。李国文也清晰地看到曹雪芹笔下的贾母，"实际上反映了从旧石器时代晚期到新石器时代，以婚姻和血缘关系结成的社会单位，也就是母系氏族中，至高无上的、不可逾越的女家长的影子……自然也是众望所归的绝对起着举足轻重作用的核心人物"[5]。因为对《红楼梦》的痴迷，后来他还出版了红楼梦研究之《楼外谈红》

1　孙建强：《读书，写作，学语言——作家李国文访谈》，《语文建设》2010年第4期。
2　李国文：《骂人的艺术》，北京：群众出版社，1993年，第64—66页。
3　同上书，第215—216页。
4　同上书，第20页。
5　同上书，第34—35页。

《李国文谈〈红楼梦〉》。

　　李国文不光能细数《红楼梦》的种种情节,对历史知识也驾轻就熟。他用当代的眼光审视历史,在《爬格子的游戏》中考证司马迁《史记》的曲折诞生,在《匹夫董卓》中深究董卓的作恶等,虽时有一些精妙的道理或思想,但总体偏于知识性与故事性,小说家印痕较为浓烈,以至于王兆胜说:"归根结蒂,李国文不少历史文化散文依仗的主要还是历史知识或者说故事,这是他叙事的基本,他是借历史知识和故事展开叙述的,如果从文本中将这些东西抽离出去,李国文本人的东西并不多。所以说,李国文有些文化散文仍摆脱不了'知识'和'故事'的圈套。如果有'画龙点睛'之笔,那么全文顿时生色,否则也难逃材料堆积之弊。"[1]

　　当然,老练幽默也是李国文散文的特色。他在《弄堂英雄》中调侃一些批评家:"也真是琢磨不透,干吗要学那些弄堂英雄的行径,类似的墙上画个乌龟或其他动物什么的,把作者的名字写上去,借此来泄愤或邀宠呢?我倒很想建议这些批评家去看看中医,是不是肾亏阴虚、中气不足,或肺热阳亢、虚火上升,否则的话,用不着这样色厉内荏地非把作者骂成畜生不可的,也太有失风度了。"[2] "凡走极端到伤天害理程度者,最好摸摸自己的肚脐,是不是将来会有点灯的可能?"[3] 这些辛辣老练的话语真可谓是"骂人的艺术"了。

　　李国文还有几部散文集,延续了他老练幽默的语言风格,以及对经典名著、对历史的探索和思考。《闲话三国》1997年5月由新疆人民出版社出版,是"书话与闲话丛书"之一。此书包含《做一个中国人,焉能不读〈三国演义〉》《看〈三国演义〉不仅仅是替古人掉泪》《孔夫子不语怪力乱神,但他老人家,菩萨要拜的》《好书,永远不会过时;过时,也就不是好书》等76篇散文,基本以或概括、或抒情、或具有哲理的句子为篇目名,透着自由随性。该书的图书简介概括得全面:著名作家李国文《闲话三国》,据史实,讲故事,说权谋,道忠奸,探寻世界分合之道,

---

1　王兆胜:《困惑与迷失——论当前中国散文的文化选择》,《当代作家评论》2003年第6期。
2　李国文:《骂人的艺术》,北京:群众出版社,1993年,第160页。
3　同上书,第192页。

分析博弈消长之谜，梳理人生成败之路，纵横捭阖，深入浅出，内容丰富扎实，题旨深邃博大，文字精短凝练，实为醍醐灌顶的酣畅淋漓之作。叙述手法上，《闲话三国》延续了《红楼梦》的考究方式，对《三国演义》中人物、计谋、事件、历史予以"当下性"思考，也有消解历史及历史中人物的快感。"闲话"的这些历史散文，诚如他在《历史的价值，在于它是每个时代都可以借鉴的镜子》中所说："爱和恨的感情，构成了历史，遂像一面镜子，供后人借鉴。"[1] 两年后，河南文艺出版社出版了他的散文集《历史这面镜子》。与《闲话三国》不同，《历史这面镜子》创作对象更为广泛，涵盖了从古到今的中西方历史人物、历史故事，是李国文对历史深层的审视和追寻，包括《苏东坡戒诗》《黄州好猪肉》《斯威夫特的箴言》《左拉的逃亡》《读"且介亭"》《学步邯郸客》《鲁迅先生的旧账》等63篇散文，基本是些短章，写史论世、记人述事均不急不躁，是李国文在历史洪流中捡拾的一片一片"应该珍惜，应该谨记"的"叶子"，由此"形成一种很特别的风格"[2]。

　　散文集《淡之美》1996年3月由吉林人民出版社出版，是"当代名作家寄语青年丛书"之一。王蒙在丛书的总序《倾诉和倾听》中指出："事实证明，记忆是无法一代又一代地保持下去的，对于某一代人刻骨铭心的东西，另一代人却觉得匪夷所思，觉得不太真实，觉得早就该忘却了，觉得没有多大意思，这都是可能的。但同时，历史又是活在现实之中的，一代人用眼泪，用鲜血，用跌跌绊绊的鼻青脸肿换来的经验是不能够掉以轻心的。这样，寄语青年，不但是可能的也是必要的了。"[3] 李国文在《淡之美》中，正是通过饱经沧桑的记忆，倾诉"自己一生中那碧绿碧绿的蓝天，那丝丝缕缕的云霞，那习习匀匀的和风，那淅淅沥沥的细雨，那灿烂辉煌的日子里，曾与阳光共舞的回忆"[4]。而这些"回忆"，同样出现在《苦瓜苦瓜》这

---

[1] 李国文：《历史的价值，在于它是每个时代都可以借鉴的镜子》，《闲话三国》，乌鲁木齐：新疆人民出版社，1997年，第277页。

[2] 李国文：《拾叶者言（代序）》，《历史这面镜子》，郑州：河南文艺出版社，1999年，第1页。

[3] 王蒙：《倾诉和倾听（总序）》，李国文：《淡之美》，长春：吉林人民出版社，1996年，第1—2页。

[4] 李国文：《自序》，《淡之美》，长春：吉林人民出版社，1996年，第4页。

部文集中。李国文在《胡同之死》中回忆那"一扇不拒绝我的门"[1]，在《好心之过》中追忆曾经和一个年轻人打过的赌——"好心和好报是两回事"[2]，在《试金石》中感怀在20世纪六七十年代的特殊时期钱师傅给自己带来的弥足珍贵的教益……《苦瓜苦瓜》，题目背后隐含着多层意味，一是写这类随笔、散文，"和我写小说一样，对我来讲，也是一件乐在其中、苦在其中的事情"[3]；二是这些议论性的短文（例如《破除陋规》）给"我"的一个阶段的生活带来的苦楚如苦瓜一般；三是以"苦瓜虽苦，但绝对可以放心吃"喻其文章虽似苦瓜味苦，但不无益处。李国文在《序》中幽默地说道："当然，不吃苦瓜，死不了人；但吃了苦瓜，也同样不会死人的。何况，还会去火，尤其对那些虚火上升、肝火旺盛、邪火上焦、欲火难忍之人，不无益处。如果这样，何不东瓜西瓜、南瓜北瓜、甜瓜苦瓜、葫芦茄子一起上呢？在文学这饭桌上，不也更多一些热闹吗？"[4]

李国文接受访谈时曾说："只有发自胸臆，无忌无讳，真实地写了作者所见所闻、所想所念，才是毫无疑问的散文。"[5]纵观李国文的散文创作，不仅有散文的真我，还有小说讽刺的笔法和幽默的文风。

四、叶兆言《流浪之夜》《南京人》

叶兆言（1957— ），籍贯江苏苏州，生于江苏南京。家学渊源，祖父是著名作家及教育家叶圣陶。1974年高中毕业，进工厂做钳工四年。1978年考入南京大学中文系，1986年获南京大学硕士学位。1980年开始发表作品。历任金陵职业大学教师，江苏文艺出版社编辑，江苏省作协专业创作员、副主席等。著有长篇小说《死水》《今夜星光灿烂》《花影》《花煞》《走进夜晚》《一九三七年的爱情》《别人的爱

1　李国文：《胡同之死》，《苦瓜苦瓜》，西安：陕西人民出版社，1995年，第132页。
2　李国文：《好心之过》，《苦瓜苦瓜》，西安：陕西人民出版社，1995年，第134页。
3　李国文：《序》，《苦瓜苦瓜》，西安：陕西人民出版社，1995年，第1页。
4　同上书，第3页。
5　孙建强：《读书，写作，学语言——作家李国文访谈》，《语文建设》2010年第4期。

情》《没有玻璃的花房》《我们的心多么顽固》《刻骨铭心》，中篇小说集《艳歌》《夜泊秦淮》《枣树的故事》《路边的月亮》《五异人传》《悬挂的绿苹果》《最后一班难民车》《爱情规则》《红房子酒店》《采红菱》《魔方》《烛光舞会》《走近赛珍珠》《不坏那么多，只坏一点点》，散文随笔集《流浪之夜》《失去的老房子》《录音电话》《旧影秦淮》《闲话三种》《杂花生树》《烟雨秦淮》《南京人》等。

叶兆言是位高产作家，也是个痴迷于写作的人。南帆说："在我看来，叶兆言为之疯狂的仅仅是文学写作。一本文学杂志曾经发表一幅叶兆言的相片：他盘腿而坐，怒目圆睁，满脸胡子拉碴，双手搏命一般敲打键盘，一副舍生忘死的气概。不过，对于叶兆言这种长跑型的作家说来，更为重要的是常规写作：每日得数千字，数十年如一日，完成一部作品的目的就是为了开始另一部作品。文学写作犹如天命。没有什么可写的时候，他们焦虑烦躁乃至痛苦不安，仿佛生活丧失了目标。文学写作可能遭遇种种问题乃至挫折，解决的方式只有一种——持续不断地写下去。叶兆言在长篇小说《很久以来》中也说过：'很多年前，刚开始写作的时候，有着多年写作经验的父亲告诉我，写作就一个字，就是他妈的"写"。父亲从来不是个喜欢爆粗口的人，可是忍不住用"他妈的"来加重语气。似乎时不再来，写作的最大秘诀就是想写就写，想写赶快写。'"[1]

"左手小说，右手散文"[2]是叶兆言的现实生活。他小说"写"得比较勤快，散文也是信手拈来。《流浪之夜》是叶兆言的第一本散文集，1995年8月由江苏文艺出版社出版。他在《自序》中坦言："散文对于我，只是小说之余的一种消遣。写小说好比抽大烟，不写小说，散文便成了一支聊以解闷的香烟。散文和小说一样，都是心灵的声音。"[3]无疑，叶兆言"心灵的声音"是朴实真诚的，他将散文创作当作小说创作之余的真诚闲谈。《流浪之夜》收的49篇文章，都是他从自己的人生中"抄"

---

[1] 南帆：《写作犹如天命：文学与历史的缠绕——叶兆言若干作品的感想》，《小说评论》2022年第4期。
[2] 叶兆言：《写在后面》，《现实生活》，上海：文汇出版社，2014年，第336页。
[3] 叶兆言：《流浪之夜》，南京：江苏文艺出版社，1995年，第2页。

来的，有回忆童年生活的如《祠堂小学》《流浪之夜》《小资产阶级》等，有讲述生活趣事的如《玩半导体收音机》《非法买卖》《养猫》等，有谈与文学不解之缘的如《文学少年》《文学青年》《雨果难忘》等，有怀人叙旧的如《徐老师》《纪念》《红沙发》等。他的怀念与记忆都透着人间的"小温暖"，如《骑车旅行》写浙江的小旅馆，"如今想起来就让人怀念，花二三块钱可以酒足饭饱，美美吃一顿，吃得醉醺醺，沿着小县城的石子路，晃悠悠地回小旅馆，那快乐的滋味，连做梦也不会遇到"[1]。《学日语》中写"荒唐的学日语留给我的记忆，就是我们老盼着正经八百的课快点结束，就是老先生突然振作精神，开始眉飞色舞漫谈他的过去。残存在老师记忆中的繁华梦，常常会无意中，从我眼前像风一样地吹过"[2]。他在散文中刻画着典型人物，如名篇《纪念》中写父亲的童年、作家梦和20世纪六七十年代中受的罪，他说："父亲即使死到临头，仍然顽固地相信自己会成为一个好作家。父亲没有认输，在精神上，父亲仍然是一个胜利者。父亲带着强烈的作家梦想撒手人寰。在另一个世界，父亲仍然会继续他的作家梦想。父亲的故事感伤地记录了一代知识分子曲折的心路历程。父亲的故事只是一个文学时代的开始。父亲的故事永远不会完。"[3]在《文学少年》中描绘疯狂的文艺青年毛头："毛头的诗实在太多，太多。他每年都为自己编一本诗集。他身上永远揣着笔，走到哪，想到哪，有时灵感来了，扯上一张纸，刷刷记下，然后把纸片藏口袋里，继续海阔天空说大话。"[4]这些悠然散漫的文字，如张宗刚所评价："叶氏行文以学养和体验作支撑，侃侃而谈，不为知识、史料和经验、定见所奴役，融学问、见识、趣味、才情于一炉，成就一种通俗而不媚俗、家常而又高妙的'兆言体'，娓娓道来，自在亲和，仿佛与人负暄琐话，抵掌而谈，促膝共语；语句的琅琅上口，有时又仿佛大珠小珠落玉盘，幽默、戏谑与悲悯兼备，具明清文人趣味，得英法散文美质。这份功夫，显然受益于

1　叶兆言：《流浪之夜》，南京：江苏文艺出版社，1995年，第86页。
2　同上书，第89页。
3　同上书，第194页。
4　同上书，第53—54页。

严格的训练和扎实的功底。"[1]

散文集《南京人》收录了叶兆言90年代写的与南京相关的文章，包括《怀旧情结》《南京的沿革》《诗人眼里的南京》《金陵王气》《亡国之音》《城市的机遇》《流民图》《六朝人物与南京大萝卜》《城南》《城北》《南京的吃》《南京的喝》《南京的玩》《南京的乐》《南京的四季》《南京人》《南京的外地人》《南京的作家》《南京的大款》《南京的工薪阶层》《南京的男人》《南京女人》等26篇散文，文字间透着浓厚的"文人情调"。叶兆言是南京本土作家，对南京有着深厚感情，对南京城市的现代化进程也有着深刻隐忧。他在《自序》中说："这本挂一漏万的小册子，注定有许多毛病，但是毕竟考验了我的能力，毕竟给了我一个寄托的机会。写作的过程很痛苦，却让人感到充实。写作的结果，也让人感到自慰，也许这就是一个人为什么渴望当作家的奥妙所在。"所谓"寄托的机会"，是叶兆言借由《南京人》把自己沉入南京的传统文化、地理环境、王朝更替、城市气质乃至市民衣食住行中，既有思古幽情又有现世描摹，充满人文情怀又不失平和隽永之气。如在《金陵王气》《亡国之音》《六朝人物》《流民图》中谈南京的帝王、文人和人口流动，说："没有一个古老的城市，比南京更适合聆听亡国的声音。金陵自古有王气，与其说是豪言壮语，还不如说是往事不堪回首的感叹。"在《南京男人》《南京女人》《南京的吃》《南京的喝》等文章中，一一记述南京人的闲适与气质，他说："南京的酒，对南京人的性格并没有什么改变。南京人喝酒，体现的也是一种南京人的精神。可惜今天的南京人已经不喝屠苏酒了。"《南京的玩》写"玄武湖公园里有无数棵这样的洋核桃树，多少年来，似乎总是那么几个人，在特定的日子里，喜气洋洋地跑来偷摘果实。我从来没有见过管理人员出来干涉过他们，也许在摘果实的人中间，有的自己就是管理人员"……无论是漫谈古城南京，闲话文化名人，还是追怀亲朋好友，思索当下生活，都散发出从容恬淡的儒雅气息，也隐藏着对往昔时光的吊唁与对当下时代激进发展的忧思。后来叶兆言把《南京人》《南京人·续》两本合在一起，由南京大学出

---

[1] 张宗刚:《小说家的散文——叶兆言散文读札》,《扬子江评论》2010年第4期。

版社出版修订版,"内容简介"中写道:

> 南京是中国著名的城市,素有六朝古都、十朝都会之称,历史上的南京在中国的政治、经济、文化等诸多方面都有重要的影响力,是一个有着深厚的历史文化积淀的城市。南京人的性格、好恶、习惯以及南京城的历史在南京人的集体无意识中留下的痕迹,都在《南京人》这本书中有着细腻的展现,活画出南京人作为一个群体的精神和灵魂;作者对南京的古迹、老房子、饭馆、交通以及南京在历史发展中的重大事件、故事等也娓娓道来。全书不仅令读者了解南京在近现代史上的独特地位及城市气质的养成,也展现了南京近二十年来的发展和变化,从一个城市的角度,也折射出中国的社会变迁。

换句话说,《南京人》不仅是叶兆言展示南京人宽厚的书,也是展现南京历史文化、名人逸事、城市性格的书,更是展现时代进程中都市人如何与时代同频共振又不失精神传统的书。

此外,叶兆言还写了一些"似淡而实美"的散文,都是朴实真诚的写作。如散文集《失去的老房子》。黄轶说:"关于'似淡而实美'一点,就是说叶兆言的优秀之作乍一看平平淡淡,仔细品读却颇具韵味,能吸引读者一再品读,这就是'无法之法'的艺术境界。"[1]1999年1月,《叶兆言绝妙小品文》由长春时代文艺出版社出版,收录了散文集《流浪之夜》和《失去的老房子》中的部分内容。书中分为"名与身随""面对流行""怀旧情结""白纸黑字"四部分。"名与身随"回忆生活中的小事,如《名人售书》《鹦鹉和麻雀》等;"面对流行"写出了俗人的喜怒哀乐与世态人情,如《想当官》《想发财》《想清高》《动物和男人》《好人和坏人》等;"怀旧情结"主要写南京的历史和人事,如《南京的改革》《南京人》等;"白纸黑字"基本写与文学的交流,如《文学少年》《先锋的姿态》等。叶兆言在《自序》中说,这

---

[1] 黄轶:《丰富的可能性——叶兆言论》,《文学评论》2016年第6期。

是他最厚的一本散文集，分量似乎最重，风格也更多样。[1]

总括地说，叶兆言散文涉笔成趣，谈古旧文化、谈当下生活、谈文学写作，凡宇宙之大、苍蝇之微皆能纳入笔端，有文人气、有烟火气、无俗浊气。吴周文、张王飞这样评价："如果说汪曾祺作为20世纪'中国最后一个士大夫'、20世纪'最后一个中国古典抒情诗人'，那么对师承汪曾祺的叶兆言而言，则是跨世纪之后当代散文作家群中最具'士大夫'品格、最具传承担当的一位标志性的名家。"[2]

五、苏童《寻找灯绳》

苏童（1963— ），原名童忠贵，籍贯江苏苏州。1980年考入北京师范大学中文系。1983年开始发表作品。1985年底调入《钟山》杂志社任文学编辑，是江苏省作家协会副主席。

苏童以小说创作为主。1987年发表小说《1934年的逃亡》，与洪峰、格非等成为先锋小说的代表人物。1988年发表《妻妾成群》，获《小说月报》1991年第四届百花奖，后被改编成电影《大红灯笼高高挂》，电影获第48届威尼斯国际电影节银狮奖、意大利电影大卫奖最佳外语片，1992年提名奥斯卡金像奖最佳外语片奖，1993年获得英国电影学院奖最佳外语片。出版小说《米》《妻妾成群》《红粉》《我的帝王生涯》《城北地带》《离婚指南》《武则天》《碎瓦》《祭奠红马》《南方的堕落》《刺青时代》等，散文集《捕捉阳光》《寻找灯绳》《河流的秘密》等。

写散文并非是苏童的"自愿"。1989年发表的《叶兆言印象》，开篇就写着："我不太愿意替叶兆言写文章是因为叶兆言绝对不会替我写文章，我想叶兆言也不太会替任何人写这种评功论罪的文章。也许他不感兴趣，所以这篇文章的出笼全是德培先生固执己见的缘故。"[3] 在这篇"非自愿"散文之后，苏童自发性的散文写作

1　叶兆言：《自序》，《叶兆言绝妙小品文》，长春：时代文艺出版社，1999年，第2页。
2　吴周文、张王飞：《"学者型"的呈现与"言志"的传承——论叶兆言的散文》，《江苏社会科学》2019年第2期。
3　苏童：《寻找灯绳》，南京：江苏文艺出版社，1995年，第177页。

忽然涌现了出来，陆续发表了《三读纳博科夫》《令人愉悦的阅读》《二十年前的女性》《初入学堂》《九岁的病榻》《寻找灯绳》《薄醉·茶香》《纸上的美女》等，后来出版了散文集《寻找灯绳》《捕捉阳光》和《纸上的美女——苏童随笔选》。概括这些散文的内容，主要由三部分构成：一是对往事的追忆，二是对文学创作的有所思，三是对世态的感悟。

散文集《寻找灯绳》包括《过去随谈》《城北的桥》《初入学堂》《寻找灯绳》《电影与作家》《想到什么说什么》《年复一年》等43篇散文，是苏童对生活经历、文学经历，特别是创作之路的回望与反思，既有坚持也有创新。童年生活是影响苏童文学创作的一个重要因素。在《九岁的病榻》《过去随谈》《初入学堂》《年复一年》等散文中，苏童九岁时的患病经历、窘迫的家庭条件，以及陈老师的启蒙历历可见。《九岁的病榻》着重写苏童二年级患上严重的肾炎和并发性败血症的经历。对九岁的小苏童来说，这段十分难熬的经历使他失去了同龄人应有的活泼与欢快："有一天班上的几个同学相约了一起来我家探病，我看见他们活蹦乱跳的模样心里竟然是一种近似嫉妒的酸楚，我把他们晾在一边，跑进内室把门插上，我不是想哭，而是想把自己从自卑自怜的处境中解救出来。"[1]也是这段经历，使苏童第一次感受到死亡的威胁，以及对健康与生的渴望。或许因为童年的经历，苏童后来的作品总是充满对生命脆弱感的描述与思考："命运之神似乎有点太残酷了一点，是对我的调侃还是救赎？我至今没有悟透。"[2]《过去随谈》是苏童以旁观者的角度回望自己童年的苏州生活："说到过去，回忆中首先浮现的还是苏州城北的那条百年老街。"[3]顺着这条城北老街，苏童开始回忆当时窘迫拮据的家庭："在漫长的童年时光里，我不记得童话、糖果、游戏和来自大人的过分的溺爱，我记得的是清苦，记得一盏十五瓦的黯淡的灯泡照耀着我们的家，潮湿的未浇水泥的砖地，简陋的散发着霉味的家具，四个孩子围坐在方桌前吃一锅白菜肉丝汤，两个姐姐把肉丝让给两

---

[1] 苏童：《寻找灯绳》，南京：江苏文艺出版社，1995年，第32页。
[2] 苏童：《苏童散文》，杭州：浙江文艺出版社，2000年，第93页。
[3] 苏童：《寻找灯绳》，南京：江苏文艺出版社，1995年，第1页。

个弟弟吃,但因为肉丝本来就很少,挑几筷子就没有了。"[1]后来他小说中的"香椿树街",就是从这个"城北老街"幻化而来。《初入学堂》是苏童的上学经历,他不遗余力地赞美给他带来文学启蒙的陈老师:"或许每个人都难以忘记他的启蒙老师,而在我看来,陈老师已经成为混乱年代里一盏美好的路灯,她在一个孩子混沌的心灵里投下了多少美好的光辉,陪他走上漫长多变的人生旅途。"[2]这是苏童童年的白月光。除了对童年家庭生活和人物的回忆,苏童散文中还有一些"物"的记忆,如《三棵树》中他与三棵树结缘,在三棵树上找到一种得失感与归属感;《金鱼热》中他在几条金鱼身上感受一时的兴起与生命力;《自行车之歌》中他由自己的三辆自行车联想到自己的人生……这些散文感情细腻,文笔真挚,是苏童对逝去韶光的某种哀悼。

苏童谈文学创作的散文随笔,笔墨较为严肃。在散文《寻找灯绳》中,苏童提到美国作家塞林格对他创作短篇小说的影响,也肯定了三部中篇小说《一九三四年的逃亡》《罂粟之家》《妻妾成群》对他的特殊意义——这三部小说"明显可见我在小说泥沼中挣扎前行的痕迹";同时,这三部小说也是他完成"女性系列"写作的标志,也促使他开始探索小说创作中新的可能性,他说:"小说是一座巨大的迷宫,我和所有同时代的作家一样小心翼翼地摸索,所有的努力似乎就是在黑暗中寻找一根灯绳,企望有灿烂的光明在刹那间照亮你的小说以及整个生命。"[3]面对"写作生命中最有意义的阶段,也是最具挑战性的创作流程",苏童勇敢地"从自己身边绕过去。从迷宫中走出去。试一试能否寻找那些隐蔽的灯绳"[4]。文章始终围绕着如何"尽你的全部力量去捕捉一点小小的阳光"来谋篇布局,前半部分,苏童将自己创作时产生的灵感比作是飞驰而来的阳光;后半部分将这种"捕捉阳光"的态度扩大到人及作家文学创作的普遍性上:"人活着,他的全部感官全部欲望都向世界开

---

[1] 苏童:《寻找灯绳》,南京:江苏文艺出版社,1995年,第2—3页。
[2] 同上书,第18页。
[3] 同上书,第116页。
[4] 同上书,第117页。

放,实际上每一个瞬间都有你对外部的感受和体验,有的是陈旧平淡的,有的却是新鲜而深刻的,作为作家你比旁人独特的东西就在于感官的灵敏和捕捉的手段,要捕捉那些稍纵即逝的新鲜而深刻的感受,要在灵敏的感觉中提炼你的小说。"[1]

1996年12月,苏童与贺友直合作的随笔漫画集《捕捉阳光》由上海书店出版社出版,是"语丝画痕丛书"之一。对于这套"语丝画痕丛书",刘毅强指出,丛书定位为"精品化的通俗读物",呈现在《捕捉阳光》中,即为文字的凝练简短与绘画的直白老到。"作为一套丛书,作者群既要有共同相融之处,以使基调和谐,又要尽量春花秋菊,各有千秋,以免千人一面,雷同乏味。所以,在保证机智隽永、技巧纯熟的前提下,我们欣赏作家陈村的'黑色幽默'、苏童的纯真、叶兆言的诚挚、何立伟的磊落和夏中义的诗意,我们同样喜爱画家谢春彦的洒脱、贺友直的老到、潘顺祺的浑厚、王震坤的精美和王俭的雅致。"[2]苏童文字的"纯真",是指苏童如孩童般纯真地在"平凡普通的生活中捕捉属于他自己的阳光"[3]。龚建星也评点道:"苏童的散文,是我们陌生的,然而他散文中的情和景,又是我们所熟悉的。当我们咀嚼苏童的散文并由此发出会心的微笑时,我们似乎把苏童看清楚了:这是一个文静、敏感、温情脉脉的小男孩。"[4]

1998年12月,《纸上的美女——苏童随笔选》由人民日报出版社出版,收录《关于冬天》《夏天的一条街道》《船》《错把异乡当故乡》《纸上的美女》《打人有理和自由的一种》等49篇文章,以及苏童代序《我为什么不会写杂文》,附录中有林舟整理的《永远的寻找——苏童访谈录》。这些文章,既有关于往事的追忆,也有对文学创作的思考,更有对现实人生的剖析,文风绵密通透,情感真挚平易,对人性与社会的洞察纤毫毕现。如同名散文《纸上的美女》,苏童从几块钱就能买到一份的"在纸上的那美女"出发,追问究竟什么是真正的美,"但是真正的美丽恰恰是不可

---

[1] 苏童:《寻找灯绳》,南京:江苏文艺出版社,1995年,第148—149页。
[2] 刘毅强:《幻想成真》,《成功选题策划启示录》,石家庄:河北教育出版社,2001年,第285—286页。
[3] 苏童:《寻找灯绳》,南京:江苏文艺出版社,1995年,第149页。
[4] 龚建星:《编后记》,《捕捉阳光》,上海:上海书店出版社,1996年是,第140页。

复制的，美丽的赝品不是美丽"，"真正的美丽其实是藏在照片的后面，需要捕捉和想象的"，"美丽是一种命运，它没有什么共同体"[1]。在纸上的美女，激发了欲望强盛的人的占有欲，这种美则变得浅薄庸俗而有害等。苏童虽然在代序《我为什么不会写杂文》中自称"一直没写出鲁迅那样的杂文"，但由他的系列文字特别是诊脉社会现象的文字中，我们还是领教了他的文字的战斗品格，"一种犀利的要拿世界开刀的文字精神"[2]。

纵观苏童散文，我们既可以从细腻深沉的语言中感受他对过去的追忆与缅怀，也能从理智却饱含温情的文字中感受他对文学创作的思考及热爱，还可以从幽默生动、充满想象又不失批判精神的文学世界中感受他对现实的审慎思考。这些丰富的存在，都是苏童散文撼动人心的"梦"。

六、朱苏进《天圆地方》

朱苏进（1953—　），祖籍江苏涟水。初中毕业后应征入伍，历任福州军区厦门某部班长、排长，福州军区政治部创作室创作员，南京军区政治部创作室主任，江苏省作家协会副主席等。1971年开始发表作品。1978年创作长篇小说《惩罚》。1980年出版长篇小说《在一个夏令营里》，该小说获1982年全国少儿读物优秀作品一等奖。1982年出版中篇军旅小说《射天狼》，该小说获第二届中国优秀中篇小说奖、中国人民解放军文艺奖。同年，加入中国作家协会。1997年担任电影《鸦片战争》编剧，并入围第十七届中国电影金鸡奖最佳编剧奖。著有中篇小说集《射天狼》《绝望中诞生》《金色叶片》《接近于无限透明》，长篇小说《惩罚》《在一个夏令营里》《炮群》《醉太平》，中篇小说《引而不发》《凝眸》《战后就结婚》《第三只眼》《轻轻地说》《欲飞》《两颗露珠》《绝望中诞生》《金色叶片》《孤独的炮手》，短篇小说《第一课》《铁流奔腾》《镇海石和瞄准点》，散文集《天圆地方》《面对无限

---

[1] 苏童：《纸上的美女——苏童随笔选》，北京：人民日报出版社，1998年，第106页。
[2] 同上书，第2—3页。

寂静》《独自散步》等。

散文集《天圆地方》收录19篇散文，题材较为分散，包括《最优美的最危险》《分享尼克松》《对于"假"的厚爱》《"天真"声明》《分享张承志》《被一个愿望伤害过》《天圆地方》《棋人小品》《还有一个生灵》《游子觅踪》《古老的话题》《我就是酒》《了不起的自行车》《背影》《想到便说》《瞬间》《山是站起来的大海》《鸟与鸟们》和《假如还有一次人生》。

军人出身的朱苏进，遣词造句如排兵列阵，下笔严丝合缝，呈现为冷峻的"铁蒺藜"风格，又葆有雷霆万钧的气势。如万字长文《最优美的最危险》，以极端主义美学的形象比况："在道德领域，美的可能是'善'的。在军事领域，美的却是'恶'的，极尽风流的总是优美的'恶'。"[1]"要知道，任何武器，在铸造它时都铸进一种审美观，一种意识形态，一种哲学构思。它那魅人的造形、色彩、质感与动感，都是它美的包装，呈示着极高的观赏价值。"[2]"夕阳烈烈，放射着宇宙的核能。一片金光将它们覆盖，我听见天边如雷般低吼：看哪，古老山野里，匍匐着大块文章，快泼去你的茶，酿出你的酒！"[3]朱苏进将武器、战争看成是美的。他不全面地反对战争，他只反对那些丑陋的战争，这让人看到他身上那种极端个人化的理想主义和英雄主义的观念。在《山是站起来的大海》中，他写道："在山的足下，在地壳深处，涌动着我们星球中最伟大的力量，山就是迸发出的力量造型。它之所以成为巨峰，恰是无限痛苦累积而成，也可以说是无限的痛快累积而成，万丈峰刃的表面，寸寸缕缕无不记述着挤压成型的历程。"[4]这些力量型文字，是职业军人朱苏进的阳刚之美。

感觉敏锐超常，语言信息饱满密集，是朱苏进散文的另一个特征。《最优美的最危险》行文雄健酣畅，对战争与和平的思考独特，富有思辨气息。在2万字的《分

---

[1]　朱苏进：《天圆地方》，南京：江苏文艺出版社，1995年，第10页。
[2]　同上书，第13页。
[3]　同上书，第27页。
[4]　同上书，第184页。

享尼克松》中，他欣赏尼克松，分享尼克松的事迹："尼克松就要满八十岁了。从审美角度看，他是一壶老酒。"[1] 在《分享张承志》中，他对强者张承志的人与文遏制不住地称赞："骨骼峥嵘，险状环生，思想与人格光芒逼面，所到之处，常将我们爱怜不已的大地烧成一片焦土……"[2] "旅人（指张承志）喜爱指点人类大势，常常朝天穹一击，将自己钉在启明星左近；旅人也爱把胸膛拍得咚咚作响，脑内迸发思想口中迸发切齿声，甚至将两者相互碰撞，以便溅出火星来；旅人即使赞美回回的一片草叶，也摆出决斗的架势，似乎这草是由恨喂大的。""他对俗世之恨掩不住舍我其谁的自信与自爱。他经常登临绝顶临风弹剑，一遍又一遍地宣称与这个世界一刀两断……"[3] 可谓是一篇气势磅礴的人物解构图。

作为军人，朱苏进也有他独特的人文情怀和世俗情怀。他在《被一个愿望伤害过》中写把日落当日出看了的"优美而巨大的误解"，收获了"双倍的辉煌"，由此慨叹"生命原本是一簇希望"[4]。在《天圆地方》中，他对那位被父母逼着学下棋以改变自身命运的丑陋小姑娘表以同情："天圆地方，人孰能居其间？天孰圆？地孰方？孰人孰能居其间？！"[5] 闪烁着人道之光和悲悯情怀。在《假如还有一次人生》中，他追溯自己少时患肝炎辍学住院，乃至长大从军、工作、走上文学道路等，对自我心理进行深入观照，颇具心理学意义。

朱苏进还出版过几部风格各异的散文集。《面对无限的寂静——朱苏进的迷失与冥想》很薄，加上《自序：精神的漫游》共12篇，其他篇目分别是《瞬间》《最优美的最危险》《孤独与寂静》《醉》《感觉人生》《爱情与婚姻》《友人》《天才》《仇恨与恐惧》《书和我》和《创作》。这些片段式的记录如同《自序》的标题一样，是朱苏进的精神漫游，也是他"独创甚至怪异、智慧甚至狡黠的个人感受，而且这感受

1　朱苏进：《天圆地方》，南京：江苏文艺出版社，1995年，第67页。
2　同上书，第77页。
3　同上书，第83—84页。
4　同上书，第88—89页。
5　同上书，第111页。

还十分自然随意"[1]。如《瞬间》中写"有时候，恰恰是黑暗养育着我们的双眼，恰恰是光明夺走了我们的视觉"[2]；《天才》中写"天才不是培养出来的，而是破坏出来的"[3]；《书和我》中写"在读之前，希望每本书都是一个意外。然而在读之后，才知道每本书都值得怀疑"[4]；《醉》中写"我发现自己并没有同外界建立起最佳生存关系，要么是被别人碰伤，要么是碰伤了别人。或许，人生就是一种碰碰撞撞"[5]。朱苏进略过平庸的日子，写出了内心的敏感和对世界的怀疑。

散文集《独自散步》内分两辑，第一辑在散文集《天圆地方》的基础上，添加了《毕加索的爆炸》《嫩寒》《独自散步》《致电视一封情书》《南京人的行》《未来士兵的尴尬》和《魅力》，第二辑从《面对无限的寂静——朱苏进的迷失与冥想》中选取了10篇。这本散文集主要展现朱苏进对人类内心世界的探测和对人类孤独本质的清醒认同。如《嫩寒》中感慨"嫩寒"一词的意境："它太中庸太成熟了……它以它强大的优美性丰富性，排斥一切与它不谐的品格，方法是在它深不可测的文化内涵面前，使别的品格相形丑陋。我想：今天的我们，还能够在这种密不透风、美不胜收、无穷无尽的蕴藏中，像史前猿那样站起来吗？"《独自散步》中思考："我所走过的每条小径先人都曾经走过，每一寸土地都浸润他们的精神痕迹，我们在他们沉思过的地方再次沉思，借助一个契机，打穿漫漫时空，与他们沟通。深刻地沟通之后才可能将自己与他们大幅度区别开来，才可能拥有自己的生活与创作。"[6]《山是站起来的大海》中写道："山在大地的挤压中站起来了，它没有碎裂，没有瘫软，没有倒栽葱。相反，挤压愈盛屹立愈坚，它知道自己是这个星球上裸露在地壳外的代表，它不在乎是否锋利，逐渐扩张出自己雄伟身躯，骄傲地垄断一片蓝天。山的

---

[1] 朱苏进：《自序：精神的漫游》，《面对无限的寂静——朱苏进的迷失与冥想》，上海：上海人民出版社，1997年，第1页。
[2] 朱苏进：《面对无限的寂静——朱苏进的迷失与冥想》，上海：上海人民出版社，1997年，第4页。
[3] 同上书，第105页。
[4] 同上书，第131页。
[5] 同上书，第54页。
[6] 朱苏进：《独自散步》，北京：解放军文艺出版社，1998年，第162页。

最卓越处就是对于地心吸力的卓越抵抗，为此它不停地朝高处生长——像是对地心吸力的嘲弄。它大胆地背叛了大地，逆地面而去，它甚至想抓起大地随自己一同冲天而起。它只有一个欲望：向上，向上！它因兴奋而抖擞身躯，无须知道终点在哪里，无须知道目的是什么，它执拗地实现自己一个念头：向上！"[1]他把山和自己的感受力糅合在了一起，达到了一种更真实更具有生命力的写作。

散文集《秋阳如水》分为三卷，分别是朱苏进卷、李锐卷和李辉卷。朱苏进卷中收录了11篇散文，分别是《山是站起来的大海》《最优美的最危险》《"天真"声明》《我就是酒》《古老的话题》《被一个愿望伤害过》《背影》《了不起的自行车》《天圆地方》《假如还有一次人生》和《分享尼克松》。正如周政保所说："对于朱苏进的散文来说，书写对象其实并不重要，而话题的延伸才可能构成作品的命脉。"山、酒、自行车、棋等都是朱苏进思想的外化，是他洞观世界的一个契机，"目的还在于让人窥见现实及人生背后的'存在'，或感受那种富有形而上的意味"。[2]

朱苏进写散文，有时带着尼采式的偏执，有时如鲁迅般直逼人心。他追求精英意识，也追求行文的气脉偾张，他甚至于会在一种自足的封闭状态里抵达幻想的辉煌，颇有些"举世皆浊我独清、众人皆醉我独醒"的狂傲自许。

第十节　其他作家的散文

江苏散文是一种有根的、包含了无限内容的文体。它的"大"成，从文化根系上，与江苏文化构成的丰富性有关。"江苏文化"是总体性区域文化概念，由吴文化、金陵文化（宁镇文化）、徐淮文化（楚汉文化）、维扬文化和苏东海洋文化等构成，这些交融互补的"文化个体"，影响着作家的个人经验、写作心态、文化态度等，也促生了江苏散文写作的多样多质。从创作主体上，与作家身份的多样态有关。江苏散文作家有学者、评论家、小说家、诗人、报人、官员、工人等原初身

---

[1]　朱苏进：《独自散步》，北京：解放军文艺出版社，1998年，第129页。
[2]　周政保：《序》，朱苏进、李锐、李辉：《秋阳如水》，深圳：海天出版社，1998年。

份，他们的写作，基本是职业身份与散文的叠加或是化学反应，不同身份也带来了主题选择、叙述策略、内化体验、情绪载体、审美形态的多样化。从文体观念上，江苏散文与非虚构、纪实文学相连接；文本叙述中，常与小说、诗歌、戏剧等体裁越界合流。因为这些足够弹性的存在，江苏散文题材开阔，路径多向，且漫溢成江河丛林。"文学苏军"也由此成"军"。

本节中举隅的部分作家作品，有诗人散文如庞培《低语》《五种回忆》《乡村肖像》，车前子《明月前身》《手艺的黄昏》，忆明珠《小天地庐漫笔》《白下晴窗闲笔》；剧作家散文如沙叶新《沙叶新谐趣美文》《沙叶新的鼻子——人生与艺术》《精神家园》《自由的笑声》；艺术家散文如范曾《范曾序跋集》；官员散文如俞明《姑苏烟水集》《尚书第旧梦》等，都是江苏散文中鲜活而饱满的存在。

一、庞培《低语》《五种回忆》《乡村肖像》

庞培（1962—　　），本名王方，籍贯江苏苏州，现居江苏江阴。1985年发表小说处女作。1987年开始发表诗歌。1995年获首届"刘丽安"诗歌奖。1997年获"柔刚"诗歌奖。著有散文集《低语》《五种回忆》《乡村肖像》等，是对"新散文"文体自觉探索、注重审美经验独到发现的跨文体写作。

《低语》由作家出版社1997年12月初版，1998年1月列入"九州方阵"丛书再版。在《诗生活·诗人扫描之庞培》中，庞培交代过一个信息："1997年出版第一本书：诗文集《低语》（说它是诗文集是因为它更经常地被人称之为'散文'）。"《江苏当代文学编年1949—2012》下卷有"庞培诗文集《低语》由作家出版社出版"[1]记录。为什么再版时，把《低语》作为散文集出版？韩作荣在丛书序《另一种散文》中写道："庞培的作品更富于诗性，似乎他在用散文的方式写诗。当然，他的诗性散文已不是传统意义上的诗性，而是感觉和情绪的捕捉与低调的喃喃自语，是自己和自己说话；其形而上的追寻，对生存的超越，颇耐人寻味。他的散文，或许离

---

[1] 张王飞、吴俊：《江苏当代文学编年1949—2012》（下卷），南京：江苏凤凰文艺出版社，2019年，第531页。

一般意义上的散文更远一些。"[1]庞培在再版《自序》中也解释过:"在文学中我看到了文字或词——本身的梦,看到了写作自身并不规范的美,看到了写'一点东西'的无穷无尽的可能性——于是我在这样的回忆和顿悟中(稍带着入睡前的困意)写下这本《低语》,把它奉献给读者。但愿他们在世上的日子过得跟我一样心不在焉,无所用心。"[2]

庞培是20世纪90年代"新散文"代表作家。他试图在散文中融入诗歌的特质,并且加入想象和虚构的因素,以恢复散文写作的生命力。《低语》共收录108篇文章,庞培近乎穷奢极欲地用着比喻、想象等手法,使每一篇散文都浸泡在一个或多个比喻中,例如:"终于有一天,突然地,那些黄昏时在人类的石壁上栖息着的盲眼的想象力蝙蝠——长出了翅膀"[3],"写作就在这个时候开始,仿佛一段和声在墙上追逐一只白蝴蝶的影子"[4]。这是他抑制不住的语言灵魂的思考,也是具有幻想性质的散文文字。

庞培也喜欢用心理感觉,特别用一些意象堆叠出某种感觉:"一本用无声的沉默表达劝慰之书,像中午的房门,被微风开启。"[5]"我即将要从那沉静的蔚蓝色调子的背景出发,用一个名词的感慨,到达秋天的落叶、落木萧萧的深山寺院——那沉重、沉痛的赭红色院门多么厚实啊——哦,佛、禅宗的苦闷的木质!"[6]这些意象,将轻松的感觉、苦闷的心情肆意融化在散文的自由里了。

庞培写作时,常常会想象读者的形象:有"一点点喜欢安静和慵懒的品质……他们一定像我一样有时在好天气里发呆,或者回忆一段旧歌词——原因是窗外清风吹拂"[7]。也会把自己扔在江南的下午,在深沉的安静中惬意着:"享受着真正无

---

[1] 韩作荣:《另一种散文》,庞培:《低语》,北京:作家出版社,1998年,第3—4页。
[2] 庞培:《低语》,北京:作家出版社,1998年,第4页。
[3] 同上书,第70页。
[4] 同上书,第153页。
[5] 同上书,第133页。
[6] 同上书,第154—155页。
[7] 同上书,第4页。

第三章　文体的变化与大散文的诞生（1990—1999）

人、也不可能有人来打搅的短暂幸福"[1]，"就我而言，下午意味着最罕见的两件事：安宁和清醒"[2]。这些都是庞培"心不在焉，无所用心"的走笔与日常。

散文集《五种回忆》收录文章不多，包括《乡村肖像》《在那去海边的路上》《水月亮》《口琴曲》《春夜》《小邻居》《最深的乐曲》《七个音符》《西藏的睡眠》《五种回忆》《北门街上的死者》《奇想录》，加上《自序》和《后记》共14篇。每一篇文章都比较长，多为叙事性散文，都与回忆有关，是用"童年的记忆来表现其心灵的疼痛"[3]。庞培说："《五种回忆》那是一次轻松美好的写作，有点仿普鲁斯特，又像是在用一张特别白的纸摹描黑暗肮脏的童年，我想，写作的意义只可能是模仿，模仿已逝的时光，去往最黑暗的深处追溯，我一个人在自己的房子里，仿佛吕克·贝松导演的电影《碧海蓝天》那里面那名在大海深处心跳可以完全静止而又不死的希腊潜水员，童年，是我永恒的碧海蓝天；紧抱着儿时幻想的那条自由的小海豚。"[4]

散文集《乡村肖像》收录散文30篇，其中包括散文集《五种回忆》中收录的《乡村肖像》《口琴曲》《在那去海边的路上》《西藏的睡眠》。关于《乡村肖像》写作的缘起，庞培介绍过："我写《乡村肖像》，是在一个教堂。午夜钟响时和一名陌不相识的老太太相拥在一起，听见她老泪纵横、皱纹密布的脸抬起时喃喃自语：'新年快乐！阿门！'同时她劳作一生粗糙的手指在胸门前划动——可以说是这一刹那的民众在苦难中感恩的手势播下了这本薄薄简陋的小书的种籽。"但是《乡村肖像》的写作，与半年前的《低语》写作情绪很不一样，后者"相对快乐一些，语调亦更加抒情，像我当时的年龄，甚至更小，复制了我的少年，是少年和青年的某种糅合。《乡村肖像》则不然，整个人好像书写下来，老了许多！因为我从小生活在这熟悉的7万字的场景里，当时的情形，是写一篇少一篇啊，仿佛一场浩大的葬礼，

---

[1] 庞培：《低语》，北京：作家出版社，1998年，第26页。
[2] 同上书，第186页。
[3] 程光炜：《怀旧、伤痛与童年记忆——评庞培、张锐锋的新散文》，《当代作家评论》1998年第2期。
[4] 庞培：《我的创作谈（1996—2004）》，《太湖》2005年第1期。

一次告别：茶馆、小学堂、一个拉二胡的……从江南传统的店铺到最日常的街景、细节，我知道，我每写一篇，都在把一个个个人意义上的古董举起来，砸碎！"[1]于是我们见到散文《乡村肖像》中开篇的乡村教堂，以及肉墩头、摇面店、小学堂等23个小篇，见到类似摇面店里"一排排斜斜的光柱里飞扬着空气中许许多多静止的粉粒、尘埃，像封存在瓶子里的儿时的嬉戏。午间镇上一片静谧。一辆乡间的拖拉机在田埂头挣扎，不时喘息几声，又戛然而止。能听得见风吹着屋瓦缝里的草的声音。一名男孩去井台打水，水桶'嗵！'的一声重重地撞到井壁上，然后拎上清冽的水，'啪哒啪哒'地走开"[2]的大量细腻真切的情境性文字。作者想以单薄的一己之力记录下江南乡村印象，并让读者们发现，"我们的生活其实就浸透在他的感觉中"。

二、车前子《明月前身》《手艺的黄昏》

车前子（1963—　），原名顾盼，籍贯江苏苏州。1976年初中毕业后做过园艺、民办教师、编辑等职业，是中国残疾人作家联谊会副会长、江苏省作家协会理事。1978年开始发表诗歌。出版诗集《纸梯》《怀抱公鸡的素食者》（英文版）等，散文随笔集《明月前身》《手艺的黄昏》等。

散文集《明月前身》内容丰富，有江南印象如《明月前身》《古老花园》等，有生活随想如《骑自行车的》《开水淘饭》等，有创作谈如《草说〈石语〉》《我的两首诗》等。韩作荣在序《另一种散文》中这样评价："车前子的散文则是文人散文。从琴棋书画到笔墨园林，更多的是对中国艺术精神的透析和感悟……车前子对中国艺术的感悟与理解是现代式的，从他的洋洋洒洒的文字中，我们既看到古典的幽远深邃，又能体现现代人的感觉和透彻的审美意识。"[3]车前子在散文集中也写了一些创作谈、阅读谈、书法谈等。如在《不出汗》中提出，"书法的形态，我认为不外

---

[1] 庞培：《我的创作谈（1996—2004）》，《太湖》2005年第1期。
[2] 庞培：《五种回忆》，北京：解放军文艺出版社，1999年，第5页。
[3] 韩作荣：《另一种散文》，庞培：《低语》，北京：作家出版社，1998年，第3页。

乎两种。一种让人出汗，另一种使人不出汗。"[1]他对吴文化也有不同的见解，认为："吴文化是个黄纸板糊出的迷宫。我们在里面跌打摔爬，想出来又不想出来。在其中的时候，闷得慌又但急功近利……但作为我个人，还是想出来的。根本于一种文化，还得努力发展这种文化……走出迷宫，起看星斗。"[2]

车前子生于苏州，长于苏州。作为一位江南文人，特别是有着残疾的文人，他天生带有一种敏感而又不失冲淡平和的江南雅致。他说："我知道我要写的是苏州。//苏州。//但我还是不愿下笔，我在等一个梦：苏州搬到了一叶毛边纸上。"[3] "有座城市像博物馆的话，这座城市就是苏州。"这是车前子关于古典苏州、古典江南的梦。那些庭院、长廊、小巷、方言，还有厚纸灯笼、桃花坞木刻年画社，都是车前子熟悉而珍视的江南文化。他在《手艺的黄昏》中呼吁人们，"握住手艺背后的那只手，哪怕只是轻轻地碰了一下，那么，所谓的传统，我们根本用不着刻意去保护、去弘扬"[4]。

江南情结也给车前子带去了闲适的生活态度，他说："美食更是一份心境。即使吃开水淘饭，有了这一份心境，也是美食。宁静、清淡、虔敬。"[5] "每天，我只是骑着自行车，为稻粱谋，说不上是熟悉还是陌生地穿行大半个苏州城。在路上，偶尔会遇到朋友，我就把自行车一停，和他说上几句话。"[6]吃几口粗茶淡饭，偶遇三两个亲朋好友，如此平淡闲适，正如他自己所说："我对平静更有兴趣，以为这是一世的激情。"[7]

《手艺的黄昏》是车前子的散文自选集，除《序》《序之二》和代后记《感谢信》、代后记二《地坛与豆汁》，共收62篇散文。宫玺在《"散文星座"丛书序》中

---

[1] 车前子：《明月前身》，北京：作家出版社，1998年，第142页。
[2] 同上书，第226页。
[3] 同上书，第1—2页。
[4] 同上书，第23—24页。
[5] 同上书，第63页。
[6] 同上书，第235页。
[7] 车前子：《手艺的黄昏——车前子自选集》，上海：上海文艺出版社，1998年，第238页。

把20世纪90年代散文与80年代对比，认为"得天时地利之滋育，九十年代的散文无边葱茏"，"九十年代的散文，内容更开阔，思想更活跃，题材更多样，形式品种更丰富。而尤可称道的是，作家的精神更为自由，心态更为舒展。破除了套套框框，无拘无束，散文更具特色更见个性"[1]。这样的评述，与车前子的散文气质很为切合。

应该说，90年代的散文人车前子比80年代的诗人车前子更出名。但是，从诗里走出来的散文人，其散文的诗人气息更重，散文语言更有诗般的韵味和变幻莫测："把景泰蓝敲碎一地，斑驳光艳。有欲望"[2]，"飞是四脚不着地的逃跑"[3]，"怯弱的世纪末快洗好头了"[4]，"冥想使我在一滴露水上散步"[5]……诗人天马行空的想象和跳跃的思维给车前子散文抹上了神秘色彩。在《腊梅九忆》中，他一忆元明人士杨维桢，二忆郑虔，三忆祖母宋惠英，从古人到今人，从中国人到外国人，写得非常跳跃随性。车前子接受傅小平专访时说过："我喜欢迷路，我要让文字四面八方，发散流窜。"[6]路东在评价车前子的诗时说："车前子写出了不正常的诗……没什么可争执，车前子从来就没有正常过吧。"[7]读车前子散文，也能够体会到路东说的"不正常"。他在《生活在学校附近》中回忆自己70年代的学校生活，长大后宿在朋友学校里时，由操场上的跑步声无端地想起小学的一位老师，就在窗前大喊一声："报告！毕老师。"报告完毕，忙躲进被窝，抱头大睡。在《十四田虫》中，儿子给黑白画册涂上颜色，他调侃："这个世界真是色欲横流啦！"[8]在《貌似格言的脸面》中，他写道："我发现沉默寡言的人常常会打呃：看来活着总会发出些声

---

[1] 车前子：《手艺的黄昏——车前子自选集》，上海：上海文艺出版社，1998年，第1页。
[2] 同上书，第90页。
[3] 同上书，第91页。
[4] 同上书，第93页。
[5] 同上书，第251页。
[6] 傅小平：《车前子：我喜欢迷路，要让文字四面八方》，《文学报》2021年8月26日。
[7] 路东：《向可能的生活致敬——读车前子诗集〈新骑手与马〉》，《扬子江评论》2017年第6期。
[8] 车前子：《手艺的黄昏——车前子自选集》，上海：上海文艺出版社，1998年，第43页。

响。"[1] "夏天的早晨,我们最先看到的是树。为什么?不为什么。因为我已写下了'夏天的早晨,我们最先看到的是树'。"[2]……我们可以在车前子任性的调侃中看到他类似恶作剧的孩子气,看到他洒脱的生活态度,看到他幽默与诗性的思考。所谓的"不正常",大概是车前子思维的奇异性与散文内容的丰富性。当然,车前子也有"正常"的时候,他的古典气息,他对历史的娴熟把握,他爱水墨、书法,也梦过折扇,还想找到中国色,等等。在车前子这里,"笔、纸、水、墨,既是物质,更为精神"[3]。这是车前子恒定的江南文人气派。

纵观起来,车前子90年代的散文,都有着诗人跳脱的思维、诗性的语言及绕不开的江南情结,都蕴藏着现代的审美意识。车前子说"散文是心灵"[4],观其心灵,最得体的形容,大概就是一捧轻盈的流水。

三、 忆明珠《小天地庐漫笔》《白下晴窗闲笔》

《小天地庐漫笔》是忆明珠第三本散文集,1990年12月由明天出版社出版,"除收1985年至1989年期间的散文作品,也收了有关论及诗和散文的文字"[5],内容主要有写景抒情、生活记事、诗文评论,记录了忆明珠的随想随谈。

在《小天地庐漫笔》代序《说"漫"》中,忆明珠谈了"漫"和"横"两个关键词。"漫"有助文兴,漫无拘束,注重对漫谈对象的选择,往往讲究"不期而遇",遇到的不一定是学者,但需要能让人于漫谈中大受启发与教益,甚至可以是一个小孩子。小孩子看待事物的眼光与成人完全不同,成人世界习以为常的现象,在孩子眼里却是别致。例如,孩子眼里的非洲人很可能是因为非洲的太阳黑,忆明珠不会觉得孩子的思维幼稚,而是觉得:"这样妙,这样'漫'",从太阳的"黑"联想到

1　车前子:《手艺的黄昏——车前子自选集》,上海:上海文艺出版社,1998年,第144页。
2　同上书,第146页。
3　同上书,第12页。
4　同上书,第136页。
5　忆明珠:《后记》,《小天地庐漫笔》,济南:明天出版社,1990年,第329页。

"人世不就有了黑色的光芒、黑色的辉煌、黑色的鲜丽、黑色的透明、黑色的空灵了吗？在黑色的阳光辐照下，花呀、草呀、人呀、狗呀、山川林野呀，不都仿佛置于黑色的水晶体里，多么美丽啊！"优秀的漫谈对象，可以与之"漫谈不倦而不怕被人谥以'清谈家'之名并责以'误国之罪'"。轻松的氛围、新奇的眼光，加上恰到好处的挖掘，灵感和启发也就水到渠成了。漫谈之"求人"往往受制于外在条件，而"求己"则只需静下来审视自我，"'漫'，其实就是让经验、感受、思想、意识、情绪处于一种自由自在的流动状态，并让它们在流动中凝结，在凝结中流动。我的某些文字的酝酿过程，光景仿佛如此"。他提醒读者："千万不要在我笔下的字里行间寻觅什么深文大义"，"也不要以为从我的文字里会得到什么知识、学问"，他期盼着永葆思想上的活泼生机，所以他的散文中少见引经据典的刻板理论，更多的是人本身对这个世界的情感体验，多了几分灵气。[1]

关于"横"，忆明珠认为，写文章要善于"横"。"横"是树干上生出的枝，是"枝有叶，叶有花，花有香"，是竹的"节外生枝"，是于常规中寻突破，于平凡中见高潮，是独树一帜，也是神来之笔。在《个园话石》中，忆明珠描述了个园叠石的四季春景、石笋春山之美，提出"个园叠石的成功，或许恰在于它能够在整体的和谐统一中，大胆地保持着各系列叠石面貌的大不相同，互不干扰而各领风骚"[2]，这便是"横"。忆明珠发现"中国传统的艺术处理方法，对整体的和谐统一往往强调得过分，以致和谐变成调和，统一变成一统"[3]，而个园叠石绝不类似，各有特点，以不同的堆叠手法搭配点缀，在整体的和谐统一中又能各自独领风骚，个园之妙，大半靠叠石求"横"始出。

散文集除了延续忆明珠以往写景抒情的风格，更多了对世事风尚的体察与见解，也有借友人诗作抒发喜怒感触，或是对诗歌、散文等的新看法。在《菊、蟹与阿Q的天真》中，忆明珠毫不避讳地写了满腹牢骚，从对"人、花俱胖"的迁怒到

---

[1] 忆明珠：《小天地庐漫笔》，济南：明天出版社，1990年，第2—3页。
[2] 同上书，第273—274页。
[3] 同上书，第273页。

对时令物价迅猛上涨的不满:"此地螃蟹也接近S那边20元一斤的水平,我等寒士,又哪里吃得!吃不得者,骂之可也,从鲥鱼到螃蟹一路骂来,岂不快哉!"最后无奈调侃画蟹充饥,称之为"阿Q的天真","谁若有什么苦恼摆脱不掉,只要往这圆圈里一拱,一切就像不曾发生过一样,很可以安然度日了。此之谓:'超以象外,得其寰中'也"。但他没有只停留在个人意义的自娱自乐,而是提出一个问题:"'阿Q的天真'的魅力,可能要逐步丧失了。人们不会再向那个圆圈圈求慰藉。人们要的是一个圆鼓鼓的,实实在在的,拍拍嘣嘣响的实体直捧到手里才算数。也许这是一代不如一代的倒退?不见得,这倒可能是一代胜过一代的前进呢!"[1]在《小草的心——寄恒昌》中,忆明珠提到"然而诗终究不是'牛皮筋',一拉长,诗味全无,不成其为诗了"[2],小诗自有其"珍异"之处,与芸芸大众心心相印;在《关于散文的聊天》中,忆明珠详细阐述了以下十个话题:"破罐"——我的散文观、语言的笔墨化、两个"别是"、散文——散在骨里、文章愧难作狐语、游戏文字三昧、文章讲究调子、关于"好玩"、赏文如赏迎客松、俗有俗美等,都是关于艺术的审慎思考。

《落日楼头独语》和《白下晴窗闲笔》两个集子收录的是忆明珠1990年至1994年期间写的散文随笔。忆明珠在《白下晴窗闲笔》自序中交代:1994年春,何镇邦与谢永旺共同策划"当代名家随笔丛书",嘱托他提供一部稿子,但他1994年夏在大连海岛上忽患轻度脑血栓,半身不遂,险些送命,后因病住院,便将文稿一起交给了何镇邦,何镇邦选取了一部分他认为更接近随笔的编成了《落日楼头独语》,剩下的一些稿子,何镇邦认为更类似散文一些,忆明珠略加梳理,编成了《白下晴窗闲笔》。

其实,随笔与散文,忆明珠认为很难严格界定。在《落日楼头独语》最后有《编者的话》,围绕随笔说了一些话:

---

[1] 忆明珠:《小天地庐漫笔》,济南:明天出版社,1990年,第43—45页。
[2] 同上书,第27页。

一般说来，随笔应该说是散文中发议论较多，闪烁着思想的火花，写得比较随意，语言又比较讲究的那一种，它的题材不限，写法也因人而异，近似于杂感或杂文，但又不同于杂感或杂文；它同小品更相近，难以区分。至于说到它的文体特征，老作家汪曾祺曾经这么说："随笔大都有点感触，有点议论，'夹叙夹议'。但是有些事是不好议论的，有的议论也只能用曲笔。'随笔'的特点恐怕还在一个'随'字，随意、随便。想到就写，意尽就收，轻轻松松，坦坦荡荡。"（见《〈塔上随笔〉序》）这段话，大体把随笔的文体特征道出来了。如果要说得细些，是否可以这么说，具有理趣和情趣，写得随意，是随笔这种文体的三大特征。[1]

所谓"理趣"，讲的是审美价值，指随笔中蕴含的思想或哲理，往往只是点到为止，不直接由作者道出，而是用曲笔进行夹叙夹议，或由作者在夹叙夹议中点出，或由读者在阅读中悟出。在《凑几句蛇的热闹》中，忆明珠写部分人阿谀谄媚、欺软怕硬、落井下石的蛮横嘴脸："龙，一旦失其位，揭它老根的坏话，越说越泼辣放肆；而对于正当令的蛇，人们则挖空心思，为它正名辟谣，评功摆好。"这和他1957年的经历有关，人们视当时被打击的一类人为"毒蛇"，"毒蛇"会伤害人，忆明珠说自己"当不至于傻乎乎地向毒蛇示爱"，他指出其中有被误会的冤情："不过承受毒蛇之恶谥者，其中大有冤魂。"[2] 对忆明珠来说，那段往事让他深陷思虑的旋涡和求告无门的痛苦，"痛苦到极点时，他曾认真考虑过自杀"[3]，往事于他而言是难以释怀的伤疤；但在文章当中，忆明珠只是一带而过，不愿再多加辩解，而后话题一转，写了其他。

---

1 忆明珠：《落日楼头独语》，北京：群众出版社，1995年，第262页。
2 同上书，第7页。
3 唐晓渡：《"一瞬光中我暂住"——忆明珠评传（缩略）》，野莽主编：《中国当代才子书：忆明珠卷》，武汉：长江文艺出版社，1997年，第442页。

《白下晴窗闲笔》收录散文67篇，其主旨是让忆明珠津津乐道的"老年哲学"[1]。忆明珠认为，老年人可以不再执着于"烈士暮年，壮心不已"的雄心，坦然接受自己"心有余而力不足"的自然状态，按捺下翻腾的壮心，欣赏人生陌上缓缓而归的风景，识时量力，何妨"潇洒老一回"。他在《珠湖秋》中泛舟珠湖，会为自己于电光石火间抓住一个"酒"字而得意："我非酒人，愿邀天下酒徒、酒仙、酒鬼，与我同此一醉珠湖爽秋，人生易老啊！"[2] 在《鸡鸣寺——赠刘祖慈》中，他不为岁月流逝而愁苦："人生经得几番春风秋雨！现在是秋天，是我生命季节的深秋！"[3] 在《小诗累我》中，面对出版社让他协助推销或亏本强卖，他自嘲"当年的那几首小诗给我制造了虚名，才累我至今"[4]。他写春天的声、色、香、味，看连天的芳草、溪头的荠花，品蟹吃河豚，享受林野的风味和泥土的气息，还有隔河看柳，去夫子庙看灯彩，回忆幼时"白日飞升"的梦、睡意蒙眬下弯弯扭扭的字，以及为"一句两人得"而争辩的尴尬情形，都是些轻松有味的笔墨。当然，作品漫溢的不仅是通达人生的智慧，也有纵横艺苑的才气。所以，在长江文艺出版社策划出版"中国当代才子书"时，根据主编野莽的入选标准"一个是品种上的诗、文、书、画，一个是品格上的高、雅、清、奇"[5]，忆明珠与汪曾祺、冯骥才、贾平凹一道率先入选首辑。

当然，在大是大非面前，特别是对特定时代的反思，忆明珠有着知识分子的精神气节与批判精神。如《论"换血"》中，听到"中国人没治了，要换血"这番论调时，他痛批这是"堕落到如此地步的不肖子孙"，"恨不能将他们从泥土里拖出给予千刀万剐而后快"……《中国当代才子书：忆明珠卷》对忆明珠为人为文有过概括：

---

1 唐晓渡：《"一瞬光中我暂住"——忆明珠评传（缩略）》，野莽主编：《中国当代才子书：忆明珠卷》，武汉：长江文艺出版社，1997年，第455页。
2 忆明珠：《白下晴窗闲笔》，上海：上海人民出版社，1995年，第9页。
3 同上书，第7页。
4 同上书，第80页。
5 野莽：《总序》，《中国当代才子书：忆明珠卷》，武汉：长江文艺出版社，1997年，第3页。

若从内部观之，则这二十年的生活，真可谓风云际会、山重水复。往大处说……就有一个如何重建生活和艺术的信念，如何摆正自己的问题。"诗失求诸野"，但哪里是他的"野"？缘何而"求"？又怎么个"求"法？往小处说……如《自勉》(1978)一诗中所言："'一尺之棰'，已取过其半"了。《容斋随笔》云："二十为生……五十为死计"；死，并不难，难的是"为死计"——所"计"者与其说是"身后"，不如说是"身前"：既要从容应对老境，又要对毕生追求有所交待，不亦难乎？[1]

不亦难乎？不亦圆乎？世间难得圆满，"终不可圆"才是常态，那个时代的沉痛经历铸就了他对人生的豁达与哲思。

忆明珠早年写诗，五十岁后写散文，散文是他晚年最得心应手的文体。他在《中国当代才子书：忆明珠卷》自序中如是说："诗歌过于纯正，牢骚太盛有所不宜，于是我自然而然地疏远了诗歌，并自然而然地跟散文亲近起来，散文好比'破罐'，'破罐可以破摔'。"[2] 将散文比作"破罐"，与汪曾祺将散文作为"捎带脚"较为类似，都是自然而然"得其所哉"的存在，是回望人生时的灵魂呼气。

四、沙叶新《沙叶新谐趣美文》

沙叶新（1939—2018），曾化名少十斤，回族，江苏南京人。曾任中国戏剧家协会常务理事、创作委员会副主任，上海戏剧家协会副主席，上海作家协会理事等职。作为著名剧作家，沙叶新的创作十分丰厚，代表作品有《约会》《兔兄弟》《陈毅市长》《以误传误》《寻找男子汉》《耶稣·孔子·披头士列侬》等，曾获第一届全国优秀剧本评奖首奖、第一届"振兴话剧奖"优秀编剧奖、首届全国少数民族文学创作荣誉奖等。

---

[1] 野莽主编：《中国当代才子书：忆明珠卷》，武汉：长江文艺出版社，1997年，第450页。
[2] 同上书，第2页。

第三章 文体的变化与大散文的诞生（1990—1999）

剧作家身份使然，在剧本创作中，沙叶新注重观众因素，缩短笔下人物与观众的距离。同样，在散文创作中，沙叶新注重读者，笔下文字在亲近读者的同时，又能够不露痕迹地展现幽默和睿智。沙叶新想象力丰富，富有非凡的喜剧天赋，这在其散文创作中体现为诙谐幽默的叙事特色。在与《杂文选刊》记者刘伶的一次访谈中，沙叶新直言："我喜欢喜剧，自己的剧作也多为喜剧，如《约会》《假如我是真的》《寻找男子汉》《孔子·耶稣·披头士列侬》等等都是喜剧；即便我写正剧，也正经不起来……这大概也影响了我的文章风格。就像爱吃甜食的人，酱油里也要放糖，所以我的一些文章是'糖衣炮弹'。"他认为，"幽默是素养的一哂，是智慧的莞尔，是文化的粲然，是精神的笑靥；也是宽容的允诺，理解的奉献，善良的召唤，爱心的传递"；但光有幽默是不够的，讽刺也不可缺少，"讽刺在中国绝迹已久。连最擅长讽刺的相声都在写歌颂性的段子了，遑论杂文？没讽刺的杂文，还算什么杂文？光是幽默没有讽刺，那就不是嬉笑怒骂，而是嬉皮笑脸。虽然不会被御用，但很可能会堕入帮闲"[1]。讽刺背后，一定程度上也显示出他的良知和真诚。沙叶新的随笔、杂文同样针砭现实，包含"指虚打实"的策略，幽默和讽刺成为其散文的两大特色。

沙叶新出版有文集《沙叶新的鼻子——人生与艺术》、日记选集《精神家园》、作品选集《阅世戏言：沙叶新幽默作品50篇》、随笔散文作品集《自由的笑声》、随笔集《沙叶新谐趣美文》等。

《沙叶新的鼻子——人生与艺术》包括"这，就是我""我的里圈和外圈""天下超级书呆子""愿君多幽默"和"写戏　看戏　说戏"五部分，涉及小品文、散文、杂文和戏剧评论等内容。第一部分"这，就是我"，主要是沙叶新的自传、自我剖析、文学观念，以及他对种种生活细节的描述；第二部分"我的里圈和外圈"，主要是回忆往事，抒发对亲人、朋友、长辈的情感，也有人物速写，对象包括爱妻、爱女、爱子、老岳父、中小学老师、龙榆生先生、黄佐临先生、白杨、上海电影界

---

[1] 刘伶：《我本闲云舒卷久，依山恋水畏高寒》，《杂文选刊（下旬版）》2009年第1期。

四老、魏宗万、奚美娟、雷国华、王鲁夫等；第三部分"天下超级书呆子"，主要讲他与书的故事和感情；第四部分"愿君多幽默"，主要讲幽默在人生中的重要性和分量；第五部分"写戏　看戏　说戏"，多是创作戏剧后的感悟和断想录等。

日记选集《精神家园》包括66篇日记，是沙叶新在上海、北京、香港、台湾、洛杉矶等地的日记，内容涵盖生活中的种种。有关于自己生活的，如《秋后算账》中对自己一年的"清算"；有关于爱情亲情的，如《惟君怜我我怜君》中因子女外出留学而感慨与妻子共老白头；有关于作品讨论的，如《抽象发言》中与L君探讨《抽象发言》一文；有关于戏剧创作感悟的，如写《总统套房》时生发《"套中人"碎语》等。

作品选集《阅世戏言：沙叶新幽默作品50篇》包括36篇随笔、10篇小说、5部喜剧、2部电视剧剧本。沙叶新说："明代冯梦龙有'三言'：《喻世明言》《警世通言》《醒世恒言》。'喻'为晓喻，'警'为警诫，'醒'为醒觉；'明'者导愚，'通'者适俗，'恒'者以期习之不倦，传之久远。总而言之，这'三言'仅从书名看，完全是为了有益于世道人心，张扬那个时代的精神文明，和当今要求作品能武装人、引导人、塑造人、鼓舞人的政治标准也不无类似之处。故而为了弘扬民族文化、承继传统、步武前贤，我不惮狗尾续貂，在'三言'之后续上'一言'，即今之《阅世戏言》。"[1]

随笔散文集《自由的笑声》分为两辑，第一辑是"戏言、直言、狂言"，包括《先说几句正经话——〈阅世戏言〉开场白》《戴了"帽子"之后》《壮痔凌云》《"工程"现象》《老太太看赛跑》《签名题词的喜剧》《世纪之梦》等，主要是由社会生活现实所触发的一些感想及一些呼吁："不但人生是戏，人死也是戏"，"正因为生前死后都是戏，以反映论而论，我在'阅世'中说出的和写下的也只能是一派

---

[1] 沙叶新：《先说几句正经话——〈阅世戏言〉开场白》，《自由的笑声》，上海：学林出版社，1999年，第5页。

第三章 文体的变化与大散文的诞生（1990—1999）

'戏言'。"[1]第二辑是"书话、剧话、诗话"，主要是对书、剧作和诗歌的阅读感悟引发的人生现实思考，包括《书痴答客问》《书中自有铁和钢》《心中的坟》《读改〈宋诗选注〉》《六十年的嘱托》《你可知道阿尔布卓夫？》《泪眼读顾准》《美丽的绿色》《感念师恩愧对词》《〈露沙的路〉其修远兮》《秋笳悲咽》等。

关于《沙叶新谐趣美文》的缘起，沙叶新称是"逼"出来的："我写随笔是半路出家，是因为年龄大了，写不出戏来了，才开始学写随笔的；这和年龄大了，当不了书记、市长了，去当人大主任、政协主席不一样。人家那是革命需要，在哪个岗位上都能闪光。我不一样，我是沙狼才尽，已无缚鸡之力，这才退而求其次，在随园里觅一份食"，"上海一家出版社要出版我的随笔精品集，我诚惶诚恐，我说我只有次品集。广东人民出版社要出版我的美文选，我再三推托，我说我只有丑文选。这次我的这本也是被逼出来的随笔集，被冠以'谐趣'二字，我真担心我这无蛋之鸡的无聊随笔，是否货真价实的'谐趣'。如果没有什么'谐趣'，而是错把肉麻当有趣，那只能让读者起鸡皮疙瘩"[2]。由此，其所选内容有七八成出自《沙叶新的鼻子》《精神家园》《阅事戏言》《自由的笑声》，另有二三成从未收录进任何选本。整部随笔集分为四辑：第一辑为"泡沫的我"，主要围绕沙叶新自己的生活所写，诙谐有趣；第二辑为"偎依着爱"，主要围绕爱情、亲情、师恩、友情等，娓娓道来身边的"爱"，不乏幽默；第三辑为"戏言无忌"，主要是通过所观种种社会现象，引发思考而写下的随笔感悟；第四辑为"虚构世界"，以虚构的主角和事件为主，采用"指虚打实"的策略，虚实相生，不乏针砭现实，影射现实事件。

在作品中，沙叶新善于把哲理和艺术、思想和感觉融合起来，行文结构自由灵活，常常使读者在笑声中体悟深刻的道理。如《戴了"帽子"之后》中由生了冠心病被叫作"戴帽子"联想到20世纪六十年代的"戴帽子"；《壮痔凌云》中由"痔

---

[1] 沙叶新：《先说几句正经话——〈阅世戏言〉开场白》，《自由的笑声》，上海：学林出版社，1999年，第6—7页。

[2] 沙叶新：《民样文章：序〈沙叶新谐趣美文〉》，《沙叶新谐趣美文》，广州：广东人民出版社，1999年，第3—4页。

疮"而批判当今广告用语的不规范;《"工程"现象》中由改革开放以来以"工程"一词代替20世纪六七十年代的所谓"军事语言"而生发感悟,呼吁加大对教育的投入,加大对贪官污吏的惩治;《老太太看赛跑》中由老太太误读体育新闻思考真实的新闻不一定有真实的效果;《签名题词的喜剧》中由自己字不好却签名题字持赠友人的私事联想到如今领导"题字"这一不良现象,等等。

沙叶新说过,他的文学主张主要有两点。一是真诚。他认为:"文学艺术不能撒谎,要讲真话。唯其真,才能善,才有可能美。文学艺术如果撒谎、虚假、欺骗、作伪,那势必丑恶,为读者所唾弃。文学艺术要说真话,首先作家就应该是诚实的人,他应该真实地反映生活,真挚地在作品中表露自己的心迹,真诚地对待他的读者。总之,作家的生活、写作、思想、情感都应该是动真格的,实打实的。"二是勇敢。他认为:"文学艺术要勇敢,要敢于讴歌光明,也要敢于针砭时弊。近三十年来,中国由于政治上民主制度不健全,文学艺术也失去了它应有的批判性能。近几年很多作品引起争议,也是因为作品的批判性为某些人所不容。但这一状况目前已开始有所好转,开始有了和谐、宽松的气氛。文学艺术的声音虽很微弱,但也要尽其所有的音量勇敢地喊出自己的声音,不论是赞美的声音,还是愤怒的声音。其实愤怒也是一种爱的激情,只是和爱的表现方式不一样罢了。"[1]这种文学主张,体现在他的"四大基本原则"思想中:一是"'离经'不'叛道'",在坚持和发展马克思主义的前提下,敢于有所修正、更新和创造;二是"'崇洋'不'媚外'",在自尊自重,保持人格、国格的前提下,取其精华,为我所用;三是"'犯上'不'作乱'",在非无理取闹、虚假造谣的前提下,坚持真理,敢于反对上级领导的不当命令,敢于批评;四是"'自由'不'泛滥'",即在不损害国家、社会和集体的利益的前提下,用自己"自由"的言论去影响不许"自由"和不敢"自由"的人们。

---

[1] 沙叶新:《正名、正身、正传、正经》,《沙叶新谐趣美文》,广州:广东人民出版社,1999年,第14页。

应该说，这两种主张在沙叶新散文作品中体现得较为透彻。在第一辑中，沙叶新提及对"谎言"的态度时，给出的态度都是憎恶。在《世纪之梦》中，以自己"书生之梦"思及当今社会文化环境的弊病，希望21世纪有个比较宽松、比较和谐、比较自由、比较民主的社会文化环境。在《对上海文艺创作现状的直话直说》中，他更为明显直白地批判"上海文化品格的丑陋"，对于"上海艺术家则过于的胆小拘谨而又乖巧玲珑"[1]及"文艺的因袭负担实在太沉重了，文艺始终是政治的附庸"[2]的问题直表痛心，大声呼吁"观念更新，改善创作环境"。

沙叶新在为《沙叶新谐趣美文》选集作序时说："我的随笔不是峨冠博带的大散文，只是青衫布履的小随感；不是麟爪骊珠，雕龙绣虎，只是牛溲马勃，鸡毛蒜皮；不是高文典册，只是民样文章。"[3]此"民样文章"中情感的真切、理性的批判值得我们学习。

五、范曾《范曾序跋集》

范曾（1938— ），字十翼，别署抱冲斋主，江苏南通人。出版演讲集《祖国、艺术、人生》，书法篆刻集《范曾诗稿》，散文集《范曾自述》《范曾序跋集》等，《风从哪里来》被《中国散文》评为1998年散文一等奖。

范曾出生于江苏南通范氏诗书世家，历十三代四百五十年。范增说："据家谱记载，先祖上溯可至北宋范仲淹先生，而有史书详尽可稽考的，则可从明末清初我的十二世祖范凤翼先生算起，直到我的父亲范子愚。这十二代人里，出现了数以百计的诗人、文学家、画家，而足可彪炳于中国文化史的巨擘大师至少有范凤翼、范伯子、范仲林、范罕等人。范伯子肯堂先生是我的曾祖父。他是同治年间杰出的诗人，开一代诗风，与同时期的大诗人陈散原，两峰并竣，是诗史上'同光体'的代

---

[1] 沙叶新：《对上海文艺创作现状的直话直说》，《沙叶新谐趣美文》，广州：广东人民出版社，1999年，第344页。
[2] 同上书，第346页。
[3] 沙叶新：《民样文章 序〈沙叶新谐趣美文〉》，《沙叶新谐趣美文》，广州：广东人民出版社，1999年，第3页。

表人物。"[1]诗书世家的浸染,为范曾日后成为书画家和文学家准备了过硬的"童子功"。

范曾散文受古典文学影响较大,他主张赋体散文。在《"赋体散文"发微》中,他阐述过他的散文观:气势很重要,"它的沛乎六合的博大气象,使你有了一双超越时空的眼睛,生就一对高翔死水泥淖的翅膀";骨也同样重要,"而散文的'骨',则在于作者摒弃俗念凡丝,远离颠倒梦想"[2]。第三是要有"文",需要流光溢彩的字句和骈俪的排比。"我也在写赋,不是长门赋,不是芜城赋,不是哀江南赋。我挥动如锥划沙的画笔,泼洒光彩照人的水墨,让李白临风长吟、东坡赤壁浩歌,让谭嗣问横刀向天、严复挥笔疾书,一个个须飘眉展,一个个铮铮铁骨。"[3]这种赋体散文专注于诗化,为当代散文写作拓宽了路径。

《范曾序跋集》是范曾散文选集,是范曾为自己和别人的著作或画集、画展写的前言、后记。全书大致分为四个板块:一为序跋之辑,是本书的重点;二为十翼题画,系直接题在画上的短跋,计150余条、15000余字,语多精隽,即兴挥洒,与画面相映成趣,多为论画警句;三为品画自跋,系品评、简介自己作品的札记、随笔式短跋,计160余条、18000余字,文字较题画跋语通俗,提示画作之背景,臧否画中之人物,倾吐胸中之块垒,指点笔墨之迷津;四为题画诗辑,系为书画或摄影题的七言绝句、七言律诗、五言古风等诗词。

可以明显观察到,书中的序跋大多是对书画的见解,提及自己作画的重点在"真情的抒发",范曾也在其中竭尽全力地弘扬中国古典绘画的优秀传统,弘扬"深邃的意境,独创的意匠,风发的性灵,强烈的个性,以诗为魂、以书为骨的手段",贯穿着中国传统绘画走向世界艺术之林的理想[4]。该集不仅在绘画上有独到的见解,在文学上同样有其价值,篇篇文笔飞扬,气韵生动。在他的这本散文集中

---

[1] 张仲编:《范曾自述》,天津:百花文艺出版社,1988年,第1页。
[2] 侯军编:《范曾序跋集》,深圳:海天出版社,1996年,第204页。
[3] 张仲编:《范曾自述》,天津:百花文艺出版社,1988年,第81页。
[4] 同上书,第50页。

第三章　文体的变化与大散文的诞生（1990—1999）

同样可以看到"势""骨""文"的特点，以及他喜用典的习惯。如在《中国书法刍议》中，他引陆机《文赋》中的"精骛八极，心游万仞"佐证诗人作赋、画家秉笔都需要"清逸之气"，这也为他的作品增添了古朴典雅之韵。[1]同时，作品也表现了对师长的由衷敬仰和对后辈的不吝夸奖。在点评他人时，可以真切地感受到范曾的审美思想。编者侯军在编后记中也提到："读范曾之文，你会感受到一种独特的古典之美、韵律之美、激情与理性相交织相映衬的和谐之美，难怪国内文坛有人慨叹，说'范曾之文不亚于画'！"[2]

当然，这本序跋集也有微瑕。金文明称："众所周知，'博学'和'专精'毕竟是两个不同的概念，反映在一个人身上，往往是难以两全其美的。书读多了，而精神又专注于对其思想的领悟和艺术的欣赏上，则书中的典章制度、文史故实、字形词义等知识内涵就会经常被忽略、淡忘而导致差错的发生。我在这本仅仅25万字的《范曾序跋集》里已经发现了七八十处。"[3]但瑕不掩瑜。范曾以历史、学识、艺术之特长，将散文与艺术熔为一炉。他的赋体散文观，他散文创作中的"势、骨、文、道"的古典气息，拓殖了当代散文书写的艺术空间。

六、俞明《姑苏烟水集》

俞明（1928—　），江苏昆山人。1945年参加中共地下组织，在江苏一带从事革命工作。1959年毕业于中国人民大学哲学系。1976年后调任苏州市委宣传部部长，历任苏州哲学社会科学联合会主席、苏州市人大常委会副主任。著有散文集《姑苏烟水集》《尚书第旧梦》。

《姑苏烟水集》除范培松所作的《序》外，收录《痴子》《黄半仙》《门槛》《小白菜》《敉木先生》《大牛》《杨荫榆之死》《糖元宝的消失》《苏帮菜》《小桥流水》

---

[1] 侯军编：《范曾序跋集》，深圳：海天出版社，1996年，第29页。
[2] 同上书，第321页。
[3] 金文明：《语林啄木》，桂林：漓江出版社，2012年，第295页。

《城乡之间》《船与水》《秋水花月夜》等30篇散文。创作题材由苏州的一些文人名士到平凡质朴的工人、个体户等小人物，从美食小吃、戏曲评弹、茶馆书场到苏州的风土相貌，从阅读随感到为历史潮流中的事件、人物"鸣不平"等，涵盖内容很是广泛，行文自由坦率。正如俞明在《后记》中所言："我写散文，没有什么章法。"笔下既有"阳春白雪"的高雅，亦有"下里巴人"的平易。

《姑苏烟水集》的得名，源于俞明对"烟水"一词的偏爱。俞明说："烟水云何哉？清初有一部颇具文学鉴赏价值的苏州地方志性质的书，书名《百城烟水》，百城者，其实止及姑苏和所属八个州县。何谓烟水？书中只说是一种比兴和感触，但我很喜欢'烟水'这个词，用作本书书名。往事如烟似云，飘忽逝去，却又萦绕于怀，常驻心间。"而常驻在俞明心间的，是他对姑苏这座历史文化名城的记忆和热爱。他坦言："我爱养育我的这片土地，愿掬心香著文称颂，文虽拙而意诚，笔嫌散而不法常可，兹编纂成册，犹涓滴入浩瀚书海，用以覆瓿耳。"[1]

俞明并非职业作家，通俗一点来说，他是个"当官的"。关于俞明请范培松作序一事，范培松在《序》中道："我和他交往并不深，以往仅是点头认识而已，对他了解甚少。同时，对当官的我也有一点偏见，总以为他们高高在上，有些无聊，因此便附弄风雅，想舞文弄墨，这能成什么气候？我嘴上答应着，心里实在没有当一回事。"但当范培松在读过俞明送来的散文《小桥流水》《秋水花月夜》等后，不由转变了想法，称叹俞明为"一个闯入散文园地的不速之客"，可见俞明散文有着与众不同的价值。[2]

俞明散文的与众不同在于，他"无视散文的一切规矩，我行我素，乱闯乱摸，既不讲求什么套套，也不去向什么模式靠拢，想说什么就写什么，想怎样写就怎样写，自由洒脱，其势不凡"[3]。俞明写作时很强调"纯正的情感"，一是在写作中常

---

[1] 俞明：《后记》，《姑苏烟水集》，上海：上海人民出版社，1990年，第177页。
[2] 范培松：《序》，俞明：《姑苏烟水集》，上海：上海人民出版社，1990年，第1页。
[3] 出处同上。

常直接运用苏州口语表达真挚情感,二是将情感与苏州文化背景、苏州当下现实深度融合。他在《小桥流水》中回忆苏城水道时写道:"原来,四通八达的水道中,忙碌的船只穿梭往返,过桥洞时站在船头的点着篙子吆喝:'扳梢!'船尾的青布头巾就用力将大橹往怀里扳去,插在漆黑发髻里碧玉簪上的红色流苏便簌簌地在风中抖动。船过熟人的窗口时,青布头巾往窗里喊道:'姆娘,好公关照送香粳米来哉!'窗内的正忙乱着,待等跑到窗口,只见到晃动的黑发髻上的红流苏,就大声喊道:'小妹,等歇来吃饭噱!'"[1]这些文字,满是苏州风土人情的"小桥流水人家"的美好。尔后他笔锋一转,写当下一些河道因为生产而被污染,表达了对美好图景不复的遗憾和可惜。在《思乡的蛊惑》中,他写"在东山长大的穷人家的孩子,回忆儿时吃莼菜,形容为'吃得眼泪水笃落落'"[2]。俞明为卖莼菜的小远亲东妹的不幸而哽咽,但除了苦涩,也注入了温馨的祝福,几十年过去了,物是人非,莼菜成了高档货,他不论"再也没有见到过东妹"的现实,对卖莼菜的东妹的眼下生活,先入为主地寄予了美好的希冀。

俞明的散文不算多,但对他散文的评论不少。王尧提及:"俞明文字老到,叙述从容不迫。但我还感兴趣的是他对世事人生的看法,也就是文本当中或者文本背后一个写作者的'哲学'。"[3]郑一奇概括俞明散文的特点为:"一是挥洒自如,二是富有情趣,三是反映了吴地的人文特色,让在此地生活工作过的人读来非常亲切,四是写人物具有史笔的特征。"[4]如《痴子》中的朱季海、《黄大仙》中的黄一峰、《门槛》里的廖贻训和李天俐夫妇、《小白菜》里的邢晏之、《救木先生》中的吴救木、《大牛》中的沈为众、《杨荫榆之死》中的杨荫榆等,都是俞明笔下"小巷人物志"的主角,诚如范培松所说:"他们仿佛是压在樟木箱底层的皮大衣,现在都被俞明翻了出来。……这些人也是苏州文化的创造者,他们在苏州的历史上应有一席地

---

[1] 俞明:《姑苏烟水集》,上海:上海人民出版社,1990年,第55页。
[2] 同上书,第83页。
[3] 王尧:《俞明和〈姑苏烟云〉》,《苏州杂志》2011年第4期。
[4] 郑一奇:《具征史笔 洞察深邃——说说俞明的人物散文》,《中国图书评论》2002年第7期。

位，应该给他们落实政策。但遗憾的是，这些人有的已被人们遗忘了，有的被打入了另册，有的脸上已蒙上了灰尘。但俞明带着极深的感情为他们立了传。"[1]

纵观俞明散文，极富个性又饱含深情，他坦诚地敞开心灵，将"从他的血管里流出来的"的真情，一一说与了读者。

---

[1] 范培松：《序》，俞明：《姑苏烟水集》，上海：上海人民出版社，1990年，第2页。

江苏新文学史

散文编 第3卷

国家出版基金项目

总主编 丁帆

HISTORY OF JIANGSU
NEW LITERATURE

本编主编 姜建
本卷主编 施龙

江苏凤凰文艺出版社
JIANGSU PHOENIX LITERATURE AND
ART PUBLISHING

图书在版编目（CIP）数据

江苏新文学史. 散文编. 第3卷 / 丁帆总主编；姜建主编；施龙本卷主编. —南京：江苏凤凰文艺出版社，2023.2
　ISBN 978-7-5594-7155-0

Ⅰ. ①江… Ⅱ. ①丁… ②姜… ③施… Ⅲ. ①地方文学史-文学史研究-江苏-当代②散文-文学史研究-江苏-当代　Ⅳ. ①I209.953

中国版本图书馆CIP数据核字(2022)第164479号

江苏新文学史·散文编·第3卷

总 主 编	丁　帆
本编主编	姜　建
本卷主编	施　龙
出 版 人	张在健
出版统筹	赵　阳
责任编辑	傅一岑
责任印制	刘　巍
出版发行	江苏凤凰文艺出版社
	南京市中央路165号，邮编：210009
网　　址	http://www.jswenyi.com
印　　刷	苏州市越洋印刷有限公司
开　　本	718毫米×1000毫米　1/16
印　　张	16.75
字　　数	244千字
版　　次	2023年2月第1版
印　　次	2023年2月第1次印刷
标准书号	ISBN 978-7-5594-7155-0
定　　价	600.00元（全3卷）

江苏凤凰文艺版图书凡印刷、装订错误，可向出版社调换，联系电话 025-83280257

《江苏新文学史》编委会

主 任

张爱军

副主任

徐 宁 韩松林 毕飞宇 汪兴国 丁 帆

委 员

朱晓进 王 尧 王彬彬 吴 俊

张王飞 丁 捷 贾梦玮 高 民

秘书长

张王飞

总主编

丁 帆

本编主编

姜　建

本卷主编

施　龙

审稿人

丁　帆　朱晓进　王　尧　张王飞　姜　建

目 录

导　论 ... 001

第一章　小说家散文 ... 009
　　第一节　概述 ... 011
　　第二节　叶兆言的《闲话三种》《群莺乱飞》《南京传》等 ... 014
　　第三节　毕飞宇的《苏北少年"堂吉诃德"》《写满字的空间》等 ... 026
　　第四节　黄蓓佳的《地图上的行走者》与姜琍敏的《禅边浅唱》等 ... 037
　　第五节　其他小说家的散文 ... 047

第二章　艺术散文 ... 061
　　第一节　概述 ... 063
　　第二节　庞培的《五种回忆》《乡村肖像》等 ... 069
　　第三节　车前子的《江南话本》《云头花朵》等 ... 080
　　第四节　胡弦的《菜蔬小语》《永远无法返乡的人》等 ... 090
　　第五节　黑陶的《夜晚灼烫》《泥与焰》《漆蓝书简》等 ... 102
　　第六节　其他作家的散文 ... 111

第三章　历史文化散文 ... 129
　　第一节　概述 ... 131
　　第二节　薛冰的《淘书随录》《格致南京》《饥不择食》等 ... 135
　　第三节　韦明铧的《扬州掌故》等 ... 149

第四节　夏坚勇的《大运河传》《绍兴十二年》《庆历四年秋》　　　159
　　第五节　陶文瑜的《纸上的园林》《茶馆》《苏式滋味》等　　　175
　　第六节　张昌华的《书香人和》等与诸荣会的《江南味道》等　　　184
　　第七节　其他作家的散文　　　202

第四章　学者随笔　　　213
　　第一节　概述　　　215
　　第二节　思想学术随笔　　　219
　　第三节　记人叙事散文　　　236
　　第四节　余斌的《旧时勾当》《提前怀旧》等　　　243
　　第五节　其他学者的随笔　　　251

导 论

改革开放以来，江苏在各个方面取得了重大进展和成就，其文学创作在全国具有极为重要的地位。进入21世纪以后，江苏文学仍然保持着砥砺前行的姿态，并呈现出蓬勃发展的态势。21世纪固然在诸多方面是前一时期的延续，但也出现了若干影响到整个社会的新动态，对文学来说，这既是一种机遇，也是一种挑战。就江苏散文看，一方面，它承续20世纪90年代以来散文写作的多元发展格局且呈现出某种稳定性，另一方面，它自然也面对着大众文化逐日兴盛、新媒体日趋发达等社会文化环境变迁所带来的变异性。为说明江苏散文在21世纪背景下的创作发展趋势，这里从时代和社会的文化背景、散文艺术的观念形态和晚近的散文文体追求三个方面着手，对21世纪以来江苏散文发展的面貌进行一次扫描，并在此基础上摹画出21世纪江苏散文的基本格局。

首先，20世纪90年代以来，中国大陆偏重经济的突进式发展策略释放了民间社会的活力，但其单向度发展路径也造成了社会及思想界、知识界相当程度的分化。进入21世纪，中国的文化和文学发生了深刻裂变，先锋文学和世俗文化在追求思想解放时期缔结的合作关系瓦解：一方面，文化英雄的影响不再具有广场效应，从此向着个体化乃至私人化的方向滑行；另一方面，消费主义文化大行其道，各种后现代观念日益成为消费社会文化泡沫的推手，人们在物质的汪洋中欲生欲死。应该说，江苏在这一过程中的总体表现比较平稳，文化、文学的发展没有出现过于巨大的落差，而是应和着社会、文化、文学的时代主潮律动，既有顺应大众文化亦即在相当意义上沿着现代化离散趋势发展的一面，也有秉承文化英雄之余绪与消费主义抗争的一面。正如有论者所观察到的那样，江苏21世纪以来散文创作的突出现象，一方面是"致力于文化和历史的表现，特别是以江苏为主体的江南地域文化和地域历史的表现"，另一方面则是"学者介入散文写作，也成为新世纪江苏散文创作的重要景观"。[1] 可以说，历史文化散文和学者随笔差可分别视为江苏21世纪散文中相反相成的两种写作路径。

历史文化散文其实是20世纪90年代"散文热"的后续发展，在相当意义上可以认为是"大散文"的嫡裔。在90年代，"散文热"是继此前一个时期人们重新"发掘"出周作人、林语堂、梁实秋等现代散文名家之后，"随着资本、物质、市场的扩大与增殖"[2]而出现的文化现象，与其说是创作新变，不如说是阅读格局之变所反向造就的写作新情态。简言之，它是文学与市场融合而造就的一种社会现象。在这样的背景下，散文写作因其与社会的关联度增强而从"散文家创作"走向"全民写作"[3]，表现出文类和文体的泛化倾向，故而出现所谓"大历史文化散文"。从文化精英的角度看，这无疑是散文文学品质的降解，然而，如果考虑到现代化的内在逻辑，即各种形式的资源愈来愈以加速度进行发散的趋势，那么，文化、文学资源在社会范围内的进一步扩散，无疑可以看作文学顺应现代化发展的一种自然选择或曰路径。

学者随笔则有所不同。人文知识分子的社会职责是"尽力使未来适应过去并在未来再现过去"，故在相当意义上是"旧道德的传播者"，[4]虽然这并不是说他们在文化意识形态方面的守旧，但仍然清楚地揭示了其在社会当中承担的是保守主义文化功能。江苏的学者随笔大体分思想学术随笔和记人叙事散文两类，前者如董健、丁帆、王彬彬等人对旧时学人的追述，后者如莫砺锋、王尧、余斌等人对往昔生活的记叙，他们的共同之处，在于不约而同地将往日的人与事作为书写对象，并从中抽绎出值得当下借鉴也值得未来参照的某种价值的、意义的或审美的规范。这一散文写作范式与上述之历史文化散文一样隐含着"叙事的转向"倾向[5]，但与后者顺

1　王晖：《新世纪江苏散文创作倾向的管窥与反思》，《江苏社会科学》2015年第4期。
2　林贤治：《世纪末的狂欢》，《时代与文学的肖像》，北京：人民文学出版社，2002年，第99页。
3　王兆胜：《新世纪二十年中国散文创作走向》，《南方文坛》2020年第6期。
4　[美]艾尔文·古德纳：《知识分子的未来和新阶级的兴起》，顾晓辉、蔡嵘译，南京：江苏人民出版社，2002年，第59页。
5　刘军：《思潮弱化与叙事转向：新世纪散文的基本面向》，《东吴学术》2021年第1期。

应现实社会至为不同的是,就其文化意义而言,它实则是对现实以及建基于当下现实的未来的一种反动。

由此,在21世纪散文场域中,历史文化散文与学者散文构成了一种相反相成的关系,江苏散文的这一特征表现得尤为鲜明。不过,这只是就二者的文化功能、社会职能而言,从根本上讲,它们都共同体现了21世纪散文的艺术观念和写作实践之变。

其次,在"新散文""新风格散文""在场主义散文"等散文写作主张陆续在21世纪前后提出并有限度地展开实践之后,虽然其中充满了含混,但总体而言,一种追求"个人性"的散文观念已经成为普遍共识。江苏艺术散文实践是新世纪散文艺术探索的一种表现,其所取得的实绩也部分代表了后者所能达到的成就。

作为一种文类,散文虽然可以从不同角度加以描述,但显然缺乏一个周延的理论界定。不过,征之于新文学史,却也的确可以看到现代以来散文创作观念的流变:"美文"和"小品文"显然是文体解放的产物,它们均追求无拘无束的表达,表现的是"以真为主,美即在其中"[1]的文学理念;20世纪"40年代至70年代几乎没有'美文',只有政论"[2]——所谓诗化散文在相当程度上也可以看作一种变形的政论,而其后的十余年也并没有较为明显的改观;20世纪90年代革除了"形散神不散"的散文创作观,且受到大众文化的影响,历史文化散文等"大散文"形态开始出现,并在21世纪初之后的一段时间内蔚然成风。然而,如前所论,准确说来,大散文更应该被视为一种市民社会渐趋繁荣之后出现的文化现象,是中国社会经济深入发展的一种表征,其在文学创作方面的探索意义极为有限。"新散文"在世纪之交出现,它与后续观点各异的诸多提法不过共同表明散文艺术遭遇了发展的瓶颈而已。

---

[1] 周作人:《平民的文学》,《艺术与生活》,止庵校订,石家庄:河北教育出版社,2002年,第5页。
[2] 汪曾祺:《谈散文》,《汪曾祺全集》第10卷,北京:人民文学出版社,2019年,第412页。

汪曾祺以为"生活本是散散漫漫的，文章也该是散散漫漫的"[1]，这一说法看似朴实而其实极为精到，不过，毕竟存在如何将散漫的生活赋予一个富有意味的形式的问题。就21世纪散文而言，"个人性"可能是一个非常关键的概念。大体说来，个人性指的是写作者以一种万物平齐的姿态沉降到世界之中，以万物互观的方式呈现出一个生生不息的世界，这一世界以及处于其中的任何人、事、物，都处于一种需要描述且可以描述但永远没有定形的状态，具体到或一文本之中，就是个人与万物表现为一种互相指涉、互相发现、互相阐释的情态。不过，世界无限而最终呈现的文本却只可能表现为某一形式，这或者可以看作言意之辨的一种当代变形版本，而其理论意义，在于为"创造一个想象的、内聚的、富于自由意识的世界"[2]的散文写作方式铺平了道路。

江苏的艺术散文作家通过融合现实、记忆和想象，创造了若干充满流动性的表象所构成的地域性文学世界。在这些作家中，庞培用繁复的意象勾勒出一幅"乡村肖像"，车前子用跳跃的语言组装出"一所看得见风景的房间"，胡弦在"词与物"交错的表象中呈现"故乡物事"，黑陶用"幻觉（幻象）写作"方式建构起"文学南方"，他们都用膨胀的主观感觉体验写出了一个既浸透了个人记忆同时又经过想象发酵的个人文学世界。正如福克纳"选择通过无数生活片段，构成美国'南方'世界整幅图景的方法"[3]那样，江苏艺术散文作家也是通过"生活片段"重构了"世界整幅图景"，不过他们的努力并不直接通向意义，毋宁说，他们力图营建的是一个充满能指符号的主观世界，这一世界可以通往意义但并不具有直接的指向性，由此，读者也就成为文本不可或缺的一个必要延伸。这是21世纪以来散文观念一个具有重大意义的跃迁，江苏艺术散文作家的成就和贡献极其瞩目。

再次，各种散文文体在21世纪以来都有为数甚多的实践者，即使在此之前遭到

---

[1] 汪曾祺：《谈散文》，《汪曾祺全集》第10卷，北京：人民文学出版社，2019年，第422页。
[2] 林贤治：《中国散文五十年》，桂林：漓江出版社，2011年，第125页。
[3] 张学昕：《苏童：重构"南方"的意义》，《文学评论》2014年第3期。

理论清算的抒情散文（或许称为所谓"诗化散文"更合适）也不乏作者，其余如历史文化散文、小品文、思想随笔、杂文等，更是所在多多。虽然各种提法的散文创新实践在文体方面颇有探索，但不应否认散文写作的自由本性及其文体多样性的价值。就21世纪江苏散文而言，艺术散文无疑在散文观念和文体两方面均有创新，但其他散文文体的继承和发展同样不可忽视。

上文论述表明了江苏艺术散文以能指搭建表象世界的努力，他们已经展现出了以感觉和体验建构文学真实的迷人魅力。当庞培将其内心深处对自由的向往谱成"七个音符"，当车前子为江南及苏州涂上一层焕发着诱人色泽的釉质，当胡弦在吹拂着楚汉之风的中原大地深挖埋藏，当黑陶行走在江南的乡野寻找文化流脉并力图恢复其活力，他们都用亦真亦幻的符号编织出了一个个与人性本真更为亲密的主观世界，在这个世界之中，所有意象都因个人的无间融入而形成一种看似芜杂而其实均依体验而产生某种秩序感的结构。个人对世界的观感成为建构文学世界的源泉、归宿和方法、形式，这成为江苏艺术散文在文体方面极有特色的创造。

江苏艺术散文的文体创新未必能够代表散文艺术的发展方向，但这一探索无疑为散文创作提供了新思路和新方法，此外，值得特别关注的现象是小说家成规模地进入散文写作领域。与现代时期的小说名家往往是散文作手的状况颇为不同的是，当代小说家零碎文字虽然不少，但一般殊少散文性质的创作，当他们在21世纪前后介入散文写作后，大大拓展了叙事在散文写作中的地位。这一现象，与其说是此前对诗化散文反动的理论余波的产物，不如说是新的文化语境的自然要求。从散文创作的内在理路来说，"如何从个人的感受出发，接通一个更为广大的人心世界"是"近年来散文写作的一个新趋势"[1]，故在更确切的意义上说，它是联结沉浸于纯粹主观之中的艺术散文和与现实生活过于密切的其他诸多类型散文的一种中间写作方式。这一居间位置为小说家散文创设了进退自如的写作优势。

小说家散文的核心在叙事。叶兆言的南京文化书写、毕飞宇的苏北少年世界构

---

[1] 谢有顺：《散文是在人间的写作——论新世纪散文》，《文艺争鸣》2008年第4期。

形、黄蓓佳的海外异国见闻等，视为各人小说题材的扩散固无不可，但在他们将现实物事以叙述的方式编织为一个充满个人印记的具体时空语境之后，客观存在物与主观感受性就通过叙事得到了全新的呈现和阐释，从而使得世界成为因人而异的菱形多面体。它与此前叙事散文的差异，在于后者较为重视相对客观的记述，而前者的变化，在于主观及隐藏于主观之中的可能性成为记叙的重点。例如，毕飞宇的《苏北少年"堂吉诃德"》的写法就不是简单的"记录童年"，而"更要梳理自己长大的路径"[1]，类似的写作旨趣就决定了包括该作在内的小说家散文不同于记录生平的惯常所谓叙事散文。

　　需要注意的是，"小说家散文"如果以叙事为特征而可以成为一种散文文体，其作者自然不限于小说作家。王尧、余斌二人是学者，他们的若干散文作品都以叙事见长，其实可以归入此类。王尧因《民谣》出版，颇可以称为小说家，但在这部小说之前，他有许多散文早已涉及个人成长故事，作者只是随意点染，却自然而然地在过去和现在、理想和现实、真与假之间形成一种张力，充分阐释了我之为我的必然中的偶然；余斌才情极高，他的散文无间糅合当下与过往二者，笔墨游走在真善美与假恶丑之间，既有文人的皮里阳秋，也有现代知识人的反讽，在荒唐的往事中窥探世态人心，文思络绎缠绵、文字起伏婉转使得文章摇曳生姿，是江苏散文在新世纪的重要收获之一。

　　在简要梳理了全国及江苏21世纪以来的社会文化氛围、散文艺术理念、散文文体追求之后，新世纪江苏散文写作的格局已自然呈现。概而言之，其基本格局如下：各种类型的散文文体均不乏读者，尤以代表大众文化趣味的历史文化散文为甚；面对消费文化的侵蚀，学者散文从价值、思想角度予以回击，艺术散文则从散文艺术角度做出回应；艺术散文代表了江苏散文艺术在观念和实践两方面的高度，然而曲高和寡，小说家散文则因部分融合了其艺术理念中的个人性成分且因叙事要

---

[1]　汪政、晓华：《新世纪江苏散文论纲》，《南方文坛》2014年第4期。

素的融入而得到了市场的欢迎。因俗而雅再到回雅向俗,21世纪江苏散文的发展轨迹形成了一个闭环。

21世纪江苏散文格局隐含着若干问题,这些问题预示着江苏散文此后发展的可能趋向。大体说来,如下几个问题值得进一步关注:

一是文学写作、传播、阅读的大众化时代已经来临,散文将更趋分散多元。在大众文化日趋繁荣的时代语境中,文学大幅向市场倾斜,在这种条件下,历史文化散文一度极其繁荣,江苏出现了薛冰、韦明铧、夏坚勇等堪称名家的作手。作为市民社会阅读趣味的表现,历史文化散文目前已呈衰歇状态,但可以预料的是,必将有其他类型的大众化散文出现并取而代之,而且,伴随着现代化进程的加速,散文趣味的转换节奏可能非常迅速。面对这一文学变局,适当的态度可能是"把立即知道结果的要求搁置一下,去思考表达方式的含义,并且关注意义是怎样产生的,以及愉悦是如何制造的"[1]。江苏历史文化资源丰厚,散文写作传统绵长,其中蕴藏着丰富的可能,所以应该特别关注散文及其他门类的文学是如何生成的问题。

二是艺术散文和学者散文与大众文化的对立共生构成了21世纪江苏散文富有张力的文化构造,前二者如何发挥结构性力量从而使得大众文化趣味不致过于萎靡,至关重要。艺术散文与学者散文的文学、文化旨趣大为不同,在某种意义上甚至可以说完全相反:前者"向前看",试图以观念先锋和文体创新冲破大众文化的包围并开创一个新局面;后者"向后看",力图以价值、思想、意义等方面的历史延续性压制市民文化趣味的泛滥并保持文化的稳定性或曰平衡性。然而,二者在面对大众文学、文化趣味时表现出了相当意义上的同构性,也就是说,它们都是大众文化趣味的反动。江苏深厚的文史资源一方面为新散文的诞生提供了必要条件,另一方面,也为制衡其势有必至的"偏至"提供了充分的理论资源。雅与俗在未来的相互消长是一个极其值得瞩目的问题。

三是叙事性成为散文的艺术生长点,江苏散文也在此表现出了蓬勃的生命力。

---

[1] [美]乔纳森·卡勒:《文学理论入门》,李平译,南京:译林出版社,2013年,第44页。

就目前所观察到的现象而言，艺术散文无疑代表江苏散文艺术进展的标高，但它在散文观念方面其实存在致命的理论缺陷——艺术散文频繁采用"经历""体验""感觉"等语词描述自身，而文本作为载体，其实与个人主体性不能等同，故其极致形态必将是对文本的否定和取消——众多散文写作理念（或者就是一种提法而已）旋生旋灭说明了这个问题。叙事在新世纪以来的散文写作中大面积回归，不是小说技巧向散文的迁移（故"小说家散文"这一概念也只是权宜之计），而是叙事本身在散文内部的复活，更准确地说，散文中的叙事要素一直存在，它只是因为某种缘由在散文中遭到排斥、又在当下重新介入散文而已。就最新的文学事实来看，随着移动互联网的普及，依托于新媒体的类型化叙事作品已经成功地抢夺了市民读者群。这一事实表明，叙事性在散文写作中的前途不可估量，其发展值得期待。

  本卷以小说家散文、艺术散文、历史文化散文和学者随笔建立起论述框架，虽然无法兼顾上述所有问题，但大致全面系统地梳理了21世纪以来江苏散文发展的状况并对其基本格局予以测绘，不仅有助于清晰了解江苏新世纪散文的当下情形，也将为其后续发展提供可资参考的经验教训。

第一章

小说家散文

第一节　概述

小说特别是长篇小说在当下文坛似乎成了文学的代名词，这不仅是因为"广大的读者乐意选择故事而很少问津诗歌"，而且更是文学和文化理论所确证的事实，因为"叙述在文化中占有中心地位"[1]。江苏自新时期以来就涌现出诸多小说名家，可谓"外之既不后于世界之思潮"及国内文学发展趋向，而作为文教大省，也有众多优秀的散文家，亦可谓"内之仍弗失固有之血脉"[2]，而小说家跨界散文写作，也是由来已久的现象。21世纪以来，江苏文坛以叶兆言、毕飞宇、黄蓓佳、姜琍敏等人为代表的两栖作家，既在虚构文学领域成就斐然又尝试涉足非虚构写作，且在散文写作方面大放光彩。应该承认，他们的散文写作大抵是玩票性质，内容也大都是小说创作的余绪，或许尚未形成清晰的文体探索意识，也并没有表现出成熟的群落特征，但小说家成规模进入散文领域本身就是一个需要严肃对待的文化现象，而跨文类写作对于散文文体的影响——这其实并不是江苏小说家散文写作的重点——所折射的问题也需要认真分析。

整体而言，江苏小说家散文的主题、语言、风格不仅带有鲜明的个人特色，而且浸润了江苏的地域文化风情，显出别样风采，一定意义上拓展了江苏散文的丰富的维度。散文与小说不同，现代文学史上常有作家借散文笔法写小说，却少有借小说笔法写散文，这与"散文以内心为主"的文体规定性有关："散文中的种种事实，常常呈现为一个个片段，这些事实之间，如果抽去了内心的情感和思想，它们就失去了必然的联系，就像是抽去了串接念珠的线，珠子就会散落一样，这些珠子本身并不相关。"[3] 以此观之，小说家写散文殊非易事，善于构思情节的写法容易倾向于叙述本身，从而损伤展现个人情志的散文本真属性，而江苏作家似乎都巧妙地规避

1　[美]乔纳森·卡勒：《文学理论入门》，李平译，南京：译林出版社，2013年，第86页。
2　鲁迅：《文化偏至论》，《鲁迅全集》第1卷，北京：人民文学出版社，1981年，第57页。
3　祝勇：《散文：无法回避的革命》，《散文叛徒》，上海：上海人民出版社，2010年，第29页。

了这个风险，他们充分发挥小说写作当中养成的对生活的敏锐洞察力进行散文创作，虽也偏向叙事却不忽略表现深刻复杂的情绪流动，十分幽深细密，产生了耐人寻味的意蕴，显出与一般散文家迥异的书写特色。简言之，江苏的小说家基于在小说领域已有的成熟文学功底，同时结合自身地域文化、成长经验、精神气质，从而写出了与纯粹的散文作者同中有异的小说家散文。大体说来，小说家散文在内容题材、语言表达两方面有以下显著特征。

其一，在题材内容上，"成长"与"生活"可称为小说家散文的两个关键词。他们倾向于描写日常琐碎并回顾往事，对过去的反思和当下的记述常常构成写作的重要内容；同时，因细微的地区差异以及性格特征，又各有一定的偏好，表现出差异性，例如叶兆言的南京文化书写、毕飞宇的苏北少年世界、黄蓓佳的海外异国见闻以及魏微80年代的青春记忆等，都在一定程度上与他们擅长的小说题材叠合，由私人经验引发对人生、历史、时代的现实反思可视为映照社会世相的一个侧面。散文创作以挖掘现实生活为主，表现内容相对集中，这恰恰与江苏小说家长于勾画日常、展现世态人情的审美追求相贴合。需要强调的是，小说家散文虽以日常为表现对象却并不局限于此，所以读者也能够在丁捷的《约定》中看到边疆的壮丽风光，在《名流之流》里看一些伪知识分子丑态百出，在唐炳良的《华丽缘》里寻找传统乡村的田园风情。此外，毕飞宇、鲁敏、魏微等人还有部分颇有见解的创作谈文字，叶兆言、姜琍敏有对历史名人的漫谈杂文，而读者也可以从这些写实的成长轶事或是人生经历及各类创作谈中了解作家的文学成长心路，比如叶兆言的《流浪之夜》、毕飞宇的《苏北少年"堂吉诃德"》以及魏微的《我的年代》等等。

其二，在表达形式方面，小说家散文一般以叙事为主，议论、抒情为辅，特别一些地方是，"我"的情感体验往往是"串接念珠的线"，所以抒情成为潜伏在叙事之下的主线，叙事之中也就常常伴随情绪的流动、情感的波折，可以说，叙事与抒情的相互生发是其最为常见的表达技巧。可以看到的是，毕飞宇的少年经验折射出动乱时代的悲哀，黄蓓佳、姜琍敏从共通的人性心理角度关注普通人的境遇，叶兆言闲话历史名人时充满文化追思，鲁敏、庞余亮等人的亲情散文在表现社会的同时力求披露最复杂、真实的人性,丁捷投向上层文化圈、边远新疆的目光,也是密切关注人在社会或是苦寒之地的生存现状。他们的散文大都以个人经历和体验观照社会与时代,是以小见大的笔调,故语言质朴平实、情感含蓄克制,既纤细,又深刻,既表现了江苏文脉源远流长的特色,也展现了当代作家应有的文化敏感。

就文学史而言,小说家散文最典型的文体特征是将精巧的小说技巧融进散文,但江苏的小说家显然无意于此,他们无论是叙述还是描写,都少有精心雕琢的小说笔法。这固然与他们不以散文为志业的文学心态相关,但这种随性自然的写法在客观上却最大程度保证了创作题材的真实和情感的真挚,也可以算是一种意外的收获。王国维在《人间词话》中提出:"大家之作,其言情也,必沁人心脾;其写景也,必豁人耳目。其辞脱口而出,无矫揉妆束之态。以其所见者真,所知者深也。"[1]江苏的小说家散文与之暗合,无论言情或写景都毫无矫揉造作之态,正如鲁敏在《以父之名·后记》中的自白所揭示的那样,"随笔里,我没地方躲"[2]。其实,不只鲁敏,其他小说家也都无心躲藏,他们努力呈现最真实的自我:魏微青春期男女间的性张力、毕飞宇少年时无根的漂泊感、鲁敏因父爱缺席延续至今的孤寂感。诸如此类的阐释和创作,共同表明小说家散文的共性在于长期浸淫小说创作中形成的那种对生活的细微的敏锐感和因之形成的强大共情能力。当然,小说家散文虽然题材可能相近,但人生经历却又大不相同,所以只要具有个性,也就自然造就各美其美的文学格局。其中,叶兆言散文知识功底深厚,许多名人轶事、历史掌故信手拈来,带有浓厚的文人书卷气;毕飞宇散文语言精妙、思想深邃,任何小事都可以阐发出一番别有洞天的道理;黄蓓佳文笔轻盈、精神清澈澄明且又擅长描写世界之美,都是其中的精品。

小说家散文虽然因为作者的小说家身份而赢得格外的关注,但或如前述,在散文艺术的探索方面其实颇为乏力。这一方面是因为这批小说家的主业是小说,散文

---

[1] 王国维:《卷上·人间词话》,《人间词话》,上海:上海古籍出版社,2016年,第58页。
[2] 鲁敏:《以父之名·后记》,《时间望着我》,南京:译林出版社,2019年,第36页。

写作是偶一为之，不仅作品数量有限，而且明显缺少自觉的文体意识；另一方面，小说家的艺术思维既是优势又是桎梏，后果之一，是他们擅长叙事也就局限于叙事。职是之故，小说家散文的艺术缺失，往往表现为叙事多而缺少必要的变化，语言质感好但行文结构随意，议论见解深但情感体验单一。然而，作为新世纪文学不可或缺的组成部分，小说家散文自有其存在意义。简而言之，它与多数历史文化散文一样，文化价值超过其文学性，其功能是面向大众拓展现代文化的边界。另外，江苏小说家散文作为一个整体所呈现出的江苏文化，也因阐释路径的别致而以另一个频段散发出另一种光彩，无疑丰富了江苏文化的内涵，也带来了它在新的条件下自我更新的更多可能。

第二节　叶兆言的《闲话三种》《群莺乱飞》《南京传》等

叶兆言（1957—　），原籍江苏苏州，生于南京，小说家、散文家，现任江苏省作家协会副主席、南京市作家协会主席。1980年开始发表文学作品，曾获得江苏省文学艺术奖、紫金山文学奖、汪曾祺文学奖等各类奖项。散文作品主要有《流浪之夜》《南京人》《老南京·旧影秦淮》《闲话三种》《不疑盗嫂》《杂花生树》《群莺乱飞》《南京传》等，题材极为广泛，既有宇宙之大，亦有苍蝇之微，从南京悠长的历史文化到日常生活的琐碎小事，都能娓娓道来，写出自己独到的见解。叶兆言出自文学世家，祖父是著名的教育家、文学家叶圣陶，父亲叶至诚也长期从事文艺工作，曾担任《雨花》主编。因为家中藏书宏富，叶兆言自幼便广读中外名著并结识了父亲的众多文坛好友，并自然走上了写作的道路。就叶兆言散文创作而言，特殊的家庭环境、时代遭遇以及人生经历直接构成了其散文作品的主要内容，是故，他的散文写作类型化特征颇为明显，大致可分为以下五种类型：第一，以生活经验为主的自传体回忆录；第二，有关近代知识分子的闲话随笔；第三，追忆父亲、祖父文坛旧友的记叙性散文；第四，追溯金陵文化的历史散文；第五，部分犀利幽默的时评杂文。

叶兆言的散文多以叙述为主，间杂些许议论，少有描写、抒情，风格通俗质朴，在"文"与"笔"之间显然倾向后者。他的随笔笔墨通俗而格调高雅，雅俗杂出，多给人以雅俗共赏的审美体验，其文体或可称为"俗化体"，即"90年代中期之后大众审美文化思潮的兴起，使传统散文的创作出现了放下高雅而趋向通俗化的走势"而产生的一种散文文体[1]。21世纪以来，在新媒体文学的背景下，他不仅在语言艺术上表现出"俗化"特征，还积极顺应网络文学发展趋势，分别在腾讯网、澎湃网上开辟专栏，例如，引起了读者一致好评的《南京传》在结集之前，最早就在腾讯"大家"栏目连载。叶兆言散文作品的数量颇为可观，自1995年结集的《流浪之夜》到2019年出版的《南京传》，尽管部分文集存在重复叙述、多次收录现象，但质量始终保持着中上游水平。整体看来，叶兆言近25年的散文创作除文字越发简洁凝练外，几乎没有阶段性变化，一直保持着散淡、从容的闲适风情。

出版于1995年的《流浪之夜》是叶兆言的第一本散文集（2017年出版的《文学少年》所收篇目几乎与之完全相同）。该集除六七篇记人文章外，皆属个人回忆散文，包括《恐怖的夜晚》《宝像引起的话题》《难得有闲》等40余篇。或许因为较多涉及个人经历，叶兆言在谈到这些陈年往事的时候，细节极为逼真，情绪也十分真实和真诚，而这奠定了其散文的基本格调——质朴、真诚。《宝像引起的话题》里，在动乱时期，病危的祖父看见父亲没有戴宝像，"为心爱的小儿子命运担忧"，相见时却不愿多问，"相顾无言无话可说"。《祠堂小学》中的男教师既有见了大姑娘"眼睛发亮""忍不住说荤话"的轻佻，也有被学生作弄后佯装生气的宽容，作家不虚美不隐恶，真实可信的普通人形象跃然纸上。与上面细腻的情感相比，更难能可贵的是叶兆言始终以平民视角同读者交流，无论是自我体验的诉说或是亲人经历的描述，言语均质朴无华，似潺潺溪水缓缓流淌，毫无矫揉造作之态。《恐怖的夜晚》记录了11岁的"我"独自守家的害怕心境，其中又插入朋友阿兴遭遇失恋的小故

---

[1] 参见吴周文、张王飞：《俗化体：当下散文的一种选择——以叶兆言为例》，《当代作家评论》2017年第6期。

事，宛如话家常的絮絮叨叨有时像和读者对话，充满亲和力，其他诸如《难得有闲》《当不了和尚》《骑车旅行》皆是如此。需要注意的是，从表达方式来看，《流浪之夜》中的作品大都叙事性强，少有议论抒情，人物或喜或悲的情感不言于口，皆弥漫于字里行间，它们共同体现了叶兆言的小说家本色。

不过，这不是说叶兆言有意识地将小说文体、笔法引入其个人的散文写作。对他来说，散文毋宁是他小说创作余兴的一种发散，是一种情绪宣泄方式，所以下笔之时没有任何拘束，行文也无需技巧，情感流到哪里、文思涌到哪里，笔触也就拂过哪里。这在他偏向杂文的散文写作中表现得更为明显。

叶兆言曾在《东方明星》开设过一个专栏，名为"兆言专卖店"。他采用闲话方式与读者清谈，笔调松弛、平淡，特色在于"散漫讲述的结构、平易幽默的语言、从容温和的语态"[1]。1999年，包括《闲话章太炎》《闲话吴宓》在内的系列连载文章结集为《闲话三种》出版。该集重心在第二辑，即论章太炎、陈寅恪等近代学人的随笔。与稍早的《流浪之夜》略有不同，《闲话三种》在保有真诚质朴的特点之外强化了"闲话"的漫谈色彩，不论是人物的学术思想、生活趣事或是情感经历，作者从不避讳，想到哪就说到哪，相较前期更随意、轻快。

《闲话吴宓》不仅肯定了吴宓严谨的学术态度，对其发乎情止乎礼的浪漫主义也赞赏有加，其间还穿插了若干轶事，其中之一，是吴宓因为爱护林黛玉而认为店家亵渎了这一文学形象，遂大闹名为"潇湘馆"的牛肉店。民国人物之可敬可爱，在奇正相生的笔法当中得到了恰如其分的展现。当然，叶兆言对于他们的看法，或许是一种长期以来就有的观念，也可能是兴到笔酣之时的临场发挥，就《闲话三种》所收录的作品论，后一种情形委实不可忽视。叶兆言在叙人说事的同时，常常不忘费些笔墨博读者一笑，如"一想到刘半农，我的脑海里立刻就冒出大脑袋瓜和鱼皮鞋""林琴南翻译的速度很快，颇有些像今日的东方快车软件"之类，这些带有个人主观印象的调侃俏皮有趣，既照顾到读者的阅读趣味，也给散文增添了些许活

---

[1] 赵普光、牛亚南：《文学世家背景与叶兆言的创作风格》，《当代作家评论》2016年第2期。

泼的气氛。

叶兆言惯于写作庄谐杂出的文字，《闲话三种》之后的《杂花生树》，风格同样如此。2000年，他又在《收获》开设"杂花生树"专栏，发表文化类系列散文《周氏兄弟》《围城里的笑声》《闹着玩的文人》等；在此前后，还在《小说家》的"作家手记"栏目发表同类型文章，如《刘半农和钱玄同》《林琴南与严复》《闻一多与朱自清》等，后共同结集为《杂花生树》。该书也是文化省思与市井谐趣相杂糅的作品，但作者往往不知不觉就从二者并重走向了搜奇猎异，散发出浓郁的民间传奇气息。

大体而言，《闲话三种》和《杂花生树》中的散文都是叶兆言对民国文化人物的述论，议论多有精辟之处，颇能见出作者精深的文化学养。例如，叶兆言有很多关于文学的精当理解，显示出作者曾经专修文学的学殖涵养。《围城里的笑声》一文足以征信：首先，他以一个小说家的眼光看《围城》，从小说的开篇情节设置入手，认为方鸿渐和鲍小姐的交往中蕴藏了常人难以察觉的隐喻。方鸿渐在与鲍小姐一夜情之后被后者抛弃，钱锺书述及主人公的心口隐隐作痛，叶兆言以为"这个大俗细节后面显然藏着一种不同寻常的情绪"，是方鸿渐好似纯洁处女被引诱失贞后的懊恼，这也使"围城从喜剧变成了正剧"，给读者提供了一个以男女平等的眼光看待小说人际关系的视角——联系到小说的后续情节发展，如孙柔嘉如何一步一步地将方鸿渐设计进入婚姻的围城，叶兆言此处可谓点破了伏笔，令读者不得不感叹其目光如炬。其次，叶兆言认为方鸿渐的形象之所以如此鲜活，是因为钱锺书给他安排了既非英雄又非小丑的"起点"形象，这一设定奠定了读者对人物的基本态度。小说曾绘声绘色地记述了方鸿渐、曹元朗、视学先生三人各自的一段荒唐"表演"，方鸿渐大谈鸦片和梅毒、曹元朗当众朗诵歪诗《拼盘姘伴》和视学先生枯燥可笑的训话，在这三段表演中，钱锺书对三人的情感态度显然有所差别。叶兆言的基本观点是：

学成归国成了不学无术的大笑话，三人当众表演在搞笑上，并没有太大区别，不同的只是起点。起点不同，结果也就不同，方鸿渐的可笑在于过分玩世不恭，他知道自己可笑，知道自己是在出洋相，自以为是的胡说八道，建立在自以为不是的心理基础上，作者对方鸿渐的感情，与对曹元朗和视学先生完全不一样，对后者用的是传统喜剧手法，是讽刺和挖苦，带有明显的厌恶，对于前者虽然也有讽刺之义，然而却没有什么太大的敌意。

如其所论，《围城》在开头便给了方鸿渐一个相较而言更"理性清明"的起点，他知道自己的可笑、荒唐，故其大谈特谈梅毒鸦片的"表演"虽滑稽却并不丑陋，而他的自嘲更显示出小知识分子的可怜与可叹。这些论述和判断的确能显现出叶兆言文化省思的洞察力。

不过，叶兆言散文的特色在于"闲适性和思想性两者是捆绑、浑成在一起的"[1]，他的散文的"思想性"一般点到即止，闲适仍旧是根柢，叙事方面便有许多琐屑的旁逸斜出。叶兆言为了营造轻松的气氛而刻意幽默，有时有过当之弊。《闲话章太炎》如此描述章太炎曾遭袁世凯软禁之事："人怕出名猪怕壮，学问和资历真到了章太炎这份上，狠毒如袁世凯也拿他没办法。于是只好将就着把章太炎软禁起来……"作者意在赞美章太炎的学问和资历，借俚俗之语以玩笑的方式表出，却仍然不免令人感到错愕：奇正固然可以相生，但奇与正之间距离过远，也就走向相反了。

延续《闲话三种》《杂花生树》的写人叙事的路径，叶兆言在2010年又出版了散文集《群莺乱飞》，其间的分别，在于前二者是"叙述并议论"近代知识分子，后者则是"追忆并怀念"亲朋好友。对近现代人物，因为其人、其事、其文都是叶兆言通过史料阅读获得，所以在写作时，就多从历史大处着眼运笔，议论时也始终保持一种距离，而对亲朋好友，因为人物都是旧雨新知，行迹多有耳闻目睹，文章更

---

[1] 吴周文、张王飞：《俗化体：当下散文的一种选择——以叶兆言为例》，《当代作家评论》2017年第6期。

是盘桓日久，所以叶兆言改换了笔法，从身边琐事入手，带着些微的温情，写他所了解和感受到的人性细节。《群莺乱飞》主要记述了作者个人或父亲与方之、高晓声、林斤澜、汪曾祺等文坛人物交往的相关事迹，《父亲和方之的友谊》《郴江幸自绕郴山》《万事翻覆如浮云》等几篇尤为感人。

《父亲和方之的友谊》提到父亲的好友方之早年受尽动乱折磨、后期身患癌症、最终悲哀死去，作者借用《项链》的启示隐喻时代的悲哀："这些痛苦其实是无须经受的，它消耗了人生中最美好的一段时光。"与该文的沉重相比，《郴江幸自绕郴山》稍显轻松，叶兆言用对比的方法写他心目中江苏当时最重要的两位小说家。高晓声虽虚心却也爱面子，尽管有"农民作家"称号，但也经常为此所累；汪曾祺生活简朴，是非分明却有些清高，这些为读者深入了解高晓声、汪曾祺二人性格提供了一个重要的参考或佐证。叶兆言不仅从个人交往的角度写出高、汪二人的立身之异，而且也通过作品分析了二人的处世之道。他认为，高晓声成功的秘诀在于能够"描写人的普遍处境，极力在内容上下功夫"，其小说中藏有"促狭"且"充分集中了苏南人的精明"；汪曾祺的横空出世不仅因为语言"精致""峭拔""喜欢显示才华"，还与他是文坛的另类紧密相关。这些有关二人创作及其背后的语境问题的分析，叶兆言的评价都显得客观中肯，而在另外一些更为私人的记忆中，如高晓声传授写作经验、汪曾祺包容年轻后辈，都是山高水长的长者风范，他们那些无伤大雅的小缺点，则经过时光的过滤、磨洗，全都化作了个人性情的写照，留给作者及读者的，乃是深深的怀念和敬佩。

《闲话三种》《杂花生树》《群莺乱飞》虽题材略有差别，但文体皆属于漫谈式的文史随笔，散淡、松弛的行文笔法的确让叶兆言适于展现修为见地和丰富阅历，不过也难免造成"读书很杂，感想太多太乱"[1]的情形。余斌在论及小说《一九三七年的爱情》时，曾指出叶兆言的这篇作品存在"历史野史化"倾向，其表现，是

---

[1] 叶兆言：《杂花生树·自序》，《杂花生树》，北京：人民出版社，2002年。

"他的历史叙述甚至就是这些野史的东西拉杂而成"[1],其实何独小说,散文同样如此:叶兆言乐谈野史轶事,但在许多时候,他又做不到严格加以约束,所以从论述到结构再到主旨,都呈现为一种离散化的状态。

叶兆言的随笔与传统的文史之学颇有分别,他很少从学术思想的角度做专业的分析,而较多从野史、掌故、传说等方面汗漫书写。不过,若说叶兆言没有前者或只有后者也是不准确的,他几乎都涉及,而几乎都没有写透,所以我们似乎可以看到叶兆言笔下人物的文采风流,但过多生活细节和作者个人主观意见的介入,又使得这些阐释趋于消解。这种现象同样可以《郴江幸自绕郴山》为例加以说明:一方面,剖切深厚的见解显示其高明的文章笔法,真实有趣的生活细节也折射出现代文人个性;另一方面,其实二者连接得并不紧密,进而导致后者沦为主干论述下并不相宜的细枝末节,反而显出随笔的杂和乱。这一点上,或许余斌的观察是对的:

> 叶兆言的论文总是很有见地,新意迭出,但是跳跃性太大,不能确切地装进论文的套子。有位老师戏称叶兆言名为《〈围城〉内外》的毕业论文"老是在外面转,就是不进'城'",我至今认为颇为"经典"。其实他也不是不进去,只是进来出去,出去进来,蹦跶得厉害。[2]

是耶?非耶?但总之是"蹦跶得厉害"。结果是,进来出去的回环往复不仅绕晕了读者,大概也让作者自己难以保持清醒。余斌在评论《一九三七年的爱情》时提及小说的多重旨趣,径直将之归纳为"四不像",并直言自己的种种分析是"并非得到澄清的结论,至少不在他有力的控制之下",也说明这个问题。《午后的岁月》中,余斌关于书名"在通与不通、有理无理之间"的说法[3],其实正是对叶兆

---

[1] 余斌:《一九三七年的爱情》,《当年文事》,南京:南京大学出版社,2009年,第191页。
[2] 叶兆言、余斌:《午后的岁月》(3月14日的对谈),桂林:广西师范大学出版社,2001年,第56页。
[3] 叶兆言、余斌:《午后的岁月》(2月18日的对谈),桂林:广西师范大学出版社,2001年,第2页。

第一章　小说家散文

言包括随笔在内的所有作品的特质的概括。叶兆言也曾如是描述自己的随笔写作状态：

> 写随笔与写小说最大的不同，在于写小说你不知道你会怎么写，故事会怎么发展，而写随笔你大体上已是了然于胸。所以写随笔，像给《小说家》的那种，一篇3000字，状态好的时候，我花半天时间就可以完稿。我懒得为查资料花时间，我的材料和掌故都是无心积累的，或者是因为阅读量的关系，或者因为受过的专业训练，写人物闲话这一类的文章，对我来说，实在是太轻松。[1]

叶兆言在多个文集的序言或是后记中都曾提及自己并无定见，写什么往往受到其他人（而非外部环境）——这在很多情况下乃是朋友——的干预或者说推动。他曾说过，写小说是抽大烟，而"小文章"则是香烟[2]，因此，如果说小说之于他是一种比较纯粹的文学追求，那么散文或者随笔之于他，虽然逐渐开始重要起来，却是极为日常化的事务性工作。这种"到哪算哪"的写法，据叶兆言与余斌的对谈，似乎可以追溯到周作人。叶兆言将周作人的写作看作一种"生理现象"，自谓知语的解，且强调周氏"把生命的过程留下来"的写法是"一种很高的写作境界"，并坦言"我最喜欢他那种从容的写作状态，拉开就写，说完就算这是一种很好的自由境界"。[3]这大概是叶兆言随笔之杂、之乱的文学史依据。问题在于，"拉开就写，说完就算"是需要极为高深的修为和见识的。周作人的文章固然如叶兆言所言，仿佛面对面的聊天，"什么时候都可以停，什么时候都可以开始"，自有一种"阅读的吸引力"，然而周作人无论如何东拉西扯，到最后总能够扯回来，这说明，能守得住方能放得开。应该说，就修为和见识这两点来说，叶兆言无疑也是当下的佼佼者：就前者而言，叶兆言虽与周作人差距仍较大，但无疑也远超当下的诸多作家乃

1　叶兆言、余斌：《午后的岁月》（6月20日的对谈），桂林：广西师范大学出版社，2001年，第153页。
2　叶兆言：《流浪之夜·自序》，《流浪之夜》，南京：江苏文艺出版社，1995年，第2页。
3　叶兆言、余斌：《午后的岁月》（5月2日的对谈），桂林：广西师范大学出版社，2001年，第115页。

至学者，所以并无太大问题；而就后者来说，他在文史方面的见解都颇为不俗，甚至可以说是极有见地。但为什么叶兆言放了出去就收不回来呢？

约略说来，主要是因为叶兆言受其小说创作的影响，从来无心控制叙述，以至于到了后来居然不能有效控制笔墨。就此而言，余斌的说法仍然值得参考。他论《一九三七年的爱情》，开篇即将叶兆言归于"诉诸直觉"的一类作家，进而认为他"在不同场合多次表示不能清晰地解说自己的作品，而他笔下的故事的发展时常出乎他自己的意料"，这种表现就说明叶兆言缺乏必要的理性的清明，而就其小说本身而言，也的确存在一个问题，即"他笔下的故事叙述之间的游移不定"[1]，放了出去而收不回来就成为包括随笔在内的叶兆言所有创作的共同症候。

苏童认为叶兆言"性格为人绝对是儒家的，他是一个真正的读书人，满腹经纶，优雅随和，身上散发出某种旧文人的气息"[2]，这一评价与叶兆言散文所发散出来的个人气质基本吻合。叶兆言曾说过，南京代表了一种六朝人物精神、一种文化，是精神贵族的栖身之所[3]，作为小说家，他擅长书写民国故事，牵涉许多南京的旧时风物，都潜藏着文化的流脉，表现出某种文人气以及其中特有的精神的雍容，而他的散文其实同样如此。叶兆言散文写作的重要内容之一，是"民国"和"南京"，而这个特点当然不难理解：其一，与作者家族相关。叶兆言的祖父叶圣陶为现代文坛名家，父亲叶至诚与南京及江苏的文艺界联系密切，他的写作自然受到这一家庭传统、氛围的影响。其二，与作者本人的生活语境相连。作为一个生于斯游于斯的南京土著，自然对当地的风土人情至为熟悉，下笔为文而不能自持，并不奇怪。其三，与作者本人的学业相通。作者对民国年间的文坛颇为熟悉，研究生期间又专攻钱锺书，所以对夹杂在传统与现代之间的现代文人多有共鸣，情之所好，笔之所近，所以笔墨每多文人趣味。

1　余斌：《一种读法：〈一九三七年的爱情〉》，《当代作家评论》1997年第2期。
2　苏童：《叶兆言印象》，《文学角》，1989年第1期。
3　参见叶兆言：《六朝人物与南京大萝卜》，《南京人》，杭州：浙江人民出版社，1997年，第57页。

应该看到，民国、南京之于叶兆言，绝不是单纯的时空概念，而是一种文化概念。有意味的是，南京昔日乃六朝繁华之地，又曾是"中华民国"旧都，遍地文采风流，但从现代的角度看，南京在民国年间事实上又是文化保守主义的大本营，所以即使用怀旧的眼光来看，其间也存在许多说不清道不明的暧昧成分。因此，叶兆言的文化态度较为明朗，而在价值观方面就不免稍稍显得含混，这就是典型的文人姿态。

叶兆言有关金陵或南京的散文集主要包括《南京人》《老南京：旧影秦淮》《南京传》三种，前两种写于20世纪末，《南京传》则是近几年的力作。同写南京，三种散文集就具有高度的相关性：最早出版的《南京人》题材较广，侧重宏观介绍南京的四季、美食、人文等情况；《老南京：旧影秦淮》则截取历史的横断面，专注于民国时代风貌的书写；《南京传》以史为纲爬梳城市演变历程，透过南京窗口看中国历史更迭，体现了叶兆言更为广阔的视野。无论内容如何转换，绵长悠久的文人气质、感时忧国的创作基调贯穿始终。

《南京人》相对系统地谈论了金陵的方方面面，其中包括《诗人眼里的南京》《南京的沿革》《怀旧情结》《东南重镇》《六朝人物与南京大萝卜》《南京人》等。叶兆言以一个道地的南京人身份叙述家乡的各类状况，他的态度相对辩证，一方面深爱金陵悠长的历史及其所承载的名士精神，以孕育出一代代文人而自豪。《南京的沿革》《诗人眼里的南京》二文体现出叶兆言作为南京人的文化自信，"金陵也好，秣陵也好，江宁也好，还有建业与建康，这些都是通过帝王的行政命令，为南京命的名"，每个名称背后都牵连一段历史，频频出现在怀古诗中的别号彰显着南京六朝古都的风华。然而，另一方面，他又不满于南京因为种种缘由而导致的衰落情形，故而对不合理的城市建设颇有微词。如《怀旧情结》针对南京保护文物、历史遗迹情况发表看法，叶兆言反弹琵琶，认为"古迹从来就是带有人文色彩的，心里有则有，心里无，修得再好也是白搭""历史是创造出来的，并不是在保护下产生的"，以此来警醒众人避免跌到历史的功劳簿上。与之相类似，《东南重镇》同样认为，既然南京的领导地位不可再得，倒不如"迅速调整不务实的心态"，努力建设一个"温馨舒适的城市"，其见解源于对市民生活的真切体察，蕴含一定的人文关怀。另外，其余篇目《六朝人物与南京大萝卜》《南京人》等皆是如此。

1998年，江苏美术出版社发行的《老南京：旧影秦淮》是"老城市"系列图书的一本，全书图文并茂，以知名建筑及景点为话题集中展示了古都的旧风貌，其中涉及诸多文化人物、抗战历史，知识性强，语言以通俗见长。比起《南京人》，《老南京·旧影秦淮》选取南京的一小段时光，讲述细致，内容紧凑，文人气息浓郁。这一时期，作家不再纠结南京作为居住城市的种种缺点，而以平和的心态将历史的沧桑流变、战争的残酷无情以及南京的文化渊源一一道出，正如那篇《学府梦寻》所言，"要做官去北京，因为这里是北洋政府的所在地，要发财去上海，因为这里是十里洋场，而真要读书，就到南京来"，作家两相比较之下，终于定位了金陵的核心质素——文化悠久。因此，《老南京·旧影秦淮》中收入的9篇文章既谈民国历史又谈地方文化，城市的底蕴便在民国纷乱里一点点深厚起来。《路漫漫其修远兮》提出如果南京的道路能够改进，它必将是一座"优美典雅的城市"；《中山陵前的仪式》里，中山陵作为城市的象征，"成为各种人物演戏的舞台"，也见证了蒋家王朝的覆灭；《抗战烽火》再现了战争年代南京人民承受的苦难创伤。金陵老城为何值得怀旧？如果六朝古都的历史选择具有时空偶然性，那么经历过民国种种丧乱后仍能不改本色的文化坚守就存在必然性。这或许也是叶兆言多年来坚持以南京为写作题材的重要原因。

2019年的《南京传》是叶兆言金陵书写的又一代表作，这并非地方志，而是部分与南京相关的盛衰兴亡史。对江苏甚至整个21世纪文学来说，《南京传》的面世意义重大，其影响已经从作品本身上升到文学行为层面。2016年，译林出版社引进出版了英国传记学家彼得·阿克罗伊德的《伦敦传》，叶兆言受其影响于2019年8月出版了长篇非虚构作品《南京传》，随后不久叶曙明的《广东传》、邱华栋的《北京传》相继出现，更有新星出版社推出"丝路百城传"丛书，包含《上海传》《深圳传》《海南岛传》《绍兴传》等多部作品，从此兴起了一股为城市立传的写作风潮。作为国内首部出版的城市传记作品，《南京传》可谓开风气之先，也为其他作家书写当代中国城市面貌提供了一个优秀样板。更为特别的是，在成书之前，叶兆言在

"腾讯·大家"平台的专栏上连载过部分文章，并引起了一定的反响，作者在一定程度上吸纳了部分读者的反馈意见，故可以这样说，《南京传》是叶兆言尝试突破传统写作，努力顺应网络文学生产潮流的一个可贵尝试。

如果说《老南京·旧影秦淮》是横向叙述，以民国为截面，散点透视该时期的金陵物事；那么《南京传》恰恰相反，纵向论述，开南京窗口，集中展示中国重大历史事件。因此，《南京传》是融大历史品格与个人叙述特色为一体的通俗城市文化史。相较于其他作品，这本书按时序叙述南京历史沿革，逻辑较为清晰，笔调也生动幽默，通俗易懂。通俗可算作叶兆言散文随笔的基本语言风格，但《南京传》作为非虚构历史叙述，对史料的真实性有严格要求，作家在枯燥史实中不断穿插俚俗之语依旧显出其创作的通俗本色。比如《一片降幡出石头》一文中"孙吴的灭亡给南京这个城市留下了两份哭笑不得的遗产，一是吴人不服输，明明被人家打败了，嘴还要硬，俗话说，鸭子死了嘴壳子硬"。无论陈述历史事实或是发表个人见解，作家都尽量口语化，不避俚俗，不掩性情，形成一种生动活泼的说史笔法。学者王尧曾认为作者谈论近代人物的闲话随笔有"说书人"风采[1]，此判断用在《南京传》一书上面再合适不过。叶兆言性格洒脱、直率，因而评价历史时也能直言不讳、幽默风趣，沉重的历史与读者拉开了距离，描述方式的随意、亲切淡化了现实的残酷，最终给南京蒙上充满历史美感的神秘面纱。

最后尚需提及的是，初版于2001年的《不疑盗嫂》收录了叶兆言90年代的短评、杂感，就文章说理、议论居多的写作笔法来看，确是标准的杂文样式，这与他总体上偏记叙的散文风格有所差别。集内多为约稿作品，有话则长，无话则短，部分篇章写得酣畅淋漓、痛快非常。鲁迅认为，杂文"是在对于有害的事物，立刻给以反响和抗争，是感应的神经，是攻守的手足"[2]，在这一点上，《不疑盗嫂》与之略有差异，虽有一些针砭时弊的文章，但数量偏少，说理也朴实自然，有谆谆教诲

1　参见王尧：《关于叶兆言近期文章及其他》，《当代作家评论》2001年第1期。
2　鲁迅：《且介亭杂文·序言》，《鲁迅全集》第6卷，北京：人民文学出版社，2005年，第3页。

的温和气质，与鲁迅短小精悍并充满讽刺性、形象性的杂文风格相去较远，缺少匕首与投枪的犀利老辣。另外，部分散文篇幅过短，铺垫极多，有时刚进入主题便匆匆收尾，仿佛蓄力拉满的箭，尚未射出，便已成为强弩之末，总体来说价值不高。

第三节　毕飞宇的《苏北少年"堂吉诃德"》《写满字的空间》等

毕飞宇（1964—　），江苏兴化人，小说家，现为南京大学文学院教授，任中国作协副主席、江苏省作协主席等职。1987年毕业于扬州师范学院（现扬州大学）中文系后，在南京特殊教育师范学校任教。1992年起任《南京日报》记者、编辑，1998年调入江苏省作家协会，任《雨花》编辑部编辑，2013年成立"毕飞宇文学工作室"。20世纪90年代开始发表作品，曾获得首届鲁迅文学奖，之后获英仕曼亚洲文学奖、茅盾文学奖、人民文学奖等多种奖项。他的散文作品主要有《苏北少年"堂吉诃德"》《写满字的空间》《小说课》三种，创作数量不多但质量极佳，文字简洁明快并带有诗的深邃和美感。或许同是小说家的缘故，毕飞宇、叶兆言的散文都有较强的叙事性，均以记人写物为主、以抒情达意为辅，显示出江苏散文"叙事性渐成主流"[1]的发展趋势，不过与叶兆言不同的是，毕飞宇散文往往借世俗目光看待历史，议论性话语处处可见且多有哲理深意，其语言平实中显出深刻，幽默里透着悲哀，其中以《苏北少年"堂吉诃德"》最具代表性。

2013年，毕飞宇的第一部非虚构作品《苏北少年"堂吉诃德"》出版。该书是"我们小时候"系列丛书中的一本，针对的是少儿读者，然就其描写的空灵和思考的深度来看，更可以视作一本给成年人看的精神读物。有论者指出，"理性叙述是毕飞宇文字的'拿手好戏'，他让事物在感性的描述中深邃起来，而这深邃又借助了很多成人化的、政治化的、哲理化的概念来完成"[2]，此评价一方面精准地点出

---

[1]　汪政、晓华：《新世纪江苏散文论纲》，《南方文坛》2014年第4期。
[2]　石华鹏：《"堂吉诃德"在哪里》，《文学报》2013年12月5日。

了其特色所在，这正是作品最迷人之处——基于成年人的前理解，看似质朴的感性叙述中夹藏着众多隐喻密码，若即若离的时代背景成为解码的密匙，牵引着读者最终走向哲学性的反思，另一方面也解释了该书未必适合孩子阅读的缘由。因此，尽管毕飞宇特意选取了童年物事，笔调也相对轻盈，但其凝重的思想使得这本"少儿读物"更适合成年人。可以这样说，《苏北少年"堂吉诃德"》表面上在叙述少年时代，实质上揭示了毕飞宇如何从一个农村少年成为小说家的历程，其中，既有祖母的爱护、大自然的滋养、良好家庭的熏陶、淳朴美德的感染等美好回忆的召唤，也有特殊年代所带来的饥饿、孤独以及许多难熬的黄昏等私人性苦难的反思，这些混杂着各种情绪的回忆被作者一点点捡拾、串接、润色，最终构成了文本并由此展现了毕飞宇丰富的精神世界，故而此书可视为作者的精神自传。

《苏北少年"堂吉诃德"》由近40篇文章组成，从结构上看，全书分为"楔子"和正文部分的"衣食住行""玩过的东西""我和动物们""手艺人""大地""童年情境""几个人"等七章，其内部逻辑，在于存在着一个"少年成长"的叙事脉络。毕飞宇从补丁、游泳裤等小物事着手，逐渐延伸，谈到牛羊猪等家畜，继而记述到木匠、瓦匠，最后回忆起少年时代的部分场景及人物，涉及对象逐步扩展，最终构成一个完足的世界。作者以实有的物事为对象，在俏皮的描述中展现个人感性思考，最终呈现空灵的文学品格。章名作为每组散文的主题将各部分零碎的描述内容归纳起来，破碎化的印象与感悟得到收拢，从而集中展示出成长历程中的各类精神体验，可以说，琐碎的物事仅是载体，由它们勾连起来的种种细腻的人生体验才是重点。

"楔子"表达了无家可归的漂泊感。毕飞宇曾在杨家庄、陆王村、中堡镇都生活过，搬家意味着"一场生活被再一次连根拔起"，因此这并非远离故土的乡愁，而是从来无根的空虚。海子有诗云"草原的尽头，我两手空空"，"楔子"给读者传达的孤独感大致如此。疯狂的年代迫使作者和父母不断搬迁，孩子特有的惊人直觉和世故绝不允许自己追问故乡。毕飞宇不禁感叹："我有过故乡，只不过命运把它们切开了，分别丢在了不同的地方。我远远地望着它们，很少说话。"这样的表述带有诗的意味和深邃，其情感内涵来自作者独特的童年经验。叶兆言在《流浪之夜》中同样表达过动乱时期的痛苦，不过其悲哀停留在愤怒的层面，是倾向于发泄式的诉说，而毕飞宇的哀怨却是烙在灵魂深处的印记，这与作者使用的反讽手法相关，例如文中表面上将所有的悲苦归于宿命论，"我只会说'命运让我这样，我就这样了'"。而事实显然并非如此，造成了一定的反讽间离效果，增强了散文的感染力。与这种行文相类似，第一章"衣食住行"的前言中，"我生在那样的时代，我生在那样的地方，我一直以为生活就应该是那样"，人们将"实然"当作"应然"的天真，将一切苦痛视为原罪，讽刺的效果便得到了凸显。

《苏北少年"堂吉诃德"》的七章都写得极好，语言细腻、幽默且灵动，同时毕飞宇的哲思深厚，往往能从小事中生发寓意，细节里感悟道理。该书前两章重点借吃穿之物表达与之相关的或好或坏的成长体验，比如《补丁》中的母亲穿衣服一定要有两道缝，重要场合还会用装满热水的茶缸充作"熨斗"，任何时候都把"我"和自己"拾掇得很干净"，这是属于"知识分子的讲究"和"体面"，这种自尊自爱的习惯无形中影响了"我"的品格，"我和我的父母一样，都是体面的人，这样的自信我有"；《汤圆》则谈论了关于"分享"的传统民俗，这种乡下人"普遍的、常态的"美德足以温暖"我"的童年；《家具热水瓶》里，家中的四个热水瓶聚集了一帮青年人，给作者带来"有关于广阔的和未知的热切与冥想"。此外，《蚕豆》一文笔调温情，感人至深，其中一段生动地描绘了祖母为我用袖子装蚕豆的场景：

蚕豆炒好了，她把滚烫的蚕豆盛在簸箕里，用簸箕簸了好长的一段时间，其实是给蚕豆降温。然后奶奶让我把褂子脱下来，拿出针线，把两只袖口给缝上了——两只袖管即刻就成了两个大口袋。奶奶把褂子绕在我的脖子上，两个口袋像柱子，立在了我的胸前。奶奶的手在我的头发窝里摸了老半天，说："你走吧乖乖。"

饥饿年代，临别前祖母把珍贵的蚕豆种炒熟做零食送给我，蚕豆将两根袖管撑得满满当当，"像柱子，立在了我的胸前"，这一幕既滑稽又辛酸，充满了祖母对孙子的爱，能勾起所有的情绪，令读者产生强烈的共鸣。凡此种种都是作家性格精神的重要因子。与之相比，文集也记录了一部分疼痛的回忆，比如《袜子》一篇，冬日"穿袜子"对"我"来说本是好事，但因贫困总是穿着不合脚的棉鞋，从而引起了冻疮，每晚的"脱袜子"便成了血淋淋的苦难体验。其他如《口袋》《泳裤》等文皆是如此，围绕着一些小事喋喋不休地回忆童年，看似在说袜子、口袋、泳裤，实际上是在努力复现一段不堪回首的岁月、一段几乎可以与"饥饿""贫乏""愚昧"画等号的时代，克制冷静的叙事背后是作家对不堪的历史的反思以及苦难中"人"本身的关怀。

第三、四章"我和动物们""手艺人"中，题材开始向生命延展开去，"动物""手艺人"成为少年时代的"记忆点""兴奋点"，作家借此叙事并议论。"我和动物们"选择的分别是猪、马、牛、羊，四种动物并无特殊之处，仅作为散文阐明道理的记忆"触发点"，比如《猪的出生》里蕴含着优胜劣汰的生存法则；《猪的死亡》暗示着语言表达在活着与死亡两种状态的命名区别。这种写法颇有些"托物言志"的意味，猪马牛羊作为"物"的代表，其本身是否存在并不重要，只要顺理成章地"言志"，作者就达到了目的。当然，这也使文章出现大量的议论。学者黄德海对其议论品质有所怀疑，认为："毕飞宇在这本书中的绝大部分脱离场景的议论，几乎都通俗而机械，甚至可以说大部分都是陈词滥调。"[1]一般来说，毕飞宇的智识性话语并非凭空而生，都有一定的语义环境，而黄德海所担忧的"脱离场景"指的是猪马牛羊等物事形象与其议论性言语相差较大，仿佛并不恰当。正如周作人谈论"起兴"手法举的例子，《桃之夭夭》一诗中"既未必是将桃子去比新娘子，也不是指定桃花开时或是种桃子的家里有女儿出嫁，实在只因桃花的浓艳的气分与婚姻有

---

[1] 黄德海：《议论的品质：有关毕飞宇〈苏北少年"堂吉诃德"〉》，《上海文化》2014年第1期。

点共通的地方"[1],同样地,《苏北少年"堂吉诃德"》中,毕飞宇的许多议论确有"脱离场景"之嫌,但其文营造了某种相似的情境氛围,所以并不"通俗而机械"也非"陈词滥调",恰恰相反,许多感悟之语皆灵动活泼且充满奇思妙想,往往从日常生活的视角考察历史,发出灵魂一问,甚至还带有几分哲学的意味,引人深思。例如下面这段文字就从杀猪方式引申到为人处世,切入角度巧妙合理:

> 屠夫来到猪的背后,猪在这个时候是有所警惕的——只要是动物,都会有一个共同的软肋,那就是背后。为什么人类对"背后动刀子"如此深恶痛绝,道理就在这里。谁不怕自己背后呢?背后总是不安全的,最有效的攻击一定都是从背后开始的。到了这样的时候,有尾巴的动物都会做一个相同的动作,把自己尾巴深深夹到屁股沟里去……我们不停地告诫自己的后人:危险哪,"夹紧尾巴"呀,赶紧的。

以屠宰场景隐喻人类境况的议论新奇有趣且贴切合理,"背后动刀子"不限于人对动物,人类社会也常有此景,故而读来颇为心惊,不免心有戚戚然。毕飞宇对日常生活观察得仔细,不仅能准确地描绘而且能升华寓意,这也归功于他小说家的语言功底。文中多处都表现出他对语言本身的透彻思考。杀猪时,"明明是白刀子进去红刀子出来,人们偏偏要说'点红'","点红"一词有着农民自己的诗意和忌讳。作家由此感知到,"忌讳是一个很别致的东西,一头连着血腥,一头连着修辞。这里头有语言的无限魅力,遮遮掩掩,躲躲藏藏,闪闪烁烁,欲说还羞。语言既是表述的,也是遮盖的;既是本真的,也是修饰的"。此外,本篇还有一处"语言游戏"甚是精彩。当一头猪以"肉"的面貌出现在我们面前时,解剖后的猪失去了活物的命名方式,具体即所谓的"名词的替换",生前猪的各器官可称作"身躯、脑袋、小腿、大腿、内脏",死后则成为"猪肉、猪头、爪子、蹄髈、下水",这时,

---

[1] 周作人:《〈扬鞭集〉序》,《谈龙集》,止庵校订,石家庄:河北教育出版社,2002年,第41页。

名称的变换暗示情境的不同，同时也显出生命与食物的区别，作家对于日常语言细节的敏感由此可见一斑。

毕飞宇的文字功夫甚是了得，生活中司空见惯的小动作都写得有滋有味，一经渲染韵味十足，《皮匠》描写乡下媳妇"拿针"的动作，"'拿'那么大的一个动作，'针'偏偏又这么小，组合得很奇妙……女人总喜欢用针尖去抹自己的头皮，它的实际意义是上油。这个动作是下意识的，可慢，可快，还得侧过脑袋去配合针，伸出长长的脖子。我喜欢女人的这个动作，回过头来看，真是性感。美不胜收"。女子为心上人做鞋"拿针"，每个举动都充满了爱意与欢愉，大动作拿小物件，显出女子的巧，"针尖抹头皮"加之"侧脑袋""伸脖子"更表现其娇俏，同此动作一样，作家的描写也充满了视觉美感。此外，书中还有多处都存在此类生动的细节，如《弹棉花》《猪》等篇。当然，文中还有一类以"童年场景"命名的文章，但究其实际，这类文章中的场景描写并不细腻，反而是场景中的世态人情值得玩味。毕飞宇在《牙齿是检验真理的第二标准》中提出"不能为了描写人际而写人际，不能为了写椅子而写椅子，还是要有艺术的追求，要有飞升，要写出日常生活的深刻性"。[1] 何为"日常生活的深刻性"？简言之，就是隐藏在家长里短间的世态人情、生存之道。《打孩子》一文中，孩子在外闯祸被找上门来，"场景"中双方的态度、行为最有趣。作者把其中的逻辑关系加以抽丝剥茧地分析：告状的父母得进退有度，得饶人处且饶人；当事人的父母要先"骂"表示道歉，"打几下"以做"试探"，再不行只能"下狠手"进行"表态"，从而达到和解。推搡拉扯中尽是人情、面子，还有乡间的处世智慧，所以毕飞宇才有这样的感慨：这种"打孩子"行为堪称"民间艺术"，"体现了乡下人的简易'儒学'：律己、恕道"。

总体来说，《苏北少年"堂吉诃德"》无论思想内容还是艺术特色都可圈可点，不仅其中的成长叙事经验与他小说中的情节相互印证而显得真实可信，同时，其叙

---

[1] 毕飞宇、张莉：《及物的日常生活》，《牙齿是检验真理的第二标准》，北京：人民文学出版社，2014年，第173—174页。

事语言多比喻且多隐喻，议论感悟深刻且透彻，偶有幽默戏谑性话语点缀其间，既轻盈又沉重，相得益彰。

《写满字的空间》是毕飞宇发行于2015年的又一散文随笔集，题材主要围绕个人创作、读书、生活展开，相较第一本散文，叙事性有所减弱，但议论思辨一如既往地睿智深刻，显示出其散文的大格局。《写满字的空间》中大量谈及阅读心得、思维方式、写作经验，且存在部分口语化文字，颇有些创作谈的文体特征，此类文章集中在第3、4、5辑，如《几次记忆深刻的写作》《情感是写作的最大诱因》等。另外，1、2两辑是与生活经历相关的记叙散文，情感真挚，偶有哲思，有时还有《人类的动物园》这样犀利深刻的精彩之作。

与前期的《苏北少年"堂吉诃德"》不同，《写满字的空间》的前两辑中，《歌唱生涯》《我的野球史》等成长经验类文章多以叙述为主体，另有少许从中衍生的小感悟，其涉及成长叙事的文章少有通篇议论现象，且情绪积极向上，常常表现出眷恋往事的感怀。《歌唱生涯》讲述了青年时期的"我"迷上了唱歌并追随王学敏老师学美声的故事，作者用一个比喻道出艺术的隐秘与艰难："在'知识'和'实践'之间，在'知道'和'做到'之间，有一个神秘的距离。有时候，它是零距离的；有时候呢，它足以放得进一个太平洋。"尽管毕飞宇在唱歌方面的追求没有结果，但是对于这段回忆，他无比珍惜。毕飞宇的记叙散文大多表面轻松、实则沉重，看似风轻云淡的诙谐调笑，其内核却有鲁迅"匕首与投枪"的威力。《人类的动物园》语言幽默得近似油滑，但抨击力度却极大。该文以人与动物的关系为着眼点，不无反讽地指出"动物园的出现标志着人类对地球生命的最后胜利"，由此抨击了人类主宰一切的狂妄自大，并呼唤以自信、平等的姿态对待自然。此文将动物置于人的社会背景下描写、议论，同时多用拟人手法，处处隐喻讽刺、幽默诙谐，带有文化寓言性质，比如"人类的精明之处在于不让狗做真正的狗。让狗有点人模，同时又还是狗样。人类用一块骨头或一只肉包使狗渐次'异化'，终于落到'狗不狗、人不人'"。这里的解释正暗合成语"人模狗样"，似在刻画动物又仿佛在谈论人类，其中的辛辣讥诮不言而喻。后面再讨论猫的姿态时，其笔调尖酸得近乎刻薄，反讽意味也更浓。作品对狗、猫等有奴颜婢膝相的动物冷嘲热骂，但对于狮子、猎豹等强悍的生命则高度赞美，写动物的同时又隐喻各种社会世相，描绘栩栩如生，讽刺入木三分。此处分别摘录一段有关猫和狮子的文字以作对比：

> 她泪汪汪的大眼睛和满嘴胡须简直莫名其妙。她小心翼翼的小解模样，躲在角落里打量人的姿态，眯起眼睛弓了腰体贴主人抚摸触觉的努力，都标示了她的猥琐。猫最大的特点在其腰板上，猫的腰板那样没骨力，还背了个脊椎动物的名，真是讨了大便宜。

作家眼中的猫猥琐又下流，奴颜媚骨，但狮子却是崇高的存在。作家写道：

> 我常与狮子对视。从他那里，我看见生命的崇高与静穆，也看得见生命的尊严与悲凉。与狮子对视时我时常心绪茫然、酸楚万分，有时竟潸然泪下。……它的目光使我不敢长久对视。那种沉静的威严在铁栏杆的那头似浩瀚的夜宇宙。那种极强健的生命力在囹圄之中依然能将我的心灵打得粉碎。

两段文字，两种语调，尽管动物们的外貌、动作明显被作家赋予了个人化的情感色彩，但文字营造的画面却真实生动，令读者忍不住进入情境，并与社会百态相对照。

《写满字的空间》的第4、5辑收入了十几篇创作谈，语言平实，少有技巧，语调严肃，且文中主语"我"出现频率较高，主观性强。它们主要介绍其个人小说写作的缘起、灵感、目的，以及如何收集生活中的细碎经验并衍生出相关情节。"小说创作"既涉及艺术技巧又包含思想内容，有时还需考虑到作家情感态度，其中牵连甚广，既然无法面面俱到，毕飞宇便有的放矢地讨论了部分问题。此类文章分享经验的态度真诚，且能提出写作中的主要问题并辅之以个人经历详细分析，如《恰当的年纪》认为"想象力的背后是才华，理解力的背后是情怀"，"人到中年之后，情怀比才华更重要",中年毕飞宇正因为关注到"别人感受"即残疾人的心灵世界,才写出小说《推拿》。《情感是写作的最大诱因》一文提出作品生成的三因素:经验、情感和愿望。此外,《谈艺五则》针对小说与经验的关系发表看法,好的短篇应"不及物",只能"空山不见人""但见人语响",以"烤羊肉"比喻写小说,将抽象问题形象化,好的短篇小说正是通过"烤"的行为,使"羊肉味"十里飘香,短篇作品也应"小中见大"。

其实,从内容来看,《写满字的空间》中第3辑中包含的6篇阅读思考亦可算作小说家的经验谈,但因其文本细读的方式与后期《小说课》的行文更为相似,可归为同类散文一并论述。2017年,毕飞宇将2015年发表于《钟山》专栏的文章结集出版,名为《小说课》。《小说课》的大部分文章均由讲稿整理而成,它们的文体较为特殊,类似于解读小说的文学批评,但又不同于寻常学院派理论化的研究文字,而是站在小说家立场并采用写作实践经验分析古今中外的名篇,其作意正如作者本人所言:"我就是想告诉年轻人,人家是怎么做的,人家是如何把'事件'或'人物'提升到'好小说'那个高度的。"[1] 换言之,《小说课》在"教"读者如何读小说以及如何进展到写小说,因此,其文本细读沿着创作脉络一步步深入,直达小说世界内部,显示出毛茸茸的生活质感。以往作家、批评家从属于两个系统,如今毕飞宇精读大家文学,凭借其浅近直白的语言风格、条理清晰的思维逻辑以及贴近现实又趋向理论的学理化表达形成其独特的解读模式。此类基于创作又指向阅读、贴近感性又不失理性的批评类文字可视为特殊的述学文体,标示小说家散文的又一特色。丁帆、王尧为《小说课》作序时便提出,小说家解读中外经典往往能够别具一格,如张炜谈俄罗斯文学,能"融通古今""学识与才情兼备";苏童解读中外小说,其读书笔记"如同他的小说散文一样充满了诗性";叶兆言解读作品时,"学养、识见以及始终弥漫着的书卷气令人钦佩"。[2] 因此,毕飞宇介于批评与散文之间的述学

---

[1] 毕飞宇:《小说课·后记》,《小说课》,北京:人民文学出版社,2017年,第198页。

[2] 参见丁帆、王尧:《构建生动有趣的全民阅读》,《小说课》,北京:人民文学出版社,2017年,第4—5页。

之作《小说课》一版再版，此类现象就颇值得关注了。

《小说课》的语言风格是毕飞宇散文中难得的平实晓畅、明白如话。作家构建一种与读者交流的对话情境，随时发问，以提出并解决问题为线索推动行文，行文包含大量口语化文字，对话风格明显、情境感强，形式上接近20世纪30年代论语派推崇的"谈话风"。不过，《小说课》本身无意追求"谈话风"，因原就是文学讲稿整理而来，所以必然带有日常交流的话语特点。30年代所谓的"谈话风"指通过营造闲适、平淡、絮语式的情境氛围更好地表现个人情志，从而达到抒写性灵的审美境界，所以二者有着本质的区别。然而，也正得益于"谈话风"形式上的生活化，《小说课》过滤了毕飞宇以往散文的诸种比喻和隐喻直接刺进文学的内部，见出小说家洒脱的个人性情和不俗的文学见地。

《小说课》共收入毕飞宇的10篇批评文章，解读了中外名作如《促织》《受戒》《项链》等短篇及《红楼梦》《水浒传》的部分片段。解读作品时，毕飞宇手持"人情世故"之利刃庖丁解牛般先在小说的各个筋骨关节处砍上几刀，然后依照故事结构顺着"骨缝"细细划开，直至"骨肉"分离。基于现实生活的"人情世故"构成文学作品的内部逻辑，毕飞宇敏锐的感性认知犹如薄薄的刀片，揳进结构缝隙缓缓移动，直至骨架清晰、情节明朗，然后挑上一块肥瘦相间的慢慢片成薄片，最后顺着作家的刀路看去，读者不得不感叹肉质的鲜美和庖厨技艺的精湛。此处不妨看一下毕飞宇如何分析《受戒》一文。首先毕飞宇三言两语就将《受戒》干脆利落地斩成三段——和尚的庙宇生活、农业文明的乡村习俗和少男少女水面私订终身，然后他沿着庙宇生活的"戏谑"脉络划开给读者展示了"四个和尚，四件事"，同时又强调"打兔子兼偷鸡的正经人"在小说中的枢纽作用，并借此勾连出英子家的世俗生活，至此，毕飞宇通过小说"戏谑"的语言切口把作品进行了完美的骨肉分离。而最后"闹"的部分则是汪曾祺亦是毕飞宇最精彩的收尾，作家选取故事中最漂亮的一段做了精细的分析，即英子大胆地问出"我给你当老婆，你要不要？"。这部分的解剖精彩至极，毕飞宇认为汪曾祺"极有分寸地完成了他的'破戒'"，比如小英子先是几番铺垫，要求明海不要做方丈和沙弥尾，而后"一竿子插到底"地喊出

"我给你当老婆，你要不要？"，这种写法塑造出聪明狡黠又不失单纯可爱的少女形象，也显出汪曾祺高超的小说技巧。能将小儿女爱情写得如此唯美朦胧的《受戒》不啻为一道上好的"食材"，而身为读者的毕飞宇无疑也是位顶级的"庖厨"。以小说家之眼看小说，是《小说课》的独特之处，而以现实视角分析作品却是毕飞宇的特色所在，一如其小说擅长从生活细微处发现深意，他的文本分析也总能以小见大，于作品细节处看出世态人情。如果说《苏北少年"堂吉诃德"》尚有精妙的语言为其散文增色添彩，那么《小说课》的确褪去了这层华美的外衣，显出毕飞宇对小说、生活惊人的观察力和感受性。

这10篇文字，作家批评的切入口径都小巧新奇甚至有些"刁钻"。比如《"走"与"走"：小说内部的逻辑与反逻辑》一文，他分析"走"这个日常生活动态"在小说内部如何被描述""如何被用来塑造人物并呈现小说逻辑的"，还从"风、雪、石头"等细节安排逐步推理出林冲水泊梁山的行为逻辑。再如《两条项链》一文，他尝试更换《项链》的故事背景，将其置于当今国内社会，顿时发现文本中隐藏的社会真相：人对契约精神的无限忠诚，在此语境下，玛蒂尔德夫妇的诚实守信得到极大的赞扬。此外，毕飞宇进一步分析作家如何塑造"忠诚"人物形象，提出"对于小说来说，'忠诚'是无法描绘的。可以描绘的是什么？是性格和行为……"，毫无疑问，这种贴近现实生活的文本细读拓展了经典文学的阐释空间，同时条分缕析式的剖析也为众多小说创作者提供了模仿的途径。当然，《小说课》也有一定的局限性，文中存在部分过于主观的判断，散文毕竟出自演讲稿，或许作家为活跃气氛、吸引观众注意有意为之，比如他断言《促织》是伟大的史诗，可与《红楼梦》比肩，但作家此类文字不多且多数时候都强调仅代表一家之言，故而无伤大雅。

整体来看，《苏北少年"堂吉诃德"》《写满字的空间》《小说课》三种都带有毕飞宇小说的鲜明特色，尤其在语言表达和思维逻辑方面。作家幽默的讽刺、通俗的譬喻和细节处幽深的情感都让其散文显出与众不同的个人风貌，这在其他小说家散文中十分少见，也是江苏散文的一个特别的收获。

第四节　黄蓓佳的《地图上的行走者》与姜琍敏的《禅边浅唱》等

黄蓓佳（1955—　），江苏如皋人，小说家，中国作家协会全国委员会委员，曾任江苏省作协副主席。1973年开始发表作品，在儿童文学方面建树颇丰，几乎斩获了国内儿童文学领域的所有重要奖项，曾多次获得全国优秀儿童文学奖、全国优秀儿童图书奖、宋庆龄儿童文学奖等国家大奖以及数十个省级奖项。自20世纪70年代起，作家深耕于文学沃土，至今已有著作30余部，600余万字，多部作品曾被改编为影视剧，还有一些经译介传播至英、法、俄、日等国，在海内外产生了广泛的影响。黄蓓佳的散文篇章大多收入1995年上海人民出版社出版的《生命激荡的印痕》一书，之后的《窗口风景》《玻璃后面的花朵》《地图上的行走者》等随笔集陆续增补部分文字，此外，还有诸如《关于鲜花》《我和车》等文零星见刊于报纸杂志。黄蓓佳与毕飞宇相同，相较于数量庞大的小说，散文创作偏少，但二者散文品质各有魅力，均构成了江苏散文的多元特色之一元。长期以来，作家以其独有的女性视角体察生活，专注描写世俗，记叙小人物的境遇，其轻倩、悠长的创作格调在江苏散文中独树一帜。在其他作家努力挖掘生活之"深"时，黄蓓佳却致力于勾勒寻常岁月之"浅"，散文写景叙事居多，尤擅描写，忠实地回忆并写下喜怒哀乐，虽然生活不能事事胜意，但笔端却时时充盈着一种幸福感，故而文章舒缓、温暖，处处欢愉。唐燕能曾评价其散文："一如她的小说，清新、明朗、纯净、色彩宁静，情调沉郁，感情温馨幽深。"[1] 此言不虚，切中肯綮。

《生命激荡的印痕》的《自序》中，黄蓓佳认为"如果把写小说比作灵魂的煎熬，那么散文完全是一种情绪的释放"，"心里有的只是轻松、纯净和愉悦"[2]，这与叶兆言将散文比作"一支聊以解闷的香烟"的譬喻不谋而合，可见小说家创作散

---

[1] 唐燕能：《编后记》，黄蓓佳：《生命激荡的印痕》，上海：上海人民出版社，1995年，第233—234页。

[2] 黄蓓佳：《自序》，《生命激荡的印痕》，上海：上海人民出版社，1995年，第1页。

文的缘起大致相似，都希望暂时挣脱复杂精巧的小说束缚，故而选中稍显随意的散文写作。《自序》中，作家将第一本散文集的主题统归于"作家手记"，同时还按题材将《生命激荡的印痕》的文章简单分为四类，考察后期《窗口风景》《玻璃后面的花朵》等集的增补文章，也大都从属于这四类：第一，关于"感受、赞叹、遗憾、回味的东西"，属于作家的生活感悟；第二，部分海外见闻的记叙；第三，有关女儿的成长趣事；第四，一些创作中的见解。究其实际，如作者本人所言，其散文仅是"忠实地记录生活中的感想"，所以都紧贴庸常世俗的人生，力求呈现温暖美好的世界。

纵观诸小说家的散文篇章，个人经历必然构成其中的重要部分，而黄蓓佳的独特之处在于此类文字几乎成为其散文写作的唯一内容。如前文所提及，其他作家虽也写日常琐事，着眼点却在引发感悟、阐明道理，有时甚至上升到哲理层面，力求"表现的深切"；还有一些作家不仅从生活经历中取材，且评点古今人物，畅谈文化历史；黄蓓佳则不然，既不关注生活以外的题材，也不纠结生活细节的意蕴，不归纳、不升华，不揭露、不文饰，酸甜苦辣皆是生活的本味。当然，这并不意味其散文仅呆板地复刻或再现社会生活，缺乏个人色彩，呈现所谓的"零度叙述"，而是指她尽量避免叙述与议论、抒情之间毫无黏着关系的主题升华式表达。黄蓓佳所谓的"不关注""不纠结"是基于性格温和的恬淡，特殊情境下的花草树木都可能使其悲哀或欣喜，但也仅限于勾画出波动起伏的心境，进而自我安慰、自我排遣。因此，当日常不可避免地出现了孤独、永恒、美丽、恐惧等情绪体验时，作家也能做到笔调从容，不怨不怒，犹如智者。

《生命激荡的印痕》第一辑在记录生活的同时大多牵连出此类心绪：《劳燕分飞的日子》里亲人离别后的孤独寂寞，《如水流淌的音乐》中"音乐能够永恒，生命总是易逝"的感伤，《童年情结》里飘散着的焚烧古董字画的焦臭味，然而，当作家将生活往事娓娓道来时毫无悲哀或怨愤，反而处处流露出闲适安逸的兴致，这种旷达乐观的心境在经历过动乱时期的文人中难能可贵。同一辑中的《花开花落》《樱花大道》等散文篇章，写景状物也柔美典雅，情思环绕，袅袅不绝。作家坦言："我个人比较欣赏一种细节丰盈、纤毫毕现的文字书写,这是我的审美追求,也许过于古典,可我玩不了别的。"[1]的确如此,记故乡银杏,"树叶是一柄小小的扇子,有把柄,有扇面,浅绿中蒙一层微微的银白,极高贵极雅致,想象一个绢制的美人儿握它在手,该是很相配的吧?"写樱花大道,"长长宽宽的一条大道,樱花在大道两旁无声地微笑,温柔而且沉静。沿着大道慢慢往前走,视线里总觉得樱花不是长在树上,而是飘浮在半空中,在晴朗的蓝天和辉煌的夕阳下,呈现一种半透明的神奇状态"。银杏仿佛美人执扇,樱花如梦如幻,芳草鲜美,朦胧似画,满满的古典风情。此外还有《梦中芦苇》的苇花也冰凉细腻、柔弱无骨,"低眉顺眼从掌心这边钻进去,又从掌心那边冒出来,浅浅地笑着,好脾气地任凭我抚摸,活像天性中喜欢人的亲近",细腻的描写引人入胜,有少女般的旖旎情态。有时景物描写亦会触发作者或思乡或忧伤或欣悦的感受,但其抒情有度,篇幅合理,点到为止,更多时候,作家趋向于赞美花草带给世界的灿烂、美丽,故而仍落在世俗生活层面。

黄蓓佳海外经历颇为丰富,记叙域外见闻的散文偏多,2017年出版的《地图上的行走者》一书所收录的散文在文体上与游记相近,但与普通游记不同的是,黄蓓佳重人文而轻地理,有关名胜古迹的散文仅《穿行在戈兰高地上》《灰色背景中的绚烂》《黄昏谒大马士革清真寺》三篇,其余像《欧洲的流行艺术节》《人在新加坡》等文更倾向记录风土人情、个人见闻,值得注意的是,这其中还包括与外国友人的交往故事,严格来说只能算记人散文。因此,作家海外见闻类的文章不能统称为游记,应做细致区别。

第一,名胜古迹类文章《穿行在戈兰高地上》《灰色背景中的绚烂》《黄昏谒大马士革清真寺》三篇采用移步换景模式,以游踪为线索描写见闻,立足个人视点叙述并说明事物特征及其变化,是典型的传统游记散文。且看《黄昏谒大马士革清真寺》一文,作者先勾勒黄昏下倭马亚清真寺的大致样貌,同时营造宗教寺庙独有的神秘感:

---

[1] 黄蓓佳:《一个人的重和一群人的重》,《扬子江评论》2012年第3期。

宽广空旷的广场上，白色的大理石水一样从脚下漫开去，清爽洁净到一尘不染，又被夕阳濡出了一层淡淡的金红。沿广场四周的墙上绘满了彩色的巨幅壁画……寺顶的平台和广场中央尖峭高耸的宣礼塔都用泛光灯勾出轮廓，在半是青紫半是橙红的天空中，那种柔美明亮的白色像一声叹息，是一种弱弱的、叫人心生怜爱的美好。……视线中隐约有一圈白色的饰纹，片刻后那花纹动起来了，水波一样流转，又有了跃跃欲飞的架势，原来竟是密密地停歇了无数只鸽子。

此处在描摹清真寺的外形时，选取了广场、壁画、寺顶、宣礼塔等关键部位，且以白色、金红、青紫、橙红等色彩加以涂饰，还有"水一样""濡出一层""勾出轮廓""柔美明亮"等字眼着意渲染纯净、空灵的宗教氛围，试图突出它宏大、朦胧、圣洁、轻盈的特性，这是寺庙氛围下作者深受触动不禁进入角色的真实感受。倘若一目十行地浏览过去，就是普通的写景，似乎毫无情趣，但仔细一看，便能品出其中的韵致，宗教性的氛围由圣洁的情感体验营造，而这体验源于恢宏建筑给人带来的视觉冲击。接着进入礼拜大厅时，作者详细说明寺庙的内部特征："巨台铸就的大门高十多米，整座厅长136米、宽37米"，纵然文本中"我"不明来由地感受到难以抗拒的压迫，但前文的精细铺垫使读者明白正是厅内穹隆的辽阔、石壁的高峭令人产生自感渺小的震撼。同写名胜古迹的散文还有《灰色背景中的绚烂》《穿行在戈兰高地上》两篇，在此作家赋予更多对艺术和人道主义的反思。前者是参观著名诗人纪伯伦的故居，然后抒发对艺术家的怀念，后者则是在记录叙利亚战争区戈兰高地的同时痛心战争的残酷。

第二，身居异域，面对文化隔阂，黄蓓佳表现出现代智识女性的理解与宽容，有时也有一些跨越国别的自我反思。《窗口风景》《儿童天堂》《欧洲的流行艺术节》《挪威的滨海小镇》等文是黄蓓佳记录国外见闻的随笔文字，既有异国风俗的差异，也有人文情感的共鸣。作家成名较早，少年时便凭借处女作《补考》小有名气,该文发表于1973年上海人民出版社的《朝霞》丛刊创刊号,在文艺创作方面一直顺风顺水,几乎没有遇到过重大挫折。另外,常年从事儿童文学创作的黄蓓佳能贴近孩子的心灵世界,善于理解并表达对生命的尊重和爱护,二者或许无意间促成其散文创作的轻倩格调,在记人叙事类散文中作者以积极向上的处世态度审视每一段经历和每一个生命。有时她仅就某一瞬间行为描写议论,如《窗口风景》就是在英国街头无意间投向路边橱窗内的一瞥所引发的体悟,这一瞥内涵丰富,百感交集,情绪波动起伏。英国人向来爱狗,狗俨然已经成为多数家庭的成员之一,而这也限制了它们的自由。作者第一眼见到两条狗,误以为瓷质饰品,精细的制作工艺令人惊叹不已。

> 小狗大小如猫,蹲坐在宽宽的窗台上,一左一右,姿态极为对称,衬着背后低垂的白色镂空窗纱,实在有一种令人心动的平和之美。我紧盯着它们,赞美它们造型逼真,气韵生动,又想这家的主人该是一个很懂幽默的人,把两只小狗一左一右对称摆在窗台上,路人看去很觉趣味盎然。

然而不久"我"发现两只狗是鲜活的,且它们望向窗外的目光幽幽,哀怨动人。

> 忽然发现两双目光跟着我转过来了,黑幽幽的,温顺,稚气,夹着一丁点淡淡的忧伤。我浑身一激灵,明白了它们不是瓷狗,是一对真真实实、有温热血液和跳动心脏的小小的生命。那一刻我感觉灵魂飞到了暖暖的壁炉边,被炉火烤得一点一点融化,滋味美妙而且温馨。……我受不了这样一种目光的注视,眼睛里逐渐潮润起来,赶紧扭头走路。

短短的一瞬间,"我"瞥见两条狗眼中的孤独感,前后经历了心动、忧伤、温馨、不忍各种情绪,文章在最后将之化作对"自由和温饱相比谁更重要的"的反思。平心而论，这段文字并不高明，比起她细致的写景语言稍显逊色，但夹杂其中的情感变化幽微动人，显出黄蓓佳女性心思的绵密和感伤。作者之所以能在刹那凝视中产生如此复杂的情绪体验，归根结底是她近乎孩童般的天真视角和善良的秉性，类似的基调在之后的《怀中的婴儿》一文也可看到。体验与经验不同，后者源于生活的丰富积累，前者却是因之引起的精神感悟和思考，具体的语境造就具体的情感，"窗口风景"下的悲剧固然常见，"一瞥"注视中的爱心却难能可贵，唯有细致、善意之人方能停下脚步，驻足街头，洞察动物目光里被囚禁的悲哀。另外，《欧洲的流行艺术节》《人在新加坡》《儿童天堂》等文在见闻之外还注意到东西方民族性格、教育方式以及风土人情各方面差异。对于多元迥异的文化特色，黄蓓佳从不轻易判定孰优孰劣，往往表现出理解、赞赏的态度。艺术节期间，她盛赞欧洲的年轻人"热情如火、执着忍耐、无所顾忌"；人在新加坡时，她肯定了新加坡物价便宜、环境优美以及市民谦和有礼诸种优点；《儿童天堂》在欣赏英国趣味教育的同时也注意到西方人计算能力偏差的一面。

第三，记国外友人的文章在黄蓓佳异域见闻散文中相对特殊，因为几乎不涉及风土人情、山水景物，所以游记特色最不突出。旅外期间，黄蓓佳在各种场合结识了许多友人：约旦作协主席利娜德，保加利亚邻居鲁巴、茹佳夫妇，志愿者海伦，导游乔巴等，另外，这类记人文字里有两位较为特殊，他们是作者或许并不相熟却十分敬仰的名人：曼德琳和陈清风（前者是肯汀大学副校长，后者为加州访问学者）。更为特别的是，《曼德琳妈妈》《地图上的行走者》是文集《地图上的行走者》里唯二的两篇传记式散文。黄蓓佳大多数记叙国际友人的语言风格与其他散文差别不大，相比之下，这两篇带有传记风格的小文更有特色。文章借第三人称展开叙述，通过主要事迹铺开曼德琳、陈清风的传奇人生，在保证真实性的情况下，对局部细节进行了一定的艺术加工。比如谈及曼德琳经历时，她一改平和淡然的叙述口吻情不自禁地进入情境，发挥想象揣度情感，用抒情笔调赞美主人公，这种带有强烈主观性赞美的语言在其他文字中十分罕见。《曼德琳妈妈》在行文表达方面类似传记，比如相对完整的人物生平、性格介绍、显著事迹等，但同时存在一些口语化、抒情化的表达方式，而且比较主观，这一点似乎又与标准的传记文学有一定距离，正因如此，《曼德琳妈妈》也摆脱了传统传记的枯燥乏味，显出活泼生动的感染力。因此，此篇同《地图上的行走者》二文可视为作者散文创作风格的新尝试。

黄蓓佳的散文中少有负面消极的体验，即使有也是淡淡的忧郁，并不浓重，如之前所说，她不在乎散文是否思想深刻、发人深省，只是遵循内心的情绪流动，适当忽略沉重悲戚的事件，如实地表现生活的真善美。这一方面源于她散文中温柔感伤的女性自我定位，另一方面是因为黄蓓佳还是一个开明宽容的母亲。《生命激荡的印痕》中有一组散文专门记录女儿修莎的成长趣事，包括一些上幼儿园、过圣诞节、学绘画、学钢琴、学理财的小故事，这类文字清浅干净富有孩子般的童真意趣，充满了母亲对孩子的忧与爱。最后，黄蓓佳还有部分创作谈文字，但特色并不明显，此处不论。

在体察生活方面，黄蓓佳的散文呈现出罕见的清浅温馨特色。而与之风格相近但又稍显深刻的男性作家姜琍敏则又表现出另一种书写面貌，记叙世俗生活时，他的文字恰恰与黄蓓佳相反，少描写，多议论说理，与之形成一种互补式格局。

姜琍敏（1953—　），小说家，中国作协会员。现任中国散文学会副会长、江苏作协理事、《雨花》青少刊主编。著有《黑血》《心归何处》《女人的宗教》《漫长的惊悚》等多部长篇小说以及散文集《禅边浅唱》《历史深处的这些人，那些鬼》《你的风情我的眼》等。其中《禅边浅唱》曾获中国散文学会冰心散文奖。在江苏小说家中，姜琍敏的散文创作不论是数量或质量都相当可观。作家创作题材广泛，除了对日常生活的体悟表达，还有对禅宗佛教的现实理解、历史人物的品评鉴赏。总体来说，其风格大抵类似于黄蓓佳的轻倩笔调，但不以描写取胜，而倾向于哲理式的议论抒情。姜琍敏关注现实生活的文字虽比黄蓓佳要深切、全面许多，但又不及毕飞宇的深邃，故而介于两者之间，呈现出清新隽永、通达流畅、哲思深厚的整体样貌。

2002年出版的《禅边浅唱》是姜琍敏的代表作，不仅奠定了作家轻盈隽永的基本格调,而且流露出历史渊源深厚的文学"为人生"的散文精神,正如学者汪政所言:"这种精神就是智慧,就是从生活出发,反过来解释生活。"[1]《禅边浅唱》分"禅边浅唱""禅意人生"两辑,都是有关人生的哲思。前一种散文结构比较固定,作者大多先抛出《五灯会元》《续传灯录》《临济语录》等佛教史小典故,然后分析其中的禅意,针对禅宗的精神要义,他无论接受与否,都会联系现实表明自己的观点看法。许多情况下,作家对禅宗精神采取相对辩证的态度:并不完全认可,但给予一定的理解。且看《最难平常心》,当景岑、有源二位禅师都用"饥来吃饭,困来即眠""热即向凉,寒即向火"回答"何为平常心"时,作家对此不以为然,反驳一通:

> 这"平常心"无疑是为人的一个至境,但说起来清汤寡水,做起来麻烦透顶,着实得有番不平常的功夫垫底才行呢!而一般红尘中人,凡夫俗胎的,整日在功名利禄里滚,夜夜在柴米油盐里泡,每天睁开眼睛,涌上心来的,件件都是平常事,可哪一件让我们少操心,哪一件轻易放得下呢?

经此辩论,禅宗所谓的"平常心"在复杂的俗世面前就变得鸡肋无用,但作者最后却强调了"至于我们老百姓,晓得好道理也总不是坏事,能'平常'一分是一分,也就是了不起的'平常心'喽"。这正是姜式禅学的智慧之处,反思批判的同时也给我们提供一种处世方法:"平常心"虽不能至,然心向往之。姜琍敏的解禅悟道建立在对庸常人生的合理关切之上,并不执着形而上的抽象层面,也就是所谓的"从生活出发,反过来解释生活",在这个意义上,他与黄蓓佳相似。不过,"禅边浅唱"一辑中,这类反弹琵琶的文章偏多且又遵循着一定模式:列典故——辨禅意——论现实、反禅意——发感慨,乍看一两篇颇有意趣,多读几页便有千篇一律

---

[1] 汪政:《从生活的结束处开始》,《人与自己的内心有多远》,北京:中国书籍出版社,2019年,第231页。

之感。

《禅边浅唱》第二辑"禅意人生",虽借"禅意"之名,实则多生活感触,似乎也与论禅主题渐行渐远,但作者一向以禅学启示人生,也善从生活中发现精深禅理,"禅意人生"一名倒也贴切合理。"禅意人生"共收入《烟祭》《马大哈》《致"长发飘飘"》等杂文30余篇,围绕作家日常见闻、思想感受随意谈开,《烟祭》谈戒烟心理,《马大哈》说健忘经验,《致"长发飘飘"》对话投江女子,各种小事、小现象姜琍敏总能在其中悟出几分道理,这自然与其深谙禅宗要义、看透社会世相的达观相关。表面上看,这种试图挖掘琐屑日常里人生真谛的理趣写法与梁实秋的小品文有些相似,但作家的散文思想也大抵止步于表达个人见解,尚未上升到生活智慧的高度。归根结底,姜琍敏的散文仍旧是贴着生活现象、贴着"人"来写,所以其要义还是努力为自己或他人提供更好的生活经验,为平凡者寻求一剂生存良方。比如在姜琍敏散文里总能见到对弱势群体的同情、怜惜,《乔迁之虑》看到搬家工人的辛苦,他疾呼"善待这些血肉之躯吧";《站着》中楼下打烧饼汉子整日忙碌的疲惫令他深思"'站'得堂堂正正,亦是他能尊严地活下去的一大理由吧";《正面》里农村老汉的贫弱无助使其反思为何不伸出援手?凡此种种都能看出作家的创作对社会现实密切关注,与普通百姓息息相关。不过作者在"禅意人生"中的叙述视角总体偏上,给人仰视的阅读感受,描写底层人民时稍显空洞,有时难以打动人心,这种现象后来得到了一定的改善。

到了后期的散文集《你的风情我的眼》,文集分为"意韵""性情""漫谈""行吟"四辑,前三种与早期题材相近,变化不大,不过散文的议论说理明显地贴近人心,情感体验细腻真实了许多,读起来也亲切自然。比如《施与受》一文,"我"在医院无偿地帮助了农民"老张",于是他过年给"我"寄了花生,"我"过意不去又给对方打了钱,这就给"老张"造成了心理负担,彼此陷入"两难的境地",引起了作者的思考。在前期写到弱势群体时,作者处于审视的高度,似乎带有一丝若有若无的道德优越感,这当然可以理解,但在《施与受》中,姜琍敏开始正视如何恰当地照顾到弱者的尊严和人格,这就是一种真正体察人情的文学态度了。《重症监护室——亲历与随想》中，作者描述了在ICU重症室的亲身经历，对护工有待改善的服务态度、特殊病人的权益缺失以及现代医学科技的进步等等问题都有深入的思考。"我"真正从鬼门关走了一趟，看到了将死之人的悲哀与无奈，对重症监护也有了全新的认识。即此可见，作家唯有深入生活内部，重视体验和经历，才能与他人共情，也才能写出真正打动人心的文学作品。另外，第四辑"行吟"属于姜琍敏的旅行小记，正切合"你的风情我的眼"这一标题，很是雅致。作家踏足之处多集中于省内景点城镇，它们或是"形胜之美称于江淮"的窑湾古镇，或是历史积淀丰厚的徐州新沂，或是古巷幽深的苏州小城；同时记录了具有城市特色的美食及风俗：阳澄湖的大闸蟹，丹阳的乡间庙会，姜堰的溱潼会船节，海门的云朵、山歌、蛎蚜等。另一部分的旅行文字则把目光散射投向新疆、甘肃、台湾、辽宁等地，还有一些涉及法俄等国，这些文章都是漫谈式见闻，短小精炼，也都值得一读。

最后有必要提及，姜琍敏创作中还有一类历史散文，主要集中收录在2014年出版的《历史深处的这些人，那些鬼》一集。该书收入历史人物的散文随笔30余篇，可分为两种，其一，"这些人"，多是高允、杨震之类的诤臣或是长孙皇后、秦良玉之类的贤后良将；其二，"那些鬼"一般指刘子业、严嵩这样的昏君佞臣。不过，《历史深处的这些人，那些鬼》虽以人为叙述中心却也不局限于单一地赞美或痛斥某类人，而以普及知识为主并加以适当评述，属于通俗类历史读物。本书的语言朴实、内容简单，就整体来说个人特色不明晰，不过个别文章里作者的历史见解很是独到，颇能窥见现代文明根柢。《弃儿保侄话邓攸》中，作家认为邓攸"舍子保侄"并非如其表面所言"保全弟弟血脉"，实则是畏惧"旁人谓我不义"之人言，他捕捉到其言语中的惺惺作态和道貌岸然，随后又根据历史细节判断邓攸大有"借机以儿子的生命博取自己的'义'名"之作秀嫌疑。暂且不论邓攸"舍子保侄"是否真假或是有无此险恶之心，但姜琍敏能够在古事中点出其中的人性问题实属难得，也确是一个现代知识分子对传统人伦情理的文化思考，这又使该书与普通的通俗历史读物区别开来。再看《"三国"城外望》里，姜琍敏同样以专业小说家的立场考察《三国演义》中的人物形象，他认为《三国志》中孔明的"大忠大志"的真实形象本就有感染人心的人格力量，但罗贯中将其塑造得"多智而近妖"反而惹人怀疑。其他诸如对演义中曹刘等人的形象分析亦是如此，作家看似在肯定一种公允真实的写作方法，实则也在表明自己的文学态度。与叶兆言的历史散文笔调相似，《历史深处的这些人，那些鬼》中也处处展现出江苏小说家求真、求实的散文创作理念。

从江苏小说家整体偏细节叙事的散文风格来看，姜琍敏致力于说理议论，文章少见大篇幅记叙表达，创作题材涉及也广，语言风格凝练简洁，显出向传统散文创作回归的趋势。

第五节 其他小说家的散文

江苏散文文坛中，除了叶兆言、毕飞宇、黄蓓佳、姜琍敏外，还有一些小说家的散文也颇有特点。他们或在感怀人生的基础上深入开掘记忆深处的伤痛和女性体验，或尝试书写边疆风光、上层文化圈以及传统乡村等新领域。对于正处于生长发展期的小说家散文来说，这无疑有利于江苏文学创作深度与广度的双发展。

鲁敏（1973— ），江苏东台人，女作家，现任江苏省作协副主席，著有小说《伴宴》《火烧云》《六人晚餐》等，曾获鲁迅文学奖、人民文学奖、中国小说双年奖等多种文学奖项。她的重要散文大多收入2019年出版的随笔集《时间望着我》，与《时间望着我》同时出版的还有《虚构家族》《路人甲或小说家》两册，都属于小说家的创作漫谈、文学对话或是阅读经验笔记，不过题材也仅限于此，故而这里选取主题相对丰富的《时间望着我》重点分析。

《时间望着我》包含"逝水""字迹""浮生""肉身"四个系列，其中"字迹"系列占据了文集的大部分，多围绕自己的作品创作展开，属于小说家的文学自况。"字迹"之外，还有记述父母及个人往事的"逝水"系列、描写器官解说疾病的"肉身"系列以及随意写下生活物事的"浮生"系列。就其散文特色较明显的"逝水"

"肉身""浮生"三辑看，鲁敏的语言大致属于自然平实一类，但这平和之下各个篇章又有不同，比如"逝水"中《以父之名》的笔调偏孤冷，而"肉身"中《疾病解说者》《器官：耳语与旁白》里的描绘较精细，再到"浮生"里的《江南吃食》又显出几分清新恬淡。总之，作家的散文篇章数量有限，尚未呈现出较为稳定的风格，不过篇篇俱佳，颇有可读性。

"字迹"一辑是标准的创作谈。鲁敏在其中对自己小说的人物、情节及主题进行详尽的解释，有时也会针对读者的评论予以回应。关于某小说的写作背景，她坦然地承认其实就是某时刻对社会生活某一面的偶然性关注，比如《艺术与俗世的博弈——关于〈伴宴〉》开头就言"偶尔，我会装模作样地'铁肩担道义'。有一段时间，我关心这个：关于传统艺术样式及其所代表的雅正趣味在当下泛娱乐化消费模式下的乖谬途径……"，然后针对现状发表一番见解，继而谈及如何构思技艺超群的"琵琶手"、设置精巧的情节以及试图揭示怎样的主旨等等。鲁敏谈及自己的小说从不含糊，从创作动机到人物内心甚至于负面评价，都成为话题中心，比如有读者认为《三人二足》的"某些细节，对文学而言，就是流俗和等而下之的"，尽管文中进行了自我辩护，但她仍旧承认并欣赏这是一种"优质的偏见"并反思文学的处理方式。相较毕飞宇的《写满字的空间》，鲁敏的创作谈坚守小说家立场，时刻扣紧文本及人物，只在极少情况下涉及具体写作技巧问题。比如《无法抵达的感官之旅》一文是小说《穿过黑暗的玻璃》的注脚，对气味、温度、湿度、光线近乎病态的敏感深入人物的内心，洞悉各种荒唐吊诡的秘事。作家深入小说与人物共情，沉浸式地分享切身感受，全然不顾创作层面的技巧。因此，鲁敏的谈艺录是围绕小说谈小说，毕飞宇则是围绕小说谈方法，一个入乎其内，一个出乎其外。

《时间望着我》中，"逝水""肉身"两辑散文少而精，文笔孤冷细腻，可称为鲁敏散文的高水平之作。"逝水"系列中《以父之名》写得最好，曾获得2010年度华文最佳散文奖。该文写于作者父亲去世20周年，属于自我剖析之作。文中"我"对父亲相当隔膜以至怨恨，即便去世多年也不曾怀念，叙述真实直率，笔调清冷淡漠，散发出"坚硬"的气质。作家自嘲回忆与父亲的悲惨往事有"苦情戏嫌疑"[1]，事实并非如此。文章有父亲的不堪，也有"我"对父爱的渴望，语言冷静克制，"我"对父亲惧怕、怨恨、怜悯都事出有因，合情合理，故而不落煽情俗套，只觉可悲可叹。此篇动人之处在于作者对父亲的复杂偏执的情感，每记述一件往事情感便变化一种，直到最后，文中的"我"就像一颗生鸡蛋，外表看似坚硬，实则脆弱易碎，内部还混杂着各种黏稠的、莫名的情绪。相比《以父之名》的灰暗色调，回忆母亲的《母系》一文要温暖明亮许多。母亲烫染头发的香气、路边吃西瓜的滑稽场景、买大肉包子的匆忙情形等等都是"我"与母亲的欢乐时光，尽管之后母亲因为种种变故不得不艰苦节俭，但这些点滴回忆依旧是鲁敏散文中难得的亮色。谈到有趣的童年回忆，作家的笔锋常带感情并流露出对母亲深沉的爱，无意中淡化了她一贯的孤冷风格。

"肉身"一辑采用文学性语言像刻画人物一样细致地形容舌、脚、胃、脸等器官和解说肩周炎、偏头痛、肺结核等疾病，并写得活泼生动，颇有神韵。例如，在作家的笔下，脚会"哀伤"，"它在绝望地渴望一种富有情节和色彩的生活，比如，像手那样，有机会穿过绸缎一样的头发……"；舌头既有"勤劳、隐忍、低调"的一面，也有"艳情与放纵的潜质"；胃不仅"神经质、情绪化"也"敦厚""老实"。又如，写到疾病时，鲁敏又转身变成一个"疾病解说者"，她将磨人的偏头痛比为"一把精致而顺手的小锥子"在额头某个不确定的位置"轻轻地极有耐心地敲打"，将静脉曲张说成"游动着的粗大暴突的树根须"，这样鲜活传神的描写在文中比比皆是。

"浮生"一辑共包括8篇文字，涉及美食、艺术、写作及日常感受等多种，内容稍显拉杂，个人风格也不够突出。但《江南吃食》一文写得自然流畅且极具生活趣味，作者写了江南的糯米食、百叶豆腐干，还有狮子头、酱排骨各种荤食，从种类、色相、口感一一道来，令人口舌生津。

---

[1] 鲁敏：《以父之名·后记》，《时间望着我》，南京：译林出版社，2019年，第35页。

魏微（1970— ），江苏沭阳人，女作家，现为广东省作家协会成员。1997年开始发表小说，著有《化妆》《大老郑的女人》《在明孝陵乘凉》等小说集，散文篇章主要收入2005年百花文艺出版社出版的《我的年代》。书中文字与作家2001年出版的《既暧昧又温存》多有重复，但相比后者较为随意的收录，《我的年代》编排得更清晰，它将散文作品分为了"时代掠影""长大成人""男女之间""城市的浮光""阅览室"5辑，故而此处重点论述该随笔。该集前4辑讲述了"我"的时代印象、成长经验、爱情观以及城市经历，其中既有整个80年代的印象式扫描也有私人性的青春记忆，故事的记叙琐碎、零散，但仍能发现作家的精神成长历程，从而把握作为小说家魏微的情感内核，就此而言，《我的年代》与《苏北少年"堂吉诃德"》颇为相似，都有几分精神自传的味道。而从语言风格上看，魏微的叙事偏清冷、灰败，气质大抵与鲁敏接近，二人都敏感多思、忧郁感伤，不过魏微的冷是"温冷"，鲁敏却是"孤冷"，魏微散文中常见对他者的悲悯怜惜，与他人同呼吸、共命运，而鲁敏文中似乎永远只有一个孤单的"我"。当然，这是散文的风格差异，并无高下之分。

《我的年代》无论回忆80年代还是追溯青春往事都或多或少表现了魏微突出的感受力，她对日常的敏感、对枯燥生活中隐秘瞬间的感知，一如她所理解的现代性："外表很平静，可是突然间一个仓促的小动作；走路时掉过头去，偷偷吐一下舌头；趁人不注意的时候，偷偷摸一下自己的身体，自得其乐……"[1]，而她也正擅长捕捉现代性的触角，一把揪住它无意间冒出的头，然后一点一点将其拉扯出来，让他人或自己看清荒唐无聊却又真实的内心。《跟踪》里的"我"被陌生男人跟踪却一点不惧怕，反从对方老实的外貌联想到他平庸的生活："他那多肉的、疲沓的脸上有黯败的笑容。是老实人的笑，坏也坏不到哪儿去，狡黠也是狡黠的。也许这是他平生第一次，也许他常常这样跟踪一个女人，也有得手的，也有未得手的……回家以后还是一个好人。"作者的目光越过男人外强中干的外表，盯住他的彷徨忸怩，揭露了对方空虚寂寞的一面。"这个人，他处在太平的世界里，可是无聊，局

---

[1] 魏微：《通往文学之路》，《我的年代》，天津：百花文艺出版社，2005年，第24页。

促,有种不自知的悲哀。他的眼神很拘谨,他的笑容低三下四……很明显,他不谙于此道。常常做着,可是常常地不像。"同时,作者不仅为别人的悲哀感到尴尬,有时也为自己的忧郁难为情。再比如《哭》中,作者因为朋友一句善意的玩笑话竟当场哭了出来,那种说不清道不明的小难堪就这样突然地冒出来,如她感叹的那般,"生命就像虫子,一天天啃蚀我们内心的,不是那些大喜大悲的情感,而是极细小、微妙、连我们自己也不能解释的情绪"。男人的跟踪行为如同自己尴尬的哭泣,那种毫无来由、令人焦灼的现代性情感驱使人类下意识地做出不合时宜的举动,于魏微而言,这并非缺点而是弱点,是人类共有的情绪体验,是应该彼此谅解、互相体恤的敏感脆弱。也正在此意义上,笔者认为魏微的文字清冷中包有温热,在清醒地感知到生命渺小孱弱的同时会迅速升腾起一股怜悯同情之心,为自己,亦为他人。

《我的年代》收录的5辑随笔在主题及叙述风格方面也各有侧重。首先,"时代掠影"共收入八九十年代的相关回忆7篇,在全书的结构中类似于青春成长的背景板,崔健的音乐、《读者文摘》的气味、小城的各种变迁充斥其间,而魏微的叙事姿态,是好似中年的她在回望少年的自己,略带审视的目光回顾时代,略带从容的心态看待青春,试图在零碎的时代光影中勾勒还原"我"的精神气质。《1988年的背景音乐》吟唱着"暴躁,愤怒,迷茫,人文关怀,理想主义,政治波普……"的时代旋律迎面而来,而"我"游离其外,执着于追寻实用的、物质的日常生活。在这背景之下,作者发现了自己性格中"温暖的,通俗的""属于'人'的那一面",那是少女时期的伤感和怀旧情调,于是就有了《〈读者文摘〉的气味》一文。《读者文摘》是作者青春时代的一个见证,但她在文章中不仅在追忆,也在评价,所以它完全可以被看作一篇论述杂志品质的文章,然而,魏微将之置于"时代掠影"系列之中,这篇小文也就成为少年记忆的一个注脚,成为折射其文学精神的一面镜子。且看她如何看《读者文摘》:说内容,"它只是一道制作精良的拼盘,把人生的方方面面网罗其中";谈风格,它"是个老顽童,天真开朗,宽厚豁达;有一些深邃的人生见解,可是不愿意多说,因为懒得说";论叙述语调,它"像一个拾掇干净的女子,端庄地说着话"……这些比喻性话语依旧是感受性的,且她忠于自己的感受,并不一味地夸赞。在谈到杂志过于追求唯美而忽视真实的风格倾向时,她也有温和的批评,比如尽管它有关于底层生活的叙述,但"我们看不见'原生态',看见的只是被过滤的现实,像摄影师加在镜头前的柔光片;又像是一扇纱窗,风吹进来,把泥沙挡在了外面"。"我们看见他们的脸,平安而生动,脸上细细点点的小麻子——这是纱窗的小格子——可是我们看不见他们的内心"这类独具匠心又不乏批评意味的文字不仅见出作家的语言功夫,也流露出魏微希望展现"人心的旮旯处,丰富的,闪着光亮的,灰暗的,自私的"文学追求。此系列的其余几篇还有《通往文学之路》《成长1984》《八十年代》等也都类似,作家沉默、世故、"心思细密而丰盛"的形象在时代背景的衬托下逐渐丰满起来。

"长大成人"一辑里,魏微将笔墨集中到成长时的私人性情感瞬间,揭示了作者文学性格中的女性气质。就叙述表达来看,相较于"时代掠影","长大成人"系列更详细,作者的少女形象得到丰富细腻的阐释或曰建构,比如写到"我"沉默、世故的性格,"长大成人"中的《人贩子》一文显然比"时代掠影"中的《八十年代》更具体直接。其他文章诸如《丑小鸭》《青春期轶事》《妹妹与我》等文也都像一面面镜子,通过少女对美丽容颜的羡慕、对男女间性张力的朦胧认知、对妹妹叛逆期忧郁暴躁的理解映照出魏微充满力量且丰富驳杂的青春世界。在《妹妹与我》一文中,作者对自己和妹妹青春期的比喻颇为贴切,将其比作"扶墙走过长而狭的隧道",虽然墙壁上有光亮和阴影,周围回荡着庞杂巨大的回响,然而却与她们毫无关系,只能独自摸黑前进,出来后"面色苍白,满目泪痕",唯有几根凌乱的头发可以证明她们也曾经历过那样精彩的时期。于魏微来说,成长就是一个逐渐蓄满力量又慢慢失去力量的过程,如同一只充满了气又将之放掉的气球,静思、反省之后,留有的余力凝结成坚忍和理性。因此,在后面的"男女之间""城市的浮光"两辑中,"我"带有成熟女性的魅力,对爱情不执着,对陌生人不畏惧,热爱人间的烟火气,理解平凡人的荒诞,由此,《北京印象》《卖报的男人》《太平南路上的男人》等文开始向外转,转向温情真实的城市、生动的街边图景以及普通人的尴尬境遇。

最后应该提及一点,"阅览室"一辑可视为魏微文学精神的一个重要补充说明。该辑围绕作者所钟爱的作家、作品展开，向读者开诚布公地分享自己的创作倾向、文学给养，让读者看到除却作家成长期形成的性格气质之外，文学本身也给予她重要的精神养料。罗萨《第三河岸》文笔的优美、主题的神秘以及使人情绪复杂的"一些微妙的、欲说还休的东西"；卡夫卡《算了吧》中"拐弯抹角的地方""自己不能控制的莫名其妙的小动作"里呈现出的波折心绪；还有通过对杜拉《波尔多开出的列车》的辩证评价，作家表明对日常细节的偏爱。此外，《一个人的写作》《写作与生活》也都展示了魏微作为小说家的写作态度、创作偏好和文学责任，可以放在一起对读。

丁捷（1969— ），曾用笔名晓波，诗人、小说家、艺术家，江苏如皋人，现居南京，担任中国作协国际文学交流中心执行主任、江苏省作协副主席、江苏省诗词协会副会长。作家擅长多种文体，小说、诗歌、散文、纪实文学皆有涉及。丁捷的文学之路较为曲折，自80年代发表作品并成名后便淡出文坛，曾经参与政治、管理企业、援助边疆，生活经历曲折复杂，近年来才重新回到文坛。复出后的丁捷表现出旺盛的生命力，近十年来，先后发表"问心"三部曲《追问》《初心》《撕裂》以及大散文《约定》、随笔《名流之流》等佳作。"问心"系列虽文体各异，但都聚焦于当代中国反腐倡廉问题，也被一些人称为"现实主义三部曲"，一经发表便引起了极大的社会反响，其中的《追问》一书多次占据全国畅销榜榜首。作家出版于2019年的《约定》和《名流之流》题材新颖、个人特色明晰，在江苏散文整体偏向生活叙事的题材之外，开辟了自己的新园地，是对当今散文界叙述同质化现象的重要突破。

丁捷自认《名流之流》是"用随笔散文的形式呈现当今社会上一些比较浮躁的、浮华的现象和心态，是以我个人的视角见闻为线索，写了一些故事，写了一些批判，写了一些感悟，应该说是温和的批判书"。[1]作家受访时所言的"温和的批

---

[1] 江苏文学：《访谈｜"名流"出版之际丁捷谈突破"狭隘"》，"江苏文学"微信公众号（jswenxue）2020年1月22日。

判"实是谦虚之语，文集收入的《肥大时代的名流之流》《大学里的新才俊》《云里雾里同学会》《女神驾到》等20余文，除了个别几篇语调温和，其余皆是对文化名流们不留情面的批判嘲讽。丁捷的世俗生活经历丰富，对现实的荒谬也有深刻的认知，同时敢于揭露时代弊病，因此《名流之流》措辞尖刻，描写形象，比喻夸张，有着漫画式的戏谑幽默。且看《肥大时代的名流之流》中文化名流派对的场景：

> 赶场子的官员在这个场合表现出特别的谦虚，对那些在文化界刚出道的，也一律称为老师。还有企业家们，高声嚷嚷着，"恳求"为在场的一位圈子里的"名导"的某部电影投资；也有当众问一位在拍卖市场蒸蒸日上的年轻美女油画家，多付出30%的价格，能否珍藏她的下一部油画作品的……一位据说培养了三位数"博士生领导"的著名博导，在那里诉说自己的烦恼，说有三个厅长，一个副部长，两个副市长，还有一大堆处长、县长和国企老总，今年争着要报考他的博士研究生。

这些场景在文中俯拾皆是，作家注重浮夸的刻画，只要有过相似的经历，必然明白现实可能未必如他所言的这般过分，但仔细一想，却又觉得这讽刺贴切非常，令人会心一笑。这便是丁捷语言的特点，简单、通俗却又刻薄真实。其他像《女神驾到》中"女神"的自命清高；《副名人之执着》里文学导师"保先生"的沽名钓誉；《大学里的新才俊》里伪精英们的庸俗浅薄，都被作家描写得活灵活现。同时文章又结合网络时事，常可以见到谈论当下热门话题，既强化了叙述的真实性，又显轻松活泼。

值得一提的是，《名流之流》还有一类文章，作家虽然极尽调侃却并不议论说理，荒诞的画面一经展现便戛然而止，叙述留有余地，或许这就是作者所谓的"温和的批判"。《云里雾里同学会》记述了从事各行各业同学们的性格表现，有精明世故的成白领、虚伪做作的黄土豪、心思深沉的庄局长以及诚实直言的博导和数学老师，饭局上大家彼此打听生活近况、相互调侃行业混乱，同时又暗自攀比炫耀，谁想最后都被席间装穷卖惨的金融代表的高收入震撼，结尾时作家这样描述当时的氛围："我能感到空气一下子冻结了，所有人都凝固了几秒钟。我忍不住回头看看饭店的门头，霓虹灯镶边，四个大字闪闪烁烁：云里雾里。"这四字道出了真真假假，假假真真，曾以为"真窝囊"的金融代表却是最大的赢家，众人都产生了"小丑竟是我自己"的尴尬心境。在"云里雾里"处点到为止是作家对叙事节奏的精准把控，也是小说家的高超之处。此作如果看作短篇小说也毫无违和感，金融代表开着豪车、说出百万年薪时可看成作品的高潮部分，作家在此果断收尾，意味深长。

与《名流之流》同年出版的《约定》是作家在新疆伊犁进行文化宣传时的见闻感悟，亦是一部题材新颖、格局高远的大散文。这里所谓的"大"，更多指向丁捷援疆工作时对伊犁艺术界的重要社会影响，而就《约定》散文的内核言，与黄蓓佳、叶兆言对生活的感受相似，该书也是个人经历的情感记录，情绪表达上表现出"小而密"的特点。如《边与缘的约定》一文，"我"与一匹异乡马对视，看到了她眼中的"纯良、仁厚与眷恋"，又联想到她可能"过劳而夭，或被无情宰杀"的命运，"我感觉我们的目光，像两条打通的河流，带着许多湿润的情感，彼此流向对方的心灵"，这类与动物共情从而产生生命感动的瞬间并不罕见，与黄蓓佳《窗口风景》里与狗对视生出的同情、毕飞宇《苏北少年"堂吉诃德"》中与牛对视发出的怜悯简直一模一样，江苏散文作家向来气质忧郁、多愁善感，想必这与苏南阴柔缠绵的地域风情不无关系。不过，丁捷的人生际遇要比其他人丰富许多，眼界更开阔，书中的目光更多投向远方的人、物、事。作家从巴尔喀什湖写到巴彦岱，从唐布拉草原写到伊宁县杏花海再到大西沟美景，其中又记有维吾尔青年画家帕尔哈提、乡村双语教师热斯古丽、哈萨克小姑娘麦丽娜等多位可爱的少数民族同胞，在他的笔下，壮阔的自然、神秘的历史、淳朴的民情交织汇聚，最后化为对祖国边疆的热爱和生命缘分的珍惜。《约定》中的伊犁没有各种丑陋猥琐的"伪精英"，笔调从容深情，凝练温暖，不似《名流之流》那般谐谑揶揄。援疆期间，作家对自然风情的诗意描绘与伊犁历史文化的思索融为一体，"少年情怀与中年沉思的交织，成就一个别有魅力的主体,仿佛春之蓬勃相伴秋之思索"[1],故而散文既氤氲着青春昂扬的氛围又不乏稳重沉静的气质。

庞余亮(1967—),江苏兴化人,诗人、作家,做过教师、记者,后从事文学创作。发表小说、散文、诗歌近200万字,曾获得1998年柔刚诗歌奖、紫金山文学奖、第二届扬子江诗学奖等。《半个父亲在疼》是作家的自传体亲情散文集,叙述平淡质朴、乡土气息浓郁,所见所思或多或少都与乡村物事有关,带有苏北平原的生活印记。散文集共分4辑,分别是"父亲在天上""报母亲大人书""绕泥操场一圈""永记蔷薇花"。庞余亮曾在农村生活过一段时间,亲历农事生产的辛苦,故而养成了勤劳、宽厚的性格特点,化入文章,便形成了多愁善感的情绪基调。与文集同名之作《半个父亲在疼》真实描绘了父亲中风后的悲痛、无奈,尽管父亲蛮横霸道,但"我"依然不离不弃,尽心照顾,字里行间都是对亲人深深的怀念。

庞余亮的散文一般通俗易读,多生活化口语,但同时也有一部分篇章穿插自己的原创诗作以诠释当时的心情,比如《丽绿刺蛾的翅膀》写到"洋辣子"蜇人的痛苦情形,作者引用了自己的诗《马蹄铁——致亡父》借马喻虫表示被咬的无助:"钉马掌的日子里/我总是拼命地隔着窗户喊叫/但马听不见,它低垂着头,吐出/最后一口黑蚕豆……"。因为这个缘故,作者也有少量散文诗情浓郁,叙事、抒情兼具,余韵绵长,可称作散文诗。如《报母亲大人书》一文,采用书信散文形式向亡母倾诉,全篇都是诗的表达,简洁凝练,情感深沉,属于文集中的佳作。《报母亲大人书》是纪念母亲小辑的最后一篇,有关母亲的思念经过前面的铺垫、渲染已经到达了高潮时刻,此时情绪氛围都得到了最大程度的聚集、收拢,从而不得不以诗的语言表达情感。这或许是作者人生低谷的某一刹那,他遥想过去、思念亡母,希冀在倾诉中获得安慰。从1984年到2003年,他回忆其离别、婚姻、死亡种种经历,又想到各种甘苦,"妈妈,我在抿紧你的厚嘴唇,委屈也不多言,如冒充哑巴的泥塑,

---

[1] 张宗刚:《从〈约定〉看丁捷散文的美学气质》,《山东教育报》2021年4月12日。

不习惯担忧天下"。接着又说起现在的空虚迷惘,"妈妈,在网上消耗时光的不是我,是另一个名字。在应酬的碎片中虚荣的,也不是我。我服下白药片:鼻眼间勾画的白,表示去日苦多。我服下黑药片:去日里不乏有乐,但没人证明的快乐,就是导致失眠的说谎"。这篇散文诗于倾诉性叙述中抒发真情,其中有对母亲的思念、对兄长们的怨愤还有被命运抛弃的无奈。总之,文中的"我"一直沉浸在倾诉痛苦、焦虑的氛围里,难以自拔。文章尽管是散文诗,却少有晦涩难懂的意象,文字也晓畅流利,言辞至性,悲恻动人。

《半个父亲在疼》的第三辑记录了作者教师生涯中孩童们的趣事,篇幅极短,汇在一起,称为"露珠笔记(125滴)"。十八岁时,庞余亮被分配到一所农村学校教书,教师生涯持续了十五年,其间他与孩子们相处的点点滴滴化入笔端,即为"露珠笔记"系列(该系列后由人民文学出版社2021年单独收录出版,名为《小先生》)。如上文所言,这些趣味文字都短小轻盈,一段一篇,主要是乡村儿童的上学记,且有时只捕捉某一瞬间、描绘某个场景以及表现孩子们或木讷或淳朴或顽皮的性格特点,因而"露珠笔记"多片段式文字,不求完整。相比于记叙双亲往事的散文,"露珠笔记"短小轻盈、活泼生动,乡村孩童的天真无邪让作者深受感染,故而文章也不见之前的悲苦辛酸。

总体说来,庞余亮散文重在以情动人,怀念父亲时悲戚、追忆母亲时哀恸、记述学生时疼惜,语言朴实无华、素净平淡,读来情真意切。

唐炳良(1948—),江苏武进人,小说家,先后担任过《钟山》编辑、《雨花》杂志副主编。小说曾获得青春文学奖、庄重文文学奖等多个奖项,代表作品有短篇小说集《父亲的行状》,散文集《华丽缘》《苦茶居闲文》。《华丽缘》是唐炳良2008年于花甲之年时出版的散文自选集,收入随笔近70篇,因其喜爱张爱玲的小说及散文,故而文集名取自张爱玲同名小说《华丽缘》。就题材看,散文集《华丽缘》试图唤醒作家记忆中的江南田园风景,描写内容或是家乡植物蔬果、花草物事,或是淳朴民风民俗,又或是一些单纯可爱的乡村女性。这些文字短小精致,清丽俊逸，寥寥几笔白描就勾绘出江南风情，而这风情又与青砖黛瓦的古典江南不同，带有一股天然的乡土气韵。

与庞余亮《半个父亲在疼》相似，唐炳良的《华丽缘》也包含了对故乡事物的回忆及深情，不过前者是以纪念母亲为中心简单记叙了苏北的相关物事，比如穰草扣、柴草、腌菜、慈姑都是母亲的勤劳能干的见证，庞余亮对苏北平原的热爱源于双亲的关怀，且他长于将这种亲情之爱融入记叙，给读者创造一种扑面而来的深情体验，而《华丽缘》却是另一表现形态。唐炳良努力呈现乡村充满力量的美，包括动植物的生机蓬勃、姑娘们的健康淳朴以及农事风俗的古朴敦厚，故而善于描写，少有抒情，行文清丽典雅又透出淡淡的温馨。因是故乡风物，且与种种美好回忆相关，所以作者谈来亲切又自然。例如，关于动植物的散文有《斑鸠·鹧鸪》《燕子来时》《植物小品》《花草小品》等多篇，这些散文重点描写了与动植物相关的童年回忆，比如《植物小品》中孩子们用凤仙花染指甲、戏弄小娃娃；大人们用槿柳树编篱笆、洗头发；《花草小品》里家中叔叔总会唱一些《百花赋》之类的小调；《燕子来时》记叙了幼年时燕子在"我"家筑巢的故事。

如果说唐炳良试图通过《华丽缘》勾勒出一幅恬静安然的乡村画卷，那么这些花草动物就是其中的重要点缀，而图景的中心则是那些面容姣好、青春活泼的"乡下闺女"。她们单纯善良、朴素不可雕琢，"怀着一颗简单心和明澈心"，温柔却有力量。《凤栖梧》的"小红姐姐"、《静夜思》的堂嫂、《爱的故事》里的"她"，都是作者所礼赞的柔韧乡村女性。唐炳良在文中谈到农村姑娘时，往往亲昵地称为"我乡下闺女"，这是基于以往温情回忆建构出的美丽女性，既充满激情活力又有传统女性的温柔敦厚，她们给作者带来了强烈的故乡归属感，寄托着作家对朴素田园生活的唯美主义想象。某种意义上，"乡下闺女"质朴清洁的形象就是故乡的代表，她们梳着两条油亮的辫子、扎着红绳，纺纱、织布、采桑，处处透着健康的青春气息。与大多数小说家不同，故乡之于唐炳良而言是精神的栖息地、心灵的乌托邦，所以《静夜思》中当"我"得知堂嫂不"清洁"时，"从此将变得忧伤和哀愁"了。

在乡村女性之外，作家对乡土的人、物、事依然也是怀念且眷恋的，故而散文也有许多描写故乡纺织、养蚕、拉磨等农事及剥壳、暖灶、喜丧等旧俗的文字，主要有《机杼》《今年蚕花有几分》《家乡的风俗》等文，其中《今年蚕花有几分》将苏南养蚕风俗以及此间少男少女暗通情意的互动写得饶有兴味。在这里，"养蚕"极具民间情味，"原来人世的事情早有安排，男耕女织的场面虽然宏大，其实只系于小小的蚕"。姑娘家养蚕守夜，小伙子配合剪桑条，"事先订合同一样订好的，随喊随到，不可有一点差池""小伙子整天冲锋陷阵一般，可是他的活力，也就在这时表现出来，因他承诺为之效力的一家，恰就有他可意的姑娘"。男女心意相通，彼此吸引，在其中享受了恋爱的悸动、羞涩和甜蜜，即便是辛劳的农事也甘之如饴。包括拉磨、纺织等各类农活，作家都有意无意地添加风情月意，使得农村图景别有一番妙趣。

此外，《华丽缘》另有一些散文记叙作家的见闻经历及随想，其中蕴含了对人生遭际祸福无常、生死无奈的思考。与回顾家乡的轻盈笔调不同，这类文章很是沉重。《天意》写了一双各有家庭的男女"精神出轨"，但二人因经历了地震都失去家人成为自由身，本可结合的一对恋人却选择了永不相见。面对突如其来的灾难，唐炳良在其中感喟道："人们不仅要面对亲人的死亡，甚至也要面对自己的'不死亡'"，"他们活下来了，却无法欢呼自己生命的延续"。这是洞悉人性的表现，也是对生命脆弱的共情。还有《蒋同学》也属于此类反思人生经验的散文。

第二章

艺术散文

第一节　概述

　　2000年以来的江苏散文，在散文观念、艺术和文体创新方面最具有探索精神的，是总称为"新散文"的艺术散文。庞培、车前子、胡弦、黑陶等人，不仅与国内散文创作的新潮流相应和，其中的佼佼者甚至成为其中的代表作家和领军人物，而且，他们身上鲜明的江苏特色为新世纪以来的散文文坛增色许多，有力地凸显了江苏作为文化大省的历史底蕴和魅力。需要说明的是，本章所涉及的散文作者，除了在散文艺术方面独有怀抱的作家，还包括各类艺术领域的一些艺术家。这些艺术家的散文风格不一，成就也高低不同，要而言之，它们的价值在于打通文学与艺术之间的壁垒，与国内有志于此的其他同道一起推进了散文的文体演进。由这两类散文作者构成的江苏散文创作阵营，因较为注重散文的艺术性，故这里将他们的散文作品姑且总称为"艺术散文"。江苏艺术散文的文学史意义，是与"新散文"一道或融入后者之中，推进了21世纪前后散文艺术的革新。对参与其中的江苏散文家来说，他们既与"新散文"作者群具有文学共性，比如在散文的真实性、主体性这两个"新散文"的核心问题[1]上的认知较为接近，但二者之间也有源于地域文化的差异性，更有基于个性、气质、经历等方面的不同而产生的艺术理念和创作实践的歧异。简言之，地域文化、创作个性和文本特征这三个方面的特色，使得江苏的艺术散文与国内作为整体而存在的"新散文"区分开来，呈现出独特的江苏文学风采。

　　首先，在具有代表性的江苏艺术散文作者中，庞培、车前子、胡弦、黑陶四人各有特色，而就整体而言，他们表现出了古典与现代交相辉映的底色，具有鲜明的江苏特色。

　　四人中，庞培、车前子较多应和着国内散文创作的新潮流而律动，具有鲜明的现代感，胡弦、黑陶则较多立足成长语境进行写作而与江苏的地方文化具有血肉相

1　参见罗晋：《新散文现象和散文新观念》，《文学评论》1993年第1期。

连的关系，或质实或古朴，均具古典气质。有一点需要辨明，那就是车前子因为很多散文题材涉及苏州，对其历史、文化多有记叙，在四人中似乎最古色古香，是最具江苏地域文化特色的散文家。这一判断就表面来看，当然也算不得错，但细究起来就未必准确。其实，苏州对车前子来说只是孕育他的一个母体，在他脱离了这一文化母体之后，固然时时想起、谈到，但其中蕴含的爱恨交集的复杂情感则表明，苏州之于车前子虽然很重要，但可能并不如一般所认为的那样，苏州在车前子的创作中具有不可替代的地位。从文学史的角度看，既眷恋故乡又对故乡有所不满，是几乎所有乡土小说作者的共同文化姿态，车前子在这一点上其实与这些前辈是比较接近的，他并不古典，而是以古典面目出现的现代。

需要强调的是，这四位散文家在文学取径、创作方法和具体风格方面虽然差别颇大，但在精神指向方面，则几乎在同一时期都表现出了对现实的否弃和对精神家园的追寻。可以看到的是，庞培虽然并未离开家乡，但他其实一直行走在路上，意图在远方找到心灵的庇护所；车前子表现出对苏州某种明确的拒绝，在艺术世界里找到了精神寄托；黑陶明确表达了对世俗眼中的江南文化的鄙弃，不仅企图建构一个切合其本人理想的"文学南方"，而且在吴越大地上四处游走，努力发掘遭到遮蔽的真正的江南。在三人眼中，远方、艺术和南方都是可欲乃至可能的，所以它们不仅是一种文学建构，而且是一种文化再造。比较特别的是胡弦，他不仅始终保持着与世俗生活的血肉相连的密切关系，而且对苏北故乡也屡屡流露出难以割舍的情愫，简而言之，就是他与现实之间并未表现出明显的文学张力。不过，鉴于胡弦本人习于稳中求变的文学性格，他没有较为激烈的表达也可以理解。其实，胡弦在不同时期都流露出对家乡风物更替和人事变迁的落寞，已经表现出一种疏离感，而且，在最近的散文创作中，他也如黑陶般在江苏特别是苏北地区的地域文化中找寻存在的证据，这些都说明胡弦的文学旨趣与前三者具有趋同性。

总之，庞培、车前子、胡弦、黑陶四人的散文在早期表现出鲜明的地域性，江阴、苏州、苏北、江南等地域背景的介入，使得他们的写作自然呈现出差异。以这四位作家为代表的江苏艺术散文，不论其文化建构意图是前二者的向外开掘还是后二者的深挖历史，都说明了江苏艺术散文在新世纪根植于故土的活性，不过，前三人后来放弃了对故乡的依赖，而黑陶在采用了他称为的"幻想（幻象）写作"方法后，也摆脱了故乡的限制，从而都走向了想象的文化建构。故乡是文学取之不尽的一种精神资源，作有《一个人的平原》的周荣池、写下《草木来信》《大地公民》的张羊羊等中生代江苏散文作家，他们从个人的感受中抽绎出故乡，无疑也是一种文化建构。另外，陈卫新在将家乡扬州虚置以后，径直将艺术当作了精神故乡，他的写作可以算是这一写作类型、范式的变奏。无论如何，庞培、车前子、胡弦、黑陶、周荣池、张羊羊、陈卫新等人文学创作上的求新求变，其实和他们在文化理想方面的重铸再造是紧密联系在一起的。他们的文学追求有目共睹，而文化理想也不容忽视。

其次，江苏艺术散文与国内同时期的"新散文"创作主张和实践基本保持同步状态，但从江苏2000年以来的艺术散文的整体情形看，它并不像国内其他同道那样，表现为强烈、新锐、独异，而始终带有温柔敦厚的气质。对江苏有志于散文文体创新的作家群落来说，各具神采的个人性始终是他们写作的一种内在精神驱动和外在风格标志。

在有关散文的阐释中，林贤治的描述带有他鲜明的个人印记："散文是人类精神生命的最直接的语言文字形式。散文形式与我们生命中的感觉、理智和情感生活所具有的动态形式处于同构状态。"[1] "散文形式"是外观，"感觉、理智和情感生活所具有的动态形式"是内核，二者之间的"同构状态"决定了它们不是这一描述有可能使人想到的表里关系，而其实就是同一关系。这种散文新观念的实质，是"依靠万物、万物间的联系重塑自我，以尊重万物的方式实现富有包容力、保持敏感状态的个性意识"的"新个性主义"[2]，不过，当下人们的生命体验已经受到后现代思潮的影响，是否可以用具有完备性质、处于完成状态的"个性"或"个性主

---

[1] 林贤治：《中国散文五十年》，桂林：漓江出版社，2011年，第2页。
[2] 此为2010年4月16日傅元峰在张羊羊散文集《庭院》首发式上的发言。

义"加以概况，或许应该推敲，职是之故，这里将之称为"个人性"[1]。

个人性，指的是作家作为一个能动的主体，以一种万物平齐的姿态沉降到书写对象之列，万物互观，"我"参与其中并在这一互动过程中逐渐展示或者建构出某种个性。因为世界的多元多样，永远处于一个有待发现、发掘的状态，所以个性的建构过程是无止境的；反过来说，也正因为生命的丰富，所以世界是无法穷尽的。可以说，这种双重关系展现了个人描述的世界之无限可能性。庞培所勾勒的"乡村肖像"和他根据个人感觉谱写的"七个音符"，车前子在"手艺的黄昏"条件下书写的"江南话本"，胡弦作为一个"永远无法返乡的人"所汇聚的所有"来自生活"的雨，以及黑陶在吴越乡间探寻的"文学南方"，都是他们在真实与虚幻之间往返，对生活、生命的绘形、绘色。应该强调的是，生活广阔，生命多样，所以建立在它们的基础之上的个人性具有非排他性，各类具有个人性的作品因之具有共生性。在艺术散文群落中，自由谱写内心的庞培、涂绘江南色彩的车前子、为生活赋形的胡弦、在乡野间寻找生命活力的黑陶，他们的文学努力和而不同，呈现了一个有别于传统认知的江苏，也体现了江苏的传统文化资源在新形势下的个人化多元转化和发展。

需要注意的是，个人性与个性既存在联系，也有明显的不同。简单说来，它们都是主体性的外在表现，必然都具有作家本人的诸种特征，但相较而言，个性是主体性在或一文本中的完成形态，即一个自足的文本往往表现为一种完整的个性，是一种较为传统的文学观念；而个人性则不同，它反映的是主体嵌入文本之内但并不高于其他书写对象的状态，而其始终处于正在形成且有待揭示的过程之中，既有可能终止于任何一个阶段，也有可能具有更丰富的发展，一切都取决于个人与世界之间的互动。可以看到，陈卫新与古今园林之间的精神互动，周荣池在"一个人的平

---

[1] 祝勇有"个体性"的说法，主要指的是与群体相对的一种生命状态，而这一观念作为"新散文"的重要特征，被一些批评者混称为"个人性"，但其实存在不同。参见祝勇：《序》，《一个人的排行榜》，沈阳：春风文艺出版社，2003年。

原"中拼接记忆与现实，张羊羊与"大地公民"之间的情感对流，都是对世界的再造，也是对个体生命的重构。总之，个人性是在强调生命多样可能的前提下提出的，它反映的是个性与世界始终处于建构之中的状态。根据这里的阐释可以发现，一些"新散文"的批评者认为其"对散文'个人性'的倡导仍是对五四散文精神的回应"的说法[1]并不准确，它所揭示的存在状态，无疑更为契合当下人们的生命体验，也为散文文体创新提供了理论资源。

再次，正如有论者所指出的"从创作手法来说，新散文用的是意识流；从文体借鉴的角度来说，新散文借鉴的是心态小说；从写作个性来说，想象最能体现作者的个性"[2]所表明的那样，江苏艺术散文的基本文体特征也是如此，但其特别之处，在于产生了一种可称为"观念即文本"的散文新文体创制方式。

鉴于散文受制于权力体制、文学体制、市场体制及技术体制而成为"一种体制性文体"，祝勇提出，散文应该"是一种依靠个人感觉和经验来展现时间和空间，并对夹杂其间的人（包括个人和群体）的状态、命运进行认识、判断、思考和言述的文体"，其特质在于"表达的直接性"。[3]"新散文"其实不乏理论表述但大都不够清晰，祝勇的观点作为其中之一，当然也存在这个问题，但他提及的"感觉和经验"极为重要，其中，感觉至为关键，因为在"新散文"中，它很多时候既是经验的出发点，也是想象重组的归宿。从这个理论前提出发进一步申说，观念即文本，当然具有意识流手法的普遍采用、心态小说的文本借鉴等"新散文"常见文体特征，但其关键，在于个人性凸显之后的经验和感觉的运用，特别是后者，在其中发挥了至关重要的作用。

庞培的《七个音符》、车前子的《一所看得见风景的房间》、胡弦的《风前书》和黑陶的《倾斜并且尖锐的阴影》及陈卫新的《动物园的爱情》等，都是根据一己感觉重新描绘世界的优秀文本。这些文本都以个人熔铸了过去记忆和当下感受的生

---

[1] 郭冰茹：《论祝勇的"新散文"创作》，《文艺争鸣》2008年第4期。
[2] 张永璟：《新散文 新个性 新问题》，《文艺争鸣》2006年第5期。
[3] 祝勇：《序》，《一个人的排行榜》，沈阳：春风文艺出版社，2003年，第2、8页。

命体验为原点，主体化为一种文本要素，跟随感觉的触手四处延展、任意伸缩，建构起一种个人意念当中的世界真实性。这一世界因为有经验的底子，所以具有一定的真实可感性，而它同时又有想象的羽翼，所以又不至陷于此岸的牢笼而不得解脱，因之是一个介于真实与虚幻之间的存在。基于这些创作样本，如果说"观念即文本"这一说法大体可以成立，以这种方式建构的散文文本起码具有这样几种特征：第一，建立在经验和想象基础上的丰富物象，以及由此诞生的似真似幻的氛围感；第二，物象充盈而所指匮乏，于是形成一个能指的文学王国，体验取代接受成为品读的方式；第三，能指之间的互动是这一文学王国的日常，它可以通向意义但常常并不通往意义，而仅仅是表达了对世界的某种感受而已。可以这样说，"观念即文本"是个人性感受的汇聚和熔铸，其文本构造方式就是其表达内涵，在这里，形式和内容合二为一。

"观念即文本"以感觉为要诀，但并不排斥其他要素介入文本。黑陶认为，"散文的疆域接近于无限"，所以在《漆蓝书简》一书中，尝试使用和采纳了"传奇、新闻、诗的断片、公共语言抄录、书信、故事、日记、访谈、科学笔记、蒙太奇、年谱等等体裁（手法）"[1]，这种以各类实录型文体充实文本的尝试，无疑为江苏艺术散文的文体创新提供了新的思路。

总体而言，江苏艺术散文具有相当鲜明的本省地域文化特色，它以感觉为主建构的文学世界是一个能指漂浮的所在，在其中，存在不接受意义的规训，这是因为充沛的个人性而成为一个具体生动的生命过程。对于江苏散文的这一创作发展路径，现在做出某种定性显然尚无可能，所以以宽容的心态理解其在现阶段的文学主张特别是创作实践，就是一种合理的态度，至于其未来发展，宜静观其变。

1　黑陶：《后记：双重感激》，《漆蓝书简——书写被遮蔽的江南》，天津：百花文艺出版社，2007年，第319页。

第二节　庞培的《五种回忆》《乡村肖像》等

庞培（1962—　），江苏江阴人，诗人、散文家。酷爱旅行，做过书籍、杂志编辑等工作。1985年开始发表作品，1995年获首届刘丽安诗歌奖，后获柔刚诗歌奖、诗探索·中国诗歌发现奖等多个诗歌类奖项。散文作品主要有散文集《低语》《五种回忆》《乡村肖像》《阿炳——黑暗中的晕眩》《旅馆——异乡人的床榻》《帕米尔花》等多种。他的散文创作与于坚、钟鸣、张锐锋、张稼文、车前子、陈东东等人的散文有着同样的文学旨趣和追求，这一批人构成了20世纪、21世纪前后散文求新求变的代表性散文势力或曰流派。

在20世纪的革命风云重塑了汉语，并使得汉语写作日益意识形态化从而悬浮于日常生活之上后，以余秋雨为代表作家的历史大散文曾流行一时，然而这种"忽略历史的原状态，而一厢情愿地为它们披上理念的长袍"的散文写作观其实"与主流意识形态中那些主题先行的写作者没有什么两样"[1]，这一情形逼迫虔心面对汉语文学及其传统的写作者不得不另辟蹊径，遂有"新散文"之提倡。车前子明确表示"我对大散文不以为然，我写或将要写的是我以为的新散文"，而且也指出"新散文"面临的困境和改变的困局："大散文只是使散文这条大路上树木繁多，并不能深化文体，而我以为的新散文应该是在拐弯后能走上另一条道路，只是在拐弯后并无路可走，我想到了这句话：'我们的智慧不够。'只得又回到原先的路上，或者索性不走。我们有太伟大的传统。"[2]"新散文"的创造需要智慧，但首先是放低身段回到日常。庞培1998年出版第一部散文集《低语》，1999年另有两部，《五种回忆》和《乡村肖像》。从文体角度看，这两个年份出版的三部文集恰以两个年度为界分为两类，前者类似周作人所谓"谈龙"，后二者同样可以周氏之语称为"谈虎"，所

---

[1] 祝勇：《指纹：鉴别散文的一种方法》，《博览群书》1999年第7期。
[2] 车前子：《序》，《手艺的黄昏》，上海：上海文艺出版社，1998年，第2页。

不同者，在于"龙""虎"的内涵存在差别：周作人所谈之龙虎，大抵带有原生性质，文艺与生活，皆是从根柢着眼的省思；庞培所及之龙虎，大概都是个人日常生活的感悟和观察。作者是诗人，提笔为文，情思所及，多诗情，且有画意，但其褶皱不平处则近随笔，亦即一般所谓散文。

《低语》的文体与散文诗较为接近。该书收入韩作荣所编之"九州方阵丛书"，与本书作者庞培同辑出版的另外三位作者，分别是邹静之、鲍尔吉·原野和车前子，都是诗人兼散文作者，而与其他三人或平淡或犀利或幽深的风格相较，庞培其实"在用散文的方式写诗"，其特色在于"感觉和情绪的捕捉与低调的喃喃自语，是自己和自己说话"[1]，故颇近何其芳《画梦录》的独语体。不过，虽然作者的描绘功夫值得肯定，而且也有《木工间》一文所谓"手上搓着随处可见的木屑，静静遥想那久远的森林"的遐想，但点到即止，并无铺叙，所以，整部文集的主旨以抒发感触为要义，其实与何其芳绚烂华丽的造境大异其趣。

庞培这一时期的散文题材，大都是春、秋、惊蛰、霜、黄昏、早晨、下午、午夜等时节气候和忧郁、哭泣、敏感、温柔、羞涩、绝望等情绪，另有提琴、蔷薇等散发着艺术气质的物事，都是唯美作家一两个世纪以来惯常的书写对象。作为诗人，庞培有许多在意想之中的描绘，例如《雪》回忆下雪时的情景是"童年时天空慢慢倒进一个人睡眠的怀抱"、《霜》所谓霜乃"苦难的闭合，是大地的忘却"、《春》描述各处残存的冬雪"仿佛一名不幸的好朋友隔夜留在桌上的残酒"，诸如此类，都给人以一种似曾相识的熟悉感。但不管怎么说，这些作者自己和自己说的话，大抵营建了一种心境，隐匿于其间的感喟或哲思一般散入具体物象，成为若有若无的存在。《下午的宁静》这篇短文叠加了几幅场景或曰罗列了几组物象：你在街头骑行，注意到黄色电车的车顶、五金柜台后面的匿名女人和商店语义古怪的招牌；当你回到住所，所接触的都是存在的碎片：一篇小说的叙事片段、一段写错的句子和窗外桂花树的气味。不管远还是近，这些构成你的生活的场景、物件其实都

---

[1] 韩作荣：《另一种散文》，庞培：《低语》，北京：作家出版社，1998年，第3—4页。

和你若有关、若无关，而你真正体会到自己的存在，却是不期而至的：它可能存在于通信录，朋友打开了"你身体的沉默部分"，也可能存在于多年以前你读过的某本名著，那些"伟大的睿智"成为照亮你的光辉。作者心绪先是散出去，然后是收回来，这一发散、收拢的过程与其说具有诗性和哲理，毋宁说代表了作者在个人体验中试图打捞它们的徒劳努力。这种情绪体验是诗的，与其诗作的"隐逸和漫游主题"[1]差堪比拟。

《惊蛰》对惊蛰这一节气的描述，尽显作者的诗人气质和本色："惊蛰是狂热的西班牙吉他演奏者长久的弹拨之后手指的麻木。是农民眼睛里开裂而微笑的种籽。是正月里过门的新娘窗前剪纸上的神经末梢。是庆贺新年的爆竹留在雨地、车辙印上的红纸碎片。"需要注意的是，第四个比喻其实与前三者稍稍不同，其间的差别就在于"诗"与"散文"的不同，作者对此极有会心，所以在《银手镯》开篇就说道，"我感到宇宙之美深藏在一些凡俗琐事的深处"。这两个地方都隐约暗示了作者从诗转向散文的关节。

黄酒、竹笛、白粉墙、木格花窗、乌篷船等物事，是通向庞培散文的文化密码。如果说《低语》一集总体而言是诗性的，许多物象也是空蒙心境的幻象，那么这些散发着江南文化气息的具体存在则在打开凡俗琐事的同时，开启了一种完全不同的生命体验。在作者看来，黄酒是"江浙一带和长江流域的乡里民间"特有的味道，竹笛是"那些浴后乘凉的、街上泼了一盆水的"夏日夜间独有的情形，木格花窗是"祖先的精致大度"和"父辈们眼眶里的泪水"的汇聚，乌篷船更是"典型的中国式梦境的产物"。庞培和刘半农都是江阴人，大致说来，《竹笛》一文其实也可以看成作者用竹笛为线索描绘的"一个小农家的暮"：

> 这民间的乐器声音仿佛恰好跟你走到一个天井里仰脸看天上的星星那一刹那的新奇愉悦相对应。它注定跟夏夜的休憩有关，跟平滑的竹榻、蒲扇、不太

---

[1] 伍明春：《自我的出走与回归——评庞培的〈雨中曲〉》，《文学教育》2013年第3期。

讨人厌的变凉的暑热、河埠头上洗衣裳（在旧式岁月里）的妇女的话语有关，也跟远处蔬菜田里暮色深重的篱笆（它们用同一材料制成）、乡村屋顶上的炊烟有关。

这种江南田园意境在现代诗欲生欲死的氛围里已经溃不成诗，但日常生活的烟火气却足以撑起一片散文的天空。

上述两种类型的散文，不管是富于诗意的幻想还是日常零碎的恬淡，都布满了密不透风的意象。可以这样讲，意象的烦琐与密集是庞培早期散文的一个显著特征。显而易见，这一特色源于作者的诗人禀赋，但若从文化渊源的角度看，历史悠久的江南地域文化未始不可以视为庞培散文风情的底蕴。《乌篷船》一文没有周作人同名散文"行到水穷处，坐看云起时"的悠然自得，却以江南意符组建了一个既虚无缥缈又触手可及的文化空间：河流、芦苇、水乡、月夜、琵琶，长袖、对襟、青衫，渔民的妻子以及鲜鱼、芦笋、藕段、菱角，哪一样不带着江南的韵味？作为一位苏南作家，庞培述及的既具体又抽象的物事，为江苏特定的地域所滋养，为江苏特别的文化传统所涵养，也正是在这个意义上，他是一位典型的江苏散文家。

江苏不仅是具体的地域，而且是各种历史符号建构的文化空间。庞培曾在接受采访时说过，"我心目中的理想国有着太多的平原村庄、古代的诗词、流泉，树林里的风，或许是一个被毁损了的拍曲踏歌的古代江南，有很多女性的腼腆、温存和适宜郊游的好天气"[1]，正是既"有魂系的'乡'作为根据地"而"实质是以吴文化为主"的"江南散文"[2]的具体而微的表达。职是之故，庞培散文不仅意象繁多，且意象具有虚实结合的特点。这在他一组题为"乡村肖像"的系列散文中体现得最为鲜明。该组散文不仅收入《五种回忆》，稍后更以之为书名出版，可见确系作者钟爱，而从文学史的角度看，它也足以代表庞培中期前后的散文创作高度。

1　阚兴韵：《诗歌是秘密的火光——著名诗人庞培访谈录》，《温州晚报》2012年3月16日。
2　范培松：《论江南散文》，《南京师范大学文学院学报》2007年第1期。

"乡村肖像"所勾勒的乡村世界，是一个由教堂、乡公所、生产队、蚕种场、小学堂、糖果厂、农村公共汽车等建制性机构或机制和肉墩头、摇面店、白铁匠店、浆粽店、钟表店、浴室、茶馆等民生设施组成的世俗社会。这些乡土景观都是曾经的实存，所以作者的记述极其细腻，比如第一篇《乡村教堂》提及充斥各式垃圾的淤塞的泥塘边上的教堂，门口的水泥地上，"白天用长条木凳和席子晒了些邻居的腌萝卜、咸菜、面干"，而修女们的"日常举止、穿着完全被附近的小镇生活同化了"，日常形象则是站在"无论天气阴晴都显得暗旧的礼拜堂里，一只手里拿着扫帚，另一只手拿着赞美诗，歪下头去若有所思"。这种完全定格化的场景其实很难说是乡村日常的真实图景，所以从另一个方面看，它又可以被认为是作者的乡村记忆之呈现，虽然其间细节无比逼真，但究其实还是现代文人对既往乡村社会的想象成分更多一些。《乡公所》在粗线条地勾勒了乡政府礼堂之后，接着就描述了一种延续至今的感受，"但当你跨过门楼，进入饰有围墙边各种盆栽花木的大院，顿时会有某种威严和权势在其中蛰伏的感觉"。所谓感觉，通往存在而并不一定联结意义，故庞培散文就与于坚等人的散文一样，发生了"从所指到能指"的漂移："他们的眼光只是封闭在事物的自足存在之中，让事物自身的形式、质感、光泽散发出迷人的魅力，并以一种'形式美学'替代传统的'观念美学'。"[1]

能指的膨胀是庞培自觉参与其中的"新散文"作家群散文艺术范式转型的外在特征，而能指符号之间虚实相应地自我展示和相互发明，则是其审美特质。收入《乡村肖像》的一篇散文《迷人的楼梯或钢琴：片段》对这一艺术旨趣做出了富有意味的形象阐释。散文开篇就是"我想要一间新房"，然后"要有"秋千架、水缸、孩子，房子里面，"想要"书柜及艺术大师的画册，于是就"将"沉醉于大师们为世界涂抹的颜色之中，而且"也有各种形体、女人体"，故各种线条接踵而至；在这些画册构成的"宫廷的后花园"中，固然有本土审美的湖水、凉亭、绿树、鸟鸣，也有燕尾服、琴键、无花果等西洋风物，更有意思的是，画册第一页是旅行

---

[1] 胡彦：《从传统到现代——论90年代散文艺术范式的转型》，《当代文坛》1999年第1期。

者、山峦、峡谷、草原、溪流，第二、三、四页就有可能是少女的哭泣、傍晚的狗、蹲在花篮上的猫或者其他任何什么东西。这些事物不管是曾经存在还是将要出现，都浓缩于同一时空而呈列于"我"之前，成为横亘在主体之我与客体之世界之间的符码，但它们却并不能向"我"表明"世界"的深度，也不是后者对前者的启迪，只是世界在一个个体想象中的形态而已，但经由此，主体也就完成了对世界的赋形。

世界作为能指的汇聚，总是充满着可以理解或者不可理解的种种人事。如果说这些人事之前是作者心境的装饰，那么到了散文集《五种回忆》，它们就已经成了世界的谜面，而人们行走在表象的符号世界中，总不免恍然。庞培最早的几篇散文如《在那去海边的路上》和《口琴曲》其实已经带有这一特点，到这时，《七个音符》可以说是这一思路的最终完成。他在《五种回忆》的"后记"中说："《七个音符》是我的最新作品，在形式上最接近我目前的想法——试图通过散文慢慢再过渡到小说上。"[1]这篇散文的确表现出与作者此前散文惯有的意象无序组合颇为不同的特点，变成了意象的有序排列——就此而论，庞培在它之前的散文写作方法可谓近于诗，在它之后的写作则无疑与小说较为接近。

《七个音符》以七个音阶多、来、咪、发、梭、拉、西作为各个部分的标题，按序铺开的音阶本身就暗示着叙述的条理。作者大体依七音阶的自然小调式的"全半全全半全全"建立叙述架构：第一乐章"多"叙述"我"陪着母亲在家与棉纺厂女工宿舍之间的路上之所见所闻、所思所想，勾勒出来的是一个在时间之流里存在变数、但在凡俗的日常生活中充斥着常规的平庸世界；第二乐章"来"的叙事方法则从全景扫描改为定向深入，"我"开始深入城里的世界，体育场、剧院、厂房、弄堂都成了游荡的地方，还在女工宿舍附近开始探索，既有神秘的"上海阿姨"，也有"最激动人心"的废弃库房，它们都是未知且连接着更大的未知的领域，两个乐章之间构成了"社会与我"既密切联系又有所对立的两方；"咪"和"发"两个乐章是

---

[1] 庞培：《后记》，《五种回忆》，北京：解放军文艺出版社，1999年，第413页。

历史与现实浇筑而成的社会，监狱、军队、游行、批斗会、街道小厂，以及几户普通人家算不得故事的故事，有擅长钓鱼但始终挂着苦笑的洋油灯铺老板，有整洁得体但后来凭空消失的前资本家，还有娘娘腔而始终假装热情的摄影师，它们在相当意义上可以视为第一乐章的重复；"梭"又回到个体，讲述"我"的阅读史，一外一内，仍然存在张力；最后两个乐章，"拉"和"西"重新回到社会，记叙店铺、小学校、医院以及女工宿舍，特别花费了不少笔墨叙述"我"营养不良引起的恐慌，最后轻轻一点，以国家领导人去世引起的社会性惊恐作结，似乎颇有深意。

除了结构的音乐性这一形式方面的特色，该文在风格方面也极为别致。散文其实是以一个少年的眼光书写了一座江南小城在特殊时期的整体社会氛围：因为少年懵懂，所以虽是写实，但强烈的不可知色彩使得全文笼罩着一层反讽；因为特殊时期，所以一切都那么真实而又那么荒诞。作者完全放弃价值评判，只是将各种纷纭凌乱的人与事展示出来，只是将个人身处其中的感受写出来，至于其效果，则自然是观者自得。需要强调的是，庞培在《七个音符》之中找到了念兹在兹的叙述感觉，但并没有放弃诗性追求。文章穿插有许多看似轻轻道来实则沉重万钧的感喟，例如"梭"一章如是回望过往年代，"到了1985年左右，电风扇、洗衣机、冰箱早已进入了各家庭，人们甚至已经不再在大热天里在大街上乘凉了，多数人家要想找一块乘凉的铺板恐怕也找不到了。我仿佛活着目睹了一次人类社会的毁灭"，就有着惊心动魄的震撼。

这种震撼，源于庞培对人类社会的感怀，而这一体悟用旋律还是用文字表达出来固然重要，但显然并不是他最为关切的。他曾经这样描述《阿炳——黑暗中的晕眩》一书：

> 可以把本书比作刚到手的一把乐器，我最初的反应，所全神贯注的只是它的音准、音色——我并不指望，自己是能够弹奏出一曲动人旋律的乐手，甚至，都不打算在歌唱的位置上就座——
>
> 我关心的是：最佳的音色之美……

最饱满的弦音。[1]

音色之美，或者说至真至纯的人性，才是庞培书写的焦点，至于音色或者人性在现实中具有何种形式乃至仅只是一种可能的存在，这在作者看来，原本也没有多大差别。由此，庞培散文意象虚实结合的特色开始向更广阔的天地前进，化作对人生有无相生的理解。于是，阿炳，一个音乐天才的精魂，就这样进入他的视野。

长篇散文《阿炳——黑暗中的晕眩》是有关阿炳的传记，但阿炳其人其事多不传，仅有少量记载和传说流转，意图撰写一部翔实可靠的阿炳传实属不可能之事。更重要的是，庞培也从未动过这样的念头。在他笔下，一方面，阿炳是"中国社会的遗腹子，一名大地之子"，一位在故土颠沛流离的民间艺人；另一方面，阿炳又是一个天才，作者甚至称其为"中国的兰波"，他的音乐"代表中国古代美的最后一次回光返照"，其姓名足以与李贺、沈复、曹雪芹、张爱玲等人并列。作者沿着社会、艺术两条线索推进叙述，叙述的激情如长江大河般汹涌澎湃，而二者之中尤重后者，且引来古今中外诸多文学艺术大师相提并论，议论到兴奋时，抒情亦随之而至，谱就了一曲著者与传主心灵共振的协奏曲。例如，对老年阿炳，作者引西蒙娜·薇依之言，"真正可贵的事物是那些构成走向世界之美的阶梯和朝向世界之美的窗口的东西"，然后亦抒情亦议论地加以发挥：

在阿炳那儿，委婉曲折的阶梯或轮廓明亮的窗口，构成了一种世界之美的永恒风景，在那底下，尘世的生命必将作为一道夜晚来临之前的阴影，从神秘的梯级和窗口前消褪。天国的清风拂面吹来，在阿炳进入老年的那张脸上，出现了一种劳作者已经耕耘完一天的土地之后那种辛苦和欢喜相交织的沉静表情……

---

[1] 庞培：《大地的声带之美——自序》，《阿炳：黑暗中的晕眩》，北京：中国文联出版社，2002年，第5页。

其中的诗意是否原生姑且不论,单就作者跨越真实与虚构的叙述功力来说,可谓又上了一个新台阶。

该文的文体十分特别。它完整地书写了阿炳的一生,属传记体,本应以记叙为主,然而,作者在大体的线性叙述中插入了数量极为庞杂的议论、抒情、描写、说明的文字,所以,是调动了几乎全部的表达方式而形成的一个综合文本。正如作者认为阿炳的音乐"游离于中国的民歌、地方戏曲、滩簧戏、明清戏曲、民间说唱和宗教音乐之间,跟它们中的任何一个都若即若离,既保持远甚亲密的血缘关系,又远远超越其上",因而是"声音的味觉上尝百草的神农",庞培也因游离于散文的各种文体之间而又能任意进出,也可以被看作"文字的韵味上尝百草的神农"。这正是一种文体创新。

《旅馆——异乡人的床榻》与《阿炳——黑暗中的晕眩》一样属于"深呼吸散文丛书",就外观而言,前者是"彩色版",后者是"黑白版",但均以国外名家不同风格的绘画穿插于文字之中,而就内容来说,二者又都以中外古今圣哲为记叙、议论、抒情的张目,所以从整体上看,两本文集的风格可以认为是完全一致的。不过,如果说《阿炳》承续了《七个音符》在真实与玄想之间跳荡的叙述特色,那么《旅馆》一书则将这一风格完全坐实了。正如作者的自序"在路上的几何形"所暗示的那样,这本书描述了一个人行走在世界之中必将遭遇的一个或多个"旅馆",它(们)亦真亦幻,其材质不管是"翡翠""百合"还是"飘雪",无一例外地成为收纳人们身心的容器:从收容了远去的诗人和诗情的海滨旅馆到旅客年龄不得超过18岁的月球旅馆,从谈论着孔子、杜甫、哥伦布、库克船长的地底的蟋蟀旅馆到只剩下空气的世外的疯旅馆,从散发着独特的半老徐娘韵味的城北旅馆到充斥着死亡、爱欲与情欲的少女遐想旅馆,它们都是超脱于现存世界的某种可欲空间——这就是说,它们在现实中是不存在的,但因为它们是基于人性的想象,又是应该存在的。

对庞培来说,散文的确是"一种依靠个人感觉和经验来展现时间和空间,并对夹杂其间的人(包括个人与群体)的状态、命运进行认识、判断、思考和言述的文体"[1]。作为继《七个音符》之后的艺术推进，如果说《阿炳》是一种实有的精神共鸣，那么《旅馆》则是一种虚拟的世界想象，它们都宣告作者对现实世界的毁弃和向心灵深处探求的真诚。虽然这两部文集很难不让人察觉作者俯就读书市场的某种妥协，但应该承认，庞培此时已经实现了散文风格的转型和定型，而他向空虚处前进并力图建构人类心灵居所的努力，也使得他的散文开始从建立在感觉和经验之上朝向超越这一基础的尝试前进。问题在于，如果他不能囿于一己的经验，此后仍然像一个孤胆英雄一样突入虚无，那么他必须真的是个英雄，比如像鲁迅那样，如果不能，就必须在个人感受之外有所依托。事实在于，正像他在《新疆日记》11月9日的记载中所说的"到新疆来，即用远方来安慰自己，看起来颇有用处"所表明的那样，他选择了向人迹罕至处进发，而且意图在那里找到寄托。散文集《帕米尔花》就是庞培这一选择的产物。

散文集《帕米尔花》包括两篇长篇散文，其一是作为作者新疆游踪的结晶的《帕米尔花》，其二是作为前者之原始素材，当然也可以作为游记而单独存在的《新疆游记》。二者之间的关系，如依前述之有与无、真实与虚构在庞培散文中的相互发明的关系而论，实则互为表里，而就实际而言，虽然一则注重精神的发扬，一则强调风物的独特，但均在虚实有无之间徜徉，都是庞培自散文风格定型之后的完成之作，应该说各有神采。问题在于，庞培此时已经从《七个音符》时期那种极富张力的精神紧张中撤退出来，开始表现出一种心灵的松弛。他似乎认为自己找到了内心世界的对应物，一如《新疆日记》11月12日所记："两种激情：中亚（西域）和我内心的爱。两者都有风化了的极地和沙漠，都是无人能够穿越的漫漫长途。"

新疆，或者更远一些的帕米尔，无疑可以消解作者身处中原文化核心地带的存在焦虑。

在喀什城郊外，庞培如是抒写："四处踢达的驴粪气和冬日的雾霭相搅和，夹

---

[1] 祝勇：《纸上的叛乱：一个"散文叛徒"的文学手记》，北京：东方出版社，2014年，第8页。

杂郊外农田萧瑟荒凉的气息，在文末和不远处的城市之间形成了一道古老淳朴的空间的屏障。"这种"久在樊笼里，复得返自然"的喜悦，是从古至今的中国文人惯常书写的主题，对庞培来说，也是重新找到生命活力所在的渊薮。这正如列维-斯特劳斯所言："处于这种不稳定的边缘地带，一方面是冒着走过头以致永远回不来的危险，另一方面则可能从环绕于有组织的社会四周广大未被利用的力量里面，取得自己个人可以利用的力量。把一切都豁出去的人有可能因此取得力量，可以修改一个除此以外无法改变的社会秩序。"[1] 而在庞培化解了他与世界及存在之间的紧张之后，散文创作也的确丧失了曾经具有的张力。此后，他有诗歌散文合集《少女像》等作品集，已经较多偏向于诗而远离散文了。

纵观庞培至此约四十年的创作历程，《七个音符》可以算是其散文创作的一个转折点，在相当意义上还可以说是一个高峰。在它之前，庞培散文的意象繁多密集，由它们构成的文学世界亦真亦幻，性质属诗，而"乡村肖像"一组散文则是他散文创作追求变化的开始，虽然这组散文成就不俗，但显然与作者心目中的散文存在一定距离，或者说，与他下一步的文学追求不够合拍，于是有《七个音符》。这一长篇散文初看似芜杂不堪，而究其实，它糅合了各种表达方法建造了一个单纯由表象组成的符号世界，体现了作者对社会人生的疑虑和对人性奥秘的困惑，内容、形式相得益彰。在此之后，庞培似乎最为关切精神的充盈，所以充实在其散文中的意象，有还是无、真实还是虚幻就成为次要问题，而也因为同样的原因，散文的外在形式经营也慢慢被舍弃了。简言之，庞培目前似乎已经成了一个悟道者，而不仅仅是一位散文作家或是诗人了。

概而言之，作为一名江苏作家，庞培虽然在其散文创作中表现出一定的江苏地域文化因素，但基本可以算是一位应和着国内散文创作思潮的全国性作家。他始终与中国当代散文保持着同进退的关系，所以虽是偏居江阴一隅，而能够不落后于时

---

[1] ［法］列维-斯特劳斯：《忧郁的热带》，王志明译，北京：生活·读书·新知三联书店，2005年，第34页。

代，这表明，江苏文学在21世纪以后更多地参与到了国家整体的文化体系之中，包括庞培在内的江苏散文创作群落成为当代文化、文学多元化格局中举足轻重的一极了。

第三节　车前子的《江南话本》《云头花朵》等

车前子（1963— ），原名顾盼，江苏苏州人，现居北京。诗人、散文家、画家。少年时期开始写诗，有作品入选阎月君等人编选、1985年出版的《朦胧诗选》。1989年出版诗集《纸梯》，稍后的诗作多以地下出版的方式流传，后陆续出版诗集《文化的旧作》《新骑手与马》等。擅长水墨画，多次参加国内外画展，为新世纪文人画的代表性画家之一。青年时代开始散文创作，有《明月前身》《手艺的黄昏》《西来花选》《偏看见》《缺一块的拼贴画》《江南话本》《云头花朵》等散文集多种。2016年出版汇聚了不同时期散文代表作的文集，含《苏州慢》《懒糊窗》《茶墨相》《味言道》等四种，代表了其散文目前达到的成就，也反映了作者最新的审美趣味。综而言之，车前子是一位具有多方面成就的作家、艺术家，他的散文创作，既有融会时代思潮勉力进取的前卫，又有熔铸江南文人文化的趣味性，"古典的悠远深邃"和"体现现代人的感觉"的"透彻"相得益彰[1]，成为21世纪前后江苏散文作者中的佼佼者。

车前子的第一本散文集《明月前身》与庞培的《低语》同属"九州方阵丛书"，与稍后出版的第二部文集《手艺的黄昏》都是作者1998年以前在苏州居住时期的作品。车前子与庞培虽然都是诗人兼散文家，而且同属世纪之交所谓"新散文"阵营，但二人散文之间的风格悬殊之大可能超过想象。车前子在《明月前身》一文中论及苏州园林有贫富之分，认为沧浪亭属于贫者，所谓"一种艺术上的极少，趣味却并不寒酸"，是"平中见奇，很有点'以文为诗'的味道"，在某种意义

---

[1] 韩作荣：《另一种散文》，车前子：《明月前身》，北京：作家出版社，1998年，第3页。

上讲，这不啻是对其本人散文风格的夫子自道。假如庞培散文因为意象劈空而来的气象而使得散文风情呈现出一种壁立千仞的凛然，可以用"以诗为文"加以概括的话，那么车前子散文则因意念如原野上的繁花随机生发，又不时闪射出迷人的色彩、散发着诱人的气息而俏丽，其风格的确可以称作"以文为诗"。

作为"新散文"作者群中的一员，车前子在早期即其居于苏州期间的散文写作中，率先摒弃了对于历史风干意象的一厢情愿的揣摩，致力于从日常生活中与人相关的地方入手，自由书写人生的零碎。《节气与哮喘，或农历中的梨》一文从自己每逢特定时间即发哮喘病说起，提到爱闻药味的鲁羊，想到"喜欢药香的性情人"宝玉，认为其内心"随着沸沸药香而气化了，气化出一个倾国倾城的林姑娘"，于是就进入了一个气化的"想象的乐园"。作者此后的想象，是一个线索接着一个线索，一个意象接着一个意象，在真实与虚幻之中不停随意跳跟，编织出一个历史与现实交融的世界。例如，因为要治疗哮喘，所以就吃了很多梨，然后想到肺病想到自己"如果活在本世纪初的话，一定是个肺病患者"，这是从真实到想象的迁移；提到肺病，所以想到清代的傅山给痨病鬼开的药方"一船梨"，而在写到患者"一船梨从山西吃到河南"并"在黄河上痊愈"后，笔锋一转，突然插上一句"黄河是我们最大的药罐，诸子百家大抵于其间熬成"，又是从历史故实向文化精神的顺延；因为写到黄河，就想到长江，想到董小宛为冒襄熬药的往事，于是又化作一句议论："明清两代才子的才情大抵是由妓女所熬出的。"这种借由生活情境穿越历史间隙的书写方法，打破了人与历史之间的壁障，从而使得人不再处于那种外在于历史并对之指手画脚的夸张状态，而回归于历史之流中的琐屑和平凡。

《假想的大床》《剥壳非为啖肉》《被羽毛携带或携带羽毛》《开水淘饭》四篇散文分别谈论阅读、书信、插图和美食，看似宏大，实则都是囿于一己经验的细腻而琐屑的感受。《开水淘饭》开门见山表明，"美食是一个概念，食美是另一个概念"，就区分开了作为一种艺术而存在的宏大叙事"美食"和似乎不足为外人道的饮食偏好。作者举例说，"'夜雨剪春韭'，春韭是很平常的东西，但因了夜雨，就是美食了"，所以"美食吃的是氛围，食美吃的是材料"，而李贺之食蛙与张约斋以银丝佐餐、吕行甫之吃墨的分野正在于此,说到底,吃在今天我们所体认的中华文化中"不说吃出了民族文化,起码是吃出了传统情趣"。而如果说吃"成了一种有意味的形式",那么作者记忆中的"老虎脚爪""蟹壳黄"等物,不论多么普通平凡,而因为融合了个人的独特体验,也可以当仁不让地称为美食,因为"美食更是一份心境。即使吃开水淘饭,有了这一份心境,也是美食"。将美食从传统、文化、氛围缩小到心境,其实就是以私人体验置换了宏大叙事。

车前子在散文题材和主题上的革新意识,反映到散文文体方面,表现为两个方向的拓殖,其一是向前应和"新散文"群体的创制,其二则是向后呼应传统散文的转化——这里的"传统散文"至少包含两种相反相成的内涵,一是中国散文的古典传统,一是鲁迅、周作人、郁达夫、沈从文等人所代表的民国或曰现代散文传统。就车前子此时散文写作的两个向度来说,他的"新散文"之作正如这一群落中其他作者的散文一样不无争议,而他的带有小品风味的散文则收获了较多赞誉。从文学史的角度看,车前子的"新散文"是对当代散文的拒绝,而其小品则是对古典和现代两种散文传统的承续,一反一正,二者之间又有暗通款曲的地方,可见作者的文学怀抱。

《一所看得见风景的房间》是作者品读《中国历代家具图录大全》的"读书笔记",就是典型的"新散文"。该文开篇就营造了一种"较为暧昧的色彩":"架子床上云帐若隐若现,一只琵琶像剖开的半只鸭梨。"房间内的陈设,最引人注目的是各式器物上的拉手,花瓣拉手、叶茎拉手、双鱼拉手、回纹拉手、箭头拉手、葫芦拉手,它们似乎能使人"拉开不存在的箱盖和柜门"并邂逅"前世的姻缘"。作者以此着手,先以叶茎拉手为核心编织出一幅古色古香的生活图卷,用《诗经》中采摘苤苢的女性人物形象为主人公,谱就了一曲古典恋歌,然后以回纹拉手为中心,以《璇玑图》为线索,带领读者又进入了春宵闺怨的情境,此后情境几番更替,相继出现了"下班回家的吧女"、"到集市上去卖鸡蛋"的乡村女子等形象,最后目光集中于墙上装裱华丽、但却只在右下角画了一条春蚕的条幅上,以"蚕只能画得很小,如画大——画大的蚕,就像是龙了"作结。全文以叶公好龙式的想象组织起翻阅家具图录时所看到的"物",依靠细腻的感官体验,使之分别融合进不同的场景变作"象",从而营造出真假莫辨的感觉世界。"新散文"较多依赖建立在感性体验基础上的想象敷衍成文,往往受到"想象信息是形而上的、非刚性的、不明澈的"[1]的批评,这篇散文或许也难免于同样的指责,但就意境的浑融、情境的优雅等文体特征而论,无疑是一篇成功的作品。

说到散文的意境、情境,通常令人想到古典小品,车前子散文文体的另外一个选择,就是面对传统散文的"创造性转化"。车前子看到了《论语》《庄子》的价值,也重视王羲之的杂帖、韩愈的序记和苏轼的小品所蕴含的文字之美和人情之美,还喜欢归有光、沈复、袁枚等明清小品作家。虽然他说都没有下过多少功夫,但也承认"起码在文字的轻盈、思想的奇险和人情的蕴藉上"颇受影响,所以创作中多多少少有所体现。不过,更重要的影响来自鲁迅那一代民国作家。在这批人中,沈从文最有亲缘感,是所谓"结发夫妻白头到老"的关系,也正因为沈从文的启迪,他决定在写作意识上做一个"少数民族写作者"[2],追求那种无所依傍的自由,探索那种不落言筌的意趣。应该说,这一说法不无逞才使气的自负,而落实到其具体创作,却也算得成功。《明月前身》中的《粗枝(四则)》《抽烟》《骑自行车的》《常熟日记》《南社人物两题》等篇,《手艺的黄昏》中的《酒酿闲话》《春天的吃》《喝酒》《搜读买》《微雨》《小品四帖》等篇,都是简约而丰腴的小品佳作。

简约,就是周作人所谓"涩味与简单味"[3];丰腴,就是意蕴的绵绵不绝,而以简约致丰腴,通常是以旁逸斜出的方式达成的。《春天的吃》谈春天的韭菜、马兰头、枸杞子之类带有"药性"的菜蔬,都是三两句话打发,叙述和意蕴都很贫乏,然而,在这些简单到了枯瘠的记叙中,时常有家常谈话中那些看似无理的穿插,极有意味地丰富了文章的内涵:韭菜"贱得很,割了又生。但有一种生命力在",紧接着就是一句转述,"毛主席在《论十大关系》中说过:人的脑袋不是韭菜,能割了

---

1 张永璟:《新散文 新个性 新问题》,《文艺争鸣》2006年第5期。
2 车前子:《序》,《手艺的黄昏》,上海:上海文艺出版社,1998年,第2—4页。
3 周作人:《燕知草跋》,止庵校订,石家庄:河北教育出版社,2002年,第123页。

又生";从山药自然延伸到"山药蛋派",又忽然发了一句议论,"这就是现实主义的好处";说蔬菜和鱼肉,想到画家朋友开的点心店,馄饨有工笔、写意两种,面汤也有泼墨、泼彩之分:

> 所谓泼墨,是酱油多放点。
> 所谓泼彩,是放了蒜叶,再放些红辣椒丝。

生活中的小情趣,是些有意无意之间的闲谈资料而已,但假使这篇文章去掉了这些,恐怕也就什么也剩不下了。所以,即使在文末,作者也要匆忙补上一句:"据说螺蛳,也是青壳的好吃。青得近绿。"说的情态很认真,说的方式却随意,正是谈话风散文的惯技。

当然,车前子此时追摹民国前贤的小品固然不俗,但也很难说有多么杰出,不要说周作人,即使稍降一档的人物如废名、俞平伯等,他恐怕也难望其项背。有意味的地方是,他"把鲁迅那一代作家看作祖父"且同时强调自己"是个没有父亲的人"[1],就在自己与鲁迅等为代表的"五四"一代知识人之间建立起了精神联系,对车前子来说,鲁迅等人的意义,不仅是文学技艺的借鉴和揣摩,更是内在的精神气象的共鸣和承续。不管这番自我认知到底在多大程度上符合实际,但正因车前子有这样的抱负,所以他对这些前贤的确没有那种毕恭毕敬的尊崇,而带有一种亲切从容的随意。《说沈从文》一文提及沈从文,认为其"文章的妙处,在于拖泥带水而不浑浊",这就是知人之语,唯其如此,所以作者可以坦然承认,"沈从文的作品我读的并不多,而且常常没有读完",其缘由,在于"就像走过一片草地,嗅到青草绿袖的气息,也就不需要在草地上坐下身子了",而有了这样的精神气象,所以批评"后来一些向他学习的人,只有清水而无泥,故显得小器",自然不在话下了。

车前子跳过文学上的父辈而以祖辈人物为精神同调,是一种自负,是那种苏州

---

[1] 车前子:《序》,《手艺的黄昏》,上海:上海文艺出版社,1998年,第4页。

文人所独有的才子气。有意味的是,他对苏州从古至今的文学人物,譬如范仲淹、顾炎武等正史标榜的人物并无多大兴趣,在他笔下,提到的比较多的是唐伯虎、归有光等富有市井传奇色彩的亦正亦邪的人物,至于近现代以来人物,也曾涉及一些,不过态度似乎都不够恭维,可知其评价不高。这种立场,或如其《手艺的黄昏》一文认为昆曲、折纸、桃花坞年画或者其他什么事物,只有在民间有存留才有生命所暗示的那样,他明白文人也难逃这一定律,对近现代人物的不恭只是这一态度上的自然流露。有怀抱、有自信,所以才有定见,这或者也可以算作一种形式的真性情。

才子气或曰真性情其实可以看作车前子前期散文在题材和主题的开掘、文体的创造与转化之外的第三个特色。《腊月九忆》是一篇很有意思的散文,作者分九段写了九个人物,既有古人杨维桢、郑虔和近现代人物林文言、艾青,也有祖母宋惠英和两个妹妹顾红柳、顾睁,还有一实一虚的两位西方人物,索菲亚·罗兰和阿甘。把这么九个几乎完全没有任何关联的人物铺排在一篇文章之内,不可能有什么合理的结构,但勉强理一理,也可以说出点头绪:杨维桢抱着铁笛乞食,郑虔诗书画三绝,命运却是"绝官绝钱绝粮食",都处于穷途末路,令人感伤;祖母一边说着"作孽"一边打"我"屁股和"苏东坡笔底杏花树下的彭城美少女"穷到只能抽两毛钱一包的"丽华"香烟,都是斯人已逝而有人牵念,哀伤的背后是凄美;艾青"在陕甘宁边区"获得模范工作者表彰时,有关部门所写的评语之真实朴素和索菲亚·罗兰所谓"恨是未完成的爱"一样,都是人间的至简大道;缺憾就是人生;两个妹妹的童年梦想和"我"大学时代的年少气盛,都被光阴悄悄偷走;所以,到了最后,只剩下"我"一个人呆如阿甘般地坐在城市的下午,而"我"这样的人只有一种可能,要么是圣人,要么是傻瓜。不过,串起这样一个意义链条并没有多少价值,作者只是用古今中外的人物为线索,把真实的和想象的事件汇聚到一起,搭建出一幅人生图景而已。这是所谓"新散文"的文体追求,但该文的特别之处,在于多有小品之趣。

最有意思的地方是艾青那部分,作者摘录三条有关艾青的评语,又在每一条后面写出自己的悬想,二者之间就构成了极有意味的对照。例如第一条,评语写的是"在整风以来,执行毛主席的文艺方向,于去年赴吴家枣园调查,写了《吴满有》的诗篇,并给吴满有朗诵",作者接着就开始发挥:

> 不用想象,艾青盘腿坐在炕上的情景已历历在目:艾青坐在吴满有的对面,隔着炕桌,炕上炕下或坐或站满人。艾青朗诵上几句,朝吴满有看看,吴满有就"嗯、嗯"点头,炕上炕下的人也一同嗯嗯点头,艾青就再往下念。炕桌上放着小米馍、油糕、红枣和烟叶。许多年后,艾青还想起吴满有煮羊肉给他吃,说味道很鲜……

都是非常有味道的叙述。车前子化合"新散文"和"旧"小品为一体,两种审美追求不仅毫无龃龉感,而且居然能够天衣无缝地弥合,形成一篇极其令人惊艳的文本,足以看出他的才情。在他早期散文中,《工作笔记选页》《诗歌故事》《抬头和低头》《书信剪辑》等篇都是这方面的佳作,它们不仅与此前的散文一道奠定了车前子在当代文坛的散文家地位,而且真正凸显了作者作为一位散文家的独特性。

进入新世纪,车前子的散文创作大体是徘徊于"新散文"和小品文之间,而依上面的分析,笼而统之地以前者进行统称也是没有问题的。在某种意义上,《江南话本》《云头花朵》这两个集子在文体实验方面的力度有所减退,所以有过渡色彩,但似乎也很难说有一个具体的过渡目标。这两部文集的风格,差不多是周作人和沈从文的混搭,既有周作人式的拉杂随意,也有沈从文式的"拖泥带水而不浑浊",但好像都不彻底,既不像周作人那样一路拉杂,最后硬生生以拗句收束而不僵硬,又不像沈从文那样泥沙俱下而能表现出淋漓的生命元气。虽然作者极想达到这样的境界,但即使在性情上似乎最接近的郁达夫,他也很难在写作姿态上完全采取郁达夫式的"斜姿"。从总体上看,车前子心态从此时开始愈来愈放松,虽然在散文文体和技艺方面的探索没有驻足不前,但从文化品相上来看,的确越来越多地展露出苏州文人底色。

　　车前子与庞培同生江南，地域文化的涵养当相差无几，但即使就他们所共同参与的"新散文"实践看，庞培散文意象冷峻迫切，仿佛江北刮过来的寒风那样凛冽，而车前子散文意象则清丽透澈，正是江南水乡小桥流水的灵秀。《江南话本》差不多是作者迁居北京后所作，风格稍稍刚硬了一些，但仍然以风流蕴藉为主调。可以这样讲，文人趣味是贯穿车前子散文始终的一个文学标记，是江南地域文化的羊水印在苏州才子肌肤上的文学胎记。《小巷小巷小，巷小巷小巷》记一条轶事："我手边没有亦然兄《苏州小巷》一书，他刚寄给我，就被朋友要走。我说不行不行，上面有薛亦然的客气话'请车前子指正'，我朋友拔出钢笔，另写了一行'车前子转请××指正'，以其人之道还治其人之身，当初他的一本藏书就是被我如此抢来。"这种名士气不过是江南才子的小道，作为一种文化印记，文人趣味特别是苏州一地的文人传统对车前子的影响是全方位的，他的文、诗、画可以说都受到文人风情的浸润。对此，车前子的态度较复杂。

　　在作者心中，苏州是"江南的大于整体的局部"[1]，其语言、风物、人文、景观、饮食等类，都是江南文化的烂熟形态。《一条黄纸板糊出的小巷》一文认为，一般提及苏州，往往说到吴歌、评弹、昆曲、园林、苏帮菜和"明四家"之类，但车前子认为，这些"可以被我们谈论和研讨的东西"都"仅仅作为显性结构存在"，而其实另有"一种隐性结构"在，但其中的"巨大的消费性享乐性渗透性"令人骇怕。这是一种感受，很难说得清楚，所以作者借用丰子恺"苏州人"的漫画加以诠释：

　　　　丰子恺在旧社会画过"苏州人"的一幅漫画：戴着瓜皮帽，穿着长衫，抽着纸烟，托着鸟笼。这幅漫画的深刻之处倒不在于丰子恺找到了一个细节：托着鸟笼。在北京，托鸟笼的人比苏州更多。此画的深刻之处是丰子恺画了一位

---

[1] 车前子：《赔我一个苏州——后记》，《江南话本》，广州：花城出版社，2003年，第287页。

年岁不大的人托只鸟笼；而在北京，托鸟笼者多半是些老头。年岁不大，托着鸟笼，尽管时代变了，但这个形象我个人以为还是苏州人的基本形象——引申到其他领域，逍遥的太多，投入的太少；轧闹猛的多，真做事的少！

车前子在离开苏州之后，曾对"一谈到具体的苏州"就"只得在趣味上、性情上、氛围上去玩味生情"表示"无奈"[1]，也曾在《南社人物两题》中发表过这样的意见："文人气的表现常会让人注意到这个范围：卖身醉乡和怜香惜玉。似乎与酒色之徒是无区别的。其实在悄悄用劲，让食色两字别具意味。于是，痛苦也在里边，欢乐也在其中了。"说得踏实剀切，颇为精辟地点出了苏州近两千年的文化积淀之于现代人的观感，而细细品味这段话，可以发现作者的态度其实很暧昧，让人觉得他对文人这一群落的行事颇为理解——既有一点不满，又有那么一些欣赏——大概他自己也未必能够说得清罢。

当然，也未必需要说得那么清楚质实。此时的车前子，在散文、诗歌、绘画等几个领域之间转换，苏州、江南、文人等已经化作其修养，成为他的艺术世界的构成要素了——不过，由于他后来集中精力于绘画，所以许多时候表现为绘画理念向诗与散文的迁移。例如，散文《腊月九忆》的风格在于"跳脱"，而这就是受到了绘画观念的影响："传统中国绘画讲究疏可走马密不透风，写文章也是一样。疏密是我散文内容，具体要写什么，我有点心不在焉，于是，看上去跳脱了。"而更重要的一个观念，是车前子在这次采访中提到的"碎片化"。在访问者提到当下的长诗"普遍体现出碎片化的特点，缺少整体感"时，他认为自从尼采以后，强调"公共性"的"线性"的写作方式就被颠覆了，它在当代依赖的是"直觉""天赋"等"个体化程度更高"的素质，而碎片化可以"让文本呈现可供凝视的逻辑"[2]，从而使得世界在当代人的眼中表现为一种有别于既往的某种形态。

---

[1] 车前子：《几句话——自序》，《江南话本》，广州：花城出版社，2003年，第2页。
[2] 车前子：《我喜欢迷路，要让文字四面八方》，《文学报》2021年8月26日。

车前子是就诗歌问题而论，但究其实，这种创作理念是语言学转向以来文学艺术所采取的普遍姿态，简言之，"艺术家不再表现一个和客观世界匹配的世界，而是转向表现创造性过程，以便于公众参与"[1]。"新散文"的一个重要特征是意象的充盈及它们之间的虚实结合，这意味着当下的散文作家是在能指的符号世界中滑行，即使偶尔涉足所指的意义世界，也是投向线性世界的意味深长的一瞥。作为"新散文"创作实践的一员，车前子当然和这一群落中的其他散文作家一样具有共性，通常以碎片化的方式表现世界在个人眼中的形态，然而，因为他在精神气象方面独重"五四"一代文学大家，加之有苏州文人传统的滋润，气质独特，所以既能够明显区别于"经验的情感化、诗性化和意义的呈现与综合"的主流散文传统，同时也不表现为"恶劣的'个性'"[2]，他的散文反而越到后来越具有"清亮的气质"[3]，同时，因为他在诗与画两个领域内的观念变迁，散文写作开始有意识地向着文人小品靠拢。

《吃它一年》的早先版本和后来的修订版之间的差异可以反映这一变化，这里以相差十多年的《云头花朵》和《味言道》两书所收的同一文章为例略作说明。该文以时序为线索记叙苏州四季吃食，除去一般性的文字修订，主要删除了夏天吃火腿和糟货醉物及其他几种消暑小菜、秋天吃菱和立秋吃西瓜、冬天吃羊肉汤等部分，秋天吃新橘和螃蟹、冬天吃白菜也被删得差不多只剩一句话。这些被删除或删改的地方，大都涉及具体人事，如姑祖母烧得一手好菜、皇城根诗人不解糟味、国子监近旁老者对南方烧饼形状的好奇之类，其中往往还穿插有作者的闲散议论，都带"杂文"气，有点前文所谓郁达夫式的"斜姿"的样子，不过，这些旁逸斜出的地方经过删订后，整篇文章的烟火气就被净化了，成为气定神闲地回想家乡风味的意态萧然之作。文章风格从"密不透风"转为"疏可走马"，是车前子现今的艺术观念使然，但他对苏州的书写之所以有如此变化，是不是也可以说，这样写才能够

---

[1] [美] 马歇尔·麦克卢汉：《理解媒介》，何道宽译，南京：译林出版社，2019年，第239页。
[2] 陈剑晖：《新散文往哪里革命？——兼与祝勇、林贤治商榷》，《文艺争鸣》2006年第5期。
[3] 钱冶：《引言》，车前子：《云头花朵》，北京：中国工人出版社，2003年，第6页。

传递出苏州的神韵,或者说,更接近他心目中的苏州和江南的文化形象呢?这个问题或许可以成为观察车前子此后散文创作进展的一个重要角度。

第四节 胡弦的《菜蔬小语》《永远无法返乡的人》等

胡弦(1966—),江苏铜山人,诗人、散文家。1988年毕业于南京师范大学,陆续从事过教师、报社记者和编辑等工作。现居南京,为《扬子江诗刊》主编。20世纪90年代初开始创作,有《阵雨》《寻墨记》《谛听与倾诉》《十年灯》《沙漏》《空楼梯》《定风波》等诗集多种,曾获得国内若干重要诗歌奖项。散文作品主要有《爱,刚刚来过》《菜蔬小语》《永远无法返乡的人》等。与庞培等人的散文相比,胡弦散文较少实验色彩,但话说回来,实验色彩不明显不代表后者没有自己的艺术个性。胡弦最特别的地方,是其长期浸润的中原文化使得他的写作具有深沉博大的情怀:就题材而言,胡弦散文多围绕个人日常生活展开,那些身边随处可见的人与事,都是他惯常的书写对象,尤其是带有浓郁中原风情的故乡和家乡周边以徐州为中心的苏北地区,他浸淫最久、体验最深,在他的散文创作中具有特殊的重要性;就主题来说,胡弦始终保持着对人生的关切和对生命的关怀,对人不乏悲悯而绝不流于感伤,对事有一定的批判精神但绝不言过其词,从容淡定,大气睿智;而就其散文风格来说,看似憨厚素朴,而其实含蓄深杳,加之行文中很多意到笔到的诙谐,颇有以少博多的古典风韵——当然,更准确地说,是一种源自古老的中原文化的淳朴智慧。这些地方,都使得胡弦在一众江苏散文名家中别有风情、别具意趣。

概而言之,胡弦散文的创作历程可以以其几部散文集为序列,分作三个阶段:第一个阶段以散文集《爱,刚刚来过》为代表,集中的文章大都揭载于报纸副刊,内容多样,文笔灵活,文体比较接近随笔,但与主流文坛过于接近,尚未彰显个人特色;第二个阶段的主要作品集《菜蔬小语》是小品,知识性、趣味性是其显著特色,作者在对记忆慢条斯理的品尝当中找到了生活的味道,在"个人性"中找到了独属于自己的风格;第三个阶段,代表作是《永远无法返乡的人》这一较有文体创新性的集子，它以辑二"所有的雨都来自生活"的诗思和哲思为核心，串联起辑一的"一块不再被拍响的醒木"之私人记忆和辑三的"漫漶时光的一个制高点"之宏大历史，真实与虚幻谐鸣，构成一部形式整饬的文集。这三个阶段的作品虽然有不少重复收集，在题材、主题和风格、情韵等方面具有连贯性，但它们的文体显著不同，作者的写作观念也颇有变迁，所以有必要先对三部散文集分别做出简要描述。

《爱，刚刚来过》是随笔的路数，书写对象也都是饮食男女的世俗生活。那从凳子上的录音机里传出的乐曲，是人们跳健康舞的伴奏，作者感到的是现代社会中歌词、旋律对节奏的退让（《凳子上的音乐》）；乞丐的乞讨方式各各不同，但人们投给他们的硬币无疑在空中划分出了高低"两种秩序"（《乞讨者研究》）；捷克小说家赫拉巴尔与妻子爱丽什卡之间隔阂多多，但夫妻之间的相处之道，无外乎一张一弛（《玫瑰与围裙》）……诸如此类，都是生活中的点点滴滴以及随机生发的感喟。应该承认，这些篇章大都是"读者"式的大众文化读物风情，但胡弦这些散文的优点也很明显，一是朴素真挚的情感，二是润物细无声的文字，修辞立诚，所以不无感染力，而这两点也都在后续的创作中得到延续。不过，也要看到，这些零散发表在各式报纸上的文字差不多都是字面意义上的"随感录"性质，也就是说，它们都是作者所见所闻的记录和在此基础上的感悟，在立意、篇章、字句等方面并没有精心的谋划，所以难免有松懈之弊，无法不给人以汗漫之感。

这当然可以理解。胡弦开始写作的时候，正是纸媒的黄金时代，而对于一个当时身居底层的文学爱好者来说，自然是发表的机会愈多愈好，其他可以暂时忽略不计。不过，《爱，刚刚来过》在胡弦此后的创作中其实留下了深深的印记，比如集中的第四辑"冬天里的春天"幻化出一本颇有特色的《菜蔬小语》，第六辑"屏幕的反面"则经过重组，构成了《永远无法返乡的人》中的《故乡物事》和《心灵史·童年》等篇。这说明胡弦的第一部散文集为他此后的散文进境奠定了坚实的基础。同时需要注意的是，在创作题材具有延续性的另外一面，是胡弦此后创作面目的化茧成蝶。与《爱，刚刚来过》中的"冬天里的春天"相比，《菜蔬小语》整体文学气质有了极大提升，给人以羽化升仙之感。"冬天里的春天"一辑所录之家乡菜蔬，原先淹没在衣食住行的芜杂之中,未见出色,此时增补数篇成为一部完整的文集,恰似一个充满生命的元气但不无粗粝的荒村小子,在读了几年诗书以后摇身一变,成为一位风流蕴藉的书生。简言之,从《爱,刚刚来过》到《菜蔬小语》,胡弦的文学气质发生了彻头彻尾的改变。

在《菜蔬小语》中,作者历数个人在成长的岁月里所熟悉的那些家乡菜蔬,不管是辣椒、青葱、大蒜、生姜、韭菜、洋葱等带有浓烈气息的作物,还是蚕豆、青豆、茄子、冬瓜、南瓜、丝瓜等乡村寻常可见之物,抑或是槐花、香椿、榆钱、葫芦、茭白等带有特别的地域风情的植物,都能够娓娓道来,不仅交代它们的来历,显得儒雅博学,而且叙述诙谐生动,幽默风趣,文风可谓庄谐杂出。《辣椒红艳艳》写辣椒,是"自从辣椒踏入国门,花椒的辣意已被夺去,就只剩下麻了";《大蒜的江湖》写大蒜,虽然蒜味令人不易忍受,但大蒜在餐桌上始终无法舍去,所以它属于蔬菜中的"有缺点的同志,虽然也入得朝堂,大体上却还是民间身份";《不撒姜食》写"能把大名写进《论语》的"生姜,原产印尼一带,"人家原是热带岛国居民,来到中国,类似于当年的知识青年下乡";等等。不过,需要提及的是,这种富有知识性和趣味性的小品,是当代散文自秦牧等人以来曾风行一时的一种创作路径,而与民国时期的小品文颇有距离。

20世纪30年代中前期流行的小品文,不管如何界说,都是一种明心见性的文字,知识性和趣味性只是其派生物,而一旦知识和趣味成为散文的宗旨,则个性就被遮蔽乃至放逐了,秦牧等人的小品之所以行之不远,实与此相关。应该看到的是,祝勇以及前文提及的车前子等"新散文"作者的文学理念被认为是"对新时期文学和五四文学的一次回应"[1],这其实就是在文学创作中主张回复到注重个性的传统。胡弦有无这样的理论自觉不得而知,但他的确注意写出这些蔬菜与自己曾经有过的密切关系,也在许多地方不自觉地流露出个性,就在一定程度上突破了这一散文流派的藩篱。可以看到的是,胡弦此时的散文都以私人经验、感受为基础,对

---

[1] 郭冰茹:《论祝勇的"新散文"创作》,《文艺争鸣》2008年第4期。

槐花、香椿、榆钱等家乡风物的书写也都浸润着个人感情。例如香椿,《椿芽香》一文开头固然介绍了椿萱指代父母的知识,也记叙椿芽的营养价值,但着力书写的是父亲吃香椿的愉悦:

> 看父亲吃香椿是欣慰的。椿芽的香,是清香,但又不是一般意义中的清香,咀嚼中,香气会变得悠长而浓郁。父亲吃香椿时,还喜佐酒。夹两筷香椿,啜一口酒,他的眉毛额头都越来越舒展。生活清苦,时常会有烦心事,椿芽和酒的香,却仿佛能穿透肺腑,渐渐打垮了他的心腹之郁。他快乐起来。

平实道来,没有任何的夸饰,却切中每一个人所拥有的与之相似的人生体验,足以引起共鸣。再如槐花,《秋槐满地花》开篇就描述家乡用槐树皮与鸡蛋同煮以防儿童伤口发炎的民间偏方,临近全文结束,又提到奶奶在世时常做槐叶菜,但她却因年轻时"吃野草过多伤了胃口",自己吃不得,"但看我们吃得高兴,她也是快慰的",都是情到深处文字反而转淡的好文章。

另外,胡弦对家乡菜蔬的记叙,也充满了对人情世故的细密体察。《萝卜带来的都是好心情》云"把人比喻成大萝卜,喻其愚钝,但还暗存憨厚意",《大蒜的江湖》谓"大蒜,带着点野气,甚至带着点匪气,但更多的是英雄气",《西红柿今昔》说到西红柿天生丽质,但起初在南美被怀疑有毒,不免议论道:"红颜祸水我只知道是中国人的观点,没想到美洲人也同样混账。"这些随性的议论文字,一方面是作者长期的生活经验的结晶,自然不无人生智慧,但在另一方面,由于它们在早年生活经验之上叠加了现时的人生体会,而过去的经验和当下的体会二者之间并不总能够天衣无缝地弥合在一起,所以有时也让人觉得不够浑然天成,离圆熟之境尚有距离。

对胡弦来说,他的散文创作经《菜蔬小语》一集的锤炼,基本实现了文学风情的转化。作者尤其着力写出人与物之间血肉相连的关系,文字舒展自如,有一种"行到水穷处,坐看云起时"的自然适意,故该集的所有篇章又都可以看作具有个人性情的美文。进一步说，这不仅是作者文字功夫的提高，更是作者人生境界和文学境界的攀升。胡弦改变了此前从零碎的现象中勾勒整体世界的企图，而以与其曾经具有或者正在建立亲密关系的人、物、事为对象，将其中的每一个都当作一个自足的世界加以书写，不过，这又不是意图在它们身上找到一个完整的世界，而是要在寻找的过程中展现世界及自我，至于如何认识如此建构起来的世界和自我，那就非作者所能决定的了。

从文学史角度看，《菜蔬小语》是富有知识性、趣味性的当代小品，但更重要的一点，是作者散文创作中个人性的增强。前文曾提及，胡弦的小品文较秦牧等人的知识小品而言，其变化在于融入且强化了个性，这一变动一般也被认为是对强调个性的"五四"与新时期文学的回归，但历史有意思的地方在于，它从来不会单调重复，熟悉的旋律总有变奏，所以准确一点说，所谓个性其实是个人性。这二者之间最重要的差别，在于个人性与其参与建构的文本一样，并无明确的指向，其中的情感、意义、价值等通通可以悬置，或者说，它其实是在召唤读者自身加以自由建构。

《爱，刚刚来过》中的"我"，基本是一个旁观者，一如此时的胡弦，半只脚踏进文坛，难免留下模仿当时流行文风的痕迹；到《菜蔬小语》一集，他大体摆脱了文坛追随者的角色，所以"我"在每一文本之内，就从旁观者进化成为在场者；而到散文集《永远无法返乡的人》，应该说"我"不仅在场，而且成为场内一个与其他文本要素时刻互动的要素之一，变作了参与者和共振者，而他在文坛的角色，也已经可以认为是入流者了。如前述，该集第一辑中的若干篇章也是《爱，刚刚来过》中有关散文的整编，此时化为"却顾所来径，苍苍横翠微"的人生背景，于是作为核心的第二辑当中的散文以诗思与哲思融会的面貌横空出世，不少篇章有"心事浩茫连广宇，于无声处听惊雷"般的风格，兼具幽微和浩渺两种风情，在当代散文创作中亦属不可多得的精品，至于第三辑中的文章，似乎是"新散文""多描写作者走过的山川古镇、村落河流，记载沿途的地方风物、人情世故"[1]等文章的同

1　郭冰茹：《论祝勇的"新散文"创作》，《文艺争鸣》2008年第4期。

盟，带有黑陶式的历史寻踪的意味（见后），不过并不像后者那样表现为一种急切的文化心态，而具有胡弦一贯所特有的从容，故其后续发展有待观察，现在似乎不能一概而论。

《永远无法返乡的人》的第二辑"所有的雨都来自生活"所书写的感悟都是作者日常经验的升华，它们有寻常的生活痕迹，但更重要的，显然是在此基础之上的玄思。《阵雨》汇聚了与雨相关的几幕场景，分别讲述了中年妇人对坚持过来接她的人在电话中发嗲、雨天的霉变令人不适、吃农家菜突遭暴雨、拾荒人在雨中捡垃圾和黄河故道边忽逢落雨而在果农的窝棚内借宿等五种情形，不管作者在每一种经历当中的具体体悟是什么，它们都指向一个朴素的道理，那就是雨使得我们积攒的日常生活经验暂时失效，于是世界或者生活向我们敞开怀抱，指示另外的多种可能。应该说，这一朴素的道理带有哲思的色彩，但如果说这就是哲思，显然夸大其词了，例如，其中的一篇《箴言》所谓"我其实被深埋在自己对周围世界的既有观点中"，对于当下具有一定哲学常识的读者来说，当然不够新鲜。其他的例子，如《雪》之"融化的时候，雪不再引人注目，世界，在向雪要回它庸俗的一切"，《医生》之"和貌似熟悉实际陌生的人交谈是一件痛苦的事，因为你不知道要说什么，但又必须不停地说"，《公交车》之"以'公'开头来命名的设施，大都具有这种强制属性。只是由于天长日久处身其中，人们忘记了这一点"，诸如此类，并不特别出色。然而，在另外一些篇章中，如《美术课》《词与物》《风前书》《玻璃》等，胡弦表现出了个人特有的敏感和睿智。

《词与物》共八节，记叙了现实中最普通的几种物象，但作者融入其中并以此织就了现实生活的文锦。譬如镜子，它呈现出来的你，对你本人而言居然"有些陌生"，那么，"是因为天天看见自己"而习焉不察，"还是很长时间没有认真看一下自己了"而成了"熟悉的陌生人"？作者的答案是"镜子只提供现在"。这一"现在"虽然是追索"过去"的凭证，也可以成为勘探"未来"的线索，但这并不意味着这种求索将产生一个明确的结果——或如《风前书》所谓"有云，有无常，但无宿命"——更何况，他的用心之处，是以闪现的方式突出人生的某些瞬间，"进而让人从中体悟乃至玩味其悲剧性或荒诞性"[1]。这表明，将主体纳入文本之中并将其与物、事平等对待，以它们之间的互动关系为阐发的路径，从而对人的存在给以富有哲理和诗情的突显，成为胡弦此时散文创作的基本特色。

需要指出的是，《阵雨》和《词与物》其实分别代表了胡弦这一集中偏向散文本体和带有诗意留痕的两种散文创作类型，虽然后者带有较多的实验性，但若就最为贴合作者本人文学气质的散文文体而论，最优异的篇章，当属《钟表》《马路》《铃声》等糅合二者而不见用心刻意之处的散文。《钟表》描摹了这样一个场面：

> 大型的钟，总是出现在车站或广场，镶嵌在高高的塔楼上，硕大的钟盘是一间房子的剖面。指针，如椽的粗黑，像凝结成固体的夜色，神秘而庄严，不为阳光的冲刷所动。在那样的地方，时间不以流逝为特征，流逝的是人群：无数面孔，脚步，汇聚，涌动，散向四方。时间以检点这一切为务。它高高在上，像一切命运的主宰与终结者。

在这段文字中，既有描述大型钟表矗立在车站、广场高处的冷峻的现代诗意，又有议论时间与人之间关系的深邃的哲理表达，二者并无偏至，而是互为条件，从而造就一个浑融的整体散文意境。

散文，需要勾勒错综复杂的现实生活的纹理，而其旨归则在于一个"散"字。可以说，在一篇散文中，散既是世界的表象，也是其本质，而也正因为散文具有这一文体特性，所以它不太需要特别的知识储备和阅读训练，因而成为最具读者亲和感的文类。可以看到的是，在经过相当长时期的意义求索之后，散文，如同其他文类一样，也在"语言学转向"之后转为以符号构建为中心的能指互为指涉的自足文本。就当下的国内和江苏的散文文坛而言，"新散文"极力凸显世界是能指的不定组合从而呈现出作为表象的世界，胡弦显然不能自外于这一主流，不过，就其《钟

---

[1] 叶橹：《胡弦散文的启迪性——读〈永远无法返乡的人〉有感》，《雨花》2017年第4期。

表》之类的散文创作实践看，他更不能忘怀作为本质的世界，因此，虽然同样书写能指，胡弦与庞培等人不同的地方，在于他始终没有堆砌出一个充斥着符号的密闭场域，同时放弃了叩问所指——在胡弦的散文中，能指是稀疏的，并且它们总是牵涉所指。

《马路》一文勾勒了与马路相关的几个场面，横穿马路、沿着马路散步、车祸、斑马线、堵车和醉酒在马路上行走等，琐屑，凌乱，一如"新散文"以纷纭的意象符号堆积出来的那些非意义的世界，然而，胡弦几乎在每一个局部都保留着对意义的留恋。例如"车祸"部分，作者隐约暗示了世界的能指属性：那些枝丫交叉的高大行道树把影子投射到马路上，像网，"它们静静躺在地上，却又能飞快地爬上任何通过的物体"，但吊诡的是，这张"确实存在而又虚无的网"其实并没有进入过任何人或者车辆。这意味着，现实中所有那些有关关系的描述，都是源于人类一厢情愿的建构，正如行走在马路上的人们，也丝毫没有真正进入过马路："我们所谓的底部——生活的深处，其实只抵达了它最表面的灰尘。"这句话有意思的地方在于，它本来要揭示的是世界的表象性，但在另一方面，似乎又揭示了人类存在的某种本质，所以就成为一个隐喻，本身又不是没有意义的。胡弦之所以矛盾，是因为他始终不能舍弃对意义的感情。职是之故，在这一部分的最末，他又描述了这样一个场景：

有一次我喝多了啤酒，在深夜里走过马路，无车无人，平坦的马路变得坎坷，变得崎岖，我深一脚浅一脚地走着。我当时以为，我有一脚，肯定有一脚，进入了马路的内部。

虽然作者紧接着就用"不知我的错觉是否代表了许多人的错觉"这句话对上面的场景之寓意加以反拨，但其实更为强烈地凸显了他对所指的执着而已。这种执着，如果必得采用较为正式的说法加以概括，可以称为一种知其不可为而为之的儒家英雄气质。

可以毫不夸张地说,《永远无法返乡的人》是目前胡弦的代表作,集中的佳作虽然数量尚嫌不够,但就品质而言,它们完全达到了当下汉语散文创作的一流水准。作者在集中所流露出来的诗意与哲思,具有一种散漫但清晰可辨的古典风情——明知所指的内核永远无法抵达而又不能忘情,仍然在可能的时候力图触及,这正是古典意绪的当代残留。当然,胡弦并不像黑陶那般在一己心目中的文化版图里四处游走、寻找,表现为一种气势逼人的文化野心,而是将之汇入生活的涓涓细流,并不刻意,只是偶尔翻滚一下情意的水泡,甚或蒸腾起意象的水汽,提示人们在水流之下、在虚空之中有所隐藏,对他来说,这就够了。因此,胡弦散文也不像黑陶散文那样有确定的文化内核或精神归属,只是低调地取一种栖息在大地的姿态,而有无诗意固然影响很大,但不是关键。这种心态,是一种极为本色的具有中原农村气息而又带着强劲的楚汉文化遗风的人生态度。

总而言之,《爱,刚刚来过》《菜蔬小语》《永远无法返乡的人》三个集子,体现了胡弦散文创作风格的变迁:从质朴到疏淡再到玄妙。在这一历程中,作者不仅在散文的具体技艺上有长足的长进,而且在人生和文学境界的提升方面也大为可观。厘清了这些之后,胡弦散文创作的总体特征和基本特色也就自然呈现出来了。

首先,胡弦惯于书写日常生活,特别是那种充满历史感的现实,所以往往有一种今昔对比的意味。不过,这种对比虽然隐含了作者的倾向性,但价值立场并不突出,只表现为一种淡淡的怀旧和忧伤。《木器铺》所描述的故乡的木器铺,曾经是"建造在河边的空地上"的"孤零零的一间屋子",现今是"设备已现代化"的"公司";曾经散发"浓烈残酷的香气",现在则表现为"摩擦出的热和火花";曾经的木匠师傅"背上、肋下、胳膊上的肌肉群像小动物一样滚动",时至今日已经"头须花白,腰也有些佝偻"。这是时代变迁带来的变化,作者并没有表现出特别的惊奇,然而,记忆中"像绿色的巨龙朝远方伸展"的沿河树林已经没有了,所以"河水有多长树林就有多长"的对远方的幻想也消失了,这又是人成长必须付出的代价。

作者貌似不动声色,其实还是有所感怀,这种含而不露的文章风情,在他的散文中是一以贯之的，而如果涉及他体验至深的生活经验，则有一种时过境迁的旷达，所以也时常有一些调侃。《土豆的土与洋》在提到土豆的另外一个名称"洋芋"时，随口评论说，"对于舶来食物，中国人最早冠以'胡'字，如胡瓜，到明代的时候还用'番'字，如番茄。用'洋'字的时候，国民心态已有了问题"，这里面的阅历感，正如作者所说，"蔬菜的遭遇牵动的是岁月的变迁，蔬菜的味道里有人情世故的味道"[1]。从日常琐事中读出人情，是中国散文一个源远流长的传统，胡弦散文的亲切随意承接的正是这一古典文学精神。他栖息在凡俗的日常生活之中，总是对人与事持一种平视视角，不夸张，不矫饰，平淡而并不缺乏韵味。《张望者》记叙一场大雨之后在院中和"一个整理菜秧的妇人说话"，而且谈的是"当时婚嫁彩礼太重的问题"：

> 我们有一搭没一搭地说着，我的思绪并不在她述说的问题中，但附和着她的抱怨，心中却感到无比温馨。

胡弦书写的生活场景往往如此：既在生活之中，又超脱于生活之外，真实朴素且情韵悠长。

其次，胡弦擅长表达日常生活中的诗意与哲思。不过，需要强调，这些诗思、哲思是作者行走在能指漂浮的世界中，受它们相互碰撞所产生的火花之启迪，自然而然地产生的思绪，不论独异还是平庸，都是生命本身。虽然他许多时候仍然不自觉地表现出对深度的迷恋和流连，但不管是主观认知还是创作实践，胡弦都有意识地通过个体展现存在的况味，包括作为存在的一种形式的生命本身。

《公交车》一文的开头是一句警语："最凡庸平常的生活，也会突然呈现出奇异性，把人推向迷离、美丽的幻境。"这种感觉大概是很多人都有的体验，问题在

---

[1] 江苏凤凰文艺出版社：《文学现场｜胡弦：蔬菜里有人情世故的味道》，"江苏凤凰文艺出版社"微信公众号（jswy_kuwoniu）2021年2月16日。

于,"凡庸"和"奇异",到底何者才是生命的真谛?胡弦设置了一个习以为常的场景加以阐释。冬日天黑时候乘坐公交车,自己的影子出现在窗玻璃里,于是一种奇妙的现象产生了,"在车窗外,其实一直是有另一个我存在的":

> 他悬浮在空中,和我到车窗有相同的距离,当我在车厢内随着车子前行,他也在车厢外行进,即使车厢内的灯熄了,看不见了,他仍在窗外,替我接受树枝、广告牌、不断闪过的汽车、楼房、陌生人的碰撞、摩擦……

从稍早一点的文学观点看,这番情景一般认为是后文所谓"一个在现实中看上去衣冠楚楚的人,其实他早已遍体鳞伤"的隐喻,所以,它和前文所引《马路》的表述有相同的旨趣,都在一定程度上表明胡弦对意义的偏好。然而,在最新的文学实践中,基于这一情景虽是镜花水月但仍属真实的特性,本身就是世界体系的一部分,再将其仅仅当作现实的隐喻,就已经与当下我们对世界的认知脱节了。

事实上,这幕场景中,车玻璃中之"他"不仅仅是车厢中之"我"的镜像,而是与后者同样现实的存在,只不过一虚幻一真实而已。所以,重要的不是追问它们各自的属性如何,而是在这一场域中,它们构成了一种共生关系,"我"可以借由"他"思索存在,那么,"他"是否可以通过"我"确证自身就成为一个值得悬想的问题。正是通过"我"与"另一个我"之间"假作真时真亦假,无为有处有还无"关系的思索,胡弦阐明了人作为存在的相对性。诗意和哲理其实在生活之流中到处皆是,它们仿佛伴随生活的背景音乐,唯有有心之人才能读取。胡弦散文以及诗歌中的智性,均可以作如是观。

再次,胡弦散文有中原文化宏放大气的精神气象和朴素通达的人性人情。

江苏境内存在楚汉文化、维扬文化、金陵文化、吴文化等几大文化体系,后二者在当下保持着较高的关注度,前二者则逐渐湮没在历史的深处,而以徐州为中心的楚汉文化传统更在当代江苏的文化影响持续式微,乃至成为可有可无的存在。这是政治、经济、文化等方面发展不均衡所导致的结果,可以理解,但也使得江苏文化的发展缺失了一个重要的维度。作为一位来自苏北的诗人和散文家，胡弦并没有特别阐释并张扬中原文化，但始终强调家乡对他的影响。他曾经在接受采访时提到，虽然"随着现代交通和资讯的高度发达，地域特色在减弱"，但"如果是一个生活者，即便是在看上去一个模板一样的都市里，文化底蕴风土人情的差别仍是巨大的、隐匿而深情的"。因此，他总是感激故乡对于他的馈赠："我出生的那个村庄是在黄河故道上。黄河断流后，河道上慢慢形成了村庄，我就出生在那样的地方，并在那里长大。不管人生怎样变化，故乡、村庄的内涵都是极为丰富的，而且会随着出走者人生阅历、写作经验的变化而变化，变得像个取之不尽的宝藏。"[1] 类似的意思，胡弦曾在不同的访谈中屡屡提及。

作为同样立足江苏的散文名家，胡弦和黑陶二人与江苏地域文化之间的关系及表达方式差别颇大。如果说黑陶的"文学江南"是虔心经营，所以他对江南文化的书写不无刻意之处，而胡弦则是天然凑泊，自然而然地显现出楚汉文化的内在影响。因为去古既久，作者家乡存在多少显性的中原文化历史遗留很难准确表述，但对于浸淫其中的人们来说，各种隐性的小传统则更对真实的日常生活和生命状态具有深远的影响。《集》书写的是作者记忆中的苏北乡镇，特别记录了赶集时的热闹氛围：

> 如波浪般漾动的人群涌过的街区，我熟悉其中的每一个细节，无事者的快乐，寻觅者的焦灼，不动声色者内心的微澜，老者的安详，光脊梁的宰羊人皮裙上的膻气，隔街相望的陌生青年男女眼中的火花。

北方农村集市特有的喧哗与浑浊，在作者这里都化作现实中的血肉之躯。这些陌生而熟悉的人们，作为古老的楚汉文化的承续者，他们的一言一行都印证且阐释了一个朴素的真理：道成自然。苏北地区临近中原的楚汉文化，只有在流入血脉的

---

[1] 胡弦、王士强：《主编访谈系列1：〈扬子江诗刊〉主编胡弦》，"中国诗歌网"2018年1月31日。

故乡之人那里，不仅真实具体，而且更因源远而流长。

胡弦散文在题材、主题、风格上的发展变化和总体特征表明，作者一方面持续不断地吸纳文化界、文坛主流创作的营养，所以在写作上能够日益精进，在另一方面，江苏的地域文化对其潜移默化的影响则使得他从不盲目跟风，能够在变幻的文坛上始终保持源自博厚的中原大地的淳朴本色。他在访谈中说道，"深情缅怀和不堪回首"是乡村记忆的两面，但"淳朴永在——它被涵有，永远体现着它的价值"[1]。胡弦最新的散文作品是《永远无法返乡的人》的第三辑，在这里，他开始表现出某种形式的对乡土的回归，而这种回归，与其说是一种精神返乡，毋宁说是重构。就此而言，黑陶与胡弦可谓志同道合，而且，前者还是一位先行者。

第五节　黑陶的《夜晚灼烫》《泥与焰》《漆蓝书简》等

黑陶（1968—　），原名曹建平，江苏宜兴人，诗人、散文家。1990年毕业于苏州大学中文系，曾在无锡师范任教，后供职于江南晚报社，2014年当选为无锡市作协主席。1987年开始写作，有《夜晚灼烫》《泥与焰》《绿昼》《漆蓝书简——书写被遮蔽的江南》等散文集。这些文集厕身于"后散文文丛"或是"先锋文丛"等新世纪各类散文丛书之中，尽管名称各有不同，但在一般意义上，黑陶也属于"新散文"作者群中的一员。不过，如果说庞培是在身体上疏离"江南"而在精神属性方面与之很难切断联系，车前子在文化精神上拒绝"江南"而在审美趣味方面与之日益趋近，那么，黑陶是像车前子一样厌弃现今所谓江南的一切，但他没有像庞培那样选择到远方展开寻找，而是致力于在平凡、琐碎的日常生活纹理中寻觅和发掘"一个父性的，大气而血性的江南"，用作者自己和一些观察者的话来说，是意图重构一个"黑陶的南方"[2]。就此而言，黑陶所建构的"南方"在某种意义上与沈

---

[1] 胡弦、郑娟：《万物回声中听取自我的声音——胡弦访谈》，《湖北社会科学》2020年第7期。
[2] 梦亦非、黑陶：《地域写作与黑陶的南方》，黑陶：《绿昼》，厦门：鹭江出版社，2006年，第329页。

从文的"湘西"具有同样的文化属性。

"黑陶的南方"或黑陶自称的"南方""文学南方",是一个富有雄心的文学建构,在描述它之前,首先有必要介绍一个与之相关的观念,"幻觉(幻象)写作"。

在黑陶心中,江南宽容而沉默,仿佛"是一个巨大、温暖的父性容器",所以对小桥流水、吴侬软语和"脂粉苏杭"之类的世俗话语"对江南的一种以偏概全式的粗暴文化遮蔽"情形甚是不满[1],遂在《"我用词语的幻觉……"》一文中郑重表明,他意图寻觅并呈现"这片土地上人所少知但确实存在的另一种美,南方的异美——激烈、灵异、博邃、深情"。也就是在这篇写于2004年的散文中,他提出了个人散文写作的两个关键词:一是"幻觉(幻象)写作",一是"文学南方"。从任何一个观察者的角度看,这二者之间无疑可以理解为道与器的关系,即"文学南方"显然是由"幻觉(幻象)写作"的方式加以建构的,但对黑陶而言,它们显然不存在主次之分。在某种意义上讲,可能"幻觉(幻象)写作"的意义要更为重要。

对黑陶来说,"幻觉(幻象)写作"不仅仅是一种写作方式,而是其作为一个文学主体确证存在的人生形式,这就是说,既然现实的江南已经被无数的世俗评价所遮蔽,那么对符合作者认知的江南进行想象性的摹画,就是一个寻觅自我的过程,而待"文学南方"的面目得以清晰呈现,则意味着自我建构的最终完成。因此,更准确地说,"幻觉(幻象)写作"和"文学南方"之间毋宁是一种表里关系,它们都是"一种燃烧的感情"所映照的"对于人类智慧与美丽永远的倾心,康健诚实的赞颂,以及对愚蠢自私极端憎恶的感情"[2],都是作者主体性寻求完成的表现。需要注意的是,"文学南方"的绘形工作能否最终完成始终是一个未知数,即使黑陶在《泥与焰》这一文集中对之进行了集中涂绘,也很难说穷尽了"南方"的所有可能,因此,"文学南方"始终处于一种有待发现、揭示、描述的状态,"幻觉(幻象)写作"也就永远不可能停歇。

---

[1] 黑陶:《后记:双重感激》,《漆蓝书简——书写被遮蔽的江南》,天津:百花文艺出版社,2007年,第319页。
[2] 沈从文:《习作选集代序》,《沈从文全集》第9卷,太原:北岳文艺出版社,2002年,第6页。

"幻觉（幻象）写作"之于黑陶的重要性，在于它能够为其测绘"南方"提供无穷无尽的可能，所有幻象之间各种形式的组合可以创设出具有不定形态的文学新世界。这里可以先看黑陶的一篇早期散文，《倾斜并且尖锐的阴影》。该文描摹了夜晚的城市、浓暮的弄堂、正午的广场和清晨的健康路四个场景，主体则是夜与晨两个世界的对比。作者先是徜徉在都市之夜，描述了一个"由无数充填声、光、色的甜蜜盒子所拼成的幻彩魔方"般的意象城市，然后又以次日清晨之所见，铺排出一个纯粹由视觉物象组成的人间，一静一动、一实一虚，极有意味地阐明了他对世界的真与幻的体验和认知。

在夜间，城市是一个膨胀的感官世界——事实上，作者的确在文中提到了穆时英和他的《上海的狐步舞》。音乐在各种炫目的光线衬托下，"旋律像轻烟，又似涌去的潮水，变幻的色彩在封闭的闷盒内是绚烂漫溢的礼花"，黑陶对声与色的描摹，就与"新感觉派"笔下的上海颇为神似，在另一面，亦如《上海的狐步舞》所谓"上海，造在地狱上的天堂"所表明的那样，弄堂中的城市凌乱污秽、纷纭嘈杂，是一个"昏暗的尘世"。作者"沉浸其间"，大抵只是忠于所见所闻的描述，而在此基础上诞生的似有还无的感触，旋生旋灭，还没有来得及建立起意义就消散了。通过经验和感觉的混合，黑陶将众多亦虚亦实的混杂意象堆积在一起，形成一个能指漂浮的场域，造就一种迷幻感，然而，这种迷幻感焉知不是另外一种真实？与之形成强烈对比的是清晨时分的健康路。作者以"健康路·1999"为标题，巨细无遗地录出了沿途所看到的所有商家店铺及广告语，它们没有任何逻辑地排列在一起，零碎混杂，但又如痖弦《如歌的行板》一诗在混乱中表现出一种韵律感那样，预示着如何在一个凌乱的世界中开掘出一个"美丽新世界"。而在括号内，则是作者简单扼要的感受，比如，"正元集团华辰酒家。温馨和美，宾至如归"的实录之后，就是作者的一个主观感受，"新开张店门口只只堆挤的花篮里插满了鲜花的喷香尸体"；再如一家纯净水公司"灵圣泉"，作者的观感是"铺天盖地的蓝色纯净水空桶就像快要崩溃的大海"；又如"W市丝绸公司"之后，紧接着的叙述是"公司颓丧的富余人员低头坐在凳上在等待买主"；诸如此类。这一凌乱的人间，极其真实,但是不是也可以理解为一种虚幻呢?

真实或者虚幻,大抵都是人的感受而已,庄生梦蝶或是蝶梦庄生,原也没有太大分别。"幻觉(幻象)写作"在主体提供了最初的叙述推动力或是创设了一个情境之后,就隐退了,剩余在文本之内的,是幻觉的自我进化,是表象的自我增殖。《倾斜并且尖锐的阴影》和《大池河》《郊区之歌》《越中三笔》《西园八章》《刻或影》等其他篇目,与庞培的许多散文在风格上比较近似,它们都把亦真亦幻的数量庞大的意象杂乱无序地排列在一起,构成一个纯粹由符号所造就的能指世界,意图利用能指符号之间的相互发明开拓出一条通往未来世界的小径。对黑陶来说,每一篇散文的具体展开,都是"幻觉(幻象)写作"的具体实践,也都是披露"文学南方"面目的一个推进,它们都是作者朝向他理想中的文学圣地前进的印记。

在大概明了"幻觉(幻象)写作"这一观念之后,此时才有可能理解黑陶的"文学南方"并对这一文学景观进行描绘。需要补充的是,正如黑陶散文的意象往往是真实与虚幻的融会,他意图建立的文学王国也是这样一个充满奇特景观的所在,这些景观既是既存的现实所实有,也是感觉、情绪的一种形象转化。

首先,"文学南方"有一个真实的地理疆域,主体是由苏南、皖南和浙西三块地域所构成的三角形区域,其中最具代表性的场域,是现实中那些简单、寂静乃至荒凉而又充满生生不息的烟火气的"镇"。

黑陶曾在《"我用词语的幻觉……"》一文中大致作过如此描述:"如果一定要指出我的'文学南方'的地域范围,那么可以这样说,我所出生的那个充满烧窑火焰和茂盛农作物的'烟火乡镇'是它的核心,扩展开去,它的疆域包括广阔、灵美的吴楚越诸地。"他不止一次地书写刻印在记忆深处的宜兴丁蜀镇,而那些因为各种机缘偶一或多次涉足的小镇,也都是他着力书写的对象。《镇》一文劈空给出一句"譬如一个少年",然后以其看电影的路线为线索,渐次呈现东坡书院、陶器生产工场、大桥、米厂、陶瓷批发站以及作为终点的戏馆子,一个少年滚烫的心被"炫迷又空旷寂冷"的小镇气氛衬托得愈发热烈。《合新厂》《虹星桥镇》《一个人的一瞬》,描绘的都是这样单调得有些荒凉的小镇,然而,生活在其中的人们却自有其乐趣。《酒席》介绍苏南乡间酒席的常见菜肴,《夏胜录》记从古流传至今的家乡人的消暑方法,《乡戏》述故乡民众围观锡剧演出的情形,都洋溢着民间特有的生的气息。

在作者开始有意识地发掘那被遮蔽的江南之时,"民间"一词就在黑陶的写作中浮出了水面。他清清楚楚地写道,《漆蓝书简》正是一部从"中断或仍在延续的民间历史"中"领受着自己需要的写作及做人的启示","用个人视角努力呈示真实江南的地理空间和文学空间的文字集"。[1] 正因为这样,他在圯亭"这样一座普通的江南乡镇"看到了徐悲鸿(《圯亭》),在安庆"混沌、荒僻的近郊"访得陈独秀(《陈独秀墓》),在烟波浩渺的太湖西岸找到了"南方人少见的大胡子"陈维崧(《幽凉汉语的面影》),他们都是江南的"民间"所孕育的精灵。即使如外乡人弘一法师,黑陶也认为只有在"抵归了他所属于和得以成就'慧业'的南方国度"并展露出"清简、洁素、灵异"等"深切的南方特质"后,这才找到了自我(《散发和呈现南方特质的弘一》),而为了突出南方民间的特性,作者不无学究气地谈论"说童年方言的地域"的"儿歌"与"情歌",甚至还说起了"痴女婿故事"。

值得注意的是,黑陶的"南方"有相对确定的地理范畴,而且也的确多在空间范围里逐渐显露其规制,但其实也包含一个历史的维度。陈维崧、陈独秀、弘一这些从中国文化中走来的隐而不彰的人物和儿歌、情歌、痴女婿等流动在民众口头的鲜活故事,这往昔年代的大、小两个传统在他的散文中不分轩轾,但黑陶并不静止地展现它们,而总是力图从凡俗的日常生活中找到它们与普通人息息相关的那一面——虽然在许多时候这种努力并不能得到回报,但无论如何表述,这都涉及理解黑陶的"文学南方"的第二个维度:历史。

黑陶笔下的江南人文是隐藏在民间的待发掘的精神遗传。在题为《南方》的散文中,作者记叙了在皖南寻访李白踪迹的旅程,清楚阐明了"南方"是"隐藏,或

---

[1] 黑陶:《后记:双重感激》,《漆蓝书简——书写被遮蔽的江南》,天津:百花文艺出版社,2007年,第319页。

者闪现"的状态。这在探访桃花潭的有关记叙中有形象的描述：

请问到桃花潭怎么走？再往前就到了。往前走，果然到了，但，是"桃花潭农贸市场"。早市已散，地面是扔弃的菜叶和一小洼一小洼发黑的积水，微微发出腥臭。

而真正的桃花潭潭畔的旅馆房间里，墙壁上也有"××大学美术系××级×班四大美女到此一住"之类的涂鸦。桃花潭隐藏在这些世俗、庸俗乃至恶俗的背后，以"闪现"的方式给有心人以启迪，留待人们发掘。这一点，其实是黑陶不同时期散文所共有的内容特征。

大体而言，黑陶的写作实践以他的第一个散文集《夜晚灼烫》的情绪最为饱满。在这个时期，他只是懵懵懂懂地察觉到众人口耳相传的"江南"不是他所感受到的江南，更不是他理想的江南，所以用上全部的生命力量在江南的民间左冲右突，意图寻找述说江南的有效方法，那时，在他身上始终存在一种张力，以至于写出了《窥视者》中以"水泥""钢筋"两个语词不断重复的章节。一年多以后，他出版了第二部文集《泥与焰》，在用"南方"置换了"江南"之后，终于找到了言说江南的有效路径，所以激情稍稍减退，开始全力以赴绘制"文学南方"图卷，然而，这一完全建基于个人经验的文学工程能否与生活在这片地域上的其他人共鸣，始终是黑陶无法回避的问题，由此出发，黑陶开始走出个体生命体验，意图在隐秘的历史之河中找到"南方"的文化基因。因此可以这样说，《夜晚灼烫》表现出黑陶"融入民间"的焦虑，《泥与焰》展现出建构"文学南方"的雄心，而《漆蓝书简——书写被遮蔽的江南》一书则表达出他向历史深处打捞的"文化追踪"努力。

构成黑陶"文学南方"的各板块之间虽然存在一定的文化差异，但多年的密切交流使得它们熔铸成一个文化共同体，《漆蓝书简》以此为前提，采取游记的方式书写了大约50座江南乡镇，而这些小镇固然有许多与宏大历史相关，例如浙江有丰子恺的石门湾、安徽有李白的桃花潭、湖北有慧能的五祖镇、江西有朱陆二人的鹅湖镇、江苏有钱穆的鸿声镇等,但绝大多数记述的人物,都是乡间寂寂无名的小人物和说不上有什么特色的市井风物。正是在这些朴素平凡的人与物上,作者寄寓了无限温情。

《西屏：旧街》一文极其随意地描绘了画像店、杂货店、做秤店、被絮店、酥饼店、打金店、草药店、钟表店、棕绷店、配钥匙摊、诊所、打铁铺、花圈店、肉墩头、药店、发廊、帽子店、时装培训中心以及浴室等西屏旧街上二十多家店铺,拉杂零碎,似乎并没有什么深意,然而,作者在述及它们的时候,看似随便而其实郑重的态度,透露了他的用心。例如,酥饼店的金华酥饼是"一种残存于当代的,属于农业文明和童年记忆的香和甜"；花圈店的景象,是"坐在花圈旁边的女人在吐着如雨的瓜子壳"；时装培训中心取名"俊俏","夸张的命名,像极了这个时代的某种品格"。这里随机选取的三个现实场景,分别通往或指向过去、当下、未来,成为江南小镇时空浓缩的一种表征。在江苏的小镇中,《马地村：落叶骤雨》提到"前榉后朴"这一"江南人家栽树的习例：庭前种榉,意为'早日中举'；屋后栽朴,意为'简朴持家'"；《大浮：旋转庙会》记叙农历三月初三桃花盛开时节,"某条细如灰线的山间土径上""密密麻麻像黑蚂蚁一样的人群",他们是"赶赴庙会的人群"；《祝塘：民间藏书家李中林》说书籍是"闪耀深邃、庄重和在野之光的汉字",牙医李中林的个人天地,正是"二楼两间不规则的大小房间"所构成的"汉字的汪洋"……传统、习俗、文化,在作者看来,它们都不是外在于人们的僵死历史,而是与人们的实际生活密不可分的要素。

黑陶的"文学南方"从现实的地域规划或空间建构到历史的文化寻踪或时间溯源,当然是一个理有必至的延展,但应该承认,这一切都是在"文学南方"的预设框架内展开的,所以更重要的还是其本体建构。因此,需要回头审视最能够体现其独特的文学追求的散文集《泥与焰》。作者在《"我用词语的幻觉……"》中曾经说过,"'南方'只是我的一个私人概念、文学概念,它与我的生存、生命、血液、情感和思想紧密联系,与严格的地理学命名则无关"。这部文集就是建构"南方"的一个全方位尝试,它勾勒出来的是一个感觉膨胀、澎湃并对现实和历史进行重塑的感官世界。可以这样讲，意象化是黑陶的"文学南方"第三个也是最基本的特质。

第一，黑陶总是力图写出自然物候与人事之间的关联，所以在他的"南方"世界中，物不仅仅是普通的物品，往往也具有人格化特征，可以视为人的生命的组成部分，在某种意义上，还可以视作其另一种存在形式。《河流的四种说法》将河流依次比作血液、乳房、光源和鞭子，还是比较清浅的描述，作者特别的地方，是总能在物象中看到人的活动：《红木》记"南方的厅堂"中排列的红木椅子现在已经丧失了具体功能，但"它的内部仍然存留香气"，其实存留的是"一个家族的秘密香气"；《气息的后宅》述深宅大院后部的披屋内的龟与兰，在"这两种嗜阴、食静的动物和植物身上"，能够感觉到"那已经消失了辉煌形式的往昔乡街，仍然强劲拂动着的气息身影"；即使如《夏脞录》中的竹床，他也能看到次日清晨残留在人们脸颊、肩膀上"代表少年时代南方炎夏"的"肉体波浪之纹"。

不管黑陶从物候之中看到的是历史还是现实，应该承认，它们都是人及其活动的留痕，反过来说，则是生命的光彩照亮了物候。《竹》记述作者家乡遍地可见的竹子，但它们是与人们的生活紧密联系在一起的：劈开的旧竹在灶膛内燃烧，腾起"噼里啪啦响声鼎沸的火焰"，让人想到"爆竹"及其原始含义；竹笋可以吃，竹子又可以用来建屋、做橱柜和竹床、竹椅及其他家用物件，还可以做成竹剑、竹弓等儿时玩具，成为苏南少年成长经验中极为重要的一环；而竹子"杀青"以后，不仅可供乡间少年刻上"×××是个大坏蛋"之类的咒骂，竹简更成为彪炳几千年中华文明的可靠证明。物候成为生活与文化、文明的构成要件，只说明它们具有实用功能，而以《竹》为代表的相关篇章则表明，它们还参与了鲜活的生命建构。职是之故，黑陶遂以充盈的感觉填充江南，使得"文学江南"成为一个感官的世界。

第二，黑陶以强烈的感官功能书写了太湖周边的这片地域，尤其突出其中的色彩和气息。在他的笔下，一年四季，江南乡村是彩色的世界：在春天，油菜籽是"像沙山崩泻一样磅礴疾流的黑色"（《油，或油菜》）；夏天，鸡冠花的穗状花朵"浓艳，硕大得近乎夸张"（《花果蔬》）；秋天，有"和遥远的湖水连成无垠的南方稻火"（《幻稻与火焰》）；冬天，有"被蓝色的夜空映衬"的黝黑山峰向远处庄严慈穆的佛像"挺出崇敬"。作者着意甚至不无夸张地书写属于江南的颜色，突出它们饱满、强烈、刺激的特点，为的就是制造"南方"，而这种写法的目的，换一句话来说，其实就是发掘或重新发现江南。

《吴越草木札记》记述家乡的各种野生草木，在突出感官体验的同时，与传统文化时有勾连：仙鹤草"在深秋的群草丛中顾影自立，特别具有了飞禽中鹤的某种丰神"；葛藤"阔大的掌状青叶、蔓生数丈的柔韧长茎和毛茸茸的瘪褐荚果"提醒人们"感知着中国文学第一部诗歌总集《诗经》的色泽、气味和形态"；马兰"花是呼啦啦的一大片"，"放入梵高的房间——他的个人艺术史上肯定会多出一幅带有强烈中国南方特征的画"；野蒿在秋天"就等于一座密不见天的茸白森林"，使人想起李白的名句"我辈岂是蓬蒿人"……不过，作者将自然与人文联系起来的不少描述稍显生硬，相比之下，还是对自然风物蓬勃生命活力描绘基础上自然生发出来的联想更具吸引力。比如"茎色呈浓艳的'洋红'"的商陆，黑陶这样写道：

> 乌珠般黑果内包孕的，是红汁，快要涨破薄薄黑皮的浓艳红汁，这种浓艳红汁在狭小的果皮包封的黑暗世界内沸滚、奔撞。由于一只苍翠蚱蜢的轻踏，或草尖上一阵风的轻摇，偶尔的黑世界里急不可待的红汁就会溅射出来，疾行于短暂的空中，最后落在山岩的那缕浆色，便是浓缩的、秋天的霜血。

这自然界的"红与黑"，代表的是江南之秋的刚烈。黑陶正是通过感官的形塑，使得"文学江南"中的人、事、物都成为这一文学家园的意象了，由此，黑陶的"文学南方"就完成了最终的建构，表现为一个意象化的整体情境。

如前述，"幻觉（幻象）写作"和"文学南方"在黑陶那里不可或分，从文化的角度看，它们共同表现了作者对理想的渴慕，这种文化心态与沈从文比较接近，而也存在些微分别。显著的一点差异，在于黑陶"文学南方"的创设缘由与沈从文不同，如果说后者的出发点是不赞同当时人们对于湘西落后情形的流于表面的批评，那么黑陶则是不满意于世人对江南的媚俗赞美，二人都有现实针对性，而有"正

"反"之别,这决定了他们在写作趋向方面的歧异:针对"恶"评,对应的举措是创造真与善;而针对"好"评,大概只能向"异"的方向发展。从文学史的角度看,奇绝险怪当然可以创造出极为精彩的文学图景,但这条道路注定越走越险僻,因此,黑陶的"文学南方"在将来如何进一步生长就成为一个极其值得悬想和观察的文学话题。

第六节 其他作家的散文

在庞培、车前子、胡弦、黑陶这四位极具文体创新精神且在国内散文文坛具有重要影响的散文作家外,江苏各个地区还活跃着一批致力于写作甚至聚焦于散文创作的作者群。这一作者群具有鲜明的社会化特征:从年龄看,老中青三代俱有,几乎覆盖了各个层次;从性别看,不同地区的确存在一定差异,但总体保持着一种平衡,女作家成为促进散文文坛丰富多元的重要建构力量;从职业看,他们中不少是专业作家,也有人在报社、剧团等文化机构供职,还有一些人在其他艺术领域活动。所有这些现象表明,江苏散文作者群具有较为合理的结构,所以能够在总体上保持着旺盛的创作态势,不仅使得江苏文坛成为一株枝叶茂盛的参天大树,而且在与其他各省一道植入国内散文园地后,就使之成为一座奇花异草遍地皆是的花园。

需要强调的是,这些活跃在省内各地的创作实绩高低略有差异的散文作家是造就江苏散文生态的不可或缺的力量。他们的写作当然各有特色,而且许多人不乏独立的文学追求,但如果将他们置于江苏文坛加以考察,那么他们无疑都是其中的有生力量。另外也需要指出,这些散文作者中的许多人现时仍处于发展之中,他们未来的成就有待观察,但无论他们此后身居何处、写作进境如何,无疑又都可以为江苏散文的整体发展提供必要的思路和路径。这里无法对省内外所有有志于散文艺术的其他江苏散文作者加以详细梳理,只能择其要者简要论述。

赵翼如(1955—),江苏无锡人,作家。曾做过工人,1982年毕业于南京师范大学中文系，先后做过报社编辑和记者，后在江苏省作协任职。1978年开始发表作品，主要有长篇传记文学《球场内外》、散文集《倾斜的风景》等。她的散文有女性的细腻，很多的记述或如她本人所谓"女人的灵魂，漂在她内心的河流里"所表明的那样，是其心灵的独自远行，缱绻而飘逸，千回百转之中时有隽语妙言，有着鲜明的个人风格。

赵翼如的散文题材，是工作、生活中的各种零星的感触，但她都能加以迅速切换，进入一己的心灵世界，展开委婉细腻的记述，更重要的是，她擅长描述心灵感悟并加以提纯，使得日常生活展现出诗的质地。看到湍急的怒江，她想到"没有一叶小舟，系得住急流"（《倾斜的风景》）；面对江边的山野，写出了"一片风景就是一种心情"（《一种心情》）；看到"带着昨天的气息"的花布连衣裙，就想起"青春本该和花裙一起飘的"（《飘远的花裙》），诸如此类，都是作者与环境之间互动之后的顿悟。其实，平心而论，她所写的很多对她而言并非常规的经验，不过是生活中的寻常事体。如果说上海"大都会"舞厅的嘈杂比较难以接受，山城重庆的夜也可以算是非常，但南京的林荫道的变化，甚至是家里的空墙，都让作者浮想联翩，并由此进入了一个充满发现的心灵之旅，从这些地方可以看出，赵翼如是极为敏感的。买了一盒柴可夫斯基专辑，听的时候，感到"我永远活在那一刻"（《也算"发烧友"》）；女友拿到博士文凭，可是"青春的颜色，几乎让这纸挤干了"（《女人在高处》）；退役的女排运动员，生活却是"金牌有时让她成为展品四处展览"（《归来》），这些来自本人和他人的感悟，使得她在受到生活的启迪而顿悟之后，走向了心灵的平静。这正如《空墙》一文所言，她的所得"是心灵的聚光点而非理智的辐射线"。这种体悟，与其性别有关，但更和她的个性及生活、生命的态度有关。

她的散文主题，大体是表现在经受生活、自然和艺术的震撼之后产生的生命活力和敬畏之心。它们都是比较古典的感情，但赵翼如表达得既灵巧又精确。她曾在《我摔成了唐老鸭》一文中描述过"开轻骑"驶入郊外的体验，那是一种"被诱出些许潜藏的'生命活性'"：

每每一驶入郊外的开阔地（这便是住"乡下"的好处了），意气索然的我，就变得逸兴遄飞。忽然就明白了"兜风"是怎么回事。怪不得老外爱开敞篷车。那是一种敞开，一种活的、流动的享受。

从生活的常规当中摆脱出来，是解放的快感。在赵翼如笔下，充满了这种重新找到生命活力的惊喜，而这种发现的契机，甚至可能是因为近视，因为"从0.1看出去的世界，多是写意的，平和的"（《近视眼真好》）。

散文集中，有六七篇人物速写，这应该是她记者生涯中的几个重要时刻。这些人物，既有著名的女排运动员郎平、孙晋芳，也有著名作家高晓声、梁晴，还包括《钟山》主编刘坪和《雨花》主编叶至诚，赵翼如在写他们的时候，一如既往的细腻熨帖，但又能写出每个人的性格特点。刘坪做主编的"洒脱"，叶至诚的"至诚"，梁晴的"平常心"，读来栩栩如生。不过，她有时也不乏温柔的睿智。她写高晓声，写他总是"匆匆赶路"的生活状态，写他总是被现实打扰的日常情形，充满理解，但总忘不了提一句："我看过他新发表的《新'世说'》，固然蛮有兴趣，毕竟只是一鳞一爪，总想读到他更厚实的大作。"以理解之心待人，而又不忘却个人坚守，是作者的淑世之情。

韩开春（1966— ），江苏泗阳人，作家。做过教师、编辑、记者等工作，现供职于盱眙日报社。出版有散文集《水边记忆》《虫虫》《陌上花开》《时光印记》等。曾获冰心散文奖、孙犁散文奖、紫金山文学奖等多个文学奖项。他的散文叙写身边的寻常物事，大抵是知识性糅合程度不同的感受性的小品，有硬度也不乏弹性。不过，以知识性为主的内容也使得他的作品刚性有余而韵味稍稍有所欠缺。

《水边记忆》与胡弦的《菜蔬小品》同属"自然随笔丛书"，书写内容则如书名所示，是水生植物。与胡弦专门记述与个人经验、感受密切相关的家乡菜蔬不太相同的地方，是韩开春所涉及的植物，有许多种与其成长经历之间的关系显得比较模糊，其间的感情也就显得含混。红菱、莼菜之类在作者家乡似有还无，茨菰、茭白、水芹、香蒲、西洋菜或有接触，但兴趣显系阅读的培养，所以作者在写它们的时候，往往较多征引文学典故和古典诗词。以《莲生水中》一文的"荷花"部分而言，作者先从人们在荷花生日当天赏荷的苏州风俗谈起，说到金湖的荷花节，在介绍了一点有关荷花生日的知识后，陆续聊起了赵朴初和郭沫若的笔仗、曹植和周敦颐对荷花的推崇和赞美、齐白石和朱耷画荷和荷花与佛教及道教的关系。这篇文章作为闲散小品来看，固然相宜，但这种写法却暴露出作者个人体验的不足，其他那些作者不太熟知的水生植物，写法都与之接近。相较而言，关于那些相对熟悉的植物，如荷、莲、鸡头果（芡实）、水荷叶（荇菜）、菖蒲、芦苇和芦荻（蒹葭）、洋辣稞子（水蓼）、水莎草之类，作者当然写得较好。不过，也有一些篇目仍然带有一点掉书袋的痕迹。

《蒹葭苍苍》是其中不错的一篇。该文仍然从《诗经》写起，提到电视剧《在水一方》的影响，于是"也知道了平日里司空见惯，宛如家旁邻居一般的一种生长在水里或水边的植物还有这样一个文绉绉的名字"，然后才转入正文，这就是作者在文中都提到的"拽文"。不过，他接下去铺叙的，是芦柴里捕鱼、用芦叶做芦笛和裹粽子、用芦管做玩具和打芦席，都是和成长紧密缠绕在一起的生命体验，这些地方颇有光彩。从文章结构上看，如果把引言和正文两部分合观，也可以说引言之所以"先言他事"，为的是铺设悬念，如此则正文始终笼罩在发现或重新发现的惊奇之中，但略显遗憾的是，仅凭章法营造的氛围还不够浓，所以一路读来很难说是一个奇妙的发现之旅。

应该说，《水边记忆》具有相当的可读性，但总体而言，它仍然是20世纪八九十年代之交的散文观念的产物，其文体，也不出知识小品范畴。从文学史的角度看，这部散文集的价值在于汇入地域文学创作的大潮，参与推进了江苏各地地方文学、文化的发展，为江苏文化的繁荣贡献了力量。需要提及的是，韩开春虽然已经受到21世纪前后强调个人性的"新散文"观念的影响，但集中多篇文章表明，这一影响极其有限，不仅在具体创作中没有得到较多体现，更没有对他的写作起到开拓新局面的作用。他的后续创作,例如《虫虫》和《陌上花开》分别记叙日常生活中的昆虫和花草,与《水边记忆》在观念、技巧、风格等方面差别无几,正说明这个问题。

陈卫新(1971—),江苏扬州人,现居南京。设计师、作家。艺术设计方面的代表作有南京五台山先锋书店、青果里、赛珍珠故居、响堂、随园书坊等,文学创作有诗集《夜晚后面的西花园》,散文随笔集《鲁班的飞行器》《在时间的河流上》等。他的散文从内容上看大抵都与其本人的职业相关,属艺术随笔,而他把对建筑艺术的感悟化作一次又一次的行旅,不仅展现了各处自然风景和人文风情,而且表现出在踏访过程中的心灵陶冶和精神升华,在某种意义上,与黑陶的《漆蓝书简》具有类似的旨趣。

有意思的是,陈卫新的两本散文集有着相似的编排思路。《鲁班的飞行器》分"从内到外""图边杂记"和"提前怀旧"三辑,《在时间的河流上》同样分三辑,分别是"水流云在""灯火流年"和"想象的怀旧",两书都是第一辑记述行旅,第二辑品论艺术,第三辑体味生活。虽然两本书各辑文章之间不无联系,比如字里行间常是流淌着作者的艺术感悟,但这一按照世界、艺术、人生的编排顺序,或许反映了作者长期习艺的某种思维惯性,从另一个角度看,自然也体现了其真实的存在感受。

这里先论两部文集在同构的编排之下所隐含的前后期在题材和主题方面的变化。

就第一辑来说,在《鲁班的飞行器》当中,作者踏足的地方多是国内那些著名的风景名胜,如甘南的拉卜楞寺、杭州的西湖、苏州的平江路、扬州的小盘谷、滁州的琅琊山,都具自然与人文交相辉映的性质,但相较而言,还是自然风情或者说对名胜周边的自然风物的展示较多;到了《在时间的河流上》中,最显著的变动,在于景观的人文性超过了其外在的风采。如果用一句话加以概括,那就是作者从写实走向了写意,散文从具体实在变成了气韵生动。《花落水流红》一文记叙在《红楼梦》勾勒的古建筑里漫游，看到了"以文造园"的中国园林气质；《酒阑琴罢漫思家》漫想张充和、张爱玲曾经住过的宅第，思及她们的离去使得建筑"褪去了'家'的意义"；《赏心乐事谁家院》谈城市景观，想到明清的私家园林个体参与度高，"是在写主人自己的意"，其他如作者参与修缮的李香君故居（《春梦了无痕》）和独立设计的"云几"（《聊寄一枝春》），都是神游于既虚无缥缈又具体可感的诗与画之中的所得。这种变化，反映了作者摆脱了"以心为形役"的状态之后心神的自由姿态。

在有关艺术的第二辑，《鲁班的飞行器》谈玄关和美食设计，谈虚荣、原创和获奖，都和具体事务有关，零星的感悟大都浅表，而《在时间的河流上》虽然也提到了大戏院、赛珍珠故居、太平路的民国建筑，乃至从民国至今仍然贯穿南京城南城北的1路车，除去历史的厚度，作者开始表露出真正的沉思气质。需要指出的是，陈卫新的沉思并不是哲思，而表现为一种纯粹的感受。《大戏院》一文谈论南京的民国建筑，认为当时的"公共建筑都使城市的样貌变得有些国际化"，但最吸引人的地方，在于"这样的国际化是有中国味道的"，而"国际化"与"中国味道"的浑融一体也让作者心生感叹，想到新与旧之间的关系同样如此，也有一句若有关联若无关联的顿悟："也许，所有的生命都可理解为一根草、一滴水，独立时具象，并列时无形。"这一感受应该是陈卫新经常能够体验到的，例如同一本书当中的《学艺集》一文，就描述了皖南太平湖畔类似的场景：

> 酒店的"无边界"泳池，就在脚下。女人们如同水草摇曳，男人因为少了上装，倒像是一种无鳞的鱼。他们在泛滥着蓝绿色的底色上游弋，反复，覆盖，这种无意识的流动，毫无规律。而这种毫无规律又似乎时时提醒着，规律可能随时存在。

生命或具象或无形，规律或有或无，都不是客观存在或事先设定，而是存在物之间相互作用关系的产物，这就是陈卫新在自然和艺术当中所领会的人文观念。

前文曾有论述表明,"新散文"正以万物之间的互动,展现或发明世界的品相,陈卫新在对艺术的领悟中有同样理解,这恰恰表明当下文学、艺术对存在如何绘形绘色,以及如何通过这样的形与色与存在共处。两部散文集的第三辑都是作者日常生活的记录和随想,在第一个集子中,既有对出生小镇和"我住过的房子"的片段记叙,也有豁蒙楼、植物园是稀疏记忆,还有读书、读画的零碎感想,很杂,但都是作者的生命构成;而在第二个集子中,这些零散的生活片段终于被串联起来了,海螺巷的风、"动物园的爱情"、阿尔山的奇遇和在山西寻访古建筑的踪迹,而飘忽的叙事风格表明,它们和前期的生命杂碎其实并无不同。

总体而言,两个散文集在许多方面存在相似性,但人文取代自然、感受超过体验、随性覆盖预设的取材和立意,这种创作倾向愈到后来在陈卫新的散文写作中愈发明显。两个集子中都有名为《灯随录》的札记,前一个集子转述了很多宋人轶事,后一个集子也有轶事,但不限宋人,而是随性地谈到了吃饭、读书、喝酒、造园、赏雪、赏月等,虽然二者仍然存在前面提及的实与虚的区别,但都有类似禅宗的机锋,在《在时间的河流上》则尤为鲜明地表现了一种萧散的人生态度。这一人生态度当然首先是一种人格追求,其次是一种艺术修为,再次又体现为一种文学风情。

首先,陈卫新散文新旧互融,具有从容的旧时气象和朴茂的时代气息。他游走于上下古今,在时间的流脉中丈量空间的延展度,以新与旧的相互激发滋生创意,所以设计作品都具有一种新异的怀古情调。这一艺术理念,用《赏心乐事谁家院》一文当中的话来说,"其实都是怀旧望新中体悟生命"。他在散文写作中也表现出同样的旨趣。

陈卫新踏访过中外诸多古迹,对他而言,最有吸引力的仍然是南京的民国风情。他走在依稀散发着旧时气息的太平路,在影像中看1948年元宵节的夫子庙,参与修复"赛楼",既是怀旧,也是领会新意的一种方式。《他乡即故乡》一文云:"在更新的出现以前,'复古'提供了建构这种故乡当代性的一个主要渠道",即此之谓。在《赛楼》中,他解释自己将"赛珍珠纪念馆"称为"赛楼"的缘由,

是"这样可以去掉些珍珠的光芒,显得质朴"。其中,作者颇为费了一些文字描述的一个"发现":

> 修缮总有特别的发现,在后来清理的过程中,还在阁楼的角落里,发现了一个巨大的电热水器,很完整,浮尘一去,金属质感又汹涌而至了,也许是因为有木板封闭着才得以保存到现在,真是个奇迹。

不过,"修缮"的过程其实是以一种善意面对旧物,有无"发现"倒在其次。陈卫新在文中对赛珍珠当年的居处环境做出细腻勾描,也对其日常生活有适度的想象:"在南京赛楼的阁楼上,赛珍珠写作,喝茶,忘眠,一抬头,就能看到她喜欢的紫金山。"对旧时人物的敬意,使得陈卫新的写作有"根",具有从前的雍容大度,也不乏与时代前行的睿智和锐意。

其次,陈卫新散文具有丰富的感受性,有意味的是,它们往往是穿过历史的迷雾,不期而至地抵达现实的,散漫而鲜活,兼有历史的厚实与当下的灵动。

上文提及,作者具有沉思气质,但这种沉思不是哲学思辨,而是源于生活的本真体悟。需要注意的是,所谓生活在陈卫新那里主要包含两个部分,一是他的日常生活,二是他的职业生涯。总体说来,后者应该是烛照前者的光源,换句话说,就是他以艺术设计的专精观照此岸世俗,由是,生活豁然开朗,向他开放了存在的密符。应该说,陈卫新的会悟和中国传统的书法、绘画等与其建筑设计本业相通的其他艺术门类密切相关,特别是唐宋以来的文人书法和绘画,给了他以重要启迪。例如云几,就是他与王安石的半山园长期相守的积累和心心相印的灵光乍现相结合的产物。据作者自己说,"云几的设计是一种巧遇,是由一个时间节点生长起来的,是与一个曾居住于此的宋人的邂逅",而他晚上所看到的云几正是一个"缺少边缘"的所在:"无论世界还是空间,都显得散漫,不能专心,那些边缘随时发出羽毛一样的光。"

陈卫新在古今之间穿梭,古人的神接和今人的目遇对他来说同等重要,它们和新与旧一起，熔铸为作者这一个独特的人。《在时间的河流上》第三辑"想象的怀旧"中的四篇文章，虽然沉思的属性不变，但叙述成分开始增多，这表明陈卫新的散文写作开始出现新的变化。从陈卫新目前展现出来的文学面目，参考其在艺术领域的探索，有理由相信他必将开创出一个具有个人独特气象的散文新局面。

张羊羊（1979— ），原名张健，江苏武进人。作家，现供职于武进图书馆。出版有诗集《从前》《马兰谣》《绿手帕》《黑孩子》和散文集《庭院》《旧雨》《草木来信》《大地公民》等。曾获第五届紫金山文学奖。他的散文，从笔触到行文、从立意到展开，无不如同流经乡野的清溪一般，清新脱俗，洋溢着生命的本真光辉，读之令人心喜。

应该说，张羊羊散文创作的风格前后变化不大，《旧雨》《庭院》两部文集可以算作其探索期的习作，《草木来信》的植物篇章和《大地公民》的动物篇章是观念初定之后的结晶，但它们都充满个人性，都是以一己的经历、体验、感觉填充世界的文学努力。鉴于《大地公民》几乎是《草木来信》的全面翻版，故这里只择取后者为例。《草木来信》记叙的家乡风物，都是寻常物事，如青菜、萝卜、山芋、稻麦、桃枣、桑柏、蒲麻之类，也包括江南水乡特有的若干出产，像"江南水八仙"这一名目下所包含的茭白、莲藕、水芹、芡实、茨菰、荸荠、莼菜和菱。对这些地方风物，他关注的是菜蔬草木的形状、色泽、味道等外在自然品貌，虽然也时常征引一些辞典、风物志之类的书刊做些介绍，但更经常的写法，是根据储备在记忆里的民谚和古诗词随意延展，伸长到兴尽为止，风轻云淡，舒展自如，随心适意。

正如《水芹》一文所说，"我的记忆经验提醒我，韭菜会长多长，菠菜能长多高，西红柿能长多大，这些常识了然于胸"，对家乡风物的品貌，张羊羊纯粹根据个人的观察、体验，如实、平淡道来。例如，"野鸡头"是这样的："睡莲妩媚，荷花娇艳，野鸡头说不上是什么感觉。它的叶子圆形或稍带心形，一张张漂浮在水面上，叶面由于生长过程从箭形到盾形再到圆形，绿色，透着光亮，背面紫红色，叶脉隆起，形似蜂巢。"这种记叙多于描写的手法，恰与新文学初期朱自清式的描写远远超过记叙的散文风情大异其趣。同时，作者往往根据记忆和经验有一些旁逸斜出的穿插：说莲，就涉及莲、荷之别，这是长久的知识困惑；说莼菜，就想到《诗经》中的荇菜，又是毫无根据的联想。不过，也因为如此，他居然也有考据式的文字。比如《菱》提到野菱，就特别翻找《酉阳杂俎》《姑苏食话》《紫陶轩杂缀》查寻其在历史文献里的踪迹，然而，作者在这里和其他类似地方都没有表现出多少知识方面的兴趣，而是将这些穿插当成一己生活感受的古早共鸣。像茭白，他认为许多人都会提及的逗引张翰弃官返乡的菰菜、莼羹和鲈鱼脍中，前者应是饭食，于是想到左思《吴都赋》中"稻秀菰穗"之句，查到茭白在唐代以前其实被当作粮食作物栽培，而即使在清代，根据顾景星《野菜赞》所记，仍然可以"充蔬米"之用。作者在这里不是旁征博引，而是想强调，茭白不仅在当下，而且在历史上，早已与人之间建立了亲密关系。

张羊羊其实还在文中征引过很多民谚和古诗词，前者的例子如"触露不掏葵，日中不剪韭"（《韭菜》）、"吃一筷莴苣要吃一筷蚕豆"（《莴苣》）、"常州有一怪，萝卜干做下酒菜"（《萝卜》）等；后者更多，《青菜》一文引朱敦儒词"自种畦中白菜，腌成瓮里黄齑"，《莴苣》征陆游诗"黄瓜翠苣最相宜"，《茨菰》中提到杨士奇的诗句"岸蓼疏红水荇青，茨菰花白小如萍"《野鸡头》记查慎行诗"芡盘每忆家乡味，忽有珠玑入我喉"，等等。这些引用大都属即兴性质，至多起到点缀作用，并不以此烘托意境或者辨析哲理。何况，张羊羊对意境、哲理之类的抽象范畴几乎没有任何兴趣，他的关注点，始终聚焦于那些与他自小而大的饮食、居住、工作、交游等方面的具体经历、体验、感觉息息相关的物事身上。

有时，张羊羊也会从生活中抽绎出诗情。《莲》一文在结尾处写道：

若在旧时，我大概是那个身背鱼篓，撒网捕鱼的汉子。我的妻子坐一椭圆形木盆，她如藕般白的双臂拨开柔软的水穿梭于田田莲叶之间，纤纤素手灵巧地翻弄着饱满莲蓬：采摘下一个个水乡农事里的不倦诗意。

不过，江南水乡的诗情画意其实在作者笔下很少出现。正如他写韭菜的时候提及"黄粱与韭菜的日常生活"、写茄子的时候提到乡村"借蔬菜的情感"、写荸荠的时候就回忆"我和那些伙伴们，吃过很多野果"等所表明的那样，所有这些都与人的日常世俗生活有关，特别是与作者本人的成长经验有关。鸢尾花在故乡叫"蝴蝶花"或"扁担花"（《马兰》），他做汉菜的方式"是对童年记忆的迷恋"（《汉菜》），这些都源于童年的耳濡目染，而也正因为"生命早期的记忆是一个人生活的根"（《茅针》），所以张羊羊记叙的日常生活，完全没有一般所谓文化散文所书写的寻常市井的油腻味和烟火气，而是始终伴有童年的天真和成长的青春气息。他的语调总是不疾不徐，但自有一种悠扬而始终向上的韵律感。

在草木的世界中，可以见到张羊羊应和着自然律动的生命状态，而在这一生命状态下，现实的各种制度建构和文化传统都被尽量排除了。《萝卜》提到家乡俗话"烂泥萝卜揩一段吃一段"指的是那种"眼光短浅、混日子的懒人"，也对其中的"话是说给人听的，只是那些动物或植物悄然成了喻体"寓意甚是清楚，但他拒绝从这个角度进入草木被人格化的"比德"传统[1]，而是径直谈起了曾经吃过的几种不同的萝卜。当张羊羊将自己作为一种与万物平齐的存在置于同一文本中时，他伴随天地间的万物一起生长，就"从文化和历史范型中走出"了，因而也就形成了一种"新个性主义"[2]。事实上，这是一种彰显个人性的写作范式，就此而言，张羊羊与胡弦较为类似，但胡弦在笔调的缝隙里流淌着历史的讯息，而张羊羊的笔下则没有历史，只有纯粹的记忆，更准确一点说，是始终鲜活的感受、感觉。

当然，如前引诸例所表明的那样，这不是说在张羊羊散文中就完全没有文化、历史的影踪。就实际作品来说，张羊羊笔下的植物其实叠加了自然风姿、人生体验与文化想象三种要素，有时文化想象的成分要远远超过对植物自然风情的描绘，但问题的关键，在于人生体验始终居于核心，它有效地统驭着其余二者，使之融会成

---

[1] 翟业军：《寻常的，拒绝拔高的——为张羊羊〈草木来信〉作》，张羊羊：《草木来信》，武汉：长江文艺出版社，2021年，第253页。
[2] 此为2010年4月16日傅元峰在张羊羊散文集《庭院》首发式上的发言。

一个整体。《莴苣》一文认为陆游"菹有秋菰白,羹惟野苋红"像"山水小品",而这归结于视觉感受,是"对蔬菜颜色的描绘有细微的妙";《汉菜》一文对周作人《苋菜梗》吃腌苋菜梗时联想到的"旧雨之感"大表赞同,原因在于,这一描述勾起了"紫红色的汤汁拌匀饱满的米粒"的"童年记忆";《萝卜》说喜欢"红萝卜切丝,凉拌,加点香菜","一番'绿肥红瘦'看了就美",以及《高粱》所谓"一株高粱,让四个酒香扑鼻的词语从眼前闪过:建安风骨,盛唐气象,少年精神,布衣情怀",指向的都是酒香耳热的生命欢愉。以一己生命体验统驭而不是覆盖自然与人文,就是所谓个人性。个人性是六经注我。人们对现实的观感各各不同,而也不必求同,当每一个人都携带独特的个人体验进入同一个世界并发生互动,这个世界才能在多元体验的碰撞中升华。从这个角度看,张羊羊在文本之内与万物平齐的姿态,更可以将之视为在现实当中一种负责任的生命态度。

最后需要简单分析一下张羊羊散文的文体问题。他的文章篇幅短小,又都是用娓娓而谈的口吻记述琐屑的家乡风物,据鲁迅"讲小道理,或没道理,而又不是长篇的"[1]的观点或按朱自清20世纪30年代中期的看法,"小品文对大品而言,只是短小之文;但现在却兼包'身边琐事'或'家常体'等意味"[2],当然可以归入小品之列。不过,张羊羊润物细无声式地吸纳了"新散文"的创作理念仍然值得强调一下。应该看到,不管是鲁迅还是朱自清,他们对小品文的界定都有一个前提,那就是对个性的肯定。就事实来说,透过那些植物和动物,当然可以见出张羊羊恬淡、平和的个性,但如果只是这样,这一性情也太单薄了一些。其实,张羊羊的写作方法,正如谭友夏《诗归序》所谓"法不前定,以笔所至为法;趣不强括,以诣所安为趣;词不准古,以情所迫为词"[3],这就决定了作为叙述人的作者始终处于一种建构状态,也就是说,并无稳定、完整的个性可言,故张羊羊的散文作品具有小品文的形制特点,在一般意义上当作小品也并无不可,但准确说来,实应归入"新散

---

1 鲁迅:《杂谈小品文》,《鲁迅全集》第6卷,北京:人民文学出版社,1981年,第431页。
2 朱自清:《什么是散文?》,《朱自清全集》第4卷,南京:江苏教育出版社,1996年,第364页。
3 [明]谭友夏:《鹄湾文草》,张国光点校,长沙:岳麓书社,2016年,第38页。

文"之列。

周荣池[1]（1982— ），江苏高邮人，作家。著有长篇小说《绝境》《李光荣当村官》和散文集《隐秘的风景》《草木故园》及长篇散文《村庄的真相》《一个人的平原》等。他大都以运河边上的故乡为对象，书写乡村自然风貌、世故人情及其变迁，既表现出对故土的深情，也明确表明对现代化的合理肯定，朴实温厚且不乏清新晓畅之处，是青年一代江苏散文作家中颇为优秀的一位。

周荣池的散文大体可以归入乡土文学范畴。乡土文学可能是中国新文学有史以来影响最大的一种文学思潮，它所开创的"出走——回望"文学模式，实是绝大多数国人的心路历程。可以这样说，中国由传统向现代转型，持续时间有多长，这一心态就有多久。周荣池在作为《一个人的平原》"自序"的《逃离南角墩》一文当中说："我身上洗干净的泥水其实早就落下光阴的沁色，这是改变不了也不愿意改变的底色。"[2] 即此可见，他的散文——当然也包括小说——也就在乡土文学的流脉之中。

《一个人的平原》的主要内容是作者的个人记忆和乡村集体记忆。一般说来，面向过去的写作通常存在一个问题，那就是容易将个人经验扩大而为时代的镜像，但毫无疑问，这是作者的权利，他有权写出他所理解的乡村。就乡土文学诸历史流派而言，鲁迅首创的国民性批判小说、沈从文为代表的田园小说、地域文学和寻根文学作为其中的佼佼者，都是基于现实而又超越现实而创造出来的某种完整自足的人生形式。我们可以不同意鲁迅、沈从文等人对生命的理解，但应该承认他们所创造的世界代表了一种人性的真实。这里面的成败得失，正如沈从文谈《边城》时所提及的那样："只看它表现得对不对，合理不合理；若处置题材表现人物一切都无

1　有关周荣池散文的论述，有相当部分引述了编撰者为其长篇散文《一个人的平原》所写的评论。参见施龙：《乡土写作的文学史展望》，《文艺报》2020年7月27日。
2　周荣池：《自序：逃离南角墩》，《一个人的平原》，南京：江苏凤凰文艺出版社，2019年，第6页。

问题,那么,这种世界虽消灭了,自然还能够生存在我那故事中。这种世界即或根本没有,也无碍于故事的真实。"[1] 不过,即使作家为乡村赋形的合法性没有受到质疑,也应该清醒地看到,作家并不是为乡村赋形的唯一一个,更不是其中的强势一方。乡村事实上经常遭到不同主体的改写并被赋予五花八门的外形。一个简单的例子,是这一长篇散文"庄台"一章所勾勒的家乡名称在大约半个世纪之间的变迁:

> 较之于从神话传说、君王将相以及道德崇拜而来的庄台名称,后来一段时间被一些更庄重的名字代替了,南角墩所在的乡一段时间出现过:红旗、红丰、红马、红桥、红塔等十多个红字领头的庄台。与此同时庄台上河流和桥梁的名字也一起发生了变化,灌水的河渠被德胜支、红旗支、凤凰支等代替,河流被一号河、二号河、三号河等代替,以至于后来有了更为科学的命名方法进入,那就是经一路、纬一路的出现。

这一情形,差不多是我们每一个人都司空见惯的事实。作者的敏锐之处,在于觉察到名称与内涵相连,名字变了,乡村的气质和形象也就全变了。问题或如斯宾格勒所言,"观念的代表只在一边观望,金钱的代表却在另一边动手"。周荣池在某种意义上是在为消逝的传统乡村写挽歌,而其他主体则不仅试图抹去最后一点痕迹,而且还蹲守在去处拦截,开始按照它们的主张任意涂抹。

一个可以预计的远景,正在于传统乡村的消亡——或者也可以换一个较为含蓄的说法:乡土重建。而在这一切已经发生之后,记忆能否继续成为写作的资源,并持续为乡村塑形提供精神支援?这里不是怀疑周荣池的真诚,而是强调这一问题的紧迫性:乡村在现实之中已然变形,乡土写作如果仍然向历史索取,那么即使记忆可以世代传递成为滋养乡村的养分,但作为动力显然不够。当然,周荣池对乡村变迁的态度,绝不做作,也没有过当之处。他在《一个人的平原》"歌声"一章提及:

---

[1] 沈从文:《习作选集代序》,《沈从文全集》第9卷,太原:北岳文艺出版社,2002年,第5页。

"城镇化的进程将许多很别致的地名一笔勾销,就像是用了学名的孩子没有了最亲昵的乳名。"这和阎连科的《炸裂志》相比,柔和了一万倍还不止。因为作者明白"村庄是干不过现代化的",所以只是斤斤计较于乡土景观、乡土人情遭到城市所代表的价值规范的涂抹式改写,而并不反对城市即现代化本身。这种态度当然包含对既成事实的无可奈何,但在同时,无疑也说明文学观念的现代价值取向在新一代作家当中是极为明确的事实。

不过,作者的态度还有更深一层的意蕴。作为一个渴望且事实上已经"逃离"乡村的个体,作者一家当年的处境已经说明了他有此选择的全部缘由,更何况,他还看到"父亲是绝望的,人们是绝望的,村庄也是绝望的"这样的现实,也了解所谓"人心是最毒的药"这样的乡村人情。作者客居城市有年之后,对这一切都已释然,因为那是遭到逼仄的生存困境扭曲的人性。既如此,乡村的精魂存在于何处,又是如何流转,便成了周荣池关心的大问题。于是,他像冯骥才痴迷于民间工艺一样,开始在家乡周边踏访,试图从"歌声""渔事""味水"(味道)中发现与自然、人事相连的生命野性,从"庄台""节刻""乡人"中发掘穿越时空的生命活性。也因此,他找到了重返乡村的理由。说是理由,其实并不确切,因为对周荣池来说,回乡不需要理由。他对故土或者说乡村的态度,是"此心安处是吾乡",所以返乡之旅虽然也充满寻找,但舒缓的叙述表明这不是迫切的自证,而是细细勘察曾经滋润乡村的新鲜和古老,题中应有之义,则是思索乡村的前途何在。当作者重新归于平静,自己的乡土写作也就回归到人伦的地平线上,再出发的姿态呼之欲出。

作者笔下的乡土题材颇为有趣,也最富吸引力。就阅读感受来说,最令人欣喜的是《一个人的平原》中记述乡村风习的三章。"歌声"中的各种民间小调,"渔事"中的四时鱼鲜,"味水"中的各色地方风味,都得到人性的滋润,鲜妍妩媚,活色生香。且看"渔事"一章。高邮乃水乡,故一年四季鱼鲜不断。一月的"糊涂呆子"(塘鳢)、二月的季花鱼、三月的甲鱼、四月的螺蛳、五月的白鱼、六月的鳊鱼、七月的昂嗤鱼、八月的杂鱼、九月的鲫鱼、十月的螃蟹、冬月的鲢鱼和腊月的青鱼，作者这么一口气数下来，详详细细描述家乡人如何吃法，令人目不暇接。

此外，整部散文集在描绘风景、风情、风俗等方面颇为成功。周荣池大抵是学汪曾祺笔法，力图从趣味的角度对乡土加以描述，起码最精彩的段落有汪曾祺的风采；在某些部分也看得到沈从文的影响，如"节刻"叙述家乡一年四季的生活节奏，与《长河》当中长顺一家的四季作息相仿佛。不过，就趣味而言，因为作者距离乡土太近，就很难如汪曾祺那般飘逸洒脱，而就乡土文学惯讲的"泥气息，土滋味"来说，《一个人的平原》虽也不乏此等笔墨，却远远没有这么厚重。不过，这里不是说趣味无足观，更不是说厚重的泥土滋味才是乡土写作的唯一审美取向，而是强调，对于一个志在扎根乡土的写作者而言，亲近的无疑应是小传统，所以应对民间死生的巨大内涵有所表现，而"生死"一章述红白风俗时偏重礼仪，距离显得太远。另外一个例子，是"渔事"中的一个乡间人物卞宝富。作者在这一章的末尾写道："卞宝富这样的渔民后来还住在岸边的船上，他大概不习惯岸上的生活，但是他老了不再捕鱼，就靠着儿女赡养过活。后来三荡河流域又实施了'渔民上岸工程'，卞宝富不知道住在了哪里，其实也并不难问到，但是我不想问——因为我觉得他百年之后去了，一定不再是以渔人的身份。"这里的问题恰恰在于：为什么不问呢？城市化进程给乡村带来巨大的压迫和痛楚，当萎缩的人群藏不住传说，这些人后来到底怎么样了？这一人的处境问题值得文学严肃对待。周荣池选择在精神层面回归乡土，其实也就选择了直面这一文学问题，所以对此绝不能够一笔带过了事。他应该做的，是把生活中潜伏的文学可能化为实在，而不是因为个人情感将之不无遗憾地放下。

在上述诸人之外，邓海南、王慧骐、朱赢椿、竞舟、韩丽晴、麦阁、苏宁、杜怀超、吴光辉等人也都各具特色。邓海南的散文集《烟水秦淮》状物、写境、记人，也不缺乏哲思，显示了一位老作家的创新精神，与其风格较为接近的作者，是作有《潇潇洒洒二十年》《爱的笔记》的王慧骐；竞舟有散文集《沉香》，韩丽晴有散文集《意思》，她们的风情与赵翼如较接近，在生活的具象中永远飘荡着绕梁的余音,优雅动听;麦阁和苏宁是相对年轻的女作家,前者的《再见,少女时光》充盈着诗意,后者的长篇叙事散文《平民之城》在朴素的日常生活中流淌着闲情逸致,他们的散文创作在题材、主题、技巧、风格等方面的探索,繁荣了21世纪以来的江苏文坛,为其后续的多元发展奠定了基础并提供了诸多宝贵经验。

第三章

历史文化散文

第一节　概述

新时期以来，国内曾在80年代中期出现一股"文化热"现象，各种纵论文化的书刊层出不穷，以今观之，虽然核心话题在所谓文化，但似乎都带有东西文明比较的意味，例如"寻根文学"对中国传统文化或赞美或批判，其实也是反映了当时的作家对中华文明的不同态度。此后，继"人文精神讨论"之后，又有激进主义与保守主义、自由主义与"新左派"等思想争论出现。这些现象共同反映了在市场经济日益兴盛之后人们思想的困惑，究其根本，仍然涉及文明的观念认知问题。进入21世纪，相关的争论逐渐消歇，但在文化、文学领域，怀旧主义观念逐渐滋长。江苏文化深厚绵长，怀旧之风在这片土壤上也显得特别的温润。

怀旧观念的产生和弥漫得益于宽裕的物质条件，但看起来矛盾的是，就性质而言，它又是对当下现实某种意义的不满，不过，这里面事实上存在一种错位，因为物质条件的优裕并不自然带来精神空间的充盈。依照"大凡怀旧，不是遇到现实中的不如意，便是往事太过甜蜜"[1]的人性定律和现实法则，怀旧蔓延国中的个中缘由，应该在于后者，而物质生活的日益丰裕只不过放大了精神世界的空虚，从而激励人们向往事求索而已。江苏在历史上以文化悠久著称，恰好为这一探求提供了取之不尽的文化资源，故江苏21世纪以来的历史文化散文呈现出蓬勃发展的态势。

顾名思义，历史文化散文的书写题材是某一地方曾经大放光彩的文化，而不管这一文化在当下现实当中是否存留或有何表现、影响。江苏地域曾经存在的楚汉文化、维扬文化、金陵文化、吴文化等诸种历史文化形态，除楚汉文化呈式微状态，其余则仍然在现实当中多有表现，而且程度不一地介入到各地居民的日常生活之中。江苏21世纪以来的历史文化散文写作自然与江苏各地区的文化不可分，但从创作角度看，除夏坚勇等少数人之外，大体可分两类：其一是薛冰、韦明铧等人为

---

[1] 余斌：《小引》，《提前怀旧》，北京：生活·读书·新知三联书店，2012年，第2页。

代表的带有知识人审美情趣的创作路径，在具体写法上，他们有较多的学术化痕迹，文体也与小品、笔记、札记等相近，可以说不乏文人风情；其一是以张昌华、诸荣会、徐风、南京老克等人为代表的较多大众文化趣味的创作路径，他们往往采用通俗易懂的叙述创设一个带有传奇色彩的文化语境，引领读者进入其中并产生身临其境的体验感。这两条写作路径，是21世纪以来江苏历史文化散文两种最重要的写作策略。

薛冰的书话和韦明铧的笔记是文史小品的正宗写法。二人修养颇高，对南京、扬州以及江苏文化都有真正的同情，也有很深的体会，所以下笔之时自然流淌出汩汩深情；他们作文谨慎，不仅有"辨章学术"的功夫，而且能够"考镜源流"，往往在叙述的主线之外开辟多条通幽曲径，使得文章摇曳生姿；他们风格自然朴素，总能够在重绘历史风貌的同时照见世道人心，并由此展现个人的文化态度。二人的散文温文尔雅，继承的是民国文史小品风格，代表了江苏21世纪以来历史散文写作的高度。

张昌华、诸荣会等人的散文自然也有特色，他们的共同之处，在于都擅长传奇笔法。张昌华以亲历记的笔调记述文化老人，穿插了若干轶闻趣事，琐碎当中可以窥见人物的真精神；诸荣会融记叙、议论、抒情为一体，随意出入于古今之间，着重表现当代人与古人的精神会通之处，二人都致力于在个人的恣情挥洒中寻觅历史文化的精髓，并不吝赞美他们各自所领悟的人生妙理。这种肆意发挥的笔调，不无汗漫芜杂之弊，当然与薛冰、韦明铧的温柔敦厚大异其趣，不过，作为面向市民读者的一种文学书写，它们体现了文化散文在大众文化时代的文体变异。

在以上诸人之外，夏坚勇、陶文瑜、贾梦玮等人亦各有特点。他们或在细密记叙历史的同时展现出人心的沟壑，或书写日常生活而表现出勘破人生的随心随性，或透析传统时代而呈现出文化批判的睿智和犀利，都从不同角度发展了江苏的历史文化散文。总览21世纪以来的江苏历史文化散文写作，可以看到它呈现出明显的雅俗分化而时有交叉的整体趋向，其缘由，在于江苏深厚的文化历史底蕴和大众文化时代纷纭凌乱的社会风尚的交相影响。下面从题材与主题、写作方式与风格、审美与文化价值等几个层面予以简要分述。

首先，在题材与主题方面，21世纪以来的江苏历史文化散文前述之两大写作路径之间的确存在雅俗之别，但共同点在于都开始自觉强化地域文化色彩，且一般给予正面评价，力图表现江苏地域历史文化对当下的影响。

且以薛冰和诸荣会两人的写作为例略作阐释。从表面上看，二人都书写的是南京和江南的人文风景，而且都表现出对逝去的江山人物的理解、同情并多有赞叹，但他们的旨趣显然不同：如果说薛冰较为重视士子的精神传承，不乏惺惺相惜的文化反思，那么诸荣会看重的是包括士子在内的传统时代更广大的文人阶层的跌宕起伏的人生，大抵是一种传奇心态。需要强调的是，这里不是说两种写作旨趣有高下之分，而是就题材的把握和主旨的阐扬方面论，薛冰的书写典雅隽永，是正统文人气质，而诸荣会的记述则泥沙俱下，颇多野史奇趣。文人趣味和大众文化趣味在同一时空中并行不悖或相反相成，构成了江苏及国内历史文化散文写作多元共存的基本格局。

不过，无论薛冰和诸荣会为代表的两种写作路径有多大差异，它们都是对江苏地域历史文化的自觉发掘、展现和评估。薛冰的南京、韦明铧的扬州、张昌华的民国、诸荣会及南京老克的南京和江南、夏坚勇的大运河和贾梦玮的"后宫"，各各从不同角度解读江苏的历史文化，它们汇聚在一起，就构成了21世纪江苏文化的"寻宝图"，且建构起阐释的基本框架并努力将之与当下现实建立联系，就为这一带着历史的厚重感的文化资源在当下及未来更多地发挥文化功能提供了必要的条件。

其次，从写作方式和散文风格层面看，本时期的江苏历史文化散文的确存在"史"与"文"的分野，但与艺术散文相比，文体创新明显不足，唯一例外的，可能是夏坚勇。

文人趣味与大众文化趣味两种历史文化散文写作策略为阐释江苏历史文化发挥了重要作用，前者向历史纵深处挖掘，在某种程度上更新了对江苏文化的认知，后者则在普及江苏文化中起到了相当作用。不过，也应该承认，就散文文体而言，二者的创新颇为有限。薛冰等人小品格调的散文颇为可读，但其中的佳品，也不过与民国年间的同类作品相仿佛，而诸荣会等人的散文则难以避免粗疏汗漫的倾向，有时甚至可以视为现代时期感伤滥情散文的当代子孙。这一文体问题从侧面反映了散文急需艺术突破的事实。

一个毋庸置疑的事实是，"近世文明有一种泛化倾向，风气所及，散文写作亦不可免"所带来的"消灭个性"的"危险"[1]，"新散文"正是有感于这一状况的文体自觉意识的表现，江苏有多位作家参与其中并有重要影响。就历史文化散文来说，夏坚勇的散文创作可谓自成谱系，代表了这一文体在新形势下的追求和突破。他的长篇散文当然受到90年代所谓"文化散文"思潮的影响，但到了他笔下，整体风貌有了极大改变：从结构上看，史事的线条勾勒和人情的绵密皴染以纵横交错的方式编织成一张人生之网，写尽人生百态；从具体技巧方面看，小说笔法的融入使得史事得以曲折婉转地呈现，戏剧手法的介入也使得人物内心充满张力，多种文类技巧的融合使得作品文学性增强，也强化了可读性；从主题看，人情的历史化还原、人性的哲理化探索和人心的近距离蠡测使得作品在述与论之间保持了必要的平衡，更因作者心理距离的靠拢而显得真实可信。凡此种种，都体现了夏坚勇文体创新的探索和成就。

再次，从审美和文化价值层面看，江苏历史文化散文的审美属性日渐消散而文化属性逐日增长。

江苏一地长时间以文教闻名国中，文化普及程度较高，故自清末开始，因为政府控制力度的松弛和民间社会一定程度的活跃，较早出现雅俗并行且二者多有交叉的文学、文化格局，南社与鸳鸯蝴蝶派之间的分合关系可为士大夫文化与大众文化的交融现象之佐证。20世纪90年代以来，随着经济的繁荣和市民社会的复苏，文学、文化的受众开始从文化精英向市民大众迁移，重又面临百年前的同样处境。其实，这一转型是现代化的题中应有之义，中国只不过在21世纪前后重新接续了这一

1　林贤治：《论散文精神》，《中国散文五十年》，桂林：漓江出版社，2011年，第5页。

过程而已，因此，不独江苏散文，而且几乎是整个散文文坛，都标榜所谓"大散文"。这一动向极为鲜明地说明了散文从文学本体向泛文化发展的态势。

21世纪以来的江苏历史文化散文，张昌华、诸荣会、徐风、南京老克等人普及历史文化的散文作品自带大众文化特色姑且不论，其他诸人中，如薛冰，书话之外有文化和生活随笔；如韦明铧，文史札记之外有各种普及读物；即挥洒自如如陶文瑜，江南小镇之类的题材也都是市民消闲读物。历史文化散文的这一创作趋势，非出于个人好恶，而的确源于时代需求，从积极方面讲，它实是现代化发展持续取得进展的表现，也是现代化深化的必要方式。这就是说，江苏历史文化散文从文学属性到文化属性的转移，可以视为江苏现代化深入发展的手段和目标之一。

第二节　薛冰的《淘书随录》《格致南京》《饥不择食》等

薛冰（1948—　），作家、文史学者。1967年毕业于金陵中学，次年下乡插队。1975年后至南京钢铁厂任职，1984年调至江苏省作协，历任《雨花》杂志编辑、《东方文化周刊》副总编辑等职。1980年开始发表作品，有小说多种，散文集约30部。他的散文多是围绕南京历史文化展开的读书随笔，依题材，大体可分三类：一是书话和读书随笔，数量最多，成就也最高；二是关于南京和江南的文化随笔；三是与日常生活相关而又带有浓郁的艺术气息的生活随笔。这三类散文其实风格差别不大，既有学者的儒雅博学，又有文人不失锋利的讥弹，都具有同样一种"郁郁乎文哉"的书卷气。

薛冰的早期随笔是典型的书话，它们大都围绕书刊本身展开，介绍书刊、考证版本、校注异文、补释人物等是其本色行当，自不待论，另外如新闻出版条例、书店营销手段、书价里的物价之类，若干书刊周边的文化问题，作者也多有涉及。作为介于"文学与文化之间"的"既是创作又属研究，既具审美性又涵学术性"的一种文体[1]，

---

[1] 赵普光：《游走在"文"与"学"之间——书话及其启示》，《南京社会科学》2013年第7期。

书话主要体现了作者的学识,不过,所谓学识应该拆解开来加以认知,"学"指的是知识性,"识"指的是判断力。薛冰书话的知识性与其他书话作者差别不大,但在判断力方面,则有其个人特色。一般而言,他在附带讨论书刊周边文化现象的时候,往往表现出超常的敏锐和洞察。例如,《维特的烦恼与歌德的创造》提及的"中国人读小说有两种毛病,一是对号入座,把自己硬挤进小说中;二是考究本事,把别人硬推进小说里",又如《〈新疆见闻〉与作者卢前》注意到的"南京向称人文荟萃之地,但有趣的是,活跃在南京的文化人,多不是南京本地人"的现象,再如《罗振玉与〈万年少先生年谱〉》所说的学界对明遗民的关注和文坛对"秦淮八艳"的热衷之间的关系,"也说不清究竟是明遗民的气节带红了'秦淮八艳'的风行,还是'秦淮八艳'的时髦捎带得明遗民走了俏——抑或是英雄美人相互提携,正符合了中国的传统与国情",谑而不虐,都是极有风趣的描述,也是恰到好处的评判。

新世纪以来,薛冰陆续推出《淘书随录》《金陵书话》《版本杂谈》《纸上的行旅》《片纸闲墨》《旧家燕子》《书生行止》《槛外读书》《古稀集》等多个作品集,大都是有关南京文化的读书笔记。此时,他的书话作品仍然不少,但也开始逐渐脱离书刊本身的限制,开始转向读书随笔,而它们在题材上也表现出超出南京文化限制的拓殖倾向。薛冰在《淘书随录》的序言里说,该书"其实并不完全是淘书的记录,更多的仍然是读书的心得"[1],也提到了这一变化。需要指出的是,若说书话和读书随笔之间的分别,简单说来,前者一般紧密围绕书刊本身展开,多是综合"文献"与"评论"两面且以"知识性"为主[2]的精炼文字,故篇幅短小,即有旁逸斜出,也是点到即止,并不作过多延伸,而后者则反是,与书刊本身若即若离乃至仅只将之当作一个引子,重点在于铺叙人事,是故篇幅较长,叙述也富文学风情。不过,这种区分只是相对的,二者在许多时候界限并不分明,而且就薛冰的实际写作情形看,他也是在这二者之间时有进退,所以这里将之归为一类且以"书话"统

---

1 薛冰:《自序》,《淘书随录》,南京:江苏教育出版社,2001年,第1页。
2 唐弢:《序》,《唐弢书话》,北京:生活·新知·读书三联书店,2007年,第5页。

领加以论述。

作者是爱书之人和一个本色的读书人。他在《西安淘书记》一文中提及个人之选书、读书完全不同于藏书家或学问家，自认是"不入流的'野路子'"，但其实"私心里也还是有一个标准的"，那就是"一是南京地方史料，一是本世纪以来的文献资料"，对此，《姑苏淘书记（上）》一文则说是"明清之交的史事人物资料"和"南京地方文献"两类，与之略有不同，但显而易见，作者关注的核心在南京的地域历史文化，至于其他地域，不过是在这一基础上的自然生发而已。薛冰读书既有中心，散文写作亦随之展开，关于南京的书话遂成为其散文写作的一条脉络。这些书话，是具有现代眼光的文化省察，也是饱含当代意识的文人风采，更是颇有匠心的时代文章。

首先，薛冰记叙南京一地的历史文化，具有自觉的文化意识，从中体现了现代知识人的价值观。

南京人文荟萃，所可论说者，所在多多。《藏书票上的六朝松》指出，提及南京，"人们津津乐道的，是帝王基业，是后宫艳事，是寺庙轶闻，是秦淮胭脂……"在薛冰看来，这是对南京文化的一种误解。在《日长山静草堂诗存》一文中，他借由品评诗集及其作者汪达钧其人其事，表达了他的观点：

> 八十年代以来，南京文化界每好以夫子庙烟花文化为荣，将金陵文化一言以蔽之为"秦淮文化"；其实自道光年间魏源定居龙蟠里之后，城西一带才是真正的人文渊薮，聚集了中国最早一批"睁眼看世界"的有识之士。

是故，他对汪达钧"始终没能与活跃在龙蟠里、瓮山精舍、惜阴书院及钟山书院的文化人有所往还"，所以"纵有忧国之心，竟无救国之道，终于未能脱离一个旧文人的窠臼"的命运不无感慨。

六朝、南明、民国，这三个时期是南京最为辉煌的三个历史阶段，薛冰都有涉及，而依据其个人读书兴趣和"淘书"所得，他的书话写作重点在第三个时期，就其实际写作看，也包括清末。作者所论及的书刊，大都不是难得一见的珍本，而是可以见出南京其时社会风尚、著者个人性情和时代价值取向的常见之书。《纸上的行旅》是有关游记的书话，作者对"旅行""常常具有寻找理想世界的内涵"的阐释可见一斑："我们的祖先，最初是向文明世界的外部寻求'仙境'；后来，当文明世界扩张得超出人们的行动能力后，他们转向文明世界内部保持着原生状态的绿岛；最后，当桃花源式的绿岛已被文明吞噬几尽时，他们不得不把欣羡的目光，转向较为和谐的文明环境。"[1]这是极为通达透彻的看法，它不仅写出了游记这一文体的内在驱动力，也昭示了作者本人以人性为根柢、以文明为导向的现代价值观。

作者识力过人，他笔下的南京民国人物，不是从异闻趣事中走来的文化传奇，而是具有人生抱负的知识精英。对这些人物，他抱有一种"虽不能至，心向往之"式的敬意，所以对现实中某些现象就不能不有所反应。他谈黄侃，明确表明自己没有资格谈论其学术，而对坊间流传的关于黄侃的轶闻轶事，则批评了"既想攀附专家学者以抬高自己，可对其学术成就又一窍不通，于是便竭力将其人'大众化'，通俗以至庸俗到说者能够任意挥洒，听者能够趣味横生"的学界风气（《〈黄侃日记〉及其他》）；谈陈中凡，借由其交往之广泛，辨析了"在二十世纪上半叶，所谓'新''旧'学者之间，并无严格的界限或'营垒'，更非一度为人所描绘的尖锐对立"的文化图景（《师友风谊翰墨香》）；谈卢冀野，重点在于强调其为实现文化抱负而多与现政权合作的人生选择，且用赫拉克利特的名言作为总结，一言蔽之曰"博学并不能使人智慧"（《卢冀野和〈黔游心影〉》）。这种冷眼审视的平视姿态和自我省察的文化态度，彰显出作者健康的文化心理。

在"民国热"的浪潮中，作者能够保持这样一种清醒的头脑，不是偶然的，因为他一直持有"不薄今人爱古人"的良好心态。他读友人王稼句的《苏州山水》，按照书话的文体惯例，话已经说完了，但还是说了几点"题外的感想"，其中之一，就是对时下出版风气和读书习气的批驳："编撰者和出版者，缺乏明确的文化

---

[1] 薛冰：《序》，《纸上的行旅》，济南：山东画报出版社，2006年，第2页。

立场和批判精神,多出于纯粹的商业目的,取舍标准惟'旧'是从,一味罗列堆砌,良莠不分,香臭不别,连为往日的文化辉煌唱挽歌都做不到,更不要说对城市文化的历史进行审视和反思,为今天的城市文化建设提供参考、出谋划策了。"因此,他的选书和读书,虽都是个人兴趣使然,亦如其所谓他其实"不仅限于藏品的获得与鉴赏,而且重视其文化内涵的探求"[1],都包含着一种文化自觉。

《书生行止》一书的第二辑是薛冰的读书自述,首篇《影响我思想成长的十一种书》要言不烦,既交代了初读那些书的感受,也说明了它们今日在作者心中的价值。《水浒传会评本》早先的印象是"动人的故事情节"和"精湛的写作技巧",到后来,作者读出来"人与社会的冲突,这种冲突发生的必然性,以及改善的可能途径";《西谛书话》"也许并非上乘",但作者看重的是其中"大多数书话都缺少的"质素,即郑振铎"对中国文化刻骨铭心的爱,和维护民族文化传统、民族尊严的行动的激情";《万历十五年》的价值不仅仅在于"呈现了一种研究历史的新方法",也不在于"打破了某种历史观的长久禁锢",对作者来说,它是"不以自己为终极经典,而提供了推翻其自身的可能性"的启迪;冯梦龙的《山歌》和《桂枝儿》,作者直言不讳,认为它们"给我的启示不是回到明代,而是回到民间";诸如此类。即此可见,作者爱读书,更会读书,明确的价值观和自觉的文化意识使得他能够"不畏浮云遮望眼"。

其次,薛冰书话具有丰富的知识性,但不是为知识而知识;具有一定的趣味性,但又不是为趣味而趣味,在作者那里,知识性和趣味性是读书札记的文体和清朗的心境之自然表现和流露,它们俊逸灵秀,体现了高洁的当代文人志趣。

笼统说来,书话所品评或赖以展开的书刊一般兼有文化和个性两种品质:就前者说来,中国文化源远流长,近现代以来与西方文化的碰撞又产生了诸多新的动态,五光十色之中不乏光怪陆离,自然有许多内容可堪发掘,是为知识性;就后者而言,一本书其实就是一个人,读书就是品人,以中国近现代社会转型之特别,饮

---

[1] 薛冰:《序》,《片纸闲墨》,天津:百花文艺出版社,2010年,第2页。

食男女的滚滚红尘中亦不乏令人瞩目之奇才怪杰，所以难免心有戚戚，是为趣味性。可以说，书话的知识性和趣味性，其实是书话作者读书品人过程中自然而然的附带产物而已。薛冰学识兼备，目力如炬而视野宏放，对其所论及的以南京文化为中心的近现代文史类书刊，注意力大都集中于相关作品整体的文化评价方面，从某种程度上讲，他不无排斥炫技式的秦牧型知识散文的意味，但既是书话，所以并不缺乏知识性和趣味性。

作者沉湎于淘书、读书凡几十年，最了解的自是有关书籍的知识。《片纸闲墨》第一辑中的三篇文章，《花笺光华》《尺牍留真》《封缄故事》分别谈论笺纸、书札和信封，就都是富有知识性的文人雅趣。《尺牍留真》一文可以当作中国的书信简史来读，但它不是巨细无遗的系统介绍，而是在个人兴趣基础上，适当补充相关材料串起来的文史常识。作者先是提及书信的古早形态如简、笺、牍、札、尺素之类，待到纸张取代简牍，中国的伦理建制使得书信出现了"札饬""札晦"等带有等级意味的称谓，而在鱼雁传书等民间故事流传开来，则又有"鲤素""雁足"等代称，是十分简要的描述；作为一种文体，书信要到南朝时期方始成熟，《文选》开始收录，《文心雕龙》且有理论阐释，不过作者并没有在各种书信规矩上多作停留，而是指出，古人之下属致上司、晚辈致长辈的信往往"形式隆重而内容空洞"和某一时期书信之中每述一事"一定要引用毛主席语录以为起首"其实并无分别，已经不无反讽的意思了；因为书信在内容和形式两方面均真实可靠，且兼有文学和书法等方面的价值，所以为后世所重，即在新文学作家中，书信体游记和小说也是所在多多。这篇文章涉及书信的历史、形式、内容及其书法和文学性等问题，虽然并不是条分缕析的介绍，但相关知识也足够丰富了，更重要的是，这些有关书信的知识显然并非来自学术研究，而是作者在长期的品读过程中逐渐形成的认知，所以知识性内容在经过其个人性情的熔铸之后，就不再硬生生、冷冰冰，而生活化了。

读书写作是薛冰的一种生活方式，这种生活方式与世俗生活有距离而不代表他对日常生活没有自己的态度，如前述，作者有一种极为清明的理性，然而，也应该承认，这种日常状态也的确使得薛冰的趣味较为个人化乃至私人化。需要强调的是，这种个人化、私人化的趣味有独得其乐的文人内涵，但更与作者不与流俗争短长的志趣相关。《止水轩履历》一文记述个人书房变迁，提到搬了新家之后整理书刊的情形："那是一个太愉快的春天。每天拆开几包书，分门别类地摆上书架，比起帝王检阅军队，财主点数珍宝，精神的愉悦有过之而无不及。"由此可见，薛冰书话的趣味性不在于它们揭开了多少奇闻秘辛或是逸闻趣事，而在于他品书、品人之中自然展露出来的精神愉悦。这是一种真实的个性。

《纸上的行旅》是品评中外游记的专书，许多篇的点评都表现出薛冰本人的洒脱性情。《东南环游记》的著者芮麟在"自序"中说，"好男儿不易得，好文章不易求"，作者赞同曰"从来如此"，而且有按语，"然而一语道破，是要有些英雄气的"；《关洛纪行》著者王斌"前言"有云，"至于此行任务，既没有说明的必要，同行人物，和一切交接人士，又因其他关系也不必宣布名号，便都从略了"，作者深以为然，表示"这态度就很为我喜欢"；《名山游访记》的著者高鹤年在金山寺受戒成为居士，所以这本书附有"高氏慈眉善目，一袭长衫，一双麻鞋，一根哨棒挑着斗笠"的照片，然而"那斗笠上大写着的'惭愧'二字，大约是谓自己尚未能了悟解脱的谦虚之词，总是端端正正地伴在身边"，作者有睹于此，情不自禁下一判语云："不免给人以作秀的感觉。"这种快言快语的点到即止，一方面体现了作者的学力和魄力，另一方面，当然也反映了作者心境的潇洒。

从心所欲不逾矩的潇洒，造就了薛冰看似随性而又自成谱系的书话作品。他在《止水轩履历》一文中如是陈述个人书话写作的来龙去脉：

> 20世纪90年代在王稼句、徐雁先生鼓励下，对书话产生兴趣，由读而写，且不能不涉及书目、版本研究，这类被人称为"读书之书"的，渐成规模，有了近千种。此外还有几个小专题，如爱屋及乌，有意识地搜求前辈文人流散出来的签名本，号为"旧家燕子"；因读《吴歌甲集》而迷上民歌，留心收集各种民歌资料；受"行万里路，读万卷书"古训影响，搜罗古今旅行图书以作"卧游"；从关注中国古籍插图本，延伸到外文原版书籍的插图本；再就是20

世纪80年代初迷上中国古代钱币，实物的收藏鉴赏之外，亦重视相关文献的研读，钱币学著作大体齐备，并延伸到货币史、金融史、经济史；凡此种种，各有数百册。

写作和读书的相辅相成，使得薛冰的书话写作深受古人风格影响，然而他不拘泥，总是能够自如地代入个人的真切感受，恰到好处地加以解读和评判，故整体呈现为一种既典雅又清新的文章风貌。

再次，薛冰书话是带有作者个人风格的小品，也是匠心独运的文章，它们情理并茂，具文质彬彬的儒者气度。

薛冰从事书话写作多年，前后大约有十几个集子，而正如上面的引述所表明的那样，他的写作有迹可循，每集也差不多都有一个相对集中的主题。如何命名才能做到既有概括性而又不乏文字的和文学的趣味，其实颇可窥见作者的匠心。大致说来，《淘书随录》《版本杂谈》两个集子，顾名思义就可了解它们的内容，还是比较实在的命名方式；《金陵书话》涉及"金陵"和"书话"两面，仍然忠实，而《旧家燕子》就有趣得多，"旧家"指的是"图书曾经的主人"，"燕子"指的是"图书本身的内容或形式"[1]，是一种巧妙的借用；《纸上的行旅》和《片纸闲墨》介于上述二者之间，前者聚焦于以民国为中心的各类游记书刊，后者当然是谈论书信，它们在文字显豁与文意隐晦的交相映射中，表现出一种带有传统文人风情的文字趣味；《书生行止》《槛外读书》都是既记他人又记本人，以人己之间的相互对照和发明记述读书心得，又是巧妙的书籍结构设置了。应该说，这些地方明显受到了作者所品读的历代各种著述的影响，但其实更体现出作者本人的机心。

作者曾交代他之所以选择"书话"这一文体的缘由："书话是书与我的一种恰到好处的精神碰撞激发出的思想火花，很有点'只可意会，不可言传'的味道。如

---

[1] 薛冰：《序》，《旧家燕子》，济南：山东画报出版社，2013年，第2页。

果一定要解释，那或许就是——书有足够的分量打动我，我有足够的力量驾驭书。"[1] "书有足够的分量"指的是值得一读，"我有足够的力量驾驭"指的是作者能够读出会心之处，职是之故，那些今日读来并无多大意义而仅仅存在学术研究价值的书刊就不在这一范围之内。薛冰书话追求人与书的共鸣，是书对人的一种激发，所以它们不仅是读书札记，更是文学创造。

《金陵琐事》介绍的是明人周晖的同名图书，文章分来历、释题、品评、辨析等几部分，是一篇标准的书话。作者手上的版本已属后出，但据著者序言所说，初版应在万历三十八年（1610年）左右，而其之所以出版，却是因为友人意图据为己有，所以只好自己抢先刻印；交代完来历，自然应该解题，著述虽云"琐事"，但重点则在"纪实性"，即使鬼神故事"也属现实的映像"；至于该书之价值，在于不"以转贩故纸为乐事"，而是忠实地记录了有明一代"南京所发生（或传说发生过）的事"，所以成为稽考南京故实的可靠资料；对于其中一些古今评价存在差异的地方，则举例加以论说，如海瑞任应天巡抚时与御史陈海楼之间产生恩怨，最终却是前者"以自己的楷模形象令仇人回心转意"，作者不禁赞叹道："今日的读者，恐怕都会与作者同发一声赞叹：'如此都御使，哪可多得！'"最后则是宕开一笔：针对著者惭愧于某人讥笑另一人"诗思游历，不能出二百里外"之语，作者的回应显得庄重而又悠远："然而或许正因为他的身为金陵之人只说金陵之事，这本书才会至今仍为人所重。"这篇文章当然不俗，正所谓"篇之彪炳，章无疵也；章之明靡，句无玷也；句之清英，字不妄也"[2]，它在章句方面的功夫显而易见。

书话古已有之，在民国年间也往往被新文学家归为小品一类，大体被认作文人文章的路数。以今观之，它在传统时代其实是士大夫的道德文章和文人的风流狭邪之外的"第三种道路"，既不是前者的板正，也不是后者的邪僻，而是前者之刚正与后者之温润的融合，是在严酷时代保持灵性不堕的一种文体。在现代，书话之归

---

1 薛冰：《自序》，《淘书随录》，南京：江苏教育出版社，2001年，第4页。
2 刘勰著、周振甫注：《文心雕龙注释》，北京：人民文学出版社，1981年，第375页。

为小品，实是"五四"个性解放精神在文体内部借由古典文人气韵的一次回潮，其代价，则是士子精神的被忽视、轻视乃至被遮蔽。有意思的是，薛冰书话有近乎当下所谓道学的内容而并不道学，有时还有很多风趣，不过又从不流于趣味化，故而不免让人联想到废名认为"理想的文艺是要'使人得其性情之正'"[1]这个说法，进而与文质彬彬的儒家士子风格建立某种关联。

《忙里偷闲的艺术》是一篇短文，介绍的是"闲章"。在开篇，是对"闲"的状态的分门别类，"一朝得闲"的"大忙人"、"难得寸闲"的"真忙人"、"唯恐得闲"的"新忙人"、"无奈赋闲"的"旧忙人"等俱在其中，闲忙之间存在这么多有趣的转化。作者之所以想起这些闲话，乃是因为读了《我的闲章》一书。引言之闲散和切题之随意，颇有任意而谈的意思，其实在萧散中见法度，正是文章惯技。然而，正文部分没有展开对印章艺术的描述，因为在作者看来，"我的闲章"重点不在印章本身，所以篆刻文字如何尚在其次，关键在于"我的"，即其所表现出来的个人情志，就涉及闲章的立意了，于此，文章又是一次巧妙的转换。不过，立意问题仁者见仁智者见智，所以只宜列举，方成的"我画我的"和止庵的"自适其适"，一直白一典雅，前者道出了艺术创作的真谛，后者隐含着一种人生智慧，都是作者比较欣赏的个案，而袁鹰的"我欲因之梦寥廓"和"满目青山夕照明"两方闲章，他也并不多下评论，只说"一望可知其产生的文化背景"，褒贬尽寓其中。至于与闲章相关的因缘际会故事，作者一笔带过，然后回到开头的闲与忙的关系上，以来新夏的两方闲章居然都是"难得人生老更忙"一例作结，委婉地表明因为某种原因而导致时光荒废的人物之所以都是"当今忙人"的缘故，韵味悠悠且发人深省。

当然，近于儒自然并不是等于儒，薛冰的本色始终是一个现代知识人，现代知识人立场、当代文人气质和典雅的文章风情作为其书话的特色，显示了作者古今融会而又以现代价值为旨归的文学观和人生观。其实，薛冰立足江苏文学传统而又能

---

[1] 废名：《响应"打开一条生路"》，《废名集》第3卷，王风编，北京：北京大学出版社，2009年，第1425页。

够在继承中有所变化,庄重、朴素、大气而不失轻盈、灵巧、秀气,这一风格不独书话为然,他的其他作品也同样如此。新世纪以来,在《南京城市史》这部专书之外,他陆续推出十几部随笔集,它们正如本节开始部分所言,大体可分文化随笔和生活随笔两类,不过,对作者来说,似乎文化就是生活中最有魅力的那一部分,或者说,生活本身就寄寓在文化之中,所以除《风从民间来》和《拈花》这两部分别以民歌和花艺为主题的专集,其余诸集的内容都是文化、生活不同程度的糅合而以前者为主,所以这里将之置于一处加以讨论。

《家住六朝烟水间》是对南京历史文化的一次空间测绘,奠定了薛冰后来的文化随笔的基本格局,以此为纲,同时依据写法上的差异,可以将其余十多个集子做出一个简单的分类:一是从较为宏观的层面书写南京历史的随笔,对南京过往著名女性进行摹写的《金陵女儿》是其中代表,对清凉山一处地方的历史变迁进行梳理的《清凉山史话》可以视为它的一种变体;二是从微观层面书写南京的各种文化遗留的随笔,有《格致南京》《饥不择食》《漂泊在故乡》等多个集子;三是带有专题性质的随笔,《风从民间来》和《拈花》如上述,《江南牌坊》《甪直古韵》《觅胜吴淞向甪直》分别记述牌坊、甪直以及其他古镇,都以江南文化中的显性物质遗存为主要题材。薛冰带着温情游走在这些或虚或实、亦虚亦实的历史文化空间,始终在追问一个问题并努力加以探寻:以文化为栖居地,人如何才能更为诗意。

《家住六朝烟水间》率先做出了这方面的探询。这部随笔集记叙了南京的城、景、人、物、史,在薛冰的文化随笔中带有总括性质。对于南京城,作者由越城、冶城、金陵邑、建业、金陵等名称演变述及城市的历史变迁,并对石头城、台城、北门桥、明城墙等曾经的地标有所勾勒(《世界第一大城》);对南京的风景,作者固然自嘲地说"要么不干,一干就弄出个'四十景',也颇有南京人的'大萝卜'风味"(《金陵景物图咏》),但对昔日六朝南唐的孑遗和今日的东郊风景情有独钟,《山水园林》一篇更从"园林六朝变""放眼豁蒙楼""城西佳山水""园中轻喜剧""瞻园古今谈""佳趣说莫愁"等侧面写出了南京的园林之美;关于南京人,作者认为南京"吴头楚尾"的地理、规模巨大的移民使之成为一座"缺少鲜明文化特征的历史文化名城",职是之故,生活在其中的人们"既不攀龙附凤也不嫌贫欺生,既不故步自封也不盲目崇外,既不附庸风雅也不混充'大佬'",同时,也存在接受新事物"慢半拍"、"过分容让近于怯懦"、过度包容因而"有着'事不关己'的倾向"等弱点或缺点(《吴头楚尾南京人》);至于南京风物,高雅如文玩,市井如板鸭,也都被一一摄入笔下。虽然集中的多数作品并不与人直接相关,但作者在对南京多个侧面的历史爬梳当中所表现出来的对各种具体处境中的人的生活状态的描摹,充满理解的同情,也不缺乏对它们所蕴藏的各种可能的叩问,这种善解人意正是对诗性人生的肯定和探求。

概而言之,薛冰笔下的南京是历史与现实交融的人生行卷,是古典与现代错综的文化图轴,是打破时空界限并将人生和文化二者纳入其中而又以前者为底色的一个生活场。

在薛冰看来,在南京居停的人就像他笔下的"金陵女儿"那样,他们的"人生际遇并不随着生命的结束而终止,甚至死后的内容比生前更为丰富",是"社会和历史层累地堆塑"[1]造就的,而在风貌各各不同的诸多时代的背后,是带有独特的南京地方特色的人心恒定和人情有常。例如,金陵女儿中固然有"胭脂井""金缕鞋""秦淮艳"的香艳传说,但更多的还是与南京曾经有着千丝万缕联系的普通人,一如李白《长干行》中的无名少妇那样:"流星一样掠过金陵的长空"的"清溪小姑",无郎独处,是少女情怀,而在民间传说中,乃是一个介于人、神之间的存在,今天的人们仍然得以在她身上寄寓那些美好的愿望;相传为王献之小妾的桃叶于史无征,但千古文人墨客的《桃叶歌》"造就了一个千古不朽的桃叶渡",使之成为镶嵌在市井烟火中的一帧显眼的银幕;莫愁女则更像是从江南历史的氤氲中蒸腾而出的一个现实的隐喻,因为《河中之水歌》所"铺叙的莫愁故事,完全是一个平常女性的经历,劳作,出嫁,生子,丰衣足食,偶尔也会浮动小小的情感涟漪;没有大起大伏大波折,没有木兰从军的雄豪,没有英台殉情的决绝,没有焦仲卿妻的

---

[1] 薛冰:《序》,《金陵女儿》,天津:百花文艺出版社,2003年,第2页。

悲凄，而这正是南京人的本色——在不动声色的平平常常中，领略生活的真谛"。南京的历史深邃绵长，但它是生活这潭深水之下的一股潜流，偶尔泛出水面，制造的也是人生的涟漪而已。

南京人朴素实在，所以连传奇都转化成了现实。薛冰虽然不排斥传奇，但他通常的写法是将传奇化为一个个具体的可以辨识的文化空间，例如《清凉山史话》。可以说，将时间糅入空间或者把二者组织成一个清晰的时空语境，是薛冰书写南京的一个特点，而那些文化时空的面目之所以清晰可辨，不在于其间的文化含量的多少，而如作者述及个人一生饮食经历时曾经说过的那样，"在历史的长河中，这委实是一些无足轻重的片段，时过境迁，某些细节甚至已经开始模糊，然而情绪的记忆，面对食物的人生体验，却越发清晰"[1]，在于它们都建基于作者本人真切的人生经历和体验之上。《格致南京》将南京的城史打散揉碎了去写，其实仍然不脱宏大叙事的影子，算得另一种形式的传奇；《漂泊在故乡》从个人角度切入南京半个世纪以来的时空变迁，可以算得作者"一个人的南京当代史"；而《饥不择食》以个人经历为线索，书写江苏几个地方特别是南京的民间日常饮食及其背后所体现出来的地域文化，也可以视为"一个人的饮食文化史"了。

可以看到，作者笔下20世纪五六十年代左右的南京，是一个布满传统的遗留物而其古典特质并没有得到承认的所在：幼年居住的下关，是延续着民国年间繁盛景象的民间社会，建筑仍有旧时风采；童年时期的石鼓路，同学黄某家的徽派建筑、瓮城、夏家的四松园、堂子街太平天国壁画馆，都是常常探访的所在；青少年时代的新街口沈举人巷，是花园洋房，传说中充满罪恶的"水牢"不过是民国建筑中常见的具有调节气温作用的水窖。当时南京的街市、古迹、建筑，都是生生不息的民间的组成部分，既不遥远，也不神秘，正因为这样，南京景观也就变得生活化了。

景观如此，饮食更是这样。《饥不择食》一书的前两辑"养小录"和"梦粱录"分别记述儿时和悬想的各种吃食，第三辑"中馈录"则记载了几种深有体会的地方

---

[1] 薛冰：《代序》，《饥不择食》，北京：中国青年出版社，2015年，第3页。

小吃：缺乏乡人问津的大闸蟹，是下乡青年的美食；夫子庙的茶食中，"清真蒋有记"的牛肉锅贴、"莲湖糖水店"的"糖水莲子"、"新奇芳阁"的麻油干丝配鸭油酥烧饼等，都曾是亲民的寻常小吃；至于板鸭、鸭四件、旺鸡蛋和"大萝卜"等南京民间特色风物，更是平凡得很，几乎就构成了南京人的日常生活。

饮食和风俗密切相关，它的背后其实是一个地方的风土人情，所以该书第四辑"清嘉录"便从"中馈录"所记述的南京民间风味进展到对南京风习的书写。《年声·年色》写过年，当时的鞭炮声和旧日的舂米声都是"年声"，元宵的"四色"馅和什锦菜的蔬菜拼盘都是"年色"，它们都带给人们过年的仪式感；《春来野蔬发满城》提及南京人爱吃豌豆头、菊花脑等"头头脑脑"之类的野菜，其实华东地区风俗多是如此，征之于文献，则更可以视作中华民族的传统；《"三新"与"五毒"》考辨江南"立夏吃三鲜"的习俗，认为其要点不在"三"而在于"新"和"鲜"，内涵不宜过于确定，所以樱桃、蚕豆、粽子等物产和立夏胸前挂蛋、吃乌米饭、吃五红菜等风俗就成了书写重点，究其实，它们都是地方物候与人的生活交融的衍生而已。

薛冰在书写南京人的现实生活的时候，总会引入历史的参照，而他在记叙南京城的历史的时候，总不忘以现实为比照和映衬，这种时空混一、古今对照的写法，使得他的随笔既有现实的生气，也有历史的深邃。也因此，他笔下的古典都是不完全的古典，现代也都是带有杂质的现代，然而，也许正是不纯粹才更符合实际。他在《甪直古韵》的第一篇文章《彩塑，不仅是罗汉》中说到，当甪直人"不再将保存城镇特色风貌与改善居民生活质量视为不可调和的矛盾"之后，真正做到以人为本，古镇的古典风貌才不是僵死的建筑，而是充满人性和人气的现代存在。《甪直古韵》与早期的《江南牌坊》和稍后的《觅胜吴淞向甪直》等几本书，都含有类似的文化用心。

总体而言，在江苏21世纪以来诸多的历史文化散文作者中，薛冰散文的文化价值与文学价值是相对均衡的。他的书话和随笔是他出入于历史和现实的笔墨行迹，它们围绕南京一地展开，书写了时空交融背景下的人性和人情，不仅体现了一位当代知识人清醒的现代意识,也反映了江苏作家21世纪以来文化历史散文的进展。作者轻快的文章笔法和清新的文学笔致固然是其人格的表现,从文学史的角度看,实是现代小品文之"文"与20世纪80年代以来学者散文之"思"的融合及在新的时空条件下的一种发展,而从文化的角度看,不妨将之视为一种基于江苏地域文化的空间建构而又在重述中华民族文化传统之时间建模中赋予它们以现实活力的文化努力。正是在这个意义上,文明、文化、文学在薛冰个人那里的三位一体就成为其散文创作的显著特征,可以说,宏放的现代视野、高度的文化自觉和清醒的文体意识使得他的散文卓尔不群。

第三节　韦明铧的《扬州掌故》等

韦明铧(1949—),江苏扬州人,学者、作家。1965年起在南京求学、工作,20世纪80年代初调回扬州,从事曲艺和扬州地方文化的研究工作。韦明铧在扬州地方文化领域著述颇多,在论文、论著、传记等带有学术性质的著作之外,数量最多、成就最高的文类,是散文。他的散文继承了中国古代的"文章"传统,兼具扎实的学问功底和较强的可读性,在练事、善文、断义[1]诸方面均有出色的表现。依时序和文体,他的散文可以划分为三个阶段:一是20世纪80年代至世纪末,以《扬州文化谈片》为代表,文章篇幅适中,义理、考据、辞章三者俱佳,学术性和文学性兼备;二是2000年年初的散文,仍然多以考据见长,但文体略有改换,多带笔记性质,有小品格调;三是2009年以后,专心于史志写作,语言平易,叙述畅达,文意显豁,大体都是普及性读物。韦明铧的散文在这三个阶段虽然面貌有异,但作者始终围绕"扬州文化"展开,且为文善考据而又能够不溺于考据的特点也一以贯之,这表明作者始终带有某种文人色彩而又终究不脱文化学者的底色。

韦明铧为文善考据的特点,在《扬州文化谈片》中就已显露。他于1983年至

---

[1] [清]章学诚:《文史通义》,叶瑛校注,北京:中华书局,2014年,第257页。

1987年间在《读书》杂志上发表了谈论扬州文化的系列文章，引起较大反响，后来便结集为《扬州文化谈片》出版。集中文章的标题分别以"探""评""辨""订""谈""析""估""释""说""考""识""论"等字领起，征引大量志书、笔记、诗词及俗文学作品，考据广为流传的扬州历史文化事物、意象、现象、事件，如"扬州梦""广陵潮""广陵散""廿四桥""扬州瘦马""扬州乱弹""扬州十日"等，并将社会批评和文明批评贯穿其中，于是考据的间隙中亦存有情和理，文章在尚实尚质的追求下亦不乏情感与机锋；而且虽然文章引用大量古史，但行文晓畅，并无掉书袋的冗余感，也毫无滞涩之感。因此，这些考证看似论文，但实为义理、考据、辞章三者俱佳的文章。如果从历史文化的角度切入就会发现，韦明铧的考据扎实但不固执、拘泥，他不认为考据是万能钥匙，从而避免了把考据变成制造阅读障碍的机械游戏。

如《辨"广陵散"》一文，作者爬梳了从晋代到清代关于《广陵散》的富有神怪色彩的记录，在指认其荒诞不经的同时，批驳了朱长文《琴史》以考据家的眼光评判文化现象的做法，接着分析起"广陵散"传说、典故之流行的文化心理，认为一是反映出人们不忍《广陵散》失传的美好愿望，二是"广陵散"成为所有不可复生之好物的代称，三是"琴"这一物象的文化隐喻。作者如是说道：

> 琴棋书画集中代表了传统的中国文化教养，而琴居其之首。所以，"对牛弹琴"是对缺少教养者的最大讥刺，"焚琴煮鹤"是对毁灭文化者的莫大指控。

据此看来，"广陵散"典故的内涵就不止有遗憾心理和美好愿望，还有些许批判意味了。在考据的适可而止之处开启文化视角，体现的是韦明铧从"史心"通向"文心"的路径。在他看来，即便是可以考证出是与非的典故，如"腰缠十万贯，骑鹤上扬州"，韦明铧也不仅仅止于揭示"正解"——典故中的"扬州"本是指南朝时的政治枢纽、今天的南京，还要保存后世流传更广的"误解"——隋唐以后风月繁华的扬州，并追问"误解"得以流传的意义。在许多时候，这样的"误解"是一段现实和心理的真实反映,后世的频繁误解反映了对扬州风月繁华的无尽向往和想象,究其根底,是古人对节制乃至禁欲这一正统观念的消极反抗。文章从考证典故写起,最后提出"反禁欲主义"的命题,这就从历史事实走向文化追问了,但还没有结束,文章再一次转折,援引史料指出古代扬州并非如想象那般的乐土,即使是盛世也充斥着冻饿离乱者的呻吟,进而批判"腰缠十万贯,骑鹤上扬州"背后的偏见、夸张和自大。对于历史文化现象,《扬州文化谈片》立足于扎实的考据,又以现代知识分子的眼光毫不避讳地进行评判,因而具有较高的品格,故有论者认为《扬州文化谈片》是一个被忽略的遗珠,由于其成稿太早,彼时尚无历史文化散文之说,但它实足堪称"江苏大散文或文化散文的开山式作品"[1]。

韦明铧2000年以后的散文可以2009年为界分为两个阶段,前一阶段主要呈现为尚趣的笔记体,后一阶段以史志和普及性读物的写作为主,但仍然具有取材广博、喜钩沉、善考据等特征。

他在2000年至2009年约十年间的散文以《二十四桥明月夜》《扬州掌故》《广陵绝唱》等为代表,取材仍在扬州历史文化的范围内,但是题材的种类和体量更为广博,涵盖传说、风物、方言、地理、市井、人物等,除了写那些广为流传的事物和说法,还打捞了许多今已湮没不闻但曾经风靡的风物、人事,可以说,题材发生了从"文化"向"民间文化"的迁移。其具体写法,在"善考据"之外,还有"喜钩沉"的特点,而与20世纪80年代较多论文性质的写法不同的是,此时的文体更为随性自然,多为尚智趣的短文,与笔记体相近。

尚"实"和考据,依然是韦明铧散文的主要特点,对待历史文化,他始终坚持用史料说话,还原历史真实。以今人的身份去翻阅史籍,势必会观察到两部分历史,一部分是未被发现的古代世界,曾活跃于过去但不被今人知晓;另一部分是得以相传至今的历史,人们闻其名但对其本末却未必有多少了解。韦明铧以今人的眼光,钩沉那些从扬州人记忆中遗失了的人、物、事,或那些仅存其名不知其源的语

---

[1] 汪政、晓华:《新世纪江苏散文论纲》,《南方文坛》2014年第4期。

词，使人们对明清以来繁华扬州的印象变得立体且有质感。

韦明铧所钩沉的对象不可谓不"杂"，而扬州这座城市的肌理在他对零碎杂事杂物的钩沉之中因此得以生成。在他的笔下，有风物，如明末的花灯"包家灯"、名为"女儿红"的土产萝卜；有工艺，如名为"周制"的漆艺、袁豁嘴的捏泥人；有市井老字号，如惜余春茶肆、戴春林香店；有社会生活中的某些群体，如乌师、瘦西湖船娘、被称作"白蚂蚁"的中介人、说淮书的说书人；有地理，如小秦淮河、苏唱街等消费与享乐之所在；有俗语，如"扬盘""扬州人没耳朵"。这些曾经是鲜活的存在，但随着历史的演进逐渐散落在故纸的只言片语中，韦明铧在茫茫故纸堆中钩沉、考据，把零散的只言片语综合起来，力图从文字记载中还原明清至民国初年的扬州的鲜活风貌，这是韦明铧散文的宏旨。不过，作者显然没有设定一个宏大叙事的框架，将上述人、物、事一一置于相应的位置，以期建构起一个扬州的文化形象。他对史料的综合，其用心不在系统的完备，而在每一个对象的丰盈可感，所以在对待笔下的每一个对象时，一方面穷尽史料的记载，以避免认识的残缺和议论的偏颇，另一方面更为注重写出它们的神采。于是，在杂多但各自丰盈的单体之间，"扬州"的肌质得以生长，"扬州"便不只是概念或印象，读者和作者都摆脱了仰视"扬州梦"的视角和俯瞰"扬州史"的视角，而获得了平视的视角，感知富有肌质的扬州世俗生活。在这个过程中，韦明铧对扬州的书写获得了文学性，同时，一个世俗性的扬州形象得以成立。

世俗性是韦明铧笔下扬州文化的特征。韦明铧在《扬盘·苏意》一文中将扬州文化和苏州文化视作江南文化的代表，认为这种文化的主体是市民、商人和文士，与之相对应的文化特质是平民色彩、消费艺术、书卷气三者的融合。读者从韦明铧钩沉出的人、物、事中，确实能获得和他同样的感受：扬州的平民和商人都具有一定的书卷气，如惜余春茶肆中好作诗的老板高乃超和他的食客们，如清代的盐商普遍爱好诗酒风流；扬州的文人雅士亦离不开世俗享乐，扬州的世俗风物除了见诸杂史、小说、曲艺，同样见诸大量的诗文，雅文学与世俗世界融合得十分和谐；此外，清代扬州士人曾集体反对官府取缔瘦西湖船娘一事，可谓是文士维护这世俗生活的实际行动了。这三者融合而成的世俗文化，已非"诗意江南"这个古老的命题所能套用，也非一般意义上的人间烟火气，韦明铧从狮子头那里找到了准确的概括："寻常材料、非常手艺、异常滋味"。一方面需"非常"，即过程讲究精致、雅致；另一方面则是强调无论多么精雅都不可脱离于寻常世俗。《周制》一文则从反面说明了这一点，以周制这种漆艺最终因被贵族垄断而衰落的结局，表达了对过于贵族化的警惕，文章进而推论，所有民间艺术和工艺的精髓在于生机而非完美无缺，唯有世俗民间才是文化的生之保障。

  韦明铧在书写扬州文化的世俗性时，特别注意到了商业对于扬州文化的意义。明清两代扬州商业的鼎盛极大程度地影响了扬州文化的面貌，商人成为影响生活及文化的重要一极。《遥想安家当年》一文认为盐商安岐的安家巷堪比东晋时期的乌衣巷，以商人家宅比附隐喻政治地位的乌衣巷，这个比附本身就是对商人影响力的一个很好的说明。商人带动了审美和风尚，就工艺方面，上到奢华的周制，下到市井可见的钮元卿的灯，都有商人的影响在内。韦明铧从某些商家的兴衰史中发现了文化信息。《伍少西毡铺》一篇写明清扬州的老字号"伍少西家"毡铺，作者在钩沉伍家毡铺的兴衰变迁时，其一，看到了一种尚谦逊、重积淀、讲信誉的商业文化——毡铺创始于明朝永乐年间，本在南京，创办之初还间接充当了皇商的角色，开至扬州后一直延续到清朝乾隆之后才消亡，朴素的店名一直沿用。其二，看到了毡铺折射出的文化风尚——其店名匾额是"扬州八怪"之一杨法的手笔，折射出商人与文人互相依存的关系；即使是伍家毡铺这样的名店也缺少更细致的记载，折射出商业的尴尬与文化的迂腐。商业和商人更大的意义在于创造了消费，消费带动了扬州文化的繁荣，明代俗语"有钱到处是扬州"成为明清两代扬州消费繁盛的注脚。如《小秦淮风情》一篇中所写，在所谓康乾盛世时，仅小秦淮河一带的消费场所就颇为可观，首先是多条商业街及其缎铺、香铺、义髻（假发套）铺等，然后是食肆、茶馆，还有歌馆等冶游之处，以及戏院、书场等消闲之所。至民国，云蓝阁纸号、陈恒和书林等纸业、书业的繁荣，也与消费文化不无关系。韦明铧对上述消费现象均一一撰文予以考据钩沉，还原当年因消费而产生的繁花灼锦之盛，与此同时，他也从中看到了明清扬州的商业难以为继的原因。在《白塔传说》《关于扬州盐商》等篇中，韦明铧指出了扬州盐商的依附性，盐商需仰赖官府得以经营，其本质乃是依仗皇权特许而牟取暴利，自身不独立，故而当皇帝和官府抛弃他们时，他们必然不可转圜地衰落。伴随着商业的衰落，扬州及扬州文化也衰落下去，待到民国后期洪为法写《扬州续梦》时，面对今昔之差别，对鼎盛时的扬州只能以"梦"相称了。

对扬州商业兴衰的考察表明作者具有宽广的文化视野。他并不以封闭的视野看待区域历史文化，而认为各区域历史文化之间的流动互相成就了彼此。在观察扬州文化时，作者颇为注意扬州文化向外地的辐射，及对外地文化的效仿与吸纳。就后者来说，特别值得留意的是苏州文化与扬州文化之间的流动。就现象来说，如清代扬州女子学扮"吴妆"，苏州艺妓在扬州风靡，留下一条"苏唱街"；又如，生于扬州的说书人柳敬亭在苏州停留的时间最久，扬州小调在苏州流行，有的曲调被收进了苏州弹词的书中。而在考释层面，韦明铧也以对举的构词方式对扬、苏二地的若干俗语进行了释读，如"扬州脚，苏州头""苏州片，扬州刀""扬州调，昆山腔""扬帮为武，苏帮为文"等。这些文化比较的篇章，虽然也有考证，但文体近于"闲话"，如《扬帮为武，苏帮为文》一篇，作者先考据这一俗语的由来，进而提出自己对苏、扬两地文化一文一武不同风格的感受，然后信笔举出园林、盆景、装裱、绘画、曲艺、小说、学术等领域的诸多物事和人加以评析，并征引各家之说以为佐证，使人感受苏州文化之温和圆融（即"文"）、扬州文化之奇崛精深（即"武"），在闲话之中显出一股智趣。

这种不限于某一区域历史文化的兴趣，使得韦明铧的眼光越过扬州和江苏，而放眼于中国各地，其产物就是《浊世苍生》《水土一方》两本书，作者后来将之冠以"江湖百相丛谈"的名目。这一系列的散文，每一篇均以形容某地人的"诨号"为对象，考据历史上该区域的特定人群或特殊风格，如"四川袍哥""湖北九头鸟"等。韦明铧在书写扬州时就意识到"词语是文化的印记"[1]，到写作"江湖

---

1 韦明铧：《乌师》，《二十四桥明月夜》，上海：上海古籍出版社，2000年，第114页。

百相丛谈"时,其意图,正是力图在僵硬的词语背后寻找、发现、重构生动的人的行迹。

正是在写作这两本书的时候,韦明铧开始调整文体和文风。应该说,考据是作者青年时代的学术训练,而他春秋鼎盛之时,在书写扬州文化的过程中,已经在某种程度上将之本体化了,即它已经内化为作者的一种生活方式。这种生活和职业的同一化状况,在很长一段时期内是几乎所有公职人员所共同采取的生活姿态,但退休则是一个完全不同的人生状态。总而言之,作者的写作态度于此时开始舍弃在职时的严正,开始向着生活化的方向前进。因此,《浊世苍生》的文体仍近于笔记,征引史料多是先直引再释读的形式,而数年之后的《水土一方》则以转述史料为主,重视叙事的平易和语言的浑融,显示出向下一阶段的过渡。

韦明铧的写作"据点"是扬州。他写扬州延续了20世纪80年代的批判精神,审视是与追慕同步进行的。首先,表现出对消费文化的两难态度。"一方面,人们羡慕她的美好和舒适;一方面,人们又不能不拒绝她的矫饰和挥霍"(《扬盘·苏意》),这种矛盾的心情,这一莫衷一是的感慨,在韦明铧的散文中反复出现。其二,反思扬州文化中的某些风气。《品味"扬州气"》一文以朱自清反感"扬州气"为引子,考释"扬气""洋盘""小刁""扬虚子"等含有贬义的形容扬州风气的俗语,反思这些"最有特点、最易流露"而又负面、消极的"扬州气"。作者也曾在散文中以今日扬州人的身份,感叹当年扬州人表现出的神经脆弱和阿Q式的狭隘,并感慨战胜"扬州气"难。其三,批判那些在盛名之下被遮蔽了的历史真相。韦明铧每每提及"扬州出美女"的史料,总不忘提醒读者,这背后还有女子被称为"瘦马"而被欺凌和驱使的悲惨命运,还有"门槛里"这种名义上是用人实际上是小妾的病态社会现象。但总体而言,与20世纪80年代的尖锐批评相比,韦明铧在这一阶段的散文中对扬州文化的批评温和了许多,或许是由于远离了"思想解放"的时代语境,加之多年浸润在对扬州文化的研究中,从而走向了理性而不失温度的文化思考。《广陵绝唱》的末篇《我看扬州人》以温情的笔调写出了扬州人性格的变迁史,批评的背面是理解和热爱,文章最后提出扬州人的长处在于韧性,"他们的身后是长长的影子，前程却充满了阳光的诱惑"，表达了对未来扬州人的美好期待。

无论是追慕还是批判，韦明铧这一阶段的散文都没有恣意的情感表露，其文体大都是近于考据类的笔记，写法较为接近周作人"文抄公体"。是故，其文章结构，一般在开头用简洁的语言引出所写对象，文章的主干则采用大量的史料，而将史料组织起来的是作者的重述、评点、感叹，语句大多平实，议论和感叹都是点到为止，追慕消逝的繁华却并无伤怀的呻吟，批评丑恶也没有失之尖刻和激越。作者在文章的后半部分往往有所议论，通常都是点睛之笔，激活了引述史料的前半部分，避免了堆砌散漫之感。如《白塔传说》一篇以祖父讲述的瘦西湖白塔传说为引子，罗列了该传说的多个不同文本，接近尾声处又写回祖父的文本：

> 关于祖父讲述的白塔传说，我至今没有找到文字的依据。传说就是传说，寻找文字的依据本来是毫无必要的。

这两句议论的关键，不是作者主动消解了寻求真相的努力，而是给前述每一个传说版本赋予了独立价值，使得传说在多种版本的相辅相成或是相反相成的状况下得以生成新的意义。而紧接着作者就写出自己的取舍，他认为祖父的文本最为深刻，因为它把批判的锋芒指向了乾隆皇帝。这一取舍之论再一次激活了前文，一方面提示读者每一个传说文本都有独特的指向性，另一方面暗示这最深刻的文本不见诸书面而流传于口头，留下思考的空间。"白塔传说也许还会产生新的变异吧？"文章以这一问句结尾，留有余味。

2009年以后，韦明铧的散文多以史志和普及性读物的面貌呈现，相比于世纪初的笔记体，具体的变化有：第一，书写的对象更广，凡是与扬州交集的人、物、事都可纳入扬州文化的视野。第二，杂和零散的结集变少，着力于专题写作和宏大体系的搭建，如《绿杨深巷》专写街巷，《论道扬州》聚焦于扬州的建城史和建筑文化，《扬州传》围绕扬州和丝绸之路的关系搭建全书的体系，在中外交流的背景下书写扬州的历史文化。第三，仍立足于扎实的史料，但是较少以考据的形式，而是追求圆融畅达的叙事。记人，多为小传式的勾勒；记物、记地，用简洁的语言叙出背后有关人事的来龙去脉。由体现了较多个人情致的笔记，转向介绍意味较多的平易的叙事，文本的公共性增强，这一点除了体现在前处列举的"大手笔"上，也体现在带有闲话色彩的短章结集上，如《玉人何处教吹箫》和《帘卷芜城》以漫谈及讲说为主要特征。第四，写作有了明确的意义指向，即指出过去之人、物、事对当下扬州文化的保护、发扬、建设的启示。这一转变，是韦明铧长期致力于研究扬州文化，以建设和发扬扬州文化为己任的必然结果。因此，这一阶段的散文，其特点和价值在于丰富的知识、圆融的叙事、存真的史志价值，以及文字背后韦明铧对扬州文化的责任与情怀。

就这一阶段的散文集当中的篇章来看，一些散文以"义理"撑起文章的骨架，将情、理、知识融会贯通，其情思起于扬州文化的一隅，但最终不限于扬州文化而具有普遍意义，代表作为《新识欧公柳》。《新识欧公柳》围绕宋代人尊崇"欧公柳"而砍伐"薛公柳"的传说展开叙事和议论，先是批评了抬一踩一、"恨人及树"这种以道德之名行野蛮之事的习惯；接着考察"薛公"薛嗣昌其人，结论是他不算坏人，而且以自己的名字给柳树命名算不上树碑立传、歌功颂德，只是当时的一种风雅风气而已，否定了借树来扬欧抑薛的合理性；进而提出薛嗣昌的不幸在于本人无甚名气且家族声望不佳，"薛公柳"遭唾弃的背后是从古至今都存在的崇拜"文化树""名人树"的心理，接着拿欧阳修的宽广胸怀和后人禁止在"欧公柳"旁栽别家树来对比，显出这种维护"文化树"的心理恰恰与主人公的文化人格背道而驰；最后以"每一棵树都是大自然中美丽的生命"为论点，正面立论消解了崇拜"文化树"的意义。四层议论，逐次推进，文气贯通；中间有考据有叙事，言之有据又彰显作者的个性；文辞不夸饰，可谓杰作。

总而言之，书写历史文化，韦明铧第一是用考据来求真，用他的话来说，考据是在"触摸真实"，他拒绝没有真实依据的虚构，认为不能正确把握普通名物就无法表现生活[1]；第二，重视细节，对名物的兴趣使他在意历史的细节和质感，重在

---

[1] 韦明铧：《扬州俗语札记》，《二十四桥明月夜》，上海：上海古籍出版社，2000年，第213页。

展示可以感受的历史文化,而不在思古之幽情,一切平实写出,情和理蕴藉其中且点到为止,把更大的情思空间留给读者。韦明铧展示的是藏于史料之中的扬州,较少写个人经验中的扬州文化,不过一旦写出,同样韵味良多。《扬州的宝塔灯》写童年时中秋赏月的仪式,《金针穿罢拜婵娟》里写童年所见的少女于七夕夜"听壁脚"的风俗,这样亲切生动且具有文化意义的内容,在韦明铧的散文中只有偶然的出现,不得不说是一种遗憾。

从韦明铧的创作历程看,他第一阶段的文章反响最大,虽然和当时《读书》在知识界的影响力不无关系,但主要还是源于作者对扬州文化去伪存真的书写风格;第二阶段可以说是作者写作的主体意识最为凸显的时期,而此时他笔下的扬州也洋溢着世俗的生命活力,所以相关作品的文学感染力也最强;第三阶段系作者的自由发挥阶段,性情潇洒,笔墨纵横,多了许多文人色彩。可以说,学术化、文学化、文人化分别是作者这三个阶段写作的关键词,但毫无疑问,文学化阶段是韦明铧写作的高光时期。

韦明铧散文文体与笔记接近,知识性丰富,也不缺乏趣味性,从文学史的角度看,可以视为江苏文脉在当代的延续和发展。就文化和文学渊源而言,韦明铧注重考据的写法和平实的文风,或可追溯到清代的乾嘉学派,而其惯常采用平视视角零碎考察扬州历史文化的书写方式,也与《扬州画舫录》相通;如将视野限定在新文学史,也能发现韦明铧与之前江苏散文作者之间的明确关联:一方面,在他征引的材料中,能看到顾颉刚、魏建功、朱自清、叶灵凤、郑逸梅、洪为法等江苏散文作者对江苏文化的记述,这一行为本身就参与了江苏文脉的梳理与重建的工作;另一方面,他的散文中对扬州世俗风情的追慕,当然可以视为对现代小品文的遥相呼应,而他注重表现鲜活的扬州风习的内容特点,更是受到了洪为法《扬州续梦》的直接影响。韦明铧的作品展现了江苏地方文化的魅力和活性,彰显了当代江苏散文创作的地方活力。

第四节　夏坚勇的《大运河传》《绍兴十二年》《庆历四年秋》

　　夏坚勇（1950—　），江苏海安人，作家。1976年江苏师范学院（今苏州大学）中文系毕业，1989年南京大学作家班毕业后，调入江阴工作。他的创作涵盖小说、剧本、散文等文类，散文集《湮没的辉煌》在20世纪90年代"文化大散文"创作潮中影响甚巨。2000年以后，夏坚勇继续深耕于历史文化散文，但在文体方面有更为自觉的追求，开始转向对长篇散文的精心营构，陆续写出《旷世风华——大运河传》《绍兴十二年》《庆历四年秋》三部长篇历史文化散文。其间，偶有短制佳什见诸报刊，如《白居易做过的几道模拟题》《九品县尉》《文章西汉两司马》《唐朝的驿站》。无论是在历史文化散文作者群还是在江苏散文作者中，夏坚勇的散文都是属于少而精的一路，特别是三部长篇散文，每一部都体现着扎实的功夫和突破的雄心，足以成为江苏乃至中国历史文化散文的经典。

　　自2000年以来，夏坚勇的散文创作可分为两个阶段。第一阶段是以《大运河传》为代表的长篇散文创作的调适期。《旷世风华——大运河传》出版于2002年，2014年江苏文艺出版社再版时改名为《大运河传》，此后成为该作的通用名。该书与20世纪90年代相去未远，所以保留着前一阶段散文的一些特征，但同时在长篇散文这一散文体式上有所探索，故在夏坚勇的散文创作中具有过渡性质。第二阶段是爆发期。自《大运河传》之后的十余年间，夏坚勇鲜有散文新作问世，但由今视昔，可知这十数年与其说是停顿期，毋宁说是休整期、沉淀期。待《绍兴十二年》和《庆历四年秋》分别于2015年和2018年在《钟山》杂志发表，他的散文以新的面貌引起文坛和社会的再度瞩目，自此成为历史文化散文界的重要一极。夏坚勇对古代史籍特别是宋史保持着长期的兴趣和思考[1]，这两部散文厚积薄发，

1　夏坚勇在《绍兴十二年》中写到吴才人时言道，吴才人"很不简单……但那是我在另一部书中的情节，暂且按下不表"（江苏凤凰文艺出版社2019年第2版，第57页），且后来的《庆历四年秋》与吴才人无涉，可见夏坚勇对宋史的关注不止于一端，有意图写作一个宋史系列。

都是从历史中截取出一个小片段，利用各种史料，积极运用想象，爬梳存在着关联的史事，复原乃至重塑一个时代的风貌，编织成一幅交织着人情、人心、人性的历史社会图卷。相较于《大运河传》，这两部散文的抒情性减弱，叙事性大大增强，描写也更加绵密，结构更是严谨，它们共同使得两部散文篇幅虽长但并不流于松散。

整体而言，夏坚勇新世纪以来的三部长篇散文的语言都包括"庄"与"谐"两种风格，而与后两部大致同时写成的千字短文则取"谐趣"这一端，批判更为直露，挥洒自由，更显性情。夏坚勇的历史文化散文在平民立场和知识分子的批判精神上体现出一贯性，而在探索长篇散文体式，以及在史料、史识、跨文类写作等方面体现出的新质，则具有文体突围的意义。

夏坚勇对长篇散文的尝试始于《大运河传》。这一尝试源于一次出版行为的触发，据他所言，是出版社的两位先生无意间提到，可选取中华大地上一个"大块头"的事物来做文章，且熔自然、地理、历史、社会于一炉。夏坚勇生于、长于古运河边，这一提议触发了他的记忆与情怀，于是大运河成了他书写的对象。《大运河传》之名会让人以为这是一部对大运河进行考释的历史地理学著作，实际上并非如此，夏坚勇并不只是把大运河处理成一个亟待考证的物，而是在相当程度上将它人格化，把叙述生命体的话语用于叙述大运河，叙述之中夹有评议和丰沛的抒情，因而书名中的"传"更接近于"评传"之意；另外，在书中，大运河与其说是被书写的对象，不如说是一个隐喻、一条线索，全书用大运河的兴衰演变隐喻中华文明的兴衰演变，以大运河为线索，书写大运河所流经的城市之风貌、乡野之风情、山川之风韵、名物之风致，重述、评析与大运河有关联且对中华文明有影响的历史事件和人物，勾画出政治、时代精神、人心人性的变迁，表明大运河与中华文明休戚相关的命运。

《大运河传》不同于散文集，也不同于系列散文，而是一个大的有机体。在大的结构上，他采取了一种"行旅结构"，这无疑是20世纪90年代"文化散文"的余绪。自余秋雨的《文化苦旅》始，"行旅"要素出现在很多文化散文中，有论者甚至冠以"行旅散文"之名，列为文化散文的一个主要形态[1]。无论如何，"行旅"可以称为文化散文的一种结构或曰范式，以夏坚勇20世纪90年代的散文为例，如《百年孤独》有两个时空，一个是"我"到常州城访查盛宣怀的遗迹，一个是历史上盛宣怀办洋务、办实业，以"今"时空之访查、行旅带出"古"时空之人事，夏坚勇90年代的散文较多采用这一结构，已形成一种范式。《大运河传》在宏观结构上沿用了这一范式，夏坚勇在序言中将自己描述为一个有着朝圣心理的"考察者"，全书便是由作者带领的一次走近大运河的旅程。全书分为四章，每一章又分为"空间篇""时间篇"两部分，纵观下来，"空间"的行旅是从大运河的南端杭州写到北端北京，囊括运河两岸的名城如苏州、扬州、淮阴，乡野如里下河水乡，风物如临清砖、杨柳青年画等；"时间"的行旅始于春秋时期吴王阖闾开邗沟，止于晚清废弃漕运，选取若干帝王如吴王阖闾、隋炀帝、忽必烈、道光帝，叙述其人及其王朝与运河的命运纠葛。章节的划分与运河的地理分段、历史断代大致吻合，且每一章中的空间线和时间线彼此咬合，当最后一章将大运河的地理空间移至北京时，大运河的历史也行进到了晚清。总之，《大运河传》虽内容广博，却能做到行文有序、脉络分明，避免了失之杂乱。

在夏坚勇以往散文的"行旅结构"中，"今"之时空里往往有一个"我"的存在，或是造访遗迹（《湮没的宫城》《东林悲风》《文章太守》等），或是翻阅故纸（《寂寞的小石湾》《驿站》），"我"通过遗迹或故纸实现与历史的对话。而到了《大运河传》，除序言中出现"我"的自况外，在正文的篇章中几乎没有直接出现"我"，即"我"的行旅只作为整部散文的外部框架，而内部各篇什的行文不再沿用今之"我"与古之历史对话的范式，主体隐匿于叙事背后，散文主体性的凸显不依靠"我"的直接出现，而表现为"笔锋常带感情"的叙事和描写，涌入叙事间隙的直抒胸臆，以及从叙事中跳脱出来的批判。

---

[1] 梁向阳：《"大散文"：意象阔远的散文天地》，《解放军艺术学院学报》2003年第3期。

面对历史，夏坚勇不是要做史官，在他看来"古代的史官总是冷静得令人战栗"[1]，《大运河传》的历史叙事是梁启超所言"笔锋常带感情"的笔法。如第一章中写苏州的那一节，写苏州的特点在于其酿造了自在、有性情的精致生活，虽未直接表露态度，但言语之间流露出欣赏之意；而后写历代王公贵族、达官贵人把苏州当作休憩之所，枚举苏州城内那些留存了豪门显贵之痕迹的街巷名称，写王献臣、王永康、吴三桂等人的轶事，都是信手拈来，文字之间透出闲适之气，有赏玩的意味。然而笔锋陡转，说苏州并非从来如此，于是追溯到先秦，写战国刺客要离、屈原《国殇》中的"吴戈"、干将莫邪的宝剑，以及西晋左思《吴都赋》中吴地的尚武风气，叙出一个有着强悍气概的更古老的苏州，于是笔调也由闲适转为峻急，在遥想之中流露出钦慕与自豪。进而指出这种变化是大运河的通达带来的，于是写大运河为苏州带来了文采风流和世俗情趣，苏州的风物和人也由大运河北上，笔调回归于柔，更添了一份阅遍历史之后的从容。由此可看出，夏坚勇善于依事、依情为文，文章随事随情而变，显得摇曳多姿。

变换不同的笔墨是《大运河传》之"变"，对"诗"与"美"这两大主题的书写则是《大运河传》之"常"。《大运河传》中触及江苏的篇章，无不在挖掘其中的"诗"与"美"。写城，如苏州，"以骨子里的书卷气和自在平和的真性情酿造着诗化的生活，即使是怀旧，也只是像寒山寺的钟声在微烟渔火中的几许喟叹，大致不会很激烈的"。如扬州，则写成了一篇关于扬州的诗话。常言道"诗意江南"，而在夏坚勇笔下，不独江南，就是写到南北交汇的淮安，也挖掘出清溪馆承载了"水亭送别"的诗意。生活中存在着"寻常的诗意"是夏坚勇对江苏的一种感觉，与这种感觉相对应的，是他善于抓取各种有"寻常诗意"的"寻常物事"。他在《白蛇传》中发现油纸伞撑起了一个诗意的空间，而后思绪延伸开去，想象雨巷中的油纸伞、船头的油纸伞各自承载的诗意，诗意的油纸伞在他看来是江南的象征。油纸伞虽是寻常事物，但早在20世纪30年代就成为现代作家的书写对象。能体现夏坚勇特

---

1 夏坚勇：《邗沟》，《旷世风华——大运河传》，上海：东方出版中心，2002年，第56页。

色的是他在更寻常的事物中咂摸出诗意。写端午节，他从芦叶和糯米的芳香中嗅到了诗意，感叹先民善于从日常生活中咀嚼出诗意，把辛劳消解在乡土韵致之中。写里下河水乡的风车，说它是"水乡人关于劳动、智慧、想象力以及审美趣味的诗意造型"[1]。与"寻常的诗意"相似，夏坚勇对"美"的感受也十分广泛。在回顾吴越争霸的历史时，他由西施乘船顺水漂下而亡的结局，申发出"死神追逐美女"产生的冷艳的悲剧美。他常常从原始和朴素的事物中申发出"美"，如从人们摇橹推艄、踏水车的场景中，在人和物线条的动感上。有时还成段地议论"美"的起源，如写制作风车取材受限，而又能做到物尽其用，仿佛表达了匠人的审美原则，进而联想到各行各业乃至文学艺术都是因限制导致单纯，由单纯走向"大美"；又如写江南的一些有名的古石桥，原先是工匠为解决风涛之险而修筑的塘路，于是升华曰"大美"产生于人类为生存而从事的劳动之中，认为这些最寻常的创造无愧于成为美的经典。

对"诗"和"美"过于泛化的发掘，容易堕入"文生情"的写作陷阱，不过夏坚勇长于细致而有情的描写，特别是对于风土风俗的描绘，使得对诗意的发掘和对"美"的升华议论并不十分空洞。从题材来看，涉及风土风俗的篇章的确是夏坚勇散文中的出色之作，如《生命的风景——里下河》一节，写风车的制作，写初夏风车声响的强与弱如何牵动着水乡人的情绪起伏，写老人的芦笛声表达着水乡人丰富的情感世界，写汉子们踏水车的场景，等等，富于生趣，飘溢出人间烟火气。夏坚勇自陈，触及苏北运河的章节"流动着我的少年记忆和乡土情怀"，那是磨不掉的"生命的底色"[2]，这样的生命体验不只使他钟情于里下河的风土风俗，更导致了他对一切风俗和生活的关注，细微到日常的风俗和生活成为夏坚勇散文的一类题材，熔记忆、史籍改写和想象于一炉的、以描写见长的"风俗志"写法，成为夏坚勇散文的一大特点。《大运河传》中精彩的"风俗志"还包括《江南》写端午"打箸

---

1 夏坚勇：《生命的风景》，《旷世风华——大运河传》，上海：东方出版中心，2002年，第80页。
2 夏坚勇：《一条大河的故事》，《唐朝的驿站》，武汉：长江文艺出版社，2018年，第57页。

子"的风俗,《吴越风情》写江南的采桑、草台戏,《临清的砖》写临清砖的烧制与运输,《东昌》写聊城的山陕会馆中的交际与交易,等等。这类"风俗志"文字拓宽了历史文化散文中"历史"和"文化"的范畴,突破了政治军事、帝王将相、文人雅士、才子佳人的题材藩篱,而将乡土风情、市井百态、日常生活付诸笔端,构筑起有烟火气的民间世界,暗暗地呼应了"五四"时期"平民文学"的主张。夏坚勇对大运河精神的概括,更是彰显了一种平民立场,他说大运河的精神在于"鲜活"而不僵硬,而这"鲜活"就在于大运河"富于世俗的生活情调",大运河虽起源于军事需要,但最终成为日常生活的一部分,夏坚勇把这种变化称为大运河对战争的"背叛",认为"这几乎是世界上最美丽的背叛";更把大运河与长城对比,"如果说长城……体现着某些历史场景中的悲壮与无奈,那么运河则是一种默默的滋润,一种生活的鲜活,一种从容舒展的生命信号"[1]。由此观之,夏坚勇对风俗和日常生活的关注不同于文人式的赏玩,而是把风俗和日常生活拔高到活的历史、真的历史的高度,故而具有了现代的精神品格。

总之,《大运河传》体现出夏坚勇的长处在于把感情隐匿于叙事之中,文不言情而情自在文中。但由于夏坚勇对大运河注入了丰沛的感情,也或许是由于对史诗性的追求,主体常常在一段叙事完成之后跳出来,用排比的修辞、感叹或反问的句式咏叹一番,全书表现出明显的抒情化特征。夏坚勇认为散文要具备"一种俯仰天地古今的内在冲动和感悟,一种涌动着激情和灵性的智慧和思考"[2],冲动和激情会为散文带来力量和大气,只不过常在情感的张力尚未拉满之时,就以排比、反问、叹词的修辞来抒情,这反而会削弱抒情的力道。

与抒情偏于洋溢相比,他那具有灵性和智性的批判和思考则总体上恰到好处,无须长篇大论而力透纸背。从批判的对象来看,夏坚勇在《大运河传》中对历史和文化的批判大抵都针对中国古代的专制皇权和官僚政治而发,与《湮没的辉煌》一

---

1 夏坚勇:《序编》,《旷世风华——大运河传》,上海:东方出版中心,2002年,第5页。
2 夏坚勇:《自序》,《湮没的辉煌》,上海:东方出版中心,1997年,第2页。

脉相承，但是思考更为深入，能从个例中看到某种普遍性。如《憔悴的老妇人》一篇，明面上是批评古代的漕供体制致使官僚因供养而昏聩腐朽，并且强化了土地对农民的捆绑，实际上把批判的笔锋深入到了古代自给自足、无商品无市场的社会形态，暗示那种社会形态难以为继，古今巨变即将来临。

夏坚勇的批判文字再一次体现了他善于随事随情而变换笔墨的特点，其冷峻、严肃的笔调与上述有温情、热情的笔调相互穿插，形成张力。如《盛世》一篇，先从各个方面描绘出隋朝大业年间的盛世气象，并且重述出一个才华横溢、喜欢出"大手笔"而有恃无恐的杨广形象，然而行文过半笔锋一转，笔调立即从迷醉中清醒，一语击中隋朝的要害，提出隋朝"昌盛"但不"繁荣"的命题，指出其经济鼎盛背后的强权政治和心灵封闭——黎民因严刑峻法而自危，朝廷能调动起声势浩大的阵容，实际是无视百姓利益而强行撑起虚荣；同时文人士大夫只专注于利禄和献媚，精神疲软，有匠气而无思想、文学和艺术，一言以蔽之"这是文化专制下的虚假繁荣"，道出隋朝短命的原因。当然，冷峻之思不全是由冷峻的庄辞进行传达，夏坚勇还多用戏仿手法和杂糅带有时代色彩的词语达到反讽的效果。《清溪馆与清晏园》一篇写乾隆用"陪斩"法处置高斌和张师载，将包括他二人在内的多人押至刑场，佯装一并处斩，而当杀完其他人之后却宣布留下他二人的性命，随后以皇帝的口吻写出这种做法的心理：

  皇上的意图或许在于让你经历一次生死惊魂的考验，你才会知道什么叫天威难测，什么叫皇恩浩荡，什么叫"第二次生命"，以后才会更加兢兢业业地为寡人办事。

用有明显的当下风格的语词，通过戏仿产生反讽的效果，批判了皇帝对人的心灵的肆意欺凌。批判中国古代专制皇权对人的心灵的戕害，这是夏坚勇散文的一个一以贯之的主题，在下一阶段的散文中仍有体现。每每涉及这一主题，夏坚勇都会极力对皇帝及其官僚进行讽刺和嘲弄，将鄙词、俗语、当代流行语和庄重的语汇杂糙，有时用排比和反问的修辞加强语势，以这种驳杂的语体达到辛辣的批判效果。

夏坚勇迸发的思想火花很多都具有普遍适用的意义。写到王炎午给文天祥的信中隐含着劝文天祥自尽的意思，夏坚勇说道，"献身应该是一种生命的自觉"，是人的自我选择，别人没有资格用冠冕堂皇的理由质问那个生命为什么还不去死（《巨人的对峙》）。夏坚勇也将批判的锋芒指向民间，当看到对大运河有重要意义的白英被供奉在神庙，夏坚勇想的是，白英作为智者，所希望的应该是民众用智慧解决问题，而不是民众因为恐惧和愚昧而膜拜几尊塑像（《两位老人的目光》）。

夏坚勇在冷峻之外亦有温情。《巨人的对峙》写文天祥的弟弟文璧投降后，文天祥宁死不屈但并没有指责弟弟，反而很理解他的处境艰难，而这一细节没有因此削弱手足情谊。夏坚勇此时在冷酷的历史中发现了温暖的人性，便按捺不住对人性的呼唤：

> 越是精神强大的人，他的情感世界越是多姿多彩，比起那些只会背诵政治教条的槁木死灰般的腐儒，文天祥才是真正的伟丈夫。我们总是见惯了那些板着面孔慷慨激昂的英雄，因此，当这个不仅具有忠肝义胆而且具有情感魅力和人性光彩的文天祥走来时，便尤其感慨良多。

相比于兴亡大势、阵营角力，夏坚勇更在意历史中的人性和温度，因此他的历史书写区别于史学著作和历史读物，而属于"人的文学"。

从《大运河传》来看，夏坚勇同时保有平民立场和知识分子如炬的目光，议论既不流俗，也无故作高深的表演姿态，这是他的历史文化散文能够在"文化大散文"退潮后依然有影响力的原因之一。从散文艺术角度看，《大运河传》是夏坚勇长篇散文的第一个尝试，它以大运河存续的时间和占据的地理空间为线索，将全书组织起来，同时内部的各篇章又具备一定的独立性，类似于"移步换景"的结构模式。而十余年后，《绍兴十二年》《庆历四年秋》的问世呈现出了长篇散文的一种新样态。不同于《大运河传》纵横广阔的时空，由大而微，《绍兴十二年》《庆历四年

第三章 历史文化散文

秋》各自选取一个历史的横截面进入，微观放大，用一个更严密的结构统摄全篇，徐徐展开。

《绍兴十二年》选取宋高宗绍兴十二年（1142），以"月令"的形式，大抵沿着"岳飞之死——宋金和议——太后回銮"这条既是客观时间使然而又存在逻辑次序的线索展开，但是全篇不是大事编年的现代转述，也不是"人物、情节、环境"式的典型化叙事，而是选取那一年内每月发生的诸多小事——有的甚至不成为事件，只是某些"情状"，这些小事和情状分布在南宋社会各个层面和领域，对这些"散点"的叙述、描绘、议论织成全篇，所以在大的时序框架下是画卷式的平面结构。因此，《绍兴十二年》尽管可以理出上述所谓的"主线"，但是"主"的意义并没有一般意义上的那么重要，作者之意不在于寻求对史事的结论，不在于通俗地叙述完一段历史后抒发若干感喟，而在于立足于扎实的史料根基，借助一定的想象，重建当时社会鲜活的肌理，以今人之眼光照见史事和人性的丰富性和多面性。全篇要素之多，涵盖南宋绍兴十二年民间的风俗、农事、市井、物产物价，宫廷里皇帝的起居、宗室的传奇命运、重大节令的仪式，庙堂上的相权专政、罗织构陷、人事变动、外交进展，朝廷茶政、马政、度牒、科举、外贸等制度或政策运转下的社会风貌，等等。凡此事件和情状，都装入"月令"的框架中，从绍兴十一年小年夜始，到绍兴十二年除夕终；每月之内，先叙民间，再述宫廷和庙堂，写庙堂时偶尔宕开一笔，写某些制度、政策运转下的社会情状；月与月之间一些史事前后勾连，每月之内若干情状左右映照，缀成整体。

《庆历四年秋》与《绍兴十二年》写作的要旨和方式大体一致，仍是从"某年"切入，但是将书写的范围缩小，从试图描绘南宋社会的全貌，到聚焦于北宋的庙堂，从试图关注各个阶层的人，到主要聚焦于皇帝、官员和文人。《庆历四年秋》同样有一个时代背景，即宋仁宗时北宋与西夏、契丹的战争和外交，以及之后的庆历新政，但全篇不甚关心这场战争的具体过程和这次改革的成败是非，而把皇帝、臣子彼此之间的关系和各自的心理作为表现的重点，所叙之事以日常琐事居多，如士大夫之间的交情、官员的相互弹劾、官员的升降、官员处理的日常事务、宗室的丧礼、臣子的各种进谏、皇帝的忌讳、皇帝对臣子的偏心回护等等,以细微寓人心和大局,最具代表性的例子是作为全篇之切入点和高潮的"进奏院案"——一次被宋仁宗小题大做、借题发挥惩处的公款吃喝案,预示着宋仁宗对庆历新政的终结,以及范仲淹等人的命运转折。同样是写诸多的小事,《庆历四年秋》并没有重复《绍兴十二年》的散点画卷式的结构,整体上由多条并进的线索串起这些琐屑小事,这些线索包括北宋边患和庆历新政的进展、宋仁宗对诸臣子的心态变化、范仲淹的人生轨迹等等。具体到每一章,则存在类似于"九连环"的结构,即每一章有一个核心的主线、事件或话题作为"主柄",串起若干各自独立又彼此联系的小事和旁逸斜出的闲笔。

以第四章为例。这一章的"主柄"是中枢官员的调整与庆历新政的施行。开头写了三件彼此独立的小事,但是不难看出它们又与"主柄"的内在联系:宋仁宗取消内宴,暗示朝局窘迫;王安石在当年的科举中崭露头角,借王安石这个日后的变法人物为读者提供了庆历新政的心理预期;宋仁宗因天灾频发而出宫祈禳,以天象不稳喻人事将变——三件小事烘托出变革的气氛。然后写恋栈权位的宰相吕夷简与宋仁宗之间曲折的拉锯战,中间穿插二人此前的几桩日常小事刻画君臣关系,以吕夷简不得不主动体面地退位告终。吐故之后是纳新,但在写范仲淹等新人之前,插入了任免夏竦的风波。文章以小传的方式,写作为烈士之后的夏竦善于讨得圣心,但缺乏能力且为人奸诈,宋仁宗出于私心起用夏竦进入中枢,最后却不得不在群臣的反对声中妥协,撤回已发出的任命诏书,写这一风波表明新政的势不可挡。作为风波的余绪,石介写《庆历圣德诗》痛斥夏竦、歌颂范仲淹等人,范仲淹非但不喜,反而因石介的耿直幼稚而忧心,文章通过此事写出范仲淹成熟稳重政治家的形象。随后在写庆历新政时避开改革过程,重在通过范仲淹和富弼在施政中的一二事,表现他们的不同性格以及心态。一是在整顿吏治中,富弼有不忍之心,而范仲淹以"一家哭何如一路哭"表明决心。与之对比的是,在处理王伦兵乱一事中,两人的意见正好倒置——文章在石介事件之后插入了王伦兵乱一事,此处续接前文——对于在王伦兵乱款待贼寇以保全百姓的官吏晁仲约,富弼以有法必依为由力主杀之，范仲淹主张宽赦，除了情有可原之外，还有限制君主的杀戮欲望的考虑，他认为一旦让皇帝习惯了残酷将酿成更大的灾难。本章以第二年富弼被贬后怀念范仲淹结尾。这一事件写出富弼的年少轻狂和范仲淹洞悉人性的细密深邃。

文章通过夹叙夹议串起若干事件，貌似从"主柄"游离出去的叙述最终都能回转，若干小事如同穿挂在"主柄"上的"环"。"环"与"环"之间，有的前后勾连，有的彼此独立但有隐性的关联。而如同语言学中只有功能意义而无实体意义的虚词，"主柄"的意义也是高度虚化的，它只是在功能上提供一个背景，且避免叙事的散乱，一个一个描摹日常世态人心的"环"才是散文的审美和意旨所在。

在"文化大散文"或曰历史文化散文多年来受到质疑，甚至因模式化而被宣布"终结"[1]的背景下，夏坚勇的《绍兴十二年》和《庆历四年秋》为历史文化散文提供了一种新的可能，具有突围的意义。

学界此前围绕历史文化散文展开的争论，大致围绕这三个方面展开：一是史事问题，即如何处理好史事和散文的关系，历史文化散文该书写何种历史、如何书写历史；二是史识问题，即如何处理好散文主体"我"与历史文化的关系，"我"是否在场、以何种姿态在场；三是文类问题，即历史文化散文的跨文类倾向及限度。《绍兴十二年》和《庆历四年秋》在三个方面都有所突破，给历史文化散文提供了新的可能性。

第一，史事与散文的关系。20世纪90年代以来，历史文化散文常在史事的处理上招致正反两方面的诟病。一方面是对轻视史料的批评，历史文化散文经常面临被挑出知识性错误的窘境，如果说一些无伤大雅的知识性错误尚可不被苛责，但若是关键史事的粗疏导致情感和思想失去可靠的依傍，那么散文就同时有悖于历史真实和艺术真实。另一方面又存在史料和知识的迷恋、堆砌，但在史料的把握上缺乏独特的眼光和驾驭能力，于是或捉襟见肘，或重复历史演义、才子佳人、文人诗酒、

---

[1] 王尧：《文化大散文的发展、困境与终结》，《文字的灵魂》，济南：山东友谊出版社，2007年，第112页。

咏怀古迹、通俗讲史的旧套。

《绍兴十二年》和《庆历四年秋》以严肃的态度对待史料,同时又没有落入因史料堆积造成的学问幻象。从前者280余条注释和后者的180余条注释来看,夏坚勇在历史文献的搜罗、研读上用功颇多,这种"暗功夫"并没有被敷衍;从行文来看,凡关键处必征引文献,如遇有必要析疑、考辨的史事(如"真假柔福帝姬"一事),夏坚勇也不敷衍塞责、吝惜笔墨,同时又无学识卖弄、史料堆砌的冗余,行文流畅不滞涩。

而在史料的选择上,《绍兴十二年》和《庆历四年秋》也没有落入俗套,夏坚勇发现了日常生活、市井风俗对于历史的意义。历史经一代一代的承传之后,留在人们心中的多是大的骨架,总以影响大势的大传奇吸引人,而反映着人的生存样貌的那些日常细节,构成历史的肌理,承载着历史的复杂性,却常常被人忽视。夏坚勇把散落在史料中的这些细节打捞起来,让历史书写更具有平常人的温度,充满着人间烟火气。这种充满人间烟火气的风俗志的书写,虽然在《大运河传》中已现端倪,但是《绍兴十二年》做了更大限度的发挥,如序章《小年夜》的开篇就有一幅引人入胜的临安年节图,让人产生有温度、可触可嗅的现场感,迅速地将读者带入散文设定的历史时代。《庆历四年秋》则将日常细节与人与事融合得更加彻底,不似《绍兴十二年》有成篇的独立的描绘,但在人的活动中处处都有日常生活的气息,或者说日常生活成为表现人、表现历史的主要内容。比如"进奏院案",起因就是一次下层官僚在衙署的饭局,却成为散文的切入点和高潮。这种日常性甚至体现在标题上,如上面引述的第四章,作为隐喻的"吹皱一池春水"在表面上依然是日常化的情态。因此无论是"画卷"还是"九连环",都没有写成对某段重大政治军事史的重述和幽思,而首先呈现为鲜活的历史肌理。

第二,散文的史识。上面提到的堆砌史事的弊病除了关涉题材,还关涉史识,历史文化散文如果沉醉于对史事的罗列,就会导致散文主体的萎缩。当然,散文主体萎缩的表征有很多,有的表现为以史事的罗列掩盖思想和情感的不足;有的表现为一种自我矮化,即"我"在文化面前的匍匐姿态;有的表现为回避当下,"我"在遥远的庞大的历史中迷失、沉沦。种种病象导致写出的历史文化散文和当下、和"我"的距离太远，只剩下自说自话的沉醉，失去了和读者产生共鸣的力量。

《绍兴十二年》和《庆历四年秋》着力于"细"，但是"细"不意味着散文如一盘散沙那样溃不成文，而是从细处下笔，往深处开掘，正如有论者发现的那样，夏坚勇是从"日常活动中的生死欲望、琐细纠缠及情绪状态中"发掘"被以往宏大叙事所遮蔽或忽略的精神碎片，以此来洞察历史深处人性的幽微侧面"[1]。所以，在这些日常细节中，散文主体并无因精神疲软而表现出的赏玩姿态，而能见出关注人性、关注精神、烛照古今的"我"的在场。

夏坚勇深入透视人物的内心世界和行为逻辑，而且着力于呈现人物和历史的多面性。但是这不意味着散文主体的价值混沌，相反，散文主体不是要探求对人物和历史的确定性解释，而旨在于书写历史中建立起价值、一种"对于自己今天的生活和精神有崭新发现的意义"[2]，散文因此具有鲜明的批判性。

《绍兴十二年》中存在着较为鲜明的二元对立，如"平民/官家""民间/庙堂""风骨/献媚"，其中有破有立，要而言之，"立"是赞赏那存在于市井和乡村中的生生不息的生命活力，正是这些给历史带来温度。"破"是从常情常理出发批判专制皇权对人的生存和心灵造成的伤害，并特别关注皇权下的文化专制对精神、风骨的削弱，这一点是对《大运河传》主题的延续，但是又有所超越，体现在文章除了将批判的锋芒对准皇帝之外，更对准了已形成的制度文化。首先，在这种制度文化中，并不一定是宫廷中的皇帝，而是凡执权柄者皆可作恶，文中秦桧以相权软化士人风骨，其恶不亚于《大运河传》中起于隋朝宫廷的文化颓靡。其次，通过太后回銮庆典一事揭示，在这种制度文化中，所谓最高权威者自己也同样沦为被摆弄的道具。这种二元对立在《庆历四年秋》中仍有留存，如"在最神圣的朝拜背后，往往潜藏着最世俗的追求"之类的表述，但《庆历四年秋》在总体上弱化了二元对立的

---

[1] 赵普光：《"历史文化散文"：如何"历史"，怎样"文化"》，《当代作家评论》2020年第3期。
[2] 谢有顺：《不读"文化大散文"的理由》，《散文百家》2003年第2期。

设置，避免了呈现一类人群时的扁平化倾向，使得破或立彻底地落到更深处的人性因素上。如写宋仁宗喜欢卖人情给臣子，旨在讥讽皇帝对于权力有限的紧张和担忧，但仅此一点并不能也没有将宋仁宗的形象刻板化。与南宋庙堂的集体失格相对比，《庆历四年秋》在范仲淹、欧阳修等人的身上发现了人性的温度，如写欧阳修劝阻富弼杀两千降卒，进而展开了区分才子型士大夫和文人官僚的论说，认为欧阳修在这一事件中表现出的悲悯和温情使他与后者区别开来，但这也只是取他们性格中的一隅，无意以此代表他们的全貌，重点在透视人物深处的人性而非如何给人物下断语。

正因为不着意于对历史和人物做出评断，散文的主体不是"我注六经"的匍匐姿态，也非"六经注我"的自说自话，而是与历史形成对话关系，"我"站在当下审视历史，又在历史中发现和当下的隐秘联系。散文中对现当代流行语言的戏仿，以及经常可见的由历史病象联系到类似的当下病象，都是散文主体在当下的在场证明。

第三，关于历史文化散文的跨文类倾向及限度。学界评价余秋雨的散文时，注意到他引入小说和戏剧的方法，借助想象、戏剧冲突等叙述历史，并针对这一特点展开争论，质疑者认为散文引入"虚构"妨害了散文的真实性，而随着时间的推移，散文创作适当地引入"虚构"逐渐为大家接受[1]。

夏坚勇此前写过小说、剧本和报告文学，他写历史文化散文时发挥了此前养成的叙事才能，他之所以能将《绍兴十二年》和《庆历四年秋》写出20万字的规模，与他创作小说和剧本的经验不无关系；他在叙事时也借助了不少的想象以充实散文的肌质。其叙事和想象的突出，致使《绍兴十二年》和《庆历四年秋》比此前的历史文化散文更接近小说，但这两部长篇终究是坚守住了散文的品格。首先，散文的"想象"与小说"虚构"有所不同[2]，一般而言，小说多半虚构出人物、情节、对

---

[1] 陈剑晖：《文化散文的兴起》，《散文文化与中华民族精神》，广州：广东人民出版社，2020年，第168页。
[2] 夏坚勇：《历史叙事与跨文体写作》，《光明日报》2019年12月14日。

话,而夏坚勇是在恪守史料的前提下,对细节进行想象,丰富历史书写的血肉,追求真实;其次,若就历史小说而论,一般的历史小说追求人物形象的塑造,写环境亦是为塑造人物服务,而《绍兴十二年》和《庆历四年秋》的审美空间是靠日常细节撑起,这无疑是散文的特质,而且一如上文所举出的对欧阳修等历史人物的书写所表明的那样,两部散文都旨在观察其人情人性,而不在塑造完整的形象;最后,小说有"形象大于思想"之说,而历史文化散文需强调史识也就是思想。综观以上几点可知,《绍兴十二年》和《庆历四年秋》仍是散文。

此外,《绍兴十二年》和《庆历四年秋》都有效地限制了抒情性和诗性的成分,避免了抒情的泛滥,而滥情和过度的诗性也是此前历史文化散文受到诟病的一点。较之《大运河传》,首先,这两部散文减少了为增强情感表达而使用排比等繁复之修辞的做法,而尽量把情感隐藏于叙事之中,不特意抒情但情在其中,不再是"客观叙述+直抒胸臆"的拼贴,而达到"情"与"文"的高度融合,文成则情出。其次,这两部散文也没有刻意地经营诗性的语言外壳,也没有试图从笔下各种对象中挖掘出诗意,从挖掘诗性的惯性中超离,而获得了更圆融的"文"的境界。《庆历四年秋》中虽然有若干"诗话"的成分,但那是书写对象的诗人、文人身份的缘故,而且"我"的重点是从诗中透视人情人性,以及发现诗人的日常生活细节,故而这些对诗文的评鉴看似闲笔,但并未远离文章宏旨。因此,《绍兴十二年》和《庆历四年秋》在限制过度的诗性这个层面上,也具有突围的意义,也让人重新思考散文如何通向更广阔的"文"的境界。

如果说抒情性的弱化是这两部散文在语言上的"变",那么语言之"常"就体现在庄谐共存这一特点上。庄重高古的语言风格给人的厚重感无须多言,值得一提的是,《绍兴十二年》和《庆历四年秋》把夏坚勇一贯的反讽的语言风格做了更大程度的发挥,反讽的笔墨在文中的比例大大增加。《绍兴十二年》总是在写完民间烟火气之后,以"官家不同于此"之类的话过渡到对宋高宗的反讽描写,有时失去了反讽的耐心,便以直露的嘲弄笔法写出宋高宗心态的扭曲。《庆历四年秋》则善于在庄辞中间突然插入一句讽语,使人忍俊不禁,如写赵禹庶凭其敏锐的感知进谏称西夏元昊必反，却被扣上"言兵于未萌"的罪名流放，文章在这段足以令读者心生惋惜和悲愤的叙述之后，陡然用一句"好在元昊仗义，很快就验证了他的无辜，第二年就反了"，制造了喜剧的效果，将笔锋直刺向宋朝忌讳言兵这一表象深处的心理虚弱。除了瞬时的喜剧效果之外，夏坚勇还注意反讽的余韵，如《庆历四年秋》开篇借官员在使用狻座一事上的潜规则折射官场生态，又在以战事吃紧为主要内容的第三章的结尾处，补充了一句：

今年的秋凉又似乎来得更早些，达官贵人的鞍鞯已经换上狻座了吧？

遥远地照应开头，造成反讽效果的无穷余韵。

从文体来看，《绍兴十二年》和《庆历四年秋》显然属于广义散文的范畴，其熔叙事、议论、描写、想象、考辨、诗话于一炉，成分驳杂但呈现为一篇通体的平易畅达的文章，故而可以视作对中国古代"大文学"传统的继承。种种新质，为历史文化散文提供了新的可能。在写《绍兴十二年》和《庆历四年秋》的同一阶段，夏坚勇还零星写了一些历史文化题材的随笔。他在关注宋史的同时将目光瞥向汉唐，作有《白居易做过的几道模拟题》《文章西汉两司马》《唐朝的驿站》等篇什。在这些作品中，夏坚勇观察历史的视点仍然是下沉的，例如他通过解读白居易文集记载的科举模拟题，看到了唐代选拔官吏重视社会生活、重视处理实务的能力、有利于底层考生的一面，嘲讽了读死书者和纨绔子弟（《白居易做过的几道模拟题》）。而且，夏坚勇不仅一贯地视点下沉，而且一贯地向深处开掘，透视人的精神与环境的关系，关注高适等诗人在科考成功之后在基层任九品县尉的生涯，看到了诗人的良知与"面对上官哈巴狗，面对民众恶狗"这种"两面狗"差事的冲突（《九品县尉》）。

与其他的鸿篇巨制不同，这些随笔都是千字短文，行文风格也不取厚重一路，而似闲话风，以直切的语句臧否历史人物和现象。在《唐朝的驿站》中，夏坚勇少见地对帝王投以温和的态度，表示相信李隆基对杨玉环的爱情，认为杨玉环早已成为李隆基生命的一部分。他直言被《长恨歌》所感动，并且质疑未被这首诗打动的人和那些故意对这首爱情诗做政治解读的人，比如针对龚自珍对"回眸一笑百媚生"一句的鄙夷，夏坚勇直斥龚自珍对美的隔膜。至于后世衍生出的政治寓言版本的"夜雨闻铃"故事，他也直陈更喜欢《长恨歌》中的那个爱情版本，因为"相对于成王败寇的政治游戏，只有爱情是不朽的"。夏坚勇短篇历史散文的风格，是对于历史的意见不做过多申说，而以明快简洁的语句直击人心。

《文章西汉两司马》的直露则更近于杂文，将长篇散文中"谐"的语言风格发挥到极致，对司马相如多用鄙词，抨击奴颜婢膝，标举自由意志。应当如何看待夏坚勇散文中对鄙词的使用，或许仁者见仁智者见智，但有一点应该明了，夏坚勇写历史文化散文是背靠历史、指向当下的，为古人盖棺定论不是他的目的，"借古人故事，浇今人块垒"才是其褒贬臧否历史的一大旨归，是属于从史料中超脱，给历史赋予"对于自己今天的生活和精神有崭新发现的意义"[1]。

第五节　陶文瑜的《纸上的园林》《茶馆》《苏式滋味》等

陶文瑜（1963—2019），江苏苏州人，作家、编辑。1983年毕业于苏州大学财经系，曾在苏州粮食局、桃坞职校任职，1996年调入苏州杂志社。1985年开始发表作品，有诗集《木马骑手》、散文集《清风甪直》《纸上的园林》《茶馆》《茶客》《太湖记》《苏式滋味》《流年白话》《茶来茶去》《红莲白藕》《苏州记》等。他的散文在题材方面与王稼句略同，大抵都是围绕苏州展开的对江南风景、风情、风俗的或浓或淡的书写，不过与后者较为明显的文人色彩不同，陶文瑜散文带有正统且正宗的新文学风情。

这里所谓新文学风情，指的是新文学在早期特有的以感情浸润文字的表达方式。陶文瑜散文的特别之处，在于它们不仅具有鲜明的新文学风情，甚至可以说是

---

[1]　谢有顺：《不读"文化大散文"的理由》，《散文百家》2003年第2期。

带有明显的"新文学腔"。例如,《遥远年代的书生意气》一文记甪直地方名彦沈柏寒,用不无遗憾的口吻讲述他因为家中杂事而中断在日本的学业以及因此而有的命运转折,就是一种典型的新文学腔:

老祖母说,去把长慰叫回来吧,老祖母感觉日本就是临近的一个乡镇。本来的沈柏寒,或许拥有更加广阔的天地,而开拓出来的,或许也是另一番境界。老祖母的一声言语,使他匆匆而归,并从此在甪直展开了自己的人生旅程。

作者且引用弗罗斯特的一句诗表达了他的感慨:"在路口我做了一次选择,千差万别由此开始。"从文学史的角度看,新文学情感充沛的特点在许多时候不免流于滥情,所以新文学腔遂成为这一文学风情的外在表征,然而,如果内在的感情是真挚的,外在的腔调也只是一种并无恶意的戏仿性质,那么二者之间也就构成了一种相反相成的关系。就这里关涉的篇章而言,沈柏寒毕竟是半个多世纪以前的人物,在叙述对象被时空拉开距离之后,陶文瑜自然采取一种远观的姿态加以记叙,无所顾忌的任意评说似乎显得颇为狎昵,然而,实际上他对这位乡贤并无任何不恭的意思,因此造就了一种独特的反差,态度的亲昵与书写的疏离之间不可避免地构成一组矛盾并产生叙述的张力。这是陶文瑜散文最为直观,也是令人印象极为深刻的第一种特色。

陶文瑜散文的叙述张力,源于他和叙述对象的情感贴合与有意制造出来的叙述的疏离感这隐与显二者之间的悖反关系。在《走一条路去园林》中,作者认为"我们的先贤"在他们的"仕途上"和"人生中""怅然若失地走着",但"走出来的竟是若有所悟"。如果将这段话移过来评论陶文瑜本人的散文,那么可以这样说:陶文瑜的散文文本写的都是外在世界的"怅然若失",但掩抑在纸面之后的情绪,则是作者本人的会心之感,也就是所谓"若有所悟"。"若有所悟"是作者对苏州的乡邦人物发自内心的尊崇与礼赞,"怅然若失"则是对这些人物远去之后的现实之徒有其表的心有不甘——后者很容易让人联想到车前子对苏州文化的态度。不过，与车前子直斥其非并意图在一个虚拟的世界之中加以重构不同，陶文瑜通常是将"若有所悟"以"怅然若失"的方式写出，又将"怅然若失"以"若有所悟"的方式写出，这种方法，就是张爱玲《自己的文章》一文所谓"较接近事实"的"参差的对照的写法"。

陶文瑜散文笔法有一个很有意思的煞句方式，就是他在语尾（它们大多也居于段末）经常采用"呀""呢""吧""了"等助词，除了那些在语法上必须否则句意就受到影响的用法，很多都是在正常的叙述之上凭空制造的文字的波俏，这就使得语句生动起来，增添了很多韵味。《水流在水里风吹着风》一文就有许多，姑且撷取几例略加阐释。该文记叙了曾经颇为亲近的几处苏州的园林，例如耦园，其中的"双照楼是一个很地道的茶室，有了闲下来的工夫，就去那儿喝茶了"，末句去掉"了"字，就是很普通的记述，有了这个字，就多了一种拜访旧友的亲密的感觉；朋友到耦园找他，不免抱怨，"我又不要玩园林，我是来看你的呀，看你还要买门票，真是的"，从文意看，中间并无太大必要加上一个"呀"字，但有了它，就使得语句在此拗了一下，增添了些许感情色彩；拙政园不复旧时风采，朋友来了不想带过去而又不得不带过去，不然，"还怕大家以为我在那儿小气呢"，一个"呢"字，不仅看出若干无奈，更可以看见作者故意露出马脚的狡黠。陶文瑜在平实的记叙中增添的这些情韵，是以有情之眼观无情之物，反而更为鲜明地凸显了有情之人与无情的世界之间的对立。

说到底，个体与世界之间总是存在某种紧张，陶文瑜的应对方式，是以一种带有玩世姿态的谐谑化解了这种紧张。《准备读点散文》是一篇很有意思的散文。作者先是准备写作，发现一时无法进入状态，就准备读书——这是第一重转折，用读书化解了写不出来的焦虑；说到读书，就想到自己有近万卷的藏书，串门的亲戚朋友总以为自己读完了这些书，其实读过的不过十分之一，但既然选择此时读书，那就选一种，散文吧——这是第二重转折，用"拿得起放得下"的散文作为读书的具体选择，算是对决定读书的一种交代；为什么读散文要按散文家来读呢？因为本就

"没有打算每本书都读完",所以"觉得尝出味道了,就换下一位",不过,既然饭点已近,还是先吃午饭要紧,因为"什么事情都得悠着点"——这是第三重转折,以"民以食为天"消解了发愿要"读上一百位散文家"的压力。可以看到,文中的每一次转折,作者都以东拉西扯的方式转移了话题,而每一次转折或转移其实都是他面对某种现实压力的一种回避。更值得注意的是,如果考虑到写作、读书、读散文三者都已经由其工作内化成为他的主观设定,那么更可以说外部世界对人的规训已经成为人本身的一部分,也就是说,人已经与其作为一种自在形式而存在的主体分离了,这种状态,就是异化。面对"我"与"非我"的疏离状态,陶文瑜用以反抗的凭借,是高度离散的文字。该文处处都是"散"到极致的表述,例如有关读散文,他如是写道:

我准备读上一百位散文家,当然这个一百,仅仅是个约数吧,庆"五一"万人长跑,不一定就是一万个人参加,可能一万多,也可能八九千,千斤重担,比喻的是压力大任务艰巨,当然一百米田径比赛是不能含糊的。说到文章,有的作家一个人就能抵上好多个了,反过来也是吧。

这种东一榔头西一棒槌的笔法,表面看来没有正形,但究其实,可以视为一种去中心化的散文笔法。从这个意义上讲,陶文瑜的散文是真正"散"到了家。

当然,陶文瑜的诙谐应该与他的庄重并而观之。《因为茶》述及茶道,表示很难适应,而且还不无诙谐地写道:"我的朋友也开了一家茶馆,特地请了师傅来表演茶道。师傅在表演的时候,我就东拉西扯地说一些话。师傅停下手说,我在表演的时候最好不要说话。我说,这是比较难的,因为我小学一年级起就上课说话,老师也没管好我。"这些表述就是东方朔式的谐谑了,但作者很快就掉转笔头,开始正襟危坐地议论说,"茶叶好比是长在田野山岗的乡村女子",自然活泼,而茶道却是三纲五常式的"程式","真是不好"。推而广之可以这样说,在陶文瑜看来,写作也好,喝茶也罢,都和由它们所组成的日常生活一样,不应该而在实际上其实也不存在一种固定不变的程式，它们理应是自由的。

因此，陶文瑜散文的第二种特色，是对散漫悠长、无边无际的日常生活的自由本质的肯定。

许多时候，陶文瑜表现出对宏大叙事的拒斥。《城市山林中的人间烟火》记两场在园林中的宴会，但作者表达的是一种落寞感，因为"走过园林的时候，我总是想，厨房在哪儿呀"：

> 亭台楼阁里，有太多的风花雪月，却看不到油盐酱醋的一些痕迹。风雅的古人也不能餐风饮露，他们会怎样打发自己的一日三餐呢？走过园林的时候，我觉得这一片风景其实就是挂在墙上的图画或者标本。
>
> 比如蝴蝶的标本，那五彩缤纷的灿烂，其实已经和飞翔无关了。

在一般的描述中，江南园林代表的是盛世繁华中的风流蕴藉，然而，类似的描述其实是将历史抽空了人性化的生活内容之后所拼贴出来的，所以是僵死的。陶文瑜对这种木乃伊式的文化存在形式颇为反感，他在《因为茶》一文中提到茶楼的雅称"语茶"，认为"这样的叫法雅是雅了，却也失去了通俗和家常气息，总觉得是邻家青梅竹马的小女孩，选进官去了，再碰到总有点别别扭扭"，就传递了同样的意思，而他笔下的苏州园林则都和具体的人息息相关。例如，《水流在水里风吹着风》提到朋友由于作者的缘故而多在耦园会客，所以"他在约朋友们去耦园的时候，感觉耦园就是他们家的一个园子"，古老的园林因为和当下之人的现实生活有关联，所以也就部分恢复了活力。

陶文瑜这里涉及的话题，其实是有关大传统和小传统的关系问题。大传统代表一种文化建构，小传统则是在其之下而又作为其基础存在的人性之常，在陶文瑜那里，前者表现为作者对传奇的浓厚兴趣，后者则表现为对人的俗世生活的肯定。其实，世俗性固然是普通人最为重要的存在形式，但这并不意味着他们没有超越性的追求，所以大、小两个传统就在陶文瑜散文里体现为传奇性与世俗性之间的某种相反相成关系。

应该承认，陶文瑜有重构日常生活传奇性的冲动。《清风甪直》一文云，"甪直，这一方山水，连系了多少朝代"，作者以空间蠡测时间的文化意图昭然若揭。在同名文集中，《宝圣寺——红尘中的木鱼》以戏说的口吻记叙梁武帝兴佛之举；《陆龟蒙——泥塘里的光彩和锋芒》从民间的角度重塑陆龟蒙形象性；《万盛米行，珍藏起的春播秋收》以重述叶圣陶的《多收了三五斗》的方式介绍甪直镇上的这一遗迹，它们都是以当下时空中的历史遗留物为凭借所完成的对当年时空中人事的重构。作者对历史的重绘，当然是一种隐含着再评价的新阐释，所以具有意义建构的意味，这一写作实际倾向隐含了向大传统靠拢的潜在文化意图，不过，陶文瑜的关切点显然不在恢复所谓历史的原貌，并以此建立一种谱系化的意义体系，而在于通过这样一种方式写出渗透在日常生活中的人性真谛。正因为具有这样的用心，陶文瑜就避免了站在所谓时代的制高点上对历史指手画脚的虚妄，而能够回归到历史的和现实的生活之流，从容书写生活和生命的本真体验。

因此，大、小两个传统在陶文瑜那里是有主次之分的。陶文瑜从散文写作之初就注重在普泛的世俗性与深邃的传奇性之间建立一种平衡，例如他的《四五百字——书画是园林里的好夫妻》记述招子庸擅长画蟹，但因为某人给的润格少了，于是就画了掩藏在石头后面的半只蟹给他，从中既可以看到招子庸文人风流的一面，也可以看到他在日常生活中斤斤计较的另外一面，用稍稍正式一点的话来讲，这段小故事事实上描述了大、小两个传统在现实中交融的情形。然而，稍加辨析就可以发现，陶文瑜书写的重点其实落在后一方面，即更为欣赏招子庸画了半只蟹所表现出来的人性真实。这也正如前引《城市山林中的人间烟火》片段所表明的那样，文化建构脱离了日常人性不过海市蜃楼而已，真正有价值的是在它背后的自由自在的人间生活。

《茶馆》是一部有关茶馆的专题散文集。在作者看来，茶馆是一个公共场所，承担了很多社会功能，它可以是老朋友之间的"从前记忆"，也可以是少男少女的"媒妁之言"，更可以是熔铸了古今人事的"大千世界"。全书穿插了很多野史、传说、掌故、轶事之类的传奇故事，但是流淌在传奇之中的精神，是喧腾热闹而又朴素平凡的人性真实，作为一个五方杂处的小社会，茶馆委实体现了天南海北、上下古今浑融的国人生活状态。这种泥沙俱下而能够从中披沙拣金的文风，当然源于作者陶文瑜的生活态度。从这个角度看，该书独具风采的序言不啻是其人生观的一次淋漓的自我展现。

陶文瑜受范小天新书序言形式的启发，决定模仿一下，"找一些平时在一起喝茶的朋友写序"，造成"这一本书就是一个茶馆"的纸面形式，"我约大家到这里来喝茶，大家你一句我一句地说着，多开心啊"。[1] 于是，小海、王尧、车前子、长岛、叶弥、冯磊、朱文颖、范小青、林舟、周亚平、荆歌、徐来、顾天下、陶理、常新、燕华君、薛亦然等人粉墨登场，鱼贯而出。小海说，"读老陶的《茶馆》就像是在老陶家里喝茶一样"；王尧开玩笑说"这实在恶劣，有点抽头聚赌的意思"；薛亦然甚至说"我不知道还有什么事情不能在茶馆里办，我是指一个人的日常生活"，这些描述都体现了陶文瑜及其散文的日常性和生活化的特点。此外，长岛据此勾勒了茶馆一幕，"那嘈杂的话题，那无所目的的闲聊，那四处张望的目光……"叶弥"设想他穿着一件姜黄色的长衫，袖子卷起，手端一只老茶壶，里面泡酽酽的红茶，走到茶馆里面，高声一叫：'老板……'颇有些黑道气概的"；冯磊也"暗暗作了决定，将来我要是开茶馆，是一定要请陶文瑜来做名誉顾客的"，又根据作者的性情为他创设了理想的生活环境或人生境界。总之，这些序言作者或着眼于自己所接触的现实陶文瑜，或悬想自己所理解的性情陶文瑜，绘声绘色，绘形绘神，共同编织出了一个亦真亦幻的陶文瑜，但不管是写实还是想象，陶文瑜热爱生活的态度是朋友们人人可见的。

由此可见陶文瑜散文的第三种特色，在于日常生活气息中所散发出来的淡定、宽容、乐观的心态。

---

[1] 陶文瑜：《序》，《茶馆》，石家庄：花山文艺出版社，2005年，第9页。按：下引小海等人文字，均见该书序言，页码杂多，不一一注明。

陶文瑜生活在苏州，对苏州的时序节庆、地方戏曲关注有年，不过，这种关注显然不是一种从文化角度出发而有的研究兴趣，而是成长于其间以至于不知不觉形成的一种自得心境，所以他说起苏州，与多少深浅无关，而在于沉浸于其中的那份淡定，以及从这份淡定中自然生发出来的一种舒展的生命感觉。《汤包》一文提到，他曾在幼年时跟随长辈在朱鸿兴吃过一次汤包，滋味极好，就"打定主意要在这座城市里长大成人"，有点故作惊人之语了，所以接着就是自嘲，"就是一种点心，竟起到了这么大的作用，也注定我的人生不会有太大出息"，这样的俏皮，其实反映的是作者的一种日常心态：在日光流年中，紧紧抓住那些与个人生命体验息息相关的东西，是生命的本能，也是生命的本质。

《苏州的逢年过节》谈过年，有"不少人过情人节或者圣诞节，几乎就是图个热闹的逢场作戏，心里在乎的，还是流传下来的逢年过节"之句，说的平淡，也正是实情；《借路头》述"接财神"之类的民俗，而苏州一地所接的"路头"是赵公元帅还是东南西北中五路神，许多人不甚了了，但这其实没有什么关系，因为大家都是"抱着接回家来再说的心态"，颇有喜感，但就是生活的真相；《立夏的背影》写立夏之日的传统习俗，末了提及"品尝时鲜"，但"这一点现在似乎也不太强调了，不少人已经删繁就简了"，所以"他们心里的立夏，只有挂在孩子胸口的咸鸭蛋"，这一丝感喟蕴含着对礼俗变迁的无奈的理解。以上数篇所涉及的节庆体验，说它们与苏州不可或分固然可以，但说它们是每一个中国人的日常生活感受，也并无不妥，陶文瑜只不过是以苏州为依托，写出了多数国人都有的一种生活态度而已。

从这个角度可以看到陶文瑜写作姿态的转变。他意识到，文化，特别是其中构成大传统的那些成分，固然是日常生活的组成部分，但存在着日趋僵死的可能，所以他虽是热爱苏州一地的文化，而不能不对此保持一种警惕，是故他的早期散文存在着对所谓文化保持一种疏离姿态的张力。而在陶文瑜深度潜入充满烟火气的日常人生中之后，由于生活是以人性为根基的常变常新，所以那种张力不复存在，也因此，他的散文就开始呈现出一种"平淡而近自然"的文学风采。

正因为能够以平常心看待人生，所以陶文瑜越到后来越显得宽容。《初一初二》说到曾经住在同一个院子里的小林，往往在大年初一这天"大家忙着恭贺新禧你好我好"的时候，不是去粮店就是去煤球店，忙得不亦乐乎，以至于邻居们"背地里对小林说三道四"："他们觉得大家都是一年忙到头的人，难得休息一天，你搞出这样热火朝天的气氛，似乎是和大家过不去，和新年过不去。"然而，小林是供销员，长年走南闯北，他不这么做又能怎么做？作者更年轻的时候并没有怎么想过这件事，直到自己成家立业之后，"偶然想起小林的事，才觉得他这是在对家庭尽着一种责任呢"。邻居们背地的议论是人情，可以理解，而小林的行为看似违背人情而其实里面包含着人情中最为基础的部分，不仅应该理解，而且让人肃然起敬。

《看那花儿》提起当年一件事：同事要求去郊外看桃花，陆文夫是领导，只让陶文瑜去买棵桃树种在院子里，作者不免腹诽："我觉得这和到郊外看桃花是两回事，但下级服从上级，就去花木市场，花了一百元钱，买回来一株正在盛开的桃花。"是一种时过境迁的释然。不过，正所谓能够容人才能有己，陶文瑜散文从始至终都表现出对生活的热爱，而只有在他能够从人性的角度对人情进行妥帖的描述之时，才真正展现出带有个性特征的旷达心境。《正月里来》述说苏州过年习俗，其中之一是"过年给孩子买新衣服"，作者常常是一下子就买两件，老婆不免抱怨，他则回答说"他是我的亲生的孩子呀，我愿意"："我自己很少去服装店，去的话也是随手拿一件，觉得大小差不多套在身上就了结了，所以我提着孩子的衣服走在路上的时候，觉得自己真是一位伟大的父亲，我的形象也一下子就在自己的心里高大起来了。"这里的自我调侃，是沉醉于生活的怡然自得，类似的情绪流露在陶文瑜的散文中可谓随处可见，十分富有感染力。

陶文瑜散文的谐趣看起来玩世不恭，其实是一种难能可贵的类似于古人所谓"童心"的天性。作者将自己为"大家茶坊丛书"所作的总序称为"开场白"："开场白是开会前说的话，我就当是开会了。买了这些书的读者是代表，借到这些书阅读的读者是列席代表，各位代表大家好！"这一仿佛家常闲谈式的开场白，与《茶馆》一书邀约十几位朋友共同作文"拼凑"成一篇序文的做法异曲同工，共同展示了作者面对这个世界的无邪心态。《梅雨时节》写江南的梅雨，是将之看作由春入夏的"一个缓冲",但主要限于人事,涉及恋爱与家务,对于前者,作者如是写来:"这是我们这一带特有的天气,这样的天气叫人的心思也多愁善感起来,所以梅雨的时候,比较适合恋爱,当然恋爱是年轻时候的事情了,现在只能空想想,现在真要谈,也是婚外恋,这是体制外的恋爱,我们是不提倡的。"连写梅雨也要往自己身上拉扯,不忘自嘲一番,特别是最末一句的郑重其事,尤其令人忍俊不禁。

陶文瑜是一个乐观开朗的人。他始终保持着对生活的开放态度,热爱在日常中寻觅生命的本真快乐,故本就疏朗的文风更形放松,而时时宕开一笔更是放飞了一己魂灵,呈现出在文学的天空自由飞翔的当代文人风姿。至于他故弄玄虚所表现出的个人与世界之间的紧张,不过是他对当下所谓文化的一种皮里阳秋的态度。在这一点上,他和薛冰、黑陶等人并无二致。

第六节　张昌华的《书香人和》等与诸荣会的《江南味道》等

张昌华(1944—　),江苏南京人,作家。1961年肄业于南京师范专科学校,同时应征入伍,1966年退役后在建宁中学任教。1984年调入江苏人民出版社,次年转入江苏文艺出版社,历任编辑、室主任、副总编等职。1979年开始发表作品,散文集有《书香人和》《走近大家》《青瓷碎片》《书窗读月》《曾经风雅——文化名人的背影》《民国风景——文化名人的背影之二》等。因为工作的关系,张昌华与活跃于现代时期、而今分布在海内外的诸多文化、文学名人有所接触和交往,就自然地以之为对象,从亲历者的角度写他个人所了解的那些名人,有掌故性质,不过,因为作者"纯写自己与传主往来过程中的感受、印象"[1],所以读来有人物速写的通讯报道意味,又因为在此之外增补了若干传记材料,所以也不乏传记色彩。到了后期,在拉开距离书写民国时期学人的人生和性情之后,文体才稍稍严正,接近于一般文史散文的风格。

1　张昌华:《复陈淑梅》,《走近大家》,北京:人民文学出版社,2003年,第338页。

张昌华散文的第一个特色,是其题材即书写内容的独特性。

作为江苏文艺出版社的编辑,张昌华不仅要策划丛书,而且也曾参与过《东方纪事》《东方文化周刊》等刊物的工作,需要与各种各样的作者打交道乃至建立长期的联系。在这一过程中,他不仅和当代作家如舒婷、叶兆言、苏童及漫画家冰兄、装帧设计家速泰熙等人因为颇有渊源而形成了良好的合作关系,而且也和那些从民国一路走到当下的文化老人建立了联系。平心而论,这些文化老人大都年事已高,活动大为收缩,故他们在当下更多的是一种象征性的存在,然而,对他们日常生活及言谈举止的披露和描述,不仅是一个编辑之于作者的私人敬意,而且是当下出版界对他们的文化影响力的认可。

"双叶丛书"是张昌华策划选编的一套丛书,是现当代时期夫妇作家的散文合集,包括鲁迅和许广平、郁达夫和王映霞、徐志摩和陆小曼、陈源和凌叔华、巴金和萧珊、冰心和吴文藻、萧乾和文洁若、林海音和何凡、柏杨和张香华等多对现代以来中国文化、文学史上的夫妻名家。在编辑这套丛书的过程中,作者通过各种途径陆续与这些名人或者他们的后人取得联系,在多次往还中建立起友谊,不仅推进了其本人的工作,也推动他开始写作以名人为对象的文化随笔。萧乾在为作者的第一部文集《书香人和》所写的序言里提到,因为张昌华说自己"文章写得不好","样子有点自卑",所以他就提了一个建议:"我并不以为然,说:'当编辑的还是要写一点才好,那样才会体会到作者的甘苦。有了作品,作者就视你为朋友,好对话,也便于组稿。'我还举了当年商务、开明书店的叶圣陶、茅盾、巴金等前辈们又编又写的例子。他听了点点头。"[1] 当然,作者其实此前就已有创作,但他转向文史随笔的写作,正与这套丛书以及因之而来的萧乾的劝说不可或分。

张昌华散文所书写的文化名人,侧重点在作者与他们之间的具体往还过程。《"化外之民"——漫话苏雪林》述他结交苏雪林的经过。作者在编辑林海音、何凡夫妇的散文合集《双城集》时,通过前者的散文知道了苏雪林这个人,而在编辑陈

---

[1] 萧乾:《序》,张昌华:《书香人和》,上海:上海人民出版社,2002年,第1页。

源、凌叔华夫妇的散文合集《双佳楼梦影》时，与陈、凌二人之女陈小滢闲谈，更知道了苏雪林与凌叔华居然曾经是密友，于是乎通过陈小滢才与"文坛老祖母"苏雪林通信，最后如愿以偿地将其相关作品列入"名人自传"丛书出版。从文化史的角度看，这其实是一种恢复历史原貌的努力，因为不管出于什么样的原因，苏雪林这样一位现代时期的文学名家在中国大陆诸多书刊中难觅踪影总是一件令人遗憾的事。张昌华不厌琐碎地把这一过程事无巨细地一一写出，并在90年代初中期推出苏雪林作品，无疑值得肯定。

不过，张昌华在与名人打交道的过程中也吃过"闭门羹"。《走近钱锺书》一文就记述了他接近钱锺书时所遭受的挫折。他从作协的花名册上找到地址，先给杨绛写了一封信做自我介绍，表明约稿的意思；继而定期寄送图书、杂志、贺年卡、挂历之类，希图拉近感情，但当他表明请钱锺书为"名人丛书"题签的请求时，还是被委婉地拒绝了；为了出版《钱锺书全集》，他和同事没有事先招呼就直闯钱宅，自然没有见到钱锺书，而这一计划也被坚决否定了；嗣后又因为出版《钱锺书传》而产生隔阂，"双叶丛书"拟编入钱锺书、杨绛夫妇散文的计划自然也就遭到了拒绝——虽然钱、杨之女钱瑗在来信中申明二事"完全无关"。作者零零碎碎地一路写下来，不仅客观地呈现出具体过程，又如前面的引文所表明的那样，他主要写的是自己的感受和印象，反复叙说钱锺书"耿介绝俗"的"大家风范"。

张昌华在这些散文中所流露出的感情色彩较多，也极为真诚，但它们在许多时候都似乎是随口道来，显得过于平淡乃至浅薄，个中缘由，在于他与各路文化名人之间有接触而其实并没有深入的理解。应该承认，张昌华的记述是以生活小事写人物的真精神，这种写法不脱主观而又不失客观，本来可以呈现一个相对真实的名人形象，其价值或如黄裳所言，"这种侧面的记录，有助于澄清事实，呈现真实相者，更是所在多有"[1]。然而，作者因为与他们交往时短、交情甚浅，所以了解无多、理解不深自是意料中事，可堪弥补的方法，是潜心研读他们的著作，而这恰恰又是

---

1 黄裳：《序〈走近大家〉》，张昌华：《走近大家》，北京：人民文学出版社，2003年，第1页。

作者所欠缺的功夫。可以看到的是，萧乾已经含蓄地指出了这一点："惟感不足的是，'书香人和'，论人有余，品书不足。如多些对自己所编辑的书稿评介文字，那内容就丰富得多了，书香味也浓了，此亦算是我对他的希望吧。"[1]不过，似乎并没有引起作者足够的注意，这是颇为遗憾的。

张昌华散文的第二个特色，在于对笔下人物独特个性的摹画。

总体而言，张昌华行文不无拉杂之弊，不过他能够做到"咬定青山不放松"，即始终围绕着"传主"的性格、气质、精神等核心话题展开，虽然颇多浮皮潦草的抒发，但毕竟还能写出人物某一侧面的真实。他在这方面也有相当的自觉性，虽然在材料方面难免"有所失察"[2]，但始终强调"传记文学的严肃性"，认为"真实是第一生命"，从不把"道听途说的新闻，特别是花边新闻写进自己的文章中去"[3]，努力写出人物的真精神。

张昌华所写之人不乏在世者，他的习惯，是将自己的记人文章请传主过目，以免错漏。这一做法或许不无借此加深工作联系的考虑，但平心而论，也的确出自他对文化名人的一种尊重，不过，或如上述，他行文的夸饰习惯和滥情的抒发惯性在某些时候也的确可能让被书写的对象感觉不适乃至不快。《聂华苓印象》一文记述《最美丽的颜色》一书出版前后他与聂华苓之间的交流过程，特别提到了一件尴尬事。他应《人物》杂志之邀，写了一篇题为《聂华苓的情爱画廊》的文章，不过，存在着"或失之于对原材料没有吃透""或疏于粗俗望文生义做哗众取宠的描写""也有原资料有误，以致以讹传讹"等问题，所以聂华苓发现"失误太多改不胜改而大为不悦"，竟至于"拍案而起而词严利锋地批评我了"，告诫"别擅自发表"。作者也提到一个细节："我在描述安格尔前妻玛莉神经忧郁症发病时的一段，没有掌握好分寸，有夸饰之嫌，她不客气地批道：'我不愿如此贬低他前妻！'"聂华苓自

---

[1] 萧乾：《序》，张昌华：《书香人和》，上海：上海人民出版社，2002年，第2页。
[2] 冯仰操：《怀旧的三种式样——比较周作人、张中行、张昌华的民国人物书写》，《扬子江评论》2013年第2期。
[3] 张昌华：《复陈淑梅》，《走近大家》，北京：人民文学出版社，2003年，第339页。

然意识到了她的否定给作者带去的感受，所以委婉地提请作者可以找机会"用自己特有的风格""写一篇对她的'印象'"，在此之后，又在多封信件中不停表示"抱歉失礼"，但态度仍然很坚决：不同意发表。就事论事地说，聂华苓本无权干涉别人如何写，但既然作者主动寄去文稿，也就有必要甚至有权利如实表明个人的观感和态度，而她知道这么做必然是对作者的一种"冒犯"，所以一再表明歉意，如此种种，颇可见聂华苓之为人。对于张昌华而言，此可谓求仁得仁，所谓委屈云云，不无庸人自扰之感，然而，从另外一面看，也的确彰显了作者力图求真的为文初心。

张昌华写人，交谊、行迹、抒情三者之间的比例各各不同，客观说来，抒发感受往往流于泛泛，交代行迹也多是人云亦云，唯有涉及交谊的部分才是相对出彩的地方。作者喜用人物之"自我说法"的方式凸显各自的性情。萧乾寓所门铃旁贴着一张"年老体衰，仍赶任务，谈话请短，索稿请莫"的小纸条，侧面反映了萧乾只争朝夕的生活态度；柯灵"少无囊萤之功，壮无雕虫之技；胸无登龙之法，手无缚鸡之力""四句顺口溜"的自评，体现了淡泊达观的人生观。这些笔墨不无小品的神采，但颇为令人感到遗憾的是，它们往往淹没于文字汪洋，以致隐而不彰。《"我有一支笔"——漫画漫画家冰兄》记"冰兄"之名的故实，极为传神：

席间，郭沫若问冰兄："你的名字怎么这么怪，自称为兄？"在侧的《美术家》杂志主编王琦代答："他妹妹叫廖冰。冰兄之名者，廖冰之兄也。"郭沫若听罢，不忘幽默一番："原来如此。我明白了，郁达夫的妻子一定叫郁达，邵力子的父亲一定叫邵力。"众抚掌大笑。

这样的记叙可入《世说新语》，不过，它所表现出来的简洁凝练，其实在张昌华的散文中少之又少。

稍后，张昌华开始向民国文人群落拓展，努力写出这些人物身上的真精神，但许多时候笔墨不够节制，往往具有传奇倾向。《叶公超超然物外》介绍叶公超一生行迹，贯穿其间的，是大大小小的人物轶事。比如写他上课，作者连续引用了艾山、赵捷民、赵萝蕤、杨振宁、许渊冲等五人的品评，在叶氏天马行空的飘洒讲课风格之外，突出了其不把学生放在眼里的孟浪；再如写他从政，又以一系列琐事记叙其担任"外交部长""驻美大使""资政"时的"脾气"；又如写他日常生活，突出"恃才傲物"的一面，像有人问他在场的记者中何人最出色，他却以"以后我若有一天不做官，我倒想做新闻记者"一语回应，凡此种种，的确刻画了叶公超的狂士人格。不过，以野史写人物极易落入传奇窠臼，人物往往丧失丰富性而成为某种类型化人物。这篇散文同样如此，虽然作者也提及叶公超对鲁迅的中正评价，但其余均为纸面的街谈巷语，由此建构的人物形象，也就只能是"恃才傲物"而不及其余了。

究其缘由，未必在于作者的不学，而在于作者的失察。例如叶公超，他的骄傲只是外在行迹，到底是什么东西在背后加以支撑，这其实是一个值得谈论的话题，而作者基本不涉及这一问题。当然，这里面隐藏着时代的密符，因此有必要讨论张昌华散文的第三个特色，即其文化属性。

20世纪90年代至21世纪以后一段时间，正值传统媒体开始直面市民社会且持续深耕读书市场的阶段，而以余秋雨为代表的"大文化散文"风行一时，人们开始对传统文化、民国人物产生了解的兴趣。其间，不仅出现了《民国那些人》《民国文人风骨》等畅销一时的著述，而且《随笔》《万象》等刊物也纷纷设置专栏，它们交相融合，推进了"民国文化热"的形成。张昌华因为工作关系较早开始记述他与当代的民国文化老人之间的交谊，在民国文化热蔚然成风之际，他陆续写下系列散文并在新世纪以后相继结集，成为民国题材散文创作中一个颇有特色的作者。

有论者指出张昌华散文与那些"能让读者感到逝者旧事的魅力，在回眸中一瞥人间世的兴衰沉浮"的民国题材类作品的不同，在于作者"带领读者直接进入延续到今天的民国余韵，触摸到还带有余温的真实，以一种不带成见的眼光重新打量人与事，获得直观新鲜的理解和领悟"。[1] 张昌华记述他与多位文化老人之间的来往

---

[1] 王瑛：《灵动细腻的历史书写，鲜活真实的生命质感——论张昌华民国散文系列》，《扬子江评论》2013年第2期。

情形，质朴平实，但许多细节也的确写出了他们立身有凭借、交游讲人情、为文不苟且等优秀品质，不过，这些初读感到真切的细节往往在他的不同文章当中多次提及，不仅因为重复而不再新鲜，而且也表明张昌华这种写法的局限性。因此，他转而依靠文献重构民国人物故事，希图在人物的细言微行中觅得民国精神，所以就有了传奇倾向。

《傅斯年的"另一面"》放弃了傅斯年作为知识分子的宏大叙事，写他为人子、为人父、为人夫、为人友、为人师等日常言行。傅斯年事母至孝，是为"寸心春晖"；他教子有方，引导儿子自立自强，是为"舐犊情深"；他与俞大綵伉俪情深，夫妻之间在生活中相互扶持，是为"相濡以沫"；他尊重人才，多次为友朋解决各种各样的问题，是为"与人为善"及"唯才是举"；他爱护学生，阻挡台湾军警进入台大校园逮捕学生，是为"爱生如子"。该文六个部分分别记述了傅斯年作为一个"人"的六个侧面，在每一部分，作者都用细腻的日常生活场景加以填充，栩栩如生地写出了人物的性情。作者以这一方法写了诸多民国人物，如"一生为情所累"的吴宓、晚年"气盛如初"的苏雪林、"慈眉傲骨"的陈寅恪、幽默旷达的周有光等。有一些篇章，几乎全文都由轶闻轶事构成，比如《黄侃"八部书外皆狗屁"》一文，陆续以黄侃斥王闿运"不通"、骂钱玄同"二疯"、要吴承仕"还我儿子"、攻击胡小石讲授甲骨文等为例写黄侃之"狂"，同时，以他与陈汉章、柳诒徵等人的交游述其之"服善""能下人"，又以他与居正、戴季陶、石瑛等人的交往状其对权贵之傲然姿态，凡此种种，都摹画出了一位极具狂者精神的现代学人形象。

以生活细节写人物真精神，自来便是中国传统笔记的文章路数，就文学品质而论，最接近作为现代文体的小品文。笔记小品追求以简约致丰富的文风，也就是以少博多，是表现形式的"少少许"和内在情韵的"多多许"的有机融合，语言典雅、行文婉约、文风清淡、情蕴绵长是其显著文体特征，客观说来，张昌华的写作风格与之相距较远，在许多时候甚至因为他的不够节制而破坏了作品本应具备的含蓄。如《黄侃"八部书外皆狗屁"》提及戴季陶问黄侃有无新作，后者回答说"我正在编《漆黑文选》，你的那篇大作被我收进去了"，行文至此，即使不明白黄侃到底是什么意思,其中的嘲讽却是可以直观感受到的,但作者唯恐读者不甚了了,一定要在后面追加一句说明,"戴季陶知道黄侃擅授《昭明文选》,这里的'漆黑'正是'昭明'的反义",并且述及"戴季陶无端地被奚落一番,自认晦气"。像这般过度书写因而造成文体之美受损的例子,在张昌华的散文中所在皆是,因此,他的民国题材散文的价值,不在于文学本身,而在于以传奇的方式向市民读者传播了民国文化。

需要注意的是,这里所谓民国文化不是某种知识谱系,而是借此表现出来的一种生活态度。20世纪90年代以来,国人逐渐从匮乏状态当中摆脱出来,在物质生活日益充盈之后,自然而然地追寻一种有品质、有品位的生活方式,民国文化之所以在21世纪前后获得空前关注,是因为它提供了一种曾经存在过的生活理念,而它毫无疑问地可以成为当下社会选择生活模式的参照,甚至成为若干人的生活方式。在这个意义上,张昌华的散文无疑发挥了它理应具有的文化功能,即引导人们关心我们的先辈如何生活,尤为重要的是,作者的传奇倾向更将其中的人性、人情以一种夸张的姿态凸显出来,使之更容易深入人心。

概言之,张昌华散文的价值在文化。他主要书写了他与当代文坛耆老之间的工作来往以及从中生发出来的深浅不一的私人情谊,是实写,之后做一定程度的延伸,笔触伸向民国文人学士群体,以一种"自将磨洗认前朝"的姿态凸显他们身上依稀可辨的文人风采,有传奇的倾向,而不管是实写还是传奇,都将这些文化老人立身有根柢、为人不苟且、生活有情趣等群体特征有力地表现出来,成为当下人们重建合理有情的人的生活的参考和引导。

诸荣会(1964—),江苏溧水(今南京市溧水区)人,散文作家、书法家。1989年毕业于南京师范大学中文系。曾任教师二十余年,2004年起在江苏教育出版社工作,历任编辑、副编审、杂志社社长兼主编等。1983年开始发表作品,曾在《钟山》《美文》等文学杂志开设散文专栏,先后出版了《最后的桃花源》《秋水蒹葭》《风生白下》《风景旧曾谙》《江南味道》《生怕情多》《薄命是红颜》《谋生亦谋爱》《无用是书生》《秦淮河传》等多种散文集，另有《晚清背影民国脸》《另册——那些鲁迅骂过和骂过鲁迅的人》《民国夫妻档案》《男人的晚清 女人的民国》等（专题）随笔集，陆续获得紫金山文学奖、孙犁文学奖、在场主义散文奖、冰心散文奖等多个散文类文学奖项。与张昌华一样，诸荣会也擅长书写江南人文，不过，二人的文笔都不够节制，如果说张昌华带有一些报告文学、通讯报道的色彩，那么诸荣会似乎带有一定的"新文学腔"，书写中发挥颇多，难免过当之弊。

在长达三十余年的散文写作中，诸荣会很早就建立起了明确的"文体意识"和"工程意识"[1]，所以他的散文创作虽然数量惊人（各集之间颇有重复），但万变不离其宗，核心在以南京为中心的"江南文化"。在新世纪，他的散文写作大体也可以分作三个时期：第一个阶段是21世纪第一个十年，题材多是南京及周边江南地区的各种文化遗留物，实体如建筑、街巷之类，但更多的写作对象则是历代名家名作之于某一地方的文学想象空间；在经过《江南味道》一书的过渡之后作者进入新阶段，开始书写历代著名人物，尤重晚清民国带有传奇色彩的人物，所以具体写法也有一些变化，虚构场景的文学性描写开始增多；在最近几年，作者又回复到第一个阶段的写作题材，有《秦淮河传》《节气24帖》等作品集，纪实与虚构并存的写作风情是此时的主要特色。纵览诸荣会新世纪以来的散文写作，将个人融入叙述的脉络之中是其散文文体的重要特点，不过，它虽然与上一章所谓艺术散文的"个人性"不无相通之处，但作者显然并没有通过这样一种叙述方法建构一个充满能指的表象世界之意图，而是用以保持在历史和现实之间进退自如的灵活姿态，归宿仍然在存在的意义谱系之中。

诸荣会在青少年时代就对南京充满憧憬，而自1989年后，他就在南京生活、工作，所以对这座城市有不一般的情感。在他的笔下，石兽、台城、凤凰台、阳山碑材等历史名胜只是一些令人徒增唏嘘的遗址而已，他最亲近的，是那条"在诗意中

---

[1] 王充闾：《序言》，诸荣会：《风景旧曾谙：江南人文笔记》，天津：百花文艺出版社，2009年，第2—3页。

延伸"的乌衣巷,是莫愁女的传说,是"月上秦淮源"的风情,是"清凉堆积的地方"的艺术,是《文选》和《红楼梦》这两部与南京结下不解之缘的名著,是两位曾经在民国年间的秦淮河上泛舟而留下"背影"的文人,总之,都是那些与当下的日常生活产生交集的历史。他说:"随着我在南京一天天地住下,我发现我最爱钻的还是那些古老的巷子,每一条寻常巷陌,历史的沉淀竟是那么的丰富:随处可见古旧的雕花窗格、粗朴的石刻辟邪、漆黑的滴水瓦当,以及立着瓦菲的门头、爬满青苔的石桌、探出院墙的红杏。它们让我走在深巷中有一种与生活水乳交融的感觉。"[1] 从这个意义上讲,诸荣会写的不是冷冰冰的历史故实,而是与当下生活一起生长的活历史。

不过,在城市的古意中寻找一种诗性的惬意人生,其实作者也明白其中的虚妄,说到底,这种念想源于一种对江南的文化想象。《江南名山诗占尽》一文记述了江南诸多名山,作者实地踏访,在观感方面均不能如意,但作者会心的地方,是跨越时空与古人所建立的精神联系。例如,作者对有着"天下第一山"之称的镇江北固山素来不以为然,但想到王湾《次北固山下》以及辛弃疾的词使它"获得了极高的文化高度",也就对"第一"这个说法释然了;又如庐山,瀑布仍在,虽然萎缩的风景不能餍足人心,但"因为它是李白'望'过的庐山瀑布,我们只有也'望'到了它,才算是到达了庐山的文化顶峰",所以心平气和;再如天门山,因为李白《望天门山》一诗的影响,虽然"它实际上就是长江边的两座小山",所以作者的两次探访均有"大失所望"之感,然而,即使张家界的天门山风景要远远超过它,可是"好玩不等于有文化",安徽的天门山终究略胜一筹……对作者来说,自然风景远远比不上人文风情的吸引力。

可以说,作者很早就已经表现出了对历史的浓厚兴趣,但这种兴趣不是知识性质的,而是心灵、精神层面的。尤为难得的是,在"大文化散文"习气风行一时的

---

[1] 诸荣会:《走过南京的街巷(自序)》,《风生白下:南京人文笔记》,南京:南京师范大学出版社,2005年,第2—3页。

当时，作者没有像其他众多作者一样表现为浮夸的历史主体性，而是力图将个人的经历、情感、志趣融入其中，从个人角度写出景观的人文性之于普通人的意义所在，这其实就带有前述之"个人性"了。然而，这一努力很难说成功，就阅读体验而言，他的作品中个人体验与人文历史之间往往存在很大的罅隙。这说明，诸荣会此时并没有明确意识到这一基于个人性情的写作特色对他而言意味着什么，而只是沉浸在文化的古今流动中不能自已，而假设他不折不扣地做到了这一点，苛刻一点说，这又与强烈凸显历史主体意识的创作路径也就是五十步和一百步之别罢了。然而，不能说他对此完全没有感觉，于是遂有一部《江南味道》这一作者处于散文创作分水岭之上的作品出现。

《江南味道》收录了不少前期文章。全书共分四辑，除"苦涩才子佳人梦"外，其余三辑都是作者个人生活经历的吉光片羽，有旧作，也有新作。作者意识到，自己所存有的"既在心中，又在远方"的"另一个江南"，本质上是"以农业文明和城镇工商文明为底子或背景"的"传统的江南文化"[1]，但有意味的是，他书写的重点在于家乡的"农业文明"，对于"城镇工商文明"甚少着墨。这当然可以理解，家乡的人物、风土是作者的成长记忆，也是其生命的构成部分，自然一往情深，然而，这一题材选择却也恰恰可以成为观照他在转型期创作的一种征候。

作者记述的家乡，是20世纪七八十年代之交的典型农村，《乡村人物志》和《江南动物志》两篇文章作为其中的代表，都鲜明地表现出了乡土特色。去城里学手艺却因踏入别有营业的发廊而遭拘留并导致家庭分裂的乡村剃头匠长寿，作战英勇但因选择资本家的姨太太而遭贬斥的老魏，为"我"上学筹措学费而挪用公款的菜林叔，都是富有人情味和同情心的家乡传奇人物；被乡人称作"小龙"的蛇和称作"黄大仙"的狐狸，谱就乡村夏夜交响曲的蛙，令人讨厌但又被当成吉祥的象征的蝙蝠，也都是交织着乡野传说的生物。作者写这些乡间人物，大多为如是我闻般的记叙，但个人体验在其中并不突出，明显区别于感官膨胀、感觉突出的艺术散文，

---

[1] 诸荣会：《江南味道 依旧如初》，《江南味道》，北京：当代中国出版社，2011年，第3—4页。

所以虽然情感颇为真挚,但风格却显得过于平淡。

在作者书写家乡但生命体验却甚少介入的另外一面,是他对"城镇"的付之阙如。如前述,这与作者本人的成长经历不无关系,但这一无视与其对江南文化的准确认知明显相悖,却也是昭然在目。与之形成鲜明对照的,是江苏另一位散文家黑陶。如上章所论,在黑陶看到自己心目中的"江南"已经遭到现实的涂抹和改写之后,他不仅在文字的世界里重建"文学南方",而且在他认定的那片地域内的各种小镇之间辗转寻找,希图找到"江南"的身影和踪迹,这双重努力表明黑陶的主观认知和文学实践是统一的。在诸荣会那里,为什么二者之间呈现为一种悖反关系?

这里提出一种可能的解释。可以看到的是,诸荣会每每提及"江南",总是强调自己虽然生在江之南,但家乡并不是正宗的"江南",而大学就读的镇江,也只是"江南水乡的起点",所以准确地说,他只能算是"半个江南人"。[1] 也许是缺乏"正统性"的缘故,他虽然也像黑陶那样以理直气壮的姿态宣称今日的江南不是自己心目中的"江南",但对于江南应该是什么样子,始终缺乏一种与生俱来的感性体验,然而,他对江南的热爱却的的确确是发自内心的,总是力图写出其性情和气质,所以所欲和所能之间就不可避免地产生了断裂。是故,他的作品感性体验的欠缺和历史化的文学知识的充盈也就得到了解释——这是他一种迫不得已的补救办法而已——作为他新世纪以来散文创作第二个阶段开端之作的《生怕情多》,正以"创作资源都来自历史文献"[2] 为特色。理解了诸荣会的这一文化背景及其文学选择,就可以明白他之所以在历代文学与当下的江南现实之间辗转腾挪的情非得已。可以说,当他不无潇洒地穿梭于江南的历史和现实之间,与其说是飞翔的自由,不如说是一种漂游的惯性。

从《生怕情多》开始,作者开始更为明显地向历史倾斜,都具有以文献取代感受的特征,而在他有意识地采取"有文有史,有事有议,有理有情"的"历史文化

---

[1] 诸荣会:《江南味道 依旧如初》,《江南味道》,北京:当代中国出版社,2011年,第3页。
[2] 孙绍振:《序》,诸荣会:《生怕情多》,天津:百花文艺出版社,2011年,第1页。

散文"的写法后[1]，其作品徘徊于历史和文学之间而又似乎不归于任何一方，如果非得下一个评判，也是历史的共鸣超过文学的体验。更为明显的是，在诸荣会那里，历史只是作者个人所理解的历史，共鸣在很多时候也只停留在极为浅表的层面，故泛泛说来，他这一时期作品的文化价值高于文学价值。

诸荣会书所书写的过往时代特别是近现代以来对于中国历史文化产生重要影响的各类人物，伍子胥、商鞅、包拯、王安石、赵孟頫、叶名琛、翁同龢、盛宣怀、熊希龄等历代名臣，柳亚子、马寅初、胡适、徐志摩、高长虹等现代文人和薛涛、"秦淮八艳"、石评梅、林徽因、张幼仪、萧红、谢冰莹、关露、梅娘等富有才情的女性人物，通通都被他摄入笔下。应该承认，这些人物之间的差异性要远远大于共性，而作者之所以能够将他们作为同类加以描述，是因为他在千差万别之中看到了多姿多彩的生活表象之后，潜藏着亘古不变的人性。

他的写法，是抓住一个人物一生当中自己最感兴趣的几个关键环节加以发挥，尽力写出自己所理解的人物的真性情。《胡适：我从山中来》一文以"我"探访胡适绩溪上庄的故居为穿插，记述了胡适作为"和事佬"或"好好先生"的一生。作者笔下的胡适，是在母命和包办婚姻、恋爱和家庭、政治和学术、学生和当局等多种对立关系中犹豫、转圜但最终都不得不择一而从的矛盾人物形象，但着墨最多的地方，是他的婚恋。胡适与江冬秀、韦莲司和曹诚英三人之间的情感纠葛，在当下早已不是什么秘闻，所以作者并没有在细节上打转，而是写胡适在每一处具体情境之中的有心无力。需要注意的是，文章所述的这种性格和行事风格与真实的胡适是否相应，不是作者优先考虑的问题，他所在意的，是"从人文关怀的角度出发，将历史人物的矛盾、痛苦置于一种具体的语境之下，努力发掘其隐藏在时间碎片深处的独立的文化人格"[2]。这也就是说，他习惯于将文化人物置于一个戏剧化的情境中加以呈现。

1　诸荣会：《后记》，《生怕情多》，天津：百花文艺出版社，2011年，第311页。
2　诸荣会：《我之"历史文化散文"观——兼与秦兆基商榷》，《文学报》2012年6月21日。

诸荣会所谓"具体的语境"未必一定指的是戏剧情境，但"具体"如果不是从历史角度加以理解并由史实加以建构[1]，那么从集中、紧张的戏剧化角度理解就再正常不过了。当然，所谓戏剧情境可以是《胡适：我从山中来》中的江冬秀用裁纸刀掷向胡适并且拿起菜刀架到儿子脖子上的激烈表现，也可以是《高长虹：一不小心》式的漫长显露。后文记叙了高长虹一生当中的几个重要时刻：从太原到北京后结识鲁迅，是"一不小心走入了'新的世界'"；批评"中国思想家之权威"的说法而在无意中触犯鲁迅，是"一不小心'飙'错了对象"；因为韦素园的告密而被鲁迅迁怒，是"一不小心成了'小丈夫'"；他留学归来不屑与时彦同伍而被目为"精神病"，是"一不小心'被精神病'"。高长虹的"一不小心"该如何理解？作者最后写道：

> 如果高长虹能"小心"一点，或许他就可以避免与鲁迅反目，甚至可以和鲁迅一起取得更大的成绩，享受更美好的人生。但"那个"高长虹还是"这个"高长虹吗？"那个"高长虹还会让鲁迅感兴趣和欣赏吗？或许他根本就不会有与鲁迅结识的机会，反目更无从谈起，他的人生和命运将完全是另外一回事。"这个"高长虹的悲剧是一种必然，根源不在于他的"不小心"。高长虹的悲剧，看上去只是他个人的性格悲剧，其实是一个时代与社会的悲剧。

所谓"不小心"，是高长虹的性格，也是时代的机缘，而性格与时代的碰撞，有时造就喜剧，更多的时候则产生悲剧。高长虹的悲剧当如是观，这就是作者通过四幕带有喜剧色彩的场面试图阐明的他对这一人物的理解。

以戏剧情境表现历史人物的性情，不论情境本身是紧凑还是松散，正如作者所言，关键在于写出人物的文化性格，也就是说，写出人物与中华民族人文传统及时

---

[1] 参见秦兆基：《历史散文也可戏说？——以诸荣会"江南风流"系列散文为例》，《文学报》2012年6月7日。

代语境相应和的一面,故理应具有一定的客观性。诸荣会的历史文化散文,总体说来,都存在材料不够完备、记述不够周全、评判不够熨帖等非必从学术角度出发而产生的质疑和批评,他对此心知肚明,所以往往择取最有会心之处加以点染,职是之故,可以说作者写出的只是他所理解的历史人物。不过,即使诸荣会在材料、记述和评判等方面存在争论,但就整体而言,他对人物与时代之间互动关系的理解和阐释,基本还是准确的。《胡适:我从山中来》和《高长虹:一不小心》两篇文章,尽管文风存在拖沓和简洁之别,但的确分别写出了胡适和高长虹一优柔寡断一狂放不羁的性格特征,但胡适在传统与现代之间的矛盾心态、高长虹在个人与时代之间的挣扎情形,却也正是两人各自的"文化性格"。从这个角度看,诸荣会的历史散文又是兼有历史和文学双重色彩的。

《萧红:落红何萧萧》以萧红一生为叙述的纵贯线,以鲁迅家的客厅为横截面,追摹了萧红的性格,也重现了其悲剧命运。作者着力写的是萧红分别与萧军和鲁迅之间的双向情感互动关系:"拯救了她生命的第一个男人"萧军,本来扮演的是一个"拯救者"的角色,但到了上海之后,因为萧红得到的文学评价高于他,所以大男子主义的萧军就"产生了一些微妙的心理",两人的关系也就在困厄时期造就的谐和中产生了裂痕;而"对于成全了她文学事业的第二个男人"鲁迅,萧红对其不免有一种类似于对祖父的依恋之情,所以鲁迅的家也就成了她"又一座'祖父的菜园'";在另一方面,鲁迅对萧红或许也有类似的情感,但更重要的是,他在萧红身上看到了生命的光彩。作者最后引用莱蒙托夫的诗作结:"我被你深深地吸引,/不是因为我爱你,/而是为我那逝去的青春。"作者避开了宏大叙事,完全从一个女人与两个男人之间隐秘而微妙的情感关系入手,通过萧红的《回忆鲁迅先生》一文重置了一幕幕戏剧场景,在人与人的互动中摹写了三人独特的心理体验,不仅是真实的历史,而且是鲜活的文学。

值得注意的是,作者乐于采用私人材料敷衍成文,使得他的历史散文带有野史气质。一般说来,有关萧红、鲁迅关系的记叙都着重讲述二人之间的文学因缘,虽也涉及私人交往问题,但处理方式往往是将后者当作前者一个附属性质的产物或是一种佐证,而《萧红:落红何萧萧》一文选择描述他们之间若有若无的情感联系,选取的材料又是萧红本人的散文及梅志等一二人充满主观的回忆,如果照作者之前的写法加以记述,难免不着边际。诸荣会此时表现出了应有的节制,一方面,整篇文章的主体都是在有限的材料基础之上生发叙述,点到即止,使得读者对其本人的立意产生会心之感;而在另一方面,在最关键的几个地方,又于人性人情的梳理中做出有分寸的发挥,以引领读者探究那迷人的人性渊薮。有趣的是,该文恰到好处的书写将异于正史的立意以一种极为妥帖的方式予以呈现,其效应却恰恰是使人们产生了一窥历史背后隐秘的兴趣,于是,作者的写作也就不可避免地朝着传奇的方向发展。

作为一种文学类型,传奇多是离奇故事,而因为普通人对之并无真实体验,所以它往往造就的是一种多数人的情感浅层次共振状态。对诸荣会来说,传奇一直是其散文不可或缺的构成要素。当他从古诗词的蛛丝马迹中寻找历代文人在江山胜迹中的留踪时,就是传奇的笔法,而在他把目光转向那些本身就具有跌宕起伏的人生经历的历史人物后,传奇自然而然地就从一种笔法转变成为其历史文化散文的本体,即从形式转为内涵。当然,这么说绝不是指作者媚俗,而是强调,在作者产生人事古今的感慨的时候,对于大众来说,他们往往看到的是人事代谢,但究其实,这是一种极为廉价的情绪泡沫而已。

据上可知,诸荣会新世纪以来第二个阶段的写作对象都是具有传奇色彩的历史人物,虽然他几乎在每一篇文章当中都渲染了若干具有戏剧性的场面力图增强文学性,但效果极其有限,所激起的几乎都是浮泛的情绪,与任何严肃的文学主题均不相关。他的创作之所以走到这一局面,或如前述,在于作者悟出了一己感受和人文精神两相分离而又无法弥合之后,选择了那些在大众中具有较高认知度的历史人物作为书写对象,以情感的平面共振缓解甚至化解了他内心深处始终追求意义深度的焦虑。他在各类名人的门墙之外逡巡,始终不得其门而入——在相当意义上甚至可以说,作者本来就不想进,他只是像一个导游那样引领读者抵达某处,就任由读者自行游览了。因此,如果说他的历史文化散文在读者那儿产生了共鸣,那么,是因为其创作本身还是他的作品仅仅只是一个凭借？这不可能有一个准确的答案，但在一定程度上可以认为是后者，而正因为这个缘故，这些散文的价值也就主要体现在文化方面。

此后，诸荣会的散文就一直行走在文化的大道上，成为大众一窥传统文化风景的忠实导游。《读碑帖》《腕下风流》等从文化的角度谈论书法艺术的专书自不必说，《秦淮河传》其实是作者不同时期作品在同一主题下的汇聚，性质也是如此。他这一时期的创作，是《节气24帖》，表现出了异于"大文化散文"的某些质素。

顾名思义，该书依次记叙了中国传统的24个节气，所以是介绍传统文化的一部专题散文集。它的特别之处，在于作者无法排除个人体验，特别是青少年时代及其之前的相关成长经验。这是因为，传统节气往往与农事相关，它们的征候虽然也能在现代都市中觅得一丝踪迹，但在现实中，农村其实都已经较少依赖这些传统方法了，因此，要想写出这24个节气的特点，一方面，必须依靠资料，这也是作者在上一个时期写作的主要办法，此时成为一条依赖路径，在另一方面，就需要在个人记忆中溯源，挖掘那些至今仍然不失新鲜的感性体验。简言之，与上一个时期相比，作者在"资料"之外增添了"记忆"，所以《节气24帖》的价值，除了普及传统文化知识，而且也增添了些许文学风情。

《立秋不觉三伏尽》写今昔不同的立秋时节的体验。在今天，居于城市之中，人们往往并不觉得气候有什么改变，甚至"秋老虎"还显得甚是可怕，然而，在作者记忆中，立秋与家乡的一句老话相关，那就是"秋瓜子不拉藤，人人都有份"，意思是说，立秋之后，如果瓜田里还长着瓜，那么人人都可自由享用。这是童年的"共产主义"理想，长大了，自然也便散去，作者念念不忘的，是家乡的"啃秋"习俗："在我的记忆中，老家的立秋日，是一个不是节日的节日，场面可比北方人或今天的城里人之'啃秋'豪放得多了：稻场上，院落里，树荫下，人们席地而坐，不但抱着红瓤西瓜啃，绿瓤香瓜啃，白生生的山芋啃，金黄黄的玉米啃，而且手抓着自养自宰自做的水煮猪蹄髈啃，红烧醋排骨啃，盐水鸡翅膀啃，清蒸鸭四件啃……"这段文字固然没有多么雅驯美妙，但作者流露出来的情思是真实可感的。

在这一集中，作者在资料和记忆二者之间时有倾斜，例如《露从今夜白》较多依赖资料，不仅题目出自杜甫，而且文章从《诗经》中的《蒹葭》一诗引入，沿着诗意发挥了一阵，然后才进入自然物候的描写；《小寒生花》则全部记叙的是某一年作者本人在这一天的人生体验。相较而言，那些融合了独特个人体验的篇章都以朴素真挚的情感为标识，读来也更深入人心。《霜降》一文当然写的是同名的节气，但作者印象最深的却是这样一个情境：

> 忽然间我想起了小时候的一个声景：为完成老师部署的家庭作业，我正在努力背诵着"二十四节气歌"，从外面回家的父亲听到后说，"背它干啥，种田人才要记它！你要好好读书，有出息"，说着从口袋里掏出一把炒焦的豆粒，"霜降了，锅寒，我多烧了几把，不想炒焦了点儿，但挺香！"没想到，就是父亲的这一句话，让我一下便永远记住了"霜降"这个节气，因为此时，我尽管没有看到大自然的"霜降"，却清楚地看到父亲两鬓的霜花。

虽然这种融入青少年时代个人体验的写法并不特别，但透过它却可以看到，一旦诸荣会回归个人的切己体会，他的散文写作立即就呈现出一种蕴含着新变的张力状态。

到目前为止，诸荣会的散文创作起码有过两次转折的契机：第一次是"人文笔记"之后的《江南味道》，个人感受的介入带来了一种文学可能，但作者并没有对感受性加以充实，而是选择了独立于个人之外的历史材料为写作对象；第二次就是在这里，《节气24帖》也在一定程度上摆脱了大文化散文的惯性，呈现为旁逸斜出的态势。只是这一次他会如何选择呢？诸荣会念兹在兹的是"江南文化"，人文胜迹、人物风流、人间冷暖作为其外在显现而成为作者散文写作的三大题材，表现出作者努力重建江南文化体系的匠心，然而无法回避的一个问题是，题材的定期迁移是否可以穷尽"江南文化"的全部内涵。也许，在作者的文化大观园里，这种建设将一直持续下去，永无停止之日。

第七节　其他作家的散文

江苏作家几乎都曾涉足江苏各地域历史文化的文学书写，但未必都可以称为这里所谓的历史文化散文。历史文化散文的特质，是大众文化时代面向市民阶层普及过往时代文化常识的文学行为，虽然各个作家之间存在差异，但知识性取代审美成为主要内涵是其标志性特征。在前述诸位作家之外，徐风、赵践、刘春龙、苏宁、杜怀超等人对各人居处地历史文化的书写也颇有特色，他们不仅生动表现了各地的气候物产、风景风情、风俗习惯等具有地方特色的文化，也在记录它们变迁的过程中，有力凸显了江苏各地既同中有异、又异中趋同的发展态势，为促进江苏文化的深入发展提供了具有参考意义的文化资源。

徐风（1958—　），江苏宜兴人，作家。著有长篇小说《浮尘之路》《国壶》等，散文集有《苦苦寻觅》《天下知己》《南书房》《风生水岸》《江南繁荒录》等多种，曾获冰心散文奖、紫金山文学奖等文学奖项。他的散文多写与家国、民族、历史等宏大题目相关的题材，虽然不可能完全避免夸张，但由于个人介入程度深，主题又与那些朴素的人性相关，所以读来颇为动人。这正如《一个作家的永生》记述周克芹时所说，"小说从来是一个社会的寒暑表，小说还可以是历史的见证人，是一个世道的正义与良心"，"社会的寒暑表""历史的见证人""世道的正义与良心"云云，不免人云亦云，但能够将第三点与前二者并列，就已经表露了作者的价值立场和文学观。

徐风特别强调"真"，追求"对生活的独特发现和洞见"[1]，由此可见他的散文观是求真。求真看起来属于知识范畴，但对作者来说，这种"真"更多的是人的精神之真。所以，他写人注重写出人物内心的充盈。徐悲鸿和郁达夫在新加坡"海内

1　徐风：《散文即气场》，《风生水岸》，北京：民主与建设出版社，2017年，第2页。

存知己"般的相会，玉树人民在地震之后的从容，黄春明在台湾捍卫中华文化的勇猛，都是或虚拟或真实的场面描写，它们的目的，都是把人放置在具体情境中，对其精神上的闪光点进行着力刻写。《同林鸟》记述了作者的文学老师和师母的故事，二人第一次见面的场景就蕴藏着巨大的"气场"：

> 师母第一次见到这个年近百半、两鬓染霜的男人时，就像见到一个俄国十二月党人，激情、深邃、耿直、狷介，一把一把的血泪与故事，还有仿佛来自西伯利亚的风烟味与沧桑感。

这里并没有通常都会有的外貌、语言或动作描写，而是直截了当切入对人物的精神气质的感受，并通过空间之远写出老师品性之高。

作者是宜兴土著，写物自然离不开陶艺，但绝不离开"人"而仅仅限于工艺。他大概从2005年左右开始将自己的写作题材主要圈定在紫砂，《一壶乾坤》是这方面的代表作。在作者看来，盛产紫砂壶的家乡人杰地灵，所以才孕育了艺术巨匠徐悲鸿，更催生了民间诸多的紫砂艺术大师。颇有文士风骨的徐秀棠，有着浓重文人气息的顾景舟，柔弱背后藏着坚韧和好强心的蒋蓉，性情中人吕尧臣，都在他的笔下栩栩如生，其余如张红华、裴石民、鲍志强、毛国强、王石耕、曹婉芬、曹亚麟、吕俊杰、路朔良、许艳春、唐朝霞、吴亚亦、范建华、陆虹炜、李霓、吴淑英、顾婷、高建芳等人，也各有精彩，而把他们合而观之，几乎就构成了陶都近现代以来的发展史。作者对这些乡邦人物充满景仰，下笔遂多有山高水长之风。

徐风写紫砂，注重它所代表的一种文化传统，但也不回避其在当下所遭遇的困境。在回答"汉隆文化机构"提问的《答客问》中，他曾经追摹过文人与手艺人互动的场景：

> 顾景舟他们这些人到了上海以后，就在古玩行里仿古壶。古玩行里经常有文人来往，像江寒汀、吴湖帆、来楚生他们这些人，一天有一半时间是泡在古

玩行里的,这样大家就认识了。顾景舟就拿出一把壶坯,说:"某兄,今天你在这把壶上面画几笔吧。"文人就回应:"好啊,这把壶不错。"他们之间的唱和就是这样开始的。

这种艺术与生活交融的情形在今天已经很难寻觅,但这不仅仅是技术、工艺提升之后带来的改变,而更是名利作祟,使得艺人不能安心制作,所以造就了人文精神的欠缺。

徐风的"紫砂散文""重人"的特色[1],核心在于写出人物的真精神,虽然书写对象多是具有传奇色彩的名人,但他始终将他们置于一种生活常态之中加以描写,这或许与他从不"刻意观察生活"而是"全心感受生活"而且"不排斥俗世的快乐"的生活和写作态度有关[2]。他也写家乡风物,雁来蕈、香椿、螺蛳、云湖鱼头、翠冠梨、板栗等,眼光扩展一点,就是整个江苏的菜系。《醉里佳肴相媚好》介绍了包含淮扬菜、金陵菜、徐海菜和苏锡菜等在内的"苏菜",作者最有共鸣的,乃是各个菜系中与平民百姓日常生活相关的菜肴和点心,比如淮扬菜中的大煮干丝、金陵菜中的盐水鸭、苏锡菜中的青团和徐海菜中的烙馍。这种家常情怀,或如《三种心》所谓"没有平常心,长期在基层写作的人,是没法坚持下去的"所云,是一种真实的自知,而这也使得他能够真正尝得民间滋味。例如,《饕餮》记青年时在煤矿做小工,大雪封山,嗜酒的工头孙胖子找不到下酒菜,居然找来一个火柴盒,每摔一次喝一口酒,名之曰"摔菜";又如,《化蝶千年》记善卷洞旁街头的唱曲艺人,扯着破锣嗓子唱自编的春调,"像农家自酿的米酒",都是真正的民间欢乐。

作者颇为擅长历史散文,特色在于能够写出人的精气神,但因为它们的文体较为接近纪传体,所以这里不展开。总体而言,徐风散文以真实和虚拟相叠的场面记叙为呈现方式,烘托出一种既在具体设置方面居于世俗之中而在精神气质层面谋求

---

[1] 范培松:《徐风散文艺术论》,《东吴学术》2013年第2期。
[2] 徐风:《我的南书房》,《南书房:徐风散文选》,北京:世界知识出版社,2014年,第303—304页。

超越的"气场",达到求真的目标,而如前述,真是人性之真、性情之真,所以美与善也就无须多言了。

贾梦玮(1968—),江苏东台人,文学编辑、散文作家。曾在学校、机关、企业工作,通过自学考试取得专科、本科学历,1997年南京大学中文系研究生毕业后进入江苏作协工作,历任《钟山》编辑、副主编、主编,2016年起任江苏作协书记处书记。1987年开始发表作品,散文集有《红颜挽歌》《往日庭院》《南都》等。他的散文以对历史的深邃的文化反思见长,曲尽其妙的文字当中往往反映了其见识的透辟,所以许多时候带有思想者壁立千仞的精神气象,而与惯常所谓文化散文或学者散文的传奇或是文雅迥异其趣。

《红颜挽歌》系李元洛、周实主编的"长河随笔丛书"的一种,是作者的第一部散文集。文集专论中国传统时代女性,对她们的遭际多有记叙和阐发,其核心要旨,或如该书后记所云,在于从"'人'(男人女人,女人男人)权主义者"的现代视角透视所谓旧女性悲剧及其根源:"对于历史人物,对于历史上的后妃,还她们生命本体的本来面目,揭示遮蔽、压抑女性生命本体和人类爱情婚姻本质的种种因素,是我写作这本小书的始点和终点。"[1]贾梦玮笔下的女性人物囊括了中国传统时代最为著名的一批,西施、虞姬、吕后、王昭君、贾南风、武则天、上官婉儿、杨玉环、花蕊夫人、孝庄皇后、香妃、慈禧等等,不一而足,她们的出身、性格、遭际各各不同,而其共同之处,在于绝大多数人都演绎了同一种人生模式,即从一个天真可喜的女儿到逐渐受到权力的蛊惑,从而迷失自我并日渐扭曲,最终走向疯狂。

《汝欲何为》说吕后。吕雉在刘邦微末时与其是患难夫妻,所以在刘邦称帝后,她千方百计维护其本人来之不易的高位重权,任何对她构成威胁的人必欲除之而后快,其中最为残忍的一件事,是她在刘邦死后将戚夫人做成"人彘"。作者认为

---

[1] 贾梦玮:《后记》,《红颜挽歌》,长沙:岳麓书社,1999年,第173页。

"吕氏虽贵为皇后，但作为一个女人，她在相当一段时间内是受压制的"，而"越是受压制的东西，一旦有释放能量的机会，就越具有超常的破坏性"，所以吕后的疯狂报复行为"也是环境造就人"。"刚毅"的吕雉之所以转变为"狠毒"的吕后，就在于她尝到了权力的滋味。可以这样说，一个人在日常生活中所遭到的压抑乃至自我压抑的程度愈深，那么在掌握权力之后，其人性扭曲的烈度也就愈大。《邓绥的尴尬》说东汉和帝的第二任皇后邓绥。邓绥出身名门，自小受到严格的教育，为了"做符合封建道德的好女人"，她"可谓竭尽委曲求全之能事"。入宫后，她被封为贵人，处处忍让、时时谦退，一方面固然是躲避宫里的明枪暗箭，另一方面，其实也是习得的教育让她下意识地采取这种行事风格，而在她历尽苦辛成为皇后之后，在和帝突然驾崩之际，就面临一个选择："是继续遵守封建道德规范，还是及时掌握权力呢？"历史事实是，她选择了权力。邓绥先后挑选两位年幼的皇子为帝，自己以太后的名义垂帘听政，对任何敢于挑战她的权威的人，则坚决加以扑灭。邓绥何以至此？个中缘由，在于趋利避害是人的本能，在一个人既吃过无权的苦、也尝过有权的"乐"之后，很难不做出这样的选择。

这里面的道理很容易理解，不过仍然有更为委婉曲折之处。《西施的归宿》说西施。关于西施，后世的人们往往关注两点，一是她的美貌，一是她的爱国，而在各种记载和传说中，美貌都不过是爱国的实行方式。至于西施最终的归宿，则有三种说法：其一，是《吴越春秋》的"主动投江"说，这一说法的要义，在于西施虽是功臣，但也必须从一而终，所以"颇合封建卫道士们的胃口"；其二，是《越绝书》的"归隐"说，于史无据，所以"代表了文人雅士的浪漫想法"；其三，是《东周列国志》的"沉潭"说，即越国复国后，西施遭越国王后嫉妒，被后者差人装入口袋以大石沉于河中，作者以为，"这种说法最残酷，但恐怕也是最符合实际的"。第一、三两种说法自然表现出礼教、专制权力的"吃人"，而第二种说法其实也不遑多让。西施与范蠡偕隐江湖，据说后者弃官从商之后成为一方巨富，在作者看来，曾经操持权柄的范蠡能否如此超脱大可怀疑，因此引入明代诗人高启的一首诗展开进一步的分析，该诗后两句"载得西施岂无意，恐留倾国更迷君"表明："范蠡带走西施，竟是怕他的主子沾染这'倾国'的'祸水'，真是让人不寒而栗。"

对这些从纯良走向疯狂的女性，贾梦玮从不施以道德谴责，而是将她们置于具体的历史处境中，合理入情地分析其嬗变过程，指出她们也是封建专制制度的受害者。这就是理解的同情。

《传世国宝》说西汉元帝的皇后王政君。作为王氏之女，她一直庇护娘家的兄弟子侄，出将入相者十数人；作为妻子，她为刘家皇室执掌传国玺，竭力使之免于落入外姓之手；作为母亲，她一直以刘家正统自居，尽心充当刘家江山的监护人。也正因为这样，"王政君的一生，是女儿、妻子、母亲，却唯独不是她自己，而且，丈夫不爱她，儿子又不争气，娘家人为了弄权也只是利用她"，这些造成了她的悲剧：

> 中国的那些所谓"传世国宝"，有形的可以留下来作为研究之用；原来的作用如传国玺的权力象征意义恐怕也用不上了。无形的如元后所坚守的封建政治及道德观念，早该扔了，否则让其"既寿永昌"，像王政君那样，害人害己也害国家。

对于经受"五四"新文化运动及同时期启蒙文学洗礼的人来说，封建礼教对国人身心的控制和戕贼是一个不争的事实。作者采取"一个完全人性和人道主义的纯粹眼光"审视历史[1]，既有基于人性的忠实记叙，也有源于人道主义基调的悲悯和叹息，二者交相融合，使得批驳历史现象而能不流于尖刻，反思人的存在处境也不至走向外在于具体情境，可谓文质彬彬。

《孩子他娘》是一篇妙文。汉武帝有意将刘弗陵立为接班人，为防日后的外戚干政，所以预先将弗陵母钩弋夫人赐死，故而形成了专制王朝"立其子先杀其母"的"制度"，不过，许多时候事与愿违，这一所谓制度安排并没有收到预期的效

---

[1] 丁帆：《〈红颜挽歌〉的底蕴》，贾梦玮：《红颜挽歌》，长沙：岳麓书社，1999年，第2页。

果。作者从中看到了一个诡异的现象，那就是"母以子贵"和"母因子贵而死"这一专制时代女性命运的两个极端；更为重要的阐释，是文中提到的时至今日仍然大面积流布的一种称谓，就是"孩子他妈"或"孩子他娘"，其特别之处，在于"将其子女排在其母之前"。作者虽然没有明言，而其实已经揭开了女性从属于男性的"古风犹存"，表现出文化批判的锋芒。《今日后宫》同样如此。老同学相聚，酒酣耳热，一位同学醉眼蒙眬地诉说"他所理解的理想的家庭与两性关系"："像这种天，我躺在竹榻上，一个老婆为我轻轻地捶背，一个老婆为我轻摇羽扇，旁边有通房丫头为我点烟，后院房中还有一个更美丽更性感的女人在等着我……"这番夫子自道，当然是把女性物化的表现，简直连"孩子他娘"的境界都比不上——虽然两种说法都是认为女性"有用"，但毕竟后者似乎还承认女子的母性。

在历史的静水区发现其底部的暗流，可以见出贾梦玮的见识之高。从这个角度观察可以发现，他的散文在艺术上以精细的构思和绵密的表达取胜。《此情脉脉——说宫怨》一文说宫怨文学，《红颜狰狞——说宫妒》一文说人性幽暗，可以算是最有代表性的两篇。

在前一篇散文中，作者率先拈出话题，认为宫怨及相应的文学创作不仅是一种文学史现象，于是逗出下文：历代专制王朝的后宫在制度化以后，人数众多，以至于唐玄宗发明了"随蝶所幸"的方法；不过，"幸运儿"总是少数，宫中的才女或如班婕妤那样自甘孤寂，或如甄妃那般不无幽怨，甚或像汉武帝之陈皇后、唐玄宗之梅妃等人请求文人代笔，以图挽回帝王的恩眷。与这一本位宫怨文学相平行的一条线索，则是文人所谓"香草美人"之"美人"隐喻所构成的"中国一大独特的人文景观"，对于传统文人来说，只要具备"宫怨情绪"和"精通文采"二者，就都有很多类似的作品，正因为这样，李白、白居易、陈师道乃至王国维，居然都成为这条绳索上的蚂蚱了。在后一篇散文中，作者的写法与前一篇类似，也是开门见山端出结论："后宫往往是前殿的延续，是前殿的副本。"而因为后宫的等级制度及相应的利害关系与前殿不相上下，所以后宫中的妒忌就成为"一种染上了浓重的政治色彩的心理行为"，性爱利益和可能的政治收益，逼迫她们将"床笫的政治斗争"发展成你死我活的殊死之争，或者走上"媚邪之术"的邪路。可以说，人性在专制权力媚药的蛊惑下，只能一条道走到黑了。

贾梦玮以中国传统时代的女性人物为论说对象，用抽丝剥茧的方式对专制权力及其所造就的非人文化进行了细密深邃的演说，读来不无惊心动魄之感。不过，他许多时候也有一种源于高屋建瓴的审视而来的幽默或反讽。《此情脉脉——说宫怨》提及司马相如为陈皇后作《长门赋》，昭明太子云"陈皇后复得亲幸"，作者点评曰，"他是不忍心让文学一败涂地"；《红颜狰狞——说宫妒》记刘夫人反对丈夫谢安纳妾，闻众人以《关雎》相劝，直言"周公是男子，所以这样写；若是周佬作诗，一定不这么写了"，作者顺势议论说，"如果哪位先生还想争辩，就请他与周佬谈"；《"祸水"之"水"》设想，如果历代统治者都是女性，则"男人的媚功也一定大有可看"，说不定"到了一定的时候，众女人也一定会感叹：男人乃亡国之'祸水'也"！这种因为见解透辟而随机生发的幽默，可以见出作者心情的温润。

贾梦玮后来的两个散文集，《往日庭院》写南京的民国建筑，《南都》重复收录了不少，另有一些带有游记性质的杂什文字。这些散文的特点，在于作者采取了居于两间的带有张力的文化姿态述说历史兴亡。例如，《战争与菩提》提到金陵机器局建立在大报恩寺的废墟上，是"悖论"还是"轮回"？《南京：两座洋楼的延续》记述了南京的两处建筑，晚清的江苏省咨议局后来是中华民国临时参议院，两江总督府的西花厅也变成了临时大总统办公室，新邪旧邪？《文德桥：半个月亮和半个月亮》中，秦淮河上的文德桥，一头是"北岸的科举考场"，一头是"南岸繁华香艳之地"，祖述圣贤之道还是沉湎于温柔乡？这些散文其实都有思想骨力，具有明显的文化反思、文明批评的意味，与一般的历史文化散文的旨趣颇为不同，可见贾梦玮本人的现代立场。

南京老克，原名徐克明，江苏高邮人。资深媒体人、文化记者、作家。现在南京定居，曾任《东方文化周刊》内容总监。著有散文集《南唐的天空》《南京深处谁家院》《暮光寻旧梦》等。他的散文题材可以用三个关键词概括，那就是"南京"

"江南""文化"[1]，这三个语词，前二者是一类，它们与后者是互为表里的关系，这就是说，南京、江南有文化内核，文化的具体形态也包含南京和江南。就整体文风而言，他介于薛冰、韦明铧的质实典雅和张昌华、诸荣会的带有主观介入的记叙、议论、抒情之间而近于后二人，稍显浮泛，但情怀的朴素使之不流于过度夸张，颇有可读、可取之处。

先看《苏东坡：月光下的漫步者》。该文依次书写了苏轼与王安石之间的政治恩怨、与章惇之间的私人情仇、与道士吴复古之间的深情厚谊、与小妾朝云之间的夫妇恩爱及与苏过之间的父子情深，虽也涉及庙堂之事，但都是从人情角度切入，所以呈现在读者眼中的传主形象，是一个日常生活状态的人。作者以轻松活泼的笔墨记述苏东坡在这几段人物关系中的遭际，用意在写出"苏东坡一生的乐观主义精神"，然而细细品读，不免感到似是而非：文章前半部分述苏轼的官场遭遇，且不论章惇对苏轼的打击出于何种原因，苏轼面对王安石、章惇两人的攻击有何乐观表现总应该交代的，但作者却有些语焉不详，而在他述及的苏轼与其他诸人的关系中，文章又极力渲染吴复古、朝云等人对苏轼之尊崇，居然也没有涉及东坡先生的乐天情怀。这就颇令人感到费解：吴复古等人对苏轼的尊崇无疑出于对其才华的仰慕，虽然我们可以在苏轼的才华与乐天之间自行建立一种联系，例如，因为有才，所以自信，故而达观，然而，作者过多描述众人对东坡先生尊崇的具体细节，不免让人怀疑苏轼的乐天源于人们对他的尊崇，因而不可避免地构成对苏东坡"不以物喜，不以己悲"的人生态度的否定。如此一个容易受到周遭人物影响的苏轼，还是人们印象中的那个达观知命的苏东坡吗？

作者当然有以自己独有的方法写出他心目中的苏东坡形象的权利。据其本人所说，他所书写的江南文化名人大致有四个方面的追求："首先要把读者带进去，深入浅出地学会讲故事，选择有意思的点；二是要有属于自己的独立文化判断，不能

---

[1] 南京老克：《自序：寻找江南的清魂》，《南唐的天空》，南京：东南大学出版社，2015年，第3页。按：这些议论在作者的其他文章中亦有相似的表达。参见南京老克：《自序：人生在世就是读风景》，《暮光寻旧梦》，南京：江苏人民出版社，2018年，第2页。

人云亦云；三是要有文化'颠覆'意识，让模糊的历史重新清晰起来；四是要有一种文化情怀，以心印心，传递温情。"[1]在故事、情境、判断、情怀（这是大体的概括，且次序稍微做了调整）四者之中，作者的文化情怀是最为清晰可感的，至于其他三方面，则在具体篇章中成色各各不同。就上述《苏东坡：月光下的漫步者》一文而言，故事性较强，情境渲染力度稍弱，文化判断则更弱，然而令人奇怪的是，不论作者在记述中存在何种偏差，而只因为朴素地表露出对苏东坡的文化敬意，却令人无法不产生共鸣。应该承认，苏轼的文化魅力当然是引起读者共鸣的重要原因，但公正地说，南京老克的独特书写方式也不无文学和文化价值。

在南京老克散文的四种文学、文化诉求中，大体可以这样说，情怀在判断中流露，判断于情境中得出，情境于故事中建构，四者之间似乎构成了一种队列式的行进关系，其实不然。从南京老克的三部文集看，居于核心的始终是带有历史余温的某种文化情怀，而故事、情境、判断三者既可以构成层层递进的关系，也可以是随机搭配的结构，既可以同时出现在或一篇散文之中，也可以单独与其他要素搭配构成一篇文章，总之，并无定法。这在某些时候也许使得他的散文稍显凌乱，但究其实，作者的文化情怀是始终如一的。

南京老克对南京、江南文化的热爱几乎处处溢于言表，不过，这不是一种理性思考后的某种文化认知，比如推崇"民国风范"之类，而是一种建立在真情实感基础上的发自内心的喜爱，是热爱生活的一种表现形式而已。当作者身居故乡仍然是一个少年之时，因为身边大都是省城下放干部的子女，所以自然而然地就对南京这座虽然在地理上并不遥远，而从当时的社会环境看竟然可以说是遥不可及的城市产生了向往之情，照作者本人的说法，其实"还是源于自己内心对美好的向往"[2]。在物质匮乏、精神枯竭年代成长起来的作者，对代表着另一种更为美好的人生的向

---

[1] 南京老克：《自序：寻找江南的清魂》，《南唐的天空》，南京：东南大学出版社，2015年，第4页。

[2] 南京老克：《爱上南京，感受重重叠叠的风景》，《南京深处谁家院》，南京：南京师范大学出版社，2016年，第5页。

往并且在实现了这一追求之后心存感激而赞美、而讴歌，实在是一件最自然不过的事了。因此，南京老克的散文之所以能够引起人们的共鸣，与泛泛而谈的文化关联度其实并不高，更多的是源于这样一种朴素的人生情怀。

客观地说，南京老克的散文整体表现为一种悖反情形：就内容看，是"思古之幽情"的底子；就形式而言，则是新文学发生以来的通行风格，古典的质地与浮泛的抒发之间总是存在一道若隐若现的罅隙。然而，正如上文所论，他朴素真挚的人生情感弥补了这些缺憾。从这个角度看，无论南京老克复述了什么故事、创设了什么情境、表达了什么判断，也不论他的具体书写从文学的具体技巧层面看存在何种缺陷，这都没有关系，因为一个人努力地追求美好生活所表现出来的真情才是文学最为重要的内核。

第四章

学者随笔

第一节　概述

21世纪以来的江苏学者随笔，依据内容和主题，主要可分为思想学术随笔和记人叙事散文两类。其实，江苏学者中，具有创作习惯且常有随笔作品发表的人很多，他们涉及的题材、主题极为庞杂，从宇宙、哲理之玄妙到市井、家常之微细，很难做出包罗万象而又条分缕析的分类。不过，若是考虑到学者兼有专业研究者和现实中的人这一二重性身份，这里粗粗分作两类便算是有了依据。需要注意的是，这种二分法其实也有文学方面的考虑。大体说来，思想学术随笔作家多与他们的专业和职业相关，偶有较纯粹的散文，也有学术的底色，而记人叙事散文作家则更为生活化，即使是那些较多涉及学术的篇章，也能看出他们在学术之外的自在状态，故泛泛说来，记人叙事散文作者无疑较为文学化，而思想学术随笔作者则是学术化。文学化和学术化作为江苏学者随笔的两条基本路径，当然是两种差别很大的文学风采，而从文体角度看，文学化的随笔文本趋近小品，学术化的随笔文本与杂文较为近似。因此，小品与杂文可以说是江苏学者随笔文体选择的两条依赖路径。

在文学史上，作为散文这一文类之下的两种文体，小品和杂文之间的关系并不算复杂。杂文一贯是鲁迅所谓"感应的神经""攻守的手足"，具有批判性和反抗精神，而小品其实也同样如此。在早期，小品与散文可以混称，如胡适1922年所撰《五十年来中国之文学》就曾提及，"这几年来，散文方面最可注意的发展乃是周作人等提倡的'小品散文'"[1]，虽然它在当时尚未从散文中独立出来，不足称为一种文体，但内里也是思想解放，所以与杂文实是同道。不过就事实看，小品文在"独抒性灵"等倡议的推动下，愈来愈朝着表现闲情逸致的领域迁移。中国传统时代的文人惯于"从精神上避开险境，以守护自己的性情来表达生存的信念"[2]，社会愈

---

[1] 胡适：《五十年来中国之文学》，《胡适全集》第2卷，合肥：安徽教育出版社，2002年，第343页。
[2] 王尧：《文人的乡村生活》，《脱去文化的外套》，广州：花城出版社，2007年，第7页。

是趋于极端,文人就愈是被挤向个人的、私人的天地,愈是表现某种闲情逸致。这固然不能美化,但也并非全无意义,它不仅消解了文人的精神紧张感,而且形成了一种以表现逸致为主的审美传统。无论怎么说,这一充满了绵邈的文人风情的审美习性都带有病态,也正是在这个时候,杂文与小品分道扬镳。

江苏文学具有深厚绵长的文史底蕴,以苏南为代表的江苏各地域也有着源远流长的文人传统,因为这些原因,江苏的杂文创作并不兴盛,瞿秋白、高晓声、沙叶新等寥寥几人,屈指可数,而与之形成对照的,则是带有文人风情的小品经久不衰,柳亚子、叶楚伧、姚鹓雏、范烟桥、程小青、郑逸梅乃至汪曾祺、陆文夫等人,不绝如缕。审视21世纪以来的江苏学者随笔,对本省这一强势的文化、文学传统不能视而不见,而应以之为一种前提或背景,分析在新因素的介入下,它们产生了哪些变化。

总体说来,21世纪以来的江苏学者随笔在题材、主题和风格方面均表现出古典与现代交融的气象。

首先,在题材选择上,江苏学者惯于采写与知识人相关的文史故实,而在许多情况下,这些史事不过是他们表达思想的一种凭借。这一题材特色,一方面由于专业的缘故而容易与作为研究对象的同类产生共鸣,另一方面,也是因为江苏多有历史胜迹,可以随机触发思古幽情。需要强调的是,不管是何种情况,它们都是观照现实的一种方法或隐喻。

就杂文或学术化随笔而言,这一特点最为鲜明。董健对荒谬年代之荒谬人事的自我反思,丁帆的《江南悲歌》《先生素描》等作品对往昔风流的回看,王彬彬抽丝剥茧式的民国往事重组,其实都是一种"再描述",而因为他们的再描述都指向一种价值观,即如同黑格尔、尼采和海德格尔那般都建构了"一个大于自我的主角,利用这个主角的生涯来界定他们自己的观点",所以带有"理论家"色彩[1]。这一倾向无疑带有古典哲学气质,然而却正是中国社会所亟须填补的现代理念,古典与现

1　[美]理查德·罗蒂:《偶然、反讽与团结》,徐文瑞译,北京:商务印书馆,2003年,第143页。

代遂在特殊的时空语境中产生了交融。

就小品或文学化随笔而言，莫砺锋、余斌、王尧等人都不约而同地选择了个人往事切入时代的罅隙，反过来说，他们的人生经历和体验无疑也是过往年代的某种征候。例如，余斌的《提前怀旧》和《旧时勾当》分别从个人与时代的交集的宏大视角和时代映射下的私人生活的微观叙事角度切入，所写的都是日常琐事，而其实都指向社会，更有意味的是，他采取了一种类似于普鲁斯特式的书写方式——亦即"将他的人生经历，按照自己的意思重新安排，将所有的芝麻小事塑造成一个形式"[1]——进行再描述，从而将阐释留给读者，为意义的再度生成预留了空间。

21世纪以来的江苏学者随笔大体都可以认为是一种再描述，不过存在尼采式和普鲁斯特式两种类型而已：前者切于当下现实，后者为后来者预留了阐释空间，二者交相为用，凸显了江苏学者散文不脱文史而以思想为底色的现代文人品质。

其次，在主题上，江苏学者均以批判性见长，不过，批判锋芒则因人因文体而异，既有削切淋漓的直抒胸臆，也有委婉细腻的曲尽其妙，其中既有文人风骨，也有现代知识人风采。

学者既是专业领域的学人，也是公共领域的建构力量之一。在现代时期，学者散文最常见的文体是论说，它以专业知识阐释公共话题，换句话说，是用学理讲常识，抽丝剥茧的演绎之中呈现的是人心、人性、人情的委婉曲折。此后，不论其文体如何演化，学者散文以理驭文的知性色彩始终是其内在规定性和基本特征。21世纪前后，或如"大散文"思潮所表明的那样，散文的文体进一步泛化，学者的散文写作也因社会愈来愈趋于繁杂而走向书写更为自由的随笔，但其主流，仍在于以专业学理透析社会现象。

江苏的学者随笔，题材庞杂的背后是对世道人心的全方位观照和多角度透视，批判和反讽是最重要的两条写作路径。如丁帆、余斌二人，前者是有感于心而不能

1　[美]理查德·罗蒂：《偶然、反讽与团结》，徐文瑞译，北京：商务印书馆，2003年，第149页。

自已，发而为文自然剀切激越，批判锋芒自不能掩，后者则是深味张爱玲所谓"浮世的悲欢"而情难自禁，落笔之时情感千回百转，于低首徘徊之中留下对时代的意味深长的一瞥，二人风格颇为悬殊，但对时代、社会的批判性并不因显隐而有所不同。换句话说，学术化和文学本位化可能会带来不同的阅读体验，但身居学院而心系社会的知识人情怀是没有多少分别的。

另外值得一提的是，在知名学者之外，江苏省内还活跃着大批杂文写作者。他们一般在各级文化部门和各类报刊工作，既具有相当的文学素养，也对基层存在的诸多问题有着切身的感受，所以他们的杂文写作往往具有新闻评论、社会批评和文学创造等多重特色，为江苏营建一个健康的文化生态发挥了极为重要的作用。其中，金陵客、刘根生、吴非等人是佼佼者，他们的写作激清扬浊，真切地发挥了如鲁迅杂文般的"感应的神经""攻守的手足"的功能，而遍布全省各地区的诸多杂文作者，都以缤纷多姿的写作丰富、发展了江苏杂文。

再次，就风格而论，江苏学者随笔大都能够在"野"与"史"之间保持一种平衡，一般取循循善诱的笔调，倾向于以理服人的气度，其显著的风格标记是文质彬彬。

董健、丁帆、王彬彬等人直抒胸臆的随笔，莫砺锋敦厚朴实的回忆散文，以及为数众多的杂文，颇多质胜于文的佳品，不过，相较于粗陈梗概之后便直抵本心的"野"，王尧、余斌等人往往能够在从容不迫的叙述之中完成对时代与社会的构形，皮里阳秋的文字之中流淌着绵里藏针的讽刺，也就足以称为文胜于质的"史"了。需要强调的是，这里只是为了论述的方便而将21世纪以来的江苏学者随笔分作两大类，就事实来说，前者不乏史笔，后者也多有野气，"野""史"两种文学风情在他们的具体作品中虽然侧重和比例颇有差别，但往往是浑融一体的状态，因此，就整体而言，他们的写作足以当得文质彬彬之评。

进而言之，文风野史问题核心在文质关系，换一种说法，就是章学诚所谓"辞"与"理"、"文"与"类"的关系。《文史通义·易教下》认为，"物相杂而为之文，事得比而有其类。知事物名义之杂出而比处也，非文不足以达之，非类不足以通之",故曰"学者之要,贵乎知类"。[1]据章学诚所言可知,文风反映了认知通达与否,由此做进一步推论,可知质胜文之作追求的是"通",文胜质之作追求的是"达",而"野""史"合流或曰文质彬彬,也就是通达透辟的文章、文学风情了。江苏文史传统深厚,素以文胜质的文人风情见胜,而其近代以来处于传统与现代激荡中心的地位则使之有所改观,在一定程度上摆脱了过于柔弱的文人气质。可以期待的是,随着改革开放的深入发展,江苏随笔散文的文学气质必将在持续不断地调适中取得一种动态的平衡,能够将传统文学风情予以创造性转化,始终保持"君子豹变,其文蔚也"的风姿。

第二节 思想学术随笔

正如江苏在地理上横跨南北,气候兼有南北两方的特征那样,其文化也表现为汇聚中国南北文化的某种中和性,特点在于温柔敦厚或说文质彬彬,具有某种中庸的气质。这一特点,反映在江苏文学中,就是它少有纵横捭阖的英雄气,但绝不会有迂腐疏阔的酸气,总体以明晰的理性和清醒的意识见长。江苏各大学府中的学者以及民间学人,文风大都近此,不过,另外也有一些"异类",以思想风骨在国内学界和文坛知名。董健、丁帆、王彬彬等人的随笔,多少均与学术相关,而又以思想为底子,表现为思想性与学术性的融合,所以这里总称"思想学术随笔"。

江苏21世纪以来的思想学术随笔以上述三人为代表,而他们的文学风情既有相通之处而又各各不同。三位学者为同事,在许多问题上观念较为一致,也曾合作发表多篇学术论文,依稀有当年"同人"色彩,所以相互之间颇有影响,在文化伦理观、学术道义性、社会责任感等方面具有趋同性,不过,他们的个性禀赋、生活经历和学术生涯等方面的差异,也决定了他们的随笔写作各具风情。简言之,董健剀切,丁帆激越,王彬彬气盛,但不论其间存在多少差别,他们的随笔不仅在江苏,

---

1 [清]章学诚:《文史通义》,叶瑛校注,北京:中华书局,2014年,第22页。

而且在全国范围内都具有重要影响，代表了江苏思想学术随笔在新世纪的成就。

董健（1936—2019），山东寿光人，戏剧研究学者。1956年考入北京俄语学院，次年转入南京大学中文系，研究生毕业后留校任教。曾担任中文系主任、南京大学副校长、文学院院长等职务，有多种社会兼职。著有学术著作多部，是中国现当代戏剧领域的著名学者。随笔作品有《跬步斋读思录》《跬步斋读思录续集》。他的随笔的思想性沿着两条路径展开，一是向内的自省意识，或曰知识分子的自我批判意识，一是向外的社会批评，也有少量篇章略带文明批判的色彩，但不管是向内的挖掘还是向外的开拓，都带有作者特有的雄健的气度和锐利的锋芒。

在董健的随笔中，有相当一部分篇目涉及他的自我批判。《在发昏发狂的日子里》记叙他大学时期和同学一起批判本校教授罗根泽、陈瘦竹和赵瑞蕻，《"保尔热"中的冷思考》回忆了他对苏联小说《钢铁是怎样炼成的》及主人公保尔曾有的"捍卫"，《从维也纳到萨尔茨堡——访奥随感录》对中国知识分子"自尊心"的揭示，都是对时代在个人身上打下烙印的审视与反省。董健述说这些往事的时候，并没有过度表达自己的羞愧之情，而是如实交代个人深陷其中的原委和当下的反思，不卑不亢，真实、真切、真诚，自然动人。有时，作者的自我省察也与文明批判结合起来，有学术的深度，更有以情动人的温度。《告别"花瓶"情结》批判了中国的知识分子的"自古就有当'花瓶'的传统"，将之斥为"奴性的变种"，并用自己亲身经历的三件事作为例证，其中一件，是"感到自己已被信任与使用（虽然还谈不上重用）时，就主动地以'主人翁'的姿态投入'战斗'"的几件事，包括"批刘邓"和"颂'样板戏'"。这种坦诚而真诚的态度，体现了一位学人面对历史的责任心和道德感。

正因为能够真实面对个人过去的不堪，所以董健不能容忍当下社会现实当中存在的种种假恶丑。在文学研究的专业领域内，作者一般采取的是以理服人的姿态，但仍然时常流露出凛然正气。《现代文学史应该是"现代"的》一文批驳了"后现代"论者对现代性的质疑，认为他们是将西方对现代性的反思误植进了正在追求实

第四章 学者随笔

现现代化的中国语境之中是一种错位,因此,"他们的话语颇为时髦,观念看起来也很新,但骨子里仍是一种十分陈旧的带有一点儿洋味的民族主义",这就是极为剀切痛快的议论。另外,《跬步斋读思录》当中的多篇文学(主要是小说和戏剧)批评文章,也都表现出类似的堂堂正正的气度和锐不可当的锋芒。而在大众传播时代,各种粗制滥造的图书制品充斥读书市场,作为一个有着道德担当的学者,董健对"无根之书"、"炒红的'畅销书'"和"劣书"表现出了强烈义愤。比如劣书横行,他从文化人媚俗、制度缺陷和相关从业人员素质低下等三个方面分析其原因,并直接批评为"无逻辑、无原则、无道德、无文化规范"(《从古之伪书说到今之劣书》);又如"无根之书"当道,他径直搬出曹禺、郭沫若,对他们迎合高层和时势而有的"创作"加以抨击,称为"出自大手笔的'次品'"(《拒绝无根之书》)。考虑到语境问题,这些批评的力道已经非常可观了。

当然,董健的批判锋芒绝不仅仅限于学术和读书。对"人的文化趣味的弱化、淡化与变质"(《"读图时代"要读书》)和"时下学风、士风都有些腐败"(《学会思考不易》)的现实,对"精神生产领域的造假"现象(《"人文"不可无"文"》),对"'读书人'的气节和人格问题"(《21世纪的"读书人"》),他都表现出极强的兴趣,而就具体论述看,从他言之谆谆的论说态度中,又可以发现长期的关切之心。职是之故,董健的自省意识、批判锋芒背后,是对真善美的肯定和召唤,这是他的随笔的人文精神所在。他谈读书,是"寻'异'求'和'"心态(《我的读书心态》)下的"为己"原则,即"使自己的学问、道德、知识、人格达到了较高水准"从而成为"一个于社会有益的人才"(《读书的两种境界》),而对"书生气"的肯定,又表现出一位具有忧患意识的知识分子品格(《读书与"书生气"》)。

董健的思想学术随笔表现出严正的批判性和反思性,体现了一位人文学者的担当和忧思。不过,这些随笔大都秉笔直书,也容易招来欠缺形式之美的批评。其实,内容和形式孰轻孰重的争论在文学史上不绝于耳,所以对单独一位作家来说,也只能就性之所近而从之。作者自己曾经写过一篇名为《自然本真才是好文章》的文章，也在一定程度上说明这个问题。有意思的是，也就是这篇文章，局部颇有所谓文学的神采。董健在文中提到了自己认识的"一位农村干部"，说话十分生动，但一开村民大会，开口就是"现在我们进行开会……"不通，而且让人觉得别扭。村干部何以至此？因为他认为"在'正规'场合，要'像个样子'"。现实生活中的自然与特定场合的僵化，构成鲜明的对比，这一幕其实颇有戏剧色彩。

董健随笔中最生动的地方是他提及个人经历的部分，充满了细节，满是戏剧的氛围感。《想起柯灵吃鱼头》叙及一次会议后用餐，柯灵筷子伸向了鱼头，众人以为他喜食鱼头，所以"就都把鱼头送来了"，而最后人们散去，只有柯灵一个人留在那里吃鱼头，却"仍然是那样不紧不慢，有滋有味的样子"。听其解释，原来却是盛情难却："其实我并不喜欢吃鱼头，只是不吃完它对不起大家的一片盛情。"老夫子之"迂"，可入《世说新语》，但这个细节的确写活了一个人。作者当然也有幽默。《识破"矫言"》一文批评那种借名人以自重的著述风气，作者谈及自己与陈白尘、宗白华的交往，也用长期的戏剧研究中习得的方法，仿照这种方式虚构了两幕场景。其中之一，是与陈白尘的对话：

> 我如果写一篇回忆文章，说："一次在系里（不能说在他家，有他妻子儿女在旁就不好办了），我们深谈了不少问题（注意，一定要'深谈'！）陈老说：董健同志啊（最好是说：董健兄！）中文系将来就靠你了……"云云。这话要是登出来，虽叫人哭笑不得，但也"无从查对"，奈何我不得。

尤其是最末一句"奈何我不得"，可以想见作者自得之余对这一风气的无奈之情。

戏剧研究是作者的本行，在所有戏剧门类中，他对喜剧特别高看一眼。他在《偶像在笑声中倒下》中说，"从心理上说，喜剧出自理性的观察，对客观事物尤其是对那些有害于人类的丑恶和虚假的事物具有一种超越其上的穿透力，俗话说就是'看透了'"，故"生命与智慧之光更多地属于喜剧"。像上面引述的虚构场景，虽然不无反讽的味道,但无疑就是一出喜剧。作者人生当中却充满了戏剧性,只是有些场景让人哭笑不得。他在一篇随笔中提及为一位青年作者写过一篇鸣不平的文章,然而"文章被'毙'了,但稿酬照发",真正地百感交集。然而,这是现实的荒诞还是文学的荒诞?可以这样说,这是曾经的荒诞现实,又是当下的荒诞文学。

总之,董健随笔以自省意识、批判锋芒和人文精神为标志,是真正的知识分子写作。至于他的随笔当中那些具有戏剧神采的细节,既是其专业修养的偶然流露,也是其文学才能的灵光乍现。

丁帆(1952—),生于苏州,文学批评家、乡土文学研究学者、文学史家、作家。曾在宝应乡下插队,1977年毕业于扬州师范学院,毕业后进入扬州教育学院任教。1988年调入南京大学。现为南京大学文科资深教授,担任中国新文学研究中心主任,另有社会学术兼职多种。在纯粹的学术著述外,他的随笔大概可分思想学术随笔、文史随笔和生活小品这三大类:第一类作品为数较多,包括早期的《文学的玄览》《枕石观云》《重回"五四"起跑线》和近期的《寻觅知识分子的良知》《知识分子的幽灵》等,情感充沛,文笔富有感染力,许多较为纯粹的批评文章、读书札记其实也都可以当成随笔来读;第二类主要有《江南悲歌》《夕阳帆影》《先生素描》等多种,它们或"剖析社会激变中的士子心态"[1],或写"插队故事"[2],或回忆带有旧时知识人风采的先生们,均充满历史和人文韵味,在读书界反响不俗;第三类其实数量更多,也更富生活情趣,世俗如烟酒茶,高雅如书画金石,都被一一摄入笔下,而其中最见精彩的,当属辑录不同时期散文小品的汇编文集,如品评风景的《人间风景》和谈论饮食的《天下美食》,都是颇具小品风味的美文。这三类作品的学术含量依次递减,而文学或曰趣味的浓度则依次递增,但不论如何分类,思想性、批判性、人文性都是它们的显著特征,在丁帆那里,秉持知识分子批判精

---

[1] 董健:《序》,丁帆:《江南悲歌》,长沙:岳麓书社,1999年,第3页。
[2] 丁帆:《自序》,《夕阳帆影》,北京:知识出版社,2001年,第1页。

神的思考的归宿是对"人"的关怀，所以他的随笔不妨总称为"人文随笔"。

大致而言，丁帆的学术之路，起点是文学批评，而与对象一直保持密切的对话关系从而表现出在场性，就成为他所有研究和写作的一个基本特点，从此出发，我们可以在他文章当中读到激情，读出真实；与此相关而其实并非源出于此，他一直对世俗社会和精神生活这两个在很多人眼中似乎对立的人类活动领域同时保有浓厚的兴趣，而且都是热烈地投身其中，孜孜不倦，从中又可以发现他的真性情；他游走在学术和文学之间，对历史和现实及其交叉地带都有深入的探究，对其中的"人"及其遭际充满关怀。所有这些汇聚到一起，可以见出作者的完整人格，那就是一个有性情、有思想、有风骨的当代知识分子。

作者集文人、学者、思想者于一体的现代知识人身份乃是其写作的基本立场或曰出发点，不过，"现代知识人"这一表述在当下似乎也并不够明确，就丁帆而言，他首先是一位扎根于中国社会现实的观察者，然后是一位对现实具有同理心的人道主义者，再次是一位对人的处境具有同情感的人文主义者。正因为这几重身份的叠加，其写作范围之广可能超出想象，无以概括，暂时可以一个"杂"字加以统领。另外，他又并非一个当下语境中典型意义上的学院派，而有许多旁逸斜出的成分，这一特点造就了其随笔写作风格的"野"。丁帆本人的经历、生活、思想等方面在他这一代人当中堪称代表，而与其他人相比，却也并不多么特别，不过，当这一代人或遭体制规训，或被市场席卷之时，他虽然也身处体制之中，却始终没有被体制改写或被资本的洪水卷走，是少数始终能够保持本色的当代文人之一。职是之故，他的文人性情得以一定程度保留，造就了其独具一格的写作风格。《论语·雍也》篇有云：质胜文则野，文胜质则史，文质彬彬，然后君子。质胜于文，就是内容大于乃至压倒形式，而正因为主体的生命元气充盈，内涵极为丰富，所以许多时候不及择路而倾泻直下，自然也就顾不得具体技巧了。总之，丁帆的随笔内容庞杂，风格崎岖峥嵘，生气淋漓故而气势咄咄逼人，是当代文人散文中的精品。

1. 题材之"杂"与主题之"专"

丁帆的随笔写作，题材是中外古今，体裁是各体兼有，风格也是多有变化，颇为驳杂。然而，如果我们从如此驳杂的题材当中提炼出一个关键词，可能还是"人"。丁帆的随笔大概除学术问题之外，最为关注的还是人，所以几乎所有内容都与人相关，其主题用他读伯林《扭曲的人性之材》的主标题加以概括，就是"怎样在现代文化语境中认识人性"。可以这样说，始终聚焦于人性是丁帆随笔杂而不乱的定海神针。

谈人，首先需要提及的是《江南悲歌》当中述及的那些明以来的文人。在"江南士子"一辑中的人物其实并不是风干在历史书册中的逝者，而是与现代人之间存在超时空灵魂对话的古人。我们看那些标题自可明白：金圣叹是"浩气长存的请命者"，冒辟疆是"红颜庇佑下的彷徨者"，张溥是"'匹夫有重于社稷'的精神碑文"，诸如此类。这些概括，都是从现代人的感悟出发，对历史人物的人格和气节在某种意义上的盖棺论定，而这种定性其实也就成为我们反观自身的一面镜子。

作为一个现当代文学的研究者，丁帆也关注到鲁迅、郭沫若、茅盾、胡风等现代文学中的大家、名家，对他们，丁帆的"判词"也极易引起读者共鸣。比如，对其中争议最大的人物郭沫若，作者如是描述新中国成立之后的郭氏："诗人的个性和人性到哪里去了？诗人的诗魂和胆魄到哪里去了？诗人的技巧和意境到哪里去了？这一时期，郭沫若似乎变成了一个初学诗歌而又俗不可耐的政治传声筒。没有豪气、没有想象、没有思想，更没有精魂。"这些追问和评判，在很多时候也就是我们对自身的追问乃至审判，回避不得。

作者为历史延伸到当下的精神触角，绘形，反思是一面，建构是另外一面，所以对另外一些人，就能够体谅他们的处境，具有同情的理解。他们就是《先生素描》当中，那些长作者一辈，从民国的风尘之中走来，历经劫难，始终保持读书人本色的师长。

《先生素描》之"山高水长"一辑，描摹了多年以来耳濡目染的众多学界前辈。作者从求学的扬州师院写起，率先出场的一位便带有传奇色彩——做过县太爷的图书管理员"金老头"：

一位略矮而臃肿的老者，走起路来鞋子拖着地面，摩擦出踢踢拓拓的声响，红红的酒糟鼻子上架着一副圆形的玳瑁眼镜，镜片里面的眼睛白多黑少，尚有睨斜，间或一轮，也判断不出他的聚焦点在哪里，脸上写满了严肃……他拿书给你时嘴里总是在嘟嘟囔囔地叽咕着什么，那并不连贯的吴语往往使许多苏北学生难以捉摸其语义，渐渐地，大家也就不太拿他当回事了，然而……每借出一本书，他都会十分认真尽责地介绍这本书的作者和内容梗概，甚至做出评价。

一位旧官僚，居然学养如此不俗，就成为后面各有个性的学人们的最佳前导。于是，我们看到，曾在西南联大从吴宓受学的李廷先讲授文史，颇有名士风范，得意之时满口的"了不起啊了不起"；章石承词学修养颇有渊源，而生平谨慎，罹患阿尔茨海默病之后嘴里不停念叨"要提防坏人"；曾华鹏与至交之间的砥砺为文，还有那两行在叶子铭的病床前流下的清泪，都给人留下极深的印象。作者与他们多有交往，有理解，有同情，更多的则是敬佩与仰慕，所以此后如严谨与随意同在的陈瘦竹、儒雅和刚正兼有的程千帆、浪漫和认真并存的陈白尘等人物一一从笔端流出，被渲染成为时代的精神底色。

而且，作者不经意间涉笔成趣所提及的若干个体人物，也都自有其品性，一点也不流于低靡。《下酒菜》中那位"一口酒一口萝卜干"的"老酒瓮"和丝毫不顾及八个酱油碟子感受而"一盅一盅地喝着"的老者，颇有市井奇人的风采；《萎蒿河豚齐上时》述及肉丝炒蒌蒿，"当地人从来不以为这种只配做肥料的蒿草也能吃，他们一吃便开始叫好，连声赞叹这个菜真下饭。当然他们也知道，倘若没有这么多的油和肉丝掺和其中，此物再鲜，也是难以下咽的，那个年代的乡下人怎么舍得用如此多的油和肉去炒野菜呢"，其实都是明白人。

综而言之，丁帆随笔题材之"杂"的背后是主题之"专"。他对历史人物精神血脉的描绘，对学界人物性情学问的描摹，对市井之中寂寂无名的小人物品性的勾勒，在在显示出其对文人风流背后的精神世界的关注和兴趣。

2. 文风之"野"与精神之"洁"

从具体行文到整体风格,"雅驯"大概是人们肯定文史小品的最佳赞词了,如果以此衡量丁帆的随笔,可能不会得到一个满意的结果。丁帆当然擅写风景和美食,这有《人间风景》和《天下美食》为证,但他决不会刻意表现闲情逸趣故而大书特书,他所关注的,还是其中蕴藏的人性、人情。正因为这样,文笔是否妥帖、文风是否雅驯、格调是否优雅,这在他那里就从来不是问题,因为他别有怀抱,另有关怀。

显而易见,丁帆的诗笔、文笔、史笔多有杂糅之处。这里且以《梦话扬州》为例,略作分析。

这篇文章从《闲话扬州》一书入手,简单点评现代文化史上的一段公案,是史笔的路数,然后述及扬州人的日常生活,"所谓早上皮包水,晚上水包皮",之后拟想场景如下,直是纯粹的诗笔:

> 你想,倘若一大清早就提着个鸟笼踱步到茶馆,泡上一壶酽酽的碧螺春,悠悠地品尝着淮扬细点,就着茶客们的话题海阔天空地一聊,这就到了吃午饭的时刻了。吃完中饭,随即往澡堂里一拱,在锅池隔屉笼上一躺,朦朦胧胧地吼上一嗓子京腔扬调,在渐渐远去低徊气若游丝的呜噜鼾声中,走进了温柔乡里。一觉醒来,早已是夕阳西下,赶紧喊人擦背,尔后在大池里泡上一刻钟,便浑身冒着大气走进卧厅,躺在睡铺上,几条热毛巾把一抹,便呼来按摩修脚的服务员。好一阵噼啪山响的揉搓捏拿,好一通精雕细琢的修饰,直搞得你浑身酥软,欲仙欲死。待穿好衣裳,打道回府,早已过了晚饭时分。

这一大段畅想文字淋漓尽致,写出了"一个扬州遗老的一天"。扬州遗老者,非谓对前朝有所留恋如晚清遗老之类,而是流连于扬州鼎盛时期的生活方式而自得其乐之人。之后,却是文笔,历数扬州之人杰地灵,再及于个人体验,于是历史与现实交汇,成就一番古今感慨。

文笔、诗笔，大都是感性体验，史笔则是理性思考，丁帆随笔当中这两种笔墨事实上无法分离。这正如何家欢在《味之于民间，心之于自然》一文所言，"在他的随笔中，我们总是能够感受到一种独特的历史纵深感和深厚的文化积淀，一方面，他以作家般诗性而直觉式的感知力去触碰外部世界；另一方面，他又以学者式的反思与自省不断对感受到的一切加以剖析"。[1] 各种笔墨杂糅，当然见出作者文风之"野"。所谓野，当然是相对于雅驯而言，而更是"狂者进取"的不羁。自儒家中庸之道成为主流，狂者便被打入另册，其人其言其行在道学者乃至普通士子眼中便有无足观的意思，以至于其中的卓尔不群之士，每以疯魔的形象示人。这种不得已而为之的方式，其下者徒然习其外在形式，而对其真精神懵懂不知，其上者自能勘破其中奥秘，择其要者以从之。丁帆显然属于后者，但他并不流于极端，而对其中的奋扬蹈厉的分子则不能无动于衷，所以命笔之时每每不能自已。

《寻觅激情的火花》（收入另集亦名《寻觅激情》）一文叙述作者参加宝应下乡青年聚会的感喟和浮想。就前者而言，不乏天荒地老的叹息："从'下乡'到'下海'，再到'下岗'，我们这一代人在'大风大浪'里呛够了水，沉浮之中能够成功的毕竟是少数，反正已经到了'知天命'的年纪了，至少也是早过了'不惑之年'，老成世故是这一代人思想和命运的最终归宿。"而就后者来说，又多关于"激情时代"的批判和反省，对"锐气大减，激情全无"的人心充满了复杂的感想。因此，不管丁帆笔下的文字多么野性，他的旨归总是清楚，那就是对精神纯粹性的坚守。不过，这绝不意味着作者认为现实中具有一种乌托邦般的精神力量，相反，他对此毋宁保持相当的警惕。读书札记集《知识分子的幽灵》记录了他与西方近现代以来众多思想先驱对暴民政治省思的共鸣可为明证。丁帆随笔中的精神性，一方面是传统士子的气节，另一方面则是原生于民间而且因此得到滋养的人性，而在相当意义上，后者可能更为重要。

---

[1] 何家欢：《味之于民间，心之于自然——读丁帆的随笔集〈天下美食〉与〈人间风景〉》，《当代作家评论》2018年第6期。

《江南悲歌》的第二辑"秦淮风月"所描摹的那些风尘女子，都是身处混沌乃至污浊的乱世而能够维持精神高洁的奇女子。在"秦淮八艳"之中，李香君、柳如是、董小宛三人众所周知，其余诸人，如寇白侠在夫君降清后，重操旧业为其续命，之后恩义两断，实属敢爱敢恨；再如卞玉京不善应对，曾与吴梅村一度过从甚密，事不谐矣，遂隐居山林，为情坚守；又如马湘兰诗画两绝，尤为过人处，则在于为人旷达，与士子交而以义为先，气概胜似男子。作者对这些出淤泥而不染的民间奇女子的描摹，遂有别于那些既软且媚的读书人，而成为几百年中传奇野史的主角。

不过，作者对人性的高洁和卑私都深有了解和体会，知道它们是一枚硬币的两面，所以对民间社会的芜杂也从不隐讳，更从来没有将之当作乐土。且看一段乡村偷情败露之后的公审大会情形：

> 在人声鼎沸中，公社书记宣布了台上被缚者各人的罪行，当宣判到那位打篮球的教师的时候，大老粗的公社书记的话让我震撼，真的是受教了一辈子："你一个教书先生胆子也太大了，连'高压线'你都敢碰！军婚是不能动的，你难道不知道吗？漂亮的女人哪个不想呢，就能玩了吗？！"于是，下面开始沸腾了，书记又不得不放大嗓门吼道："像这样的腐化堕落分子，你不打倒他，他就会七八天来一次。县革委会已经决定把他们押到县公检法去统一判刑。"下面又唧唧喳喳起来，都纷纷叫好，还数落着许多大队干部"走小路"的事情，嚷嚷着要把这些腐化分子都统统抓起来枪毙。

以今观之，这一做法自然违反法律、违背人权，但在当时却是通行的处置方式，而今天的我们从中可以看到的是，公社书记的无知者无畏和看客们唯恐天下不乱的幸灾乐祸。

丁帆随笔笔法的野趣与其精神立场的洁净追求，有相反相成的一面，亦有相辅相成的一面。在那些较为舒缓的生活章节里，我们只看到风趣及其背后的真性情。

3. 行文之"趣"与性情之"真"

随笔、小品，其实都是传统文章，所以与"五四"以来的美文或1949年后抒情性散文这两个传统稍稍疏远。自桐城派古文被文学革命扫进文坛角落乃至放逐之后，魏晋文章、晚明小品作为"言志的文学"一脉被新文学有限度吸纳，文章戴上小品文的面具于20世纪30年代初中期恢复了一定元气，不过很快又被战争及战争氛围扫除，及至80年代的学者散文稍放光彩，而又迅速被所谓大文化散文耗尽红利，了无生气。21世纪以来，历史学者和民间学人在资本进入文化市场之后陆续进入文史出版领域，由于他们较少与文坛发生联系，所以也甚少受到新文学相关观念的影响（当然，他们的教育背景也决定了不能一点影响也没有），加之一段时间内怀旧思潮风行，所以传统的文史之学得到较多关注，传统文章也在有限范围内得以小规模复兴。

以上是文章现代以来的大概遭际。它在当下的命运将是怎样，当然有待于读书市场的检验，但有一点是明确的，即在相对多元化的当下，文章不管是否属于所谓文学，都有一定的发展空间。丁帆虽然和新文学传统及当下的文坛联系紧密，但质胜于文的禀赋、气质、风格都决定了他在当下所谓文学之外，同时具有其他可资借鉴、利用的资源，文章传统即其中之一。

前文已有论述涉及丁帆随笔中的传奇片段，而作者对人物、饮食、风景的书写，在很大程度上就是文人的闲情逸趣，只是因为作者精神有根柢，所以绝不道学，下笔如龙蛇，所以从不轻佻，但即使如此，却也不乏奇正相生的文章况味。

丁帆随笔的风趣，随处可见。这里略举一二。

其一，《先生素描》中，最令人感兴趣的是那些身处底层的"乡村先生"。这一段就是充满善意但不乏调侃味道的回忆：

> 每每在教室门前庄严地一站，便撸起袖子，看一下他左手腕上的那只二十六枚大洋买来的老旧了的钟山牌手表，总是要注目近一分钟后才肯缓缓地放下手臂。

这位陈老师闹过的笑话还有不少。然而，纵使他夸张、做作，一个在封闭语境中竭力向文明靠近的所谓小知识分子，其坚韧不屈，仍然值得我们钦佩。

其二，《吸烟小史》中提及的几位瘾君子：

> 吸烟者各有各的行状：许志英先生喜欢把烟叼在两唇之间，仍然可以滔滔不绝地与你对谈，他是一睁眼就摸烟的人，倘若起床烟抽不好，他是要骂人的，一天都不快活；邹恬先生永远是右手的食指和中指夹着烟，无名指和小指不停地划动着，只有手上没烟时，他才用食指和中指在空中划动着，你永远觉得他是在板书或写字；包忠文先生总是深深地吸上一口后，缓缓地从口鼻中飘出些许缕缕青烟来；裴显生先生吸烟时总喜欢去吹落在桌子上的烟灰，哪怕只是一丝丝烟蒂……除了包先生尚健在，"四大烟枪"其他诸位均已魂归天国，就不知如今天堂是否有吸烟室。

这末一句的波俏，配上文末引用的马克·吐温的那句名言，"戒烟很容易，我已经戒了一百次了"，真正令人拍案叫绝。

在这些充满风趣的描述背后，其实是作者本人始终对人、对外部世界保有热情、保持一探究竟的好奇心的表现，乃是一种真性情。对此，汪涌豪有评论说："我的感觉，这个世界固然需要敢于创新的先行者，对他们给予怎么高的评价都不过分。但与此同时，我们是不是也需要这样一种人，他们始终关注让自己的脚步永远听命于至高的灵魂。为此，他敬畏而非沉迷传统，热爱而非盲从自来的习俗。"[1]这算得知人之论了。

丁帆随笔与董健随笔一样，充满了批判精神与人文意识，但这只是体现其知识分子思想风骨的一面而已，他的写作广度，愈到后来愈是摆脱了职业身份的限制，而朝向更广阔的天地前进。他的随笔题材"杂"、文风"野"，但主题之"专"和行

---

[1] 汪涌豪：《丁帆：唯有情深留驻景》，《中华读书报》2018年2月7日。

文之"趣"也凸显了他的精神之"洁"和性情之"真",这些在文风萎靡的当下,无不具有深广的影响和长远的意义。

王彬彬(1962—),安徽望江人,文学批评家、文化批判学者、鲁迅研究专家、文学史家。1982年毕业于中国人民解放军洛阳外国语学院,毕业后至部队工作。1992年在复旦大学取得文学博士学位后,在南京军区政治部文艺创作室任职。1999年转业,进入南京大学中文系任教。现为南京大学文学院教授,中国新文学研究中心常务副主任。他的学术研究文章和随笔之间的界限较为模糊,都具有他本人特有的叙述风情,约略言之,随笔或杂文包括《死在路上》《独白与驳诘》《给每日以生命》《当知识遇上信念》等集子。根据他自己的说法,这些文章"总是东一榔头西一棒,不文不史不哲,非驴非马非牛"[1],从题材到体裁再到主题都很"杂"。真正的变化大概在21世纪前后,王彬彬开始转向文化批判,以知识分子问题为中心,向中国近现代史领域发展,写有众多文史随笔,《风高放火与振翅洒水》《往事何堪哀》《并未远去的背影》《顾左右而言史》等集子汇聚了他近来的诸多重要作品。

文学批评、杂文、文化批判、文史随笔,这几种文体或文章体式,大概就是王彬彬最主要的几种写作模式或路径,虽然题材很是庞杂,但文学和文化成为他写作的前后期的两个重点,还是颇为明显的。需要强调的是,这只是对王彬彬写作前后期的大致区分,并不是说前期只有文学问题而后期只有文化问题,事实在于,他的前期写作主要是文学批评,其实很多涉及文化问题,而后期写作主要是文化批判,但掩盖不了他对文学的敏锐观感和判断。就当下来说,他的写作乃是以文学为基础,以文化批判为具体方法,以现代时期的文史为对象的一种文化行为,故其文章可总称文史随笔。

文史随笔,顾名思义,乃是有关文学和历史的随笔。虽说术业有专攻,且学科细化日趋严密,但照中国文史不分家的传统,其实这两个学科的学者介入随笔写作

1　王彬彬:《序》,《独白与驳诘》,天津:百花文艺出版社,1999年,第1页。

都是很自然的事情。不过，专业不同，风格也不可能一样。如果用才、学、识这三个较为传统的尺度加以衡量，大体说来，历史学背景的学人在"学"即知识层面为强，而文学背景的学人在"才"即文笔（需要注意的是，这里只是论述方便而将"才"简约为文笔，但其内涵实则相当丰富）方面占优，但无论才与学存在多大差异，最终都要体现到"识"即见识方面，而这就与专业背景没有太多关系了。文史随笔的最终指向，应该是见解。传统文史往往归结为对江山代谢、人事古今的某种评说，著名的就是"太史公曰"，而当代的文史随笔自然不能停留在这一层面，而追求对人性具体表现的剖析，这就是说，能不能对具体情境中的人具有同情的理解并与其存在困境产生共鸣，有没有对人的局限性有一个清楚透彻的认知。从这个意义上讲，文史随笔的最高境界，一定是与哲学的融合。

王彬彬当然对人的具体处境有许多细腻的观察。《知识分子与人力车夫——从一个角度看"五四"新文化阵营的分化》一文为解释新文化阵营的分化这一文化现象，选择了一个非常别致的角度，即他们"注意人力车夫时心态和方式的差异"：鲁迅从民众的生活细节中看到他们精神的温暖或是寒冷，注意的是改造国民性问题，所以对以人力车夫为代表的底层民众的"生计"问题虽然有所关心，但在创作中并无多少表现；胡适曾有《人力车夫》一诗，表明社会生计问题的现实考量要超过对人力车夫自身精神状态的关心，但他又与底层民众隔阂较深，所以以后纵使较多谈论政治，而缺乏从经济角度分析问题的能力；李大钊、陈独秀两人，前者对人力车夫的生存状况多有了解，故能提出改善劳动条件的具体方案，而后者虽对具体的生计问题保持关心，却开始从理论角度思考解决办法，所以两人很快转向社会革命。作者对这四人在当时具体言行的分析或有可商，但从心态角度勾勒他们之间的差异，并以此解释后来的分化，无疑是令人信服的。

不过，这一时期的王彬彬也存在局限性，比如上述文章中明显的"扬鲁贬胡"倾向和倒果为因的论证方式，都有问题。这种对论述对象多有了解乃至理解却缺乏同理心或曰同情的现象，稍后就得到了修正。《瞿秋白的不得不走、不得不留与不得不死》是一个典型例证。这篇文章分析的是瞿秋白的命运，虽也涉及对瞿氏履历的介绍，却截取"走""留""死"三个节点，对其人生的最后阶段进行定点描绘。王彬彬连用三个"不得不"，当然表明他对瞿秋白具体处境的至为了解，而走、留、死既是其赴死之路的三个阶段，其实也是纷纭复杂的人在瞬息万变的条件下共同构筑的人性、人心迷局。

王彬彬的文史随笔，并没有多少传统的文人风情，而以细腻的体察和纵横的议论为特色。细腻的体察显示出作者文学感受力的敏锐，纵横的议论则表明他对历史有自己的多种观察角度，职是之故，他的文史随笔极具才识，既能以鞭辟入里的细节动人，又能以气势如虹的逻辑服人。气盛言宜，情理兼备，是王彬彬文史随笔的主要特征。他现今身处学院之中，但就文章风格论，他绝不是一个任何意义上的学院派——这么说可能有所夸张，不过他的确没有一般学院派所有的那种琐碎和平庸。正因为这样，包括文史随笔在内的几乎王彬彬的所有写作都充满了挥洒自如的性情。

不过，文史随笔的论述对象往往会限制作者的发挥，道理很简单，因为过去的人与事都有一个大概的轮廓在，要想在这一范围内辗转腾挪，其实很难。王彬彬文史随笔的一个题材或主题上的特色，恰恰就是做翻案文章。比如，近年来学界有不少人因为周作人文学上的成就和贡献，而对其在抗战期间的"落水"行为进行辩护，认为所谓"道义事功化"有其合理基础，王彬彬则对周氏将"气节"与"事功"对立起来的自我辩护不以为然，在钱理群等人论述的基础上，将之概括为"道德功利主义"，实与民族大义相悖。翻案文章一般的风格是语不惊人死不休，但王彬彬不然，虽然一如既往的尖锐，但他主要是通过叙述而不是烦琐的学术论证表达观点的，这不仅使得他的随笔文章可读性较高，而且与传统的文史写作颇为接近。章学诚《文史通义》以才、学、识三者论史："非学无以练其事，非识无以断其义，非才无以善其文。"才者，才华或才具，在文史领域，主要指的是练事、断义的能力，即通过叙述自然导向见解的能力，而绝不限于文辞修饰。就此而言，王彬彬的文史随笔颇为典型。

通过叙述自然引出观点和通过论证导向观点是两种截然不同的"论证"风格。王彬彬即使不是做翻案文章，他的姿态也都是保持一种与人辩论的状态，然而，他不是通过严密的逻辑论证说服对方，而是通过一己自成体系的讲述随机呈现观点，这是写文章的方法，却不是当下所谓论文的方法。需要注意的是，通过一己叙述表明观点的写法本身就说明作者本人对过往的人与事有定见，很少受到他人左右。王彬彬在某种程度上当然也是这样，以至于有人认为他不无偏见。应该说，这两个方面都是事实，定见和偏见，本就是形与影的关系，正如一枚硬币的两面，是无法截然分开的。

前文有言，王彬彬议论纵横的另外一面乃是体察细密[1]，一般质疑或者批评他的人往往只注意前者，而忽略了后者，但正因为能够设身处地地细察人物的具体处境、品咂其具体心态，所以那些夺人眼球的结论才不至落空。就此而言，王彬彬是非常成功的。《柳亚子的"狂奴故态"与"英雄末路"》写的是旧式文人遭遇新式革命文化的错位。作者从柳亚子"诗人毕竟是英雄"的"英雄情结"中发掘他的"狂"：

> 柳亚子自称"狂奴"，其实并不能如严子陵那样"无欲则狂"，因此，他的"狂奴故态"，不过是没有底气的作态。柳亚子一生好以"英雄"自命，其实，他也只是终身好作英雄语而已。读柳亚子诗文，我觉得他最悲哀的，是一辈子都没弄明白自己到底是谁。

作者对柳亚子心态纤微毕现的描摹，曲尽其妙，不动声色之中阐释了传统文人之"狂"的本质。王彬彬的文史随笔，即使是叙事，中心也是"人"，而当他通过绵密的笔致淋漓尽致地将人心、人性深处的沟沟壑壑一一勾勒出来之后，发而为诛心之论，不是很自然的吗？所以，王彬彬那些斩截的议论，应该与他细腻勘察历史，从历史的纹路当中读出人性本色的为文思路结合在一起加以理解。

大体说来，王彬彬的文史随笔擅长将人置于具体情境中加以观察，并对其心态

---

[1] 鲁敏将"细密"概括为"心细如发、罗纹密织、如网大张"。参见鲁敏：《肖像与风景：散记王彬彬教授》，《当代作家评论》2018年第4期。

做出抽丝剥茧的描述，在章学诚所谓"练事"方面的叙述功力尤其精湛，所以读来颇有摇曳生姿的文章风情，可谓"善文"。王彬彬气盛言宜的随笔风格，当然与作者本人的性格、气质密切相关，不过，如果它是"立意、布局、逻辑、文辞甚至体魄等各种因素凑合而成一种自然的气势"[1]，那么似乎也可以理解为一种行文方法所成就的特殊文章风情。从这个角度看，王彬彬似乎具有一种"知难行易"的人生观——他的随笔写作都是他本人认知达到某一阶段之后的自然发挥而已，这就是所谓文如其人了。

董健的思想学术随笔、丁帆的人文随笔和王彬彬的文史随笔，都体现了当下知识分子的道义担当和社会责任，故就其性质而言，应当属于社会批评，当然，其中一些篇章，或有文明批判的深度。他们的随笔，在思想风骨、批判意识和社会担当等方面具有许多相通之处，不过，题材和主题的趋同并不代表文风的一致，相较而言，董健直率剀切，有睥睨一切的傲骨；丁帆激情难掩，有横扫一切的气势；王彬彬气盛言宜，有万夫难挡的勇猛。从文学史的角度看，他们的随笔因为思想的丰富弥补了21世纪以来各种读书小品知识性充盈而思想性不足的缺陷，同时，知识分子批判意识的介入也矫正了那些过于个人化乃至私人化的散文日益丧失社会意识的弊病，从而使得当下散文创作保持了一种动态平衡，为其日后可能的进展提供了另一种思路。

第三节　记人叙事散文

散文的创作方法多种多样，但如果从表达方式入手，可以发现问题并没有想象的那般复杂。记叙、议论、抒情、描写、说明等手法单独使用或相互编织，足以造

---

[1] 郜元宝：《博见为馈贫之粮，惯一为拯乱之药——关于王彬彬的文学批评》，《当代作家评论》2018年第4期。

就风采多样的散文风格。虽然这些本初意义上的散文落后于艺术散文的新观念,但淳朴的文字、简练的文体和本真的情感,同样能够引起深广的共鸣,更何况,个中高手凭借着高超的语言敏感性和高明的叙述技巧,往往营造出一种别样的文章风情,也并不缺乏艺术感染力。莫砺锋、余斌、王尧三人,都是学有专长的学者,他们的忆昔感旧之作,或记人叙事,或议论抒情,在悠长的记述中流露出款款深情,都有文人散文特有的温文尔雅。虽然三人的随笔均有文人散文风情,但文章风格颇有不同。莫砺锋以记叙为主,变化在于,回忆师友间有议论、追忆往事偶有抒情,点点滴滴,散漫道来,自然纯真,不事修饰,有简约之美;王尧笔触轻盈,叙述在温婉之中似乎带有一种迢迢不断的愁思,有过去的忧伤,也有现实的感怀,虽然都不沉重,但总是拂拭不去,于是成为底色,造就了他的随笔江南文人画般的水墨风情。

余斌所作较多,大抵是以叙述为主干,以议论为枝条,看似随机道来而其实颇具匠心,他的随笔,作为主干的文意如三秋之树,凛然独立,而作为枝叶的感发则如二月之花,标新立异,深得文章之道,故深具文章之美。他的文章在当下文坛如果算不上独树一帜,也是自成一家,故另设专节加以论述。

莫砺锋(1949—),生于江苏无锡,中国古典文学研究专家。1966年毕业于苏州高级中学,1968年下乡插队,先后在江苏太仓务农、在安徽泗县做工。1978年考入安徽大学外文系英语专业,次年考取南京大学中文系中国古代文学专业研究生,师从程千帆教授,先后获得硕士、博士学位。毕业后在南京大学中文系任教,2014年获评南京大学人文社会科学资深教授。曾担任南大中文系主任,有多种社会学术兼职。他是中国古代文学研究名家,有多种学术著述,随笔作品主要有《浮生琐忆》《嘈嘈切切错杂弹》(与陶友红合著)等。他的随笔并不过多讲求文章章法,而是率性随心,有舒卷自如的适意,表现了一位专业精深的学者阅人阅世的通达心态。

《浮生琐忆》依据作者成长的顺序,依次记述了自幼年到考取研究生约30年的人生历程。有意思的是，他的叙述笔调往往根据不同年龄阶段的感受加以变化，例如记叙童年时期的经历带有学生作文的腔调，一板一眼，规规矩矩，记述"苏高中"和插队生涯则明显融入了更多情感，文体开始趋近回忆录，文笔也逐渐活泼了起来。根据成长心境转换笔墨的文风不难做到，作者的可贵，在于情感的自然真实。

作者回忆早年曾经生活过的陆渡桥、鹿河、琼溪镇三个地方，述说了"第一次做客"、在"市河"游泳钓鱼、在"海上"抓黄蚬和采粽叶、过年蒸糕、吃年夜饭、拿压岁钱等童幼年经历，但都没有什么特别。相较记事，作者笔下的人物更有神采一些。微末时伏低做小，得势后翻脸无情的邵根尼；因为父亲因公殉职而顶替做了工人，不管"我"家如何，不改亲密感情的姚伯良；潜入外国轮船到达秦皇岛，后被遣送返乡的传奇人物桂荣平……他们都不同程度介入作者的生活，成为他的成长经历的一部分。

对少年时期的生活经历，作者改换了一种笔墨，行文的感情色彩明显增强了。对在"苏高中"和苏州的生活记叙，细节开始增多，情感也活泛起来。甚至多年以后，他也对"苏高中"在当地的名气记忆犹新，所以《苏高中》一文写道："每当公共汽车开到三元坊站，女售票员就用吴侬软语报站名：'三元坊到哉！到苏高中的旅客请下车！'对在苏高中对门的苏州医学院却一字不提。"作者在有关"苏高中"的宿舍、食堂的描述中出现了自嘲的文字，对城里的"朱鸿兴""采芝斋""陆稿荐""黄天源"等吃食店，对虎丘、沧浪亭、灵岩山、天平山等名胜，更是如数家珍，都表明这一时期其个人主体性开始增强。

"苏高中"和插队是作者成长的转折时期，他开始留心身边人事，记忆也丰富了起来。例如亲人，作者写他父亲少年时因为日军侵华而失学，参军后当上文书，走南闯北七八年，后到太仓县供销社做会计，算盘打得好，精于业务，生活中爱好苏州评弹，喜欢写诗，却在后来因为"历史问题"大受折磨；例如同学，因为高度近视而不得不近距离读书像是"嗅报纸"的陈本业，曾经不无娘娘腔但做工之后在运动中一口一个"我们工人阶级如何如何"的陈继明，不但会拉琴而且能谱曲的岑小东，绝不参加运动且在退学申请遭拒后绝食抗争的顾树柏；例如老师，待人和气却不可避免地遭到冲击的语文老师马文豪,与小花匠结成"学习毛主席著作""一对红"的班主任宋耀良,这些在作者生命中出现的各种人物,关系虽然亲疏有别,但都已经比较深入地影响到了作者对社会、人生的认识了。

在家乡附近插队,自然也有难忘的人与事。例如,作者和同伴都戴眼镜,刚到插队的地方,就有人鄙夷不屑地讥讽"两个人倒长了八只眼睛",但当他们看到"我们的行囊里有厚厚的书时,却又肃然起敬了",许多人竟然称19岁的作者为"老莫"。这种相反相成的表现,往往体现在村民许多具体言行之中。《吃羊》记冬日农闲,队长指挥劳力掘坟,将棺木拿去卖了买羊打牙祭。吃羊时候的情形:

队长发令说:"动手吃!"二三十双筷子一齐伸到盆内,疾如风雨。在昏暗的灯光下根本分不清夹到的到底是什么,就赶紧往嘴里送,然后再伸筷去夹下一块。大家谁都顾不上说话,只听到很响的咀嚼声。肉烧得有点咸,吃了五六块后就需要吃一大口饭来"淡淡嘴"。大家平时都是用菜下饭,今天却是用饭下菜,这可是极为新鲜的经验。

所记之事颇不光彩,但也很难用是非加以评判。可以肯定的是,这是那个物资匮乏年代留给个人的最鲜美记忆。而在安徽泗县插队,其实是避难,作者依托亲属,自然难免流言蜚语的侵扰,但朴素的好人毕竟不少,给他带来了人间温暖。那位"常常背着人教我几招绝技"的洪师傅,那位请"我"到家里过节的农具厂厂长老段,那位鼓励"我"学英语而且借了很多文学书给"我"的熊医生,都是照亮作者前行的明灯。

总体说来,《浮生琐忆》基本是作者前半生的行述,而作者对自己的写作也有着清晰的自我认知:"我明白我写的并不是具有审美价值的文学作品,它只是质木无文、毫无虚饰的回忆录。然而我写的也不是具有史料价值的回忆录,因为它的内容平凡、琐屑,不能反映那个时代的伟大或荒谬的程度。"[1]其实,作者也写到少年

1　莫砺锋:《后记》,《浮生琐忆》,合肥:安徽文艺出版社,2012年,第339页。

时期经历的一系列历史事件,而且吃过野菜、"钢炉饼"、"营养饼"等特定历史时期才有的食物,不过,它们都从个人视角平静写出,除了少量几个诙谐的细节,没有一点戏剧色彩,即使是其中一些荒诞的事情,比如凭借抓获"四海"的数量免费如此观看电影、一斤米能烧出几斤饭来的"出饭率"问题、镇江金山寺悬挂着"彻底揭开反革命两面派苏轼的画皮"横幅之类,也都是极为朴素的纪事。不过,对个人亲身经历的事件,作者偶尔有一些意想不到的妙笔。《招工、招生的风波》一文写当地插队学生"琼插"和外来插队学生"苏插"的矛盾,其中一个"苏插"因为做了当地公社书记的女婿而得以被推荐上大学,引起了其他"苏插"的不满,他们"对这位'驸马'既鄙夷不屑,又赞叹他竟有未卜先知的本领",以至当面讥刺:"后来孙书记到我们大队来作报告,会后竟有几个苏插油腔滑调地问他:'孙书记,你还有其他女儿吗?我们也愿意当你的女婿!'"这大概是那个年代常常泛起的生活小浪花了。

莫砺锋的记人叙事随笔,以自然真挚为特色,其特征在于文体的平实、感情的素淡。作者只是如实记载个人曾经经历的一切,而因为年代既久,更因为作者生性恬淡,所以情感也起伏不大,有一种"曾经沧海难为水"的沧桑,但也很素淡,这些无疑体现了作者恬淡自守的人生态度和人格的澄澈。作者后来还有与夫人陶友红合著的《嘈嘈切切错杂弹》一书,收录前者作品36篇、后者作品22篇和二人的通信若干,虽然眼界拓展了、思绪延伸了,而风格一仍其旧,所以这里就不展开分析了。

王尧(1960—),江苏东台人,文学评论家、学者、作家。1985年毕业于苏州大学中文系,毕业后留校任教至今。他的散文随笔作品主要有《错落的时空》《把吴钩看了》《脱去文化的外套》等集子,而且他的学术风格没有一般所谓学院派的滞重,比较轻灵,很多也可以当作随笔看待,总之,它们大抵都基于专业素养而又能摆脱匠气,散漫随意之中又能见出思想深度和文章修养,具有当代文人气度。

21世纪以来的江苏学者随笔在某种意义上延续了80年代学者散文的传统,而又有差别。总体来说,王尧等人进入大学的年代,正是这批从民国走来,但在共和国的历次运动中遭到冲击的老一辈学人重新焕发青春的时候,前者大多与后者曾有接触,乃至亲受熏陶,所以依稀可见两代人在精神追求、治学理念和现实关怀等等诸多层面的传承,然而,成长语境、教育背景、个人修养等方面的差异,也决定了他们的胸怀和气象之间有所不同。这用《逝者如斯》评介费孝通的文字来说,老辈学人往往"能够把思想、学术与文辞融为一体",而具体到文章层面可以发现,老一辈学人一下笔就有一种遒劲而又绵长的文字韵味,而当代学人可能就相对有所欠缺。但不管怎么说,两代人之间存在这样一种关系,就决定了当下学人不由自主地回看他们的师长辈——这在某种意义上也是一种自省,所以,知识分子问题成为学者随笔的一个常见主题,实是自然而然的事。王尧可以看作其中的一分子。

作为学者,王尧的专业领域是当代文学批评,近年来受文化批判思潮的影响,也较多关注当代知识人的命运问题,而他书写1949年后的知识分子命运,最大特色在于写出了他们在具体情境中的心态,不但具有同情的理解,而且对其历史局限性也多有批评。比如,对于写作组,今天批评较多,这原也没有问题,但总嫌存在简单化之弊。王尧通过分析汤一介、冯友兰、周一良等人的回忆文章,指出"仅局限追究当事人的道德品质问题显然是不够的",而进一步追问"哪些人可以被组织进去,则有主客观原因"到底是什么,剖析各人的心态,认为他们有顺应"知识分子再教育"的原因,也有个人学术思想方面的原因,等等。这样的分析当然也未必准确或者说正确,但起码提供了一个重要的观察视角,也较多考虑到人性因素,所以给人印象深刻并有所启迪。

当然,王尧不仅只有理解,其实更多的是反思,其中多杂有温和的批判。《房东的声音》提及"归来的一代"对他们下放劳动期间所感到的民间的温暖的叙述,这当然是一种真实感受,不过,王尧也对被这种声音遮蔽的另一种真实更有兴趣:"我感到,在大的礼俗背景中,'房东'们的暖意却是弥足珍贵,但仅在伦理道德的意义上叙述知识分子与'房东'们的关系显然不够,这正如那时在'接受贫下中农再教育'的论述中认识知识分子与'房东'们的关系一样,都偏离了历史的轨道。"作者以文学史家的敏锐揭开历史的另一面，其实隐含着对这一代文学及其作者的批判——当然，这里的批判也不是伦理道德意义上的吹毛求疵，而带有历史的洞察力。同样，《文人的乡村生活》这样剖析俞平伯干校时期所作的那些旧诗："俞平伯老人在诗中描述的这种生存方式正是中国文人对待厄运对待专制的一种传统，它从精神上避开险境，以守护自己的性情来表达生存的信念，这样的方式可以坚守人格但不能产生反抗专制等的思想，从这个意义上讲，中国的现代知识分子多学问家、诗人而少思想家。内心是紧张的，但诗歌是旷达的。"这当然是知人之论，而且，没有回避老一辈学人的局限性问题，虽然书写很是委婉，但批判的锋芒实不可掩。

王尧在写下这些文字的时候，看到的不仅是那些渐渐远去的背影，还有如他一般的当代学人如何自处的问题，因此，对老辈知识人心态的描摹，在相当意义上也是一种自我反省。对他人的审视和对自我的反省，在王尧那里，汇聚于一点，即对知识人文化身份的困惑。这正如他在《把吴钩看了》的"跋"当中所说，"这一百年来，文化身份的认同几乎是一个贯穿始终的问题，渺小如我也常有身份的危机感"[1]。知识分子和文化认同都是很大的话题，王尧对这两个话题的讨论虽说带点严肃的味道，有点厚重，但一点也不沉重，更不沉闷，许多时候毋宁说还有些俏皮。这是因为，王尧的随笔，除较为学术化的文章之外，绝大多数都以个人亲身经历并多有体验的动荡年代和新时期为背景，而那个时代的特殊性，恰恰可以说明或反衬今日平凡的世俗生活之可贵，然而今天并没有轰轰烈烈，尽管值得珍视，似乎也没有必要过甚其辞，所以王尧只是随意点染，却自然而然地在过去和现在、理想和现实、真与假之间形成一种张力。作者并不像"二王"的小说那般用夸张的解构方法，反而是闪烁其词，所以使得这种张力在若隐若现之间，造就一种幽默的况味。

王尧这种"越轨的笔致"，其实在他的随笔当中所在多多。《闪闪的红星：电影

---

[1] 王尧：《跋》，《把吴钩看了》，北京：东方出版社，1998年，第195页。

与小说》叙述了这部"红色经典"由小说改编为电影的若干细节问题，意图追踪小说原作者李心田对电影的看法而不得，最后淡淡带上一笔："往昔的许多事情在今天变得越来越模糊了。"《逝者如斯》描述校友费孝通在1972年出席欢迎费正清的晚宴时的观感，涉及若干对其他同辈学人的评论，但文章并不在此停留，只是一句话做结："写的人和被写的人都不在了，逝者如斯。"《与思想者对话》记述他抓住机会与韩少功对话，是这样结尾的："一个多星期后，我太太和女儿对我说：你身上全是烟味。我想，少功回海南后，他太太一定也会有相同的感觉。"这些文字大都居于结尾，基本都是轻柔含蓄的感喟，但它们往往余音袅袅，不绝如缕，足以引人掩卷深思。这种结尾艺术，王尧很是擅长。

从这个角度看，王尧很擅长用貌似轻松的姿态、笔墨书写凝重的话题，所以他的随笔其实是可以用"清丽"二字加以概括的。所谓"清"，不仅指文字的干净、思路的畅达和结构的明晰，更是作者对待历史人物的那种不偏不倚的态度，而在他详细勾勒出他们的具体处境并将其心态如实呈现出来之后，同情也好，批判也好，都是题中应有之义，观者自得；俗话说想清楚了才能说清楚，故所谓"丽"，也不仅指文辞的摇曳多姿，也指作者深入揣摩之后的浅易表达，正因为作者熟悉相关历史背景并洞察人物的内心世界，所以每每下笔为文，怎么写都能够做到体贴细腻。

作者在苏州定居有年，不免受到江南文采风流的影响，但平心而论，他的书写风格无疑更多地还是源于性情，正所谓胸中有诗意，下笔乃有诗情——王尧的诗情是对人的理解。

第四节　余斌的《旧时勾当》《提前怀旧》等

自西方文学观念统领文学之后，散文几乎专指抒情性散文，而其余种种，除鲁迅为代表的杂文，大抵通通归作一堆，名之以"随笔"，其实是相当不得要领的。就余斌的写作题材、主题、风格、旨趣等而论，很是杂乱，但杂中自有中心，随意当中亦有法度，要而言之，其实都是现代时期所谓小品文。小品文这个名词很容易让人联想到现代散文作者特别是周作人一派对晚明小品的推重。作为一种文体，小品文其实是糅合了唐以前的史传、诗骚、诸子传统，熔叙事、抒情、议论为一炉的综合文体，并接受宋以后市民趣味的熏陶，故此成为流行于士大夫阶层中间最有表现力的新式文学体裁，直至晚清仍然不出此范围。小品文在现代时期尚有流风余韵，到了当代，与政治抒情诗合流的抒情散文横亘当道，一直到80年代的学者散文，才稍稍回复元气。此后，市场经济勃发，资本介入文学出版，所谓大文化散文风行一时，而其实与20世纪五六十年代的抒情散文殊途同归，都是滥情，在这种背景下，基于个人性情的学人小品的出现，可谓一股清流。余斌是21世纪以来江苏作家中致力于小品文写作且成就最高的一位，不仅与源远流长的江苏文脉相呼应，更代表了这一传统在新时代的创新。

余斌（1960—   ），生于江苏南京，学者、作家。1978年考入南京大学中文系，取得博士学位后，留校任教至今。他是学者，对中西文化、文学颇有研究，但若论其本色，却是一个文人，一位文章家。所谓文章，乃是带有浓郁传统色彩的一种文体和文学风情，讲究辞采、章法、气脉、格调等，所以自然区别于当下占据主流的散文文体。这样一种文学观念的养成，当与作者精研中国现代文学，特别是在其进入学术领域之初，率先接触张爱玲等具有民国风采的现代作家有关。此后，余斌就性之所近、情之所至进行研究、阅读、写作，成为一位笔墨极有情趣的随笔作家。

余斌的小品可分三类，一是生活小品，《南京味道》《吃相》《旧时勾当》皆是；二是记事小品，《提前怀旧》堪称代表；三是文史小品，《字里行间》《当年文事》《东鳞西爪集》其实非常专业，但日常消遣也是相当精彩。下面分别从作者的身份定位、作品的风格特征和审美特质这三个方面分述之。

一、文人底色

《字里行间》《当年文事》《东鳞西爪集》等几个集子中的文史小品，其实都算学术杂著，都是与作者的专业和学术兴趣相关的题材和主题。泛泛而言，作者在其中记叙的都是文人雅事,而由于春秋笔法运用得法,所以特别传神,更为精彩的地方,是他寥寥几笔就可以把人物、事件、问题讲透的学术功底和文章笔力。

余斌所写之人,大抵都是文史名人,像学界名流章太炎、梁启超、王国维、严复、梁漱溟、吴宓、张荫麟、冯友兰、金克木、朱东润、齐如山等人,文坛内外重要人物则如陈独秀、胡适、鲁迅、周作人、林语堂、茅盾、沈从文、钱锺书、张爱玲、胡兰成等人,差不多就是整个晚清民国时期的文化圈;所述之事,大部也都是现代文化、文学史中的著名公案,像刘半农的学历问题、茅盾的"同路人"问题,诸如此类。不过,对晚清和民国两个时期的人与事,作者的态度其实颇有分别:对前者,多有一种理解的同情;对后者,虽然较为委婉,而较多毫不容情的辩驳。这种态度,当然表明某种倾向性,即对性情有渊源、学问有根柢、言行有风范的传统士子在情感上的亲近。

这一姿态表明,作者身上其实也不乏文人本色。余斌的文人底色,在于他对真性情的天然共鸣,因此才产生冲动,力图对这些人物背后的人文精神进行查证或者演绎。严复和林纾两人之间场面上的相互推重和暗地里的"较量",沈从文在课堂上背对学生讲课的奇特景象,钱锺书所谓"叶公超太懒,吴宓太笨,陈福田太俗"的讥评,都是源于真性情的率性言行;而陈独秀正义在手万夫不当的强悍勇猛,张荫麟"专打天下硬汉"的傲气和自信,钱穆"酷评"的潇洒与计较,在真性情背后都可以见出真精神。然而,对另外一些人,余斌的叙述尽管委婉,但还是能够见出不以为然。比如"诗人"邵洵美,作者固然引用他的两首诗做简要评论,但主要介绍其导演的两幕恶作剧,最后总结道:"邵洵美诗是玩票,无病呻吟,端的'无文',最喜为者,恐怕倒是上面的那一类韵事,两相加减,剩下的,大约只是'无聊'了。"又如对胡兰成"终身未改"的"说谎成性",作者从名士风流的角度略作辩护,而也特别指出胡乃是"一个本能的佳话制造者",暗讽其乃文化隐疾的带病者。

对余斌笔下的现代人事进行一分为二的描述,当然存在简化之弊,但根据这一分类也大致可知,作者在精神指向上与传统士子较为亲近,而在性情上毋宁与名士接近，所以既温柔敦厚，又风流蕴藉，含蓄且畅达。余斌对学术人物，大都选择人所共知的典故，以议论为主，而对文坛人物，则要言不烦，粗陈梗概并略加点评，是以叙述为主，这一夹叙夹议而根据对象的不同各有侧重的写法，其实反映了作者在文史领域游刃有余，才真正做到了收放自如。

这一点更表现在余斌文史小品所涉及的若干文化、文学重要命题的思考与辨析方面。余斌在《学者文章亦好看》一文中说过，"学术书中我就偏爱那类内容精博却又明白畅达的著述"，因此，他的这类文字也都几乎没有玄妙的名词、晦涩的表达和看起来似乎很是高深的学理，而都是语言平易、条理畅达、论旨精准的绝佳学术文章。或如以上论邵洵美所表明的那样，它们以叙带论，析理细腻深入，曲尽其妙，看似委婉含蓄，而在要害问题上绝不含糊，很多文章其实都有清楚的褒贬。

比如《茅盾小说中的性描写》一文。作者先从"禁书"说起，自然引入"性描写"问题，然后就转入《子夜》当中的相关章节、片段，叙述青年时期初读此书的感觉，是"心跳加快、面红耳赤"，因而"带着模糊的犯罪快感"去寻找茅盾的其他小说；打着青春烙印的观感当然是为后面的论析做准备事项的，果然，作者稍后就开始客观评论茅盾小说中的性描写，认为茅盾早期小说的畅销"大约与读者政治与性双重的犯禁意识不无关系"，进而肯定茅盾小说女性人物形象"生命律动的本色"；此后，作者又将茅盾与郁达夫进行比较，探寻茅盾小说性题材的渊源及其写作用意。从这一简要的剖析可以看到，这篇文章其实是典型的学术论文的结构，现象、观点、论证，一个不缺，只是将个人体验引入，就冲淡了学理并降低了阅读难度，而其实基本的学术判断则居中稳如磐石，一动不动。

又如关于林语堂的一篇文章，题名曰《林语堂的"加、减、乘、除"》，是对其"重编白话本中国传奇小说"的述评。余斌对林语堂施于旧小说的"现代小说技巧"一一加以分析，最后以疑问的口吻、提问的方式对其所做的文化出口生意做出点评，涉及诸多中西文化心理之别，而最终落脚点则在于林氏"甚少把中国文化当作一个玄妙的谜去详猜"，只是一味迁就西方读者的口味，所以明确表达了不认同："我相信，少来一点廉价的'现代意识'，西方读者的理解也是可能的。"正因为叙述曲折的背后是析理的细致,所以这种判断并不令人惊讶,反而有水到渠成之感。

当然,这种非常个人性情化的学术风格与当下的学术氛围格格不入。有立场、有态度、有情绪,似乎与追求客观中正的学术风格相距甚远,但在学术愈来愈趋建制化、科层化的当下,这一不缺学术含量的写作风格似乎更应该提倡。余斌在《字里行间·自序》中说:"其实写文章正如说话,带上某种腔调几乎是不可免的,不入于此,即归于彼,各种文体间的不同,有时也体现在'腔'上,要说'批评腔''论文腔'不好,那'随笔腔'亦未必佳,关键还在于此处的'腔'是不是'拿腔作调'的'腔',或'装腔作势'的'腔'。若所谓'腔'可以赋予正面的理解,即言之有物而非徒然'使气',不同的文章类型各得其体、各有其'腔',倒是正道。"[1]正是在论说有没有温度这个意义上,他与传统文人是心意相通的。

二、 文章风情

余斌具文人底色,是就其文章性情而言,若从文章体式、风采、品格等方面着眼,起码看得出周氏兄弟和张爱玲的显著影响。

总体而言,余斌小品是周作人一路,似癯实腴。周作人以人类学、民俗学为学问根基,而他对"言志的文学"特别是晚明小品又多有推重,所以粗糙、厚重之中不乏细腻、轻盈,干枯的枝叶之中蕴含着丰富的汁液。余斌同样如此,这里以余斌与周作人风格最为相类的序言为例简要说明。姑且随便抓一本书,看《东鳞西爪集》的"代序"。这篇序言其实有一个"引言",作者交代这本小书的由来,并不涉及其他:

> 专栏例有"开栏语"和"结栏语",我的开栏语题为"捡到篮子都是菜",属没话找话的"破题",结栏语题为"民国不是乌托邦",发了点感慨。现在原

---

[1] 余斌:《自序》,《字里行间》,南京:南京大学出版社,2007年,第3页。

封不动拿过来,置于书前,权充书序。[1]

下面果然就把两篇小文章标上序号排列在后面,淡定从容,自是风流,而从内容上看,居然也就是周作人式的东拉西扯,临了加上一句,"想到这些,便写下来,由它",简直周二先生附体。不过,当代人无论怎样超脱,大概也不能像民国年间那些"大写的人"那般气定神闲,而且,余斌的性情远较周作人为入世,或曰近于世俗,所以不仅文章的整体寓意极为充盈,而且行文的语意也不似周作人那般"老实",处处都是蛛丝马迹。

余斌的文章几乎都是曾国藩式的"扎硬寨打硬仗",总得把其中的奥妙说个清楚,但这并不是一味蛮干,而是在对人性人情透彻了解的前提下予以巧妙阐释,就这一点来说,也可以见出鲁迅式的波俏笔法。周氏兄弟的文章,恰如周作人论晚近浙江学风,浙西是名士清谈而浙东是老吏断狱[2],余斌在文章风情方面颇有名士风情的一面,但是在紧要地方则一定是老吏断狱的斩截。

兹举两例。

第一例是普通笔法,但可以见出关联。《英雄》一文提及小时对英雄的崇拜,这样描述儿时心态:"要说整日处在当英雄而未遂的焦虑中,却也不缺。平日还是上学便上学,玩耍便玩耍,打弹子便打弹子,掏蛐蛐便掏蛐蛐。"这一排比,无疑使人想起阿Q做短工时的情形:"割麦便割麦,舂米便舂米,撑船便撑船。"这种文字,致敬也好,戏仿也罢,总之是有文字趣味在内的。

另外一例,则是煞尾的短句。《宣传队》一文有句曰:"我上小学时,大大小小的单位都有宣传队,工厂、学校、部队乃至机关,都有。"这种斩钉截铁的短句,用现在的玩笑话来说,是"不接受反驳"。类似的句式如果用在段末乃至文末,效果更是明显。《剃头》写到自己时常梦见儿时在剃头挑子上大放悲声的梦

---

[1] 余斌:《代序》,《东鳞西爪集》,郑州:河南大学出版社,2016年,第2页。
[2] 参见周作人:《地方与文艺》,《谈龙集》,止庵校订,石家庄:河北教育出版社,2002年,第11页。

境，难免向母亲求证，答曰"绝对不可能"，作者以四个字结束全文："所以，无解。"

余斌所使用的那些略带转折而其实在很大程度上只是文章起头或煞尾的语词，当然还有一些略含强调意味的词句，包括"这是后话""且说""却不""当然不是（这样）""然而并不""其实并不"等，或者就简单使用一个破折号。这些语词或表达方式，有的是鲁迅惯用的，而更多的则是鲁迅并没有使用过，余斌秉承其笔意而自创的，都有一种煞有其事且乐在其中的神秘感，由不得你不读下去。这种操控文字的功力，也是沈从文所谓"文字能服从你自己的'意志'"[1]的魅力。

当然，这只是从细处着眼，就其大者而言，鲁迅之于作者，其实不在具体笔法，主要还是反讽的写作风格。就这一点来说，张爱玲亦如是。余斌在《张爱玲与林语堂》一文中说："张爱玲对中国人的生活则保持着类乎初次面对的新鲜感……是一连串惊异的发现。"他自己的小品也是如此，不过，张爱玲式的俏皮口吻其实在其笔下却也是所在多多。《学者文章亦好看》有云："根本无须坐读的书，大多缺少深度，拒绝让你躺着读的书，大多枯燥乏味。"有一份世俗的睿智。《看电影》又有句曰："'美女'二字，早已贬值了。凡不属恐龙者，都呼为美女。"又有一丝讥诮。这些语句其实并无多少深意，更不是什么文眼，只是平常道来，自有一种风趣。

作为一个学者，对专业领域之内的作家有所喜好，因而在个人写作中自觉不自觉地模仿，这是常态，但若说余斌只有这些习得的技巧，当然不确。在余斌的全部小品文字中，记事小品和文史小品两类加起来，比生活小品稍多，而后者其实又可分两类，其一是记述地方风情的纯正生活小品，比如介绍南京的零食和儿时那些带有地方特色的游戏之类的文章，其二则是忆往之作，特别是那些以回忆为主，但又将当下的理解和判断贯穿其中的篇章，才真正见出余斌的文章功夫，及其背后的精

---

[1] 沈从文：《情绪的体操》，《沈从文全集》第17卷，太原：北岳文艺出版社，2002年，第218页。

神底蕴。

三、反讽特质

文人本色造就文章风情或如上述，但若说余斌只是传统文史学者，显然极不准确。他的"典故重述"和"文学复盘"固然多带文人风韵，具体技巧也受周氏兄弟等人影响而不乏旧时风采，但在余斌的所有文章中，其实以《提前怀旧》的反讽叙事为最佳。

《提前怀旧》的主体，是作者对六七十年代即其儿童、少年时期日常生活情境的回忆，既有历史大事件，又有旁观之事，如游行、宣传、开会等，还有亲身经历、体验过的若干活动，如看电影、学唱歌等，涉及方方面面。文集名之以"怀旧"，不无自嘲的意味，但立意并不轻松，乃是过去和现在两个时代的对照和相互阐发。也因此，集中的很多文章，审美就在幽默和反讽之间，而以后者为主——想想也应该是这样，作者所写的那个年代其实无法让人彻底拉开距离保持冷静。

柏格森在《笑》中这样界定并区别反语和幽默："最常用的对比大概是现实和理想，'现在是怎样'和'应该是怎样'之间的对比了。在这方面，移置也可以循两个相反的方向进行。有时，人们说的是应该是怎样，却装出相信现在就是这样的样子，这就是反语。有时则相反，人们把现实的事情详详细细、小心翼翼地描写出来，却假装那是事情应该有的模样，这就是幽默。这样的幽默就是反语的对面，两者都是讽刺的形式，但反语具有雄辩术的性质，而幽默则含有比较科学的内容。"[1]
据此，前面提及余斌好用斩截的短句以转折煞尾，其实都有反讽意味。在《提前怀旧》的"小引"中，余斌提及"作为大多数文章背景的上世纪六七十年代"的荒诞一面："我也想传达出这种荒诞，倘若其中不乏喜剧性，且我也能以轻松的笔调来

---

[1] ［法］柏格森：《笑》，徐继曾译，北京：北京十月文艺出版社，2005年，第86页。

写，我想是因为年纪的关系，我那一辈人没有负荷上几代人的沉重。"[1]这里所说的当然是事实，而且，这番说法背后的立意也奠定了作品的基调。

余斌的讽刺力度通常并不大，所以有时候看得出，而效果则有待辨别。《西哈努克亲王》叙述作者读小学时被学校组织去参加欢迎队伍，目睹亲王面容，虽然与图片影像中所得印象相差无几，还是颇为激动，但接下来就是一个转折："激动之余，我只是开始操心作文该怎么写，照惯例，遇类似的事件，总是要布置一篇作文的。"更绝的还在于后续描写："等散场那会儿，人群开始乱哄哄起来，大人的队伍里有人在抽烟、打闹，有的就地坐下来打扑克，进入另一种状态。"突然一下从宏大叙事转入身边琐事，而且描写得颇为具体，自然带有幽默气息，而如果将之与正处于"欢迎"状态之中的队伍相比，那么"人群"的煞有介事与"队伍"的原形毕露之间的反差立刻凸显出来。这些叙述的妙处，在于煞有介事而又拉开距离，所以同时具有幽默和反讽两种效应——显而易见，幽默来自成年视角，而反讽源自童年视角。

余斌这一集中的几乎所有文章，其实都是叠加了成年视角的儿童视角，因为主要还是以一个孩子的口吻叙事，所以情感强度明显不够，也就构不成情感愈充沛效果愈鲜明的讽刺，而至多只可视作反讽。因此，余斌的反讽（或是幽默）有许多正如柏格森所说，以现实和理想之间的巨大反差构成，而也有许多是弥漫在字里行间，通过文字的跌宕起伏予以微妙传递。

第五节 其他学者的随笔

当代江苏是文教大省，服务于各种文化机构的作家、专家、学者为数甚多，当他们在专业研究和日常生活当中受到触动，发而为文，嘤嘤其鸣求其友声，就产生了学者写作的浓郁氛围。当然，一个很重要的延伸背景在于，江苏文风鼎盛，自古

1　余斌：《小引》，《提前怀旧》，北京：生活·读书·新知三联书店，2012年，第3页。

以来就以诗礼传统著称于全国,自晚清民初开始,文化、文学界更是人才辈出,他们为当代学者的文学书写提供了多种文化资源,从思想参照到文体选择,可谓无一不备,这为当代江苏学者随笔的繁荣奠定了基础。更明显的事实是,21世纪以来中国的社会现实变化迅猛,信息流通又日益便捷,人们不可避免地与时代发生多重联系,学者作为一个社会群落自然也受到日益多元的现实社会的影响,而他们较常人远为敏锐且具有面对社会发声的冲动乃至责任,更有发声的能力、方法和渠道,所以写作者日益增多。简言之,个人、传统、时代三种因素造就了当下随笔繁盛的局面,江苏在全国具有相当的代表性。

江苏的学者随笔,风格多种多样。在本节前述诸人之外,金陵客、刘根生、吴功正、吴周文、吴非、王干、程章灿、骆冬青、汪政、晓华、孙曙等人,亦有不少随笔作品。其中,金陵客、刘根生、吴非等人的杂文和王干的文化漫谈较有特色。

金陵客(1949—),原名王向奎,现名王向东,江苏泰县(姜堰)人,杂文家。1968年下乡插队,1979年在中学教书,1983年在县委宣传部任职,1990年调至南京。曾任《新华日报》评论部主任编辑,担任过江苏省杂文学会会长。著有《山不在高》《人格的力量》《我是一个怪物》《巴子自白》《大师年代》《当了一回猪》《红楼絮雨》《水浒国风》《儒林视野》等杂文集。他的杂文题材主要有两类,一是现实生活和社会热点问题,二是历史随笔,而不管是何种题材,都受到其主业新闻评论的影响,具有"评论"的特征。

杂文一般具有社会批评色彩,即对现实社会中有违公序良俗的现象做出揭示、分析和批判。金陵客的许多杂文都是对其耳闻目睹的丑陋事件的抨击,例如雨花台"狗展"、夫子庙"祭孔"、南京奶业开发的"奶浴"业务等。当然,随着时代的前行,这些事件是否合理自然可以商榷,但在作者写下这些文章的时候,他的着眼点无疑在普通民众,是从大众的集体利益的角度思考问题的。因此,金陵客杂文批判性是以人民性为前提和条件的。以民众朴素的是非善恶为标准评论社会现象,当然会受到时代的限制,许多评论也就随着时间的消逝而不可避免地消亡,然而,如果这些批评能够起到作用,能够"通过新闻评论这种方式,由一种观念讨论参与一种社会进步"[1],对于作者来说也就足够了。就是在这次专访中,他本人举了一个例子。有一段时间,不允许南京夫子庙和江宁之间通行中巴车,致使许多人生活甚为不便,作者向有关部门反映这一问题,各个部门均以"不能""不行"回应,所以就写了《不要只会说一个"不"字》加以披露,结果引起省市主管部门注意,最终解决了这一难题。这一事例表明,金陵客的杂文写作发挥了新闻监督的功能,具有现实作用。

不过,杂文毕竟不等同于新闻评论。金陵客的杂文有新闻评论的锋芒,而也有文史涵养的文采和讽刺。《"来头"》批评官员仗势欺人,拈出了一个关键词"来头"。来头者,靠山也,但在许多时候,它不过是拉大旗作虎皮的虚张声势。作者由此想到了《儒林外史》中的严贡生,他靠着信口胡扯的与知县的交情,攀附周司业,给自己营造了一个"有来头"的假象,强占邻家的猪、赖掉船钱,丑态毕露。在意味绵长的讽刺之后,作者最后还不忘添加了一条绵里藏针的讽刺:"他也许真有'来头',甚至还'来头'不小。但是,现在舆论这么一曝光,他的'来头'再大,恐怕也不敢公开站出来对他的劣行加以庇护了。这倒是习惯炫耀自己的'来头',习惯于以'来头'压人者预想不到的悲哀。"

金陵客涉及时事的杂文,讽刺大都以文史为底子,所以有深邃感,而他的历史随笔的特色,又恰恰在于联系现实。《"位卑而言高"与民主意识》认为,孟子所谓"位卑而言高,罪也"的言论使得政治在传统时代成为少数人的特权,但"在社会主义时代,人们不论地位高低,对国家的政治、经济、文化诸方面的发展,都应该热忱地关心,都应该有平等的发言权";《"豆腐汤"哲学》介绍清代康熙年间有"豆腐汤"之称的清官汤斌,想到的是"他那种在艰苦中磨炼自己的意志从而促使

---

[1] 徐宁、邹伟、才写圖:《半杯水识汪洋厚——新闻评论高产作家金陵客(王向东)专访》,《采·写·编》2004年第1期。

自己坚持'将来不失足'的精神,实在应该成为今人的楷模";《道光皇帝打补丁》论说道光,认为他的节俭自律应该是真诚的,但却引起了满朝文武"一片节俭的假象",联想到今日,作者反问道:"这种形式主义表面文章屡禁不绝的原因,是不是可以从这里找到一些影子呢?"他的历史随笔其实多有古为今用的立意,借古讽今的表达技巧在这些文章里发挥了关键作用。

他品鉴古白话小说的人物和情节的随笔,也都有影射、批判现实的用心。《贾政的"官话"》记元春省亲,她的父亲贾政"含泪"说的一段话乃是"空洞无物,假话连篇;八股文风,毫无感情"的"官话",但他在这种场合又只能说这种话,恰恰反映了"官话的全部奥秘",在于"不论说的人表面上在对谁(哪怕是在对自己的女儿)说话,那话其实都是为了说给皇帝一个人听的";《"礼贤下士"的极限》述知县时仁下乡访王冕,原是因为自己的上司危素,在碰了一个软钉子之后,"心中十分恼怒",所以这种礼贤下士"只能是为自己在上司那里讨一点欢心"而已,诸如此类的文章,着眼点都是对社会现状的揭露和讥弹。

金陵客的杂文和随笔其实都是社会批评。作者从现实的、历史的、文学的诸种现象入手,讲述的往往是符合民众愿望的常情常理,文风自然清新,所以颇为不乏读者。

与金陵客的人生经历和创作履历较为接近的江苏杂文作家,是刘根生。刘根生(1955—),生于南京,曾在南京日报社理论处工作,担任过江苏省杂文学会会长。1986年开始写作,有《独白》《活着,我只欣赏生命》《与生命约会》《走出思想陷阱》《有话就说》等文集。他的杂文也具有新闻评论性质,也以尖锐的社会批评知名,不过,如果说金陵客是以痛快淋漓的评述为主,那么刘根生则以纵横风生的议论见长,特色在于"就司空见惯的日常生活现象加以理论的概况、抽象、生发与深化,颇得咫尺千里微言大义之妙"[1]。这就是说,与金陵客相比,刘根生杂文有抽象化议论的倾向,不过,鉴于二人的杂文都有"评论"色彩,都带有党报的义正词严,共性要超过差异性,所以就不展开对刘根生杂文的论述了。

---

[1] 陆建华:《时代的牛虻——刘根生杂文漫谈》,《唯实》2003年第3期。

第四章　学者随笔

吴非（1950— ），原名王栋生，生于江苏南京。1982年毕业于南京师范大学中文系，后在南师附中任教。1988年开始写作杂文，散见于各种报刊。著有《污浊也爱唱纯洁》《阿甘在跑》等杂文集和多个教育随笔集。作者是一位"既具有丰富的课堂教学实践，同时也与阅读、写作相伴，把阅读和写作融入职业生涯，使其成为生活的一部分"[1]的中学语文老师，作为杂文作者，他以思想通透犀利、语言简练传神和文风干净畅达为标志，可以视为江苏在21世纪前后杂文领域最有个人风格、也是最有代表性的一位作家。

吴非受到鲁迅的深刻影响，这从他的个性、经历、职业和文风等方面均可以得到印证。其中之一，是鲁迅曾将"中国的一些人，至少是上等人"称为"做戏的虚无党"或"体面的虚无党"[2]，这用众所周知的话来说，就是"形式主义"，而吴非对现实中各种各样的形式主义都深恶痛绝，所以多篇文章涉及这一主题或问题。比如，《发誓不是打喷嚏》对曾经亲身经历过的各种"誓师大会"和当代社会中的"宣誓"都表示怀疑，"发誓言如同打组合喷嚏，一个接一个，一个个都能惊人一跳，但每一个都毫无意义"；又如《论"顶风作案"》谈到那些批评顶风作案的文章，他的感觉是这些文章"像是说这些人太不给面子，胆子太大，太不识时务，而并不像是要抨击腐败本身"。鲁迅的影响在吴非的杂文中另有更多表现，汇总起来看，可以概括为思想性。

需要强调的是，这里的思想性指的不是高深复杂的思辨性，更不是指建构了某种博大精深的思想体系，而是指能够透过表象看本质的穿透力。就此而言，吴非的杂文不仅具有社会批评的性质，而且具有文明批评的气质。《"惨胜"之后的思索》说"法律面前人人平等"是常识，但应该多和那些"喜欢把法制当成自己家的大棒和皮鞭"而"不肯讲平等的人群那边稍稍普及一下"，这一号召其实揭示了一个"皇帝的新装"掩盖下的真实现实，无疑具有相当的针对性，而对经常把那句话挂

---

[1]　白彦军：《像吴非老师那样去思考》，《中学政治教学参考》2016年第6期。
[2]　鲁迅：《马上支日记》，《鲁迅全集》第3卷，北京：人民文学出版社，2005年，第34页。

在口头的某些权势者来说，他们内心深处当然没有对法律的敬畏，而仅仅只是"做戏"而已，所以这又涉及国民劣根性的遗传和遗留了。此外，《卖豆腐搭渣》说到"中国人做任何事，总喜爱陈说不易"，《"黄金床"与"牛奶浴"》批评"直接出现在个人身上，便让人按剑而起"的"国情"，《白首回眸说荒唐》认为"中国人讲宽容，直至原谅手上有血的人"，其实是"给苟且者最大的放纵，而给卑劣的灵魂以最有温情的鼓舞"，等等，都是作者对国民性的揭露和批判。

作者是中学语文教师，对语言文字非常敏感，而这种敏感在很大程度上可以认为是思维敏锐的体现。例如，他对传媒滥用语词的现象屡有指摘，但用语并不是单纯的语言问题，背后往往有许多令人深省的事实。《你干吗要我"深思"？》对揭露贪腐现象的文章动不动就以"这种现象值得人们深思"中的"深思"，作者大表诧异，贪腐的并不是"我们"，为什么需要"我们"深思？所以，"'深思'的责任要明确"。《一个怪影在欧洲游荡》对介绍学人回国时经常采用的"毅然"，作者也表示难以理解，难道回国"是有点害羞的事"？《论"首次受贿"》对"反腐条例"中提到"首次"触犯戒律但经批评教育后能够主动承认错误者可免除纪律处分的规定，又对"首次受贿"这一荒唐的词语进行了归谬性举例，"首次偷窃""首次侮辱妇女""首次杀人"等等。作者在这些地方稍稍做些推敲的功夫，则其中的荒谬自现，所以在《无法解读》一文中不禁感叹："每看到这类新闻，我就想到汉语的复杂性。"汉语固然复杂，但更为复杂的，实是人们面对生活中的假恶丑的自欺欺人态度。吴非的剀切，源于思想的透彻。

从根本上讲，吴非有着清晰的价值立场。《论"主子意识"》借现实中的真实案例指出，"一个没有生活目标的人，当其从困厄中摆脱出来时，他就极有可能向过去的压迫者学习"，所以文末的"平等绝不仅仅是一种权利，可能还应当是一种塑造"这一句话，事实上就是对人的现代化问题的追问；《遥望萨拉热窝》以饱受战火荼毒却"整洁得超过你的想象"的萨拉热窝为对照，反观国内，"似乎能用的办法都用尽了"而效果很不理想，故归根结底说来，"人的尊严是最重要的素质"，这又是从道德角度对现代人的反思。

吴非思想透彻、通达，价值观与常情常理也多有相通之处，算不得特出，但因为个性认真，凡事总要一探究竟，所以就不能不对现实中的悖谬之处"横吹鼓角"。《"超标"的"灵魂"》谈"超标车"一语中的，"是谁'超标'了？当然是人，而不是车"；《食物链》观察到某单位新闻发布会请了很多单位的头头脑脑，负责人表示，胆敢漏了一家，"无关部门"马上就可以变成"有关部门"，作者不禁感叹，"'利害关系'其实是'厉害关系'也"；《流氓的走向》所谓"没有狗腿子，狗不成其为狗"，都是颇为犀利的描述。不过，虽然他的杂文总是能够一针见血地指明问题症结所在，凌厉无比，但吴非从来不是那种自以为手握真理、占领道德高地之后的居高临下的审判，而是摆事实、讲道理的循循善诱和以情动人。《眼泪为谁而流》的立意与前述《你干吗要我"深思"？》一文近似，也有不同。作者看到宣传先进人物事件的报道往往有一个"见到领导才流泪的硬汉子"的固定模式表示"感到难以理解"，并追问说，"他们历尽艰辛只是为了'知遇之恩'"？但这种战国遗风似乎也不是真实的历史。他最后摆出了一幅中外对比的画面：国人家庭常常悬挂和政要在一起的照片，而很少悬挂亲人照片，但"据说在西方，这种热衷表现自己与领导人有'亲密激动'表现的情况比较少见"。作者最后淡淡地评论说："我想这或许是政客的名声太坏，而人的文化素养不凡，知道自尊所致。"这是以少胜多的思辨技巧，也是四两拨千斤的语言功力。

吴非的语言功底颇为不俗。他擅长使用短句，三言两语就能将一件事情描述得清清楚楚，而且可以做到活灵活现。《且看封建遗毒》一文抨击了"一人得道，鸡犬升天"的"旧时代遗风"，针对"竟没有一人声称知道'得道鸡犬'的作为"现象及后续处理方法，作者不免感喟：

> 但有趣的是"得道鸡犬"作恶是封建遗风，处置起来却往往很"共和"，绝对不搞株连，那么留得青山在，朱门依旧有帮闲。

正因为具有高超的语言技巧，所以作者常是采取"砭锢弊常取类型"[1]的讽刺手法。《袁隆平是谁？》所谓"'名人'一词，早已异化，几成'闻人'"，《且看封建遗毒》称裙带关系为所谓的"枕头系""太子系"，《你敢不敢说"不咸！"》将"主观"的内涵置换成"主子之观"，都是具体而微的例子。由此，也造就了吴非杂文的诙谐和幽默。《这里有一尊雕像》所谓"中国人一向以乡里出过贤达引以为豪，否则就不会有两地争诸葛亮、争施耐庵，弄得名人无家可归的事"，《台下的视野》所谓主席台上"大家都很正经，每个人都坐成了标准像姿势"，《何必当街招摇？》所谓"习惯于把丑闻当烟花放"，都是令人莞尔的描述。

作为一个对世界怀抱温情的人，吴非批驳假恶丑，实是因为他对真善美具有真诚的信仰，他的反讽修辞和叙述就是一种体现。例如，《珍藏着的爱戴》提及"红色经典"（该文没有使用这一语词）返潮现象，对《金光大道》，作者特别将自己的"爱戴"趁机讲出来："这就是当年我在接受'再教育'期间，为了能安全地看一些有用的书，曾经用《金光大道》的封面包过别的书。"又如，《月饼的盒子》看到月饼盒越做越美观，但品质似乎没有多少提升，在兴起买椟还珠之叹的同时，想起插队时有的大队干部为应付上面检查冬季农闲积肥的方法是地头遍插彩旗，然后用一句话将二者勾连起来："说实话，至今我一见到单位里人来'疯'一般地插花旗，就想到积肥。"这些绵里藏针的记叙，当然是对疯狂的过去和荒谬的现实的讽刺，用以对照的，仍然不过是常情常理而已。

总体而言，吴非杂文擅长从日常生活中的点滴小事入手，依据世俗的常情常理加以评判，在人们习焉不察的地方找到其中的悖谬，并给予一个恰如其分而又新奇灵动的概况，是鲁迅式的"画眼睛"和"勾灵魂"，可谓文质兼备，当得起文质彬彬之评。

王干（1960— ），生于江苏泰州，文学评论家、作家。1985年毕业于扬州师范学院中文系，同时开始发表评论，先后在《钟山》杂志社、江苏省作协创研室、

---

[1] 鲁迅：《伪自由书·前记》，《鲁迅全集》第5卷，北京：人民文学出版社，2005年，第4页。

人民文学出版社、《小说月报》等处工作。有《王干随笔选》《静夜思》《另一种心情》《潜京十年手记》等随笔集。他的随笔采取的是"五四"以来居于主流的散文笔法，但格调却带有小品风味，是一种极有意味的文体嫁接。从整体上看，他的文风变化不大，不论写什么，大抵都是自由心境的散漫记叙。

王干的随笔题材，从自然风景到人文风采，从自我摹写到观看世界，从品茗闲聊到坐而论道，不一而足，但几乎没有重心，更没有中心（连文学都算不上重心或中心），所以它们织就的乃是一个高度泛化的散文世界。这反映了作者的个人存在是多面向的，而且有意味的地方在于，透过他的随笔，可以看到他似乎总是以一个过客的身份漫不经心地打量人生旅途上的风景，偶尔记下几笔，都是极为散淡的印象，随意自然，但它们却构成了作者的生命。在这个意义上讲，他的文体选择与他的生命态度是合拍的。

作者对世界的感觉是随机的，所以相关书写有一种不够切肤的感觉。他所书写的地域风情，可以南京和北京为代表，大概都可以概括为泛泛而谈。南京的特点是质朴，正如北京东路的水杉和北京西路的银杏所表明的那样，"南京树的美感在于自然，在于本色，在于不单调"；南京菜则以"朴实、家常、实惠为特色"，盐水鸭、芦蒿炒肉丝等都是"平民的菜"；而南京话虽然"略显粗俗却充满了禅味"，比如"好得一塌糊涂"居然带有"后现代"色彩。北迁以后，作者感觉北京"比起其他地方不会更多也不会更少"（《男人居住北京的十一条理由》），但"小二、点五、涮羊肉"的确是道地的北京特色，它们都是与普通人的日常生活可以平顺对接的物品。待到后来，作者见识了芝加哥的石头建筑，领略过腾冲的城中瀑、重庆的山城之夜、蒙自的过桥米线等地域风情、风味之后，最难以忘怀的仍是故乡扬泰地区。扬州炒饭和泰州的黄桥烧饼、糁子粥、咸生姜，以及生活在这片土地上的郑板桥、梅兰芳和汪曾祺，但即使是这些念念不忘的人、物、事，似乎也并没有太多的情感投入。

他笔下的人物，大都是当代文坛的知名人物。在这些人物中，既有江苏本土作家如苏童、叶兆言、忆明珠、梁晴等人，更有国中闻名的张承志、余华、刘恒、顾城等人，作者与不少人有交往，所以相关的记人之作可称"印象记"，而有一些人虽然也有交往，但主要书写的是从作品中建立起来的形象，可以称为"文学素描"。前者的例子如苏童，作者突出一个关键词"从容"，写他做编辑时根据语言文字的美感挑选作品、写他可以妥善处理写作与睡眠的关系、写他作品风格天生的阴柔等；后者的例子如顾城，作者写他的气质，"他时而像一个看透尘世万物的哲人，时而又像一个对世界睁着天真无邪眼睛的婴儿"。印象也好、素描也罢，大抵都是停留在表面的记述，很少有聚精会神的透视。

王干在《寻找一种南方文体》一文中描述了他对作为一种文体的评论在风格方面的期许，表明自己"对描述有种特殊的喜爱"，且将"南方文体"概括为一种"处于边缘的被遮蔽状态"但"更注重过程"的"个人化的语体"，或许，这可以部分解释他的随笔之"散"。这一特征，不仅是作者所书写的外在于他的存在具有，即使他笔下的自我形象，也同样如此。例如，他写自己读文学、看电影、下围棋、喝茶，特别是看球，兴趣极为广博，也是极为分散的。[1] 再具体一点看，他为自己写"墓志铭"，说到最后是"暂时保密"；他写"我的陋室铭"，其实是感叹何时可以成为精神高洁的"君子"；而他的"座右铭"经历了变迁之后，最终落在"自然"上，兜了一个大圈子，似乎什么也没说。这种文章风情，似乎只能用"描述"加以描述了。

大体说来，王干散漫的随笔风情反映了他随遇而安的人生态度。作者是否有这样的自觉，似乎在两可之间，但从他的人生轨迹上看，当然可以这样评论。苏童说，"这么多年来，王干一直在转身"，2005年后他从文学转向了文化："他的目光像一把梳子，放弃了文学这个新娘子，开始梳理大文化的头发。"[2] 从这样的观感中，似乎又可以看到王干勉力与时代同行的努力。其实，随遇而安与奋力追赶时代并不矛盾，它们不过是王干性格中相反相成的两面而已。可以这样说，正是因为目

---

[1] 有论者认为这是一种自觉的写作转向，但该文也提及了王干"总给人以一定的漂泊感"的印象。参见胡平：《我们的干老》，王干：《潜京十年手记》，南京：凤凰出版社，2010年，第199—200页。

[2] 苏童：《王干的转身》，王干：《潜京十年手记》，南京：凤凰出版社，2010年，第206页。

光的游移不定,反而更可以便捷地捕捉到社会文化之变。

新世纪以来,王干在本职工作之外,仍然表现出扫描世界的企望,但身段放得很低,努力向新兴的网络文学、文化世界倾斜。既有对当下社会规则的展现,也有对文化人落后于时代的暗讽,还有对流行文化最新趋势的研习,总之,是王干一以贯之的评论风格在新形势下的延续。